Cambridge
Word Routes

Inglês-Português

martins fontes
selo martins

Cambridge Word Routes

Diretor editorial
Michael McCarthy

Editor chefe
Elizabeth Walter

Equipe de tradução
Gloria Regina Loreto Sampaio (Coord.)
Lúcia Helena de Sena França
Victória Claire Weischtordt

Equipe de lexicografia
Edwin Carpenter
Stephen Curtis
John Williams

Equipe de edição
Luzia Aparecida dos Santos (Coord.)
Sandra Rodrigues Garcia
Célia Regina Camargo
Dermot Byrne
Kerry Maxwell
Deborah Tricker

Diagramação
Anne Calwell
Liz Knox

Ilustrações
Simone End
Keith Howard
Chris Price
Danny Pyne
Chris Ryley
Deborah Wodward
Martin Woodward

Copyright © Cambrigde University Press, 1994.
Copyright © Livraria Martins Fontes Editora Ltda.,
São Paulo, 1996, para a presente edição.

1ª edição 1996
2ª edição 2014

Publisher *Evandro Mendonça Martins Fontes*
Coordenação editorial *Vanessa Faleck*
Coordenação de tradução *Gloria Regina Loreto Sampaio*
Tradução *Lúcia Helena de Sena França*
Victória Claire Weischtordt
Produção gráfica *Geraldo Alves*
Fabio Ichikawa Cruz
Paginação/Fotolitos *Studio 3 Desenvolvimento Editorial*

Dados Internacionais de Catalogação na Publicação (CIP)
(Câmara Brasileira do Livro, SP, Brasil)

Cambridge Word Routes: inglês-português – São Paulo: Martins Fontes, 1996

Vários tradutores.

ISBN: 978-85-8063-127-2

1. Inglês – Dicionários – Português

96-3558   CDD-423.69

Índices para catálogo sistemático:
1. Inglês: Dicionários: Português 423.69

Todos os direitos desta edição reservados à
Martins Editora Livraria Ltda.
Av. Dr. Arnaldo, 2076
01255-000 São Paulo SP Brasil
Tel.: (11) 3116 0000
info@emartinsfontes.com.br
www.martinsfontes-selomartins.com.br

Índice Geral

Introdução vii

Como utilizar o Cambridge Word Routes viii

Grupos de Palavras 1
450 categorias ou grupos de palavras distribuídas a partir de critérios temáticos ou de significado

Linguagem e Comunicação 363
Conteúdo 365
40 seções incluindo frases e expressões habitualmente utilizadas nas mais variadas situações cotidianas; por exemplo: mostrar surpresa diante de um determinado fato ou falar ao telefone.

Índice de palavras em inglês 389
Listagem em ordem alfabética de todas as palavras que servem de cabeçalho em inglês e que aparecem no dicionário, com sua respectiva pronúncia e o número do grupo em que aparecem.

Índice de palavras em português 435
Listagem em ordem alfabética de todas as principais palavras traduzidas em português, seguidas do número do grupo em que aparecem.

Introdução

Um dos maiores problemas com que se depara o estudante de qualquer idioma é o de distinguir entre as muitas palavras da língua estrangeira que apresentam significados semelhantes, porém nem sempre idênticos. O problema se agrava sobremaneira quando não existem equivalências exatas de tais palavras na língua materna. Nessas ocasiões os dicionários podem ser de uma certa utilidade, mas é muito provável que palavras de significado semelhante se encontrem dispersas em diferentes páginas. Em conseqüência, a tarefa de encontrar informações precisas sobre os diferentes matizes de significado se transforma em um trabalho árduo e, por vezes, infrutífero. Por outro lado, os dicionários bilíngües comuns normalmente apresentam a mesma tradução para duas ou três palavras distintas em inglês; além disso, na maioria dos casos, não há qualquer indicação que esclareça se tais termos em inglês são intercambiáveis em todos os contextos.

A vantagem do **Cambridge – Word Routes** é justamente agrupar palavras e expressões de significado semelhante sob cabeçalhos que informam o leitor a respeito de um determinado campo semântico. Desse modo, o **Word Routes** ajuda a distinguir entre os muitos sinônimos mais ou menos próximos que existem em inglês, além de oferecer as correspondências em português para as diferentes gradações de significado. O **Word Routes** não apenas indica ao leitor o significado de um termo ou expressão, como também proporciona exemplos de diferentes usos e informações detalhadas sobre cada palavra, seu nível de formalidade, suas peculiaridades gramaticais e os contextos em que o termo é habitualmente usado. Portanto, existe a certeza de que se vai usar a palavra exata, no contexto exato.

O **Word Routes** é acessível e muito fácil de ser utilizado graças à vantagem adicional de apresentar toda a informação no próprio idioma do usuário. É um dicionário que foi desenvolvido levando em conta as necessidades específicas de pessoas cuja língua materna é o português, razão pela qual oferece informações sobre aquelas palavras que parecem não existir na outra língua ou que são difíceis de traduzir de um idioma para outro. Muitos dicionários tradicionais, e entre eles os de sinônimos, incluem uma seleção de palavras de perfil bem mais acadêmico, literário ou filosófico, que não corresponde ao vocabulário normalmente utilizado na vida diária. Conseqüentemente, não apresentam de modo consistente as formas e expressões necessárias para situações corriqueiras como, por exemplo, descrever os objetos que há em uma casa. Já o **Word Routes** usa uma terminologia atual e prática, organizada para os mais variados campos semânticos, como, por exemplo, o meio natural ou os aspectos sociais.

As categorias ou os grupos de palavras que constituem o **Word Routes** estão organizados a partir de um *corpus* de vocabulário básico, que ajuda o leitor a aprimorar e ampliar seus conhecimentos de vocabulário. Tal organização responde a critérios eminentemente lógicos e práticos; os nomes dos alimentos, por exemplo, aparecem junto às categorias relacionadas com a fome ou com o comer em geral, enquanto as palavras que têm algo a ver com a escola encontram-se ligadas às categorias que tratam da educação ou do aprendizado.

Definitivamente, o **Word Routes** constitui-se em uma utilíssima ferramenta de trabalho para as situações mais diversas: para redigir ou melhorar a compreensão em inglês, para aprimorar as técnicas de comunicação (especialmente na seção intitulada *Linguagem e Comunicação*), para traduzir ou para simplesmente escrever uma carta. Ademais, o leitor rapidamente perceberá que poderá ampliar seu vocabulário simplesmente ao folhear o dicionário, particularmente se visualizar toda a seção relacionada com a palavra que está buscando. Dessa maneira, aprenderá a associar as palavras ou expressões umas com as outras, além de desenvolver sua percepção de modo a ver tais palavras como sendo parte de um grupo e não mais como termos isolados. Sem dúvida alguma, trata-se de uma maneira muito eficaz de se aprender vocabulário. Nesse sentido, as centenas de ilustrações contidas no dicionário também representam uma ajuda, visto favorecerem a compreensão e o aprendizado mais eficiente da língua.

Dr. Michael McCarthy
Assessor editorial

Como utilizar o Cambridge Word Routes

1. Para aproveitar ao máximo o Cambridge Word Routes

• Ao procurar uma palavra ou uma expressão, o leitor deverá se habituar a ler os outros verbetes encontrados na mesma categoria. Desta maneira, ele aproveitará ao máximo a informação oferecida e poderá adquirir um vocabulário mais rico e preciso. Ao mesmo tempo, poderá se familiarizar com outras palavras relacionadas com o tema e aprender a distinguir as mais diferentes nuanças de uso e significado.

• Por outro lado, recomenda-se evitar a tentação de ler somente a tradução. Existem palavras que não possuem um equivalente exato na outra língua; por isso, tanto as explicações como as informações gramaticais que aparecem entre parênteses em cada verbete são fundamentais para se obter uma perfeita compreensão do uso e do significado dos termos em inglês.

2. A procura de palavras e expressões

O **Word Routes** permite que se procurem palavras e expressões de várias maneiras:

• **Se o leitor conhecer a palavra em português** e quiser saber como dizê-la em inglês, terá de procurar no índice de palavras em português. Ali encontrará o número da categoria em que se enquadra a palavra em inglês. Ao procurar a referida categoria, encontrará também toda a informação necessária sobre a palavra em questão.

• **Se o leitor tiver a palavra em inglês** e desejar saber o que ela significa exatamente e como é usada, deverá procurar no índice de palavras em inglês o número da categoria em que ela se enquadra.

• **Se o leitor quiser encontrar uma palavra em inglês mais exata** do que outra que já conhece, deverá procurar esta última e ler os outros verbetes que aparecem nessa categoria.

• **Se o leitor estiver procurando uma expressão idiomática**, deverá buscar um sinônimo aproximado ou uma palavra que descreva esse campo semântico em português ou em inglês. O leitor terá de olhar a categoria na qual a palavra se enquadra, que, caso exista, lhe oferecerá algum tipo de expressão de significado semelhante.

• **Se o leitor estiver procurando uma frase para usar em uma conversa**, como por exemplo para expressar surpresa ou elogiar alguém, deverá utilizar a seção **Linguagem e Comunicação**. Na página 365 encontra-se uma lista das diversas situações.

3. Os verbetes

Esta seção detalha todas as informações que estão incluídas nos **Grupos de Palavras**. Muitas destas características encontram-se também na seção **Linguagem e Comunicação**.

3.1 Partes da oração

s	substantivo
sfn	substantivo com flexão de número, ou seja, que tem as formas de singular e plural [Em inglês, tais substantivos são denominados 'countable nouns']; p. ex. **door** (porta), **shirt** (camisa)
ssfn	substantivo sem flexão de número, ou seja, aquele que só tem uma forma, referindo-se a um tipo de coisa em geral, e não a unidades individuais. Esse substantivo não pode, portanto, ser precedido por numerais [Em inglês, esse tipo de substantivo é denominado 'uncountable noun']; p. ex. **arson** (incêndio), **amazement** (espanto)
sc/sfn	substantivo com ou sem flexão de número, p. ex. **marriage** (casamento), **memory** (memória)
s pl	substantivo plural, ou seja, aquele que normalmente é usado apenas no plural; p. ex. **dentures** (dentaduras), **trousers** (calças)
adj	adjetivo, p. ex. **masculine** (masculino), **broad** (amplo)
adv	advérbio, p. ex. **finely** (primorosamente), **politely** (educadamente)
v	verbo
vt	verbo transitivo, p. ex. **solve** (resolver), **murder** (assassinar)
vi	verbo intransitivo, p. ex. **reign** (reinar), **bleed** (sangrar)
vti	verbo que pode ser tanto transitivo quanto intransitivo, p. ex. **drown** (afogar), **forget** (esquecer)
v prep	verbo com partícula preposicional ou adverbial; p. ex. **work out** (resolver), **give up** (desistir)
interj	interjeição, p. ex. **Help!** (Socorro!)
pron	pronome, p. ex. **few** (poucos)
prep	preposição, p. ex. **except** (exceto)

3.2 Gramática

As notas gramaticais ajudam o leitor a formar construções comuns. A freqüência destas construções é indicada com as seguintes palavras: 'sempre', 'às vezes' e com a abreviatura 'freq.' (freqüentemente).

(antes do *s*) Usado com referência a adjetivos. Sempre se usa antes do substantivo que ele qualifica.
p. ex. **legislative** em *legislative assembly*
(depois do *v*) Usado com referência a adjetivos. É usado após o substantivo que ele qualifica e depois de um verbo e não antes do substantivo.
p. ex. **above-board** em *The deal is above-board.*

(não possui forma *compar.* nem *superl.*) Usado com referência a adjetivos. Não possui forma comparativa nem superlativa.
p. ex. **main** em *The main reason was laziness.*

(sempre + **the**) Usado com referência a substantivos. Sempre se usa com artigo definido.
p. ex. *the creeps*

(+ *v sing* ou *pl*) Usado com referência a substantivos. Pode ser seguido por um verbo no singular ou no plural.
p. ex. **government** em *The government are considering the plan.*

(*ger. pl*) Usado com referência a substantivos. Geralmente se usa no plural, mas nem sempre.
p. ex. **arrangement** em *to make arrangements.*

(usa-se como *adj*) Usado com referência a substantivos. Usa-se antes de outro substantivo e desempenha a função de adjetivo.
p. ex. **seaside** em *seaside town.*

(freq. + **to** + infinitivo) Usado com referência a adjetivos e verbos. Freq. é seguido de um infinitivo acompanhado da partícula **to**.
p. ex. **right** em *It's only right to tell you.*

(+ **that**) Usado com referência a verbos. É seguido de uma oração introduzida por **that**, mas em algumas ocasiões esta conjunção pode ser omitida.
p. ex. **vote** em *I vote (that) we all go together.*

(+ *-ing*) Usado com referência a verbos. Indica que é seguido por outro verbo na forma -ing.
p. ex. **like** gostar em *I don't like getting up early.*

(*ger.* + *adv* ou *prep*) Usado com referência a verbos. Geralmente é seguido por um advérbio ou uma preposição.
p. ex. **peep** em *I peeped over her shoulder.*

3.3 Verbos com partícula (preposicional ou adverbial) (phrasal verbs)

No **Word Routes** está indicado como se devem usar os chamados 'phrasal verbs' em inglês e claramente aplicado quando é possível separar o verbo da preposição ou do advérbio que o acompanha. Quando falamos em separar um verbo com estas características referimo-nos à colocação do seu objeto entre o verbo e a partícula. Existem alguns 'phrasal verbs' em que a partícula não pode ser separada do verbo colocando o objeto entre eles; existem também casos em que o verbo e a partícula podem ser separados, em geral por um advérbio. Por exemplo, pode-se dizer *I clutched wildly at the rope*, mas neste caso nunca se poderia introduzir um objeto entre a partícula e o verbo.
Utiliza-se 'sth' como abreviatura de 'something' e 'sb' como abreviatura de 'somebody'.

own up *vi prep*
Verbo intransitivo. A partícula não pode ser separada do verbo.
p. ex. *I owned up to breaking the window.*

put sth **down** OU **put down** sth *vt prep*
Verbo transitivo. O verbo e a partícula podem ficar juntos ou separados.
p. ex. *I put down the book.* OU *I put the book down.*

give up sth OU **give** sth **up** *vti prep*
Verbo que pode ser tanto transitivo quanto intransitivo; o verbo e a partícula podem aparecer juntos ou separados.
p. ex. *It's too difficult – I give up. I've given up smoking. I gave my job up.*

clutch at sth *vt prep*
Verbo transitivo. Não se pode separar o verbo da partícula que o acompanha.
p. ex. *I clutched at the rope.*

talk sb **round** *vt prep*
Verbo transitivo. O verbo e a partícula aparecem sempre separados.
p. ex. *I'll try to talk her round.*

put up with sth *vt prep*
Alguns verbos vêm acompanhados de duas partículas. Neste caso, trata-se de um verbo transitivo e as partículas não podem ser separadas do verbo.
p. ex. *Why should I put up with inefficiency from employees?*

3.4 Flexões

Todas as flexões irregulares estão indicadas nos verbetes e normalmente aparecem completas; p. ex. **throw** *vt*, *pretérito* **threw**, *part passado* **thrown**. Algumas são usadas freqüentemente e por isso aparecem abreviadas:

ban *vt*, -**nn**- p. ex. *banning, banned*
sad *adj*, -**dd**- p. ex. *sadder, saddest*
travel *vi*, -**ll**- (*brit*), ger. -**l**- (*amer*) No inglês britânico, 'travel' se escreve com dois 'l' quando o verbo termina em -ing e -ed, p. ex. *travelling, travelled.* No inglês americano, embora se possa usar 'll', geralmente se usa apenas um 'l' nos casos anteriormente mencionados.
organize *vti*, TAMBÉM -**ise** (*brit*) O verbo pode ser escrito com a terminação '-ize' tanto no inglês britânico quanto no inglês americano. No inglês britânico, também se pode escrever 'organise'.

Cabeçalho e número da categoria

77 Great Grande

ver também **good**, 417

Cabeçalho do verbete Todos os vocábulos que iniciam um verbete aparecem em ordem alfabética no índice de palavras em inglês juntamente com o número da categoria ou subcategoria a que pertencem.

great *adj* [descreve p. ex. feito, líder, artista] grande *Frederick the Great* Frederico, o Grande **greatness** *ssfn* grandeza

grand *adj* **1** [descreve ex. palácio, entrada, ocasião] grande, grandioso *on the grand scale* em grande escala *Our house is not very grand, I'm afraid.* Temo que nossa casa não seja muito grandiosa. **2** [freq. pejorativo quando usado para pessoas] soberbo

Tradução básica Esta é a tradução mais geral da palavra que encabeça o verbete. No entanto, não se devem esquecer os exemplos, já que a tradução geral nem sempre é adequada a todos os contextos.

Subcategoria Dentro das categorias podem aparecer subdivisões por razões de significado.

18.4 Tempo frio

Remissão de uma categoria a outras com significados semelhantes ou opostos.

ver também **cold**, 19

Parte da oração Consultar a lista de partes da oração na seção 3.1 (pág. viii).

snow *vi* nevar *It snowed all night.* Nevou a noite toda. **snow** *ssfn* neve **snowy** *adj* de neve, coberto de neve

O texto explicativo fornece informações detalhadas sobre gradações de uso e significado.

everlasting *adj* [literário ou usado em tom jocoso ou de reclamação] interminável, eterno *everlasting peace* paz eterna *I can't stand her everlasting complaints.* Não agüento suas reclamações intermináveis.

Exemplo Uma grande quantidade de exemplos, com suas respectivas traduções em português, ajudam o leitor a usar a palavra de maneira natural.

circumstances *s pl* circunstâncias [fatos e eventos que influenciam um determinado evento] circunstâncias *I explained the circumstances which led to our decision.* Eu expliquei as circunstâncias que levaram à nossa decisão.

As frases feitas que aparecem fazendo parte dos exemplos são impressas em negrito.

Under/in the circumstances *her conduct seems understandable.* Dadas as circunstâncias, seu comportamento é compreensível.

Os modismos e expressões relacionados à categoria são ressaltados no quadro.

e x p r e s s õ e s

a good chance é muito/bem provável *There's a very good chance that she'll succeed.* É muito provável que ela consiga.

O grau de formalidade é descrito de forma clara e precisa entre colchetes.

a safe bet [informal] é seguro, com certeza, pode apostar *It's a safe bet that someone will have told him already.* Pode apostar que alguém já lhe contou.

Verbos com partícula Inclui-se informação clara e detalhada sobre a sintaxe dos verbos acompanhados de partícula. Consultar a seção 3.3 (pág. ix).

do sth **up** ou **do up** sth *vt prep* [para que fique em melhor estado. Obj: esp. casa] reformar, arrumar

impractical *adj* [descreve p. ex. plano, sugestão, programa] pouco prático *ver também **useless, 282**
unfeasible *adj* [formal] impraticável, que não é factível
unattainable *adj* [descreve p. ex. meta, objetivo] inatingível
unthinkable *adj* (freq. + **that**; ger. depois do *v*) [enfatiza que a coisa referida será ruim, chocante, etc.] impensável, inconcebível *It's unthinkable that they would refuse.* É inconcebível que eles recusem.

Colocação Inclui-se uma lista dos substantivos que costumeiramente acompanham um determinado adjetivo.

As estruturas gramaticais estão claramente indicadas. Consultar a lista completa de códigos gramaticais na seção 3.2 (pág. viii).

cancel *vt,* (*brit*) -**ll**-, (*amer*) -**l**- [obj: p. ex. viagem, compromisso, trem] cancelar *They've cancelled their order for five new aircraft.* Eles cancelaram a encomenda de cinco novas aeronaves.
terminate *vit* [formal. Sugere finalidade e formalidade. Obj: p. ex. acordo, contrato, relacionamento] terminar, cancelar *The train terminates here.* [ou seja, não prossegue mais] Aqui é a última estação do trem. *terminate a pregnancy* interromper uma gravidez
termination *s* **1** *ssfn* término **2** *sfn* [aborto] aborto

Colocação Os sujeitos e objetos típicos de um verbo são especificados nos casos em que estes o distinguem de outros verbos que pertencem à mesma categoria.

possibility *sc/sfn* (freq. + **for, of, that**) possibilidade *it is **within the bounds/realms of possibility** that* está dentro dos limites da possibilidade/ dentro do possível que

As preposições que indicam uma colocação aparecem entre parênteses.

> U S O
>
> **Possibility** não é seguido de infinitivo. Para esta construção use **chance** OU **opportunity**: p. ex. *We didn't have a chance to thank him.* (Não tivemos chance de lhe agradecer.) *That gave us an opportunity to rest.* (Aquilo nos propiciou uma oportunidade de descansar.)

As notas de uso orientam sobre os aspectos gramaticais ou gradações de significado. Estas notas podem se referir a um determinado cabeçalho de verbete ou podem servir para contrastar vários verbetes dentro de uma mesma categoria.

DIY TAMBÉM **do-it-yourself** *ssfn* (esp. *brit*) [inclui todo tipo de atividade envolvendo consertos ou melhorias no lar feitos por alguém que não é um construtor profissional, decorador, etc.] atividade do tipo 'faça você mesmo'

Forma alternativa da palavra principal de um verbete com o mesmo significado e uso.

county *sfn* **1** (*brit*) [a maior unidade de governo local dentro do país] condado **2** (*amer*) [a maior unidade de governo local dentro de cada estado] condado

Indicadores regionais Assinalam-se claramente as diferenças entre o inglês norte-americano e o inglês britânico.

mow *vt, pretérito* **mowed** *part passado* **mowed** OU **mown** cortar, podar

As flexões irregulares aparecem completas. Para obter mais informações, consultar a seção 3.4 (pág. ix)

Grupos de Palavras

1 Wild animals Animais selvagens

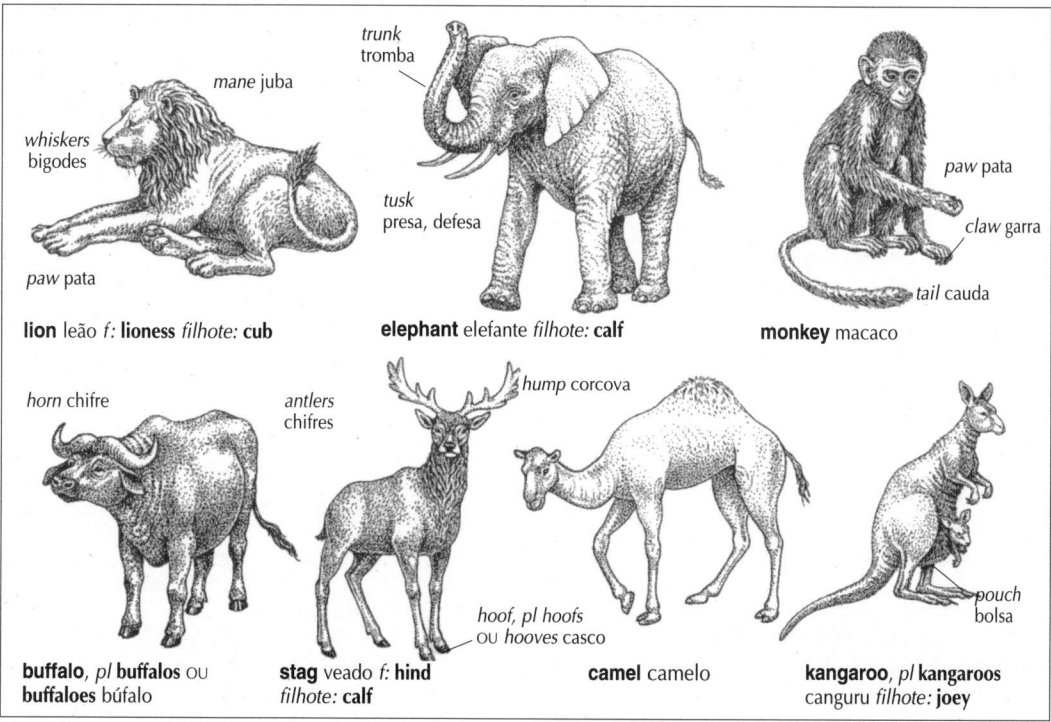

lion leão *f:* **lioness** *filhote:* **cub**
whiskers bigodes
mane juba
paw pata

elephant elefante *filhote:* **calf**
trunk tromba
tusk presa, defesa

monkey macaco
paw pata
claw garra
tail cauda

buffalo, *pl* **buffalos** OU **buffaloes** búfalo
horn chifre

stag veado *f:* **hind** *filhote:* **calf**
antlers chifres

camel camelo
hump corcova
hoof, pl hoofs OU *hooves* casco

kangaroo, *pl* **kangaroos** canguru *filhote:* **joey**
pouch bolsa

tiger *sfn* tigre *f:* **tigress**
leopard *sfn* leopardo *f:* **leopardess**
cheetah *sfn* guepardo
panther *sfn* pantera
giraffe *sfn* girafa
hippopotamus *sfn, pl* **hippopotamuses** OU **hippopotami,** *abrev* **hippo,** *pl* **hippos** hipopótamo
rhinoceros *sfn, abrev*

rhino, *pl* **rhinos** rinoceronte
baboon *sfn* babuíno
chimpanzee *sfn, abrev* **chimp** chimpanzé
gorilla *sfn* gorila
ape *sfn* símio
bear *sfn* urso *f:* **she-bear** *filhote:* **cub**
panda *sfn* panda
polar bear *sfn* urso polar

koala OU **koala bear** *sfn* coala
bison (*brit*), **buffalo** (*amer*), *sfn, pl* **buffalos** OU **buffaloes** búfalo
fox *sfn* raposa *f:* **vixen**
wolf *sfn, pl* **wolves** lobo
deer *sfn, pl* **deer** cervo *m:* **buck** *f:* **doe**
antelope *sfn* antílope
zebra *sfn* zebra

HÁBITOS ALIMENTARES

carnivore *sfn* carnívoro
carnivorous *adj* carnívoro
herbivore *sfn* herbívoro
herbivorous *adj* herbívoro
omnivore *sfn* onívoro
omnivorous *adj* onívoro

PALAVRAS QUE DESIGNAM ANIMAIS

creature *sfn* [freqüentemente usado para designar um animal cujo nome se desconhece ou quando o animal suscita repugnância, espanto, piedade, etc.] criatura *What a peculiar creature!* Que criatura estranha!
beast *sfn* [designa sobretudo um animal imponente; essa palavra não é utilizada para os insetos] besta
monster *sfn* [designa uma criatura imaginária de grande porte, feia e assustadora, ou qualquer animal demasiadamente grande] monstro
wildlife *ssfn* [termo genérico que engloba os seres vivos, abrangendo as plantas, no inglês britânico, mas não no inglês americano] a fauna e a flora *a wildlife tour of Kenya* um passeio pela fauna e flora do Quênia.
game *ssfn* caça *game birds* aves de caça
mammal *sfn* [animal que amamenta seus filhotes] mamífero

USO

A maioria dos nomes dos animais selvagens tem seu plural formado do mesmo modo que os outros substantivos. Os casos irregulares são indicados no texto. Quando se trata de animais de caça ou safári, freqüentemente se usa a forma singular, mesmo se nos referirmos a vários animais:

Ex. *We saw a dozen giraffe* Vimos uma dúzia de girafas.

1.1 Reptéis

snake *sfn* cobra
lizard *sfn* lagarto
alligator *sfn* aligátor, jacaré
crocodile *sfn* crocodilo

GRUPOS DE PALAVRAS

NOMES DE ANIMAIS UTILIZADOS PARA DESCREVER SERES HUMANOS

Os nomes de animais usados para descrever pessoas geralmente são ofensivos. Muitos são insultos de caráter geral.

pig sfn 1 TAMBÉM **swine**, pl **swine** [pessoa desagradável. Este termo é de uso comum e não é muito ofensivo quando usado em situações informais.] porco 2 [pessoa gulosa] porco *He's a real pig!* Ele come como um porco!

ass sfn [um tanto fora de uso. Pessoa estúpida. Palavra branda] asno, burro

cow sfn [ofensivo. Mulher desagradável] vaca *The silly cow nearly ran me over.* Aquela vaca quase me atropelou

rat sfn [uso antigo ou humorístico. Geralmente se refere a homens] canalha

Algumas expressões têm significados bastante específicos:

mouse sfn, pl **mice** [pessoa muito tímida ou quieta]

pessoa sem graça **mousy** OU **mousey** adj tímido

fox sfn [pessoa astuta] raposa **foxy** adj espertalhão

wolf sfn, pl **wolves** [homem de comportamento insistente com as mulheres] lobo **wolfish** adj lupino, voraz

shrew sfn [mulher de má índole, de gênio mau] víbora, jararaca **shrewish** adj rabugento, genioso

sheep sfn, pl **sheep** [pessoa que segue a opinião alheia, sem questionar] carneirinho, maria-vai-com-as-outras

lamb sfn [pessoa mansa e inocente. Palavra freqüentemente utilizada no sentido afetivo ou aplicada a pessoa da qual se esperava um comportamento mau ou hostil] cordeiro *He came like a lamb* Veio como um cordeirinho.

tiger sfn [pessoa feroz. Freqüentemente utilizado no sentido apreciativo] tigre, fera

mole sfn [pessoa estúpida, curta de inteligência; espião que trabalha dentro de uma organização] toupeira

2 Fierce Feroz

ver também **cruel, 225**

fierce adj [descreve p. ex. animais, pessoas, expressões faciais] feroz, selvagem, furioso *a fierce tiger* um tigre feroz *Your uncle looks fierce!* Seu tio parece furioso! **fiercely** adv ferozmente **fierceness** ssfn ferocidade, fúria

ferocious adj [mais forte que **fierce**, implica maior violência] atroz, violento *a ferocious storm* uma tempestade atroz *a ferocious attack on socialism* um ataque violento ao socialismo **ferociously** adv ferozmente **ferocity** ssfn ferocidade

savage adj [implica maior violência e crueldade mais intencional que **fierce** e **ferocious**] selvagem *a savage wolf* um lobo selvagem *a savage attack* um ataque selvagem

savagely adv selvagemente *savagely beaten* golpeado selvagemente **savagery** ssfn selvageria

savage vt atacar selvagemente *The child was savaged by a mad dog.* A criança foi selvagemente atacada por um cão raivoso

violent adj [implica mais emoção descontrolada que crueldade intencional] violento, acalorado *The prisoner may become violent if approached.* O preso pode tornar-se violento se alguém se aproximar *a violent argument* [passional, mas sem envolver necessariamente violência física] uma discussão acalorada **violently** adv violentamente **violence** ssfn violência

aggressive adj [sempre disposto a atacar ou argumentar. Implica atitude, e não uso real de força ou violência] agressivo *an aggressive response* uma resposta agressiva *an aggressive child* uma criança agressiva **aggressively** adv agressivamente

aggressiveness OU **aggression** sfn agressividade ou agressão *acts of aggression* atos de agressão

expressões

His/her bark is worse than his/her bite [informal. Ele(a) não é tão feroz quanto aparenta] Cão que ladra não morde *She's always making threats, but her bark is worse than her bite.* Está sempre ameaçando, mas cão que ladra não morde.

He/she won't bite/eat you [informal. Geralmente dirigido a crianças muito tímidas com as pessoas desconhecidas] Ele(a) não morde/vai comê-lo.

3 Gentle Suave

ver também **kind, 224**

gentle adj [suave, bondoso, doce] gentil *a gentle old man* um senhor bondoso *a gentle smile* um sorriso doce *a gentle criticism* uma crítica suave **gentleness** ssfn suavidade, bondade, doçura

gently adv suavemente *He gently picked up the kitten.* Levantou o gatinho suavemente. *She spoke gently.* Falou suavemente.

tender adj [descreve pessoas, comportamento, não animais.] Terno, carinhoso *a tender glance* um olhar terno **tenderness** ssfn ternura, carinho

tenderly adv ternamente, carinhosamente *He kissed her tenderly.* Beijou-a com ternura.

mild adj [calmo, brando e suave, sem violência, sobretudo quando se espera uma reação agressiva] pacífico, amável, sereno, suave *a mild expression* uma expressão serena *a mild-mannered person* uma pessoa amável

mildness ssfn amabilidade, serenidade, suavidade

mildly adv amavelmente, suavemente *'Please calm down', he said mildly.* 'Por favor, acalme-se', disse com suavidade.

harmless adj [esp. referindo-se a pessoas ou animais que de alguma forma parecem agressivos ou temíveis] inofensivo *a harmless spider* uma aranha inofensiva **harmlessly** adv de maneira inofensiva

tame adj [descreve animais, não pessoas] domesticado, domado *a tame monkey* um macaco domesticado

tame vt domesticar, domar *She tamed a bear cub.* Ela domesticou um filhote de urso.

GRUPOS DE PALAVRAS

4 Small animals Animais pequenos

squirrel *sfn* esquilo
hedgehog *sfn* porco-espinho
rat *sfn* rato
mouse *sfn, pl* **mice** camundongo
frog *sfn* rã
toad *sfn* sapo
worm *sfn* lagarta
slug *sfn* lesma
snail *sfn* caracol
spider *sfn* aranha
(spider's) web *sfn* teia (de aranha)
scorpion *sfn* escorpião

badger texugo · ferret furão · weasel doninha · bat morcego · otter lontra · mole toupeira · beaver castor

VERBOS DERIVADOS DE ANIMAIS

Esses termos são geralmente informais e utilizados mais na linguagem falada que na escrita.

beaver away *vi prep* (esp. *brit*) (freq. + **at**) [implica grande diligência e empenho] pegar firme *They're beavering away at their homework.* Estão pegando firme nos deveres de casa.

ferret *vi* (freq. + *adv* ou *prep*) [implica um método de pesquisa bem casual] fuçar, remexer *She ferreted around in the fridge for some cheese.* Fuçou toda a geladeira à procura de queijo.

ferret out *sth* ou **ferret** *sth* **out** *vt prep* localizar *I'll see if I can ferret out those papers.* Vou ver se posso localizar esses papéis.

fox *vt* desconcertar, deixar perplexo *That puzzle really had me foxed.* Aquele quebra-cabeça me deixou desorientado de fato.

hare *vi* (*brit*) (+ *adv* ou *prep*) correr de um lado para outro *She's always haring around Britain on business.* Está sempre correndo de um lado para outro do país a negócios.

rabbit *vi*, -tt- ou -t- (*brit*) (ger. + **on, away**) [pejorativo] vangloriar-se, ufanar-se *He went rabbiting on about his prize leeks.* Não parou de se vangloriar do prêmio que havia ganho.

squirrel *vt*, -ll- (esp. *brit*) -l- (*amer*) (ger. + **away**) esconder, guardar *She's got a fortune squirrelled away in the bank.* Tem uma fortuna guardada no banco.

wolf *vt* (freq. + **down**) [implica muita fome] devorar *They wolfed down their food.* Devoraram a comida.

5 Insects Insetos

PALAVRAS QUE DESIGNAM INSETOS

insect *sfn* [termo genérico] inseto
bug *sfn* (esp. *amer*) [informal. Qualquer inseto pequeno] bicho, bichinho
creepy-crawly *sfn, pl* **creepy-crawlies** (esp. *brit*) [informal, freq. humorístico. Expressa nojo.] bicho rastejante, inseto horripilante

fly *sfn*, mosca
flea *sfn* pulga
daddy longlegs *sfn, pl* **daddy longlegs** pernilongo
beetle *sfn* besouro
ladybird (*brit*), **ladybug** (*amer*) *sfn* joaninha
bee *sfn* abelha
beehive *sfn* colméia

wasp *sfn* vespa
ant *sfn* formiga
anthill *sfn* formigueiro
grasshopper *sfn* gafanhoto
cricket *sfn* grilo
butterfly *sfn* borboleta
moth *sfn* mariposa
cockroach *sfn* barata

Filhotes de insetos

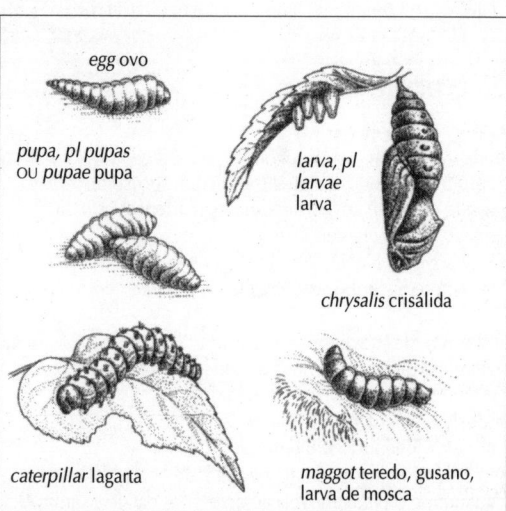

egg ovo · pupa, pl pupas ou pupae pupa · larva, pl larvae larva · chrysalis crisálida · caterpillar lagarta · maggot teredo, gusano, larva de mosca

GRUPOS DE PALAVRAS

6 Farm animals Animais de fazenda

ver também **meat, 159**

cattle *s pl* gado
cow *sfn* vaca
calf *sfn, pl* **calves** bezerro
bull *sfn* touro
ox *sfn, pl* **oxen** boi
pig *sfn* porco *f:* **sow** *m:* **boar** *filhote:* **piglet**
goat *sfn* cabra *f:* **nanny goat** *m:* **billy goat** *filhote:* **kid**
horse *sfn, pl* **horses** cavalo *f:* **mare** *m:* **stallion** *filhote:* **foal**
pony *sfn* pônei

donkey *sfn* burro
ass *sfn* asno
mule *sfn* mulo, -a
sheep *sfn, pl* **sheep** ovelha *f:* **ewe** *m:* **ram** *filhote:* **lamb**

6.1 Aves de fazenda

chicken *sfn* frango
hen *sfn* [feminino] galinha
cock (esp. *brit*), **rooster** (esp. *amer*) *sfn* galo

chick *sfn* pintinho
duck *sfn* pato *m:* **drake** *filhote:* **duckling**

goose *sfn, pl* **geese** ganso *m:* **gander** *filhote:* **gosling**
turkey *sfn* peru

> **USO**
>
> **Chicken** é um termo genérico empregado tanto para o masculino como para o feminino. Freqüentemente se utiliza o termo **chicken** para se referir apenas às fêmeas, e **cock** ou **rooster**, para os machos. A carne de frango é chamada de **chicken**. Um galo novo é um **cockerel**; **poultry** (aves domésticas) é um termo genérico que se aplica a aves de fazenda. Fala-se, por exemplo, **poultry farmers**, mesmo que se criem apenas galinhas.

7 Pets Animais domésticos

7.1 Cães

dog *sfn* [tecnicamente masculino, mas utilizado também para o feminino quando o sexo não é importante] cão
bitch *sfn* cadela
puppy *sfn* filhote de cachorro, cachorrinho
canine *adj* [formal] canino

7.2 Gatos

cat *sfn* gato
tomcat ou **tom** *sfn* gato macho *a ginger tom* gato de cor amarelo-avermelhada
kitten *sfn* gatinho
puss *sfn* (normalmente não se usa no plural) [usado esp. para chamar o gato] bichano, gatinho *Come here, puss!* Venha aqui, gatinho.
pussy ou **pussy cat** *sfn* [informal. Usado esp. por ou para crianças] gatinho
tabby *sfn* gato malhado
feline *adj* [formal] felino

7.3 Outros animais domésticos

guinea pig *sfn* porquinho-da-índia
hamster *sfn* hamster
gerbil *sfn* gerbo (pequeno roedor, semelhante ao rato)
tortoise *sfn* cágado, tartaruga terrestre e de água doce
budgerigar *sfn, abrev.* **budgie** periquito
parrot *sfn* papagaio
goldfish *sfn* peixinho dourado

Tipos de cães

Alsatian (*brit*) ou *German shepherd* pastor alemão

poodle poodle

spaniel cão d'água

bulldog buldogue

greyhound galgo

terrier terrier

dachshund ou [informal] *sausage dog* bassê ou [informal] salsicha

GRUPOS DE PALAVRAS

8 Animal noises Vozes dos animais

ver também **birds**, 9.4

8.1 Animais domésticos

bark vi ladrar, latir
growl vi rosnar
howl vi uivar
mew ou **miaow** vi miar
purr vi ronronar
neigh vi relinchar, rinchar
whinny vi relinchar
bray vi zurrar
moo vi mugir
low vi [literário] mugir
bleat vi balir, balar

8.2 Animais selvagens

roar vi rugir, bramir, urrar
trumpet vi barrir, bramar
hiss vi silvar, sibilar
croak vi grasnar
squeak vi guinchar

VOZES DOS ANIMAIS APLICADAS A SERES HUMANOS

Os termos que designam vozes de animais geralmente se aplicam a pessoas para descrever uma determinada maneira de falar. Eis alguns exemplos:
bark vi (freq. + **out**) [voz firme, enfurecida] bramar, vociferar *The sergeant barked out his orders.* O sargento bramou suas ordens. **bark** sfn bramido
growl vi [voz baixa, ameaçadora] rosnar
purr vi [voz baixa, expressando prazer] sussurrar, ronronar. *'Thank you, darling', she purred.* 'Obrigada, querido', sussurrou.
bray vi [pejorativo. Voz alta, áspera. Freq. descreve risada, gargalhada] emitir som áspero e forte
bleat vi [pejorativo. Voz débil, queixosa] balir, balar *Stop bleating about how he bullies you and stand up to him!* Pare de se lamentar pela maneira como ele a intimida e enfrente-o.
roar vi [grito forte e feroz] berrar, urrar *'Get out of here!', he roared.* 'Dê o fora daqui', berrou.
trumpet vi [irônico. Voz extremamente alta e rugiente] vociferar, bramir
hiss vi [voz maliciosa ou sibilante expressando raiva] cochichar, falar com voz sibilante
croak vi [voz áspera por doença na garganta ou medo] grasnar, rouquejar
squeak vi [voz débil e atemorizada] dizer com voz aguda

---

9 Birds Aves

tail cauda
beak bico
feather pena, pluma
wing asa
breast peito
blackbird melro
claw garra

thrush tordo
robin papo-roxo
pigeon pombo
dove pomba
blue tit chapim-azul
swallow andorinha
woodpecker pica-pau

fowl sfn, pl **fowl** ou **fowls**
  1 [aves de fazenda] ave
  2 [literário] ave *the fowls of the air* as aves do céu
  waterfowl aves aquáticas
  wildfowl aves de caça
vulture sfn abutre, urubu
bird of prey sfn ave de rapina
bill sfn [mais técnico que **beak**] bico
nest sfn ninho **nest** vi (freq. prep) aninhar-se *Sparrows nested under the roof.* Os pardais aninharam-se sob o telhado.
aviary sfn aviário

GRUPOS DE PALAVRAS

peacock pavão
emu casuar
ostrich avestruz

finch *sfn* tentilhão
starling *sfn* estorninho
sparrow *sfn* pardal
wren *sfn* corruíra, garriça
crow *sfn* corvo

lark *sfn* cotovia
cuckoo *sfn, pl* **cuckoos** cuco
partridge *sfn* perdiz
nightingale *sfn* rouxinol

9.1 O que fazem os pássaros

fly *vi, pretérito* **flew** *part passado* **flown** voar
swoop *vi* (ger. + *adv* ou *prep*) investir, cair rapidamente sobre a presa
soar *vi* (ger. + *adv* ou *prep*) voar a grande altura
hover *vi* (ger. + *prep*) pairar, adejar, cobrir os filhotes com as asas
perch *vi* (ger. + *prep*) empoleirar-se, pousar **perch** *sfn* poleiro, pouso
peck *vti* (freq. + **at**) bicar *A blue tit pecked at the nuts.* Um chapim-azul bicava as castanhas.
lay *vti, pretérito & part passado* **laid** botar *The duck has laid four eggs.* A pata botou quatro ovos.
hatch *vti* (freq. + **out**) sair da casca, chocar *All the eggs have hatched out.* Todos os ovos chocaram.

9.2 Aves aquáticas

pelican *sfn* pelicano
stork *sfn* cegonha
swan *sfn* cisne
webbed feet *s pl* patas palmadas
kingfisher *sfn* martim-pescador

flamingo *sfn, pl* **flamingos** flamingo
heron *sfn* garça
seagull *sfn* gaivota
puffin *sfn* arau-de-crista, papagaio-do-mar
penguin *sfn* pingüim

9.3 Aves de rapina

eagle águia
hawk falcão, gavião
owl coruja
talon garra

9.4 Vozes das aves

sing *vit, pretérito* **sang** *part passado* **sung** cantar, gorjear *The birds were singing.* Os pássaros cantavam.
birdsong *ssfn* canto, trino, gorjeio
cheep *vi* piar, gorjear
chirp ou **chirrup** *vi* piar, pipilar

tweet *vi* [os filhotes] chilrear
quack *vi* [o pato] grasnar
cluck *vi* cacarejar
gobble *vi* [o pavão] grugrulejar, grugulejar
crow *vi* [o galo] cocoricar, cantar

10 Fish and sea Peixes e animais marinhos

USO

Geralmente, os nomes de peixes e animais marinhos não mudam no plural, sobretudo quando se trata de caça e pesca. Esta característica é mais comum nos peixes, enquanto o plural dos crustáceos, moluscos e mamíferos marinhos normalmente é regular. O plural de **fish** é **fish** ou **fishes**.

10.1 Tipos de peixe

fin nadadeira, barbatana
scale escama
gills guelras, brânquias
seaweed alga marinha
mackerel cavalinha

GRUPOS DE PALAVRAS

cod *sfn* bacalhau
eel *sfn* enguia
herring *sfn* arenque
plaice *sfn* denominação de algumas espécies de linguado

salmon *sfn* salmão
sardine *sfn* sardinha
shark *sfn* tubarão
sole *sfn* linguado (gênero Solea)
trout *sfn* truta

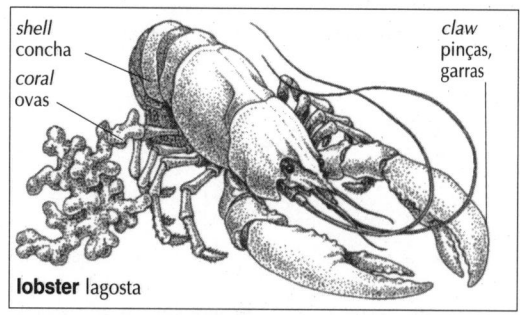

shell concha
coral ovas
claw pinças, garras
lobster lagosta

10.2 Crustáceos e moluscos

crustacean *sfn* crustáceo
mollusc *sfn* molusco
shellfish *sc/sfn, pl* **shellfish** crustáceo, marisco *We caught some shellfish.* Pescamos alguns mariscos.
crab *sfn* caranguejo

mussel *sfn* mexilhão
octopus *sfn, pl* **octopuses** OU **octopi** polvo
oyster *sfn* ostra
prawn *sfn* pitu, camarão grande
shrimp *sfn* camarão
squid *sfn* lula

10.3 Mamíferos marinhos

whale *sfn* baleia
dolphin *sfn* golfinho, delfim
seal *sfn* foca

sea lion *sfn* leão-marinho
walrus *sfn, pl* **walruses** OU **walrus** morsa, vaca-marinha

11 Plants Plantas
ver também **dardening, 384**

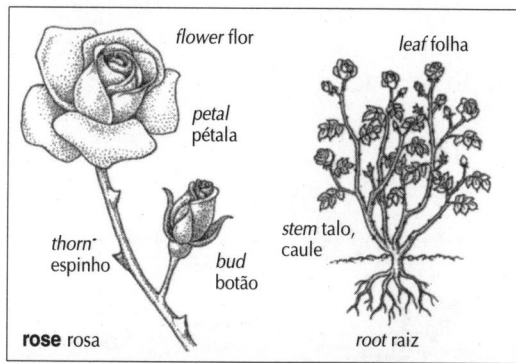

flower flor
petal pétala
thorn espinho
bud botão
leaf folha
stem talo, caule
root raiz
rose rosa

stalk *sfn* [semelhante a **stem**, mas não se aplica a plantas lenhosas] talo
bulb *sfn* bulbo

seed *sfn* semente
pollen *ssfn* pólen
shrub *sfn* arbusto
bush *sfn* arbusto, touceira, matagal
weed *sfn* erva daninha
daisy *sfn* margarida
daffodil *sfn* narciso
tulip *sfn* tulipa
carnation *sfn* cravo
bluebell *sfn* campainha
dandelion *sfn* dente-de-leão
pansy *sfn* amor-perfeito
fern *sfn* samambaia
thistle *sfn* cardo
holly *ssfn* azevinho

berry *sfn* baga
ivy *ssfn* hera
cactus *sfn, pl* **cacti** OU **cactuses** cacto
lily *sfn* lírio
heather *ssfn* urze
violet *sfn* violeta
buttercup *sfn* ranúnculo
rhododendron *sfn* rododendro
nettle *sfn* urtiga
reed *sfn* junco, cana, caniço
rush *sfn* junco, cana
vine *sfn* vinha, trepadeira

12 Trees Árvores

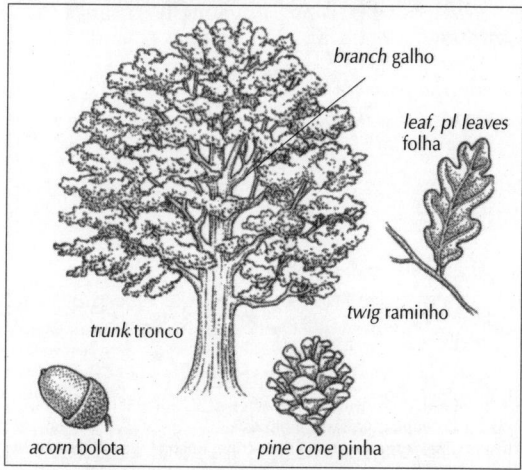

branch galho
leaf, pl leaves folha
twig raminho
trunk tronco
acorn bolota
pine cone pinha

12.1 Tipos de árvore

oak *sfn* carvalho
silver birch (*brit*) **white birch** (*amer*) *sfn* bétula
beech *sfn* faia
elm *sfn* olmo
chestnut *sfn* 1 [árvore] castanheiro 2 [fruto] castanha
(weeping) willow *sfn* salgueiro, chorão
ash *sfn* freixo
fir *sfn* abeto, pinheiro
pine *sfn* pinheiro, pinho
cedar *sfn* cedro
maple *sfn* bordo, ácer
palm *sfn* palmeira
redwood *sfn* espécie de sequóia

> **TIPOS DE MADEIRA**
>
> Quando o nome de uma árvore é utilizado como substantivo não quantificável, descreve a madeira de tal árvore: p. ex. *a table made of oak* uma mesa de carvalho *a pine wardrobe* um armário de pinho.

13 Geography and Geology — Geografia e Geologia

geographer *sfn* geógrafo
geographical *adj* geográfico

geologist *sfn* geólogo
geological *adj* geológico

pond *sfn* [freq. artificial] pequeno lago
pool *sfn* [ger. uma formação natural. Pode ser grande ou pequena] lagoa
puddle *sfn* poça

13.1 Elevações naturais

hill *sfn* colina, morro *at the top of a hill* no alto de uma colina **hilly** *adj* montanhoso, acidentado
hillside *sfn* encosta
hilltop *sfn* cume, topo de uma colina
volcano *sfn*, *pl* **volcanoes** vulcão
mountain *sfn* montanha *a mountain range* uma cadeia de montanhas, cordilheira **mountainous** *adj* montanhoso
mountainside *sfn* encosta
slope *sfn* declive *a gentle/steep slope* um declive suave/íngreme
peak *sfn* pico
summit *sfn* cume
valley *sfn* vale
gorge *sfn* garganta, ravina
canyon *sfn* cânion, desfiladeiro

USO
Sea, lake e ocean vêm freqüentemente seguidos do nome e escritos com maiúsculas, p. ex.: *the Atlantic Ocean* (o Oceano Atlântico) *Lake Geneva* (o Lago Genebra)

13.5 A margem de uma extensão de água

shore *sfn* [do mar ou lago] orla, costa *We can go on shore at Stockholm.* Podemos desembarcar em Estocolmo.
ashore *adv* em terra firme *We went ashore that evening.* Naquela noite, desembarcamos.
seashore *sfn* litoral, costa, beira-mar, praia *shells on the seashore* conchas na beira-mar
beach *sfn* [do mar ou de um grande lago] praia *a sandy beach* uma praia de areia *sunbathing on the beach* tomar banho de sol na praia

USO
Podemos falar **the top** de uma colina ou montanha, mas a palavra **peak** é utilizada somente com relação a cumes pontiagudos, dentados, e a palavra **summit** é freqüentemente utilizada quando se trata de subir ou escalar uma montanha.

13.2 Outros aspectos geográficos

desert *sfn* (freq. + the) deserto *We were lost in the desert.* Estávamos perdidos no deserto.
oasis *sfn*, *pl* **oases** oásis
jungle *sfn* (freq. + the) selva, jângal
rainforest *sfn* (freq. + the) selva tropical *the Brazilian rainforest* a selva brasileira
wood *sfn* ou **woods** *s pl* bosque *a stroll through the wood(s)* um passeio pelo bosque
vegetation *ssfn* vegetação

plain *sfn* ou **plains** *s pl* planície
moor *sfn* ou **moors** *s pl* (esp. *brit*) urzal, charneca
swamp *sfn* [esp. área alagadiça em lugares quentes e úmidos] pântano, charco **swampy** *adj* pantanoso, alagadiço
bog *sfn* brejo, lodaçal **boggy** *adj* pantanoso
marsh *sfn* [ger. com plantas] charco, brejo, paul **marshy** *adj* pantanoso, palustre, paludoso

13.3 Rochas

rock *sfn* rocha **rocky** *adj* rochoso
stone *sfn* pedra **stony** *adj* pedregoso
boulder *sfn* pedra grande arredondada pela erosão
pebble *sfn* seixo
fossil *sfn* fóssil
mineral *sfn* mineral

13.4 Extensões de água

sea *sfn* mar
ocean *sfn* oceano
lake *sfn* lago
reservoir *sfn* represa

South America

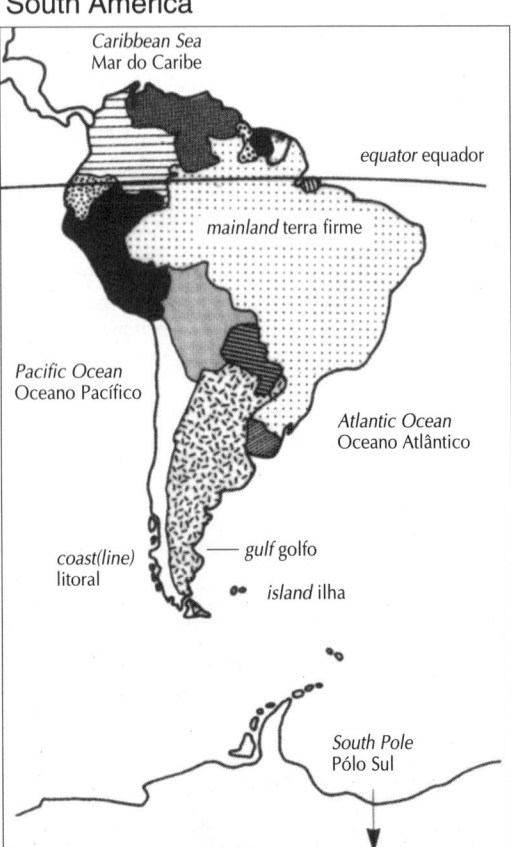

South America is a *continent*. A América do Sul é um continente.
Brazil is a *country*. O Brasil é um país.
Buenos Aires is the *capital* of Argentina. Buenos Aires é a capital da Argentina.

seaside *ssfn* (sempre + **the**) [toda a área situada à beira-mar, considerada como lugar de veraneio, etc.] costa, litoral *a day at the seaside* um dia no litoral (usado como *adj*) *a seaside town* uma cidade litorânea

coast *sfn* [porção de mar que se encontra com a terra] costa *storms off the Atlantic coast* tempestades na costa do Atlântico **coastal** *adj* costeiro

coastline *sfn* litoral

cliff *sfn* penhasco, paredão de rocha [ger. à beira-mar]

bank *sfn* [de um rio] margem

13.6 Outros aspectos do mar

tide *sfn* maré *The tide is in/out.* A maré está cheia/vazante. *The tide is coming in/going out* A maré está subindo/descendo. *high/low tide* maré alta/baixa **tidal** *adj* da maré

wave *sfn* onda
iceberg *sfn* iceberg
seaweed *ssfn* alga marinha
sand *ssfn* areia **sandy** *adj* arenoso
sandbank *sfn* banco de areia
sand dune *sfn* duna de areia

13.7 Correntes de água

river *sfn* rio *the River Thames* o Rio Tâmisa
riverbed *sfn* leito do rio
brook *sfn* riacho
stream *sfn* riacho, regato, ribeirão
canal *sfn* canal
channel *sfn* **1** [passagem que se comunica com o mar] canal, estreito **2** [porção navegável de um rio, etc.] leito, canal
current *sfn* corrente *a strong current* uma forte corrente
mouth *sfn* desembocadura *the mouth of the Nile* a desembocadura do Nilo
waterfall *sfn* cascata, cachoeira, catarata
spring *sfn* fonte, manancial
glacier *sfn* glaciar, geleira

14 Areas Áreas

area *sfn* área, zona *Water covered a large area of the country.* A água cobria uma grande área do país. *a residential/industrial area* uma zona industrial/residencial

place *sfn* lugar *This is the place where we met.* Este é o lugar onde nos conhecemos. *Most cities are noisy places.* Em geral, cidades são lugares barulhentos.

region *sfn* região *a mountainous region* uma região montanhosa *high winds in the region of Northern Scotland* ventos fortes na região norte da Escócia **regional** *adj* regional

territory *sfn* [área esp. em termos de quem a possui ou controla] território *British territories* territórios britânicos *Robins defend their territory fiercely.* Os tordos defendem ferozmente seu território. **territorial** *adj* territorial

14.1 Áreas políticas e administrativas

> **U S O**
>
> A palavra **country** acentua o aspecto geográfico de uma área organizada, enquanto **state** considera a área como uma organização política ou em termos de governo. A palavra **nation** designa um agrupamento, em geral numeroso, cujos membros, fixados num território, são ligados por laços históricos, culturais, econômicos, religiosos e lingüísticos.

country *sfn* país

nation *sfn* nação *the English-speaking nations* as nações de língua inglesa **national** *adj* nacional

nationality *sfn* nacionalidade *people of all nationalities* pessoas de todas as nacionalidades

state *sfn* **1** [país] estado *representatives of several European states* representantes de vários estados europeus. **2** [área de um país] estado *the United States of America* os Estados Unidos da América **3** [governo] estado *state-owned industries* indústrias estatais

republic *sfn* república *the Irish republic* a república irlandesa

kingdom *sfn* reino *the United Kingdom* o Reino Unido

empire *sfn* império

imperial *adj* imperial

county *sfn* **1** (*brit*) [a maior unidade de governo local dentro do país] condado **2** (*amer*) [a maior unidade de governo local dentro de cada estado] condado

province *sfn* [divisão administrativa do país ou império] província **provincial** *adj* [freq. deprec., implicando falta de sofisticação] provinciano

district *sfn* [área, esp. fixada para fins administrativos, mas pode não ter limites exatos] distrito *postal districts* distritos postais

race *sfn* raça

tribe *sfn* tribo *nomadic tribes* tribos nômades **tribal** *adj* tribal

---

LANDSCAPE *(PAISAGEM)*, **COUNTRYSIDE** *(ZONA RURAL, CAMPO)* E **COUNTRY** *(CAMPO)*

Landscape refere-se ao campo como espetáculo ou quadro a ser contemplado e admirado a distância. **Country** e **countryside** referem-se a áreas que podem ser visitadas e contempladas. **Countryside** normalmente implica uma área verde, com freqüência cultivada, que as pessoas da cidade podem visitar, mas não se aplicaria a áreas mais selvagens, áridas ou montanhosas. **Country** pode ser empregado, de maneira geral, a qualquer área fora das cidades, incluindo regiões mais selvagens. No entanto, evita-se esta acepção da palavra **country** quando puder causar ambigüidade, por significar também 'nação'.

GRUPOS DE PALAVRAS

14.2 Arredores

surroundings *s pl* arredores, adjacências *The church is set in beautiful surroundings.* A igreja está situada em uma bela paisagem

setting *sfn* [semelhante a **surroundings**] redondezas, cenário, panorama

location *sfn* [enfatiza mais o lugar onde algo se encontra do que a área que o cerca] localização, posição

neighbourhood (*brit*), **neighborhood** (*amer*) *sfn* bairro, vizinhança *a violent neighbourhood* um bairro violento

environment *sfn* **1** [condições que envolvem os seres vivos ou as coisas] ambiente *brought up in a rural environment* criado em um ambiente rural **2** (sempre + **the**) [aspectos naturais do mundo, tais como plantas, terra, ar, etc.] o meio ambiente *concern for the environment* preocupação com o meio ambiente

environmental *adj* ambiental *environmental issues* questões ambientais

environmentally *adv* ambientalmente, ecologicamente *environmentally-friendly products* produtos que não agridem o meio ambiente

14.3 Lugares onde as pessoas vivem

city *sfn* cidade, metrópole (usado como *adj*) *a city dweller* um morador da cidade

town *sfn* cidade

village *sfn* povoado, vila, lugarejo

outskirts *s pl* arrabaldes, subúrbios, cercanias, arredores

suburb *sfn* zona residencial na periferia de uma cidade, subúrbio *a suburb of London* uma zona residencial no subúrbio de Londres *to live in the suburbs* morar nos subúrbios

15 Jewels Jóias

jewel *sfn* **1** [pedra] pedra preciosa **2** [ornamento] jóia *She put on her jewels.* Colocou suas jóias. **jewellery** (*brit*), **jewelry** (*amer*) *ssfn* jóias, pedrarias **jeweller** (*brit*), **jeweler** (*amer*) *sfn* joalheiro

gem *sfn* [menos usado do que **jewel**. Soa mais técnico] gema, pedra preciosa

amethyst *sc/sfn* ametista
diamond *sc/sfn* diamante
emerald *sc/sfn* esmeralda
opal *sc/sfn* opala
pearl *sc/sfn* pérola **pearly** *adj* perolado, nacarado
ruby *sc/sfn* rubi
sapphire *sc/sfn* safira

> **CORES**
>
> Os nomes das pedras preciosas são freqüentemente utilizados para descrever cores. Às vezes, são usados juntos com o nome da cor que representam. Ex. *emerald green sea* (mar verde-esmeralda) *ruby red lips* (lábios vermelhos como rubi). Podem também ser utilizados como adjetivos em si mesmos: p. ex. *ruby wine* (vinho da cor do rubi) *amethyst silk* (seda ametista)

16 Metais Metais

> **USO**
>
> Os nomes dos metais são freqüentemente utilizados antes de um substantivo para descrever algo feito a partir de determinado metal, p. ex. *a gold bracelet* (uma pulseira de ouro) *a lead pipe* (um cano de chumbo)

metal *sc/sfn* metal **metal** *adj* metálico

ore *ssfn* minério *iron ore* minério de ferro

mine *sfn* mina **mine** *vti* (freq. + **for**) minerar, extrair minerais *to mine for gold* explorar uma jazida de ouro **miner** *sfn* mineiro, minerador

gold *ssfn* ouro **golden** *adj* [ger. literário] **1** [feito de ouro] de ouro **2** [cor] dourado

silver *ssfn* prata **silvery** *adj* prateado, argênteo

lead *ssfn* chumbo **leaden** *adj* de chumbo, plúmbeo

copper *ssfn* cobre

steel *ssfn* aço **steely** *adj* de aço

iron *ssfn* ferro

brass *ssfn* latão
bronze *ssfn* bronze
aluminium *ssfn* alumínio
mercury *ssfn* mercúrio
platinum *ssfn* platina
rust *ssfn* ferrugem **rusty** *adj* enferrujado, oxidado

> **CORES**
>
> Os nomes dos metais são utilizados para descrever sua cor: p. ex. *gold material* tecido dourado *copper hair* cabelo cor de cobre. Alguns metais possuem formas adjetivas alternativas, relacionadas acima com os nomes dos metais: p. ex. *leaden skies* céu plúmbeo *silvery hair* cabelo argênteo.

17 Gases Gases

oxygen *ssfn* oxigênio
hydrogen *ssfn* hidrogênio
nitrogen *ssfn* nitrogênio
carbon dioxide *ssfn* dióxido de carbono
helium *ssfn* hélio

ozone *ssfn* ozônio *the ozone layer* camada de ozônio

air *ssfn* (ger. + **the**) ar

sky *ssfn* (ger. + **the**) céu

> **USO**
>
> A expressão **the skies** é freqüentemente utilizada como sinônimo de **the sky**: p. ex. *The skies were grey.* (O céu estava cinza.) **Skies** soa mais literário que **sky**, mas é utilizado com freqüência.

GRUPOS DE PALAVRAS

18 Weather Tempo

weather *ssfn* (freq. + **the**) tempo, clima *What's the weather like today?* Como está o tempo hoje? *poor weather conditions* más condições meteorológicas
climate *sfn* [mais técnico que **weather**] clima *the Mediterranean climate* o clima mediterrâneo
meteorology *ssfn* meteorologia **meteorologist** *sfn* meteorologista **meteorological** *adj* meteorológico

18.1 Tempo bom

ver também **hot, 20**

fine *adj* [descreve: o tempo] bom *It was a fine day.* O dia estava bom.
clear *adj* [descreve: o céu] limpo, límpido
sun *sfn* (freq. + **the**) sol *sitting in the sun* sentado ao sol
sunshine *ssfn* sol, luz do sol
sunny *adj* ensolarado *a sunny afternoon* uma tarde ensolarada
tropical *adj* [descreve p. ex. clima, país] tropical

18.2 Chuva e tempo úmido

ver também **wet, 21**

rain *vi* [termo genérico, seja qual for a intensidade] chover *It's raining.* Chove. *It rained heavily all night.* Choveu muito a noite toda.
rain *ssfn* chuva *heavy/light rain* chuva forte/fraca
raindrop *sfn* pingo ou gota de chuva
rainfall *ssfn* precipitação atmosférica, quantidade de chuva que cai durante um tempo determinado
rainy *adj* chuvoso *the rainy season* estação das chuvas
wet *adj* úmido *a wet day* um dia úmido
drizzle *ssfn* [chuva fina, miúda] garoa, chuvisco **drizzle** *vi* garoar, chuviscar
shower *sfn* [chuva forte e breve] chuvarada
pour *vi* (freq. + **down**) chover copiosamente *It's pouring!* Está chovendo a cântaros. *It poured down all night.* Choveu torrencialmente a noite inteira.
downpour *sfn* [chuva repentina e abundante] aguaceiro, chuvarada *We were caught in the downpour.* A chuvarada nos pegou.
bucket down *vi prep* (*brit*) [termo enfático, informal] chover a cântaros *It/The rain was bucketing down.* Chovia a cântaros.
piss (it) down *vi prep* (*brit*) [um tanto vulgar, mas muito comum na fala informal] Chover abundantemente *It's pissing (it) down out there!* Está chovendo canivetes lá fora.
monsoon *sfn* monção, estação chuvosa
flood *sfn* [freq. *pl.*] enchente, inundação
flood *vi* inundar, transbordar *The river has flooded.* O rio transbordou.
cloud *sfn* nuvem **cloudy** *adj* nublado
overcast *adj* (depois do *v*) encoberto *It's very overcast today.* O dia está muito encoberto.
rainbow *sfn* arco-íris
fog *ssfn* neblina, névoa **foggy** *adj* nebuloso
mist *ssfn* nevoeiro, cerração *Mist came down over the hills.* O nevoeiro cobriu as montanhas. **misty** *adj* nevoento, enevoado

18.3 Vento

U S O

O verbo que se usa com todos os tipos de vento é **blow**: p. ex. *A breeze/gale was blowing.* (Soprava uma brisa/ventania.) Os verbos **blow down**, **blow off** e **blow away** são utilizados para descrever o efeito do vento: p. ex. *The roof was blown off in the hurricane.* (O furacão quase arrancou o telhado.)

wind *sc/sfn* [um termo genérico] vento *a gust of wind* uma rajada de vento *flags blowing in the wind* bandeiras soprando ao vento **windy** *adj* de vento, ventoso
breeze *sfn* brisa *a gentle breeze* uma brisa suave
gale *sfn* vendaval, ventania *It's blowing a gale.* Está soprando uma ventania.
whirlwind *sfn* turbilhão
hurricane *sfn* furacão
cyclone *sfn* ciclone
typhoon *sfn* tufão
tornado *sfn*, *pl* **tornados** ou **tornadoes** tornado
draught (*brit*), **draft** (*amer*) *sfn* corrente de ar **draughty** (*brit*), **drafty** (*amer*) *adj* que tem corrente de ar, vento encanado
gust *sfn* lufada, rajada *a sudden gust of wind* uma súbita rajada de vento

18.4 Tempo frio

ver também **cold, 19**

snow *vi* nevar *It snowed all night.* Nevou a noite toda. **snow** *ssfn* neve **snowy** *adj* de neve, coberto de neve
snowflake *sfn* floco de neve
snowstorm *sfn* nevasca, tempestade de neve
hail *ssfn* granizo, chuva de pedra **hail** *vi* chover granizo
sleet *ssfn* neve acompanhada de chuva, saraivada **sleet** *vi* cair neve com chuva
blizzard *sfn* nevasca
frost *sc/sfn* geada *the first frost of the year* a primeira geada do ano **frosty** *adj* gelado, coberto de geada
ice *ssfn* gelo **icy** *adj* gelado, glacial
melt *vti* derreter(-se)
thaw *vti* (freq. + **out**) degelar(-se) **thaw** *sfn* degelo

18.5 Tempestades e desastres naturais

storm *sfn* tempestade, tormenta (usado como *adj*) *storm clouds* nuvens de tempestade **stormy** *adj* tempestuoso
thunderstorm *sfn* tempestade acompanhada de trovoada e raios
thunder *ssfn* trovão *a clap of thunder* o estrondo do trovão **thunder** *vi* trovejar
lightning *ssfn* relâmpago, raio *a flash of lightning* o clarão do relâmpago
earthquake *sfn* terremoto

19 Cold Frio

ver também **weather, 18.4**

cold adj frio *I'm cold*. Estou com frio. *cold weather* tempo frio

cool adj fresco *a cool breeze* uma brisa fresca

cool vt (freq. + **down**) refrescar(-se) *Let's have a drink to cool ourselves down*. Vamos tomar alguma coisa para nos refrescar.

tepid adj [freq. pejorativo. Ger. descreve líquidos, *não* tempo] morno, tépido

chilly adj [não é usado em contextos formais] gelado, frio *It's chilly in here*. Está frio aqui [quando usado com pessoas, ger. vem depois do verbo **feel**] *I feel rather chilly*. Sinto um pouco de frio.

chill sfn (não tem pl) frio *There was a chill in the air*. O ar estava gelado.

chill vt esfriar *chilled to the bone* gelado até os ossos

nippy adj [informal] fresco, com um frio gostoso *It's a bit nippy outside*. Lá fora está fresquinho.

freeze vti, pretérito **froze** part passado **frozen** gelar, congelar *The lake froze last winter*. O lago congelou no inverno passado. *The pipes have frozen*. As tubulações ficaram congeladas.

freezing adj [lig. informal. Descreve: pessoas ou tempo] gelado, congelado *It's freezing in here*. Está fazendo um frio de congelar aqui.

frozen adj [descreve: pessoas] enregelado, congelado *I'm frozen stiff*. Estou congelado.

icy adj gelado, glacial *an icy wind* um vento glacial

shiver vi tremer, tiritar (de frio)

> *expressão*
>
> **There's a nip in the air** [meio informal] Está um arzinho gelado.

20 Hot Quente

> *USO*
>
> Os termos **mild**, **muggy**, **stuffy** e **close** (*esp. brit*) aplicam-se somente ao tempo ou à atmosfera e não são usados para se referir à temperatura de outras coisas. **Warm**, **hot** e **boiling** podem ser utilizados com relação ao tempo e a outras coisas. **Red-hot** não pode se referir ao tempo.

hot adj, -tt- quente *hot milk* leite quente *a hot afternoon* uma tarde quente

heat ssfn calor, alta temperatura **heat** vti (freq. + **up**) esquentar *Heat (up) some milk for the baby's bottle*. Esquente um pouco de leite para a mamadeira do bebê.

warm adj quente, aquecido *The body was still warm*. O corpo ainda estava quente **warm** vt (freq. + **up**) aquecer, esquentar *The water was warmed by the sun*. O sol aqueceu a água **warmth** ssfn calor

lukewarm adj temperado, morno

mild adj temperado, ameno *a mild day* um dia ameno

boiling adj [um tanto informal] muito quente *It's boiling in here!* Faz um calor de assar aqui dentro!

humid adj [descreve p. ex. tempo, clima. Freq. usado para estados mais permanentes do que **close** ou **muggy**] úmido **humidity** ssfn umidade

muggy adj [descreve: tempo, *não* clima. Enfatiza umidade] úmido, sufocante, mormacento

close adj [descreve: tempo, *não* clima. Enfatiza falta de ar] opressivo, pesado, sufocante, abafado

stuffy adj [descreve p. ex. espaço, *não* clima] abafado, mal ventilado

20.1 Subir a temperatura

heater sfn estufa, aquecedor

heating ssfn aquecimento, calefação

central heating ssfn aquecimento central

fire sfn **1** fogueira *to light a fire* acender uma fogueira
2 [artificial] *a gas fire* (brit)/*a gas heater* (esp. amer) uma estufa a gás

radiator sfn radiador

21 Wet Úmido

wet adj, -tt- **1** [coberto de água ou que absorveu água ou outro líquido] molhado, úmido *wet clothes* roupa molhada *The pavement was still wet*. A calçada ainda estava molhada. **2** chuvoso *a wet afternoon* uma tarde chuvosa

damp adj [menos úmido que **wet**] úmido **damp** ou **dampness** ssfn umidade

moist adj [que contém uma pequena quantidade de líquido. Geralmente implica um estado de umidade que é agradável ou normal] úmido *moist cake* bolo úmido *the dog's moist nose* o focinho úmido do cão

moisture ssfn umidade *Moisture collects inside the glass*. A umidade se acumula dentro do vidro.

condensation ssfn condensação

soggy adj [desagradável, por estar úmido demais] empapado, ensopado *soggy rice* arroz empapado *soggy ground* chão encharcado

soaking ou **soaking wet** ou **soaked** adj [informal] encharcado, ensopado *You're absolutely soaking!* Você está completamente encharcado!

dripping adj [informal] que goteja

liquid ssfn líquido **liquid** adj [lig. formal ou técnico] líquido *liquid gas* gás líquido *liquid detergent* detergente líquido

watery *adj* [ger. pejorativo] aguado *watery custard* creme aguado

runny *adj* **1** [menos formal que **liquid**] muito líquido *runny egg yolk* gema de ovo fluida **2** [que produz líquido] que tende a pingar, gotejar *runny eyes* olhos lacrimejantes *a runny nose* um nariz escorrendo

dilute *vt* diluir **dilute** *adj* diluído *dilute orange juice* suco de laranja diluído

pour *vt* verter, servir *Shall I pour the tea?* Posso servir o chá?

21.1 Umedecer

wet *vt*, -tt-, *pretérito & part passado* **wet** OU **wetted** molhar, umedecer *Wet the edges of the pastry.* Umedecer a massa.

dampen *vt* umedecer

moisten *vt* umedecer *She moistened the flap of the envelope.* Umedeceu a aba do envelope.

soak *vti* embeber, encharcar, deixar de molho *The rain had soaked the garden.* A chuva havia encharcado o jardim. *Soak the oats in milk for an hour.* Deixe a aveia de molho no leite durante uma hora.

saturate *vt* saturar, empapar

immerse *vt* (freq. + **in**) imergir

dip *vt*, -pp- molhar, banhar, mergulhar

plunge *vti* [implica ação vigorosa] mergulhar, submergir, afundar

splash *vti* espirrar, salpicar *Waves splashed our legs.* As ondas nos salpicaram as pernas.

Immerse the garment completely in the dye. Imergir completamente a peça na tintura.

Dip the cherries in melted chocolate. Molhar as cerejas em chocolate derretido.

She plunged into the icy water. Atirou-se de cabeça na água gelada.

22 Dry Seco

dry *adj* seco *The washing isn't dry yet.* A tinta ainda não está seca. *dry weather* tempo seco *dry skin* pele seca **dryness** *ssfn* secura, aridez

dry *vti* secar *Our towels dried in the breeze.* As toalhas secaram à brisa.

bone dry *adj* completamente seco, ressequido

arid *adj* [descreve: esp. terra] árido *an arid desert region* uma região árida e desértica

comparação

as dry as a bone completamente seco (literalmente: seco como um osso)

parch *vt* [ger. passivo] secar, ressecar *land parched by the sun* terra ressecada pelo sol

dehydrate *vti* desidratar *dehydrated vegetables* verduras desidratadas **dehydration** *ssfn* desidratação

23 Dark Escuro

dark *adj* escuro *It's dark in here.* Está escuro aqui dentro. *a dark winter's morning* uma escura manhã de inverno *It gets dark at about six.* Começa a escurecer por volta das seis. **darkness** *ssfn* escuridão, obscuridade

dark *ssfn* (não tem *pl*; freq. + **the**) escuro *I'm afraid of the dark.* Tenho medo do escuro. *She never goes out after dark.* Nunca sai de casa depois que escurece.

darken *vti* escurecer *The sky darkened.* [implica tempestade e não o anoitecer] O céu escureceu.

black *adj* negro **blackness** *ssfn* negrura, negrume, escuridão

pitch-black OU **pitch-dark** *adj* [enfático] escuro ou negro como breu

gloomy *adj* [depressiva ou opressivamente escuro] tenebroso, sombrio *a gloomy kitchen* uma cozinha sombria

gloom *ssfn* [ger. literário] penumbra *A light appeared through the gloom.* Surgiu uma luz na penumbra.

dim *adj*, -mm- [opaco, sem brilho] tênue *a dim light* uma luz tênue **dimly** *adv* tenuemente

dull *adj* apagado, sombrio, pálido *a dull gleam* um brilho pálido *the dull sky* o céu sombrio **dully** *adv* sem brilho **dullness** *ssfn* opacidade

fade *vti* (freq. + **away**) desvanecer(-se), desbotar *Daylight faded.* A luz do dia se desvaneceu. *The colours have faded.* As cores desbotaram.

shadow s 1 ssfn [escuro] *The room was in shadow.* A sala estava na penumbra. **2** sfn [forma] sombra **shadowy** adj escuro, sombrio, vago *A shadowy figure lurked in the corner.* Uma vaga silhueta movia-se furtivamente no canto.

shade ssfn (freq. + **the**) [área escura, esp. privada da luz do sol] sombra *Let's sit in the shade.* Vamos nos sentar à sombra. **shady** adj sombreado, umbroso

The statue cast a shadow on the wall. A estátua desenhava uma sombra na parede.

They sat in the shade of the tree. Sentaram-se à sombra da árvore.

24 Light Luz

light sc/sfn luz *by the light of the moon* à luz da lua *We saw a bright light in the distance.* Avistamos uma luz brilhante ao longe.
light adj claro, iluminado *Let's wait till it gets light.* Esperemos até o dia clarear. *It's too light in here.* Há luz demais aqui.
bright adj brilhante *bright eyes* olhos brilhantes **brightly** adv brilhantemente
beam sfn [luz natural ou artificial] raio, feixe de luz *A beam of light swept the sky.* Um feixe de luz varreu o céu. *Put the headlights on full beam.* Acenda os faróis dianteiros em força máxima. *a sunbeam/moonbeam* raio de sol/lua
ray sfn [ger. de sol] raio
laser sfn laser *a laser beam* um raio laser

24.1 Iluminar coisas

light vti, pretérito & part passado **lit** (freq. + **up**) iluminar *The hall was lit by an oil lamp.* O hall era iluminado por uma lamparina de azeite.
lighten vti [clarear uma cor] clarear *Her hair was lightened by the sun.* O sol havia clareado seu cabelo.
illuminate vt iluminar *Flares illuminated the sky.* Foguetes de sinalização iluminaram o céu. **illumination** ssfn iluminação
brighten vti (freq. + **up**) [pode indicar mais luz ou cores mais brilhantes] animar, avivar *Let's brighten up the place with some new wallpaper.* Vamos alegrar a casa com um novo papel de parede.

24.2 Brilhar com luz fixa

shine vi, pretérito & part passado **shone** [um termo genérico] brilhar *The sun was shining.* O sol brilhava. *Their eyes were shining with excitement.* Seus olhos brilhavam de emoção. **shiny** adj brilhante
glow vi [com uma luz quente e suave] brilhar, incandescer-se *The coals still glowed.* O carvão ainda incandescia. (+ **with**) *Their cheeks glowed with health.* As maçãs do rosto reluziam de saúde. **glow** ssfn (não tem pl) brilho, resplendor, incandescência
gleam vi [com uma luz suave e brilhante. Suj: esp. metal, luz] fulgurar, reluzir, cintilar *The coins gleamed in her hand.* As moedas reluziam em sua mão. *a gleaming mahogany table* [efeito de polimento] uma reluzente mesa de mogno *His eyes gleamed with malice.* Seus olhos brilharam de malícia. **gleam** ssfn brilho, vislumbre, cintilação
glisten vi (freq. + **with**) [reflete luz por causa da umidade] brilhar, reluzir *glistening with sweat* brilhando de suor *Her eyes glistened with tears.* As lágrimas brilhavam em seus olhos.
glare vi [com uma luz forte e ofuscante] deslumbrar **glare** s (não tem pl) clarão *the glare of the headlights* a luz ofuscante dos faróis
luminous adj [com luz própria, suave, que brilha esp. no escuro] luminoso *a luminous watch* um relógio fosforescente

24.3 Brilhar com luz intermitente

glitter vi [com uma luz forte e brilhante, que vem de diferentes pontos] fulgir, reluzir, brilhar *The lake glittered in the sunshine.* O lago resplandecia sob o sol. *Her eyes glittered with resentment.* [quando descreve os olhos, implica um sentimento hostil ou malicioso] Seus olhos brilhavam de ressentimento.
flash vti [com uma luz brilhante e repentina] lampejar, brilhar subitamente *She flashed her headlights at him.* Lampejou os faróis sobre ele. **flash** sfn brilho súbito ou passageiro, clarão
glimmer vi [com uma luz instável e suave] brilhar com uma luz fraca e trêmula *His torch glimmered at the end of the tunnel.* A luz de sua lanterna brilhava trêmula no final do túnel. **glimmer** sfn luz trêmula e fraca
shimmer vi [com uma luz difusa, trêmula, refletida. Geralmente usado em contextos apreciativos] reluzir, tremeluzir *Her silk dress shimmered as she walked.* Seu vestido de seda reluzia conforme caminhava.
twinkle vi [brilhar intermitentemente. Freq. implica alegria] brilhar, cintilar *Stars twinkled in the sky.* Estrelas cintilavam no céu. *His eyes twinkled with mirth.* Seus olhos brilhavam de júbilo.

24.4 Coisas que proporcionam luz

light sfn [um termo genérico] luz *to switch/turn the light on* acender a luz *to switch/turn the light off* apagar a luz

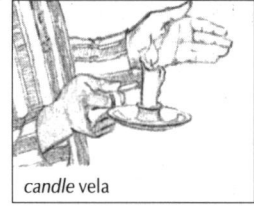
candle vela

bulb lâmpada

table lamp abajur

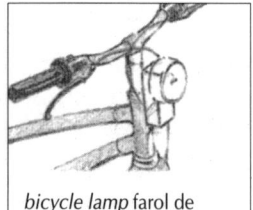
bicycle lamp farol de bicicleta

headlight farol

torch (brit), flashlight (amer) lanterna

25 Calendar and seasons Calendário e estações

25.1 Dias e semanas

USO

Em inglês, os dias da semana sempre começam com maiúscula e normalmente são utilizados com a preposição **on**: p. ex. *We play tennis on Thursdays.* (Jogamos tênis às quintas-feiras). Não se emprega a preposição **on** se vierem precedidos de palavras como **next** (próximo), **last** (último, passado) ou **every** (todo): p. ex. *John phoned last Monday.* (John telefonou na segunda-feira passada.)

Monday (abrev. **Mon.**) segunda-feira
Tuesday (abrev. **Tues.**) terça-feira
Wednesday (abrev. **Wed.**) quarta-feira
Thursday (abrev. **Thurs.**) quinta-feira
Friday (abrev. **Fri.**) sexta-feira
Saturday (abrev. **Sat.**) sábado
Sunday (abrev. **Sun.**) domingo

day sfn dia *I go there every day.* Vou lá todo dia. *How many days are you staying for?* Quantos dias você vai ficar?
daily adj diário *a daily paper* um [jornal] diário **daily** adv diariamente
tomorrow adv & sfn amanhã *the day after tomorrow* depois de amanhã
yesterday adv & sfn ontem *the day before yesterday* anteontem
date sfn data *What's the date today/What's today's date?* Que dia é hoje? (Qual é a data de hoje?)
date vt datar *your letter dated march 16th* sua carta datada de 16 de março
week sfn semana *once a week* uma vez por semana **weekly** adv semanalmente **weekly** adj semanal
weekday sfn dia útil, dia de trabalho *They open on weekdays.* Abrem nos dias úteis.
weekend sfn fim de semana *See you at the weekend* (brit)/*on the weekend* (amer). Até o fim de semana.
fortnight sfn (brit) duas semanas

25.2 Meses e estações

ver também **making arrangements, LC21**

spring primavera

summer verão

autumn (esp. brit), fall (amer) outono

winter inverno

GRUPOS DE PALAVRAS

January (abrev. **Jan.**) janeiro
February (abrev. **Feb.**) fevereiro
March (abrev. **Mar.**) março
April (abrev. **Apr.**) abril
May maio
June (abrev. **Jun.**) junho
July (abrev. **Jul.**) julho
August (abrev. **Aug.**) agosto
September (abrev. **Sept.**) setembro
October (abrev. **Oct.**) outubro
November (abrev. **Nov.**) novembro
December (abrev. **Dec.**) dezembro

> **USO**
>
> Em inglês, os nomes dos meses sempre começam com maiúscula. As estações do ano podem ser escritas com maiúscula ou minúscula. Utiliza-se a preposição **in** antes de meses e estações: p. ex. *They got married in April.* (Casaram-se em abril.) *We go there in (the) summer.* (Vamos lá no verão.) Nomes de meses, estações e datas comemorativas (ver **25.3**) podem ser escritos antes de substantivos: *spring flowers* (flores primaveris) *April showers* (chuvas de abril) *Christmas holidays* (feriados de Natal).

25.3 Dias festivos

> **USO**
>
> A preposição **at** é utilizada para se referir a períodos de feriados; utiliza-se **on** para um único dia feriado: p. ex. *at Easter* na Páscoa *on Christmas Day* no Dia de Natal. Normalmente, utiliza-se a preposição **during** para se referir ao **Passover** (Páscoa dos judeus) e ao **Ramadã**.

Easter Páscoa
Whitsun [sétimo domingo depois da Páscoa] Pentecostes
Halloween [31 de outubro. Acredita-se que nesse dia apareciam os espíritos. Às vezes as pessoas se disfarçam de fantasmas] Halloween, Dia das Bruxas
Guy Fawkes Night ou **Bonfire Night** [5 de novembro. Aniversário da tentativa de explodir o parlamento britânico, comemorada com fogueiras e fogos de artifício] Noite de Guy Fawkes
Thanksgiving [data comemorada nos Estados Unidos para agradecer a Deus pela colheita. 4 de novembro] Dia de Ação de Graças
Independence Day [4 de julho, nos Estados Unidos] Dia da Independência
Christmas Natal
Christmas Eve véspera de Natal
Boxing Day [Inglaterra e País de Gales. 26 de dezembro] dia em que se oferecem presentes a empregados, etc.
New Year Ano-Novo *to celebrate the New Year* comemorar o Ano-Novo
New Year's Day (Dia de) Ano-Novo
New Year's Eve véspera de Ano-Novo
May Day Primeiro de Maio
Midsummer's Eve véspera de São João
Passover [judeu, comemora a saída dos Judeus do Egito] Páscoa dos Judeus
Ramadan [nono mês do calendário muçulmano] Ramadã
bank holiday (*brit*) [feriado oficial, geralmente segunda-feira, quando se suspende o trabalho na maioria dos estabelecimentos comerciais] feriado bancário

25.4 Anos

year *sfn* ano *I see him twice a year.* Eu o vejo duas vezes ao ano. **yearly** *adv* anualmente **yearly** *adj* anual
annual *adj* anual *the annual staff outing* a execursão anual do pessoal **annually** *adv* anualmente
decade *sfn* década
century *sfn* século *the twentieth century* o século vinte

26 Time Hora

> **USO**
>
> **1** Utiliza-se a preposição **at** para fazer referência a horas exatas: p. ex. *at twelve o'clock* (às doze horas). As preposições **in** ou **during** são usadas para se referir a períodos de tempo: p. ex. *I'll do it in the morning.* (Farei isso de manhã.) *during the day* (durante o dia) **2** A palavra **morning** corresponde, aproximadamente, ao período que vai do amanhecer até o meio-dia; **afternoon**, do meio-dia até o anoitecer; **evening**, depois que escurece até as onze da noite, e **night**, daí até a manhã seguinte. Diz-se **good night** apenas quando se despede de alguém à noite ou quando alguém vai dormir. A forma **good evening** é a mais usual para cumprimentar alguém à noite.

midnight meia-noite | *midday/noon* meio-dia

twelve o'clock doze horas

six o'clock in the evening seis horas da tarde | *six o'clock in the morning* seis horas da manhã

six o'clock seis horas

GRUPOS DE PALAVRAS

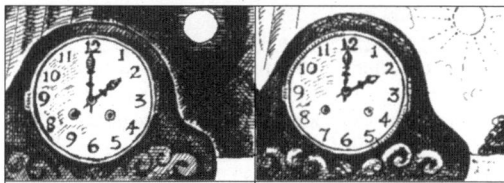

| two o'clock in the morning duas horas da manhã | two o'clock in the afternoon duas horas da tarde |

two o'clock duas horas

USO

Quando se trata de horas específicas, **in the morning** é utilizado para distinguir as horas que vão de meia-noite ao meio-dia. Para se referir às horas que vão do meio-dia à meia-noite, utiliza-se **in the afternoon** ou **in the evening**. Não se diz 'in the night'.

26.1 Como informar as horas

| It's (a) quarter past five/It's five fifteen São cinco e quinze. | It's half past nine/It's nine thirty São nove e meia. |

| **clock** relógio | **alarm clock** despertador |

| It's (a) quarter to four/It's three forty-five São quinze para as quatro. / São três e quarenta e cinco. | It's eleven thirty-seven/It's twenty three minutes to twelve São onze e trinta e sete. |

| **(pocket) watch** relógio (de bolso) | **watch** ou **wristwatch** relógio de pulso |

USO

Quando se informa a hora exata, como no exemplo anterior, normalmente se inclui a palavra **minutes**. Ou então, se diz, de uma forma menos exata e mais informal, *twenty-five to twelve* vinte e cinco para o meio-dia.

a.m. [ante meridiem] antes do meio-dia, de manhã
p.m. [post meridiem] depois do meio-dia, à tarde
hour sfn hora *It took four hours.* Demorou quatro horas. *half an hour* meia hora *a quarter of an hour* um quarto de hora, quinze minutos

minute sfn minuto *The journey lasted twenty minutes.* A viagem durou vinte minutos. *a five-minute walk* uma caminhada de cinco minutos
moment sfn momento, instante *He'll be here in a moment.* Estará aqui num instante. *They took me upstairs the moment I arrived.* No momento em que cheguei, levaram-me para cima. *She's quite busy **at the moment**.* Está muito ocupada **no momento**.

26.2 Períodos de tempo mais longos

period sfn período *She's had several periods of unemployment.* Esteve desempregada em várias ocasiões. *a period of international tension* um período de tensão internacional
era sfn [ger. vários ou muitos anos] era, época *the modern era* a era moderna *the end of an era* o final de uma época
age sfn era, século *The Ice Age* A Era Glacial [informal] *He's been gone an age.* Faz um século que partiu
ages s pl [informal] séculos *That was ages ago.* Isso foi séculos atrás.
phase sfn fase *an important phase in the company's development* uma fase importante no desenvolvimento da empresa. *My daughter's going through a difficult phase.* Minha filha está atravessando uma fase difícil.
past s (não tem pl; ger. + **the**) passado *Do you think people were happier **in the past**?* Você acredita que as pessoas eram mais felizes antigamente? *We've always flown in the past.* Antigamente, sempre íamos de avião.
present s (não tem pl; ger. + **the**) presente ***At present**, we are concentrating on developing our export markets.* Atualmente, estamos nos concentrando no desenvolvimento de nossos mercados de exportação.
future s (não tem pl; ger. + **the**) futuro *Who knows what the future may hold?* Quem sabe o que nos reserva o futuro? *Try to be more polite **in future**.* Procure ser mais educado daqui para a frente.

26.3 Adjetivos referentes ao tempo

past adj passado *She's been abroad for the past few weeks.* Está no exterior há algumas semanas. *a past headmaster of the school* um antigo diretor do colégio
present adj presente, atual *What is your present occupation?* Qual é a sua ocupação atual?
future adj futuro *Future events may force us to change our plans.* Os acontecimentos futuros podem nos obrigar a mudar nossos planos.
previous adj prévio, anterior *He has no previous experience.* Não tem experiência anterior. **previously** adv previamente, anteriormente *Previously, we had always been able to leave early on Fridays.* Anteriormente, sempre podíamos sair cedo às sextas-feiras.
recent adj recente, que ocorreu há pouco *Recent events have shown the need for caution.* Acontecimentos recentes demonstraram a necessidade de agir com cautela. *in recent years* nestes últimos anos
recently adv recentemente *Have you read any good books recently?* Tem lido bons livros recentemente?
lately adv ultimamente *I've been staying in a lot lately.* Tenho ficado muito em casa ultimamente.
nowadays adv hoje em dia *Young people have no manners nowadays.* Hoje em dia a juventude não tem modos.

27 Astronomy Astronomia

astronomer *sfn* astrônomo
astronaut *sfn* astronauta
planet *sfn* planeta
universe *sfn* (sempre + **the**) universo
star *sfn* estrela
moon *sfn* (sempre + **the**) lua
sun *sfn* (sempre + **the**) sol
comet *sfn* cometa
meteor *sfn* meteoro
telescope *sfn* telescópio

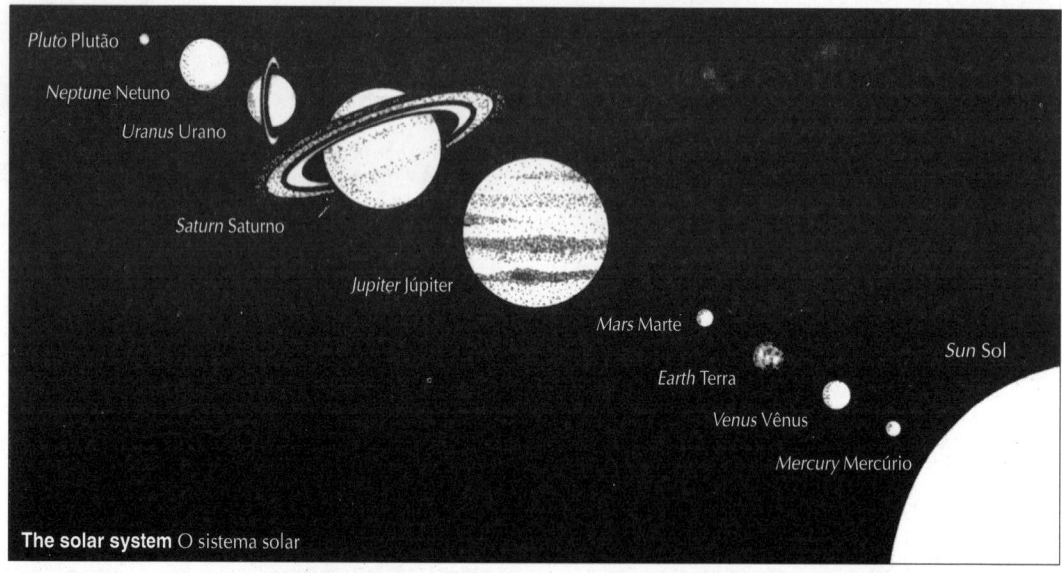

The solar system O sistema solar
(Pluto Plutão, Neptune Netuno, Uranus Urano, Saturn Saturno, Jupiter Júpiter, Mars Marte, Earth Terra, Venus Vênus, Mercury Mercúrio, Sun Sol)

28 Astrology Astrologia

astrologer *sfn* astrólogo
horoscope *sfn* horóscopo
stars *s pl* [informal] horóscopo *Did you read your stars in the paper this morning?* Você leu seu horóscopo no jornal esta manhã?
star sign *sfn* signo do zodíaco *What's your star sign?* Qual é o seu signo?

SIGNS OF THE ZODIAC SIGNOS DO ZODÍACO

Aquarius Aquário (21 jan. – 20 fev.)
Pisces Peixes (21 fev. – 20 mar.)
Aries Áries (21 mar. – 20 abr.)
Taurus Touro (21 abr. – 20 maio)
Gemini Gêmeos (21 maio – 20 jun.)
Cancer Câncer (21 jun. – 20 jul.)
Leo Leão (21 jul. – 20 ago.)
Virgo Virgem (21 ago. – 20 set.)
Libra Libra (21 set. – 20 out.)
Scorpio Escorpião (21 out. – 20 nov.)
Sagittarius Sagitário (21 nov. – 20 dez.)
Capricorn Capricórnio (21 dez. – 20 jan.)

29 Be Ser

exist *vi* **1** existir *Giants only exist in fairy stories.* Só existem gigantes em contos de fadas. *The existing laws do not cover this case.* As leis vigentes não contemplam este caso. **2** (ger. + **on**) [sobreviver] viver, subsistir *They find it hard to exist on such small wages.* Acham difícil sobreviver com salários tão baixos.
existence *sc/sfn* (não tem *pl*) existência *The firm has been in existence since 1898.* A empresa existe desde 1898. *The firm came into existence in 1898.* A empresa foi fundada em 1898. *It was a lonely existence on the island.* A vida na ilha era solitária.
live *vi* **1** viver *She lived to be 95.* Viveu até os 95 anos. (+ **on**) *He seems to live on bread and jam.* Parece que vive de pão e geléia. **2** [residir] morar *They lived in America for 20 years.* Moraram 20 anos nos Estados Unidos. *Rabbits live in burrows.* Os coelhos moram em tocas.
live *adj* (antes do *s*) vivo *Have you ever seen a real live leopard?* Já viu um leopardo de verdade?
life *s pl* **lives 1** *sfn* vida *I seem to spend my whole life doing housework.* Tenho a impressão de que passo a vida toda fazendo trabalho doméstico. **2** *ssfn* [seres vivos] vida *Is there life on Mars?* Existe vida em Marte? **3** *ssfn* [vitalidade] vida *He's so full of life!* É tão cheio de vida!
alive *adj* (depois do *v*) vivo *Three people were found alive under the rubble.* Três pessoas foram encontradas com vida sob os escombros.

identity sc/sfn identidade *Police were unable to establish the identity of the victim.* A polícia não pôde definir a identidade da vítima. *proof of identity* prova de identidade

29.1 Existente durante muito tempo

ver também **continue, 33.1**

permanent adj permanente *a permanent job* um trabalho permanente *I expect my move to Sydney will be permanent.* Espero que minha mudança para Sidney seja permanente. **permanently** adv permanentemente **permanence** OU (mais raro) **permanency** ssfn permanência

everlasting adj [literário ou com sentido jocoso ou de queixa] eterno, interminável *everlasting peace* paz eterna *I can't stand her everlasting complaints.* Não consigo agüentar suas queixas interminaveis.

immortal adj [um tanto formal] imortal **immortality** ssfn imortalidade

29.2 Existente durante pouco trempo

temporary adj temporário, provisório *temporary road works* obras temporárias na estrada *temporary accommodation* alojamento provisório **temporarily** adv temporariamente

brief adj [descreve p. ex. intervalo, pausa, explicação] breve *the news in brief* resumo das notícias [diz-se de roupas, no sentido de cobrir uma área pequena] *a brief bikini* um biquíni exíguo **briefly** adv brevemente

transient OU **transitory** adj [mais formal que **temporary**. Implica mudança involuntária] passageiro, fugaz *Her happiness proved transient.* Sua felicidade mostrou-se passageira.

ephemeral adj efêmero *His influence was only ephemeral.* Sua presença foi somente efêmera.

mortal adj mortal **mortality** ssfn mortalidade

mortal sfn [literário ou jocoso] mortal *She may run five miles a day, but mere mortals like us are satisfied if we run one.* Ela pode correr cinco milhas ao dia, mas os simples mortais como nós ficamos orgulhosos de correr uma.

expressão

a flash in the pan um êxito repentino, foi-se do mesmo jeito que veio *Her single hit turned out to be a flash in the pan.* Seu único sucesso foi-se do mesmo jeito que veio.

30 Presence and absence Presença e ausência

present adj (depois do v) [ligeiramente formal, quando utilizado no lugar de **here** ou **there**] presente *Were you present at the meeting?* Você esteve presente na reunião?

presence ssfn [ligeiramente formal] presença *How dare you use such language in my presence?* Como se atreve a usar essa linguagem na minha presença? *An autopsy revealed the presence of poison in her blood.* Uma autópsia revelou a presença de veneno no sangue.

on the spot no lugar dos fatos *We go over to our reporter on the spot, Jane Williams.* Com a palavra, nossa correspondente no local, Jane Williams.

absent adj ausente *a toast to absent friends* um brinde aos amigos ausentes (+ **from**) *He has been absent from school for two weeks.* Ficou duas semanas sem vir ao colégio.

absence ssfn [ligeiramente formal] ausência, falta *In the absence of firm evidence against him he was released.* Na ausência de provas concretas que o incriminassem, foi posto em liberdade. *I discovered they had finished the work in my absence.* Descobri que haviam terminado o trabalho em minha ausência. **absentee** sfn ausente **absenteeism** ssfn absenteísmo

truant sfn gazeteiro, cabulador **truancy** ssfn gazeta, cábula, falta às aulas

elsewhere adv [mais formal que **somewhere else**] em / para outro lugar *I shall take my business elsewhere.* Vou procurar estes serviços em outro lugar.

31 Happen Acontecer

happen vi [termo genérico] acontecer *I was there when the accident happened.* Eu estava presente quando o acidente aconteceu. **happening** sfn acontecimento

occur vi, -rr- [ligeiramente mais formal que **happen**. Ger. não se utiliza para acontecimentos planejados.] ocorrer *This is not the first time such mistakes have occurred.* Não é a primeira vez que ocorrem tais erros.

occurrence sc/sfn ocorrência

take place vi prep [suj: esp. acontecimentos planejados, p. ex. festas, concertos] realizar-se *The meeting is scheduled to take place next week.* A reunião está programada para se realizar na semana que vem. *These changes have all taken place since the last election.* Todas essas mudanças se realizaram desde a eleição passada.

come about vi prep [ger. utilizado quando se fala de como algo aconteceu] suceder, ocorrer *The reforms came about because people wanted them.* As reformas aconteceram porque as pessoas quiseram.

materialize vi [freq. utilizado em negações] materializar-se, concretizar-se *The financial aid they had promised never materialized.* A ajuda financeira que prometeram nunca se materializou.

31.1 Coisas que passam

event sfn evento, acontecimento *The event is due to take place next Monday.* O evento está programado para acontecer na próxima segunda-feira. *In the event, no definite decisions were reached.* De fato, o que aconteceu foi que não se chegou a nada de concreto. *In the event of fire, leave the building by the nearest exit.* Em caso de incêndio, abandone o edifício pela saída mais próxima.

GRUPOS DE PALAVRAS

occasion *sfn* **1** [momento em que ocorre algo] ocasião *I was not present on that occasion.* Nessa ocasião, eu não estava presente. **on the occasion of** *her 18th birthday* na ocasião de seu décimo oitavo aniversário. **2** [evento importante ou festivo] ocasião *Let's have champagne as it's a special occasion.* Tomemos champanhe, já que se trata de uma ocasião especial.

affair *sfn* [menos formal que **event** OU **occasion** e também pode se referir a uma série de acontecimentos interligados] assunto, acontecimento *The wedding reception was a very grand affair.* O banquete nupcial foi um acontecimento grandioso. *They were in business for a while, but the whole affair was a disaster.* Dedicaram-se aos negócios durante algum tempo, mas a coisa toda resultou em desastre.

incident *sc/sfn* [acontecimento pouco comum ou desagradável] incidente *an amusing incident* um incidente divertido *Police are appealing for witnesses to the incident.* A polícia está lançando um apelo a pessoas que tenham testemunhado o incidente. [um tanto formal quando utilizado sem flexão de número] *Our visit was not without incident.* Nossa visita não correu sem incidentes.

instance *sfn* [exemplo único de algo que acontece] caso *There have been several instances of looting.* Tem havido vários casos de saque. **In this instance** *the police were at fault.* Neste caso, a culpa foi da polícia.

31.2 Como são as coisas

condition *sc/sfn* [usado para descrever o estado de conservação, limpeza, saúde, etc.] estado *in good/bad condition* em bom/mau estado *What are conditions like in the refugee camp?* Quais são as condições no campo de refugiados? *Her condition is not serious.* Seu estado não é grave.

state *sfn* (freq. + **of**) estado *The business world is in a state of panic at the news.* O mundo dos negócios está em estado de pânico com a notícia. [freq. usado de maneira um tanto informal para sugerir um mau estado] *How did your room get into this state?* Como seu quarto ficou neste estado?

> **USO**
> Embora **state** seja um termo genérico, é normalmente aplicado a seres humanos apenas quando se especifica o estado a que se faz referência, p. ex. *her mental state* (seu estado mental), *his state of health* (seu estado de saúde).

state of affairs situação atual, estado de coisas *A peaceful settlement seems unlikely in the present state of affairs.* Dada a situação atual, um acordo de paz parece improvável.

situation *sfn* situação *a dangerous situation* uma situação perigosa *the unemployment situation* a situação de desemprego

circumstances *s pl* circunstâncias *I explained the circumstances which led to our decision.* Expliquei as circunstâncias que nos levaram à nossa decisão. **Under/in the circumstances** *her conduct seems understandable.* Dadas as circunstâncias, sua conduta é compreensível.

32 Begin Começar

ver também **new, 201;** oposto **end, 34**

begin *vti*, pretérito **began** part passado **begun** [termo genérico, ligeiramente mais formal que **start**] começar, iniciar *We'll begin the meeting with a prayer.* Começaremos a reunião com uma oração *Life begins at forty.* A vida começa aos quarenta. *I began to be suspicious.* Comecei a suspeitar.

beginning *sc/sfn* princípio, começo, início *Start reading from the beginning of the page.* Comece a ler desde o início da página. *At the beginning of the project we made mistakes.* Cometemos erros no início do projeto. *I read it* **from beginning to end***.* Li-o do princípio ao fim.

start *vti* **1** [termo genérico ligeiramente menos formal que **begin**] começar, iniciar *I start work at eight.* Começo a trabalhar às oito. *He started to cry.* Pôs-se a chorar. *I'll start with the soup.* Começarei pela sopa. *He started it!* [luta, argumento, etc.] Foi ele quem começou! **2** [obj/suj: equipamento] colocar em funcionamento *I can't start the car.* Não consigo dar partida no carro.

start *sfn* princípio, começo, início *Let's try to get an early start tomorrow.* Tentemos começar cedo amanhã. *The whole visit was a disaster* **from start to finish***.* A visita foi um desastre do começo ao fim.

commence *vti* [formal] começar *Let the festivities commence!* Que comecem as festividades!
commencement *sc/sfn* (freq. + **of**) começo, princípio, início

set off *v prep* **1** *vi* (freq. + **for**) [p. ex. em uma viagem] pôr-se a caminho, sair, partir *We set off for London the next day.* Partimos para Londres no dia seguinte. **2** *vt* **set sth off** OU **set off sth** [provocar. Obj: p. ex. processo, cadeia de acontecimentos] desencadear *Government action set off a wave of protest.* A atitude do governo desencadeou uma onda de protestos. [obj: pessoa] *She started giggling and that set John off.* Ela começou a rir e John começou também.

kick off *vi prep* (freq. + **with**) dar o chute inicial [informal] começar *We kick off at four o'clock with a speech from the mayor.* Começamos às quatro com o discurso do prefeito. **kick-off** *sfn* [informal] chute inicial, começo

GRUPOS DE PALAVRAS

introduce *vt* (freq. + **into**, **to**) introduzir *The potato was introduced into Europe in the 16th century.* A batata foi introduzida na Europa no século XVI. *They have introduced a new computer system at work.* Introduziram um novo sistema computadorizado no trabalho.

introduction *ssfn* introdução (+ **of**) *the introduction of new working practices* introdução de novos sistemas de trabalho (+ **to**) *a quick introduction to bookkeeping* uma rápida introdução à contabilidade

originate *vti* (freq. + **in**) [enfatiza de onde e como se começa algo] ter origem, dar lugar a *The custom originated in Scotland/in the 14th century.* O costume é originário da Escócia/do século XIV. **originator** *sfn* inventor, autor

origin *sc/sfn* [a forma plural **origins** é freqüentemente utilizada como sinônimo de **origin**, exceto quando se diz de ponto de origem físico] origem *The idea has its origin/origins in Christian theology.* A idéia tem suas origens na teologia cristã. *She is very proud of her Scottish origins.* Está muito orgulhosa de sua origem escocesa.

original *adj* **1** (antes do *s*) [que existe no início. Descreve esp. idéia, cultura] original, primeiro *the original inhabitants* os primeiros habitantes *Let's go back to our original idea.* Voltamos à nossa idéia original. **2** [não uma cópia] original **3** [imaginativo. Descreve esp. idéia] original *an original style of writing* uma forma de escrever original. **originality** *ssfn* originalidade

original *sfn* [quadro, documento, etc.] original

originally *adv* [geralmente utilizado quando se trata de algo que mudou posteriormente] originalmente *I spent more than I had originally intended (to).* Gastei mais tempo do que imaginava de início.

initial *adj* (antes do *s*) **1** [Descreve p. ex. estimativa, expectativa, resultado] inicial *Initial failure did not deter them.* O fracasso inicial não fez com que desistissem. **2** [colocado no início] inicial, primeiro *the initial letter of the code* a letra inicial do código

initially *adv* [ligeiramente mais formal que **originally**] inicialmente

e x p r e s s õ e s

at first a princípio, inicialmente *At first I thought he was joking.* A princípio, pensei que estivesse brincando.
from the word go [ligeiramente informal] desde o primeiro instante *They had problems from the word go.* Tiveram problemas assim que começaram.
from scratch [enfatiza a falta de um trabalho anterior, etc., que possa ser aproveitado] começar do nada, da estaca zero *You'll have to rewrite the report from scratch.* Terá de voltar a escrever o relatório desde o princípio. *start from scratch* começar do zero
(in) the early stages nas primeiras etapas *Careful planning is necessary in the early stages of the project.* É necessário um planejamento cuidadoso nas primeiras etapas do projeto.

32.1 Pessoas que começam uma atividade

beginner *sfn* principiante *I'm a complete beginner at Spanish.* Sou um principiante total em espanhol. ***beginner's luck*** sorte de principiante

learner *sfn* [quando utilizado sozinho no inglês britânico, **learner** geralmente designa uma pessoa que está aprendendo a dirigir] principiante, aprendiz *a quick learner* uma pessoa que aprende com rapidez *stuck behind a learner* empacado atrás de um carro de auto-escola.

novice *sfn* [que não tem experiência em uma técnica] novato, principiante *I'm a novice at beekeeping.* Sou novato em apicultura. (usado como *adj*) *a novice racehorse* um cavalo de corrida novato.

u s o

Learner é utilizado como *adj* na expressão **learner driver** (aprendiz de motorista), mas geralmente não se aplica a principiantes de outras técnicas. Em seu lugar, utiliza-se **a learner of ...** ou uma expressão mais longa, tal como **people who are learning to ...**

33 Continue Continuar

continue *vti* (freq. + **with**) [termo genérico, ligeiramente formal, se utilizado na fala] continuar *Should we continue (with) our work?* Continuamos com nosso trabalho? (+ **to** + INFINITIVO) *I continued to visit her regularly.* Continuei a visitá-la regularmente (+ -**ing**) *Please continue eating.* Por favor, continuem comendo.

continuation *sc/sfn* (freq. + **of**) continuação *a continuation of our earlier conversation* uma continuação de nossa conversa anterior

go on *vi prep* (freq. + **with**) [menos formal que **continue**] continuar, ir adiante *The party's still going on upstairs.* A festa ainda continua no andar de cima. *Go on with the story.* Prossiga com a história.

carry on sth *vti prep* [obj: p. ex. trabalho, conversa, linha de ação. Menos formal que **continue**] continuar, dar prosseguimento *Who will carry on (with) my work?* Quem dará prosseguimento ao meu trabalho? *Carry on taking the tablets.* Continue tomando as pastilhas.

persist *vi* **1** [ligeiramente formal. Suj: esp. situação (geralmente indesejável)] persistir *Racist attitudes persist in many societies.* As atitudes racistas persistem em muitas sociedades. **2** (freq. + **in**, **with**) [suj: pessoa. Continuar apesar da oposição de outros.] persistir *He persists in trying to do everything on his own.* Ele persiste em tentar fazer tudo sozinho.

proceed *vi* **1** [passar a um novo estágio, mas não necessariamente melhor. Um tanto formal] proceder, passar a algo *Shall we proceed to the next item on the agenda?* Passemos ao próximo item da ordem do dia. *Work is proceeding rather slowly.* O trabalho prossegue bastante devagar. [pode implicar movimento físico]

Proceed at once to the main exit. Dirijam-se imediatamente à saída principal. **2** (+ **to** + INFINITIVO [dar início a uma ação depois de fazer alguma outra coisa. Freqüentemente utilizado quando o interlocutor deseja expressar surpresa ou indignação diante de uma determinada atitude] pôr-se *Having got through three plates of stew, he proceeded to eat a large piece of chocolate cake.* Depois de acabar com três pratos de ensopado, pôs-se a comer uma enorme fatia de bolo de chocolate. *She then proceeded to undress.* Então, ela começou a tirar a roupa.

progress *vi* [suj: p. ex. pessoa, trabalho. Implica melhoria.] progredir *My research is progressing well.* Minha pesquisa vai indo bem.

progress *ssfn* progresso *The patient is making steady progress.* O paciente continua melhorando. *We made slow progress through the fog.* Avançamos lentamente através da neblina.

stay *vi* permanecer, ficar *I can't stay for the meeting.* Não posso ficar para a reunião. *I hope the weather stays fine.* Espero que o tempo continue bom. *Women's liberation is **here to stay**.* A liberação da mulher veio para ficar.

remain *vi* **1** [permanecer inalterado. Mais formal que **stay**] permanecer, ficar *Please remain seated.* Por favor, permaneçam sentados. *I remain unconvinced.* Ainda não estou convencido. ***It remains to be seen*** *whether they will succeed.* Resta saber se obterão êxito. **2** [Ligeiramente formal] restar, ficar *Doubts about her fitness remain.* Restam dúvidas acerca de sua saúde. *Can you eat the remaining food?* Você pode comer o restante da comida.

remainder *sfn* (não tem *pl*; sempre + **the**; freq. + **of**) resto, restante (usado com o verbo no singular ou no plural, dependendo do sujeito [se é singular ou plural]) *The remainder of the children were taken by bus.* O resto das crianças foi levado de ônibus. *The remainder of the food was thrown away.* Jogou-se fora o resto da comida.

33.1 Descrever coisas que continuam

ver também **be, 29.1**

continual *adj* **1** [que se repete várias vezes. Diz-se especialmente de coisas que aborrecem.] contínuo, infindável *I'm fed up with her continual whining.* Estou farto de suas queixas infindáveis. *continual stoppages due to bad weather* contínuas interrupções por causa do mau tempo **2** [que continua, sem interrupção. Descreve esp. estados emocionais desagradáveis] constante, contínuo *They lived in continual dread of discovery.* Viviam com o constante receio de serem descobertos. **continually** *adv* continuamente, constantemente

continuous *adj* [que continua de maneira ininterrupta. Descreve p. ex. ruído, corrente] contínuo *a continuous line of cars* uma fila contínua de carros *Wait until you hear a continuous tone.* Espere até ouvir um sinal contínuo **continuously** *adv* continuamente

constant *adj* **1** [que se repete de forma regular ou contínua. Descreve p. ex. advertências, discussões, atenção] constante *I receive constant inquiries about the book.* Recebo perguntas constantes sobre o livro. *She needs constant medical care.* Necessita de cuidados médicos constantes. **2** [que não varia. Descreve p. ex. velocidade, temperatura] constante *Spending has remained constant over the last 5 years.* Os gastos têm se mantido constantes nos últimos 5 anos. **constantly** *adv* constantemente

non-stop *adj* [um tanto informal, exceto quando se refere a vôos, trens, etc.] sem parar, ininterrupto [usado como *adv*] *I've been working non-stop since eight o'clock.* Estou trabalhando sem parar desde oito horas.

persistent *adj* [freq. implica obstinação diante de uma oposição] persistente *persistent troublemakers* agitadores habituais *a persistent cough* uma tosse persistente **persistently** *adv* persistentemente

persistence *ssfn* [freq. menos pejorativo que **persist** e **persistent**] persistência *The persistence of the police eventually paid off.* A persistência da polícia acabou dando resultado.

34 End Fim

ver também **hinder, 245**; oposto **begin, 32**

end *vti* [ver USO] terminar, acabar, finalizar *The meeting ended at four.* A reunião acabou às quatro. *The party ended in a fight.* A festa acabou em briga. *I had to end our relationship.* Tive que terminar o nosso relacionamento.

end *sfn* fim *I didn't stay to the end.* Não fiquei até o fim. **come to an end** terminar **put an end to** pôr fim a

---

USO

End e **finish** são termos muito comuns. **Finish** tem mais sentido de término que **end** e é mais comum quando utilizado de forma transitiva. Quando utilizado intransitivamente, **finish** é ligeiramente menos formal que **end**. **Finish** pode ser usado com a construção (+ -ing), p. ex. *Have you finished eating?* Já acabou de comer?; **end** não permite tal construção.

---

finish *vti* [ver USO] terminar, acabar, concluir *I haven't finished my work yet.* Ainda não acabei meu trabalho. *Work has finished on the new stretch of road.* Já concluíram as obras no novo trecho da estrada.

finish *sfn* [esp. de uma corrida] final *It was a close finish.* Foi um final disputado.

complete *vt* [mais formal que **finish**. Obj: p. ex. tarefa, viagem] terminar, concluir *Building work has been completed.* O trabalho de construção terminou. *She completed the crossword in ten minutes.* Fez as palavras cruzadas em dez minutos. **completion** *ssfn* [um tanto formal] conclusão, término

stop *v*, **-pp- 1** *vti* [cessar a ação] parar, deixar de *I've stopped using make-up.* Parei de usar maquiagem. *The bus stops outside my house.* O ônibus pára defronte da minha casa. *Has it stopped raining?* Parou de chover?

Stop the engine! Pare o motor! **2** *vt* (freq. + **from**) impedir *They can't stop the wedding.* Não podem impedir que celebrem o casamento. *She stopped me sending the letter.* Impediu-me de enviar a carta.

USO

Notem-se as seguintes construções verbais, usadas para mostrar diferentes significados de **stop**: (+ **to** + INFINITIVO) [interromper repentinamente uma ação para fazer outra coisa] *He stopped to tie his shoelace.* (Deteve-se para amarrar os cadarços dos sapatos.) (+ **-ing**) [deixar de fazer uma atividade] *She stopped eating.* (Deixou de comer.)

---

stop *sfn* parada *a four hour journey allowing for stops* uma viagem de quatro horas com paradas **come to a stop** parar **put a stop to** pôr fim a, acabar com

halt *v* [mais formal que **stop**] **1** *vti* parar, deter *The vehicle halted outside a shop.* O veículo parou diante de uma loja. **2** *vt* [impedir] deter, interromper *Strikes have halted production.* As greves detiveram a produção.

halt *sfn* [principalmente utilizado em expressões fixas] detenção, interrupção **come to a halt** parar, interromper **bring to a halt** parar, interromper

cease *vti* [formal] cessar, suspender *We have ceased manufacture of that model.* Deixamos de fabricar esse modelo. (+ **to** + INFINITIVO) *Without your support the club would cease to exist.* Sem o seu apoio, o clube deixaria de existir.

give up sth OU **give** sth **up** *vti prep* **1** deixar, abandonar *I gave up smoking.* Deixei de fumar **2** *vi prep* render-se

quit *vti*, -tt-, pretérito & part passado **quit** (esp. *amer*) deixar, abandonar *She quit her job.* Demitiu-se do emprego.

conclude *vti* [formal] concluir *The service concludes with the blessing.* O culto termina com a bênção. *some concluding remarks* alguns comentários finais

conclusion *ssfn* [formal] conclusão *a fitting conclusion to the day* uma conclusão adequada para o dia **In conclusion**, *I would just like to say...* Para concluir, eu gostaria de dizer...

34.1 Cancelar

cancel *vt*, (*brit*) -ll-, (*amer*) -l- [obj: p. ex. viagem, cidade, trem] cancelar, anular *They've cancelled their order for five new aircraft.* Cancelaram seu pedido de cinco aviões novos.

cancellation *ssfn* cancelamento, anulação *The flight is fully booked, but you may get a cancellation.* O vôo está completamente lotado, mas você pode conseguir lugar se houver um cancelamento.

call sth **off** OU **call off** sth *vt prep* [menos formal que **cancel**] suspender, cancelar *The match was called off because of bad weather.* A partida foi suspensa devido ao mau tempo.

terminate *vti* [formal. Sugere finalidade e formalidade. Obj: p. ex. acordo, contrato, relacionamento] terminar, cancelar *The train terminates here.* O trem faz sua última parada aqui. *terminate a pregnancy* interromper uma gravidez **termination** *s* **1** *ssfn* término **2** *sfn* aborto

abolish *vt* [obj: instituição, costume] abolir **abolition** *ssfn* abolição

34.2 Último

last *adj* último *The last train leaves at 22.40.* O último trem sai às 22h40. *I gave her my last penny.* Dei-lhe meu último tostão.

last *adv* por último, em último lugar *We were (the) last to arrive.* Fomos os últimos a chegar. *And* **last but not least**, *a big thank you to my parents.* E por último, mas não menos importante, muitíssimo obrigado a meus pais.

lastly *adv* [introduz o último de uma série de pontos, questões, etc.] por último, finalmente *Lastly, I should like to thank the organisers.* Por último, gostaria de agradecer aos organizadores.

final *adj* [ligeiramente mais formal e enfático que **last**] final, último *This is your final chance!* Esta é a sua última oportunidade! *our final offer* nossa oferta final

finally *adv* **1** [por último] finalmente **2** [por fim] finalmente *So you've finally succeeded.* Então, você finalmente conseguiu.

35 Real Real

ver também **true, 215**

real *adj* [termo genérico] real *real orange juice* suco de laranja natural *real life situations* situações da vida real

reality *sc/sfn* realidade *It's about time you faced reality.* Já é hora de enfrentar a realidade. *Manned space flight is already a reality.* O vôo espacial tripulado já é uma realidade.

genuine *adj* **1** [descreve: objetos e materiais esp. valiosos] autêntico *genuine crocodile-skin shoes* calçados de couro de crocodilo autêntico *Is the painting genuine?* O quadro é autêntico? **2** [descreve p. ex. interesse, oferta] de verdade, sincero *It was a genuine mistake.* Cometeu o erro sem querer. **genuinely** *adv* verdadeiramente, sinceramente

authentic *adj* [descreve p. ex. objetos, documentos, *não* materiais] autêntico *an authentic sample of Mozart's handwriting* uma amostra autêntica da caligrafia de Mozart **authenticity** *ssfn* autenticidade

actual *adj* (antes do *s*) **1** verdadeiro, em si *The actual election doesn't take place until next week.* A eleição em si não será realizada até a semana que vem. **In actual fact** *there are two copies.* Na realidade, há dois exemplares. **2** [utilizado para enfatizar que se trata de um objeto, lugar, etc., em particular] mesmo *This is the actual knife the murderer used.* É a mesma faca que o assassino utilizou. *Those were his actual words.* Essas foram suas palavras textuais.

actually adv na realidade, na verdade *The soup looks awful, but actually it tastes good.* A sopa estava com um aspecto horrível, mas, na verdade, o sabor estava bom. [freq. usado quando se discorda] *Actually, I think we should charge more than that.* Na realidade, creio que deveríamos cobrar mais.

proper adj (antes do s) [freq. usado de modo um tanto informal, para fazer referência ao sentido pleno da palavra em questão, e não a uma versão inferior] adequado, digno *Have you had a proper meal?* Você comeu uma boa refeição? *I want a proper job, not part-time work.* Quero um emprego como manda o figurino, não um de meio período.

concrete adj 1 [que existe de verdade. Descreve: objeto] concreto *I want something more concrete than a promise to pay.* Quero algo mais concreto que uma promessa de pagamento. 2 [específico, definido. Descreve p. ex. proposta, evidência] concreto

tangible adj [um tanto formal. Que pode ser percebido com clareza] tangível *tangible assets* bens tangíveis *The reforms have had no tangible results yet.* As reformas ainda não deram resultados tangíveis.

36 Unreal Irreal

ver também **copy, 56; untrue, 216**

imaginary adj imaginário *an imaginary friend* um amigo imaginário

imagine vt [crer erroneamente] imaginar *Nobody's trying to hurt you – you're just imagining things!* Ninguém está tentando machucá-lo – você está apenas imaginando coisas.

non-existent adj inexistente *Public transport is practically non-existent here.* Praticamente não existe transporte público aqui.

fake adj [descreve p. ex. obra de arte, tecidos, joalheria] falso *fake tan* bronzeamento artificial **fake** sfn falsificação

fake vti [obj: p. ex. objeto, emoção] falsificar *We bought faked documents.* Compramos documentos falsos.

pretend vti fingir, simular *She pretended not to notice me.* Fez como se não tivesse me visto. (+ **that**) *I pretended that I didn't know.* Agi como se não soubesse.

pretend adj (antes do s) [mais informal que **imaginary**. Freq. usado por ou para crianças] de mentira *a pretend gun* uma arma de brinquedo

pretence (brit & amer), **pretense** (amer) sc/sfn pretenso, tentativa de aparentar *There are no diamonds – that was all pretence.* Não há diamantes – foi tudo enganação. *You've brought me here **under false pretences**.* Trouxe-me aqui sob falsa alegação.

37 Seem Parecer

seem vi (não se utiliza no presente contínuo) parecer (+ adj) *It seems very hot in here.* Parece que faz muito calor aqui (+ **to** + INFINITIVO) *He seemed to sway.* Parecia cambalear. (+ **like**) *It seems like yesterday.* Parece que foi ontem. *It seems as if they have gone.* Parece que se foram. *It seems to me that we're wasting our time.* Tenho a impressão de que estamos perdendo tempo.

appear vi (não se utiliza no presente contínuo) [freq. um tanto formal] parecer (+ adj) *You appear surprised.* Parece surpreso. (+ **to** + INFINITIVO) *The room appeared to be empty.* O quarto parecia [estar] vazio. *It appears that she gave him the wrong information.* Ao que parece, deu-lhe informações incorretas.

appearance sc/sfn (freq. pl) aparência *Appearances can be deceptive.* As aparências enganam. **keep up appearances** manter as aparências **by/to all appearances...** aparentemente, ao que tudo indica...

look vi parecer *You're looking well.* Você está com uma boa aparência. (+ **like**) *She looks like Greta Garbo.* Ela se parece com Greta Garbo. *It looks as though it's going to rain.* Parece que vai chover. *It looks as though we'll have to cancel the show.* Parece que teremos de cancelar o espetáculo.

look sfn aspecto, aparência. *The farm had a neglected look.* A fazenda tinha um aspecto descuidado. *I don't **like the look of** that dog.* Não gosto do aspecto desse cão. *He's not very happy with us **by the look(s) of it**.* Pelo que parece, ele não está muito contente conosco.

impression sfn (ger. pl) impressão *I got the impression he was lying.* Tive a impressão de que estava mentindo. *The house gives an impression of grandeur.* A casa dá uma impressão de grandeza. *You can't judge by first impressions.* Não se pode julgar pelas aparências.

superficial adj superficial **superficially** adv superficialmente

38 Shapes Formas

shape sfn forma, formato *a card in the shape of a heart* um cartão em forma de coração

form sfn [ligeiramente mais abstrato e literário que **shape**] forma *The form of a building was just visible.* Via-se apenas a silhueta de um edifício.

GRUPOS DE PALAVRAS

38.1 Formas bidimensionais

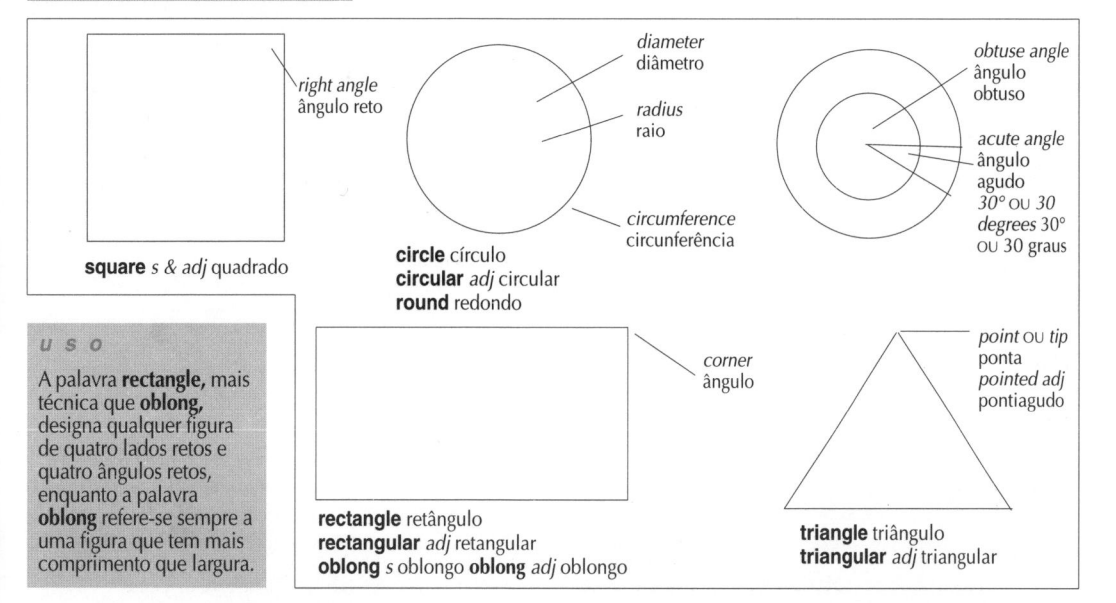

right angle ângulo reto

square *s & adj* quadrado

diameter diâmetro
radius raio
circumference circunferência

circle círculo
circular *adj* circular
round redondo

obtuse angle ângulo obtuso
acute angle ângulo agudo *30° ou 30 degrees* 30° ou 30 graus

corner ângulo

rectangle retângulo
rectangular *adj* retangular
oblong *s* oblongo **oblong** *adj* oblongo

point ou *tip* ponta
pointed adj pontiagudo

triangle triângulo
triangular *adj* triangular

USO

A palavra **rectangle,** mais técnica que **oblong,** designa qualquer figura de quatro lados retos e quatro ângulos retos, enquanto a palavra **oblong** refere-se sempre a uma figura que tem mais comprimento que largura.

38.2 Formas tridimensionais

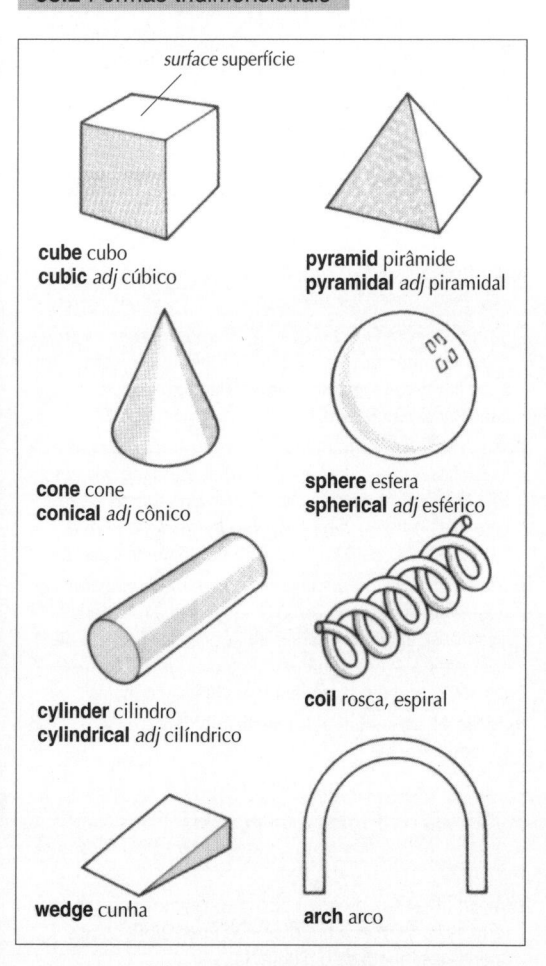

surface superfície

cube cubo
cubic *adj* cúbico

pyramid pirâmide
pyramidal *adj* piramidal

cone cone
conical *adj* cônico

sphere esfera
spherical *adj* esférico

cylinder cilindro
cylindrical *adj* cilíndrico

coil rosca, espiral

wedge cunha

arch arco

38.3 Formas utilizadas para decoração

design *sfn* [forma ou desenho, não necessariamente repetido] desenho
pattern *sfn* [geralmente desenho repetido, usado em decoração] padrão, motivo decorativo *a floral pattern* estampado de flores **patterned** *adj* estampado
stripe *sfn* listra **striped** *adj* listrado, de listras
dot *sfn* ponto, salpico, bolinha
spot *sfn* salpico, mancha, pinta **spotted** *adj* salpicado, sarapintado, pintalgado, manchado
check *sfn* xadrez **checked** *adj* axadrezado

38.4 Linhas

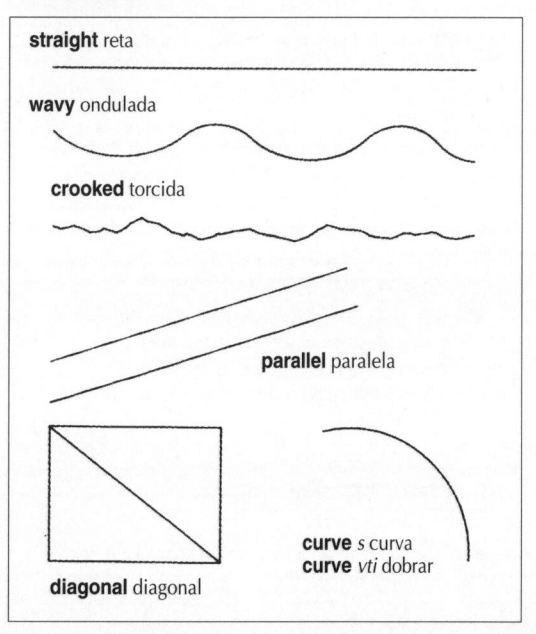

straight reta

wavy ondulada

crooked torcida

parallel paralela

diagonal diagonal

curve *s* curva
curve *vti* dobrar

steep empinado, íngreme
slope s inclinação
slope vi inclinar

row fila, fileira

38.5 Formas irregulares

lump sfn [massa pequena, às vezes encontrada em outra substância] pedaço *a lump of rock* pedaço de pedra
lumpy adj [ger. pejorativo] cheio de caroços *lumpy custard* creme encaroçado
bump sfn [sobressai de uma superfície uniforme] protuberância *You've got a bump on your forehead.* Ficou com um galo na testa. *bumps in the road* ondulações na estrada **bumpy** adj esburacado, cheio de protuberâncias
shapeless adj [descreve p. ex. massa, roupas] disforme, sem forma
baggy adj [descreve esp. roupas] muito folgado, largo

39 Shape Dar forma

shape vt [geralmente com as mãos ou uma ferramenta. Sempre uma ação voluntária] dar forma a, talhar
-shaped adj com forma de *an egg-shaped stone* uma pedra com forma de ovo
form vti [ligeiramente mais formal que **shape**. Pode ser uma ação voluntária ou involuntária] formar *Form the sausage meat into balls.* Fazer bolinhos de carne. *The children formed a straight line.* As crianças formaram uma linha reta. *Icicles formed below the windowsill.* Formaram-se pingentes de gelo embaixo do peitoril da janela.
mould (*brit*), **mold** (*amer*) vt [geralmente, com as mãos ou recipiente com formato especial. Obj: p. ex. plástico, argila] moldar **mould** sfn molde
bend vti, pretérito & part passado **bent** dobrar, curvar **bend** sfn curva
fold vti [obj: p. ex. roupas, jornais] dobrar, preguear, cruzar *The bed folds away.* A cama é dobrável. *to fold one's arms* cruzar os braços **fold** sfn dobra, prega
flatten vti [obj: p. ex. superfície, extremo] aplainar, nivelar [freq. implica ação violenta ou enérgica] *trees flattened by the gales* árvores derrubadas pelos vendavais.
straighten vti esticar, endireitar *I couldn't straighten my leg.* Não consegui esticar a perna. *She tried to straighten her hair.* Tentou alisar o cabelo.

U S O
Shape, form e **mould** podem ser usados no sentido figurado para descrever a influência de acontecimentos e experiências: p. ex. *His character was shaped by his wartime experiences.* (Suas experiências durante a guerra moldaram seu caráter.)

40 Dimensions Dimensões

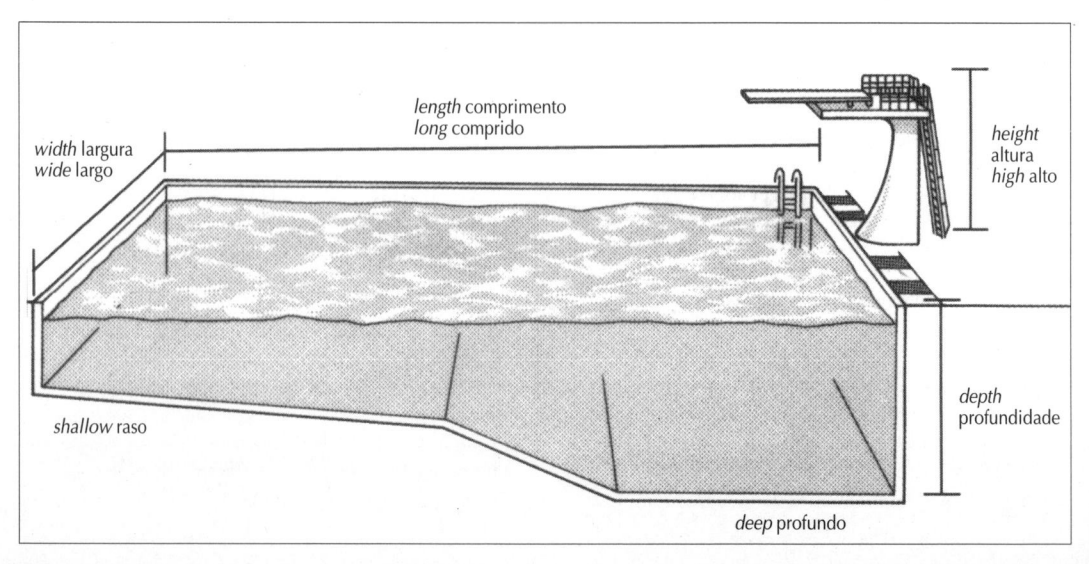

length comprimento
long comprido
width largura
wide largo
height altura
high alto
shallow raso
depth profundidade
deep profundo

USO

Wide é mais usado que **broad**. **Broad** freq. transmite a impressão de mais espaço e conforto que **wide**, daí *broad avenues* (avenidas amplas) soar mais atraente que *wide streets* (ruas largas). Quando se refere às medidas de um objeto, **wide** é geralmente utilizado. **Broad** é usado com freqüência para descrever as partes do corpo e pode implicar força: p. ex. *broad shoulders/hips* (ombros/quadris largos). Tanto **broad** quanto **wide** podem ser usados no sentido figurado com certas palavras, tais como **range** (gama) e **selection** (seleção).

a broad avenue uma avenida larga

a narrow footpath um caminho estreito

a dense crowd uma multidão compacta

thick soup sopa espessa

USO

A palavra **thick** (grosso, espesso) é geralmente utilizada para descrever coisas consideradas sólidas, tais como paredes ou vidros, ou uma substância uniforme, como os líquidos. A palavra **dense** (denso, compacto) é geralmente utilizada para se referir a coisas compostas de muitas unidades ou partículas concentradas em um espaço limitado. A palavra **density** (densidade) é freqüentemente utilizada em contextos específicos, enquanto **thickness** (grossura, espessura) é um termo genérico.

41 Size Tamanho

quantity *sc/sfn* [ger. diz-se de coisas concretas, não abstratas] quantidade *He consumed an enormous quantity/enormous quantities of beer.* Consumiu uma quantidade enorme de cerveja. *to buy/manufacture in quantity* comprar/fabricar em grandes quantidades

amount *sc/sfn* **1** [ger. utilizado com substantivos abstratos] quantidade *I view their claims with a certain amount of scepticism.* Analisei suas declarações com uma certa dose de ceticismo. *No amount of persuasion will make her change her mind.* Por mais que tentem persuadi-la, nada fará com que mude de opinião. **2** [de dinheiro] quantia, soma *Half the amount is still owing.* Ainda se deve metade da dívida.

area *sc/sfn* [termo genérico e matemático] área *the area of a triangle/circle* área de um círculo/triângulo *The oil spread over a large area.* O petróleo se espalhou por uma extensa área. *ver também **Areas, 14**

extent *sc/sfn* (não tem *pl*) **1** [distância que algo alcança] extensão *She stretched her arm out to its full extent.* Estendeu o braço ao máximo. **2** [grau] alcance *We don't yet know the extent of the damage.* Ainda não sabemos a extensão dos danos. *To what extent were they responsible for the error?* Até que ponto foram responsáveis pelo erro? *to a certain extent* até certo ponto.

space *sc/sfn* [área física] espaço *It's just enough space for the cupboard against that wall.* O espaço é exato para colocar o armário encostado na parede. *The refrigerator won't fit into the space we left for it.* A geladeira não caberá no espaço que lhe reservamos. *wide open spaces* amplos espaços ao ar livre

room *ssfn* [espaço livre] espaço *Is there room for me in the car?* Há espaço para mim no carro?

volume *ssfn* **1** [matemático] volume *the volume of a sphere/cube* o volume de uma esfera/cubo *8% alcohol by volume* 8% de álcool por volume **2** [um tanto formal. Quantidade] volume *the volume of work/trade/traffic* o volume de trabalho/comércio/tráfego

capacity *sc/sfn* [quantidade que algo pode conter. Um tanto técnico] capacidade *a tank with a capacity of 2,000 litres* tanque com capacidade para 2.000 litros *seating capacity* número de assentos *The hall was filled/full to capacity.* O vestíbulo estava completamente lotado.

dimensions *s pl* [um tanto formal] dimensões *a task of huge dimensions* uma tarefa de dimensões enormes.

proportions *s pl* [sugere idéia de forma e tamanho. Às vezes utilizado de modo mais jocoso que **dimensions**] proporções *his ample proportions* suas grandes proporções *It's a way of reducing the task to more manageable proportions.* É uma forma de reduzir a tarefa a proporções mais viáveis.

scale *s* **1** *sc/sfn* (não tem *pl*) escala, proporção *The sheer scale of the building is breathtaking.* As dimensões do edifício em si são imponentes. *Television coverage on this scale is unprecedented.* Uma cobertura televisiva nesta proporção não tem precedentes. *a large-scale undertaking* uma empreitada de grande porte *a full-scale reorganization* uma reorganização em grande escala **2** *sfn* escala *a scale of 1 centimetre = 1 kilometre* uma escala de 1 centímetro = 1 quilômetro *The map is not to scale.* O mapa está sem escala.

GRUPOS DE PALAVRAS

42 Big Grande

ver também **fat, 48**; oposto **small, 44**

large *adj* [ligeiramente mais formal que **big**. Não se utiliza com sentido de **high** ou **tall**. Descreve p. ex. quantidade, área] grande *a large number of people* um grande número de pessoas

long *adj* [descreve: tamanho, distância, tempo] longo, comprido *It's a long way from here.* Fica muito longe daqui. *a long corridor* um corredor longo

long *adv* (durante) muito tempo *Have you lived here long?* Mora aqui há muito tempo?

tall *adj* [ver USO] alto

U S O

A palavra **tall** (oposto **short**) pode se aplicar tanto a pessoas quanto a objetos que tenham uma grande distância de cima até embaixo. **High** (oposto a **low**) não é utilizado para pessoas, mas descreve a posição dos objetos em relação ao solo, ou o fato de que os objetos têm uma grande distância de cima até embaixo. Portanto *a high window* (uma janela alta) poderia ser uma janela alta ou uma janela muito distante do solo.

---

spacious *adj* [apreciativo. Descreve p. ex. uma casa] espaçoso *a spacious room* um quarto espaçoso

extensive *adj* [descreve p. ex. danos, testes, alterações] extenso, amplo, vasto *an extensive knowledge of French literature* um vasto conhecimento de literatura francesa

extensively *adv* extensivamente, amplamente

considerable *adj* [um tanto formal. Implica a impressão ou a importância que causam as coisas descritas. Descreve p. ex. quantidade, perigo, melhora, talento. Não se refere ao tamanho dos objetos individuais] *They have spent a considerable sum on his education.* Gastou uma quantia considerável em sua educação.

considerably *adv* consideravelmente *Circumstances have altered considerably since we last spoke.* As circunstâncias mudaram consideravelmente desde a última vez que nos falamos.

substantial *adj* [um tanto formal. Implica solidez e importância] substancial *The industry needs substantial investment.* A indústria precisa de um investimento substancial. *substantial evidence* evidência substancial *a substantial meal* [satisfatória] uma refeição substancial

substantially *adv* substancialmente *substantially different* substancialmente diferente

bulky *adj* [implica peso e dificuldade de transporte. Descreve p. ex. pacote, equipamento] volumoso, pesado

42.1 Muito grande

U S O

Enormous, huge, immense, gigantic e **colossal** transmitem a idéia de 'muito grande'. **Enormous** e **huge** são termos mais comuns que os demais; **gigantic** é utilizado mais em situações ligeiramente informais, e **immense** e **colossal** soam ligeiramente mais literários. **Gigantic, immense** e **colossal** são formas ligeiramente mais enfáticas que **huge** e **enormous**. Todos esses termos podem se referir a objetos físicos e a coisas abstratas, tais como problemas e quantidades. Podem ser reforçados acrescentando-se **absolutely**; p. ex. *Their house is absolutely enormous!* (A casa deles é descomunal!)

---

vast *adj* vasto *vast plains* vastas planícies

massive *adj* [implica força e solidez] grande, sólido, imponente *a massive rock* uma pedra enorme [um tanto informal quando usado para exagerar] *a massive spider* uma aranha gigantesca *a massive heart attack* um ataque cardíaco de extrema gravidade

giant *adj* (antes do s) [descreve objetos físicos, não quantidades nem áreas] gigante, enorme *a giant octopus* um polvo gigante *a giant packet of soap powder* um pacote gigante de detergente

giant *sfn* gigante

43 Large quantity Grande quantidade

ver também **big, 42**; **whole, 50**; **enough, 51**; **full, 332**; oposto **small quantities, 45**

plentiful *adj* [não se usa em contextos informais. Descreve: esp. recursos] abundante, copioso, farto

abundant *adj* [semelhante a **plentiful**] abundante, rico, copioso, farto

abundance *sc/sfn* (não tem *pl*) abundância, fartura *She has ideas in abundance, but no practical experience.* Tem idéias em abundância, mas precisa de experiência. *an abundance of food and drink* uma fartura de comida e bebida.

majority *s* **1** *sfn* (não tem *pl*; + *v sing* ou *pl*) maioria *the majority of voters* a maioria dos eleitores *Those who object to the changes are clearly in a/the majority here.* Os que se opõem às mudanças estão aqui em absoluta maioria. (usado como *adj*) *the majority opinion* a opinião da maioria **2** *sfn* [diferença no número] maioria *She won by a majority of 50 votes.* Ganhou por uma maioria de 50 votos.

maximum *sfn* máximo *This lift takes a maximum of 10 people.* Este elevador comporta no máximo 10 pessoas.

maximum *adj* (antes do *s*) [descreve p. ex. temperatura, nível, número] máximo

GRUPOS DE PALAVRAS

43.1 Coisas amontoadas

a stack/pile of plates uma pilha de pratos

a pile/stack of plates um monte de pratos

a heap/pile of dirty dishes uma pilha de pratos sujos

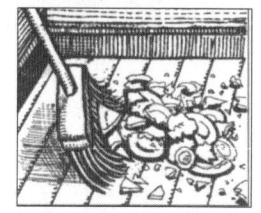

a heap of broken crockery um monte de pratos quebrados

stack *sfn* [ordenado, de lados verticais ou quase verticais, normalmente feito de coisas do mesmo tipo, tamanho e forma] pilha **stack** *vt* empilhar, amontoar

> **USO**
>
> **Stack, pile, heap** e **load** são usados nas seguintes estruturas para designar grandes quantidades:
>
> 1) stacks/piles/heaps/loads of sth
> 2) a stack/pile/heap/load of sth
>
> Essas expressões são todas informais e podem ser usadas tanto com *sfn* quanto com *ssfn*. Ex.: *We've got loads of time.* (Temos muitíssimo tempo.) *There's stacks of work to do.* (Há muito trabalho a fazer.) *I gave him a load of books.* (Dei-lhe um monte de livros.)

pile *sfn* [freq. menos ordenado e uniforme que **stack**. Pode ter laterais inclinadas ou uma forma irregular] monte, pilha **pile** *vt* (freq. + **up**) empilhar

heap *sfn* [geralmente com laterais inclinadas ou forma irregular, desordenada. Freq. contém objetos de diferentes tipos] monte *a compost heap* um monte de esterco

43.2 Palavras informais para grandes quantidades

lot ou **lots** (ger. + **of**) muito *You made a lot of noise last night.* Você fez muito barulho esta noite. *We've got lots to do.* Temos um monte de coisas para fazer.

bags *s pl* (*brit*) (sempre + **of**) uma grande quantidade, um monte de *There's bags of room in the car.* Há bastante espaço no carro. *She's got bags of charm.* Tem charme para dar e vender.

masses *s pl* (ger. + **of**) uma grande quantidade, um monte *masses of people* um monte de gente *Don't bring any food – we've got masses.* Não tragam comida – temos um monte.

mass *sfn* (ger. + **of**) [um tanto formal] muito, grande quantidade *We received a mass of letters.* Recebemos muitíssimas cartas.

tons *s pl* (ger. + **of**) uma grande quantidade, toneladas *tons of food* toneladas de comida

galore *adj* (depois do *s*) [não é tão informal quanto **stacks, heaps**, etc., mas não se usa normalmente em contextos formais. Geralmente se usa de maneira apreciativa] muito, em abundância *There are opportunities galore in the USA.* Nos Estados Unidos há muitas oportunidades.

> *expressão*
>
> **to get more than one bargained for** sair pior do que se esperava *When I challenged her to an argument I got rather more than I had bargained for.* Quando a desafiei e enfrentamos a discussão, saí pior do que esperava.

44 Small Pequeno

ver também **thin, 49**; oposto **big, 42**

little *adj* [freq. sugere que a coisa descrita é pequena de uma forma encantadora. O comparativo (**littler**) e o superlativo (**littlest**) são muito raros e implicam afeto ou sentimentalismo] pequeno *What a dear little kitten!* Que gatinho encantador! *I used a little bit of your face cream.* Usei um pouquinho do seu creme facial. *in a little while* num instantinho

tiny *adj* [extremamente pequeno. Assim como **little,** pode transmitir a idéia de que a coisa descrita é encantadora, mas também pode ser usado no sentido pejorativo] minúsculo *tiny babies* bebezinhos *The portions they served were tiny.* As porções que serviram eram minúsculas.

minute *adj* [inclusive menor que **tiny**. Freq. usado para enfatizar] pequeníssimo *This kitchen is absolutely minute!* Esta cozinha é minúscula!

miniature *adj* miniatura *a miniature railway* um trem miniatura *a miniature poodle* um poodle miniatura (usado como *s*) *The model shows the whole town in miniature.* A maquete mostra toda a cidade em miniatura.

miniature *sfn* miniatura

dwarf *adj* [descreve esp. plantas, animais] anão *a dwarf conifer* uma conífera anã

dwarf *sfn, pl* **dwarfs** ou **dwarves** anão

dwarf *vt* tornar menor, diminuir *The church is dwarfed by surrounding skyscrapers.* A igreja está diminuída pelos arranhas-céus que a cercam.

compact *adj* compacto

petite *adj* [apreciativo. Descreve mulheres pequenas e suas roupas] mignon, pequena, delicada

slight *adj* **1** [de pouca importância. Descreve p. ex. dor, mudança, erro] ligeiro, leve *There has been a slight improvement in our sales.* Houve um ligeiro aumento nas vendas. **2** [descreve pessoas] delgado, miúdo *his slight frame* seu corpo franzino

slightly *adv* ligeiramente *I was slightly angry.* Fiquei ligeiramente irritado. *slightly more common* ligeiramente mais comum

44.1 De pouca altura

short *adj* **1** [pessoas] baixo **2** [distância] curto **3** [período de tempo] breve *short trousers* calças curtas *In short, the play was a total flop.* Resumindo, a peça foi um fracasso total.

low *adj* [descreve p. ex. teto, temperatura, preço, não pessoas] baixo *low cloud* nuvens baixas *families on low incomes* famílias de baixa renda

45 Small quantities Pequenas quantidades

ver também **small, 44**; oposto **large quantity, 43**

minority *sfn* (não tem *pl*; + *v sing* ou *pl*) minoria *A small minority of the crowd caused trouble.* Uma pequena minoria do público causou problemas. *Parents with young children were in the/a minority at the meeting.* Pais com filhos pequenos eram minoria na reunião.

minimum *sfn* mínimo *I need a minimum of five volunteers.* Preciso de no mínimo cinco voluntários.

minimum *adj* (antes do *s*) [descreve p. ex. temperatura, número] mínimo *a minimum charge of £2.00* uma taxa mínima de duas libras.

45.1 Adjetivos que descrevem pequenas quantidades

scant *adj* (antes do *s*) [ligeiramente formal e freq. implica desaprovação. Descreve esp. coisas abstratas, p. ex. atenção, respeito] escasso, insuficiente *She paid scant attention to her parents' warnings.* Não prestou a mínima atenção às advertências de seus pais.

scanty *adj* [que não é grande o suficiente. Freq. implica desaprovação. Descreve p. ex. comida, recursos, biquíni] escasso, insuficiente, sumário

scantily *adv* insuficientemente *scantily-clad models* manequins com trajes sumários

skimpy *adj* [mais pejorativo que **scanty**. Freq. implica falta de qualidade] escasso

skimp on *sth vt prep* economizar demais, ser sovina *If you skimp on fabric, the dress won't hang properly.* Se você economizar tecido, o vestido não terá um bom caimento.

mere *adj* (antes do *s*; sem *compar*) [formal. Enfatiza a pequenez ou insignificância de algo] mero, simples, não mais do que *The mere mention of his name is forbidden.* A simples menção de seu nome está proibida.

merely *adv* [um tanto formal] meramente, simplesmente *I was merely trying to be helpful.* Eu estava simplesmente tentando ajudar.

meagre (*brit*), **meager** (*amer*) *adj* [pejorativo. Insuficiente. Pode implicar mesquinharia. Descreve p. ex. comida, soma em dinheiro] escasso, exíguo, parco

measly *adj* [informal e pejorativo. Expressa desprezo] miserável *Two measly sausages – is that all we get?* Duas miseráveis salsichas – é tudo que nos dão? *All I asked for was a measly £10!* Tudo que pedi foram dez miseráveis libras!

sparse *adj* [Descreve p. ex. população, vegetação] disperso, escasso

sparsely *adv* de pouca densidade, escassamente *The room was sparsely furnished.* O quarto tinha muito poucos móveis. *sparsely populated* com pouca densidade populacional

expressão

be thin on the ground (*brit*) [informal] escassear *Good restaurants are a bit thin on the ground round here.* Aqui os bons restaurantes são escassos.

45.2 Pedaços pequenos

ver também **part, 52**

little *pron* pouco *I'll have a little of that soup.* Tomarei um pouco dessa sopa. *There is little point in continuing this discussion.* Não tem muito sentido prosseguir com esta discussão. *Give us a little more time.* Dê-nos um pouco mais de tempo.

fraction *sfn* (ger. + **of**) fração, parte *The bullet missed me by a fraction of a centimetre.* A bala não me atingiu por uma fração de centímetro. *a fraction of a second* uma fração de segundo *a fraction of the cost* uma pequena parcela do custo

fragment *sfn* [quando empregado em relação a materiais, descreve esp. coisas que podem se quebrar em pedaços, p. ex. vidros, porcelana, osso] fragmento *Fragments of folk songs are found in the symphony.* Na sinfonia há fragmentos de canções populares.

fragmentary *adj* [freq. pejorativo. Descreve p. ex. explicação, conhecimento] fragmentário

scrap *sfn* [quando empregado para se falar de materiais, descreve esp. coisas que podem se rasgar ou quebrar em pedaços, p. ex. papel, roupa] peça, pedaço *There's not a scrap of evidence to support his claim.* Não existe a mínima prova que apóie sua afirmação.

grain *sfn* [de arroz, areia, etc.] grão *There isn't a grain of truth in the allegation.* Não há o menor indício de verdade em sua alegação.

trace *adj* [quando empregado em relação a materiais, descreve esp. substâncias que mancham, p. ex. sangue, chocolate] rastro *There was a trace of anger in her voice.* Havia um tom de irritação em sua voz. *She vanished without trace.* Desapareceu sem deixar pistas. *There's no trace of the car.* Não há nem rastro do carro.

handful *sfn* [geralmente se diz de pessoas. Freq. implica um número decepcionantemente pequeno] punhado, meia dúzia *Only a handful of people turned up.* Apenas um punhado de pessoas compareceu.

46 Increase Aumentar

increase vti (freq. + **in**, **by**) [suj/obj: p. ex. tamanho, quantidade, preço, não é usado com referência a pessoa] aumentar *Output has increased by 3% in the last month.* A produção aumentou cerca de 3% no último mês.

increase sfn (freq. + **in**, **of**) aumento, alta *wage/price increase* aumento de salário/preço *a sharp increase in public spending* um aumento brusco nos gastos públicos *an increase of 50%* um aumento de 50% *Absenteeism is on the increase.* O absenteísmo está aumentando.

grow vi, pretérito **grew** part passado **grown** [suj: p. ex. pessoa, planta, negócio] crescer *Britain's fastest-growing supermarket chain* a rede de supermercados britânica com a maior taxa de crescimento *Fears are growing for the child's safety.* Cresce o temor pela segurança da criança.

growth ssfn (freq. + **in**) crescimento *a period of economic growth* um período de crescimento econômico

spread v, pretérito & part passado **spread** 1 vti [um pouco menos formal que **expand**, e freq. uma ação involuntária. Freq. diz-se de coisas abstratas. Suj: p. ex. água, fogo, problema] espalhar, estender *Unrest has spread throughout the country.* O mal-estar se espalhou por todo o país 2 vt [obj: p. ex. margarina] untar com *She spread some butter on her bread.* Passou margarina no pão.

spread ssfn expansão, propagação *the spread of disease* a propagação da doença

---

comparação

to spread like wildfire propagar-se como um rastilho de pólvora, propagar-se aos quatro ventos

---

expand vti [ger. sugere aumento na área física. Freq. uma ação voluntária] estender, expandir *Our business is expanding.* Nossa empresa está em expansão *Wet weather makes the wood expand.* O tempo úmido faz a madeira empenar.

expansion sc/sfn expansão *industrial expansion* desenvolvimento industrial

swell vti, pretérito **swelled** part passado **swollen** [freq. tem conotações negativas de aumentar mais que o normal ou desejável. Suj: p. ex. tornozelo, rio, população] inchar, crescer, aumentar

stretch v 1 vti [tornar-se mais largo, longo, esp. com esforço] esticar, estirar, espichar *My jumper stretched in the wash.* Minha blusa de malha espichou na lavagem. *Stretch the tyre over the wheel frame.* Estirar o pneu até se acoplar à roda. 2 vti [estender até o comprimento máximo] estirar, estender *He stretched out his arm.* Esticou o braço. *She yawned and stretched.* Bocejou e espreguiçou-se. *The rope won't stretch as far as the tree.* A corda não vai se estender até a árvore. 3 vi [estender-se no espaço] estender-se *The road stretched ahead.* A estrada se estendia à nossa frente.

stretch sfn 1 alongamento, distensão *Give your muscles a stretch.* Alongue os músculos 2 [área] trecho *a short stretch of railway* um pequeno trecho da estrada de ferro

extend v 1 vti [acrescentando uma parte adicional. Obj: p. ex. edifício, influência] ampliar, prorrogar, adiar *I've extended the deadline by a week.* Prorroguei a data-limite em uma semana. 2 vti [até o comprimento máximo] estender, esticar *The cord is two metres long when fully extended.* A corda tem uns dois metros de comprimento quando completamente estendida 3 vi [no espaço] estender

extension s 1 sc/sfn extensão, ampliação *an extension of their powers* uma ampliação de seus poderes 2 sfn [parte de um edifício] anexo

---

u s o

Nas acepções 1 e 2, **extend** implica acrescentar algo a uma coisa que já existe, enquanto **stretch** implica aumentar o tamanho da coisa em si. **Extend** é ligeiramente mais formal que **stretch** na acepção 3.

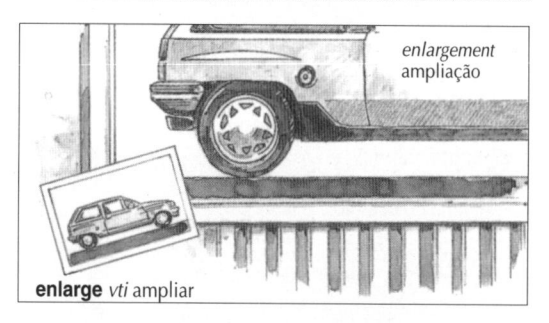

---

enlargement ampliação

enlarge vti ampliar

magnifying glass lente de aumento, lupa

magnify vt aumentar
manification sc/sfn aumento, ampliação

46.1 Termos matemáticos para designar aumento

add vt (freq. + **to**) somar, acrescentar *Can you add that to my bill, please?* Acrescente isto à minha conta, por favor. *This just adds to my worries.* Isto só faz com que minhas preocupações aumentem.

addition ssfn soma, adição *another addition to the family* um a mais na família. *They want longer holidays in addition to higher pay.* Querem férias mais longas além de um aumento salarial.

additional adj (ger. antes do s) adicional *There is no additional charge.* Não há encargos adicionais.

multiply vti, pretérito & part passado **multiplied** multiplicar *Our problems have multiplied.* Nossos problemas se multiplicaram. **multiplication** ssfn multiplicação

double vti dobrar, duplicar *Prices have doubled in the last year.* Os preços dobraram no ano passado.

double adj (antes do s) duplo *The coat has a double lining.* O casaco tem forro duplo. *She's earning double what I get.* Ela ganha o dobro do que eu ganho.

GRUPOS DE PALAVRAS

triple *adj* (antes do s) [que consiste de três coisas ou partes] triplo **triple** *vti* triplicar

treble *adj* (antes do s) [diz-se de um número. Repetido três vezes] triplicado, tríplice, três vezes **treble** *vti* triplicar

---

U S O

No inglês britânico, **double** e **treble** são freq. utilizados quando se fala em números, esp. números de telefone. Se o número do telefone é 355666, diz-se 'Three double five treble six'. **Quadruple** não é utilizado deste modo.

46.2 Aumentar em uma dimensão específica

deepen *vti* **1** [obj/suj: p. ex. água, buraco] aprofundar, tornar mais profundo **2** [tornar mais intenso. Obj/suj: penumbra, crise] aumentar, intensificar

lengthen *vti* encompridar, prolongar *I lengthened the dress.* Encompridei o vestido.

widen *vti* [obj/suj: p. ex. estrada, túnel, conhecimento] alargar, ampliar

broaden *vti* [freq. utilizado para coisas mais abstratas que **widen**. Obj/suj: p. ex. perspectiva, experiência] ampliar, alargar

heighten *vti* **1** [na altura] aumentar, elevar **2** [em intensidade. Obj/suj: p. ex. efeito, contraste, emoção] realçar, intensificar

46.3 Palavras no sentido figurado para designar aumento

mushroom *vi* [espalhar-se rapidamente. Freq. pejorativo] proliferar como fungos *Factories have mushroomed in the area.* As fábricas se espalharam feito praga nesta região.

snowball *vi* [aumentar de tamanho rapidamente] aumentar ou crescer como bola de neve *We started out with only two employees but the business just snowballed.* Começamos com apenas dois funcionários mas a empresa se expandiu muito rapidamente.

balloon *vi* (freq. + **out**) inflar-se, inchar-se *Her ankles ballooned when she was pregnant.* Seus tornozelos incharam quando estava grávida.

47 Decrease Diminuir

ver também **fall, 412**

decrease *vti* [termo genérico usado para tamanho e quantidade] diminuir, cair, baixar *Investment decreased by 20% last year.* Os investimentos caíram cerca de 20% no ano passado.

decrease *sc/sfn* (freq. + **in**) diminuição, baixa, queda *Inflation is on the decrease.* A inflação está em baixa.

U S O

Fall, **drop** e **go down** são palavras meio informais para designar diminuição. Referem-se a quantidade, não a tamanho.
Ex.: *The birth rate fell.* (A taxa de natalidade baixou.)
House prices have dropped. (Os preços dos imóveis baixaram.)
The temperature went down sharply. (A temperatura caiu bruscamente.)
Fall e **drop** são utilizados também como substantivos: p. ex. *a fall in stock market values* (uma queda na bolsa de valores) *a drop in attendance* (uma diminuição na freqüência)

---

reduce *vt* [tamanho ou quantidade] reduzir, diminuir *Reduce the temperature after 20 minutes.* Reduza a temperatura após 20 minutos. *This has reduced my chances of promotion.* Isso fez com que minhas chances de promoção diminuíssem.

reduction *ssfn* (freq. + **in**) diminuição, baixa (+ **on**) *a 10% reduction on the original price* um abatimento de 10% sobre o preço original *a reduction in the number of unemployed* uma diminuição no número de desempregados

lessen *vti* [não se utiliza para designar tamanho. Obj: impacto, risco, probabilidade] diminuir, reduzir

diminish *vti* [não se utiliza para designar tamanho. Ligeiramente mais formal que **lessen**] diminuir *This has not diminished our determination.* Isto não fez com que nossa determinação diminuísse. *Their profits diminished over the years.* Seus lucros diminuíram com o passar dos anos.

dwindle *vi* (freq. + **away**) [enfatiza o caráter gradativo da diminuição. Indica que restou apenas uma pequena quantidade ou nada] ir desaparecendo, ir diminuindo *dwindling resources/profits* recursos/lucros decrescentes

shrink *vti*, pretérito **shrank** part passado **shrunk** [suj/obj: p. ex. tecido, roupa, valor] encolher, reduzir *Our membership has shrunk to a quarter of its original size.* Nosso número de sócios reduziu-se a um quarto em relação ao número inicial. **shrinkage** *ssfn* encolhimento, redução

contract *vti* [um tanto informal. Suj: metal, músculo] contrair **contraction** *sc/sfn* contração

compress *vt* comprimir *compressed air* ar comprimido *I managed to compress the information into a few paragraphs.* Consegui condensar as informações em quatro parágrafos. **compression** *ssfn* compressão

shorten *vt* [obj: esp. comprimento, tempo] encurtar, abreviar *I shortened the dress.* Encurtei o vestido. *Let's shorten this meeting.* Vamos abreviar esta reunião.

cut short sb/sth ou **cut** sb/sth **short** [interromper uma coisa antes que se finalize, esp. de um modo desagradável. Obj: p. ex. férias, discussão] interromper bruscamente

cut *vt* [eliminar partes de. Obj: p. ex. livro, filme, orçamento] cortar, reduzir *The government has cut defence spending.* O governo cortou os gastos com a defesa. **cut** *sfn* corte, redução

cut down *vti prep* (freq. + **on, to**) baixar, reduzir *Try to cut down on sugar.* Tente reduzir o consumo de açúcar.
abbreviate *vt* [obj: palavra, frase] abreviar **abbreviation** *sfn* abreviatura, abreviação

halve *vt* reduzir à metade *If you come in my car, we'll halve the petrol costs.* Se formos no meu carro, dividiremos as despesas de combustível.
quarter *vt* dividir em quatro partes

48 Fat Gordo

ver também **big, 42**

fat *adj*, -**tt**- [termo genérico] gordo **fatness** *ssfn* gordura
fat *ssfn* gordura, graxa, banha *I've got a layer of fat on my thighs.* Tenho uma camada de gordura nas coxas.
fatten *vt* (freq. + **up**) [obj: esp. animal] engordar, cevar
fattening *adj* [descreve: alimentos] que engorda
overweight *adj* [palavra bem mais amena que se usa também no contexto da medicina] com excesso de peso

expressões

to put on weight engordar
to gain weight [Usado em contextos mais formais. Indica que antes a pessoa não pesava o suficiente.] ganhar peso *The baby is beginning to gain weight now.* O bebê está começando a ganhar peso agora.

obese *adj* [extremamente gordo. Mais formal e pejorativo que **fat** e **overweight**. Também utilizada no contexto da medicina.] obeso **obesity** *ssfn* obesidade
corpulent *adj* [muito gordo. Bastante formal, freq. se diz de pessoas mais velhas] corpulento **corpulence** *ssfn* corpulência

pot-bellied *adj* [ligeiramente jocoso] barrigudo

48.1 Palavras menos pejorativas para indicar excesso de peso

chubby *adj* [ger. usado no sentido afetivo. Descreve esp. bebê, bochechas] roliço, gorducho, rechonchudo
plump *adj* [bastante afetivo e freq. apreciativo] cheio, gordinho, gorducho [sempre apreciativo quando descreve p. ex. aves domésticas] gordinho *a nice plump chicken* um frango bem cevado
tubby *adj* [pejorativo, de maneira um tanto jocosa e afetiva] atarracado, pesado, rechonchudo
stout *adj* [diz-se de pessoas mais velhas. Implica torso grande.] robusto, forte
buxom *adj* [apreciativo, mas freq. jocoso. Ger. implica gordura sadia e seios grandes. Descreve: mulheres] viçosa, rechonchuda

49 Thin Magro

ver também **small, 44**

thin *adj* 1 [diz-se de pessoa] magro 2 [estreito. Não se usa para descrever espaço ou superfícies] delgado, fino
narrow *adj* [com freq. ligeiramente pejorativo, implica tamanho inadequado. Descreve p. ex. estrada, corredor, ponte] estreito

comparação

as thin as a rake magro como um varapau

skinny *adj* [pejorativo ou afetivo] magricela, escanzelado
lanky *adj* [um tanto pejorativo. Implica deselegância. Descreve: esp. crianças ou jovens] desengonçado
underweight *adj* abaixo do peso normal *He's at least 10 kilos underweight.* Pesa no mínimo 10 quilos abaixo do normal.
skin and bone [pejorativo, mas freq. usado com compaixão] pele e osso *Poor little thing, she's just skin and bone.* Pobrezinha, é só pele e osso.
emaciated *adj* [ligeiramente formal. Extremamente magro, ger. por doença ou inanição] esquelético
gaunt *adj* [sugere os efeitos de sofrimento ou doença grave] emaciado, macilento

uso

Gaunt e **haggard** geralmente se referem ao rosto ou olhar de uma pessoa, e não ao corpo ou às extremidades. **Skinny, emaciated** e **anorexic** são mais comumente utilizados para se referir ao corpo e às extremidades que ao rosto.

haggard *adj* [semelhante a **gaunt** mas não necessariamente tão magro. Também implica falta de sono] magro, abatido, desfigurado
anorexic *adj* [termo médico, mas freq. utilizado de maneira exagerada para designar 'extremamente magro e pouco atraente'] anoréxico **anorexia** *ssfn* anorexia

49.1 Perder peso

to lose weight perder peso
diet *sfn* 1 [para perder peso] regime, dieta *to go on a diet* fazer dieta 2 (freq. + **of**) [aquilo que se come] dieta **diet** *vi* estar em dieta **dieter** *sfn* pessoa que está de regime
slim *vi*, -**mm**- (freq. + **down**) emagrecer **slimmer** *sfn* pessoa que está de regime

slim adj, -mm- magro, esbelto *Exercises help keep you slim.* Exercícios ajudam a manter a forma.
lean adj [sugere força e bom condicionamento físico] magro, esguio

slender adj [sugere graça e fragilidade. Descreve p. ex. pessoa, extremidades, ramo] magro, fino, esbelto
fine adj [muito tênue e leve. Descreve p. ex. fio de linha, linha de costura, cabelo] fino

50 Whole Todo

oposto **part, 52**

whole adj **1** (antes do s) todo, inteiro *I've spent the whole afternoon looking for you.* Passei a tarde toda à sua procura. **2** (depois do v) [não dividido] inteiro *The bird simply swallowed the fish whole.* O pássaro simplesmente engoliu o peixe inteiro.

whole s **1** (sempre + **the**; + **of**) todo *the whole of Europe* toda a Europa **2** sfn [algo completo] todo, conjunto *Rather than divide up the property, they decided to sell it as a whole.* Em vez de dividir a propriedade, decidiram vendê-la como um todo.

wholly adv (ger. antes do adj ou v) [ligeiramente mais formal que **completely** ou **entirely**] completamente, totalmente *They were not wholly responsible for their actions.* Não eram completamente responsáveis por suas ações.

> **U S O**
> Freq. se pode usar **whole** adj e **the whole of** indistintamente. É possível dizer *the whole afternoon* ou *the whole of the afternoon* (toda a tarde), *my whole life* ou *the whole of my life* (toda a minha vida). Com nomes próprios, deve-se dizer **the whole of**: p. ex. *the whole of New York* ou *the whole of 1990*.

entire adj (antes do s) [mais formal que **whole**] inteiro, todo **entirely** adv totalmente, completamente
entirety ssfn totalidade *We must try to deal with the problem in its entirety.* Devemos tentar enfrentar o problema em sua totalidade.
complete adj **1** [usa-se mais para designar uma série de coisas do que para se referir a um objeto não divisível. Descreve p. ex. conjunto, coleção, lista] completo *the complete works of Shakespeare* obras completas de Shakespeare *The system came complete with a printer and a mouse.* O sistema veio com impressora e mouse incluídos. **2** (antes do s) [usado como intensificador] completo, total *He made me look a complete idiot.* Ele fez com que eu parecesse um perfeito idiota.
completely adv completamente *You look completely different.* Você está completamente diferente. *We were going in completely the wrong direction.* Estamos indo no sentido totalmente oposto.
total adj (ger. antes do s) [descreve p. ex. número, quantidade, fracasso, perda] total *He wants to gain total control of the company.* Quer adquirir o controle total da empresa. *our total profits for the year* lucro total do exercício **totally** adv totalmente
total sfn total *We received a grand total of £3,000.* Recebemos o total geral de 3.000 libras.
intact adj (ger. depois do v) intacto *The glass jar was still intact when we opened the parcel.* A jarra de cristal estava intacta quando abrimos o pacote.
in one piece [informal] inteiro *Just make sure you get that chair home in one piece; it's an antique.* Certifique-se de que a poltrona chegue à casa intacta; é uma antiguidade. *I've got a few bruises, but I'm still in one piece.* Tenho algumas contusões, mas ainda estou inteiro.
comprehensive adj [completo e de grande alcance. Descreve p. ex. conhecimento, descrição] completo, exaustivo, amplo, abrangente *comprehensive insurance* seguro contra todos os riscos **comprehensively** adv exaustivamente, de modo abrangente

51 Enough Bastante

ver também **large quantity, 43**

enough adj (freq. + **to** + INFINITIVO + **for**) bastante, suficiente *They didn't give me enough time.* Não me deram tempo suficiente. *I haven't got enough money for a ticket.* Não tenho dinheiro suficiente para pagar a passagem. *Is there enough space left on the page?* Há espaço suficiente na folha? (soa mais literário ou formal quando usado depois do s) *There's room enough for you to sit down.* Há espaço suficiente para você se sentar.

enough adv (depois do adj) **1** (freq. + **to** + INFINITIVO + **for**) bastante, suficientemente *The dress isn't quite big enough for me.* O vestido não é suficientemente grande para mim. **2** [usado sem implicar alguma comparação] bastante *It's a common enough complaint.* É uma queixa bastante corriqueira *She's cheerful enough, it's just that nobody ever seems to visit her.* Não que ela não seja alegre; mas parece que nunca recebe visitas.

> **U S O**
> **Enough** é utilizado com advérbios, esp. no início de sentenças, quando o interlocutor quer tecer um comentário genérico sobre a natureza das informações oferecidas.
> Ex.: *Oddly enough, he forgot to mention that.* (Embora pareça estranho, ele esqueceu de mencionar o fato.) *He was, naturally enough, very upset by the news.* (Como é natural, ficou muito alterado com a notícia.)
> **Enough** é utilizado também nas seguintes frases:
> *Enough is enough, she's had fair warning.* (Já chega; ela foi devidamente alertada.)
> *Enough said, I completely understand your position.* (Não diga mais nada; entendo perfeitamente sua posição.)
> *I've had enough of her everlasting moaning.* (Estou farto de suas queixas intermináveis.)

enough *pron* bastante, suficiente *Have you got enough?* Você tem o bastante?

sufficient *adj* (freq. + **to** + INFINITIVO + **for**) [mais formal que **enough**] suficiente *We have sufficient evidence to be able to make an arrest.* Temos provas suficientes para efetuar uma prisão. **sufficiently** *adv* suficientemente

adequate *adj* **1** (freq. + **to** + INFINITIVO + **for**) [mais formal que **enough**. Implica apenas o suficiente, sem sobrar nada] suficiente *Our supplies are adequate for our needs.* Os recursos de que dispomos são adequados para nossas necessidades **adequately** *adv* adequadamente

plenty *pron* (freq. + **of**) [mais que suficiente] de sobra *We had plenty to eat.* Tínhamos comida de sobra.

ample *adj* [o bastante ou mais que suficiente. Mais literário que **plenty**] (freq. + **for**) de sobra *There's ample space in the cupboard.* Há espaço de sobra no armário **amply** *adv* de sobra, abundantemente

52 Part Parte

ver também **small quantities, 45**; oposto **whole, 50**

part *s* **1** *sfn* [seção separada] parte *She lives in a separate part of the house.* Ela vive numa parte separada da casa. **2** *ssfn* [quantidade] *Part of the money belongs to me.* Parte do dinheiro me pertence. *We had to hang around for* **the better/best part of** *an hour.* Tivemos de esperar quase uma hora. *The crash was caused* **in part** *by human error.* O acidente foi causado em parte por um erro humano **3** *sfn* [de uma máquina ou equipamento] peça *spare parts* peças sobressalentes, de reposição

partly *adv* parcialmente, em parte *He resigned partly because of ill health.* Em parte, ele se demitiu por estar mal de saúde.

partial *adj* [descreve p. ex. sucesso, fracasso, recuperação] parcial

partially *adv* [ligeiramente mais formal que **partly** e usado no contexto da medicina] parcialmente *partially deaf/paralysed* parcialmente surdo/paralisado

USO

Partly, partially, in part e **to some extent/to a certain extent** (até certo ponto) podem ser utilizados quase que indistintamente em várias sentenças, p. ex. *I was partly/partially/in part/to some extent to blame for the accident.* (O acidente foi em parte/até certo ponto culpa minha.)
Partly é o advérbio de uso mais amplo e o único que pode ser utilizado em construções duplas, p. ex. *He did it partly for the money and partly because he's interested in theatre.* (Ele o fez em parte pelo dinheiro e em parte porque o teatro lhe interessa.)
Partially deve ser usado com muito critério com verbos, tais como 'judge' (julgar) ou 'decide' (decidir), porque também significa 'in a biased way' ('com parcialidade'), e esta acepção sempre vem depois do verbo.
In part é freq. utilizado em contextos mais formais.
To some extent/to a certain extent é ligeiramente mais impreciso que os demais termos e sugere que a pessoa não quer ou não pode quantificar o grau de veracidade de um enunciado.

piece *sfn* **1** pedaço, fatia, fragmento *a piece of glass* um fragmento de vidro *a piece of cheese/coal* um pedaço de queijo/carvão *to break/smash (something) to pieces* quebrar algo em pedacinhos **2** [um objeto individual de uma categoria de coisas quando não há substantivo com flexão de número] unidade *a piece of clothing* uma peça de roupa *a piece of information* uma informação *a piece of music* uma peça musical

bit *sfn* **1** [mais informal que **piece**] pedaço *Who wants the last bit of pie?* Quem quer o último pedaço de torta? *We'll have to reorganize the filing system* **bit by bit.** Teremos de reorganizar o arquivo pouco a pouco. *When you've finished your sewing, put all your* **bits and pieces** *back in the box.* Quando acabar de costurar, guarde todos os apetrechos na caixa. **2** [informal. Pequena quantidade] pouco *I've got a bit of shopping to do in town.* Tenho de fazer algumas compras no centro. **3** (*brit*) [usado como advérbio] **a bit** um pouco *It's a bit cold in here.* Está um pouco frio aqui.

USO

Part, piece e **bit** são muito semelhantes, mas **piece** e **bit** são normalmente utilizados nas locuções '*a piece/bit of sth*'. **Part** geralmente não é utilizado nessas construções. **Part** é freq. utilizado na construção '*part of*', mas o mesmo não ocorre com **piece** e **bit**. Ao falar de coisas que se quebraram ou despedaçaram, é muito mais comum utilizar **pieces** ou **bits**, uma vez que **parts** geralmente descreve coisas em seu estado normal ou desejável.

Would you like a piece of cake? Quer um pedaço de bolo?

The vase smashed to pieces/bits. O vaso quebrou-se em pedacinhos.

The machine arrived in several parts. A máquina chegou em várias peças.

section *sfn* [uma das várias partes que se encaixam uma nas outras para formar um todo] seção *The fuselage is constructed in three separate sections.* A fuselagem está construída em três seções diferentes. *Complete section one of the form.* Preencha a seção um do formulário.

portion *sfn* [quantidade de algo, não tão bem definida quanto uma **section**. Freq. diz-se de alimentos] parte, parcela *He ate a large portion of pudding.* Comeu uma boa quantidade de pudim. *He kept back a portion of his earnings every month.* Guardava uma parte de seus ganhos todo mês.

proportion *s* **1** *sfn* [ger. expressa o tamanho da parte em relação ao todo] parte, porcentagem *a vast/small proportion of the population* uma grande/pequena parte da população. **2** *ssfn* proporção *The price increase is very small **in proportion to** the extra costs we have had to pay.* O aumento no preço é muito pequeno em relação aos custos adicionais que temos de pagar. *The punishment was **out of all proportion to** the crime.* O castigo foi completamente desproporcional ao crime.

proportional *adj* proporcional **proportionally** *adv* proporcionalmente

percentage *sfn* [termo matemático. Utilizado também como **proportion**, sentido 1] porcentagem

52.1 Partes pequenas

slice *sfn* fatia, talhada, bocado *a slice of ham/cake/bread* uma fatia de presunto/bolo/pão. *The workers feel they're entitled to a slice of the profits as well.* Os trabalhadores consideram que também têm direito a uma parte dos benefícios.

slice *vt* (freq. + **off**, **up**) [obj: p. ex. pão, bolo, verduras] cortar em fatias *a sliced loaf* pão fatiado

strip *sfn* [ger. se refere a algo fino, cortado longitudinalmente] tira, faixa *a narrow strip of land* uma faixa estreita de terra

element *sfn* **1** [parte de um todo] elemento *Patriotism is a very important element in his character.* O patriotismo é um elemento muito importante no seu caráter. **2** [pequena quantidade] parte *There is **an element of** risk involved in any investment.* Todo investimento envolve um certo risco.

atom *sfn* átomo *an atom of hydrogen/a hydrogen atom* um átomo de hidrogênio *to split the atom* dividir o átomo

particle *sfn* partícula *subatomic particles* partículas subatômicas *a particle of dust/ a dust particle* uma partícula de poeira

53 Edge Borda

edge *sfn* **1** [termo genérico] borda, beira *Hold the photograph by the edges.* Segure a fotografia pelas bordas. *the water's edge* à beira d'água *We could be **on the edge of** a historic agreement.* Poderíamos estar à beira de um acordo histórico.

edge *vt* [obj: p. ex. vestido, gramado] barra, beira *a pond edged with reeds* uma represa margeada por juncos

limit *sfn* (freq. usado no *pl*) limite *the city limits* os limites da cidade *a twelve-mile fishing limit* um limite de pesca de doze milhas *The town is **off limits** to service personnel.* O acesso à cidade foi proibido aos militares. *I am prepared, **within limits**, to let students decide the content of courses.* Estou disposto a deixar que os estudantes decidam sobre o conteúdo dos cursos, dentro de certos limites.

limit *vt* (freq. + **to**) limitar, restringir *The problem isn't limited to the inner cities.* O problema não se limita às favelas.

limited *adj* [descreve p. ex. número, quantidade, alcance] limitado, reduzido *a very limited selection of goods on offer* uma seleção muito reduzida de produtos à venda *a student of very limited ability* um aluno de capacidade muito limitada

frame *sfn* **1** estrutura de suporte, moldura *a bicycle frame* o quadro da bicicleta **2** [para óculos] armação

frame *vt* [obj: esp. quadro, fotografia] moldura *a pretty face framed by light brown hair* um bonito rosto emoldurado por cabelos castanho-claros

outline *sc/sfn* contorno, perfil *The outline(s) of the building was/were just visible in the mist.* O perfil do edifício podia ser visto apenas através da neblina.

outline *vt* [obj: p. ex. forma, figura] delinear, traçar o perfil *a tree outlined against the horizon* uma árvore esboçada no horizonte

rim *sfn* [geralmente diz-se de objetos circulares] borda, aro

rim *vt* cercar, rodear

rimmed *adj* com moldura de *steel-rimmed glasses* óculos com armação de aço

a picture frame a moldura de um quadro

a window frame a moldura de uma janela

the rim of a glass a beirada de um copo

the rim of a wheel o aro de uma roda

surround *vt* rodear, cercar *Troops surrounded the radio station.* Tropas cercaram a emissora de rádio. *There is a lot of controversy surrounding the proposed legislation.* Existe muita controvérsia em torno da legislação proposta.

enclose *vt* **1** [dá a impressão de estar mais fechado que em **surround**. Obj: área de terra, p. ex. campo, jardim] cercar *a courtyard enclosed by a high wall* um pátio cercado por um muro alto **2** [em correspondências. Obj: p. ex. bilhete, cheques] anexar, incluir *Please find enclosed the agenda for next week's meeting.* [frase usada em cartas comerciais formais] Estamos anexando a pauta da reunião da próxima semana.

enclosure *sfn* **1** recinto *a special enclosure for important guests* recinto especial para convidados importantes **2** [formal. Em carta] documento anexo

53.1 Linhas divisórias entre áreas

border *sfn* **1** (freq. + **between**, **with**) [entre países] fronteira *We crossed the border* Cruzamos a fronteira *border town/guard* polícia da fronteira **2** [ger. decorativo] debrum

border *vt* **1** [estar ao lado de. Obj: país, estrada] fazer limite com *Poland borders Germany in the west.* A Polônia faz limite com a Alemanha a oeste. **2** (freq. + **with**) [obj: p. ex. lenço, tecido, vestido] fazer margem, barra *a path bordered with flowers* um caminho ladeado de flores

border on sth *vt prep* formar fronteira, fazer margem com algo, atingir o limite, chegar às raias *Our garden borders on the golf course.* Nosso jardim faz margem com o campo de golfe. *excitement bordering on hysteria* entusiasmo beirando a histeria

frontier *sfn* **1** (freq. + **with**, **between**) [apenas entre países. Mais importante que **border**] fronteira [freq. usado no sentido figurado, esp. no plural] *the frontiers of human knowledge* as fronteiras do conhecimento humano **2** [esp. na história dos EUA. Entre regiões colonizadas e regiões selvagens] fronteira

I live North of the border. Vivo ao norte da fronteira.

I live South of the border. Vivo ao sul da fronteira.

the border between England and Scotland a fronteira entre a Inglaterra e a Escócia

boundary *sfn* (freq. + **between**) [entre áreas menores que países] limites, fronteiras *town/county boundary* limite da cidade/do condado *The stream marks the boundary between her land and mine.* O riacho marca o limite entre suas terras e as minhas. [freq. usado no sentido figurado, esp. no plural] *I think she overstepped the boundaries of good taste.* Creio que ultrapassou os limites do bom gosto.

54 Alike Semelhante

ver também **copy, 56**

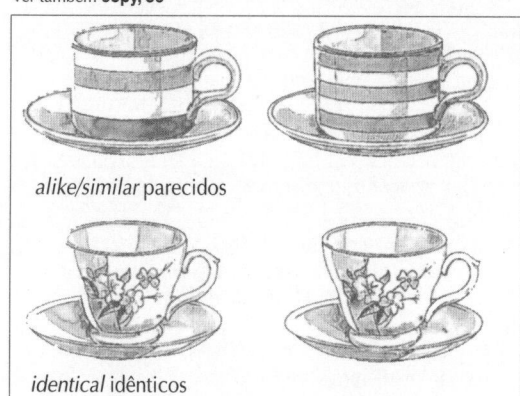

alike/similar parecidos

identical idênticos

alike *adj* (depois do *v*) [descreve pessoas ou coisas, sobretudo pessoas que têm quase a mesma aparência] parecido. *They're so alike they could almost be twins.* Eles se parecem tanto que poderiam passar por gêmeos.

alike *adv* (depois do *v* ou *s*) [ligeiramente formal] do mesmo modo, igualmente *Boys and girls alike will enjoy this tale of adventure.* Esta história de aventura agradaria tanto aos meninos quanto às meninas.

like *prep* como *He looks like my father.* Ele se parece com meu pai. *I'd love a house like yours.* Eu adoraria ter uma casa como a sua.

likeness *s* **1** *sc/sfn* (não tem *pl*) [semelhança na aparência. Diz-se normalmente de pessoas] parecença, semelhança *a family likeness* uma parecença de família **2** *sfn* retrato, imagem, cópia *a good likeness* um bom retrato.

similar *adj* (freq. + **to**) [quando se diz de pessoas, freq. descreve mais suas características que sua aparência] parecido *Our taste in music is similar.* Temos gosto musical parecido. *Our problems are similar to*

yours. Nossos problemas são semelhantes aos seus.
(+ **in**) *The objects are similar in size but not in shape.* Os objetos são de tamanho parecido, mas de formato distinto. **similarity** *sc/sfn* semelhança

similarly *adv* semelhantemente, do mesmo modo *similarly dressed* vestidas de modo semelhante [usado no início de uma sentença ou parágrafo] *I have certain rights as a citizen. Similarly, as a citizen, I have certain duties.* Como cidadão, tenho certos direitos e, do mesmo modo, certos deveres.

same *adj* (antes do *s*; sempre acompanhado de **the**, **those**, **this**, etc.) o mesmo *He wore the same shirt all week.* Vestiu a mesma camisa a semana toda.

same *adv* (sempre acompanhado de **the**) igual, da mesma forma *The children should be treated the same.* As crianças deveriam ser tratadas da mesma forma. (+ **as**) *Your jacket is the same as mine.* Sua jaqueta é igual à minha.

same *pron* (sempre acompanhado de **the**) idêntica *Our backgrounds are almost the same.* Nossa formação é quase idêntica.

identical *adj* (freq. + **to**) [exatamente iguais] idêntico *identical twins* gêmeos idênticos *The two paintings are almost identical.* Os dois quadros são quase idênticos.

uniform *adj* [um tanto formal. Implica regularidade. Descreve p. ex. cor, temperatura, distribuição] uniforme **uniformly** *adv* uniformemente

uniformity *ssfn* [freq. sugere obtusidade e falta de imaginação] uniformidade *the dreary uniformity of urban apartment buildings* a triste uniformidade dos prédios urbanos

consistent *adj* [que não muda. Freq. se diz de pessoas ou de suas atitudes e comportamento] coerente, constante *a consistent standard of work* um nível de trabalho constante **consistently** *adv* constantemente, com freqüência **consistency** *ssfn* constância, coerência

---

expressão

to be the spitting image of sb/sth [informal, enfático] ser o retrato vivo de alguém ou algo. *She's the spitting image of her mother.* É o retrato vivo de sua mãe.

54.1 Igual

equal *adj* (freq. + **to**) [descreve p. ex. parte, direitos, oportunidades] igual *Mix equal amounts of flour and sugar.* Misturar partes iguais de farinha e açúcar. *We are all equal partners in this alliance.* Somos todos sócios iguais nesta aliança. **equally** *adv* igualmente

equal *s* igual *He treats his staff as (his) equals.* Trata seus funcionários de igual para igual.

equal *vt*, -**ll**- (*brit*), ger. -**l**- (*amer*) **1** [obj: número, quantidade] ser igual a *y equals x + 2* y é igual a x + 2 **2** [obj: p. ex. alcance, velocidade, generosidade] igualar *She equalled the world record for the 200 metres.* Igualou o recorde mundial dos 200 metros. **equality** *ssfn* (freq. + **with**) igualdade

equivalent *adj* (freq. + **to**) [usado para mostrar que as coisas são iguais ou quase iguais na quantidade, função, etc., mesmo que pertençam a diferentes categorias ou sistemas. Descreve p. ex. posição, classificação, valor] equivalente *The money is equivalent to a year's salary.* O dinheiro equivale a um ano de salário.

equivalent *s* (freq. + **of**, **to**) equivalente *200 dollars or the/its equivalent in pounds sterling* duzentos dólares ou o/seu equivalente em libras esterlinas *She's the nearest equivalent to a personnel manager that we have in our company.* Ela é o que temos de mais próximo a um chefe de pessoal na empresa.

even *adj* [descreve p. ex. distribuição, velocidade, oportunidades] eqüitativo, uniforme *The scores are even.* As pontuações estão empatadas. **to get even with sb** ajustar contas com alguém **evenly** *adv* uniformemente

even sth **out** ou **even out** sth *vti prep* [suj/obj: p. ex. diferença, desequilíbrio] nivelar, equilibrar

even sth **up** ou **even up** sth *vt prep* [obj: p. ex. números, equipes] igualar, nivelar *If John goes over to your side, that will even things up a bit.* Se John ficar do nosso lado, isso equilibrará um pouco as coisas.

level *adj* igual *Their scores were level at the end of the match.* Seus pontos eram iguais ao final da partida.

level *vi*, -**ll**- (*brit*), -**l**- (*amer*) (freq. + **with**) nivelar, igualar *They levelled the score at 3-3.* Igualaram o marcador em 3x3.

54.2 Parecer-se

resemble *vt* (freq. + **in**) [ligeiramente formal. Diz-se principalmente de pessoas, mas é usado também para coisas] parecer-se *She resembles her father more than her mother.* Ela se parece mais com o pai do que com a mãe.

resemblance *sc/sfn* (freq. + **to**, **between**) semelhança **to bear a close/no resemblance to something** ter uma grande semelhança /não ter nenhuma semelhança com algo

remind sb **of** sb/sth *vt prep* recordar alguém de algo *He reminds me of a chap I used to know at school.* Ele me faz lembrar um cara que costumava ir à escola. *ver também **remember, 116.1**

have a lot in common (with sb/sth) [ter interesses ou características em comum] ter muitas coisas em comum (com alguém/algo) *I didn't find her easy to talk to because we don't have a lot in common.* Não foi fácil falar com ela, porque não temos muitas coisas em comum. *Their aims obviously have a lot in common with ours.* É evidente que suas metas têm muito em comum com as nossas.

correspond *vi* (freq. + **to**, **with**) [ser coerente ou equivalente. Suj: p. ex. datas, cifras, contas] corresponder *The results we obtained exactly correspond with theirs.* Os resultados que obtivemos correspondem exatamente aos deles. **correspondence** *sc/sfn* [formal] correspondência

compare *v* **1** *vi* (normalmente + **with**) [ser tão bom quanto] comparar-se, admitir comparação *The food in the canteen can't compare with what you could get in a restaurant.* A comida da cantina não se compara com a que se pode encontrar em um restaurante. *Her exam results compared favourably/unfavourably with mine.* Os resultados de seu exame eram melhores/piores que os meus. **2** *vt* (freq. + **with**, **to**) [observar se há semelhança ou diferença] comparar *Their parents are very strict, compared with/to mine.* Seus pais são muito rígidos, comparados com os meus.

comparable *adj* (freq. + **to**, **with**) comparável *The two systems aren't really comparable.* Na realidade, os dois sistemas não podem ser comparados.

comparison *sc/sfn* (freq. + **to**, **with**, **between**) comparação *Their house is small by/in comparison with ours.* Sua casa é pequena em comparação com a nossa.

standardize TAMBÉM **-ise** (*brit*) *vt* [obj: p. ex. procedimentos, equipamentos, ortografia] padronizar, regularizar

---

u s o

Embora **to** e **with** sejam com freqüência utilizados indistintamente com **compare**, **compare to** é mais freqüente quando se utilizam as semelhanças entre duas ou mais coisas, a fim de descrever ou explicar melhor uma delas: *I explained the law of gravity by comparing the Earth to a giant magnet.* (Expliquei a lei da gravidade comparando a Terra com um ímã gigante.) **Compare with** sugere que você está analisando ambas as coisas para ver quais são as diferenças e semelhanças: *If we compare Earth's atmosphere with that of Venus, what do we find?* (Se comparamos a atmosfera da Terra com a de Vênus, a que conclusão podemos chegar?)

---

55 Different Diferente

different *adj* **1** (freq. + **from**, **to**) diferente, distinto *It's the same washing powder, it's just in a different packet.* O mesmo sabão em pó, mas com uma embalagem diferente. **2** (antes do *s*) [separado, distinto, um outro] diferente, distinto *I've heard the same thing from three different people.* Ouviu a mesma coisa de três pessoas diferentes.

difference *sc/sfn* (freq. + **between**, **in**, **of**) diferença *What's the difference between a crocodile and an alligator?* Qual a diferença entre um crocodilo e um jacaré? *The new carpet has made a big difference to the room.* O tapete novo deixou a sala bem diferente.

differ *vi* (freq. + **from**) [ligeiramente formal] diferir *How exactly does the new model differ from the old one?* Em que exatamente o modelo novo difere do antigo?

u s o

Os puristas acreditam que a única preposição correta depois de **different** é **from**. Entretanto, **different to** é aceito pela maioria dos que falam o inglês britânico (mas não pelos que falam o inglês norte-americano) e **different than**, pela maioria dos norte-americanos (mas não pelos britânicos). O verbo **differ** deve, entretanto, ser seguido de **from**.

---

dissimilar *adj* (freq. + **to**, **from**) [mais formal que **different**] dessemelhante, diferente [freq. utilizado em uma dupla negação] *Their attitudes are not dissimilar.* Suas atitudes não são de todo distintas. **dissimilarity** *sc/sfn* dessemelhança, diferença

inconsistent *adj* [um tanto pejorativo. Freq. se diz de pessoas ou de suas atitudes e comportamento] incoerente, inconstante *His judgments are so inconsistent.* Seus julgamentos são tão incoerentes. **inconsistency** *sc/sfn* incoerência, inconstância

opposite *adj* [descreve p. ex. direção, efeito, ponto de vista] oposto, contrário *Hot is the opposite of cold.* Quente é o contrário de frio *the opposite sex* o sexo oposto

opposite *sfn* (se *sing*, sempre + **the**) oposto, contrário *If I say something she always says the opposite.* Se digo algo, ela sempre diz o contrário.

alternative *adj* (antes do *s*) **1** [descreve p. ex. rota, sugestão, explicação] alternativo **2** [usado para descrever coisas que representam uma ruptura com o tradicional ou convencional. Descreve p. ex. comédia, estilos de vida, medicina] alternativo *alternative sources of energy* fontes de energia alternativas

alternative *sfn* (freq. + **to**) alternativa *a cheaper alternative to conventional detergents* uma alternativa mais barata para os detergentes convencionais *I have no alternative but to ask for your resignation.* Não me resta outra alternativa senão pedir sua demissão.

alternatively *adv* [utilizado para produzir uma oração que expõe uma possibilidade diferente] outra solução seria, em vez disso *Alternatively you could have the party at our house.* Outra solução seria fazer a festa em nossa casa.

---

e x p r e s s õ e s

to be a far cry from [freq. implica que a coisa descrita é inferior àquela com a qual é comparada] não apresentar nenhum termo de comparação com, estar longe de ser *Our town has canals, but it's a far cry from Venice!* Em nossa cidade existem canais, mas não há termo de comparação com Veneza.

to be like/as different as chalk and cheese (*brit*) ser muito parecido/ser tão diferente quanto a água e o vinho

---

55.1 Ver ou marcar diferenças

differentiate *v* **1** *vti* (freq. + **between, from**) [ver diferença ou tratar de maneira diferente. Suj: pessoa] diferenciar, distinguir *I can't differentiate between these two shades of blue.* Não vejo diferença entre esses dois tons de azul. *We try not to differentiate between our children.* Procuramos não fazer distinções entre nossos filhos. **2** *vt* (freq. + **from**) diferenciar, distinguir *What differentiates this product from its competitors?* Em que este produto se diferencia de seus concorrentes?

distinguish *v* **1** *vti* (freq. + **between, from**) distinguir(se). *Even our parents have difficulty distinguishing between us.* Até nossos pais têm dificuldade para nos distinguir um do outro. **2** *vt* (freq. + **from**) [tornar diferente] distinguir *a distinguishing feature* um traço distintivo

distinction *sfn* (freq. + **between**) distinção *to make/draw a distinction* fazer uma distinção, diferenciar *I honestly can't see the distinction.* Sinceramente, não consigo ver a diferença.
contrast *vti* (freq. + **with**) [enfatizar as diferenças] contrastar *contrasting colours* cores contrastantes

contrast *sc/sfn* (freq. + **between, to, with**) contraste *In contrast to the steady rise in managerial earnings, wages for manual workers have declined.* O salário dos trabalhadores braçais caiu, em contraste com o crescente aumento no lucro das empresas.

56 Copy Cópia

ver também **unreal, 36; alike, 54**

copy *vt* [termo genérico, neutro] **1** [fazer uma cópia de. Obj: p. ex. escrito, diagrama] copiar (+ **out**) *I copied out the poem.* Copiei o poema. **2** [imitar. Obj: p. ex. pessoa, comportamento] copiar, imitar *She copies everything I do.* Copia tudo que faço.
copy *sfn* **1** cópia *to make a copy of something* fazer uma cópia de algo **2** exemplar *Has anyone seen my copy of 'Lorna Doone'?* Alguém viu meu exemplar de Lorna Doone?
replica *sfn* [mais formal que **copy**. Normalmente, não sugere desaprovação] réplica
reproduce *v* **1** *vti* [ligeiramente técnico. Obj: p. ex. cor, som, textura] reproduzir [pode significar 'fazer novamente'] *Will she be able to reproduce that performance in an exam?* Será capaz de voltar a fazê-lo em um exame? **2** *vti* [suj: ser vivo] reproduzir-se, procriar
reproduction *s* **1** *sc/sfn* reprodução *The painting's a reproduction.* O quadro é uma reprodução. *sound reproduction* reprodução de som **2** *ssfn* [processo biológico] reprodução
forge *vt* [para fins ilícitos. Obj: p. ex. documento, assinatura] falsificar **forger** *sfn* falsificador **forgery** *sc/sfn* falsificação
plagiarize *vti* [usado com desaprovação. Obj: p. ex. autor, obra, idéia] plagiar **plagiarism** *sc/sfn* plágio **plagiarist** *sfn* plagiário, plagiador
imitation *sc/sfn* [freq. implica qualidade inferior] imitação (usado como *adj*) *imitation leather/fur/jewellery* imitação de couro/de pele/bijuteria
reflect *vi* refletir *sunlight reflected on the water* a luz do sol refletida na água *I saw my face reflected in the puddle.* Vi meu rosto refletido na poça.
reflection *sc/sfn* reflexo *her reflection in the mirror* seu reflexo no espelho

reflective *adj* refletor *reflective clothing* roupas refletoras

56.1 Termos para imitar pessoas e seu comportamento

imitate *vt* imitar *They all try to imitate their favourite film stars.* Todos tentam imitar suas estrelas favoritas.
imitation *sfn* [normalmente para criar efeitos cômicos] imitação *She does imitations.* Ela faz imitações.
ape *vt* [pejorativo. Copiar de uma maneira estúpida ou sem pensar] macaquear, arremedar, imitar *They try to ape the manners of people in high society.* Tentam macaquear os modos das pessoas da classe alta.
impersonate *vt* [fingir ser outra pessoa, às vezes para criar efeito cômico] fazer-se passar por, imitar *He was arrested for impersonating a police officer.* Foi detido por se fazer passar por policial.
impersonation *sc/sfn* imitação *to do impersonations* fazer imitações
impersonator *sfn* imitador
mimic *vt,* **-ck-** [para criar efeitos cômicos, freq. para se livrar de alguém] arremedar, imitar **mimicry** *ssfn* [formal] imitação, arremedo **mimic** *sfn* mímico
take sb **off** ou **take off** sb (*brit*) *vt prep* [informal. Sempre para criar efeitos cômicos.] parodiar **take-off** *sfn* paródia
to follow suit [fazer o que alguém já fez, esp. logo em seguida] seguir o exemplo, imitar *We changed our filing system and all the other departments immediately followed suit.* Mudamos nosso sistema de arquivo e imediatamente os demais departamentos fizeram o mesmo.

57 Substitute Substituir

substitute *v* **1** *vt* (ger. + **for**) [colocar uma coisa no lugar de outra] substituir *We substituted a fake diamond for the real one.* Substituímos um diamante falso pelo verdadeiro. **2** *vi* (normalmente + **for**) [funcionar como substituto] substituir *Will you substitute for me at the meeting?* Você me substituirá na reunião?
substitute *sfn* (freq. + **for**) [pode ser pessoa ou coisa] substituto *sugar substitute* substituto do açúcar
substitution *sc/sfn* substituição
replace *vt* **1** (freq. + **with**) [trocar por outro] repor, substituir *It's cheaper to replace the machine than to get it repaired.* É mais barato substituir a máquina que consertá-la.

> **U S O**
> **Substitute** freq. implica que a coisa substituída é de alguma forma inferior à original. **Replace** não tem essa conotação e é usado mais freq. em contextos em que a coisa que substitui é melhor que a coisa substituída.

2 [tomar o lugar de] substituir, repor *She replaces Sarah Jones who is injured.* Está substituindo Sarah Jones, que está contundida.

replacement s **1** sfn (freq. + **for**) [pode ser pessoa ou coisa] suplente, substituto *My replacement has lots of experience.* Meu suplente tem muita experiência. **2** ssfn [coisa] reposição, troca (usado como *adj*) *replacement part/unit* peça de reposição

represent vt **1** [pessoa, empresa, cliente] representar *delegates representing the workers in the industry* delegados que representam os trabalhadores na indústria **2** [significar. Um tanto técnico] representar *Let x represent the velocity of the particle.* Suponhamos que x represente a velocidade da partícula. *The graph represents average rainfall.* O gráfico representa a média das precipitações. **representation** sc/sfn representação

representative sfn representante *representatives of/from many organizations* representantes de inúmeras organizações

representative adj (freq. + **of**) **1** [descreve p. ex. amostra] representativo **2** [descreve p. ex. governo] representativo

deputize, TAMBÉM **-ise** (*brit*) v **1** vi (freq. + **for**) substituir *I'm deputizing for Jane while she's at the conference.* Estou substituindo Jane enquanto ela assiste à conferência. **2** vt (*amer*) funcionar como substituto

deputy sfn [apenas uma pessoa, esp. alguém que está em uma posição imediatamente inferior à pessoa ou cargo] substituto, suplente (usado como *adj*) *deputy chairman* vice-presidente *deputy sheriff* subcomissário *deputy headmistress* diretora interina

stand in for sb vt prep [soa menos oficial que **deputize**] substituir, ficar no lugar de *I'm standing in for Sheila while she's on holiday.* Estou substituindo Sheila enquanto ela está de férias.

stand-in sfn [aplica-se esp. ao cinema e ao teatro] dublê *We'll use a stand-in during the action sequences.* Usaremos um dublê durante as seqüências de ação.

58 Change Mudança

ver também **improve, 418; worsen, 441**

change vt **1** vti (freq. + **from, into/to**) [termo genérico. Suj/obj: p. ex. plano, nome] mudar. *She's changed since she went to university.* Ela mudou desde que entrou na universidade. *If you don't like the colour you can always change it.* Se a cor não lhe agrada, sempre é possível mudá-la. **2** vt (freq. + **for**) trocar *I changed my old car for a new one.* Troquei meu carro velho por um novo. *Susan and I have changed places.* Susan e eu invertemos os papéis.

change sc/sfn (freq. + **in, of**) [termo genérico] *a change in the weather* uma mudança no tempo *to make a change* fazer uma mudança *I'd like to eat out tonight for a change.* Gostaria de jantar fora hoje à noite, para variar.

changeable adj [descreve p. ex. tempo, pessoa, humor] variável

alter vti mudar *Would you like to have the dress altered, Madam?* Gostaria que ajustássemos o vestido, senhora? *The date has been altered on the cheque.* A data do cheque foi alterada. **alteration** sc/sfn alteração

---

U S O

Alter é utilizado em contextos semelhantes a **change 1**, mas **alter** é ligeiramente mais formal. **Alter** é empregado quando as coisas mudam um pouco, porém não completamente, enquanto **change** pode ser usado para algo que muda totalmente. **Alter** freq. implica uma ação mais deliberada que **change**. Quando se fala em mudar o tamanho da roupa, utiliza-se **alter**.

---

transform vt [mudar completamente. Termo enfático.] transformar *It has been transformed from a quiet country town into an industrial centre.* De cidade pacata passou a um grande centro industrial. **transformation** sc/sfn transformação

transition sc/sfn (freq. + **from, to**) [ligeiramente formal] transição *a gradual transition from small business to multinational company* uma transição gradativa, de uma pequena empresa para uma companhia multinacional

affect vt [provocar mudança em] afetar *an area which has been badly affected by drought* uma região que vem sendo consideravelmente afetada pela seca

vary vti [suj/obj: p. ex. velocidade, freqüência, tempo] variar (+ **in**) *The poems varied greatly in quality.* A qualidade dos poemas variava muitíssimo. *I like to vary what I eat.* Gosto de variar meu cardápio. **variation** sc/sfn variação

variable adj **1** [que pode mudar a qualquer momento. Descreve p. ex. tempo, precipitações, humor] variável **2** [que pode ser mudado. Descreve p. ex. cenário, posição] variável

develop vti (freq. + **from, into**) desenvolver(-se) *The plant develops from a tiny seed.* A planta desenvolve-se a partir de uma semente minúscula. *developing nations* países em desenvolvimento **development** ssfn (freq. + **from, into**) desenvolvimento

58.1 Mudar para se adaptar a novas circunstâncias

adapt vti (freq. + **to, for**) adaptar(-se), ajustar(-se). *He's adapted well to his new working conditions.* Ele adaptou-se bem às novas condições de trabalho *a play adapted for radio* peça de teatro adaptada para o rádio **adaptation** sc/sfn adaptação

adjust vti [implica que normalmente são feitas pequenas mudanças para que algo funcione melhor] ajustar(-se) *Please do not adjust your set.* Por favor, não ajuste seu aparelho. *I adjusted the straps.* Ajustei as correias. **adjustment** sc/sfn ajuste

modify vt [mais formal que **change**] modificar *a modified version of the program* uma versão modificada do programa *The control panel has been modified to make it easier for the pilot to read the instruments.* O painel de controle foi modificado para facilitar a leitura dos instrumentos pelo piloto.

revise vt [ligeiramente formal. Reexaminar, mudar e melhorar. Obj: p. ex. opinião, lei, texto escrito] revisar *to revise figures upwards/downwards* revisar os valores para cima/para baixo.

revision sc/sfn revisão *Your revisions were all incorporated in the published text.* Todas as modificações que você fez foram incorporadas ao texto publicado.

reform v **1** vt [mudar e melhorar. Usado principalmente em contextos políticos. Obj: esp. lei] reformar **2** vti [melhorar comportamento, personalidade, etc. Suj/obj: pessoa] reformar(-se), mudar *She's a reformed character.* Ela está totalmente mudada.

reform sc/sfn [utilizado somente em contextos políticos] reforma *legal reforms* reformas legais

59 Beautiful Belo

ver também **good, 417**

beautiful adj [termo genérico bastante apreciativo. Normalmente não é utilizado para descrever os homens] belo, bonito, charmoso

beauty s **1** ssfn beleza, formosura *They were stunned by her beauty.* Ficaram impressionados com a beleza dela. **2** sfn [ligeiramente formal quando se refere a uma mulher bonita] beldade, beleza *Your mother was a famous beauty in her day.* Sua mãe foi uma beldade famosa na sua época. [um tanto informal quando se refere a coisas] *That new car of hers is a beauty!* Esse seu carro novo é uma beleza!

pretty adj [menos forte que **beautiful**. Sugere um atrativo mais superficial. Descreve p. ex. mulher, quadro, vestido] bonito, gracioso [quando se sugere que um homem tem uma aparência um tanto efeminada] *a pretty boy* um rapaz muito gracioso **prettiness** ssfn boniteza, encanto

handsome adj [descreve: esp. homens, também animais, móveis. Quando se diz de uma mulher, implica altura, força e traços fortes] bonito, belo, elegante

comparação

as pretty as a picture tão bonito(a) que parece uma pintura

good-looking adj [descreve: homens ou mulheres, mas raramente coisas] bonito, de boa aparência

attractive adj [descreve: homens, mulheres ou coisas] atraente **attractively** adv atraentemente **attractiveness** ssfn atratividade

lovely adj [usado de forma muito ampla, com vários graus de apreciação. Quando se diz de uma mulher, implica muita beleza ou atração sexual] adorável, encantador, atraente, agradável, delicioso *They've got a lovely house in the country.* Eles têm uma casa de campo adorável. *They gazed at her lovely face.* Contemplaram seu rosto gracioso. **loveliness** ssfn beleza, graça, encanto

exquisite adj [extremamente belo. Implica pequenez e delicadeza] primoroso, requintado *exquisite jewellery* jóia finíssima **exquisitely** adv primorosamente, delicadamente

gorgeous adj [mais forte que **lovely**, mas em geral designa a mesma coisa. Descreve p. ex. clima, comida, cor] magnífico, maravilhoso *What a gorgeous dress!* Que vestido mais deslumbrante!

picturesque adj [descreve p. ex. cidade, cenário, vista] pitoresco

elegant adj [descreve p. ex. pessoa, roupas, mobiliário] elegante **elegantly** adv elegantemente **elegance** ssfn elegância

graceful adj [descreve p. ex. bailarina, movimento, curvas] gracioso **gracefully** adv graciosamente **grace** ssfn graça

uso

a work of art sfn [diz-se de quadros, etc., ou então de maneira bastante informal] uma obra de arte *That bedspread you made for me is a work of art.* Aquela colcha que você me fez é uma obra de arte.

look/feel like a million dollars sentir-se maravilhosamente bem *I came out of the hairdresser's feeling like a million dollars.* Saí do cabeleireiro sentindo-me maravilhosamente bem.

59.1 Tornar mais belo

decorate v **1** vt (freq + **with**) [termo genérico; normalmente não se refere a pessoas] enfeitar, decorar *The buildings were decorated with flags.* Os prédios estavam decorados com bandeirolas **2** vti [com pintura, papel de parede, etc.] decorar **decorator** sfn decorador

decoration sc/sfn decoração *Christmas decorations* decoração de Natal *The knobs are just there for decoration.* Os puxadores estão só de enfeite.

We decorated the living room. Pintamos/Decoramos a sala de estar.

We decorated the living room for John's party. Decoramos a sala de estar para a festa do John.

decoration sc/sfn decoração *Christmas decorations* decoração de Natal *The knobs are just there for decoration.* Os puxadores estão só de enfeite. **decorative** adj decorativo

adorn vt (freq. + **with**) [mais formal que **decorate**. Pode-se dizer de pessoas e coisas] enfeitar, adornar *She adorned herself with ribbons and bows.* Enfeitou-se com laços e fitas. **adornment** sc/sfn enfeite, adorno

embellish vt (freq. + **with**) [mais formal que **decorate**. Não se diz de pessoas. Implica adição de elementos de decoração enriquecidos e com freqüência desnecessários] embelezar **embellishment** sc/sfn embelezamento.

ornament sfn [algo que se exibe mais por sua beleza que por sua utilidade] ornamento *china/brass ornaments* ornamentos de porcelana/de latão **ornamental** adj ornamental

60 Ugly Feio

ugly adj [termo genérico. Descreve p. ex. pessoa, rosto, vestido] feio **ugliness** ssfn feiúra

plain adj 1 [descreve: esp. pessoas, geralmente mulheres. Implica uma aparência trivial, sem atrativos, portanto, menos enfático que **ugly**] sem graça

hideous adj [extremamente feio. Freq. utilizado de uma maneira exagerada. Descreve p. ex. monstro, arreganhar de dentes] horrendo, hediondo *What made her choose those hideous curtains?* O que a levou a escolher essas cortinas tão horríveis? **hideously** adv horrendamente

grotesque adj grotesco *dancers wearing grotesque animal masks* bailarinos com grotescas máscaras de animais **grotesquely** adv grotescamente

eyesore sfn [descreve: coisas, esp. edifícios, não pessoas] monstruosidade, coisa antiestética *That new office block is an absolute eyesore.* Esse novo bloco de escritórios agride os olhos.

to look/be a sight [informal, diz-se princ. de pessoas] parecer um espantalho *I must look a sight with my jacket all torn.* Devo estar uma coisa medonha com minha jaqueta toda rasgada.

61 Rough Áspero

rough adj 1 [descreve p. ex. superfície, pele] áspero, enrugado 2 [descreve: mar] encapelado, agitado

coarse adj 1 [de textura áspera. Descreve p. ex. lixa, fibra, tecido] áspero, grosseiro 2 [não refinado. Descreve p. ex. grãos] grosso

coarsely adv asperamente, grosseiramente *coarsely-ground pepper* pimenta moída de modo grosso

uneven adj [descreve p. ex. superfície, solo, borda] desigual, irregular

unevenly adv desigualmente, irregularmente

irregular adj [descreve p. ex. forma, ritmo, intervalo] irregular *an irregular heartbeat* batimento cardíaco irregular **irregularity** sc/sfn irregularidade

choppy adj [descreve: a superfície da água] picado, encapelado

ripple sfn [onda pequena, também utilizado para descrever p. ex. seda] onda

ripple vti [suj/obj: água, campo de trigo] ondular, agitar

bumpy adj [descreve p. ex. estrada, passeio de carro] esburacado, acidentado

corrugated adj ondulado, corrugado *corrugated iron* ferro ondulado

jagged adj [descreve p. ex. borda, pico, pedras] dentado, recortado

serrated adj [descreve p. ex. borda, lâmina] serrado, dentado

a bumpy road uma estrada esburacada

The sea was choppy. O mar estava encapelado

the jagged mountains montanhas recortadas

62 Smooth Liso

smooth adj 1 [descreve p. ex. superfície, textura, pele] liso, suave *The stones had been worn smooth by the tread of thousands of feet.* As pedras haviam ficado lisas depois de milhares de pisadas. *Mix to a smooth paste.* Misture até formar uma pasta homogênea. 2 [descreve p. ex. travessia, viagem] tranqüilo *The landing was very smooth.* A aterrissagem foi suave como uma seda.

smooth vt (freq. + **away**, **down**, **out**) [obj: p. ex. tecido] alisar
smoothly adv suavemente, tranqüilamente *go/progress smoothly* ir de vento em popa *The negotiations flowed smoothly.* As negociações transcorreram normalmente.
sleek adj [liso e brilhante. Descreve p. ex. pele de animal] luzidio, lustroso
calm adj [descreve: mar] calmo

62.1 Palavras para descrever superfícies horizontais

flat adj, -tt- plano *People used to believe the Earth was flat.* Antes acreditava-se que a Terra era plana. *a flat tyre* um pneu furado/vazio *flat shoes* sapatos baixos *flat heels* saltos baixos
flat adv (antes de locução adverbial) estendido, estirado (ao nível do solo) *I was lying flat on the floor.* Estava estendido no chão. *to fall flat* cair estatelado

comparação

as flat as a pancake chato como panqueca, liso como uma tábua

level adj 1 [mais técnico que **flat**. Descreve p. ex. superfície, solo, colherada] raso, plano 2 (freq. + **with**; geralmente depois do v) no mesmo nível *My head was level with the window.* Minha cabeça ficou à altura da janela. **level** sfn nível *The sitting room is on two levels.* A sala de estar foi construída em dois níveis. *below sea-level* abaixo do nível do mar *at eye-level* à altura dos olhos
level vt, -ll- (*brit*), -l- (*amer*) [obj: p. ex. solo, terra] nivelar, aplainar
level off/out vi prep [suj: p. ex. avião, preços] estabilizar *Inflation has levelled off at 8%.* A inflação se estabilizou em 8%.
even adj 1 [descreve p. ex. solo, superfície, estrato] uniforme, nivelado *I trimmed the edges to make them nice and even.* Recortei as bordas para torná-las bem uniformes. [freq. sugere uma fileira ou conjunto de coisas que são todos da mesma altura] *a nice even set of teeth* uma dentadura perfeita 2 [descreve p. ex. temperatura, ritmo, velocidade] estável, uniforme, constante **evenly** adv uniformemente
even sth **out** ou **even out** sth vti prep [Suj/obj: p. ex. solo] aplainar
plane sfn [termo geométrico. Superfície completamente plana] plano

63 Tidy Ordenado

ver também **order**, 65

tidy adj ordenado, arrumado *Keep the lounge tidy because we've got guests coming.* Deixe a sala arrumada porque teremos convidados. **tidily** adv ordenadamente
tidy vti (freq. + **up**) [obj: p. ex. quarto, bagunça] arrumar, organizar *I've got stay in and tidy (up) my bedroom.* Tenho de ficar em casa e arrumar meu quarto.
neat adj limpo, ordenado *The books were arranged in neat rows.* Os livros foram dispostos em fileiras perfeitas. **neatness** ssfn esmero, ordem **neatly** adv ordenadamente, cuidadosamente
smart adj [vistoso e elegante. Descreve: esp. pessoas, roupas] elegante *You look very smart in that new suit.* Você está muito elegante nesse terno novo **smartly** adv elegantemente
smarten sth **up** ou **smarten up** sth vt prep melhorar o aspecto de *Some new curtains would smarten this room up considerably.* Algumas cortinas novas melhorariam muito este quarto.
clear sth **up** ou **clear up** sth vti prep [obj: p. ex. desordem, quarto] limpar, recolher

uso

Freq. **neat** e **tidy** são usados juntos. Uma pessoa pode pedir a outra que mantenha um quarto, um armário, livros, etc., *neat and tidy* (limpos e arrumados) ou descrever uma pessoa como sendo *neat and tidy* em sua forma de vestir, hábitos, etc. Os adjetivos têm um sentido muito parecido, porém, **tidy** tende a se referir ao efeito geral e sugere ausência de qualquer confusão ou desordem. Não tem o sentido de precisão e esmero implícito em **neat**, que também pode ser usado para descrever pequenos detalhes. **Handwriting** (letra), apenas para citar um exemplo, pode ser descrita como **neat**, mas *não* como **tidy**.

order ssfn ordem *I just want to get/put my papers in order before I leave.* Quero apenas colocar meus papéis em ordem antes de partir.
orderly adj [sugere disciplina e esmero, ordem. Descreve p. ex. retirada, fila] ordenado

64 Untidy Desordenado

disorder ssfn [um tanto formal] desordem *The room was in complete disorder.* O quarto estava em completa desordem. **disorder** vt desordem **disorderly** adj desordenadamente
chaos ssfn [mais forte e menos formal que **disorder**] caos *Fog has caused chaos on the roads.* O nevoeiro provocou um caos nas estradas. *The office was in complete chaos after the break-in.* O escritório ficou um caos depois do assalto. **chaotic** adj caótico
mess sc/sfn (não tem pl) 1 [um tanto informal. Implica um estado de confusão menos grave que **disorder** ou **chaos**] bagunça *I'm afraid the room is (in) a mess.* Receio que o quarto esteja muito bagunçado.
2 [eufêmico. Substância desagradável, esp. excremento]

sujeira, porcaria *The dog made a mess on the carpet.* O cão fez sujeira no tapete.

mess sth **up** OU **mess up** sth *vt prep* [obj: p. ex. cabelo, quarto] desordenado, bagunçado

messy *adj* **1** [que causa bagunça] desordenado, sujo *Little babies are so messy.* Crianças pequenas se sujam muito. **2** [em desordem. Descreve p. ex. quarto, cabelo] revolto, desordenado

jumble *sfn* (não tem *pl*) [sugere diferentes coisas amontoadas de qualquer jeito] confusão, misturada *a jumble of old pots and pans* um monte de potes e panelas velhas

jumble *vt* (freq. + **up**) misturar *I found the papers all jumbled up together on her desk.* Encontrei os papéis todos embaralhados na escrivaninha dela.

muddle *sc/sfn* (ger. *sing*) [refere-se mais freq. a uma confusão mental ou administrativa que a uma desordem física] confusão, mixórdia *My finances are in a muddle.* Minhas finanças estão uma bagunça. *to get into a muddle* entrar em uma trapalhada

muddle *vt* (freq. + **up**) **1** [desordenar. Obj: p. ex. papéis] embaralhar, misturar **2** [confundir] fazer confusão *I'm sorry, I got the figures muddled (up).* Desculpe, fiz uma confusão com os números.

unkempt *adj* [sugere negligência, descuido. Descreve p. ex. cabelo, aparência, pessoa] descuidado, despenteado

random *adj* [descreve p. ex. amostra, seleção, número] feito ao acaso, a esmo [usado como *s*] *The names were chosen at random from our list.* Os nomes foram escolhidos de nossa lista aleatoriamente.

expressões

Estas expressões informais fazem referência a um aspecto físico muito desagradável:

look as if one has been dragged through a hedge backwards (*brit*) [diz-se de pessoas] estar uma calamidade, parecer um espantalho [literalmente: parecer ter sido arrastado por trás pelo meio de uma sebe]

look like a bomb has hit it [diz-se de um quarto, de um escritório, etc.] estar de pernas para o ar, como se um furacão tivesse passado

65 Order Ordem

ver também **tidy, 63**

order *sc/sfn* [seqüência] ordem *in alphabetical/chronological order* em ordem alfabética/cronológica *You've got the files in the wrong order.* Arquivou as pastas na ordem errada. *It took me hours to get the cards back in the right order.* Demorei horas para colocar as cartas na ordem correta. *in order of seniority/importance* por ordem de antiguidade/importância **order** *vt* ordenar

sort *vti* [organizar conforme o tipo, o tamanho, etc. Obj: p. ex. cartas, roupas, frutas] separar, classificar *The eggs are sorted by size.* Os ovos são separados por tamanho. (+ **out**) *I'm sorting out my old clothes.* Estou reorganizando minhas roupas velhas. [implica tirar aquilo de que não se necessita] (+ **into**) *I was just sorting the cards into piles.* Estava apenas separando os naipes em pilhas diferentes.

classify *vt* [implica um sistema mais formal que **sort** OU **order**] classificar *Should I classify this book as fantasy or science fiction?* Devo classificar este livro como fantasia ou ficção científica? **classification** *sc/sfn* classificação

arrange *vt* (freq. + **in**) [obj: p. ex. livros, flores, ornamentos] arranjar, dispor *The exhibits aren't arranged in any particular order.* Os objetos em exposição não foram dispostos seguindo uma determinada ordem. *chairs arranged around a table* cadeiras dispostas em torno da mesa

arrangement *sc/sfn* arranjo, disposição *an arrangement of daffodils and irises* um arranjo floral de narcisos e lírios

66 Position Posição

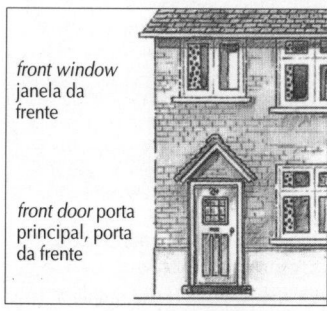

front window janela da frente

front door porta principal, porta da frente

the front of the house a fachada da casa

side window janela lateral

the side of the house a parte lateral da casa

back window janela dos fundos

back door porta traseira, porta dos fundos

the back/rear of the house os fundos/a parte traseira da casa

GRUPOS DE PALAVRAS

> **USO**
>
> **Rear** é ligeiramente mais formal que **back**. **Centre** é ligeiramente mais formal que **middle**. **Centre** é geralmente usado em áreas bidimensionais, enquanto **middle** pode se referir a linhas também.

She is at the front of the queue. Ela está no início da fila.

She is in the middle of the queue. Ela está no meio da fila.

He is at the back/rear of the queue. Ele está no final da fila.

The buttons are at the front. Os botões ficam na frente.

The buttons are at the back. Os botões ficam atrás.

She is sitting in front of him. Ela está sentada diante dele.

He is standing behind her. Ele está em pé atrás dela.

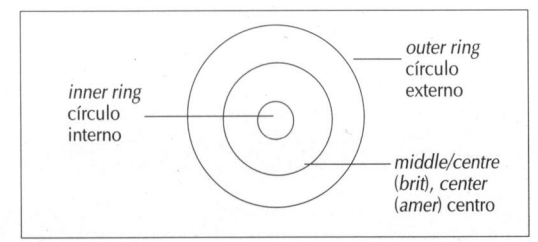

inner ring círculo interno
outer ring círculo externo
middle/centre (brit), center (amer) centro

He stood in the middle. Ele colocou-se no meio.
They danced round the outside. Eles dançavam ao seu redor.

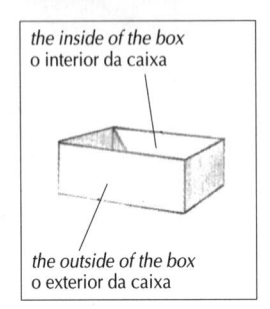

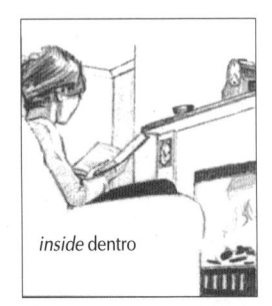

the inside of the box o interior da caixa
the outside of the box o exterior da caixa
flowers on the outside flores na parte de fora
plain on the inside liso por dentro

outside fora
inside dentro

> **USO**
>
> **Exterior** (exterior) e **external** (externo) são ambos sinônimos, um tanto mais formais, de **outside**, enquanto **interior** (interior) e **internal** (interno) são sinônimos de **inside**. Na maioria das vezes, **exterior** e **interior** são utilizados com relação a edifícios, p. ex., *exterior/interior walls* (paredes exteriores/interiores). Ambos podem ser usados como substantivos, novamente com relação a edifícios. Como substantivo, **exterior** pode se referir também ao aspecto físico e/ou ao comportamento de uma pessoa. Ex.: *Beneath her rather reserved exterior she had a very kind heart.* (Por detrás daquela fachada reservada se escondia um coração muito compreensivo.) **The interior**, por outro lado, é a parte central e freq. selvagem de um país ou continente, p. ex. *a journey into the interior* (uma viagem ao interior do país). **External** e **internal** são aplicados de maneira mais ampla. Podem se referir a partes de um edifício ou a partes do corpo e àquilo que pertence a ou ocorre dentro de um país ou organização. É possível, portanto, falar em *external/internal affairs* (assuntos externos/internos) de um país ou de um *external/internal examiner* (examinador externo/interno) escolar.

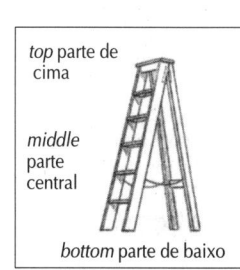

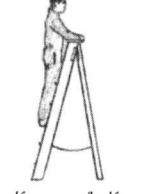

GRUPOS DE PALAVRAS

top parte de cima
middle parte central
bottom parte de baixo
at the bottom ao pé
half way up/half way down no meio
at the top acima
upright de pé 
vertical vertical
They are sitting opposite one another. Eles estão sentados um em frente ao outro.  
upside down de cabeça para baixo, invertido
horizontal horizontal
the right way up na posição correta
She is sitting on top of the table. Ela está sentada em cima da mesa.
He is sitting underneath the table. Ele está sentado embaixo da mesa.

67 Necessary Necessário

ver também **important, 74**

necessary *adj* (freq. + **for**) necessário *Is it necessary for us all to be there?* É necessário que estejamos todos lá? *Is it really necessary to make quite so much noise?* É necessário mesmo fazer tanto barulho? [usado ironicamente] necessário *We could, if necessary, postpone the meeting.* Caso necessário, podemos adiar a reunião.

necessarily *adv* necessariamente *'Will I have to go?' 'Not necessarily.'* 'Será que preciso ir?' 'Não necessariamente.'

necessity *sc/sfn* (freq. + **for, of**) necessidade *She stressed the necessity of keeping the plan a secret.* Ela enfatizou a necessidade de manter o plano em segredo. *the bare necessities of life* as necessidades básicas da vida

need *vt* [termo genérico, geralmente não é usado em formas progressivas (be + -ing)] precisar *to need something badly* precisar muito de algo *I need a new pair of shoes.* Preciso de um par de sapatos novos. *The boiler needs repairing/needs to be repaired.* A caldeira precisa de conserto.

need *s* **1** *ssfn* (freq. + **for, of**) necessidade, carência *families in need* famílias carentes *Are you in need of any assistance?* Você precisa de algum tipo de ajuda? *There's no need to get so upset.* Não precisa ficar tão aborrecido. **2** *sfn* [ger. *pl*] necessidades *We can supply all your home-decorating needs.* Podemos suprir todas as suas necessidades na decoração de sua residência.

require *vt* [mais formal que **need**] exigir, precisar, ser necessário *Your services are no longer required.* Seus serviços não são mais necessários. *We urgently require assistance.* Precisamos de assistência urgente.

requirement *sfn* (freq. + **for**) [um tanto formal, ger. usado no plural] requisito, exigência *entry requirements* requisitos para ingresso

addict *sfn* viciado *a drug addict* viciado em drogas

addicted *adj* (ger. depois do *v*, freq. + **to**) viciado [jocoso] *I'm addicted to fast cars.* Sou viciado em automóveis velozes.

addiction *sc/sfn* (freq. + **to**) vício, costume *drug addiction* vício em drogas

addictive *adj* que vicia

expressão

there's nothing (else) for it (but to) não há nada (mais) a fazer (a não ser), não tem mais jeito *There's nothing else for it – we'll have to walk.* Não tem mais jeito – vamos ter de andar.

essential *adj* (freq. + **for, to**) essencial *essential services* serviços essenciais *Good marketing is essential for success.* Um bom marketing é essencial para o sucesso.

uso

Essential, vital e **crucial** são mais enfáticos que **necessary**, e podem se tornar ainda mais enfáticos ao serem precedidos de **absolutely**, p. ex., *absolutely vital* (absolutamente vital). **Essential** é ligeiramente menos enfático que os outros dois termos, especialmente quando usado antes do substantivo.

essential sfn [freq. usado no plural] algo essencial, o imprescindível *the bare essentials* o puramente essencial

vital adj (freq. + **for**, **to**) vital (+ **that**) *It's absolutely vital that this is posted today.* É absolutamente vital que isto seja enviado hoje. *a question of vital importance* uma questão de importância vital **vitally** adv de importância vital, sumamente

crucial adj (freq. + **for**, **to**) crucial *a crucial factor in our decision* o fator crucial de nossa decisão **crucially** adv crucialmente

68 Unnecessary Desnecessário

ver também **unimportant, 76**

unnecessary adj desnecessário *Don't carry any unnecessary weight.* Não carregue peso desnecessário **unnecessarily** adv desnecessariamente

U S O

Unnecessary não é muito usado no registro informal do inglês, principalmente após um verbo. É mais comum dizer *'It's not necessary.'* (Não é necessário.) ou *'There's no need.'* (Não precisa.).

needless adj (antes do s) [mais formal que **unnecessary**] desnecessário *a needless waste of resources* um desperdício de recursos desnecessário [não formal] *Needless to say, nobody bothered to inform me.* Desnecessário dizer que ninguém se importou em me avisar. **needlessly** adv desnecessariamente

pointless adj [descreve p. ex. observação, gesto] inútil, sem sentido **pointlessly** adv inutilmente

68.1 Mais que o necessário

extra adj [descreve p. ex. funcionários, roupas, pagamento] extra, a mais, adicional *an extra £10 a week* dez libras a mais por semana *a goal scored during extra time* (brit) um gol marcado durante a prorrogação de tempo

extra adv extra, a mais; excepcionalmente *I've been working extra hard all this week.* Trabalhei com empenho extra a semana toda. *extra large size* tamanho excepcionalmente grande

extra sfn extra *You have to pay for all the extras like organized excursions.* Você terá de pagar por todos os extras, como por exemplo as excursões organizadas.

spare adj 1 [pode ser usado como um substituto] a mais, de reserva, sobressalente *Did you pack any spare underwear?* Você colocou na mala roupas de baixo a mais? *spare parts* peças sobressalentes 2 [que não está sendo usado no momento] a mais, de sobra *Have you got a spare pen you could lend me?* Você tem uma caneta sobrando para me emprestar? *the spare bedroom* um quarto de hóspedes *There are two tickets going spare* (brit) *if you want them.* Há dois ingressos sobrando, se você quiser.

spare sfn sobressalente *If the fanbelt breaks there's a spare in the boot.* Se a correia do ventilador quebrar, há uma sobressalente no porta-malas.

spare vt dispensar, ter de sobra; poupar *There's no time to spare.* Não podemos perder tempo. *Can you spare any money?* Você pode me dar um dinheiro?

surplus adj excedente *surplus energy* energia excedente *It is surplus to requirements.* Excede os requisitos.

surplus sc/sfn excedente *a huge surplus of agricultural products* um enorme excedente de produtos agrícolas

excess adj [usado somente para objetos ou qualidades físicas. Descreve p. ex. peso, material] excesso *excess baggage* excesso de bagagem

excess sc/sfn [um tanto formal] excesso *an excess of enthusiasm* um excesso de entusiasmo *a figure in excess of $ 4,000,000* uma cifra superior a $ 4.000.000

excessive adj [bastante formal e um tanto pejorativo, implicando irracionalidade] excessivo *She drank an excessive amount of wine.* Ela tomou uma quantidade excessiva de vinho. **excessively** adv excessivamente

superfluous adj [um tanto formal] supérfluo

redundant adj [formal] redundante *New technology has made our old machinery redundant.* A nova tecnologia tornou nosso velho maquinário redundante.

69 Waste Desperdício

ver também **rubbish, 71**

waste vt (freq. + **on**) [obj: p. ex. dinheiro, energia, recursos] desperdiçar, perder *You're wasting your time here.* Você está perdendo o seu tempo aqui. *I shouldn't waste any sympathy on him.* Ele não merece compaixão.

waste sc/sfn (pl) desperdício, perda *That project's a waste of time and money.* Aquele projeto é um desperdício de tempo e dinheiro. *Her talents are wasted here.* Seus talentos são desperdiçados aqui. *All that hard work has gone to waste.* Todo aquele trabalho duro foi em vão.

wasteful adj [descreve p. ex. pessoa, uso, hábitos] esbanjador, perdulário

squander vt (freq. + **on**) [implica maior desaprovação que **waste**] esbanjar

fritter sth **away** ou **fritter away** sth vt prep (freq. + **on**) [pejorativo] torrar, desperdiçar *He frittered away his inheritance on horses.* Ele torrou sua herança em corridas de cavalos.

extravagant adj [descreve p. ex. pessoa, uso] extravagante *Taking taxis everywhere is rather extravagant.* Tomar táxi para qualquer lugar é um tanto extravagante. **extravagantly** adv extravagantemente **extravagance** sc/sfn extravagância

70 Throw away Jogar fora

throw sth **away** OU **throw away** sth *vt prep* **1** jogar fora *Why don't you throw that old suitcase away?* Por que você não joga fora aquela mala velha? **2** [obj: p. ex. chance] jogar fora, desperdiçar

throw sth/sb **out** OU **throw out** sth/sb *vt prep* [soa ligeiramente mais enfático que **throw away**] **1** jogar fora **2** (freq. + **of**) [obj: pessoa] botar fora, enxotar *Her mother threw her out of the house when she became pregnant.* A mãe botou-a para fora de casa quando ela ficou grávida.

get rid of sth/sb [ligeiramente informal] livrar-se de *I wish I could get rid of this cough.* Gostaria de me livrar dessa tosse. *I got rid of him by saying I was expecting guests.* Consegui livrar-me dele dizendo que estava esperando visitas.

dispose of sth *vt prep* [mais formal que **get rid of**] descartar, eliminar, desfazer-se *Dispose of all waste carefully.* Elimine todos os refugos com cuidado. **disposal** *ssfn* descarte, eliminação

discard *vt* [freq. implica descuido] descartar, desfazer-se, jogar fora *a pile of discarded clothing* uma pilha de roupas postas fora de uso.

reject *vt* [obj: p. ex. idéia, proposta, pessoa] rejeitar *The unions have rejected the proposed settlement.* Os sindicatos rejeitaram o acordo proposto. *She felt rejected by her parents.* Ela sentiu-se rejeitada pelos pais. **reject** *sfn* rejeitar **rejection** *sc/sfn* rejeição

71 Rubbish Lixo

rubbish (esp. *brit*), **garbage** OU **trash** (esp. *amer*) *ssfn* [pode ser aplicado a qualquer artigo descartado] lixo, refugo *garden/household rubbish* lixo doméstico *a pile/heap of rubbish* um monte de lixo

> **U S O**
>
> **Rubbish** (*brit*), **junk** (*brit & amer*), **garbage** (esp. *amer*), e **trash** (*esp. amer*) são geralmente usados para designar coisas inúteis, p. ex., *He talks a load of rubbish.* (Ele fala um monte de bobagens.) *The movie was absolute garbage.* (O filme foi um lixo.)

waste *ssfn* [mais técnico que **rubbish** e é freqüentemente empregado quando se refere à indústria ou ao meio ambiente] resíduos, dejetos, despejos, refugo, sucata *industrial/domestic waste* resíduos domésticos/industriais *chemical/nuclear waste* resíduos químicos/nucleares (usado anteposto ao s) *waste pipe* cano de esgoto

waste *adj* [descreve p. ex. produtos, materiais] refugado, residual *ver também **waste**, 69

refuse *ssfn* [formal] lixo, refugo *refuse collection* coleta de lixo

litter *ssfn* [lixo leve, esp. papel, colocado fora de casa, p. ex., na rua] sujeira, lixo

litter *vt* (freq. + **with**) [freq. usado na voz passiva] sujar *The ground was littered with old newspapers.* O chão estava cheio de jornais velhos.

junk *ssfn* [informal e pejorativo, refere-se principalmente a objetos maiores] tralhas, trastes *The garage is full of old junk.* A garagem está cheia de tralhas. (usado como *adj*) *junk shop* loja de objetos usados *junk food* comida sem grande valor nutritivo e com ingredientes artificiais como batatas fritas e lanches rápidos.

debris *ssfn* escombros, entulho, ruínas *the debris from the explosion* os escombros da explosão

rubble *ssfn* escombros *to reduce sth to rubble* reduzir a escombros

dustbin (brit)/*garbage can* OU *trashcan* (amer) lata de lixo

dustman (brit)/*garbage collector* (amer) lixeiro

dustcart (brit)/*garbage truck* (amer) caminhão de lixo

72 Want Querer

ver também **intend**, 107; **resentment**, 251; **eager**, 278; **like**, 426; **love**, 427

want *vt* (não é usado em formas progressivas) querer *What do you want for Christmas/ for dinner?* O que você quer para o Natal/ para o jantar? [+ **to** + INFINITIVO] *He wanted to see you again.* Ele quis vê-la novamente.

want *s* [formal] **1** *sc/sfn* (freq. + **of**) desejo, vontade [um tanto formal] *All your wants will be provided for.* Todos os seus desejos serão satisfeitos. *Let's call it carelessness, for want of a better word.* Vamos chamar isso de descuido, por falta de uma palavra melhor. **2** *ssfn* miséria, pobreza *families who suffer want* famílias carentes

GRUPOS DE PALAVRAS

desire *vt* (não é usado em formas progressivas) **1** [formal] desejar *They may submit a proposal, if they so desire.* Eles podem apresentar uma proposta se assim o desejarem. [não formal] *The warning didn't have the desired effect.* A advertência não surtiu o efeito desejado. **2** [sexual. Obj: pessoa, corpo] desejar

desire *sc/sfn* (freq. + **to** + INFINITIVO) [mais formal que **wish**] desejo *She is motivated mainly by a passionate desire for popularity.* Ela é movida por um desejo incontrolável de popularidade. *one's heart's desire* o que alguém mais deseja

desirable *adj* **1** [um tanto formal. Obj: p. ex. residência, local] desejável **2** [obj: pessoa] desejável **desirably** *adv* desejavelmente

feel like sth *vt prep* [informal] estar com vontade *I feel like a nice cup of tea.* Estou com vontade de tomar uma boa xícara de chá. *Don't come if you don't feel like it.* Não venha se não sentir vontade.

wish *v* **1** *vti* (ger. + **to** + INFINITIVO) [mais formal e enfático que **want**] desejar, querer *I wish to see the manager.* Quero falar com o gerente. **2** *vti* (freq. + **for, that**) querer *I wished for a new bike.* Queria ganhar uma bicicleta nova. *I wish you wouldn't keep interrupting me.* Gostaria que você parasse de ficar me interrompendo. **3** *vt* [obj: p. ex. saúde, feliz aniversário] desejar *to wish sb luck* dar/desejar boa sorte

wish *sfn* **1** (freq. + **to** + INFINITIVO) desejo, vontade *I have no wish to seem ungrateful.* Não quero parecer mal-agradecida. *to have/get one's wish* realizar o desejo de alguém *to make a wish* fazer um desejo **2** (ger. *pl*; freq. + **for**) boa sorte, felicidades *Best wishes for the future.* Felicidades para o futuro.

hope *vti* esperar (+ **for**) *We'll just have to hope for the best.* Só temos de esperar pelo melhor. (+ **that**) *I hope (that) they'll be happy.* Espero que sejam felizes.

hope *sc/sfn* (freq. + **for, of**) esperança *a glimmer/ray of hope* um raio/fio de esperança *There's no hope of a pardon.* Não há esperança de perdão.

hopeful *adj* (freq. + **that**) esperançoso, promissor *We're still hopeful she may change her mind.* Ainda estamos esperançosos de que mudem de idéia.

miss *vt* (freq. + -ing) [obj: pessoa querida ou coisa] sentir saudades/falta *I really missed you while you were away.* Eu senti saudade de você enquanto você estava longe.

72.1 Querer muito

crave *vti* (freq. + **for**) [um tanto formal] ansiar, implorar *She thought he could give her the security she craved (for).* Ela pensou que ele lhe daria a segurança pela qual ela ansiava tanto.

long for sth/sb *vt prep* [obj: pessoa, casa] ansiar, suspirar por *I've been longing for you to ask me.* Estava desejando que você me pedisse.

yearn for sth/sb *vt prep* [literário. Mais forte que **long for**] ansiar, suspirar por

---

expressão

set one's heart on sth colocar todas as esperanças em algo *He'd set his heart on (getting) that job.* Ele colocou todas as esperanças naquele (em conseguir aquele) emprego.

72.2 Sentimentos de desejo

urge *sfn* (freq. + **to** + INFINITIVO) ímpeto, impulso, anseio, ânsia *to feel the/an urge to do sth* sentir-se impelido a fazer algo *sexual urge* impulso sexual

impulse *sc/sfn* (freq. + **to** + INFINITIVO) impulso *to act on impulse* agir por impulso **impulsive** *adj* impulsivo **impulsively** *adv* impulsivamente

appetite *sc/sfn* (freq. + **for**) apetite *to have a good/healthy appetite* ter um bom apetite/apetite saudável *She's got no real appetite for work.* Não tem uma verdadeira vontade de trabalhar.

craving *sfn* (freq. + **for**) [mais forte que **appetite** e às vezes pejorativo] anseio, desejo ardente *a craving for love/tobacco* um desejo ardente de ser amado/vontade incontrolável de fumar

greed *ssfn* [pejorativo] avareza, gula, avidez

greedy *adj* [pejorativo] ávido, guloso, avarento *You're a greedy pig, Michael.* Você é um comilão, Michael. *greedy for power/profit* ávido por poder/lucro **greedily** *adv* avidamente, gulosamente

greediness *ssfn* [uso menos comum que **greed**] avareza, gula

temptation *sc/sfn* (freq. + **to** + INFINITIVO) tentação *The temptation to cheat was just too strong.* A tentação de trapacear era forte demais.

tempt *vt* (freq. na passiva; freq. + **to** + INFINITIVO) tentar *They were sorely tempted to resign on the spot.* Tiveram uma grande tentação de pedir demissão na hora. *ver também **attract**, 432

72.3 Expressar desejos

ver também **ask**, 351

demand *vt* (freq. + **to** + INFINITIVO) exigir *I demand an explanation.* Exijo uma explicação. *He demanded to know why he had not been informed.* Ele insistiu em saber a razão de não ter sido informado.

demand *s* (freq. + **for**) **1** *sfn* exigência *a demand for payment* uma exigência de pagamento *to make demands on sb/sth* fazer exigências **2** *ssfn* demanda *supply and demand* oferta e procura *goods which are in demand* bens que estão em demanda *available on demand* disponível sob solicitação

order *vti* [obj: p. ex. bens, alimentos, livros] pedir, encomendar *Have you ordered yet, sir?* Já pediu, senhor?

order *sc/sfn* (freq. + **for**) pedido, encomenda *on order* sob encomenda (usado como *adj*) *order form* formulário de pedidos *order book* livro de encomendas

73 Choose Escolher

ver também **intend, 107; preferences, L 31**

choose vti, pretérito **chose**, part passado **chosen** (freq. + **between**, + **to** + INFINITIVO) [termo genérico] escolher, preferir *My chosen subject is French history.* Meu tema escolhido é história francesa. *He chose to ignore my advice.* Ele preferiu ignorar meu conselho.

choice s **1** sc/sfn (freq. + **between**) escolha *to make a choice* escolher *She had no choice but to obey.* Ela não teve escolha a não ser obedecer. *I wouldn't go there by choice.* Eu não iria lá por vontade própria. **2** sfn (freq. + **for, as**) preferência *She's my choice as team captain.* Ela tem a minha preferência para capitanear o time. **3** sc/sfn (freq. + **of**) escolha *They don't offer you much (of a) choice.* Eles não oferecem muito o que escolher.

select vt (freq. + **for, + to** + INFINITIVO) [mais formal que **choose**. Enfatiza a qualidade superior da coisa ou pessoa selecionada] selecionar *She's been selected to play for Scotland.* Ela foi selecionada para jogar pela Escócia. **selector** sfn seletor, selecionador

selection s **1** ssfn seleção, exame [usado como *adj*] *selection board/committee* comitê de seleção/mesa examinadora **2** sfn (freq. + **of, from**) seleção, variedade *a selection of desserts* uma variedade de sobremesas

pick vti [ligeiramente menos formal que **choose**] pinçar, escolher *You certainly picked the right person for the job.* Certamente, você escolheu a pessoa certa para a tarefa. *You haven't got time to pick and choose.* Não há tempo para ficar escolhendo muito.

pick s **1** [apenas em algumas expressões fixas] *to have first pick of something* ser o primeiro a fazer a escolha de algo *to have/take one's pick of something* escolher a seu gosto **2** (sempre + **the**) [melhor coisa] o melhor, a nata *the pick of the bunch* o melhor do grupo

elect vt **1** [obj: p. ex. governo, presidente, comitê] eleger, escolher **2** (+ **to** + INFINITIVO) [formal] eleger

opt for sth/sb vt prep optar por
option sc/sfn opção *to have no option* não ter opção *What are my options?* Quais são minhas opções?
optional adj opcional
settle for sth/sb vt prep [ger. implica concessão] conformar-se, concordar *We had to settle for second best.* Tivemos que nos conformar com o segundo lugar.
decide on sth/sb vt prep decidir-se por algo/alguém *We've decided on France for our holiday this year.* Decidimo-nos pela França como lugar para as nossas férias este ano.

73.1 Preferir

prefer vt (freq. + **to, + to** + INFINITIVO) preferir *They obviously prefer brandy to whiskey.* Eles claramente preferem brandy ao uísque. *I prefer to go alone.* Prefiro ir sozinho.
preferable adj (ger. depois do *v*; freq. + **to**) preferível **preferably** adv preferivelmente
preference sc/sfn (freq. + **for**) preferência *to have/show a preference for sb/sth* ter/demonstrar preferência por algo *in preference to* preferencialmente a/preferivelmente a

uso

Como alternativa ao uso de **prefer**, o advérbio **rather** pode ser usado com o tempo futuro do pretérito de qualquer verbo. Ex.: *I'd rather go by bus than walk.* (Eu preferiria ir de ônibus em vez de ir a pé.) *She says she'd rather stay at home.* (Ela diz que preferiria ficar em casa.) *I'd rather you told her yourself.* (Preferiria que você mesmo lhe contasse.)

74 Important Importante

ver também **necessary, 67;** oposto **unimportant, 76**

important adj (freq. + **to**) [termo genérico. Descreve p. ex. negócios, notícias, pessoas] importante *I've got something very important to tell you.* Tenho uma coisa muito importante a lhe dizer *a very important person* uma pessoa muito importante
importance ssfn importância *a matter of the utmost importance* um assunto da maior importância
significant adj [que tem efeitos importantes e perceptíveis. Ger. não é usado para pessoas. Descreve p. ex. evento, realização, melhoria] significativo, sensível **significantly** adv significativamente, sensivelmente
significance ssfn significância, importância *to attach significance to something* atribuir importância a algo
serious adj [causa preocupação e necessita de atenção. Descreve p. ex. acidente, ferimento, dificuldade] sério *We're in serious trouble.* Estamos em sérias dificuldades.
seriously adv seriamente *seriously injured* seriamente ferido *to take sth seriously* levar algo a sério **seriousness** ssfn seriedade *ver também **sad, 447.2** e **sensible, 238.1**.

grave adj [palavra mais forte que **serious** e ligeiramente mais formal. Descreve p. ex. ameaça, erro, preocupação] grave, sério *I have grave doubts about his suitability.* Tenho sérias dúvidas se ele é adequado.
gravely adv gravemente **gravity** ssfn gravidade, seriedade

expressões

it's no joke/no laughing matter não é brincadeira/não é assunto para brincadeiras *It's no joke having to get up at four o'clock in the morning.* Não é brincadeira ter de acordar às quatro horas da manhã.
the be-all and end-all [freq. indica desaprovação à importância concedida a uma determinada coisa] não é o que importa/não é o fim do mundo *Clothes aren't the be-all and end-all of life, you know.* Roupas não são a única coisa importante no mundo, você sabe.
a matter of life and death questão/caso de vida ou morte *Come quickly, it's a matter of life and death.* Venha rápido, é um caso de vida ou morte.

GRUPOS DE PALAVRAS

74.1 Considerar importante

uso

1 Nenhum desses verbos é usado em sua forma progressiva. 2 Observe que, em inglês, o sujeito dos verbos **care** e **mind** é a pessoa e não a coisa.

matter vi (freq. + **to**) [usado principalmente nas formas negativas] importar *Does it matter if I'm late?* Tem alguma importância se eu chegar mais tarde? *Money doesn't matter to me.* Não me importo com dinheiro.

mind vti importar *Do you mind if I sit here?* Você se importa se eu sentar aqui? *'I'm so sorry, I've broken a glass.' – 'Never mind, it was only a cheap one.'* 'Desculpe, quebrei um copo.' – 'Não faz mal, era um copo barato.' *I don't mind the rain.* Não me importo com a chuva.

care vti (freq. + **about**) [palavra mais forte que **mind**] preocupar-se, importar-se *I do care about you.* Eu realmente me preocupo com você. *We could be stuck here all night for all they care.* Se fosse por eles, ficaríamos plantados aqui a noite toda. *He says he'll leave me, but I couldn't care less!* Ele diz que vai me abandonar, mas eu não me importo nem um pouco!

74.2 Grau de importância

grade sfn 1 [designa a importância das pessoas e a qualidade dos materiais] grau, qualidade *high-grade ore* minério de alta qualidade *a low-grade civil servant* funcionário público de baixo escalão 2 (*esp. amer*) [na escola ou universidade] nota *to get good grades* tirar boas notas

grade vt [obj: p. ex. ovos, lã] classificar *graded according to size* classificados pelo tamanho

rank sfn [usado esp. nas forças armadas] posto *the rank of captain* posto de capitão

rank vti (freq. + **as**, **with**) estar colocado, classificar-se *to rank above/below sb* estar classificado acima/abaixo de alguém *This must rank as one of the worst disasters of modern times.* Este deve figurar como um dos piores desastres da era moderna. *She is ranked 5th in the world at chess.* Ela está em quinto lugar no xadrez mundial.

level sfn nível *a high-level delegation* uma delegação de alto nível *She entered the service at executive level.* Ela foi admitida para o serviço no nível de executiva.

75 Main Principal

main adj (antes do s; não tem *compar* ou *superl*) [descreve p. ex. fim, causa, influência] principal *main door/entrance* porta/entrada principal *You're all safe, that's the main thing.* O principal é que não lhe aconteceu nada.

mainly adv principalmente *I work mainly in Paris.* Trabalho principalmente em Paris.

chief adj (antes do s; não tem *compar* ou *superl*) [usado em contextos semelhantes a **main**, exceto em colocações fixas como *main road* (estrada principal)] principal [freq. usado com uma palavra que designa o cargo ou posição de uma pessoa] principal, chefe *the company's chief executive* o diretor geral da empresa **chiefly** adv principalmente

principal adj (antes do s; não tem *compar* ou *superl*) [um tanto formal. Denota importância e não dimensão. Descreve p. ex. objetivo, problema] principal, mais importante **principally** adv principalmente

major adj (ger. antes do s) [denota importância e dimensão. Menos absoluto que **main**, **chief** e **principal**. Descreve p. ex. fator, operação, problema] principal, maior, importante *major road works* importantes obras na estrada *a major earthquake* um grande terremoto

key adj (antes do s; não tem *compar* ou *superl*) [importante porque outras pessoas, coisas, etc. dependem dele. Descreve p. ex. questão, indústria, testemunha] chave

basic adj (ger. antes do s) 1 [importante porque todo o restante depende dele] básico, fundamental *Food and water are basic human needs.* Alimento e água são necessidades básicas do ser humano. (+ **to**) *Freedom of speech is basic to our society.* Liberdade de expressão é básico em nossa sociedade. 2 [exemplar simples e sem ornamentos] *The basic model is quite cheap.* O modelo básico é bastante acessível.

basics s pl fundamentos básicos, rudimentos *This book covers the basics of motor mechanics.* Este livro abrange os fundamentos básicos da mecânica de motores.

basically adv basicamente *Basically I'm in good health.* Basicamente, estou gozando de boa saúde. [às vezes usado em expressões que indicam irritação] *Basically, I'm fed up with the lot of you!* Na verdade, estou cheio de vocês todos!

fundamental adj (freq. + **to**) [ligeiramente mais formal que **basic**. Descreve: esp. idéias] fundamental *a fundamental principle of democratic government* um princípio fundamental do governo democrático

fundamentals s pl fundamentos, princípios fundamentais

fundamentally adv fundamentalmente *Your argument is fundamentally flawed.* Sua argumentação parte de pressupostos errados.

76 Unimportant Sem importância

ver também **unnecessary, 68**; oposto **important, 74**

unimportant adj [termo genérico] desimportante, insignificante **unimportance** ssfn insignificância, trivialidade

minor adj [descreve p. ex. parte, erro, parcela] desimportante, sem importância

insignificant adj [não causa muitos efeitos. Pode ser usado pejorativamente] insignificante *an insignificant little man* um homenzinho insignificante **insignificantly** adv de modo insignificante

insignificance *ssfn* insignificância *to pale/dwindle into insignificance* perder a importância, dar em nada

> *expressões*
>
> **it's not the end of the world** não é o fim do mundo, a vida continua
>
> **a storm in a teacup** [um problema que não é tão sério quanto parece e que será rapidamente resolvido] tempestade em copo d'água

trivial *adj* [um tanto pejorativo. Descreve: problemas, quantidades, não se aplica a pessoas] trivial **triviality** *sc/sfn* [formal] trivialidade

petty *adj* (antes do *s*) [descreve p. ex. regras, pessoas] insignificante, pequeno, miúdo; mesquinho *petty cash* dinheiro trocado/miúdo *It was so petty of her to make him pay for the book.* Foi mesquinho por parte dela fazê-lo pagar pelo livro. **pettiness** *ssfn* insignificância, mesquinharia, ninharia

trifling *adj* [um tanto formal. Usado quando o interlocutor quer enfatizar a pouca importância de algo. Descreve p. ex. soma, assunto] sem importância, insignificante

trifle *sfn* [um tanto formal] ninharia, coisa insignificante *Why bother about such trifles?* Por que preocupar-se com essas ninharias?

77 Great Grande

ver também **good, 417**

great *adj* [descreve p. ex. feito, líder, artista] grande, importante, eminente *Frederick, the Great* Frederico, o Grande **greatness** *ssfn* grandeza

grand *adj* 1 [descreve p. ex. palácio, entrada, ocasião] grande, grandioso, magnificente *on the grand scale* em grande escala *Our house is not very grand, I'm afraid.* Temo que nossa casa não seja muito grandiosa. 2 [freq. pejorativo quando usado para pessoas] soberbo

grandeur *ssfn* grandiosidade, grandeza *delusions of grandeur* mania de grandeza

splendid *adj* [descreve p. ex. pôr-do-sol, vestes, cores] esplêndido **splendour** (*brit*), **splendor** (*amer*) *sc/sfn* esplendor

magnificent *adj* [descreve p. ex. palácio, vestes] magnífico **magnificence** *ssfn* magnificência

glorious *adj* 1 [descreve p. ex. vitória, reinado] glorioso 2 [descreve p. ex. tempo, vista, flores] magnífico *The garden looks glorious in summer.* O jardim fica magnífico no verão.

glory *s* 1 *ssfn* glória 2 *sc/sfn* glória *I saw Venice in all its glory.* Vi Veneza em toda sua glória.

78 Possible Possível

ver também **probable, 80; able, 237**

possible *adj* possível *the worst possible time* a pior época possível *I avoid borrowing money as far as possible.* Evito pedir dinheiro emprestado na medida do possível. *as soon as possible* logo que possível *We'll do it ourselves, if possible.* Faremos nós mesmos, se possível.

possibly *adv* 1 possivelmente *I'll come if I possibly can.* Virei caso seja possível. 2 [talvez] possivelmente *'Can you come?' 'Possibly, I'm not sure.'* 'Você pode vir?' 'Possivelmente, mas não tenho certeza.'

feasible *adj* (ger. depois do *v*) [ver USO, ao lado. Um tanto formal. Descreve p. ex. proposta, sugestão] exequível, factível, viável *technically/economically feasible* tecnicamente/economicamente viável

feasibility *ssfn* viabilidade, exeqüibilidade *feasibility study* estudos de viabilidade

viable *adj* [ver USO, ao lado. Aparece principalmente em contextos técnicos e econômicos] viável *financially viable* financeiramente viável *a viable proposition* uma proposta viável **viability** *ssfn* viabilidade

practical *adj* 1 [ver USO, ao lado. Descreve p. ex. proposta, política, solução] prático *for all practical purposes* por razões práticas 2 [virtual] prático, realizável, exeqüível; quase *It's a practical certainty.*
É praticamente uma certeza. **practically** *adv* praticamente **practicality** *ssfn* praticidade *ver também **useful, 281**

potential *adj* [descreve p. ex. vencedor, benefício, fonte] potencial **potentially** *adv* potencialmente

potential *ssfn* (freq. + **to** + INFINITIVO, + **for**) potencial

> *USO*
>
> Referir-se a algo, como p. ex. um plano, como sendo **feasible**, significa que isso pode ser realizado, mas não implica necessariamente que os meios para fazê-lo estão disponíveis ou que vale a pena fazê-lo. Quando um plano torna-se **viable**, geralmente implica que os meios financeiros e técnicos para colocá-lo em prática estão disponíveis. Ao se referir a um plano como sendo **practical**, indica-se que ele pode ser colocado em prática porque os meios estão disponíveis e que tal plano provavelmente será de utilidade.

She's got the potential to become a world champion. Ela tem potencial para se tornar campeã mundial. *leadership potential* potencial de liderança

78.1 Possibilidade

possibility *sc/sfn* (freq. + **for, of, that**) possibilidade *it is within the bounds/realms of possibility that...* está dentro das possibilidades/dentro do possível que...

> *USO*
>
> **Possibility** não é seguido de infinitivo. Para esta construção, use **chance** OU **opportunity**. Ex.: *We didn't have a chance to thank him.* (Não tivemos chance de lhe agradecer.) *That gave us an opportunity to rest.* (Aquilo nos propiciou uma oportunidade de descansar.)

chance s **1** sc/sfn (freq. + **of, that**) [possibilidade] chance, oportunidade *There's always a chance that a better job will turn up.* Há sempre a chance de que um emprego melhor possa aparecer. *(The) chances are that she won't be coming.* [informal] É mais provável que ela não venha. *She's still in with a chance.* [informal] Ela ainda tem chance. **2** sfn (freq. + **to** + INFINITIVO, + **of**) [oportunidade] chance *Now's your chance, ask her.* Agora é a sua chance; vá pedir a ela. *ver também **luck, 387**

opportunity sc/sfn (freq. + **to** + INFINITIVO, + **of**) [ligeiramente mais formal que **chance**] oportunidade *I should like to take this opportunity of thanking you.* Gostaria de aproveitar esta oportunidade para lhe agradecer.

means sfn, pl **means** (freq. + **of**) meio *She had no means of knowing.* Ela não tinha meios de saber. **by means of** por meio de

enable vt (+ **to** + INFINITIVO) possibilitar, capacitar, habilitar *The inheritance enabled me to buy a house.* A herança possibilitou que eu comprasse a casa.

expressões

within sb's grasp ao alcance de alguém *Success seemed at last to be within his grasp.* Finalmente, o sucesso parecia estar a seu alcance.

the sky's the limit o céu é o limite *Once your reputation is established, then the sky's the limit.* Uma vez que você consolida sua reputação, o céu é o limite.

79 Impossible Impossível

impossible adj (freq. + **to** + INFINITIVO) impossível *It's impossible to say when she'll be free.* É impossível dizer quando ela estará desocupada. [usado como s] *to attempt the impossible* almejo o impossível

impossibility sc/sfn impossibilidade

impossibly adv (apenas usado antes do *adj*) impossivelmente

impractical adj [descreve p. ex. plano, sugestão, programa] pouco prático *ver também **useless, 282**

unfeasible adj [formal] inexequível, inviável

unattainable adj [descreve p. ex. meta, objetivo] inatingível

unthinkable adj (freq. + **that**; ger. depois do v) [enfatiza que a coisa referida será ruim, chocante, etc.] impensável, inconcebível *It's unthinkable that they would refuse.* É inconcebível que eles recusem.

unable adj (ger. + **to** + INFINITIVO; depois do v) [um tanto formal] incapaz *I was unable to walk after the accident.* Fiquei incapaz de andar após o acidente.

incapable adj (freq. + **of**; depois do v) [pode ser usado com mais ênfase que **unable**] incapaz *He's incapable of understanding the simplest instruction.* Ele é incapaz de compreender a mais simples instrução.

expressões

no way (freq. + **that**) [informal] de jeito nenhum *There's no way I'm going to put up with this.* Não vou compactuar com isso de jeito nenhum. *'Are you willing to pay?' – 'No way!'* 'Você está disposto a pagar?' – 'De jeito nenhum!'

not a chance [informal] sem chance *'Will I be able to get a ticket?' – 'Not a chance!'* 'Será que vou conseguir um ingresso?' – 'Sem chance!'

it's out of the question está fora de questão

by no means [menos enfático e mais formal que nas expressões acima] de modo algum *It's by no means certain that they will come.* Não está nada certo que eles venham.

pigs might fly! (*brit*) [jocoso] (literalmente: porcos poderiam voar!) no dia de São Nunca, só acredito vendo, se uma vaca passar voando *'She may pay you back tomorrow.' – 'Yes, and pigs might fly!'* 'Talvez ela lhe devolva o dinheiro amanhã.' – 'Só se uma vaca passar voando.'

80 Probable Provável

probable adj (freq. + **that**) provável **probably** adv provavelmente

probability sc/sfn (freq. + **of**) probabilidade *In all probability the game will already be over.* Com toda certeza, o jogo terá terminado.

likely adj **1** (freq. + **to** + INFINITIVO, + **that**) provável, plausível *Is it likely to rain today?* Será que vai chover hoje? *That's the most likely explanation.* É a explicação mais provável **2** (antes do s) [provavelmente o mais adequado. Descreve p. ex. lugar, candidato] provável

likelihood ssfn (freq. + **of**) probabilidade

presume vt (freq. + **that**) presumir, conjecturar, supor *I presume she won't be coming if she's sick.* Presumo que se ela estiver doente, não virá. **presumption** ssfn suposição, conjectura

presumably adv presumivelmente, supostamente *Presumably they offered him more money.* Presumivelmente lhe ofereceram mais dinheiro.

expressões

a good chance é muito/bem provável *There's a very good chance that she'll succeed.* É muito provável que ela consiga.

a safe bet [informal] é seguro, com certeza, pode apostar *It's a safe bet that someone will have told him already.* Pode apostar que alguém já lhe contou.

GRUPOS DE PALAVRAS

81 Improbable Improvável

improbable *adj* (freq. + **that**) improvável *Their story sounds wildly improbable.* Sua história parece bem improvável. **improbably** *adv* improvavelmente **improbability** *sc/sfn* improbabilidade

unlikely *adj* (freq. + **to** + INFINITIVO, + **that**) improvável, pouco provável *It's highly unlikely that they will win.* É muito pouco provável que eles vençam. *in the unlikely event of a sudden loss of cabin pressure* caso ocorra uma pouco provável despressurização da cabine **unlikelihood** *ssfn* improbabilidade

expressões

a long shot [informal. Tentativa com pouca possibilidade de sucesso.] chute no escuro, um tiro no escuro *It's a bit of a long shot, but we may as well try.* É um chute no escuro, mas podemos tentar.

that'll be the day! [informal. Resposta cínica a uma afirmação demasiadamente otimista.] quero ver, só acredito vendo *'They're bound to send us some money soon.' – 'That'll be the day!'* 'Eles vão enviar um dinheiro em breve.' – 'Só quero ver!'

CHANCE

A palavra **chance** é usada em muitas frases que expressam probabilidade ou improbabilidade. Pode ser usada em expressões como: *We have a good chance of success.* (Temos boas chances de sucesso.) *They have little chance of getting there today.* (Eles têm pouca chance de chegar lá hoje.) *Our chances are slim/ high.* (Temos pouca/ muita chance.)

A expressão **fat chance** (sem chance, nem em sonho) é usada em tom cínico ou quando se deseja irritar alguém: *There's a fat chance of us getting the money!* (Sem chance de recebermos o dinheiro.)

A expressão **a chance in a million** (uma chance em um milhão) é usada para designar um fato muito improvável de acontecer: *Meeting her there was a chance in a million.* (A chance de encontrá-la ali era de uma em um milhão.) *There's only a chance in a million that she'll survive the operation.* (É muito difícil ela sobreviver à operação.)

82 Certain Certeza

certain *adj* **1** (freq. + **about, of, that**; depois do *v*) [refere-se à sensação que alguém tem] certo, seguro *Are you quite certain that you locked the door?* Você tem certeza de que trancou a porta? *I know for certain that she left.* Eu sei com certeza que ela saiu. **2** (freq. + **to** + INFINITIVO, + **that**) [descreve p. ex. cura morte, derrota] certo, com certeza *She's certain to be there.* Com certeza, ela estará lá. *That record is a certain hit.* Aquele disco é um sucesso certo.

certainly *adv* certamente *There'll almost certainly be a delay.* Certamente haverá um atraso.

certainty *s* **1** *ssfn* [sensação pessoal] certeza *I can say that with certainty.* Posso afirmar isso com certeza. **2** *sc/sfn* certeza *faced with the certainty of defeat* deparou-se com a certeza da derrota

sure *adj* **1** (freq. + **about, of, that**; depois do *v*) [ligeiramente mais informal que **certain**. Designa a sensação de alguém] certo, seguro *I'm not quite sure when he's arriving.* Não estou bem certo de quando ele chega. *Do we know for sure what his plans are?* Será que sabemos com certeza quais são seus planos? **2** (freq. + **to** + INFINITIVO) certo *It's sure to be a success.* Será um sucesso certo. *They won't waste any time, that's for sure.* [informal] Eles não perderão tempo, isto é certo.

surely *adv* [implica que algo *deveria ser* o caso, mas com certeza não é] será que *They should surely be finished by now.* Será que eles já terminaram? *Surely we should have turned left?* Será que deveríamos ter virado à esquerda?

definite *adj* **1** (freq. + **about**; depois do *v*) concreto, específico *Can you be a bit more definite about the date?* Você pode ser um pouco mais específico sobre a data? **2** (ger. antes do *s*) [descreve p. ex. melhoria, resposta, vantagem] concreto, certo *Can you give me a definite time for the interview?* Você pode me fornecer o horário certo da entrevista?

definitely *adv* **1** [usado para dar ênfase] com certeza *I definitely did not say that.* Com certeza, eu não disse isso. *'Will you be coming?' – 'Definitely not.'* 'Você vem?' – 'Não vou com certeza.' **2** definitivamente *decide/agree definitely* decidir/concordar definitivamente

uso

No inglês dos Estados Unidos e da Grã-Bretanha, usa-se tanto **certainly** como **definitely** para assinalar o fato de que a pessoa sabe que algo é verdadeiro: *That certainly/definitely wasn't what she meant.* (Certamente/ definitivamente aquilo não foi o que ela quis dizer.) Na Grã-Bretanha, contudo, quando se diz: *That surely wasn't what she meant.* (Acho que ela não quis dizer isso.), a idéia é que se espera que a pessoa não tenha querido dizer isso e que se deseja que o interlocutor confirme que ela não queria dizer isso. Nos Estados Unidos **surely** pode ser usado no mesmo sentido que **certainly** e **definitely**, especialmente quando usado como resposta a uma pergunta.

to be bound to com certeza, não ter escapatória *You're bound to be asked a question on Louis XIV.* Com certeza devem fazer uma pergunta sobre Luís XIV.

82.1 Assegurar

ensure vt (freq. + **that**) [um tanto formal. Obj: p. ex. sucesso, segurança] assegurar, certificar *Please ensure that your seat belts are securely fastened.* Por favor, certifiquem-se de que os cintos de segurança estejam fechados corretamente.

to make certain/sure (freq. + **of**, + **that**) certificar-se, assegurar-se *I think I switched the iron off but I'll just make sure/certain.* Acho que desliguei o ferro de passar roupa, mas eu vou me certificar disso. *Make sure (that) she doesn't come in.* Assegure-se de que ela não entre.

guarantee vt (freq. + **to** + INFINITIVO, + **that**) garantir *I can't guarantee to be there on time.* Não posso garantir estar lá na hora certa.

guarantee s (freq. + **of**, + **that**) garantia *There's no guarantee that you'll get the job.* Não há garantia de que consiga o emprego. *ver também **promise**, 358

expressões

Estas são duas maneiras jocosas de dizer que se ficaria surpreso de se estar errado sobre algo:

I'll eat my hat quero que caia um raio sobre mim se... (literalmente: comeria meu chapéu) *If it snows tonight, I'll eat my hat.* Se chover hoje, quero que um raio caia sobre minha cabeça.

... or I'm a Dutchman [um tanto antiquado] ou não me chamo (nome). *That boy's in love or I'm a Dutchman.* Aquele garoto está apaixonado ou não me chamo (nome).

83 Uncertain Incerto

uncertain adj 1 (freq. + **about, of**) [refere-se a sensações que se tem] incerto, em dúvida *I'm uncertain whether I should go or not.* Não sei se devo ir ou não. 2 [descreve p. ex. futuro, tempo] incerto *The result is still uncertain.* O resultado ainda é incerto. *I told her so **in no uncertain terms**.* Eu falei para ela de modo bem claro.

uncertainty ssfn 1 (freq. + **about**) incerteza *There's a lot of uncertainty about their intentions.* Há muita incerteza acerca de suas intenções. 2 sc/sfn incerteza *the uncertainties of life on the dole* as incertezas da vida com salário-desemprego

unsure adj 1 (freq. + **about, of**) [refere-se à sensação que se tem] incerto, inseguro *He's very unsure of himself.* Ele é muito inseguro. 2 [mais formal que **uncertain**] inseguro

condition sfn (freq. + **for, of**) condição *under the conditions of the contract* sob as condições do contrato **on condition that** contanto que, sob a condição de

conditional adj (freq. + **on**) [descreve p. ex. aceitação, oferta, acordo] condicional, condicionada *The job offer is conditional on a medical report.* A oferta de emprego está condicionada a um relatório médico.

83.1 Dúvida

doubt sc/sfn (freq. + **about**) dúvida *There's no doubt about it.* Não há dúvidas quanto a isso. *I have my doubts about her suitability.* Tenho dúvidas sobre ela ser adequada. *If **in doubt**, consult the user's manual.* Em caso de dúvida, consulte o manual do proprietário. **without (a) doubt** sem dúvida

doubt vt (freq. + **that, if, whether**) duvidar *Nobody could doubt her integrity.* Ninguém podia duvidar de sua integridade. *I doubt whether he cares.* Duvido que ele se importa.

qualms s pl restrições, dúvidas **to have qualms** about sth ter dúvidas sobre algo

reservation sc/sfn reservas, restrições *to have reservations about sth* ter reservas quanto a algo *to support/condemn sth **without reservation*** apoiar/condenar algo irrestritamente/sem reservas

expressões

be in (brit) ou **of** (amer) **two minds** (freq. + **about, whether**) estar dividido, não saber o que fazer *I'm still in two minds about selling the house/whether to sell the house or not.* Estou dividido entre vender a casa ou não.

have mixed feelings (freq. + **about**) não saber o que pensar, estar dividido *I've got mixed feelings about the situation.* Fiquei dividido com a situação.

83.2 Duvidoso

doubtful adj 1 (freq. + **about, of, whether**; ger. depois do v) [refere-se à sensação que se tem] duvidoso, em dúvida, incerto *They're doubtful whether they can afford the fare.* Eles estão em dúvida se podem arcar com a tarifa. 2 (freq. + **whether**) [obj: p. ex. tempo, futuro] duvidoso **doubtfully** adv duvidosamente

dubious adj 1 (freq. + **about, of, whether**; ger. depois do v) dúbio *He was dubious about the idea.* Ele foi dúbio em relação à idéia.

questionable adj 1 (freq. + **whether**) [obj: p. ex. afirmação, argumento] questionável 2 [obj: p. ex. valor, autenticidade] questionável

debatable adj (freq. + **whether**) [obj: p. ex. afirmação] discutível

84 Particular Específico

ver também **correct**, 299

particular adj 1 (antes do s) determinado, específico *Is there a particular shade you want?* Deseja algum tom específico? *on this particular occasion* nesta determinada ocasião (usado como s) *Are you looking for anyone in particular?* Está procurando alguma pessoa específica? 2 (antes do s) [especial. Descreve p. ex. amigo, preferência, motivo] especial *I took particular care not to spill any.* Tomei cuidado especial para não derramar nada.

particularly adv especificamente, especialmente *You look particularly handsome tonight.* Você está especialmente bonita hoje. *'Would you like to watch television?' – 'Not particularly.'* 'Você quer assistir à televisão?' – 'Não faço nenhuma questão especial.'

specific adj 1 [ligeiramente mais forte que **particular**] determinado, específico *I came here with the specific purpose of obtaining this information.* Vim aqui com o objetivo específico de obter esta informação. 2 (freq. + **about**) [exato. Descreve p. ex. instruções, informações] claro, específico, exato *Can you be a bit more specific about what you need?* Você pode ser um pouco mais claro sobre o que você precisa? **specifically** adv especificamente

specify vt (freq. + **that**) [obj: tamanho, cor, tipo] especificar *The contract specifies that the goods should be sent by air.* O contrato especifica que os bens devem ser enviados por via aérea.

specification sfn (ger. pl) especificação *The machine has been made to your specifications.* A máquina foi fabricada conforme suas especificações.

certain adj certo, determinado *at a certain time and in a certain place* em uma determinada hora e em um determinado lugar *a certain Mr. Jones* um certo Sr. Jones

85 General Geral

general adj geral *a topic of general interest* um assunto de interesse geral *in general terms* em termos gerais *He doesn't go to parties as a general rule.* Como regra geral/via de regra ele não vai a festas.

generally adv 1 [descreve p. ex. discutir] geralmente, em geral *generally speaking* de um modo geral 2 [pela maioria das pessoas, na maior parte dos lugares] geralmente, em geral *generally agreed/available* aceito por todos em geral/que se encontra com facilidade

generalize vi (freq. + **about**, **from**) generalizar **generalization** ssfn generalização

abstract adj [descreve p. ex. idéia, pintura] abstrato *an abstract noun such as 'freedom'* um substantivo abstrato como 'liberdade' [usado como substantivo] *to discuss something in the abstract* falar de algo em abstrato **abstraction** sc/sfn abstração

unspecific adj inespecífico, vago *He was so unspecific I had no idea what he might be referring to.* Ele foi tão vago que eu fiquei sem saber a que estava se referindo.

85.1 Em geral

in general em geral *We just talked about things in general.* Conversamos sobre assuntos gerais. *In general, work has been proceeding satisfactorily.* No geral, o trabalho está indo satisfatoriamente.

on the whole em geral *On the whole I think there has been an improvement.* Em geral, considero que houve melhoras.

all in all em geral, no todo *It's been a good year, all in all.* Foi um bom ano no geral.

overall adv em geral, no conjunto *This has been a successful period for us overall.* Foi uma época bem sucedida para todos nós, em geral.

overall adj 1 [descreve p. ex. impressão, melhoria] geral, global

86 Human body – external Corpo humano – parte externa

ver também **human body – internal**, 101

head sfn cabeça
hair ssfn cabelo
neck sfn pescoço
shoulder sfn ombro
armpit sfn axila
arm sfn braço
elbow sfn cotovelo
wrist sfn punho
hand sfn mão
chest sfn peito
breast sfn seio, peito
nipple sfn mamilo
waist sfn cintura
hip sfn quadril
stomach sfn estômago
tummy sfn [informal] barriga
navel sfn umbigo
belly button sfn [informal] umbigo

forehead testa, fronte
eye olho
nose nariz
nostril narina
moustache (brit), *mustache* (amer) bigode
lip lábio
beard barba
ear orelha
ear lobe ou *lobe* lóbulo
cheek face
mouth boca
jaw maxilar
chin queixo

features s pl feições *regular features* feições regulares

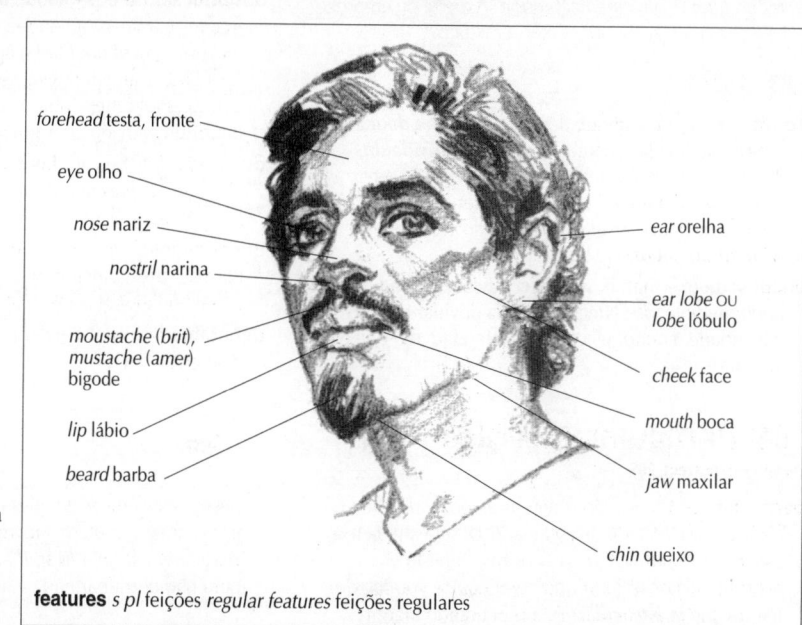

GRUPOS DE PALAVRAS

back sfn costas
buttocks s pl nádegas
genitals s pl órgãos genitais
penis sfn pênis
testicles s pl testículos
balls s pl [gíria, um tanto vulgar] bolas, saco
vulva sfn vulva
pubic hair ssfn pêlos pubianos
leg sfn perna
thigh sfn coxa
knee sfn joelho
calf, sfn pl **calves** panturrilha
shin sfn canela
ankle sfn tornozelo
foot sfn pl **feet** pé
toe sfn artelho, dedo do pé
toenail ou **nail** unha do dedo do pé

heel sfn calcanhar
sole sfn sola do pé
figure sfn [forma do corpo esp. em termos de atrativos] figura, forma *I've kept my figure.* Eu mantenho a forma.
build sfn [corpo em termos de tamanho e força] constituição *a muscular build* uma constituição musculosa
-built adj (depois do adv) tipo de constituição *a heavily-built policeman* um policial de constituição forte
limb sfn membro, pernas, braços *my poor weary limbs* minhas pobres pernas cansadas

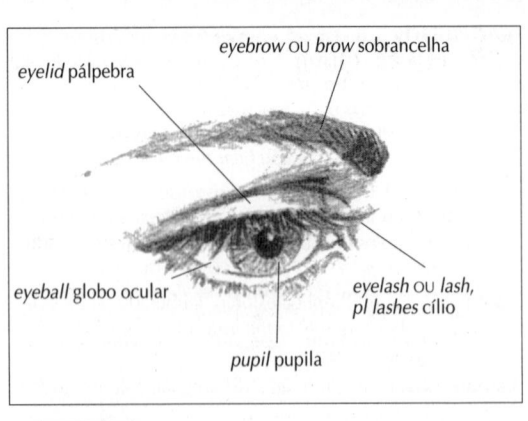

eyebrow ou *brow* sobrancelha
eyelid pálpebra
eyeball globo ocular
eyelash ou *lash*, pl *lashes* cílio
pupil pupila

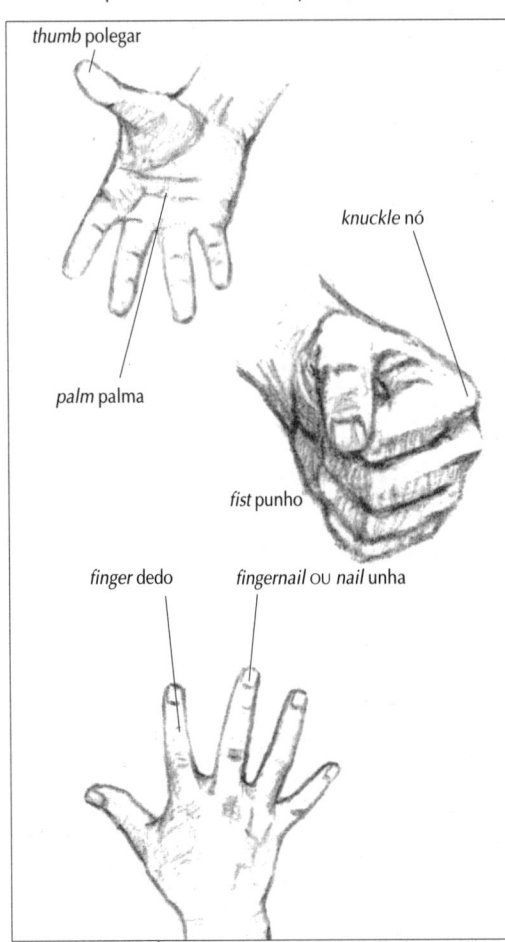

86.2 Pele

perspiration ssfn [mais formal que **sweat**] transpiração
perspire vi [formal] transpirar
spot (esp. brit) sfn espinha **spotty** adj cheio de espinhas
pimple (esp. amer) sfn espinha **pimply** adj cheio de espinhas
blackhead sfn cravo
skin sc/sfn pele
complexion sfn cútis
pore sfn poro
hairy adj peludo
sweat ssfn suor *beads of sweat* gotas de suor
sweat vi suar

86.3 Cor e estilo de cabelo

ver também **personal hygiene, 184**

blond adj 1 [descreve: cabelo] louro 2 TAMBÉM **blonde** (feminino) [descreve: pessoas] louro **blonde** sfn louro

brunette (brit & amer), **brunet** (amer) adj [usado para mulheres de pele clara e cabelos escuros. Soa mais charmoso que **brown** ou **dark**] moreno **brunette** sfn moreno

brown adj castanho

ginger adj [cor de cabelo avermelhado claro ou escuro. Não é empregado para descrever cor de cabelo sofisticada ou glamourosa] vermelho, ruivo

red adj [usado mais para cabelo ruivo escuro. Soa mais atraente que **ginger**] vermelho

auburn adj [castanho-avermelhado. Soa mais sofisticado que **ginger**] acaju

grey (esp. brit), **gray** (amer) adj grisalho

black adj preto

fair adj [descreve: pessoa e não cor de cabelo. *ver USO abaixo] claro

light adj [descreve: cores e não pessoas.*ver USO abaixo] claro *light brown hair* cabelo castanho-claro

dark adj 1 [descreve: pessoa, cabelo] escuro 2 [descreve: cores] escuro *dark brown hair* cabelo castanho-escuro

wavy adj [menos enrolado que **curly**] ondulado

bald adj calvo, careca   **curly** adj crespo, encaracolado

straight adj liso

thumb polegar
knuckle nó
palm palma
fist punho
finger dedo
fingernail ou *nail* unha

86.1 Interior da boca

tongue sfn língua
tooth sfn, pl **teeth** dente
gums s pl gengivas (usado como adj) *gum disease* gengivite
saliva ssfn saliva
spit ssfn [menos técnico que **saliva**] cuspe

U S O

No inglês britânico, **fair** é geralmente usado para designar o tom do cabelo, ao passo que no inglês dos Estados Unidos **light** é mais comum.

87 Hear Ouvir

hear vti, pretérito & part passado **heard** [perceber sons sem esforço] ouvir *Can you hear the music?* Dá para ouvir a música?

hearing sfn audição *Her hearing's not been the same since the explosion.* Sua audição não é a mesma desde a explosão.

listen vi (ger. + **to**) [implica esforço deliberado para ouvir] escutar *Listen carefully to the instructions.* Escute as instruções atentamente.

listener sfn ouvinte [freq. de rádio] *regular listeners to the programme* os ouvintes habituais do programa

eavesdrop vi, -pp- (freq. + **on**) [escutar às escondidas] escutar (atrás da porta), bisbilhotar *I caught him eavesdropping on our discussion.* Peguei-o escutando nossa discussão às escondidas. **eavesdropper** sfn abelhudo, bisbilhoteiro, pessoa que fica escutando às escondidas

overhear vt, pretérito & part passado **overheard** [ouvir acidentalmente] ouvir por acaso *I couldn't help overhearing what you were saying.* Não pude evitar de ouvir o que estavam dizendo.

catch vt, pretérito & part passado **caught** [conseguir ouvir e entender] ouvir, entender *I'm afraid I didn't catch your name.* Desculpe, mas não entendi o seu nome.

expressões

keep one's ears open [cuidar para não perder alguma informação importante] prestar atenção, não deixar escapar nada

within earshot [próximo o suficiente para ser ouvido] ao alcance do ouvido, dar para escutar *I didn't realize Emma was within earshot when I said all that.* Eu não percebi que dava para Emma escutar quando eu disse tudo aquilo.

88 Noisy Ruidoso

loud adj alto, forte, sonoro *She was greeted with loud applause.* Receberam-na com fortes aplausos. **loudness** sfn intensidade, força, sonoridade

loudly adv alto, com força, sonoramente *He was screaming loudly.* Ele estava gritando alto.

loud adv alto, forte *Don't talk so loud.* Não fale tão alto. *He read the letter out loud.* Ele leu a carta em voz alta.

aloud adv em voz alta *I was just thinking aloud.* Eu só estava pensando alto.

deafening adj [extremamente alto] ensurdecedor *a deafening roar of traffic* um ruído de tráfego ensurdecedor

ear-splitting adj [alto de doer] estridente, que dói no ouvido *The engines produce an ear-splitting whine.* Os motores produziram um ruído de doer nos ouvidos.

strident adj [pejorativo. Tom alto e desagradável] estridente *a strident voice* uma voz estridente **stridently** adv estridentemente **stridency** ssfn estridência

expressões

(at) full blast [volume máximo] a todo volume *The TV was on full blast.* A televisão estava ligada no volume máximo.
at the top of one's voice gritando, berrando a mais não poder *thirty children yelling at the top of their voices* trinta crianças berrando a mais não poder
I can't hear myself think Com tanto barulho não consigo nem pensar

shrill adj [agudo e desagradável de se ouvir] agudo, estridente *a shrill voice* uma voz estridente *a shrill whistle* um assobio agudo **shrilly** adv estridentemente **shrillness** ssfn estridência

audible adj audível *a barely audible groan* um gemido quase inaudível **audibly** adv audivelmente

88.1 Sons audíveis

noise sc/sfn [varia de neutro a desagradável. Ger. é desagradável quando não tem flexão de número] barulho, ruído *The engine's making a funny noise.* O motor está fazendo um barulho estranho. *background noise* ruído de fundo

sound sc/sfn [ger. um ruído menos desagradável e mais tranqüilo que **noise**] som, ruído *The sound of children playing.* O barulho de crianças brincando. [freq. é mais técnico] *the speed of sound* a velocidade do som

tone sfn [qualidade de um som, esp. de um instrumento musical, voz, etc.] tom, timbre *Her voice has a clear tone.* Ela tem o timbre de voz claro. *Don't speak to me in that tone of voice!* Não fale comigo nesse tom!

racket sfn [pejorativo. Ger. empregado para reclamar do barulho causado pelos outros] zoeira, barulheira *Our neighbours were making a terrible racket last night.* Nossos vizinhos fizeram uma zoeira terrível a noite passada.

din sfn [pejorativo. Barulho alto e desagradável. Pode ser causado por pessoas, tráfego, máquinas, etc.] barulheira, alarido, algazarra

row sfn [pejorativo] barulheira, confusão *You mean people actually pay to listen to that row?* Você quer dizer que as pessoas pagam para ouvir aquela barulheira?

commotion sfn [distúrbio barulhento, causado p. ex. por uma discussão ou um acidente] tumulto *The incident caused quite a commotion.* O incidente causou um belo tumulto.

GRUPOS DE PALAVRAS

88.2 Tornar os sons mais fortes

loudspeaker *sfn* alto-falante **microphone** *sfn* microfone
mike *sfn* [informal] microfone **amplify** *vt* amplificar

88.3 Ruídos e coisas que produzem ruídos

bell *sfn* campainha, sino *ring a bell* tocar a campainha
horn *sfn* buzina *to sound a horn* tocar a buzina
hooter *sfn* sirene *a factory hooter* sirene da fábrica
siren *sfn* sirene *an air-raid siren* sirene de um ataque aéreo
rattle *sfn* 1 [de um bebê, de um torcedor de futebol] chocalho, matraca 2 [som] retinir, chocalhar *a rattle in the back of the car* um chocalhar na parte traseira do carro
rattle *vti* matraquear, chocalhar
bang *sfn* estalido, estrépito **bang** *interj* bum! *The balloon went bang.* O balão fez bum.
crash *sfn* estrondo, estrépito *The ladder fell over with a crash.* A escada caiu com um estrondo.
whistle *sfn* assobio, apito *blow a whistle* soprar um apito *a train whistle* um apito de trem **whistle** *vit* apitar, assobiar
ring *sfn* som *the ring of the alarm* o som do alarme
ring *vti*, *pretérito* **rang** *part passado* **rung** soar, tocar

89 Quiet Quieto

quiet *adj* quieto, calmo **quietly** *adv* calmamente, silenciosamente **quietness** *ssfn* [pouco ruído] tranqüilidade
silence *sc/sfn* [sem ruído] silêncio *We sat in silence.* Ficamos sentados em silêncio. *There was a long silence after the announcement.* Fez-se um longo silêncio após o anúncio. **silence** *vt* silenciar
silent *adj* silencioso *a silent protest* um protesto silencioso **silently** *adv* silenciosamente
peace *sc/sfn* [ambiente silencioso e tranqüilo] paz, calma *We get a bit of peace and quiet once the baby's in bed.* Conseguimos um pouco de paz e tranqüilidade quando o bebê está dormindo.
soft *adj* [descreve p. ex. voz] suave, doce *a soft northern accent* um suave sotaque nortista
softly *adv* suavemente, docemente *He sang softly to the baby.* Ele cantou docemente para o bebê. **softness** *ssfn* suavidade, doçura
faint *adj* [difícil de se ouvir] tênue, débil *a faint sigh* um tênue suspiro **faintly** *adv* tenuemente **faintness** *ssfn* debilidade
inaudible *adj* [impossível de se ouvir] inaudível *an inaudible mumble* um murmúrio inaudível **inaudibly** *adv* inaudivelmente
dumb *adj* [incapaz de falar ou que se recusa a fazê-lo. Freq. é considerado ofensivo quando usado para pessoas que são mudas] mudo, sem palavras *I was struck dumb by the announcement.* Fiquei sem palavras com o anúncio *dumb insolence* insolência muda
dumbly *adv* sem palavras, mudo
mute *adj* [mais formal que **dumb**] mudo, *her mute acceptance of fate* sua muda aceitação do destino
mutely *adv* mudo

> *e x p r e s s ã o*
>
> **(It was so quiet) you could hear a pin drop** [freq. usado para designar uma situação de tensão ou de expectativa] O silêncio era tamanho que se podia ouvir uma mosca voando. (literalmente: estava tão quieto que se podia ouvir um alfinete cair.)

89.1 Calar sons

stifle *vt* [evitar a emissão de um som. Obj: p. ex. risada, gemido] abafar, sufocar
muffle *vt* [evitar que um som seja ouvido] amortecer, abafar *We heard the sound of muffled voices.* Ouvimos o som abafado de vozes.
hush *vt* [fazer calar] fazer calar, silenciar **hush** *interj* quieto!, calado! **hush** *sfn* (não tem *pl*) silêncio

90 Smell Cheirar

smell *sc/sfn* [termo genérico] cheiro, olfato *a smell of fish* cheiro de peixe
smell *v* 1 *vi* [desagradável, menos definido] cheirar, cheirar mal *Your feet smell!* Seus pés estão fedendo! *These roses smell lovely.* Estas rosas têm um cheiro bom. 2 *vt* cheirar, sentir cheiro *Can you smell burning?* Você está sentindo cheiro de queimado?
smelly *adj* [informal] malcheiroso, fedorento *smelly feet* pés fedorentos
odour (*brit*), **odor** (*amer*) *sfn* [mais formal que **smell**, freq. desagradável] odor *a faintly chemical odour* um leve odor de produto químico
body odour OU **B.O.** *ssfn* C.C., cheiro corporal *He's got B.O.* Ele tem C.C.
perfume *sc/sfn* 1 [cheiro forte e agradável, freq. artificial] perfume 2 [líquido] perfume *Are you wearing perfume?* Você passou perfume?
perfumed *adj* perfumado *perfumed notepaper* papel de carta perfumado
scent *sc/sfn* 1 [cheiro agradável, mais delicado que **perfume**] perfume, fragrância 2 [líquido] perfume **scented** *adj* perfumado
aroma *sfn* [agradável, freq. de comida ou bebida] aroma, cheiro *a delicious aroma of fresh bread* um aroma delicioso de pão recém-saído do forno
fragrance *sfn* [agradável, sugere flores] fragrância *the sweet fragrance of violets* a fragrância doce de violetas [usado para designar cheiro, p. ex., de produtos de limpeza domésticos, cosméticos] *Our deodorant comes in three fragrances.* Nosso

desodorante vem em três fragrâncias. **fragrant** *adj* cheiroso, fragrante

stink *sfn* [muito desagradável] fedor, fedentina

stink *vi, pretérito* **stank**, *part passado* **stunk** (freq. **+ of**) feder *Her breath stank of cigarettes.* Seu hálito fedia a cigarro.

stench *sfn* [desagradável a ponto de causar enjôo] fedor *the stench from the abattoir* o fedor do abatedouro

pong *sfn* [informal, jocoso. Cheiro desagradável] catinga **pongy** *adj* catinguento

91 See and look Ver e olhar

watch *vti* [ação intencional. Obj: ger. algo que está acontecendo ou se movendo] observar, olhar *I watched her walk away.* Fiquei olhando ela se distanciar. *to watch TV* assistir televisão

behold *vt, pretérito & part passado* **beheld** [literário ou uso antiquado] contemplar *It was a sad sight to behold.* Era triste de se contemplar.

regard *vt* [formal. Implica um olhar fixo para apreender as características do objeto olhado. Essa palavra sempre vem acompanhada de uma paráfrase que descreve as características do olhar] olhar, examinar *He regarded me with dislike.* Ele me examinou com desgosto.

visualize TAMBÉM **-ise** (*brit*) *vt* [usar a imaginação. Usado em situações mais abstratas que **picture**] visualizar, imaginar *I just can't visualize this room in blue.* Não consigo imaginar este quarto pintado de azul.

picture *vt* [usar a imaginação. Usado em contextos menos formais que **visualize**. Freq. usado em sentido jocoso] imaginar *I can't picture him in a dinner jacket.* Não consigo imaginá-lo vestindo smoking.

91.1 Olhar rapidamente

peep *vi* (ger. + *adv* ou *prep*) [rápida e secretamente] dar uma olhada furtiva, espreitar *I peeped over her shoulder at the letter.* Dei uma olhada na carta por cima de seu ombro.

peep *sfn* (não tem *pl*) olhadela, olhada *I took a quick peep in the drawer.* Dei uma olhada na gaveta.

glimpse *vi* [muito rápido, freq. insatisfatório] olhar de relance *We glimpsed the house through the trees.* Conseguimos entrever a casa através das árvores.

glimpse *sfn* vista d'olhos, relance, ter uma visão vaga *I managed to **catch a glimpse** of him.* Consegui vê-lo de relance. *We only got a **fleeting glimpse** of the Queen.* Só conseguimos ver a Rainha por um breve instante.

glance *vi* (ger. + *adv* ou *prep*) [freq. descuidado] olhar de relance/de soslaio *I glanced over my shoulder.* Olhei de relance para trás. *He quickly glanced through the documents.* Ele deu uma vista d'olhos nos documentos.

glance *sfn* olhadela, olhar de relance *I could see **at a glance** that something was wrong.* Percebi só de olhar de relance que algo estava errado. *They exchanged knowing glances.* Trocaram rápidos olhares de cumplicidade.

scan *vt*, **-nn-** [olhar rapidamente uma área extensa, ger. procurando por algo] examinar, correr os olhos por *We scanned the list for his name.* Corremos os olhos pela lista em busca de seu nome.

expressão

run one's eye over [ler rapidamente, mas com certo cuidado] dar uma vista d'olhos, dar uma olhada *Will you run your eye over the guest list?* Você pode dar uma olhada na lista de convidados?

91.2 Olhar por um longo tempo

peer *vi* (+ *adv* ou *prep*) [implica esforço ou dificuldade] olhar fixamente, examinar, perscrutar *They were peering intently at the screen.* Estavam olhando atentamente a tela.

stare *vi* (freq. + **at**) [freq. implica surpresa, estupidez ou falta de educação] olhar fixamente, fitar *They stared at me in amazement.* Eles ficaram me olhando fixamente, surpresos. *Stop staring into space.* Pare com esse olhar perdido no espaço. **stare** *sfn* olhar fixo

gaze *vi* (+ *adv* ou *prep*) [implica fascinação ou desatenção] contemplar, fitar *We stood gazing out over the lake.* Ficamos absortos contemplando o lago. **gaze** *sfn* olhar contemplativo

gawp *vi* (*brit*) (ger. **+ at**) [pejorativo. Implica interesse estúpido ou surpresa] olhar embasbacado/ boquiaberto *Everyone stood around gawping at the baby.* Todos ficaram embasbacados olhando o bebê.

ogle *vt* [pejorativo. Olhar com interesse sexual óbvio] comer com os olhos *You get ogled by all the men.* Todos os homens a comem com os olhos.

eye *vt* [olhar de perto, ger. com desejo ou sentimento de hostilidade] olhar *jealously eyeing her jewellery* olhando suas jóias com inveja *They eyed us suspiciously.* Eles nos olharam desconfiadamente.

survey *vt* [observar uma área extensa] examinar, esquadrinhar *We sat down and surveyed the countryside.* Nós sentamos e ficamos observando a paisagem.

91.3 Olhar cuidadosamente

examine *vt* [para descobrir algo] examinar, estudar *She examined the bill closely.* Examinou a conta atentamente.

examination *sc/sfn* exame *on closer examination* sob um exame mais atento

inspect *vt* [verificar, freq. oficialmente] inspecionar, investigar *The police inspected their documents.* A polícia inspecionou seus documentos. **inspection** *sc/sfn* inspeção **inspector** *sfn* inspetor

observe *vt* [ligeiramente formal. Olhar atentamente, ger. por um certo período de tempo, freq. para fins científicos] observar *We are observing the mating patterns of seagulls.* Estamos observando os padrões de acasalamento das gaivotas.

GRUPOS DE PALAVRAS

observation *ssfn* observação *power of observation* poder de observação *The doctors are keeping him **under observation**.* Os médicos o mantêm sob observação.

scrutinize, TAMBÉM **-ise** (*brit*) *vt* [examinar de perto, esp. procurando erros] examinar minuciosamente, investigar, esmiuçar, esquadrinhar

scrutiny *ssfn* fiscalização, investigação, olhar atento *Her private life is under scrutiny in the press.* Sua vida particular está sob investigação da imprensa.

sightseeing *ssfn* visita turística, apreciar a paisagem (usado como *adj*) *a sightseeing tour* uma excursão para conhecer os pontos turísticos

91.4 Descobrir pelo olhar

notice *vti* notar, reparar *Did you notice how sad he looked?* Você reparou como ela parecia triste? *I couldn't help noticing her rash.* Não pude deixar de reparar na sua erupção de pele.

spot *vt*, **-tt-** [implica estar alerta e de olho vivo] identificar, perceber *I've spotted another spelling mistake.* Identifiquei outro erro de ortografia.

perceive *vt* [um tanto formal. Obj: esp. coisas difíceis de se perceber] perceber *movements which can only be perceived under the microscope* movimentos que só podem ser percebidos com o microscópio

discern *vt* [ver com dificuldade] discernir *Only an expert could discern the differences in shade.* Só um especialista poderia discernir as diferenças de tonalidade.

make out sb/sth OU **make** sb/sth **out** [obj: algo pequeno ou difícil de se ver] vislumbrar, entrever *You can just make out the nest among the branches.* Só se podia entrever o ninho entre os galhos.

91.5 Movimentos com os olhos

blink *vi* [movimento automático com ambos os olhos] piscar
wink *vi* [movimento intencional com um olho] piscar

91.6 Movimentos com os olhos

sight *s* 1 *ssfn* [sentido] visão ***out of sight*** perder de vista, fora do campo de visão 2 *sfn* [algo para ver] *It was **a sight for sore eyes**.* Dava gosto vê-lo./ Era um colírio para os olhos. 3 *sfn* (não tem *pl*) [informal. Algo com má aparência] coisa medonha/que causa espanto *You look a real sight in those clothes!* Você está medonha vestida desse jeito!

eyesight *ssfn* [capacidade de ver] visão, vista *My eyesight is failing.* Minha vista está falhando.

vision *s* 1 *ssfn* [mais formal ou técnico que **sight**] visão *He is suffering from impaired vision.* Ele sofre de visão deficiente. 2 *sfn* [representar na mente] visão *I had visions of them arriving on an elephant!* Tive uma visão deles chegando montados em um elefante.

visible *adj* visível *The bruises were still clearly visible.* Os hematomas ainda estavam claramente visíveis.

visibly *adv* visivelmente *They were visibly shaken by the news.* Estava visivelmente abalado com as notícias.

expressão

have/need eyes in the back of one's head ter/precisar de olhos nas costas

comparação

(have) eyes like a hawk ter olhos de águia/de lince

visibility *ssfn* visibilidade *Fog had reduced visibility to a few feet.* A neblina reduziu a visibilidade para poucos pés.

invisible *adj* invisível *an almost invisible seam* uma costura quase invisível

91.7 Coisas para olhar

picture *sfn* [ger. pintura, desenho ou fotografia, mas pode ser uma imagem mental] quadro, fotografia, imagem

image *sfn* [qualquer representação de um objeto ou pessoa. Pode ser mental] imagem *We are used to violent images on our TV screens.* Estamos acostumados a ver imagens violentas na televisão. *This machine produces an image of the brain's structure.* Esta máquina produz uma imagem da estrutura da mente.

view *sc/sfn* vista, visão *There's a wonderful view from this window.* Desta janela descortina-se uma vista linda. *He undressed **in full view of** the crowd.* Ele se despiu diante de todo mundo.

scene *sfn* [lugar visto durante um determinado tempo] cena, cenário *The painting shows a rural scene.* A pintura representa um cenário rural.

scenery *ssfn* [elementos da natureza, p. ex. montanhas, árvores] cenário, paisagem *alpine scenery* paisagem alpina

scenic *adj* [com uma paisagem bonita] pitoresco, aprazível *a scenic route* um roteiro de belas paisagens

91.8 Óculos, etc.

a pair of glasses óculos

She wears glasses. Ela usa óculos.

glasses *s pl* óculos
spectacles *s pl* [mais antiquado e formal que **glasses**] óculos
specs *s pl* [informal] óculos
bifocals *s pl* óculos bifocais

sunglasses *s pl* óculos escuros/de sol
contact lenses *s pl* lentes de contato
binoculars *s pl* binóculo *a pair of binoculars* binóculos
goggles *s pl* óculos de proteção

92 Show Mostrar

show *vt, pretérito* **showed** *part passado* **shown** [termo genérico] mostrar *I showed him my press card and went in.* Mostrei minha carteirinha de imprensa e entrei.

display *vt* **1** [para que as pessoas possam examinar] expor, exibir *The sponsor's name is prominently displayed on all the posters.* O nome do patrocinador aparece bem destacado em todos os cartazes. **2** [um tanto formal. Mostrar sinais de algo.] demonstrar *She displays no interest in the subject.* Ele não demonstra interesse no assunto.

on show em exibição, em demonstração *They had all their goods on show.* Todos os seus produtos estavam em demonstração.

exhibit *vti* **1** [de um modo formal p. ex. em uma exposição. Obj: p. ex. pintura. Suj: artista] expor, exibir *The portrait will be exhibited in the entrance hall.* O retrato será exposto no saguão de entrada. **2** [um tanto formal. Dar sinais de] apresentar *He is exhibiting some signs of the disease.* Ele está apresentando alguns sinais da doença.

demonstrate *vt* **1** [para que as pessoas entendam. Obj: p. ex. máquina] demonstrar *Let me demonstrate the software for you.* Deixe-me fazer uma demonstração do programa de computador para você. **2** [ser evidência de algo] evidenciar, demonstrar *This book demonstrates the need for more research in the area.* Este livro evidencia a necessidade de mais pesquisas na área.

present *vt* [implica algo novo, freq. para impressionar] apresentar *Car manufacturers will be presenting their latest models at the show.* Os fabricantes de automóveis estarão apresentando seus últimos lançamentos na feira. *We will present the findings of our research in June.* Apresentaremos as descobertas da nossa pesquisa em junho.

presentation *ssfn* [estilo de apresentar] apresentação

prove *vt* provar, comprovar *We can't prove that he was there.* Não podemos provar que ele esteve lá.

proof *sc/sfn* prova *Is there any proof of their involvement?* Há alguma prova de seu envolvimento?

92.1 Querer chamar a atenção

show off sth/sb ou **show** sth/sb **off** *vt prep* exibir *a perfect opportunity to show off the new car* uma oportunidade perfeita para exibir o carro novo

parade *vti* [pejorativo. Implica movimento e ostentação. Obj: o próprio corpo ou algo que pode ser portado] ostentar, exibir *She came back to parade the new baby round the office.* Ela veio exibir seu bebê pelo escritório. *He parades round the village in a long fur coat.* Ele fica se exibindo no povoado ostentando um longo casaco de pele.

flaunt *vt* [pejorativo. Obj: esp. coisas que podem causar ressentimento ou desaprovação por parte dos outros] alardear, ostentar *I don't like the way she flaunts her wealth.* Não gosto do modo como ela alardeia sua riqueza.

92.2 Mostrar a direção, o caminho, etc.

point *vi* (ger. + **to**) **1** [esp. com o dedo] apontar *She pointed to the open window.* Ela apontou a janela aberta. **2** [chamar a atenção para] apontar *The report points to problems in the prison service.* O relatório apontou os problemas no sistema penitenciário.

point sth/sb **out** ou **point out** sb/sth *vt prep* **1** [obj: detalhe que pode passar despercebido] assinalar, apontar, salientar *Our guide pointed out buildings of interest.* Nosso guia salientou edificações de interesse. **2** (freq. + **that**) [obj: fato] ressaltar, assinalar *May I point out that the proposed course of action is illegal?* Permitam-me ressaltar que o curso de ação proposto é ilegal.

indicate *vt* [através de palavras ou gestos] indicar *He indicated a door on our right.* Ele indicou a porta à nossa direita. *She indicated that I should sit down.* Ela indicou que eu deveria me sentar.

guide *vt* (ger. + *adv* ou *prep*) guiar *We were guided round Oxford by a student.* Fomos guiados por Oxford por um estudante.

guide *sfn* **1** [pessoa] guia **2** [livro] guia

92.3 Lugares, eventos onde se exibem coisas

museum *sfn* [para itens históricos, científicos, etc.] museu

> **USO**
> Um museu para itens de interesse histórico é designado como **history museum**, e não 'historical museum', e um museu para itens de interesse científico é designado como **science museum**.

exhibition (*brit & amer*), **exhibit** (*amer*) *sfn* (freq. + **of**) [evento bastante formal] exposição *an exhibition of Medieval manuscripts* uma exposição de manuscritos medievais *The Queen's jewels are on exhibition in London.* As jóias da Rainha estão em exposição em Londres.

> **USO**
> **Exhibitions** são geralmente temporárias, exceto quando há informação em contrário, e podem apresentar produtos para vender. A palavra **exhibition** é geralmente usada para pequenas exposições ou para exposições de produtos muito específicos, como p. ex. arte, maquinário, produtos agrícolas, mas não é usada para organismos vivos. Pode ocorrer uma **exhibition** dentro de um **museum**.

gallery ou **art gallery** *sfn* [para objetos de arte. Pode ser de uma coleção permanente ou temporária, e pode apresentar trabalhos para venda.] galeria

show *sfn* [p. ex. de animais, flores, arte. Evento menos formal que **exhibition**] mostra *the annual rose show* mostra anual de rosas

display *sfn* [de um item ou de um grupo de itens. Qualquer coisa disposta de modo atraente p. ex. em uma vitrine] mostruário, apresentação, disposição, arranjo *There was a beautiful display of cut flowers in the church.* Havia um belo arranjo de flores na igreja. *The children put on a display of country dancing.* As crianças fizeram uma apresentação de dança caipira. *a disgraceful display of bad temper* uma horrível demonstração de mau humor

demonstration *sfn* [de como fazer as coisas] demonstração *a quick demonstration of nappy-changing* uma demonstração rápida de troca de fraldas

92.4 Coisas expostas

exhibit *sfn* 1 [apresentado em uma exposição] objeto/obra exposta 2 [evidência em um julgamento] documento, prova

example *sfn* 1 [apresenta objeto, situação ou característica típicos, etc.] exemplo *an example of his wit* um exemplo de sua perspicácia *I have seen some examples of her work.* Já vi alguns exemplos de seu trabalho 2 [coisas que podem ser copiadas] exemplo, modelo *Such behaviour **sets a bad example to** younger children.* Tal comportamento dá um mau exemplo para as crianças menores. *I **followed her example** and gave up smoking.* Segui o seu exemplo e parei de fumar.

sample *sfn* [pequena parte de algo] amostra *a blood sample* amostra de sangue *We chose the carpet from a book of samples.* Escolhemos o carpete a partir de um mostruário. (usado como *adj*) *a page of sample text* uma página com uma amostra do texto

93 Obvious Óbvio

obvious *adj* (freq. + **to**) [fácil de ver] óbvio *It was obvious to all of us that they were lying.* Era óbvio para todos nós que eles estavam mentindo. *I didn't tell her, for obvious reasons.* Não lhe contei, por razões óbvias.

obviously *adv* obviamente *They were obviously lost.* Obviamente, estavam perdidos. *Obviously, we'll need help.* Obviamente precisaremos de ajuda.

evident *adj* [claro, dada a situação] evidente *Her annoyance was only too evident.* Seu aborrecimento era bem evidente.

evidently *adv* evidentemente *He has evidently been delayed.* Evidentemente havia sofrido um atraso.

clear *adj* 1 (freq. + **to**) [perfeitamente entendido] claro *It's not clear to me what these figures mean.* Não está claro para mim o que estes números significam. [frase mostrando irritação] *Do I make myself clear?* Está bem claro o que estou dizendo? 2 [fácil de entender. Descreve p. ex. símbolos, letra manuscrita, voz] claro

clearly *adv* 1 claramente *I thought you were my friend. That is clearly not the case.* Pensei que você fosse meu amigo. Vejo claramente que esse não é o caso. 2 claramente *He spoke clearly.* Ele falou claramente.

plain *adj* (freq. + **to**) simples, claro, evidente *His disappointment was plain to see.* Seu desapontamento era claro de se ver.

plainly *adv* simplesmente, claramente, francamente *She is plainly unable to do the job.* Ela simplesmente não é capaz de fazer a tarefa.

conspicuous *adj* [que se destaca , freq. implica falta de jeito, ou comportamento estranho] evidente, manifesto, chamativo *I feel conspicuous in jeans.* Tenho a impressão de que todo mundo está me olhando quando uso jeans. *The minister was **conspicuous by his absence**.* O ministro chamou a atenção por causa da sua ausência.

conspicuously *adv* visivelmente, ostensivamente *She remained conspicuously silent.* Ela guardou um silêncio ostensivo.

apparent *adj* 1 [visto ou entendido com facilidade] aparente, visível *Several problems soon became apparent to the researchers.* Diversos problemas logo tornaram-se aparentes para os pesquisadores. 2 [parece verdadeiro, mas pode não ser] aparente *your apparent lack of concern for safety* sua aparente falta de preocupação com a segurança

apparently *adv* [ger. usado no início da sentença] aparentemente, ao que parece, pelo visto *Apparently, they're going to build a bridge here.* Pelo visto, vão construir uma ponte aqui. *Apparently, he tried to phone earlier.* Ao que parece, tentou telefonar antes.

noticeable *adj* [facilmente percebido ou que é significativo] perceptível, visível *She still has a noticeable limp.* Ela ainda manca visivelmente. *a noticeable drop in the temperature* uma perceptível queda na temperatura

noticeably *adj* visivelmente, perceptivelmente *The situation has improved noticeably since May.* A situação melhorou visivelmente desde maio.

expressão

stick out like a sore thumb [informal. Que salta aos olhos, esp. por ser inadequado] salta aos olhos chamar, a atenção (literalmente: chama a atenção como um dedão machucado) *She sticks out like a sore thumb in that hat!* Ela chama a atenção vestida com aquele chapéu!

94 Search Procurar

search *v* [implica uma disposição séria de encontrar algo] 1 *vt* revistar, revirar *The house was searched for explosives.* A casa foi revistada para ver se havia explosivos. 2 *vi* (ger. + **for**) procurar *Police are still searching for the missing diplomat.* A polícia ainda está procurando o diplomata desaparecido. *We searched **high and low**.* Procuramos por toda parte.

search *sfn* busca, pesquisa *The search for an effective vaccine goes on.* A busca de uma vacina eficaz continua.

look for sb/sth *vt prep* [a palavra mais usada para indicar que se está procurando algo] procurar *I'm looking for a Mr Martin.* Estou procurado um tal de Sr. Martin.

have a look for sth procurar algo *Have you **had a look** for it in the bathroom?* Você já procurou isso no banheiro?

hunt *v* 1 *vi* (ger. + **for**) [implica busca difícil ou mal-sucedida] procurar com afinco *I'm still hunting for those keys.* Ainda estou procurando aquelas chaves. 2 *vt* (obj: p. ex. criminoso) perseguir, estar atrás de *Police are hunting the killer.* A polícia está atrás do assassino.

hunt *sfn* (ger. + **for**) busca, procura *the hunt for a suitable successor* a busca de um sucessor adequado

hunting *ssfn* (usado em palavras compostas) *house-hunting* procura de uma casa *job-hunting* procura de um emprego

seek *vt*, pretérito & part passado **sought** [um tanto formal. Obj: geralmente não é um objeto físico ou uma pessoa] procurar, desejar, obter *They are both seeking promotion.* Os dois estão querendo conseguir uma promoção. *I went abroad to **seek my fortune**.* Fui para outro país procurar a sorte.

comb vt [procurar com extremo empenho. Esp. usado em contextos policiais] passar pente fino, esquadrinhar, revirar *Police combed the woods for evidence.* A polícia esquadrinhou o matagal, em busca de provas. *I combed the second-hand bookshops for her novels.* Revirei os sebos em busca de seus romances.

94.1 Espionar

spy vi, pretérito & part passado **spied** (ger. + **on**) [ger. pejorativo. Implica segredo] espionar, espiar. *We spied on our neighbours through a hole in the fence.* Espiamos nossos vizinhos através de um buraco na cerca.

snoop vi (freq. + **around**) [informal e pejorativo] bisbilhotar, xeretar *The police have been snooping around the building.* A polícia andou bisbilhotando nos arredores do prédio.

snooper sfn [informal e pejorativo] xereta *snoopers from the tax office* xeretas da fiscalização de impostos

pry vi (freq. + **into**) [pejorativo. Implica curiosidade insistente e indesejada] intrometer-se, meter o nariz *They're always prying into people's private affairs.* Eles estão sempre se intrometendo nos assuntos particulares das pessoas. *prying eyes* olhos curiosos

95 Find Encontrar

ver também **find out**, 113

find vt, pretérito & part passado **found** [termo geral] encontrar, achar *I found a gold pen on the floor.* Achei uma caneta de ouro no chão. *We've found a place to live.* Encontramos um lugar para morar.

find sfn achado *a lucky find* um achado de sorte

discover vt [obj: algo desconhecido] descobrir *I discovered an old sewing machine in the loft.* Descobri uma velha máquina de costura no sótão. *I've discovered the source of the problem.* Descobri a origem do problema.

discovery sc/sfn descoberta *We made some surprising discoveries about her past.* Fizemos algumas descobertas surpreendentes sobre o passado dela. *the discovery of penicillin* a descoberta da penicilina

track down sth/sb ou **track** sth/sb **down** vt prep [um tanto informal. Descobrir após investigação] descobrir, pegar *I've managed to track down their address.* Consegui pegar seu endereço.

uncover vt [obj: p. ex. trama, motivos] desvendar *Police uncovered plans to smuggle the painting out of the country.* A polícia desvendou os planos para contrabandear o quadro para fora do país.

come across sth/sb vt prep [ger. por acidente ou coincidência] topar, deparar *I'd never come across her books before.* Nunca me deparei com seus livros antes. *We suddenly came across a beautiful little fishing village.* De repente topamos com um belo vilarejo de pescadores.

95.1 Inventar

invent vt [obj: algo que não existia anteriormente] inventar *They invented a secret code.* Eles inventaram um código secreto. [pode implicar mentiras] *I invented an excuse not to go.* Inventei uma desculpa para não ir. **inventor** sfn inventor

invention sc/sfn invenção *a brilliant invention* uma invenção brilhante *the invention of the computer* a invenção do computador [pejorativo. Mentir] *His story was pure invention.* Sua história era pura invenção.

make up sth ou **make** sth **up** vt prep [obj: p. ex. história, desculpa. Freq. implica mentiras] inventar *The reports of an invasion were completely made up.* Os relatórios de uma invasão foram totalmente inventados.

hit upon sth vt prep [por acaso. Implica boa sorte. Obj: esp. plano, solução] topar, encontrar *We hit upon the idea of using old sheets.* Ocorreu-nos a idéia de utilizar lençóis velhos.

96 Lose Perder

lose vt, pretérito & part passado **lost** [termo geral] perder

loss sc/sfn perda *Report any losses to the police.* Informem quaisquer perdas à polícia. *We're insured against damage and loss.* Temos seguro contra perdas e danos.

mislay vt, pretérito & part passado **mislaid** [mais formal que **lose**. Perda temporária, mas é freq. usado de modo eufemístico ou ligeiramente humorístico, quando o falante não tem idéia de onde se encontra a coisa em questão] extraviar, sumir *I seem to have mislaid my diary.* Parece que meu diário sumiu.

misplace vt [conotação muito semelhante a **mislay**] extraviar, sumir *I'm afraid your file has been misplaced.* Temo que seu prontuário tenha se extraviado.

97 Body positions Posições do corpo

USO

Muitos destes verbos podem ser usados com advérbios, tais como **up** e **down**. Quando são usados *sem* o advérbio implicam que a pessoa já se encontra na posição em questão. Ex.: *We sat on long benches.* (Estávamos sentados em uns bancos compridos.) Quando são usados com o advérbio, geralmente aludem a uma mudança de posição. Ex.: *She sat down on the bench.* (Ele sentou-se no banco.)

97.1 Estar ou colocar-se de pé

stand *vi, pretérito & part passado* **stood** (freq. + **up**) estar de pé, levantar-se *They were standing outside the library.* Eles estavam parados de pé fora da biblioteca. *She stood up and walked out.* Ela levantou-se e saiu.

arise *vi, pretérito* **arose** *part passado* **arisen** [literário] erguer-se [freq. da cama] *When he arose the sun was shining.* Quando ele se levantou da cama o sol já estava brilhando.

get up *vi prep* **1** [ligeiramente menos formal que **stand up**] levantar-se *He got up and shook hands with me.* Ele levantou-se e me deu a mão. **2** [da cama] levantar-se

get to one's feet [implica uma ação um tanto elaborada] pôr-se de pé *She slowly got to her feet.* Ela lentamente colocou-se de pé.

spring to one's feet [ação rápida, provocada por perigo, raiva, entusiasmo, etc.] levantar-se de um salto

rear *vi* (às vezes + **up**) [suj: esp. cavalo] empinar

97.2 Posições de descanso

sit *vi, pretérito & part passado* **sat** (freq. + **down**) sentar-se *We had to sit at the back of the hall.* Tivemos que nos sentar no fundo da sala. *We found a bench to sit down on.* Encontramos um banco para nos sentarmos. *Sit up straight!* Sente-se com as costas retas! (usado como substantivo composto) *Let's have a sit-down.* Vamos dar uma sentada.

lie *vi, pretérito* **lay** *part passado* **lain** (freq. + **down**) deitar *We've been lying in the sun all day.* Ficamos deitados ao sol o dia todo. *Lie down and have a rest.* Deite-se e descanse um pouco.

97.3 Posições perto do solo

kneel *vi, pretérito & part passado* **knelt** (freq. + **down**) ajoelhar-se *We knelt to pray.* Ajoelhamo-nos para rezar. *I knelt down to tie my laces.* Ajoelhei-me para amarrar os cordões dos sapatos.

squat *vi, -tt-* (freq. + **down**) agachar-se, ficar de cócoras

crouch *vi* (freq. + **down**) agachar-se, armar bote

on all fours de quatro, de gatinhas *We got down on all fours to look for her contact lens.* Ficamos de gatinhas para procurar as lentes de contato dela.

> **U S O**
>
> **Squat** e **crouch** têm significado semelhante e freq. podem ser intercambiados. Entretanto, para uma posição que pende mais para trás, se mantém por mais tempo e que pode ser com os joelhos separados, **squat** é mais adequado. Para uma posição que pende mais para a frente, que pode ter as mãos à frente do corpo para dar equilíbrio, **crouch** é mais apropriado. **Squatting** parece ser mais confortável que **crouching**. Para uma posição onde o traseiro toca o solo, usa-se quase sempre **squat**. Para uma posição de prontidão, usa-se quase sempre **crouch.** *He squatted down to talk to the child.* Ele agachou-se para conversar com a criança. *The cat crouched, ready to pounce.* O gato se encolheu, pronto para atacar.

97.4 Posições inclinadas

bend *vi, pretérito & part passado* **bent** (freq. + **down**, **over**) inclinar-se *I bent down to pick up the envelope.* Inclinei-me para apanhar o envelope.

lean *vi, pretérito & part passado* **leaned** OU **lent** (ger. + *adv* ou *prep*) inclinar-se, apoiar-se *She leaned over to talk to me.* Ela inclinou-se para falar comigo. *I leaned against the wall.* Apoiei-me na parede.

stoop *vi* [para passar por baixo de um obstáculo, ou por causa da idade, tristeza, etc.] curvar-se *We stooped to avoid the branches.* Curvamo-nos para evitar os galhos.

stoop *sfn* costas curvadas *She walks with a slight stoop.* Ela anda com as costas ligeiramente curvadas.

slouch *vi* [pejorativo. Implica preguiça e postura desleixada ao andar ou sentar-se] comportar-se de modo relaxado *He slouched over his books.* Ele largou-se sobre seus livros. **slouch** *sfn* relaxamento

bow *vi* fazer uma reverência, inclinar-se *He bowed to the ground.* Ele inclinou-se até o chão.

bow *sfn* reverência, mesura *take a bow* mesura para agradecer aplausos

curtsy OU **curtsey** *vi* fazer reverência

curtsy OU **curtsey** *sfn* reverência *perform a curtsey* fazer uma mesura

98 Touch Tocar

ver também **pull and push, 338**

touch *vti* **1** [esp. com a mão] tocar *She reached over and touched my hand.* Ela procurou minha mão e a tocou. **2** [qualquer contato] roçar *Her skirt touched the floor.* Sua saia roçava o chão.

touch *s* **1** *ssfn* [sentido] tato *It's painful to the touch.* É doloroso ao tato. **2** *sfn* (ger. não tem *pl*) toque *You can see the figures at the touch of a computer key.* Você pode ver os dados numéricos ao toque de uma tecla de computador.

feel *v, pretérito & part passado* **felt** **1** *vt* sentir *He felt some drops of rain on his face.* Ele sentiu algumas gotas de chuva em seu rosto. **2** *vi* dar sensação *This fabric feels very stiff.* Este tecido é muito duro ao toque.

feel *sc/sfn* (não tem *pl*) sensação *The clothes had a damp feel.* As roupas davam uma sensação de umidade.

handle *vt* [tocar com as mãos, pegar com freqüência] manusear *The books were torn from constant handling.* Os livros estavam rasgados porque eram constantemente manuseados. [etiqueta em embalagens de produtos frágeis] *Handle with care!* Manuseie com cuidado!

finger *vt* [tocar com os dedos. Freq. implica que a coisa tocada ficou suja ou estragada] manusear, pôr a mão *Don't finger the food if you're not going to eat it!* Não ponha a mão na comida se você não vai comê-la.

98.1 Tocar com afeto

caress *vt* [suavemente, docemente] acariciar *He gently caressed her hair.* Ele acariciou os cabelos dela suavemente. [literário] *A soft breeze caressed our cheeks.* Uma brisa suave acariciou nossas faces. **caress** *sfn* carícia

fondle vt [pode implicar brincadeira e pode ser menos sensual que **caress**] fazer carinho *My dog loves having his ears fondled.* Meu cachorro adora que lhe coçem as orelhas.

stroke vt [implica movimento rítmico com a mão] passar a mão, acariciar *He stroked the child's hair.* Ele passou a mão na cabeça da criança.

pat vt, -tt- [toques breves e suaves. Obj: p. ex. cão, cabeça de alguém] dar palmadinhas para agradar, passar a mão

98.2 Tocar com força

press v **1** vt [apertar com os dedos. Obj: p. ex. interruptor, botão] apertar *The bear's tummy squeaks if you press it.* A barriga do urso faz um ruído se você apertá-la **2** vt (freq. + frase adverbial) [espremer, aplainar, etc.] pressionar, comprimir *She pressed her face against the glass.* Ela comprimiu seu rosto contra o vidro. *press flowers* prensar flores **3** vi (sempre + frase adverbial; freq. + **against**, **down**) pressionar *Press down hard on the lever.* Pressione a alavanca com força. **press** sfn (não tem plural) pressão

rub vti, -bb- (freq. + frase adverbial; freq. + **against**) esfregar *He rubbed his hand against his cheek.* Ele esfregou suas mãos nas faces. *The back of my shoe rubs.* O sapato está me raspando atrás. *The wheel's rubbing against the mudguard.* A roda está pegando no pára-lama.

friction ssfn fricção *The friction creates static electricity.* A fricção cria eletricidade estática.

pressure ssfn pressão *Pressure built up inside until the pipe burst.* A pressão se acumulou dentro da tubulação até ela estourar. *Apply gentle pressure to the wound.* Aplique uma ligeira pressão sobre a ferida .

99 Soft Suave

soft adj suave, macio *The bed's too soft.* A cama está macia demais. *soft towels* toalhas macias **softness** ssfn suavidade, maciez

soften vti amaciar, amolecer *Leave the butter on the table until it has softened.* Deixe a manteiga fora da geladeira até que amoleça.

softener sfn [freq. em palavras compostas] amaciante *water-softener* descalcificador *fabric-softener* amaciante para roupas

tender adj **1** [fácil de cortar ou mastigar. Descreve alimentos, principalmente carne] macio, tenro **2** [delicado & sensível. Descreve p. ex. pele] suave, delicado *Protect children's tender skin from the sun.* Proteja a pele delicada das crianças do sol. **tenderness** ssfn suavidade

spongy adj [freq. implica umidade] esponjoso, encharcado *Heavy rain made the lawn spongy.* A chuva forte fez o gramado ficar encharcado. *horrible spongy aubergines* umas berinjelas esponjosas horríveis

limp adj [implica fraqueza, perda da forma normal] frouxo, murcho *a few limp lettuce leaves* umas poucas folhas murchas de alface **limpness** ssfn frouxidão

99.1 Dobrável com facilidade

flexible adj [descreve: materiais, ger. não descreve pessoas] flexível *flexible rubber tubing* tubulação de borracha flexível **flexibility** ssfn flexibilidade

pliable adj [ligeiramente mais técnico que **flexible**. Descreve: materiais, não descreve pessoas] flexível, maleável *We need a pliable wood to make the barrels.* Precisamos de madeira flexível para fazer os barris. **pliability** ssfn flexibilidade

pliant adj [o mesmo que **pliable**] flexível, maleável **pliancy** ssfn flexibilidade, maleabilidade

supple adj [descreve: pessoas, articulações, pele] flexível, elástico *Swimming helps me keep supple.* A natação ajuda a me manter flexível. **suppleness** ssfn flexibilidade, elasticidade

lithe adj [implica movimento forte e gracioso. Descreve: pessoas] ágil, gracioso *a lithe-limbed youth* um jovem ágil **lithely** adv graciosamente, agilmente **litheness** ssfn agilidade, graça

100 Hard Duro

ver também **tension, 256.2; strength, 401**

hard adj duro *The butter's too hard to spread.* A manteiga está dura demais para passar (no pão). *The beds were hard.* As camas estavam duras.

hardness ssfn dureza, rigidez

harden vti endurecer *Carbon is added to harden the steel.* Adiciona-se carbono para endurecer o aço. *The icing takes a few hours to harden.* A cobertura do alimento leva algumas horas para endurecer.

solid adj **1** [nem líquido, nem gasoso] sólido *The lake has frozen solid.* O lago congelou até ficar sólido. **2** [firme e forte] sólido *The house is built on solid foundations.* A casa está construída sobre alicerces sólidos.

solid sfn sólido *Is the baby eating solids yet?* O bebê já está comendo sólidos?

solidify vti solidificar *The glue had solidified in its tube.* A cola solidificou-se no tubo.

rock-hard ou **rock-solid** adj [um tanto informal. Extremamente duro] duro como pedra *This bread is rock-solid!* Este pão está duro como pedra.

firm adj **1** [bastante duro, mas não completamente duro. Ger. usado demonstrando apreciação] firme *The tomatoes should be ripe but still firm.* Os tomates devem estar maduros, porém firmes. **2** [sólido e imóvel] firme *The box made a firm platform.* A caixa serviu de plataforma firme. **3** [forte] firme *a firm grasp* aperto de mão firme **firmness** ssfn firmeza

firmly adv firmemente *My feet were firmly on the ground.* Meus pés estavam firmemente no chão. *She shook my hand firmly.* Ele apertou minha mão com firmeza.

tough adj [difícil de cortar, rasgar, mastigar, etc. Descreve p. ex. carne, material] duro, resistente *a tough steak* um bife

GRUPOS DE PALAVRAS

duro *tough walking boots* botas resistentes para caminhar **toughness** *ssfn* dureza, resistência

100.1 Inflexível

stiff *adj* [que se dobra com dificuldade. Descreve p. ex. material, músculos, movimento] duro, rígido *The sheets were stiff with starch.* Os lençóis estavam duros de goma. *My legs were stiff after the run.* Minhas pernas ficaram duras depois da corrida. **stiffly** *adv* rigidamente **stiffness** *ssfn* rigidez, dureza

stiffen *vti* (*vi* freq. + **up**) endurecer *I stiffened the collar with starch.* Endureci a gola com goma. *My muscles stiffened up after the swim.* Meus músculos endureceram depois de nadar.

rigid *adj* [sem flexibilidade nenhuma. Freq. descreve estados indesejáveis] rígido *I went rigid with fear.* Fiquei paralisado de medo. *a tray made of rigid plastic* uma bandeja feita de plástico rígido **rigidly** *adv* rigidamente **rigidity** *ssfn* rigidez

100.2 Duro porém passível de ser quebrado

crisp *adj* [ger. apreciativo, implica frescor. Descreve: esp. alimentos] crocante, fresco *a crisp lettuce* uma alface fresca *crisp banknotes* notas de dinheiro novas **crispness** *ssfn* frescor

brittle *adj* [palavra negativa. Freq. implica que a coisa descrita é fraca] quebradiço, frágil *brittle bones* ossos frágeis **brittleness** *ssfn* fragilidade

101 Human body – internal Corpo humano – parte interna

ver também **human body – external**, 86

101.1 O esqueleto

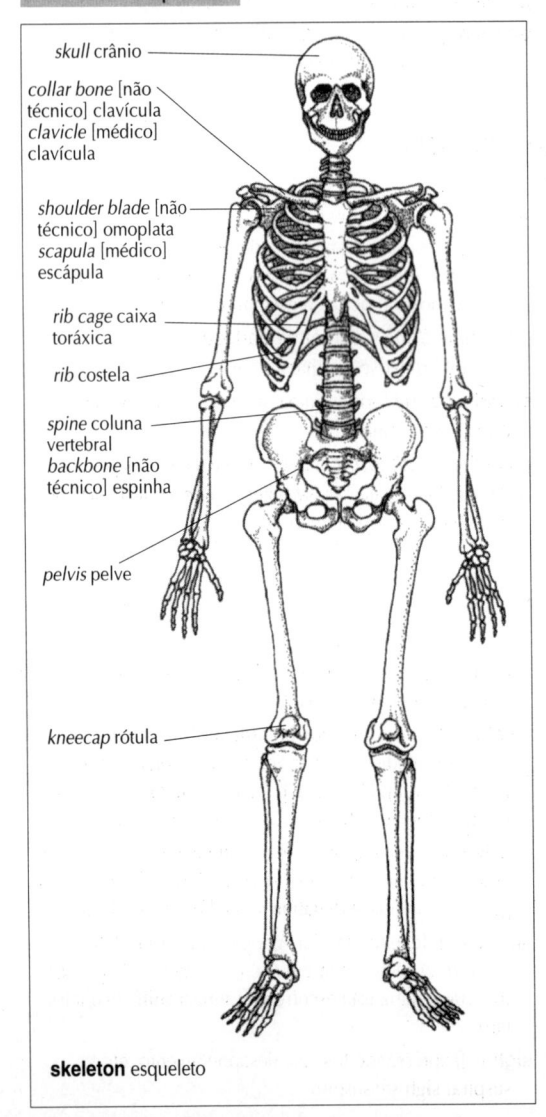

skull crânio
collar bone [não técnico] clavícula
clavicle [médico] clavícula
shoulder blade [não técnico] omoplata
scapula [médico] escápula
rib cage caixa toráxica
rib costela
spine coluna vertebral
backbone [não técnico] espinha
pelvis pelve
kneecap rótula

skeleton esqueleto

101.2 Órgãos internos

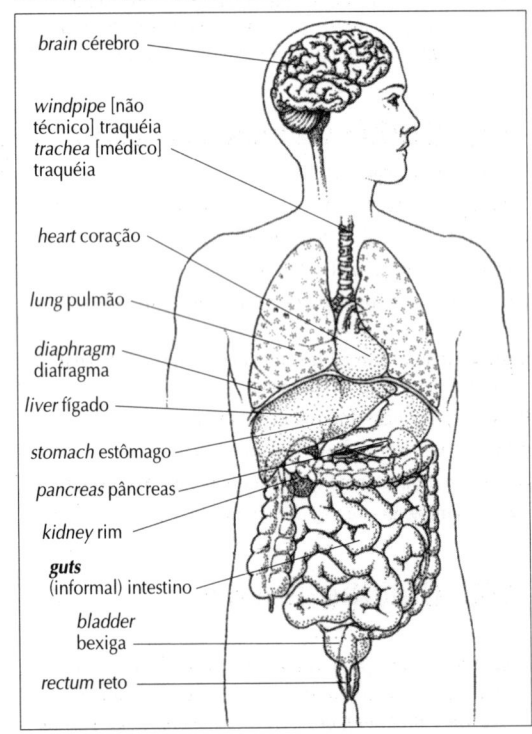

brain cérebro
windpipe [não técnico] traquéia
trachea [médico] traquéia
heart coração
lung pulmão
diaphragm diafragma
liver fígado
stomach estômago
pancreas pâncreas
kidney rim
guts (informal) intestino
bladder bexiga
rectum reto

tonsil *sfn* amídala *I had my tonsils out.* Operei as amídalas.
appendix *sfn*, *pl* **appendixes** OU **appendices** apêndice *a burst appendix* apêndice supurada
intestine *sfn* OU **intestines** *s pl* intestino **intestinal** *adj* [técnico] intestinal
bowel *sfn* OU **bowels** *s pl* intestino *I've got very regular bowels.* Meu intestino funciona como um relógio. (usado como *adj*) *bowel cancer* câncer do intestino *bowel movements* evacuação
nucleus *sfn*, *pl* **nuclei** núcleo *When the nucleus divides, two new cells are formed.* Quando o núcleo se divide, duas novas células se formam.
cell *sfn* célula (usado como *adj*) *cell division* divisão celular

bone sc/sfn osso *a splinter of bone* uma lasca de osso *a fish bone* uma espinha de peixe

bony adj 1 [informal. Muito magro] ossudo *She held out a bony hand.* Ela estendeu uma mão ossuda. 2 [contendo muitos ossos. Descreve: esp. peixe] cheio de espinhas

joint sfn articulação, junta *an artificial hip joint* uma articulação artificial da bacia

muscle sc/sfn músculo *the leg muscles* músculos da perna *exercises to build muscle* exercícios de musculação (usado como adj) *muscle tissue* tecido muscular **muscular** adj muscular

organ sfn órgão *internal organs* órgãos internos *reproductive organs* órgãos reprodutores

blood ssfn sangue *Blood flowed from the wound.* O sangue brotou da ferida. (usado como adj) *blood donors* doadores de sangue

vein sfn veia *The veins stood out on his forehead.* As veias de sua testa estavam intumescidas.

artery sfn artéria *hardened arteries* artérias endurecidas

nerve sfn nervo *The pain is caused by pressure on the nerve.* A dor é causada por pressão no nervo. (usado como adj) *nerve endings* terminações nervosas

101.3 O sistema reprodutor

ver também **sex**, 199

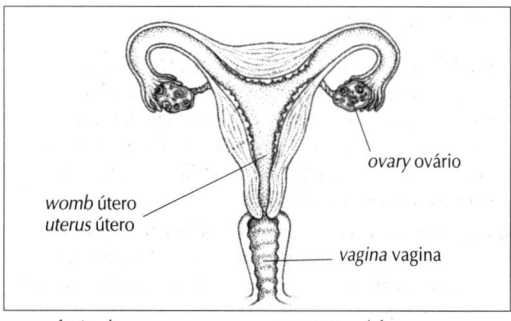

ovary ovário
womb útero
uterus útero
vagina vagina

egg sfn óvulo   **sperm** sc/sfn esperma

101.4 Mente e corpo

mental adj mental *mental health* saúde mental **mentally** adv mentalmente

physical adj físico *physical exercise* exercício físico

physically adv fisicamente *a physically active person* pessoa fisicamente atraente

102 Bodily wastes Excreções do corpo humano

ver também **bathroom**, 185

faeces (brit), **feces** (esp. amer) s pl [formal e técnico] fezes

defecate vi [formal & técnico] defecar

shit sc/sfn (não tem pl) [tabu] merda

shit vi, -tt-, pretérito & part passado **shat** [expressão chula] cagar

crap sc/sfn (não tem pl) [expressão chula] bosta *have a crap* ir cagar **crap** vi, -pp- cagar

turd sfn [gíria grosseira] monte de merda

poo sc/sfn [informal, termo infantil] cocô

urine ssfn urina **urinate** vi [ligeiramente formal] urinar

wee ou **wee-wee** ssfn (esp. brit) [informal, termo infantil] xixi

wee vi [informal, termo infantil] fazer xixi

pee ssfn [informal. Palavra branda. Aconselha-se evitar em situações formais. Usado por e com crianças em inglês americano] xixi **pee** vi [informal] fazer xixi

wet oneself/one's pants/the bed, etc. [urinar sem controle] mijar-se, molhar as calças

spend a penny (brit) [muito comum, eufemismo para urinar] ir ao banheiro

go to the toilet/loo, etc. [frase bastante neutra, dependendo da escolha da palavra para **toilet**. *ver também **bathroom**, 185] ir ao toalete, ir ao banheiro

103 Breathe Respirar

breathe v 1 vi respirar *You could hardly breathe for the smoke.* Mal se podia respirar por causa da fumaça. *We were breathing heavily after the climb.* Estávamos ofegantes após a subida. 2 vt respirar *The air's not fit to breathe round here.* Por aqui o ar é ruim para respirar. *breathing in traffic fumes* inalar a poluição do trânsito

breathing ssfn respiração *Try to regulate your breathing.* Tente controlar sua respiração.

breathe in vi prep inspirar

breathe out vi prep expirar

breath sc/sfn respiração *Each breath was an effort.* Era difícil respirar. **Take a deep breath.** Respire fundo. *How long can you hold your breath?* Quanto tempo você consegue segurar sua respiração? **out of breath**

esbaforido, ofegante *I felt his breath on my cheek.* Senti seu alento em minha face.

inhale vti [mais formal que **breathe in**. Freq. usado em contextos médicos] inalar *She drew on the cigarette and inhaled deeply.* Ela pegou o cigarro e tragou profundamente. **inhalation** sc/sfn [formal] inalação

exhale v 1 vi [mais formal que **breathe out**. Freqüentemente usado em contextos médicos] exalar 2 vt [obj: fumaça, gás, etc.] eliminar **exhalation** sc/sfn [formal] exalação

sniff v 1 vti [cheirar] farejar *A dog sniffed around the dustbin.* O cachorro farejou ao redor da lata de lixo 2 vi [porque o nariz está escorrendo] fungar **sniff** sfn olfato, faro

sigh vi [expressando tristeza, desapontamento, etc.] suspirar **sigh** sfn suspiro

103.1 Respiração forçada ou difícil

blow *vti, pretérito* **blew** *part passado* **blown** (freq. + frase adverbial) soprar *Blow into the tube, please.* Sopre dentro do tubo, por favor. *I blew out the candles.* Soprei as velas. *She blew the fly off her arm.* Espantou a mosca de seu braço com um sopro.

pant *vi* [esp. por causa de um esforço ou do calor] ofegar, resfolegar *a huge panting alsatian* um enorme pastor alemão resfolegante

puff *vi* 1 [por causa de um esforço. Respiração curta] ofegar *We were all puffing after the climb.* Estávamos todos ofegando após a subida. 2 (freq. + **on**, **at**) [informal. Fumar] tragar, sorver *puffing on a pipe* fumando o cachimbo

puff *sfn* tragada *a puff of her cigarette* uma tragada em seu cigarro

gasp *v* 1 *vi* [aspiração curta e sonora, por causa de um susto ou emoção, etc.] grito sufocado *They gasped in horror as she fell.* Deram um grito de horror quando ela caiu. 2 *vi* [respirar desesperadamente, tentando tomar ar] arfar *He came to the lake's surface, gasping for breath.* Ele retornou à superfície do lago tentando tomar ar. 3 *vt* [falar com dificuldade por falta de ar, causada por um susto, etc., ou falta de ar] *'John's got a gun!', she gasped.* 'John está armado!', falou ela com voz entrecortada.

gasp *sfn* arquejo, grito sufocado *He let out a gasp of amazement.* Ele deixou escapar um grito sufocado de assombro.

wheeze *vi* [emitir som de assobio durante a respiração, freq. por causa de problemas respiratórios] chiar

wheeze *sfn* chiado no peito

104 Think Pensar

think *v, pretérito & part passado* **thought** 1 *vi* (freq. + *adv*) [termo geral para qualquer atividade mental consciente] pensar *I thought about it all day.* Pensei nisso o dia inteiro. *Your trouble is, you just don't think!* Seu problema é que você simplesmente não pensa! *Think carefully.* Pense bem. 2 *vt* [expressa idéias, crenças] achar, acreditar *I think I'm pregnant.* Acho que estou grávida. *Do you think she'll mind?* Você acha que ela vai se importar?

thinker *sfn* (freq. ocorre após um *adj*) pensador *a fast thinker* alguém que pensa rápido

thought *s* 1 *ssfn* pensamento *I found her deep in thought.* Encontrei-a absorta em seus pensamentos. *Your work needs more thought.* Seu trabalho precisa de mais elaboração. 2 *sfn* [idéia] idéias *I've had some thoughts about the project.* Tive umas idéias sobre o trabalho.

consider *vt* 1 [a fim de tomar uma decisão] pensar, considerar *I'm considering leaving this job.* Estou pensando em deixar este emprego. 2 [levar em conta] considerar, avaliar *Have you considered the consequences of giving up work?* Você já avaliou as conseqüências de largar o emprego? *Considering her age, she's in good shape.* Considerando sua idade, ela está em ótima forma. *I'd like to be considered for the job.* Gostaria que me considerassem para o emprego.

consideration *sc/sfn* [avaliação criteriosa, esp. ao se tomar uma decisão] consideração *We will need to take rising oil prices into consideration.* Precisamos levar em consideração a alta dos preços do petróleo. *The idea deserves consideration.* A idéia merece consideração.

take into account levar em conta *We forgot to take postage costs into account.* Esquecemos de levar em conta os custos de correio.

104.1 Pensar com cuidado

concentrate *vi* (freq. + **on**) 1 [pensar bem sobre um assunto só] concentrar-se *It's hard to concentrate in a noisy room.* É difícil concentrar-se em um ambiente barulhento. 2 [empenhar-se em uma atividade só] concentrar-se *I'm concentrating on my exams at the moment.* No momento, estou me concentrando em meus exames.

concentration *ssfn* concentração *The phone disturbed my concentration.* O telefone perturbou minha concentração.

contemplate *vti* [pensar cuidadosamente sobre coisas futuras] contemplar, pensar *The idea is too terrible to contemplate.* A idéia é tão terrível que não quero nem pensar nela.

contemplation *ssfn* [pensamento calmo e sério] contemplação *I spent an hour in quiet contemplation.* Passei uma hora em contemplação tranqüila.

ponder *vti* (freq. + **on**, **over**) [pensamento lento e abrangente. Freqüentemente implica dificuldade de se chegar a uma conclusão] ponderar *I sat pondering the likely outcome of the decision.* Fiquei sentado ponderando os prováveis resultados da decisão.

reflect *vi* (freq. + **on**) [implica seriedade e cuidado. Usado com situações presentes e passadas; geralmente não se usa com eventos futuros] refletir [freq. usado para implicar a obrigação de se conscientizar dos erros ou coisas malfeitas] *When I had had time to reflect, I regretted my words.* Quando tive tempo de refletir, me arrependi das minhas palavras.

reflection *s* 1 *ssfn* [pensamento sério] reflexão *On reflection, I'd rather come on Friday.* Pensando bem, é melhor vir na sexta-feira 2 *sfn* [afirmação] reflexão

reason *vti* [pensar logicamente] raciocinar, estimar, avaliar (+ **that**) *He reasoned that we would be ready to agree.* Ele chegou à conclusão de que nós estávamos prontos para concordar.

reason *sc/sfn* [pensamento lógico] raciocínio

104.2 Absorto em seus próprios pensamentos

thoughtful *adj* pensativo, *a thoughtful expression* expressão pensativa **thoughtfully** *adv* pensativamente

pensive *adj* [implica pensamentos tristes e preocupação] pensativo **pensively** *adv* pensativamente

brood vi (freq. + **over**, **on**, **about**) [pensar durante longo período de tempo, com atitude preocupada ou ressentida] meditar *She's still brooding over his criticism.* Ela ainda está meditando sobre a crítica que ele fez.

meditate vi **1** [em transe] meditar **2** (freq. + **on**) meditar sobre [pensamento demorado e tranqüilo] meditação *He's got six years in prison to meditate on his crimes.* Ele terá seis anos de prisão para meditar sobre seus crimes.

meditation s **1** ssfn [em transe] meditação **2** sfn [pensamento] meditação

daydream vi (freq. + **of**, **about**) sonhar acordado, devanear **daydream** sfn devaneio

105 Believe Acreditar

ver também **think, 104; opinion, 106; guess, 109; know, 110**

believe vt acreditar *I don't believe he's fifty!* Não acredito que ele tenha cinqüenta anos! *I believe you.* Acredito em você.

believe in sth vt prep [obj: p. ex. fantasmas, Deus] acreditar, crer

belief s **1** ssfn (freq. + **in**) crença *His rudeness is beyond belief.* Sua grosseria é inacreditável. **2** sfn [coisa na qual se acredita] crença *political beliefs* crenças políticas

be convinced [ter certeza, não necessariamente através da lógica] estar convencido *She's convinced I want to hurt her.* Ela está convencida de que quero feri-la.

105.1 Acreditar baseando-se em provas ou informações

infer vt, -rr- [implica dedução lógica] inferir *Can I infer from that that you are not coming?* Baseando-me nisso, posso inferir que você não virá?

gather vt [usado mais na fala que na escrita. Conhecimento proveniente de informações ouvidas ou vistas] deduzir *I gather the house has been sold.* Deduzi que a casa foi vendida.

conclude vt [implica emitir juízo após pensar] concluir *I concluded that he was not a suitable candidate.* Concluí que não era um candidato adequado.

conclusion sfn conclusão **come to a conclusion** chegar a uma conclusão

105.2 Crença menos definitiva

suppose vt **1** [acreditar na probabilidade] supor *I suppose it's very expensive.* Suponho que seja muito caro. [freq. usado para expressar relutância] *I suppose we ought to help.* Suponho que devemos ajudar. **2** [formal. Acreditar, freq. erroneamente] supor *I had supposed he wanted to borrow money.* Supus que ele queria dinheiro emprestado.

supposition sc/sfn suposição *Your theory is pure supposition.* Sua teoria é suposição pura.

assume vt [implica que a crença é provável e razoável] presumir *I assumed the car would be ready by now.* Presumi que o automóvel já estaria pronto. *I assume you won't be coming?* Presumo que você não virá.

assumption sfn pressuposição, suposição *I bought it on the assumption that prices would go on rising.* Comprei isso baseado na pressuposição de que os preços continuariam subindo.

presume vt [implica que a crença é provável, mas pode estar errada] presumir, supor *You seem to presume she will agree.* Você parece supor que ela irá concordar.

presumption sfn [um tanto formal] suposição *Let us accept the presumption of his innocence.* Vamos aceitar a suposição de sua inocência.

I take it [informal. Geralmente implica um pedido de confirmação da suposição] imagino, suponho. *You'll be bringing the children, I take it.* Você levará as crianças, imagino.

reckon vt [informal. Implica opinião baseada na probabilidade] pensar, crer *She was tired of waiting, I reckon.* Penso que estava cansada de esperar.

guess vt (esp. amer) [informal] achar, imaginar *I guess you're right.* Acho que você está certo.

105.3 Demasiadamente propenso a acreditar

swallow vt [informal. Obj: informação falsa] engolir *The story was absurd, but he swallowed it whole.* A história era absurda, mas ela engoliu tudo.

gullible adj [pejorativo. Implica falta de bom senso] simplório, crédulo **gullibility** ssfn credulidade

superstition sc/sfn [crença em magia ou forças sobrenaturais] superstição

superstitious adj [descreve: pessoa] supersticioso

105.4 Digno de crédito

credible adj [merece crédito ou ser levado a sério. Descreve p. ex. história, alternativa] verossímil *Their defence policies are barely credible.* As políticas de defesa merecem pouco crédito. **credibly** adv de modo a merecer crédito **credibility** ssfn credibilidade

plausible adj [soa verossímil. Descreve p. ex. desculpa] plausível **plausibly** adv plausivelmente **plausibility** ssfn plausibilidade

106 Opinion Opinião

ver também **believe, 105; opinions, LC 30**

opinion sc/sfn (freq. + **of**) opinião *You're making a mistake, in my opinion.* Você está cometendo um erro, na minha opinião. *I have a high opinion of her ability.* Tenho um alto conceito de sua habilidade. *public opinion* opinião pública *They were of the opinion that the business would fail.* Eles eram da opinião de que o negócio não daria certo.

attitude *sfn* (freq. + **to, towards**) [implica a sensação ou resposta causada por uma situação, em vez de um julgamento sobre esta situação] atitude, postura *His attitude to the problem seems to be to ignore it.* Sua atitude diante do problema parece ser de ignorá-lo. *My attitude is that they should pay for our advice.* Minha posição é que eles deviam pagar por nossa assessoria.

view *sfn* (freq. + **on, about**) [freq. usado em questões mais amplas que **opinion**] visão, parecer, idéia *She has odd views on bringing up children.* Ela tem idéias estranhas sobre como educar os filhos. *She took the view that training was a priority.* Ela adotou a visão de que o treinamento era uma prioridade. *In my view, cars should be banned from cities.* Na minha opinião, os automóveis deveriam ser proibidos nas cidades.

estimation *ssfn* [um tanto formal. Implica um julgamento mais cuidadoso que **opinion**] estimativa, parecer, opinião *In my estimation, it is a second-rate book.* Na minha opinião, é um livro de segunda categoria.

point of view 1 [opinião causada por uma determinada situação, esp. no que diz respeito a crenças, pressupostos, etc. de uma determinada pessoa ou grupo] ponto de vista, perspectiva *The news is disastrous from the enemy's point of view.* Do ponto de vista do inimigo, a notícia é desastrosa. 2 [considerando um determinado aspecto de uma situação ou coisa] ponto de vista, perspectiva *From the point of view of size, the room is ideal.* Considerando-se o tamanho, a sala é ideal.

viewpoint *sfn* [ligeiramente mais formal que **point of view**. Não admite o segundo uso de **point of view**] perspectiva, ponto de vista *Try to see it from my viewpoint.* Tente enxergá-lo do meu ponto de vista.

106.1 Origem das opiniões

principle *s* 1 *sc/sfn* [implica ideais morais] princípio *It's a matter of principle.* É uma questão de princípios. 2 *sfn* [fundamento das ações, crenças, etc.] princípio, pressuposto *based on principles of Freudian psychology* baseado nos princípios da psicologia freudiana

philosophy *s* 1 *sc/sfn* [sistema de crenças] filosofia *his philosophy of non-violence* sua filosofia da não violência *the philosophy of Plato* a filosofia de Platão

2 *ssfn* [estudo] filosofia **philosopher** *sfn* filósofo **philosophical** *adj* filosófico

outlook *s* (ger. não tem *pl*; freq. + **on**) [modo de pensar em geral, p. ex. sobre a vida] atitude, postura, visão *a negative outlook on life* uma visão negativa da vida

106.2 Formação de opiniões

consider *vt* [ligeiramente formal] considerar (+ **that**) *I consider that the operation is too risky.* Considero que a operação é demasiadamente arriscada. (+ obj + *s*) *I consider my work a failure.* Considero que meu trabalho é um fracasso. (+ obj + *adj*) *They considered her remarks offensive.* Consideraram suas observações ofensivas.

think of sth/sb *vt prep* (freq. usado em perguntas, ou + **as**) achar *What did you think of the show?* O que você achou do show? *I thought of you as a friend.* Achava que você era um amigo.

regard *vt* (freq. + **as**) [um tanto formal] considerar *How do you regard his early work?* Qual sua opinião sobre seus primeiros trabalhos? *I regard him as a fool.* Considero-o um bobo.

assess *vt* [implica chegar a uma opinião através de um exame minucioso, freq. formal] avaliar *We must assess the product's commercial potential.* Devemos avaliar o potencial comercial do produto.

assessment *sc/sfn* avaliação *an encouraging assessment of our achievements* uma avaliação encorajadora de nossas conquistas

judge *vti* julgar (+ **that**) *I judged that the time was right.* Julguei que a época era oportuna. (+ obj + *adj*) *Doctors judged her fit to compete.* Os médicos julgaram que ela estava apta a competir. *Judging by his tone of voice, he was rather angry.* A julgar pelo seu tom de voz, ele estava bastante bravo. [pode implicar opinião sobre valores morais] *Don't judge me too harshly.* Não me julgue com tanta severidade.

judgment OU **judgement** *s* 1 *sfn* (freq. + **on**) [opinião] julgamento *Have you formed a judgment on the matter?* Você já formou uma opinião sobre o assunto? 2 *ssfn* [Habilidade de julgar] julgamento *I'm relying on your judgment.* Estou confiando no seu julgamento.

107 Intend Pretender

ver também **want, 72; choose, 73**

intend *vi* (freq. + **to** + INFINITIVO) [expressa desejo de desempenhar uma ação] pretender *Do you intend to have the baby at home?* Você pretende ter o bebê em casa? *I intended it to be a surprise.* Pretendia que isso fosse uma surpresa.

plan *vt,* -nn- (freq. + **to** + INFINITIVO) [ligeiramente menos formal e menos definitivo que **intend**] planejar, pensar em *We're planning to emigrate to Canada.* Estamos planejando emigrar para o Canadá.

mean *v* 1 *vti* (+ **to** + INFINITIVO) [fazer deliberadamente. Freqüentemente usado em sentenças negativas, ou para falar de coisas que alguém não conseguiu realizar ou que não aconteceram. Menos formal que **intend**] querer, ter intenção de *He didn't mean to hurt you.* Ele não queria machucá-lo. *I meant to phone you, but I forgot.* Eu queria lhe telefonar, mas me esqueci. *I meant them to eat it all.* Queria que eles comessem tudo. 2 *vt* [causar deliberadamente] desejar, querer *I didn't mean them any harm.* Não lhes desejo mal. 3 *vi* (+ **to** + INFINITIVO) [formal. Intenção futura] desejar, querer *I mean to work harder.* Vou trabalhar mais.

have sth/sb **in mind** [estar considerando, mas não estar decidido sobre algo] ter em mente, estar pensando *Who do you have in mind for the job?* Em quem você está pensando para o emprego?

decide vti (freq. + **to** + INFINITIVO) decidir *I've decided to retire.* Decidi me aposentar. *He can't decide which option is best.* Ele não consegue decidir qual é a melhor opção.

decision sfn (freq. + **on**, **about**) decisão *I have some difficult decisions to make.* Tenho algumas decisões difíceis a tomar. *I'll respect your decision.* Respeitarei sua decisão.

107.1 O que se pretende
ver também **system**, 290

intention sc/sfn [ligeiramente formal, esp. em sentenças positivas] intenção *She has no intention of marrying him.* Ela não tem intenção de casar-se com ele. *It was my intention to remain silent.* Minha intenção era ficar em silêncio. *good intentions* boas intenções

plan sfn [freq. mais definitivo que **intention**] plano *We have plans to buy a house next year.* Temos planos de comprar uma casa no ano que vem.

scheme sfn 1 [plano elaborado] esquema *a new scheme for improving the traffic problem* um novo esquema para melhorar o problema do trânsito 2 [plano inteligente, porém desonesto] ardil, esquema

scheme vi (freq. + **against**) [pejorativo. Implica intenções malignas] tramar

project sfn [implica esforço e planejamento a longo prazo] projeto *I'm working on a project to provide new housing in the area.* Estou trabalhando em um projeto para construir novas habitações na área.

107.2 Coisas que se deseja alcançar
ver também **success**, 396

aim sfn objetivo *the government's long-term aims* os objetivos a longo prazo do governo

goal sfn [freq. implica o objetivo final] meta *Our ultimate goal is full independence.* Nossa meta final é a independência total.

objective sfn [ligeiramente formal, freq. usado em contextos de negócios. Implica objetivos mensuráveis] objetivo *We need to set our objectives for the year.* Devemos estabelecer nossos objetivos para este ano.

target sfn [implica objetivo mensurável] meta, objetivo *Our original target was to double sales.* Nossa meta original era dobrar as vendas.

ambition sc/sfn [desejo pessoal de sucesso] ambição *One of my ambitions is to visit China.* Uma das minhas ambições é visitar a China. *naked ambition* pura ambição **ambitious** adj ambicioso **ambitiously** adv ambiciosamente

purpose sc/sfn (freq. + **of**) [enfatiza a razão que subjaz à ação] propósito, intenção *The troops' main purpose is to keep the peace.* O principal propósito das tropas é manter a paz.

intent ssfn [freq. usado em contextos legais] intenção *He went there with no intent to steal.* Ele foi lá sem intenção de roubar.

107.3 Desejo de conseguir algo

intent adj (depois do *v*, + **on**) [extremamente determinado. Descreve: pessoa] decidido, empenhado [freq. usado com desaprovação] *She seems intent on self-destruction.* Ela parece empenhada em autodestruir-se.

intentional adj [descreve p. ex. ação, esp. uma ação má] intencional *Was the humour intentional?* A brincadeira foi intencional? **intentionally** adv intencionalmente

deliberate adj [descreve p. ex. ação, esp. ação má] deliberado *a deliberate attempt to undermine my authority* uma tentativa deliberada de minar minha autoridade **deliberately** adv deliberadamente

determined adj (freq. + **to** + INFINITIVO [intenção forte. Descreve: pessoa, ação] determinado, decidido *I'm determined to win the race.* Estou decidido a ganhar a corrida. *a determined attempt to win* uma tentativa decidida de vencer **determination** ssfn determinação

obstinate adj [pejorativo, implica irracionalidade] obstinado, teimoso **obstinately** adv obstinadamente **obstinacy** ssfn obstinação, teimosia

stubborn adj [freq. implica irracionalidade] teimoso, obstinado *his stubborn refusal to eat* sua recusa obstinada a comer **stubbornly** adv teimosamente **stubbornness** ssfn teimosia

---
comparação
as stubborn as a mule teimoso como uma mula

---

108 Idea Idéia

theory s 1 sfn [explicação possível] teoria *My theory is that they're planning an invasion.* Minha teoria é que eles estão planejando uma invasão. 2 ssfn [oposto da prática] teoria *In theory, the engine should start now.* Teoricamente, o motor deveria ligar-se agora. **theoretical** adj teórico **theoretically** adv teoricamente

concept sfn [idéia abstrata] conceito *It is difficult to grasp the concept of death.* É difícil apreender o conceito da morte. **conceptual** adj conceitual **conceptually** adv conceitualmente

notion sfn [conceito] noção *the notion of God as all-powerful* a noção de Deus como todo-poderoso [compreensão] *She has no notion of fairness.* Ela não tem noção de justiça. [freq. usado em sentido pejorativo, implicando capricho] *old-fashioned notions about discipline* noções antiquadas sobre disciplina

inspiration s 1 sc/sfn [fonte de idéias] inspiração *A trip to China provided the inspiration for my latest book.* A viagem à China forneceu-me a inspiração para meu último livro. 2 sfn [idéia brilhante] inspiração, idéia luminosa *I've had an inspiration!* Tive uma idéia brilhante!

brainwave sfn (esp. brit) [um tanto informal. Idéia brilhante repentina] idéia brilhante *I've had a brainwave about where to look.* Tive uma boa idéia sobre onde procurar.

108.1 Ter idéias

occur to sb *vt prep,* **-rr-** [implica compreensão repentina] ocorrer *It suddenly occurred to me that you might know the answer.* De repente me ocorreu que você poderia saber a resposta. [freq. usado em negações para enfatizar a total falta de idéia. Freqüentemente implica que a coisa inesperada é irracional] *It never occurred to me that he might be angry.* Nunca me ocorreu que ele poderia estar irritado.

cross one's mind [freq. usado em negações] passar pela cabeça *It never crossed my mind to ask.* Nunca me passou pela cabeça perguntar.

imagine *vt* [representar mentalmente] imaginar *Can you imagine how cross I was?* Será que você pode imaginar como eu fiquei irritado? *I tried to imagine their house in the country.* Tentei imaginar sua casa de campo.

imagination *sc/sfn* [habilidade de pensar em coisas sem vê-las ou em coisas que não existem] imaginação *Her writing lacks imagination.* Falta imaginação a seus escritos. *I'll leave the rest of the story to your imagination.* Vou deixar o resto da história por conta de sua imaginação. *ver também **unreal, 35**

inspire *vt* [dar uma idéia a sb] inspirar *The film was inspired by his own experiences in the war.* O filme foi inspirado pelas suas próprias experiências na guerra.

109 Guess Adivinhar

ver também **believe, 105**

guess *vti* 1 [julgar sem informação] adivinhar, achar, supor *I'd guess (that) he was about 50.* Eu diria que ele tinha cerca de 50 anos. *Try and guess the price.* Tente adivinhar o preço. (+ **at**) *We can only guess at their next move.* Nós podemos apenas supor o que farão depois. *Guess what I've been doing!* Adivinhe o que eu estava fazendo! 2 [adivinhar e acertar] adivinhar *He's guessed our secret.* Adivinhou nosso segredo.

guess *sfn* (freq. + **at**) palpite *Have a guess at their age.* Dê um palpite sobre sua idade. *At a rough guess, I'd say the painting's Dutch.* Dando um chute, diria que a pintura é holandesa.

guesswork *ssfn* adivinhação, conjectura, suposição *The report is nothing but guesswork.* O relatório nada mais é do que conjectura.

wonder *vti* [implica desejo de saber] perguntar-se *I wonder what they'll do next.* Eu me pergunto o que farão em seguida. (+ **about**) *We were wondering about her future.* Estávamos nos perguntando sobre seu futuro. *They wondered whether they should go.* Eles se perguntavam se deveriam ir.

suspect *vti* [pensar sobre a probabilidade. Obj: esp. algo ruim] suspeitar *I suspected he'd been drinking.* Suspeitei que ele andou bebendo. (+ **of**) *I suspected her of lying.* Suspeitei que ela mentiu.

suspect *sfn* suspeito (pessoa de quem se suspeita)

suspicion *sc/sfn* 1 [acreditar em culpa] suspeita *I always had my suspicions about that family.* Sempre tive minhas suspeitas sobre aquela família. *She was **under suspicion of** murder.* Ela estava sob suspeita de assassinato. *arrested **on suspicion of** fraud* preso sob suspeita de fraude 2 [falta de confiança] suspeita, desconfiança *He regarded me with suspicion.* Ele me olhava com desconfiança.

suspicious *adj* 1 [que causa suspeita, desconfiança. Obj: p. ex. comportamento, objeto, pessoa] suspeito *a suspicious character* uma personalidade suspeita 2 (freq. + **of, about**) [nutrir suspeita] suspeitoso **suspiciously** *adv* com suspeita

expect *vt* 1 [considerar provável] esperar, supor *I expect you're hungry.* Suponho que esteja com fome. *I expected her to come later.* Esperava que viesse mais tarde. (+ **that**) *I expect that it will rain.* Suponho que chova. 2 [considerar razoável ou necessário] esperar, ter expectativa (+ **to** + INFINITIVO) *I expect my staff to be polite.* Espero que meus funcionários sejam corteses.

expectation *sc/sfn* 1 [o que alguém considera provável] expectativa *My expectation is that prices will fall.* Minha expectativa é que os preços caiam. 2 [o que alguém deseja] expectativa, esperança *They have unrealistic expectations of their children.* Eles têm esperanças fora da realidade sobre seus filhos. *The business has exceeded all our expectations.* O negócio superou todas as nossas expectativas.

estimate *vt* [calcular aproximadamente, apoiando-se em algumas informações. Obj: p. ex. valor, quantia] estimar (+ **that**) *I estimate that the job will take two weeks.* Estimo que a tarefa levará duas semanas.

estimate *sfn* estimativa *a conservative estimate* uma estimativa cautelosa

speculate *vi* (freq. + **about, on**) [às vezes pode ser um tanto pejorativo, implicando conjectura sem informações] especular *Low profits have led people to speculate about the company's future.* Lucros baixos levaram as pessoas a especular sobre o futuro da companhia.

speculation *sc/sfn* especulação *There has been speculation in the press about their marriage.* Houve especulações na imprensa sobre seu casamento.

109.1 Fazer conjecturas sobre o futuro

predict *vt* [baseado em fatos ou sensações] predizer, prever *Nobody could have predicted the scale of the disaster.* Ninguém poderia prever a dimensão do desastre. (+ **that**) *I predict that shares will rise.* Eu predisse que as ações iriam subir.

prediction *sfn* predição, previsão *gloomy economic predictions* previsões econômicas sombrias

forecast *vt, pretérito & part passado* **forecast** [implica a utilização de dados por especialistas] prognosticar, prever *The polls forecast a victory for the president.* As pesquisas prevêem a vitória para presidente.

forecast *sfn* prognóstico, previsão *economic forecasts* previsão econômica ***weather forecast*** previsão do tempo

anticipate vt [considerar provável. Freq. implica tomar as medidas cabíveis] prever, antecipar *We're not anticipating any problems.* Não estamos prevendo nenhum problema. *I had anticipated their objections and prepared my arguments.* Eu havia antecipado suas objeções e preparado meus argumentos.

anticipation ssfn 1 [expectativa] previsão, antecipação *They're buying extra coal **in anticipation of** a strike.* Eles estão comprando carvão a mais, antecipando uma greve. 2 [animação] expectativa *There was a sense of anticipation in the room.* Havia um clima de expectativa na sala.

110 Know Saber
ver também **believe, 105; clever, 236**

know vt, pretérito **knew** part passado **known** 1 [ter conhecimento de] saber *You always know what to do.* Você sempre sabe o que fazer. *Do you know where she is?* Você sabe onde ela está? 2 [estar familiarizado com. Obj: pessoa, lugar] conhecer

knowledge ssfn conhecimento *To the best of my knowledge they never met.* Pelo que sei, eles nunca se encontraram. *My knowledge of German is slight.* Meus conhecimentos de alemão são rudimentares. [pode ser formal] *I have no knowledge of his whereabouts.* Não tenho conhecimento de seu paradeiro.

knowledgeable adj (freq. + **about, on**) sábio, erudito **knowledgeably** adv com conhecimento

aware adj (ger. depois do v; freq. + **of**) [saber e estar consciente] consciente *I was not aware of her background.* Eu não conhecia as suas origens. *I am aware that he resents me.* Estou consciente de que ela me guarda rancor. *They are **well aware of** the danger.* Eles estão bem conscientes do perigo.

awareness ssfn (freq. + **of**) consciência, conscientização *There is little public awareness of the problem.* Há pouca conscientização pública do problema.

conscious adj (ger. depois do v; freq. + **of**) [implica saber dos fatos e estar preocupado com eles] consciente *He's highly conscious of his previous mistakes.* Ele está bem consciente de seus erros anteriores.

consciousness ssfn consciência

consciously adv [deliberadamente] conscientemente *I don't consciously set out to be controversial.* Eu não busco deliberadamente ser polêmico.

intuition sc/sfn [conhecimento instintivo] intuição *My intuition tells me something is wrong.* Minha intuição me diz que algo está errado.

intuitive adj intuitivo **intuitively** adv intuitivamente *She knew intuitively that the child was ill.* Intuitivamente, ela sabia que a criança estava doente.

110.1 Vir a saber

realize vt perceber, dar-se conta (+ **that**) *I didn't realize that they were there.* Eu não percebi que estavam lá. [saber e compreender] *I realize how angry you must feel.* Sei como você deve estar se sentindo zangado. *Do you realize the damage you have caused?* Você percebe o dano que causou?

realization s (não tem pl) compreensão (+ **of**) *His jaw fell as the realization of his mistake dawned on him.* Ficou boquiaberto ao se dar conta de seu erro.

recognize vt 1 [obj: pessoa, objeto] reconhecer *Don't you recognize me?* Você não está me reconhecendo? 2 [admitir. Ligeiramente formal] reconhecer, admitir *We recognize the need for further training.* Reconhecemos a necessidade de treinamento suplementar. (+ **that**) *They recognize that morale is low among staff.* Eles reconhecem que a moral dos funcionários está baixa.

recognition ssfn 1 reconhecimento *My brother has changed **beyond all recognition**.* Meu irmão está irreconhecível. 2 reconhecimento *Recognition of earlier failures has helped them improve.* O reconhecimento dos insucessos anteriores os ajudou a melhorar.

identify vt 1 [descobrir. Freq. implica mais esforço e talvez mais pesquisa que **recognize**] identificar *We have finally identified the cause of the problem.* Finalmente identificamos a causa do problema. 2 [provar ou apresentar a identidade de] identificar *I identified his body.* Identifiquei seu corpo. (+ **as**) *We identified the birds as plovers.* Identificamos os pássaros como sendo tordeiros. **identification** ssfn identificação

110.2 Saber por experiência
ver também **habitual, 288**

experience s 1 ssfn [por ter feito algo antes] experiência *Have you any experience of working with young people?* Você teve alguma experiência de trabalhar com jovens? 2 sfn [evento] experiência *The crash was a traumatic experience.* O acidente foi uma experiência traumática.

experience vt experimentar, passar por (uma experiência), viver *a generation which has never experienced war* uma geração que nunca passou por uma guerra

> *expressões*
>
> **know the ropes** [informal. Implica conhecer a rotina e poder atuar eficientemente] conhecer o caminho das pedras, saber as manhas do negócio *You can work next to me until you know the ropes.* Você pode trabalhar ao meu lado até que aprenda as manhas do negócio.
> **know what's what** [informal. Implica a habilidade de diferenciar o que é certo, importante, etc.] conhecer a coisa, separar o joio do trigo, não confundir alhos com bugalhos.
> **find one's feet** [acostumar-se e ser capaz de lidar com uma situação nova] engatinhar, tentar estabelecer-se *The company's still finding its feet in the Japanese market.* A companhia ainda está tentando estabelecer-se no mercado japonês.
> **know sth inside out/like the back of one's hand** [informal. Conhecer extremamente bem] conhecer a fundo/como a palma da mão *Taxi drivers have to know the city inside out.* Os motoristas de táxi devem conhecer a cidade como a palma da mão.

experienced adj experimentado, experiente *one of our most experienced officers* um dos nossos oficiais mais experimentados

accustomed adj (sempre + **to**) [ligeiramente formal] acostumado *They have become accustomed to a life of luxury.* Eles ficaram acostumados a uma vida de luxo.

accustom sb **to** sth vt prep acostumar-se a *I gradually accustomed myself to the noise.* Aos poucos, acostumei-me ao barulho.

acquaint sb **with** sth vt prep [formal] inteirar, familiarizar *I'm not acquainted with her work.* Não estou familiarizado com o trabalho dela. *I need to acquaint them with our procedures.* Preciso inteirá-los a respeito de nossos procedimentos.

familiar adj **1** (depois do v; sempre + **with**) [ter conhecimento de] familiarizado *Which computers are you familiar with?* Com quais computadores você está familiarizado? **2** [usual] familiar, comum *a familiar complaint* uma queixa familiar

111 Fame Fama

USO

Freqüentemente estas palavras não implicam que as pessoas ou coisas são muito conhecidas; implicam que elas são conhecidas por um certo grupo de pessoas. Por exemplo, caso digamos *He's a notorious eavesdropper* (Ele é um bisbilhoteiro notório), significa que só as pessoas que o conhecem sabem que ele é um bisbilhoteiro, e não que ele seja amplamente conhecido por isso. Especificamente, se incluirmos **for sth**, estaremos enfatizando a importância das ações ou qualidades mencionadas, ao invés da pessoa. Ex.: *She is famous for her wit.* (Ela é famosa por sua verve.) *He's well-known for his research on heart disease.* (Ele é conhecido pela sua pesquisa sobre doenças cardíacas.)

famous adj famoso *He was a gifted poet, but more famous as a historian.* Ele era um poeta talentoso, porém mais famoso como historiador. *a famous landmark* um marco famoso

well-known adj, compar **better-known** superl **best-known** [implica interesse de um número menor de pessoas que para **famous** e provavelmente um campo de atuação menos atraente ou sensacional] conhecido *a well-known journalist* um jornalista conhecido *one of Britain's best-known insurance companies* uma das companhias de seguros mais conhecidas da Grã-Bretanha

notorious adj [famoso por algo ruim. Ligeiramente mais forte que **infamous**] notório, famoso *a notorious war criminal* um notório criminoso de guerra *That stretch of road is a notorious death trap.* Aquela parte da estrada é uma armadilha notória. **notoriously** adv notoriamente **notoriety** ssfn notoriedade

infamous adj [famoso por algo ruim. Pode implicar respeito pela coisa descrita] famoso *the infamous North face of the Eiger* a famosa face norte do Eiger

reputation sfn (freq. + **for**, **as**) reputação *The school has a good reputation.* A escola tem uma boa reputação. *She has a considerable reputation as a poet.* Ela goza de uma considerável reputação como poeta. *He certainly **lived up to his reputation** as a trouble-maker.* Ele certamente fez jus à sua reputação de encrenqueiro.

celebrity sfn celebridade *local sports celebrities* celebridades do esporte local

star sfn [pessoa extremamente famosa e admirada] estrela (fem.), astro (masc.) *pop star* estrela/astro da música pop *stars of stage and screen* estrelas do palco e das telas **stardom** ssfn estrelato

112 Unknown Desconhecido

obscure adj [pouco conhecido] obscuro *obscure references to Chaucer* referências obscuras a Chaucer **obscurity** ssfn obscuridade

oblivion ssfn [implica ser ignorado ou esquecido] ostracismo, esquecimento *After one successful novel she sank into oblivion.* Após um romance de sucesso, ela caiu no esquecimento.

112.1 Não conhecer

unaware adj (depois do v; + **of**, **that**) sem consciência, ignorante *They were unaware of their rights.* Eles não tinham consciência de seus direitos.

ignorant adj (depois do v; + **of**) [um tanto formal] ignorante *They were completely ignorant of the research done in Europe.* Eles estavam totalmente alheios à pesquisa feita na Europa. **ignorance** ssfn ignorância *ver também* **stupid, 240**

oblivious adj (ger. depois do v; + **to**, **of**) [freq. usado quando alguma coisa ruim ocorre ou poderia ter ocorrido por não se perceber algo] alheio, inconsciente *She carried on talking, totally oblivious to the offence she had caused.* Ela continuou falando, totalmente inconsciente da ofensa que havia cometido. *They enjoyed their meal, oblivious to the danger.* Eles saboreavam sua refeição, alheios ao perigo.

112.2 Pessoa ou coisa desconhecida

stranger sfn estranho, desconhecido *She looked at me as though I was a complete stranger.* Ela me olhou como se eu fosse um estranho.

mystery sc/sfn mistério *It's a complete mystery where the money came from.* A origem do dinheiro é um completo mistério. (usado como adj) *mystery story* história de mistério

mysterious adj misterioso *He disappeared in mysterious circumstances.* Ele desapareceu sob circunstâncias misteriosas. **mysteriously** adv misteriosamente

> **USO**
>
> **(to be) in the dark (about sth)** [desinformado] ficar no escuro *They kept us in the dark about the firm's financial crisis.* Eles nos mantiveram no escuro sobre a crise financeira da firma.
> **I haven't (got) a clue** [enfático] não tenho nem idéia *It's broken and I haven't got a clue how to fix it.* Está quebrado e não tenho nem idéia de como consertá-lo.
>
> **the sixty-four thousand dollar question** [um tanto jocoso. A pergunta-chave que ninguém consegue responder] a pergunta crucial, a pergunta sem resposta *Will the public buy the product? That's the sixty-four thousand dollar question!* Será que o público vai comprar o produto? Esta é uma pergunta sem resposta!

113 Find out Descobrir

ver também **find, 95**

find sth **out** OU **find out** sth *vti prep* [tempo presente e futuro implicam a descoberta da informação por pesquisa; o pretérito é também usado com coisas descobertas acidentalmente.] descobrir *Could you find out the train times for me?* Você pode descobrir os horários do trem para mim? *I found out she's been married before.* Descobri que ela foi casada antes.

finding *sfn* (ger. usado no plural) [resultado de uma investigação (ger. oficial)] descoberta, resultado *The committee's findings were critical of airport security.* As conclusões do comitê foram fundamentais para a segurança do aeroporto.

discover *vt* descobrir *I discovered that my grandfather was buried near there.* Descobri que meu avô foi enterrado perto daqui. *I've discovered their secret.* Descobri seu segredo.

discovery *sfn* descoberta *We made an interesting discovery about our house.* Fiz uma descoberta interessante sobre a nossa casa.

detect *vt* [descobrir mediante percepção] detectar *It's easy to detect the influence of Joyce in his work.* É fácil detectar a influência de Joyce em seu trabalho. *Do I detect a note of sarcasm in your reply?* Será que estou detectando um tom de sarcasmo na sua resposta? **detection** *ssfn* detecção

113.1 Tentar descobrir algo

investigate *vt* [examinar as evidências para descobrir a causa, o resultado provável, etc. Obj: p. ex. crime, cura, possibilidade] investigar *Police are investigating the theft of priceless jewellery.* A polícia está investigando o roubo das jóias de valor incalculável. *I went to investigate the noise in the garden.* Fui investigar o barulho no jardim.

investigation *sc/sfn* (freq. + **into**) investigação *a murder investigation* investigação de um assassinato *The matter is under investigation.* O assunto está sob investigação.

investigator *sfn* [o tipo de investigador geralmente é especificado] investigador *a private investigator* investigador particular *accident investigators* investigadores de acidentes

analyse, TAMBÉM **-yze** (*amer*) *vt* [implica métodos científicos detalhados, freq. o exame de cada parte da coisa analisada] analisar *Her hair was analysed for mineral deficiencies.* Analisaram seu cabelo para identificar deficiências minerais. *If we analyse the situation...* Se analisarmos a situação...

analysis *sc/sfn, pl* **analyses** análise *an analysis of the economic situation* uma análise da situação econômica

research *ssfn* OU **researches** *s pl* (freq. + **into**, **on**) [implica estudos científicos ou acadêmicos] pesquisa *She published her research into child psychology.* Ela publicou sua pesquisa sobre psicologia infantil. *They carry out research using live animals.* Eles desenvolvem sua pesquisa utilizando animais vivos.

research *vt* pesquisar *She's researching the period for a novel.* Ela está pesquisando o período para um romance.

113.2 Descobrir por lógica

work sth **out** OU **work out** sth *vt prep* [implica descobrir soluções para problemas matemáticos ou práticos] resolver, descobrir, chegar a *I worked out the cost of running a car for a year.* Cheguei ao custo anual de manter um carro. *I finally worked out how to turn it off.* Finalmente descobri como desligá-lo.

solve *vt* [implica lidar com uma dificuldade deliberada. Obj: p. ex. quebra-cabeça, palavras cruzadas] resolver

solution *sc/sfn* solução, resolução (+ **to**) *the solution to last week's crossword* a resolução das palavras cruzadas da semana passada

113.3 Desejar descobrir

curious *adj* [ver USO a seguir] curioso **curiously** *adv* curiosamente

curiosity *ssfn* curiosidade *We went along out of curiosity.* Fomos junto por curiosidade.

nosy *adj* [pejorativo. Implica interesse pelos assuntos particulares dos outros] intrometido **nosiness** *ssfn* intromissão

inquisitive *adj* [às vezes pejorativo, mas pode implicar uma mente alerta e vivaz] inquisitivo, curioso **inquisitively** *adv* inquisitivamente **inquisitiveness** *ssfn* curiosidade

GRUPOS DE PALAVRAS

USO

Curious é geralmente usado nas seguintes estruturas:
(+ **about**) *I'm curious about his past.* (Estou curioso sobre seu passado.)

(+ **to** + INFINITIVO) *Everyone was curious to know who had written the letter.* (Todos estavam curiosos para saber quem havia escrito a carta.)

Devido ao fato de **curious** também significar 'estranho'

ou 'esquisito', geralmente não se encontra em outras estruturas, a menos que não haja ambigüidade.
Nosy e **inquisitive** não são usados com estas estruturas. São usados simplesmente para descrever pessoas: *He is very nosy.* (Ele é muito intrometido.)
My answers obviously did not satisfy this inquisitive six-year-old. (Minhas respostas obviamente não satisfizeram essa criança curiosa de seis anos.)

114 Understand Compreender

understand *vti, pretérito & part passado* **understood** compreender, entender

understanding *ssfn* [o que se compreende ou o que se acredita ser verdadeiro] compreensão, entendimento *My understanding of the contract was that you were responsible for labour costs.* Pelo meu entendimento do contrato, você é responsável pelo custo da mão-de-obra.

comprehend *vti* [formal. Freq. usado para dar ênfase] compreender *Why she left I shall never comprehend.* Jamais compreenderei a razão de sua partida.

comprehension *ssfn* compreensão *They have no comprehension of environmental issues.* Eles não têm compreensão das questões ambientais. *Why he needs another car is **beyond my comprehension**.* [implica desaprovação] A razão dela necessitar outro automóvel está além da minha compreensão.

grasp *vt* [conseguir entender, esp. algo complicado] captar, entender *Once you've grasped the basic idea, the system's quite simple.* Uma vez que se capta a idéia básica, o sistema é bastante simples.

grasp *s* (não tem *pl*) alcance, domínio, entendimento *You need a good grasp of economic theory.* Você precisa de um bom domínio da teoria econômica.

realize *vt* [implica uma compreensão repentina ou enfatiza a consciência de um fato] perceber, dar-se conta *I realized I had forgotten my watch.* Percebi que havia esquecido meu relógio. *I realize you're very busy, but it is important.* Eu compreendo que você está ocupado, mas é importante. **realization** *ssfn* percepção, compreensão

dawn on sb *vt prep* [implica que um fato (freq. um fato óbvio) é compreendido repentinamente] dar-se conta *It dawned on me that there was a simple answer to the problem.* Dei-me conta de que havia uma solução simples para o problema.

see through sth *vt prep* [implica o entendimento, apesar de os outros tentarem esconder os fatos. Obj: p. ex. mentiras, fingimento] perceber, não se deixar enganar, ver claramente *She claimed to be a doctor, but we saw through her at once.* Ela alegava ser médica, mas nós imediatamente vimos claramente quem ela era.

114.1 Compreender e aprender

take sth **in** OU **take in** sth *vt prep* [implica compreender algo por prestar atenção] entender *I was so shocked, I couldn't take in what was happening.* Eu estava tão chocado que não conseguia entender o que estava acontecendo.

catch on *vi prep* (freq. + **to**) [informal. Implica usar astúcia para entender] perceber, pegar o jeito *Just watch what I do – you'll soon catch on.* Fique só observando o que estou fazendo e você logo pegará o jeito.

cotton on *vi prep* (freq. + **to**) [informal. Semelhante a **catch on**] inteirar-se, perceber *All the staff were stealing, but the management never cottoned on.* Todos os funcionários estavam roubando, mas a gerência nunca se deu conta.

expressão

get the hang of sth [informal. Aprender a fazer algo com competência] pegar o jeito *I haven't quite got the hang of this keyboard yet.* Ainda não peguei o jeito desse teclado.

115 Misunderstand Compreender mal

misunderstand *vti, pretérito & part passado* **misunderstood** [implica compreender mal, em vez de não compreender] interpretar mal, equivocar-se

misunderstanding *sfn* [implica compreender mal, também é um eufemismo para uma divergência] equívoco, mal-entendido *There must be a misunderstanding – I definitely booked a double room.* Deve haver um mal-entendido pois com certeza reservei um quarto de casal. *I know we've had a few misunderstandings in the past.* Eu sei que tivemos alguns desentendimentos no passado.

incomprehension *ssfn* [formal] falta de compreensão *We were amazed at their incomprehension of children's needs.* Ficamos espantados com sua falta de compreensão em relação às necessidades das crianças.

115.1 Impedir a compreensão

confuse *vt* **1** [tornar difícil de entender] confundir *Stop talking so fast – you're confusing me.* Pare de falar tão rapidamente, você está me confundindo. *I'm still* *confused about who's in charge here.* Eu ainda estou confuso sobre quem é o responsável aqui. **2** (freq. + **with**) [confundir algo/alguém com outro algo/alguém] confundir *I always confuse him with his brother.* Eu sempre o confundo com seu irmão.

puzzle *vt* [fazer com que alguém pense muito e fique perturbado porque não consegue compreender] desconcertar, perturbar, intrigar *What puzzles me is the lack of motive for the murder.* O que me intriga é a falta de um motivo para o assassinato. *She looked puzzled.* Ela parecia perplexa.

puzzle *sfn* **1** [coisa não compreendida] enigma, mistério *His background is a bit of a puzzle.* Sua origem tem um certo mistério. **2** [jogo] quebra-cabeça

bewilder *vt* [causar ansiedade, esp. por apresentar algo de uma maneira confusa ou apresentar elementos demais para serem compreendidos de uma vez só] deixar perplexo, perturbar, surpreender *The computer manual left me totally bewildered.* O manual do computador deixou-me totalmente perplexo. *a bewildering array of goods* uma surpreendente variedade de produtos

bewilderment *ssfn* perplexidade, surpresa *He stared at us in bewilderment.* Ele ficou nos olhando com surpresa.

baffle *vt* [ser impossível de compreender, mesmo depois de pensar muito] desorientar, desconcertar *Scientists are baffled by the new virus.* Os cientistas estão perplexos com o novo vírus. **bafflement** *ssfn* perplexidade, sem saber o que fazer

expressões

it beats me [informal. Implica surpresa e incompreensão] não tenho nem idéia *It beats me why they ever came back.* Não tenho nem idéia de por que eles voltaram.
it's/sth is beyond me [difícil ou complicado para eu entender] está além da minha compreensão *The legal technicalities are beyond me.* Os tecnicismos legais estão além da minha compreensão.
miss the point [não conseguir entender o que realmente importa] não entender o que realmente importa, não perceber o objetivo de algo *Her reply shows that she misses the whole point of my article.* Sua resposta demonstra que ela não entendeu o verdadeiro sentido do meu artigo.
get (hold of) the wrong end of the stick [informal. Entender mal, freq. causando uma resposta inadequada] meter os pés pelas mãos

116 Remember Lembrar-se

uso

Remember pode significar tanto 'trazer à mente' como 'não esquecer'. Quando **remember** significa 'trazer à mente' é seguido da construção (+ -ing). Quando significa 'não esquecer' é seguido de (**to** + INFINITIVO) ou de um objeto direto. O primeiro exemplo ilustra o primeiro sentido, e os outros ilustram o segundo sentido.
I remember meeting her. (Lembro-me de tê-la conhecido.)
Did you remember her birthday? (Você se lembrou do aniversário dela?)
I remembered to lock the door. (Lembrei-me de trancar a porta.)
Recall e **recollect** são empregados apenas no primeiro sentido.

recall *vti* [um tanto formal. Pode implicar esforço para lembrar-se] recordar, lembrar-se *Do you recall what the man was wearing?* Você se lembra do que o homem estava vestindo?

recollect *vti* [um tanto formal. Às vezes implica lembrar-se de um modo um tanto vago] recordar *I seem to recollect that his father was a vicar.* Acho que me recordo que o pai dele era pároco.

recollection *sfn* lembrança, recordação *I have only the dimmest recollections of my father.* Tenho somente recordações muito vagas de meu pai.

memory *s* **1** *ssfn* (não tem *pl*) [mente] memória *She has a remarkable memory for names.* Ela tem uma memória extraordinária para nomes. **2** *sfn* [coisa lembrada] lembrança, recordação *We have many happy memories of those days.* Temos muitas recordações felizes daqueles tempos. **memorize**, TAMBÉM **-ise** (*brit*) *vt* memorizar

memorable *adj* [ger. apreciativo. Marcante o suficiente para ser lembrado] memorável *a truly memorable performance* um desempenho realmente memorável
memorably *adv* memoravelmente

116.1 Fazer lembrar

remind *vt* (freq. + **of**) [pode ser uma ação voluntária ou involuntária] lembrar, não deixar esquecer *Remind me of your address.* Não me deixe esquecer de seu endereço. [às vezes usado para significar irritação] *May I remind you that you are a guest here?* Devo lembrá-lo de que aqui você é um convidado?

reminder *sfn* (freq. + **of**) lembrete, recordação *This is just a reminder that your train leaves at six.* É só um lembrete de que o trem parte às seis. *a grim reminder of the horrors of war* uma triste recordação dos horrores da guerra

expressões

jog sb's memory [fazer lembrar deliberadamente] avivar a memória, refrescar a memória *Police staged a reconstruction of the crime to jog people's memories.* A polícia realizou a reconstituição do crime para avivar a memória das pessoas.
bring it all (flooding) back [fazer alguém lembrar-se vividamente] trazer de novo à memória *I had almost forgotten those years, but seeing you brings it all back!* Havia quase me esquecido daqueles anos, mas ver você traz as lembranças de volta à mente.

memento *sfn, pl* **mementos** (freq. + **of**) [objeto mantido como recordação de um evento, período, etc.] recordação
souvenir *sfn* (freq. + **of**) [objeto, ger. comprado como recordação de um lugar ou férias] recordação, lembrança, suvenir (usado como *adj*) *a souvenir shop* loja de suvenires
keepsake *sfn* [objeto, ger. dado com o fim de fazer alguém lembrar-se de quem deu] recordação

116.2 Lembranças pessoais

reminisce vi (freq. + **about**) [implica falar sobre as recordações de alguém, ger. felizes] recordar velhas histórias *reminiscing about our schooldays* recordando os velhos tempos da escola

reminiscence sfn reminiscências *We endured an hour of her reminiscences about the composer.* Agüentamos uma hora (ouvir) suas reminiscências sobre o compositor.

nostalgia ssfn [implica lembrar o passado com saudade] nostalgia

nostalgic adj (freq. + **about**, **for**) nostálgico *This music makes me feel nostalgic.* Fico nostálgica ao ouvir esta música.

117 Forget Esquecer

forget vti, pretérito **forgot** part passado **forgotten** esquecer
forgetful adj [implica esquecer-se habitualmente] esquecido
forgetfully adv **forgetfulness** ssfn falta de memória

absent-minded adj [implica falta de concentração] distraído **absent-mindedly** adv distraidamente
absent-mindedness ssfn distração

expressões

slip your mind [freq. usado quando se pede desculpas] esquecer-se completamente, escapar *I'm sorry I wasn't at the meeting – it completely slipped my mind.* Desculpe eu não estar presente na reunião, esqueci-me completamente.
have a memory like a sieve [exagero, um tanto jocoso] ter uma memória de galinha
out of sight, out of mind [provérbio. Esquecer-se dos problemas, pessoas, etc., quando se está longe deles] longe dos olhos, longe do coração
(to be) on the tip of your tongue [quase conseguir lembrar de algo, de uma maneira frustrante] estar na ponta da língua *His name is on the tip of my tongue.* O nome dele está na ponta da língua.
let sleeping dogs lie [provérbio. Não suscitar antigas brigas e ressentimentos] deixar para lá, deixar estar

118 Surprise Surpresa

surprise vt surpreender [termo geral. Pode implicar uma emoção mais intensa ou menos intensa] surpreender *I'm not surprised you didn't stay!* Não me surpreende que você não tenha ficado! *A surprising number of people turned up.* Um número surpreendente de pessoas apareceu. **surprisingly** adv surpreendentemente

surprise s 1 sfn [coisa que surpreende, geralmente de modo agradável] surpresa *Jennifer! What a nice surprise to see you!* Jennifer! Que surpresa agradável encontrá-la aqui. 2 ssfn [emoção] surpresa *Much to her surprise, she got the job.* Para sua surpresa, ela conseguiu o emprego. *The offer took me by surprise.* A oferta tomou-me de surpresa.

amaze vt [mais forte que **surprise**] assombrar, estarrecer *You'd be amazed how frequently it happens.* Você ficará estarrecido em saber a freqüência com que isso ocorre. *It is amazing he wasn't killed.* É incrível que ele não tenha morrido.

amazement ssfn incredulidade, assombro *We watched in amazement as he stroked the lions.* Fitávamos com assombro como ele acariciava os leões.

amazing adj [ger. apreciativo. Um tanto informal, usado para ênfase] incrível, surpreendente *Their garden is amazing.* Seu jardim é incrível. **amazingly** adv incrivelmente

astonish vt [mais forte que **surprise**. Implica que algo incomum causou esta sensação] assombrar, deixar atônito *The confession astonished us all.* A confissão nos deixou atônitos. *his astonishing rudeness* sua assombrosa grosseria **astonishingly** adv atonitamente
astonishment ssfn assombro, estupefação

astound vt [mais forte que **surprise**. Ligeiramente mais forte que **amaze** e **astonish**. Implica que algo incomum causou a sensação] deixar estupefato *We made an astounding discovery.* Fizemos uma descoberta que nos deixou estupefatos. **astoundingly** adv atonitamente

118.1 Surpresa desagradável

shock vt [implica surpresa e desgosto diante de algo terrível, desagradável ou imoral] chocar *His death shocked the art world.* Sua morte chocou todo o mundo artístico. *She showed a shocking lack of tact.* Ela demonstrou uma falta de tato chocante. **shockingly** adv de modo chocante

shock s 1 sfn [evento] choque *Her resignation came as a shock to most of us.* Seu pedido de demissão foi um choque para a maioria de nós. 2 ssfn [sentimento, pode ser termo médico] choque *He's still in a state of shock.* Ele ainda está em estado de choque.

startle vt [implica uma repentina e breve reação de medo] sobressaltar, assustar *We were startled by a gunshot.* Um barulho de tiro nos sobressaltou.

startling adj [surpreendente e ligeiramente perturbador] surpreendente, assombroso *Did you notice her startling resemblance to her mother?* Você reparou na sua assombrosa semelhança com sua mãe? **startlingly** adv surpreendentemente

stun vt, -nn- [surpreender ou chocar fortemente, freq. de modo a ficar sem ação] aturdir *The bank's collapse stunned the financial world.* O colapso do banco aturdiu o mundo financeiro. *We sat in stunned silence.* Ficamos sentados em silencioso estupor.

stunning *adj* **1** [muito surpreendente] que aturde *a stunning lack of courtesy* uma inconcebível falta de cortesia **2** [muito bonito] maravilhoso, estonteante *You look stunning in that outfit.* Você está maravilhosa vestida com esta roupa.

speechless *adj* [incapaz de falar por causa de uma surpresa agradável ou desagradável] sem fala, boquiaberto

118.2 Surpreendente e anormal

ver também **unusual, 444**

extraordinary *adj* **1** [usado enfaticamente. Estranho] extraordinário *What an extraordinary man!* Que homem extraordinário **2** [maior que o normal] extraordinário *She has an extraordinary talent.* Ela tem um talento extraordinário. **extraordinarily** *adv* extraordinariamente

unexpected *adj* [muito menos enfático que **extraordinary**] inesperado *The cheque was completely unexpected.* O cheque foi totalmente inesperado.

unexpectedly *adv* inesperadamente *Some friends arrived unexpectedly.* Alguns amigos chegaram inesperadamente.

incredible *adj* **1** [difícil de acreditar. Descreve p. ex. coincidência, sorte, comportamento] incrível *They drove at an incredible speed.* Eles dirigiram em uma velocidade incrível. **2** [informal. Maravilhoso] incrível *That was an incredible meal.* Aquela foi uma comida incrível.

incredibly *adv* [extremamente. Ger. enfatiza um *adj*] incrivelmente *incredibly boring* incrivelmente entediante

miracle *sfn* milagre *It's a miracle you weren't hurt.* É um milagre que você não se machucou.

miraculous *adj* milagroso *a miraculous escape* uma escapada milagrosa **miraculously** *adv* milagrosamente

expressões

it's a wonder (that)... é um milagre *It's a wonder nobody was hurt.* É um milagre que ninguém se machucou.
it/sth never ceases to amaze me [expressa surpresa e freq. desgosto pelo fato de as coisas não mudarem] algo não pára de me surpreender *Her stubbornness never ceases to amaze me!* Sua teimosia é sempre uma surpresa para mim!
Now I've seen/heard everything! [expressa surpresa e freq. irritação] Era só o que me faltava ver/ouvir!
come out of the blue [inesperadamente] surgir do nada *Their offer came out of the blue.* A oferta surgiu do nada.
take sb aback desconcertar *I was taken aback by his frankness.* Sua franqueza me desconcertou.

119 Boring Entediante

bore *vt* [implica perda de interesse] entediar *Aren't you bored with your job?* Você está entediado com seu trabalho? *I get **bored stiff** sitting at home.* Morro de tédio ao ficar parado em casa.

bore *sfn* [pessoa tediosa] pessoa chata, maçante, entediante, cansativa **boredom** *ssfn* tédio, fastio

uninteresting *adj* [ligeiramente mais formal e menos enfático que **boring**] desinteressante

dull *adj* [que não inspira interesse] desinteressante, chato *a dull book* um livro chato **dullness** *ssfn* desinteresse

tedious *adj* [mais forte e mais depreciativo que **boring** e **dull**. Descreve: esp. eventos e ações repetitivos ou intermináveis] tedioso *Her complaints are utterly tedious.* Suas reclamações são extremamente tediosas. **tediously** *adv* tediosamente **tediousness** *ssfn* tédio

monotonous *adj* [entediante pela falta de mudança. Descreve p. ex. trabalho, música] monótono **monotony** *ssfn* monotonia

dry *adj* [implica falta de humor, de brincadeiras, etc., que poderiam tornar algo mais interessante. Descreve p. ex. fatos, discursos, livros] seco, chato

comparação

as dry as dust (seco como poeira) chato de matar

bland *adj* [falta de características marcantes. Descreve p. ex. diversão, comida] suave, brando, sem graça **blandness** *ssfn* suavidade, brandura (falta de graça)

long-winded *adj* [usar mais palavras que o necessário] prolixo, falastrão, cansativo **long-windedness** *ssfn* prolixidade

dreary *adj* [entediante de modo a causar depressão. Descreve p. ex. vida, clima] lúgubre, enfadonho, triste

expressões

fed up (with) [informal. Implica tédio, impaciência, irritação ou infelicidade] farto, irritado *I'm fed up with waiting.* Estou cheio de ficar esperando. *I'm fed up with your complaining!* Estou farto de suas reclamações!
tired of [menos enfático que **fed up**] cansado, enfarado, aborrecido *I got tired of waiting and went home.* Fiquei cansado de esperar e fui para casa.
sick of [informal. Muito mais forte que **tired of**. Implica irritação e desgosto] farto, não agüentar mais *I'm sick of your excuses!* Não agüento mais suas desculpas!
sick and tired of/sick to death of [informal. Expressões muito enfáticas] estar saturado, não suportar mais *I'm sick and tired of this job.* Estou saturado deste trabalho.

GRUPOS DE PALAVRAS

120 Interesting Interessante

interest s 1 ssfn (freq. + **in**) interesse *She's never shown much interest in religion.* Ela nunca demonstrou muito interesse por religião. *These books are of great interest to historians.* Estes livros são de grande interesse para os historiadores. 2 sfn [passatempo ou especialidade] interesse *My interests include rock-climbing and water sports.* Meus interesses incluem escalar montanhas e esportes aquáticos.

interest vt interessar *His political views interest me.* Suas opiniões políticas me interessam.

interested adj (freq. + **in**) interessado *I'm not interested in your problems.* Não estou interessado em seus problemas.

fascinating adj [mais forte que **interesting**. Implica interesse contínuo] fascinante *Studying language is fascinating.* É fascinante estudar línguas.

fascinate vt fascinar *I'm fascinated by insects.* Os insetos me fascinam.

fascination ssfn fascinação *India has long held a strange fascination for the British.* Há muito tempo, a Índia tem exercido uma estranha fascinação sobre os britânicos.

gripping adj [implica animação ou prender a atenção] emocionante, apaixonante *His memoirs are gripping stuff!* Suas memórias são realmente emocionantes!

121 Doctor Médico

ASSISTÊNCIA MÉDICA NA GRÃ-BRETANHA

O **National Health Service** (ou **NHS**) é o sistema de saúde estatal criado para atender às necessidades médicas da população. A maioria das pessoas está inscrita com um médico regional (um **general practitioner**, ou **GP**), que é o primeiro profissional que elas consultam em caso de qualquer doença. O **GP** pode encaminhar o paciente para um hospital ou especialista, caso necessite de um tratamento mais especializado. Os médicos e hospitais do National Health não cobram pelo tratamento (o dinheiro provém dos impostos), mas cobra-se uma quantia padrão por remédio prescrito. Muitas pessoas atualmente pagam por planos médicos particulares, o que lhes permite obter um tratamento mais rápido e muitas vezes mais confortável. Os dentistas normalmente pertencem ao NHS, mas cobram do paciente parte dos custos. Muitos dentistas também aceitam os pacientes para um tratamento particular e mais caro.

surgery sfn (*brit*), **office** (*amer*) consultório, clínica
health centre sfn [local onde vários médicos trabalham e onde há instalações para enfermeiras, profissionais da saúde, etc.] centro médico, centro de saúde
health visitor sfn (*brit*) [geralmente enfermeira treinada que visita pacientes em casa, tais como mães que acabaram de dar à luz e seus bebês] enfermeira

homeopath sfn homeopata **homeopathic** adj [descreve: esp. médico, remédio] homeopático
vet sfn [abreviação de **veterinary surgeon**, que é raramente usado] veterinário
appointment sfn consulta *to make an appointment* marcar consulta

122 Hospital Hospital

patient sfn paciente
outpatient sfn paciente externo
clinic sfn [pequeno estabelecimento ou parte de um hospital, ger. destinado a tratamentos especializados] clínica *an infertility clinic* clínica para tratamento de infertilidade *the family planning clinic* clínica de planejamento familiar
nursing home sfn [casa para residência de pessoas idosas ou convalescentes] casa de repouso
ward sfn enfermaria *Which ward is he in?* Em qual enfermaria ele está? *maternity ward* ala da maternidade
nurse sfn enfermeira
nursing ssfn (usado como adj) *nursing staff* equipe de enfermagem
sister sfn (*brit*) enfermeira chefe

midwife sfn parteira
consultant sfn (*brit*) especialista

U S O
Os **consultants** têm um grau superior ao dos médicos comuns e recebem o título de **Mr** e não **Dr**. Devem ser tratados de **Mr** e seu sobrenome, p. ex. Mr Sheppard.

specialist sfn especialista
paramedic sfn [profissionais, como motoristas de ambulância, que detêm conhecimentos básicos de medicina] paramédico
ambulance sfn ambulância (usado como adj) *ambulance workers* pessoal da ambulância

122.1 Cirurgia

surgeon sfn cirurgião *a brain surgeon* cirurgião do cérebro, neurocirurgião
surgery ssfn cirurgia *She underwent open-heart surgery.* Ela sofreu uma cirurgia cardíaca.

U S O
Nurse, **sister** e **doctor** são também formas de tratamento. Ex.: *Is it serious, doctor?* (É sério, doutor?)

GRUPOS DE PALAVRAS

operation sfn operação *a transplant operation* operação de transplante
operate vi (freq. + **on**) operar *They operated on his leg to save it.* Eles operaram sua perna para salvá-la.
operating theatre sfn sala de cirurgia
anaesthetist (*brit*), **anesthetist** (*amer*) sfn anestesista
anaesthetic (*brit*), **anesthetic** (*amer*) sfn anestésico *The lump was removed **under anaesthetic**.* O caroço foi removido sob anestesia.
general anaesthetic sfn anestesia geral *I had a general anaesthetic.* Recebi anestesia geral.
local anaesthetic sfn anestesia local
anaesthetize (*brit*), **anesthetize** (*amer*) vt anestesiar

123 Dentist Dentista

dentist sfn dentista *I went to the dentist's yesterday.* Fui ao dentista ontem.
dental adj (antes do s) dental *dental hygiene* higiene dental
dental nurse sfn (*brit*) enfermeira de dentista
dental hygienist sfn (esp. *amer*) especialista em higiene dental
drill sfn broca **drill** vt limpar com broca
filling sfn obturação *to have a filling* fazer uma obturação
to have a tooth out arrancar um dente
wisdom teeth s pl dentes do siso

bridge sfn ponte
crown sfn coroa **crown** vt fazer uma coroa
false teeth [termo geral, geralmente se refere às duas arcadas completas] dentadura postiça, dentes postiços *a set of false teeth* uma dentadura postiça
dentures s pl [mais técnico que **false teeth**] prótese dentária, dentadura (*sing* quando usado como *adj*) *a denture cleaner* limpador de dentaduras
brace sfn (*brit*), **braces** s pl (*amer*) aparelho ortodôntico
decay ssfn cárie *tooth decay* cárie dentária

124 Illnesses Doenças

ver também **unhealthy, 128**

124.1 Termos gerais

disease sc/sfn doença *tropical diseases* doenças tropicais *the fight against disease* a luta contra a doença
infection sc/sfn [causada por germes, etc.] infecção *a viral infection* infecção viral, virose *Stress weakens your resistance to infection.* O estresse enfraquece a resistência contra as infecções.
fever sc/sfn [implica temperatura acima do normal ou doença com este sintoma] febre *She's still got a bit of a fever.* Ela ainda está com um pouco de febre. *It relieves pain and brings down fever.* Isto alivia a dor e abaixa a febre. (em palavras compostas) *yellow fever* febre amarela *glandular fever* febre glandular
feverish adj febril *I felt shivery and feverish.* Senti calafrios e estava febril.
epidemic sfn [afecção de muitas pessoas em uma área] epidemia *a typhoid epidemic* epidemia de tifo
plague sc/sfn [ger. em contextos históricos. Grave e geralmente fatal] peste *bubonic plague* peste bubônica *an outbreak of plague* um surto de peste
allergy sfn (freq. + **to**) alergia *children with allergies to cow's milk* crianças com alergia a leite de vaca
allergic adj (freq. + **to**) alérgico *She's allergic to cats.* Ela é alérgica a gatos.

124.2 Causas de Doenças

bacteria s pl [não necessariamente maligna] bactéria *the spread of dangerous bacteria* a propagação de bactérias perigosas
bacterial adj bacteriano *a bacterial infection* infecção bacteriana
germ sfn [menos técnico que **bacteria**. Sempre maligno] micróbio *flu germs* micróbios de gripe

virus sfn vírus *No vaccine exists against the virus.* Não há vacina contra o vírus. **viral** adj viral
bug sfn [informal. Qualquer doença ou germe que não são muito perigosos] micróbio *a tummy bug* um micróbio intestinal
infect vt [obj: p. ex. pessoa, suprimento de água, ferida, sangue] infectar
infectious adj [que se transmite pelo ar. Descreve: pessoa] contagioso [descreve: doença, estágio de doença] infeccioso
contagious adj [passada por contato] contagioso *Don't worry, it looks nasty but it's not contagious.* Não se preocupe, tem aparência desagradável, mas não é contagioso.

124.3 Deficiência física

handicap s [afeta os membros, os sentidos ou a mente] sc/sfn deficiência *They suffer from different degrees of handicap.* Eles sofrem de deficiências de diferentes graus.
handicapped adj deficiente *handicapped athletes* atletas deficientes *mentally handicapped* deficiente mental (usado como s pl) *activities for the handicapped* atividades para os deficientes
invalid sfn inválido *The accident left her a total invalid.* O acidente a deixou totalmente inválida.
disabled adj deficiente *a car adapted for disabled drivers* um automóvel adaptado para deficientes físicos (usado como s pl) *facilities for the disabled* instalações para deficientes
paralyse (*brit*), **paralyze** (*amer*) vt paralisar [obj: esp pessoa, membros] paralisar *The accident left her with both legs paralysed.* O acidente a deixou com as duas pernas paralisadas. **paralysis** ssfn paralisia
lame adj [descreve: esp. pessoa, perna, cavalo] manco *She's slightly lame in her left leg.* Ela é ligeiramente manca da perna esquerda. **lameness** ssfn deficiência de locomoção

124.4 Problemas de visão, audição e fala

ver também **hear, 87; see and look, 91; speak, 341**

blind *adj* cego *to go blind* ficar cego (usado como *s pl*) *a braille edition for the blind* uma edição em braile para os cegos **blind** *vt* cegar **blindness** cegueira

partially sighted [um tanto técnico] visão parcial (usado como *s pl*) *the partially sighted* os dotados de visão parcial

shortsighted *adj* míope **shortsightedness** *ssfn* miopia

longsighted *adj* hipermetrope **longsightedness** *ssfn* hipermetropia

optician *sfn* óptico, oculista *I need some contact lens solution from the optician's.* Preciso ir à ótica comprar solução para lentes de contato.

deaf *adj* surdo [nem sempre implica perda de audição] surdo *This cold's making me terribly deaf.* Este resfriado está me deixando surdo. (usado como *s pl*) *the deaf* os surdos **deafness** *ssfn* surdez

hard of hearing (depois do *v*) [não totalmente surdo. Um tanto eufemístico] não ouvir bem (usado como *s pl*) *subtitles for the hard of hearing* legendas para os que não ouvem bem

dumb *adj* mudo (usado como *s pl*) *the deaf and dumb* os surdos e os mudos

comparações

as blind as a bat cego como uma toupeira
as deaf as a post surdo como uma porta

124.5 Feridas e inchaços

sore *sfn* [local onde a pele está infectada] ferida, machucado

rash *sfn* erupção cutânea, brotoeja *to come out in a rash* ter uma erupção cutânea

blister *sfn* bolha *I could hardly walk for the blisters on my feet.* Quase não conseguia andar por causa das bolhas nos pés.

blister *v* **1** *vi* sair bolhas **2** *vt* fazer bolhas

corn *sfn* [acúmulo de pele endurecida] calo *You trod on my corn.* Você pisou no meu calo.

bunion *sfn* [junta do dedão do pé avolumada] joanete

wart *sfn* verruga

abscess *sfn* [inchaço com pus dentro do corpo ou na pele] abcesso *to drain an abscess* drenar um abcesso

ulcer *sfn* [ferida dentro do corpo ou na pele. As úlceras freq. sangram] úlcera, ulceração *a mouth ulcer* uma afta *a stomach ulcer* úlcera no estômago

boil *sfn* [inchaço com pus na pele] furúnculo

124.6 Doenças de inverno

cold *sfn* resfriado *to catch (a) cold* pegar um resfriado
flu *ssfn* [termo usual para **influenza**] gripe *I've got a touch of flu.* Estou com começo de gripe. *She's got (the) flu.* Ela está com gripe.

cough *sfn* **1** [doença] tosse *a smoker's cough* pigarro de fumante **2** [som] tosse **cough** *vi* tossir

sneeze *sfn* espirro *a loud sneeze* espirro forte **sneeze** *vi* espirrar

124.7 Estômago e trato digestivo

stomachache *sc/sfn* dor de estômago *Yoghurt gives me stomachache.* Iogurte me causa dor de estômago.

diarrhoea, TAMBÉM **diarrhea** (*amer*) *ssfn* diarréia

the runs [termo informal e jocoso para **diarrhoea**] soltar o intestino *I hope those blackberries don't give you the runs.* Espero que estas amoras não soltem seu intestino.

constipation *ssfn* constipação, intestino preso **constipated** *adj* constipado

vomit *vti* [freq. em contextos médicos e formais] vomitar *to vomit blood* vomitar sangue

vomit *ssfn* vômito

be sick *vi* (*brit*) [termo genérico para **vomit**] enjoar, vomitar *I was sick in the sink.* Vomitei na pia.

sick *adj* [nauseado] enjoado *I felt sick.* Fiquei enjoado.

throw up *vti prep* [informal, termo um tanto indelicado] vomitar, pôr as tripas para fora *The food was so greasy I threw up.* A comida estava tão gordurosa que eu vomitei.

nausea *ssfn* [um tanto formal ou em contextos médicos] náusea *Nausea can be one of the side effects.* A náusea pode ser um dos efeitos colaterais.

nauseous *adj* [um tanto formal] nauseabundo, nauseado *Are you feeling nauseous?* Você está sentindo-se nauseado?

indigestion *ssfn* indigestão *Lentils always give me indigestion.* Lentilhas sempre me dão indigestão.

food poisoning *ssfn* intoxicação alimentar *an outbreak of food poisoning caused by inadequately cooked meat* um surto de intoxicação alimentar causada por carne mal cozida.

appendicitis *ssfn* apendicite *She was rushed to hospital with acute appendicitis.* Levaram-na rapidamente ao hospital, pois estava com apendicite aguda.

124.8 Doenças da cabeça e do peito

headache *sfn* dor de cabeça, cefaléia *I've got a splitting headache.* Estou com uma dor de cabeça terrível.

migraine *ssfn* enxaqueca

earache *ssfn* dor de ouvido

toothache *ssfn* dor de dente

sore throat *sfn* dor de garganta

asthma *ssfn* asma **asthmatic** *adj* asmático **asthmatic** *sfn* asmático

bronchitis *ssfn* bronquite

124.9 Dor muscular e óssea

backache *sc/sfn* dor nas costas

cramp *ssfn* cãibra *muscle cramp* cãibra muscular

rheumatism *ssfn* reumatismo **rheumatic** *adj* reumático

arthritis *ssfn* artrite *She's crippled with arthritis.* Ela está dura de artrite. **arthritic** *adj* artrítico

124.10 Doenças infantis

measles *ssfn* sarampo
German measles *ssfn* [termo médico **rubella**] rubéola
chicken pox *ssfn* catapora, varicela
tonsillitis *ssfn* amidalite
mumps *ssfn* caxumba
whooping cough *ssfn* coqueluche, tosse comprida

124.11 Problemas sangüíneos e cardíacos

anaemia (*brit*), **anemia** (*amer*) *ssfn* anemia **anaemic** (*brit*), **anemic** (*amer*) *adj* anêmico
haemophilia (*brit*), **hemophilia** (*amer*) *ssfn* hemofilia **haemophiliac** (*brit*), **hemophiliac** (*amer*) *sfn* hemofílico
blood pressure *ssfn* pressão sangüínea, pressão arterial *I'd better take your blood pressure.* É melhor tirar sua pressão sangüínea. *high/low blood pressure* pressão sangüínea alta/baixa
heart attack *sfn* ataque cardíaco *He has had two heart attacks.* Ele teve dois ataques cardíaco
stroke *sfn* ataque (usado como *adj*) *stroke patients* pacientes que sofreram derrame

124.12 Câncer e outras doenças graves

cancer *ssfn* câncer *skin cancer* câncer da pele *cancer of the liver* câncer do fígado **cancerous** *adj* canceroso
leukaemia (*brit*), **leukemia** (*amer*) *ssfn* leucemia
tumour (*brit*), **tumor** (*amer*) *sfn* tumor *an operable tumour* tumor operável
benign *adj* [descreve: tumores] benigno *a benign polyp* pólipo benigno
malignant *adj* [descreve: tumores] maligno *a malignant growth* tumor maligno

Aids *ssfn* [forma usual de **Acquired Immune Deficiency Syndrome**] Aids *a test for Aids* teste de Aids
HIV *ssfn* [forma usual de **human immunodeficiency virus**, o vírus que causa Aids] HIV *HIV positive* HIV positivo, soropositivo para HIV
VD *ssfn* [bastante informal, mas muito mais comum que a forma técnica **venereal disease**) doença venérea, doença sexualmente transmissível
epilepsy *ssfn* epilepsia **epileptic** *adj* epiléptico *an epileptic fit* um ataque epiléptico **epileptic** *s* epiléptico
fit *sfn* acesso, ataque *to have a fit* sofrer um ataque, ter um acesso
diabetes *ssfn* diabete **diabetic** *adj* diabético **diabetic** *sfn* diabético

124.13 Ferimentos

injury *sc/sfn* ferimento, lesão *She suffered severe head injuries.* Ela sofreu ferimentos graves na cabeça.
injure *vt* ferir, machucar *I injured my knee in the fall.* Machuquei o joelho na queda. (freq. no *part* passado) *an injured knee* um joelho machucado (usado como *s pl*) *The injured were taken to a local hospital.* Os feridos foram levados ao hospital.
wound *sfn* 1 [corte, etc., em contextos médicos] ferida, ferimento *to clean and dress a wound* limpar e colocar curativo na ferida 2 [ferimento de combate] ferida *an old war wound* uma velha ferida de guerra
wound *vt* [geralmente em combate] ferir *He was badly wounded in the war.* Ele foi gravemente ferido na guerra. (usado como *s pl*) *the dead and wounded* os mortos e feridos
fracture *sfn* fratura *a simple fracture* uma fratura simples **fracture** *vt* fraturar
break *vt* [obj: p. ex. perna, osso] quebrar *a broken arm* um braço quebrado
bruise *sfn* contusão **bruise** *vt* contundir
sprain *sfn* torção **sprain** *vt* torcer *a sprained ankle* tornozelo torcido

---

U S O

Ao se falar de doenças e de ferimentos, ocorrem certas combinações recorrentes de palavras. Visto que termos como **asthma** e **indigestion** não têm flexão de número, os casos individuais são freq. descritos como **attacks** (ataques) ou **bouts** (acessos), p. ex. *an attack of asthma* ou *an asthma attack*, mas só se diz *attack of indigestion*. Pode-se dizer tanto *a bout* ou *an attack of coughing/sneezing*. Observe os seguintes verbos:

catch *vt, pretérito & part passado* **caught** [obj: doença infecciosa] pegar *I've caught the flu.* Peguei uma gripe.
contract [usado em contextos médicos ou formais] contrair *He contracted Aids.* Ele contraiu Aids.
have got *vt* [permanentemente ou por um período] ter *She's got tonsillitis/arthritis.* Ela tem amigdalite/ artrite.
suffer from sth *vt prep* [obj: geralmente uma doença bastante séria, de caráter permanente ou por um período] *She suffers from migraine.* Ela sofre de enxaqueca. *He's suffering from cancer.* Ele está sofrendo de câncer.

die of sth *vt prep* morrer (de uma doença) *He died of food poisoning.* Ele morreu de intoxicação alimentar.

Observe também o uso de **with** em frase como:
He's in hospital with a heart attack. (Ele está no hospital devido a um ataque cardíaco.)
She's in bed with a cold. (Ela está de cama com gripe.)
I'm off work with bronchitis. (Estou em licença médica por causa da bronquite.)
Pessoas que têm uma doença por muito tempo são chamadas de **sufferers**: *arthritis sufferers* os que sofrem de artrite, embora, às vezes, exista um termo específico, p. ex. *an asthmatic* (um asmático), *a haemophiliac* (um hemofílico). Algumas doenças são consideradas mais como acidentes e, às vezes, as pessoas afetadas por elas são chamadas de **victims**: *heart attack victims* (vítimas de ataque cardíaco). Esse termo nem sempre é adequado: p. ex. alguns *Aids sufferers* poderiam considerar muito ofensivo serem chamados de *Aids victims*.

125 Symptoms Sintomas

125.1 Dor

pain *ssfn* [termo geral] dor *She's **in** a lot of **pain**.* Ela está sentindo muita dor. *He's complaining of severe chest pains.* Ele está se queixando de fortes dores no peito. *a sharp pain* [intensa e repentina] dor aguda *a dull pain* [contínua, irritante, mas não intensa] dor surda

painful *adj* [descreve p. ex. doença, ferimento, parte do corpo] doloroso, dolorido *Do you find it painful to swallow?* Está doendo para engolir?

hurt *v, pretérito & part passado* **hurt 1** *vi* doer *My ankle hurts like mad.* Meu tornozelo está doendo demais. **2** *vt* [ger. implica ferimento e não dor] machucar, ferir *She was badly hurt in the fall.* Ela ficou muito machucada na queda. *It hurts my back to walk.* Minhas costas doem quando ando.

ache *sfn* [implica dor contínua mas não intensa] dor *Tell me all about your **aches and pains**.* Conte-me suas dores e seus males.

ache *vi* doer *My eyes are aching.* Meus olhos estão doendo.

discomfort *ssfn* [menos grave que **pain**] desconforto *You may feel a little discomfort as the probe is inserted.* Você poderá sentir um ligeiro desconforto quando a sonda for inserida.

sore *adj* [implica irritação, esp. da pele, ou músculos cansados] doído, dolorido *My shoulders were sore with the straps of the rucksack.* Meus ombros ficaram doloridos por causa das tiras da mochila. **soreness** *ssfn* dor

throb *vi, -bb-* [implica dor latejante] latejar *My head is throbbing.* Minha cabeça está latejando.

itch *sfn* [desejo de coçar] coceira, comichão *I've got this itch behind my ear.* Estou com essa coceira atrás da orelha. **itch** *vi* coçar **itchy** *adj* que coça

sting *sfn* [implica uma sensação cortante e de calor] picada, ardência, queimação *the sting of the iodine* a ardência do iodo

sting *v, pretérito & part passado* **stung 1** *vi* [suj: p. ex. pomada, fumaça] arder, queimar [suj: p. ex. olhos] arder **2** *vt* arder, queimar *The smoke stung my eyes.* A fumaça fez meus olhos arderem.

tender *adj* [contato causa dor] sensível *The lips are still swollen and tender.* Os lábios ainda estão inchados e sensíveis. **tenderness** *ssfn* sensibilidade

> *expressão*
>
> **my feet are/my back is** (etc.) **killing me** [informal. Doer muito] meus pés/minhas costas estão me matando

125.2 Sintomas visuais

pale *adj* pálido *You look terribly pale.* Você está terrivelmente pálido. **paleness** *ssfn* palidez

pallor *ssfn* [mais formal que **paleness**, sugerindo uma má saúde] lividez, palidez *an unhealthy pallor* uma lividez doentia

wan *adj* [implica palidez e infelicidade] pálido, abatido *She still looks weak and wan.* Ela ainda está fraca e abatida.

swell *v, pretérito* **swelled** *part passado* **swollen** OU **swelled 1** *vi* (freq. + **up**) inchar *His eye had swollen up.* Seus olhos haviam inchado. **2** *vt* [menos usual que **make** sth **swell**] inchar *Her face was swelled by the drugs.* Seu rosto estava inchado por causa das drogas.

swelling *sc/sfn* inchaço **swollen** *adj* inchado

bleed *vi, pretérito & part passado* **bled** [suj: p. ex. pessoa, ferimento] sangrar *His nose was bleeding profusely.* Seu nariz estava sangrando em profusão.

bleeding *ssfn* sangramento *Try to stop the bleeding.* Tente estancar o sangramento.

125.3 Perda de consciência

faint *vi* desmaiar *She was fainting from exhaustion.* Ela estava desmaiando de exaustão.

faint *adj* tonto *I feel faint.* Estou me sentindo tonto.

faint *sfn* desmaio *He went into a dead faint.* Ele desfaleceu. **faintness** *ssfn* desmaio

pass out *vi prep* [mais informal que **faint**] desmaiar

unconscious *adj* (geralmente depois do *v*) inconsciente *The blow knocked him unconscious.* O soco fez com que ele caísse inconsciente. *her unconscious body* seu corpo inconsciente **unconsciousness** *ssfn* inconsciência

coma *sfn* coma *He is in a coma.* Ele está em coma.

dizzy *adj* (geralmente depois do *v*) [implica perda de equilíbrio, esp. com uma sensação de vertigem] tonto *Heights make me feel dizzy.* A altura me deixa tonto. **dizziness** *ssfn* tontura, vertigem

125.4 Sintomas audíveis

hoarse *adj* [implica falar com dor de garganta. Descreve: esp. pessoa, voz] rouco *a hoarse smoker's cough* pigarro rouco de fumante **hoarsely** *adv* roucamente **hoarseness** *ssfn* rouquidão

> *expressão*
>
> **have a frog in one's throat** [informal] estar rouco, ter pigarro (literalmente: ter um sapo na garganta)

hiccup, -pp- TAMBÉM **hiccough** *vi* soluçar

hiccup TAMBÉM **hiccough** *sfn* soluço *She's got **(the) hiccups**.* Ela está com soluço.

burp *vi* arrotar **burp** *sfn* arroto *He gave a loud burp.* Ele soltou um sonoro arroto.

belch *vi* [mais barulhento que **burp**] arrotar, eructar **belch** *sfn* arroto, eructação

fart *vi* [informal. Termo chulo] peidar **fart** *sfn* peido

pass wind [termo mais educado para **fart**] soltar gases

126 Cures Curas

cure vt (freq. + **of**) [melhorar. Obj: esp. paciente, doença] curar *He's been cured of his fits.* Ele foi curado de suas crises.

cure sfn [substância ou tratamento] cura, remédio *There's no cure for baldness.* Não há cura para a calvície.

remedy sfn [substância que cura] remédio *homeopathic remedies* remédios homeopáticos

treat vt (freq. + **for**) [obj: p. ex. paciente, doença] tratar *He's being treated for anaemia.* Ele está sendo tratado de anemia.

treatment sc/sfn tratamento *a new cancer treatment* um novo tratamento para o câncer

therapy sc/sfn [mais formal e técnico que **treatment**] terapia *They're trying laser therapy.* Estão tentando terapia a laser. **therapist** sfn terapeuta

medical adj (ger. antes do s) médico *medical ethics* ética médica *the medical profession* a profissão médica

medicinal adj medicinal *the plant's medicinal uses* os usos medicinais da planta

126.1 Melhorar

better adj [não técnico] melhor *get/feel better* ficar/sentir-se melhor *She's getting better gradually.* Aos poucos, ela está ficando melhor.

recover vi (freq. + **from**) recobrar-se, restabelecer-se *He's still recovering from his bronchitis.* Ele ainda está se recobrando da bronquite.

recovery sc/sfn recuperação, restabelecimento *She's made a remarkable/full recovery.* Ela apresentou um recuperação notável/completa. *factors that assist recovery* fatores que auxiliam o restabelecimento

heal vti [suj: p. ex. osso quebrado, ferida] curar, sarar *Her ankle took a long time to heal.* Levou muito tempo para ela sarar do tornozelo.

convalesce vi [implica repouso e final da recuperação] convalescer *She was sent to Switzerland to convalesce.* Ela foi enviada à Suíça para convalescer.

convalescence ssfn convalescença *He returned after a month's convalescence.* Ele retornou após um mês de convalescença.

recuperate vi [implica repouso para ganhar forças após a recuperação] recuperar **recuperation** ssfn recuperação *You need a little **rest and recuperation**.* Você precisa de um pouco de repouso e recuperação.

(be) on the mend [um tanto informal] ir melhorando

126.2 Diagnóstico

diagnose vt [obj: p. ex. doença, causa de uma doença] diagnosticar *They've diagnosed diabetes.* Eles diagnosticaram diabetes.

diagnosis sc/sfn, pl **diagnoses** diagnóstico *They've made a positive diagnosis.* Fizeram um diagnóstico positivo.

thermometer sfn termômetro

take sb's temperature [normalmente do tipo bucal na Grã-Bretanha e nos Estados Unidos] medir a temperatura, tirar a febre

take sb's pulse tomar o pulso

126.3 Injeções

injection sc/sfn injeção *a typhoid injection* injeção contra o tifo *The drug is administered by injection.* O medicamento é ministrado por injeção.

inject vt [obj: pessoa, animal] aplicar uma injeção [obj: droga, substância] injetar

jab sfn (esp. brit) [informal. Geralmente para prevenir doenças] injeção *a tetanus jab* uma injeção contra o tétano

shot sfn (esp. amer) [informal] *I'm having some shots for my hayfever.* Estou tomando injeções contra febre do feno.

vaccinate vt (freq. + **against**) vacinar *We vaccinate all the children against measles now.* Agora vacinamos todas as crianças contra o sarampo.

vaccination sc/sfn vacinação *We recommend vaccination against cholera and yellow fever.* Recomendamos a vacinação contra o cólera e a febre amarela. **vaccine** sfn vacina

inoculate vt (freq. + **against, with**) vacinar, inocular *The patient is inoculated with a weak form of the virus.* O paciente foi vacinado com a forma branda do vírus. **inoculation** sc/sfn inoculação

immunize, TAMBÉM **-ise** (brit) vt (freq. + **against**) [proteger contra doenças, ger. através de vacina] imunizar **immunization** ssfn imunização

syringe sfn seringa

syringe vt [normalmente para limpar. Obj: esp. ouvido] limpar injetando líquido com seringa, bombear com seringa

needle sfn agulha

blood transfusion sfn transfusão de sangue *to give sb a blood transfusion* fazer transfusão de sangue em alguém

126.4 Receitas

prescription sfn receita *a prescription for sleeping pills* receita para soníferos *to dispense a prescription* (brit), *to fill a prescription* (amer) dar uma receita, receitar

dose sfn **1** TAMBÉM **dosage** [quantidade a ser tomada pelo paciente] dosagem, dose *Do not exceed the stated dose.* Não exceda a dosagem prescrita. **2** [quantidade a ser tomada de uma vez] dose

chemist sfn (brit) **1** TAMBÉM **druggist** (amer) [pessoa] farmacêutico **2** TAMBÉM **drugstore** (amer) farmácia

pharmacist sfn [mais formal e técnico que **chemist** OU **druggist**, porém termo usual para farmacêutico que trabalha em hospital] farmacêutico *Ask your pharmacist for advice.* Peça conselhos ao farmacêutico.

pharmacy s pl **pharmacies 1** sfn [termo formal para estabelecimento comercial, termo usual para departamento de um hospital] farmácia **2** ssfn [campo de estudo] farmácia

126.5 Remédios
ver também **drugs, 172**

medicine sc/sfn [ger. droga líquida, embora possa se referir a qualquer tipo de droga, comprimidos, etc.] remédio *a bottle of medicine* um frasco de remédio *a medicine chest* armário de remédios

drug sfn [termo geral, não indica a forma de ingestão] droga *an anti-arthritis drug* droga contra artrite

medication ssfn [mais formal que **drug** ou **medicine**. Qualquer droga tomada pelo paciente] medicação *She's under medication.* Ela está sob medicação.

pill sfn **1** [termo geral] pílula, comprimido *He takes pills for everything.* Ele toma comprimidos para tudo. **2** (sempre + **the**) [anticoncepcional] a pílula *to be on the pill* estar tomando a pílula

tablet sfn [ger. acatado] comprimido, pastilha *indigestion tablets* pastilhas para indigestão

USO

Tablet provavelmente tem o uso mais comum que **pill** por duas razões. A primeira é que os tipos de comprimidos mais comuns como a aspirina são geralmente achatados. A segunda é a confusão em potencial causada pelo fato de que **the pill** é um método anticoncepcional.

capsule sfn [ingredientes dentro de um invólucro solúvel] cápsula

antibiotic sfn [droga contra infecção por bactérias] antibiótico

penicillin ssfn penicilina

painkiller sfn analgésico *We can't cure you but we can give you painkillers.* Não podemos curá-lo, mas podemos dar-lhe um analgésico.

aspirin s **1** sfn, pl **aspirins** ou **aspirin** [comprimido] *I took a couple of aspirin.* Tomei duas aspirinas. **2** ssfn [substância] aspirina

paracetamol s **1** sfn, pl **paracetamols** ou **paracetamol** paracetamol *I took a couple of paracetamol.* Tomei dois comprimidos de paracetamol. **2** ssfn [substância] paracetamol

tranquillizer sfn tranqüilizante

antiseptic sc/sfn [evita infecção de feridas] antisséptico

antiseptic adj antisséptico, desinfetante *antiseptic wipes* lenços antissépticos

ointment sc/sfn pomada *Apply the ointment sparingly.* Aplique a pomada com moderação.

126.6 Após acidentes

first aid [tratamento básico] primeiros socorros *to give sb first aid* (usado como *adj*) *a first aid kit* caixa de primeiros socorros

bandage sfn bandagem, atadura *Can't you put a bandage on properly?* Você não consegue colocar uma atadura corretamente?

bandage vt [obj: p. ex. pessoa, ferida, perna] enfaixar *His knee was tightly bandaged.* Seu joelho foi firmemente enfaixado.

plaster s (*brit*) **1** sfn [pequeno curativo adesivo para cortes] esparadrapo **2** ssfn [fita adesiva para fixar curativos] esparadrapo *a roll of plaster* um rolo de esparadrapo **3** [sobre um membro fraturado] gesso (usado como *adj*) *plaster cast* molde de gesso

cotton wool (*brit*), **cotton** ou **absorbent cotton** (*amer*) algodão hidrofílico (usado como *adj*) *cotton wool balls* bolas de algodão

dressing sfn [com gaze, faixas, etc.] atadura *I put a clean dressing on.* Colocar ataduras limpas.

sling sfn tipóia

artificial respiration respiração artificial *to give sb artificial respiration* colocar alguém sob respiração artificial

the kiss of life [boca a boca] respiração boca a boca *to give sb the kiss of life* fazer respiração boca a boca em alguém

crutches s pl muletas

wheelchair sfn cadeira de rodas

stretcher sfn maca

She's got her arm in a sling. Ela está com o braço na tipóia.

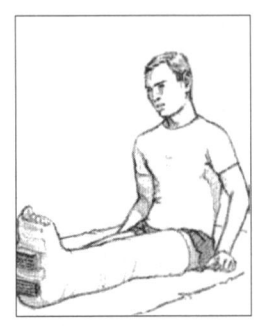

His leg is in plaster. Ele está com a perna engessada.

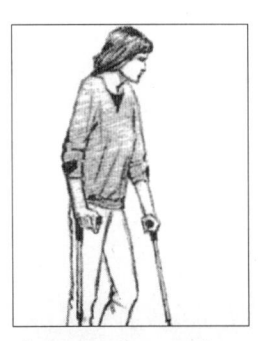

She has to walk on crutches. Ela tem de andar de muletas.

He's in a wheelchair. Ele está em uma cadeira de rodas.

127 Healthy Saudável

healthy *adj* [gozando de boa saúde em um determinado momento ou em geral. Descreve p. ex. pessoa, corpo] saudável, são, sadio [descreve p. ex. alimento, exercício] saudável *You look very healthy.* Você está com uma aparência saudável. *a healthy diet* uma dieta saudável

health *ssfn* saúde *She seemed in the best of health.* Parecia gozar de ótima saúde.

well *adj, compar* **better** (ger. depois do *v*) [gozando de boa saúde em uma determinada época] bem *I don't feel well enough to go out.* Não me sinto suficientemente bem para sair. *Are you feeling any better now?* Você está se sentindo melhor agora?

fit *adj,* **-tt-** (ger. depois do *v*) [saudável e capaz de fazer exercícios pesados] em forma *She'll be fit enough to run in Zurich.* Ela estará em forma para correr em Zurique. **fitness** *ssfn* estado físico bom

keep fit *ssfn* (*brit*) [fazer exercícios] manutenção da forma física *We do keep fit on Wednesday afternoons.* Nós fazemos exercícios para manter a forma, às quartas-feiras, à tarde. (usado como *adj*) *keep fit classes* aulas para manutenção da forma física

wholesome *adj* [nutritivo e bom para a saúde. Descreve: esp. alimentos] sadio, natural, integral, nutritivo *good wholesome cooking* cozinha sadia e natural

128 Unhealthy Doentio

ver também **illnesses, 124**

unhealthy *adj* **1** [implica mais uma saúde debilitada do que uma doença. Descreve: pessoas] doentio, abatido *You look pretty unhealthy to me.* Você está parecendo bastante abatido. **2** [possível causador de doença. Descreve p. ex. condições, modo de vida, dieta] pouco saudável, ruim para a saúde *All that fat is terribly unhealthy, you know.* Tudo isso faz muito mal à saúde, você sabe.

sick *adj* [que sofre de doença] doente *He's a very sick man.* Ele é um homem muito doente. *I was off sick all last week.* Estive doente e não fui trabalhar a semana toda.

ill *adj* (ger. depois do *v*) [termo geral, freq. usado para evitar ambigüidades com **sick**] doente, enfermo *She felt ill and went home.* Ela sentiu-se mal e foi para casa.

poorly *adj* (*brit*) [um tanto informal. Ger. implica doenças sem gravidade mas com sintomas desagradáveis] mal *The injections made her feel rather poorly.* As injeções fizeram com que ela se sentisse meio mal.

off-colour *adj* (*brit*) (ger. depois do *v*) [sentir-se um tanto doente, mas sem uma doença identificável] abatido, mal *I feel a bit off-colour, I hope it's not flu.* Estou um pouco abatido, espero que não seja gripe.

run-down *adj* (ger. depois do *v*) [um tanto informal. Implica cansaço e não uma doença] fatigado, cansado

expressão

under the weather [um tanto informal. Não estar totalmente bem, e pode implicar uma leve depressão] sentir-se indisposto, murcho, desanimado *A holiday will do you good if you're feeling under the weather.* As férias lhe farão bem se você está se sentindo desanimado.

129 Mad Louco

ver também **stupid, 240; foolish, 241**

uso

Termos relacionados a problemas mentais freqüentemente são usados sem muita precisão. Tanto na fala como na escrita, as pessoas tendem a exagerar e usar palavras como **mad** para descrever pessoas ou comportamentos que elas consideram pouco convencionais ou simplesmente desagradáveis. Tais palavras são utilizadas de maneira jocosa ou como insulto e não implicam um problema de ordem médica. Pode ser ofensivo fazer alusão a problemas mentais reais dessa forma.

129.1 Termos gerais

mental illness *ssfn* [termo neutro, não pejorativo] doença mental

mad *adj,* **-dd-** [implica comportamento estranho, freq. irracional. O uso estrito é menos comum que o exagero] louco, doido *to go mad* ficar louco *to drive sb mad* [informal] deixar alguém louco

madness *ssfn* loucura *It would be madness to refuse.* Seria loucura recusar.

madman *sfn, pl* **madmen** [ger. pejorativo, raramente usado em contextos médicos] louco, doido *Only a madman would have dared to attack.* Somente um louco ousaria atacar.

madwoman *sfn, pl* **madwomen** [freq. usado em comparações, raramente em contextos médicos] louca, doida *She was screaming like a madwoman.* Ela estava berrando como uma louca.

insane *adj* [um tanto formal. Implica perda total da razão] insano *an insane desire for revenge* um desejo insano de vingança **insanity** *ssfn* insanidade

insanely *adv* insanamente, como um louco *insanely jealous* ciumento de modo doentio

lunatic *sfn* [fora de uso como termo médico. Ger. implica comportamento absurdo ou perigoso] louco, demente *You're driving like a lunatic.* Você está dirigindo como um louco. *the raving lunatic that designed this software* o

GRUPOS DE PALAVRAS

louco de pedra que fez este programa de computador.
lunacy *ssfn* loucura

129.2 Termos médicos

paranoia *ssfn* [ilusão de poder ou perseguição] paranóia

paranoid *adj* paranóico *paranoid delusions* delírios paranóicos *She's paranoid about the neighbours.* [uso pejorativo] Ela é paranóica em relação a seus vizinhos.

mania *s* 1 *ssfn* [implica surtos incontroláveis de euforia, freq. com alterações de humor] mania *to suffer from mania* sofrer de mania obsessiva 2 *sfn* [informal. Entusiasmo excessivo] mania *a mania for cleaning everything* mania de limpar tudo

manic *adj* [que sofre de mania] maníaco *manic tendencies* tendências maníacas *manic depression* psicose maníaco-depressiva *a manic laugh* [uso não técnico] risada de maníaco **manically** *adv* como um maníaco

maniac *sfn* [não técnico, pejorativo] maníaco, louco *the maniac who's making these obscene phone calls* o maníaco que está fazendo esses telefonemas obcenos (usado como *adj*) *a maniac driver* um motorista louco

schizophrenia *ssfn* esquizofrenia **schizophrenic** *adj* esquizofrênico **schizophrenic** *sfn* esquizofrênico

hysteria *ssfn* 1 [implica emoções violentas e freq. doenças imaginárias] histeria *temporary paralysis brought on by hysteria* paralisia temporária causada pela histeria 2 [medo ou euforia incontroláveis] histeria *The mere suggestion produced hysteria.* A mera sugestão provocou a histeria.

hysterical *adj* 1 histérico *a hysterical pregnancy* gravidez histérica 2 histérico *hysterical laughter* risada histérica **hysterically** *adv* histericamente

phobia *sfn* [medo irracional] fobia

neurosis *sc/sfn, pl* **neuroses** [termo genérico que implica distúrbio mental, freq. ansiedade extrema] neurose

neurotic *adj* neurótico *neurotic behaviour* comportamento neurótico *They're all so neurotic about exam results.* [uso pejorativo, implica ansiedade imotivada] Todos eles estão muito neuróticos com os resultados do exame.

delirious *adj* [implica euforia e perda da razão, esp. em estado febril] delirante, demente **deliriously** *adv* de modo delirante

senile *adj* [implica falhas de memória ou falta de concentração devido à idade] senil *I'm afraid she's getting a bit senile.* Temo que esteja ficando um pouco senil. **senility** *ssfn* senilidade

129.3 Tratamento de doenças mentais

psychology *ssfn* [estudo da mente] psicologia *the use of psychology in selling* uso da psicologia em vendas

psychological *adj* psicológico *to apply psychological pressure* aplicar pressão psicológica **psychologically** *adv* psicologicamente **psychologist** *sfn* psicólogo

psychiatry *ssfn* [tratamento de distúrbios mentais] psiquiatria

psychiatric *adj* psiquiátrico *a psychiatric nurse* enfermeira psiquiátrica **psychiatrist** *sfn* psiquiatra

psychoanalysis OU **analysis** *ssfn* [tratamento por questionamento] psicanálise **psychoanalyst** OU **analyst** *sfn* psicanalista, analista

psychotherapist *sfn* [usa somente métodos psicológicos, sem drogas ou cirurgias] psicoterapeuta

psychiatric hospital *sfn* [termo neutro] hospital psiquiátrico

mental hospital *sfn* [conotação um tanto negativa] hospital psiquiátrico

asylum *sfn* [termo antigo. Conotação muito mais negativa que **psychiatric hospital**] manicômio

129.4 Termos informais e ofensivos

crazy *adj* [implica comportamento que varia do insensato ao perigoso] louco *You were crazy to lend him the money.* Você foi louco de lhe emprestar dinheiro. **crazily** *adv* loucamente

nutty *adj* [muito informal. Implica comportamento estranho e estúpido] doido, pirado, com um parafuso a menos

nuts *adj* (depois do *v*) [descreve: pessoa e *não* ação] doido, pirado *You're either nuts or very brave.* Ou você é muito corajoso, ou muito doido.

nutcase *sfn* [a pessoa que está falando considera as idéias ou o comportamento de alguém ridículas] biruta, doido, maluco *the sort of nutcase that you'd expect to believe in UFOs* o tipo de biruta que se imagina poderia acreditar em OVNIs

barmy *adj* (*brit*) [enfatiza a insensatez] louco, doido, lelé, *You must be barmy to work so hard.* Você deve estar lelé para trabalhar tanto.

comparação

as mad as a hatter [jocoso] doido de pedra

expressões

Todas estas expressões são informais e implicam desprezo por parte de quem fala.
(to be) off one's rocker estar fora de si, estar fora dos eixos
(to be) off one's head (*brit*)/**out of one's head** (*amer*) perder a cabeça *He must be off his head to have spent all that money!* Ele deve ter perdido a cabeça para ter gasto todo aquele dinheiro!
have a screw loose [incapaz de agir com sensatez] ter um parafuso a menos (na cabeça)
lose one's marbles [tornar-se incapaz de agir com sensatez] perder o juízo, ficar de miolo mole

130 Sane Mentalmente são

sanity *ssfn* sanidade *The decision caused some people to question his sanity.* A decisão fez com que algumas pessoas questionassem sua sanidade.

rational *adj* [uso da lógica] racional *capable of rational thought* capaz de pensamento racional **rationally** *adv* racionalmente

reason *ssfn* [um tanto formal. Habilidade de usar a mente normalmente] raciocinar *I don't know how she kept her reason throughout the ordeal.* Não sei como conseguiu manter o raciocínio durante a provação.

reasonable *adj* [implica lógica e justiça] razoável *Any reasonable person would understand.* Qualquer pessoa razoável compreenderia. **reasonably** *adv* razoavelmente

131 Hit Golpear

hit *vt, pretérito & part passado* **hit 1** [agressivamente] golpear, atingir *He hit me on the head with a bottle.* Ele me golpeou na cabeça com uma garrafa. **2** [ex. durante uma queda ou movimento] bater, alcançar *I caught the plate before it hit the floor.* Agarrei o prato antes que alcançasse o chão.

131.1 Golpear agressivamente

punch *vt* [com punho cerrado] socar, golpear *I punched him on the nose.* Golpeei seu nariz. **punch** *sfn* soco, golpe

slap *vt, -pp-* [com a mão aberta] estapear, bater, esbofetear *to slap sb's face* dar um tapa na cara **slap** *sfn* tapa, bofetão

thump *vt* [informal e freq. usado para ameaçar. Bater com força, ger. com o punho cerrado] socar *Shut up or I'll thump you.* Cale a boca ou lhe dou um soco. **thump** *sfn* soco

strike *vt, pretérito & part passado* **struck** [um tanto formal. Com a mão ou instrumento] golpear, atingir *A stone struck him on the head.* Uma pedra atingiu-o na cabeça.

smack *vt* (esp. *brit*) [com a mão aberta. Obj: ger. criança ou parte do corpo] dar palmada *Stop that or I'll smack you.* Pare com isso ou vou lhe dar umas palmadas. **smack** *sfn* palmada

cuff *vt* [levemente na cabeça com a mão aberta] tapa, sopapo *She cuffed him and told him not to be silly.* Ela lhe deu um tapa na nuca e disse para parar de ser bobo.

blow *sfn* [bater uma única vez] tapão, soco *The blow knocked him unconscious.* O soco deixou-o desacordado.

kick *vt* [com o pé] chute *She kicked me on the shin.* Ele me deu um chute na canela.

131.2 Golpear repetidamente de modo agressivo

beat *vt, pretérito* **beat** *part passado* **beaten** [golpear com força e regularidade, freq. com um instrumento] bater, surrar *The children were beaten if they misbehaved.* Batiam nas crianças se elas não se comportassem.

beat sb **up** OU **beat up** sb *vt prep* surrar

beating *sfn* surra, sova *He deserves a beating.* Ele merece uma sova.

thrash *vt* [um tanto formal e implica uma violência ainda maior que **beat**] surrar *He was thrashed to within an inch of his life.* Ele foi surrado quase até a morte.

thrashing *sfn* surra, sova *I gave him a good thrashing.* Dei-lhe uma boa surra.

whip *vt, -pp-* surra com vara ou cinta

expressões

give sb a thick ear [informal. Geralmente usado para ameaçar. Atingir a orelha ou a cabeça] dar um tapão na orelha, esquentar a orelha *One more word out of you and I'll give you a thick ear.* Mais uma palavra e esquento sua orelha.

give sb a good hiding [informal. Freqüentemente usado para ameaçar as crianças. Bater com a mão, chinelo, etc.] esquentar o couro, dar uma boa surra/chinelada *Finish your dinner or I'll give you a good hiding.* Acabe seu jantar ou vou lhe esquentar o couro.

131.3 Colidir

collide *vi* (freq. **+ with**) [implica impacto bastante forte] colidir *I braked too late and collided with the bus.* Freei tarde demais e colidi com o ônibus.

collision *sfn* colisão *a mid-air collision* uma colisão no ar

knock *v* **1** *vt* (freq. **+ adv**) esbarrar, derrubar [freq. implica causar movimento] *I must have knocked the chair with my knee.* Devo ter esbarrado na cadeira com o pé. *The cat's knocked the vase over.* O gato derrubou o vaso. **2** *vi* (freq. **+ on, at**) [para ter permissão para entrar, atrair atenção, etc.] bater *I knocked on the door.* Bati à porta. **knock** *sfn* batida

bump *vti* (freq. **+ adv** ou **prep**) [atingir desajeitadamente ou bruscamente, ger. acidentalmente] esbarrar, chocar-se *He bumped his head on the doorway.* Ele bateu a cabeça no vão da porta. **bump** *sfn* ruído seco, estrondo *The book landed on the floor with a bump.* O livro caiu no chão com um estrondo.

bang *vti* (freq. **+ adv** ou **prep**) [bater com força, freq. ruidosamente] golpear, bater *I banged my knee against the table leg.* Bati meu joelho no pé da mesa. *The car door banged shut.* A porta do carro bateu ao se fechar. *We banged at the door.* Esmurramos a porta. **bang** *sfn* golpe, batida forte

impact *ssfn* **1** [ao bater] impacto *The container was not damaged by the impact.* O recipiente não foi danificado pelo impacto. *The plane exploded* **on impact**. O avião explodiu com o impacto. **2** [força de uma bomba, etc.] impacto *He took the full impact of the explosion.* Ele recebeu todo o impacto da explosão.

131.4 Golpear levemente

tap *vti, -pp-* [bater com ritmo, freq. emitindo sons secos] dar pancadinhas *She tapped her pencil on the desk.* Ela batia levemente seu lápis na carteira. *My feet were tapping to the music.* Meus pés batiam marcando o ritmo da música.

tap *sfn* batidinha, pancadinha *I heard a tap on the window.* Ouvi uma batida na janela.

pat vt, **-tt-** [tocar repetidamente com a mão aberta, freq. carinhosamente] alisar, dar palmadinhas *He patted me on the knee and told me not to worry.* Ele me deu umas palmadinhas no joelho e disse para eu não me preocupar. *She looked in the mirror and patted her hair.* Ela se olhou no espelho e alisou o cabelo.

stroke vt [mover repetidamente a mão espalmada, freq. carinhosamente] alisar, cofiar *He stroked his beard thoughtfully.* Ele cofiou a barba pensativamente.

132 Damage Dano

ver também **cut, 133; worsen, 441**

damage vt [termo genérico. Obj: coisas, partes do corpo, não pessoas] danificar *The house was damaged in the bombing.* A casa foi danificada no bombardeio. *The wrong oil can damage the engine.* O lubrificante errado pode danificar o motor.

damage ssfn dano *Did the storm do much damage to your house?* A tempestade causou muitos danos em sua casa?

spoil vt, pretérito & part passado **spoiled** ou (brit) **spoilt** [a qualidade ou aparência é afetada] estragar *Don't spoil the soup with too much salt.* Não estrague a sopa com muito sal. *The building spoils the view.* O edifício estraga a vista.

harm vt fazer mal, estragar *The driver's in hospital, but none of the passengers were harmed.* O motorista está no hospital mas nenhum dos passageiros ficou machucado. *The dry atmosphere can harm the wood.* O ar seco pode estragar a madeira.

harm ssfn mal *None of us came to any harm.* Nenhum de nós sofreu nenhum dano. *A bit of hard work won't do you any harm!* [freq. usado sarcasticamente] Um pouco de trabalho não vai lhe fazer nenhum mal!

harmful adj prejudicial, nocivo *The drug can be harmful to pregnant women.* A droga pode ser prejudicial para mulheres grávidas.

mutilate vt [ferir de um modo grave, esp. amputar um membro. Obj: corpo ou parte do corpo] mutilar *horribly mutilated civilian casualties* vítimas civis mutiladas de modo horrível **mutilation** ssfn mutilação

scar vt, **-rr-** 1 [obj: pele] deixar cicatriz *He was bruised and scarred in the accident.* O acidente lhe causou contusões e deixou cicatrizes. 2 [estragar a beleza] marcar *Mining had scarred the landscape.* A mineração deixou marcas na paisagem.

scar sfn [na pele] cicatriz [marca feia] mancha, marca

132.1 Destruir

destroy vt [algo ficou sem conserto ou não existe mais] destruir *Both houses were destroyed in the fire.* As duas casas foram destruídas pelo fogo. *We are slowly destroying our countryside.* Aos poucos estamos destruindo o campo.

destruction ssfn destruição *The storm brought widespread destruction.* A tempestade causou uma destruição generalizada. *the destruction of nuclear warheads* a destruição das ogivas nucleares

ruin vt [implica a perda total da qualidade, mas a estrutura pode não ter sido afetada] arruinar, estragar *You'll ruin that jumper if you wash it in the machine.* Você pode estragar aquele blusão se o colocar na máquina de lavar. *He ruined my life.* Ele arruinou a minha vida.

ruins s pl [o que sobra após a destruição] ruínas *The whole street was in ruins.* A rua toda estava em ruínas.

wreck vt [destruir de modo violento] arrasar *Storms have wrecked the crops.* As tempestades arrasaram a colheita.

wreck sfn [ger. veículo destroçado] destroço *Her motorbike was a total wreck.* Sua motocicleta era um destroço só.

wreckage ssfn [o que sobrou de um veículo, trem, etc.; destroço, incluindo as peças dispersas] carcaça, restos *Wreckage from the plane was scattered over a large area.* Os restos do avião estavam espalhados em uma grande área. *People are still trapped in the wreckage.* As pessoas ainda estão presas nos destroços.

132.2 Quebrar

break v, pretérito **broke** part passado **broken** 1 vti [em várias partes] quebrar *Who broke this window?* Quem quebrou essa janela? *The leg broke in two places.* Quebrou a perna em dois lugares. 2 vti [parar de funcionar. Obj: p. ex. máquina] quebrar *You're going to break that calculator.* Você vai quebrar essa calculadora.

smash vt [quebrar violentamente em vários pedaços] estilhaçar *Looters smashed the shop window.* Os saqueadores estilhaçaram a vitrine.

tear v, pretérito & part passado **torn** 1 vt rasgar *How did you tear your trousers?* Como foi que você rasgou suas calças? *She tore open the envelope.* Ela rasgou o envelope para abri-lo. (+ adv ou prep) *I tore off the wrapper.* Rasguei o invólucro. [freq. + **up** quando se refere a papel] *He tore up the contract.* Ele rasgou o contrato. 2 vi rasgar *One of the sails began to tear.* Uma das velas começou a rasgar.

tear sfn rasgo, descosturado *I sewed up the tear.* Costurei o rasgo.

rip v, **-pp-** [implica uma ação mais rápida e mais violenta que **tear**] arrancar, rasgar 1 vt *He ripped his shirt into strips for bandages.* Ele rasgou sua camisa em tiras para fazer ataduras. (+ adv ou prep) *I ripped off the cover.* Arranquei a capa. 2 vi rasgar-se *The sheet ripped from top to bottom.* O lençol rasgou-se de cima a baixo. **rip** sfn rasgo, tira

split v, **-tt-**, pretérito & part passado **split** 1 vt partir, abrir ao meio *I used an axe to split the log.* Usei um machado para partir o tronco. (+ adv ou prep) *I split open the chicken.* Abri o frango ao meio. 2 vi partir-se *His trousers had split at the seams.* Suas calças rasgaram-se ao meio na costura. **split** sfn fenda, abertura

crack v [implica uma fenda fina em um objeto bastante duro e sólido] **1** vi rachar *Won't the glass crack in the hot water?* O copo não irá se rachar na água quente? **2** vt trincar *I cracked a plate while I was washing up.* Trinquei o prato enquanto lavava a louça.

crack sfn rachadura, trinca *I'm filling in the cracks in the ceiling.* Estou fechando as trincas do teto.

snap v, -pp- **1** vi [obj: algo frágil que se rompe sob pressão] romper-se, quebrar-se *She fell and the bone just snapped.* Ela caiu e o osso simplesmente quebrou-se. (+ **off**) *The knob just snapped off in my hand.* O botão simplesmente quebrou-se em minha mão. **2** vt partir *She snapped the ruler in two.* Ela partiu a régua em dois.

burst v, pretérito & part passado **burst 1** vi romper, estourar *The bag burst and all the oranges rolled out.* A sacola se rompeu e todas as laranjas rolaram para fora. *I hope no pipes have burst.* Espero que nenhum cano tenha se rompido. **2** vt estourar *Did you burst your brother's balloon?* Você estourou a bexiga do seu irmão?

explode vti [estourar, causando ruído e calor. Suj/obj: p. ex. bomba] explodir *The gas main could explode.* A tubulação de gás poderia explodir. *The army exploded the mine on the beach.* O exército explodiu a mina na praia.

explosion sfn explosão *The bomb was set off in a controlled explosion.* Detonaram a bomba em uma explosão controlada.

leak vi vazar, escapar *The bottle's leaking.* A garrafa está vazando. *The water's leaking out of the bottle.* Está vazando água da garrafa.

leak sfn vazamento, escape *The pipe has **sprung a leak**.* A tubulação está com vazamento.

132.3 Danos superficiais

flake vi [pequenas e finas placas se desprendem da superfície. Suj: esp. pintura, tinta] descamar-se, soltar-se (freq. + **off**) *The plaster is flaking off.* O gesso está se descamando.

flake sfn floco, descamação *flakes of paint* flocos de tinta

peel v **1** vi [tiras finas soltam-se da superfície] descascar, pelar *My skin always peels after sunbathing.* Minha pele sempre descasca depois de tomar sol. (+ **off**) *The veneer started to peel off.* O verniz começou a descascar. **2** vt (ger. + **off**) descascar *I peeled off the label.* Eu arranquei o rótulo.

chip v, -pp- [pequenos fragmentos desprendem-se de algo ao levar uma batida] **1** vt lascar *chipped cups* xícaras lascadas (às vezes + *adv* ou *prep*) *We had to chip away the ice.* Tivemos que despedaçar o gelo. **2** vi lascar-se

chip sfn lasca

graze vt [ferir a superfície da pele, raspando-a] ralar, arranhar *She's grazed her leg.* Ela ralou a perna.

graze sfn ralado, arranhão

scrape vt [danificar a superfície] arranhar, raspar *I scraped the car door on a branch.* Arranhei a porta do carro em um galho.

scrape sfn arranhão *a few scrapes and bruises* alguns arranhões e machucados

dent vt afundar, amassar *I drove into a wall and dented the bumper.* Bati o carro na parede e amassei o pára-choque. **dent** sfn depressão, afundamento

132.4 Dano causado por pressão

crush vt [a pressão direta altera a forma habitual, produz pó ou pequenos fragmentos] triturar, picar, moer *The machine crushes the cars into small blocks of metal.* A máquina tritura os automóveis e os transforma em pequenos blocos de metal. *crushed ice* gelo picado

grind vt, pretérito & part passado **ground** [pressão direta entre duas superfícies] moer *Grind the coffee very fine.* Moa o café bem fino.

squash vt [pressão direta achata ou altera o formato] achatar, amassar, espremer *The flowers got a bit squashed in the bag.* As flores ficaram um pouco amassadas na bolsa.

132.5 Dano gradual

disintegrate vi [a estrutura enfraquece e o objeto se desfaz] desintegrar *The satellite will disintegrate on reentering the atmosphere.* O satélite se desintegrará ao entrar na atmosfera. **disintegration** ssfn desintegração

erode vti [mar, água, vento, etc. remove parte da massa gradualmente] erodir *The river has eroded the bank.* O rio erodiu a margem. (freq. + **away**) *Sections of the coastline had been eroded away.* Partes da costa foram erodidas.

erosion ssfn erosão *a tree-planting programme to halt soil erosion* um programa de plantio de árvores para estancar a erosão do solo

decay vti [processo químico em matéria morta] decompor, apodrecer *the methane released by decaying organic matter* o metano que é produzido pela decomposição da matéria orgânica *the substances that decay tooth enamel* as substâncias que deterioram o esmalte dos dentes

decay ssfn decomposição, deterioração *The cold inhibits decay.* O frio inibe a decomposição.

rot vti, -tt- [menos técnico que **decay**, às vezes pejorativo] apodrecer *the smell of rotting vegetables* o cheiro de verduras apodrecendo *One bad apple will rot all the rest.* Uma maçã estragada fará todo o resto apodrecer.

expressão

wear and tear [dano causado pelo uso constante] desgaste *Our carpets get a lot of wear and tear.* Nossos tapetes estão sujeitos a um forte desgaste.

132.6 Dano deliberado

vandal sfn [danifica propriedade, esp. a pública] vândalo

vandalize, TAMBÉM **-ise** (*brit*) vt vandalizar, depredar *All the phone boxes had been vandalized.* Todos os telefones públicos foram depredados. **vandalism** ssfn vandalismo

sabotage ssfn [dano causado por pessoa hostil, ger. para perturbar o funcionamento normal] sabotagem

sabotage vt sabotar *They had plans to sabotage the oil refineries.* Tinham planos de sabotar as refinarias de petróleo. **saboteur** sfn sabotador

133 Cut Cortar

cut *vt, -tt-* pretérito & part passado **cut** cortar *I cut the string.* Cortei o fio. (+ **down**) *to cut down a tree* cortar uma árvore (+ **up**) *I cut up an old sheet for dusters.* Cortei um lençol velho para fazer panos de pó.

cut *sfn* corte *She made a neat cut along the top of the page.* Ela fez um corte perfeito acompanhando o topo da página. *cuts and bruises* cortes e equimoses

snip *vt, -pp-* (ger. + *adv* ou *prep*) [implica um corte pequeno e caprichado feito com tesoura, etc.] aparar recortar *I snipped the corner off the packet.* Recortei a ponta do pacote. **snip** *sfn* recorte

slit *vt, -tt-* pretérito & part passado **slit** [implica um corte longo e fino para abrir algo] fazer uma fenda/incisão *She slit the package open with a penknife.* Ela fez uma incisão no pacote com um canivete para abri-lo. *to slit sb's throat* degolar **slit** *sfn* fenda, corte, incisão

pierce *vt* [ponta que penetra em algo] espetar, perfurar *The missile can pierce tank armour.* O míssil pode perfurar a armadura de proteção do tanque.

prick *vt* [pequena ponta que penetra na pele] espetar, picar, ferroar *I pricked my finger on the needle.* Espetei meu dedo com a agulha.

prick *sfn* picada, pontada, ferroada *You'll feel a slight prick as the needle goes in.* Você sentirá uma leve pontada quando a agulha for introduzida.

133.1 Cortes no corpo

stab *vt, -bb-* [ferida com faca] apunhalar, estocar *They stabbed him in the stomach.* Eles o apunhalaram no estômago (usado como *adj*) *stab wounds* feridas de punhal

behead *vt* [Um tanto formal. Decepar a cabeça, ger. como punição] decapitar, degolar

amputate *vt* [ger. em contextos médicos. Obj: membro] amputar *They amputated the leg below the knee.* Eles amputaram sua perna abaixo do joelho. **amputation** *ssfn* amputação

133.2 Cortar com descuido e violência

hack *vti* [estocadas repetidas e fortes] retalhar, decepar *They hacked their victims to pieces.* Eles retalharam suas vítimas em pedacinhos. (+ **off**) *I hacked off the branch.* Decepei o galho com o machado *We hacked vainly at the roots.* Não conseguimos decepar as raízes com o machado.

gash *sfn* [corte longo e aberto] talho, corte *The latex is collected from a gash in the tree.* O látex é colhido dos talhos nas árvores.

gash *vt* ferir, talhar *She gashed her knee on some broken glass.* Ela feriu seu joelho com vidro quebrado.

slash *vt* [corte longo e estreito] retalhar *Vandals had slashed the seats.* Os vândalos retalharam os assentos. **slash** *sfn* talho

133.3 Cortar alimentos e materiais duros

ver também **cooking methods, 168**

slice *vt* fatiar *to slice a cake* fatiar um bolo (freq. + *adv*) *I sliced some meat off the bone.* Fatiei uns pedaços de carne.

slice *sfn* fatia *Another slice of ham?* Quer outra fatia de presunto? *two slices of bread* duas fatias de pão

shred *vt, -dd-* [obj: esp. vegetais, papel] picar, cortar em tiras ou pedaços *roughly shredded cabbage* repolho picado *Many of the documents had been shredded.* Muitos documentos tinham sido rasgados.

shredder *sfn* picador, retalhador

mince *vt* (esp. *brit*) [obj: esp. carne, cebola] moer *sausages made from minced pork* salsichas feitas de carne de porco moída

grind *vt* (*amer*) [o mesmo que **mince**, mas usado só para carne] moer *ground beef* carne de vaca moída

carve *v* **1** *vti* [obj: carne] trinchar **2** *vt* [obj: p. ex. madeira, pedra] entalhar, esculpir *He carved delicate flowers from the wood.* Ele esculpiu flores delicadas a partir da madeira.

133.4 Instrumentos cortantes

knife *sfn* faca
scissors *s pl* tesoura *a pair of scissors* tesoura
blade *sfn* lâmina
saw *sfn* serra

saw *vt*, pretérito **sawed** part passado (*brit*) **sawn**, (*amer*) **sawed** serrar (+ **off**) *I sawed off a bit at the bottom.* Serrei um pouco do fundo.

133.5 Afiado

sharp *adj* [descreve p. ex. faca, lâmina] afiado **sharpen** *vt* afiar **sharpness** *ssfn* afiação, fio

prickly *adj* [descreve: algo com muitas pontas] espinhoso *a mass of prickly branches* um monte de galhos espinhosos

blunt *adj* sem corte, cego *This razor blade's blunt.* Esta lâmina de barbear está sem corte. **bluntness** *ssfn* qualidade de algo sem corte

133.6 Textura de algo após o corte

fine *adj* **1** [muito pequeno] fino *This sugar is very fine.* Este açúcar é muito fino. **2** [muito fino] fino, delgado *fine slices of smoked ham* fatias finas de presunto defumado **fine** *adv* fino *Chop the onions fairly fine.* Pique as cebolas bem fino.

finely *adv* finamente, delicadamente *finely chopped onions* cebolas cortadas em fatias finas

coarse *adj* [cortar toscamente em pedaços pequenos] grosso *a coarse grind of coffee* café moído grosso

coarsely *adv* de modo grosso, grosseiramente *coarsely chopped vegetables* vegetais grosseiramente picados

GRUPOS DE PALAVRAS

134 Hole Buraco

ver também **empty, 333**

hole *sfn* buraco, furo **hole** *vt* furar, esburacar

gap *sfn* [espaço vazio, esp. aquele que se espera ver preenchido] brecha, fenda *They got in through a gap in the hedge.* Eles entraram pela brecha na cerca viva.

opening *sfn* [permite que uma pessoa ou coisa passe] abertura *an opening in the roof for smoke to escape* uma abertura no teto para a fumaça escapar

outlet *sfn* [buraco, esp. um cano através do qual se libera líquido ou gás] saída, escapamento *a sewage outlet* saída de esgoto

crack *sfn* [furo pequeno e fino que permite a passagem de ar ou luz] fissura, fenda *The ring fell through a crack in the floorboards.* O anel caiu através de uma fenda entre as tábuas do assoalho.

crevice *sfn* [pequena fissura ou abertura, ger. em pedra ou tijolos] fissura, greta *Crabs scurried off into crevices.* Os caranguejos se refugiaram nas gretas.

135 Burn Queimar

burn *v, pretérito & part passado* **burned** (*brit & amer*), **burnt** (*brit*) **1** *vt* queimar *Demonstrators burned the American flag.* Os manifestantes queimaram a bandeira dos Estados Unidos. *I've burnt my hand on the stove.* Queimei a mão no fogão. *coal-burning power stations* centrais elétricas movidas a carvão (+ **down**) *to burn down a building* incendiar um edifício **2** *vi* queimar, arder *A candle burned in the window.* Uma vela ardia na janela. (+ **down**) *Her house has burnt down.* Sua casa queimou em um incêndio.

burn *sfn* [ferimento] queimadura *He suffered severe burns.* Ele sofreu queimaduras graves.

fire s **1** *sfn* [p. ex. na lareira] fogo *a log fire* fogo com madeira **2** *sfn* [queimar um edifício, etc.] incêndio *to put out a fire* apagar o fogo **3** *ssfn* fogo *My car's on fire.* Meu carro está em chamas. *The frying pan caught fire.* A frigideira pegou fogo.

blaze *vi* [com fortes chamas] arder *A log fire was blazing in the hearth.* A madeira estava ardendo na lareira. *a blazing building* um edifício em chamas

blaze *sfn* [na lareira] chamas [edifício queimando] incêndio *the documents lost in the blaze* os documentos perdidos no incêndio

ablaze *adj* (depois do *v*) [termo enfático] ardendo, em chamas *The curtains were ablaze in seconds.* Em segundos, as cortinas estavam em chamas. *The explosion set the street ablaze.* A explosão deixou a rua em chamas.

flame *sfn* chama *I blew out the flame.* Apaguei a chama. *The warehouse was a mass of flames.* O depósito estava em chamas.

ash *ssfn* cinza *cigarette ash* cinza de cigarro

ashes *s pl* cinzas *I cleared out the ashes from the grate.* Limpei as cinzas da grelha.

smoke *ssfn* fumaça

bonfire *sfn* [para queimar lixo, folhas, etc., ou para fins de diversão] fogueira

135.1 Fazer as coisas queimarem

light *v, pretérito & part passado* **lit** ou **lighted 1** *vt* [obj: p. ex. fósforo, fogo, vela] acender **2** *vi* acender *His pipe wouldn't light.* Seu cachimbo não queria acender-se.

light *sfn* [informal. Para cigarros] fogo *Have you got a light?* Tem fogo?

match *sfn* fósforo *a box of matches* uma caixa de fósforos

lighter *sfn* isqueiro

arson *ssfn* [crime intencional] incêndio provocado
arsonist *sfn* incendiário

expressões

set fire to [enfatiza intenção de destruir] pôr fogo em algo *He's accused of setting fire to his own warehouse.* Ele é acusado de pôr fogo em seu próprio armazém.

set alight [pode não ser intencional] incendiar, pôr fogo *Some idiot with a cigarette set the whole forest alight.* Um idiota incendiou toda a floresta com um cigarro.

135.2 Apagar um incêndio

put out sth ou **put** sth **out** *vt prep* apagar *I put the fire out with a bucket of water.* Apaguei o fogo com um balde d'água.

firefighter *sfn, masc* **fireman**, *fem* **firewoman** bombeiro [**firefighter** é geralmente usado como termo genérico, embora **firemen** também possa se referir a mulheres] bombeiro *Firemen using breathing apparatus rescued the couple.* Bombeiros munidos de equipamento para respiração resgataram o casal.

fire brigade (*brit*), **fire department** (*amer*) *sfn* (freq. + **the**) corpo de bombeiros

fire engine *sfn* veículo de bombeiros, caminhão de bombeiros

fire extinguisher *sfn* extintor de incêndios

136 Babies Bebês

baby *sfn* bebê *She's having a baby in July.* Ela vai ter bebê em julho. (usado como *adj*) *baby clothes* roupas de bebê

twins *sfn* gêmeos *a pair of twins* gêmeos *I can't tell the twins apart.* Não consigo diferenciar os gêmeos.

triplets *sfn* trigêmeos

GRUPOS DE PALAVRAS

136.1 Ter um bebê

conceive v 1 vt conceber *from the moment the child is conceived* a partir do momento em que a criança é concebida 2 vi conceber
conception ssfn concepção *the probable date of conception* a data provável da concepção
pregnant adj grávida *I'm pregnant again.* Estou grávida novamente.
pregnancy sc/sfn gravidez *medical checks during pregnancy* visitas ao médico durante a gravidez (exames pré-natais) *a difficult pregnancy* uma gravidez difícil
foetus (brit), **fetus** (amer) sfn feto
embryo sfn, pl **embryos** embrião
womb sfn útero
umbilical cord sfn cordão umbilical
placenta sfn placenta
labour (brit), **labor** (amer) sc/sfn parto *to go into labour* entrar em trabalho de parto
birth sc/sfn nascimento *to give birth to a child* dar à luz uma criança *I was present at the birth.* Eu estava presente durante o nascimento. (usado como adj) *her birth weight* seu peso ao nascer
be born nascer *We want the next child to be born at home.* Queremos que o próximo filho nasça em casa.

136.2 Bebês e a tecnologia médica

abortion sc/sfn aborto *to have an abortion* fazer um aborto
artificial insemination ssfn inseminação artificial
surrogate mother sfn mãe de aluguel, barriga de aluguel
test-tube baby sfn bebê de proveta

136.3 Bebês sem família natural

adopt vt [permanentemente, como se o filho fosse seu próprio] adotar **adoption** ssfn adoção
foster vt [cuidar a curto ou longo prazo, sem ter a paternidade oficial] criar, cuidar, acolher *Could you foster a handicapped child?* Você poderia cuidar de uma criança deficiente? (usado como adj) *foster parents* pais de criação
custody ssfn [direito legal de cuidar de uma criança, esp. após o divórcio] custódia *She was awarded custody of the children.* Ela ganhou a custódia dos filhos.
orphan sfn órfão

136.4 Equipamento para bebês

cot (brit), **crib** (amer) sfn berço
moses basket sfn moisés
carrycot (brit), **portacrib** (amer) sfn berço portátil
nappy (brit), **diaper** (amer) sfn fralda *disposable nappies* fraldas descartáveis
safety pin sfn alfinete de segurança
rattle sfn chocalho
bottle sfn mamadeira
dummy (brit), **pacifier** (amer) sfn chupeta
doll sfn boneca

pram (brit), *baby buggy* (amer) carrinho de bebê (deitado)

pushchair (brit), *stroller* (amer) carrinho de bebê (sentado)

buggy (brit) carrinho de bebê (dobrável)

137 Name Nome

137.1 Dar nome

name sfn nome *My name is Gabriel.* Meu nome é Gabriel. *Sign your name here please.* Assine seu nome aqui, por favor.
name vt [mais formal que **call**. Enfatiza a escolha do nome] dar nome, chamar *We **named** her Helen **after** her grandmother.* Demos o nome de Helena por causa da sua avó. (esp. no part passado) *a man named Mullin* um homem chamado Mullin
call vt [termo usual para dar e usar nomes] chamar *My name's Jennifer but everyone calls me Jenny.* Meu nome é Jennifer, mas todos me chamam de Jenny. (no part passado) *Somebody called Gibbs rang.* Alguém chamado Gibbs telefonou. *a village called Fritwell* um vilarejo chamado Fritwell
christen vt [dar nome em cerimônia religiosa cristã] batizar *I was christened Robert Edward.* Fui batizado com o nome de Robert Edward.
title sfn [nome de uma obra ou categorização de uma pessoa] título, nome *I know the film you mean but I've forgotten the title.* Conheço o filme do qual você está falando, mas esqueci seu nome. *His proper title is Professor Sir Raymond Hall.* O título correto dele é Sr. Professor Raymond Hall.
entitle vt [obj: p. ex. livro, obra de arte] intitular (esp. no part passado) *a print entitled 'Still Marshes'* uma gravura intitulada 'Still Marshes'
label vt, -ll- [um tanto pejorativo. Implica uma maneira questionável de descrever alguém, em vez de um nome] rotular, tachar alguém de *She was soon labelled a troublemaker.* Logo, ela foi tachada de criadora de confusão.

137.2 Tipos de nome

first name [geralmente o primeiro nome, mas pode ser qualquer um dos nomes que antecede o sobrenome] primeiro nome, prenome *We're all on first name terms round here.* Somos todos íntimos aqui, pois nos tratamos pelo primeiro nome.

christian name [termo geral para designar o primeiro nome, mas recomenda-se evitar o termo para pessoas não cristãs] nome de batismo

forename *sfn* [ger. em contextos formais ou administrativos] prenome, nome *Please give your name, forenames and address.* Por favor, dê seu nome, sobrenome e endereço.

middle name [entre o nome e o sobrenome] segundo nome *We called him William, that's his father's middle name.* Nós o chamávamos de William, que é o segundo nome de seu pai.

surname *sfn* [usado por todos os membros da família] sobrenome

double-barrelled name (*brit*), **hyphenated name** (*amer*) *sfn* [combinação de dois sobrenomes] sobrenome composto *They all have double-barrelled names like Worthington-Smythe.* Todos eles têm sobrenomes compostos como Worthington-Smythe.

137.3 Nomes falsos

nickname *sfn* [usado carinhosamente e por brincadeira] apelido

nickname *vt* apelidar *a particularly ugly biology teacher nicknamed 'Dracula'* um professor de biologia especialmente feio apelidado de 'Drácula'

alias *sfn* [usado esp. por criminosos] nome de guerra, vulgo, alcunha *She had used a different alias at each hotel.* Ela havia usado uma alcunha diferente em cada hotel. *Sheila Woodrow, alias Virginia Fielding* Sheila Woodrow, vulgo Virginia Fielding

pen name *sfn* [usado por autores quando escrevem] pseudônimo literário

pseudonym *sfn* [usado ocasionalmente quando se escreve para ocultar a própria identidade] pseudônimo

anonymous *adj* [sem qualquer nome] anônimo *I've received several anonymous letters.* Recebi várias cartas anônimas. **anonymously** *adv* anonimamente **anonymity** *ssfn* anonimato

138 Families and relations Família e parentes

138.1 Pais

parent *sfn* pai, mãe *Don't tell my parents!* Não conte para meus pais!

folks *s pl* (esp. *amer*) familiares, pais

mother *sfn* [formal quando usado como forma de tratamento] mãe *Thank you, mother.* Obrigado, mãe. *Go and ask your mother.* Vá perguntar à sua mãe.

mum (*brit*), **mom** (*amer*) *sfn* [informal] mamãe, mãe *Her mum picks her up after school.* Sua mãe a busca na escola.

mam *sfn* [esp. no País de Gales e norte da Inglaterra] mãe, mamãe

mummy (*brit*), **mommy** (*amer*) *sfn* [informal. Usado esp. por crianças] mamãe *I want my mummy!* Quero a mamãe!

mama *sfn* [uso antiquado e formal em inglês britânico, usado por crianças nos Estados Unidos] mamãe, mãe

father *sfn* [formal quando usado como forma de tratamento] pai

dad *sfn* [informal] papai, pai *She can borrow her dad's car.* Ela pode pegar emprestado o carro do pai.

daddy *sfn* [informal. Usado esp. com ou por crianças pequenas] papai, pai *My daddy's a fireman.* Meu pai é bombeiro.

papa *sfn* [uso antiquado e formal em inglês britânico. Alternativa para **dad** no inglês dos Estados Unidos] papai, pai

pop *sfn* (esp. *amer*) [informal] papai *Is pop still in the bathroom?* O papai ainda está no banheiro?

138.2 Filhos

son *sfn* filho (apenas *masc*)
daughter *sfn* filha
sister *sfn* irmã *my big sister* minha irmã mais velha
brother *sfn* irmão *my little brother* meu irmão mais novo, meu irmãozinho

sibling *sfn* [técnico, usado p. ex. em contextos que envolvem a sociologia ou a psicologia] parentes, especialmente irmão ou irmã *The gene is not found in either of the other siblings.* O gene não foi localizado em nenhum dos outros irmãos. (usado como *adj*) *sibling rivalry* rivalidade entre irmãos

138.3 Avós e netos

grandparent *sfn* (ger. *pl*) avô, avó *He sees both sets of grandparents.* Ele vê todos os avós nos finais de semana.

grandmother *sfn* [não é ger. empregado como forma de tratamento] avó *When are you going to make me a grandmother?* Quando é que eu serei avó?

granny (esp. *brit*) ou **grandma** (*brit & amer*) *sfn* [informal] vovó

grandfather *sfn* [não é ger. empregado como forma de tratamento] avô

grandad (esp. *brit*) ou **grandpa** (*brit & amer*) *sfn* [informal] *sfn* vovô

grandchild *sfn*, *pl* **grandchildren** neto
granddaughter *sfn* neta
grandson *sfn* neto (apenas *masc*)
great- *prefixo* bis- *my great-grandmother* minha bisavó *a great-uncle* tio-avô *my great-great-grandfather* meu tataravô

138.4 Casamento

husband *sfn* marido
wife *sfn* esposa
mother-in-law *sfn* sogra
father-in-law *sfn* sogro
daughter-in-law *sfn* nora
son-in-law *sfn* genro
brother-in-law *sfn* cunhado
sister-in-law *sfn* cunhada

in-laws *s pl* família do marido/esposa *I can't stand my in-laws.* Não suporto a família do meu marido/minha esposa.

widow *sfn* viúva
widow *vt* (esp. na voz passiva) enviuvar *my widowed mother* minha mãe enviuvou
widower *sfn* viúvo

138.5 Relações de parentesco através do segundo casamento

stepfather *sfn* padrasto
stepmother *sfn* madrasta
stepbrother *sfn* filho do padrasto/madrasta
stepsister *sfn* filha do padrasto/ madrasta
half-brother *sfn* meio-irmão
half-sister *sfn* meio-irmã

138.6 Irmãos e irmãs dos pais

aunt *sfn* [um tanto formal] tia
auntie ou **aunty** *sfn* [informal] titia, tia [freq. seguido pelo nome] *Auntie Monica* tia Mônica
uncle *sfn* tio [freq. seguido pelo nome] *Uncle Harry* tio Harry
nephew *sfn* sobrinho
niece *sfn* sobrinha
cousin *sfn* [antiquado quando seguido pelo nome] primo *a second cousin* primo em segundo grau *distant cousins* primos distantes

138.7 Laços de família

related *adj* (ger. depois do *v*; freq. + **to**) aparentado *We're not related.* Nós não somos aparentados.
relative *sfn* [ger. implica vínculo bem estreito] parente *a close relative* um parente próximo
relation *sfn* [freq. implica um vínculo menos próximo que **relative**] aparentado, parente *distant relations* parentes distantes
descendant *sfn* [um tanto formal. Implica várias gerações depois] descendente *The firm is still run by a descendant of the founder.* A firma ainda é dirigida pelos descendentes do fundador.
be descended from ser descendente de *The family is descended from nineteenth-century Italian emigrants.* A família é descendente de imigrantes italianos do século dezenove.
ancestor *sfn* ancestral *Portraits of forgotten ancestors hung on the walls.* Retratos de ancestrais esquecidos estavam pendurados nas paredes. **ancestral** *adj* ancestral
offspring *ssfn* [formal ou jocoso. Pode referir-se a um ou mais filhos] prole, descendência *She was trying to keep her offspring under control.* Ela estava tentando manter os filhos sob controle.
generation *sfn* geração *a tradition handed down through generations* uma tradição transmitida de geração para geração (usado como *adj*) *second-generation Americans* americanos de segunda geração

139 People Pessoas

Ver também **society, 204**

person *sfn* **1** *pl* **people** pessoa *She's a very nice person.* Ela é uma pessoa muito agradável. *I think we should give the job to a younger person.* Acho que deveríamos contratar uma pessoa mais jovem. **2** *pl* **persons** [usado esp. em contextos administrativos e oficiais] indivíduos, pessoas *Any person seeking advice should ring this number.* Qualquer pessoa que necessitar de aconselhamento deve telefonar para este número.
human ou **human being** *sfn* ser humano *the pollution caused by humans* a poluição causada por seres humanos
human *adj* humano *the human race* a raça humana
individual *sfn* [em contraste com sociedade, grupo, coletividade, etc.] indivíduo, pessoa *What can individuals do on their own?* O que as pessoas podem fazer por si mesmas? [freq. usado pejorativamente] *He's an awkward individual.* Ele é um indivíduo estranho.
individual *adj* individual *I was speaking as an individual party member rather than as a minister.* Falava como um membro individual do partido e não como ministro.

139.1 Pessoas em geral

mankind *ssfn* [todas as pessoas do mundo] espécie humana, humanidade *inventions that have benefited mankind* invenções que beneficiaram a humanidade
man *ssfn* [termo freq. usado para se referir a pessoas em geral; às vezes rejeitado por ser considerado uma forma de discriminação sexual] homem *Man has been to the moon.* O homem foi à Lua.
humankind *ssfn* [todas as pessoas do mundo. Forma preferencial dos que consideram que **mankind** é uma forma de discriminação sexual] humanidade, espécie humana *the survival of humankind on this planet* a sobrevivência da espécie humana neste planeta
humanity *ssfn* [todas as pessoas do mundo, freq. usado para enfatizar um ponto de vista moral ou emocional] humanidade *crimes against humanity* crimes contra a humanidade
public *s* **1** *ssfn* (ger. **the public**) [pessoas comuns, em contraste com o governo, a imprensa, os empresários, etc.] público *Programme makers are simply aiming to satisfy the public.* Os redatores de programas simplesmente pretendem satisfazer o público. *the general public* o público em geral **2** *sfn* [determinado segmento do público] público, audiência, platéia *We want to introduce opera to a wider public.* Queremos que um público mais amplo tenha acesso à ópera. *the sporting public* o público esportivo
public *adj* **1** público *public anger at the decision* indignação pública com a decisão **2** [para uso de todos] público *public toilets* sanitários públicos **3** [de conhecimento de todos] público *Is it public knowledge?* É de conhecimento público?

folk s pl [pessoas, esp. quando de um determinado tipo] pessoas, povo, gente *Folk like him*. Pessoas como ele. *city folk* gente da cidade *See you later folks!* Vejo vocês mais tarde, amigos!

139.2 Pessoas muito jovens

baby sfn bebê, neném

child sfn, pl **children** criança *children's books* livros infantis

infant sfn [técnico, usado esp. em contextos médicos. A faixa etária que vai do bebê até os cinco anos] criança pequena *the immunity the infant acquires from the mother's milk* a imunização que a criança adquire através do leite materno (usado como *adj*) *infant care* puericultura *infant mortality* mortalidade infantil *infant classes* escola maternal

toddler sfn [aprox. de 1 a 3 anos] criança que está começando a andar, criancinha pequena

kid sfn [informal. Faixa etária varia de bebê a jovem] garoto *When do the kids go back to school?* Quando os garotos voltam para a escola?

youngster sfn [um tanto informal, usado esp. por pessoas mais velhas. A faixa etária vai de cerca de 5 anos até a adolescência] criança, jovem *There are plenty of activities for the youngsters.* Há muitas atividades para os jovens.

boy sfn [faixa etária de bebê a maior de idade] menino, garoto *Are you ready, boys?* Vocês estão prontos, garotos? *boys' clothes* roupas para meninos

girl sfn [faixa etária de bebê a maior de idade] menina, garota *Are the girls coming?* As garotas virão? *a girls' school* escola para meninas [as feministas consideram ofensivo quando se refere a adultas] *the girls in the office* as meninas do escritório

lad sfn 1 [informal e usado esp. por pessoas mais velhas. Faixa etária varia de bebê a adulto] rapaz *the lad who delivers the paper* o rapaz que entrega o jornal 2 [amigos do sexo masculino] *I went to the pub with the lads.* Fui ao bar com os rapazes.

lass sfn [informal. Faixa etária varia de bebê a adulto. Esp. usado na Escócia e norte da Inglaterra] moça, rapariga

139.3 Jovens quase adultos

teenager sfn adolescente *The programmes's popular with teenagers.* O programa faz sucesso entre os adolescentes.

teenage adj adolescente *my teenage daughters* minhas filhas adolescentes *teenage fashions* moda para adolescentes

teens s pl adolescência *He's in his teens.* Ele está na adolescência.

juvenile sfn [técnico, ger. em contextos jurídicos ou sociológicos para os menores de 18 anos] menor· de idade, jovem *our policy on sentencing juveniles* nossa política sobre a condenação de menores (usado como *adj*) *juvenile crime* criminalidade juvenil

adolescent sfn [formal ou ligeiramente pejorativo. Implica o período entre a puberdade e a idade adulta] adolescência *adolescents' emotional problems* os problemas emocionais da adolescência *when I was a spotty adolescent* quando eu era um adolescente cheio de espinhas

adolescent adj [freq. pejorativo] adolescente *his adolescent enthusiasm* seu entusiasmo adolescente

youth sfn [formal ou pejorativo. Termos como **boy**, **girl** ou **young people** devem ser preferidos, caso não haja conotação negativa. Tem o uso predominante quando designa o sexo masculino] jovem *an inexperienced youth* um jovem inexperiente *a gang of youths on motorcycles* um bando de jovens de motocicleta

139.4 Adultos

adult sfn adulto (usado como *adj*) *in adult life* na vida adulta

grown-up sfn [adulto do ponto de vista das crianças] gente grande, adulto *Grown-ups should set an example.* Os adultos devem dar o exemplo.

man sfn, pl **men** homem *men's clothing* roupas masculinas

gentleman sfn, pl **gentlemen** 1 [termo cortês] cavalheiro, senhor *These gentlemen are from Canada.* Estes senhores são do Canadá. 2 [homem que se comporta honrosamente] cavalheiro *If he was a gentleman, he'd resign.* Se ele fosse um cavalheiro, ele renunciaria.

gentlemanly adj [como um cavalheiro refinado] cavalheirescamente, cortesmente *It was the gentlemanly thing to do.* Era a coisa mais cortês a fazer.

woman sfn, pl **women** mulher *women's shoes* sapatos femininos *women's issues* questões relativas à mulher (usado como *adj*) *a woman instructor* uma instrutora

lady sfn 1 [termo cortês] dama, senhora *There's a lady waiting to see you.* Há uma senhora que o está aguardando. (usado como *adj*) *a lady doctor* uma doutora 2 [mulher com bons modos e bom comportamento] dama

> **U S O**
>
> Algumas mulheres rejeitam o termo **lady** quando empregado como equivalente feminino de **man**, por considerá-lo condescendente; portanto, o termo **woman** deve ser usado.

139.5 Termos informais para homens

chap sfn (esp. *brit*) [informal] cara, tipo *You mean the chap your sister married?* Você está se referindo ao cara com quem sua irmã se casou?

bloke (esp. *brit*) sfn [informal. Às vezes pode ter conotação de classe operária] tipo, cara *The bloke at the garage can't fix it till next week.* O cara da oficina mecânica só vai consertar na semana que vem.

fellow sfn sujeito, colega *The fellow from the bank called.* Aquele sujeito do banco telefonou.

guy sfn [o mais informal dos termos] cara *this Greek guy she's going out with* aquele cara grego com quem ela está saindo [o plural também pode referir-se a mulheres em inglês americano] *What are you guys doing?* O que vocês estão fazendo, amigos?

140 Male Masculino

male adj masculino male hormones hormônios masculinos male stereotypes estereótipos masculinos

male sfn [implica homem como integrante do gênero masculino, em vez de um indivíduo] macho, homem, varão surrounded by four adoring males cercada de quatro admiradores

masculine adj [implica maneira ou estilo próprio dos homens. Ger. em contextos positivos] masculino, másculo masculine charm charme masculino The product needs a more masculine image. O produto precisa de uma imagem mais masculina. **masculinity** ssfn masculinidade

macho adj [ger. pejorativo. Implica a convicção agressiva de que os homens são superiores] machista, machão I think the motorbike is just there to make him feel macho. Acho que a motocicleta é só para ele se sentir machão.

unisex adj [para qualquer dos sexos ou para evitar a discriminação de gênero] unisex unisex fashions moda unissex unisex terms like businessperson instead of businessman termos unissex como pessoa de negócios em vez de homem de negócios

> **U S O**
>
> O substantivo **man** pode ser usado de modo descritivo. A man's bike (bicicleta de homem) tem uma barra entre o assento e o guidão, enquanto a man's car (carro de homem) sugere um veículo grande e possante que o falante considera inadequado para uma mulher. Men drivers (motoristas homens) pode ser usado como male drivers para referir-se a uma categoria.

141 Female Feminino

female adj feminino female hormones hormônios femininos a typically female reaction uma reação tipicamente feminina female staff pessoal feminino, funcionárias

female sfn [implica mulher enquanto membro do gênero feminino, em vez de um indivíduo] mulher, fêmea a profession dominated by females uma profissão dominada por mulheres

feminine adj [implica maneira ou estilo característico das mulheres] feminino feminine intuition intuição feminina the rather feminine decor decoração um tanto feminina **femininity** ssfn feminilidade

girlish adj [pode ser um tanto pejorativo, implicando qualidades como animação, imaturidade, etc.] infantil, qualidade relativa a meninas a girlish grin um sorriso infantil **girlishly** adv infantilmente **girlishness** ssfn infantilidade

ladylike adj [atualmente freq. jocoso. Implica modos refinados associados às damas] refinada, elegante far too ladylike to drink beer refinada demais para beber cerveja

> **U S O**
>
> Os substantivos **woman** e **lady** podem ser usados de maneira descritiva. A woman's ou a lady's bike (bicicleta de mulher). Esta bicicleta não tem uma barra ligando o assento ao guidão, enquanto a woman's car (carro de mulher) sugere um veículo pequeno que o interlocutor considera adequado para uma mulher trafegar apenas em percursos curtos. Women drivers (motoristas mulheres) pode ser usado como female drivers para referir-se a uma categoria. Para se referir a membros de uma profissão, usam-se em inglês expressões como women doctors or lady doctors (médicas), mas algumas pessoas consideram discriminação sexual fazer essa distinção e, portanto, membros da mesma profissão devem ser tratados pela mesma palavra (p. ex. doctor) não importando se são do sexo masculino ou feminino.

142 Personality Personalidade

personality sc/sfn [atitudes e comportamentos do ponto de vista psicológico. Pode ser usado em contextos técnicos] personalidade an outgoing personality uma personalidade extrovertida [uma pessoa] They're both dynamic personalities. Os dois são personalidades dinâmicas. (usado como adj) a personality disorder um distúrbio de personalidade

character s 1 sc/sfn [atitude e comportamento do ponto de vista moral e emocional] caráter Coming to the rescue is entirely **in character** for her. Ajudar é bem do caráter dela. It would be entirely **out of character** if she gave up. Desistir estaria totalmente contra o seu caráter. [uma pessoa] He used to be a very timid character. Ele costumava ser uma pessoa bem tímida. (usado como adj) a character witness testemunha que atesta o caráter do acusado **2** ssfn [implica integridade, coragem, etc.] caráter I think persevering like that takes character. Considero que perseverar dessa forma requer caráter.

nature sc/sfn [maneira natural de reagir diante de pessoas e situações] natureza She has an understanding nature. Ela tem uma natureza compreensiva. It's **not in her nature** to give up easily. Não é da natureza dela desistir.

-natured formando adj de natureza, de caráter a sweet-natured child uma criança de natureza doce He's a good-natured sort. Ele é uma boa pessoa. ill-natured remarks observações maldosas

temperament sc/sfn [maneira geral de reagir emocionalmente a situações e pessoas] temperamento Some people can't take his fiery temperament. Algumas pessoas não agüentam seu temperamento intempestivo.

temperamental *adj* [implica mudanças de humor freqüentes e imprevisíveis e arroubos freqüentes de raiva ou excitação] temperamental

temper *s* **1** *sc/sfn* [temperamento irritadiço] gênio, mau humor *Watch out for her temper.* Cuidado com o gênio dela. *He's in a temper.* Ele está de mau humor. *a show of temper* um ataque de mau humor **2** *sfn* [reações comuns] caráter, temperamento *Don't let his quiet temper fool you.* Não permita que o temperamento calmo dela o engane. *She's got a violent temper.* Ela tem um temperamento violento.

-tempered *formando adj* relativo ao temperamento, ao humor *a bad-tempered man* um homem mal-humorado *an ill-tempered retort* uma resposta mal-humorada *a good-tempered smile* um sorriso bem-humorado

142.1 Pano de fundo dos sentimentos

mood *sfn* **1** [como alguém se sente ou é levado a se sentir] humor, disposição *She was not in the mood to talk.* Ela não estava com disposição para falar. *The defeat created a sombre mood at party headquarters.* A derrota criou um humor sombrio na sede do partido. *I'm in a good mood today.* Estou de bom humor hoje. **2** [implica atitude emocional desagradável] mau humor *He's in a mood again.* Ele está de mau humor novamente. *I can't stand his moods.* Não agüento seus acessos de mau humor.

moody *adj* **1** [ter oscilações de humor freqüentes] de humor instável **2** [ter crises de mau humor] rabugento, mal-humorado, macambúzio *You've been very moody lately.* Você tem estado macambúzio ultimamente. **moodily** *adv* de modo mal-humorado

manner *sfn* [como alguém se comporta] maneira de ser, jeito *She refused in her usual brusque manner.* Ela recusou com seu jeito brusco habitual. *the manner he has of ignoring you* o jeito que ele tem de ignorá-lo

atmosphere *s* **1** *sfn* [implica uma situação que suscita determinados sentimentos] clima, ambiente *the right atmosphere for negotiations* o ambiente ideal para as negociações *The decorations gave the streets a happy atmosphere* as decorações deram um clima alegre às ruas **2** *ssfn* [implica uma ambientação geralmente interessante] ambiente *a pizza place with no real atmosphere* uma pizzaria sem nenhum ambiente

143 Polite Educado

polite *adj* [implica comportamento social adequado] educado, atencioso *Try and be a bit more polite to our customers.* Tente ser um pouco mais atencioso com seus clientes. *a polite smile* um sorriso amável
politely *adv* educadamente, atenciosamente **politeness** *ssfn* educação, cortesia

manners *s pl* boas maneiras, bons modos *Try and learn some manners.* Tente aprender um pouco de boas maneiras *Her children have terrible manners.* Seus filhos têm uns modos horríveis. *table manners* boas maneiras à mesa *Holding the door open for others is good manners.* Segurar a porta aberta para os outros passarem revela bons modos.

143.1 Extremamente educado

courteous *adj* [implica uma polidez intencional e ligeiramente antiquada] cortês *He is invariably courteous, even towards his opponents.* Ele é sempre cortês, mesmo com seus oponentes. *a courteous bow* um cumprimento cortês **courteously** *adv* cortesmente **courteousness** *ssfn* cortesia

chivalrous *adj* [implica um código de honra, esp. por parte de um homem para uma mulher] cavalheiresco **chivalrously** *adv* cavalheirescamente **chivalry** *ssfn* cavalheirismo

gracious *adj* [um tanto literário. Enfatiza consideração, esp. com os subordinados] amável *her gracious acceptance of our invitation* sua amável aceitação de nosso convite **graciously** *adv* amavelmente

obsequious *adj* [pejorativo. Implica desejo de agradar excessivo e ger. insincero] obsequioso, servil *obsequious flattery* bajulação servil **obsequiously** *adv* obsequiosamente **obsequiousness** *ssfn* adulação

143.2 Esmero em ser educado

civil *adj* [implica educação básica, exceto quando o termo está qualificado] civilizado, cortês, polido *I think I'm entitled to a civil reply.* Considero que mereço uma resposta civilizada. *Her tone was barely civil.* Seu tom foi apenas civilizado. **civilly** *adv* civilizadamente **civility** *ssfn* cortesia, civilidade

respectful *adj* [demonstrando respeito] respeitoso *a respectful silence* silêncio respeitoso **respectfully** *adv* respeitosamente

diplomatic *adj* [implica apresentar as coisas com tato, esp. para chegar a algum resultado] diplomático *We found a diplomatic way of turning the invitation down.* Encontramos uma maneira diplomática de recusar o convite. **diplomatically** *adv* diplomaticamente

diplomacy *ssfn* diplomacia *It took some diplomacy to get the whole family to agree.* Foi necessário uma certa diplomacia para fazer a família toda concordar.

tact *ssfn* tato *a situation which requires a lot of tact* uma situação que requer muito tato

tactful *adj* discreto, delicado *It wasn't exactly tactful to mention his ex-wife.* Não foi muito delicado mencionar sua ex-esposa. *a tactful explanation* uma explicação que requer tato

tactfully *adv* discretamente, delicadamente *How can we refuse tactfully?* Como podemos recusar delicadamente?

---

expressão

in good taste [implica aprovação social do comportamento] de bom gosto *It would have been in better taste to stay away from the funeral.* Teria sido de bom gosto não assistir ao funeral.

144 Rude Grosseiro

ver também **cheeky, 145**

144.1 De natureza grosseira

rude *adj* (às vezes + **to**) [pode implicar falta de educação agressiva. Descreve p. ex. pessoas, ações, declarações] grosseiro, mal-educado, sem educação *Don't be rude to your teacher.* Não seja mal-educado com seu professor. *It's rude to point.* É falta de educação apontar. *rude comments on the blackboard* comentários grosseiros na lousa **rudely** *adv* grosseiramente **rudeness** *ssfn* grosseria, falta de educação

impolite *adj* [mais formal que **rude**] grosseiro, descortês *His behaviour was extremely impolite.* Seu comportamento foi extremamente grosseiro. *an impolite letter* uma carta grosseira **impolitely** *adv* grosseiramente **impoliteness** *ssfn* grosseria

vulgar *adj* [implica mau gosto e mau comportamento] de mau gosto, vulgar, comum *his vulgar and racist talk* sua conversa de mau gosto e racista *the vulgar familiarity with which they treat you* a intimidade vulgar com que a tratam **vulgarity** *ssfn* vulgaridade

offensive *adj* [que irrita ou entristece alguém] ofensivo *offensive personal remarks* observações ofensivas de caráter pessoal **offensively** *adv* ofensivamente **offensiveness** *ssfn* caráter agressivo, que ofende

144.2 Tratar alguém com grosseria

insult *vt* insultar, ofender, injuriar *insulting remarks* observações ofensivas *He'll feel insulted if you offer him money.* Ele vai se sentir ofendido se você lhe oferecer dinheiro.

insult *sfn* insulto, ofensa *If you refuse he'll take it as an insult.* Se você recusar, ele tomará isso como ofensa. *to hurl insults at sb* injuriar alguém

offend *vt* [pode não ser proposital] ofender *The article deeply offended many women.* O artigo ofendeu profundamente muitas mulheres. *I hope you won't be offended if we go now.* Espero que você não se sinta ofendido se nós formos agora.

offence (*brit*), **offense** (*amer*) *ssfn* ofensa *No offence intended.* Sem intenção de ofender. **to take offence at sth** ofender-se com algo

rebuff *vt* [implica atitude pouco solícita e hostil diante de um pedido, oferta, etc.] rechaçar *I had hoped for a compromise, but I was firmly rebuffed.* Esperava um acordo, mas fui rechaçado com veemência.

rebuff *sfn* negativa, rejeição *All our ideas met with a stern rebuff.* Todas as nossas idéias encontraram uma firme rejeição.

144.3 Falta de respeito

offhand *adj* [não dar a devida atenção a algo ou alguém] descuidado, precipitado, sem pensar *She dismissed the problem in the most offhand way.* Ela descartou o problema sem lhe dar atenção. **offhandedly** *adv* descuidadamente, precipitadamente

discourteous *adj* [formal. Implica ignorar as regras sociais e os sentimentos das pessoas] descortês, sem educação *It would be discourteous to keep them waiting.* Seria falta de educação deixá-los esperando. **discourteously** *adv* grosseiramente **discourtesy** *ssfn* falta de cortesia

flippant *adj* [implica brincadeiras em situações que exigem seriedade] irreverente *I had expected an apology, not some flippant excuse.* Esperava um pedido de desculpas e não uma conversa irreverente. **flippantly** *adv* de modo irreverente

improper *adj* [um tanto formal. Implica ignorar as regras morais e sociais] inadequado, indecoroso *It would be quite improper to ask such a personal question.* Seria bastante inadequado fazer uma pergunta tão pessoal. **improperly** *adv* inadequadamente

tactless *adj* [ignorar algo que pode abalar alguém] insensível, sem tato *I know it's tactless but I need to know her age.* Sei que é falta de tato, mas preciso saber a idade dela. **tactlessly** *adv* com falta de tato

expressões

a slap in the face [Algo com intenção de ferir ou insultar alguém] um tapa na cara, um choque *After all we had done for her, her behaviour was a real slap in the face.* Depois de tudo que fizemos por ela, seu comportamento foi um verdadeiro tapa na cara.

put your foot in it [informal. Ser grosseiro sem perceber] meter o bedelho onde não deve, meter os pés pelas mãos *As soon as I mentioned divorce, I realized I had put my foot in it.* Logo que mencionei o divórcio, percebi que tinha metido o bedelho onde não devia.

in bad/poor taste [implica desaprovação social de um comportamento] de mau gosto *His remarks were in very poor taste.* Suas observações foram de muito mau gosto.

145 Cheeky Insolente

cheeky (esp. *brit*) *adj* [um tanto informal. Desrespeitoso, mas não ferino] descarado, atrevido *Don't be cheeky to your mother.* Não seja insolente com sua mãe. [freq. implica humor] *a cheeky allusion to the minister's private life* uma alusão ousada à vida particular do ministro **cheekily** *adv* descaradamente

cheek *ssfn* atrevimento *Less of your cheek!* Cuidado com o atrevimento! *He had the cheek to borrow my lawnmower without asking.* Ele teve o atrevimento de pegar minha máquina de cortar grama sem pedir.

insolent *adj* [implica falta de respeito agressiva] insolente, abusado *an insolent refusal to obey the rules* uma recusa insolente em obedecer às regras *He made an insolent remark about my wife.* Ele fez uma observação insolente sobre minha esposa. **insolently** *adv* insolentemente **insolence** *ssfn* insolência

impudent adj [implica desprezo] desavergonhado, descarado *impudent questions about my sex life* perguntas descaradas sobre minha vida sexual **impudently** adv desavergonhadamente **impudence** ssfn descaramento

impertinent adj [um tanto formal. Implica desrespeito à autoridade] impertinente, descabido *She regarded any questioning of her decisions as impertinent.* Ela considerava impertinentes quaisquer perguntas sobre suas decisões. **impertinently** adv impertinentemente

impertinence ssfn impertinência *embarrassed by the child's impertinence* embaraçado com a impertinência da criança

nerve ssfn [informal. Implica ousadia rude] audácia, atrevimento *She had the sheer nerve to suggest I was too old for the job.* Ele teve a audácia de dar a entender que eu era velho demais para o emprego. *What a nerve!* Que atrevimento!

146 Formal Formal

formal adj **1** [seguir estritamente regras sociais e oficiais] formal *the formal announcement of her resignation* o anúncio formal de sua demissão **2** [muito correto e educado, pode implicar frieza] formal *He sent me a very formal letter.* Ele me enviou uma carta muito formal. **3** [impróprio à fala comum. Descreve: palavras] formal **formally** adv formalmente

formality s **1** ssfn formalidade *a moving occasion despite the formality* uma ocasião comovente, apesar da formalidade **2** sfn [procedimento oficial] formalidade *We can dispense with the formalities.* Podemos dispensar as formalidades.

ceremonial adj [descreve p. ex. ocasião, vestes] solene, de praxe, de gala *the ceremonial opening of the courts* a abertura solene dos tribunais *his ceremonial sword* sua espada de gala

ceremony s **1** sfn [ato formal] cerimônia *a civil ceremony* cerimônia civil **2** ssfn [agir formalmente] cerimônia *They accompanied me with ceremony to the door.* Eles me acompanharam à porta com cerimônia.

dignity ssfn [implica que algo/alguém é sério e honrado] dignidade *their dignity in defeat* sua dignidade na derrota

dignified adj solene, digno *a dignified bow* um aceno de cabeça solene *his dignified admission of failure* sua digna admissão de fracasso

stately adj [formal e impressionante] imponente *a stately procession* uma procissão imponente **stateliness** ssfn imponência

pomp ssfn [às vezes pejorativo. Implica procedimento grandioso e formal] pompa, ostentação *all the pomp and colour of the medieval church* toda a pompa e colorido de uma igreja medieval

posh adj [freq. pejorativo. Implica desejo de enfatizar a posição social] chique, luxuoso *a posh wedding at the cathedral* um casamento chique na catedral

147 Informal Informal

informal adj **1** [não seguir estritamente regras oficiais ou sociais] informal *an informal approach to negotiations* uma abordagem informal às negociações *an informal arrangement* um acordo informal **2** [inadequado para linguagem formal escrita ou falada. Descreve: palavras] informal, coloquial

informally adv informalmente *We have spoken informally about the problem.* Conversamos informalmente sobre o problema **informality** ssfn informalidade

casual adj **1** [implica comportamento descontraído e natural] informal, descontraído *a casual chat about the children and so on* um bate-papo descontraído sobre filhos e coisas assim **2** [às vezes pejorativo. Sem refletir muito] despreocupado, descuidado *a casual attitude* uma atitude descuidada **casually** adv despreocupadamente, descontraidamente **casualness** ssfn descontração, descuido

impromptu adj [que ocorre repentinamente, sem preparação. Descreve p. ex. eventos, ações] improvisado, repentino *an impromptu press conference* um encontro improvisado com a imprensa

impromptu adv de improviso, improvisadamente *I was reluctant to speak impromptu on the decision.* Relutei em falar de improviso sobre a decisão.

expressão

off the cuff [informal. Ger. implica falar, decidir, etc. repentinamente e sem preparação] à queima-roupa, de improviso, extemporaneamente, tirado do bolso do colete/da cartola (usado como *adj*) *off-the-cuff remarks* observações à queima-roupa

148 Proud Orgulhoso

oposto **shame**, 449

148.1 Superestimar-se

proud adj **1** (freq. + **of**) [satisfeito com uma realização, etc.] orgulhoso *Your tributes make me feel very proud.* Seus elogios me deixam muito orgulhoso. *I'm proud of this garden.* Tenho orgulho deste jardim. *I hope you're proud of yourself!* [dito sarcasticamente quando alguém fez algo errado] Você deve estar orgulhoso (envergonhado) de si mesmo! **2** [freq. pejorativo. Implica um conceito excessivamente alto de si mesmo] orgulhoso *too proud to ask for help* orgulhoso demais para pedir ajuda **proudly** *adv* orgulhosamente

pride *ssfn* **1** [p. ex. sobre uma realização] orgulho *a sense of pride in their victory* uma sensação de orgulho por sua vitória *We take pride in our work here.* Orgulhamo-nos do trabalho que fazemos aqui. **2** [pejorativo] orgulho *He refused our help out of pride.* Recusou nossa ajuda por causa do orgulho.

vain *adj* [pejorativo. Implica superestimar-se mesmo que isso seja absurdo e irreal] presunçoso, vaidoso *I may be vain, but I'd hate to be bald.* Posso parecer vaidoso, mas odiaria ficar calvo. **vainly** *adv* vaidosamente **vanity** *ssfn* vaidade

conceited *adj* [pejorativo. Superestimar-se, numa atitude desagradável] convencido, pretensioso *Promotion only made him more conceited.* A promoção só o fez ficar mais convencido. **conceit** *ssfn* [ligeiramente formal] pretensão

148.2 Subestimar os outros

contempt *ssfn* [implica uma má opinião e desagrado. Enfático] desprezo, desdém *their open contempt for people's feelings* seu desprezo flagrante pelos sentimentos alheios *I will treat your remarks with the contempt they deserve.* Tratarei suas observações com o desprezo que merecem.

contemptuous *adj* [freq. pejorativo] desdenhoso *a contemptuous smile* um sorriso desdenhoso **contemptuously** *adv* desdenhosamente

sneer *vi* (ger + **at**) [pejorativo. Implica atitudes de orgulho e hostilidade] fazer pouco caso, desdenhar *A cynic would sneer at his simple convictions.* Um cínico faria pouco caso de suas convicções simples.

sneer *sfn* pouco caso *despite the sneers of our opponents* apesar do pouco caso de seus oponentes

despise *vt* [palavra enfática] desprezar *They despise society's values.* Eles desprezam os valores da sociedade.

arrogant *adj* [implica orgulho e autoconfiança excessivos] arrogante *an arrogant refusal to make changes* uma recusa arrogante em fazer mudanças **arrogantly** *adv* arrogantemente **arrogance** *ssfn* arrogância *the arrogance that comes with power* a arrogância que vem com o poder

pompous *adj* [pejorativo. Implica alguém pensar que é moralmente superior ou importante] pomposo *pompous declarations of loyalty* pomposas declarações de lealdade **pompously** *adv* pomposamente **pomposity** *ssfn* pompa, ostentação

haughty *adj* [pejorativo e um tanto formal. Implica tratar os outros como se fossem inferiores] altivo, arrogante *the haughty aristocratic types who expect instant obedience* os tipos aristocráticos arrogantes que esperam obediência imediata **haughtily** *adv* arrogantemente **haughtiness** *ssfn* arrogância

snob *sfn* [implica não tratar os outros com respeito, esp. classes inferiores] esnobe, pretencioso *snobs who won't use public transport* os esnobes que não usam transportes públicos *a wine snob* um esnobe em relação ao vinho **snobbery** *ssfn* esnobismo, pretensão

snobbish *adj* esnobe, enfatuado, pretencioso **snobbishly** *adv* pretenciosamente

snooty *adj* [informal e pejorativo. Implica acreditar em sua superioridade moral e social] arrogante, convencido, empafiado *A snooty waiter gave us a table next to the toilets.* Um garçom arrogante nos deu uma mesa ao lado dos banheiros. **snootily** *adv* cheio de empáfia, arrogantemente **snootiness** *ssfn* arrogância

stuck up *adj* [mais informal que **snooty**] convencido, pedante, besta

---

expressões

think sb/sth (is) beneath you [não querer se envolver com algo/alguém por esnobismo] considerar-se superior a algo/alguém *I suppose you think it beneath you to type your own letters?* Imagino que você considera datilografar suas próprias cartas como algo indigno de sua posição?

get above yourself [comportar-se como se fosse superior ao que realmente é] considerar-se melhor do que é.

to have/get ideas above your station [um tanto antiquado. Ser ambicioso e autoconfiante demais] estar além de seus limites *She was a good organizer but she got ideas above her station.* Ela era uma boa organizadora, mas suas idéias estavam além de seus limites.

give yourself airs [considerar-se importante e esperar que os outros se impressionem] dar-se ares de superioridade, empafiar-se

---

149 Boast Gabar-se

boast *vti* (freq. + **about**, **of**, **that**) [implica alegações exageradas ou orgulhosas] gabar-se, vangloriar-se, jactar-se *She kept boasting about her big house.* Ela ficava se gabando de sua grande casa. *He sometimes boasts of friends in high places.* Ele às vezes se vangloria de ter amigos em cargos importantes. **boastful** *adj* gabola **boastfully** *adv* de modo gabola **boastfulness** *ssfn* gabolice, alarde

cocky *adj* [informal. Implica excesso de autoconfiança.] convencido, petulante *a cocky young actor who thinks he's a star* um jovem ator petulante que pensa que é um astro **cockily** *adv* petulantemente **cockiness** *ssfn* petulância

show off *vi prep* [informal. Querer impressionar] exibir-se *She's always showing off in front of her friends.* Ela sempre está se exibindo na frente dos amigos.

show-off *sfn* [informal] exibição

bigheaded *adj* [informal e pejorativo. Excessivamente seguro de suas opiniões, habilidades, etc.] vaidoso, convencido **bighead** *sfn* vaidade

GRUPOS DE PALAVRAS

expressões

(to be) too big for your boots [informal. Irritar as pessoas com um comportamento arrogante não condizente com sua real posição] querer dar o passo maior que as pernas *He's getting far too big for his boots, bossing everyone around.* Ele está querendo dar o passo maior que as pernas, mandando em todo o mundo.
to think you are it [muito informal. Considerar-se fora do comum, muito esperto, etc.] achar-se o máximo *They really think they're it with their money and their fast cars.* Eles realmente se acham o máximo com todo aquele dinheiro e os carrões velozes.
(to be) full of yourself [pejorativo. Obcecado pelo seu próprio sucesso, suas habilidades, etc.] cheio de si
(to think you are) God's gift to sth [jocoso. Imaginar-se importante e valioso para algo] considerar-se uma bênção de Deus *He thinks he's God's gift to women.* Ele se considera uma bênção de Deus para as mulheres.

150 Modest Modesto

modest *adj* [não arrogante] modesto *It doesn't help to be too modest when applying for jobs.* Não adianta ser modesto quando se procura um emprego. **modestly** *adv* modestamente **modesty** *ssfn* modéstia
humble *adj* [ter baixa estima ou ser submisso ou obsequioso] humilde *a humble apology* uma desculpa humilde **humbly** *adv* humildemente **humility** *ssfn* humildade

meek *adj* [às vezes pejorativo. Implica falta de opinião] manso, dócil *a meek soul who presented no threat to the system* uma alma dócil que não apresentava perigo para o sistema **meekly** *adv* timidamente **meekness** *ssfn* docilidade, timidez

expressões

swallow your pride [aceitar algo humilhante] engolir o orgulho, dobrar-se *We had to swallow our pride and call the strike off.* Tivemos de engolir o orgulho e desistir da greve.
eat humble pie reconhecer um erro humildemente *I'm prepared to eat humble pie if I turn out to be wrong.* Estou disposto a me rebaixar e reconhecer meu erro caso ele seja comprovado.
take sb down a peg or two [mostrar a alguém que não é tão importante quanto pensa] baixar a crista *Losing that contract should take her down a peg or two.* O fato de perder aquele contrato deve fazê-la baixar a crista.

151 Emotion Emoção

151.1 Termos genéricos

emotion *s* **1** *ssfn* emoção *I could hardly speak for emotion.* Quase não consegui falar por causa da emoção **2** *sfn* [determinado tipo] emoção *an appeal to the emotions of the public* um apelo às emoções do público
emotional *adj* **1** [que envolve emoções] emocional, sentimental *our emotional attachment to our home countries* nosso envolvimento sentimental com nossas terras natais **2** [manifestar as emoções] emotivo, emocionante *an emotional farewell* uma despedida emocionante **emotionally** *adv* com emoção
emotive *adj* (antes de s) [causar uma reação emocional ao invés de racional] emotivo, tocante *emotive subjects like child abuse* temas tocantes como abusar de crianças
feel *v* [experienciar emoção] **1** *vt* sentir, experimentar *We all felt a sense of triumph.* Todos nós sentimos uma sensação de triunfo. **2** *vi* (ger. seguido de *adj* ou oração) sentir-se *We all feel a bit disappointed.* Todos nos sentimos um pouco desapontados. *I felt as though I'd been betrayed.* Eu me senti como se tivesse sido traído.
feeling *s* **1** *ssfn* sentimento *She spoke with unusual feeling.* Ele discursou com um sentimento fora do comum. **2** *sfn* sensação *a feeling of elation* uma sensação de alegria

151.2 Sentimento sutil

sensitive *adj* (às vezes + **to**) **1** [que se aborrece facilmente] sensível, suscetível *She's rather too sensitive for politics.* Ela é um pouco sensível demais para se dedicar à política. *very sensitive to criticism* muito sensível a críticas **2** [ter potencial para aborrecer as pessoas] delicado *a sensitive subject* um assunto delicado **3** [mostrar consideração pelos demais] sensível, *a sensitive response to public concern* uma resposta sensível à preocupação popular **4** [que aprecia a arte, a música, etc.] sensível **sensitively** *adv* sensivelmente **sensitivity** *ssfn* sensibilidade
insensitive *adj* (às vezes + **to**) [falta de sentimento] insensível, indelicado *It would be insensitive to make her leave so soon.* Seria indelicado fazê-la ir embora tão cedo. **insensitively** *adv* insensivelmente **insensitivity** *ssfn* insensibilidade
instinctive *adj* [implica reação automática] instintivo *Her instinctive reaction was to offer to help.* Sua reação instintiva foi oferecer-se para ajudar.
instinctively *adv* instintivamente **instinctiveness** *ssfn* instintividade
instinct *sc/sfn* instinto *My instinct told me it was dangerous.* Meu instinto me disse que era perigoso.

151.3 Mostrar ou esconder as emoções

highly-strung adj [implica reações emocionais extremas. Descreve: ger. pessoa] nervoso, irritadiço *He's highly-strung and likely to cause a scene.* Ele é muito nervoso e propenso a fazer cenas.

demonstrative adj [mostra as emoções abertamente, às vezes de modo dramático] expansivo, efusivo *I suppose they were glad to see me, but they weren't very demonstrative.* Imagino que gostaram de me ver, mas não foram muito efusivos. **demonstratively** adv efusivamente **demonstrativeness** ssfn expansividade

undemonstrative adj [não mostra as emoções] reservado *She thanked us all in her usual undemonstrative way.* Ela nos agradeceu com sua habitual maneira reservada.

undemonstratively adv de modo reservado
undemonstrativeness ssfn reserva

thick-skinned adj [um tanto pejorativo. Que não se abala com insultos, súplicas, etc.] duro, insensível *The press can say what they like about me, I'm pretty thick-skinned.* A imprensa pode falar o que quiser de mim, eu não me importo.

self-control ssfn [implica segurar as emoções] auto-controle *With a little more self-control we could avoid these arguments.* Com um pouco mais de autocontrole, poderíamos ter evitado essas discussões.

self-controlled adj controlado, senhor de si, seguro *a self-controlled performance in front of the cameras* um desempenho seguro diante das câmeras

152 Fruit Frutas

152.1 Frutas comuns

apple sfn maçã *an eating apple* maçã de mesa *cooking apples* maçãs ácidas
pear sfn pêra
banana sfn banana *a bunch of bananas* um cacho de bananas
grape sfn uva *a bunch of grapes* um cacho de uvas

peach sfn pêssego
nectarine sfn nectarina
apricot sfn abricó, damasco
plum sfn ameixa
melon sfn melão
watermelon sfn melancia
rhubarb ssfn ruibarbo *a stick of rhubarb* um talo de ruibarbo

kiwi fruit sfn kiwi
passion fruit sfn maracujá

lychee sfn lichia

152.5 Frutas secas

raisin sfn [uva escura seca] uva passa
currant sfn [uva escura e muito pequena seca] passa
sultana sfn [uva branca, pequena e seca] passa branca
prune sfn [dried plum] ameixa seca
date sfn tâmara seca
fig sfn figo seco

152.2 Frutas cítricas

orange sfn laranja
lime sfn lima, limão-doce
lemon sfn limão

grapefruit sfn grapefruit, toranja
tangerine sfn tangerina
satsuma sfn satsuma

152.6 Partes de uma fruta

skin ssfn [termo genérico que pode ser usado para qualquer fruta] casca, pele
peel ssfn [pele grossa de frutas, p. ex. de bananas, laranjas e não de ameixas, peras, etc.] casca
rind ssfn [casca de frutas cítricas e de melão] casca
zest ssfn [parte fina e colorida da casca de uma fruta cítrica] casca
pith ssfn [em frutas cítricas, parte entre a pele e a polpa] parte branca da casca
pip sfn (*brit*) [pequeno, em maçãs, frutas cítricas, uvas, etc.] semente
seed sfn [muito pequeno, em amoras, morangos, etc.] semente
stone (esp. *brit*), **pit** (*amer*) sfn [grande, em pêssegos, tâmaras, damascos, etc.] caroço
core sfn centro, meio
stalk sfn talo, cabo

152.3 Frutas vermelhas

cherry sfn cereja
strawberry sfn morango
raspberry sfn framboesa
blackberry sfn amora
blackcurrant sfn groselha negra

gooseberry sfn groselha
blueberry sfn espécie de mirtilo que produz bagas azuis, vacínio

152.4 Frutas tropicais

pineapple sfn abacaxi
mango sfn pl **mangos** manga

avocado sc/sfn, pl **avocados** abacate

153 Ripeness Estar maduro

ripe adj [descreve p. ex. frutas, queijo] maduro, maturado **ripen** vti amadurecer, maturar

unripe adj [descreve p. ex. frutas] verde
rotten adj [descreve p. ex. frutas, ovos] podre, estragado *to go rotten* apodrecer

stale adj [através do ressecamento. Descreve p. ex. pão, queijo] velho, seco *to go stale* ficar velho

go off vi prep [suj: p. ex. leite, peixe] estragar-se

154 Nuts Nozes

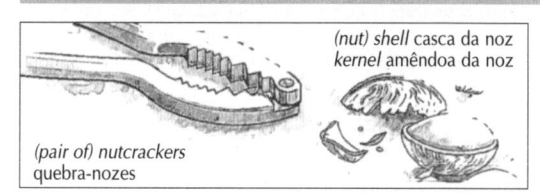

(nut) shell casca da noz
kernel amêndoa da noz

(pair of) nutcrackers quebra-nozes

almond sfn amêndoa
walnut sfn, noz
chestnut sfn castanha *roasted chestnuts* castanhas assadas
hazelnut sfn avelã

Brazil nut sfn castanha-do-pará
cashew sfn caju
peanut sfn amendoim
coconut sfn coco
pistachio sfn pistache

155 Vegetables Hortaliças

155.1 Verduras

cabbage sc/sfn repolho
pea sfn ervilha
bean sfn feijão, fava
runner bean (*brit*), **string bean** (*amer*) sfn vagem, feijão-verde
French bean (*brit*), **green bean** (*amer*) sfn feijão-verde

broad bean sfn fava
brussels sprout sfn couve-de-bruxelas
broccoli ssfn brócolis
spinach ssfn espinafre
asparagus ssfn aspargo (usado como *adj*) *asparagus spears* brotos de aspargo

155.2 Tubérculos

potato sfn, pl **potatoes** batata
carrot sfn cenoura
parsnip sfn pastinaga

turnip sc/sfn nabo
swede (esp. *brit*), **rutabaga** (*amer*) sc/sfn couve-nabo, nabo sueco

155.3 Outras hortaliças comuns

mushroom sfn cogumelo
cauliflower sc/sfn couve-flor
pepper sfn pimentão
aubergine (esp. *brit*),

eggplant (*amer*) sc/sfn berinjela
onion sfn cebola
leek sfn alho-poró

garlic ssfn alho
chilli sfn, pl **chillies** pimenta-vermelha
courgette (*brit*), **zucchini** (*amer*) sfn abobrinha
marrow sc/sfn abóbora-menina
sweetcorn ssfn milho verde
globe artichoke ssfn alcachofra
pumpkin sc/sfn abóbora, moranga

155.4 Hortaliças para salada

salad sc/sfn [na Grã-Bretanha, a salada geralmente consiste em uma carne ou peixe frios, servidos com alface, tomates, pepinos, etc., ou em uma mistura de ingredientes servida com molho temperado] salada *a ham salad* salada de presunto *rice salad* salada de arroz

lettuce sc/sfn alface
tomato sfn, pl **tomatoes** tomate
radish sfn rabanete
spring onion (*brit*), **scallion** (*amer*) sfn cebolinha
cucumber sc/sfn pepino
celery ssfn aipo

beetroot (*brit*), **beet** (*amer*) sc/sfn beterraba
cress ssfn agrião *mustard and cress* mostarda e agrião
watercress ssfn agrião
beansprout sfn (ger. pl) brotos de feijão

156 Baked and dried foods Alimentos assados secos

156.1 Pão

bread ssfn pão *sliced bread* pão fatiado *white bread* pão branco *brown bread* pão preto *bread and butter* pão com manteiga
loaf sfn, pl **loaves** [designa um pão que geralmente deve ser fatiado] filão, pão *a wholemeal loaf* pão integral *a granary loaf* [com grãos maltados] um pão integral

> **U S O**
>
> Observe que a palavra **bread**, que se refere a substância, não tem flexão de número, enquanto a palavra **loaf**, usada para referir-se às unidades de pão, tem flexão de número, p. ex. *Two loaves (of bread), please.* Dois filões (de pão), por favor/ dois pães, por favor.

roll *sfn* pãozinho
dough *ssfn* massa *to knead dough* fazer a massa, amassar
crust *sc/sfn* [última fatia ou capa externa de um pão] casca
crumb *sfn* [pequenos pedaços de pão, biscoito, etc., que se desprendem] migalha
toast *ssfn* torrada *a piece of toast* uma torrada
toast *vt* torrar

156.2 Ingredientes para assar

yeast *ssfn* fermento
flour *ssfn* farinha *plain flour* (*brit*)/*all-purpose flour* (*amer*) farinha comum *self-raising flour* (*brit*) farinha com fermento incluído
baking powder *ssfn* fermento em pó
sugar *ssfn* açúcar *granulated sugar* açúcar granulado *caster sugar* (*brit*) açúcar *icing sugar* (*brit*)/*powdered sugar* (*amer*) açúcar para confeitar *cube sugar* açúcar em cubos *brown sugar* açúcar mascavo

156.3 Outros alimentos assados

biscuit *sfn* **1** (*brit*), **cookie** (*amer*) [duro, geralmente doce] biscoito **2** (*amer*) [mole, geralmente doce] pão doce
cake *sc/sfn* [mole, de qualquer tamanho, simples ou elaborado] bolo *a sponge cake* pão-de-ló *fruit cake* bolo de frutas *a cream cake* bolo com creme
bun (esp. *brit*), **sweet roll** (*amer*) *sfn* [doce, freq. com frutas secas ou glacê] pão doce *an sticky bun* brioche
icing (esp. *brit*), **frosting** (esp. *amer*) *ssfn* glacê *royal icing* glacê royal
pastry *s* **1** *ssfn* [usado em tortas e empadas] base de massa *shortcrust pastry* massa dura *puff pastry* massa fofa **2** *sfn* [pequenos doces à base de massa] torta *Danish pastries* tortinhas, doces com massa
pie *sc/sfn* [doce ou salgado. Recheio coberto por massa] torta *an apple pie* torta de maçã *pecan pie* torta de nozes-pecãs *a pork pie* empadão de carne de porco
tart *sc/sfn* [ger. doce. Aberta ou com cobertura de massa trançada] torta *a jam tart* torta de geléia

156.4 Alimentos de fécula

rice *ssfn* arroz *long-grain rice* arroz de grão longo *pudding rice* arroz de grão curto
pasta *ssfn* macarrão
spaghetti *ssfn* espaguete

156.5 Alimentos naturais

cereal *sc/sfn* cereal matinal
porridge *ssfn* mingau, papa de aveia
muesli (*brit*), **granola** (*amer*) *ssfn* granola
bran *ssfn* farelo (de trigo)
cornflakes *s pl* flocos de milho

157 Flavours Sabores

157.1 Termos gerais

flavour (*brit*), **flavor** (*amer*) *sc/sfn* sabor *to give sth flavour* dar sabor a algo *a distinct lemony flavour* um sabor inconfundível de limão *six different flavours of ice cream* seis sabores diferentes de sorvete
flavour (*brit*), **flavor** (*amer*) *vt* (freq. + **with**) dar sabor, temperar *flavoured with herbs* temperado com ervas
flavouring (*brit*), **flavoring** (*amer*) *sc/sfn* [ger. artificial] flavorizar
season *vt* [ajustar o sabor, ger. com sal, pimenta ou ervas] temperar *subtly seasoned with saffron* sutilmente temperado com açafrão *season to taste* temperar a gosto **seasoning** *sc/sfn* tempero
taste *sc/sfn* [enfatiza a reação de quem come] gosto, sabor *a sharp taste* um gosto forte

157.2 Ervas e condimentos

salt *ssfn* sal *a pinch of salt* uma pitada de sal
salt *vt* salgar *lightly salted butter* manteiga levemente salgada
pepper *ssfn* pimenta *black pepper* pimenta preta
herb *sfn* erva
parsley *ssfn* salsa *a sprig of parsley* um ramo de salsa
chives *s pl* cebolinha
mint *ssfn* hortelã
thyme *ssfn* tomilho
spice *sc/sfn* especiaria, tempero
mustard *ssfn* mostarda

157.3 Sabores fortes

vanilla *ssfn* baunilha (usado como *adj*) *a vanilla pod* um favo de baunilha
peppermint *ssfn* menta
aniseed *ssfn* anis
ginger *ssfn* gengibre *stem ginger* gengibre em talo *root ginger* raiz de gengibre

157.4 Sabores doces

sweet *adj* doce **sweetness** *ssfn* doçura
sweeten *vt* adoçar, edulcorar *slightly sweetened grapefruit juice* suco de grapefruit ligeiramente adoçado **sweetener** *sc/sfn* adoçante
sugary *adj* [pejorativo. Doce demais] adocicado, melado

157.5 Sabores que não são doces

savoury (*brit*), **savory** (*amer*) *adj* salgado *a savoury filling* recheio salgado *a savoury pancake* panqueca salgada
bitter *adj* [implica sabor áspero. Freq. usado pejorativamente] amargo *bitter black coffee* café preto amargo **bitterness** *ssfn* amargor, amargura
sour *adj* [como uma fruta verde, geralmente considerado desagradável. Descreve sabor de p. ex. grapefruit, vinagre] azedo *sour cream* creme de leite azedo **sourness** *ssfn* acidez, azedume
sharp *adj* [implica acidez que choca o paladar. Pode ser considerado agradável] acre, ácido *A good eating apple should be slightly sharp.* Uma boa maçã deve ser ligeiramente ácida. **sharpness** *ssfn* acidez
tart *adj* [implica acidez agradável ao paladar] ácido, azedinho *deliciously tart blackberries* amoras deliciosamente ácidas
acid *adj* [como limão e vinagre, ger. considerado desagradável] azedo, ácido *a past acid white wine* um vinho branco passado ficou ácido **acidity** *ssfn* acidez

157.6 Sabores agradáveis

delicious *adj* delicioso
mouth-watering *adj* [algo que se deseja provar] que dá água na boca
tasty *adj* [não formal. Implica uma boa cozinha trivial, esp. caseira] saboroso, gostoso *You can use the bone to make a tasty soup.* Você pode usar o osso para fazer uma sopa saborosa.

157.7 Falta de sabor

tasteless *adj* sem gosto, insosso *The pears were crisp but tasteless.* As peras estavam frescas mas sem gosto.
bland *adj* [suave e desinteressante] suave, sem graça *Add no salt to baby food, even if it seems bland to you.* Não ponha mais sal na comida do bebê, mesmo que ela pareça sem graça para você.

158 Dairy products Laticínios

158.1 Produtos de origem animal

milk *ssfn* leite *skimmed milk* leite desnatado
butter *ssfn* manteiga *unsalted butter* manteiga sem sal
butter *vt* [obj: p. ex. pão] passar manteiga, untar
buttery *adj* amanteigados *lovely buttery potatoes* deliciosas batatas com manteiga
cheese *sc/sfn* queijo *a blue cheese* queijo gorgonzola *soft cheeses* queijos suaves
yoghurt OU **yogurt** *sc/sfn* iogurte *low-fat yoghurt* iogurte de baixas calorias

cream *ssfn* creme de leite *single cream (brit)/light cream (amer)* creme de leite fresco líquido *whipping cream* creme para chantilly *double cream (brit)/heavy cream (amer)* creme de leite fresco pastoso
egg *sfn* ovo

158.2 Óleos e gorduras

margarine *ssfn* margarina
oil *sfn* óleo *cooking oil* óleo de cozinha *olive oil* azeite de oliva
suet *ssfn* sebo

159 Meat Carne

ver também **farm animals, 6; fish and sea animals, 10**

159.1 Carne branca e vermelha

beef *ssfn* carne de vaca/boi *roast beef* rosbife (usado como *adj*) *beef stew* carne de panela
veal *ssfn* vitela
lamb *ssfn* carneiro, cordeiro *breast of lamb* peito de cordeiro
pork *ssfn* carne de porco
bacon *ssfn* bacon, toucinho (usado como *adj*) *a bacon sandwich* sanduíche de bacon
ham *ssfn* presunto
gammon *sfn* (*brit*) presunto cru ou defumado (usado como *adj*) *a gammon steak* um corte de presunto defumado

159.2 Cortes de carne

joint (*brit*), **roast** (*amer*) *sfn* [ger. para assar] assado *a shoulder joint* paleta
cut *sfn* [tipo de carne de uma determinada parte do animal, p. ex., perna ou pescoço] corte *a prime cut of beef* um corte de carne de primeira
rasher *sfn* [fatia de bacon] pedaço de bacon
chop *sfn* [de costelas, esp. de cordeiro ou porco] costeleta, chuleta *a pork chop* costeleta de porco
cutlet *sfn* [costeleta pequena, ger. sem osso] costeleta, chuleta *veal cutlets* chuleta de vitela

steak *sfn* bife *a T-bone steak* bife T-bone *a rare steak* bife malpassado
flesh *ssfn* [carne crua; termo menos comum que **meat**, usado p. ex. quando se discute a qualidade] carne *The flesh should be pink and firm.* A carne deve ser rosada e firme.
fat *ssfn* gordura *trim the fat off the bacon* corte fora a gordura do *bacon animal and vegetable fats* gorduras vegetais e animais
fatty *adj* [pejorativo] gorduroso *fatty bacon* toucinho gordo
lean *adj* magro *lean chops* costeletas magras

159.3 Aves, caça, peixes

poultry *ssfn* aves (usado como *adj*) *poultry farmers* criadores de aves
chicken *sc/sfn* frango *a free-range chicken* frango caipira *roast chicken* frango assado
turkey *sc/sfn* peru
game *ssfn* [carne de animal caçado] carne de caça (como *adj*) *a game bird* ave de caça
venison *ssfn* carne de veado *a haunch of venison* uma perna de veado
fish *sc/sfn* peixe

GRUPOS DE PALAVRAS

159.4 Miúdos e derivados de carne

liver *sc/sfn* fígado *lamb's liver* fígado de cordeiro *chicken liver* fígado de frango

kidney *sc/sfn* rim
sausage *sfn* embutido, salsicha, lingüiça (como *adj*) *sausage meat* carne de lingüiça
mince *sfn* (*brit*) carne moída
pâté *sc/sfn* patê *liver pâté* patê de fígado

160 Sweet foods Alimentos doces

160.1 Para espalhar

honey *ssfn* mel
jam (*brit*), **jelly** (*amer*) *ssfn* geléia *raspberry jam* geléia de framboesa
marmalade *ssfn* [geléia amarga, feita de frutas cítricas e consumida no café da manhã] geléia de laranja
syrup *ssfn* xarope, calda
treacle (*brit*), **molasses** (*amer*) *ssfn* melado

160.2 Sobremesa

ice cream *sc/sfn* sorvete
jelly (*brit*), **jello** (*amer*) *ssfn* gelatina
custard *ssfn* (*brit*) [molho] creme inglês para doces, pastéis, etc. (usado como *adj*) *custard powder* pó para creme inglês
trifle *sc/sfn* (esp. *brit*) [pão-de-ló coberto com geléia ou frutas, gelatina, creme inglês e creme de leite] doce inglês

161 Snacks and cooked food Petiscos e alimentos cozidos

161.1 Petiscos doces

sweet *sfn* (*brit*) bombom, docinho
candy *sc/sfn* (*amer*) [doces ou chocolate] caramelo, chocolate (como *adj*) *a candy bar* um pedaço de chocolate
chocolate *sc/sfn* chocolate *a bar of chocolate* uma barra de chocolate
toffee *sc/sfn* caramelo tofe, bala tofe
popcorn *ssfn* [temperada com açúcar ou sal] pipoca
chewing gum *ssfn* chiclete, goma de mascar

161.2 Petiscos salgados

crisp (*brit*), **chip** (*amer*) *sfn* batatas fritas (cortadas em fatias bem finas), batata-palha *a bag of crisps* um saco de batatas fritas
sandwich *sfn* sanduíche *a cheese and tomato sandwich* sanduíche de queijo e tomate
sausage roll *sfn* (*brit*) [uma salsicha envolta em massa folhada] enroladinho de salsicha
pickles *s pl* picles
gherkin *sfn* pepino azedo
olive *sfn* azeitona

161.3 Pratos prontos para levar para casa

fast food *ssfn* [alimentos servidos rapidamente] pratos rápidos
junk food *ssfn* [ingeridos por prazer e não pelo valor nutricional] comida sem valor nutritivo
takeaway (*brit*), **takeout** (*amer*) *sfn* **1** [alimentos. Não são consumidos no local de preparo] comida para levar, comida para viagem *a Chinese takeaway* comida chinesa para levar para casa (usado como *adj*) *takeaway pizza* (*brit*) pizza para viagem **2** [local] restaurante que serve comida que o cliente leva para casa *the Indian takeaway on the corner* o restaurante de comida indiana para viagem que fica na esquina

fish and chips *s pl* [o peixe é passado no ovo e frito] peixe frito com batatas fritas (usado como *adj* sem o 's' do plural) *a fish and chip shop* uma banca de peixe frito e batatas fritas
chip (*brit*), **french fry** (*amer*) *sfn* batatas fritas (cortadas em forma de palito) *cod and chips* bacalhau e batatas fritas
pizza *sc/sfn* pizza

> **U S O**
> Em inglês americano não se usa **takeaway** como adjetivo. Em vez disso nos Estados Unidos se usa **to go** neste sentido. Ex.: *pizza to go* (pizza para viagem).

curry *sfn, pl* **curries** caril *vegetable curry* caril de vegetais
hot dog *sfn* cachorro-quente
hamburger *sfn* hambúrguer
beefburger *sfn* hambúrguer de carne de vaca
cheeseburger *sfn* hambúrguer com queijo

161.4 Pratos simples

soup *sc/sfn* sopa *tomato soup* sopa de tomate
omelette *sfn* omelete *a Spanish omelette* omelete de pimentões
pancake *sfn* (*brit*) [massa mais grossa que a francesa, ger. servida com açúcar e limão] panqueca

161.5 Molhos

sauce *sc/sfn* molho
gravy *sfn* molho feito com caldo de carne
tomato ketchup (*brit* & *amer*), TAMBÉM **tomato sauce** (*brit*) *ssfn* catchup, molho de tomate condimentado
vinegar *ssfn* vinagre
mayonnaise *ssfn* maionese

162 Meals Refeições

breakfast *sc/sfn* café da manhã *an English breakfast* café da manhã completo (consiste de ovos com bacon, cereais e torradas) *continental breakfast* café da manhã simples
lunch *sc/sfn* almoço *to have lunch* almoçar
dinner *sc/sfn* [em geral, a principal refeição do dia, que pode ser ao meio-dia ou à noite] ceia, jantar *to have dinner* cear, jantar (usado como *adj*) *a dinner party* um jantar com convidados
tea *sc/sfn* (*brit*) chá *afternoon tea* lanche da tarde, chá das cinco [às vezes significa jantar] *What's for tea?* O que há para o chá?
supper *sc/sfn* 1 [lanche à noite] lanche 2 [refeição à noite] jantar *Come to supper.* Venha para o jantar.

U S O

1 Ao falar do que se comeu, usa-se a preposição **for**, p. ex. *We had eggs for breakfast.* Comemos ovos no café da manhã. *They served turkey for dinner.* Serviram peru no jantar. 2 A palavra **time** pode seguir as palavras acima para indicar a hora do dia, p. ex. *lunch time* (hora do almoço), *tea time* (hora do chá). Às vezes escreve-se como uma única palavra: *lunchtime, teatime.*

162.1 Comida

food *sc/sfn* comida, alimento *vegetarian food* comida vegetariana *dairy foods* laticínios
grub *ssfn* [informal e antiquado] comida *the sort of grub children love* tipo de comida que as crianças adoram [jocoso] *pub grub* comida de bar
snack *sfn* petisco, lanche
portion *sfn* [uma quantidade mais fixa que **helping**] porção *a double portion of sweetcorn* uma porção dupla de milho verde
helping *sfn* [quantidade servida] prato, porção *Another helping of soup?* Quer outro prato de sopa?

162.2 Pratos

hors d'oeuvre *sfn* (ger. *pl*) [um tanto formal. Qualquer prato consumido no início do almoço ou jantar] entrada
starter *sfn* (*brit*) [menos formal que **hors d'oeuvre**] entrada, antepasto
first course *sfn* [pode ser a entrada ou o prato principal, caso não haja entrada] primeiro prato
main course *sfn* prato principal
pudding *sc/sfn* 1 (*brit*) [qualquer sobremesa] sobremesa *What's for pudding?* O que há para a sobremesa? 2 (*brit*) [cozido ou em banho-maria] pudim 3 (*amer*) [sobremesa à base de creme inglês] pudim
dessert *sfn* sobremesa
afters *s pl* (*brit*) [informal] sobremesa *What's for afters?* O que tem para a sobremesa?

162.3 Refeições

feast *sfn* [implica uma comemoração e grande quantidade de comida] banquete *a Christmas feast* um banquete de Natal
refreshments *s pl* [p. ex. sanduíches, biscoitos, chá] lanches *Light refreshments will be available in the interval.* Um lanche rápido será servido no intervalo.
buffet *sfn* [alimentos ou pratos, geralmente frios, dos quais as pessoas se servem] bufê
picnic *sfn* piquenique, convescote *We went on a picnic.* Fomos a um piquenique. **picnic** *vi*, **-ck-** fazer piquenique
barbecue *sfn* churrasco **barbecue** *vt* fazer churrasco

163 Eating and drinking places Estabelecimentos onde comer e beber

restaurant *sfn* restaurante
cafe ou **café** *sfn* [na Grã-Bretanha geralmente não se vendem bebidas alcoólicas] café, cafeteria
bar *sfn* [estabelecimento, sala em pub ou hotel, balcão] bar
pub *sfn* (*brit*) pub, bar, botequim
wine bar *sfn* (*brit*) [intermediário entre pub e restaurante] bar especializado em vinhos
inn *sfn* [usa-se em contextos históricos ou referindo-se a pubs e hotéis antigos] pousada, albergue *a coaching inn* hospedaria, albergue
canteen *sfn* cantina
snack bar *sfn* [serve geralmente comida leve e não serve bebidas alcoólicas] lanchonete
menu *sfn* cardápio, menu *What's on the menu?* O que há no cardápio?

163.1 Funcionários

waiter *sfn* garçom *a wine waiter* garçom que serve o vinho aos convidados, sommelier
waitress *sfn* garçonete
chef *sfn* [em um restaurante] mestre-cuca
cook *sfn* [em uma cantina, etc.] cozinheiro
barman *sfn, pl* **barmen** (*brit*) barman, balconista de bar (masc.)
barmaid *sfn* (*brit*) barmaid (fem.), mulher que serve bebidas em um bar
bartender *sfn* (*amer*) [homem ou mulher] bartender, pessoa que serve bebidas no bar

---

U S O

Os termos **barman** e principalmente **barmaid** são freqüentemente evitados, talvez por ter uma conotação ligeiramente condescendente. Em seu lugar se diz *the man/woman (serving) behind the bar* (o homem/a mulher que serve bebidas no bar), ou, ao se designarem genericamente essas pessoas, simplesmente se usa **bar staff** (pessoal do bar).

164 Eat Comer

eat *vti*, pretérito **ate** *part passado* **eaten** (às vezes + **up**, implica não deixar nada no prato) [termo genérico] comer *She doesn't eat meat.* Ela não come carne. *The dog will eat up the rest.* O cachorro vai comer o resto. *Have you eaten?* [jantou, etc.] Você já comeu?

feed *v*, pretérito & part passado **fed** (às vezes + **on**) **1** *vt* [dar comida] alimentar *Have you fed the cats?* Você deu comida para os gatos? *I'm supposed to feed you all on £30 a week.* Tenho trinta libras por semana para alimentar todos vocês. *the scraps we feed (to) the dog* alimentamos os cachorros com os restos **2** *vi* [eat] alimentar, comer *The baby's still feeding.* O bebê ainda está se alimentando.

consume *vt* [mais formal que **eat**. Usado p. ex. em informações estatísticas] consumir *The average Briton consumes 37 kilos of sugar a year.* Um britânico médio consome 37 quilos de açúcar ao ano.

consumption *sfn* consumo *a fall in meat consumption* uma queda no consumo de carne

dine *vi* (às vezes + **on**) [formal. Implica uma ocasião especial. A expressão comum seria **eat** ou **have dinner**] cear *We were invited to dine at the captain's table.* Fomos convidados para cear na mesa do capitão.

appetite *sc/sfn* apetite *a healthy appetite* um apetite saudável

164.1 Bom para comer

nourishing *adj* [implica algo bom para a saúde] nutritivo *Save the bone for a nourishing soup.* Guarde o osso para fazer uma sopa nutritiva.

edible *adj* [que pode ser comido sem perigo] comestível *edible decorations for the cake* decorações de bolo comestíveis

164.2 Ações relacionadas ao comer

taste *v* **1** *vt* [prestar atenção no sabor] perceber o sabor, experimentar, saborear *You can taste the basil.* Percebe-se o sabor do manjericão. *Have you ever tasted raw fish?* Você já experimentou peixe cru? **2** *vi* (seguido de *adj*; + **of**) [suj: alimento] ter gosto, ter sabor *The milk tastes sour.* O leite está com gosto azedo. *It tasted strongly of mint.* Tinha um sabor forte de menta.

swallow *vt* engolir *He swallowed the tea in one gulp.* Ele engoliu o chá de um gole só.

bite *vti* (ger. + *adv* ou *prep*) morder *She bit the end off the carrot.* Ela mordeu a ponta da cenoura. *She bit into the carrot.* Fincou os dentes na cenoura.

bite *sfn* mordida *Have a bite of my sandwich.* Dê uma mordida no meu sanduíche.

chew *v* **1** *vt* mastigar **2** *vi* (ger. + **on**) mastigar *He was chewing on the bone.* Estava mastigando o osso.

gnaw *v* [implica dar pequenas mordidas em algo duro, esp. um osso] **1** *vt* roer **2** *vi* (ger. + **on**) roer

lick *vt* lamber, chupar

suck *vti* (freq. + **at**) sugar, chupar *She sucked the last drops out of the bottle.* Ela sugou as últimas gotas da mamadeira. *She kept sucking at a dummy.* Ela ficou chupando a chupeta.

digest *vt* digerir

choke *vi* (às vezes + **on**) engasgar *He nearly choked on a fish bone.* Quase engasgou com uma espinha de peixe.

164.3 Comer depressa ou muito

gobble *vt* (freq. + **up**) [implica mastigar e engolir rapidamente] engolir, deglutir *We watched the ducks gobble the bread.* Ficamos olhando os patos engolirem o pão.

guzzle *vt* [implica comer ou beber avidamente, esp. alimentos líquidos] beber em demasia, entornar *They were all in front of the television guzzling beer and crisps.* Estavam todos em frente à televisão, engolindo cerveja e batatas fritas.

munch *vti* [enfatiza morder, mastigar o alimento com prazer] mastigar *He's always munching sweets or biscuits.* Está sempre com doces ou biscoitos na boca. *She kept munching happily at her apple.* Ficou comendo com prazer sua maçã.

devour *vt* [implica um grande apetite e comer até o fim] devorar *The children devoured everything in sight.* As crianças devoraram tudo que viram.

scoff *vt* [informal. Implica comer tudo com avidez] traçar, acabar com *I bet you've scoffed all the chocolate.* Aposto que traçou todo o chocolate.

bolt *vt* (freq. + **down**) [implica engolir sem mastigar ou saborear] engolir, pôr para baixo *If you bolt your food down like that you're bound to get heartburn.* Se você engole a comida desse jeito, você vai acabar com azia.

wolf down *vt prep* [implica fome e comer com rapidez] devorar, pôr para baixo *She wolfed it down as if she hadn't eaten for weeks.* Ela o devorou como se não tivesse visto comida há semanas.

expressão

stuff one's face [gíria. Comer avidamente. Freq. implica falta de boas maneiras] empanturrar-se, encher o bucho *They were stuffing their faces with ice cream.* Estavam se empanturrando de sorvete.

164.4 Pessoas que comem muito

glutton *sfn* [pejorativo, formal se usado sem negação ou sem exagero] glutão **gluttonous** *adj* guloso, voraz **gluttony** *ssfn* glutoneria, voracidade

pig *sfn* [informal e pejorativo] comilão *You pig! We've only just had lunch.* Seu comilão! Acabamos de almoçar. *I've **made a pig of myself**, there's not a chocolate left.* Comi como um porco, não deixei sobrar nenhum bombom de chocolate.

164.5 Comer pouco

peck at vt prep [implica falta de apetite] beliscar *She only pecked at what was on her plate.* Ela só beliscou o que estava no prato.

nibble vti [implica comer pedacinhos muito pequenos de algo, como fazem os camundongos e os esquilos] mordiscar, beliscar *bowls of peanuts for people to nibble* tigelas com amendoins para as pessoas beliscarem (+ **at**) *You've been nibbling at the icing, haven't you?* Você andou beliscando a cobertura do bolo, não foi?

mouthful sfn bocado *That was lovely but I couldn't manage another mouthful.* Estava ótimo, mas não agüentaria nem um bocado a mais.

165 Hungry Faminto

hungry adj faminto, esfomeado *five hungry children* cinco crianças famintas *I bet you're hungry.* Aposto que você está com fome. **hungrily** adv esfomeadamente, vorazmente **hunger** ssfn fome

starve v **1** vi morrer de fome, passar fome *If there is no rain, millions will starve.* Se não chover, milhões de pessoas passarão fome. *pictures of starving children* fotografias de crianças passando fome **2** vt [não dar comida a] matar de fome *They looked half-starved.* Eles pareciam meio mortos de fome. **starvation** ssfn fome, inanição

starving (brit & amer), **starved** (amer) adj [informal] faminto, morto de fome *I'm absolutely starving!* Estou morrendo de fome!

famine sc/sfn [não há alimento para a população] fome *last year's famine* a fome do ano passado

peckish (esp. brit) adj [informal. Ligeiramente esfomeado] um pouco de fome *There are some biscuits if you're feeling peckish.* Há uns biscoitos se você estiver com um pouco de fome.

famished adj (ger. depois do v) [informal. Extremamente faminto, esp. após o trabalho ou longo período sem comer] morto de fome, com fome de leão *I missed breakfast and I'm famished!* Não tomei café da manhã e estou com uma fome de leão!

ravenous adj esfomeado, faminto [implica um desejo descontrolado de comer] esfomeado *I ate the sandwich but I was still ravenous.* Comi o sanduíche mas ainda estava esfomeado.

expressão

I could eat a horse [informal. Enfatiza desejo de comer muito] (literalmente: Poderia comer um cavalo.) Poderia comer um boi. Estou com uma fome de leão.

166 Drinks Bebidas

alcohol ssfn álcool *under the influence of alcohol* sob a influência do álcool

alcoholic adj alcoólico *a highly alcoholic punch* um ponche com alto teor alcoólico

booze ssfn [informal. Qualquer tipo de bebida alcoólica, esp. quando se bebe em grandes quantidades] bebida *You look after the food and I'll bring the booze.* Você cuida da comida e eu trago a bebida.

booze vi [gíria] tomar umas (bebidas) *to go out boozing* sair para tomar uns tragos

non-alcoholic adj não alcoólico, sem álcool

low-alcohol adj baixo teor alcoólico *low-alcohol lager* cerveja com baixo teor alcoólico

alcohol-free adj sem álcool *an alcohol-free drink* uma bebida sem álcool

soft drink sc/sfn [doce e sem álcool] refrigerante

still adj sem gás *still mineral water* água mineral sem gás

flat adj [não borbulha mais] choco, que perdeu o gás *the beer was flat* a cerveja ficou choca

fizzy adj [gaseificada, ger. artificialmente. Descreve p. ex. soda, água mineral] borbulhante

sparkling adj [borbulhante, às vezes naturalmente. Descreve p. ex. vinho, suco de frutas] frisante, espumante

aperitif sfn aperitivo

cocktail sfn coquetel

liqueur sc/sfn licor

166.1 Bebidas não alcoólicas

water ssfn água *mineral water* água mineral

juice ssfn suco *fruit juice* suco de frutas *tomato juice* suco de tomate

squash ssfn (brit) [suco de fruta concentrado misturado com água] suco (reconstituído) *orange squash* suco de laranja reconstituído

lemonade sc/sfn soda, limonada

166.2 Bebidas quentes

tea sc/sfn chá *a nice cup of tea* uma bela chícara de chá
tea bag sfn saquinho de chá
coffee sc/sfn café *decaffeinated coffee* café descafeinado
cocoa sc/sfn cacau, chocolate
hot chocolate sc/sfn chocolate quente

166.3 Bebidas destiladas

brandy sc/sfn conhaque *Three brandies, please.* Três conhaques, por favor.
whisky sc/sfn, pl **whiskies** [produzido na Escócia] uísque
whiskey sc/sfn, pl **whiskeys** [produzido na Irlanda ou nos Estados Unidos] uísque
gin sc/sfn gim
vodka sc/sfn vodca
rum sc/sfn rum

GRUPOS DE PALAVRAS

166.4 Cerveja

beer sc/sfn cerveja *draught beer* chope
ale sc/sfn [em sentido estrito, cerveja produzida sem lúpulo, mas pode ser usada jocosamente para cerveja em geral] cerveja tipo ale *real ale* [não pasteurizada] ale real
bitter ssfn (*brit*) [produzida com grande quantidade de lúpulo] cerveja amarga, cerveja bitter *a pint of bitter* um copo de bitter
lager sc/sfn [cerveja suave tipo europeu] cerveja clara
shandy sc/sfn (esp. *brit*) [cerveja com limonada] shandy

166.5 Outras bebidas alcoólicas

wine sc/sfn vinho (usado como *adj*) *a wine cellar* uma adega de vinho
claret sc/sfn [de Bordeaux] clarete
cork sfn rolha *to pull a cork* tirar a rolha, desarrolhar
corkscrew sfn saca-rolhas
sherry sc/sfn xerez
port sc/sfn vinho do Porto
cider sc/sfn cidra, vinho de maçã

166.6 Embriaguez

drunk adj embriagado, ébrio [informal] *blind drunk* bêbado como um gambá
drunkard sfn [um tanto antiquado] beberrão, ébrio, bêbado
alcoholic sfn alcoólatra, alcoólico **alcoholism** ssfn alcoolismo
merry adj (ger. depois do v) [informal, às vezes eufemístico. Ligeiramente alcoolizado e animado] alegre

tipsy adj [informal. Começando a ficar bêbado] tocado, tonto *It only took two sherries to get him tipsy.* Foi só tomar dois copos de xerez para ele ficar tonto.
legless adj (*brit*) [informal. Muito bêbado e sem poder se controlar] trançando as pernas *We went out and got legless.* Saímos trançando as pernas.
pissed adj [vulgar e informal. Muito bêbado] mamado, bêbado *The party was just another excuse to get pissed.* A festa foi só uma desculpa para ele ficar mamado.
Dutch courage (*brit*) [coragem ou confiança criada pelo estado de embriaguez] beber para tomar coragem *I needed a little Dutch courage to tell her I'd wrecked the car.* Preciso de uma bebida para tomar coragem de contar a ela que acabei com o carro.
hangover sfn ressaca *to have a hangover* ficar com ressaca

166.7 Sobriedade

sober adj [não embriagado] sóbrio *He'd never say a thing like that when he was sober.* Ele nunca diria uma coisa dessas quando sóbrio. **sobriety** ssfn sobriedade **sober up** vi prep curar a bebedeira
teetotal adj [relativo a quem não toma álcool] abstêmio, sóbrio *All my family were teetotal.* Toda minha família era abstêmia. **teetotaller** (*brit*), **teetotaler** (*amer*) sfn abstêmio

expressão

on the wagon [informal. Deixar de tomar bebidas alcoólicas, mesmo que temporariamente] parar de beber, ficar na lei seca *He never stays on the wagon for long.* Ele nunca pára de beber por muito tempo.

167 Drink Beber

drink v, pretérito **drank** part passado **drunk** 1 vt (às vezes + prep) beber, tomar *Drink up that tea.* Acabe de tomar o chá. 2 vi [tomar bebidas alcoólicas. Quando usado sem qualificação, ger. implica beber álcool demais] beber *He drinks, you know.* Ele bebe, sabe como é.
sip vti [pequenas quantidades, com os lábios semicerrados] sorver *I was quietly sipping my whisky.* Eu estava calmamente sorvendo meu uísque. (+ **at**) sorver *He was sipping at a cocktail.* Estava tomando lentamente o coquetel. **sip** sfn gole
lap vt (às vezes + **up**) [suj: ger. animal, p. ex. gato] beber com movimentos de língua, lamber
gulp sth **down** OU **gulp down** sth vt prep [implica beber rapidamente e fazendo ruídos] beber de um gole, tragar *I gulped down the medicine.* Traguei o remédio de um gole só. **gulp** sfn gole
swig vt, -gg- (às vezes + **down**) [informal. Implica beber rapidamente com a boca cheia, às vezes sem cerimônia, tomar no gargalo] beber um trago, entornar, virar *They hang about the city centre swigging lager from cans.* Ficaram perambulando no centro da cidade, entornando umas cervejas de lata.
swig sfn gole, trago *She took a swig of cider.* Ela entornou um gole de cidra.

167.1 Desejo de beber

thirst sc/sfn sede *We're all dying of thirst.* Estamos todos morrendo de sede. *I had a terrible thirst.* Tive uma sede horrível.
thirsty adj sedento, com sede *to be thirsty* estar com sede *It's thirsty work.* É um trabalho que dá sede.
parched adj (ger. depois do v) [com muita sede] morto de sede *Give me some water, I'm parched.* Quero água, estou morrendo de sede.

168 Cooking methods Métodos de cozinhar

recipe sfn receita *to follow a recipe* seguir a receita
cookery book (*brit*), TAMBÉM **cookbook** (*brit & amer*) sfn livro de receitas, livro de culinária

168.1 Cozinhar com calor

boil v [obj/suj: p. ex. água, batatas] 1 vt ferver, cozinhar em água

GRUPOS DE PALAVRAS

boiled carrots cenouras cozidas **2** *vi* ferver (usado como s) *to bring sth to the boil* trazer ao ponto de ebulição
simmer *v* [logo abaixo do ponto de ebulição] **1** *vi* cozinhar em fogo brando *Let the mixture simmer for five minutes.* Deixe a mistura cozinhar em fogo brando durante cinco minutos. **2** *vt* cozinhar em fogo brando *Simmer the porridge, stirring all the time.* Cozinhe a papa em fogo brando, mexendo sem parar.
steam *vt* [obj: p. ex. vegetais, pudim] cozinhar no vapor, em banho-maria
fry *v* **1** *vt* fritar *fried eggs* ovos fritos *to deep-fry sth* fritar com bastante óleo *to stir-fry sth* refogar **2** *vi* fritar *Can I smell something frying?* Estou sentindo cheiro de alguma coisa fritando?
bake *v* [no forno. Obj/suj: ger. pão ou bolo] assar **1** *vt* assar *a baked potato* batata assada **2** *vi* assar
poach *vti* [em um líquido. Obj: p. ex. peixe, ovo] escaldar, escalfar
roast *v* [no forno, usando gordura. Obj/suj: p. ex. carne, batatas] **1** *vt* assar **2** *vi* assar **roast** *sfn* assado
roast *adj* assado *roast potatoes* batatas assadas no forno
grill *v* **1** *vt* grelhar **2** *vi* grelhar *ver figura em **kitchen, 169**

168.2 Cortar alimentos

ver também **cut, 133.3**

shred *vt*, -dd- [cortar em tiras. Obj: p. ex. alface, repolho e outros vegetais de folhas] cortar em tiras finas
grate *vt* [usando ralador. Obj: p. ex. queijo, cenoura] ralar

grater ralador
grated carrot cenoura ralada

He grated the carrot. Ele ralou a cenoura.

chop *vt*, -pp- [em pedaços pequenos, com lâmina afiada] picar, bater *chopped parsley* picar cheiro verde
mash *vt* [obj: esp. batatas] amassar, fazer purê *She mashed the potatoes.* Ela fez purê de batatas. *mashed potato* purê de batatas
peel *vt* [tirar a casca] descascar

peeler descascador
mashed potato purê de batatas

She mashed the potatoes. Ela fez purê de batatas.
He peeled the potatoes. Ele descascou as batatas. 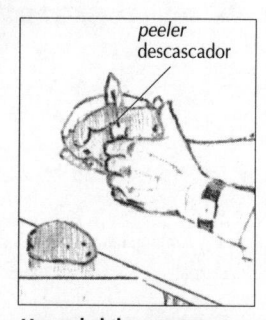

168.3 Misturar alimentos

stir *vt*, -rr- mexer, misturar *Keep stirring the porridge.* Fique mexendo a papa. (+ **in**) *Stir in the lemon juice.* Misture o suco de limão.
mix *vt* (às vezes + **in**, **together**) misturar *Mix the dry ingredients thoroughly.* Misture bem os ingredientes secos. *Mix in the milk a little at a time.* Misture o leite aos poucos.
mixture *sfn* [algo semilíquido que está sendo preparado para cozinhar] mistura *Remove the mixture from the heat when it begins to boil.* Retire a mistura do fogo quando começar a ferver.
beat *vt* (às vezes + **in**) [mexer vigorosamente, forçando a entrada de ar] bater *Beat in the eggs one at a time.* Bata os ovos, um de cada vez.
whisk *vt* [forçar a entrada de ar de modo a ficar espumante ou sólido. Obj: esp. creme de leite, claras de ovos] bater em neve (claras), bater em chantilly (creme)

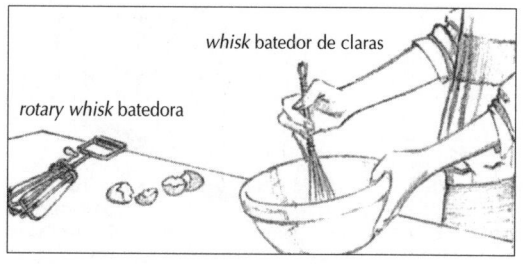

whisk batedor de claras
rotary whisk batedora

Whisk the egg whites until frothy. Bata as claras em neve.

fold in *vt prep* [misturar cuidadosamente para que a mistura não perca o ar. Obj: p. ex. farinha, açúcar] misturar devagar e com cuidado

168.4 Separar alimentos

strain *vt* [remover os sólidos do líquido] escorrer *Boil the vegetables and strain off the cooking liquid.* Ferva os vegetais e deixe o líquido escorrer.
sieve *vt* [passar na peneira para remover partes indesejáveis ou produzir uma textura mais fina. Obj: alimentos secos ou líquidos] passar na peneira *Sieve the raspberries to remove the seeds.* Passe as framboesas na peneira para remover as sementes.

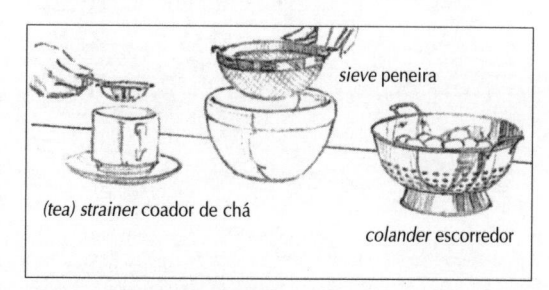

sieve peneira
(tea) strainer coador de chá
colander escorredor

sift *vt* [passar na peneira para produzir uma textura mais fina. Obj: somente alimentos secos como farinha, açúcar, etc.] peneirar
drain *vt* (freq. + **off**) escorrer *drain the pasta* escorra o macarrão *drain off the liquid* escorra o líquido

GRUPOS DE PALAVRAS

169 Kitchen Cozinha

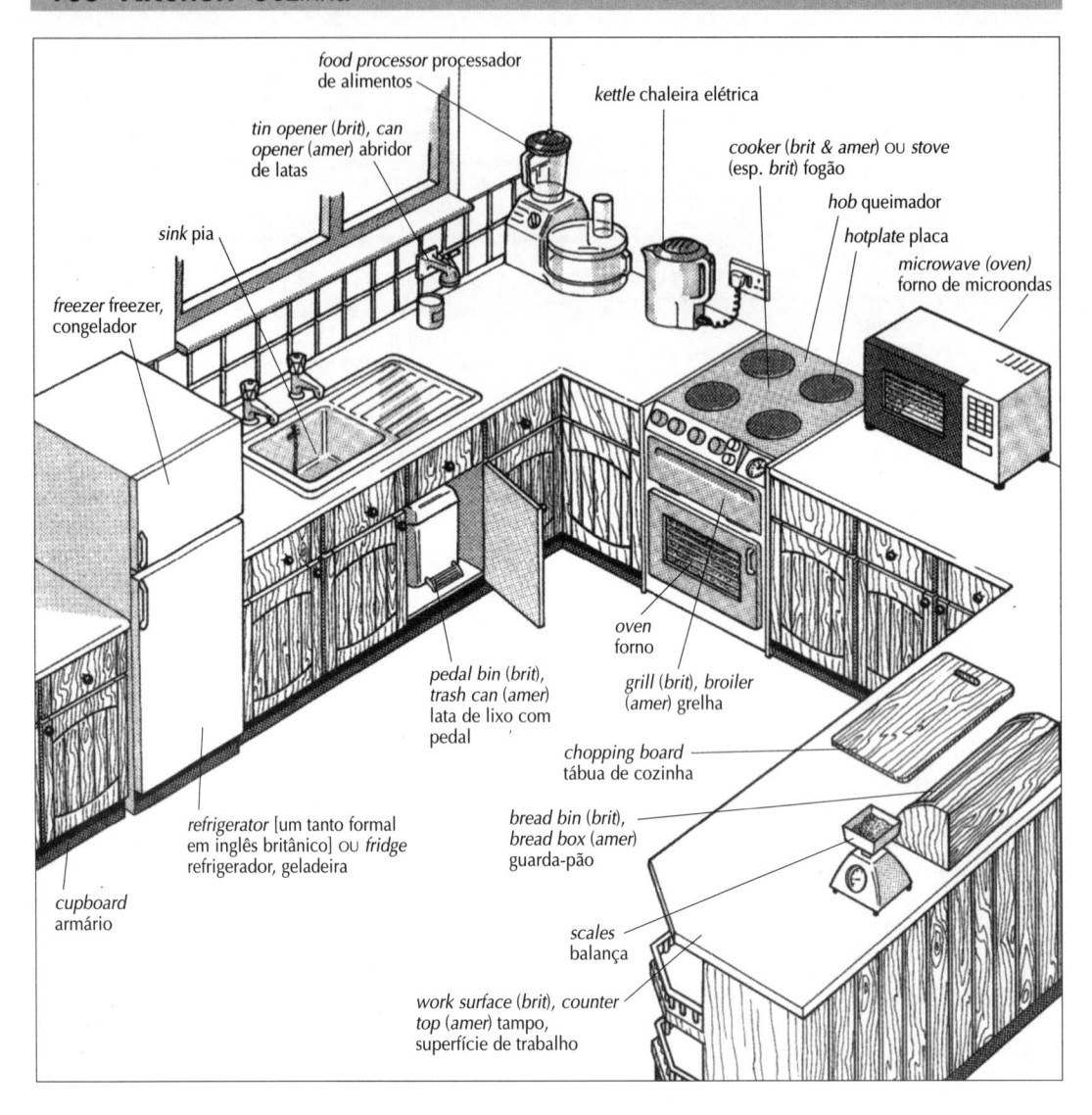

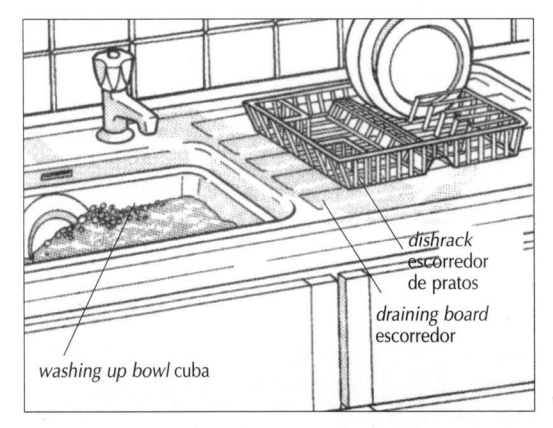

food processor processador de alimentos

kettle chaleira elétrica

tin opener (brit), *can opener* (amer) abridor de latas

cooker (brit & amer) ou *stove* (esp. brit) fogão

hob queimador

hotplate placa

sink pia

microwave (*oven*) forno de microondas

freezer freezer, congelador

oven forno

pedal bin (brit), *trash can* (amer) lata de lixo com pedal

grill (brit), *broiler* (amer) grelha

chopping board tábua de cozinha

bread bin (brit), *bread box* (amer) guarda-pão

refrigerator [um tanto formal em inglês britânico] ou *fridge* refrigerador, geladeira

cupboard armário

scales balança

work surface (brit), *counter top* (amer) tampo, superfície de trabalho

dishrack escorredor de pratos

draining board escorredor

washing up bowl cuba

pressure cooker panela de pressão

saucepan panela, caçarola

frying pan frigideira

118

GRUPOS DE PALAVRAS

170 Dining room Sala de jantar

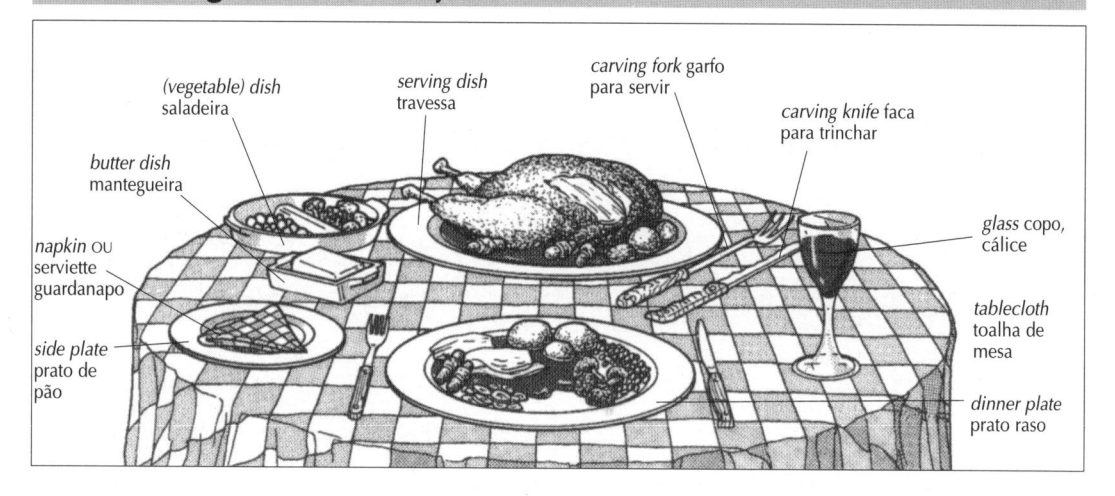

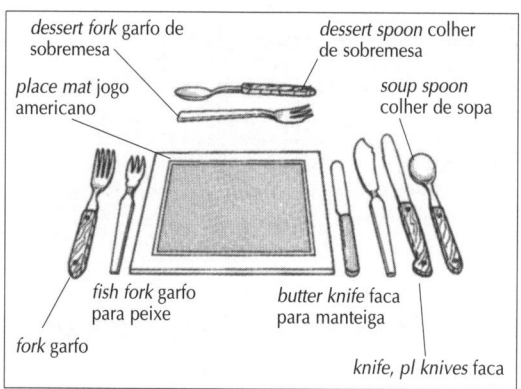

(vegetable) dish saladeira
serving dish travessa
carving fork garfo para servir
carving knife faca para trinchar
butter dish manteigueira
glass copo, cálice
napkin OU *serviette* guardanapo
tablecloth toalha de mesa
side plate prato de pão
dinner plate prato raso

dessert fork garfo de sobremesa
dessert spoon colher de sobremesa
place mat jogo americano
soup spoon colher de sopa
fish fork garfo para peixe
butter knife faca para manteiga
fork garfo
knife, pl knives faca

crockery *ssfn* [pratos, travessas, etc.] louça

U S O

Na Grã-Bretanha, **cup** geralmente se refere a uma xícara bastante grande usada para chá, sendo que os ingleses diferenciam *a tea cup* (uma xícara para chá) e *a coffee cup* (uma xícara para café). Nos Estados Unidos, xícaras são usadas para medir ingredientes de receitas: *two cups of flour* (duas xícaras de farinha).

cutlery (esp. *brit*), **silverware** (*amer*) *ssfn* [facas, garfos, etc.] talheres

saucer pires
cup xícara
mug caneca
teapot bule
teaspoon colher de chá
(milk) jug (*brit*), *pitcher* (*amer*) leiteira, cremeira
(sugar) bowl açucareiro
tray bandeja
plate prato

SPOONS COLHERES

O maior tipo de colher é a **tablespoon** (colher para servir), às vezes usada para servir verduras. **Dessert spoons** (esp. *brit*) (colheres de sobremesa) são menores e usadas para comer sobremesas, cereais, etc. **Teaspoons** são as menores, usadas para mexer o chá. Essas colheres também são usadas como medidas na cozinha. Em receitas, *a level tablespoon(ful)* (uma colher grande rasa) contém cerca de 15 ml, *a dessert spoon(ful)* (uma colher de sobremesa) contém cerca de 10 ml e *a teaspoon(ful)* (uma colher de chá) contém cerca de 5 ml. Outra medida comum em receitas é *a heaped teaspoon/tablespoon, etc.* (uma colher de chá/grande cheia) em inglês britânico, e que é chamada de *a heaping teaspoon/tablespoon, etc.* em inglês dos Estados Unidos.

171 Smoking Fumar

cigarette *sfn* cigarro (usado como *adj*) *cigarette smoke* fumaça de cigarro *a packet* (*brit*)/*pack* (*amer*) *of cigarettes* um maço de cigarros

> **u s o**
> Observar que no inglês dos Estados Unidos **fag** significa homossexual.

fag *sfn* (*brit*) [informal] cigarro
cigar *sfn* charuto
pipe *sfn* cachimbo
tobacco *ssfn* tabaco
ash *ssfn* cinza

ashtray *sfn* cinzeiro
stub (*brit*), **butt** (esp. *amer*) *sfn* bituca
lighter *sfn* isqueiro
Have you got a light? Tem fogo?/Tem um isqueiro?

172 Drugs Drogas

172.1 Pessoas envolvidas com drogas

addict *sfn* toxicômano, viciado em drogas **addiction** *ssfn* toxicomania **addictive** *adj* que causa dependência
junkie ou **junky** *sfn* [informal. Esp. usado para dependentes de heroína] viciado
user *sfn* [informal] usuário
pusher *sfn* [vende drogas a viciados] passador, avião
dealer *sfn* [vende drogas aos passadores] traficante
to be on drugs drogar-se, ser viciado em drogas

172.2 Tipos de drogas

soft drug *sfn* [não causa dependência] droga leve
hard drug *sfn* [causa dependência] droga pesada
amphetamine *sfn* anfetamina
heroin *ssfn* heroína *to do heroine* [informal] drogar-se com heroína

crack *ssfn* crack
opium *ssfn* ópio
LSD *ssfn* LSD, ácido lisérgico
acid *ssfn* [informal] ácido *to drop acid* tomar ácido

172.3 Maconha

cannabis *ssfn* [termo genérico usado em contextos legais e jornalísticos] maconha, cânhamo *Customs officers have seized cannabis with a street value of half a million pounds.* A alfândega apreendeu uma carga de maconha com valor de revenda final de meio milhão de libras.
hashish *ssfn* [resina extraída das folhas do cânhamo que pode ser mascada ou fumada] haxixe
marijuana *ssfn* [maconha fraca, ger. fumada] marijuana
pot ou **grass** *ssfn* [informal] maconha, erva
joint *sfn* [informal. Cigarro de marijuana] bagana, baseado

173 Farming Agricultura

ver também **farm animals, 6**

farm *sfn* fazenda *a poultry farm* granja avícola (usado como *adj*) *farm animals* animais de fazenda *farm workers* trabalhadores de fazenda
farm *vt* cultivar, criar *They farm two hundred acres in Scotland.* Eles cultivam duzentos acres na Escócia. *They now use the land for farming sheep.* Agora eles utilizam a terra para criar ovinos.
farming *ssfn* agricultura, criação *fish farming* criação de peixes, piscicultura
farmer *sfn* fazendeiro
farmhouse *sfn* sede da fazenda
farmyard *sfn* curral, estábulo (usado como *adj*) *farmyard animals* animais confinados
agriculture *ssfn* agricultura
agricultural *adj* agrícola *agricultural workers* trabalhadores agrícolas

173.1 Terras cultivadas

field *sfn* campo, plantação *a potato field* plantação de batatas
meadow *sfn* [gramado, ger. usado para pasto] pasto, prado
orchard *sfn* [com árvores frutíferas] pomar
vineyard *sfn* parreiral, vinhedo
pasture *sc/sfn* [para pastar] pasto *The land was only fit for pasture.* A terra só serviu para pasto.
hedge *sfn* sebe, cerca viva
ditch *sfn* fosso

173.2 Maquinário da fazenda

plough (*brit*), **plow** (*amer*) *vt* arar

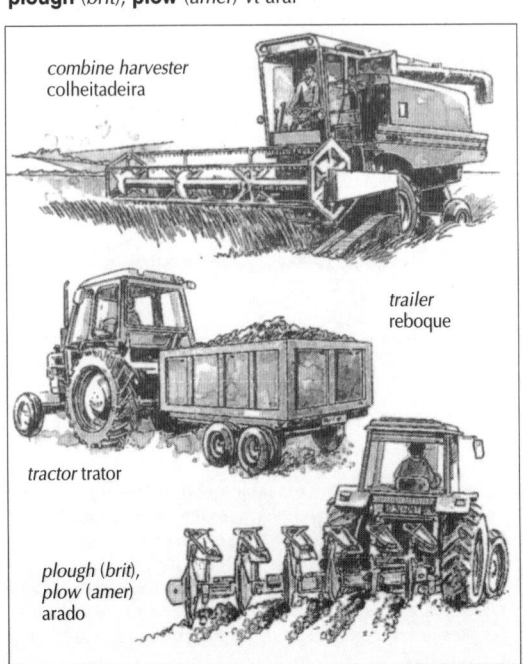

combine harvester colheitadeira

trailer reboque

tractor trator

plough (*brit*), *plow* (*amer*) arado

173.3 Edificações de fazenda

barn *sfn* celeiro
stable *sfn* [para cavalos] cocheira
cowshed *sfn* estábulo
pigsty *sfn* chiqueiro, pocilga
dairy *sfn* leiteria
silo *sfn*, *pl* **silos** silo
outbuilding *sfn* dependência, anexo

173.4 Terra cultivável

arable *adj* arável
grow *vt*, *pretérito* **grew** *part passado* **grown** cultivar *organically grown vegetables* hortaliças de cultivo orgânico
grower *sfn* [esp. de frutas e flores] produtor
cultivate *vt* [um tanto formal. Implica técnicas profissionais. Obj: esp. terra, cultura] cultivar *Land which had previously been cultivated was turned over to sheep farming.* A terra que antes era cultivada foi transformada em pasto para ovelhas. *Attempts to cultivate cotton had failed.* As tentativas de cultivar o algodão não foram bem-sucedidas.
cultivation *ssfn* cultivo, cultura
crop *sfn* 1 [o que é cultivado] cultura *a difficult crop to grow in this climate* uma cultura difícil neste clima 2 [o que é colhido] colheita *a heavy crop of tomatoes* uma boa colheita de tomates (usado como *adj*) *The drought led to crop failure.* A seca causou uma perda na colheita.
harvest *sfn* 1 [recolher a colheita] colheita *workers taken on for the harvest* os trabalhadores rurais contratados para a colheita 2 [produção] *an average fruit crop* uma produção de frutas normal
harvest *vt* [obj: p. ex. campo, colheita] colher
yield *vt* [suj: p. ex. árvore, fazenda, vaca] produzir *The estate yields three tonnes of apples a year.* A propriedade produz três toneladas de maçãs ao ano.
yield *sfn* produção *increased milk yields* aumento na produção de leite

173.5 Cultivo de cereais

cereal *sc/sfn* [grãos ou vegetal que produz grãos] cereal (usado como *adj*) *cereal crops* cultivo de cereais
grain *sc/sfn* grão
wheat *ssfn* trigo
maize (*brit*), **corn** (*amer*) *ssfn* milho
corn *ssfn* 1 (*brit*) [trigo] grão de trigo 2 (*amer*) [milho] grão de milho
barley *ssfn* cevada
oats *s pl* aveia
rye *ssfn* centeio
bale *sfn* fardo
hay *ssfn* feno
haystack *sfn* monte de feno, fardo de feno
straw *ssfn* palha *straw burning* queima de palha

173.6 Produção agrícola

fertile *adj* [descreve p. ex. terra, vaca] fértil
fertility *ssfn* fertilidade
infertile *adj* infértil, improdutivo **infertility** *ssfn* infertilidade
fertilizer *sc/sfn* fertilizante *artificial fertilizers* fertilizantes artificiais
muck *ssfn* [informal. Produzido pelos animais] esterco
manure *ssfn* [ger. produzido pelos animais] esterco
manure *vt* estercar

173.7 Criação de bovinos e ovinos

shepherd *sfn* pastor
flock *sfn* [usado para pássaros e ovelhas] rebanho
herd *sfn* [usado para a maioria dos animais, exceto ovelhas] manada, rebanho
cattle *ssfn* gado *dairy cattle* gado leiteiro
shear *vt* tosquiar **shearer** *sfn* tosquiador
milk *vt* ordenhar *a milking machine* máquina de ordenhar

174 Types of buildings Tipos de edificações

174.1 Edifícios residenciais

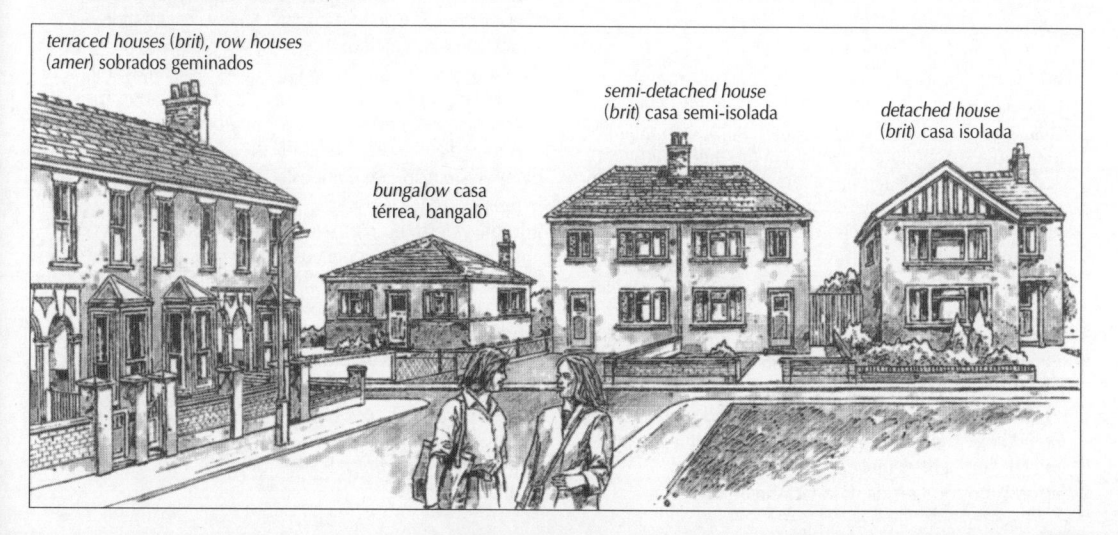

terraced houses (*brit*), *row houses* (*amer*) sobrados geminados

bungalow casa térrea, bangalô

semi-detached house (*brit*) casa semi-isolada

detached house (*brit*) casa isolada

house sfn [termo genérico] casa

home sfn **1** [lugar onde alguém reside, considerado centro da vida familiar e pessoal, freq., de um modo afetivo] lar, casa *Thousands have no job and no home.* Milhares estão sem emprego e sem casa. *We're spending Christmas at home.* Passaremos o Natal em casa. (usado como *adj*) *home improvements* melhorias na casa **2** [lugar onde cuidam de idosos, deficientes físicos, etc.] lar, asilo *an old people's home* lar dos idosos

cottage sfn [implica casa pequena e antiga em um vilarejo] casa pequena fora da cidade, chalé, cabana *a thatched cottage* chalé com telhado de palha

villa sfn [casa, ger. à beira-mar ou em lugar de veraneio] casa de praia, casa de campo *We're invited to his villa in the South of France.* Fomos convidados para sua casa de veraneio no sul da França.

igloo sfn, *pl* **igloos** iglu

slum sfn [área onde condições de edificação e de habitação são insatisfatórias] favela, bairro miserável *the slums of Calcutta* as favelas de Calcutá

174.2 Partes de edifícios para residir

flat (esp. *brit*), **apartment** (esp. *amer*) sfn apartamento *a block of flats/an apartment building* prédio de apartamentos

bedsit OU **bedsitter** sfn (*brit*) [com um quarto para morar e dormir, geralmente para alugar] quarto mobiliado para alugar com pequeno espaço para cozinhar.

studio OU **studio flat** sfn [com um quarto para morar e dormir. Soa melhor que **bedsit**] estúdio, pequeno apartamento tipo quitinete.

duplex sfn (*amer*) **1** [apartamento com dois pavimentos] dúplex **2** [edifício com dois apartamentos, um sobre o outro, com entrada independente] edifício de dois andares

174.3 Edifícios altos

skyscraper sfn [ger. escritórios] arranha-céu

tower block sfn (*brit*) [ger. residências] prédio de apartamentos

office block sfn prédio de escritórios

condominium TAMBÉM [informal] **condo** (esp. *amer*) sfn **1** [edifício de apartamentos grande ou grupo de casas onde os proprietários residem em cada casa ou apartamento] condomínio **2** [apartamento em um condomínio] apartamento de condomínio

174.4 Edificações imponentes

castle sfn castelo   **palace** sfn palácio

mansion sfn [casa grande, esp. no campo] mansão, solar

monument sfn [ger. não para fins residenciais, ger. lugar histórico ou memorial] monumento *the monument honouring him in Westminster Abbey* o monumento em sua honra na Abadia de Westminster *The ruins are classed as an ancient monument.* As ruínas são classificadas como monumento antigo.

174.5 Edificações simples

shed sfn [ger. de madeira, p. ex. para guardar ferramentas] galpão, barracão *a garden shed* barracão no jardim

hut sfn [ger. de madeira, usado como abrigo nas montanhas ou para morar em locais pobres] cabana

174.6 Pessoas que trabalham com edificações

architect sfn arquiteto **architecture** ssfn arquitetura

surveyor sfn topógrafo, agrimensor

builder sfn [trabalhador braçal de construção] construtor, pedreiro *We've got the builders in.* Estamos com pedreiros em casa.

bricklayer sfn pedreiro, assentador de tijolos   **electrician** sfn eletricista

carpenter sfn carpinteiro   **plumber** sfn encanador

175 Live Viver

live vi viver, morar (+ **in** com nome da cidade, rua, etc.) *I live in London.* Moro em Londres. (+ **at** com o número da casa) *I live at number 56 Hawthorne Rd.* Moro na rua Hawthorne, número 56.

reside vi (freq. + **in**, **at**) [formal, freq. em contextos oficiais] residir *Do you reside in this country?* Você reside neste país?

residence s **1** sfn [lugar onde alguém mora, esp. quando a moradia é imponente] residência *the ambassador's residence* a residência do embaixador **2** ssfn [morar em um lugar] residir *You need three years residence for naturalization.* Você precisa de três anos de residência para se naturalizar.

resident sfn [pessoa que mora em um determinado lugar, p. ex. país, rua, edifício] residente, morador *Other residents have been complaining about the noise.* Os outros moradores reclamaram do barulho.

resident adj (antes do s) **1** [que mora e trabalha em um lugar] residente *a resident caretaker* zelador que reside no edifício **2** (depois do v) [formal, freq. em contextos oficiais] residente *foreigners resident in Britain* estrangeiros que residem na Grã-Bretanha

dwell vi (freq. + **in**) *pretérito & part passado* **dwelled** OU **dwelt** [antiquado ou poético] morar, viver *Down by the river there dwelt an old man.* Ali abaixo, ao lado do rio, vivia um ancião.

dwelling sfn [antiquado ou em contextos oficiais] moradia *a woodcutter's dwelling* a morada do lenhador *The dwelling shall not be used for any business or trade.* A moradia não deve ser usada para negócios ou comércio.

dweller sfn (esp. em compostos) morador *city-dwellers* morador das cidades

inhabit vt (esp. no *part passado*) [morar. Obj: p. ex. área geográfica] habitar *the cossacks who inhabited the steppes* os cossacos que habitavam as estepes *The island is no longer inhabited.* A ilha não é mais habitada.

inhabitant sfn habitante *the village's oldest inhabitant* o habitante mais velho do vilarejo

uninhabited adj desabitado

squat vi, -tt- (esp. *brit*.) (ger. + **in**) [sem permissão e sem pagar aluguel] ocupar, invadir *We were forced to squat in derelict buildings.* Fomos forçados a invadir prédios abandonados.

squat sfn local invadido *We shared a squat in South London.* Dividimos um lugar invadido na região sul de Londres. **squatter** sfn invasor

175.1 Começar a morar em um local

settle v **1** vi (freq. + **in**) [implica escolher uma casa permanente] estabelecer-se, instalar-se *A lot of retired people settle here.* Muitos aposentados instalam-se aqui. **2** vt [começar uma comunidade] povoar, colonizar *The state was originally settled by Mormons.* O estado foi inicialmente povoado pelos mórmons. **3 settle in** vi prep [acostumar-se com o novo lugar] adaptar-se *We're gradually settling in to our new place.* Aos poucos, estamos nos adaptando ao novo lugar.

settlement sfn assentamento, colônia *Viking settlements on the east coast* colônias vikings na costa leste

settler sfn colono *the ideals of the Puritan settlers* os ideais dos colonos puritanos

move in vi prep [começar a morar em uma casa nova] mudar-se *We moved in on the 5th.* Mudamos no dia cinco.

move out vi prep [deixar de morar em uma casa] mudar-se, sair, desocupar *They asked her to move out.* Pediram que ela desocupasse a casa.

175.2 Alojamento

accommodation ssfn [qualquer tipo de lugar para morar, freq. por um prazo curto, para uma ou mais pessoas] acomodação, alojamento *the town's hotel accommodation* a capacidade hoteleira da cidade *We're staying in temporary accommodation till we buy a house.* Estamos em uma acomodação temporária até que possamos comprar uma casa.

housing ssfn [todo tipo de lugar para morar, ger. a longo prazo, para pessoas em geral] habitação, moradia *the availability of low-cost housing* a disponibilidade de habitações de baixo custo

landlord sfn proprietário
landlady sfn proprietária
tenant sfn [ger. em casa ou apartamento] inquilino

lodge vi [um tanto antiquado] hospedar-se, alojar-se *It was usual for the apprentice to lodge with his master.* Era comum o aprendiz hospedar-se com seu mestre.

lodger sfn [quem paga por um quarto e, às vezes, pela comida na casa de alguém] hóspede *to take in lodgers* aceitar hóspedes

lodgings s pl [quarto alugado, p. ex., para um estudante] alojamento *to look for lodgings* procurar alojamento

digs s pl [informal. Quarto alugado, p. ex. para um estudante] quarto alugado *I'm in digs.* Moro em um quarto alugado em casa de família.

lease sfn alugar
deposit sfn depósito, pagamento adiantado
inventory sfn inventário, relação

176 Parts of buildings Partes de edifícios

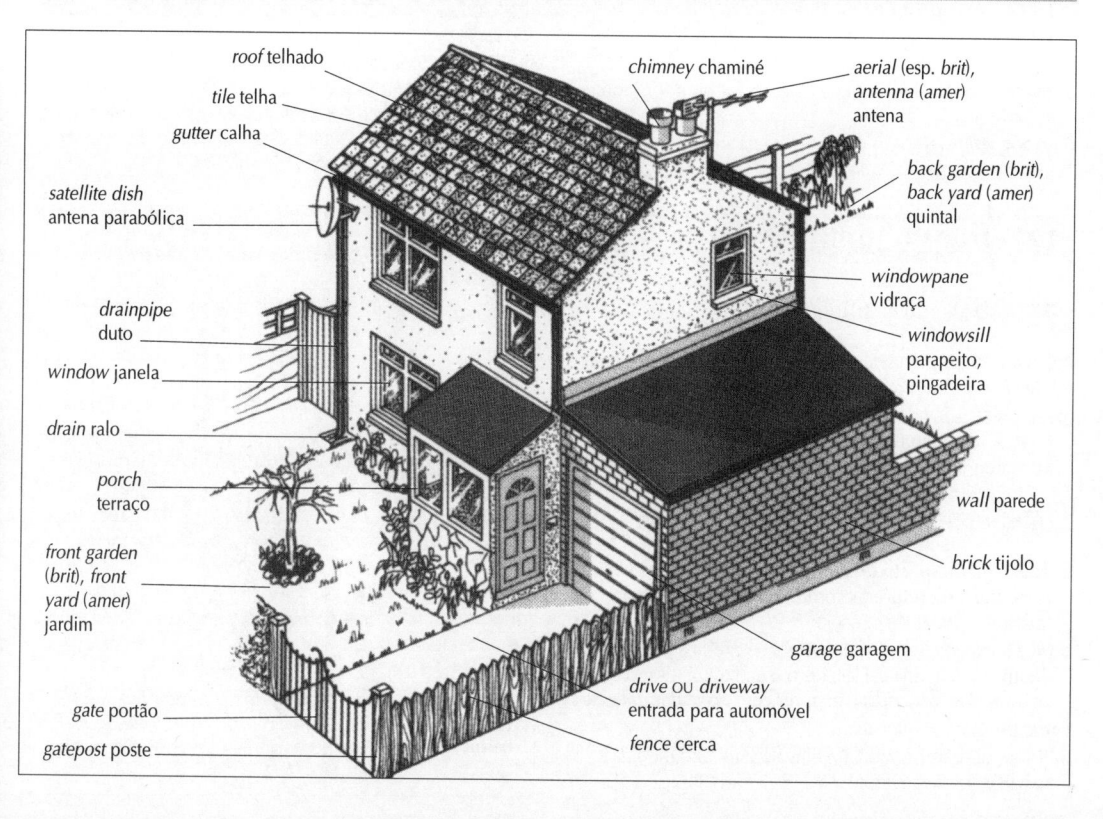

roof telhado
tile telha
gutter calha
satellite dish antena parabólica
drainpipe duto
window janela
drain ralo
porch terraço
front garden (brit), front yard (amer) jardim
gate portão
gatepost poste
chimney chaminé
aerial (esp. brit), antenna (amer) antena
back garden (brit), back yard (amer) quintal
windowpane vidraça
windowsill parapeito, pingadeira
wall parede
brick tijolo
garage garagem
drive ou driveway entrada para automóvel
fence cerca

(front) door porta principal

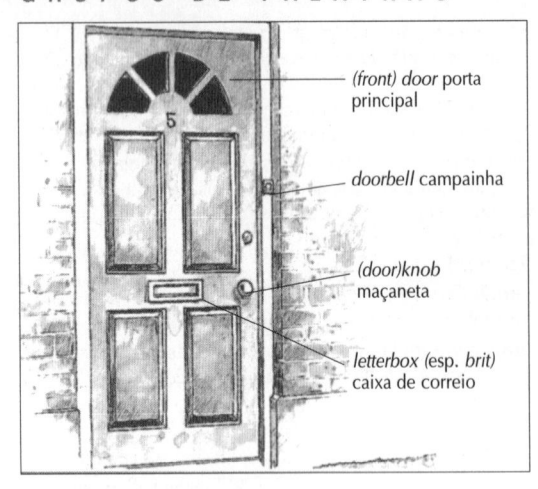

doorbell campainha

(door)knob maçaneta

letterbox (esp. brit) caixa de correio

176.1 Entradas e saídas

entry (esp. *amer*) *sfn* [pode ser porta, portão, passagem, etc.] entrada, acesso *A police officer guarded the entry to the embassy.* Um policial vigiava a entrada da embaixada.

entrance *sfn* [porta usada para entrar] entrada *I slipped out by the back entrance.* Escapei pela entrada de serviço. (usado como *adj*) *the entrance hall* hall de entrada, vestíbulo

exit *sfn* [de um edifício ou sala] saída *emergency exit* saída de emergência

way out *sfn* [menos formal que **exit**] saída

gateway *sfn* [portão grande, p. ex. no início de um caminho de acesso a uma casa] portão, portal

indoors *adv* interior de um edifício *to go indoors* entrar em casa

indoor *adj* interno *an indoor aerial* antena interna

outdoors *adj* exterior, fora da casa *to eat outdoors* comer ao ar livre

outdoor *adj* externo *an outdoor swimming pool* uma piscina externa

176.2 Níveis

floor *sfn* andar, piso

storey (*brit*), **story** (*amer*) *sfn* [andar de edifício, esp. em contextos arquitetônicos] piso, andar *There are plans to add an extra storey.* Há planos de acrescentar mais um andar. (usado como *adj*) *a seventeen-storey office block* Um edifício de escritórios com dezessete andares.

second floor (brit), third floor (amer) segundo andar

first floor (brit), second floor (amer) primeiro andar

balcony sacada, balcão

ground floor (brit), first floor (amer) andar térreo

multistorey (*brit*), **multistory** (*amer*) *adj* [edifício alto e com muitos andares. Mais freq. usado para estacionamentos de automóveis. O uso é incomum para edifícios residenciais ou comerciais] com vários níveis *a multistorey car park* um estacionamento com vários níveis

177 Inside buildings Interior de edifícios

177.1 Áreas de entrada

hall *sfn* [esp. em uma casa ou apartamento] hall, entrada

lobby *sfn* [esp. em hotéis e edifícios públicos] saguão, lobby

foyer *sfn* **1** [esp. em um teatro, cinema, etc.] vestíbulo, foyer **2** (*amer*) [hall de entrada em uma casa ou apartamento] hall de entrada

177.2 Transitar de um piso a outro

upstairs *adv* [esp. em uma casa ou prédio] para cima *to go upstairs* subir (usado como *adj*) *an upstairs room* um quarto no andar de cima

downstairs *adv* [esp. em uma casa ou prédio] para baixo *They live downstairs.* Eles moram embaixo. (usado como *adj*) *the downstairs flat* o apartamento no andar de baixo

escalator *sfn* escada rolante

lift (*brit*), **elevator** (*amer*) *sfn* elevador *to take the lift* tomar/pegar o elevador

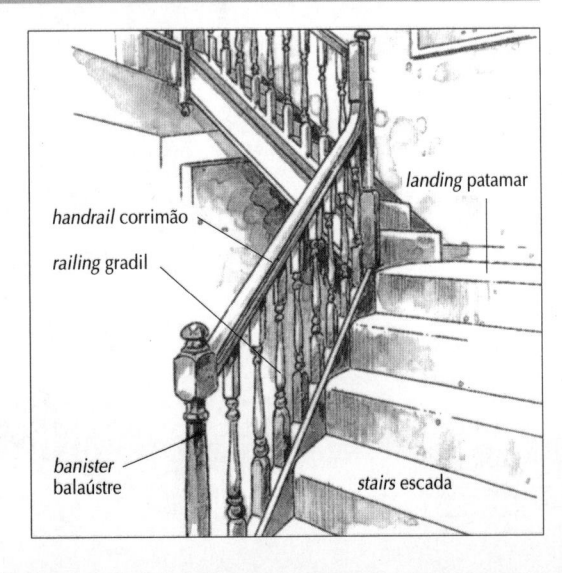

landing patamar

handrail corrimão

railing gradil

banister balaústre

stairs escada

> **USO**
>
> Uma **staircase** (escadaria) é a estrutura completa, incluindo a escada e as laterais, gradil, etc., enquanto **stairs** refere-se mais aos degraus em si.

177.3 Transitar entre salas

corridor sfn [com salas nas laterais] corredor
passage sfn [com ou sem salas nas laterais] passagem
door sfn porta *to knock at the door* bater à porta
(door) handle sfn maçaneta

177.4 Salas adicionais

cloakroom sfn [para casacos, etc.] chapelaria
coatpeg sfn gancho para pendurar roupas
study sfn estúdio, sala de estudos
utility room sfn [para máquina de lavar roupas, ferramentas, etc.] área de serviço

attic sfn [entre o telhado e a casa] sótão *We're converting the attic into a playroom.* Estamos transformando o sótão em quarto de brinquedos.
loft sfn **1** [sótão] sótão **2** (*amer*) [último andar de um edifício, ger. usado para depósito] sótão, água-furtada, depósito **3** (*amer*) [último andar transformado em apartamento] apartamento no sótão de edifício
cellar sfn [geralmente para armazenar coisas] depósito
basement sfn [andar de uma casa ou loja abaixo do nível da rua. Usado para moradia, trabalho, comércio, etc.] porão, subsolo

177.5 Interior de salas

ceiling sfn teto
floor sfn piso, chão (usado como *adj*) *floor coverings* revestimento de piso
furniture ssfn móveis *a piece of furniture* móvel
furnish vt mobiliar *furnished accommodation* moradia mobiliada

178 Closed Fechado

close vti [obj/suj: p. ex. porta, trinco, caixa, armário, não usado para sala, automóvel] fechar *The drawer won't close.* A gaveta não fecha. (+ **off**) *The area has been closed off by police.* A área foi interditada pela polícia.
shut vti, -tt- pretérito & part passado **shut** [ligeiramente mais informal que **close**] fechar *The boot won't shut.* O porta-malas não fecha. *Shut your mouth!* Cale a boca!
shut adj fechado *Keep your eyes tight shut.* Fique com os olhos bem fechados.

sealed off [para que as pessoas não entrem. Descreve p. ex. estrada, área] interditado, bloqueado *All exits from the building are now sealed off.* Todas as saídas do prédio agora estão interditadas.
lock vt trancar *The door's not locked.* A porta não está trancada.
lock sfn trinco, fechadura *The key was in the lock.* A chave estava na fechadura.
key sfn chave
keyhole sfn buraco da fechadura

179 Open Aberto

open vti [obj/suj: p. ex. porta, caixa, armário] abrir *We opened our presents.* Abrimos nossos presentes.
undo vt, pretérito **undid** part passado **undone** [obj: p. ex. pacote, invólucro, nó] desfazer, desmanchar
unlock vt destrancar *You left the garage unlocked.* Você deixou a garagem destrancada.
ajar adv (depois do *v*) [ligeiramente aberta. Descreve: esp. porta, janela] entreaberta *I left the door ajar.* Deixei a porta entreaberta.
wide open [descreve p. ex. porta, recipiente] escancarado, aberto *The fridge is wide open, you know.* Sabe que a geladeira estava escancarada?
gaping adj (ger. antes do *s*) [implica aberto mais que o normal, freq. quando se exagera. Descreve: esp. buraco, ferida, boca] fundo, muito aberto

180 Living room Sala de estar

> **USO**
>
> Esta sala é também chamada de **sitting room** e, às vezes, de **lounge**. Os dois termos estão atualmente em ligeiro desuso. Muitas casas atuais têm somente uma sala embaixo, mas quando há duas, estas geralmente são designadas como **front room** e **back room**.

GRUPOS DE PALAVRAS

Living room (implied)

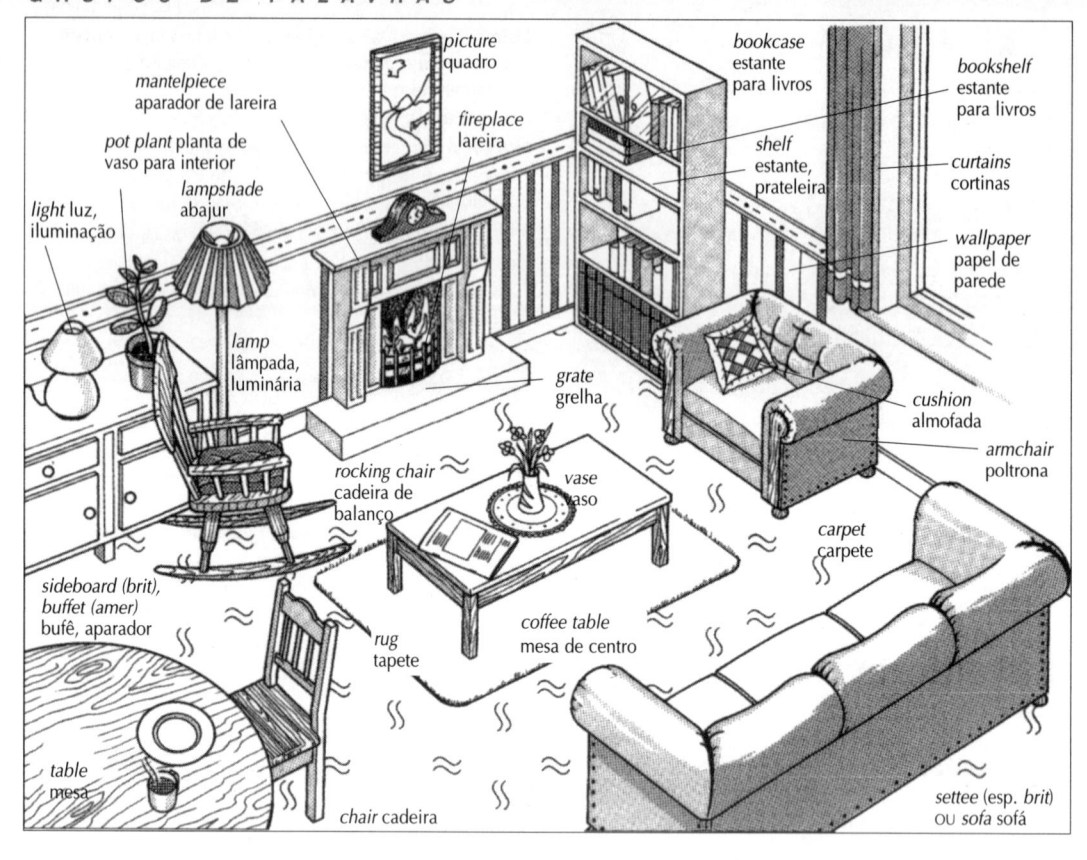

- *mantelpiece* aparador de lareira
- *pot plant* planta de vaso para interior
- *light* luz, iluminação
- *lampshade* abajur
- *picture* quadro
- *fireplace* lareira
- *bookcase* estante para livros
- *shelf* estante, prateleira
- *bookshelf* estante para livros
- *curtains* cortinas
- *wallpaper* papel de parede
- *lamp* lâmpada, luminária
- *grate* grelha
- *cushion* almofada
- *armchair* poltrona
- *rocking chair* cadeira de balanço
- *vase* vaso
- *sideboard* (brit), *buffet* (amer) bufê, aparador
- *carpet* carpete
- *rug* tapete
- *coffee table* mesa de centro
- *table* mesa
- *chair* cadeira
- *settee* (esp. brit) ou *sofa* sofá

181 Bedroom Dormitório

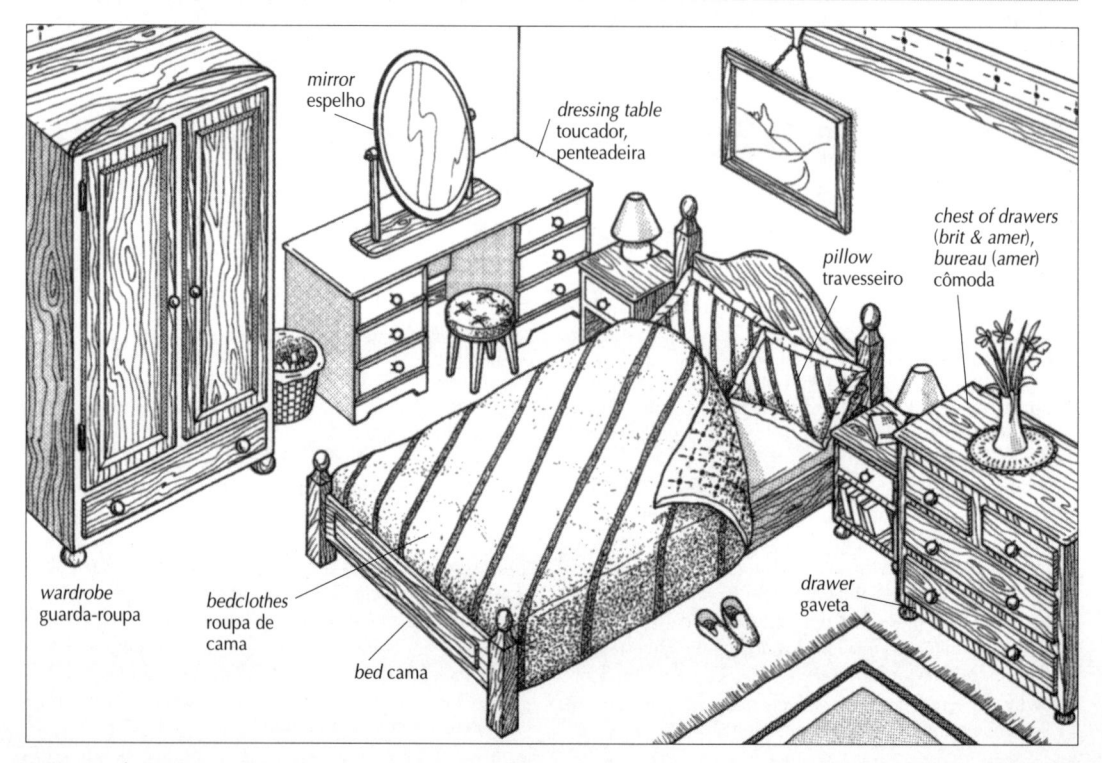

- *mirror* espelho
- *dressing table* toucador, penteadeira
- *chest of drawers* (brit & amer), *bureau* (amer) cômoda
- *pillow* travesseiro
- *drawer* gaveta
- *wardrobe* guarda-roupa
- *bedclothes* roupa de cama
- *bed* cama

126

181.1 Sobre a cama

bedclothes *s pl* [termo geral para todos os lençóis, cobertores, etc.] roupa de cama
pillowcase *sfn* fronha
sheet *sfn* lençol
blanket *sfn* cobertor
duvet *sfn* edredom (usado como *adj*) *a duvet cover* edredom
quilt *sfn* **1** [coberta acolchoada] acolchoado, colcha *a patchwork quilt* uma colcha de retalhos **2** TAMBÉM **continental quilt** edredom
bedspread *sfn* colcha
eiderdown *sfn* (esp. *brit*) [mais leve que **duvet** com cobertura fixa, colocada sobre o cobertor] colcha, edredom
electric blanket *sfn* cobertor elétrico
hot water bottle *sfn* bolsa de água quente

182 Sleep Dormir

sleep *vi, pretérito & part passado* **slept** dormir *I slept soundly.* Dormi profundamente.
sleep *s* **1** *ssfn* sono *I'm not getting enough sleep.* Não estou dormindo o suficiente. *to go to sleep* ir dormir **2** *sfn* (*pl* muito raro) dormir *You'll feel better after a little sleep.* Você se sentirá melhor depois de dormir um pouco.
asleep *adj* (depois do *v*) adormecido *She's fast asleep.* Ela está adormecida. *to fall asleep* cair no sono

expressão

sleep like a log [muito profundamente, sem perceber nada] dormir como uma pedra (literalmente: dormir como um tronco)

snore *vi* roncar
dream *v, pretérito & part passado* **dreamed** OU (esp. *brit*) **dreamt 1** *vt* sonhar *I dreamt I was back at school.* Sonhei que estava novamente na escola. **2** *vi* sonhar *I dreamt about her last night.* Sonhei com ela na noite passada.
dream *sfn* sonho *to have a dream* ter um sonho
oversleep *vi, pretérito & part passado* **overslept** dormir demais
lie in *vi prep* (esp. *brit*) ficar na cama, levantar-se tarde *We always like to lie in on a Sunday.* Sempre gostamos de ficar na cama até tarde no domingo.
yawn *vi* bocejar **yawn** *sfn* bocejo

182.1 Adormecer

nod off *vi prep* [informal. Adormecer, ger. por um período curto] tirar uma soneca *I nodded off after lunch.* Tirei uma soneca depois do almoço.
drop off *vi prep* [informal. Adormecer] pegar no sono *It was well after midnight before I dropped off.* Era bem depois da meia-noite quando consegui pegar no sono.
doze *vi* [informal. Estar meio adormecido] cochilar *I dozed through most of the lecture.* Cochilei durante a maior parte da palestra. **doze** *sfn* (ger. não tem *pl*) cochilo
doze off *vi prep* [ir dormir, por um período curto ou longo] dormitar, dormir *He was dozing off.* Ele estava dormindo. **dozy** *adj* sonolento
drowsy *adj* sonolento *These tablets make you drowsy.* Estes comprimidos me deixam sonolento.

182.2 Dormir por períodos curtos

nap *sfn* [dormir por um período curto durante o dia] sesta, cochilo *to have a nap* dar um cochilo
kip *s* (não tem *pl*) [informal] (*brit*) sono, sonolência *to have a kip* dar um cochilo *I didn't get enough kip last night.* Não dormi o suficiente a noite passada.
forty winks [informal. Dormir um pouco de dia] tirar uma pestana *You'll feel better after forty winks.* Você se sentirá melhor depois de tirar uma pestana.

182.3 Fadiga

tired *adj* cansado *I'm getting tired.* Estou ficando cansado **tiredness** *ssfn* cansaço
tire *v* **1** *vt* (freq. + **out** para enfatizar) cansar *Don't tire your father, he's not well.* Não canse seu pai, ele não está bem. *to tire sb out* cansar alguém **2** *vi* cansar [um tanto formal] cansar *She's very weak and tires quickly.* Ela está muito fraca e se cansa rapidamente. **tiring** *adj* cansativo
sleepy *adj* sonolento *Don't force a sleepy child to eat.* Não force uma criança com sono a comer. **sleepily** *adv* sonolentamente
fatigue *ssfn* [formal] fadiga *I took glucose tablets to combat fatigue.* Tomei comprimidos de glicose para combater a fadiga. **fatigue** *vt* fatigar
exhausted *adj* [muito cansado e fraco. Freq. usado para dar idéia de exagero] exausto *I collapsed exhausted in front of the television.* Caí exausto na frente da televisão.
exhaust *vt* exaurir, esgotar *The climb had exhausted me.* A subida me deixou esgotado.
exhaustion *ssfn* exaustão *She fainted from thirst and exhaustion.* Ela desmaiou de sede e exaustão.
dog-tired *adj* [informal. Muito cansado] rendido, acabado, quebrado
worn out *adj* [informal. Freq. enfatiza a origem do cansaço] esgotado *You'd be worn out if you had to look after the kids all day.* Você ficaria esgotado se tivesse que cuidar das crianças o dia inteiro.
wear sb **out** OU **wear out** sb *vt prep* esgotar, cansar *They wore me out with their constant questions.* Eles me cansaram com suas constantes perguntas.
shattered *adj* [informal. Enfatiza o efeito de uma atividade] acabado, arrebentado, extenuado *I'm absolutely shattered after that run.* Estou absolutamente acabado depois dessa corrida.

GRUPOS DE PALAVRAS

182.4 Sono perturbado

nightmare *sfn* pesadelo *to have nightmares* ter pesadelos
sleepwalk *vi* ser sonâmbulo **sleepwalker** *sfn* sonâmbulo
insomnia *ssfn* insônia **insomniac** *sfn* insone

182.5 Após dormir

wake up *v prep,* pretérito **woke** part passado **woken** [termo usual] **1** *vi* despertar, acordar *I woke up early.* Acordei cedo. **2 wake up** sb OU **wake** sb **up** *vt* acordar alguém
wake *v* [mais formal que **wake up**] **1** *vt* acordar, despertar *The steward woke me with breakfast.* O camareiro me acordou com o café da manhã. **2** *vi* despertar
awake *v,* pretérito **awoke** part passado **awoken** TAMBÉM **awaken, waken** [literário] **1** *vi* despertar *I awoke refreshed.* Despertei recomposto. **2** *vt* despertar *I was awoken by the storm.* Fui despertado pela tempestade.
awake *adj* (depois do *v*) acordado, desperto *wide awake* totalmente desperto

183 Rest and relaxation Descanso e relaxamento

ver também **lazy, 283; inaction, 284**

rest *vi* descansar **rest** *sfn* (não tem *pl*) descanso *to have a rest* descansar
relax *vi* relaxar *We relaxed in front of the television.* Relaxamos em frente da televisão. **relaxing** *adj* relaxante *a relaxing shower* um banho relaxante
relaxed *adj* [descreve p. ex. pessoa, ambiente] descontraído *a wonderful relaxed feeling* uma sensação maravilhosa de descontração
unwind *vi,* pretérito & part passado **unwound** [enfatiza relaxamento] descontrair, desligar *He says alcohol helps him unwind.* Ele diz que o álcool o ajuda a relaxar.
carefree *adj* [implica alegria e ausência de estresse] despreocupado *a carefree weekend with no cooking to do* um fim de semana despreocupado sem ter de cozinhar

183.1 Tempo para descansar

pause *sfn* [parada breve] pausa, intervalo *without any pause between classes* sem intervalo entre as aulas
pause *vi* fazer um intervalo *We paused to get our breath back.* Fizemos um intervalo para recuperar o fôlego.
break *sfn* [pode ser curto ou bastante longo] descanso, intervalo *a break for coffee* um intervalo para o café *to have* OU *take a break* fazer um intervalo
break *vi* parar, fazer uma pausa *Let's break for lunch.* Vamos parar para o almoço.
respite *sfn* (freq. + **from**) [um tanto formal. Implica uma breve redução da pressão] descanso, parada *We got no respite from customers calling in.* Os clientes nos procuram sem parar.
lull *sfn* [implica uma breve diminuição no ritmo das atividades] calmaria, trégua *There's usually a lull mid-morning before the lunchtime shoppers.* Geralmente há uma calmaria no meio da manhã, antes dos clientes do meio-dia chegarem.
leisure *ssfn* [tempo livre para divertimento] lazer *Now I'm retired I don't know what to do with my leisure.* Agora que estou aposentado, não sei o que fazer com meu tempo de lazer. (usado como *adj*) *leisure time* tempo livre *leisure activities* atividades de lazer
leisurely *adj* [com lentidão agradável] lento, descansado *a leisurely outdoor meal* uma longa refeição ao ar livre
recreation *s* [implica fazer algo agradável em seu tempo livre] **1** *ssfn* recreação *The centre provides facilities for sports and recreation.* O centro oferece infra-estrutura para prática de esportes e recreação. **2** *sfn* recreação *more active recreations like skiing* recreações mais ativas como esquiar
recreational *adj* recreativo *recreational activities* atividades recreativas

183.2 Holidays

holiday *sfn* (esp. *brit*) férias *to go on holiday* sair de férias
holiday *vi* veranear, passar as férias *people holidaying abroad* pessoas passando férias no exterior
holidaymaker *sfn* turista, veranista
vacation *sfn* (esp. *amer*) férias *to go on vacation* sair de férias, tirar férias
vacation *vi* sair de férias *We're vacationing in Florida.* Estamos saindo de férias para a Flórida. **vacationer** *sfn* turista, veranista
leave *ssfn* [p. ex. no exército ou na polícia] licença *I've got ten days leave due.* Temos dez dias de licença vencida. *to go on leave* sair de licença

---

U S O

take it easy [informal. Relaxar e não trabalhar] ir com calma, não se afobar, ficar numa boa *I'll do the meal, you take it easy.* Eu vou cozinhar e você fique numa boa.
put one's feet up [informal. Sentar-se para descontrair, com os pés apoiados, mas não necessariamente para cima] descansar (literalmente: pôr os pés para cima)

---

184 Personal hygiene Higiene pessoal

184.1 Toalete

soap *ssfn* sabonete *a bar of soap* um sabonete
bubble bath *ssfn* espuma para banho
shower gel *ssfn* sabonete em gel
deodorant *sc/sfn* desodorante
talc OU **talcum powder** *ssfn* talco
flannel OU **facecloth** (*brit*), **washcloth** (*amer*) *sfn* toalha de rosto
sponge *sfn* esponja
towel *sfn* toalha
have a bath/shower (esp. *brit*), **take a bath/shower** (esp. *amer*) tomar banho
bathe *vti* [formal em inglês britânico, normal no americano] banhar-se

184.2 Cuidados com o cabelo

(hair) brush *sfn* escova de cabelo **brush** *vt* escovar

comb *sfn* pente **comb** *vt* pentear *to comb your hair* pentear o cabelo

shampoo *sc/sfn, pl* **shampoos** xampu

shampoo *vt* lavar com xampu

conditioner *sc/sfn* condicionador

hairspray *sc/sfn* spray para cabelos

hairdryer OU **hairdrier** *sfn* secador de cabelos

hairdresser *sfn* [para homens ou mulheres] cabeleireiro *to go to the hairdresser's* ir ao cabeleireiro

barber *sfn* [para homens] barbeiro *I've been to the barber's.* Fui ao barbeiro.

haircut *sfn* corte de cabelo *to get a haircut* cortar o cabelo, dar um corte no cabelo

tweezers *s pl* pinça *a pair of tweezers* pinça

expressões

to have/get your hair cut cortar o cabelo *I must get my hair cut tomorrow.* Preciso cortar o cabelo amanhã. *Oh! you've had your hair cut – it looks nice.* Oh! Você cortou o cabelo – está bonito!

to wash your hair lavar o cabelo *She washes her hair every day.* Ela lava o cabelo todos os dias.

184.3 Higiene bucal

toothbrush *sfn* escova de dentes

toothpaste *ssfn* pasta de dente, creme dental *a tube of toothpaste* um tubo de pasta de dente

dental floss *ssfn* fio dental

mouthwash *ssfn* desinfetante bucal

184.4 Barbear-se

razor *sfn* aparelho de barbear, navalha

razor blade *sfn* lâmina de barbear, gilete

shaver TAMBÉM **electric shaver** *sfn* barbeador elétrico

shaving cream *ssfn* creme de barbear

shaving brush *sfn* pincel de barbear

aftershave *sc/sfn* loção após barba

184.5 Cuidados com as unhas

nailbrush *sfn* escova de unhas

nailfile *sfn* lixa de unhas

nail clippers *s pl* cortador de unhas

nail varnish *ssfn* esmalte de unhas

184.6 Higiene feminina

tampon *sfn* tampão

sanitary towel (*brit & amer*), **sanitary napkin** (*amer*) *sfn* absorvente higiênico

panty liner *sfn* forro para calcinhas, protetor de calcinhas

185 Bathroom Banheiro

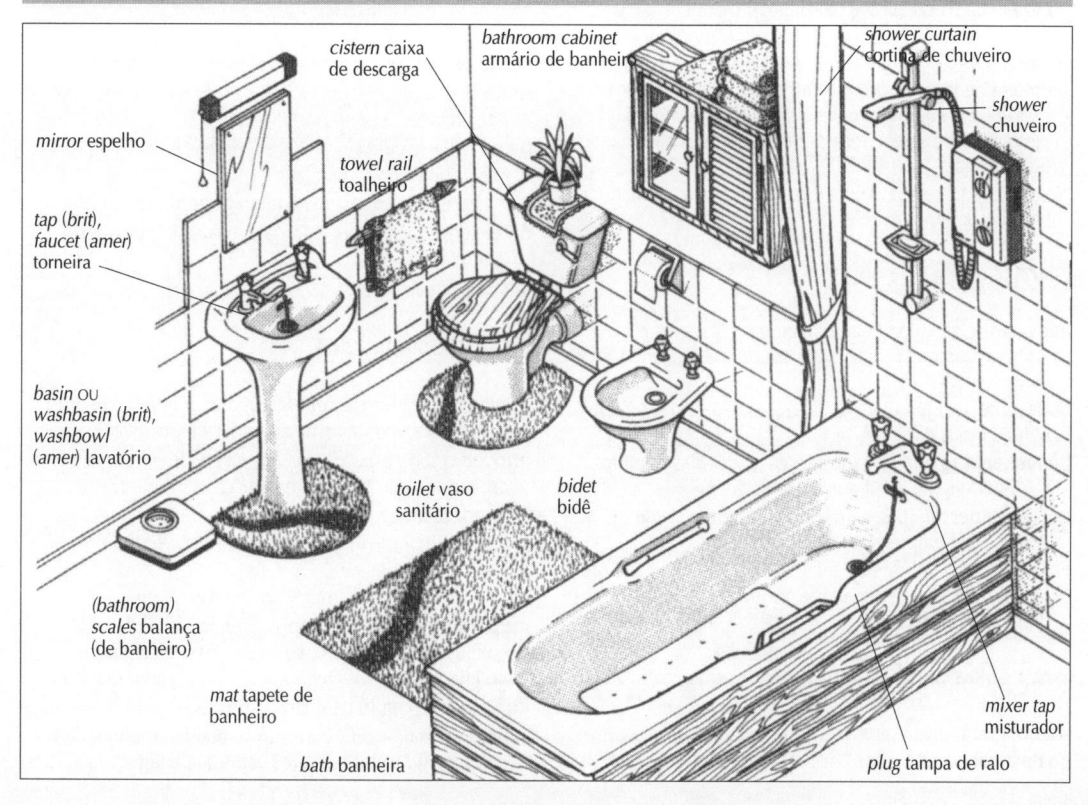

cistern caixa de descarga

bathroom cabinet armário de banheiro

shower curtain cortina de chuveiro

mirror espelho

towel rail toalheiro

shower chuveiro

tap (*brit*), *faucet* (*amer*) torneira

basin OU *washbasin* (*brit*), *washbowl* (*amer*) lavatório

toilet vaso sanitário

bidet bidê

(*bathroom*) *scales* balança (de banheiro)

mat tapete de banheiro

bath banheira

mixer tap misturador

plug tampa de ralo

U S O

Em inglês britânico, a palavra **toilet** pode designar o vaso sanitário ou o local onde este se encontra (banheiro).

lavatory *sfn* [um tanto antiquado em inglês britânico. Designa banheiros públicos nos Estados Unidos] banheiro, toalete, W.C. *an outside lavatory* banheiro externo

loo *sfn, pl* **loos** (esp. *brit*) [informal, eufemismo mais comum] banheiro *He's in the loo.* Ele está no banheiro *to go to the loo* ir ao banheiro

john *sfn* (*amer*) [gíria] banheiro, miguel (gíria)

ladies *sfn* [um tanto informal. Banheiro em local público] damas, senhoras *Where's the ladies?* Onde fica o toalete das senhoras?

ladies' room *sfn* (*amer*) toalete feminino

gents *sfn* [informal. Banheiro em local público] cavalheiros, homens

men's room *sfn* (*amer*) toalete masculino

restroom ou **washroom** (*amer*) [eufemismo para banheiro público] sanitário, toalete

toilet roll *sfn* papel higiênico

flush *vt* dar descarga

pull the chain (*brit*) [freq. usado mesmo quando a descarga é de alavanca ou botão] puxar a cordinha, dar a descarga

186 Laundry Lavanderia

laundry *s* 1 *ssfn* [roupas que serão lavadas ou que foram lavadas] roupa para lavar, roupa para passar, roupa lavada *to do the laundry* lavar roupa 2 *sfn* [empresa que lava roupas] lavanderia 3 *sfn* [local para lavar roupas] lavanderia

launderette (*brit*), **laundromat** (*amer*) *sfn* lavanderia automática

launder *vt* [um tanto formal. Pode implicar uma lavadeira profissional] lavar e passar

washing machine *sfn* máquina de lavar roupas

washing powder *ssfn* sabão em pó

fabric conditioner *ssfn* amaciante de roupas

starch *ssfn* goma

washing line (*brit*), **clothes line** (*brit & amer*), **wash line** (*amer*) *sfn* varal *to hang clothes out on the washing line* pendurar as roupas no varal

(clothes) peg (*brit*), **clothes pin** (*amer*) *sfn* pregador de roupas

tumble drier *sfn* secadora

iron *sfn* ferro *steam iron* ferro a vapor **iron** *vt* passar a ferro *to do the ironing* passar roupa

ironing board *sfn* tábua de passar

187 Cleaning Limpar

clean *vti* limpar *The kitchen needs cleaning.* A cozinha precisa de uma limpeza. (+ **off**) *This liquid cleans off grease.* Este líquido remove a gordura. (+ **up**) *Use a cloth to clean up the mess.* Use um pano para limpar essa sujeira.

cleaner *sfn* 1 [pessoa] faxineira 2 [substância] limpador, produto de limpeza

187.1 Limpar a casa

housework *ssfn* [cozinhar, limpar, etc.] afazeres domésticos, tarefas domésticas *to do the housework* cuidar da casa

housewife *ssfn* [mulher casada que não tem um trabalho remunerado] dona de casa

housekeeping *ssfn* [organizar a casa, fazer as compras, cozinhar, limpar, etc.] cuidar da casa

housekeeper *sfn* [pessoa paga para realizar as tarefas domésticas] empregada, governanta

spring-clean *vti* [limpeza geral e completa, nem sempre feita na primavera] fazer uma faxina geral, fazer uma limpeza completa

187.2 Limpar com líquidos

wash *vt* [obj: p. ex. piso, meias] lavar

soak *vt* deixar de molho

scrub *vt*, -bb- [ger. com escova] esfregar, escovar

rinse *vt* enxaguar (+ **out**) *Rinse the cloth out under the tap.* Enxágue o pano na torneira.

bathe *vt* [lavar cuidadosamente com muita água. Obj: p. ex. ferida, olho] lavar, banhar

sterilize *vt* [obj: p. ex. mamadeira] esterilizar

detergent *sc/sfn* [mais técnico que **washing powder**] detergente

bleach *ssfn* alvejante

187.3 Limpar pisos

hoover *sfn* (marca de fantasia britânica) [termo genérico, independente da marca] aspirador de pó

hoover *vt* (*brit*) aspirar o pó [termo genérico] passar aspirador *to do the hoovering* passar aspirador

vacuum cleaner *sfn* [termo genérico, ligeiramente mais formal que **hoover** em inglês britânico. Termo normal em inglês americano] aspirador de pó

vacuum *vt* [menos comum que **hoover**] aspirar o pó

mop up *sth* ou **mop** *sth* **up** *vt prep* [absorver líquidos com esponja, esfregão, pano de chão, etc.] passar pano no chão **mop** *sfn* esfregão

floorcloth *sfn* pano de chão

sweep *vt* (freq. + *adv*) varrer *to sweep the floor* varrer o chão *to sweep up the mess* varrer a sujeira

broom *sfn* [com cabo longo] vassoura
brush *sfn* **1** [com cabo curto ou sem cabo] escova
  2 [com cabo longo] escovão
brush *vt* (freq. + *adv*) escovar *I brushed the dust off.* Escovei até tirar a poeira.
dustpan *sfn* pá de lixo

broom vassoura
brush escova
brush, broom escovão, vassoura

187.4 Limpeza de superfícies

dust *vti* tirar o pó **duster** *sfn* pano de pó
wipe *vt* (freq. + *adv*) enxugar *to wipe up a spill* enxugar um líquido derramado *to wipe down the working surfaces* passar um pano na mesa de trabalho
polish *vt* encerar, dar brilho

187.5 Lavar louças

wash up sth ou **wash** sth **up** *vti prep* (*brit*) lavar louças
washing-up *ssfn* (*brit*) (+ **the**) louça para lavar, louça suja *to do the washing-up* lavar a louça
do the dishes lavar louça
washing-up liquid *ssfn* detergente para louças
dishcloth *sfn* pano de pratos
tea towel *sfn* pano de pratos, pano de cozinha
dishwasher *sfn* máquina de lavar pratos

188 Clean Limpo

clean *adj* limpo **cleanliness** *ssfn* limpeza
immaculate *adj* [perfeitamente limpo e arrumado] impecável *The house was always immaculate.* Sua casa estava sempre impecável. **immaculately** *adv* impecavelmente *immaculately dressed* impecavelmente vestido
spotless *adj* [sem nenhuma sujeira] limpíssimo, imaculado *The sheets were spotless.* Os lençóis estavam limpíssimos. **spotlessly** *adv* impecavelmente *spotlessly clean* brilhando de limpeza

pure *adj* [não contaminado, não diluído] puro *the pure water of the lake* a água pura do lago
purity *ssfn* pureza
hygienic *adj* higiênico **hygienically** *adv* higienicamente

comparação

as clean as a whistle brilhando de limpeza

189 Dirty Sujo

dirt *ssfn* sujeira *I can't get the dirt out.* Não consigo remover a sujeira. **dirtiness** *ssfn* sujeira
filthy *adj* [palavra enfática, implica desagrado] imundo *Your ears are simply filthy.* Suas orelhas estão simplesmente imundas. **filthiness** *ssfn* imundície
filth *ssfn* sujeira *surrounded by filth and disease* cercado de sujeira e doença
muck *ssfn* [informal. Barro ou sujeira semelhante] lama *We came back wet and covered in muck.* Voltamos molhados e cobertos de lama.
mucky *adj* enlameado, sujo, imundo *mucky trainers* tênis enlameados
muddy *adj* [descreve p. ex. chão, roupas] enlameado
grubby *adj* [que não está adequadamente limpo. Descreve p. ex. pessoas, roupas, lugar] sujo, encardido *grubby fingernails* unhas sujas **grubbiness** *ssfn* sujeira
grime *ssfn* [sujeira difícil de ser removida. Freq. em contextos industriais] sujeira difícil, encardimento *hands covered in oil and grime* mãos engorduradas e encardidas
grimy *adj* encardido *a grimy old machine* uma velha máquina encardida
greasy *adj* engordurado *greasy plates* pratos engordurados

dust *ssfn* poeira, pó
dusty *adj* [descreve p. ex. sala, estante] empoeirado

189.1 Sujar as coisas

pollute *vt* [implica contaminar o ambiente. Obj: p. ex. ar, rio] poluir
pollution *ssfn* poluição *soil pollution* poluição do solo
blacken *vt* escurecer, ficar preto
stain *vt* [implica mudar a cor natural, ger. material penetrante] manchar *stained with blackcurrant juice* manchado com suco de groselha
stain *sfn* mancha *wine stains* manchas de vinho (usado como *adj*) *stain removal* removedor de manchas
mark *vt* [pode ser de sujeira ou arranhão na superfície] marcar *The vase has marked the sideboard.* O vaso marcou o console.
mark *sfn* marca, mancha *greasy marks round the light switch* marcas de gordura ao redor do interruptor de luz.
smudge *vt* [implica esfregar e espalhar uma marca] borrar, espalhar, escorrer *You've smudged the ink!* Você borrou a tinta da caneta! **smudge** *sfn* borrão, mancha

smear vt (freq. + **with**) [implica espalhar algo viscoso ou oleoso] lambuzar, besuntar, manchar *She's just smearing paint over the canvas.* Ela só está lambuzando a tela com tinta. *Everywhere was smeared with blood.* Havia manchas de sangue em todos os lugares.

smear sfn mancha *a smear of oil* uma mancha de gordura

spot sfn [pequenas áreas sujas ou manchadas] mancha, nódoa *an ink spot* mancha de tinta

spot vt, **-tt-** manchar *Her hair was spotted with paint.* Seu cabelo estava manchado de tinta.

speck sfn **1** [uma área muito pequena que está manchada ou suja] manchinha, pingo **2** [uma partícula muito pequena de poeira ou sujeira] pinta, ponto, mancha *There wasn't a speck of dust anywhere.* Não havia nenhum pingo de sujeira em lugar nenhum.

190 Clothes Roupa

USO

A palavra **clothes** não tem forma singular. Pode-se designar uma única camisa, um vestido, etc. como **garment** (peça de roupa, traje). Garment é uma palavra bastante formal, usada, por exemplo, por pessoas que confeccionam e comercializam roupas. Também pode se dizer **item of clothing** (peça de roupa, item de vestuário), mas isto também é bastante formal: *Police found several items of clothing near the scene of the crime.* (A polícia encontrou várias peças de roupa perto do local do crime.) Se alguém deseja se referir a uma determinada peça de vestuário, é melhor usar a palavra específica que a designa, p. ex. skirt, (saia), jacket (paletó), dress (vestido) etc. **Clothing** (trajes, roupas) é também bastante formal e designa todas as roupas que alguém está usando: *Remember to bring warm clothing.* (Lembre-se de trazer roupas quentes.)

190.1 Usar roupas

wear, pretérito **wore** part passado **worn** [obj: p. ex. casaco, chapéu, óculos] usar, vestir *She never wears a skirt.* Ela nunca veste saia. *He wears glasses.* Ele usa óculos.

dress v **1** vti [obj: p. ex. bebê, ator] vestir *I dressed him in shorts and a T-shirt.* Coloquei um calção e uma camiseta nele. *I dressed quickly.* Eu me vesti rapidamente **2** vi [usar roupas de um tipo mencionado] vestir *She dresses with taste.* Ela se veste com bom gosto. *He was dressed in black.* Ele estava vestido de preto. *to be well/badly dressed* estar bem/mal vestido

USO

Quando se fala da ação de vestir, geralmente se usa o termo **to get dressed** (vestir-se, pôr roupa). É o que se faz quando se levanta da cama. Ex.: *He had a shower, got dressed and left for work.* (Ele tomou um banho, vestiu-se e foi trabalhar.) *It takes the children ages to get dressed.* (Leva séculos para as crianças se vestirem.) Usa-se **put on** (pôr) para descrever a ação de colocar peças de roupa adicionais, p. ex. *Put your coat on if you're going outside.* (Ponha o casaco se você pretende sair.) *She put on a blue skirt.* (Ela pôs uma saia azul.) *He put his sunglasses on.* (Ele pôs os óculos escuros.) Não se usa **wear** (usar) para descrever uma ação; usa-se este termo para descrever a aparência ou os hábitos de alguém, p. ex. *She was wearing a blue skirt/sunglasses.* (Ela estava usando uma saia azul/ óculos de sol.) *He often wears a suit.* (Freqüentemente ele usa terno.) Se você tira as roupas que está usando e veste outras, usa-se o termo **change** (trocar-se) OU **get changed** (trocar de roupa), p. ex. *I must change/get changed before we go out.* (Preciso me trocar/ mudar de roupa antes de sairmos.)

put on sth, **put** sth **on** vt prep [obj: p. ex. camisa, óculos] pôr, vestir, colocar *I put my dressing gown on.* Vesti o penhoar.

don vt, **-nn-** [jocoso ou antiquado] envergar, vestir *on the rare occasions I don a suit and tie* nas raras ocasiões em que eu envergo um terno e gravata

clothe vt [um tanto formal. Proporcionar roupas a alguém] vestir *five children to feed and clothe* cinco filhos para vestir e alimentar

She is getting dressed. Ela está se vestindo.
She is putting on her blouse. Ela está pondo a blusa.

She is dressed in a nurse's uniform. Ela está vestida com o uniforme de enfermeira.

He is wearing a hat. Ele está usando chapéu.
He has a moustache. Ele tem bigode.

He is carrying an umbrella. Ele está levando um guarda-chuva.

190.2 Sem roupas

undress vti tirar a roupa, desnudar-se (esp. no part passado) *to get undressed* tirar a roupa

take off sth ou **take** sth **off** vt prep [obj: p. ex. camisa, casaco] tirar *I took off my shoes.* Tirei os sapatos.

strip v, **-pp- 1** vi (às vezes + **off**) [implica livrar-se das roupas, freq. para que os outros vejam] desnudar-se, arrancar a roupa *I want you to strip to the waist, please.* Quero que fique sem roupa da cintura para baixo.

I stripped off and dived in. Arranquei a roupa e mergulhei **2** *vt* [freq. agressivamente] arrancar a roupa *The victim had been stripped and beaten.* Arrancaram a roupa da vítima e a espancaram. *They were stripped and searched at customs.* Na alfândega fizeram com que tirassem as roupas e os vasculharam.

bare *adj* [sem estar coberto por roupas. Obj: freq. alguma parte do corpo] nu, despido, descoberto *Her arms were bare and sunburnt.* Seus braços estavam descobertos e queimados pelo sol. *bare feet* pés descalços

bare *vt* desnudar, ficar nu *to bare one's chest* descobrir o peito

naked *adj* [sem nenhuma roupa. Obj: freq. pessoa] nu, sem roupa *They wander round the house naked.* Eles andam nus pela casa. **nakedness** *ssfn* nudez

nude *adj* [freq. para expor-se deliberadamente. Sempre descreve a pessoa inteira e não uma parte do corpo] nu *photographs of nude women* fotografias de mulheres nuas **nudity** *ssfn* nudez **nude** *sfn* nu

190.3 Roupa para a parte inferior do corpo

trousers *s pl* (esp. *brit*) calças (usado como *adj* sem 's') *in his trouser pocket* no bolso das calças

pants *s pl* (esp. *amer*) [informal] calças

shorts *s pl* calção, calças curtas, short

culottes *s pl* saia-calça

slacks *s pl* [calça esporte] calças compridas e largas tipo esporte

jeans *s pl* calças de brim, jeans

dungarees *s pl* macacão de brim

overalls *s pl* macacão de trabalho

U S O

Todas as palavras acima requerem um verbo flexionado no plural. Caso se deseje mencionar uma determinada peça, deve-se dizer *a pair of trousers/jeans/shorts, etc.*

190.4 Roupas para a parte superior do corpo

shirt *sfn* [para homens e mulheres] camisa
blouse *sfn* [para mulheres. Geralmente mais decorativa que shirt] blusa
T-shirt *sfn* camiseta
sweatshirt *sfn* suéter de malha de algodão, moletom

a V-necked sweater suéter com gola em V

a crew-necked sweater suéter com gola careca

a polo-necked sweater suéter com gola rolê/gola pólo

waistcoat *sfn* colete
jacket *sfn* paletó, jaqueta
dinner jacket *sfn* smoking
cardigan *sfn* cardigã, blusa de malha de lã com abotoamento na frente
jumper (*brit*), **pullover** (*brit*), **sweater** (*brit* & *amer*), **jersey** (*brit*) *sfn* suéter, pulôver

190.5 Roupas femininas

dress *sfn* vestido *an evening dress* vestido de noite
skirt *sfn* saia
jumpsuit *sfn* tipo de avental, combinação
sari *sfn* sari, usado por mulheres na Índia
gown *sfn* [vestido longo, muito formal] vestido de noite longo *a ball gown* vestido de baile

190.6 Conjuntos (de roupa)

suit *sfn* [para homens e mulheres] terno, traje *a pinstripe suit* um traje listrado
costume *s* **1** *sfn* [p. ex. no teatro] traje, fantasia **2** *ssfn* [roupas de um determinado estilo, p. ex. de um determinado país] traje típico, traje de época *peasant costume* roupa caipira *a witch's costume* fantasia de bruxa
outfit *sfn* [p. ex. para uma determinada ocasião ou para trabalhar] roupa, vestimenta *She's been coming to work in the same old outfit for years.* Ela vem trabalhar com a mesma roupa surrada há anos. *a child wearing a cowboy outfit* uma criança usando roupa de vaqueiro
uniform *sc/sfn* uniforme *in uniform* de uniforme

190.7 Roupas para esporte e exercícios

tracksuit *sfn* agasalho de esporte
leotard *sfn* malha colante (para ginástica)
swimming costume *sfn* [para homens e mulheres] roupa de banho
trunks ou **swimming trunks** *s pl* [para homens] calção de banho, sunga
bikini *sfn* biquíni

190.8 Roupas para dormir

pyjamas (*brit*), **pajamas** (*amer*) *s pl* pijama *a pair of pyjamas* um pijama (usado como *adj* sem 's') *my pyjama trousers* as calças do meu pijama
nightdress *sfn* camisola
nightie *sfn* [um tanto informal] camisola
dressing gown *sfn* penhoar

190.9 Roupa de baixo

underwear *ssfn* roupa de baixo, lingerie
pants (*brit*), **panties** (esp. *amer*) *s pl* calcinhas *a pair of pants* uma calcinha
briefs *s pl* [para homens ou mulheres] cueca (homens), calcinhas (mulher) *a pair of briefs* cueca, calcinha
knickers *s pl* (*brit*) [um tanto informal. Para mulheres] calcinhas *a pair of knickers* calcinha
underpants *s pl* [para homens] cuecas *a pair of underpants* cueca
slip *sfn* combinação

GRUPOS DE PALAVRAS

petticoat sfn [às vezes considerado mais antiquado que **slip**] anágua, combinação
bra sfn soutien, sutiã
vest (brit), **undershirt** (amer) sfn camiseta a string vest camiseta de malha
socks s pl meias curtas, meias soquete a pair of socks um par de meias
tights (esp. brit)
pantyhose (amer) s pl meia-calça a pair of tights uma meia-calça
stockings s pl meias finas longas, meias 7/8 a pair of stockings um par de meias finas

190.10 Roupa para o exterior

coat sfn casaco
overcoat sfn [ger. para homens] sobretudo
mac sfn (brit) [informal] casaco impermeável
raincoat sfn [termo genérico. Mais formal que **mac**] capa de chuva
anorak sfn (esp. brit) anoraque, casaco acolchoado com capuz
cloak sfn capa

190.11 Partes de roupas

button sfn botão to do up one's buttons abotoar
button vt (freq. + **up**) abotoar She buttoned up her coat. Ela abotoou o casaco.
buttonhole sfn casa do botão
zip (brit), **zipper** (esp. amer) zíper, fecho ecler
zip vt, -pp- (ger. + **up**) fechar com zíper She zipped up her anorak. Ela fechou o zíper de seu casaco.
fly sfn ou **flies** s pl [em calças] braguilha, vista Your fly is/flies are open. Sua braguilha está aberta.
press stud (brit), **snap fastener** (amer), **popper** (brit & amer) [informal] sfn botão de pressão
strap sfn alça

190.12 Partes de roupas

fringe sfn orla
hem sfn barra

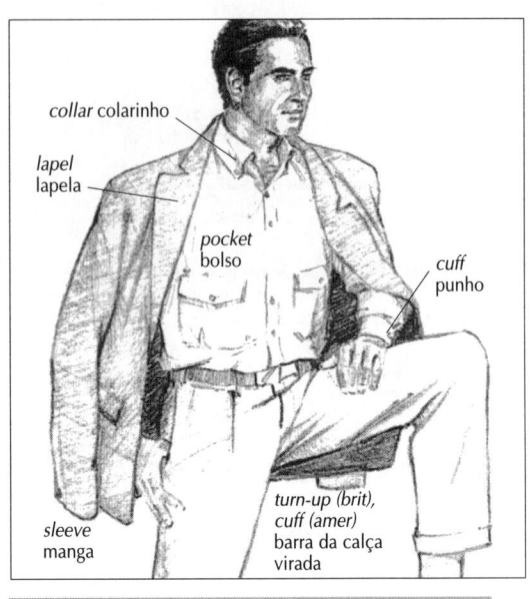

collar colarinho
lapel lapela
pocket bolso
cuff punho
sleeve manga
turn-up (brit), cuff (amer) barra da calça virada

190.13 Pessoas que confeccionam roupas

tailor sfn [esp. para homens] alfaiate
dressmaker sfn [esp. para mulheres] costureira, modista
designer sfn [implica roupa da moda] designer, costureiro (usado como adj) designer jeans jeans de grife

191 Shoes Sapatos

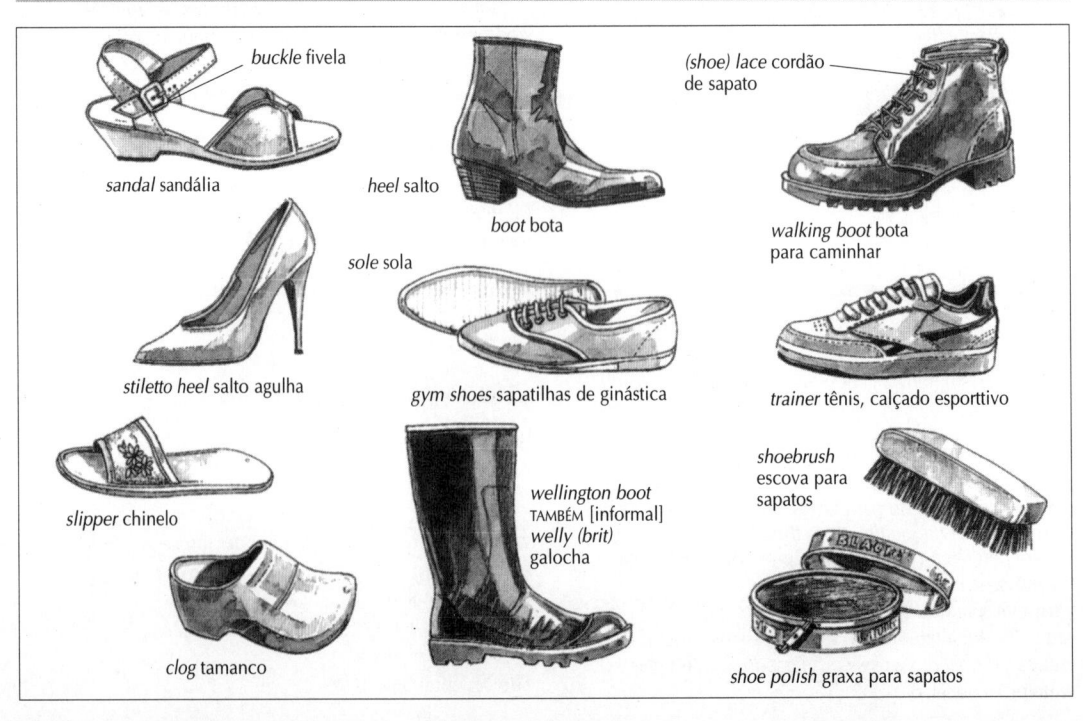

buckle fivela
sandal sandália
heel salto
boot bota
sole sola
(shoe) lace cordão de sapato
walking boot bota para caminhar
stiletto heel salto agulha
gym shoes sapatilhas de ginástica
trainer tênis, calçado esporttivo
slipper chinelo
wellington boot TAMBÉM [informal] welly (brit) galocha
shoebrush escova para sapatos
clog tamanco
shoe polish graxa para sapatos

192 Accessories Acessórios

192.1 Para a cabeça

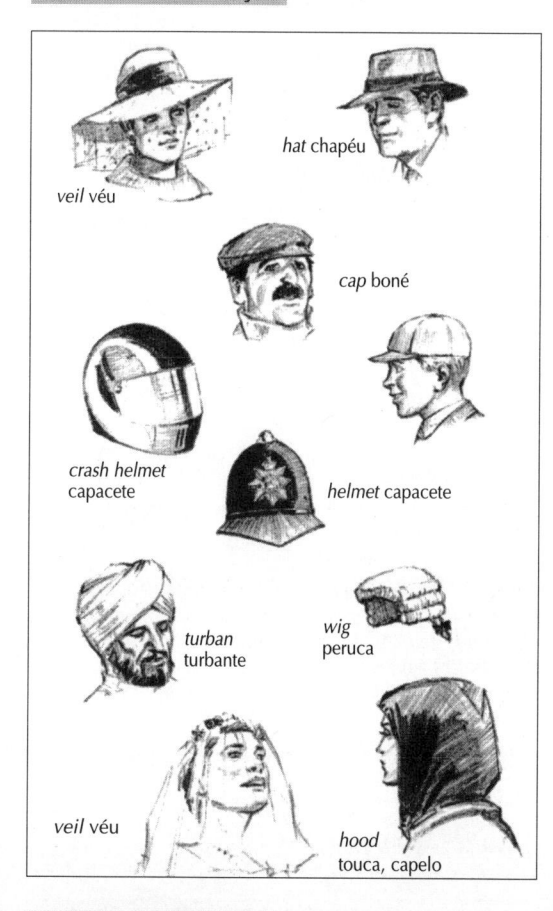

veil véu
hat chapéu
cap boné
crash helmet capacete
helmet capacete
turban turbante
wig peruca
veil véu
hood touca, capelo

192.2 Para aquecer

scarf *sfn, pl* **scarves** echarpe, lenço longo
headscarf *sfn, pl* **headscarves** [quadrado] lenço
glove *sfn* luva *a pair of gloves* um par de luvas
shawl *sfn* xale
umbrella *sfn* guarda-chuva

192.3 Para carregar objetos

handbag (*brit*), **purse** (*amer*) *sfn* bolsa
purse (*brit*), **wallet** (*amer*) *sfn* carteira, moedeiro
wallet (*brit*), **billfold** (*amer*) *sfn* carteira para dinheiro
briefcase *sfn* maleta, pasta (para papéis, documentos, etc.)

192.4 Acessórios ornamentais

tie (*brit*), **necktie** (*amer*) *sfn* gravata
ribbon *sfn* fita
bow *sfn* laço
belt *sfn* cinto
cufflink *sfn* abotoadura *a pair of cufflinks* um par de abotoaduras
fan *sfn* leque
badge *sfn* distintivo, insígnia

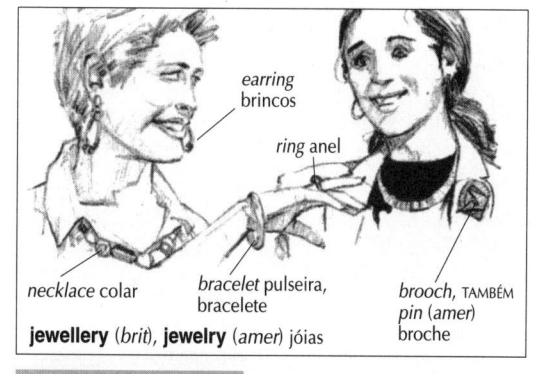

earring brincos
ring anel
necklace colar
bracelet pulseira, bracelete
brooch, TAMBÉM pin (*amer*) broche
jewellery (*brit*), **jewelry** (*amer*) jóias

192.5 Cosméticos

make-up *ssfn* maquiagem, pintura
cosmetics *s pl* [mais formal que **make-up**] maquiagem, cosméticos
lipstick *sc/sfn* batom
mascara *sc/sfn* rímel
eyeshadow *sc/sfn* sombra para os olhos
perfume *sc/sfn* perfume

192.6 Lenços

handkerchief *sfn, pl* **handkerchieves** lenço, lencinho
hankie *sfn* [informal] lenço
tissue *sfn* [papel] lenço de papel

193 Textiles Têxteis

ver também **arts and crafts, 381.6**

material *sc/sfn* [termo genérico] tecido, fazenda *You'll need three metres of material.* Você precisará de três metros de tecido.
fabric *sc/sfn* [mais técnico que **material**] tecido *synthetic fabrics* tecidos sintéticos
cloth *ssfn* [não usado para fibras sintéticas] pano, tecido *You can tell the quality from the feel of the cloth.* Dá para perceber a qualidade do pano pelo tato.
thread *sc/sfn* [para costura] linha, fio
yarn *ssfn* [para tricotar] fio de lã, lã
rag *sc/sfn* [qualquer tecido que foi rasgado] trapo, farrapo
weave *vt*, pretérito **wove** part passado **woven** tecer
weaver *sfn* tecelão

193.1 Fios e tecidos comuns

cotton *ssfn* 1 [pano] algodão 2 (*brit*) [fio] fio, linha de costura *a needle and cotton* uma agulha e linha
wool *ssfn* lã 1 [tecido] lã 2 [fio] *a ball of wool* um novelo de lã
woollen *adj* de lã *a woollen jumper* um suéter de lã
felt *ssfn* feltro
nylon *ssfn* náilon
polyester *ssfn* poliéster
corduroy *ssfn* veludo cotelê
tweed *ssfn* tweed, mescla de lã

GRUPOS DE PALAVRAS

leather *ssfn* couro
suede *ssfn* camurça
linen *ssfn* linho
canvas *ssfn* lona
velvet *ssfn* veludo
silk *ssfn* seda
satin *ssfn* cetim
lace *ssfn* renda

USO
Os nomes dos tecidos podem ser usados como adjetivos, p. ex. *a velvet dress* (vestido de veludo) *a canvas bag* (uma bolsa de lona).

194 Colours Cores

ver também **jewels, 15; metals, 16**

USO
Quando se deseja usar um adjetivo que designa cores com outros adjetivos, geralmente se coloca o adjetivo que designa a cor imediatamente antes do substantivo: *a big heavy black bookcase* (uma estante negra, grande e pesada). A exceção é quando o outro adjetivo informa sobre a natureza básica da pessoa ou objeto, tal como origem ou material. Assim sendo, dizemos: *a big heavy black oak bookcase* (uma estante de carvalho, negra, grande e pesada) ou *a small white Italian car* (um carro italiano branco e pequeno).

194.1 Descrição de cores

bright *adj* [implica intensidade e reflexão da luz] vivo, forte *a bright yellow* amarelo vivo
gaudy *adj* [ger. pejorativo. Vivo demais para o gosto comum] chamativo, forte *a gaudy pink dress* um vestido cor-de-rosa forte
pale *adj* desmaiado, claro *a pale blue shirt* uma camisa azul-clara

USO
A palavra **pale** enfatiza a falta de intensidade da cor, enquanto a palavra **light** enfatiza o tom da cor. É possível, portanto, que cores descritas como **light** sejam também **bright**. O oposto de **light** é **dark**, e o oposto de **pale** é **deep**.

light *adj* claro *light brown hair* cabelos castanho-claros *light blue* azul-claro
deep *adj* intenso *a deep red cherry* vermelho-cereja intenso
dark *adj* escuro *a dark blue suit* terno azul-escuro
pastel *adj* [implica palidez e suavidade] pastel *pastel shades* tons pastel
transparent *adj* transparente
clear *adj* [transparente e geralmente incolor] transparente *clear glass* vidro transparente

194.2 Cores primárias

red *ssfn* vermelho *cherry red* vermelho-cereja **red** *adj,* -d- vermelho
yellow *ssfn* amarelo *mustard yellow* amarelo-mostarda **yellow** *adj* amarelo
blue *ssfn* azul *sky blue* azul-celeste *royal blue* azul-real *navy blue* azul-marinho **blue** *adj* azul

194.3 Outras cores

green *ssfn* verde *bottle green* verde-garrafa *olive green* verde-oliva **green** *adj* verde
pink *ssfn, adj* cor-de-rosa
orange *ssfn, adj* laranja
purple *ssfn, adj* roxo, púrpura
tan *ssfn, adj* havana, marrom-amarelado
mauve *ssfn, adj* malva
brown *ssfn, adj* marrom
beige *ssfn, adj* bege
ginger *ssfn, adj* [descreve: esp. cabelo] ruivo, vermelho
black *ssfn, adj* preto
white *ssfn, adj* branco
grey (*brit*), **gray** (esp. *amer*) *ssfn, adj* cinza

comparações
as black as ink/coal preto como o carvão
as white as snow branco como a neve
as white as a sheet [implica choque] branco como papel

MODIFICAR E COMBINAR CORES
A maioria dos adjetivos que designam cores aceita os sufixos **-y** e **-ish**. Quando se usam palavras como *greeny* (esverdeado) ou *reddish* (avermelhado), se subentende que se está dando apenas uma idéia aproximada da cor: *She's got brownish hair.* (Ela tem cabelo acastanhado/meio castanho.) Estas palavras também podem ser combinadas com adjetivos que designam cores comuns para expressar um determinado tom: *greeny-brown eyes* (olhos castanho-esverdeados) *reddish-pink lipstick* (batom vermelho-rosado)

195 Social customs Costumes sociais

custom *sc/sfn* costume *It's the/a custom in our country to give presents on Christmas Eve.* É costume em nosso país trocar presentes na véspera de Natal. **customary** *adj* costumeiro, de costume
tradition *sc/sfn* tradição *by tradition* por tradição *to break with tradition* romper com a tradição
traditional *adj* [descreve p. ex. traje, comida, canção] tradicional **traditionally** *adv* tradicionalmente
culture *s* **1** *sc/sfn* [modo de vida] cultura (usado como *adj*) *culture shock* choque cultural **2** *ssfn* [atividade artística e acadêmica] cultura *They went to Paris for a bit of culture.* Eles foram a Paris em busca de um pouco de cultura. **cultural** *adj* cultural **cultured** *adj* culto

195.1 Celebrações

celebrate *v* **1** *vt* [obj: p. ex. evento, sucesso, aniversário] celebrar, comemorar *We're having a party to celebrate Maria's homecoming.* Estamos fazendo uma festa para comemorar o retorno de Maria. **2** *vi* comemorar *Let's celebrate by going out to dinner tonight.* Vamos sair para jantar hoje à noite para comemorar.

celebration *sc/sfn* (freq. usado no *pl*) comemoração *Independence Day celebrations* comemoração do Dia da Independência

party *sfn* festa *birthday party* festa de aniversário *dinner party* jantar com convidados *to give/throw a party for sb* dar uma festa em homenagem a alguém (usado como *adj*) *party dress* vestido de festa

anniversary *sfn* aniversário *the fiftieth anniversary of the school's foundation* o cinqüentenário da fundação da escola *wedding anniversary* aniversário de casamento

birthday *sfn* aniversário (de pessoas) *My birthday is (on) August 16th.* Meu aniversário é no dia 16 de agosto. *What do you want for your birthday?* O que você quer ganhar de aniversário? *her eighteenth birthday* seu aniversário de 18 anos (usado como *adj*) *birthday card* cartão de aniversário *birthday present* presente de aniversário

195.2 Cerimônias religiosas

ver também **religion, 232**

christening *sfn* [palavra mais usada por pessoas comuns] batizado (usado como *adj*) *christening robe* camisola de batizado **christen** *vt* batizar

baptism *sfn* [palavra mais usada em contextos religiosos] batismo **baptize** *vt* batizar

godmother *sfn* madrinha

godfather *sfn* padrinho

godchild *sfn*, *pl* **godchildren** afilhado

bar mitzvah *sfn* bar-mitzvah (rito judáico de iniciação aos 13 anos)

195.3 Casamento

bachelor *sfn* solteiro *a confirmed bachelor* solteirão convicto (usado como *adj*) *bachelor flat* apartamento de solteiro *bachelor girl* moça solteira

spinster *sfn* solteira, solteirona

> **U S O**
>
> Ainda que seja bastante comum o uso da palavra **bachelor**, o termo **spinster** é raramente usado, exceto em documentos oficiais relacionados ao casamento ou à cerimônia de casamento em si. Em linguagem corrente, o termo **spinster** tem uma conotação marcadamente pejorativa.

engagement *sfn* (freq. + **to**) compromisso, noivado (usado como *adj*) *engagement ring* anel de noivado

be/get engaged (freq. + **to**) estar/ficar noivo

marriage *sc/sfn* [pode designar o estado de casado e também a cerimônia de casamento] casamento *a happy marriage* um casamento feliz

marry *v* **1** *vt* casar-se *Will you marry me?* Você quer se casar comigo? *We have been married for twenty years.* Estamos casados há vinte anos. **2** *vi* casar *They can't marry until his divorce is final.* Eles não podem se casar até que termine o processo de divórcio dele.

get married (freq. + **to**) [mais informal que **marry**] casar-se *She wants to get married in church.* Ela quer se casar na igreja.

wedding *sfn* cerimônia de casamento

(wedding) reception *sfn* recepção/festa de casamento

honeymoon *sfn* lua-de-mel *to go on honeymoon* viajar de lua-de-mel **honeymoon** *vi* fazer lua-de-mel

separate *vi* separar-se *She and her husband have/are separated.* Ela e seu marido se separaram. **separation** *sc/sfn* separação

divorce *vti* divorciar-se *to get divorced* divorciar-se

divorce *sc/sfn* divórcio *grounds for divorce* motivo de divórcio [usado como *adj*] *divorce court* vara da família (que trata de divórcios)

bride noiva *(bride)groom* noivo *best man* padrinho de casamento *bridesmaid* dama de honra *wedding ring* aliança de casamento *wedding dress* vestido de noiva **wedding** casamento

195.4 Funeral

funeral *sfn* funeral *a funeral procession* cortejo fúnebre
cemetery ou **graveyard** *sfn* cemitério
grave *sfn* sepultura
gravestone ou **headstone** *sfn* lápide
coffin *sfn* caixão, ataúde
wreath *sfn* coroa de flores (funerária)
undertaker *sfn* agente funerário
hearse *sfn* carro fúnebre

bury *vt* enterrar, sepultar *He was buried at sea.* Ele foi sepultado no mar.
burial *sc/sfn* sepultamento, enterro (usado como *adj*) *burial service* funeral
cremate *vt* cremar **cremation** *sc/sfn* cremação **crematorium** *s pl* **crematoria** crematório
mourn *vti* [obj: p. ex. pessoa, morte, perda] lamentar a morte, chorar, estar de luto **mourner** *sfn* pessoa enlutada **mourning** *ssfn* luto *to be in mourning (for somebody)* estar de luto por causa da morte de alguém
wake *sfn* velório

196 Greet Saudar

ver também **gesture**, 365; **introductions**, LC 1; **greetings**, LC 3

greet *vt* [obj: pessoa] saudar, cumprimentar (+ **with**) *He greeted me with a friendly wave.* Ele me cumprimentou com um aceno amistoso.
greeting *sc/sfn* saudação, cumprimento *a warm/friendly greeting* cumprimentos calorosos/amistosos [freq. usado no *pl*] *to send Christmas/birthday greetings to someone* enviar saudações natalinas/pelo aniversário [usado como *adj*, somente no *pl*] *greetings card* cartão de saudações
welcome *vt* 1 (freq. + **to**) dar boas-vindas, receber *He welcomed us to Spain.* Ele nos deu boas-vindas à Espanha. *to welcome someone with open arms* receber alguém de braços abertos 2 [ficar feliz com. Obj: p. ex. decisão, notícia] aplaudir, acolher com agrado *The staff welcomed the new pay scales.* Os funcionários aplaudiram a nova escala salarial.
welcome *interj* (freq. + **to**) bem-vindo
welcome *adj* 1 [descreve p. ex. convidado] bem-vindo *I know when I'm not welcome.* Eu sei quando não sou bem-vindo. *to make someone welcome* acolher de braços abertos 2 [recebido com agrado] bem recebido, que veio em boa hora *a welcome change from work* uma mudança de trabalho que veio em boa hora

welcome *sfn* boas-vindas *to give someone a warm welcome* dar calorosas boas-vindas a alguém
shake hands [como sinal de cumprimento, acordo etc.] apertar as mãos, estender a mão *They shook hands on the deal.* Eles apertaram as mãos para selar o negócio.
handshake *sfn* aperto de mão
wave *vti* (freq. + **to**) acenar *He waved to us from the balcony.* Ele nos acenou do balcão. *to wave someone goodbye* dar adeus a alguém
wave *sfn* aceno *a wave of the hand* acenar com a mão
kiss *vti* beijar *He kissed her on both cheeks.* Ele a beijou nas faces. *to kiss someone goodbye/goodnight* dar um beijo de adeus/de boa noite
kiss *sfn* beijo *to give someone a kiss* dar um beijo em alguém
introduce *vt* (freq. + **to**) apresentar *We haven't been introduced yet.* Ainda não fomos apresentados.
introduction *sc/sfn* apresentação *I'll leave Bob to make the introductions.* Vou deixar Bob fazer as apresentações.

197 Die Morrer

die *vi* [termo genérico] morrer *dying words/wish* últimas palavras/último desejo (+ **of**) *He died of a heart attack.* Ele morreu de ataque cardíaco. *I'll remember that till my dying day.* Vou lembrar disso até a morte. *I nearly died when they told me.* Quase morri quando me contaram. [usado informalmente para demonstrar um grande choque ou vergonha] morrer
pass away/on *vi prep* [eufemismo. Um tanto antiquado] falecer *She passed away/on last week.* Ela faleceu na semana passada.

Hundreds perished when the ship went down. Centenas perderam a vida quando o navio afundou.
expire *vi* [muito formal ou literário quando usado em relação a uma pessoa] expirar

u s o

Usar expressões jocosas para a morte em contextos sérios pode soar ofensivo ou como demonstração de falta de sensibilidade.

e x p r e s s õ e s

(to) drop dead [morrer repentinamente] cair morto *He just dropped dead in the street.* Ele caiu morto no meio da rua.
kick the bucket [informal, jocoso] bater as botas
snuff it [gíria, freq. jocoso] esticar as canelas

197.1 Morto

dead *adj* 1 [descreve p. ex. corpo, flor, animal] morto *a dead body* cadáver *to shoot someone dead* matar alguém com um tiro *I wouldn't be seen dead in that hat.* [jocoso] Não colocaria aquele chapéu nem morta. (usado como *s pl*) *the living and the dead* os vivos e os mortos 2 [descreve p. ex. máquina, bateria] morto, apagado *The line went dead.* A linha apagou/ficou muda.

perish *vi* [freq. usado por jornalistas, para enfatizar a natureza dramática da morte] perder a vida, perecer

> *comparação*
> **as dead as a dodo/doornail** mortinho da silva

deceased *adj* [formal, principalmente usado em documentos oficiais e legais] falecido *John Henry Morton, deceased.* John Henry Morton, falecido [usado como *s*] *the deceased's personal effects* os objetos pessoais do falecido

late *adj* (antes do *s*) [maneira respeitosa de indicar que alguém faleceu recentemente. Usado em documentos oficiais, porém menos formal que **deceased**] falecido *my late uncle* meu tio falecido

extinct *adj* [descreve p. ex. animal, espécie, vulcão] extinto **extinction** *ssfn* extinção

death *sc/sfn* morte *a natural death* morte natural *to be worried/frightened to death* [informal] morrer de preocupação/de medo

198 Kill Matar

kill *vti* [termo genérico. Pode ser proposital ou acidental. Obj: pessoa, animal, planta] matar *His parents were killed in a plane crash.* Seus pais foram mortos em um acidente aéreo. *My wife will kill me if she finds out!* Minha mulher me mata se ela descobrir! **killer** *sfn* assassino, matador

slay *vt, pretérito* **slew**, *part passado* **slain** [antiquado ou literário. Obj: p. ex. inimigo, cavaleiro] matar, tirar a vida

massacre *vt* [indica um grande número de vítimas e morte violenta] massacrar **massacre** *sfn* massacre

exterminate *vt* [implica a destruição completa de um grupo de animais ou pessoas] exterminar **extermination** *ssfn* extermínio

suicide *sc/sfn* suicídio *to commit suicide* cometer suicídio

euthanasia *ssfn* eutanásia

198.1 Assassinar

murder *vt* assassinar *He murdered his victims with an axe.* Ele assassinou suas vítimas com um machado *I could murder him for forgetting to tell you.* Eu o mataria por ter esquecido de lhe dizer. [também usado de maneira informal ou jocosa] matar **murderer** *sfn* assassino

murder *sc/sfn* assassinato *to get away with murder* [jocoso] fazer o que dá vontade sem medir as conseqüências

manslaughter *ssfn* homicídio involuntário, homicídio culposo *The driver of the car was found guilty of manslaughter.* O motorista do automóvel foi culpado de homicídio culposo (não intencional).

assassinate *vt* [obj: pessoa importante] assassinar *an attempt to assassinate the President* uma tentativa de assassinar o presidente **assassin** *sfn* assassino **assassination** *sc/sfn* assassinato

bump sb **off** ou **bump off** sb *vt prep* [informal, soa um tanto jocoso] liquidar

do sb **in** ou **do in** sb *vt prep* [informal] acabar *She tried to do her old man in.* Ela tentou acabar com o velho.

poison *vt* (freq. + **with**) envenenar

poison *sc/sfn* veneno *rat poison* veneno de rato (usado como *adj*) *poison gas* gás venenoso

poisonous *adj* [descreve p. ex. cobra, produto químico, planta] venenoso

shoot *vt, pretérito & part passado* **shot** fuzilar, atirar

strangle *vt* estrangular

drown *v* 1 *vt* afogar 2 *vi* afogar-se

suffocate *v* 1 *vt* sufocar, asfixiar 2 *vi* sufocar-se, asfixiar-se

198.2 Pena capital

capital punishment *ssfn* pena capital

execute *vt* [levar a cabo uma sentença de morte. Freq. usado em contextos militares] executar *He was executed by firing squad.* Ele foi executado por um esquadrão de fuzilamento.

execution *sc/sfn* execução **executioner** *sfn* carrasco

put sb **to death** [menos frio e imparcial que **execute**. Freq. usado quando se refere a fatos históricos] matar

hang *vt, pretérito & part passado* **hanged** ou **hung** enforcar *He was sentenced to be hung.* Ele foi condenado à forca.

hanging *sc/sfn* forca *Some people want to bring back hanging.* Algumas pessoas querem que a forca volte a ser usada.

electric chair *sfn* (sempre + **the**) cadeira elétrica

gas chamber *sfn* câmara de gás

firing squad *sfn* (+ *v sing* ou *pl*) pelotão de fuzilamento *to face a firing squad* enfrentar um pelotão de fuzilamento

198.3 Matar animais

put sth **down**, **put down** sth *vt prep* [ger. usado por veterinários. Obj: animal doente, velho ou indesejado] sacrificar

put to sleep [eufemismo para **put down**] sacrificar

slaughter *vt* [obj: animal usado para produzir carne] abater, matar **slaughter** *ssfn* abate

butcher *vt* [obj: animal usado para produzir carne] matar, abater **butchery** *ssfn* abate

> *uso*
> Quando as palavras **slaughter** e **butcher** se referem a matança de pessoas, elas se tornam muito fortes e carregadas de emoção.

198.4 Letal

lethal *adj* [descreve p. ex. dose, arma] letal, fatal *Those sharp spikes could be lethal.* Aqueles espetos pontiagudos poderiam ser letais.

deadly *adj* 1 [descreve p. ex. veneno] mortal 2 [descreve p. ex. precisão, meta] exato, absoluto *in deadly earnest* com seriedade absoluta

fatal adj **1** [que causa a morte. Descreve p. ex. acidente, ferimento] fatal **2** (freq. + **to**) [que causa um fracasso. Descreve p. ex. erro, hesitação] fatal *Further delays could be fatal to the project.* Maiores atrasos podem ser fatais para o projeto. **fatally** adv fatalmente **fatality** sfn fatalidade

mortal adj **1** [formal. Descreve p. ex. explosão, ferimento] mortal *mortal sin* [no Catolicismo] pecado mortal **2** [descreve p. ex. terror, medo, perigo] mortal, de morte *a mortal danger* perigo de morte

mortally adv mortalmente *mortally wounded* mortalmente ferido

> **U S O**
>
> Usa-se **lethal** e **deadly** para designar coisas que causariam a morte nas mãos de um assassino, etc. **Fatal** é mais usado para referir-se a coisas que realmente causaram a morte de alguém. Por exemplo, seria possível dizer: *The glass contained a lethal/deadly dose of arsenic.* (O copo continha uma dose letal/mortal de arsênico.) não importando se alguém tomou ou não a dose. Por outro lado, se um detetive estivesse investigando um crime, poderia pensar: *Who administered the fatal dose?* (Quem ministrou a dose fatal?)

199 Sex Sexo

sex s **1** ssfn [relação sexual ou atividade sexual em geral] sexo *There's too much sex on television.* Há muito sexo na televisão. *premarital/extramarital sex* sexo antes do casamento/fora do casamento (usado como *adj*) *sex appeal* atração sexual *sex life* vida sexual **2** sc/sfn sexo *the male/female sex* sexo masculino/ feminino *the opposite sex* sexo oposto

sexuality ssfn [natureza sexual] sexualidade *male/female sexuality* sexualidade feminina/masculina

sexual adj **1** [relacionado a atos sexuais] sexual *sexual satisfaction* satisfação sexual **2** [relacionado a gênero] sexual *sexual stereotyping* estereótipos sexuais

sexually adv sexualmente *sexually explicit material* material sexualmente explícito

gender ssfn **1** [mais técnico que **sex**] sexo **2** [na gramática] gênero

199.1 Sexualmente atraente

ver também **attract, 432**

sexy adj [bastante informal. Mais leve que **erotic**. Descreve p. ex. pessoa, lingerie] sexy, provocante *You look so sexy in that dress.* Você está tão sexy com esse vestido.

erotic adj [mais sério que **sexy**. Descreve p. ex. figura, pose, poema, não é usado para pessoas] erótico

pornographic adj [pejorativo, implica mau gosto. Descreve p. ex. livro, revista, fotografia] pornográfico **pornography** ssfn pornografia **pornographer** sfn pessoa que faz ou vende pornografia

199.2 Relação sexual

sexual intercourse ssfn [um tanto formal. Usado p. ex. quando se conversa com o médico] relação sexual *to have sexual intercourse with someone* manter relações sexuais com alguém

have sex (freq. + **with**) [um tanto informal, mas também é um termo bastante neutro e desapaixonado] fazer sexo, dormir com alguém

make love (freq. + **to**) [um tanto eufemístico, mas emocionalmente mais caloroso que **have sex**] fazer amor

sleep with sb ou **go to bed with sb** [eufemismos comuns] dormir com alguém/ir para a cama com alguém

consummate vt [principalmente em contextos técnicos ou legais. Obj: casamento] consumar **consummation** ssfn consumação

copulate vi [freq. usado para animais. Pejorativo quando usado para pessoas] copular **copulation** ssfn cópula

fornicate vi [formal e pejorativo. Usado na Bíblia] fornicar **fornication** ssfn fornicação

mate vi (freq. + **with**) [somente usado para animais] acasalar, cruzar *the mating season* época de acasalamento

mate sfn [usado principalmente para animais, mas também para pessoas] acasalamento

breed v, pretérito & part passado **bred 1** vi [suj: animais] procriar [também usado com desprezo para pessoas] *They breed like rabbits.* Eles procriam como coelhos. **2** vt [obj: animais, plantas] procriar, reproduzir-se *bred in captivity* se reproduzem no cativeiro **breeder** sfn criador

masturbate vti masturbar-se **masturbation** ssfn masturbação

> **U S O**
>
> Há um número enorme de gírias e termos vulgares para designar relações sexuais. As seguintes palavras estão entre as mais comuns e somente devem ser usadas quando se tem certeza de não ofender o interlocutor. Em caso de dúvida, não use o termo. Em geral os jovens são menos propensos a ficarem chocados que as gerações mais velhas.

fuck vti [palavra mais básica e forte que pode chocar e/ou ofender muitas pessoas. Portanto, é melhor evitá-la] foder

fuck interj [usado como xingamento forte e vulgar] foda-se

fuck sfn [ato] foda

screw vti [palavra menos forte e chocante que **fuck**, mas ainda considerada gíria vulgar e pode ofender muitas pessoas] trepar **screw** sfn trepada

lay vt (esp. amer) [menos forte e direto que **fuck** ou **screw** e ligeiramente menos ofensivo, mas mesmo assim pode chocar algumas pessoas] comer, transar *to get laid* dar uma comida/transada

lay sfn [o mesmo para o verbo] transa, comida

bonk vti [gíria jocosa, não é particularmente ofensiva, mas só deve ser usada com pessoas que se conhece bem, se for o caso] transar

bonking ssfn [gíria jocosa] transa

to have it off (with sb) [gíria. Não é particularmente ofensiva, mas só deve ser usada com pessoas que se conhece bem, se for o caso] dar uma(s)

199.3 Durante a relação sexual

foreplay ssfn carícias preliminares
ejaculate vi ejacular **ejaculation** sc/sfn ejaculação
orgasm sc/sfn orgasmo *to have an orgasm* ter um orgasmo
come vi, pretérito **came**, part passado **come** [informal] gozar

199.4 Crimes relacionados a sexo

incest ssfn incesto *to commit incest* cometer incesto **incestuous** adj incestuoso

rape sc/sfn estupro (usado como adj) *rape victim* vítima de estupro **rape** vt estuprar **rapist** sfn estuprador

sexual abuse ssfn abuso sexual *a victim of sexual abuse* vítima de abuso sexual

prostitute sfn [mulher, exceto quando especificado como homem] prostituta **prostitution** ssfn prostituição

brothel sfn bordel

red light area ou **district** sfn zona de meretrício

199.5 Anticoncepcionais

contraception ssfn [termo neutro e um tanto técnico] prevenção da gravidez, controle da natalidade

contraceptive sfn anticoncepcional *oral contraceptive* anticoncepcional oral **contraceptive** adj anticoncepcional

birth control ssfn [inclui outros métodos além dos anti-concepcionais] contole de natalidade

family planning ssfn [não técnico e ligeiramente eufemístico] planejamento familiar *the family planning clinic* clínica de planejamento familiar

pill s (sempre + **the**) a pílula anticoncepcional *to be on the pill* tomar a pílula

condom (brit & amer), **rubber** (amer) sfn preservativo, camisinha

199.6 Orientação sexual

heterosexual adj heterossexual **heterosexual** sfn heterossexual **heterosexuality** ssfn heterossexualismo

homosexual adj [palavra neutra. Descreve p. ex. pessoa, relacionamento] homossexual **homosexual** sfn homossexual **homosexuality** ssfn homossexualismo

lesbian adj [palavra neutra. Descreve p. ex. mulher, relacionamento] lésbica **lesbian** sfn lésbica

gay adj [usado tanto para homens como para mulheres. Palavra que indica maior simpatia que **homosexual** ou **lesbian**] gay, homossexual *gay rights* direitos dos homossexuais *the gay community* comunidade gay *gay bars* bar para gays **gay** sfn gay

bisexual adj bissexual **bisexual** sfn bissexual **bisexuality** ssfn bissexualismo

celibate adj celibatário **celibacy** ssfn celibato

virgin sfn virgem

virginity ssfn virgindade *to lose one's virginity* perder a virgindade

200 Old Velho

ver também **old-fashioned, 203**

old adj 1 [termo geral, usado para descrever coisas e pessoas] velho *to get/grow old* ficar velho *She's old enough to vote.* Ela tem idade suficiente para votar. *Surely you're not going to wear that old thing.* Certamente você não vai usar essa coisa velha. 2 [usado para se referir à idade] *ten years old* dez anos de idade *a ten-year-old (child)* criança de dez anos 3 [anterior] velho, antigo *He's his old self again.* Voltou a ser o mesmo de antes. *My old car ran better than this one.* Meu carro antigo andava melhor que este.

age s 1 sfn idade *children of all ages* crianças de todas as idades. *He's starting to look his age.* Está começando a aparentar a idade que tem. *when I was your age* quando eu tinha a sua idade 2 ssfn idade *old/middle age* velhice/meia-idade *ver também **time, 26.2**

age vti [ficar ou aparentar mais velho] envelhecer *He has aged a lot in the past year.* Ele envelheceu muito no ano passado.

200.1 Descrição de pessoas

elder adj (compar de **old**; ger. antes do s) mais velho *my elder brother* meu irmão mais velho

elder sfn mais velho *the elder of her two sons* o mais velho dos seus dois filhos *You must show respect to your elders.* Devem-se respeitar os mais velhos.

elderly adj 1 [refere-se a pessoas. Uma forma mais educada para **old**] idoso (usado como s pl) *the elderly* os idosos 2 [freq. ligeiramente jocoso quando usado para coisas] antigo

senior adj (freq. + **to**) [descreve p. ex. escola, classe, aluno] mais antigo, sênior *senior citizen* cidadão da terceira idade

senior sfn (sempre + adj possessivo) [formal] *She is two years my senior/my senior by two years.* Ela tem dois anos a mais que eu.

veteran adj [descreve p. ex. militante, político] veterano *veteran car* (brit) automóvel antigo

veteran sfn veterano *a Second World War veteran* veterano da Segunda Guerra Mundial

mature adj 1 [descreve: pessoa] maduro *mature student* (brit) estudante maduro 2 [usado eufemisticamente para evitar a palavra **middle-aged**] maduro *styles for the mature woman* moda para a mulher madura
3 [descreve: esp. queijo, vinho] curado, envelhecido

maturity ssfn maturidade *ver também **sensible, 238**

mature vti 1 [suj: pessoa] amadurecer 2 [suj: esp. queijo, vinho] curar, envelhecer

middle-aged adj [usado somente para pessoas] de meia-idade [freq. usado em sentido pejorativo] *middle-aged spread* compleição física de meia-idade *His attitudes are so middle-aged.* Suas idéias são de uma pessoa mais velha.

aged adj [um tanto formal] idoso [ligeiramente menos formal quando usado como *s pl*] *a home for the aged* um lar para os idosos

200.2 Descrição de objetos

second-hand adj [descreve p. ex. automóvel, roupas] de segunda mão, usado *a second-hand shop* loja de objetos de segunda mão **second-hand** adv de segunda mão

vintage adj [apreciativo. Descreve: esp. vinho] safra *vintage car* (*brit*) automóvel antigo **vintage** sfn produção vinícola, vindima

ancient adj 1 [extremamente velho. Descreve p. ex. monumento, catedral, costume] antigo *the ancient Romans* os romanos antigos *That's ancient history.* Isto é história antiga. 2 [jocoso, usado para dar ênfase] *I'm getting terribly ancient.* Estou ficando um ancião. *this ancient raincoat* esta capa de chuva antiqüíssima.

antique adj [velho e valioso. Descreve p. ex. móveis, vaso] antigo

antique sfn antigüidade (usado como *adj*) *an antique shop* loja de antigüidades

---

expressões

as old as the hills [usado tanto para pessoas como para coisas] macróbio, matusalém, mais velho que Matusalém

long in the tooth (*esp. brit*) [ligeiramente pejorativo. Usado somente para pessoas] entrado em anos, passado *She's getting a bit long in the tooth.* Ela está ficando meio passada.

(with) one foot in the grave [um tanto insensível] com o pé na cova

to be getting on [informal, pode ser ligeiramente condescendente] ficando velho *He's getting on a bit now.* Ele está ficando um pouco velho agora.

---

201 New Novo

ver também **begin, 32; modern, 202**

new adj 1 novo *I threw the old vacuum cleaner away and bought a new one.* Joguei fora o aspirador de pó velho e comprei um novo. **as good as new** bom como se fosse novo 2 [diferente. Descreve p. ex. emprego, vida] novo *He has a new girlfriend every week.* Ele arruma uma namorada nova a cada semana. *There seem to be lots of new faces in the office.* Parece que tem muitas caras novas no escritório. 3 (freq. + **to**) [descreve p. ex. membro, remessa] novo *new boy/girl* rapaz/moça nova *She's still very new to the job.* Ele ainda não está acostumado com o trabalho.

brand-new adj [enfatiza que o objeto nunca foi usado antes] novo em folha

fresh adj 1 [em boas condições. Não está velho ou estragado] fresco *the smell of fresh bread* o cheiro de pão fresco *I'm just going out for a breath of fresh air.* Vou sair para tomar um pouco de ar fresco. 2 [que não é congelado ou enlatado. Descreve p. ex. frutas, carne] fresco 3 [novo. Descreve p. ex. evidências, notícias] novo *a fresh start* um novo início *fresh outbreaks of violence* novas manifestações de violência *Start a fresh sheet of paper for each question.* Inicie uma nova folha de papel para cada questão.

freshly adv *freshly-ground coffee* café recém-moído

201.1 Demonstrar imaginação e inventividade

original adj [apreciativo. Descreve p. ex. idéia, pensador, projeto] original **originality** ssfn originalidade

novel adj [pode implicar que a coisa é incomum ou um tanto estranha e nova] nova, inusitada *a novel idea for saving electricity* uma idéia inusitada para economizar energia

novelty sc/sfn novidade *The novelty is beginning to wear off.* Está começando a deixar de ser novidade. (usado como *adj*) *novelty value* característica de ser novidade

innovative adj [apreciativo. Descreve p. ex. pessoa, idéia, produto] inovador **innovation** sc/sfn inovação **innovator** sfn inovador

pioneering adj [apreciativo. Descreve p. ex. trabalho, firma] pioneiro *her pioneering work with deaf children* seu trabalho pioneiro com crianças surdas

pioneer sfn 1 pioneiro *a pioneer in the field of laser technology* um pioneiro no campo da tecnologia laser 2 [primeiros colonizadores] pioneiro **pioneer** vt iniciar, promover, fazer trabalho pioneiro, ser pioneiro

201.2 Jovem

young adj jovem *younger sister* irmã mais nova *He's too young to travel alone.* Ele é jovem demais para viajar sozinho.

youthful adj [apreciativo. Refere-se a algo típico dos jovens, mas pode se referir aos velhos. Descreve p. ex. rosto, figura, entusiasmo] juvenil, cheio de vida

immature adj [descreve: ser vivo] imaturo *an immature bird* um pássaro imaturo *ver também **foolish, 241.4**

201.3 Inexperiente

inexperienced adj inexperiente *sexually/politically inexperienced* sexualmente/politicamente inexperiente **inexperience** ssfn inexperiência

naive adj [pejorativo] ingênuo **naively** adv ingenuamente **naivety** ssfn ingenuidade

green adj [informal, pejorativo] verde, novato

> *expressão*
> **(still) wet behind the ears** [informal, jocoso] imaturo, saído das fraldas

202 Modern Moderno

modern adj moderno *the most modern equipment* o equipamento mais moderno *modern languages* [usadas atualmente] línguas modernas *modern history/literature/art* [ger. refere-se aproximadamente ao século anterior] história/ literatura/ arte moderna

modernize, TAMBÉM **-ise** (*brit*) *vti* [obj: p. ex. métodos, equipamento] modernizar **modernization** sc/sfn modernização

up-to-date adj **1** [moderno. Descreve p. ex. equipamento, métodos] atualizado **2** (freq. + **with**) [que sabe ou contém as últimas informações. Descreve p. ex. listagem, mapa] atualizado *to keep up-to-date with the latest developments* manter-se atualizado com os últimos desenvolvimentos *We must bring our records up-to-date*. Precisamos atualizar nossos registros.

update vt **1** [obj: p. ex. registros, informações, modelos] atualizar, modernizar *We're updating all our office equipment*. Estamos atualizando todos os equipamentos do escritório. **2** (freq. + **on**) [dar as últimas informações a] pôr a par *I'll just update you on the latest sales figures*. Vou pôr você a par das últimas cifras relativas às vendas. **update** sfn atualização

newfangled adj [bastante informal e pejorativo] modernoso, novo *I can't cope with this newfangled machinery*. Não consigo me dar com este maquinário modernoso.

contemporary adj **1** [usado principalmente em fala ou escrita intelectual mais séria. Descreve p. ex. música, projetos, atitudes] contemporâneo **2** (freq. + **with**) [que vive na mesma época] contemporâneo **contemporary** sfn contemporâneo

current adj (ger. antes do *s*) [que ocorre ou existe no momento] atual, corrente *current affairs* assuntos da atualidade, atualidade política *the current economic climate* o clima econômico atual *the current issue of the magazine* a edição atual da revista [um tanto formal quando empregado depois do *v*] corrente *These ideas are current in certain sections of the community*. Estas idéias são correntes em certos segmentos da sociedade. **currently** adv atualmente

topical adj [relevante a fatos atuais. Não se refere à palavra tópico do português. Descreve p. ex. questão, alusão, tema] atual, da atualidade

202.1 Moda

fashion sc/sfn **1** moda *to be in/out of fashion* estar na moda/fora de moda *Pointed shoes are coming back into fashion*. Sapatos bicudos estão voltando à moda. *Roller-skating is the latest fashion here*. Andar de patins é a última moda aqui. **2** [roupas] moda *men's/ladies fashions* moda masculina/feminina (usado como *adj*) *fashion designer/model* designer de moda/modelo de moda *desfile de moda*

fashionable adj [descreve p. ex. roupas, pessoa, opinião, restaurante] da moda, elegante *It's fashionable to live in a converted warehouse*. É moda morar em um armazém reformado. **fashionably** adv de acordo com a moda

trend sfn (freq. + **in**, **towards**) tendência *The present trend is towards products which are environment-friendly*. A tendência atual é em direção a produtos que não agridem o meio ambiente. *to **set a/the trend*** estabelecer uma/a tendência

trendy adj [bastante informal e freq. pejorativo] da última moda, transado *trendy left-wing ideas* idéias esquerdistas da moda

with-it adj [informal e um tanto antiquado] por dentro de algo *a with-it vicar* um padre por dentro das coisas

203 Old-fashioned Antiquado

ver também **old, 200**

old-fashioned adj [termo genérico, nem sempre é pejorativo como parece ser, já que pode significar que coisas que não são modernas podem ser atraentes] fora de moda, antiquado, antigo *I love a good old-fashioned western*. Adoro um bom filme antigo de bangue-bangue.

quaint adj [antigo de uma maneira que pessoas como os turistas consideram atraente. Descreve p. ex. vilarejo, costume] pitoresco, antigo

dated adj [usado para palavras e idéias, bem como para coisas. Sugere que algo obviamente pertence a um passado recente] antiquado, datado, em desuso *Those hair styles make the film look so dated!* Aqueles penteados fazem o filme parecer tão antiquado!

out-of-date adj **1** [bastante pejorativo] fora de moda **2** [descreve p. ex. passaporte, licença, listagem] vencido, caducado

outdated adj [bastante pejorativo. Substituído por algo melhor. Descreve p. ex. equipamento, idéias] superado, antiquado

antiquated adj [mais pejorativo que **outdated**] obsoleto, antiquado, fora de uso *We can't produce good products with antiquated equipment*. Não podemos fabricar produtos de qualidade com equipamento antiquado.

obsolete adj [que não está mais em uso] obsoleto, em desuso

archaic adj [proveniente de uma época muito anterior, às vezes pejorativo] arcaico

expressões

(to be) old hat [informal, pejorativo] totalmente fora de época *The whole punk scene seems terribly old hat nowadays.* Todo o movimento punk está totalmente fora de época hoje.

it/they, etc. went out with the ark [pejorativo, um tanto jocoso] do arco-da-velha, tirado do baú da vovozinha, do tempo da carochinha *But, my dear, little lace curtains went out with the ark.* Mas, querida, cortininhas de renda são do arco-da-velha.

204 Society Sociedade

ver também **people, 139**

society s 1 sc/sfn sociedade *She's a menace to society.* Ela é uma ameaça à sociedade. *a modern industrial society* uma sociedade industrial moderna 2 ssfn [pessoas elegantes] sociedade *high society* alta sociedade (usado como adj) *a society wedding* um casamento de sociedade

social adj 1 [relacionado à sociedade. Descreve p. ex. problema, questão, mudança] social **social work/worker** assistência/assistente social *people of different social backgrounds* pessoas de diferentes origens sociais 2 [relacionado ao tempo que se passa com amigos. Descreve p. ex. ocasião, contato] social *They lead a very active social life.* Eles levam uma vida social atribulada. *He lacks any social graces.* Ela não tem traquejo social.

community s 1 sfn (não tem pl; sempre + **the**; + v sing ou pl) [o público] comunidade *The members represent all sections of the community.* Os membros representam todos os setores da comunidade. (usado como adj) *community policing* política de policiamento da comunidade 2 sfn [grupo que compartilha de crenças, costumes, procedência racial, etc.] comunidade *the Muslim and Hindu communities in Great Britain* as comunidades de muçulmanos e hindus na Grã-Bretanha

communal adj 1 [compartilhada por todos. Descreve p. ex. propriedade, instalações] comunitário, comum *We all eat in the communal dining room.* Todos nós comemos no refeitório comunitário. 2 [baseado em raça, religião, etc. Descreve p. ex. violência, distúrbios] social

population sfn população *China has the largest population of any country.* A China tem a maior população de todos os países. (usado como adj) *the population explosion* a explosão populacional

civilization, TAMBÉM **-isation** (brit) sc/sfn 1 [sociedade de um determinado local ou época] civilização *the history of western civilization* a história da civilização ocidental *ancient civilizations in the Middle East* antigas civilizações do Oriente Médio 2 ssfn [desenvolvimento em estágio adiantado] civilização 3 ssfn [local com desenvolvimento adiantado] civilização

civilized, TAMBÉM **-ised** (brit) adj 1 [descreve p. ex. nação, sociedade] civilizada 2 [agradável, culto e educado] civilizado, cultural *a civilized evening at the opera* uma noite cultural na ópera **civilize**, TAMBÉM **-ise** (brit) vt civilizar

citizen sfn cidadão *an Irish citizen* cidadão da Irlanda **citizenship** ssfn cidadania

204.1 Classes sociais

working class s (sempre + **the**) classe trabalhadora, classe operária **working-class** adj operário

middle class s (sempre + **the**) classe média *lower middle class* classe média baixa *upper middle class* classe média alta **middle-class** adj classe média

upper class s (sempre + **the**) classe alta **upper-class** adj relativo à classe alta

uso

Working class, **middle class** e **upper class** são substantivos que podem ter concordância verbal no singular ou no plural: *The upper class sends its/send their children to private schools.* (A classe alta envia seus filhos para as escolas particulares.) Todos os três substantivos podem ser usados no singular ou no plural sem alteração de significado: *It's an insult to the working class* ou *the working classes.* (É um insulto à classe trabalhadora/ às classes trabalhadoras.)

205 Royalty Realeza

royalty ssfn (+ v sing ou pl) realeza

royal adj [descreve p. ex. família, iate, casamento] real [freq. usado em títulos no Reino Unido] *the Royal Navy* a Marinha Real **royally** adv à maneira da realeza

monarch sfn [palavra mais formal e técnica que **king** ou **queen**] monarca *a reigning monarch* monarca reinante **monarchy** sc/sfn monarquia

majesty s [quando iniciado por letra maiúscula, designa título real] majestade *Her Majesty Queen Elizabeth II* Sua Majestade a Rainha Elisabeth II

Highness s [usado como título real] alteza *His Royal Highness the Prince of Wales* Sua Alteza Real o Príncipe de Gales

reign sfn reinado *during the reign of Queen Victoria* durante o reinado da Rainha Vitória

reign vi reinar *Charles II reigned from 1660 to 1683.* Charles II reinou de 1660 a 1683.

GRUPOS DE PALAVRAS

crown coroa
throne trono
coronation coroação, coroamento

205.1 Nobreza

nobility *s* (+ *v sing* ou *pl*; sempre + **the**) nobreza
noble *adj* nobre *of noble birth* de sangue nobre, de sangue azul
nobleman *sfn* nobre (*masc*) **noblewoman** *sfn* nobre (*fem*)
aristocracy *s* (+ *v sing* ou *pl*; sempre + **the**) aristocracia
 aristocrat *sfn* aristocrata **aristocratic** *adj* aristocrático
peer *sfn* par do reino, nobre, lorde *life peer* par vitalício
peerage *s* 1 (sempre + **the**) nobreza, aristocracia 2 *sfn* pariato *to be given a peerage* receber título de par do reino, receber um título nobiliárquico
lord *sfn* 1 [homem da nobreza, esp. na Grã-Bretanha, que tem direito a assento na Câmara dos Lordes] lorde *the lord of the manor* senhor feudal [usado como título] *Lord Olivier* Lorde Olivier 2 [pessoa de um determinado escalão] lorde *the Lord Mayor of London* o Prefeito de Londres
lady *sfn* 1 [mulher com título nobiliárquico, esp. na Grã-Bretanha, e com direito a assento na Câmara dos Lordes] lady 2 [esposa de um cavaleiro] dama
knight *sfn* 1 [homem com título de nobreza em épocas passadas] cavaleiro *a knight on a white charger* um cavaleiro e seu cavalo branco. 2 [homem que possui o título de **Sir**] cavaleiro (pessoa que recebe título honorífico não hereditário)
dame *sfn* [mulher com título equivalente ao de cavaleiro] dama *Dame Janet Baker* Dama Janet Baker

---

TÍTULOS REAIS E NOBILIÁRQUICOS

Homens
king rei
prince príncipe
emperor imperador
duke duque
earl conde
count conde
viscount visconde
baron barão

Mulheres
queen rainha
princess princesa
empress imperatriz
duchess duquesa
countess condessa
viscountess viscondessa
baroness baroneza

---

206 Organization Organização

ver também **group, 207; control, 228**

organization, TAMBÉM **-isation** (*brit*) *sfn* [termo genérico. Os membros podem ser indivíduos ou grupos maiores, estados, etc.] organização *student organizations* organização estudantil *North Atlantic Treaty Organization* Organização do Tratado do Atlântico Norte
association *sfn* [Os membros podem ser indivíduos ou grupos maiores, estados, etc.] associação *ver também **friendship, 434.2**
society *sfn* [os membros geralmente são indivíduos. Ger. uma organização bastante formal] sociedade *a national horticultural society* sociedade nacional de horticultura
club *sfn* [os membros geralmente são indivíduos. Indica um tipo de organização mais formal que **society**, geralmente composto por atividades de lazer] clube *tennis club* clube de tênis (usado como *adj*) *club house* clube
institute *sfn* [organização fundada para fazer um trabalho específico de natureza séria. Usado principalmente em títulos] instituto
institution *sfn* 1 [organização importante, principalmente já bem estabelecida] instituição *educational/research institutions* instituições educacionais/de pesquisa 2 [lugar onde cuidam de pessoas] instituição *a mental institution* instituição para deficientes mentais
 institutional *adj* institucional

206.1 Dirigir organizações

headquarters *s* (+ *v sing* ou *pl*) [lugar de onde se dão as ordens e/ou pessoas que as dão] sede, escritório central *The organization has its headquarters in Geneva.* A organização tem sua sede em Genebra. (freq. usado sem **a** ou **the**) *a message from headquarters* uma mensagem do escritório central
chairperson OU **chair**, *masc* **chairman**, *fem* **chairwoman** *sfn* [encarregado de dirigir uma reunião, comitê, clube, etc.] presidente *to address the chair* dirigir-se à presidência *chairperson of the finance committee* presidente da comissão de finanças
chair *vt* [obj: p. ex. reunião, comissão] dirigir
committee *sfn* [composto de indivíduos, freq. escolhidos ou eleitos de uma organização maior] comitê, comissão *the club committee* o comitê do clube *to be on the committee* fazer parte da comissão (usado como *adj*) *committee member/meeting* membro do comitê/reunião do comitê
sub-committee *sfn* subcomitê
treasurer *sfn* tesoureiro
secretary *sfn* secretário
member *sfn* (freq. + **of**) membro, sócio (*open to*) *members only* somente para sócios *club/committee member* sócio de um clube/membro de um comitê
membership *s* 1 *ssfn* (freq. + **of**) qualidade de ser membro, associação *to apply for membership* solicitar admissão 2 *s* (+ *v sing* ou *pl*) [todos os membros] quadro de associados/membros *Most of the membership voted against the proposal.* A maioria dos associados votou contra a proposta.

207 Group Grupo

ver também **people, 139; society, 204; full, 332**

group sfn **1** [termo geral usado para pessoas e coisas] grupo, agrupamento *They were standing together in a group.* Eles estavam parados juntos em grupo. *a group of trees* um grupo de árvores, arvoredo (usado como *adj*) *group photograph* fotografia de grupo *group therapy* terapia em grupo **2** [de músicos] grupo, conjunto *pop group* conjunto de música pop

group vti agrupar *They grouped (themselves) around the flagpole.* Eles se agruparam em torno do mastro da bandeira. *Make sure all the exhibits from overseas are grouped together.* Assegure-se de que todas as peças da exposição estrangeira fiquem agrupadas.

bunch sfn [grupo de coisas ger. pequenas, freq. mantidas juntas por estarem atadas em uma extremidade] maço, ramo **bunch** vti (freq. + **up, together**) amarrar em um maço, juntar

cluster sfn [pequeno grupo de coisas ou pessoas colocadas perto umas das outras] agrupamento

cluster vti (freq. + **around, together**) agrupar *People clustered around the radio set waiting for news.* Pessoas agrupadas em torno do rádio, esperando por notícias.

bundle sfn **1** [coisas atadas juntas] fardo, feixe **2** [coisas em um saco] trouxa

a bunch of keys um molho de chaves

a bunch of grapes um cacho de uvas

clusters of daffodils grupos de narcisos

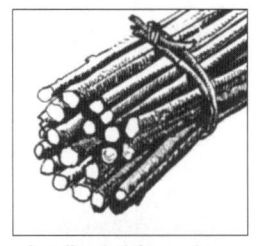

a bundle of sticks um feixe de lenha

a bunch of flowers um ramalhete de flores

a cluster of stars uma constelação, um grupo de estrelas

collection sfn **1** coleção, coletânea *art/stamp collection* coleção de arte/ selos *a collection of short poems* uma coletânea de poemas curtos **2** [ligeiramente pejorativo] aglomeração, montão *There was the usual collection of fans and photographers waiting at the door.* Lá estava a costumeira aglomeração de fãs e fotógrafos esperando à porta.

collector sfn colecionador *collector's item* item de coleção

network sfn rede, malha *the country's rail/road network* a malha ferroviária/rodoviária do país *a network of friends* uma roda de amigos (usado como *adj*) *network television* rede de televisão

207.1 Pessoas em grupos

band sfn **1** [ligeiramente antiquado. Usado esp. em relação a criminosos] bando, quadrilha *a band of thieves* uma quadrilha de ladrões

gang sfn **1** [pessoas que trabalham junto] grupo, equipe, brigada *chain gang construction gang* equipe de trabalhadores da construção **2** [grupo de criminosos ou que intimidam] gangue (usado como *adj*) *gang warfare* enfrentamento entre gangues **3** [de amigos, jovens] turma *All the old gang were there.* Toda a velha turma estava lá.

crowd sfn **1** multidão *I nearly got lost in the crowd.* Quase fiquei perdido na multidão. *There were crowds of people in the shop.* Havia uma multidão de gente na loja. **2** [informal. Grupo de pessoas] grupo de pessoas, gente, turma *I don't like you going around with that crowd.* Não gosto que você ande com essa gente.

crowd vti (sempre + *adv* ou *prep*, geralmente + **around, into**) apinhar-se, aglomerar-se *We all crowded into the narrow passage.* Todos nós nos apinhamos na passagem estreita.

crowded adj [descreve p. ex. rua, ônibus, loja] lotado, cheio de gente

throng sfn [mais literário que **crowd**. Ger. sugere uma turma bem-humorada] turma *the happy throng singing in the street* uma turma alegre cantando na rua

throng vti [obj: lugar] abarrotar, apinhar, lotar *People thronged the courtyard.* O povo lotou o pátio. *The streets were thronged with shoppers.* As ruas estavam abarrotadas de gente fazendo compras.

mob sfn [pejorativo. Multidão grande, incontrolável ou violenta] turba *Shops were looted by the mob.* As lojas foram saqueadas pela turba. (usado como *adj*) *mob rule* lei das ruas *mob violence* violência da multidão

mob vt, **-bb-** [obj: pessoa muito admirada ou muito rejeitada pelo público] assediar, cercar

assembly s **1** sc/sfn [usado para pessoas. Ger. um tanto formal] assembléia *the right of assembly* o direito à assembléia *school assembly* reunião de alunos **2** ssfn [juntar as coisas] montar (usado como *adj*) *assembly line* linha de montagem *self-assembly furniture* móveis que vêm desmontados

herd *sfn* [usado para animais ou com desprezo para pessoas] rebanho, tropa, bando

herd *vti* (ger. + *adv* ou *prep*) arrebanhar *The tourists were herded back to the bus.* Os turistas foram arrebanhados de volta ao ônibus.

207.2 Reunir

assemble *v* 1 *vti* [suj: p. ex. multidão, grupo] reunir, congregar *the assembled company* as pessoas reunidas 2 *vt* [obj: objeto confeccionado de partes separadas] montar

gather *v* 1 *vi* (freq. + **around, together**) [sugere uma reunião menos formal que **assemble**] juntar, reunir *A small crowd had gathered outside the gate of the palace.* Uma pequena multidão se juntou fora do portão do palácio. 2 *vt* (freq. + **up**) [obj: coisas que de algum modo se encontram dispersas] reunir, juntar *She gathered (up) her papers and put them into her briefcase.* Ela recolheu seus papéis e os colocou na pasta. *to gather fruit/nuts* colher frutas/nozes *We're trying to gather more information on that suject.* Estamos tentando reunir mais informações sobre o assunto.

congregate *vi* [mais formal que **gather**] congregar

collect *v* 1 *vt* [obj: p. ex. selos, moedas, antiguidades] colecionar 2 *vti* juntar, acumular [obj: p. ex. pó, sujeira, folhas] juntar-se, acumular-se *A crowd collected at the scene.* Uma multidão juntou-se no local.

meet *v* 1 *vti* [combinado com antecedência] ir buscar, encontrar *I'm meeting her off the train.* Vou buscá-la na estação de trem. *Shall we meet (up) for lunch one day next week?* Vamos nos encontrar para almoçar na semana que vem? 2 *vti* [por acaso] encontrar, dar de cara com *I'm sure we've met before.* Tenho certeza que já nos encontramos antes. 3 *vi* [suj: p. ex. linhas, extremos] cruzar, encontrar *Their eyes met.* Seus olhares se cruzaram.

unite *vti* [obj/suj: indivíduos, grupos] unir *United we stand, divided we fall!* Unidos venceremos!

unity *ssfn* (freq. + **with**) unidade *Christian unity* unidade cristã

union *sc/sfn* (freq. + **with**) sindicato

208 Laws and rules Leis e regulamentos

law *s* 1 *sfn* (freq. + **against**) [editada somente por governos] lei *There ought to be a law against it!* Deve haver uma lei que o proíba 2 *ssfn* (freq. + **the**) lei *It's against the law to drive an unroadworthy vehicle.* É contra a lei dirigir um veículo que não se encontra em condições de transitar pelas ruas criminal/civil law direito penal/civil **law and order** lei e ordem *to break the law* infringir a lei 3 *sfn* (freq. + **of**) lei *a law of nature* uma lei da natureza *Newton's third law* a terceira lei de Newton

lawful *adj* [formal] legal, legítimo *lawful wedded wife/husband* esposa/esposo legítimo **lawfully** *adv* legalmente, legitimamente

unlawful *adj* [formal] ilegal **unlawfully** *adv* ilegalmente

legal *adj* 1 [autorizado pela lei. Descreve p. ex. ato, contrato] legal *above/below the legal age for marriage* aquele que atingiu/não atingiu a idade para se casar 2 (antes *s*) [que se refere à lei. Descreve p. ex. sistema, orientação, procedimento] legal, jurídico, judiciário *to take legal action* instaurar um processo *to take legal advice* consultar um advogado **legally** *adv* legalmente **legality** *ssfn* legalidade

illegal *adj* ilegal **illegally** *adv* ilegalmente

legislate *vi* (freq. + **for, against**) legislar **legislator** *sfn* legislador

legislation *ssfn* legislação *to bring in/introduce legislation* fazer leis

legislative *adj* (antes do *s*) [descreve: principalmente assembléia, órgão] legislativo

regulation *sfn* [estabelecido por uma autoridade pública ou oficial ou por empresas, etc.] regulamentos *fire/safety regulations* regulamentos relativos a incêndio e segurança (usado como *adj*) *wearing regulation blue overalls* usando o macacão azul regulamentar

rule *sfn* 1 [estabelecida por um órgão oficial ou não ou por uma pessoa] regra, regulamento *rules and regulations* normas e regulamentos *against the rules* contra o regulamento *to bend the rules* contornar os regulamentos *to break the rules* infringir o regulamento *They don't play according to the rules.* Eles não respeitam as regras do jogo. 2 [a maneira habitual como as coisas acontecem] costume, hábito *The rules of physics.* As leis da física. *I'm home by six o'clock as a rule.* Em princípio/via de regra estou em casa às seis horas.

209 Legal system Sistema jurídico

209.1 Crime

ver também **dishonest, 214; wicked, 219; steal, 220**

crime *sc/sfn* [ger. um delito bastante grave] crime *to commit a crime* cometer um crime *at the scene of the crime* no local do crime *organized crime* crime organizado *petty crime* contravenção

offence (*brit*), **offense** (*amer*) *sfn* [parece menos grave do que o **crime**] delito, infração *That's a traffic offence.* É uma infração de trânsito. *It's her second offence.* Ela é reincidente.

offender *sfn* delinqüente *first offender* delinqüente primário **offend** *vi* cometer uma infração

misdemeanour (*brit*), **misdemeanor** (*amer*) *sfn* [crime de menor gravidade, p. ex. estacionar em local proibido] contravenção, infração

infringement sc/sfn [crime de menor gravidade] infração *an infringement of the rules* uma transgressão das regras

209.2 Polícia

police s **1** (sempre + **the**) polícia *to call the police* chamar a polícia *the secret police* a polícia secreta (usado como *adj*) *police constable* agente de polícia, guarda *police force* polícia *police station* delegacia de polícia **2** s pl policiais *Five police were injured in the attack.* Cinco policiais ficaram feridos no ataque.

policeman (*masc*), **policewoman** (*fem*) sfn policial, polícia feminina

police officer sfn [uso mais oficial. Usado tanto para homens quanto mulheres] policial

detective sfn detetive *private detective* detetive particular (usado como *adj*) *detective story* romance policial

cop, TAMBÉM **copper** sfn [informal] tira, guarda

suspect sfn suspeito *I'm their chief suspect.* Sou o seu principal suspeito.

suspect vt (freq. + **of**) suspeitar *The police suspect them of having carried out the bank raid.* A polícia suspeita que eles sejam os autores do assalto ao banco. *a suspected terrorist* uma pessoa suspeita de ser um terrorista

arrest vt prender, capturar, deter *She was arrested for the murder of her husband.* Ela foi presa pela morte de seu marido.

arrest sc/sfn prisão *to make an arrest* efetuar uma prisão *to be* **under arrest** estar preso

custody ssfn custódia, prisão preventiva *to be* **in custody** estar sob prisão preventiva *to be remanded in custody* recolocar sob prisão preventiva

charge vt (freq. + **with**) acusar *She was charged with fraud.* Ela foi acusada de fraude.

charge sfn (freq. + **of**) acusação, *He's awaiting trial on a charge of fraud.* Ela aguarda seu julgamento por fraude.

to bring a charge against somebody fazer uma acusação contra alguém *They won't press charges.* Eles não darão queixa.

209.3 Advogados

lawyer sfn [palavra genérica] advogado

solicitor sfn (*brit*) [atua nos tribunais inferiores] solicitador, procurador judicial

barrister [na Inglaterra], **advocate** [na Escócia] sfn [atua nos tribunais superiores] advogado

attorney (esp. *amer*) [combina as funções do solicitador e do advogado inglês] sfn advogado

counsel sfn (ger. sem **a** ou **the**) [advogado que representa alguém] advogado *counsel for the defence* advogado de defesa

209.4 No tribunal

accuse vt (freq. + **of**) acusar *He was accused of stealing the money.* Ele foi acusado de roubar o dinheiro.

accusation sc/sfn acusação *to make an accusation against sb* fazer uma acusação contra alguém

bail ssfn prestar fiança criminal *to be* **out on bail** estar (ser colocado) em liberdade provisória sob caução *The judge granted bail of £5,000.* O juiz concedeu a liberdade sob uma caução de 5.000 libras.

try vt (freq. + **for**) julgar *He was tried for the robbery.* Ele foi julgado pelo roubo.

trial sc/sfn processo, julgamento *murder trial* julgamento por assassinato *to be* **on trial for** *assault* ser julgado por agressão *to be sent for trial* ser enviado para julgamento

court sc/sfn juízo, tribunal, justiça *to appear in court* comparecer ao tribunal *to* **take** *someone* **to court** levar alguém às barras do tribunal

judge juiz
jury júri *jurors* jurados
the accused o acusado
jury box banco dos jurados
witness testemunha
the dock banco dos réus
witness box banco das testemunhas
Trial Julgamento
barrister advogado

tribunal *sfn* [tribunal competente para cuidar de litígios de um determinado tipo] comissão, conselho *an industrial relations tribunal* conselho de relações do trabalho, tribunal do trabalho

plead *vti* pedir, postular *to plead guilty/not guilty* declarar-se culpado/inocente

prosecute *vti* processar *Shoplifters will be prosecuted.* Os ladrões de loja serão processados. *prosecuting counsel* representante do Ministério Público, promotor público

prosecution *s* 1 (sempre + **the**) acusação *witness for the prosecution* testemunha de acusação (usado como *adj*) *prosecution lawyers* a acusação, o Ministério Público 2 *sc/sfn* processos criminais *several prosecutions for theft* vários processos criminais de roubo

defence (*brit*), **defense** (*amer*) *s* 1 (sempre + **the**) defesa (usado como *adj*) *defence case/witness* argumentos em favor da defesa/testemunha de defesa 2 *sc/sfn* defesa *She gave evidence in her own defence.* Ela forneceu provas em sua própria defesa. **defend** *vt* defender **defendant** *sfn* réu

plaintiff *sfn* [instaurador de processos civis] autor da ação

evidence *ssfn* 1 [no tribunal] prova, evidência *to give evidence* fornecer provas 2 (freq. + **of**, **for**, **that**) [proof] provas *to collect/gather evidence* coletar, reunir provas *There is no evidence that the lock has been tampered with.* Não existem provas de que a fechadura foi forçada.

verdict *sfn* veredito *to return a verdict of guilty/not guilty* pronunciar um veredito de culpado/inocente

convict *vti* (freq. + **of**) condenar, sentenciar *a convicted murderer* uma pessoa condenada por assassinato **convict** *sfn* condenado, sentenciado

sentence *sfn* condenação, pena *to receive a heavy/light sentence* ser condenado a uma pena severa/uma pena leve

sentence *vt* (freq. + **to**) condenar *to sentence somebody to death* condenar alguém à morte

209.5 Punições
ver também **kill, 198.2**

punishment *sc/sfn* (freq. + **for**) pena, punição, penalidade *corporal punishment* pena corporal *to make the punishment fit the crime* adaptar a pena ao crime

punish *vt* (freq. + **for**) punir *They were punished for lying.* Eles foram punidos por haver mentido.

probation *ssfn* [termo jurídico] sob liberdade vigiada, suspensão condicional da pena *to put someone on probation* colocar alguém sob liberdade vigiada (usado como *adj*) *probation officer* responsável pelas pessoas colocadas em regime de liberdade vigiada, controlador judiciário

fine *sfn* multa, penalidade *to pay a fine* pagar uma multa

fine *vt* multar, penalizar *She was fined £100.* Ela foi multada em 100 libras esterlinas.

expulsion *ssfn* (freq. + **from**) expulsão

expel *vt* [ger. da escola ou do clube] expulsar, expelir, excluir, banir

exile *ssfn* exílio, banimento *to go into exile* exilar-se, expatriar-se *government in exile* governo no exílio **exile** *vt* (freq. + **to**) exilar *He was exiled to Siberia.* Ele foi exilado para a Sibéria.

torture *sc/sfn* tortura *instruments of torture* instrumentos de tortura **torture** *vt* torturar

209.6 Prisão

prison *sc/sfn* prisão, cadeia *to send someone to prison* mandar alguém para a prisão *to be in prison* estar na prisão (usado como *adj*) *prison officer* diretor da prisão

prisoner *sfn* prisioneiro, presidiário *prisoner of war* prisioneiro de guerra *to take someone prisoner* fazer de alguém um prisioneiro

imprison *vt* [ligeiramente formal] aprisionar, encarcerar *He was imprisoned for failure to pay his debts.* Ele foi preso por não pagar suas dívida.

jail (*brit & amer*), TAMBÉM **gaol** (*brit*) prisão, cadeia

jailer (*brit & amer*), TAMBÉM **gaoler** (*brit*) carcereiro

parole *ssfn* liberdade condicional, livramento condicional *He's been released on parole.* Ele está em liberdade condicional *the parole board* comissão competente para conceder e supervisionar a liberdade condicional

cell *sfn* cela

dungeon *sfn* [histórico] calabouço

(prison) warder (*brit*), **prison warden** (*amer*) *sfn* carcereiro, guarda prisional

cage *sfn* [esp. para animais] gaiola, jaula **cage** *vt* engaiolar *caged birds* animais engaiolados

expressões

(to be) behind bars estar atrás das grades *He spent six months behind bars.* Ele passou seis meses atrás das grades

do time [gíria] cumprir uma sentença de prisão

210 Free Livre

free *adj* 1 [aquele que não está na cadeia] livre, em liberdade *to set sb free* liberar, soltar *You are free to go.* Você pode ir. 2 [não limitado] livre *free speech* liberdade de expressão *Feel free to ask if you need anything.* Não hesite em pedir o que precisar. 3 [não ocupado Descreve p. ex. espaço, local, tempo] livre *I'm not free to see you until four o'clock.* Não estarei livre para me encontrar com você antes das quatro. **free** *vt* liberar

freedom *sc/sfn* (freq. + **of**, **from**) liberdade *freedom of thought* liberdade de pensamento *freedom from fear* ausência de medo

release *vt* 1 (freq. + **from**) [obj: p. ex. prisioneiro, pessoa ou animal que está preso, refém] soltar, liberar *He was released from jail yesterday.* Ele saiu da prisão ontem. 2 [make available. Obj: p. ex. informação] divulgar, autorizar a publicação *The text of the speech has been released to the press.* O texto do discurso foi comunicado à imprensa. *They released their new album last month.* Eles lançaram seu novo disco no mês passado. 3 [obj: p. ex. alavanca, interruptor, chave, breque] liberar, soltar

release *sc/sfn* 1 (freq. + **from**) desobrigação, isenção 2 *sfn* lançamento, publicação *press release* comunicado à imprensa

liberate vt [ligeiramente mais formal do que **release** ou **free**, enfatiza mais uma opressão anterior] libertar *to liberate a country from enemy forces* libertar um país das forças inimigas **liberation** ssfn liberação, libertação

liberated adj [tendo liberdade de pensamento e de comportamento. Descreve p. ex. mulher, estilo de vida] liberada/liberado

liberty s 1 ssfn [mais formal do que **freedom**] liberdade *to set someone at liberty* colocar alguém em liberdade 2 sc/sfn [permissão] licença, permissão *You're at liberty to refuse*. Você tem plena liberdade de recusar.

escape v 1 vi (freq. + **from**) [suj: p. ex. prisioneiro, animal] escapar, evadir, fugir 2 vt [evitar. Obj: p. ex. morte, ferimento] *She narrowly escaped being recaptured*. Por um triz ela não foi recapturada. *It escaped my notice*. O fato passou desapercebido.

escape sc/sfn (freq. + **from**) fuga, evasão *to have a narrow escape* escapar por um triz *to make one's escape* fugir (usado como *adj*) *escape route* caminho da fuga

expressão

give sb the slip [ligeiramente informal] despistar alguém, escapar de alguém *She gave the police the slip by climbing out of the window*. Ela escapou da polícia fugindo pela janela.

211 Fair Justo

fair adj (freq. + **to**) [descreve p. ex. parcela, negócio, tática] justo, eqüitativo, leal *It's not fair to blame me*. Não é justo me culpar. *My boss is tough but fair*. O meu chefe é duro porém justo. *To be fair, she did ask me first*. Para ser sincero, ela me pediu primeiro. **fairly** adv razoavelmente

fairness ssfn justiça, eqüidade *In fairness to you, I must say you did try hard*. Para ser justo com você, devo dizer que você realmente se esforçou.

right adj (freq. + **to** + INFINITIVO; ger. depois de v) justo, certo, correto *It's only right to tell him*. É mais do que justo que lhe contemos. (usado como *adv*) *It serves you right*. Bem feito, é isso que você merece.

right ssfn certo *a sense of right and wrong* uma noção do que é certo e do que é errado

just adj [um tanto formal] justo, eqüitativo *They got their just rewards*. Eles obtiveram a sua recompensa justa.
justly adv justamente, merecidamente

justice ssfn justiça *to bring someone to justice* levar alguém à justiça *Justice has been seen to be done*. A justiça tem de ser feita.

impartial adj [descreve p. ex. árbitro, observador, opinião] imparcial **impartially** adv imparcialmente

disinterested adj desinteressado, imparcial, desprendido

uso

O sentido acima da palavra **disinterested** é considerado por muitos falantes do inglês como o único correto. Todavia, a palavra é freqüentemente usada no mesmo sentido de **uninterested** (indiferente).

expressões

fair and square [de acordo com as regras] correto, regular *to beat someone fair and square* derrotar alguém honestamente
fair enough [dito ao admitir ou admitir parcialmente que aquilo que alguém acabou de dizer é razoável] está certo
fair's fair [dito para chamar a atenção de alguém sobre o que é razoável ou justo] sejamos justos *Look, fair's fair, he was here first*. Escute, justiça seja feita, ele chegou primeiro.
fair play jogo limpo *one's sense of fair play* o senso de jogo limpo de alguém *to see fair play* seguir as regras (do jogo)

212 Unfair Injusto

unfair adj (freq. + **to, on**) injusto, desleal *Aren't you being a bit unfair to Michael?* Você não está sendo um pouco injusto com Michael? *to take unfair advantage of something* levar uma vantagem injusta sobre alguém **unfairly** adv injustamente **unfairness** adv injustiça, deslealdade

unjust adj (freq. + **to**) [mais formal do que **unfair**. Descreve p. ex. veredito, decisão, pessoa] injusto **unjustly** adv injustamente

prejudice sc/sfn (freq. + **against, in favour of**) [mais freqüentemente usado para designar sentimentos injustamente negativos em relação a algo] preconceito *racial prejudice* preconceito racial

prejudice vt (freq. + **against, in favour of**) [obj: p. ex. pessoa, juiz, júri] prevenção **prejudiced** adj preconceituosa

bias sc/sfn (freq. + **towards, in favour of, against**) preconceito *She shows a distinct bias towards people from her own area*. Ela demonstra um claro preconceito contra o povo de sua própria região. **bias** vt influenciar, predispor **biased** adj pessoa que não é imparcial, tendenciosa

discrimination ssfn (freq. + **against, in favour of**) [ger. o fato de tratar mal alguém injustamente] discriminação *discrimination on grounds of race or colour* discriminação baseada na raça ou na cor

discriminate vi (freq. + **against, in favour of**) fazer discriminação

racism ssfn racismo **racist** adj racista **racist** sfn racista

sexism ssfn machismo **sexist** adj machista **sexist** sfn machista

male chauvinist (pig) sfn machista, chauvinista (porco)

213 Honest Honesto

ver também **true, 215; good, 217; reliable, 218**

honest adj 1 [descreve p. ex. pessoa, cara] honesto, leal, franco *to make an honest living* ganhar a vida honestamente 2 (freq. + **about**) [descreve p. ex. resposta, explicação] franca, sincera *Give me your honest opinion.* Dê-me sua opinião sincera *To be honest, I don't really like it.* Para dizer a verdade, eu não gosto realmente disso.

honestly adv 1 [descreve p. ex. negócio] honestamente, de maneira íntegra 2 francamente *I don't honestly know what their plans are.* Francamente, eu não sei quais são os seus planos. *Quite honestly, neither candidate is really suitable.* Para dizer a verdade, nenhum dos candidatos serve realmente.

honesty ssfn honestidade, lealdade, integridade

above-board adj (depois do v) claro, franco, regular, correto *It's all open and above-board.* Está tudo claro e regular.

trustworthy adj [descreve p. ex. pessoa, relatório] fidedigno, digno de confiança, fiel, exato

trust ssfn (freq. + **in**) confiança *to put one's trust in sth/sb* depositar confiança em algo ou alguém *to take something on trust* aceitar algo em confiança

trust vt [obj: p. ex. pessoa, julgamento, conselho] ter confiança em, acreditar em *You can't trust what the politicians tell you.* Você não pode confiar no que dizem os políticos. *Can she be trusted to keep the plans a secret?* Podemos confiar que ela manterá os planos em segredo?

integrity ssfn integridade *a man of integrity* um homem íntegro

expressão

the straight and narrow [uma vida honesta, esp. depois de um passado criminoso] na linha, conduta austera *to keep on/to the straight and narrow* andar na linha

213.1 Sincero

sincere adj (freq. + **about**) [descreve p. ex. pessoa, desejo, preocupação] sincero, real **sincerity** ssfn sinceridade

sincerely adv sinceramente *I sincerely hope they succeed.* Espero sinceramente que eles sejam bem-sucedidos.

genuine adj [descreve: sentimento, reação] franco, verdadeiro, sincero, autêntico *Their surprise was perfectly genuine.* Sua surpresa foi realmente sincera. **genuinely** adv sinceramente, verdadeiramente

*ver também **real, 35**

expressão

from the bottom of one's heart do fundo do coração *I'd like to thank you all from the bottom of my heart.* Gostaria de agradecer a todos do fundo do coração.

213.2 Franco

frank adj (freq. + **about**) [descreve p. ex. declaração, confissão, testemunho, admissão, discussão] franco, direto *To be frank, they bore me to tears.* Para ser franco, eles quase me mataram de tédio. **frankness** ssfn franqueza

frankly adv 1 [descreve p. ex. dizer, falar] francamente 2 [usado para enfatizar e freqüentemente para indicar contrariedade] francamente *The price they are asking is frankly ridiculous.* O preço que estão pedindo é francamente ridículo. *Frankly, I don't care who wins.* Francamente, para mim é indiferente quem ganha ou deixa de ganhar.

candid adj franco, sincero **candidly** adv francamente, sinceramente **candour** ssfn franqueza, sinceridade

open adj (freq. + **about**) [quem não esconde nada] franco, aberto *He's completely open about his homosexuality.* Ele não esconde sua homossexualidade. *It's an open secret.* É um segredo de polichinelo. [usado como s] *to bring something out into the open* pôr as cartas na mesa **openly** adv abertamente

direct adj [não eufemisticamente ou sem diplomacia. Descreve p. ex. pergunta, desafio, resposta] direto, franco *She's very direct when interviewing people.* Ela é muito direta quando entrevista as pessoas. **directly** adv diretamente **directness** ssfn retidão, integridade

blunt adj (freq. + **about**) [que não se importa de ferir os sentimentos das pessoas. Às vezes pejorativo] brusco, áspero, ríspido *To be blunt, it's been a total disaster.* Francamente, foi um desastre total. *He issued a blunt refusal.* Ele recusou abruptamente. **bluntness** ssfn aspereza, franqueza

bluntly adv asperamente, abruptamente *To put it bluntly, you're in a hopeless muddle.* Falando francamente, você está num beco sem saída.

expressões

(to give) a straight answer (dar) uma resposta direta, franca *I want a straight answer to a straight question.* Quero uma resposta franca para uma pergunta direta.

to tell sb a few home truths (*brit*) [dizer a uma pessoa coisas desagradáveis sobre ela] dizer a alguém umas verdades

213.3 Leal

loyal adj (freq. + **to**) [descreve p. ex. adepto, sujeito] leal, sincero *troops loyal to the government* tropas fiéis ao governo *to remain loyal to something* continuar fiel a algo **loyally** adv lealmente

loyalty s 1 ssfn (freq. + **to**) lealdade, devoção 2 sfn (ger. no pl) lealdades, devoções *divided loyalties* lealdades divididas

faithful adj (freq. + **to**) 1 [demonstra lealdade] fiel *a faithful friend* um amigo fiel 2 [que não tem outro parceiro sexual] fiel *Are you faithful to your husband?* Você é fiel ao seu marido? **faithfulness** ssfn fidelidade **faithfully** adv fielmente

fidelity ssfn (freq. + **to**) 1 [lealdade] fidelidade 2 [ao parceiro sexual] fidelidade

true adj (freq. + **to**) [ligeiramente mais literário do que **loyal** ou **faithful**] fiel, leal *to be true to one's word/promise* cumprir sua palavra/promessa

214 Dishonest Desonesto

ver também **untrue, 216**

dishonest adj [palavra genérica, não muito forte] desonesto, desleal **dishonestly** adv desonestamente **dishonesty** ssfn desonestidade, deslealdade

corrupt adj [quem age desonestamente. Descreve p. ex. autoridade, político] corrupto, desonesto, venal **2** [moralmente ruim. Descreve p. ex. texto escrito] alterado, de fonte duvidosa

corrupt vti **1** [obj: esp. pessoa com poder, responsabilidade] corromper, subornar **2** [obj: pessoa jovem ou vulnerável] perverter, depravar

corruption ssfn **1** corrupção *the department is riddled with corruption* o departamento está eivado de corrupção **2** depravação *moral corruption* corrupção dos costumes

crooked adj [informal] desonestos, fraudulentos *crooked business deals* negócios duvidosos

shady adj [informal. Provavelmente desonesto. Descreve p. ex. negócios, homens de negócios] escusos

unscrupulous adj sem escrúpulos, inescrupuloso

insincere adj insincero, falso **insincerity** ssfn insinceridade

sly adj **1** [inteligentemente enganador. Descreve p. ex. brincadeira] astuto, dissimulado *You sly old devil!* Sua raposa velha, velhaco (usado como s) **on the sly** sorrateiramente **2** [secreto. Descreve p. ex. sorriso, observação] disfarçado, dissimulado

expressão

not to trust sb an inch OU **not to trust sb as far as you can throw him/her** [ligeiramente informal] não ter absolutamente nenhuma confiança em alguém *They say they'll pay up, but I wouldn't trust them as far as I can throw them.* Eles dizem que vão saldar as suas dívidas, porém não confio neles nem um pouco.

214.1 Trapacear

cheat v **1** vi enganar, iludir, trapacear *She cheated in the exam.* Ela colou na prova (+ **at**) *to cheat at cards* trapacear no jogo de baralho **2** vt (freq. + **of**, **out of**) [apropriar-se de maneira desonesta] surrupiar *She was cheated out of her rightful inheritance.* Ela foi ludibriada em relação à herança que por direito lhe cabia. **3** vi (+ **on**) [informal. Ser sexualmente infiel a] trair *She thinks John's cheating on her.* Ela acha que John a está traindo.

cheat sfn **1** [pessoa] trapaceiro **2** [coisa] engodo, artifício, velhacaria *That special offer is a cheat.* Esta oferta especial é um engodo.

swindle vt (freq. + **out of**) ludibriar, enganar, **swindler** sfn caloteiro, trapaceiro

swindle sfn trapaça, fraude *It's a swindle!* É uma trapaça.

fiddle sfn (*brit*) [informal] enganação, fraude, trapaça *It's a real fiddle – they make you pay extra for food.* É realmente uma enganação, eles fazem você pagar um adicional pela comida. *She's on the fiddle.* Ela está na malandragem, fazendo coisas desonestas.

fiddle vt (*brit*) [informal] adulterar, fraudar *He's been fiddling the books.* Ele está adulterando os livros.

defraud vt (freq. + **of**) [mais formal do que **cheat**, **swindle** OU **fiddle**] fraudar, burlar

fraud s **1** sc/sfn fraude, embuste, trapaça *to commit fraud* fraudar **2** sfn [pessoa] impostor, embusteiro *The man was a complete fraud. He had no qualifications whatsoever.* O homem era um perfeito impostor. Não tinha a mínima qualificação. **fraudulent** adj [bastante formal] fraudulento

expressão

cook the books [informal] falsificar os livros

214.2 Enganar

deceive vt enganar, iludir, ludibriar *You're deceiving yourself if you think it will be an easy task.* Você está enganado se pensa que vai ser uma tarefa fácil. *They were deceived into thinking that the main attack would be in the south.* Fizeram com que eles acreditassem que o principal ataque viria do sul.

deceit ssfn [sendo desonesto] engano, dolo, fraude *She won them over by lies and deceit.* Ela os conquistou através de fraudes e mentiras. **deceitful** adj enganoso, fraudulento, doloso

deception sc/sfn [ger. uma ação] decepção, desilusão, engodo

deceptive adj [não é usado para pessoas] ilusório, enganoso *Appearances may be deceptive.* As aparências enganam.

deceptively adv enganosamente, ilusoriamente *a deceptively large house* uma casa que dá a ilusão de ser grande

trick vt [pode ser divertido ou cruel] engano, fraude, tramóia, truque *He tricked them by pretending to be a rich foreigner.* Ele se fez passar por um estrangeiro rico. (+ **into**) *She was tricked into signing the contract.* Ela foi induzida a assinar o contrato. **trickery** ssfn artifício, malandragem

trick sfn **1** [pode ser divertido ou cruel] truque, fraude, engano *a clever/dirty trick* pregar uma peça, fazer uma sujeira *to play a trick on someone* pregar uma peça em alguém (usado como adj) *a trick question* uma pergunta capciosa **2** truque, partida, peça *a magic/conjuring trick* um truque mágico, *card tricks* cartas mágicas

fool vt enganar, lograr, trapacear *He certainly had me fooled.* Ele certamente me enganou. (+ **into**) *We were fooled into paying more than we should have done.* Fomos ludibriados, fizeram-nos pagar mais do que devíamos.

mislead vt, pretérito & part passado **misled** [não necessariamente intencional] induzir a erro *We were misled by their apparent willingness to cooperate.* Fomos iludidos por seu aparente desejo de cooperar.

misleading adj [descreve p. ex. sinal, declaração] enganoso *The directions you gave us were very misleading.* As instruções que nos deu eram muito confusas.

take sb **in** OU **take in** sb vt prep enganar, enrolar, tapear *Don't be taken in by his fine talk.* Não se deixe enganar pelas suas palavras bonitas.

con vt, -nn- (freq. + **into**, **out of**) [informal] mentir, enganar *She conned me out of most of my savings.* Ela surrupiou a maior parte da minha poupança. *I got conned into paying for their drinks.* Fui enganado e

GRUPOS DE PALAVRAS

acabei pagando a bebida que eles tomaram **con** *sfn* enganação, conto do vigário

con-man *sfn, pl* **con-men** [informal] vigarista

expressão

pull the wool over sb's eyes [ludibriar alguém escondendo os fatos] fazer ou deixar alguém acreditar em coisas falsas

214.3 Trair

betray *vt* **1** [ser desleal ou infiel a] trair *He betrayed his own brother to the enemy.* Ele entregou o seu próprio irmão ao inimigo. *You've betrayed my trust.* Você traiu minha confiança. *He felt betrayed when he discovered his wife's affair.* Ele se sentiu traído quando descobriu o romance de sua mulher. **2** [tornar conhecido] revelar, divulgar *I trust you not to betray our secret.* Espero que você não revele o nosso segredo.

betrayal *sc/sfn* traição, deslealdade *It's a betrayal of everything I believe in.* É uma negação de tudo aquilo em que acredito.

double-cross *vt* [informal. Enganar e trair] enganar, iludir *They trusted Jack with the money, but he double-crossed them.* Eles confiaram o dinheiro ao Jack, porém ele os enganou.

traitor *sfn* [pessoa desleal, especialmente ao seu país] traidor *The traitors were shot.* Os traidores foram fuzilados. *You traitor – I saw you talking to the competition!* Você é um traidor, eu vi você conversando com os concorrentes!

turncoat *sfn* [pessoa que muda suas crenças ou lealdades] vira-casaca, desertor, renegado

treason *ssfn* traição *They were accused of treason.* Eles foram acusados de traição.

treacherous *adj* traiçoeiro, desleal, enganoso

treachery *sc/sfn* traição, infidelidade, deslealdade

disloyal *adj* (ger. + **to**) [usado quando alguém não apóia alguém que você esperaria que apoiasse e provavelmente chega ao cúmulo de ajudar os adversários dessa pessoa] desleal, infiel *I think your criticisms of the boss are extremely disloyal.* Acho que as críticas que faz ao chefe são altamente desleais.

disloyalty *sc/sfn* (ger. + **to**) deslealdade, infidelidade

unfaithful *adj* (ger. + **to**) [a um parceiro sexual] infiel *She accused him of being unfaithful to her.* Ela o acusou de ser infiel.

infidelity *sc/sfn* [a um parceiro sexual] infidelidade

two-time *vt* [informal] [referindo-se a um parceiro sexual] enganar, trair *She's been two-timing him.* Ela o está traindo.

expressão

to stab someone in the back [trair alguém que gosta e confia em você] apunhalar pelas costas *After all I've done for her she just turned round and stabbed me in the back.* Depois de tudo o que fiz por ela, a única coisa que ela fez foi me apunhalar pelas costas.

215 True Verdadeiro

ver também **real, 35; honest, 213; correct, 299**

true *adj* **1** [descreve p. ex. declaração, história] verdade *Is it true that you're getting married?* É verdade que você vai se casar? *The pay sounds **too good to be true**.* O salário parece muito bom para ser verdade **2** [real. Descreve p. ex. natureza, intenções] real, verdadeiro *They've only just realised the true gravity of the situation.* Eles acabam de perceber a verdadeira gravidade da situação. *I hope your wish **comes true**.* Espero que seu desejo se torne realidade. **truly** *adv* realmente, verdadeiramente

truth *s* **1** (sempre + **the**) [fatos verdadeiros] verdade *to tell the truth* dizer a verdade *To tell (you) the truth, I'm getting bored with this job.* A bem da verdade, estou ficando entediado com este trabalho. *When she learned the truth about his activities, she was horrified.* Quando ela ficou sabendo a verdade sobre as suas atividades, ficou horrorizada. **2** *ssfn* [aquilo que é verdade] verdade *There's no truth in the rumour.* Não há um pingo de verdade no boato.

truthful *adj* [descreve esp. pessoa, relato] verdadeiro, verídico, real **truthfully** *adv* verdadeiramente

fact *sc/sfn* fato *a conclusion drawn from the facts of the case* uma conclusão tirada dos fatos *a novel based on fact* um romance baseado na realidade ***As a matter of fact** she already knows.* Na realidade ela já está a par dos fatos. *I've just finished **in fact**.* Na verdade, eu já acabei. *The fact (of the matter) is, we're in big trouble.* O fato é que estamos numa grande enrascada.

factual *adj* [não usado para pessoas. Descreve p. ex. registro, relato, informação] baseado nos fatos, factual

216 Untrue Falso

ver também **unreal, 36; copy, 56; dishonest, 214**

untrue *adj* (ger. depois do *v*) falso *The story she told us was completely untrue.* A história que ela nos contou era completamente falsa.

untruth *sfn* [formal] inverdade *to tell someone an untruth* mentir para alguém **untruthful** *adj* mentiroso, falso **untruthfully** *adv* de modo mentiroso, falsamente

false *adj* **1** [descreve p. ex. declaração] falso *The capital of Germany is Bonn, true or false?* A capital da Alemanha é Bonn, falso ou verdadeiro? *It was a **false alarm**.* Foi um alarme falso. *One **false move** and you're dead.* Um passo em falso e estamos mortos. *They were lulled into a **false sense of security**.* Eles se tranqüilizaram com um falso sentido de segurança. **2** [não real] falso *He was wearing a false beard.* Ele estava usando uma barba falsa. *false teeth* dentes falsos, dentadura *The suitcase had a false. bottom.* A mala tinha um fundo falso. **falsely** *adv* falsamente

falsify vt [um tanto formal. Obj: p. ex. registros] falsificar, alterar, adulterar **falsification** ssfn falsificação

lie sfn mentira *to tell lies* mentir

lie vi (freq. + **about, to**) mentir *He lied to the police about where he'd been that night.* Ele mentiu para a polícia sobre onde estivera naquela noite.

liar sfn mentiroso *Are you calling me a liar?* Você está me chamando de mentiroso?

> *u s o*
>
> Na conversação especialmente ao falar enfaticamente, um falante do inglês provavelmente diria que algo **não era verdade** ou (mais forte) **uma mentira**, em vez de dizer que era **inverídico** ou **falso**.

fictitious adj [bem formal] fictício, imaginário *Her account of her upbringing was completely fictitious.* O relato que ela fez de sua infância era pura fantasia.

fiction sc/sfn [bem formal] ficção, invenção

superstitious adj [descreve p. ex. pessoa, crença] supersticiosa **superstition** sc/sfn superstição

> *e x p r e s s õ e s*
>
> **a pack of lies** [muito enfático] um montão de mentiras *The whole story was a pack of lies.* A história toda não passava de um monte de mentiras.
>
> **an old wives' tale** [algo em que tradicionalmente se acredita, mas que não é verdade] história da carochinha

217 Good (morally) Bom (moralmente)

ver também **honest, 213; reliable, 218; good, 417**

good adj, compar **better** superl **best** 1 [descreve p. ex. pessoa, ação] bom, bem *to do sb* **a good deed** fazer uma boa ação para alguém 2 [descreve p. ex. criança, comportamento] bom, gentil *Be good while I'm out.* Comporte-se durante a minha ausência. **to be on one's best behaviour** ter um comportamento exemplar 3 (ger. depois do v; freq. + **about, to**) [bondoso] bom, gentil *She was very good to me when I was ill.* Ela foi muito boa para mim quando eu estive doente.

good ssfn bem *good and evil* o bem e o mal *to do good* fazer o bem *to be* **up to no good** aprontar alguma

goodness ssfn [ser bom] bondade

> *c o m p a r a ç ã o*
>
> **as good as gold** [usado principalmente para crianças] comportar-se como um anjo

innocent adj 1 (freq. + **of**) [descreve p. ex. pessoa, vítima] inocente *He was innocent of any crime.* Ele não foi culpado por nenhum crime. *The bomb went off injuring many innocent people.* A bomba explodiu ferindo muitos inocentes. 2 [não malicioso ou relativo a sexo. Descreve p. ex. prazer diversão, pergunta] inocente *It was a perfectly innocent remark.* Foi uma observação totalmente inocente. **innocently** adv inocentemente

innocence ssfn 1 inocência *to protest one's innocence* clamar a inocência de alguém 2 inocência, ingenuidade *to lose one's innocence* perder a inocência *I merely said* **in all innocence** *that I thought the decision was correct.* Eu simplesmente disse com toda inocência que achava que a decisão estava correta.

pure adj [descreve p. ex. motivos, pensamentos] puro **purity** ssfn pureza

noble adj [descreve p. ex. sentimentos, atos] nobre [freq. usado de maneira ligeiramente humorística] *It's very noble of you to take on all this extra work.* É muito nobre de sua parte assumir todo este trabalho extra. **nobly** adv generosamente, nobremente

moral adj 1 [descreve p. ex. pergunta, julgamento, princípio] moral *declining moral standards* moralidade decadente *They're claiming it as a* **moral victory**. Eles reivindicam ser esta uma vitória moral. 2 [de uma certa honradez esp. no que concerne a sexo. Descreve p. ex. pessoa, vida] moral *the moral majority* a maioria das pessoas honradas **morally** adv moralmente

moral s moral *What is the moral of this story?* Qual é a moral desta história?

> *u s o*
>
> Ao discutir o comportamento moral, atitudes de uma pessoa, etc., a palavra mais comumente usada é **morals** princípios morais, p. ex. *They've got no morals.* (Eles não têm moral.) *His morals are no concern of mine.* (Seus princípios morais não me interessam.) **Morality** ssfn moralidade pode ser usado para se referir ao senso do que é certo e do que é errado de uma pessoa, porém é geralmente utilizado em contextos mais amplos e mais abstratos, p. ex. *sexual morality in modern society* (moralidade sexual na sociedade moderna). *We discussed the morality of using force to settle a dispute.* (Discutimos a moralidade de recorrer à força para resolver um conflito.)

conscience sc/sfn consciência *They can say what they like,* **my conscience is clear.** Eles podem dizer o que quiserem, estou com a consciência tranquila. *to have a guilty conscience* ter a consciência pesada

217.1 Bem-comportado

well-behaved adj, compar **better-behaved** superl **best-behaved** bem-comportado, bem-educado

obedient adj [aquele que faz o que se pede] obediente **obediently** adv obedientemente, docilmente

obedience ssfn obediência *They expect unquestioning obedience from their servants.* Eles exigem obediência total de seus empregados (usado como s) *obedience training for dogs* adestramento de cães

obey vti [obj: p. ex. ordem, lei, autoridade] obedecer

dutiful adj [formal e um tanto antiquado. Descreve: esp. filho, filha] obediente, respeitoso **dutifully** adv respeitosamente, com submissão

---

expressão

butter wouldn't melt in his/her mouth [humorístico e freq. usado de maneira sarcástica para se referir a pessoas que se fingem de bondosas] tão bom que parece incapaz de matar uma mosca, um lobo em pele de carneiro (literalmente: a manteiga não derreteria em sua boca) *In that little sailor suit he looks as though butter wouldn't melt in his mouth.* Em seu uniformezinho de marinheiro ele parecia um santo.

217.2 Maneiras informais ou humorísticas de descrever pessoas boas

saint sfn [usado especialmente para se referir a uma pessoa que está preparada para suportar muitos problemas ou indelicadezas dos outros] santo *He's got the patience of a saint.* Ele tem uma paciência de Jó.

angel sfn [usado especialmente para se referir a uma criança que é muito dócil e comportada ou um adulto que é muito bom, gentil e prestativo] anjo, amor *They went to bed like little angels.* Eles foram para a cama como uns anjinhos. *I'm no angel.* Eu não sou nenhum anjo de candura. **angelic** adj angélico, puro, inocente

treasure sfn [usado esp. para se referir a uma pessoa que é muito prestativa e confiável] tesouro, pessoa adorável *Our cleaning lady is an absolute treasure.* Nossa faxineira é uma verdadeira pérola.

pillar sfn (sempre + **of**) [usado para se referir a uma pessoa que é um membro ativo e importante de um grupo] pilar, sustentáculo, alicerce *a pillar of society/the community* um dos pilares da sociedade/comunidade

---

expressão

one in a million um em um milhão, uma pérola, um doce *My secretary is one in a million.* A minha secretária é uma jóia rara.

---

218 Reliable Confiável

ver também **honest, 213**

reliable adj [descreve p. ex. pessoa, informação, máquina] confiável *I can't give her the job unless I'm sure she's one hundred per cent reliable.* Não posso lhe dar o emprego a não ser que ela seja cem por cento confiável. *a reliable source* uma fonte fidedigna **reliably** adv com segurança *to be reliably informed that...* saber de fonte certa **reliability** ssfn confiança, confiabilidade **reliance** ssfn (freq. + **on**) confiança, dependência *our reliance on computers to process information* nossa dependência de computadores para processar informações **reliant** adj confiável, seguro

dependable adj [descreve: pessoas e máquinas, não informações] sérias, confiáveis, fidedignas

dependence ssfn (freq. + **on**) [ligeiramente mais forte do que **reliance**] dependência *drug dependence* toxicomania, dependência de drogas

dependent adj (freq. + **on**) 1 [descreve: pessoa] dependente *I'm totally dependent on the train service to get me to work.* Dependo totalmente do trem para ir para o trabalho. *I'm dependent on them for information.* Dependo deles para obter as informações. 2 (depois do v) [descreve: evento, ação, etc.] sujeito, dependente *The trip's dependent on the weather.* Dependemos do tempo para viajar.

dependant, TAMBÉM **dependent** sfn dependente *Do you have any dependents?* Você tem dependentes?

218.1 Contar com

rely on/upon sb/sth vt prep, pretérito & part passado **relied** (freq. + **to** + INFINITIVO; + **for**) 1 [ter confiança em] contar com, fiar-se em alguém *He's someone you can rely on.* Ele é uma pessoa com a qual se pode contar. *We're relying on you for help.* Contamos com você para nos ajudar. 2 [ser dependente de. Obj: pessoa, organização, etc., que fornece algo que você necessita] depender de, contar com *We oughtn't to rely on one supplier for all our raw materials.* Não devemos confiar em um único fornecedor para obter toda a nossa matéria-prima.

depend on/upon sb/sth vt prep 1 (freq. + **to** + INFINITIVO) [obj: p. ex. pessoa, aliado] contar com *You can depend on me to be there.* Você pode contar comigo que eu o levo lá 2 (freq. + **for**) [necessidade] depender de *We depend heavily on financial support from local businesses.* A ajuda financeira das empresas locais é indispensável.

depend vti (freq. + **on**, **upon**) [varia de acordo com as circunstâncias. O sujeito não poder ser *nunca* uma pessoa] depender *We may have to have the party indoors, it (all) depends on the weather.* Talvez tenhamos de fazer a festa dentro de casa, tudo depende do tempo. *'Can I buy one?' – 'That depends/It all depends.'* 'Posso comprar um desses?' – 'Depende.' *It depends how much you are prepared to pay.* Depende de quanto você está disposto a pagar.

count on/upon sb/sth vt prep (freq. + **to** + INFINITIVO; + **for**) contar com *You may get help from them, but don't count on it.* Talvez eles ajudem, mas não conte com isso. *I'm counting on your support.* Conto com seu apoio.

bank on sb/sth (freq. + **to** + INFINITIVO; + -ing) contar com, confiar em *I was banking on (getting) your support.* Eu estava contando com o seu apoio.

fall back on sth vt prep [confiar em algo quando todo o resto falha] recorrer a *If my business is slow to get started I've got some savings to fall back on.* Se a minha empresa demorar a deslanchar, tenho alguma poupança para me socorrer.

219 Wicked Perverso

ver também **legal system, 209; dishonest, 214; cruel, 225; bad, 438**

wicked adj **1** [muito forte e um tanto antiquado quando usado francamente em relação a pessoas ou ações] mau, malvado, perverso *She's a wicked woman.* Ela é uma mulher má. *It's a wicked waste of money.* É um desperdício escandaloso de dinheiro. **2** [malicioso. Descreve p. ex. sorriso, senso de humor] malicioso, perverso *He did a wicked take-off of the boss.* Ele fez uma imitação maldosa do chefe **wickedly** adv maldosamente, perversamente **wickedness** ssfn maldade, perversidade

evil adj **1** [muito forte. Quando usado para pessoas, aplica-se mais ao caráter de um modo geral do que às ações individuais] malvado, infeliz *an evil spirit* um espírito ruim *That man is absolutely evil.* Aquele homem é absolutamente perverso. **2** [descreve p. ex. caráter, cheiro] mau *evil-smelling* malcheiroso *to have an evil tongue* ter uma língua ferina

evil s **1** ssfn mal *the forces of evil* as forças do mal **2** sfn [situação ou coisa ruim] mal *a **necessary** evil* um mal necessário *It's **the lesser of two evils.*** Dos males o menor.

sin sc/sfn [esp. em contextos religiosos] pecado *to commit a sin* cometer um pecado *the sin of pride* o pecado do orgulho **sinful** adj pecador, pecaminoso

sin vi, -nn- (freq. + **against**) [um tanto formal, esp. bíblico] pecar **sinner** sfn pecador

vice sc/sfn [comportamento ruim habitual que dá prazer] vício [também usado humoristicamente] *I do smoke, it's my one vice.* Eu fumo, sim, mas este é o meu único vício. (usado como adj) *vice ring* quadrilha do vício *vice squad* esquadrão de combate ao vício

immoral adj imoral **immorality** ssfn imoralidade

219.1 Culpa

ver também **cause, 291**

guilt ssfn **1** [ter feito algo errado] culpa *He admitted his guilt.* Ele reconheceu sua culpa. **2** [sentimento] culpa (usado como adj) *guilt complex* complexo de culpa

guilty adj **1** (freq. + **of**) [ter feito algo errado] culpado *to be found guilty of a crime* ser declarado culpado de um crime *the **guilty party** o/a culpado(a) **2** (freq. + **about**) [sentir-se culpado] culpado, mal *I feel very guilty about not writing to him.* Sinto-me muito mal por não ter lhe escrito. *to **have a guilty conscience*** ter a consciência culpada **guiltily** adv de modo culpável

blame ssfn (freq. + **for**) falta, responsabilidade, culpa *to **lay/put the blame on** sb* colocar a culpa em alguém *I always **take the blame** for her mistakes.* Eu sempre assumo a culpa pelos erros dela.

blame vt (freq. + **for, on**) culpar, responsabilizar *They blame me for the delay.* Eles me culpam pelo atraso. *They blamed her death on drugs.* Eles atribuem a sua morte às drogas. *Don't blame me if you miss the plane!* Não me culpe se você perder o avião! *to blame sb for doing sth* culpar alguém por algo *to be **to blame*** ser culpado, responsável *I'm not to blame.* Não é minha culpa. *Who was to blame for the mix-up?* Quem foi responsável pelo erro?

expressões

to catch sb red-handed [pegar alguém no momento em que está cometendo um crime] em flagrante, com a mão na massa *He was caught red-handed trying to hide the money.* Ele foi pego em flagrante quando tentava esconder o dinheiro.

on your head be it [você deve assumir a responsabilidade pelas suas decisões se algo der errado] assumir a conseqüência dos seus atos *On your head be it if the boss finds out.* Se o chefe descobrir a culpa será toda sua.

(to be) six of one and half a dozen of the other [diz-se quando duas pessoas ou grupos são igualmente culpados] ninguém é melhor do que o outro, tanto vale a tampa quanto o balaio *She says he's being unreasonable, but I think it's six of one and half a dozen of the other.* Ela diz que ele não está sendo razoável, mas eu acho que nenhum dos dois tem razão.

219.2 Indócil

badly behaved adj, compar **worse-behaved** superl **worst-behaved** desobediente, malcomportado, sem educação

naughty adj **1** [descreve esp. criança] desobediente, malcriado *He's been a naughty boy.* Ele é um garoto malcriado **2** (esp. brit) [um tanto eufemístico e humorístico. Sexualmente impróprio. Descreve p. ex. palavra, piada] audacioso *The film's a bit naughty.* O filme é um pouco ousado **naughtiness** ssfn maldade, perversidade

mischievous adj **1** [jocosamente maldoso. Descreve p. ex. criança, farsa, sorriso] maldoso, malicioso **2** [um tanto formal. Que deliberadamente causa confusão. Descreve p. ex. observação, intenção] maldoso, perverso

mischief ssfn travessura, brincadeira de mau gosto *I bought the children some paints to **keep them out of mischief**.* Comprei umas tintas para as crianças para impedir que elas façam travessuras.

disobedient adj desobediente **disobediently** adv de modo desobediente **disobedience** ssfn desobediência

disobey vt [obj: p. ex. ordem, autoridade] desobedecer

in trouble meter-se numa enrascada, estar em apuros, ter problemas *He's in trouble with the police.* Ele tem problemas com a polícia *If I'm late for dinner I'll be in trouble.* Se eu chegar tarde para o jantar vou ficar em apuros.

219.3 Pessoas perversas

criminal sfn criminoso *a hardened criminal* um criminoso endurecido, embrutecido, empedernido

criminal adj [descreve p. ex. crime, dano, negligência] criminoso [também usado mais informalmente] *It's a criminal waste of money.* É um desperdício criminoso de dinheiro. **criminally** adv criminalmente

villain sfn [antiquado ou humorístico ou em livros, etc.] vilão **villainous** adj vil, desprezível **villainy** ssfn vileza, vilania

devil sfn **1** [extremamente forte quando para designar uma pessoa perversa] demônio [algumas vezes usado como um insulto bastante moderado] *Give it back,* *you rotten devil!* Devolva-me isso já, seu ordinário! **2** [informal. Pessoa] diabo *The little devils have trampled all over my flower bed.* Os monstrinhos esmagaram todo o meu canteiro de flores. *Go on, be a devil!* Vamos lá, banque o diabo!

thug *sfn* [pessoa violenta] assassino, matador *He was beaten up by a gang of thugs.* Ele foi espancado por uma quadrilha de assassinos.

bully *sfn* tirano, valentão *Leave her alone, you big bully!* Deixe-a em paz, seu valentão!

bully *vt* ameaçar, intimidar, tiranizar (+ **into**) *Don't let her bully you into giving up your office for her.* Não deixe que ela o ameace tentando fazer com que você lhe dê o seu escritório.

expressões

rotten apple [pessoa nefasta que tenta fazer com que os outros o sejam também] mau, ruim, detestável *He's the rotten apple in the barrel.* Ele é a ovelha negra, uma ovelha má põe o rebanho a perder.

snake in the grass [amigo desleal] amigo-urso, amigo-da-onça, amigo falso, hipócrita, infiel

wolf in sheep's clothing [pessoa que parece inofensiva, mas não é] lobo em pele de cordeiro

220 Steal Furtar

steal *vt, pretérito* **stole** *part passado* **stolen** furtar *Someone's stolen my watch.* Alguém furtou o meu relógio. *They had their credit cards stolen.* O cartão de crédito deles foi furtado.

rob *vt, -bb-* (freq. + **of**) [obj: pessoa, banco] roubar *I've been robbed!* Fui roubado! [sentido figurativo] privar *A knee injury robbed him of Olympic success.* Uma contusão no joelho privou-o de ganhar uma medalha nos Jogos Olímpicos.

burgle (esp. *brit*), **burglarize** (*amer*) *vt* [obj: casa, loja] arrombar, roubar *We were burgled last night.* Arrombaram a nossa casa ontem à noite.

uso

Observe que o objeto do verbo **steal** é sempre a coisa furtada, enquanto o objeto do verbo **rob** é sempre a pessoa ou o lugar de onde o objeto foi furtado. O objeto de **burgle** é geralmente o local arrombado. Quando for a pessoa assaltada, o verbo é quase sempre usado na passiva.

loot *vti* **1** [obj: loja, edifício, distrito] pilhar, saquear **2** [obj: coisa furtada] pilhar **looter** *sfn* saqueador

embezzle *vt* (freq. + **from**) [obj: dinheiro] desviar, apropriar-se fraudulentamente **embezzlement** *sc/sfn* desvio de fundos, desfalque, estelionato **embezzler** *sfn* defraudador, estelionatário

mug *vt, -gg-* [informal. Obj: pessoa] roubar uma pessoa com violência *He was mugged right outside the hotel.* Ele foi roubado logo que saiu do hotel.

pinch *vt* (esp. *brit*) [informal. Obj: coisa] pegar, roubar, apoderar-se *Don't let anyone pinch my seat.* Não deixe ninguém roubar o meu lugar.

nick *vt* (*brit*) [gíria. Obj: coisa] roubar *His car has been nicked.* Roubaram o carro dele.

220.1 Pessoas que furtam e seus crimes

thief *sfn, pl* **thieves** ladrão *Stop thief!* Pega ladrão! *jewel thief* ladrão de jóias

thieving *adj* ladrão, sujo, desonesto *Get your thieving hands out of my desk drawer!* Tire suas mãos de ladrão da gaveta da minha escrivaninha! **theft** *sc/sfn* (freq. + **of**) furto

robber *sfn* [não é muito usado em contextos formais. Usado freqüentemente por crianças e portanto pode parecer um tanto infantil] ladrão, bandido *bank/train robber* assaltante de banco/de trem

robbery *sc/sfn* *robbery with violence* roubo mediante violência *It's daylight robbery!* É um roubo em plena luz do dia!

burglar *sfn* assaltantes *They've had burglars next door.* Os vizinhos foram assaltados. *burglar alarm* alarme contra ladrão **burglary** *sc/sfn* arrombamento com a finalidade de roubar, roubo

shoplifter *sfn* ladrão de loja **shoplifting** *ssfn* furto em loja

mugger *sfn* ladrão, assaltante, agressor **mugging** *sc/sfn* assalto, agressão

pickpocket *sfn* *Beware of pickpockets.* Cuidado com os batedores de carteira.

to pick sb's pocket bater a carteira de alguém

220.2 Outras formas de criminalidade

kidnap *vt, -pp-* [obj: pessoa] seqüestrar *Terrorists kidnapped a well-known businessman.* Os terroristas seqüestraram um conhecido empresário **kidnapper** *sfn* seqüestrador **kidnapping** *sc/sfn* seqüestro

ransom *sc/sfn* preço de resgate, refém *to demand a ransom for sb* exigir o pagamento do resgate de alguém *to hold sb to ransom* tomar como refém (usado como *adj*) *a ransom note* bilhete exigindo o resgate

hijack *vt* [obj: p. ex. avião, ônibus] seqüestrar **hijacker** *sfn* seqüestrador, terrorista **hijacking** *sc/sfn* seqüestro

hostage *sfn* refém *to take sb hostage* tomar alguém como refém *negotiations to obtain the release of children held hostage by terrorists* negociações para conseguir a liberação das crianças tomadas como reféns pelos terroristas

blackmail *vt* chantagear *He was being blackmailed by his former lover.* Ele estava sendo chantageado pela sua ex-amante. **blackmailer** *sfn* chantageador

blackmail *ssfn* chantagem *emotional blackmail* chantagem emocional

smuggle *vt* **1** [obj: p. ex. drogas] contrabandear **2** (sempre + *adv* ou *prep*) [pegar secretamente] introduzir clandestinamente *I managed to smuggle the magazine into/out of the classroom.* Consegui trazer a revista secretamente para dentro/fora da sala de aula

smuggler *sfn* contrabandista **smuggling** *ssfn* contrabando

221 Mercy Clemência

mercy s 1 ssfn piedade, clemência, compaixão to **have mercy on** sb ter compaixão de alguém to **show mercy** (to sb) demonstrar compaixão a alguém 2 sfn benção, graça It's a mercy nobody was killed! Foi uma sorte que ninguém tenha morrido. to **be thankful for small mercies** ficar grato por todas as pequenas bençãos
merciful adj (freq. + **to**) misericordioso, clemente, indulgente
mercifully adv misericordiosamente [como frase adv] Mercifully they didn't ask me to sing. Graças a Deus eles não me pediram para contar.
compassion ssfn (freq. + **for**) [enfatiza o elemento de compaixão mais do que **mercy**] compaixão
compassionate adj compadecido, complacente, compreensivo compassionate leave OU leave on compassionate grounds (brit) licença por motivos pessoais
lenient adj [um tanto formal. Descreve p. ex. juiz, sentença] leniente, clemente, leve, **leniently** adv lenientemente **leniency** ssfn leniência, brandura
soft adj (freq. + **on**, **with**) [algumas vezes pejorativo] branda, suave to have a soft heart/be soft-hearted ter coração mole, generoso, flexível Her parents are too soft on her. Os seus pais são muito tolerantes com ela.
spare vt 1 [não prejudicar ou punir] poupar, ter dó, isentar to spare sb's life poupar a vida de alguém 2 [não forçar a vivenciar algo] evitar I was hoping to spare you a long wait. Esperava evitar que você esperasse muito tempo Spare me the details! Não precisa contar todos os detalhes!

221.1 Perdoar

forgive vti, pretérito **forgave** part passado **forgiven** (freq. + **for**) [obj: p. ex. pessoa, pecado, insulto] perdoar She can't forgive herself for not being there. Ela não consegue se perdoar por não estar lá. She forgave them their unkindness to her. [ligeiramente mais formal quando seguido de dois objetos] Ela os perdoou pela sua indelicadeza para com ela. Forgive me, I didn't catch your name. [expressão polida] Desculpe, eu não compreendi o seu nome. **forgiveness** ssfn perdão
pardon vt 1 (freq. + **for**) [freq. usado no imperativo]. Ligeiramente mais formal do que **forgive** quando usado de outros modos. Obj: p. ex. pessoa, grosseria, curiosidade] perdoar, desculpar You must pardon him, he's a bit overwrought. Você deve perdoá-lo, ele está um pouco esgotado. That's utter rubbish, **if you'll pardon the expression**. Perdoe a expressão, mas isso é uma asneira total. 2 [perdão oficial. Obj: criminoso condenado] anistiar a pena
pardon s 1 ssfn [formal] perdão I beg your pardon? Como disse? 2 sfn [para um criminoso, etc.] perdão, anistia
pardon interj Perdão! Desculpe!
excuse vt 1 [perdoar, esp. uma falha pequena. Obj: p. ex. pessoa, interrupção, atraso] desculpar Please, excuse the mess. Desculpe a bagunça. 2 [justificativa para. Obj: p. ex. trabalho ruim, incompetência] desculpar, justificar Nothing can excuse sloppy workmanship. Nada pode justificar um trabalho malfeito. 3 (freq. + **from**) [liberar de uma obrigação. Obj: p. ex. dever, aula] escusar, dispensar You're excused form washing up today. Você está dispensado de arrumar a cozinha hoje *ver também **cause, 291**
let sb **off** sth vt prep [perdoar, esp. por uma falta pequena ou isentar de uma punição ou dever] fechar os olhos, não punir, liberar 'Sorry, I'm late!' – 'That's OK, I'll let you off.' 'desculpe-me, estou atrasado!' – 'Está bem, eu vou fechar os olhos.' He's been let off doing the washing up. Ele foi liberado de arrumar a cozinha.
relent vi [demonstrar pena, esp. depois de muito tempo] apiedar-se, ceder, abrandar Eventually she relented and allowed me to rejoin the group. Ela acabou cedendo e permitiu que eu voltasse para o grupo.

> *expressões*
>
> **give sb a second/another chance** dar a alguém uma segunda chance If you mess it up this time, you won't get a second chance. Se você falhar desta vez não terá uma segunda chance.
> **give sb the benefit of the doubt** dar a alguém o direito de duvidar
> **make allowances (for sb/sth)** dar um desconto, levar em consideração She's not been very well, so you must make allowances. Ela não tem estado muito bem ultimamente, portanto, você deve lhe dar um desconto. Even making allowances for the difficult conditions, they were very slow in getting here. Mesmo levando em consideração as condições difíceis, eles demoraram para chegar aqui.

222 Sympathy Compaixão

ver também **expressing sympathy, LC 11**

sympathy s 1 ssfn (freq. + **for**) compaixão, solidariedade I don't have much sympathy for her. Eu não tenho muita compaixão para com ela 2 sc/sfn (freq. + **with**) [concordância ou apoio] solidariedade My sympathies are entirely with the rebels. Estou totalmente do lado dos rebeldes to be **in sympathy with** sb's aims estar totalmente afinada com os objetivos propostos
sympathetic adj (freq. + **to, towards**) 1 [descreve p. ex. sentimento, sorriso] de simpatia, simpático, compreensivo They were very sympathetic when my mother died. Eles foram muito solidários quando minha mãe faleceu. 2 [de grande apoio. Descreve p. ex. relatório, opinião, audiência] aprovação The press seems quite sympathetic to our policies. A imprensa parece verdadeiramente apoiar nossa política.
sympathetically adv complacentemente
sympathize vi, TAMBÉM **-ise** (brit) (freq. + **with**) 1 [com uma pessoa, sentimento, etc.] condoer-se, compartilhar, 2 [com uma opinião, objetivo, etc.] aprovar, concordar
sympathizer sfn simpatizante

pity s **1** ssfn pena, dó *to take/have pity on sb/sth* ter pena de alguém **2** s (não tem *pl*) pena *What a pity!* Que pena! *It's a pity you didn't arrive sooner.* É uma pena que você não tenha chegado mais cedo. *It would have been a pity to miss the show.* Teria sido uma pena perder o espetáculo.

pity vt compadecer-se, ter pena de *I pity anyone who has to put up with her all day.* Tenho dó da pessoa que precisa agüentá-la o dia inteiro.

feel for sb *vt prep* lamentar por alguém, sentir pena de alguém

feel sorry for sb *vt prep* [menos forte do que **feel for**] lamentar *He's feeling very sorry for himself.* Ele está com pena de si mesmo.

commiserate *vi* (freq. + **with**) compadecer-se de, solidarizar-se com *I came over to commiserate with you on not getting the job.* Vim para lhe dizer que compartilho a sua decepção por não ter conseguido o emprego.

commiserations *s pl* (freq. + **on**) compaixão, piedade *Congratulations to the winner, commiserations to the losers.* Parabéns ao vencedor e nossos votos de simpatia aos vencidos.

condolence ssfn [mais formal e grave do que **commiserations**. Usado principalmente quando alguém está de luto] condolência *a letter of condolence* uma carta de condolências (freq. usado no *pl*) *I sent my condolences.* Enviei minhas condolências.

expressões

I wouldn't want to be in sb's shoes estar na pele de alguém (literalmente: não gostaria de estar no seu sapato) *I wouldn't want to be in her shoes when her boss finds out.* Não gostaria de estar na pele dela quando o seu chefe descobrir.

I don't envy sb (sth) Não invejar *I don't envy you having three small children to look after.* Não tenho nenhuma inveja de você por ter de cuidar de três crianças pequenas. *I don't envy him the task of breaking the news.* Não tenho a mínima inveja de quem tem de dar a triste notícia.

223 Unmerciful Impiedoso

ver também **cruel, 225**

heartless *adj* [palavra de uso geral. Descreve p. ex. pessoa, atitude, decisão] cruel, insensível, inflexível *How can you be so heartless as to refuse?* Como você pode ser tão insensível a ponto de recusar? **heartlessly** *adv* insensivelmente

hard-hearted *adj* [descreve: pessoa] duro, inflexível, coração de pedra

callous *adj* [descreve p. ex. pessoa, desconsideração, negligência] calejado, insensível **callously** *adv* sem pena, insensivelmente, duramente **callousness** *ssfn* insensibilidade, dureza

pitiless *adj* [geralmente encontrado em contextos mais literários] impiedoso **pitilessly** *adv* impiedosamente

merciless *adj* **1** [literário. Descreve p. ex. assassino, tirano] impiedoso, cruel **2** [não necessariamente pejorativo. Descreve p. ex. crítica, ataque] impiedoso, implacável *She is a merciless taskmaster.* Ela é uma supervisora impiedosa/uma verdadeira tirana.

mercilessly, TAMBÉM **unmercifully** *adv* impiedosamente *to beat/criticize sb mercilessly.* atacar/criticar alguém sem dó nem piedade *His colleagues teased him unmercifully.* Os seus colegas gozaram dele impiedosamente.

ruthless *adj* **1** [descreve p. ex. destruição,, ditador] insensível, desumano **2** [não necessariamente pejorativo. Descreve p. ex. determinação, eficiência] implacável **ruthlessly** *adv* implacavelmente **ruthlessness** *ssfn* crueldade, desumanidade

relentless *adj* [nunca pára ou cede. Descreve p. ex. energia, busca, questionamento] implacável, incansável, impiedoso *They kept up a relentless pressure on their opponents' goal.* Eles fizeram uma pressão implacável sobre a meta de seus adversários *The pace of life in a big city can be absolutely relentless.* O ritmo de vida numa cidade grande pode ser absolutamente implacável. **relentlessly** *adv* implacavelmente **relentlessness** *ssfn* inexorabilidade, implacabilidade

expressão

turn a deaf ear to fazer-se de surdo *She turned a deaf ear to all my complaints.* Ela ignorou todas as minhas queixas.

224 Kind Bondoso

kind *adj* (freq. + **to**) bondoso, gentil, amável *It was so kind of you to help.* Foi muito gentil da sua parte vir nos ajudar. *They were very kind to me when I was in trouble.* Eles foram tão gentis comigo quando eu estava em dificuldades. *She always has a kind word for everyone.* Ela sempre tem uma palavra amiga para todo mundo.

kindly *adv* gentilmente *to smile kindly* sorrir gentilmente *They very kindly helped us.* Muito gentilmente eles nos ajudaram.

kindness *sc/sfn* (freq. + **to**) bondade, gentileza *to do sb a kindness* prestar um favor a alguém *to show kindness to sb* demonstrar gentileza a alguém

considerate *adj* (freq. + **to, towards**) [aquele que se preocupa com os outros] preocupado, atencioso

consideration *ssfn* consideração, atenção, respeito, estima *to show sb consideration* demonstrar consideração para com alguém

thoughtful *adj* atencioso, solícito, cuidadoso *How thoughtful of you to remember to send flowers.* Foi muito gentil da sua parte lembrar-se de mandar flores. **thoughtfully** *adv* atenciosamente

understanding *adj* (freq. + **about**) [compreensivo, sem fazer censuras] compreensivo, sensível *I have a lot of days off sick, but my boss is very understanding.* Falto muito no trabalho por motivo de doença, mas o meu chefe é muito compreensivo. *She was very understanding about the broken window.* Ela foi muito compreensiva a respeito da janela quebrada.

GRUPOS DE PALAVRAS

humane adj [mais freqüentemente usado para descrever atitudes ou atividades sociais do que ações individuais] humano *humane treatment of prisoners* tratamento humano dos prisioneiros **humanely** adv humanamente, com humanidade

224.1 Generosidade

ver também **give, 372.1**

generous adj 1 (freq. + **to**, **with**) [descreve p. ex. pessoa, natureza] generoso *I'm feeling generous, I'll pay for the drinks.* Como estou muito generoso hoje, vou pagar todas as bebidas. 2 [surpreendentemente grande ou bondoso. Descreve p. ex. presente, dom, suprimento] generoso, abundante *a generous helping of mashed potatoes* uma porção generosa de purê **generously** adv generosamente **generosity** ssfn generosidade

charity s 1 ssfn [dinheiro, etc., dado graciosamente] caridade *I won't accept charity.* Não vou aceitar caridade. *She gave us the clothes out of charity.* Ela nos deu as roupas por caridade. 2 sfn [organização] órgão assistencial, casa de caridade, sociedade beneficente

charitable adj 1 [caridoso. Descreve p. ex. atitude, observação, julgamento] caridoso *The most charitable thing one can say about it is that he meant well.* A coisa mais caridosa que se pode dizer sobre isso é que ele teve boas intenções. 2 [descreve: organização, donativo] caridoso **charitably** adv caridosamente

unselfish adj generoso, desinteressado, abnegado **unselfishly** adv abnegadamente

225 Cruel Cruel

ver também **fierce, 2; unmerciful, 223**

cruel adj, -ll- 1 (freq. + **to**) [descreve p. ex. pessoa, punição, observação] cruel 2 [descreve p. ex. desapontamento, golpe *blow*] cruel *That was really cruel luck.* Foi verdadeiramente uma má sorte **cruelly** adv cruelmente **cruelty** sc/sfn crueldade

unkind adj (freq. + **to**) [menos forte do que **cruel**] duro, rude, grosseiro, insensível **unkindly** adv duramente, grosseiramente **unkindness** ssfn insensibilidade, dureza, indelicadeza

vicious adj [palavra muito forte. Pode significar uma crueldade física ou mental. Descreve p. ex. ataque, assalto] mau, malicioso, vicioso **viciously** adv malvadamente, maliciosamente **viciousness** ssfn maldade, violência

brutal adj [semelhante a **vicious**] brutal, cruel *a victim of a brutal assault* vítima de uma agressão brutal **brutally** adv brutalmente, cruelmente **brutality** sc/sfn brutalidade, selvageria

bloodthirsty adj 1 [descreve p. ex. assassino, tirano] cruel, sangüinário 2 [descreve: esp. filme, livro] sangüinário, cruel

sadistic adj [que adora infligir dor. Descreve p. ex. prazer, surra, crueldade] sádico **sadism** ssfn sadismo **sadist** sfn sádico

barbaric ou **barbarous** adj [implica extrema crueldade e falta de civilização. Descreve p. ex. ataque, costume] bárbaro, selvagem **barbarian** sfn [pessoa incivilizada ou alguém que se comporta de uma maneira bruta, cruel] bárbaro

225.1 Malícia, dolo

malice ssfn malevolência, malícia, dolo *to bear sb no malice* guardar ressentimento

malicious adj [descreve p. ex. pessoa, dano, ataque] maldoso, intencional, premeditado **maliciously** adv maliciosamente, malignamente

spite ssfn ódio, rancor, malvadez *He did it out of pure spite.* Ele fez isso por pura maldade.

spite vt ofender, magoar *They cancelled their order just to spite us.* Eles cancelaram o seu pedido somente para nos ofender.

spiteful adj [descreve p. ex. pessoa, observação] malvado, maldoso, odioso **spitefully** adv malignamente, maldosamente

bitchy adj [um tanto informal. Descreve p. ex. mulher, observação] mordaz, sórdido, vil

bitch sfn [muito pejorativo. Ger. para mulheres] cadela

226 Selfish Egoísta

selfish adj [descreve p. ex. pessoa, motivo, atitude] egoísta, interessada **selfishly** adv egoisticamente **selfishness** ssfn egoísmo

mean adj 1 (esp. *brit*) [com dinheiro, etc. Descreve: pessoa] avaro, mesquinho *He's too mean to make a donation.* Ele é muito avarento para fazer um donativo. 2 (freq. + **to**) [malvado, indelicado] mesquinho, malvado *She's got a mean streak in her.* Ela tem uma tendência a ser mesquinha. *Don't be so mean to your sister.* Não seja tão malvado com sua irmã. **meanness** ssfn maldade, baixeza

tightfisted adj [informal. Com dinheiro] avarento, pão-duro *He's too tightfisted to buy anyone a drink.* Ele é muito pão-duro para pagar um café para alguém.

stingy adj (freq. + **with**) [informal. Esp. com dinheiro] miserável, mesquinho, pão-duro

ungenerous adj (freq. + **to**) [com dinheiro etc.] pouco generoso

self-interest ssfn egoísmo, vantagem pessoal
self-interested adj interesseiro, egoísta

expressões

to feather one's own nest puxar a brasa para a sua sardinha, valer-se da oportunidade para enriquecer *He used his position simply to feather his own nest.* Ele usou o cargo para encher o seu próprio bolso.

I'm all right, Jack! (*brit*) [informal. Usado freqüentemente de maneira sarcástica para censurar as pessoas que demonstram indiferença para com os menos afortunados que eles] egoísta *an I'm-all-right-Jack attitude* uma atitude do tipo: 'Eu estou numa boa, ele que se vire.'

to look after number one pensar primeiro em si [freqüentemente usado como conselho] *Don't worry about us – you just look after number one.* Não se preocupe conosco, você tem que cuidar dos seus próprios interesses. *He only thinks about number one.* Ele só pensa em si.

227 Politics and government Política e governo

O SISTEMA POLÍTICO DO REINO UNIDO

A Rainha da Inglaterra é a chefe de Estado e a líder simbólica da nação, porém não tem ou tem muito pouco poder político. O governo, liderado pelo Primeiro-Ministro, detém o poder político. O governo britânico é geralmente formado pelos membros do partido político que detém a maioria na Câmara dos Comuns, a câmara inferior do parlamento, eleitos mediante sufrágio.

O Parlamento elabora as leis que regem o país. Qualquer ato do Parlamento, tal como novas leis ou regulamentos, geralmente é aprovado por ambas as câmaras do Parlamento e devem receber a aprovação formal da Rainha antes de se converterem em lei. A Câmara dos Comuns, formada por cerca de 650 membros eleitos do Parlamento, geralmente conhecidos como MPs (Membros do Parlamento), elabora a maior parte das novas leis e suas decisões podem ser retardadas, porém não impedidas pela câmara alta, a Câmara dos Lordes.

A Câmara dos Lordes é composta de membros hereditários da aristocracia, dos bispos mais antigos da Igreja Anglicana e um número indeterminado de membros vitalícios, pessoas eminentes de diversas profissões que recebem um título de nobreza vitalício. A Câmara dos Lordes pode elaborar as leis que deverão ser aprovadas pelos membros da Câmara dos Comuns antes de se converterem em lei, e podem discutir e sugerir mudanças nas leis que lhe forem apresentadas pelos Comuns, porém se um projeto de lei houver tramitado três vezes pela Câmara dos Comuns ele se torna lei com ou sem a aprovação dos Lordes. Ao contrário dos estados modernos, a Grã-Bretanha não tem nenhuma constituição escrita. Os poderes da Rainha são, por exemplo, em parte definidos pelas Leis do Parlamento, muitas das quais datam de períodos muito longínquos da história, e em parte pelas tradições que se acumularam com o passar dos anos. A função e os poderes do Primeiro-Ministro são totalmente definidos pela prática tradicional e não constam de nenhuma lei.

O governo local da Grã-bretanha é relativamente fraco em comparação, por exemplo, com o dos Estados Unidos. São eleitos conselhos para os **counties** (condados), áreas de extensão mediana que normalmente têm uma identidade histórica própria, e para cidades, municípios e distritos. Sua principal função, entretanto, não é elaborar leis, mas sim prestar serviços à comunidade.

Figuras e instituições importantes do governo e da política da Grã-Bretanha:

prime minister *sfn* Primeiro-Ministro
foreign secretary *sfn* Ministro das Relações Exteriores
chancellor (of the exchequer) *sfn* Ministro da Fazenda
minister *sfn* [pessoa que dirige um ministério, mas não faz necessariamente parte do **Cabinet**] ministro *minister of education/education minister* ministro da educação
government ministers ministros do governo
MP *sfn* deputado, membro da Câmara dos Comuns *the MP for Bristol South* o deputado do distrito sul de Bristol
parliament *sfn* parlamento
Cabinet (ger. + **the**) (+ *v sing* ou *pl*) [conselho formado pelos ministros mais antigos do governo, responsáveis pela decisão das políticas a serem adotadas e encarregados de aconselhar o Primeiro-Ministro] conselho de ministros, gabinete (ministerial)
House of Commons (ger. + **the**) Câmara dos Comuns
House of Lords (ger. + **the**) Câmara dos Lordes

O SISTEMA POLÍTICO DOS ESTADOS UNIDOS DA AMÉRICA

O presidente é o chefe de Estado dos Estados Unidos e age também como chefe do governo federal e comandante-chefe das forças armadas. Entretanto, os membros do seu governo não são e na verdade não podem ser membros do Congresso, que é o órgão supremo que elabora as leis dos Estados Unidos. Ao contrário da Grã-Bretanha, os Estados Unidos têm uma constituição escrita e um de seus princípios mais importantes é a 'divisão de poderes' entre o executivo (o presidente e o seu governo) e o judiciário (especialmente o Supremo Tribunal, ao qual se recorre para interpretar a constituição). Ocorre com bastante freqüência o fato de o presidente pertencer a um partido político e o outro partido ter a maioria em ambas as câmaras do Congresso, a Câmara dos Deputados e o Senado.

Cada um dos estados individuais que integram os Estados Unidos tem o seu próprio governo, presidido por um governador, assim como suas próprias assembléias legislativas. Geralmente existem grandes diferenças nas leis dos vários estados. Uma outra característica da vida política dos Estados Unidos é que se elegem os candidatos individualmente para a quase totalidade dos cargos públicos importantes do governo local, como por exemplo, o **sheriff** de um condado.

Figuras e instituições importantes do governo e da política dos Estados Unidos.

president *sfn* presidente
vice president *sfn* vice-presidente
secretary of state *sfn* secretário de Estado, ministro das Relações Exteriores
governor *sfn* governador
senator *sfn* senador
congressman (*masc*), **congresswoman** (*fem*) *sfn* deputado, membro do Congresso, congressista
presidency *sc/sfn* presidência
congress (+ *v sing* ou *pl*) congresso
senate (+ *v sing* ou *pl*) senado
House of Representatives *sfn* (ger. + **the**) Câmara dos Deputados

GRUPOS DE PALAVRAS

politics s 1 ssfn (ger. + v sing, algumas vezes + v pl) política *She went into politics after leaving university.* Ela dedicou-se à política depois de sair da universidade. *local/student politics* política regional/estudantil 2 s pl política *Her politics are very right-wing.* Sua política é muito de direita. **politician** sfn político

political adj [descreve p. ex. sistema, partido, opinião] político *We still hope to find a political solution to the conflict.* Esperamos ainda encontrar uma solução política para o conflito. *to ask for political asylum* pedir asilo político *political prisoner* prisioneiro político **politically** adv politicamente

government sc/sfn (freq. + **the**; + v sing ou pl) governo *They accused the government of ignoring the homeless.* Eles acusaram o governo de ignorar o problema dos desabrigados. (usado como adj) *government officials* funcionários do governo

227.1 Governo local

mayor sfn [homem ou mulher] prefeito, alcaide

mayoress 1 sfn (*brit* & *amer*) [esposa do prefeito] esposa do prefeito 2 sfn (*brit*) [amiga da prefeita] 3 sfn (*amer*) [prefeita] prefeita

council sfn (+ sing ou v pl) 1 (esp. *brit*) conselho *town/district council* conselho municipal/distrital, câmara dos vereadores (usado como adj) *council house* câmara dos vereadores *council meeting* reunião da câmara dos vereadores 2 [órgão eleito ou nomeado] conselho *the United Nations Security Council* Conselho de Segurança das Nações Unidas *a council of war* um conselho de guerra

councillor sfn (esp. *brit*) conselheiro, membro do conselho

councilman sfn (*amer*) conselheiro

councilwoman sfn (*amer*) conselheira

town hall sfn prefeitura *You have to go down to the town hall to register.* Você tem de ir à prefeitura para se inscrever.

city hall sfn (esp. *amer*) prefeitura (freq. usado sem **a** ou **the**) *I'm going to complain to city hall.* Vou reclamar na prefeitura.

227.2 Pessoas que trabalham para o governo

civil service s (sempre + **the**) administração pública/serviço público **civil servant** sfn funcionário público

official sfn funcionário, autoridade *a government official* um funcionário do governo, uma autoridade do governo

official adj 1 [descreve p. ex. posição, carta, permissão] oficial *an official visit by the Queen* uma visita oficial da rainha *The letter was written on official notepaper.* A carta foi escrita em papel oficial. 2 [de conhecimento público] oficial *That was the official reason, I don't know whether it was the true one.* Essa foi a razão oficial, não sei se era verdadeira ou não. **officially** adv oficialmente

officer sfn funcionário *local government officer* funcionário do governo local

227.3 Eleições

nominate vt (freq. + **for**, **as**) indicar *You've been nominated (as a candidate) for the post of treasurer.* Você foi indicado (como candidato) para o cargo de tesoureiro. **nomination** sc/sfn indicação

nominee sfn candidato

candidate sfn (freq. + **for**) candidato *the Labour Party candidate in the general election* o candidato do Partido Trabalhista para as eleições gerais *candidates for the post of club secretary* candidato ao cargo de secretário do clube **candidacy** sc/sfn candidatura

stand (esp. *brit*), **run** (esp. *amer*) vi (freq. + **as**, **for**) apresentar-se *She stood as Conservative Party candidate for Brighton.* Ela apresentou-se como candidata do Partido Conservador por Brighton.

election s 1 sc/sfn eleição, eleições *a general election* uma eleição geral *to hold an election* realizar uma eleição (usado como adj) *election campaign* campanha eleitoral *election results* resultados eleitorais 2 ssfn (freq. + **as**, **to**) eleição *after his election to Parliament* depois de sua eleição para o Parlamento

by-election ou **bye-election** sfn (*brit*) [quando um membro do Parlamento ou um representante do governo local morre ou se demite] eleição parcial

ballot sc/sfn votação *a secret/postal ballot* votação secreta/por correio *ballot-rigging* fraude na votação (usado como adj) *ballot box* urna de votação *ballot paper* cédula de votação

ballot v 1 vt [pedir opinião. Obj: esp. membros] consultar *We balloted our members on the proposed changes to the rules.* Consultamos os sócios mediante votação sobre as mudanças propostas nas normas. 2 vi (freq. + **for**) [vote] votar

poll ssfn ou **polls** s pl eleições *The poll is expected to go in favour of the Democrats.* Espera-se que as eleições corram a favor dos Democratas. *The country will be going to the polls in July.* O país irá às urnas em julho.

polling station sfn (esp. *brit*) colégio eleitoral

polling booth sfn (esp. *brit*) cabina eleitoral

referendum sfn (freq. + **on**) referendum, referendo *to hold a referendum* realizar um referendum

vote s 1 sfn (freq. + **for**, **against**) voto *There were 340 votes for the motion and only 56 against it.* Houve 340 votos a favor da moção e 56 contra. *to cast one's vote* depositar seu voto *votes cast* votos emitidos *to get the vote* obter o voto 2 sfn voto, votação *Let's take/have a vote on it.* Por que não submetemos à votação? *to put something to the vote* submeter algo a votação 3 (sempre + **the**) [votos depositados] o voto *He got 56% of the vote.* Ele obteve 56% dos votos. *the opposition vote* o voto da oposição **voter** sfn votante

vote v 1 vti (freq. + **for**, **against**, **on**) votar, submeter à votação *Can we vote on that question?* Podemos submeter o assunto à votação? *You're too young to vote.* Você é muito novo para votar. *I voted Conservative at the last election.* Votei pelos conservadores nas últimas eleições **2** *vt* [ser de opinião] declarar *Everyone voted it a success.* Todos opinaram que foi um sucesso. **3** *vt* (sempre **+ that**) [informal] propor *I vote (that) we all go together.* Proponho irmos todos juntos.

constituent *sfn* eleitor **constituency** *sfn* distrito eleitoral, circunscrição, eleitorado

227.4 Partidos e ideologias políticas

party *sfn* partido *a member of the Labour Party* um membro do Partido Trabalhista (usado como *adj*) *party leader* líder do partido *party politics* política de partidos

communism *ssfn* comunismo **communist** *sfn* comunista **communist** *adj* comunista

socialism *ssfn* socialismo **socialist** *sfn* socialista **socialist** *adj* socialista

red *adj* [freq. pejorativo] vermelho *Red China* A China Vermelha **red** *sfn* vermelho

left wing *s* (ger. **+ the**) esquerda **left-wing** *adj* esquerdista

centre (*brit*), **center** (*amer*) *sfn* (sempre **+ the**) centro (usado como *adj*) *centre party* partido do centro

---

PRINCIPAIS PARTIDOS POLÍTICOS NA GRÃ-BRETANHA E NOS ESTADOS UNIDOS

Os principais partidos políticos na Grã-Bretanha são: o **Conservative Party** (Partido Conservador), de direita, cujos membros são conhecidos como **Conservatives** ou, mais informalmente, **Tories**; o partido de esquerda **Labour Party** (Partido Trabalhista), sendo que não existe um termo especial para designar os seus membros, e o reduzido **Liberal Democratic Party** (Partido Democrata Liberal), um partido de centro, cujos membros são conhecidos como **Liberal Democrats**.

Existem somente dois grandes partidos políticos nos Estados Unidos. O **Republican Party** (Partido Republicano), cujos partidários são chamados de **Republicans**, que é mais direitista que o **Democratic Party** (Partido Democrata), cujos partidários são conhecidos como **Democrats**.

---

liberal *adj* [liberal e tolerante. Descreve p. ex. regime, atitude] liberal **liberal** *sfn* liberal **liberalism** *ssfn* liberalismo

right wing *s* (ger. **+ the**) direita **right-wing** *adj* direita

conservative *adj* [descreve p. ex. pessoa, atitude] conservador **conservative** *sfn* conservador **conservatism** *ssfn* conservadorismo

fascism *ssfn* fascismo **fascist** *sfn* fascista **fascist** *adj* fascista

227.5 Sistemas de governo

democracy *sc/sfn* democracia *parliamentary democracy* democracia parlamentar **democrat** *sfn* democrata

democratic *adj* [descreve p. ex. governo, direito, sociedade] democrático *It would be more democratic if we took a vote.* Seria mais democrático se o submetêssemos a uma votação. **democratically** *adv* democraticamente

dictatorship *sc/sfn* ditadura **dictator** *sfn* ditador **dictatorial** *adj* ditatorial

anarchism *ssfn* anarquismo **anarchist** *sfn* anarquista

anarchy *ssfn* anarquia *There was total anarchy following the overthrow of the president.* A derrubada do presidente deixou o país em anarquia total.

227.6 Revolução

revolution *s* **1** *sc/sfn* revolução *the French Revolution* a Revolução Francesa *The government was overthrown in a revolution.* O governo foi derrubado com uma revolução. **2** *sfn* (freq. **+ in**) [mudança total] revolução *a revolution in scientific thought* uma revolução no pensamento científico *the Industrial Revolution* a Revolução Industrial

revolutionary *adj* **1** [descreve p. ex. governo, atividades, líder] revolucionário **2** [descreve p. ex. mudança, efeito, descoberta] revolucionário **revolutionary** *sfn* revolucionário

revolt *sc/sfn* [de menor escala que **revolution**] (freq. **+ against**) rebelião, revolta, sublevação, levante *to rise in revolt against somebody/something* rebelar-se contra alguém/algo *a back-bench revolt* (*brit*) uma revolta do partido oposicionista

revolt *vi* (freq. **+ against**) revoltar-se, sublevar-se

USO

Os tempos verbais contínuos do verbo **to revolt** devem ser usados com cuidado a fim de evitar ambigüidade em virtude da existência do adjetivo **revolting** (asqueroso, repugnante).

---

uprising *sfn* rebelião, motim, insurreição *an armed uprising* um levante armado

rebellion *sc/sfn* rebelião *armed rebellion* rebelião armada *The rebellion was crushed by the military.* Os militares reprimiram a rebelião.

coup *sfn* **1** TAMBÉM **coup d'etat** [tomada de poder por um pequeno grupo não eleito] golpe *He seized power in a coup.* Ele tomou o poder através de um golpe de estado. **2** [ação muito inteligente e bem-sucedida] êxito, golpe *It was quite a coup to get the contract to build the new bridge.* Foi um grande golpe conseguir o contrato para construir a nova ponte.

demonstration *sfn*, abrev. [informal] **demo** (freq. **+ against, in favour of**) demonstração *a student demonstration in support of the sacked lecturer* uma manifestação estudantil em apoio ao professor despedido **demonstrate** *vi* manifestar-se **demonstrator** *sfn* manifestante

228 Control Controlar

ver também **strength, 401**

control vt, -ll- (brit), ger. -l- (amer) **1** [regular ou exercer restrições sobre. Obj: p. ex. máquina, veículo, classe] controlar *She simply can't control those children.* Ela simplesmente não consegue controlar essas crianças. *Please, try to control yourself.* Por favor, tente controlar-se *a computer-controlled process* um processo informatizado **2** [ter poder sobre. Obj: p. ex. país, organização] controlar *Our forces now control all access roads to the city.* Nossas forças agora controlam todas as vias de acesso à cidade.

control s **1** ssfn (freq. + **of**) controle, comando *to be in control (of sth)* ter o controle (de algo) *The vehicle went out of control.* O veículo ficou descontrolado. *She lost control of her temper.* Ela perdeu as estribeiras. *The army has taken control of the country.* O exército assumiu o comando do país. *Everything is under control.* Tudo está sob controle. *circumstances outside* ou *beyond our control* circunstâncias fora de nosso controle **2** sc/sfn (freq. + **on**) [limite] *traffic control* controle do tráfego *controls on imports* restrições sobre as importações **3** sfn (freq. pl) [de máquina, veículo, etc.] comando **controller** sfn controlador

---

U S O

Cuidado para não confundir o verbo **control** (controlar) com o verbo **check** (verificar) (ver **careful, 301**). Em frases como *The immigration officers checked my passport.* (Os agentes da imigração verificaram o meu passaporte.) não se pode usar **control** no lugar de **check**. Todavia o substantivo **control** às vezes pode ser usado neste tipo de contexto, p. ex. *I went through Passport Control before collecting my luggage.* Passei pelo Controle de Passaportes antes de pegar a minha bagagem (ver o sentido 2 de **control** s acima).

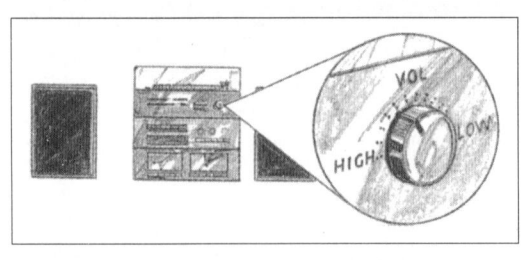

---

the volume control on a stereo controle de volume em um aparelho de som estereofônico

The pilot is at the controls. O piloto está nos comandos.

be in charge (of sth/sb) ser responsável por algo/alguém, estar encarregado *Who's in charge while the boss is away?* Quem é o responsável na ausência do chefe? *I left Mary in charge of the office.* Deixei o escritório sob a responsabilidade de Mary.

228.1 Supervisionar

supervise vti [obj: p. ex. operários, trabalho, operação] supervisionar **supervision** ssfn supervisão *to work under supervision* trabalhar sob supervisão **supervisor** sfn supervisor

oversee vt, pretérito **oversaw** part passado **overseen** [exercer o controle geral ou total sobre algo] supervisionar *They brought in an expert to oversee the running of the project.* Eles trouxeram um especialista para supervisionar o projeto.

overseer sfn [na fábrica, etc.] supervisor, capataz

monitor vt [implica medição. Obj: p. ex. batimento cardíaco, progresso] controlar, monitorar *The doctors are continuously monitoring the patient's respiration.* Os médicos controlam constantemente a respiração do paciente.

monitor sfn **1** [que mede batimento cardíaco] monitor **2** [para câmera de TV] monitor

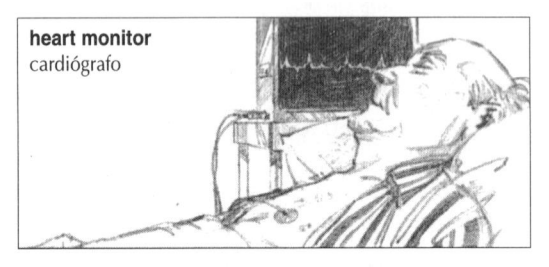

heart monitor
cardiógrafo

watchdog sfn vigilante, guardião, fiscalizador *The committee acts a watchdog to ensure that standards are maintained.* A comissão tem a função de fiscalizar para garantir que os padrões de qualidade sejam mantidos.

keep an eye on sb/sth [informal] vigiar alguém, algo *I asked my neighbour to keep an eye on the children while I was out.* Pedi ao meu vizinho para vigiar as crianças enquanto eu estava fora. *The police are keeping an eye on the warehouse because they think it contains stolen goods.* A polícia está vigiando o armazém porque acha que contém mercadorias roubadas.

228.2 Organizar

organize vti, TAMBÉM **-ise** (brit) **1** [fazer acontecer. Obj: p. ex. reunião, viagem] organizar, planejar *I'm organizing a party for Julia's birthday.* Estou organizando uma festa de aniversário para Júlia. *Can you organize lifts for the people who haven't got cars?* Você pode providenciar transporte para as pessoas que não têm carro?

2 [desenvolver um sistema ordenado para. Obj: p. ex. objetos, pessoas, fatos] organizar, ordenar *We must get (ourselves) organized.* Temos que nos organizar. *organized crime* crime organizado *The books are organized by subject.* Os livros são organizados por assunto.

arrange *v* 1 *vti* (freq. + **to** + INFINITIVO, + **for**) [obj: p. ex. entrevista, horário, detalhes] arranjar, combinar *an arranged marriage* um casamento arranjado *We'll meet on Friday then, as arranged.* Nós nos veremos na sexta-feira, conforme combinado. *Can you arrange for me to be met at the airport?* Você pode providenciar para que venham me buscar no aeroporto? 2 *vt* [colocar em ordem. Obj: p. ex. flores, livros, papéis] ordenar, pôr em ordem *Arrange these words in the correct order.* Ponha estas palavras em ordem.

arrangement *s* 1 *sfn* (ger. *pl*) preparativos, planos *to make arrangements (for sth)* fazer os preparativos para *travel arrangements* planos de viagem 2 *sc/sfn* (freq. + **with**) [acordo] acordo *by arrangement (with somebody)* de prévio acordo (com alguém), com autorização de alguém *to come to an arrangement (with somebody)* chegar a um acordo com alguém 3 *sc/sfn* arranjo, disposição *(a) flower arrangement* um arranjo de flores

plan *vti*, **-nn-** planejar *We're planning a surprise party.* Estamos planejando uma festa surpresa.

planning *ssfn* planejamento *This kind of project needs careful planning.* Este tipo de projeto requer um planejamento cuidadoso. *ver também **intend**, 107

coordinate *vt* [fazer todas as partes de algo funcionar em conjunto, de uma maneira eficiente. Obj: p. ex. esforços, operações, movimentos] coordenar *a well-coordinated campaign* uma campanha bem coordenada

coordination *ssfn* 1 coordenação *the coordination of the efforts of the various groups* a coordenação dos esforços de vários grupos 2 [do corpo] coordenação *lack of muscular coordination* falta de coordenação muscular

run *v*, **-nn-** pretérito **ran** part passado **run** *vt* [obj: p. ex. negócio, hotel, organização] gerir, administrar, dirigir *a well-run/badly-run company* uma companhia bem/mal administrada *She's actually running the whole show.* Na realidade, ela está dirigindo toda a operação.

administer *vt* 1 [obj: p. ex. departamento, distrito, finanças] administrar 2 [formal. Obj: p. ex. medicamento, golpe] administrar

administration *s* 1 *ssfn* administração *I spend more time on administration than on actual design work.* Dedico mais tempo à administração do que ao desenho em si. 2 *sfn* (esp. *amer*) [mandato] administração, gestão *the Reagan administration* a administração Reagan **administrative** *adj* administrativo **administrator** *sfn* administrador

handle *vt* [tratar com. Obj: p. ex. pessoa, assunto, queixas] tratar, lidar, cuidar, encarregar-se de, ocupar-se de *My accountant handles any tax problems I may have.* Meu contador cuida de qualquer problema fiscal que possa surgir. *Don't worry, I can handle it!* [suportar emocionalmente ou fisicamente] Não se preocupe, eu posso cuidar disso!

228.3 Comandar

ver também **laws and rules**, 208

command *v* 1 *vti* [estar no comando de. Obj: p. ex. navio, aeronave, grupo de soldados] estar no comando de 2 *vti* (freq. + **to** + INFINITIVO, + **that**) [mais formal e implica mais autoridade do que **order**] ordenar *She commanded us to stand still.* Ela ordenou que ficássemos quietos. 3 *vt* [fazer as pessoas dar. Obj: p. ex. respeito, atenção] impor, exigir *His paintings still command high prices.* Os seus quadros ainda são cotados a um preço elevado. **commander** *sfn* comandante, capitão de fragata

command *s* 1 *ssfn* comando *to be in command of something* estar no comando de algo *to take command (of something)* Assumir o comando de algo *She's in full command of the situation.* Ela tem o total controle da situação. 2 *sfn* ordem, mandato *to give the command to do something* dar ordem para fazer algo

order *vt* (freq. + **to** + INFINITIVO) ordenar, mandar *I order you to stop immediately.* Ordeno que pare imediatamente. *She loves ordering people about.* Ela adora dar ordens.

order *sfn* ordem *He gave the order to shoot.* Ele deu ordem para atirar. *Go home, that's an order!* Vá para casa, isso é uma ordem!

instruct *vt* (freq. + **to** + INFINITIVO) [mais formal do que **order**, normalmente não se usa em contextos militares] instruir, mandar *I've been instructed to hand you this letter.* Encarregaram-me de lhe entregar esta carta.

instruction *sfn* (ger. usado no *pl*) instrução *to give instructions (that)* dar instruções para que *Follow the instructions on the packet.* Siga as instruções do pacote.

boss *vt* (freq. + **about**, **around**) [informal] dar ordens, mandar em alguém *Don't let her boss you (around).* Não deixe que ela mande em você.

bossy *adj* [informal] mandão/mandona

228.4 Liderança

leader *sfn* líder, dirigente *The country needs a strong leader.* O país necessita de um dirigente forte. *group/team leader* líder de grupo/equipe

leadership *ssfn* 1 (freq. + **of**) liderança *She took over the leadership of the party.* Ela assumiu a liderança do partido. 2 (capacidade de) liderança *The course is designed to develop qualities of leadership and responsibility in young people.* O curso está estruturado para desenvolver a capacidade de liderança e o sentido de responsabilidade nos jovens. 3 (sempre + **the**; + *v sing* ou *pl*) os dirigentes, a liderança *The party leadership is/are out of touch with what ordinary members think.* A cúpula do partido não está em sintonia com o que pensam os militantes de base.

lead *vti*, pretérito & part passado **led** liderar, dirigir, conduzir *She led her party to victory.* Ela levou o seu partido à vitória.

head *sfn* (freq. + **of**) chefe, cabeça *departmental heads* chefes departamentais *head of the organization* chefe da organização **head of state** chefe de estado (usado como *adj*) *head waiter* maître d'hotel *head office* sede central

head vt [obj: p. ex. organização, departamento, rebelião] estar à frente de

master sfn (freq. + **of**) senhor, dono *The dog recognised its master's voice.* O cachorro reconheceu a voz do seu dono. *to be master of the situation* ser o dono da situação *to be one's own master* ser o dono de si mesmo, ser independente

mistress sfn (freq. + **of**) dona, senhora *to be one own's mistress* independente *The servant reported the matter to his mistress.* O criado contou a história à sua própria dona.

rule vti (freq. + **over**) governar *Louis XIV ruled (France) from 1643 to 1715.* Luís XIV reinou (França) de 1643 a 1715. *Don't let your heart rule your head.* Não se deixe dominar pelos sentimentos. **rule** sfn domínio, reinado, governo **ruler** sfn dirigente, soberano, governante

govern v 1 vti [obj: esp. país] governar 2 vt [estabelecer regras para. Obj: p. ex. ações, comportamento] guiar, reger *rules governing the conduct of meetings* normas que regem o desenvolvimento das reuniões

dominate vti dominar *He'll dominate you, if you let him.* Se você deixar, ele vai dominá-lo. *a building dominating the skyline* um edifício que domina o perfil da cidade **domination** ssfn dominação

228.5 Limitar

limit vt (freq. + **to**) limitar *We had to limit ourselves to five minutes each.* Tivemos de nos limitar a cinco minutos cada um. *We're limited by financial considerations.* Estamos limitados por razões de ordem financeira. *The problem isn't limited to students/the inner cities.* O problema não se limita aos estudantes/centros urbanos.

limit sfn limite *speed/time limit* limite de velocidade/tempo *to impose limits on something/somebody* impor limites a algo/alguém

limitation sfn [freq. pl] limitação *to have limitations* ter limitações *to know one's own limitations* conhecer suas limitações

limited adj [descreve p. ex. número, quantidade, alcance] limitado *They have a limited selection of goods on offer.* Existe um número limitado de ofertas. *a student of very limited ability* um aluno de capacidade muito limitada

restrict vt (freq. + **to**) [sugere um controle negativo mais firme do que **limit**] limitar, restringir *laws restricting the number of hours young people are allowed to work* leis que limitam o número de horas que os jovens podem trabalhar *Membership is restricted to women.* O ingresso está reservado às mulheres.

restricted adj [descreve p. ex. campo visual, espaço, altura] limitado *The invention's commercial potential is restricted.* O potencial comercial da invenção está limitado.

restriction sfn (freq. + **on**) restrição, limitação *Speed restrictions are in force on the motorway.* Existe um limite de velocidade nas estradas *to place/impose restrictions on* impor restrições sobre

curb vt [sugere um controle mais forte e enérgico que **limit** ou **restrict**. Obj: algo considerado indesejável] limitar, conter, coibir *measures to curb outbreaks of violence* medidas destinadas a reprimir surtos de violência

curb sfn (freq. + **on**) freio, corte *curbs on public spending* contenção do gasto público

curtail vt [um tanto informal] reduzir, restringir, limitar *an attempt to curtail expenditure* uma tentativa de reduzir os gastos

restrain vt [sugere um tipo de controle brando. Freqüentemente usado para descrever os esforços de uma pessoa para dominar-se] conter-se *I couldn't restrain myself any longer – I had to speak out.* Não pude me conter por mais tempo – tive que dizer o que pensava. *The police restrained the man and led him out of the hall.* A polícia prendeu o homem e o retirou do salão.

restrained adj [descreve p. ex. reação, emoção] moderado, contido

restraint s 1 ssfn entrave, restrição, limitação *to show/exercise restraint* demonstrar/exercer controle 2 sc/sfn (freq. + **on**) [um tanto formal] restrição, entrave *restraints on one's freedom of action* restrições sobre a liberdade de ação de alguém

regulate vt [sugere organizar e controlar. Normalmente não se usa para pessoas. Obj: p. ex. uso, venda, fluxo] regular *Laws to regulate the import of livestock.* Leis para regular a importação de gado.

228.6 Influenciar

influence s 1 sc/sfn (não tem pl; freq. + **on**) influência sobre *to have an influence on something/somebody* ter influência sobre algo/alguém *She could use her influence to get you the job.* Ela poderia usar sua influência para conseguir-lhe o trabalho. *She's still under her sister's influence.* Ela ainda está sob a influência de sua irmã. 2 sfn (freq. + **on**) influência *to be a good/bad influence on somebody* ser uma boa/má influência sobre alguém *an influence for good* uma influência benéfica

influential adj [descreve p. ex. pessoa, jornal, posição] influente *He was influential in bringing about a settlement.* Ele fez valer a sua influência para chegar a um acordo.

power s 1 ssfn poder, influência *to be **in** power* estar no poder *to **come to** power* assumir o poder, subir ao poder *to have power over somebody/something* ter poder sobre alguém/algo (usado como adj) *power politics* política do poder *power struggle* luta pelo poder 2 sc/sfn [direito] poder, autoridade *Only the President has the power to authorize such a move.* Somente o presidente tem o poder de autorizar tal ação. *The police were given special powers during the emergency.* Durante a emergência concederam poderes especiais à polícia. 3 sfn [país ou pessoa] potência *a naval/military power* uma potência naval/militar

powerful adj [descreve p. ex. pessoa, nação, organização] poderoso

pull strings [informal] exercer influência *I could pull a few strings at headquarters to help get the plan accepted.* Tenho alguns contatos na sede que poderiam ajudar na aceitação do plano.

authority s 1 ssfn [freq. + **over**] autoridade *people **in** authority* as pessoas que nos governam *I don't have the authority to order her to stay.* Não tenho autoridade para ordenar que ela fique. 2 sfn [freq. pl; ger. + **the**] autoridade *You'll have to get permission from the proper authorities.* Você terá que obter permissão das autoridades competentes.

229 Strict Restrito

strict *adj* 1 (freq. + **about, with**) [descreve p. ex. professor, disciplina, norma] rígido, severo, austero *My parents are very strict about homework.* Meus pais são muito severos em relação à lição de casa. *I was given **strict** instructions not to be late.* Recebi instruções severas para não me atrasar. 2 [totalmente preciso. Descreve p. ex. interpretação, verdade] estrito, preciso *not in the strict sense of the word* não no sentido estrito da palavra

strictly *adv* 1 [usado para enfatizar] estritamente, terminantemente *strictly forbidden/confidential* terminantemente proibido, confidencial 2 estritamente, exatamente *Strictly speaking, it's our turn next.* Na realidade, somos os próximos da fila. *Are these figures strictly accurate?* Estas cifras estão rigorosamente corretas?

firm *adj* firme *Be firm with her.* Seja firme com ela. *That boy needs a firm hand.* Aquele garoto precisa de pulso firme. **firmly** *adv* firmemente, com firmeza **firmness** *ssfn* firmeza

stern *adj* 1 [descreve p. ex. advertência, lembrete, medida] severo, austero, rigoroso, sério 2 [descreve p. ex. expressão, olhar] severo, austero **sternly** *adv* severamente

severe *adj* 1 [descreve p. ex. pessoa, castigo, crítica] severo *I thought the judge was too severe on him.* Achei que o juiz foi demasiadamente severo com ele. 2 [muito mal. Descreve p. ex. dano, ferimento, golpe] grave, duro, severo *severe weather* clima rigoroso *They are suffering severe hardship.* Eles estão passando por sérias dificuldades. **severely** *adv* com severidade, gravemente **severity** *ssfn* gravidade, rigor

harsh *adj* 1 [freq. pejorativo] severo, duro *She certainly didn't deserve such harsh treatment.* Ela certamente não merecia um tratamento tão duro. 2 [rude ou desagradável. Descreve p. ex. som, voz, luz] áspero, violento, dissonante, desagradável **harshly** *adv* com dureza, severamente

discipline *vt* 1 [forçar a ser disciplinado] disciplinar 2 [um tanto formal. Punir] castigar **disciplinary** *adj* disciplinar

discipline *ssfn* disciplina *Those children badly need discipline.* Essas crianças precisam de muita disciplina. *self-discipline* autodisciplina **disciplined** *adj* disciplinado

230 Allow Permitir

ver também **permission, LC 14**

allow *vt* 1 (freq. + **to** + INFINITIVO) permitir *I'm not allowed to tell you his name.* Não posso dizer o seu nome. *They're only allowed out on Sundays.* Eles só podem sair aos domingos. *No dogs allowed.* Não é permitida a entrada de cães. 2 (freq. + **to** + INFINITIVO) [deixar alguém fazer ou ter algo] permitir *The new arrangements allow me more free time.* O novo horário me permite dispor de mais tempo. **allowable** *adj* admissível

---
U S O

Não é correto dizer *Is it allowed to smoke/eat in here?* Pode-se fumar/comer aqui? etc. Em vez disso deve-se dizer *Is smoking/eating allowed in here?* É permitido fumar/comer aqui? OU *Are we allowed to smoke in here?* Podemos fumar aqui?/*Am I allowed to eat in here?* Posso comer aqui?

---

let *vt, pretérito & part passado* **let** (freq. + INFINITIVO - **to**) [não é usado na passiva. Mais informal do que **allow**] deixar, permitir *I won't let them hurt you.* Não deixarei que eles lhe façam mal. *You mean you just let him take the money!* Você quer dizer que simplesmente deixou que ele levasse o dinheiro!

permit *vt,* -**tt**- (freq. + **to** + INFINITIVO) [mais formal do que **allow**] permitir, autorizar *Smoking is not permitted in this area.* Não é permitido fumar aqui. *if time permits* se o tempo permitir

permit *sfn* [documento oficial] permissão, licença *a work permit* uma permissão de trabalho

permission *ssfn* (freq. + **to** + INFINITIVO) permissão *I didn't give you **permission** to leave.* Não lhe dei permissão para sair. *She took the book without my permission.* Ela levou o livro sem minha permissão.

permissible *adj* [um tanto formal. Descreve p. ex. nível, limite] permissível

grant *vt* 1 [concordar com. Obj: p. ex. desejo, solicitação] conceder 2 [dar. Usado em contextos relativamente formais] outorgar, conceder *They were granted a small monthly payment.* Concederam-lhes uma pequena retribuição mensal.

entitle *vt* (freq. + **to,** + **to** + INFINITIVO) dar direito a *This voucher entitles you to two free cinema tickets.* Este vale dá direito a duas entradas grátis para o cinema. *I'm entitled to know why my application was refused.* Tenho o direito de saber porque recusaram minha solicitação. **entitlement** *ssfn* direito, autorização

authorize, TAMBÉM -**ise** (*brit*) *vt* (freq. + **to** + INFINITIVO) [dar esp. permissão oficial] autorizar *Who authorized you to sign on the company's behalf?* Quem o autorizou a assinar em nome da companhia? *authorized biography* biografia autorizada **authorization,** TAMBÉM -**isation** (*brit*) *ssfn* autorização

licence (esp. *brit*), **license** (*amer*) *s* 1 *sfn* (freq. + **to** + INFINITIVO) licença *driving licence* (*brit*)/*driver's license* (*amer*) carteira de motorista *manufactured under licence* fabricado sob licença (usado como *adj*) *licence fee* taxa de licença 2 *ssfn* [liberdade] liberdade *She*

---
e x p r e s s õ e s

to give/get the go-ahead (freq. + **to** + INFINITIVO) dar/receber o sinal verde, de acordo *We can start as soon as we get the go-ahead from you.* Podemos começar quando nos der o sinal verde.

to give the green light to dar o sinal verde para

to give the thumbs up to dar aprovação para

allowed herself a certain amount of licence in interpreting her instructions. Ela se permitiu uma certa liberdade ao interpretar suas instruções. **poetic licence** licença poética

license (*brit & amer*), **licence** (*amer*) *vt* (freq. + **to** + INFINITIVO) autorizar

sanction *vt* [formal] aprovar, sancionar *The committee refused to sanction any further expenditure on the project.* A comissão negou-se a sancionar qualquer gasto adicional relativo ao projeto.

sanction *s* **1** *sfn* [como castigo] sanção *to impose economic sanctions on a country* impor sanções econômicas a um país **2** *ssfn* [permissão. Formal] sanção

231 Forbid Proibir

forbid *vt, -dd- pretérito* **forbade** *part passado* **forbidden** (freq. + **to** + INFINITIVO) proibir *I forbid you to go near that place again.* Eu o proíbo de chegar perto daquele lugar novamente. *forbidden by law* proibido por lei

uso

Dos verbos desta seção, **forbid** é o único que pode ser usado em uma conversação por uma pessoa para impedir que uma outra faça alguma coisa num determinado momento *I forbid you to do that.* (Eu o proíbo de fazer isso.) Forbid, entretanto, é uma palavra enfática e um tanto formal. Em inglês há várias outras maneiras mais informais de expressar uma proibição, tal como o uso do imperativo na forma negativa. *Don't do that!* (Não faça isso!) ou do **must** na negativa: *You mustn't do that.* (Você não deve fazer isso.) Da mesma forma, embora um jovem possa dizer *My parents have forbidden me to go* (Meus pais me proibiram de ir) é mais provável que diga *My parents won't let me go.* (Meus pais não me deixam ir.)

ban *vt, -nn-* (freq. + **from**) proibir *The government has banned the sale of the drug.* O governo proibiu a venda do medicamento. [também freq. usado em contextos mais cotidianos] *My dad's banned me from driving his car.* Meu pai me proibiu de dirigir o seu carro.

ban *sfn* (freq. + **on**) proibição *a ban on overtime* proibição de fazer hora extra *a smoking ban* uma proibição de fumar

prohibit *vt* [formal] (freq. + **from**) proibir **prohibition** *sc/sfn* proibição

bar *vt, -rr-* (freq. + **from**) proibir *The committee barred her from the club.* A comissão proibiu a entrada dela no clube. *Company employees are barred from taking part in the competition.* Os funcionários da empresa estão proibidos de participar da competição.

bar *sfn* (freq. + **on, to**) proibição *a bar on sales of alcohol* uma proibição da venda de bebidas alcoólicas *This issue is a major bar to world peace.* Esta questão é um grande obstáculo para a paz mundial.

outlaw *vt* [principalmente usado por jornalistas. Suj: esp. governo] proibir, **outlaw** *sfn* proscrito, fora-da-lei, bandido, criminoso

expressão

to give the thumbs down to desaprovar, dar o sinal de desaprovação

231.1 Tipos especiais de proibição

veto *sfn, pl* **vetoes** [enfatiza o uso de poder ou influência] vetar *The USA used its veto in the Security Council.* Os Estados Unidos usaram seu veto no Conselho de Segurança.

veto *vt* [obj: p. ex. proposta, plano] vetar

embargo *sfn, pl* **embargoes** (freq. + **on**) embargo *trade embargo* embargo econômico *to lift/raise an embargo on something* levantar o embargo sobre algo *to place goods under an embargo* submeter as mercadorias a embargo **embargo** *vt* proibir

censorship *ssfn* censura *press censorship* censura da imprensa

censor *vt* [obj: p. ex. livro, notícias, informações] censurar *The explicit sex scenes have been censored.* As cenas explícitas foram censuradas. **censor** *sfn* censor

taboo *sfn, pl* **taboos** tabu

taboo *adj* tabu *That subject is taboo in this household.* Esse assunto é um tabu nesta casa.

232 Religion Religião

ver também **social customs, 195.2**

religion *sc/sfn* religião *What's your religion?* Qual é a sua religião?

religious *adj* [descreve p. ex. fé, culto, música] religioso *He's very religious.* Ele é muito religioso.

faith *s* **1** *ssfn* fé *Her faith kept her going through this crisis.* Sua fé permitiu que ela superasse esta crise. *to lose one's faith* perder a fé **2** *sfn* religião *She was brought up in the Catholic faith.* Ela foi criada na religião católica. **3** *ssfn* [confiança] fé *to have faith in somebody/something* ter fé em alguém/algo

232.1 Religiões do mundo

Christianity *ssfn* cristianismo **Christian** *sfn* cristão **Christian** *adj* cristão

Buddhism *ssfn* budismo **Buddhist** *sfn* budista **Buddhist** *adj* budista

Hinduism *ssfn* hinduísmo **Hindu** *sfn* hindu **Hindu** *adj* hindu

Judaism *ssfn* judaísmo **Jew** *sfn* judeu **Jewish** *adj* judaico

Islam *ssfn* islamismo **Moslem** OU **Muslim** *sfn* muçulmano **Moslem** OU **Muslim** *adj* muçulmano

GRUPOS DE PALAVRAS

232.2 Denominações cristãs

Anglicanism ssfn anglicanismo **Anglican** sfn anglicano **Anglican** adj anglicano
Baptist sfn batista **Baptist** adj batista
(Roman) Catholicism ssfn catolicismo romano **(Roman) Catholic** sfn católico **(Roman) Catholic** adj católico
Lutheranism ssfn luteranismo **Lutheran** sfn luterano **Lutheran** adj luterano
Methodism ssfn metodismo **Methodist** sfn metodista **Methodist** adj metodista
Mormonism ssfn mormonismo **Mormon** sfn mórmon **Mormon** adj mórmon
(Greek/Russian) Orthodox adj ortodoxo (grego/romano)
Protestantism ssfn protestantismo **Protestant** sfn protestante **Protestant** adj protestante
Quakerism ssfn quacrismo **Quaker** sfn quacre **Quaker** adj quacriano

232.3 Seres divinos ou sagrados

God s (ger. sem a ou the) [o Deus único dos cristãos, judeus ou muçulmanos] Deus
god sfn, fem **goddess** deus the god of war o deus da guerra the goddess Diana a deusa Diana
Allah [o nome de Deus no Islamismo] Alá
Buddha Buda
Mohammed Maomé
Jehovah [um nome de Deus no cristianismo e no judaísmo] Jeová
Lord s (sem artigo ou + the) Senhor Lord, hear our prayer. Senhor, escute nossa oração.
Jesus Jesus Jesus saves. Jesus é o Salvador.
Christ Cristo
Holy Spirit TAMBÉM **Holy Ghost** Espírito Santo
Virgin Mary (sempre + the) Virgem Maria the Blessed Virgin Mary a Santíssima Virgem Maria

Satan Satanás
angel sfn anjo guardian angel anjo da guarda
devil sfn diabo, demônio the Devil o Diabo
saint sfn santo Saint Agnes Santa Inês Saint John's (church) igreja de São João **saintly** adj santo, piedoso
prophet sfn profeta the prophet Isaiah o profeta Isaías a prophet of doom um vaticinador de calamidades **prophetic** adj profético **prophecy** sc/sfn profecia **prophesy** vti profetizar

232.4 Clero

clergy s (sempre + the) clero members of the clergy membros do clero
clergyman sfn, pl **clergymen** clérigo, pastor
priest sfn sacerdote
priesthood s (sempre + the) sacerdócio
vicar sfn [na igreja anglicana] pároco the vicar of St. Mary's o pároco da igreja de Santa Maria **vicarage** sfn casa paroquial
minister sfn [esp. na igreja protestante ou não conformista] pastor a minister of the Gospel um pastor do evangelho
rabbi sfn rabino
bishop sfn bispo
archbishop sfn arcebispo
pope sfn papa Pope John Paul II Papa João Paulo II
monk sfn monge, frade
nun sfn freira

232.5 Edifícios religiosos cristãos

abbey sfn abadia Westminster Abbey Abadia de Westminster
cathedral sfn catedral Winchester Cathedral Catedral de Winchester
monastery sfn mosteiro, convento, claustro

steeple campanário
spire pináculo
tower torre
porch pórtico
churchyard pátio da igreja
church igreja

aisle nave
pulpit púlpito
altar altar
pew banco da igreja
nave nave
font pia batismal

convent *sfn* convento (usado como *adj*) *convent school* colégio de freiras *convent girl* aluna de um colégio de freiras

church *sc/sfn* **1** igreja *to go to church* ir à missa (usado como *adj*) *church door* portal da igreja *church service* cerimônia religiosa **2** [freq. com letra maiúscula] Igreja *the Church of England* A Igreja Anglicana *the teachings of the Church* os ensinamentos da Igreja

temple *sfn* templo

synagogue *sfn* sinagoga

mosque *sfn* mesquita

232.6 O culto

worship *ssfn* culto *They bowed their head in worship.* Eles inclinaram a cabeça em sinal de adoração.

worship *vti,* -**pp**- (*brit*), -**p**- (*amer*) adorar, render culto a

service *sfn* cerimônia *the marriage service* a cerimônia nupcial *a memorial service* uma cerimônia comemorativa

pray *vti* (freq. + **for, to, that**) rezar, orar *Let us pray.* Oremos. *We're all praying for your recovery.* Estamos todos rezando pelo seu restabelecimento.

prayer *sc/sfn* oração, reza *the Lord's prayer* o padre-nosso *to say a prayer/one's prayers* rezar, orar *to kneel in prayer* ajoelhar-se para rezar (usado como *adj*) *prayer book* missal, livro de orações/preces

hymn *sfn* hino *We shall now sing hymn (number) 55.* Agora cantaremos o hino (número) 55. (usado como *adj*) *hymn book* livro de cânticos

psalm *sfn* salmo

preach *vti* [obj: esp. sermão] pregar *to preach the Gospel* pregar o Evangelho **preacher** *sfn* pregador

sermon *sfn* (freq. + **on**) sermão

confession *ssfn* confissão *to go to confession* confessar-se **confessional** *sfn* confessionário

creed *sfn* **1** (ger. + **the**) [declaração de fé] credo **2** [crenças fundamentais] credo *people of every colour and creed* pessoas de todas as raças e credos

sacrifice *sc/sfn* **1** (freq. + **to**) sacrifício *human sacrifice* sacrifício humano *a lamb offered as a sacrifice* um cordeiro oferecido em sacrifício **2** sacrifício *to* **make sacrifices for** *somebody/something* fazer sacrifícios por alguém/algo *self-sacrifice* abnegação **sacrificial** *adj* de um sacrifício

sacrifice *vt* **1** [obj: esp. animal] sacrificar **2** [obj: p. ex. tempo, carreira] sacrificar

bless *vt,* pretérito & part passado **blessed** OU **blest** [suj: sacerdote, Papa. Obj: p. ex. pessoa, congregação, pão] benzer, dar a bênção *to* **be blessed with** *good health* ter a sorte de ter boa saúde

blessing *s* **1** (sempre + **the**) [na cerimônia religiosa] benção **2** *ssfn* benção *to ask for God's blessing* pedir a benção de Deus *They did it without my blessing.* Eles o fizeram sem o meu consentimento. **3** *sfn* benção, sorte *It's a blessing nobody was hurt.* Foi uma sorte ninguém ter se ferido. *a* **mixed blessing** algo que tem seus prós e seus contras *a* **blessing in disguise** uma benção, embora não pareça *to* **count one's blessings** valorizar o bem que se tem

congregation *sfn* (+ *v sing* ou *pl*) congregação

232.7 Sagradas escrituras

Bible *s* **1** (com letra maiúscula; sempre + **the**) Bíblia **2** *sfn* [cópia da Bíblia] Bíblia **biblical** *adj* bíblico

Old Testament (+ **the**) O Antigo Testamento

New Testament (+ **the**) O Novo Testamento

Gospel (+ **the**) Evangelho *the gospel according to St Mark* o Evangelho segundo São Marcos

Koran OU **Quran** (+ **the**) O Alcorão

scripture *sc/sfn* **1** (freq. com letra maiúscula; se *pl,* sempre + **the**) [a Bíblia] Escrituras *according to the scriptures* de acordo com as Escrituras (usado como *adj*) *scripture lesson* aula de religião **2** [livros sagrados de qualquer religião] livros sagrados *Buddhist scriptures* os livros sagrados budistas

232.8 Sagrado

holy *adj* [freq. com maiúscula. Descreve p. ex. dia, água, homem] sagrado, santo *Holy Communion* Sagrada Comunhão *the Holy Land* a Terra Santa **holiness** *ssfn* santidade

sacred *adj* (freq. + **to**) [descreve p. ex. lugar, voto, dever] sagrado, sacro *to* **hold** *something* **sacred** considerar algo sagrado *Is nothing sacred?* Não se respeita mais nada?

divine *adj* [proveniente de uma divindade ou é uma divindade. Descreve p. ex. revelação, providência] divino **divinely** *adv* divinamente

pious *adj* **1** [descreve: pessoa] piedoso **2** [pejorativo. Hipócrita e santarrão. Descreve p. ex. remorsos, sentimentos] beato *a pious hope* um voto piedoso **piety** *ssfn* piedade

devout *adj* **1** [descreve p. ex. Católico, crente] devoto, piedoso, santo, religioso **2** [descreve p. ex. desejo, esperança] sincero **devoutly** *adv* com devoção

232.9 A vida após a morte

soul *s* **1** *sfn* alma *the immortality of the soul* a imortalidade da alma **2** *sc/sfn* [parte emocional de uma pessoa] alma, coração *She's got no soul.* Ela não tem coração *the* **life and soul** *of the party* a alma da festa *He's the soul of discretion.* Ele é a discrição personificada. **3** *sfn* [pessoa] alma *Don't mention it to a soul.* Não diga nada a ninguém. *Poor soul, he has had bad luck.* Coitado, ele tem tido azar.

spirit *s* **1** *sc/sfn* [um conceito ligeiramente mais concreto do que **soul**] espírito *the spirits of their ancestors* o espírito de seus antepassados *an evil spirit* um espírito maligno *to be* **with** *somebody* **in spirit** estar com alguém em pensamento **2** *sc/sfn* (não tem *pl*) [ambiente ou qualidade geral de alguma coisa] espírito *team spirit* espírito de equipe *She didn't show much of the Christmas spirit.* Ela não demonstrou estar envolvida com o espírito natalino. *in a spirit of co-operation* um espírito de cooperação *to* **enter into the spirit of** *something* colocar-se no espírito de **3** *ssfn* [vivacidade e determinação] energia

spiritual *adj* espiritual *concerned for their spiritual wellbeing* preocupado com seu bem-estar espiritual

spirited *adj* animado, enérgico *He put up a spirited defence of his views.* Ele fez uma vigorosa defesa dos seus pontos de vista.

heaven s 1 (sem **a** ou **the**) céu *to go to heaven* ir para o céu [usado para se referir a **God**] *Heaven help you, if you make the same mistake again!* Que Deus te ajude se você cometer o mesmo erro novamente. *Heaven forbid!* Deus me livre! 2 *sc/sfn* [um tanto informal. Uma situação extremamente agradável] paraíso *(a) heaven on earth* paraíso terrestre

heavenly *adj* 1 celestial *heavenly angels* anjos celestiais 2 [muito bom. Palavra um tanto afetada] estupendo, fantástico *That cake is absolutely heavenly!* Aquele bolo está simplesmente divino!

paradise s 1 (freq. com letra maiúscula e sem **a** ou **the**) paraíso 2 [local ou situação maravilhosa] paraíso *This is paradise compared to where we used to live.* Este é um paraíso comparado com o lugar onde vivíamos antes. *a bargain-hunter's paradise* um paraíso para os caçadores de pechinchas

purgatory s (em religião freq. usado com letra maiúscula, sem **a** ou **the**) purgatório *It's sheer purgatory to have to listen to her.* É um verdadeiro purgatório ter que escutá-la.

hell s 1 (freq. com letra maiúscula, sem **a** ou **the**) inferno *to go to hell* ir para o inferno 2 *sc/sfn* [lugar ou situação horrível] inferno *(a) hell on earth* um inferno na terra *to go through hell* passar por maus pedaços, comer o pão que o diabo amassou *to make somebody's life hell* infernizar a vida de alguém **hellish** *adj* infernal

232.10 Ateísmo

atheist *sfn* ateísta **atheism** *ssfn* ateísmo **atheistic** *adj* ateu
unbeliever *sfn* descrente, incrédulo
agnostic *sfn* agnóstico **agnosticism** *ssfn* agnosticismo **agnostic** *adj* agnóstico

233 Education

education s 1 *ssfn* educação (usado como *adj*) *education experts* especialistas em educação 2 *sc/sfn* (não tem *pl*) educação, formação *We want our children to have a good education.* Queremos que nossos filhos recebam uma boa educação.

educational *adj* [descreve p. ex. experiência, brinquedo, livro] educativo

academic *adj* 1 [relativo a educação. Descreve p. ex. pessoal, curso, título] acadêmico, universitário 2 [intelectualmente dotado ou que exige muito do ponto de vista intelectual] acadêmico *It's a very academic course.* É um curso muito acadêmico.

academic *sfn* 1 [professor de faculdade ou universidade] acadêmico 2 [pessoa intelectual] erudito, estudioso
academically *adv* academicamente

O SISTEMA EDUCATIVO NO REINO UNIDO E NOS ESTADOS UNIDOS

Tanto no Reino Unido quanto nos Estados Unidos os sistemas educativos variam de acordo com a região. Descrevemos abaixo os modelos mais típicos existentes, porém há variações.

Educação Pré-escolar

As crianças que não têm a idade exigida legalmente para ir para a escola freqüentemente iniciam sua educação numa **nursery school** (maternal) OU **kindergarten** (jardim da infância). Na Grã-Bretanha, as crianças pequenas podem também freqüentar o que é chamado de **play school** (maternal).

Educação Primária

Aos 5 anos de idade, as crianças na Grã-Bretanha têm que ir para a **primary school** (escola primária), que às vezes se divide em duas etapas, a **infant school** (primeira etapa) para crianças de 5 a 7 anos e a **junior school** (segunda etapa) para aquelas de 7 a 11 anos de idade. Nos Estados Unidos, as crianças freqüentam a **elementary school** (escola primária), que é também conhecida como **grade school** (primário), durante os seis ou sete primeiros anos de sua vida escolar. O período de seis a oito anos se chama freqüentemente de **middle school**.

Educação Secundária

Aos 14 anos, a maioria das crianças americanas vai para a **high school** (curso colegial) e uma vez concluída a última série elas saem do colegial com um **diploma**. O verbo usado para descrever isso é **to graduate** (formar-se). Os seus correspondentes britânicos geralmente vão para uma **secondary school** (escola secundária) aos 11 anos. Entretanto, alguns alunos britânicos vão para as **middle schools** (primeira etapa do curso secundário) entre os 9 e 13 anos. A grande maioria das crianças britânicas vai para as **comprehensive schools** (escolas secundárias), normalmente conhecidas na forma abreviada por **comprehensives**. Trata-se de escolas públicas gratuitas com um grande número de alunos, muito semelhantes às escolas americanas. Elas são chamadas de **comprehensives** porque aceitam todas as crianças, independentemente de suas aptidões. Até a década de 1960 e 1970 as crianças britânicas faziam um exame, aos 11 anos de idade, para verificar se continuavam seus estudos nas **grammar schools** (escolas colegiais), reservadas para os alunos mais dotados intelectualmente, ou nas **secondary modern schools** (institutos de formação profissional), concentrados nas matérias técnicas e vocacionais.

Educação Superior

Tanto os Estados Unidos quanto o Reino Unido têm instituições de **higher education** (educação superior) conhecidas como **universities** (universidades) e **colleges** (faculdades/escolas técnicas). Na Grã-Bretanha os **colleges** geralmente oferecem cursos menos acadêmicos, freqüentemente sem atribuir nenhum título, enquanto nos Estados Unidos os **colleges** oferecem títulos de bacharelado. A expressão **college** também pode significar uma parte de uma universidade, p. ex. *Trinity College, Cambridge*. Um aluno americano usa a palavra **college** de uma forma genérica, mesmo que a instituição seja oficialmente conhecida como uma universidade ou faculdade, enquanto na Grã-Bretanha os alunos tendem a ser mais específicos. Na Grã-Bretanha, as **polytechnics** (universidades politécnicas) são faculdades que normalmente se especializam em matérias mais científicas ou técnicas. Freqüentemente e de maneira informal elas são conhecidas como **polys**. **Further education** (*brit*), **Adult Education** (*amer*) (Educação para Adultos) são termos genéricos para os estudos feitos depois de sair da escola.

Educação Privada

Tanto no Reino Unido quanto nos Estados Unidos os pais podem resolver pagar pela educação de seus filhos. O termo **private school** (escola particular) é usado tanto nos Estados Unidos quanto na Grã-Bretanha para designar uma escola paga. Tais escolas são freqüentemente as **boarding schools** (internatos), porém podem ser também **day schools** (colégios em que os alunos são externos e não ficam para dormir). O termo **public school** (escola pública) é também usado em ambos os países, porém nos Estados Unidos uma **public school** é estatal e gratuita para os alunos, na Inglaterra, uma **public school** (escola particular) é um internato tradicional e de prestígio e que freqüentemente cobra muito caro. Na Grã-Bretanha uma escola gratuita municipal se chama **state school** (escola pública). No Reino Unido, geralmente se usa o termo **independent schools** (colégios privados) para designar todos os colégios pagos, sejam eles antigos ou novos, internato ou não.

Níveis de Idade

Nos Estados Unidos, à medida que as crianças avançam na escola elas passam de um **grade** (curso) para outro, começando na primeira série e terminando na décima-segunda série. No Reino Unido, os vários grupos de idade da escola são chamados **forms** ou **years**. Nas Escolas Secundárias da Grã-Bretanha os dois últimos anos são conhecidos como o **sixth form**; o **lower sixth** e o **upper sixth**. A palavra **form** também se usa para descrever classes individuais dentro de um ano específico, de modo que se poderia dizer que um aluno está **in the fourth form** (no quarto curso escolar) e **in form 4A** (em uma classe de quarto ano sob a supervisão geral de um determinado professor).

Períodos Acadêmicos

The **academic year** (curso/ano acadêmico) nas escolas, institutos e universidades britânicos começa em setembro ou outubro e é geralmente dividido em três **terms** (trimestres), enquanto nos Estados Unidos o curso se divide em dois **semesters** (semestres).

233.1 A sala de aula

blackboard lousa
chalk giz
playground pátio de recreio
desk carteira
exercise book livro de exercícios
textbook livro didático
classroom sala de aula

233.2 Cursos de Letras

USO

No inglês pode parecer que muitas das palavras referentes a matérias acadêmicas sejam plurais, porém trata-se de fato de substantivos incontáveis, p. ex. **maths**, **physics**, **economics**, **classics**, **linguistics**, etc. Certifique-se de usá-los como incontáveis aos usá-los em frases, p. ex. *Maths is my best subject.* Matemática é a matéria em que me saio melhor.

arts *s pl* [matérias humanísticas] Letras *bachelor of arts* bacharel em letras (usado como *adj*) *arts courses* cursos de letras *an arts degree* licenciatura em letras

USO

Não confunda o sentido de **arts** com **The Arts** [teatro, cinema, ópera, etc.] As Artes ou **art** [pintura, escultura, etc.] a arte

humanities *s pl* (ger. + **the**) [aproximadamente igual a **arts**, embora **humanities** seja mais usado para descrever matérias como história e geografia] humanidades, ciências humanas

archaeology OU **archeology** *ssfn* arqueologia
  archaeological OU **archeological** *adj* arqueológico
  archaeologist OU **archeologist** *sfn* arqueólogo
classics *ssfn* línguas clássicas
English *ssfn* inglês *English language* língua inglesa
  English literature literatura inglesa
geography *ssfn* geografia *ver também **geography and geology, 13**
history *ssfn* história **historical** *adj* histórico **historian** *sfn* historiador
languages *s pl* idiomas, línguas *modern languages* línguas modernas **linguistic** *adj* lingüístico **linguist** *sfn* lingüista
language laboratory *sfn* laboratório de línguas
linguistics *ssfn* lingüística
music *ssfn* música *ver também **music, 379**
P.E., TAMBÉM **physical education** *ssfn* educação física
R.I., TAMBÉM **religious instruction** (*brit*) *ssfn* religião
sociology *ssfn* sociologia **sociological** *adj* sociológico **sociologist** *sfn* sociólogo

233.3 Matérias científicas

science *sc/sfn* ciência *natural sciences* ciências naturais *bachelor of science* bacharel em ciências (usado como *adj*) *science teacher* professor de ciências **scientific** *adj* científico **scientist** *sfn* cientista
biology *ssfn* biologia **biological** *adj* biológico **biologist** *sfn* biólogo
botany *ssfn* botânica **botanical** *adj* botânico **botanist** *sfn* botânico
chemistry *ssfn* química **chemical** *adj* químico **chemist** *sfn* químico
economics *ssfn* economia **economist** *sfn* economista *ver também **finance, 264**
mathematics, TAMBÉM **maths** (*brit*) OU **math** (*amer*) *ssfn* matemática *ver também **maths, 297**
physics *ssfn* física **physicist** *sfn* físico
zoology *ssfn* zoologia **zoological** *adj* zoológico **zoologist** *sfn* zoólogo

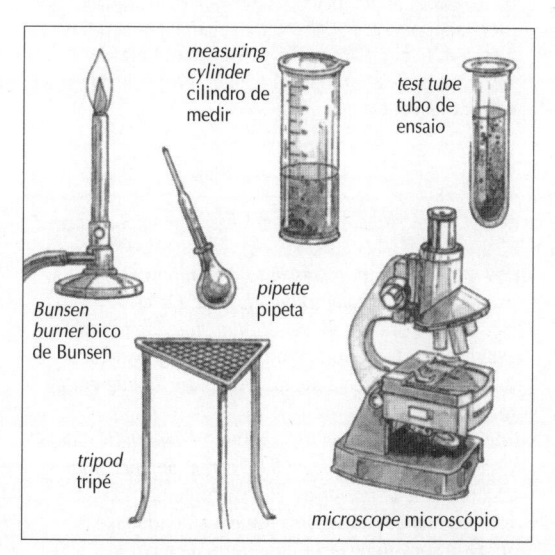

Bunsen burner bico de Bunsen
tripod tripé
measuring cylinder cilindro de medir
pipette pipeta
test tube tubo de ensaio
microscope microscópio

233.4 Laboratório de ciências

laboratory, abrev. [mais informal] **lab** *sfn* laboratório *research laboratories* laboratórios de pesquisa *physics/chemistry laboratory* laboratório de física/química (usado como *adj*) *laboratory animal* animal de laboratório *laboratory-tested* provado em laboratório
element *sfn* elemento *chemical element* elemento químico
compound *sfn* composto *a compound of chlorine and oxygen* um composto de cloro e oxigênio
compound *adj* composto

233.5 Exames e qualificações

exam *sfn* [termo normal, especialmente no inglês falado] exame *history/music exam* exame de história/música *to take/sit/do an exam* fazer um exame *to pass/fail an exam* passar em um exame (usado como *adj*) *exam paper* folha de exame
examination *sc/sfn* [usado principalmente em contextos formais] exame
examine *vt* (freq. + **on**) [obj: p. ex. candidato, aluno] examinar, sabatinar **examiner** *sfn* examinador
test *sfn* **1** [exame curto] teste, prova *geography test* prova de geografia *driving test* teste de habilitação *a test of your skill/knowledge/character* uma prova de suas aptidões/conhecimentos **2** [obj: p. ex. uma máquina] prova, teste [feito por um médico] *blood/eye test* exame de sangue/vista *to carry out tests on something* testar alguma coisa *to put something/somebody* **to the test** pôr algo/alguém à prova
test *v* **1** *vt* (freq. + **on**) [obj: p. ex. pessoa, conhecimento, força] testar *We're being tested on our French verbs tomorrow.* Teremos uma prova de verbos franceses amanhã. **2** *vti* (freq. + **for**, **on**) provar, comprovar *This product has not been tested on animals.* Este produto não foi testado em animais. *They're testing for radioactivity.* Estamos verificando a radioatividade.
graduate *vi* **1** [receber um título, diploma] formar-se, graduar-se **2** (*amer*) graduar-se *to graduate from high school* formar-se do colegial **graduation** *ssfn* formatura
qualify *v* **1** *vti* (freq. + **as**, **for**) obter um título *She's recently qualified as a dentist.* Ela recebeu recentemente o diploma de dentista. *The team qualified for the second round of the tournament.* O time classificou-se para a segunda rodada do torneio. **2** *vti* (freq. + **for**) [ser elegível para] ter direito a *Do I qualify for a tax rebate?* Você tem direito à restituição de imposto? **qualified** *adj* qualificado, habilitado
qualification *sfn* (freq. + **for**) qualificação *We still haven't found anyone with the right qualifications for the job.* Ainda não achamos ninguém que reúna os requisitos necessários para o cargo.
award *vt* [obj: p. ex. qualificação] título *ver também **reward, 398**
degree *sfn* licenciatura, título, diploma *law degree/degree in law* diploma de direito *first degree* licença *higher degree* diploma superior
diploma *sfn* [ger. em curso vocacional] diploma
scholarship *s* **1** *sfn* bolsa de estudos *She won a scholarship to Cambridge.* Ela ganhou uma bolsa de Estudos para Cambridge. **2** *ssfn* [saber] erudição

234 Teach Ensinar

teach v, pretérito & part passado **taught** (freq. + **to** + INFINITIVO) **1** vti [na escola, universidade, etc.] ensinar, dar aulas, lecionar *He teaches at the village school.* Ele leciona na escola da aldeia. *I teach French.* Sou professor de francês. **2** vt [mostrar ou dizer como fazer] ensinar *My parents taught me to read.* Os meus pais me ensinaram a ler. **3** vt [avisar sobre as consequências] ensinar *That'll teach you not to play with matches!* Isto vai ensiná-lo a não brincar com fósforos. *I hope that's taught you a lesson!* Espero que isso tenha servido de lição.

teaching s **1** ssfn magistério *a career in teaching* uma carreira no magistério **2** sfn ensinamento, doutrina *the teachings of Christ* a doutrina de Cristo

educate vt [obj: pessoa não assunto] **1** (ger. passiva) [dar educação em geral] educar, instruir *She was educated in Italy.* Ela fez seus estudos na Itália. **2** [conscientizar] educar *We're trying to educate the public about healthy eating.* Estamos tentando educar o público sobre hábitos alimentares saudáveis.

educated adj culto, instruído *an educated guess* uma suposição abalizada

train vt (freq. + **to** + INFINITIVO) [geralmente refere-se a habilidades práticas. Obj: p. ex. pessoa, animal, não assunto] formar, capacitar, amestrar *a fully trained engineer* um engenheiro altamente qualificado **training** ssfn formação, capacitação

instruct vt (freq. + **in**) [mais formal do que **teach** OU **train**. Geralmente refere-se a uma habilidade prática. Obj: pessoa, grupo, não assunto] instruir *We were instructed in the use of the fire-fighting equipment.* Recebemos instruções sobre o uso do equipamento de combate a incêndio. **instruction** ssfn instrução *to receive instruction in sth* receber instruções em algo

lecture v **1** vti (freq. + **on**, **in**) dar aulas, proferir palestras *She lectures on archaeology at London University.* Ela dá aula de arqueologia na Universidade de Londres. **2** vt (freq. + **about**, **on**) [pejorativo] dar sermão *My parents lectured me on respect for my elders.* Meus pais me deram um sermão sobre o respeito aos mais velhos.

lecture sfn **1** (freq. + **on**) aula, conferência, palestra *a course of lectures on German history* um ciclo de conferências sobre história alemã **2** (freq. + **about**, **on**) sermão

234.1 Pessoas que se dedicam ao ensino

teacher sfn professor *French teacher* professor de Francês *primary school teacher* professora primária

master (masc), **mistress** (fem) sfn [um tanto antiquado, porém usado em alguns escolas britânicas tradicionais ou por pessoas mais velhas] mestre, professor *science mistress* professora de ciências

headteacher (brit), **headmaster** (brit) (masc) **headmistress** (brit) (fem) sfn diretor

head (brit) sfn [mais informal do que **headteacher** etc.] diretor *The head wants to see you in his study now.* O diretor quer vê-lo agora. **headship** sfn (brit) direção

principal sfn [diretor de uma escola, faculdade ou universidade] diretor, reitor

tutor sfn **1** [normalmente dá aulas particulares] preceptor, professor particular **2** [numa universidade Britânica esp. que dá aulas particulares individuais] tutor **tutor** vti dar aulas particulares a **tuition** (brit) ssfn curso particular

coach sfn **1** [sport] treinador, técnico *football coach* técnico de futebol **2** professor particular **coach** vti treinar, preparar

trainer sfn [ger. em esporte ou para animais] treinador, amestrador, domador

instructor sfn [ger. numa habilidade prática] instrutor, monitor *flying/driving instructor* instrutor de vôo/monitor de auto-escola

lecturer sfn [na universidade] professor *history lecturer/lecturer in history* professor de história

professor sfn **1** (brit) [professor universitário que ocupa uma cátedra numa matéria] catedrático *chemistry professor/professor of chemistry* catedrático de química **2** (amer) [qualquer professor universitário] professor *associate professor* professor-adjunto **professorship** sfn cátedra, docência

235 Learn Aprender

learn vti, pretérito & part passado **learned** OU **learnt** (brit) **1** (freq. + **to** + INFINITIVO) [obj: matéria, fato, habilidade] aprender *I want to learn (how) to drive.* Quero aprender a dirigir. *He learnt the poem by heart.* (brit & amer) *off by heart* (brit) Ele aprendeu o poema de memória. **2** [por experiência] aprender *When will they ever learn!* Eles não vão aprender nunca! *I think she's learned her lesson.* Acho que ela aprendeu a lição. **3** (freq. + **about**, **of**, **that**) [descobrir. Obj: p. ex. natureza, identidade] inteirar-se *We only learnt of the change of plan last Friday.* Somente soubemos da mudança na última sexta-feira.

study v **1** vti [obj: p. ex. assunto, autor, período] estudar *He's studying to be a lawyer.* Ele está estudando para ser advogado. *I'm studying French at university.* Estou estudando Francês na universidade. **2** vt [examinar atentamente. Obj: p. ex. documento, mapa] examinar

study sc/sfn estudo *time set aside for private study* tempo reservado para estudo *She'll be continuing her studies at an American university.* Ela vai continuar seus estudos numa Universidade Americana. *to make a study of something* fazer um estudo de algo

revise vti (brit) repassar, revisar *He's revising for a physics exam.* Ele está revisando a matéria para um exame de física. **revision** ssfn revisão

review vti (amer) revisar *He's reviewing for a physics exam.* Ele está revisando a matéria para um exame de física.

course sfn (freq. + **in**) [uma série de aulas] curso, estudos *to do a course in business studies* estudar ciências empresariais *a language course* um curso de idiomas

class sfn **1** aula *geography class* aula de geografia *to go to evening classes* estudar à noite **2** [grupo de alunos] classe *I gave the whole class a detention.* Castiguei toda a classe

lesson sfn **1** lição, aula *a biology lesson* uma aula de biologia *to give lessons* dar aulas *She gave us all a lesson in good manners.* Ela nos deu uma lição de boas maneiras. **2** [um exemplo ou experiência que serve de aviso] lição *What lesson can we draw from this little story?* Que lição podemos tirar deste relato? *Let that be a lesson to you!* Deixe que isto lhe sirva de lição!

subject sfn matéria, curso *French is my worst subject.* Francês é a minha pior matéria.

homework ssfn lição de casa, dever de casa *to do one's homework* fazer a sua lição de casa [também usado em sentido figurativo] *Their legal advisers obviously hadn't done their homework.* Obviamente os seus assessores legais não haviam estudado o caso suficientemente.

235.1 Pessoas que aprendem

schoolboy (*masc*), **schoolgirl** (*fem*) sfn colegial, aluno (usado como *adj*) *schoolboy jokes* brincadeiras de aluno

schoolchild sfn, pl **schoolchildren** (mais freqüentemente encontrado no *pl*) colegial, aluno

GRUPOS DE PALAVRAS

U S O
Nos Estados Unidos os alunos são normalmente chamados de **students**. No Reino Unido o termo **student** é geralmente reservado para as pessoas que estudam na universidade e as crianças que freqüentam a escola são geralmente chamadas de **pupils**.

pupil sfn **1** (esp. *brit*) aluno **2** aluno, discípulo *Beethoven was a pupil of Haydn.* Beethoven foi um discípulo de Haydn.

student sfn **1** [na educação superior] estudante *a chemistry student* estudante de química (usado como *adj*) *student days* época de estudante *student teacher* professor aprendiz **2** (esp. *amer*) [na escola] aluno

undergraduate sfn estudante, aluno do curso de graduação (usado como *adj*) *undergraduate course* curso de graduação

graduate sfn **1** [com título] licenciado, graduado *Industry is trying to attract more graduates.* A indústria está tentando atrair mais graduados. *a graduate of Cambridge University* formado pela Universidade de Cambridge **2** (*amer*) [do curso colegial] formou-se do curso colegial

postgraduate sfn (esp. *brit*) pós-graduado (usado como *adj*) *postgraduate seminar* seminário de pós-graduação

scholar sfn erudito, estudioso *Scholars cannot agree on the date of the manuscript.* Os eruditos divergem quanto à data do manuscrito. [também usado mais informalmente] *I'm no scholar.* Não sou nenhum intelectual. **scholarly** *adj* erudito

236 Clever Inteligente

ver também **know, 110; sensible, 238; skilful, 239;** oposto **stupid, 240**

clever *adj* [termo genérico às vezes usado pejorativamente] **1** [descreve p. ex. pessoa, plano, observação] inteligente, engenhoso *You're very clever to have worked that out.* Você foi muito engenhoso em ter conseguido descobrir isso. *That was clever of you.* Foi muito engenhoso de sua parte. *That's a clever little gadget/machine.* Esta é uma engenhoca/máquina engenhosa. **2** (geralmente depois do *v*) [de maneira prática] hábil, destro *She's very clever with her hands.* Ela é muito hábil com as mãos. *clever at making things* com destreza manual **cleverly** *adv* habilmente, engenhosamente **cleverness** ssfn inteligência, habilidade

intelligent *adj* [ligeiramente mais formal do que **clever**. Sempre apreciativo. Descreve p. ex. pessoa, pergunta, observação] inteligente **intelligently** *adv* inteligentemente

intelligence ssfn inteligência *a person of average intelligence* uma pessoa de inteligência média (usado como *adj*) *intelligence test* teste de inteligência

perceptive *adj* [um tanto formal. Descreve p. ex. pessoa, observação, crítica] perspicaz

intellectual *adj* [descreve p. ex. conversa, interesse, pessoa] intelectual *The book is too intellectual for my taste.* O livro é muito intelectual para o meu gosto. **intellectual** sfn intelectual **intellect** sc/sfn intelecto

learned *adj* [que estudou muito] instruído, culto **learning** ssfn saber, conhecimentos

wise *adj* [com bom discernimento, freq. baseado na experiência. Descreve p. ex. pessoa, decisão, escolha] sábio, entendido, prudente *You were wise not to say anything.* Você foi prudente em não dizer nada. *Her explanation left me none the wiser.* A sua explicação não acrescentou nada. **wisely** *adv* sabiamente **wisdom** ssfn acertadamente

quick-witted *adj* arguto, perspicaz

shrewd *adj* [experiente e não facilmente enganado] sagaz, astuto *a shrewd businessman* um empresário astuto *I've a shrewd idea who might have sent the letter.* Tenho uma vaga idéia sobre quem poderia ter enviado a carta. **shrewdly** *adv* sagazmente **shrewdness** ssfn astutamente

GRUPOS DE PALAVRAS

cunning adj [algumas vezes pejorativo, implicando desonestidade. Descreve p. ex. pessoa, disfarce, complô] astuto, engenhoso *He used a cunning trick to lure the enemy into his trap.* Ele utilizou uma artimanha engenhosa para fazer o inimigo cair em sua armadilha. **cunningly** adv astutamente, engenhosamente

cunning ssfn [às vezes pejorativo] astúcia *She used cunning to outwit her rivals.* Com sua astúcia ela conseguiu enganar os seus rivais.

*ver também **dishonest, 214**

> *expressões*
>
> **Use your loaf** (*brit*)/**head!** (*brit & amer*) [informal. Dito em tom exasperado] Use a cuca!
> **I wasn't born yesterday!** [diz-se quando alguém tenta enganá-lo com um truque, uma desculpa muito evidente, etc.] Não nasci ontem! *Don't tell me they're just good friends – I wasn't born yesterday!* Não me diga que eles eram apenas bons amigos – eu não nasci ontem!

236.1 Extremamente inteligente

brilliant adj [descreve p. ex. cientista, atuação, solução] brilhante, genial *She was a brilliant student.* Ela foi uma aluna brilhante. *What a brilliant idea!* Que idéia brilhante! **brilliantly** adv brilhantemente **brilliance** ssfn inteligência superior

ingenious adj [demonstra criatividade. Descreve p. ex. pessoa, invenção, idéia] engenhoso **ingeniously** adv engenhosamente **ingenuity** ssfn engenhosidade

genius s 1 sfn [pessoa] gênio *a mathematical genius* um gênio em matemática 2 sc/sfn (não tem *pl*) [um tanto formal] genialidade *an idea of genius* uma idéia genial *He **has a genius for** getting himself into trouble.* Ele tem um dom especial para se meter em encrenca.

236.2 Palavras um tanto informais que significam inteligente

bright adj esperto, vivo, inteligente *She's a very bright child.* Ela é uma criança muito esperta. [freq. usado sarcasticamente] *Whose **bright idea** was it to give the kids finger paints?* Quem teve a idéia brilhante de dar às crianças tinta para pintar com as mãos?

smart adj (esp. *amer*) inteligente *If you're so smart, you answer the question.* Já que você é tão inteligente, responda à pergunta.

quick adj (ger. depois do *v*) [freq. usado para descrever pessoas com rapidez de raciocínio] rápido, esperto ***quick on the uptake*** pega tudo no ar

brains s *pl* 1 [ligeiramente informal] cérebro, cabeça *She's got brains that girl.* Esta garota é um gênio. 2 (sempre + **the**) [pessoa] cérebro *the brains behind the operation* o cérebro por detrás da operação **brainy** adj inteligente, esperto

> *expressões*
>
> Expressões pejorativas para pessoas que tentam parecer inteligentes ou são inteligentes de um modo divertido ou cansativo.
> **clever dick** (esp. *brit*) um cara inteligente
> **know-all** (*brit*), **know-it-all** (esp. *amer*) sabichão, sabe-tudo
> **smart alec** sabichão, espertalhão
> **wise guy** (esp. *amer*) cara esperto

237 Able Capaz

ver também **possible, 78; skilful, 239**

able adj 1 (depois do *v*; freq. + **to** + INFINITIVO) [usado como verbo modal] *to be able to* poder, ser capaz de *I'm sorry I wasn't able to come last night.* Sinto não ter podido vir ontem à noite. *I'll certainly help if I'm able (to).* Com certeza ajudarei se puder. 2 [hábil e competente] capaz *He's definitely the ablest of my three assistants.* Ele é sem dúvida o melhor dos meus três assistentes. **ably** adv habilmente

ability s 1 ssfn (freq. + **to** + INFINITIVO) capacidade *the machine's ability to process complex data* a capacidade da máquina de processar dados complexos **to the best of my ability** o melhor que eu possa 2 sc/sfn [habilidade] aptidão *a woman of considerable ability* uma mulher de grande talento *a task more suited to his abilities* uma tarefa mais compatível com as suas habilidades

capable adj 1 (depois do *v*; freq. + **of**) capaz *a car capable of speeds over 200 kph* um carro capaz de correr mais de 200 km/h [às vezes usado em contextos pejorativos] *He's quite capable of leaving us to clear up all on our own.* Ele é bem capaz de deixar que limpemos tudo sozinhos. 2 competente *I'll leave the job in your capable hands.* Vou deixar o trabalho nas suas competentes mãos. **capably** adv competentemente

capability sc/sfn (freq. *pl*) aptidão, competência *No one doubts her capability/capabilities.* Ninguém duvida da sua competência. *nuclear capability* potencial nuclear

competent adj 1 [implica eficiência, não inteligência] competente *My secretary's extremely competent at her job.* Minha secretária é extremamente competente em seu trabalho. 2 (freq. + **to** + INFINITIVO) [possuir a experiência e qualificações necessárias] *I'm afraid I'm not competent to judge.* Quem sou eu para julgar. **competently** adv competentemente **competence** ssfn competência

proficient adj (freq. + **at, in**) [um tanto formal. Que possui um alto grau de capacidade] proficiente, hábil *a proficient mechanic* um mecânico hábil *She's proficient in English.* Ela domina o inglês. **proficiently** adv competentemente **proficiency** ssfn habilidade, competência

adept adj (+ **at** + -ing, **in** + -ing) perito, conhecedor *She's very adept at dealing with awkward customers.* Ela é perita em lidar com clientes difíceis.

238 Sensible Sensato

ver também **sane, 130; clever, 236;** oposto **foolish, 241**

sensible adj (freq. + **about**) sensato, razoável *Be sensible, you can't possibly afford it.* Seja razoável, você não tem nenhuma condição para isso. *That's the first sensible suggestion anyone's made all day.* Esta é a primeira sugestão sensata que alguém fez o dia todo hoje. *sensible shoes* calçados práticos **sensibly** adv sensatamente, razoavelmente

> *expressões*
>
> **to have one's head screwed on (the right way)** [informal] ter a cabeça no lugar certo
> **to have one's feet on the ground** [informal. Ser sensato e realista] ter os pés na terra

> *uso*
>
> Cuidado para não confundir **sensible** (sensato) com **sensitive** (sensível) (*ver **emotion, 151**).

sense ssfn senso, bom-senso *I wish you'd had the sense to ask me first.* Oxalá você tivesse tido o bom-senso de me perguntar primeiro. *There's no sense in wasting a good opportunity.* Não faz sentido desperdiçar uma boa oportunidade. *It **makes sense** to keep on good terms with her.* Faz sentido manter boas relações com ela. *Talk sense!* Não diga besteiras!

common sense ssfn bom-senso, senso comum *Use you're common sense!* Use o seu bom-senso *It's only common sense to ask her advice.* É de bom-senso pedir conselhos a ela. **commonsense** adj bom-senso, juízo

prudent adj [mais formal do que **sensible**. Freq. implica agir com previsão] prudente *It would be prudent to inform them of your decision.* Seria prudente informar-lhes de sua decisão. **prudently** adv prudentemente **prudence** ssfn prudência

mature adj [descreve p. ex. atitude, resposta] maduro *He's being very mature about the whole thing.* Ele está se mostrando muito prudente a respeito de todo este assunto. **maturity** ssfn maturidade

moderate adj [freq. usado em contextos políticos. Descreve p. ex. opiniões, políticas] moderado **moderate** sfn moderado

logical adj 1 [descreve p. ex. argumento, prova, análise] lógico 2 [que demonstra bom-senso. Descreve p. ex. explicação, resultado] lógico *It's the logical next step.* É o passo lógico seguinte. *It's not logical to expect them to help us out.* Não é lógico esperar que eles nos ajudem. **logically** adv logicamente

logic ssfn 1 [raciocínio cuidadoso] lógica *to work something out by logic* solucionar um problema pela lógica 2 [bom-senso] lógica, sentido *There's no logic in what she says.* Não há lógica no que ela diz.

238.1 Sério

ver também **important, 74; sad, 447**

serious adj 1 (freq. + **about**) [que não brinca. Descreve p. ex. atenção, sugestão] sério *Is she serious about resigning?* Ela fala sério quando diz que vai se demitir? *Be serious for a moment.* Fale sério por um momento. 2 (antes do s) [não para se divertir. Descreve p. ex. artigo, jornal, música] séria **seriousness** ssfn seriedade

seriously adv seriamente *to **take** something/somebody **seriously*** levar algo/alguém a sério *I must think seriously about the proposal.* Tenho que pensar seriamente na proposta. [usado no início de frase] *Seriously, is that what you really think?* Falando seriamente, é isso o que você pensa realmente?

earnest adj 1 [ger. um tanto humorístico ou pejorativo quando se refere a pessoas] sério, formal *He's so earnest about everything.* Ele leva tudo a sério. 2 [mais forte do que **serious** e um tanto mais formal. Descreve p. ex. esforço, desejo] sério, ardente [usado como s] *to be **in earnest** about something* levar alguém a sério *I thought she was joking, but she was in deadly earnest.* Achei que ela estava brincando, mas ela estava falando muito sério. **earnestly** adv sinceramente, seriamente

sober adj 1 [racional e impassível. Descreve p. ex. avaliação, análise] sóbrio, moderado 2 [nem brilhante nem ostentoso. Um tanto formal. Descreve p. ex. cor, traje] sóbrio **soberly** adv sobriamente, discretamente

solemn adj [com a firme intenção de levar algo a cabo. Descreve p. ex. promessa] solene **solemnly** adv solenemente

> *expressão*
>
> **to keep a straight face** [não rir quando tem vontade de fazê-lo] conter o riso *I could hardly keep a straight face when he dropped his notes.* Mal pude conter o riso quando ele deixou cair suas anotações.

239 Skilful Hábil

ver também **clever, 236;** oposto **unskilled, 242**

skilful (esp. *brit*), **skillful** (*amer*) adj (freq. + **at, in**) hábil, habilidoso, destro *He's a skilful painter.* Ele é um pintor hábil. **skilfully** adv habilidosamente

skilled adj (freq. + **at, in**) [usado principalmente em contextos industriais ou comerciais. Descreve p. ex. operário, negociador, trabalho] qualificado, especializado *skilled in the art of wood engraving* perito na arte de madeira entalhada

accomplished adj [ger. se refere a habilidades artísticas ou sociais. Descreve p. ex. ato, atuação] talentoso, educado, consumado *He is an accomplished poet.* Ele é um poeta talentoso.

professional adj 1 [apreciativo. Descreve p. ex. padrão, abordagem] profissional *You've made a really professional job of landscaping the garden.* Você fez realmente um trabalho profissional de jardinagem.

2 [como trabalho. Descreve p. ex. jogador, esporte] profissional *to turn professional* tornar-se profissional **professionally** *adv* profissionalmente **professionalism** *ssfn* profissionalismo

professional *sfn* 1 [apreciativo] profissional *Being a true professional, she took all the problems in her stride.* Como boa profissional, ela encarou todos os problemas com calma. 2 [no esporte] profissional *golf/tennis professional* jogador de golfe/tênis profissional

expert *adj* (freq. + **at**, **in**) [descreve p. ex. conhecimento, habilidade, conselho] perito, especializado *She's expert at handling difficult situations.* Ela é perita em resolver situações difíceis. *We'd better ask for an expert opinion.* É melhor pedirmos a opinião de um perito no assunto.

expert *sfn* (freq. + **on**) perito *Experts date the painting to the 11th century.* Os entendidos acham que o quadro data do século XI. **expertly** *adv* habilmente, destramente

specialist *sfn* (freq. + **in**) especialista [freq. usado para referir-se a médicos que se especializam em uma determinada área médica] *My doctor sent me to see a specialist.* O meu médico me mandou para um especialista. *eye specialist* oftalmologista

specialist *adj* especializado *a specialist book shop* uma livraria especializada

specialize, TAMBÉM -**ise** (*brit*) *vi* (freq. + **in**) especializar-se em

virtuoso *adj* [especialmente em música. Descreve p. ex. intérprete, interpretação] virtuoso, conhecedor de arte **virtuosity** *ssfn* virtuosismo

virtuoso *sfn* virtuoso *trumpet virtuoso* virtuoso do clarim

expressão

be a dab hand at (*brit*) [informal, freq. usado em contextos ligeiramente humorísticos] ter mão boa para *He's a dab hand at changing nappies.* Ela tem mão boa para trocar fraldas.

239.1 Habilidades

skill *s* 1 *ssfn* (freq. + **at**, **in**) habilidade, destreza *It takes great skill to produce an absolutely even surface.* É preciso muita habilidade para conseguir uma superfície perfeitamente lisa. 2 *sfn* técnica, competência *to learn/acquire new skills* aprender/adquirir novas habilidades

knack *sfn* (não tem *pl*) [informal] jeito, traquejo, truque *It's easy once you have the knack.* É fácil quando se conhece o truque. *There's a knack to getting the lids off these pots.* Há um truque para se abrir a tampa destes potes.

dexterity *ssfn* [um tanto formal] destreza *manual dexterity* destreza manual **dexterous** *adj* [formal] destro

prowess *ssfn* [um tanto formal. Freq. usado para descrever força e forma física, etc., e não aptidão artística ou mental] proeza *He tends to boast about his prowess as a huntsman.* Ele tende a se vangloriar de suas proezas como caçador.

239.2 Habilidade inata

talent *s* 1 *sc/sfn* (freq. + **for**) talento, dom *He has a talent for spotting a good deal.* Ele tem um dom para farejar um bom negócio (usado como *adj*) *talent contest* concurso de talentos *talent scout* caça-talentos 2 *ssfn* [gente com talento] talento *We don't appreciate the talent there is here in our own company.* Não sabemos valorizar os talentos que temos aqui em nossa própria empresa. **talented** *adj* talentoso

gift *sfn* (freq. + **for**) dom *You've a real gift for designing things.* Você tem um dom especial para desenho.

gifted *adj* dotado *gifted children* crianças superdotadas

flair *sc/sfn* (não tem *pl*) (freq. + **for**) [implica imaginação e resplandecência] dom natural, talento, queda, propensão, instinto *a journalist with a flair for a good story* um jornalista com faro para uma boa reportagem *He always dresses with flair.* Ela sempre se veste com estilo.

aptitude *sc/sfn* (freq. + **for**) aptidão *They show little natural aptitude for the work.* Eles mostram pouca aptidão inata para o trabalho.

uso

to be cut out for something [Um tanto informal. Refere-se ao caráter e personalidade mais do que aptidões e habilidades] ser feito para, nascer para *He isn't really cut out to be a teacher.* Ele não nasceu realmente para ser professor.

to have what it takes (*brit & amer*) **to have got what it takes** (*brit*) [Um tanto informal. Refere-se a qualidades pessoais e habilidades, competências, talentos esportistas etc.] qualificações, dotes *She hasn't really got what it takes to be the boss.* Ela não tem as qualificações necessárias para ser chefe. *He's got what it takes to be a professional footballer.* Ele tem todas as qualificações necessárias para ser um jogador de futebol profissional.

240 Stupid Estúpido

ver também **foolish, 241**; oposto **clever, 236**

stupid *adj* [termo geral, freqüentemente usado em insultos. Descreve: pessoa, plano, idéia] estúpido, idiota, imbecil *You stupid idiot!* Seu idiota estúpido! *How could you be so stupid as to forget?* Como você pôde ser tão estúpido a ponto de esquecer? [também usado para demonstrar irritação com algo] *This stupid door won't shut.* Esta porta estúpida não fecha. **stupidly** *adv* estupidamente **stupidity** *ssfn* estupidez, imbecilidade

thick *adj* [informal. Freqüentemente usado como um insulto] burro, idiota, estúpido *You're just too thick to understand what's going on.* Você é muito burro para entender o que está acontecendo.

dim-witted *adj* [um pouco menos forte e menos indelicado do que **stupid** ou **thick**] burro *He's a bit dim-witted, but he tries his best.* Ele é um pouco burro, mas tenta dar o melhor de si. **dimwit** *sfn* imbecil, pessoa estúpida

slow *adj* [levemente eufemístico] de raciocínio lento, lerdo, vagaroso *the slower ones in the class* os mais lerdos da classe

dull *adj* [levemente formal] chato, enfadonho **dullness** *ssfn* chatice *ver também **boring**, 119

backward *adj* [Descreve p. ex. criança] atrasado, retardado

dumb *adj* [informal] burro, estúpido *That was a really dumb thing to do.* Aquilo foi realmente uma burrice.

ignorant *adj* [desprovido de conhecimento e educação] ignorante *You don't know what it means because you're too ignorant!* Você não sabe o que isso significa porque você é muito ignorante! *ver também **unknown**, 112.1

comparação

as thick as two (short) planks (*brit*) Burro como uma porta

240.1 Pessoas estúpidas

imbecile *sfn* [usado principalmente como um forte insulto] imbecil *You imbecile, you nearly ran me over!* Seu imbecil, você quase me atropelou!

moron *sfn* [usado como um termo descritivo ofensivo ou como um insulto] idiota, mentecapto *Only a complete moron could have got that wrong.* Somente um verdadeiro idiota poderia entender aquilo de maneira errada. **moronic** *adj* idiota, imbecil

dummy *sfn* (esp. *amer*) [informal. Insulto leve] idiota, palerma *You've broken it, you dummy!* Você quebrou isso, seu idiota.

241 Foolish Tolo

ver também **mad**, 129; **stupid**, 240; oposto **sensible**, 238

foolish *adj* [termo geral usado para descrever pessoas e ações, comentários, etc., porém um tanto demasiado formal para ser usado em insultos] bobo, tolo, insensato *It would be foolish to take the risk.* Seria bobagem correr o risco. *I felt very foolish when they found out.* Senti-me um verdadeiro bobo quando eles descobriram. **foolishly** *adv* tolamente **foolishness** *ssfn* tolice, bobagem, loucura

silly *adj* **1** [mais informal do que **foolish**. Usado principalmente em críticas ou insultos leves e freqüentemente para crianças] bobo, tolo *You've been a very silly little boy.* Você tem sido um menino muito bobo. *You can wipe that silly grin off your face.* Pode tirar esse sorriso idiota do rosto. **2** (depois do *v*) como um bobo *to laugh/drink oneself silly* rir/beber como um bobo **silliness** *ssfn* bobagem, tolice

daft *adj* (esp. *brit*) [informal] tolo, bobo, besta *Don't be daft, you know you can't afford it.* Não seja tolo, você não tem condições de comprar isso. *She's completely daft about that horse.* Ela está completamente louca por aquele cavalo.

idiotic *adj* [mais forte do que **foolish**] estúpido, imbecil, idiota *That's the most idiotic suggestion I've ever heard.* Esta é a sugestão mais estúpida que já ouvi. **idiotically** *adv* estupidamente

241.1 Pessoas tolas

fool *sfn* idiota, bobo, tolo *You were a fool not to take the offer.* Você foi um idiota em não aceitar a oferta. *He doesn't suffer fools gladly.* Ele não suporta pessoas idiotas.

idiot *sfn* [mais informal do que **fool**, freqüentemente usado em insultos] idiota, estúpido *She made me feel a complete idiot.* Ela me fez sentir um grande idiota. *Some idiot put a lighted cigarette in the waste paper basket.* Algum idiota jogou um cigarro aceso no cesto de papel.

idiocy *ssfn* [geralmente usado mais formalmente do que **idiot**] idiotice, estupidez

jerk *sfn* (esp. *amer*) [informal, mais leve do que **fool** ou **idiot**] estúpido, idiota, babaca *Don't be a jerk, apologise to her.* Não seja estúpido, peça desculpas a ela.

twit *sfn* (*brit*) [informal, mais leve do que **fool** ou **idiot**] idiota, bobo, tonto *I felt a bit of a twit hopping around on one leg.* Me senti um pouco idiota pulando com uma perna só.

wally *sfn* (*brit*) [informal, muito leve e às vezes até mesmo carinhoso, geralmente usado para homens] bobo, bobinho *Her husband's OK but a bit of a wally.* O marido dela é legal, mas um pouco bobinho.

expressões

need one's head examined [informal] haver perdido o juízo *You paid how much? You must need your head examined.* Quanto você pagou? Você deve estar louco.

figure of fun (*brit*) palhaço, figura grotesca *They treat their French teacher as a figure of fun.* Eles tratam o professor de francês como um palhaço.

241.2 Ridículo

ridiculous *adj* ridículo, absurdo *You look utterly ridiculous in that hat.* Você fica absolutamente ridículo usando aquele chapéu. (freqüentemente expressa raiva ou indignação) absurdo *It's ridiculous that we should have to pay twice.* É absurdo termos que pagar duas vezes. **ridiculously** *adv* ridiculamente

absurd *adj* absurdo, ridículo *Don't be absurd, you'll never manage it all on your own.* Não seja ridículo, você nunca conseguirá fazê-lo sozinho. **absurdly** *adv* absurdamente **absurdity** *sc/sfn* absurdo, disparate

ludicrous *adj* ridículo, absurdo, cômico *It's ludicrous to insist that everyone must wear a top hat.* É ridículo insistir para que todos usem uma cartola. **ludicrously** *adv* ridiculamente

laughable *adj* ridículo; risível, engraçado, de dar risada *The whole plan's so impractical that it's laughable really.* O plano todo é tão impraticável que realmente é para se dar risada. **laughably** *adv* ridiculamente, comicamente

preposterous *adj* [sugere que algo deixa alguém com raiva por ser tão absurdo] absurdo, despropositado *The price they're charging is preposterous.* O preço que estão cobrando é absurdo. **preposterously** *adv* absurdamente

241.3 Bobagem

nonsense ssfn **1** bobagem, besteira, absurdo *You're talking nonsense.* Você está falando besteira. (usado como *interj*) *Nonsense! I feel perfectly well.* Bobagem! Me sinto perfeitamente bem. (usado como *adj*) *nonsense poem* poema absurdo **2** [comportamento idiota] bobagem, idiotice *Stop this nonsense at once!* Pare com esta bobagem de uma vez por todas. *He won't stand any nonsense.* Não suportaremos nenhuma bobagem.

rubbish (*brit*), **garbage** (*amer*) ssfn droga, porcaria, asneira *I've seen the film. It's (a load of) rubbish!* Eu vi o filme. É uma droga. (usado como *interj*) bogagem, asneira, besteira, tolice *You're too old for the job.* – *Rubbish!* Você é muito velho para o trabalho. – Bobagem! *ver também **rubbish, 71**

senseless adj [descreve p. ex. comentário, perda] sem sentido, tolo, insensato, estúpido, absurdo *I utterly condemn this senseless violence/slaughter.* Eu condeno completamente esta violência/massacre absurdo. **senselessly** adv insensatamente, estupidamente, absurdamente

illogical adj **1** [descreve p. ex. atitude, desculpas] absurdo *I know it's illogical but I still think I'm responsible.* Eu sei que é absurdo, mas ainda acho que sou responsável. **2** [descreve p. ex. argumento, conclusão] ilógico

241.4 Imaturo

immature adj imaturo *He's too immature to appreciate her good qualities.* Ele é muito imaturo para apreciar as boas qualidades dela. **immaturity** ssfn imaturidade

childish adj [pejorativo. Descreve p. ex. comportamento, atitude] infantil, imaturo *It's so childish of her not to let the rest of us join in.* É muita infantilidade dela não deixar que participemos. **childishly** adv imaturamente, como criança

infantile adj [pejorativo e um tanto formal] infantil

expressões

fool/mess around vt prep brincar, andar *Stop fooling around and get down to some serious work.* Pare de brincadeira e vamos ao trabalho sério.

play the fool bancar o bobo

make a fool/twit, etc. of (sb) fazer alguém de bobo/ridículo, expor alguém ao ridículo *He made a fool of her in front of all her friends.* Ele a expôs ao ridículo na frente de todos os seus amigos. *I got drunk and made a complete fool of myself.* Fiquei bêbado e fiz papel de ridículo.

242 Unskilled Não especializado

opostos **able, 237; skilful, 239**

unskilled adj [usado principalmente em contextos industriais ou comerciais. Descreve: trabalhador, trabalho] não especializado, não qualificado

incompetent adj [pejorativo, usado para pessoas que deveriam ter alguma habilidade. Descreve p. ex. trabalhador, gerente, tentativa] incompetente, inábil, incapaz **incompetently** adv incompetentemente

incompetence ssfn incompetência, incapacidade, inépcia *We lost that order through your incompetence.* Perdemos aquele pedido por causa de sua incompetência.

inept adj (freq. + **at**) [pejorativo. Um tanto formal, usado mais para descrever como lidar com uma situação em particular do que como uma descrição geral] ineficiente; impróprio, inepto *His attempts to calm the crisis were totally inept.* Suas tentativas para atenuar a crise foram completamente ineficientes. **ineptly** adv ineficientemente **ineptitude** ssfn ineficiência, incompetência, inépcia

amateur adj **1** (não possui *compar* ou *superl*) [não remunerado. Descreve p. ex. boxeador, ator, grupo] amador, não profissional *amateur dramatics* teatro amador **2** (ger. depois do v) [pejorativo] amador *Their first attempts at home decorating looked very amateur.* Suas primeiras tentativas em decoração de interiores pareciam muito amadoras. **amateur** sfn amador

amateurish adj [pejorativo. Descreve p. ex. tentativa, trabalho] amador, mal-acabado, superficial, feito de maneira amadora, medíocre

242.1 Trabalho malfeito, erro

bungle vti fazer trabalho malfeito, errar, estragar *I explained what you had to do so carefully and you still managed to bungle it.* Eu expliquei tão minuciosamente o que você tinha que fazer e ainda assim você conseguiu fazer errado. *You bungling idiot!* Seu grandissíssimo idiota! Seu idiota incompetente! **bungle** sfn trabalho malfeito, erro **bungler** sfn aquele que faz serviço malfeito; aquele que estraga ou põe a perder

botch OU **bodge** vt [informal, esp. usado para tentativas de consertar alguma coisa] estragar, fazer malfeito, estropiar *a botched job* um trabalho malfeito **botch** OU **bodge** sfn remendo, serviço malfeito

fumble v **1** vt [obj: p. ex. pegar, bola] atrapalhar-se com, procurar desajeitadamente, remexer, **2** vi [suj: pessoa] tatear, apalpar *I was fumbling around in the dark trying to find the light switch.* Eu estava tateando no escuro tentando encontrar o interruptor da luz. *his fumbling attempts to find the right words to say* suas tentativas atrapalhadas para encontrar as palavras certas **fumble** sfn desajeitamento, falta de jeito

cock sth **up** OU **cock up** sth vt prep (*brit*) [gíria] confundir, errar *Can't you even give someone a message without cocking it up?* Será que você não consegue dar um recado sem confundir tudo?

cock-up sfn (*brit*) [gíria] confusão, engano, erro *I'm afraid there's been a bit of a cock-up with the travel arrangements.* Acho que houve um pouco de confusão nos planos da viagem.

243 Difficult Difícil

ver também **problem, 244;** oposto **easy, 247**

difficult adj **1** (freq. + **to** + INFINITIVO) [descreve p. ex. tarefa, problema] difícil *It's a very difficult language to learn.* É um idioma muito difícil de aprender. *We've been going through a difficult time.* Estamos passando por um período difícil. *Please don't make life difficult for me.* Por favor, não dificulte a vida para mim. **2** [descreve: pessoa] difícil

hard *adj* **1** (freq. + **to** + INFINITIVO) [um pouco menos formal do que **difficult**] difícil, duro, árduo *It's hard to see why the plan failed.* É difícil entender porque o plano deu errado. *to do something **the hard way*** fazer algo da maneira mais difícil **2** [que exige muito esforço. Descreve p. ex. trabalho, tentativa, raciocínio] difícil, duro *to take a long hard look at something* olhar algo fixamente *I've had a very hard day.* Tive um dia muito duro. **3** [desagradável e problemático] duro *to give somebody a hard time* causar problemas a alguém *It's a hard life.* Que vida dura! ***Hard luck!*** Má sorte! Azar!
hardness *ssfn* dificuldade, dureza

hard *adv* muito, duramente, fortemente, energicamente *They worked very hard.* Eles trabalharam muito. *I've been **hard at work** all day.* Trabalhei muito nisso durante o dia todo.

tricky *adj* [um tanto informal. Descreve p. ex. situação] delicado, difícil, complicado *I'm in a tricky position.* Estou numa posição delicada. *It's a tricky business manoeuvring the car into such a small space.* É difícil colocar o carro numa vaga tão pequena.

tough *adj* **1** [um tanto informal. Descreve p. ex. decisão, habilidade] difícil, duro *The exam was very tough.* A prova estava muito difícil. **2** (freq. + **on**) [informal. Infelizmente] *It's rather tough on them that they should have to pay for the damage.* É muita falta de sorte que eles tenham de pagar os danos. *I didn't get the job. – Oh, **tough luck**!* Não consegui o emprego. – Ah, que azar!

243.1 Algo que requer esforço

demanding *adj* [descreve p. ex. trabalho, programa, pessoa] exigente, trabalhoso, difícil *Hamlet is a very demanding role.* Hamlet é um papel que exige muito. *Children are so demanding at that age.* As crianças são tão exigentes nesta idade.

strenuous *adj* [descreve p. ex. exercício, esforço] árduo
strenuously *adv* arduamente, dificilmente

arduous *adj* [um tanto formal. Descreve p. ex. subida, tarefa] árduo, laborioso, penoso

243.2 Complicado

complicated *adj* [descreve p. ex. problema, instruções, máquina] complicado, confuso *The situation's too complicated for me to explain it over the phone.* A situação é muito complicada para que eu explique por telefone.

complicate *vt* complicar, dificultar *Just to complicate matters, he's not arriving till the 16th.* Para complicar ainda mais as coisas, ele só chegará dia 16.

complication *sfn* **1** complicação **2** [em medicina] complicação

complex *adj* [descreve p. ex. rede, padrão, questão] complexo, complicado **complexity** *sc/sfn* complexidade

---
u s o

Os termos **complicated** e **complex** são semelhantes e freqüentemente usados com o mesmo sentido. Entretanto, **complex** ressalta o fato de que é necessário muito conhecimento para compreender o que está sendo descrito, enquanto **complicated** ressalta o número de partes que compõe a coisa descrita.

---

intricate *adj* [freqüentemente elogioso, ressaltando a habilidade envolvida em fazer o que está sendo definido. Descreve p. ex. escultura, projeto, detalhes] detalhado, complexo, complicado, difícil, intricado
intricacy *sc/sfn* complexidade, detalhamento

---
e x p r e s s õ e s

Expressões idiomáticas para dizer que algo é difícil.
be a job/have a job dar trabalho, ser difícil, ser trabalhoso *It'll be a job to replace such as good employee.* Será difícil substituir um funcionário tão bom. *You'll have a job finishing that by tomorrow.* Você terá muito trabalho para terminar isso amanhã.
take some doing dar trabalho, ser difícil *'I'm going to reorganise the whole office.' 'That'll take some doing!'* Reorganizarei todo o escritório. Isso dará muito trabalho.
be an uphill struggle difícil *The business is doing well now, but it was an uphill struggle at first.* Os negócios estão indo bem agora, mas foi muito difícil no início.
have one's work cut out ser difícil *You'll have your work cut out getting the job finished in time.* Você terá muito trabalho para conseguir terminar o serviço a tempo.
easier said than done É mais fácil falar do que fazer *'Just slide the pieces together.' 'That's easier said than done.'* 'Você só tem que juntar as peças.' 'Falar é fácil, o difícil é fazer.'

---

244 Problem Problema

problem *sfn* (freq. + **of**, **with**) problema *There's the problem of what to wear.* É difícil escolher o que vestir. *I may have a problem getting to the party on time.* Talvez seja difícil chegar à festa no horário. *That loose connection could cause problems later.* Aquela ligação folgada pode causar problemas mais tarde. (usado como *adj*) *problem child* criança problema *problem family* família problema

problematic TAMBÉM **problematical** *adj* problemático *the problematical nature of the relationship* a natureza problemática do relacionamento

difficulty *sc/sfn* (freq. + **of**, **with**) dificuldade *the difficulty of deciding what to do* a dificuldade de decidir o que fazer *I'm having difficulty/ difficulties with my homework.* Estou tendo dificuldades em meus deveres de casa. *I had great difficulty convincing him.* Foi muito difícil convencê-lo. *to be **in** financial difficulty/difficulties* estar passando por dificuldades financeiras

snag *sfn* [ger. menos sério do que **problem** ou **difficulty**] empecilho, obstáculo, problema, dificuldade *We've hit one or two snags.* Encontramos alguns obstáculos. *The snag is we don't know who has the key.* O problema é que não sabemos quem está com as chaves.

headache sfn [informal] dor de cabeça, preocupação *My biggest headache is deciding who to leave out.* Minha maior dor de cabeça é decidir quem deixar de fora.

dilemma sfn dilema *My dilemma is whether or not to go.* Meu dilema é saber se irei ou não.

quandary sfn dilema, dúvida, incerteza *I'm in a quandary over who to choose.* Estou na dúvida sobre quem escolher.

---

u s o

Literalmente **dilemma** refere-se a uma escolha difícil entre duas opções. Em geral, é usado mais livremente da mesma maneira que **problem** ou **quandary**, apesar de algumas pessoas não gostarem desse uso.

244.1 Problema

trouble s 1 sc/sfn (freq. + with) [problema ou preocupação] problema *money trouble/troubles* problema/problemas de dinheiro *He started telling me all his troubles.* Ele começou a me contar todos os seus problemas. *stomach trouble* problema de estômago *to have trouble doing something* ter problema em fazer algo *I'm having trouble getting the car started.* Não estou conseguindo ligar o carro. *The trouble with you is you're lazy.* O seu problema é que você é preguiçoso. 2 ssfn [situação de perigo ou culpa] problema, encrenca *She's in trouble with the police again.* Ela está com problemas com a polícia novamente. *They got into terrible trouble over the broken vase.* Eles se meteram numa terrível encrenca por causa do vaso quebrado. *That's just asking for trouble.* Isso é estar procurando encrenca. 3 ssfn [inconveniência] incômodo, transtorno *I hope I'm not causing you too much trouble.* Espero que eu não esteja lhe causando muito incômodo. *It's no trouble at all.* Não há problema nenhum.

trouble v [um tanto formal] preocupar, aborrecer, incomodar 1 vt *Something seems to be troubling him.* Parece que algo o está preocupando. *My back's troubling me again.* Minhas costas estão me incomodando novamente. 2 vt incomodar, perturbar *I didn't want to trouble you about such a minor problem.* Não queria te incomodar com um probleminha desses. [freqüentemente usado para pedir algo educadamente] *Sorry to trouble you, (but) could you pass me my hat?* Desculpe incomodá-lo, (mas) você poderia me passar meu chapéu?

troublesome adj [descreve p. ex. pessoa, problema, tosse] incômodo, desagradável, inoportuno, chato

bother sc/sfn (esp. brit) (não tem plural) [um tanto informal] preocupação, incômodo, amolação *I'm having a spot of bother with my computer.* Estou tendo um pouco de problema com meu computador. *Sorry to be a bother, but could you help me with this?* Desculpe incomodá-lo, mas você poderia me ajudar?

bother v 1 vt [causar inconveniente ou problemas] preocupar, aborrecer, incomodar, amolar, atrapalhar *I wish she'd stop bothering me about her pension.* Gostaria que ela parasse de me aborrecer a respeito de sua pensão. *Something's bothering you, what is it?* Alguma coisa está te preocupando, o que é? *Will it bother you if I use the vacuum cleaner in here?* Você se incomodaria se eu passase o aspirador de pó aqui? 2 vi (freq. + to + INFINITIVO) [preocupar-se em fazer] preocupar-se *He didn't even bother to say hello.* Ele nem se deu ao trabalho de cumprimentar. *I can't be bothered to wash it.* Nem vou me dar ao trabalho de lavá-lo.

inconvenience s [menos importante do que **problem**] 1 ssfn aborrecimento, transtorno, amolação *I don't want to put you to any inconvenience.* Não quero lhe causar nenhum inconveniente. 2 sfn inconveniente *It's not really a major problem, just an inconvenience.* Na realidade, não é um grande problema, é somente um inconveniente. **inconvenience** vt causar inconveniente, incomodar, aborrecer

nuisance sfn transtorno, aborrecimento, amolação, pessoa incômoda, chata *If he's being a nuisance, send him home.* Se ele estiver sendo um transtorno, mande-o para casa. *Its a nuisance having to wait for her.* É um aborrecimento ter que esperar por ela.

pain sfn [informal] chatice, aborrecimento *Having to wait for the bus every day is a bit of a pain.* Ter que esperar o ônibus todos os dias é uma chatice.

burden sfn (freq. + to, on) dever, obrigação, estorvo, algo difícil de suportar *the burden of responsibility* o peso da responsabilidade *I don't want to be a burden to you when I'm old.* Não quero ser um estorvo para você quando ficar velho.

burden vt (freq. + with) sobrecarregar *I don't want to burden you with a lot of extra work.* Não quero sobrecarregá-lo com muitos trabalhos extras.

---

e x p r e s s ã o

be in hot water [informal] estar/ficar em maus lençóis, entrar em encrenca *He got into very hot water over those books that went missing.* Ele ficou em maus lençóis a respeito do desaparecimento daqueles livros.

244.2 Desvantagem

disadvantage sfn desvantagem, prejuízo, inconveniente *The plan has one big disadvantage.* O plano tem uma grande desvantagem. *You'll be at a disadvantage if you haven't got the right equipment.* Você estará em desvantagem se não tiver o equipamento correto.
disadvantageous adj desvantajoso

disadvantaged adj [usado para descrever posição social ou econômica das pessoas] menos favorecido, pobre, necessitado

drawback sfn problema, obstáculo, inconveniente, desvantagem *The main drawback of the plan is lack of cash.* O principal problema do plano é a falta de dinheiro.

handicap sfn deficiência, incapacidade, desvantagem, empecilho *physical handicap* deficiência física *Not knowing the language is a considerable handicap.* Não conhecer o idioma é uma desvantagem considerável.
handicap vt -pp- prejudicar,
handicapped adj deficiente *physically/mentally handicapped* deficiente físico/mental (usado como s) *the handicapped* os deficientes

snag sfn empecilho, obstáculo, *There's only one snag – You have to pay in advance.* Só tem um empecilho, você tem de pagar adiantado.

catch sfn truque, armadilha, manha, cilada, tramóia *There's always a catch with these kind of special offers.* Sempre há uma armadilha nestes tipos de ofertas especiais. *What's the catch?* Qual é o truque?

---

e x p r e s s õ e s

a fly in the ointment [informal] uma circunstância que estraga um prazer; desvantagem, uma coisa que atrapalha

a spanner (brit)/**monkey wrench** (amer) **in the works** [informal] tornar as coisas difíceis *She threw a spanner in the works by refusing to co-operate.* Ela atrapalhou tudo (piorou as coisas) ao se recusar a cooperar.

245 Hinder Impedir

ver também **end, 34; delay, 330**

hinder *vt* [geralmente refere-se a problemas de pequena escala] atrapalhar, estorvar, impedir, retardar, obstruir *I can't do the housework if you keep hindering me.* Não conseguirei fazer as tarefas domésticas se você continuar a me atrapalhar.

hindrance *sfn* obstáculo, impedimento, estorvo *She's more of a hindrance than a help.* Ela atrapalha mais do que ajuda.

hamper *vt* [freqüentemente refere-se a grandes dificuldades] prejudicar, dificultar, atrapalhar, obstruir, estorvar *The rescuers were hampered by bad weather.* O trabalho de resgate foi prejudicado pelo mau tempo.

impede *vt* [um tanto formal] dificultar, atrapalhar, impedir *My progress was impeded by the enormous pack I was carrying.* Meu avanço foi dificultado devido ao enorme pacote que estava carregando.

inhibit *vt* **1** [formal ou técnico. Obj: p. ex. crescimento, desenvolvimento] inibir, impedir **2** (freq. + **from**) inibir *Having the boss present does tend to inhibit people from speaking out.* A presença do chefe tende a inibir as pessoas a falarem abertamente. **inhibited** *adj* inibido

inhibition *sfn* (freq. *pl*) inibição, vergonha *to lose one's inhibitions* perder a inibição *I've no inhibitions about taking my clothes off in public.* Não tenho nenhuma vergonha de tirar a roupa em público.

hold up sth ou **hold** sth **up** *vt prep* [um tanto informal] reter, deter, atrasar, suspender, continuar, perdurar *Sorry, I got held up on the way here.* Desculpe-me, fiquei presa no caminho para cá. *Strikes have held up production.* As greves atrasaram a produção. **hold-up** *sfn* suspensão, atraso, interrupção

245.1 Obstruir

obstruct *vt* **1** [bloquear. Obj: p. ex. passagem, tubulação, visão] obstruir, bloquear, entupir **2** [tornar difícil. Obj: p. ex. plano, justiça] obstruir *The goalkeeper claimed he had been obstructed.* O goleiro alegou que ele estava obstruído. **obstruction** *sc/sfn* obstrução

block *vt* **1** (freq. + **off, out, up**) bloquear, obstruir, entupir, impedir passagem *a blocked(-up) nose* nariz entupido *Move on, you're blocking the corridor.* Ande, você está obstruindo o corredor. *That tree blocks out the light from the lounge.* Aquela árvore bloqueia a luz que vem da sala de estar. **2** [impedir. Obj: p. ex. compromisso, negociação, uma lei] bloquear

blockage *sfn* bloqueio, obstrução *There seems to be a blockage in the pipe.* Parece haver uma obstrução na tubulação.

dam *vt*, **-mm-** [obj: rio, córrego] represar **dam** *sfn* barragem, represa

prevent *vt* (freq. + **from**) [obj: p. ex. acidente, doença] evitar, impedir *The security man tried to prevent us from leaving.* O segurança tentou impedir nossa saída. *I'm trying to prevent a disaster.* Estou tentando evitar um desastre. **preventable** *adj* evitável

prevention *ssfn* prevenção *crime prevention* prevenção de crime *Prevention is better than cure.* É melhor prevenir do que remediar. **preventive** *adj* preventivo *preventive medicine* medicina preventiva

thwart *vt* [freqüentemente por meios astuciosos. Obj: p. ex. plano, trama] frustrar, opor, contrariar, impedir, desbaratar

obstacle *sfn* (freq. + **to**) obstáculo, impedimento *The last obstacle to a settlement has now been removed.* O último impedimento para um entendimento foi removido. (usado como *adj*) *obstacle race* corrida de obstáculos

hurdle *sfn* barreira, obstáculo, dificuldade *The next hurdle will be finding someone to give us the money.* O próximo obstáculo a ser vencido será encontrar alguém para nos dar dinheiro.

stumbling block *sfn* pedra no caminho

---

e x p r e s s õ e s

be/get in the way (of) entrar no caminho, entrar na frente, impedir *I'm trying to take a photograph, but people keep getting in the way.* Estou tentando tirar uma fotografia, mas as pessoas ficam atrapalhando. *We mustn't allow arguments to get in the way of progress.* Não devemos deixar que brigas impeçam o progresso.

stand in the way (of) impedir *If you want to try for a better job, I won't stand in your way.* Se você deseja tentar um trabalho melhor, não ficarei em seu caminho.

nip (sth) in the bud cortar o mal pela raiz *Police arrested the ringleaders to try and nip the rebellion in the bud.* A polícia prendeu os líderes da quadrilha para cortar a rebelião pela raiz.

---

246 Interfere Interferir

interfere *vi* [pejorativo] intrometer-se **1** (freq. + **in**) *I told you not to interfere in matters that don't concern you.* Eu lhe falei para não se intrometer no que não é de sua conta. **2** (ger. + **with**) [afetar adversamente. Suj: p. ex. barulho, problemas] interferir *You mustn't let personal problems interfere with your work.* Você não deve deixar que problemas pessoais interfiram em seu trabalho.

interference *ssfn* **1** (freq. + **in, with**) interferência, intromissão, intervenção *We just want to get on with our lives without interference.* Nós somente queremos continuar nossas vidas sem intromissões. **2** [no rádio, televisão] interferência

meddle *vi* (freq. + **in, with**) [mais pejorativo do que **interfere**] intrometer-se, meter-se *Don't meddle with other people's lives.* Não se intrometa na vida dos outros. **meddler** *sfn* intrometido

disturb *vt* **1** [obj: p. ex. calma, sono, pessoa] perturbar, incomodar *Am I disturbing you?* Estou incomodando? **2** [afetar adversamente. Obj: p. ex. acordo, padrão, papéis] impedir **3** [aborrecer. Obj: pessoa] afetar, alterar, perturbar *I was profoundly disturbed by what I saw.* Fiquei profundamente impressionado com o que vi. **disturbing** *adj* incômodo, perturbador, preocupante, inquietante

GRUPOS DE PALAVRAS

disturbance s 1 sc/sfn distúrbio, perturbação, desordem *emotional disturbance* distúrbio emocional *He disliked any disturbance of his routine.* Ele detestava qualquer interrupção em sua rotina. *You're causing a disturbance.* Você está perturbando. 2 *sfn* tumulto *violent disturbances in the capital* tumultos violentos na capital

busybody *sfn* [pejorativo] intrometido *an interfering busybody* um intrometido

246.1 Interferência para ajudar

intervene *vi* (freq. + **in**) [de uma pessoa, organização etc.] intervir *The government should intervene to solve the problem of pollution.* O governo deveria intervir para solucionar o problema da poluição. *The union was asked to intervene in the dispute.* O sindicato foi solicitado a intervir na disputa.

intermediary *sfn* intermediário

expressões

mind one's own business cuidar de sua própria vida *Mind your own business!* Cuide de sua própria vida! *I was just walking along, minding my own business, when ...* Eu estava apenas caminhando, na minha, quando ...
too many cooks spoil the broth [provérbio] Comida em que todo mundo mexe acaba queimando.
to poke/stick your nose into something [informal e pejorativo. Obj: negócios, assuntos. Geralmente usado por alguém avisando para a outra pessoa não interferir] Meter o nariz em alguma coisa *Don't go sticking your nose into other people's business!* Não meta o nariz na vida dos outros. *Serves you right for poking your nose into things that don't concern you.* Bem feito, quem mandou meter o nariz onde não é chamado.
to keep your nose out of something [informal. Obj: negócios, assuntos. Geralmente usado por alguém avisando outra pessoa a não interferir.] *Just keep your nose out of my personal life!* Não se meta na minha vida. *You'd better keep your nose out of her affairs.* É melhor você não se meter na vida dela.

247 Easy Fácil

oposto **difficult, 243**

easy *adj* (freq. + **to** + INFINITIVO) [descreve p. ex. tarefa, questão, vitória] fácil *It's so easy to make mistakes.* É tão fácil cometer erros. *an easy victim* uma vítima fácil *an easy victory* uma vitória fácil

easily *adv* facilmente, com facilidade 1 *I can easily carry that.* Consigo carregar isso facilmente. *They won easily.* Eles venceram com facilidade. 2 (usado com *superl*) simplesmente *easily the best/biggest* simplesmente o melhor/maior 3 facilmente *They might easily change their minds again.* Eles poderão mudar de idéia facilmente.

ease *ssfn* facilidade *He completed the test with ease.* Ele terminou a prova com facilidade.

comparação

as easy as pie/ABC/falling off a log tão fácil quanto tirar o doce de uma criança

simple *adj* 1 simples *Follow these simple instructions for perfect results every time.* Siga estas simples instruções para obter sempre resultados perfeitos. *There's probably a very simple explanation.* Provavelmente, há uma explicação muito simples. 2 [não complexo. Descreve p. ex. vestido, estilo, *design*] simples *the simple life* a vida simples *I'm just a simple soldier.* Sou um simples soldado. **simplicity** *ssfn* simplicidade

simply *adv* 1 (depois do *v*) simplesmente, de maneira simples *Try to explain it simply.* Tente explicar de maneira simples. 2 (depois do *v*) simplesmente, de maneira simples *We live/dress very simply.* Nós moramos/nos vestimos de maneira muito simples. 3 (antes do *v* ou *adj*) [usado como intensificador] simplesmente *I simply don't know what to think.* Eu simplesmente não sei o que pensar. *The food was simply awful.* A comida estava simplesmente horrível. *You can't simply ignore the facts.* Você não pode simplesmente ignorar os fatos. 4 (geralmente antes de uma oração ou frase) [pelo fato de que] simplesmente *I bought this car simply because it was cheap.* Comprei este carro simplesmente porque era barato. *She's doing it simply to impress the judges.* Ela está fazendo isso simplesmente para impressionar os juízes.

expressões

Maneiras idiomáticas de dizer que alguma coisa é fácil.
child's play brincadeira de criança *The oral test is child's play compared to the written exam.* A prova oral é brincadeira de criança comparada com a prova escrita.
a doddle (*brit*) [informal] É bico. *Don't get worried about the interview, it'll be a doddle.* Não se preocupe com a entrevista, é bico.
a piece of cake [informal] É moleza. *Did you have any trouble getting permission? – No, it was a piece of cake.* Você teve problemas para conseguir autorização? – Não, foi moleza.
there's nothing to it [informal] Não é nenhum bicho de sete cabeças.
do sth standing on one's head fazer alguma coisa de olhos fechados *I could answer that question standing on my head!* Eu conseguiria responder aquela pergunta de olhos fechados.

straightforward *adj* 1 [não complicado. Descreve p. ex. método, rota] simples, direto, claro, fácil de entender *That all seems quite straightforward.* Tudo isso parece muito fácil de entender. 2 [honesto e direto. Descreve p. ex. pessoa, resposta] honesto, franco **raightforwardly** *adv* diretamente, honestamente

elementary *adj* **1** [fácil de entender ou trabalhar. Formal] elementar, básico, fácil *The questions were so elementary, it was almost an insult to my intelligence.* As perguntas eram tão elementares, que eram quase um insulto à minha inteligência. **2** [um tanto formal. Descreve p. ex. nível, estágio, princípios] elementar, primário *an elementary mistake* um erro elementar

effortless *adj* [apreciativo. Descreve p. ex. tranqüilidade, graça] sem esforço, com desenvoltura **effortlessly** *adv* sem fazer esforço

247.1 Facilitando as coisas

simplify *vt* [obj: p. ex. processo] simplificar *It would simplify matters if you told them yourself.* Isso simplificaria se você dissesse a eles. **simplification** *sc/sfn* simplificação

ease *v* **1** *vt* [levemente formal] facilitar *economic aid to ease the changeover to a market economy* ajuda econômica para facilitar a transição para uma economia de mercado **2** *vti* [melhorar. Obj/suj: p. ex. dor, tensão] aliviar

convenience *ssfn* conforto, comodidade *designed for the convenience of the user* projetado para o conforto do usuário (usado como *adj*) *convenience food* alimento de preparo fácil

convenient *adj* [descreve p. ex. horário, local] conveniente, oportuno, acessível *Would it be more convenient if I came back later?* Seria mais conveniente se voltássemos mais tarde? *a convenient excuse* uma desculpa conveniente **conveniently** *adv* convenientemente

facilitate *vt* [formal] facilitar

> *U S O*
> **Facilitate** é uma palavra mais formal. Na conversação corriqueira ou escrita as pessoas geralmente usam em seu lugar a expressão **make easier**.

248 War Guerra

war *sc/sfn* guerra *to be at war with somebody* estar em pé de guerra com alguém *to declare war on somebody* declarar guerra a alguém *the Second World War* a Segunda Guerra Mundial *civil war* guerra civil (usado como *adj*) *war hero* herói de guerra *war memorial* monumento em homenagem aos heróis de guerra

warfare *ssfn* guerra *chemical/nuclear warfare* guerra química/nuclear

hostilities *s pl* hostilidades (uso formal/refere-se à luta entre dois países ou grupos) *the outbreak/cessation of hostilities* a deflagração/suspensão das hostilidades

battle *s* **1** *sc/sfn* batalha *the Battle of Hastings* a Batalha de Hastings *to go into battle* entrar numa batalha **2** *sfn* [não-militar] luta *a battle of wits* um duelo de titãs *a constant battle for survival* uma luta constante pela sobrevivência

battle *vi* (freq. + **with**, **against**) **1** [não-militar] lutar *We're still battling with the problem of lack of space.* Continuamos lutando com o problema de falta de espaço. **2** [brigar numa luta armada. Muito literário] batalhar, lutar *to battle against the foe* lutar contra o inimigo.

combat *sc/sfn* combate *This was his first experience of actual combat.* Esta foi a sua primeira experiência em combate verdadeiro. *unarmed combat* combate desarmado

conflict *sc/sfn* (freq. + **between**, **with**) **1** conflito *armed conflict* conflito armado **2** conflito *a conflict of interests/loyalties* um conflito de interesses/lealdades *to be in conflict with something* estar em conflito com alguma coisa

conflict *vi* (freq. + **with**) divergir *conflicting reports* relatórios divergentes *Your statement conflicts with what the other witness told us.* O seu testemunho diverge daquele que a outra testemunha nos deu.

248.1 Ações militares

attack *v* **1** *vti* [obj: p. ex. inimigo, país] atacar **2** *vt* [obj: pessoa] atacar, agredir *She was attacked and robbed.* Ela foi atacada e roubada. **3** *vt* [criticar. Obj: p. ex. governo, plano, política] atacar **attacker** *sfn* agressor, atacante

attack *s* (freq. + **on**) **1** *sc/sfn* ataque *to be/come under attack* ser atacado *to mount an attack on somebody/something* planejar um ataque contra alguém/alguma coisa **2** *sfn* agressão *the victim of a savage attack* a vítima de uma agressão selvagem **3** *sfn* [crítica] ataque

invade *vti* [pode implicar maior planejamento e controle do que **attack**. Obj: especialmente país] invadir *invading forces* forças invasoras **invader** *sfn* invasor **invasion** *sc/sfn* invasão

defend *v* (freq. + **against**, **from**) **1** *vti* [obj: p. ex. território, posição] defender **2** *vt* [obj: p. ex. pessoa, conduta, método] defender, justificar *He tried to defend himself against their criticism.* Ele tentou se defender de suas críticas. *I'm not trying to defend what she said.* Não estou tentando defender o que ela disse. **defender** *sfn* defensor.

defence (*brit*), **defense** (*amer*) *s* **1** *ssfn* defesa *self-defence* auto-defesa *civil defence* defesa civil *He wrote an article in defence of his views.* Ele escreveu um artigo em defesa de suas opiniões. (usado como *adj*) *defence force* força de defesa. **2** *sc/sfn* (freq. + **against**) [objeto ou coisa que defende] defesa *The attackers soon overran our defences.* Os agressores logo superaram nossas defesas. *The animal gives off a strong smell as a defence against predators.* O animal libera um cheiro forte como uma defesa contra os predadores.

defensive *adj* [descreve p. ex. posição, arma] defensivo (usado como *s*) *to be on the defensive* estar na defensiva

victory *sc/sfn* vitória *to lead one's country/team to victory* conduzir um país/time à vitória *to win a victory* conseguir uma vitória (usado como *adj*) *victory parade* desfile da vitória **victor** *sfn* vencedor **victorious** *adj* vitorioso

defeat *vt* **1** [obj: p. ex. inimigo, oponente] derrotar *The government was defeated in the election.* O governo foi derrotado na eleição. **2** [ser difícil demais para] derrotar *I'm not going to let a simple problem like this defeat me.* Não vou deixar que um simples problema como este me derrube.

GRUPOS DE PALAVRAS

defeat *sc/sfn* derrota *to suffer a severe/crushing defeat* sofrer uma derrota difícil/esmagadora. *They gave up in defeat.* Deram-se por vencidos.

conquer *vt* [parece mais triunfante do que **defeat**. Geralmente não é usado em batalhas modernas] conquistar **conqueror** *sfn* conquistador **conquest** *sc/sfn* conquista

surrender *v* (freq. + **to**) **1** *vti* [suj: p. ex. exército, soldado, país] render-se, entregar-se **2** *vt* (freq. + **to**) [formal. Entregar a alguém. Obj: p. ex. documento, arma] entregar, devolver **3** *vti* (freq. + **to**) [ceder] ceder *He resolved not to surrender to the temptation.* Ele decidiu não ceder à tentação. **surrender** *sc/sfn* rendição, entrega

retreat *vi* [suj: p. ex. exército, soldado] retirar-se, bater em retirada *Napoleon's army was forced to retreat.* O exército de Napoleão foi forçado a se retirar.

retreat *sc/sfn* retirada

U S O

As palavras associadas a guerra ou a movimentos militares freqüentemente são usadas em sentido figurado para descrever contextos esportivos. Os times **attack** (atacam) ou **defend** (defendem) o gol. Os jogadores obtêm *victories* (vitórias) ou sofrem **defeats** (derrotas).

248.2 As forças armadas

army *sfn* (+ *v sing* ou *pl*) exército *to join the army* alistar-se no exército *an army of workmen* um exército de trabalhadores (usado como *adj*) *army camp* acampamento militar *army life* vida militar

navy *sfn* (+ *v sing* ou *pl*) marinha *the Royal Navy* a Marinha de Guerra Britânica

naval *adj* [descreve p. ex. batalha, oficial, uniforme] naval, da marinha

air force *sfn* (+ *v sing* ou *pl*) aeronáutica, força aérea

militia *sfn* (+ *v sing* ou *pl*) milícia

regiment *sfn* regimento *an infantry regiment* um regimento de infantaria **regimental** *adj* regimental, do regimento

fleet *sfn* (+ *v sing* ou *pl*) frota, esquadra *the naval fleet* a esquadra naval *a fishing fleet* frota pesqueira *a fleet of vehicles* uma frota de veículos

troop *sfn* (ger. *pl*) **1** tropa *British troops formed part of the invading force.* As tropas britânicas fizeram parte da força invasora. **2** [grupo de pessoas ou animais] grupo, bando *Troops of schoolchildren were being shown around the museum.* Grupos de alunos estavam visitando o museu.

troop *vi* (sempre + *adv* ou *prep*) andar em grupo, mover-se em conjunto, atropelar-se *Tourists trooped through the house.* Bandos de turistas se acotovelavam pela casa.

officer *sfn* oficial *officers and men* oficiais e soldados *non-commissioned officer* suboficial

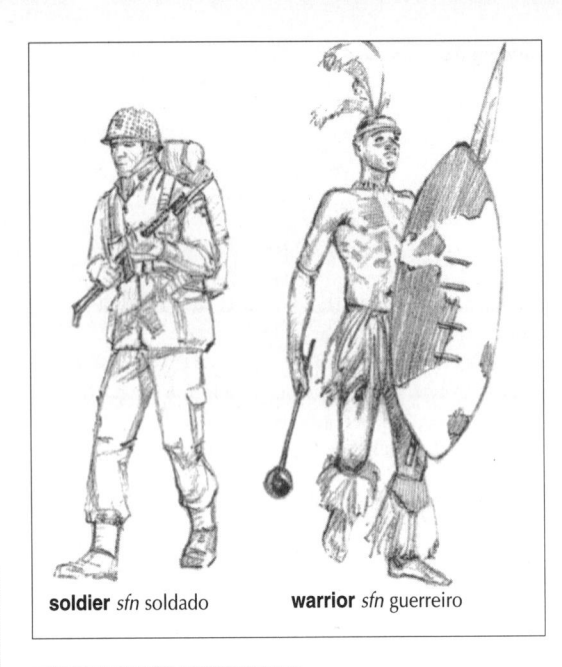

soldier *sfn* soldado   **warrior** *sfn* guerreiro

248.3 Postos militares

rank *sfn* posto, patente *the rank of captain* a patente de capitão

ranks *s pl* (sempre + **the**) [os soldados com patente inferior a capitão] *to be reduced to the ranks* ser rebaixado a soldado raso *ver também **important**, 74.2

ALGUNS DOS PRINCIPAIS POSTOS EM:

the army o exército	commodore comodoro
private soldado raso	**admiral** almirante
corporal cabo	**the Royal Air Force** a Força Aérea Britânica
lieutenant tenente	**aircraftman** soldado de aviação
captain capitão	
major major	**sergeant** sargento
colonel coronel	**flight lieutenant** tenente-aviador
general general	
the navy a Marinha	**squadron leader** major-aviador
(ordinary)seaman marinheiro	**wing commander** tenente-coronel-aviador
petty officer suboficial da marinha	
lieutenant capitão-tenente	**group captain** chefe de esquadrilha
commander capitão de fragata	**air marshal** marechal do ar
captain capitão	

U S O

Os postos do exército e da marinha mostrados são usados nas forças britânicas e americanas. As patentes dos oficiais da Força Aérea dos Estados Unidos são praticamente as mesmas do exército.

248.4 Armas

weapon *sfn* arma *nuclear/chemical weapons* armas químicas/nucleares

arms *s pl* [bastante literário exceto quando usado como *adj*] armas, armamento *They **laid down their arms** and surrendered.* Eles depuseram as armas e se renderam. (usado como *adj*) *arms dealer* traficante de armas, vendedor de armas *arms embargo* embargo armamentista *the arms race* corrida armamentista

arm *vt* (freq. + **with**) armar

armed *adj* armado *the armed forces* as forças armadas *armed robbery* assalto à mão armada *She's armed to the teeth.* Ela está armada até os dentes.

unarmed *adj* desarmado *unarmed combat* combate desarmado

ammunition *ssfn* munição *to run out of ammunition* ficar sem munição

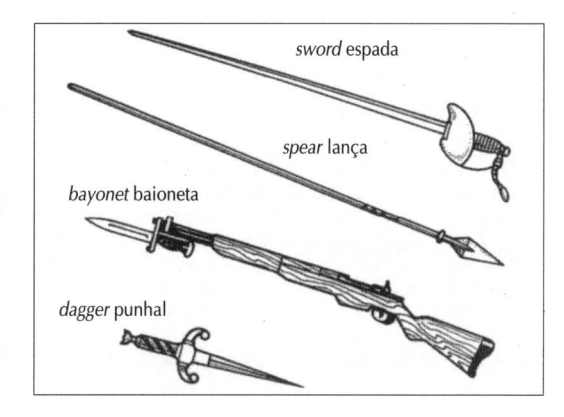

pistol pistola
revolver revólver
rifle fuzil
machine gun metralhadora
cannon canhão

guns armas

sword espada
spear lança
bayonet baioneta
dagger punhal

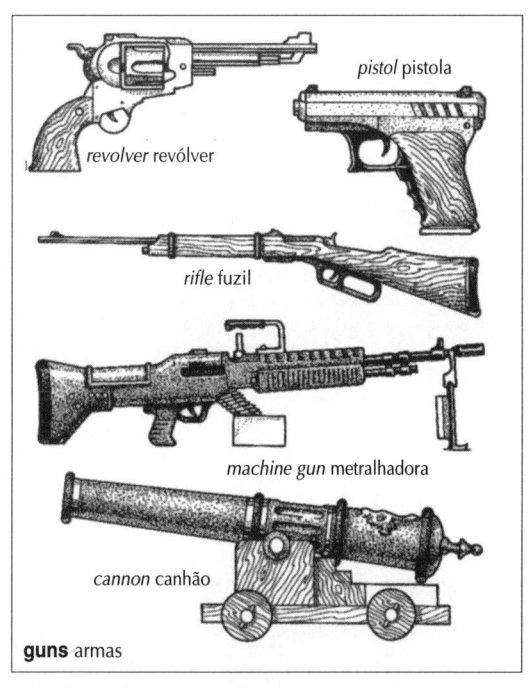

bomb *vt* [obj: p. ex. alvo, cidade, instalação] bombardear
tear gas *sfn* gás lacrimogêneo
bullet *sfn* bala
plastic bullet *sfn* bala de plástico
shell *sfn* granada, projétil, obus
firearm *sfn* [geralmente em contextos técnicos ou legais] arma de fogo *Regulations governing the use of firearms.* Normas que regem o uso de armas de fogo.
artillery *s* **1** *ssfn* artilharia (usado como *adj*) *artillery bombardment* bombardeio de artilharia *artillery unit* unidade de artilharia **2** (sempre + **the**) [divisão do exército] artilharia
shoot *v*, pretérito & part passado atirar, disparar **shot 1** *vti* (freq. + **at**) atirar *to shoot to kill* atirar para matar *to shoot an arrow* atirar uma flecha **2** *vt* [ger.

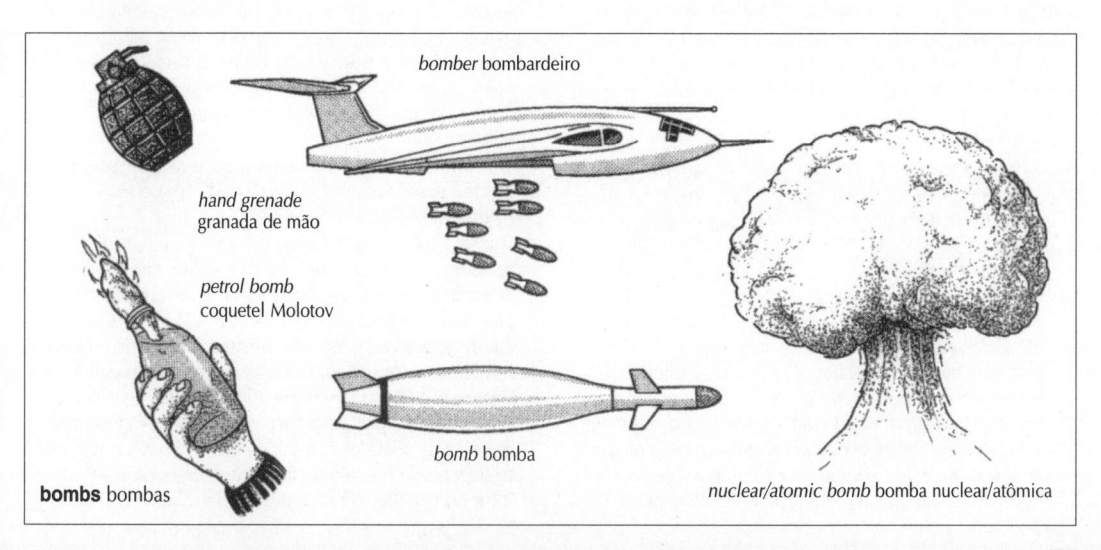

armour *ssfn* armadura *a suit of armour* uma armadura completa
armoured *adj* blindado *armoured personnel carrier* veículo blindado para transporte de tropas *an armoured brigade* uma brigada blindada
tank *sfn* tanque

bomber bombardeiro
hand grenade granada de mão
petrol bomb coquetel Molotov
bomb bomba
nuclear/atomic bomb bomba nuclear/atômica

bombs bombas

implica pessoa ou animal que são mortos; às vezes, não. Obj: pessoa, animal] matar, atirar em *They shot him (down) in cold blood.* Eles o mataram a sangue frio. *He was shot as a spy.* Ele foi morto como um espião. *I was shot in the leg.* Fui atingido na perna.

fire *vti* [obj: arma] disparar *They fired into the crowd.* Eles atiraram na multidão.

248.5 Militar

military *adj* [descreve p. ex. treinamento, disciplina, equipamento] militar *to do (one's) military service* fazer o serviço militar *a military band* uma banda militar (usado como *s*) *the military* os militares

martial *adj* [geralmente termo um pouco literário] marcial [não é literário nos seguintes compostos] *martial arts* artes marciais *martial law* lei marcial

warlike *adj* bélico

249 Fight Luta

fight *v, pretérito & part passado* **fought** 1 *vti* (freq. + **about**, **against**, **for**, **over**, **with**) [suj/obj: pessoa, país, exército] lutar, brigar, combater *What are those two boys fighting about?* Por que aqueles dois garotos estão brigando? *to fight a battle/war* lutar numa batalha/guerra *Iraq was fighting (against) Iran.* O Iraque estava lutando contra o Irã. 2 *vti* (freq. + **against**, **for**) [obj: p. ex. opressão, injustiça, crime] combater, lutar contra *We must fight for our rights as workers.* Devemos lutar pelos nossos direitos de trabalhadores. *to fight a fire* combater incêndio 3 *vi* (freq. + **about**, **over**) discutir *We always fight about small things like who should wash up.* Sempre discutimos sobre coisas insignificantes como quem deve lavar a louça.

fight *sfn* (freq. + **against**, **for**, **with**) luta, combate, disputa, briga *to have a fight with someone* brigar com alguém *to pick a fight with someone* comprar uma briga com alguém.

fighter *sfn* [geralmente esportista] pugilista, lutador, combatente

fighting *ssfn* luta, combate *The town was the scene of heavy fighting between government forces and the rebels.* A cidade foi cenário de uma luta violenta entre as forças governamentais e os rebeldes.

struggle *vi* (freq. + **to** + INFINITIVO, **with**) 1 [fisicamente] lutar, debater-se *He managed to struggle free.* Ele conseguiu libertar-se. 2 [difícil tentativa] tentar, esforçar-se *I'm still struggling to understand what he wrote.* Continuo tentando entender o que ele escreveu. *Jenny's struggling with the new machine.* Jenny está tentando entender a nova máquina.

struggle *sfn* (freq. + **to** + INFINITIVO, **with**) 1 luta, briga *His glasses were broken in the struggle.* Seus óculos foram quebrados na briga. 2 luta *a struggle for independence/recognition* uma luta pela independência/reconhecimento *power struggle* luta pelo poder *Don't give up the struggle.* Não abandone a luta.

wrestle *v* 1 *vti* lutar *He wrestled me to the ground.* Ele lutou comigo até me jogar no chão. 2 *vi* (freq. + **with**) lutar com, debater-se *I'm still wrestling with the problem.* Continuo lutando contra o problema. *ver também **sport, 388**

clash *vi* (freq. + **with**) 1 [suj: p. ex. oponentes, rivais] entrar em conflito, ter uma desavença, chocar, bater *Police clashed with demonstrators.* Houve enfrentamento entre a polícia e os manifestantes. *clashing colours* cores que não combinam *They clashed over disciplining the children.* Eles discordavam quanto à educação das crianças. 2 [ao mesmo tempo] coincidir *The meeting clashes with my doctor's appointment.* A reunião coincide com minha consulta médica.

clash *sfn* (freq. + **between**, **with**) 1 choque, batida, colisão, oposição *border clashes between units from both armies* conflitos na fronteira entre as tropas dos dois exércitos *a clash of interests/personalities* um conflito de interesses/choque de personalidades 2 (freq. + **between**, **with**) coincidência, simultaneidade *There's a clash with another meeting.* Existe uma coincidência com uma outra reunião.

brawl *sfn* [briga barulhenta e grosseira entre grupos ou pessoas] briga *a drunken brawl* uma briga de bêbados

brawl *vi* brigar, discutir

duel *sfn* duelo *to fight a duel* combater em duelo *to challenge someone to a duel* desafiar alguém para um duelo **duel** *vi* duelar **duellist** *sfn* duelista

expressões

come to blows chegar às vias de fato *The arguments got so heated that the chairman and secretary nearly came to blows.* As discussões ficaram tão inflamadas que o presidente e o secretário quase chegaram às vias de fato.

fight tooth and nail brigar com unhas e dentes

249.1 Opor-se

oppose *vt* [obj: p. ex. plano, pessoa] opor-se a *Nobody dares oppose him/his wishes.* Ninguém tem coragem de se opor a ele/seus desejos *the opposing side* o lado opositor

opposition *s* 1 *ssfn* oposição *Opposition to the scheme is mounting.* A oposição ao projeto está aumentando. *We met with almost no opposition during our advance.* Não encontramos quase nenhuma oposição durante nosso avanço. 2 *sfn* (ger. + **the**) concorrência *Don't underestimate the opposition.* Não subestime a concorrência.

opponent *sfn* 1 [em competição] adversário, oponente 2 [uma pessoa que está contra algo] oponente *opponents of the tax* oponentes ao imposto

resist *vti* 1 [obj: p. ex. ataque, exigência, mudança] resistir a, opor-se *She was charged with resisting arrest.* Ela foi acusada por resistir à prisão. 2 [obj: p. ex. tentação, proposta, charme] resistir a, recusar *I couldn't resist taking a peep.* Eu não pude resistir em dar uma espiada. 3 [obj: p. ex. ferrugem, manchas, umidade] resistir a

resistance *s* 1 *sc/sfn* (não tem *pl*; freq. + **to**) resistência *The defenders put up (a) stiff resistance.* Os defensores enfrentaram uma dura resistência. *the body's resistance to infection* a resistência do corpo a infecções 2 (sempre + **the**; geralmente com letra maiúscula) [em guerras] resistência *the French Resistance* a Resistência Francesa (usado como *adj*) *resistance fighter* militantes da resistência

compete *vi* (freq. + **for**, **with**) [suj: p. ex. time, jogador, empresa, produto] competir, disputar, concorrer *The children compete for her attention.* As crianças disputam a atenção dela. *She competed in the Olympics.* Ela competiu nas Olimpíadas. *We simply can't compete with their prices.* Simplesmente não conseguimos concorrer com seus preços.

competition *s* **1** *ssfn* concorrência *cut-throat competition* concorrência acirrada *They won the contract despite fierce competition.* Eles ganharam o contrato apesar da concorrência acirrada. *We'll be in competition with three other firms.* Estaremos concorrendo com três outras empresas. **2** (sempre + **the**; + *v sing* ou *pl*) a concorrência *The competition is/are developing a very similar product.* A concorrência está desenvolvendo um produto muito parecido.

competitive *adj* **1** [descreve p. ex. pessoa, exame] concorrente **2** [difícil de derrotar. Descreve p. ex. produto, preço] competitivo, concorrente *We must increase productivity in order to remain competitive.* Devemos aumentar a produtividade para continuarmos competitivos.

competitor *sfn* concorrente *If our competitors reduce their prices, we must do the same.* Se nossos concorrentes reduzirem seus preços, devemos fazer o mesmo. *ver também **sport**, 388

250 Enmity Inimizade

oposto **friendship, 434**

enemy *sfn* **1** inimigo, adversário *As far as I know, she didn't have any enemies.* Que eu saiba, ela não tinha nenhum inimigo. *He's his own worst enemy.* Ele é o pior inimigo dele mesmo. **2** (sempre + **the**) o inimigo *Our gallant soldiers are advancing against the enemy.* Nossos valentes soldados estão avançando contra o inimigo. (usado como *adj*) *enemy aircraft* aeronave inimiga *enemy forces* forças inimigas

hostile *adj* **1** (freq. + **to**, **towards**) hostil *They seem very hostile to the idea.* Eles parecem muitos hostis à idéia. *Why are you being so hostile?* Por que você está sendo tão hostil? **2** [em contextos militares. Descreve p. ex. forças, navio de guerra] inimigo **hostility** *ssfn* hostilidade

unfriendly *adj* (freq. + **to**, **towards**) antipático, pouco amistoso **unfriendliness** *ssfn* antipatia

cold *adj* [enfatiza a falta deliberada de emoção] frio *He gave me a cold stare.* Ele me lançou um olhar frio. **coldly** *adv* friamente **coldness** *ssfn* frieza

cool *adj* frio, indiferente *Relations are distinctly cool at the moment.* As relações estão nitidamente frias no momento. **coolness** *ssfn* frieza, indiferença

revenge *ssfn* vingança, desforra *to **take revenge** on sb* vingar-se de alguém *in revenge (for)* para vingar-se

expressões

bad blood *ssfn* (freq. + **between**) ódio, rancor *I don't want to cause bad blood between them.* Eu não quero causar ódio entre eles.
ill feeling *ssfn* ressentimento, rancor *The decision was the cause of much ill feeling among the residents.* A decisão foi a causa de muito ressentimento entre os residentes.
ill will *ssfn* [bastante formal] ressentimento, rancor *I bear her no ill will.* Não guardo nenhum rancor dela.
not be on speaking terms with sem se falar, sem conversar *They weren't on speaking terms last time I visited them.* Eles não estavam se falando na última vez que os visitei.
give sb the cold shoulder dar uma gelada em alguém, virar as costas para alguém [inimizade intencional, esp. após amizade antiga]
be at daggers drawn (with) estar pronto para lutar, estar a ponto de brigar

251 Resentment Ressentimento

resentment *ssfn* (freq. + **against**, **towards**) ressentimento
resent *vt* [obj: p. ex. tratamento, atitude] ressentir-se de, ofender-se por, levar a mal *I really resent having to go to that meeting.* Realmente me aborrece ter que ir a essa reunião. **resentful** *adj* ressentido, ofendido **resentfully** *adv* ressentidamente, com ressentimento

grudge *sfn* rancor, motivo de rancor *to **bear someone a grudge*** guardar rancor de alguém *He's got a grudge against me.* Ele está ressentido comigo.

grudge ou **begrudge** *vt* dar algo a alguém de má vontade, invejar algo de alguém *He grudges every penny he has to spend on food.* Ele reclama de cada centavo que tem que gastar com comida. *I don't begrudge them their success.* Eu não invejo o sucesso deles.

grudging *adj* [descreve p. ex. admissão, aprovação] relutante, de má vontade **grudgingly** *adv* de má vontade

jealous *adj* (freq. + **of**) [sugere um sentimento mais forte e amargo do que **envious**] ciumento *Don't take any notice of her, she's just jealous.* Não ligue para ela, ela está apenas com ciúmes. *She gets jealous if I simply look at another girl.* Ela fica com ciúmes se eu simplesmente olhar para outra garota. **jealousy** *ssfn* ciúmes

jealously *adv* cuidadosamente *a jealously guarded secret* um segredo muito bem guardado

expressões

have a chip on one's shoulder estar irritado, ressentido [índole agressiva ou provocadora] *The fact that he didn't get into university has left him with a terrible chip on his shoulder.* Ele ainda não conseguiu engolir o fato de não ter entrado na universidade.

GRUPOS DE PALAVRAS

envy ssfn inveja *Her new car is the envy of the whole office.* O carro novo dela é a inveja de todo o escritório. *green with envy* morto de inveja

envy vt (freq. + 2 objs) invejar, ter inveja de *I envy her her good looks.* Eu tenho inveja da beleza dela. *That's one job I don't envy you.* Este é um trabalho que não invejo.

envious adj (freq. + of) invejoso **enviously** adv invejosamente.

covet ssfn [formal. Obj: qualquer coisa que pertença a outra pessoa] cobiça **covetous** adj cobiçado **covetousness** ssfn cobiça

252 Danger Perigo

danger s 1 ssfn [termo genérico] perigo, risco *Danger! – Deep quarry!* Perigo! – Pedreira profunda! *You're in terrible danger.* Você está em grande perigo. *She's in danger of losing her job.* Ela está correndo o risco de perder o emprego. *The patient is now out of danger.* O paciente agora está fora de perigo. (usado como adj) *danger signal* sinal de perigo *danger money* adicional de periculosidade 2 sfn (freq. + **to**) perigo *a danger to health* um perigo à saúde *They faced many difficulties and dangers on the voyage.* Eles enfrentaram muitas dificuldades e perigos na viagem.

dangerous adj [descreve p. ex. droga, doença, arma] perigoso *It's dangerous to drive so fast.* É perigoso dirigir em velocidade.

dangerously adv perigosamente *dangerously ill* gravemente enfermo *He came dangerously close to ruining the whole project.* Faltou pouco para ele arruinar todo o projeto.

endanger vt [obj: p. ex. vida, saúde] pôr em perigo, arriscar *endangered species* espécies ameaçadas de extinção

jeopardy ssfn [mais formal do que **danger**] perigo *in jeopardy* em perigo.

jeopardize vt, TAMBÉM **-ise** (brit) [geralmente não se refere a perigos físicos] comprometer, arriscar, pôr em perigo *I don't wish to jeopardize the success of this venture.* Eu não quero comprometer o sucesso desse empreendimento.

peril sc/sfn [termo mais literário do que **danger**] perigo, risco *Our lives were in mortal peril.* Nossas vidas estavam em perigo mortal. *You ignore this warning at your peril.* Você ignora esta advertência de perigo. **perilous** adj perigoso, arriscado

perilously adv perigosamente *They were driving perilously close to the cliff edge.* Eles estavam dirigindo perigosamente perto da beirada do penhasco.

hazard sfn (freq. + **to**) perigo, risco *a fire/health hazard* um risco para a saúde/de incêndio *Boredom is an occupational hazard in this job.* O tédio é um risco de acidente de trabalho neste emprego. (usado como adj) *hazard warning (lights)* aviso de perigo (luzes)
hazardous adj arriscado

pitfall sfn [coisa ou situação que podem provavelmente causar problemas] perigo (imprevisto), armadilha, perigo, cilada, pegadinha *This is one of the pitfalls for a person learning English.* Esta é uma das armadilhas para uma pessoa que está aprendendo inglês.

risk sc/sfn risco *a security risk* um risco à segurança *I'm willing to take the risk.* Estou disposto a correr o risco. *You run the risk of losing their support.* Você corre o risco de perder o apoio deles. *The future of this company is at risk.* O futuro desta empresa está em risco. (usado como adj) *a high-risk investment* um investimento de alto risco

risk vt 1 [obj: p. ex. saúde, dinheiro, reputação] arriscar *She risked her life to save me.* Ela arriscou a vida para me salvar. 2 [obj: p. ex. morte, derrota, ruína] arriscar-se. *We risk getting put in prison if we're found out.* Nós nos arriscamos a ir para a prisão se formos descobertos. 3 [obj: ações que podem ter conseqüências perigosas ou desagradáveis] arriscar, correr o risco de *They won't risk an election while the opinion polls are so unfavourable.* Eles não arriscarão convocar uma eleição, enquanto as pesquisas estiverem tão desfavoráveis.

risky adj arriscado *It's a risky business lending people money.* Emprestar dinheiro é um negócio arriscado.
chancy adj arriscado, perigoso
unsafe adj perigoso *That platform looks extremely unsafe.* Aquela plataforma parece ser extremamente perigosa.

expressões

a close/narrow shave OU **a narrow squeak** [informal. Perigo do qual se escapou por pouco] escapar por um triz *That was a very close shave; you so nearly went over the edge of the cliff.* Foi por um triz, você quase caiu no precipício.

to play with fire [fazer algo que poderia ter conseqüências desagradáveis] brincar com fogo *You're playing with fire if you ignore his instructions.* Você estará brincando com fogo se ignorar as instruções dele.

to take your life in your hands [fazer algo muito perigoso ou arriscado. Às vezes é usado de maneira humorística] arriscar a vida. *You really take your life in your hands when you let him drive the car.* Você realmente arrisca sua vida quando o deixa dirigir o carro.

to live dangerously [correr muitos riscos, não envolvendo necessariamente perigo físico. Às vezes usado de maneira humorística.] viver perigosamente. *She believes in living dangerously – she's taking up rock climbing now.* Ela gosta de viver perigosamente – Agora está praticando alpinismo. *Oh go on, live dangerously – have another chocolate!* Vamos lá, viva perigosamente – pegue outro chocolate!

to skate on thin ice [estar numa situação perigosa ou delicada] pisar em ovos

to push/press one's luck arriscar-se sem necessidade ou exagerar, abusar da sorte *Ask him again by all means, but don't push your luck too far!* Peça a ele novamente, mas não confie muito na sua sorte.

252.1 Emergência

emergency sfn emergência *In an emergency we may have to evacuate the building.* Em caso de emergência, devemos evacuar o prédio. *I keep a first-aid kit in that cupboard for emergencies.* Eu tenho um kit de primeiros-socorros naquele armário para emergências. (usado como *adj*) *emergency (telephone) number* número de emergência (telefone) *the **emergency services*** os serviços de emergência

crisis sfn, pl **crises** [geralmente menos freqüente do que **emergency**] crise *a political/economic crisis* uma crise política/econômica *a crisis of confidence* uma crise de confiança (usado como *adj*) *at crisis point* em um ponto crítico

critical *adj* [descreve p. ex. momento, etapa, decisão] crucial, decisivo *The next few days could be critical for the company.* Os próximos dias poderão ser decisivos para a empresa. *of critical importance* de importância crucial

252.2 Avisar

warn vt (freq. + **about**, **against**, **of**) prevenir, avisar *You can't say I didn't warn you.* Você não pode dizer que não o avisei. *The children were warned about the dangers.* As crianças foram avisadas sobre os perigos. (freq. + **to** + INFINITIVO, + **that**) *The police were warned to be on the look-out for the escaped man.* A polícia foi avisada para ficar alerta quanto ao fugitivo. *You might have warned me she was coming.* Você devia ter me avisado de que ela viria.

warning sc/sfn aviso, advertência *to shout a warning* dar um aviso *They arrived **without** any **warning**.* Eles chegaram sem avisar. (usado como *adj*) *warning light* luz de advertência *warning shot* tiro de advertência

alert vt (freq. + **to**) [estar consciente de] alertar *We were alerted to the dangers.* Fomos alertados sobre os perigos. *A neighbour alerted the police.* Um vizinho avisou a polícia.

alert sc/sfn alerta *The army was placed **on full alert**.* O exército foi colocado em estado de alerta. *Be **on the alert for** suspicious-looking packages* Ficar alerta para pacotes suspeitos. *a nuclear alert* um alerta nuclear

alert *adj* (freq. + **to**) [descreve p. ex. pessoa, mente] atento *An alert customs officer spotted the wanted man.* Um agente alfandegário atento descobriu o homem procurado pela justiça.

expressão

raise the alarm acionar o alarme *He saw smoke and raised the alarm immediately.* Ele viu a fumaça e acionou o alarme imediatamente.

253 Safety Segurança

safe *adj* **1** (ger. depois do *v*; freq. + **from**) [fora de perigo] seguro. *I couldn't rest till I knew you were safe.* Eu não consegui descansar até que soube que você estava seguro. *The travellers got home **safe and sound**.* Os viajantes voltaram para casa sãos e salvos. *Will my suitcase be safe here?* A minha mala estará segura aqui? **2** [descreve p. ex. lugar, carro, investimento. Comparar **secure**] seguro *It's not safe to go out alone.* É perigoso sair sozinho. *The roof isn't safe to walk on.* Não é seguro andar em cima do telhado. **3** (antes do *s*) [descreve: esp. motorista] prudente *to be **in safe hands*** estar em boas mãos

safety ssfn segurança *Put this helmet on, it's for your own safety.* Coloque este capacete, é para sua própria segurança. ***safety first*** segurança em primeiro lugar *to reach safety* salvar-se, estar a salvo (usado como *adj*) *safety glass* óculos de segurança *safety catch* dispositivo de segurança, trava

unharmed *adj* (ger. depois do *v*) ileso

comparação

as safe as houses (*brit*) [de um lugar onde alguém está fora de perigo] *Don't worry, you'll be as safe as houses once we cross the border.* Não se preocupe, você estará completamente salvo quando cruzarmos a fronteira.

secure *adj* **1** (freq. + **about**) [usado principalmente para expressar o modo como as pessoas se sentem consigo mesmas, em vez de fatores externos – comparar com **safe**. Descreve sentimento de confiança e falta de ansiedade] seguro, tranqüilo, confiante *I feel secure because I trust you.* Sinto-me tranqüilo porque confio em você. *to be secure in the knowledge that* sentir-se seguro porque sabe que **2** [seguro e estável]. Descreve

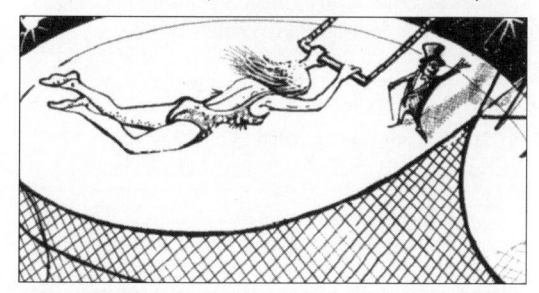

safety net rede de segurança

safety belt cinto de segurança

p. ex. casa, contexto familiar, emprego] seguro, estável **3** (ger. depois do v) proteger *to make the doors and windows secure* proteger as portas e janelas

secure *vt* **1** [fechar com firmeza. Obj: p. ex. porta, janela, corda] prender, firmar **2** (freq. + **against, from**) [assegurar. Obj: p. ex. posição, investimento, futuro] preservar, garantir, proteger

security *s* **1** *ssfn* [sentimento] segurança *a feeling of security* um sentimento de segurança *They need the security of a stable relationship*. Eles precisam da segurança de um relacionamento estável. **2** *ssfn* [acordos] segurança *on grounds of national security* por motivo de segurança nacional *Security was very tight during the Pope's visit*. A segurança foi muito rigorosa durante a visita do Papa. (usado como *adj*) *security risk* risco à segurança *security guard* guarda de segurança

> *u s o*
>
> Antônimo do sentido 1 de **secure** (seguro) é **insecure** (inseguro) *ver também **fear, 255**. Este termo não é normalmente usado para outros sentidos, a não ser para dizer que algo não é seguro. Ex.: *That lock isn't very secure.* Aquela fechadura não é muito segura.

253.1 Precaução

precaution *sfn* (freq. + **against**) precaução *We removed everything breakable from the room as a precaution.* Tiramos todas as coisas quebráveis da sala como uma medida de precaução. *to take precautions* tomar precauções **precautionary** *adj* preventivo, de precaução

insure *vti* (freq. + **against**) [obj: p. ex. casa, carro, jóias] segurar, fazer seguro *Are we insured against theft?* Nós estamos segurados contra roubo? *The camera is insured for £200.* A câmera está segurada em 200 libras. **insurer** *sfn* segurador

insurance 1 *ssfn* seguro *The contents of the house are covered by insurance.* Os bens da casa estão cobertos pelo seguro. *to take out insurance on sth* fazer seguro contra algo (usado como *adj*) *insurance company* companhia seguradora *insurance policy* apólice de seguro **2** *sfn* (freq. + **against**) segurança *I carry spare parts in my car as an insurance against breaking down a long way from a garage.* Eu levo peças sobressalentes em meu carro como precaução, caso ele quebre longe de uma oficina.

> *u s o*
>
> O termo **life insurance** (seguro de vida) é usado no inglês americano e britânico, mas na Inglaterra também se usa o termo **life assurance** que geralmente é considerado mais correto.

253.2 Salvar

save *vt* (freq. + **from**) salvar *She saved the boy from drowning.* Ela salvou o menino que estava se afogando. *to save someone's life* salvar a vida de alguém *a campaign to save a threatened building/nature reserve* uma campanha para salvar um edifício ameaçado/uma reserva natural

rescue *vt* (freq. + **from**) resgatar, salvar *He rescued a woman from a burning building.* Ele resgatou uma mulher de um edifício em chamas. *I managed to rescue this book before it was thrown away.* Consegui salvar este livro antes que fosse jogado fora. **rescuer** *sfn* resgatador, salvador, membro de uma equipe de resgate

rescue *sc/sfn* resgate *a daring rescue carried out by helicopter* um resgate audacioso por helicóptero *to come/go to the rescue of* somebody/something ir ao socorro de alguém/algo (usado como *adj*) *rescue attempt* tentativa de salvamento *rescue vessel* navio de salvamento

survive *vti* sobreviver *She was badly injured but survived.* Ela estava gravemente ferida, mas sobreviveu. *my only surviving relative* meu único parente vivo *a tradition which has survived since the Middle Ages* uma tradição que sobrevive desde a Idade Média *He survived the crash.* Ele sobreviveu ao acidente.

survival *sfn* sobrevivência *a fight for survival* uma luta pela sobrevivência *the survival of the fittest* a sobrevivência do mais forte/melhor adaptado (usado como *adj*) *survival kit* kit de sobrevivência *survival raft* balsa de salvamento

survivor *sfn* sobrevivente *There were no survivors from the crash.* Não houve sobreviventes no acidente.

254 Look after Cuidar de

look after sb/sth *vt prep* **1** [obj: especialmente pessoa, objeto de valor ou objeto que exige atenção] cuidar de *Will you look after our cat for us while we're on holiday?* Você pode cuidar de nosso gato enquanto estivermos de férias? *I can look after myself.* Eu sei me cuidar sozinho. *This car has been well looked after.* Este carro está muito bem cuidado. **2** [obj: p. ex. preparativos, interesses] cuidar de, ficar de olho em

take care of 1 dar atenção a, cuidar de *Who's going to take care of you when you're old?* Quem vai cuidar de você quando ficar velho? *Take care of yourself!* Cuide-se! **2** [tratar de] providenciar *Don't worry about the financial side, that's all been taken care of.* Não se preocupe com o lado financeiro, está tudo certo.

care for sb/sth *vt prep* **1** [obj: especialmente pessoa doente ou idosa] cuidar de **2** [amor] gostar de *I know how deeply he cares for you.* Eu sei o quanto ele gosta de você.

> *e x p r e s s ã o*
>
> **to keep an eye on somebody** [informal. Cuidar e ter certeza de que eles se mantêm longe de problema ou perigo] vigiar, ficar de olho em *Keep an eye on your little sister while I go to the shops.* Fique de olho na sua irmãzinha enquanto vou fazer compras.

keep *vt*, pretérito & part passado **kept 1** [obj: pessoa, si mesmo] manter, sustentar *You can't expect me to keep* *you now you're grown-up.* Você não pode esperar que eu o sustente agora que já é um adulto. **2** [obj: animais] criar *They kept a pig and a few goats on their little farm.* Eles criavam um porco e algumas cabras em sua fazendinha.

keep *ssfn* sustento, meios de sustento, manutenção *to* **earn one's keep** ganhar o seu sustento

wait on sb *vt prep* [obj: cliente em restaurante] servir [também usado no sentido pejorativo] *He expects to be* **waited on hand and foot**. Ele espera que façam todos os seus desejos. *ver também **eating and drinking places**, 163

attentive *adj* **1** (freq. + **to**) atencioso *The staff were very attentive to us during our stay.* Os funcionários foram muito atenciosos conosco durante a nossa visita. **2** [descreve p. ex. público] atento

254.1 Proteger

protect *vt* (freq. + **against, from**) proteger *She wore goggles to protect her eyes.* Ela usava óculos de segurança para proteger os olhos. *The seedlings must be protected against frost.* As mudas devem ser protegidas contra geada. **protection** *sc/sfn* (freq. + **against, from**) proteção *The vaccine gives partial protection against the disease.* A vacina oferece uma proteção parcial contra a doença. *She is under police protection.* Ela está sob proteção policial.

protective *adj* **1** protetor, de proteção *protective clothing* roupas de proteção **2** (freq. + **to, towards**) [descreve p. ex. pessoa, gesto] protetor *She felt very protective towards her younger sister.* Ela sentia-se muito protetora em relação à irmã mais nova. **protectively** *adv* protetivamente, com proteção

protector *sfn* **1** [pessoa] protetor **2** [para parte do corpo] vestimenta de proteção *chest protector* colete protetor

guard *vti* (freq. + **against, from**) [obj: p. ex. casa, prisioneiro, pessoa importante] guardar, proteger algo de ou contra; vigiar *Soldiers were guarding all government buildings.* Os soldados estavam vigiando todos os edifícios do governo. **guard** *s* **1** *sfn* guarda *security guard* guarda de segurança *He managed to slip past the guards at the gate.* Ele conseguiu passar pelos guardas no portão sem ser notado. **2** *sfn* (não tem *pl*) [grupo de pessoas] escolta *He was taken to the airport* **under armed guard**. Ele foi levado ao aeroporto sob escolta armada. **3** *ssfn* guarda *to be* **on guard** estar prevenido *to be* **on one's guard** (against something) estar prevenido *to* **keep guard** manter a guarda *to* **stand guard over** *something* vigiar, guardar algo **4** *sfn* dispositivo de segurança *fire guard* corta-fogo *shin guards* caneleiras

safeguard *vt* (freq. + **against, from**) proteger, defender *We want to safeguard our products against forgery.* Queremos proteger nossos produtos contra falsificação. **safeguard** *sfn* [geralmente numa constituição, lei, contrato, etc.] salvaguarda, proteção

shield *vt* (freq. + **against, from**) proteger contra, de *She's trying to shield him, though she knows he's committed a crime.* Ela está tentando protegê-lo, embora saiba que ele cometeu um crime.

shield escudo

He shielded his eyes from the sun. Ele protegeu os olhos do sol.

wind shield quebra-vento

shield escudo

shelter *v* **1** *vt* (freq. + **from**) abrigar, refugiar, proteger *The trees shelter the house from the wind.* As árvores protegem a casa do vento. **2** *vt* [obj: p. ex. pessoa procurada, fugitivo] dar asilo a, esconder **3** *vi* (freq. + **from**) abrigar-se, esconder-se *We went into a shop doorway to shelter from the rain.* Fomos para a entrada da loja para nos protegermos da chuva.

shelter *s* **1** *sfn* abrigo, refúgio *air raid shelter* abrigo antiaéreo *bus shelter* marquise de ponto de ônibus **2** *ssfn* abrigar, cobrir *to* **take shelter** abrigar-se *Everybody ran for shelter when the downpour started.* Todo mundo procurou abrigo quando o aguaceiro começou.

254.2 Preservar

preserve *vt* **1** [obj: p. ex. construção antiga, costume] conservar, manter, preservar *The original furnishings had been lovingly preserved.* A mobília original foi muito bem conservada. **2** [obj: p. ex. independência, padrões] manter, conservar

preservation *ssfn* **1** preservação *the instinct for self-preservation* o instinto de autopreservação **2** conservação *The objects are in a good state of preservation.* Os objetos estão em bom estado de conservação.

conserve *vt* **1** [manter seguro. Obj: p. ex. animais/plantas selvagens] preservar **2** [não desperdiçar. Obj: p. ex. calor, energia, força] conservar, economizar

conservation *ssfn* **1** preservação *nature conservation* preservação da natureza (usado como *adj*) *conservation area* área de proteção **2** conservação, economia *energy conservation* conservação de energia **conservationist** *sfn* ambientalista

255 Fear Medo

oposto **courage, 258**

fear s 1 ssfn [termo geral] (freq. + **of**) medo *I daren't move for fear of being spotted.* Eu não ouso me mexer com medo de ser visto. *to be/live* **in fear of** *something* estar/viver com medo de alguma coisa 2 sfn temor *Their fears proved groundless.* Provou-se que seus temores eram infundados. **fear** v [um tanto formal] 1 vt [obj: p. ex. morte, ferida, ruína] ter medo de *You've got nothing to fear from me.* Você não tem que ter medo de mim. 2 vi (freq. + **for**) recear, temer por *The doctors feared for her sanity.* Os médicos temeram por sua sanidade.

fright sc/sfn susto *to give someone a fright* dar um susto em alguém *to* **take fright** assustar-se *I nearly died of fright.* Eu quase morri de susto.

alarm s 1 ssfn [menos forte do que **fear**] alarme, inquietude *There is no cause for alarm.* Não há motivo para ficar alarmado. *He cried out in alarm.* Ele gritou desesperado. 2 sfn alarme *The alarm was sounded.* O alarme soou. *to* **raise the alarm** aumentar o alarme (usado como *adj*) *alarm signal* sinal de alarme 3 sfn alarme *burglar alarm* alarme contra roubo **alarm** vt alarmar

alarming adj [descreve p. ex. aumento, notícia, tamanho] alarmante **alarmingly** adv com alarme, de maneira alarmante

panic sc/sfn [medo violento e repentino] pânico *I was in a panic because I thought I'd missed the plane.* Entrei em pânico porque pensei que tinha perdido o avião. *The news caused panic among investors.* A notícia causou pânico entre os investidores. (usado como *adj*) *panic selling* venda provocada por pânico **panic** vti, **-ck-** entrar em pânico *Don't panic!* Não entre em pânico! *She panicked and tried to burn the letter.* Ela entrou em pânico e tentou queimar a carta.

terror sc/sfn [palavra mais forte do que **fear**] terror *They ran away in terror.* Eles fugiram aterrorizados. *terror-stricken* tomado de terror

terrorist sfn terrorista *Terrorists hijacked the airliner.* Os terroristas seqüestraram o avião de passageiros. (usado como *adj*) *terrorist bomb* bomba terrorista **terrorism** ssfn terrorismo

dread sc/sfn [medo profundo de algo que irá ou poderá acontecer no futuro] medo, pavor *I have a dread of old age.* Tenho pavor da velhice.

dread vt temer, recear, ter medo de *I used to dread those visits to the dentist.* Eu tinha medo daquelas consultas ao dentista. *I* **dread to think** *what might have happened.* Eu tenho medo de pensar o que poderia ter acontecido.

255.1 Ter medo

afraid adj (depois do v) 1 (freq. + **of**, + **to** + INFINITIVO) [termo geral, não muito forte] assustado, com medo de *He's afraid of the dark.* Ele tem medo do escuro. *Don't be afraid to ask questions.* Não tenha medo de fazer perguntas. 2 [usado para expressar pesar educadamente] (sempre + **that**) creio que, sinto muito *I'm afraid she's not in.* Acho que ela não está no momento. *Tickets are sold out, I'm afraid.* Sinto muito, mas os ingressos já esgotaram.

frightened adj (freq. + **of**, + **to** + INFINITIVO) [mais forte do que **afraid**] assustado *Hold my hand if you feel frightened.* Segure minha mão se você ficar com medo.

scared adj (freq. + **of**, + **to** + INFINITIVO) [um pouco menos formal do que **frightened**] assustado *I was scared stiff.* Eu estava morrendo de medo.

fearful adj (depois do v; freq. + **of**) [mais formal do que **afraid**] medonho, temível *She was so fearful of offending them, she hardly opened her mouth.* Ela estava com tanto medo de ofendê-los que mal abriu a boca. **fearfully** adv terrivelmente

terrified adj (freq. + **of**, + **to** + INFINITIVO) [extremamente assustado] apavorado

petrified adj (freq. + **of**, + **to** + INFINITIVO) [termo muito forte, mas usado com exagero freqüentemente] petrificado, paralisado *I was petrified in case she fell off.* Eu estava morrendo de medo de que ela caísse.

coward sfn covarde *I'm a terrible coward about speaking in public.* Eu sou um grande covarde para falar em público. **cowardice** ssfn covardia **cowardly** adj covardemente

---

expressões

as white as a sheet [usado apenas para descrever a palidez resultante de medo, não outro tipo de brancura] branco como cera

get cold feet [informal. Geralmente menos usado em relação ao medo de perigo físico] ter medo, não ter coragem *He got cold feet the night before the wedding.* Ele ficou apavorado na noite anterior ao casamento.

lose one's nerve perder a coragem *She suddenly lost her nerve and refused to get on the plane.* Ela perdeu a coragem de repente e se recusou a subir no avião.

255.2 Assustar

frighten vt assustar *They* **frighten the life out of me**, *those big lorries.* Aqueles enormes caminhões me deixam apavorado. *He shouted to frighten the birds away.* Ele gritou para espantar os passarinhos. **frightening** adj assustador

scare vt [um pouco menos formal do que **frighten**] assustar *He doesn't scare me with his threats.* Ele não me assusta com suas ameaças. *to scare somebody away/off* afugentar alguém

scary adj [informal] assustador

scare sfn 1 susto *to give someone a scare* dar um susto em alguém 2 [incidente] *bomb scare* pavor de bomba *rabies scare* medo/pavor da raiva

terrify vt [muito enfático] apavorar **terrifying** adj apavorante

petrify vt [muito enfático, freqüentemente usado para exagerar] paralisar, petrificar

threaten v 1 vt (freq. + **with**) ameaçar *His boss threatened him with the sack.* Seu chefe ameaçou demiti-lo. 2 vt (freq. + **to** + INFINITIVO) ameaçar *They're threatening to blow up the building.* Eles estão ameaçando explodir o prédio. *clouds threatening rain* nuvens que ameaçam chuva 3 vti (freq. + **with**) [estar ou pôr em perigo] ameaçar alguém com algo *a species threatened with extinction* uma espécie ameaçada de

GRUPOS DE PALAVRAS

extinção *Price increases are threatening our standard of living.* O aumento dos preços está ameaçando nosso padrão de vida.

threat *s* **1** *sc/sfn* ameaça *an empty threat* uma ameaça vazia/falsa *The local theatre is under (the) threat of demolition.* O teatro local está ameaçado de demolição. **2** (freq. + **to**) ameaça *Their territorial ambitions pose a grave threat to the peace of the region.* Suas ambições territoriais constituem uma grave ameaça à paz da região.

bully *vt* intimidar, tiranizar, ameaçar *He tried to bully me into giving him my ticket.* Ele tentou me intimidar para que desse meu ingresso para ele. **bully** *sfn* valentão, brigão

expressões

make someone's hair stand on end ficar de cabelo em pé *Some of the stories they tell, they make your hair stand on end.* Algumas histórias que eles contam deixam seu cabelo em pé.
give someone the creeps [informal. Freqüentemente medo misturado com horror ou aversão] dar arrepios *That house really gives me the creeps.* Aquela casa realmente me dá calafrios. *He gives me the creeps.* Ele me dá arrepios.
make someone's blood run cold [um tanto literário] fazer suar frio *The sight that met my eyes made my blood run cold.* A visão que tive me fez suar frio.

255.3 Dar sinais de medo

shake *vi, pretérito* **shook** *part passado* **shaken** tremer *He was shaking like a leaf.* Ele estava tremendo como uma vara verde. *Her hand shook as she went to pick up the telephone.* Sua mão tremia quando pegou o telefone. **2** *vt* abalar *The news really shook me.* A notícia realmente me abalou. *She was badly shaken (up) by the accident.* Ela ficou abalada por causa do acidente.

tremble *vi* [um movimento um pouco menos óbvio ou violento do que **shake** e freqüentemente usado para emoções diferentes de medo] tremer *I was trembling all over.* Eu estava tremendo da cabeça aos pés. *to tremble with rage/excitement* tremer de raiva/emoção **tremble** *sfn* tremor

quiver *vi* [pequeno movimento] estremecer *in a voice quivering with emotion* numa voz trêmula de emoção **quiver** *sfn* estremecimento

quake *vi* [uma reação muito forte. Freqüentemente usado com humor] tremer *The boys heard her voice and quaked with terror.* Os garotos tremeram de medo quando ouviram sua voz.

cower *vi* encolher-se (de medo), acovardar-se *She cowered away from the blow.* Ela encolheu-se para escapar do golpe. *They were cowering in a corner.* Eles estavam encolhidos num canto.

freeze *vti* [ser incapaz de se mover ou falar devido ao medo] gelar, ficar paralisada *They froze in horror when they heard the door open.* Eles ficaram gelados de medo quando ouviram a porta se abrir.

255.4 Preocupação

worry *s* **1** *ssfn* preocupação **2** *sfn* preocupação *financial worries* preocupações financeiras *That's the least of my worries.* Esta é a menor das minhas preocupações.

worry *v* **1** *vi* (freq. + **about**) preocupar-se, afligir-se *I lie awake at night worrying.* Não consigo dormir à noite de preocupação. *Don't worry, you won't be left behind.* Não se preocupe, não nos esqueceremos de você. *There's nothing to worry about.* Não há por que se preocupar. **2** *vt* preocupar-se com algo *Don't let it worry you.* Não deixe que isso te preocupe. *It's beginning to worry me that she hasn't learned to read yet.* Estou começando a ficar preocupada com o fato de ela ainda não ter aprendido a ler. **worrier** *sfn* pessoa que se preocupa demais

worried *adj* (freq. + **about**) [descreve p. ex. pessoa, olhar] preocupado *We've been **worried sick** about you.* Estamos morrendo de preocupação com você.

anxiety *s* **1** *sc/sfn* (freq. + **about**, **over**) [um pouco mais formal do que **worry**] apreensão, inquietude *The news has caused considerable anxiety.* A notícia causou uma apreensão considerável. **2** *ssfn* (freq. + **to** + INFINITIVO) ansiedade *In her anxiety to appear grown-up, she had put on too much make-up.* Na ânsia de parecer adulta, exagerou na maquiagem.

anxious *adj* **1** (freq. + **about**) angustiante, inquieto *an anxious wait* uma espera angustiante *You're making me very anxious.* Você está me deixando muito preocupado. **2** (freq. + **to** + INFINITIVO, + **that**) estar ansioso, grande desejo *I'm anxious to learn all I can.* Estou ansioso para aprender tudo o que puder.
anxiously *adv* ansiosamente

concern *ssfn* [bastante formal] preocupação *His condition is causing grave concern.* Seu estado está causando uma enorme preocupação. *There's no cause for concern.* Não há motivo para preocupação.

concern *vt* preocupar-se *It concerns me that we have made so little progress.* Preocupa-me que tenhamos feito tão pouco progresso. *I'm concerned about her health.* Estou preocupado com a saúde dela.

apprehensive *adj* (freq. + **about**) [mais formal do que **worried**. Refere-se a algo que irá ou deverá acontecer no futuro] apreensivo **apprehensively** *adv* com receio, com apreensão

insecure *adj* [inseguro e não confiante, geralmente descreve uma característica em vez de um estado passageiro] inseguro *She's a very insecure person.* Ela é uma pessoa muito insegura. **insecurity** *ssfn* insegurança

nerves *s pl* nervosismo *an attack of nerves* um ataque de nervos *first-night nerves* nervosismo de iniciante *He's a bag/bundle of nerves.* Ele está uma pilha de nervos.

nervous *adj* (freq. + **about**) nervoso *Are you nervous about the interview?* Você está nervoso com a entrevista? *a nervous wreck* estar com os nervos em frangalhos

255.5 Tímido

timid *adj* tímido *Deer are very timid creatures.* Os cervos são criaturas muito tímidas. **timidity** *ssfn* timidez **timidly** *adv* timidamente

shy adj tímido *She's too shy to speak to anyone.* Ela é tímida demais para falar com alguém. *a shy smile* um sorriso tímido **shyly** adv timidamente **shyness** ssfn timidez

> *expressão*
>
> **wouldn't say boo to a goose** ser incapaz de matar uma mosca *Don't be frightened of him, he wouldn't say boo to a goose.* Não tenha medo dele, é incapaz de matar uma mosca.

256 Tension Tensão

tension s 1 ssfn [ansiedade nervosa] tensão *nervous tension* tensão nervosa *Tension is mounting as the time for the announcement draws near.* A tensão vai aumentando à medida que se aproxima o momento de anunciar a notícia. 2 sc/sfn [atmosfera desagradável] tensão, conflito *international tension* tensão internacional *racial tensions in inner-city areas* tensões raciais no centro da cidade 3 ssfn [rigidez] tensão *a cable under tension* um cabo sob tensão

tense adj 1 [descreve p. ex. pessoa, atmosfera] tenso 2 [descreve: especialmente músculo] tenso, rijo *His whole body was tense with anxiety.* O seu corpo todo estava tenso de ansiedade. **tense** vti retesar

stress sc/sfn 1 tensão, estresse *Stress can cause heart disease.* A tensão pode causar doenças cardíacas. *She has been under a lot of stress lately.* Ela está sob muita tensão ultimamente. 2 [em engenharia] tensão **stressful** adj desgastante, estressante

256.1 Inquieto

uneasy adj 1 (freq. + **about**) inquieto, preocupado *I had an uneasy feeling that something was wrong.* Eu tive um pressentimento de que algo estava errado. *I'm very uneasy about the morality of what we're doing.* Eu estou muito preocupado em relação à moralidade que estamos fazendo. 2 [incerto e causando preocupação. Descreve p. ex. paz, aliança, silêncio] desassossegado **unease** ssfn inquietação, preocupação

agitated adj (freq. + **about**) agitado *She got very agitated when I suggested that we should call the police.* Ela ficou muito agitada quando sugeri que devíamos chamar a polícia. **agitation** ssfn agitação

het up adj (freq. + **about**) [informal] excitado, acalorado, nervoso *He got very het up about the plans for a new shopping centre.* Ele ficou muito excitado com os planos de um novo shopping center.

on edge adj (sempre depois do *v*) nervoso, inquieto *She's been so on edge lately.* Ela anda com os nervos à flor da pele.

edgy adj [informal] nervoso, inquieto, irritado

256.2 Tenso

ver também **hard**, 100

taut adj 1 esticado, teso, retesado 2 [diz-se sobre uma pessoa ou situação] tenso *He wore a taut smile.* Ele esboçou um sorriso forçado. **taut** adv (depois do *v*) bem esticado **tautly** adv tensamente, esticadamente **tautness** ssfn tensão

tight adj apertado, esticado *Is the rope tight enough?* A corda está bem apertada? **tight** adv (depois do *v*) bem forte **tightly** adv firmemente **tightness** ssfn firmeza **tighten** vti esticar

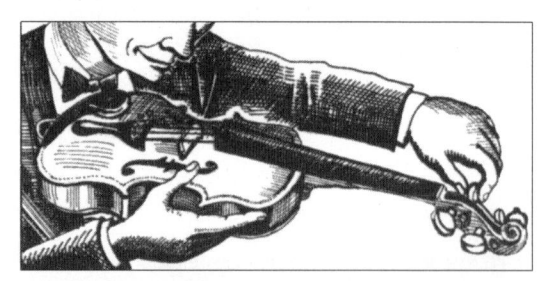

You turn the knob to increase tension on the string. Você gira a chave para aumentar a tensão da corda.

She was laced up tightly. Seu corpete estava bem apertado.

The leather is stretched taut across the top of the drum. O couro do tambor está bem esticado.

257 Excitement Agitação

excitement sc/sfn agitação, emoção *The children were wild with excitement.* As crianças estavam muito agitadas de emoção. *That's enough excitement for one day.* É muita emoção para um dia só.

exhilaration ssfn [causado por algo (freqüentemente um tanto assustador) que está realmente acontecendo, não por antecipação] euforia **exhilarate** vt animar, emocionar, regozijar

thrill sfn emoção *a thrill of pleasure/anticipation* uma emoção de prazer/expectativa *It was such a thrill actually being there.* Foi tão emocionante estar lá de verdade. **thrill** vt emocionar, vibrar

kick sfn [informal. Freq. usado de maneira um tanto pejorativa] curtição, diversão *to get a kick out of something* curtir alguma coisa *So that's how you get your kicks, is it?* Então é assim que você se diverte, não é?

adventure sc/sfn aventura *She told us all about her adventures in Africa.* Ela nos contou tudo sobre suas aventuras na África. *Where's your sense of adventure?* Onde está seu senso de aventura? (usado como *adj*) *adventure story* história de aventura *adventure playground* parque infantil de aventuras

suspense sc/sfn suspense *Don't* **keep** *us all* **in suspense**. Não nos deixe ficar em suspense. *I can't bear the suspense.* Não suporto suspense.

hysteria ssfn histeria *mass hysteria* histeria coletiva

257.1 Emocionado

excited adj (freq. + **about**) animado, entusiasmado *I'm so excited about this holiday!* Estou tão animado com estas férias! *The children always get excited when their uncle comes.* As crianças sempre ficam animadas quando o tio delas vem.

thrilled adj [enfático] animado, emocionado *We were* **thrilled to bits** (*brit*)/**pieces** (*amer*) *when she told us.* Ficamos animadíssimos quando ela nos contou.

worked up adj (depois do *v*) [informal. Animado e preocupado ou com raiva] ficar exaltado *You've got yourself all worked up over nothing.* Você se exaltou à toa.

257.2 Emocionante

exciting adj emocionante, empolgante *Your job sounds very exciting.* O seu trabalho me parece muito empolgante. **excitingly** adv empolgadamente

thrilling adj [descreve p. ex. término, clímax] emocionante

dramatic adj [descreve p. ex. mudança, fuga] dramático **dramatically** adv dramaticamente

gripping adj emocionante, fascinante, absorvente

nail-biting adj [informal] emocionante, ansioso

sensational adj 1 [descreve p. ex. descoberta, resultado] sensacional 2 [pejorativo. Descreve: esp. matéria de jornal, reportagem] sensacionalista

sensationalism ssfn sensacionalismo

257.3 Emocionar

excite vt 1 [obj: esp. pessoa] animar, entusiasmar *The idea really excites me.* A idéia realmente me entusiasma. 2 [formal. Obj: p. ex. interesse, admiração] entusiasmar *Their activities have excited suspicion.* Suas atividades suscitaram suspeitas.

arouse vt [obj: p. ex. atenção, suspeita, oposição] despertar *sexually aroused* sexualmente excitado **arousal** ssfn excitação (sexual)

stimulate vt 1 [estimular interesse ou usar o cérebro] estimular *a stimulating discussion* uma discussão estimulante *We try to stimulate the children with books and toys.* Tentamos estimular as crianças com livros e brinquedos. 2 [tornar mais ativo. Obj: p. ex. crescimento, demanda] estimular, fomentar *The government lowered interest rates in order to stimulate the economy.* O governo reduziu as taxas de juros para estimular a economia. **stimulation** ssfn estímulo

stimulus sfn, pl **stimuli** [principalmente técnico] estímulo, incentivo **stimulant** sfn estimulante

turn sb **on** vt prep [informal. Excita e atrai, geralmente de um modo sexual] excitar *She really turns me on.* Ela realmente me excita. *The idea of spending all day in a meeting doesn't really turn me on.* A idéia de passar o dia inteiro numa reunião realmente não me anima.

turn-on sfn [informal. Algo que é excitante, geralmente de um modo sexual] legal, provocante *That outfit is a bit of a turn-on.* Aquela roupa é muito provocante. *I'm afraid I don't find computers much of a turn-on.* Os computadores não me atraem muito.

258 Courage Coragem

oposto **fear, 255**

courage ssfn coragem *It took weeks before he could* **pluck up (the) courage** *to propose.* Demorou semanas para que ele conseguisse ter coragem de se declarar. **courageous** adj [um tanto formal] corajoso **courageously** adv corajosamente

brave adj valente, corajoso, bravo *Be brave, we'll soon have that splinter out.* Tenha coragem, logo você tirará a tala. *a brave attempt* uma tentativa corajosa **bravely** adv corajosamente, bravamente

bravery ssfn bravura *The policeman was awarded a medal for bravery.* O policial recebeu uma medalha por sua coragem.

bravado ssfn [freqüentemente pejorativo. Implica mostrar-se, freq. com atos perigosos] desafio, exibição de coragem *He did it out of sheer bravado.* Ele fez aquilo como pura exibição de bravura.

heroic adj [descreve p. ex. tentativa de resgate, resistência] heróico *Under the circumstances her self-restraint was quite heroic.* Naquelas circunstâncias, seu autocontrole foi um tanto heróico.

hero (*masc*) sfn, pl **heroes**, (*fem*) **heroine** 1 herói *He came back to a hero's welcome.* Ele voltou para ser acolhido como herói. *He's my hero.* Ele é meu herói. 2 [de livro, peça de teatro, etc.] herói **heroism** ssfn heroísmo

fearless adj destemido, sem medo *Children of that age are completely fearless.* As crianças daquela idade não têm medo de nada. **fearlessly** adv destemidamente, sem medo

valiant adj [literário quando usado para pessoas. Descreve: esp. tentativa, esforço] valente, bravo, corajoso **valiantly** adv valentemente **valour** (*brit*), **valor** (*amer*) ssfn bravura, heroísmo, valentia

guts s pl [informal] coragem, determinação *You have to admit it, she's got guts.* Você tem que admitir, ela tem coragem. *He didn't even have the guts to tell me himself.* Ele nem sequer teve coragem de me contar.

face up to sth/sb vt prep [obj: p. ex. fato, responsabilidades] enfrentar corajosamente

GRUPOS DE PALAVRAS

258.1 Demonstrando coragem e iniciativa

dare v 1 vti (freq. + INFINITIVO) ousar, atrever-se *How dare you come in here without permission?* Como você se atreve a entrar sem permissão? *None of us dared (to) question her decision.* Nenhum de nós ousou questionar a decisão dela. 2 vt duvidar, desafiar *I dare you to jump in with all your clothes on.* Duvido que você pule na piscina de roupa.

dare sfn ousadia, desafio, provocação *She did it for a dare.* Ela fez isso por ousadia.

daring adj [descreve p. ex. resgate, fuga, ataque surpresa] audacioso, intrépido, atrevido **daring** ssfn arrojado, destemido, arriscado **daringly** adv audaciosamente, atrevidamente, destemidamente

audacious adj 1 [mais formal do que **daring**. Freqüentemente implica atrevimento] audacioso 2 [insolente] atrevido **audaciously** adv audaciosamente, atrevidamente

audacity ssfn 1 [um tanto formal] ousadia 2 [pejorativo] audácia *He had the audacity to call me a liar.* Ele teve a audácia de me chamar de mentiroso.

adventurous adj ousado, atirado *She's not very adventurous in her choice of colours.* Ela não é muito ousada na escolha de cores.

intrepid adj [antiquado ou literário, porém às vezes usado de maneira cômica. Apreciativo, implicando determinação e tolerância] intrépido *an intrepid explorer* um explorador intrépido

bold adj 1 [descreve p. ex. guerreiro, plano] audaz, arrojado 2 [freqüentemente pejorativo] impertinente, atrevido *He comes in here as bold as brass and demands to see the chairman.* Ele chega aqui todo insolente e exige falar com o presidente. 3 [descreve p. ex. cor, linha] nítido **boldly** adv audaciosamente, atrevidamente, corajosamente **boldness** ssfn audácia, arrojo; atrevimento, impertinência

confident adj (freq. + **about, of, that**) [descreve p. ex. pessoa, modos] seguro, confiante, certo *I'm confident that the play will be a success.* Estou certo de que a peça será um sucesso. *We're quietly confident about the outcome.* Estamos calmamente confiantes no resultado das eleições. **confidently** adv seguramente, confiantemente

confidence ssfn 1 certeza, segurança, confiança *I can say with complete confidence that the work will be finished on time.* Posso afirmar com plena certeza que o trabalho será terminado a tempo. **self-confidence** auto-confiança 2 (freq. + **in**) [confiança] confiança *I have every confidence in the ability of my staff.* Tenho total confiança na capacidade de meus funcionários.

259 Calmness Calma

calm adj 1 [descreve p. ex. pessoa, voz] calma *Keep calm!* Mantenha a calma! *The situation is calm again after yesterday's disturbances.* A situação está novamente calma após os distúrbios de ontem. 2 [descreve p. ex. mar, dia, tempo] calmo **calmly** adv calmamente **calm** sc/sfn calma *the calm of a summer's evening* a calma de uma noite de verão *the **calm before the storm*** a calmaria antes da tempestade

tranquil [descreve p. ex. cena, paisagem, *não* pessoas] tranqüilo

tranquillity (*brit*), **tranquility** (*amer*) ssfn tranqüilidade

peaceful adj 1 quieto, sossegado, tranqüilo *It's so peaceful here by the river.* É tão tranqüilo aqui às margens do rio. 2 [sem violência. Descreve p. ex. passeata, protesto] pacífico *efforts to find a peaceful solution to the crisis* esforços para encontrar uma solução pacífica para a crise. *peaceful co-existence* co-existência pacífica

peace s 1 ssfn [ausência de preocupação] paz, harmonia *peace of mind* paz de espírito 2 ssfn [calmaria] quietude, tranqüilidade *I just want some peace and quiet.* Eu só quero paz e sossego. 3 sc/sfn paz *The two nations wish to live together in peace.* As duas nações desejam conviver em paz. (usado como adj) *peace movement* movimento pacifista *peace talks* negociações de paz *peace treaty* tratado de paz

cool adj [descreve: pessoa, comportamento] sossegado, calmo, tranqüilo, ponderado *cool, calm and collected* sossegado, calmo e reservado *Keep cool, don't let them get you angry.* Fique frio, não deixe que eles o enervem. **coolly** adv calmamente, tranqüilamente **coolness** ssfn tranqüilidade, sossego

laid-back adj (freq. + **about**) [informal. Descreve: pessoa, comportamento] despreocupado, sossegado, calmo, sereno, 'desencanado' *He has a very laid-back approach to discipline.* Ele possui uma abordagem muito tranqüila quanto à disciplina.

easy-going adj [descreve uma pessoa] desembaraçado, despreocupado, calmo, à vontade, fácil de lidar

> *expressão*
> **without turning a hair** sem pestanejar, sem se abalar *Without turning a hair, he picked up the snake and took it out into the garden.* Ele pegou a cobra e levou-a para fora do jardim sem se abalar.

259.1 Acalmar uma pessoa

calm vt acalmar *I took a deep breath to calm my nerves.* Respirei profundamente para acalmar meus nervos.

calm (sb/sth) **down** vti prep acalmar alguém *Calm down, you're getting hysterical.* Acalme-se, você está ficando histérico.

comfort vt [obj: pessoa que está triste ou doente] confortar, consolar *The child cried and cried and would not be comforted.* A criança chorou e chorou e não houve jeito de consolá-la. **comfort** sc/sfn (não tem *pl*) consolo *We can take some comfort from the fact that he did not suffer long.* Podemos nos consolar com o fato de que ele não sofreu muito. *You've been a great comfort to me.* A sua companhia tem sido um grande consolo para mim.

soothe vt 1 [obj: pessoa com raiva ou aflita] acalmar, sossegar 2 [obj: dor ou parte do corpo machucada] aliviar, suavizar

soothing adj 1 [descreve p. ex. voz, palavras] suave, brando 2 [descreve p. ex. pomada, medicamento] calmante, sedativo, analgésico

GRUPOS DE PALAVRAS

expressões

Keep your hair on! (*brit*) Não perca a calma, não esquente a cabeça!
Don't get your knickers in a twist! (*brit*) [pode-se dizer tanto para homem quanto para mulher] preocupar-se, ficar confuso Essas duas expressões são informais e um tanto grosseiras.
Take it easy! [informal. Diz-se para acalmar ou tranqüilizar uma pessoa] Relaxar, não levar as coisas a sério.

260 Bank Banco

ver também **money, 265**

bank *sfn* banco *to put/have money in the bank* depositar/ter dinheiro no banco
bank *v* **1** *vt* [obj: cheque, dinheiro] transacionar **2** *vi* (freq. + **with**) ter uma conta em *She banks with Lloyds.* Ela tem conta no Lloyds. **banking** *ssfn* movimentação bancária
banker *sfn* [proprietário ou dirigente de um banco] banqueiro
building society (*brit*), **savings and loan association** (*amer*) *sfn* [semelhante a um banco, porém especializado em empréstimos para a compra de moradia] cooperativa habitacional, banco hipotecário

260.1 Utilizando uma conta bancária

account *sfn* (freq. + **with**) conta *I have an account with Lloyds/at this branch.* Tenho uma conta no Lloyds/nesta agência.
deposit *vti* (freq. + **in**) [obj: (importância em) dinheiro] depositar *I deposited £100 (in my account).* Depositei 100 libras esterlinas em minha conta. **deposit** *sfn* depósito
withdraw *vt*, pretérito **withdrew** part passado **withdrawn** (freq. + **from**) [obj: (importância em) dinheiro] sacar, retirar *I withdrew £100 from my account.* Saquei 100 libras esterlinas de minha conta. **withdrawal** *sfn* saque, retirada
credit *sc/sfn* [importância depositada em uma conta, tal como aparece no extrato bancário] creditar *Your account is in credit.* A sua conta está com um saldo positivo.
credit *vt* [obj: importância em dinheiro] creditar *We have credited £50 to your account.* Creditamos 50 libras em sua conta. *We have credited your account with the sum of £50.* Creditamos a importância de 50 libras esterlinas na sua conta.
debit *sfn* [importância retirada de uma conta, tal como aparece no extrato bancário] débito *on the debit side of your account* a débito de sua conta
debit *vt* [obj: importância em dinheiro] debitar *We have debited £50 from/against your account.* Debitamos 50 libras esterlinas da sua conta.
save *vti* **1** (freq. + **up**) economizar, poupar *I've saved (up) £1,000.* Economizei 1.000 libras esterlinas. *an account that helps you to save* uma conta que o ajuda a poupar (freq. + **for**) *I'm saving (up) for a new stereo.* Estou economizando para comprar um novo aparelho de som estereofônico. **2** [não ter de gastar] economizar *I saved £10 by buying two pairs of jeans at once.* Economizei 10 libras comprando duas calças jeans de uma vez.
savings *s pl* poupança
interest *ssfn* (freq. + **on**) juros *to earn interest on one's savings* receber juros sobre a poupança *to pay interest on a debt* pagar juros sobre uma dívida (usado como *adj*) *an interest rate of 10%* uma taxa de juros de 10%
cash *vt* [obj: cheque. Suj: banco, caixa, cliente] descontar *Can you cash cheques at a post office?* É possível descontar um cheque no correio? *Does the post office cash cheques?* O correio desconta cheques?
*ver também **money, 265**
cashier (*brit*), **teller** (esp. *amer*) *sfn* [pessoa que atende os clientes em um banco] caixa
cashpoint *sfn* caixa automático

expressões

to be in the black (*brit*) [ter mais do que zero na conta] ter um saldo credor *My account is £200 in the black.* Tenho um saldo positivo de 200 libras esterlinas.
to be in the red (*brit & amer*) [ter menos do que zero na conta corrente] ter um saldo devedor, estar no vermelho
to be overdrawn [estar com a conta devedora] estar no vermelho, descoberto *I'm £200 overdrawn.* Minha conta está descoberta em 200 libras esterlinas.

260.2 Cartões e documentos

cheque (*brit*), **check** (*amer*) *sfn* cheque *to write (out)/make out a cheque* emitir um cheque *to pay by cheque* pagar em cheque (freq. + **for**) *a cheque for £100* um cheque de 100 libras esterlinas *Make out a cheque for $400 to Acme Industries.* Emitir um cheque de 400 dólares pagável à Acme Industries.
chequebook (*brit*), **checkbook** (*amer*) *sfn* talão de cheque
cheque card *sfn* (*brit*) [para garantir um cheque] cartão que garante um cheque
credit card *sfn* cartão de crédito *to pay by credit card* pagar com cartão de crédito
bank statement *sfn* [mostrando todas as transações de uma pessoa durante um determinado período] extrato bancário

261 Borrowing and lending Emprestar e tomar emprestado

borrow *vti* (freq. + **from**) [obj: dinheiro, objetos, caneta, carro] tomar emprestado, pedir emprestado *Can I borrow your umbrella?* Posso pegar seu guarda-chuva emprestado? *to borrow (money) from a bank* pedir empréstimo ao banco
borrowing *ssfn* [esp. de um banco] empréstimo
bonower *sfn* [esp. de um banco] devedor, mutuário

199

lend, TAMBÉM **loan** (esp. *amer*) *vti, pretérito & part passado* **lent** [obj: dinheiro, objetos, p. ex. caneta, carro] emprestar *She lent him her umbrella.* Ela emprestou seu guarda-chuva para ele. (freq. + **to**) *Who did she lend her umbrella to?* Para quem ela emprestou seu guarda-chuva? *The banks are unwilling to lend (money).* Os bancos não estão querendo fazer empréstimos.

lending *ssfn* [esp. por bancos] empréstimos, financiamentos

---
u s o

Lembre-se de que quando você **lend** (empresta) algo a alguém você é a pessoa que dá, quando você **borrow** (toma emprestado) você é a pessoa que recebe.

---

lender *sfn* [esp. banco, etc.] credor, mutuante

loan *vt* (freq. + **to**) [em contextos formais] emprestar *The equipment has been loaned to us.* Emprestaram-nos o equipamento.

loan *ssfn* (freq. + **of**) empréstimo *We thanked them for the loan of the equipment.* Agradecemos-lhes por terem nos emprestado o equipamento. *The library book you want is already on loan.* O livro que você quer retirar da biblioteca já foi emprestado. *paintings on loan from/to another gallery* quadros emprestados de/para uma outra galeria

261.1 Dívida

debt *sc/sfn* dívida, débito *to pay one's debts* pagar suas dívidas *a total debt of £2,000* uma dívida total de 2.000 libras esterlinas *to be in debt* estar devendo *to get into/out of debt* contrair/saldar uma dívida **debtor** *sfn* devedor

creditor *sfn* credor

owe *vt* (freq. + **for**) [obj: (importância em) dinheiro] dever [obj: pessoa] dever *How much do I owe you for the groceries?* Quanto lhe devo pelas compras de supermercado? (+ **to**) *She owes £2,000 to her brother.* Ela deve 2.000 libras esterlinas para o seu irmão.

owing *adj* (depois do *s*; freq. + **to**) [descreve uma soma em dinheiro] devido *There is still £20 owing (to me).* Ainda estão me devendo 20 libras esterlinas.

IOU *sfn* [nota declarando quanto uma pessoa deve a outra, aceita algumas vezes como um pagamento temporário] abreviação de **I owe you** vale

due *adj* (ger. depois do *v*) 1 [pagável em determinada ocasião. Descreve: fatura, pagamento] devido *The next payment is due on May 5th.* O próximo pagamento vence em 5 de maio. *The bill falls due on May 5th.* A fatura vence em 5 de maio. 2 [devido a alguém. Descreve: (importância em) dinheiro, quantidade] devido (freq. + **to**) *You will receive all the money that is due to you.* Você vai receber todo o direito que lhe é devido.

261.2 Empréstimo de um banco ou banco hipotecário

loan *sfn* [quantia fixa acordada com um banco, a ser amortizada em prestações regulares] empréstimo

mortgage *sfn* [empréstimo usado para comprar uma casa] hipoteca *a £40,000 mortgage* uma hipoteca de 40.000 libras esterlinas (usado como *adj*) *mortgage (re)payments* pagamentos, amortização da hipoteca

mortgage *vt* [usado como garantia de um empréstimo. Obj: esp. casa] hipotecar *They mortgaged their home to pay for their children's education.* Eles hipotecaram a sua casa para pagar os estudos de seus filhos.

overdraft *sfn* [situação de ter menos do que zero na conta. Pode ser com a concordância do banco ou não] saldo a descoberto, saldo a devedor *She has a £200 overdraft.* Ela está com um saldo a descoberto de 200 libras esterlinas. (usado como *adj*) *overdraft limit* limite de saque a descoberto, cheque especial

overdrawn *adj* [descreve: conta, cliente] a descoberto *You are/Your account is overdrawn.* Você está com um saldo devedor. (freq. + **by**) *overdrawn by £200* a sua conta está devedora em 200 libras esterlinas

repay *vt, pretérito & part passado* **repaid** [obj: dívida] pagar, liquidar [obj: importância em dinheiro] devolver, reembolsar, restituir [obj: pessoa] devolver *I'm repaying the debt in monthly instalments.* Estou pagando a dívida em prestações mensais. *I repaid him the £20 I borrowed.* Devolvi-lhe as 20 libras esterlinas que ele havia me emprestado.

repayment *s* 1 *sfn* pagamentos, reembolso *24 monthly repayments of £20* 24 pagamentos mensais de 20 libras esterlinas *I couldn't meet the repayments.* Não pude fazer frente aos pagamentos. 2 *ssfn* pagamento, reembolso *She demanded the immediate repayment of the debt.* Ela exigiu o pagamento imediato da dívida.

pay off sth OU **pay** sth **off** *vt prep* [terminar de pagar] saldar, liquidar *I've paid off my overdraft.* Liquidei meu cheque especial. ou Cobri o meu saldo devedor.

take out sth *vt prep* [obj: esp. empréstimo, hipoteca, seguro] pedir um empréstimo *I took out a bank loan to buy a new car.* Fiz um empréstimo bancário para comprar um carro novo.

261.3 Comprar a crédito

credit *ssfn* 1 [permitir que os clientes atrasem o pagamento dos produtos comprados] crédito *interest-free credit* crédito sem juros *This shop does not give credit.* Esta loja não concede crédito. *I bought this furniture on credit.* Comprei estes móveis a crédito. 2 [confiabilidade da pessoa em relação ao pagamento efetuado desta forma] crédito *His credit is good.* Ele tem bom crédito.

hire purchase, abrev. **HP** (*brit*), **installment plan** (*amer*) *ssfn* [uma forma de crédito bastante antiquada na qual os produtos não pertencem legalmente ao cliente até que ele/ela tenha terminado de pagá-los] compra a prazo, no crediário *I'm buying this furniture on hire purchase.* Estou comprando estes móveis a prazo.

instalment (*brit*), **installment** (*amer*) *sfn* prazo, em prestações *to pay in/by monthly instalments* pagar algo em prestações mensais

deposit *sfn* [prestação inicial para garantir a reserva do produto que se deseja comprar] depósito, fiança, garantia (freq. + **on**) *We've put down a deposit on a new fridge.* Deixamos um depósito para a compra de uma nova geladeira.

---
e x p r e s s ã o

to buy sth on the never-never (*brit*) [humorístico, informal. No crediário] comprar algo a prazo

GRUPOS DE PALAVRAS

262 Doing business Fazer negócios

ver também **employment, 271; shops, 273; work, 274; make, 293**

business *s* **1** *ssfn* [assuntos gerais de trabalho] negócios *They were discussing business.* Eles estavam falando de negócios. *I had some business in Cambridge.* Eu tinha assuntos para tratar em Cambridge. *She's gone to Cambridge* **on business.** Ela foi a Cambridge por motivos de negócios. *to do business with sb* fazer negócios com alguém *business deal* acordo comercial **2** *ssfn* [mundo das finanças, comércio] negócios *a career in business* uma carreira empresarial *a government dominated by* **big business** um governo dominado pelos interesses das grandes empresas (usado como *adj*) *the business pages of the newspaper* a seção de negócios do jornal **3** *ssfn* [administração de uma empresa] negócio *She's* **gone into business** *as a hairdresser.* Ela montou um salão de cabeleireiro. *These rent increases could put many shops* **out of business.** Estes aumentos de aluguel poderiam acarretar o fechamento de muitas lojas. **4** *sfn* [firma] empresa *small businesses* pequena empresa *He's started his own business.* Ele montou o seu próprio negócio. **5** *sc/sfn* [tipo de atividade comercial] setor, ramo *What (line of) business are you in?* Qual é o seu ramo de atividades? *the grocery/publishing/property business* o setor supermercadista/editorial e imobiliário

businessman (*masc*), **businesswoman** (*fem*) *sfn* homem/mulher de negócios

businesspeople *s pl* homens e mulheres de negócios *a hotel used by businesspeople* um hotel usado por empresários

262.1 Tipos gerais de atividades empresariais

industry *s* [fabricação de produtos] **1** *ssfn* indústria *These policies will help industry.* Esta política beneficiará a indústria *heavy/manufacturing industry* indústria pesada/manufatureira **2** *sfn* indústria *What are Japan's main industries?* Quais são as principais indústrias do Japão? *the coal/car/travel industry* indústria do carvão/automobilística/do turismo

industrial *adj* industrial *the government's industrial policy* a política industrial do governo *an industrial region of the country* uma região industrial do país

commerce *ssfn* [venda de produtos e serviços] comércio

commercial *adj* comercial *The two countries do not have commercial relations.* Os dois países não têm relações comerciais. *commercial premises/vehicle* instalações/veículos comerciais

enterprise *s* **1** *ssfn* [que cria e desenvolve novos negócios] iniciativa, empresa *a new spirit of enterprise* um novo espírito de empresa ***private enterprise*** empresa privada **2** *sfn* [firma industrial ou comercial, esp. uma pequena ou nova] empresa

entrepreneur *sfn* empresário

262.2 Realizar negócios

ver também **do, 287**

deal *sfn* [palavra genérica para qualquer acordo ou combinação] trato, acordo, acerto *a new pay deal* um novo acordo salarial *to make/do a deal with sb* fazer um trato com alguém

deal with sb/sth *vt prep* [obj: firma, cliente] negociar com alguém/algo *Our company deals with many overseas customers.* A nossa empresa mantém contatos com muitos clientes estrangeiros.

deal in sth *vt prep* [comprar e vender] negociar *We deal in antique furniture.* Negociamos com móveis antigos.

dealer *sfn* comerciante, negociante *a used-car/software dealer* negociante de carros usados/software

contract *sfn* contrato *to enter into/sign/break a contract* firmar/rescindir um contrato *The company is* **under contract to** *the government.* A empresa tem um contrato com o governo. (freq. + **to** + INFINITIVO, + **for**) *Our company has won the contract to build the Channel Tunnel.* A nossa companhia obteve o contrato para construir o túnel do Canal da Mancha.

contract *vi* (+ **to** + INFINITIVO) contratar, comprometer-se mediante contrato *The company has contracted to deliver the goods by May 5th.* A empresa comprometeu-se (sob contrato) a entregar os produtos até o dia 5 de maio.

> *e x p r e s s ã o*
>
> **to drive a hard bargain** [insistir para conseguir termos muito favoráveis para si em um acordo comercial às expensas das outras partes envolvidas] impor condições duras

262.3 Comércio

trade *s* **1** *ssfn* [compra e venda entre países] comércio (freq. + **with**) *Britain's trade with the rest of the world* o comércio britânico com o resto do mundo (usado como *adj*) *trade agreements* acordos comerciais **2** *sfn* [ramo da indústria ou comércio] (sempre + **the**) indústria *the fur/arms trade* indústria armamentista/de peles (freq. + **in**) *the trade in live animals* o comércio de animais vivos *the building/tourist trade* a indústria de construção/de turismo *She knows more about plumbing than some people* **in the trade.** Ela sabe mais sobre encanamento do que muitos profissionais do setor.

trade *v* **1** *vti* (freq. + **with**) [suj: país] manter acordos comerciais com *India does not trade with South Africa.* A Índia não mantém relações comerciais com a África do Sul. **2** (freq. + **for**) [trocar] *Third-world countries trade raw materials for manufactured goods.* Muitos países do Terceiro Mundo trocam matérias-primas por produtos manufaturados. **3** *vi* (sempre + **in**) comerciar, negociar *They trade in live animals.* Eles negociam com animais vivos.

trading *adj* (antes do *s*) comercial *The UK is a major trading nation.* O Reino Unido tem um papel importante no comércio internacional. *Britain's trading partners* os parceiros comerciais da Grã-Bretanha

trader *sfn* **1** [entre países] comerciante *fur/arms trader* comerciante de peles/armas **2** [lojista, dono de uma banca/barraca] comerciante, vendedor *market traders* vendedores do mercado

tradesman *sfn* [formal. Indivíduo que se dedica a prestar algum tipo de trabalho prático ou manual] negociante, lojista, varejista, artífice *tradesmen's entrance* entrada de serviço

export *vti* (freq. + **to**) exportar *Britain exports (oil) to many different countries.* A Grã-Bretanha exporta (petróleo) para muitos países diferentes **exporter** *sfn* exportador

export *s* **1** *sfn* exportação *Britain's main exports* os principais produtos exportados pela Grã-Bretanha **2** *ssfn* exportação *the export of manufactured goods* a exportação de produtos manufaturados

import *vti* (freq. + **from**) importar *Britain imports coal from Poland.* A Grã-Bretanha importa carvão da Polônia. *imported cars* carros importados **importer** *sfn* importador

import *s* **1** *sfn* artigo importado *cheap imports from the Far East* artigos baratos importados do Extremo Oriente **2** *ssfn* importação

merchant *sfn* **1** [em outras épocas] comerciante **2** [aplica-se a alguns tipos de fornecedores comerciais] comerciante, negociante *wine merchant* comerciante de vinhos *coal merchant* comerciante de carvão *builder's merchant* agente comercial do ramo da construção

262.4 Alugar

> **U S O**
>
> Em todos os contextos abaixo, **rent** é mais comum no inglês americano do que **hire** ou **let**.

hire *vt* (esp. *brit*) [pagar pelo uso de algo, esp. por um período curto. Obj: p. ex. carro, ferramentas] alugar *I hired a car from a firm in town.* Aluguei um carro de uma agência da cidade. *a hired suit* um traje alugado

hire *ssfn* (esp. *brit*) alugar *I owe them £20 for the hire of the boat.* Devo-lhes 20 libras esterlinas pelo aluguel do barco. *a car/tool hire firm* uma empresa de aluguel de carros/ferramentas *for hire* para alugar

hire out sth ou **hire** sth **out** *vt prep* (esp. *brit*) alugar *He hires out boats at £5 an hour.* Ele aluga barcos a 5 libras esterlinas a hora. (freq. + **to**) *The bicycles are hired out to tourists.* As bicicletas são alugadas para os turistas.

rent *vti* (freq. + **from**) **1** [obj: sala, apartamento, casa] alugar *rented accommodation* alugar um cômodo **2** [por um período mais longo do que **hire**. Obj: p. ex. TV, carro] alugar

rent *s* **1** *sc/sfn* [aluguel pago] aluguel (freq. + **for**, **on**) *How much rent do you pay on your flat?* Quanto você paga de aluguel por seu apartamento? **2** *ssfn* [ato de alugar] alugar *houses for rent* casas de aluguel

rent out sth ou **rent** sth **out** *vt prep* [obj: ger. acomodação] alugar (freq. + **to**) *She rents out rooms to students.* Ela aluga quartos para estudantes.

rental *s* **1** *sc/sfn* [aluguel, esp. por um longo período de tempo] aluguel **2** *sfn* [importância paga] aluguel *Have you paid the TV rental?* Você pagou o aluguel do televisor?

let *vt*, **-tt-** *pretérito & part passado* **let** (esp. *brit*) (freq. + **out**) [geralmente usado em contextos mais formais do que **rent out**] alugar *The flat has already been let.* O apartamento já foi alugado (freq. + **to**) *She lets (out) rooms to students.* Ela aluga acomodações para estudantes. *a house to let* uma casa para alugar

lease *sfn* [contrato, esp. a longo prazo, para alugar] arrendamento, locação *They will have to leave the house when the lease expires.* Eles terão que sair da casa quando expirar o contrato de locação. (freq. + **on**) *The farmer has a 99-year lease on the land.* O agricultor tem um contrato de arrendamento da terra de 99 anos.

lease *vt* [em contextos legais ou comerciais. Obj: p. ex. terra, prédio, equipamento caro] **1** (freq. + **to**) [suj: proprietário] arrendar *The company has leased five helicopters to the army.* A empresa arrendou cinco helicópteros para o exército. **2** (freq. + **from**) [suj: arrendatário, cliente] arrendar, tomar em arrendamento *The company leases the land from the local authority.* A empresa arrenda o solo do governo local.

262.5 Bens

goods *s pl* **1** [palavra genérica para itens produzidos ou vendidos] bens, produtos *consumer goods* bens de consumo **2** (*brit*) [tais itens quando são transportados, esp. por trem] mercadorias *a goods train* um trem de mercadorias, de carga

product *sfn* [item vendido ou produzido] produto *The company is advertising a new product.* A empresa está anunciando um novo produto. *plastic products* produtos plásticos

output *ssfn* [quantidade produzida] produção *The factory has increased its output.* A fábrica aumentou a sua produção.

resources *s pl* [coisas úteis, substâncias utilizadas pela indústria] recursos *The country has few natural resources.* O país é pobre em recursos naturais.

262.6 Armazenamento e transporte de mercadorias

stock *sc/sfn* [bens disponíveis para uso ou venda] estoque *Stocks of fuel are low at the moment.* O estoque de combustível está baixo. *The shop is selling off old stock.* A loja está liquidando o estoque antigo. *We don't have that book in stock at the moment.* Não temos este livro em estoque no momento.

stock *vt* **1** [ter disponível para a venda] vender *We don't stock pet food.* Não vendemos comida para animais. **2** (freq. + **with**) [proporcionar um suprimento] suprir, sortir, abastecer *a well-stocked bookshop* uma livraria bem sortida

stock up *vi prep* (freq. + **with**, **on**) [prover-se de um bom suprimento] prover, sortir, estocar, abastecer *We need to stock up on food for Christmas.* Temos que nos abastecer para o Natal.

store *vt* armazenar *The grain is stored in large warehouses.* Os cereais estão armazenados em grandes depósitos.

store *sfn* **1** [quantidade] provisão *A large store of food is kept at the warehouse.* No armazém se guarda uma grande quantidade de alimentos. **2** [local] armazém, depósito *The hangars are being used as temporary fuel stores.* Os hangares estão sendo usados como depósitos temporários de combustível. *ver também **shops, 273**

storage *ssfn* armazenamento *laws governing the storage of dangerous chemicals* leis que regem o armazenamento de produtos químicos perigosos *meat in cold storage* carne em câmara frigorífica *a kitchen with a lot of storage space* uma cozinha com muito espaço para guardar coisas

warehouse *sfn* armazém, depósito

cargo *sfn, pl* **cargos** OU **cargoes** [produtos que se transportam por navio ou avião] carregamento *a cargo of iron ore* um carregamento de minério de ferro

262.7 Nomes dos produtos de uma determinada empresa

brand *sfn* (freq. + **of**) [refere-se esp. a alimentos e outros produtos de pequeno tamanho que são consumidos] marca *What brand of cigarettes do you smoke?* Que marca de cigarros você fuma?

brand name *sfn* marca

make *sfn* (freq. + **of**) [refere-se esp. a itens grandes ou de grande valor que se conservam durante um grande período de tempo, p. ex. carros] marca *What make of washing machine do you have?* Qual é a marca da sua lavadora?

trademark *sfn* [palavra, frase] marca [marcada no produto] marca de fábrica *The word 'Hoover' is a registered trademark.* A palavra 'Hoover' é uma marca registrada.

262.8 Publicidade

advertise *vti* [obj: produto, cargo] anunciar *This car has been advertised on TV.* Este carro foi anunciado na TV. *Many firms advertise in the local paper.* Muitas empresas anunciam no jornal local. (freq. + **for**) *The company is advertising for a new secretary.* A empresa colocou um anúncio procurando uma nova secretária.

advertising *ssfn* 1 [anúncios] publicidade *There's too much advertising on TV.* Há um excesso de publicidade na televisão. 2 [profissão] publicidade *a career in advertising* uma carreira no mundo da publicidade

advertisement, abrev. **advert** (*brit*), **ad** (*brit & amer*) *sfn* [exemplo concreto de publicidade] anúncio (freq. + **for**) *an advertisement for washing powder* um anúncio de sabão em pó *a job advert* um anúncio de oferta de emprego

U S O

Na linguagem quotidiana, a palavra **advertisement** é usada principalmente no sentido de grandes placas no topo dos prédios ou nas laterais das estradas.
É relativamente formal quando usada para referir-se a anúncios nos jornais e revistas e muito formal quando usada para anúncios de TV. A palavra habitual nestes contextos é **advert** ou, mais informalmente, **ad**.

commercial *sfn* [na TV ou no rádio. Um tanto antiquado, porém muito menos usada do que **advert** OU **ad**] anúncio, comercial

publicity *ssfn* [deliberada ou não] publicidade (freq. + **for**) *These leaflets were the only publicity for the meeting.* Estes folhetos foram a única publicidade da reunião. [pode ser desfavorável] *The affair was bad publicity for the company.* O assunto deu uma publicidade negativa para a empresa.

market *vt* [tornar disponível para venda de uma maneira organizada, com campanha publicitária, etc.] pôr à venda, comercializar *These drinks have been cleverly marketed so as to appeal to young people.* Estas bebidas foram habilidosamente comercializadas de forma a seduzir os jovens.

marketing *ssfn* 1 [do produto] marketing, comercialização *Thanks to clever marketing, sales of frozen food are increasing.* Graças a um marketing inteligente as vendas de comida congelada estão aumentando. 2 [tipo de trabalho, departamento] marketing *a career in marketing* uma carreira no mundo do marketing

262.9 Gestão financeira

profit *sc/sfn* (freq. *pl*) lucro *Does the firm make a profit?* A empresa dá lucro? *All the management are interested in is profit(s).* A única coisa que interessa à direção são os lucros. (+ **of**) *a profit of £5 million* um lucro de 5 milhões de libras esterlinas *I sold my house at a profit.* Vendi minha casa com lucro. **profitable** *adj* rentável, lucrativo **unprofitable** *adj* não rentável

loss *sfn* perda, prejuízo *The firm made huge losses/a huge loss last year.* A empresa sofreu grandes prejuízos no ano passado. *I sold my house at a loss.* Vendi minha casa com prejuízo.

turnover *sfn* [valor total de dinheiro auferido por uma empresa antes de levar em conta seus gastos e outras deduções] faturamento, volume de vendas *The company has an annual turnover of £20 million.* A empresa tem um faturamento anual de 20 milhões de libras esterlinas.

takings *s pl* [quantia em dinheiro recebida esp. por loja, teatro ou cinema] receita, entradas de dinheiro *Takings always go up before Christmas.* A receita sempre aumenta antes do Natal.

gross *adj* (antes do *s*) [antes do imposto ou de quaisquer outras deduções. Descreve: esp. lucro, receita] bruto *a gross salary of £15,000 a year* um salário bruto de 15.000 libras esterlinas por ano *She earns £15,000 a year gross.* Ela recebe um salário bruto de 15.000 libras esterlinas por ano.

gross *vt* [suj: esp. pessoa, empresa, filme] ter uma receita bruta, render *The film grossed more than £12 million.* O filme arrecadou mais de 12 milhões de libras esterlinas.

net *adj* (antes do *s*) [depois do imposto e de outras deduções. Descreve: esp. lucro, prejuízo, receita] líquido

budget *sfn* [dinheiro disponível para ser gasto] orçamento *an annual budget of £2 million* um orçamento anual de 2 milhões de libras *I'm on a tight budget at the moment.* No momento estou com um orçamento muito apertado.
*ver também **finance, 264**

budget *vti* (freq. + **for**) [determinar a quantia em dinheiro a ser gasta] orçar, alocar *The company has budgeted £2 million for repairs.* A empresa alocou 2 milhões de libras esterlinas para reparos. *We've budgeted for an inflation rate of 6%.* Fizemos um orçamento prevendo uma taxa de inflação de 6%.

discount *sfn* [redução de preços em determinadas circunstâncias] desconto (freq. + **on**) *The firm offers a 5% discount on bulk purchases.* A empresa oferece 5% de desconto sobre grandes volumes de compras *to sell sth at a discount* vender algo com desconto

GRUPOS DE PALAVRAS

262.10 Reuniões

ver também **organization, 206**

meeting sfn 1 [de um clube, comitê, etc.] reunião *There were 20 people at the meeting.* Havia 20 pessoas na reunião. *council/board meeting* reunião do conselho/diretoria 2 (freq. + **with**, **between**) [entre determinadas pessoas] entrevista, reunião *I've had a meeting with the manager.* Tive uma reunião com o gerente.

conference sfn 1 [reunião em que participam muitas pessoas convidadas] conferência, congresso, convenção *academic/trade-union conference* congresso acadêmico/sindical (usado como *adj*) *conference hall/centre* centro de conferências/palácio de convenções 2 [esp. em contextos formais. Reunião de negócios] reunião *conference room* sala de reuniões

chairperson OU **chair** sfn presidente/a *The chairperson declared the meeting open.* O presidente declarou aberta a sessão.

chair vti presidir *The meeting was chaired by Mr Roberts.* A reunião foi presidida pelo Sr. Roberts. *Who's going to chair?* Quem vai presidir a reunião?

agenda sfn [lista de assuntos na ordem em que vão ser discutidos] ordem do dia, pauta *the first item on the agenda* o primeiro item da pauta

263 Buying and selling Comprar e vender

ver também **shopping, LC 12**

buy vti, pretérito & part passado **bought** comprar *He bought her a present.* Ele comprou um presente para ela. (+ **for** + pessoa) *I've bought some flowers for my wife.* Comprei umas flores para minha esposa. (+ **for** + preço) *I bought the painting for £5,000.* Comprei o quadro por 5.000 libras esterlinas. (freq. + **from**) *I bought this lawnmower from a neighbour.* Comprei esta máquina de cortar grama de um vizinho.

buy sfn [um tanto informal. Algo comprado] compra *These shoes were a really good buy!* Estes sapatos foram realmente uma grande compra.

buyer sfn comprador *We've found a buyer for our house.* Achamos um comprador para nossa casa.

purchase vti [mais formal do que **buy**] comprar *Please state where the goods were purchased.* Indique onde adquiriu os produtos. **purchaser** sfn comprador

purchase s 1 ssfn compra *a grant for the purchase of essential equipment* uma subvenção para a compra do equipamento especial 2 sfn compra *A receipt must be produced for all purchases.* Todas as compras devem vir acompanhadas de um recibo. *to make a purchase* realizar uma compra

sell vti, pretérito & part passado **sold** 1 [suj: pessoa, loja, empresa] vender *This shop sells fishing equipment.* Esta loja vende equipamentos de pesca. (freq. + **to**) *I've sold my lawnmower to a neighbour.* Vendi minha máquina de cortar grama para um vizinho. (freq. + **for**) *The painting was sold for £5,000.* O quadro foi vendido por 5.000 libras esterlinas. 2 [suj: produto] vender *This book has sold over a million copies.* Este livro vendeu milhões de exemplares. (freq. + **at, for**) *This wine sells at/for £5 a bottle.* Este vinho é vendido por 5 libras esterlinas a garrafa.

seller sfn vendedor *newspaper/ice-cream seller* vendedor de jornais/sorvete

sale s 1 ssfn (sempre + **of**) [venda geral de determinados itens] venda *the sale of cigarettes* a venda de cigarros *The tickets are now on sale.* As entradas estão sendo vendidas agora. 2 sc/sfn [caso particular de vendas] venda (freq. + **of**) *She made a lot of money from the sale of the land.* Ela ganhou muito dinheiro com a venda da terra. *This painting is not for sale.* Este quadro não está a venda. *to put a house up for sale* colocar uma casa à venda. 3 sfn [período durante o qual uma loja vende produtos a preços reduzidos] liquidação *I bought this dress in a sale.* Comprei este vestido em uma liquidação. *the January sales* a liquidação de janeiro 4 sfn [ocasião pública de venda, esp. temporária, freq. fora da rede comercial normal] venda especial, queima *record/used-car sale* venda especial de discos e carros usados *a sale of Oriental carpets* uma venda de tapetes orientais

sales s pl 1 [volume de produtos vendidos] vendas *The company is experiencing a drop in sales.* A empresa está enfrentando uma queda nas vendas. (freq. + **of**) *Sales of ice cream increase during the summer.* As vendas de sorvete aumentam durante o verão. (usado como *adj*) *sales figures* cifras/estatísticas de vendas 2 [departamento, tipo de trabalho] vendas *She works in sales.* Ela trabalha no departamento de vendas.

salesperson OU **salesman** (*masc*), **saleswoman** (*fem*) sfn 1 [que viaja] representante, vendedor *insurance saleswoman* vendedora de seguros *door-to-door salesman* vendedor de porta em porta 2 [vendedor, esp. alguém com conhecimentos especializados, que freq. vende itens grandes ou valiosos] vendedor *a car salesman* um vendedor de carros

sales force sfn (conjunto, equipe) de vendedores, representantes *The company has a sales force of 5,000.* A empresa tem 5.000 vendedores.

customer sfn cliente *I was the only customer in the shop.* Eu era o único cliente na loja. *That company is one of our main customers.* Aquela empresa é uma de nossas principais clientes.

auction sfn leilão *She's put her paintings up for auction.* Ela vai leiloar os seus quadros. *The furniture was sold at auction.* Os móveis foram vendidos em um leilão.

auction vt [obj: p. ex. antiguidades, gado, casa] leiloar **auctioneer** sfn leiloeiro

263.1 Pagar

pay vti, pretérito & part passado **paid** (freq. + **for**) [obj: importância em dinheiro] pagar [obj: p. ex. conta, imposto] pagar [obj: pessoa] pagar *I paid £100 for this dress.* Paguei 100 libras esterlinas por este vestido. *These bills still haven't been paid.* Estas faturas ainda não foram pagas. (+ **to** + INFINITIVO) *He paid me (£20) to look after his children.* Ele me pagou 20 libras para tomar conta dos seus filhos. *to pay cash* pagar em dinheiro *to pay by cheque* pagar com cheque *ver também **money, 265**

payment *s* **1** *ssfn* pagamento *I will accept payment in cash.* Aceitarei o pagamento em dinheiro. *money set aside for the payment of household bills* dinheiro destacado para pagar as contas da casa **2** *sfn* pagamentos *ten weekly payments (of £15)* dez pagamentos semanais (de 15 libras esterlinas)

unpaid *adj* [descreve p. ex. conta, imposto] pendente, não pago, sem pagar

pay up *vi prep* [um tanto informal. Sugere pouca intenção de pagar] liquidar, saldar *Come on, pay up.* Vamos lá, liquide as contas.

cough up sth *vti prep* [informal. Significa o mesmo que **pay up**] soltar a grana, pagar (freq. + **for**) *I had to cough up (£20) for her train fare.* Eu tive que desembolsar (20 libras) para pagar o seu bilhete de trem.

cash on delivery, abrev. COD [termo comercial] pagamento contra entrega *to pay for goods cash on delivery* pagar os produtos contra entrega

spend *vt*, pretérito & part passado **spent** (freq. + **on**) gastar, despender *We usually spend about £30 a week on food.* Geralmente gastamos 30 libras esterlinas com comida por semana.

spending *ssfn* gastos *We're going to have to reduce our spending.* Temos que reduzir nossos gastos.

outlay *sfn* [dinheiro gasto para um fim específico, esp. como um investimento] desembolso, gastos *There is a considerable amount of outlay involved in setting up your own business.* Montar um negócio implica um desembolso considerável de dinheiro.

expenditure *ssfn* [usado em contextos comerciais e de negócios] gastos *Expenditure should not exceed income.* Os gastos não deveriam exceder as receitas. *public expenditure* gasto público

splash out sth *vti prep* (esp. *brit*) [informal. Gastar muito dinheiro, comprar algo caro como um presente especial para si ou para terceiros] esbanjar, fazer uma extravagância (freq. + **on**) *I've splashed out (£100) on a new dress.* Fiz uma extravagância e gastei 100 libras em um vestido novo.

bribe *sfn* suborno *a politician accused of taking bribes* um político acusado de aceitar subornos **bribery** *ssfn* suborno

bribe *vt* (freq. + **to** + INFINITIVO) subornar *The policeman had been bribed to keep silent.* O policial foi subornado para que ficasse em silêncio.

expressão

grease sb's palm [informal] subornar, dar uma engraxada, dar uma caixinha, propina *The head waiter will find you a table if you grease his palm.* O maître vai arranjar-lhe uma mesa se você lhe der uma gorjeta.

263.2 Importância devida
ver também **cheap, 266; expensive, 267**

price *sfn* preço *Petrol prices are going up again.* O preço da gasolina vai subir novamente. *Petrol is **going up/coming down in price**.* O preço da gasolina está subindo/abaixando. *price reductions* reduções de preço *The shop is offering **two shirts for the price of one**.* A loja está oferecendo duas camisas pelo preço de uma.

price *vt* preço *The company prices its cars very competitively.* Os carros desta companhia têm um preço muito competitivo. *highly-priced wines* vinhos com preços elevados

price tag *sfn* etiqueta (de preço)

cost *vt* **1** pretérito & part passado **cost** custar *How much did your holiday cost (you)?* Quanto lhe custaram as suas férias? *This cheese costs £5.50 a kilo.* Este queijo custa 5,50 libras esterlinas o quilo. **2** pretérito & part passado **costed** [termo comercial. Calcular o custo total de algo. Obj: p. ex. plano, empreendimento] calcular o custo de

cost *s* **1** *sfn* [valor a ser pago por algo] custo *What was the total cost of your holiday?* Qual foi o custo total de suas férias? ***the cost of living*** custo de vida **2** *sfn* (sempre *pl*) [termo comercial. Despesas incorridas para produzir ou vender algo] custos *Industry is taking steps to reduce its costs.* A indústria está tomando medidas para reduzir o seu custo.

Jacket	£30.00	
Shirt	£16.00	
Trousers	£35.00	prices
Hat	£12.00	
Tie	£ 6.00	
Total cost	**£99.00**	

charge *sfn* (freq. + **for**) [dinheiro que se cobra por um serviço] encargo, despesa, tarifa, comissão *bank/telephone/prescription charges* tarifa bancária/telefônica/despesas com remédios *Health care is provided **free of charge**.* A assistência médica é gratuita.

charge *vti* (freq. + **for**) [obj: cliente, usuário, preço] cobrar *They charged me 20 pence for the glass of water.* Eles me cobraram 20 pence por um copo de água. *The hotel charges £20 a night.* O hotel cobra 20 libras esterlinas por noite.

fee *sfn* (freq. + **for**) [esp. por serviços profissionais] honorário, taxa *lawyer's fees* honorários advocatícios *school fees* taxas/mensalidades escolares

afford *vt* (freq. + **to** + INFINITIVO) [esp. negativo, com **can't**] permitir-se, ter recursos, ter condições, dar conta de *We can't afford (to buy) a new car.* Não podemos comprar um carro novo. *I'd like to go on holiday, but I can't afford it.* Gostaria de tirar férias, mas não tenho condições para isso. *Can you afford the rent?* Você tem condições de pagar o aluguel?

expressão

make ends meet [esp. negativo. Ter, ganhar dinheiro suficiente para fazer frente às necessidades básicas e aos compromissos financeiros] fazer com que a receita cubra as despesas, empatar, chegar até o final do mês *Since I lost my job I've found it difficult to make ends meet.* Desde que perdi o meu emprego está muito difícil fazer o dinheiro dar.

263.3 Documentos comerciais

bill *sfn* [que se cobra de um cliente por produtos e serviços] recibo, nota, fatura *Have you paid the electricity bill?* Você pagou a conta de luz? *Waiter, can I have the bill, please?* Garçom, traga a conta por favor? (freq. + **for**) *a bill for £89* uma nota de 89 libras esterlinas

invoice *sfn* [um termo mais técnico do que **bill**. Freq. usado entre empresas] fatura (freq. + **for**) *an invoice for the goods we ordered/for £700* uma fatura relativa aos produtos encomendados/de 700 libras esterlinas

invoice vt (freq. + **for**) [obj: cliente] faturar *Our suppliers have invoiced us for the cement.* Nossos fornecedores faturaram o cimento para nós.

receipt sfn recibo (freq. + **for**) *Do you have a receipt for those items?* Você tem um recibo para estes artigos?

264 Finance Finanças

finance s 1 ssfn [dinheiro] fundos (freq. + **for**) *The government will provide the finance for the Channel Tunnel.* O governo fornecerá os fundos para o Túnel do Canal. 2 ssfn [gestão de dinheiro, freq. em grande escala] finanças *The Ministry of Finance* O Ministro da Fazenda *personal finance* finanças pessoais 3 sfn (sempre pl) [situação dos assuntos de uma empresa ou de uma empresa em relação a dinheiro] finanças *The company is taking steps to improve its finances.* A empresa está tomando medidas para melhorar a sua situação financeira.

finance vt [obj: p. ex. projeto, organização] financiar *a road-building programme financed by the government* um programa de construção de rodovias financiado pelo governo

financial adj financeiro 1 [em relação a dinheiro] financeiro *the company's financial position* a situação financeira da empresa *I need some financial advice.* Necessito de assessoria financeira. *The film was not a financial success.* O filme não foi nenhum sucesso financeiro. 2 (antes do s) [em relação a banco, ao mercado de ações, etc.] financeiro *the financial pages of the newspaper* as páginas financeiras do jornal

financially adv sob o ponto de vista financeiro

264.1 Política econômica nacional

economy sfn (freq. + **the**) [atividades industrial, comercial e financeira de um país, etc.] economia *the British/world economy* a economia britânica/mundial *The main election issue will be the economy.* O principal tema eleitoral será a economia.

economic adj 1 [relativo à economia Descreve p. ex. política, situação] econômico 2 [rentável] econômico, rentável *It is no longer economic to keep this factory open.* Não é mais rentável manter aberta esta fábrica.

economics ssfn [campo do conhecimento, estudos] economia *ver também USO em **education, 233**

> **USO**
> Cuidado para não confundir **economic** com **economical**. O último não está relacionado à economia de um país, nem às ciências econômicas. *ver **cheap, 266**

budget sfn (freq. + **the**) 1 [plano, esp. anual, das receitas e gastos de um governo] orçamento *Taxes may be raised in the Budget.* Podem aumentar os impostos no orçamento geral *budget deficit/surplus* déficit/superávit orçamentário 2 [dinheiro disponível para gastar] orçamento *the defence/education budget* o orçamento da defesa/educação *I get a travel budget.* Eles me pagam as diárias de viagem. *ver também **doing business, 262**

inflation ssfn inflação *inflation is running at 8%* um índice de inflação de 8%

inflationary adj [descreve p. ex. reivindicação de aumento de salário, aumento de preço] inflacionário

264.2 Imposto e seguro

tax s 1 sc/sfn (freq. pl) [quantia] imposto *I don't have to pay any tax on my savings.* Não tenho que pagar nenhum imposto sobre minha poupança. *The government collects £20 billion a year in tax(es).* O governo arrecada 20 bilhões de libras esterlinas por ano em impostos. (usado como adj) *tax increases/cuts* aumento/redução de impostos 2 sfn [tipo] imposto *The government is introducing a new tax.* O governo vai introduzir um novo imposto. *a tax on car ownership* um imposto sobre a propriedade de veículos

tax vt taxas, tributar, gravar (com impostos) *Wines and spirits are heavily taxed.* Os vinhos e bebidas alcoólicas em geral são fortemente tributados.

taxation ssfn tributação *a high level of taxation* um alto grau de tributação

taxpayer sfn contribuinte *Should taxpayers' money be spent on the arts?* Deve-se gastar o dinheiro dos contribuintes para subvencionar as artes?

income tax ssfn imposto de renda

value-added tax ssfn, abrev. **VAT** (brit) imposto sobre o valor agregado

sales tax ssfn (amer) imposto sobre vendas

insurance ssfn (freq. + **on**) seguro *to take out insurance* fazer seguro *fire/accident/car insurance* seguro contra incêndio/contra acidentes/seguro de carro *The gallery can't afford to pay the insurance on the paintings.* A galeria não pode custear o seguro dos quadros. (usado como adj) *insurance policy/premiums* apólice/prêmio de seguro *insurance company* uma companhia de seguros, seguradora

insure vt (freq. + **against**) [obj: pessoa, bens, edifício] segurar, fazer seguro *The car is insured against damage and theft.* Este carro tem seguro contra danos e roubo. (+ **for**) *The necklace is insured for £5,000.* O colar está segurado em 5.000 libras esterlinas. *The hall isn't insured for public performances.* O salão não está segurado para apresentações públicas. (+ **to** + INFINITIVO) *Are you insured to drive this car?* Você fez seguro para dirigir este tipo de carro?

264.3 Investimento

invest vti (freq. + **in**) investir *She invested £5,000 in that company.* Ela investiu 5.000 libras esterlinas naquela empresa. **investor** sfn investidor

investment s 1 ssfn (freq. + **in**) investimento *government measures to encourage investment (in new industry)* medidas governamentais para fomentar o investimento (em novas indústrias) 2 sfn (freq. pl) investimento *I bought this painting as an investment.* Comprei este quadro como investimento.

stock sc/sfn (freq. pl) [dinheiro emprestado a um governo ou empresa, mediante o pagamento de juros] valores, títulos (freq. + **in**) *She's bought stock(s) in a textiles company.* Ela comprou ações em uma empresa têxtil.

GRUPOS DE PALAVRAS

stock market *sfn* (freq. + **the**) mercado de valores, mercado de ações *She made a fortune on the stock market.* Ela ganhou uma fortuna na bolsa.
stock exchange *sfn* (freq. + **the**) [local] bolsa de títulos, bolsa de valores *He works at/on the stock exchange.* Ele trabalha na Bolsa de Valores.
share *sfn* (freq. *pl*) [uma das partes iguais em que está dividido o capital de uma empresa, a qual pode ser comprada e vendida ao público] ação (freq. + **in**) *He owns shares in an oil company.* Ele tem ações de uma companhia petrolífera. *All he ever talks about is stocks and shares.* Ele só sabe falar de títulos e ações.
shareholder *sfn* acionista

264.4 Contabilidade

accountant *sfn* [que possui uma qualificação profissional] contador
accounts *s pl* (freq. + **the**) contas *to do the accounts* preparar as contas *The tax inspector asked to see the firm's accounts.* O fiscal pediu para ver as contas da empresa. **accountancy** *ssfn* contabilidade
bookkeeper *sfn* [guarda-livros, que não tem necessariamente uma qualificação especial] contador, guarda-livros **bookkeeping** *ssfn* escrituração contábil
auditor *sfn* auditor

265 Money Dinheiro

money *ssfn* dinheiro *I've got some money in my pocket/the bank.* Tenho algum dinheiro no bolso/no banco. *She earns a lot of money.* Ela ganha muito dinheiro. *If you don't like our product, we'll give you your money back.* Se você não gostar do nosso produto, devolvemos o seu dinheiro. *The shop doesn't make money any more.* A loja já não dá mais lucro.
cash *ssfn* **1** [notas e moedas, em vez de cheque, etc.] dinheiro *He asked to be paid in cash.* Ele pediu para receber em dinheiro. *petty cash* caixinha, dinheiro para pequenos gastos, caixa rotativo **2** [informal. Dinheiro de um modo geral] dinheiro, caixa *I'm a bit short of cash at the moment.* Estou com pouco dinheiro no momento.
*ver também **bank**, 260
change *ssfn* **1** [do dinheiro dado em pagamento] troco *I got 34p change.* Tenho 34 pence de troco. *Keep the change.* Fique com o troco. **2** [moedas de pequeno valor] troco (freq. + **for**) *Have you got change for a ten-pound note?* Você tem troco para uma nota de dez libras? *loose/small change* trocado
change *vt* **1** [em cédulas de menor valor] trocar *Can you change a ten-pound note for me?* Você pode trocar uma nota de dez libras para mim? **2** (freq. + **for, into**) [em outra moeda] trocar, converter *I wanted to change £50 into Swiss francs.* Gostaria de trocar 50 libras esterlinas em francos suíços.
funds *s pl* **1** [dinheiro para um fim especial, p. ex. possuído por uma organização] fundos, recursos *The campaign will be paid for out of Party funds.* A campanha será financiada com os fundos do partido. (freq. + **for**) *The local authority provides the funds for the community centre.* O governo local fornece fundos para o centro cívico. **2** [uma palavra um tanto informal usada para dinheiro] fundos *I'm a bit short of funds at the moment.* Estou com pouco dinheiro no momento.
fund *vt* [obj: p. ex. organização, projeto] financiar, custear *The community centre is funded by the local authority.* O centro cívico é custeado pelo governo local.
funding *ssfn* financiamento
kitty *sfn* [contribuição em dinheiro por várias pessoas e que depois é usada em benefício comum] fundo comum, bolo *to put some money in the kitty* pôr dinheiro no fundo comum *We pay for groceries out of the kitty.* Pagamos os suprimentos com fundo comum.
dosh *ssfn* (*brit*) [gíria] grana
dough *ssfn* [uma gíria um tanto antiquada] tutu

265.1 Divisas

currency *sc/sfn* moeda *£5,000 in Swiss currency* 5.000 libras esterlinas em moeda suíça *to exchange roubles for hard currency* trocar rublos por uma moeda forte *currency unit/unit of currency* unidade monetária/cambial *foreign currency* moeda estrangeira
sterling *ssfn* [termo genérico para a moeda do Reino Unido] esterlinas *to pay for sth in sterling* pagar algo em libras esterlinas *£200 pounds sterling* 200 libras esterlinas (usado como *adj*) *sterling travellers cheques* cheques de viagem em libras esterlinas

Unidades de moeda nacionais

Reino Unido	pound (sterling)	(= 100 **pence**)
República da Irlanda	pound ou punt	(= 100 **pence**)
Estados Unidos Canadá Austrália Nova Zelândia	dollar	(= 100 **cents**)
França Bélgica Suíça Luxemburgo	franc	(= 100 **centimes**)
Alemanha	(Deutsch)mark	(= 100 **pfennigs**)
Áustria	schilling	(= 100 **groschen**)
Países Baixos	guilder	(= 100 **cents**)
Itália	lira, *pl* lire	
Espanha	peseta	
Portugal	escudo, *pl* escudos	
Grécia	drachma	
Dinamarca Noruega	krone, *pl* kroner	(= 100 **ore**)
Suécia	krona, *pl* kronor	(= 100 **ore**)
Finlândia	markka	(= 100 **pennia**)
Comunidade dos Estados Independentes	rouble	(= 100 **kope(c)ks**)
Polônia	zloty, *pl* zlotys	
Iugoslávia	dinar	
Israel	shekel	
Egito	pound	(= 100 **piastres** (*brit*), **piasters** (*amer*))

Japão — yen, pl yen
Índia — rupee
África do Sul — rand (= 100 cents)
Argentina, México — peso, pl pesos
Brasil — real

A Comunidade Européia (**the European Community**) possui sua própria unidade monetária, além das moedas das nações membros, a qual é conhecida como **European Currency Unit** ou na forma abreviada **ECU**. No momento, esta moeda está sendo usada principalmente para transações comerciais entre países.

265.2 Diferentes formas de dinheiro

coin *sfn* moeda *He collects rare coins*. Ele coleciona moedas raras. *Put a coin in the slot*. Coloque uma moeda na máquina.

piece *sfn* moeda *a five-pence piece* uma moeda de cinco pence

bank note *sfn* papel-moeda *a suitcase full of bank notes* uma mala cheia de papel-moeda

note (brit), **bill** (amer) *sfn* nota, cédula *a five-pound note* uma nota de cinco libras esterlinas *a dollar bill* uma nota de um dólar

U S O

Usa-se geralmente **piece**, **note** e **bill** quando se trata do valor da moeda ou da nota. Em outros contextos, **coin** e **banknote** são mais comuns. Entretanto **pound coin** é o termo habitual para a moeda britânica que tem o valor de uma libra e **dollar coin** para aquela que tem o valor de um dólar.

265.3 Dinheiro que as pessoas recebem

earnings *s pl* [recebido pelo trabalho que se realiza] ganhos, receita *He has increased his earnings by taking an evening job*. Ele aumentou seus ganhos trabalhando à noite.

earn *vt* ganhar, auferir *She earns £200 a week*. Ele ganha 200 libras esterlinas por semana. *He earns a/his living as a photographer*. Ele ganha a vida trabalhando como fotógrafo.

income *sc/sfn* [recebido de todas as fontes] renda *You must declare all your income to the tax authorities*. Você deve declarar toda a sua receita ao fisco.

MOEDAS E NOTAS DA GRÃ-BRETANHA E DOS ESTADOS UNIDOS

Britânicas

Moedas
penny (1p) (pl pennies, pence)
two pence (2p)
five pence (5p)
ten pence (10p)
twenty pence (20p)
fifty pence (50p)
pound (£1) (informal **quid**, pl **quid**)

Notas
five pounds (£5) (informal **fiver**)
ten pounds (£10) (informal **tenner**)
twenty pounds (£20)
fifty pounds (£50)

Americanas

Moedas
cent (1¢)
penny (1¢) (pl pennies)
five cents (5¢) (**nickel**)
ten cents (10¢) (**dime**)
twenty-five cents (25¢) (**quarter**)
fifty cents (50¢) (**half-dollar**)

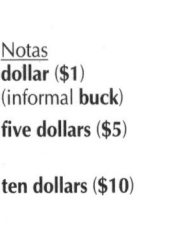

Notas
dollar ($1) (informal **buck**)
five dollars ($5)
ten dollars ($10)
twenty dollars ($20)
fifty dollars ($50)
a hundred dollars ($100)

U S O

1 A forma plural do **penny** inglês é **pennies** quando nos referimos às próprias moedas e **pence** quando se fala em somas em dinheiro. A letra **p** é usada no inglês escrito para se referir a somas em dinheiro inferiores a uma libra. Este **p** é freqüentemente usado também no inglês falado, embora algumas pessoas desaprovem esse uso.

2 As palavras **nickel**, **dime**, **quarter**, **fiver** e **tenner** podem ser usadas tanto para designar as próprias moedas ou notas quanto a soma equivalente em dinheiro. Entretanto, **quid** e **buck** geralmente se referem somente à soma em dinheiro.

3 Antes de 1971, o Reino Unido tinha um sistema de moedas diferente. A **pound**, que permaneceu inalterada, estava dividida em vinte **shillings**, cada um dos quais estava dividido em doze **pence**. Um **new penny**, portanto, equivale a 2.4 **old pence**.

private/unearned income renda particular/não proveniente da prestação de serviço *people on low incomes* pessoa de baixa renda

pay *ssfn* [recebido por um empregado] salário *The workers are on strike for higher pay.* Os trabalhadores estão em greve pleiteando uma melhoria salarial *holiday/sick pay* salário recebido durante o período de férias/auxílio-doença (usado como *adj*) *pay increase* aumento de salário *pay packet* envelope de pagamento

pay *vti, pretérito & part passado* **paid** [obj: funcionário, ordenado, salário, valor] pagar *I get paid on the last day of the month.* Recebo no último dia do mês. (freq. + **to** + INFINITIVO) *The farmer pays us £40 a day to pick fruit.* O agricultor nos paga 40 libras esterlinas por dia para colher as frutas. *a well-/badly-paid job* um trabalho bem/mal remunerado

wage *sfn* (freq. *pl*) [refere-se a um trabalhador braçal. Freq. pago por semana] ordenado *She earns good wages/a good wage.* Ela ganha um bom ordenado. (usado como *adj*) *wage increase* aumento de ordenado *wage packet* envelope contendo o ordenado

salary *sc/sfn, pl* **salaries** [refere-se a um empregado profissional. Geralmente pago por mês] salário

salaried *adj* assalariado *salaried staff* pessoal que recebe um salário fixo mensal

pension *sc/sfn* pensão *She goes to collect/draw her pension at the post office.* Ela recebe sua pensão na agência de correios. *state/private pension* pensão do governo/particular (usado como *adj*) *company pension scheme* plano de pensão da empresa **pensioner** *sfn* (esp. *brit*) pensionista

grant *sc/sfn* [pago a um estudante pelo governo central ou local] subvenção, bolsa de estudos

pocket money *ssfn* [pago pelos pais aos filhos] dinheiro para pequenos gastos

allowance *sfn* **1** [ger. em contextos formais ou comerciais. Pago para cobrir despesas de subsistência ou outras despesas] mesada, subvenção *When I was at university my parents paid me a monthly allowance.* Quando estava na universidade eu recebia uma mesada dos meus pais. *The company gives its employees a clothing/travelling allowance.* A empresa paga aos seus empregados uma ajuda de custo para vestuário e viagens. **2** (*amer*) [*pocket money*] dinheiro de bolso

expenses *s pl* [despesas com um funcionário para cobrir o que ele/ela gasta quando está a serviço da companhia] gastos *travel(ling)/hotel expenses* gastos com viagem/acomodação *I'll pay for the meal, I'm* **on expenses**. Deixa que eu pago a conta do restaurante, pois as despesas correm por conta da empresa. *ver também* **expensive, 267**

on *prep* [ter como renda] com *It's difficult to survive on a student grant/an old-age pension.* É difícil sobreviver com o dinheiro da bolsa de estudos/aposentadoria por idade. *I'm on £20,000 a year.* Ganho 20.000 libras esterlinas por ano.

---

e x p r e s s õ e s

money for jam/for old rope (esp. *brit*) [informal. Dinheiro ganho facilmente] dinheiro fácil *I got a job as a film extra. It was money for jam.* Consegui um trabalho como figurante de um filme. Foi uma mamata/galinha morta.

easy money [dinheiro obtido sem fazer muito esforço] dinheiro fácil *She tried to make some easy money on the stock exchange.* Ela tentou ganhar um pouco de dinheiro fácil na bolsa.

---

266 Cheap Barato

cheap *adj* [pode ser usado de maneira pejorativa, implicando uma qualidade inferior] barato *Tomatoes are cheaper in summer.* Os tomates são mais baratos no verão. *the smell of cheap perfume* o cheiro de perfume barato *Christmas decorations are* **sold off cheap** *in the New Year.* Os enfeites de Natal são vendidos a preços baixíssimos no Ano-Novo.

cheaply *adv* barato *You can travel around India quite cheaply.* Pode-se viajar pela Índia com pouco dinheiro.

dirt cheap *adj* [informal. Com preço baixíssimo] ninharia *I got this car dirt cheap.* Comprei este carro por uma ninharia.

inexpensive *adj* [mais formal e mais apreciativo do que *cheap*] com um preço bom, acessível, econômico *These wines are surprisingly inexpensive.* Estes vinhos estão com um preço muito bom.

affordable *adj* [um preço que a maioria das pessoas consegue pagar com facilidade] acessível *There is a need for affordable housing in central London.* Há uma necessidade de casas a preços acessíveis no centro de Londres.

economical *adj* [que economiza dinheiro] econômico *It is more economical to buy in bulk.* É mais econômico comprar a granel. *These cars are very economical to run.* Estes carros são muito econômicos.

free *adj* grátis, gratuito, de graça *You pay for the food, the drinks are free.* Você paga a comida, as bebidas são de graça. *a free gift inside every copy of the magazine* um brinde em cada exemplar da revista *Buy two T-shirts and get one free.* Compre duas camisetas e leve três.

free *adv* grátis *Old-age pensioners can travel free on the buses.* Os pensionistas da terceira idade viajam de ônibus de graça.

complimentary *adj* cortesia *a complimentary ticket* um bilhete de cortesia

freebie *sfn* [informal] brindes

bargain *sfn* [item cujo preço é inferior ao habitual ou esperado] pechincha, compra/oferta de ocasião *These shoes were a bargain.* Estes sapatos são uma pechincha. *Bargains galore in our big winter sale!* Pechinchas em abundância em nossa grande liquidação de inverno. *Quality goods at bargain prices!* Produtos de qualidade a preços de pechincha.

GRUPOS DE PALAVRAS

expressões

do sth on the cheap [informal, freq. um tanto pejorativo. Fazer algo o mais barato possível, de forma a economizar, freq. em detrimento da qualidade] barato *They tried to redecorate their house on the cheap.* Eles tentaram redecorar sua casa gastando uma ninharia.
do sth on a shoestring [informal. Fazer algo com um orçamento limitado, com muito pouco dinheiro para gastar. Normalmente não é usado de forma pejorativa] bem barato, quase de graça *They travelled around Europe on a shoestring.* Eles viajaram pela Europa quase de graça.
on the house [informal. Dado de graça pelo proprietário do estabelecimento. Usado esp. em relação a bebidas em um pub, etc.] por conta da casa *Have this one on the house.* Esta é por conta da casa.

267 Expensive Caro

ver também **rich, 269**

uso

De todas estas palavras, **expensive** é a única que se pode usar de forma apreciativa, implicando que se trata de algo de alta qualidade (embora seja também usado de forma negativa). Todas as outras palavras enfatizam que o preço é superior ao que se deseja pagar.

expensive *adj* caro, dispendioso *She only buys expensive wines.* Ela só compra vinhos caros. *Going to court can be very expensive.* Recorrer à justiça pode ser muito caro. **expensively** *adv* dispendiosamente
expense *sc/sfn* gasto(s) *We want to avoid the expense of a court case.* Queremos evitar o gasto envolvido em um processo judicial. *Her parents **went to a lot of expense/spared no expense** to give her a good education.* Os seus pais gastaram muito/não economizaram nada para lhe dar uma boa educação.
*ver também **money, 265**
dear *adj* (esp. *brit*) [mais informal do que **expensive**] caro, dispendioso *The dearer washing powders sometimes offer better value.* Os sabões em pó mais caros algumas vezes oferecem uma melhor relação de preço/qualidade. *Tomatoes are very dear just at the moment.* Os tomates estão muito caros no momento.
costly *adj* [mais formal do que **expensive**. Descreve p. ex. equipamentos, consertos, acomodações] caro, custoso, dispendioso *Going to court can be a costly business.* Recorrer à justiça pode ser uma coisa muito dispendiosa. *These weapons are effective, though costly.* Estas armas são eficazes, embora sejam muito caras.
pricey ou **pricy** *adj* [informal] caro, careiro, suntuoso *These shoes are a bit pricy.* Estes sapatos são um pouco caros. *a pricy restaurant* um restaurante careiro

267.1 Exageradamente caro

steep *adj* (depois do *v*) [um tanto informal] exagerado, excessivo *Two pounds for a coffee! That's a bit steep!* Duas libras por um café! É um absurdo!
exorbitant *adj* [um tanto formal e muito enfático] exorbitante *Customers are charged exorbitant prices for drinks.* Os clientes pagam um preço exorbitante pelas bebidas. **exorbitantly** *adv* exorbitantemente
overcharge *vti* [fazer um cliente pagar mais do que é necessário] cobrar demais *I'd been deliberately overcharged.* Eles me cobraram um preço exorbitante deliberadamente. (+ **by**) *They overcharged me by 50p.* Eles me cobraram 50p a mais.
rip-off *sfn* [informal. Um preço descabido ou um engano intencional] engodo, roubo, calote *Two quid for a coffee – what a rip-off!* Duas libras por uma café – isto é um roubo!
rip off sb ou **rip** sb **off** *vt prep* [informal. Cobrar demais intencionalmente] enganar, roubar *The waiters make a fortune ripping off tourists.* Os garçons ganham uma fortuna enganando os turistas.

expressões

cost the earth [informal] custar uma fortuna, custar os olhos da cara *Don't take him to court; it'll cost you the earth.* Não recorra à justiça, pois isto vai lhe custar uma fortuna. *a reliable car that won't cost you the earth* um carro confiável não vai lhe custar nenhuma fortuna
cost a fortune [um tanto informal] custar uma fortuna *That dress must have cost a fortune.* Aquele vestido deve ter custado uma fortuna.
cost an arm and a leg [informal. Ser extremamente caro, mais do que alguém pode realmente pagar] custar os olhos da cara *The holiday cost (me) an arm and a leg, but it was worth it.* As férias custaram-me os olhos da cara, mas valeram a pena.
break the bank (freq. usado em frases negativas) [um tanto informal. Custar tão caro a ponto de deixar alguém sem dinheiro] quebrar, ir à falência, ficar na miséria *Come on, let's eat out tonight, it won't break the bank.* Vamos jantar fora hoje a noite, você não vai ficar na miséria por isso.
daylight robbery [informal pejorativo. Usado quando alguém tem que pagar um preço exorbitantemente alto] assalto a mão armada, assalto em plena luz do dia *Two pounds for a coffee! It's daylight robbery!* Duas libras por um café! Isto é um assalto a mão armada!

268 Value Valor

ver também **good, 417.5**

value *s* **1** *sc/sfn* [em termos monetários] valor *an increase in the value of the pound* um aumento no valor da libra *objects of great/little value* objetos de grande/pouco valor **2** *ssfn* [boa relação preço/qualidade] valor *All shoppers want **value for money**.* Todos os consumidores querem gastar bem o seu dinheiro **3** *sc/sfn* (não tem *pl*) [importância, utilidade] valor *Never underestimate the value of a good education.* Nunca subestime o valor de uma boa educação. (+ **to**) *information of great value to an enemy* informação de grande valor para o inimigo

value *vt* **1** [estimar o valor de. Obj: p. ex. quadro, antiguidade, casa] avaliar, estimar *I'm going to have this painting valued.* Vou pedir que avaliem este quadro. (+ **at**) *The house has been valued at £70,000.* Esta casa foi avaliada em 70.000 libras esterlinas. **2** [considerar muito importante ou útil] valorizar, estimar *I value your opinions highly.* Valorizo muito a sua opinião.

worth *adj* **1** [em termos monetários] valer, custar *How much is your car worth?* Quanto vale o seu carro? *a painting worth £500* um quadro que vale 500 libras esterlinas **2** (freq. + -ing) [em termos de importância, utilidade, qualidades, etc.] valer *A letter is worth a dozen phone calls.* Uma carta vale mais do que uma dezena de telefonemas. *It's/He's not worth worrying about.* Não vale a pena se preocupar com isso/ele. *I'm not going to the meeting; **it's not worth it**.* Não vou à reunião, não vale a pena.

worth *ssfn* **1** [o que custa uma certa quantidade de algo] valor *I bought ten pounds' worth of petrol.* Coloquei dez libras de gasolina. *The vandals did hundreds of pounds' worth of damage.* Os vândalos causaram danos no valor de centenas de libras. **2** [valor. Não é usado precisamente em contextos financeiros] valor, valia *She sold the painting for less than its true worth.* Ela vendeu o quadro abaixo do seu valor real. (+ **to**) *He has proved his worth to the team.* Ele demonstrou seu valor para o time.

268.1 Alto valor

valuable *adj* **1** [em termos monetários] valioso *valuable paintings* quadros valiosos **2** [descreve p. ex. conselho, amizade] valioso (+ **to**) *Your skills are valuable to the company.* Seus dotes são muito valiosos para a companhia. *a waste of my valuable time* um desperdício do meu precioso tempo.

valuables *s pl* [pertences, objetos pessoais] objetos de valor *Hotel guests may deposit their valuables in the safe.* Os hóspedes do hotel podem depositar seus objetos de valor na caixa forte.

invaluable *adj* [um tanto formal. Muito útil. Descreve p. ex. ferramenta, conselho, ajuda] inestimável, de valor inestimável *Thank you for your invaluable assistance.* Grato por sua inestimável ajuda (+ **to**) *This information proved invaluable to the police.* Esta informação foi de um valor incalculável para a polícia.

priceless *adj* [tão valioso que é impossível atribuir-lhe um preço] de valor incalculável *This diamond is priceless.* Este brilhante não tem preço.

precious *adj* [muito valioso, de modo que se tem um grande cuidado com ele, seja por razões financeiras ou sentimentais] precioso, de grande valor *The statue is so precious that it is rarely shown to visitors.* A estátua é tão valiosa que raramente é mostrada aos visitantes. **precious stones/metals** pedras/metais preciosos (+ **to**) *These medals/memories are precious to me.* Estimo muito estas medalhas/estas lembranças me são muito caras.

treasure *s* **1** *ssfn* [monte de dinheiro, jóias, etc., freq. escondidos] tesouro *buried treasure* tesouro escondido *treasure chest* baú contendo o tesouro **2** *sfn* (freq. *pl*) [um objeto muito valioso ou bonito] tesouro

treasure *vt* [considerar de grande valor. Obj: presente, lembranças, amizade] guardar na memória, estimar muito *Thank you very much for the beautiful vase. I'll treasure it.* Muito obrigado por este vaso tão bonito. Vou guardá-lo com todo cuidado. *His guitar is his most treasured possession.* O seu violão é o bem que mais valoriza.

268.2 Pouco ou nenhum valor

valueless *adj* sem valor *The old coins will be valueless once the new ones come into circulation.* As moedas antigas não terão nenhum valor depois que as novas entrarem em circulação.

worthless *adj* [bem mais pejorativo do que **valueless**] **1** [descreve p. ex. quadro, carro, moeda] sem nenhum valor, imprestável, inútil *a market stall selling worthless junk* uma banca no mercado que só vende coisas sem nenhum valor **2** [descreve p. ex. pessoa, contribuição, informação] sem nenhum valor, imprestável *His advice is absolutely worthless.* Seu conselho não serve para nada.

268.3 Que tem qualidades valiosas ou úteis

deserve *vt* [obj: p. ex. recompensa, trabalho, castigo] merecer *You don't deserve any Christmas presents.* Você não merece nenhum presente de Natal. *The film deserved a bigger audience.* O filme merecia ter uma melhor acolhida pelo público. (freq. + **to** + INFINITIVO) *He deserves to succeed.* Ele merece ter sucesso.

deserving *adj* digno, merecedor *a deserving winner* uma vitória merecida *to give one's money to a deserving cause* dar dinheiro para uma causa nobre **deservedly** *adv* merecidamente

worthy *adj* (freq. depois do *v* + **of**) [um tanto formal] digno, merecedor *He wanted to prove himself worthy of their trust.* Ele queria provar que era digno de confiança. *a worthy winner/successor* um vencedor/sucessor digno *to give one's money to a worthy cause* dar dinheiro para uma causa nobre

worthwhile *adj* (freq. + -ing, + **to** + INFINITIVO) [ter um propósito ou resultado útil ou valioso] útil, que vale a pena *Try to read Shakespeare. You'll find the effort worthwhile.* Tente ler Shakespeare e verá que valeu a pena o esforço. *It's worthwhile spending some time in the library.* Vale a pena passar algum tempo na biblioteca.

269 Rich Rico

ver também **expensive, 267**

rich *adj* [descreve p. ex. pessoa, país] rico *Her invention made her rich.* Seu invento deixou-a rica. [gíria, pejorativo] ***filthy/stinking rich*** podre de rico

rich *s pl* (sempre + **the**) [pessoas] ricos *The rich should pay more tax.* Os ricos deveriam pagar mais impostos.

riches s pl [dinheiro, bens] riquezas *They envied his riches.* Eles invejavam a sua riqueza.

wealth ssfn riqueza, fortuna *How did she acquire her vast wealth?* Como ela conseguiu sua enorme fortuna? **wealthy** adj [mais formal do que **rich**] endinheirado, abastado

fortune sfn **1** [uma grande quantidade de dinheiro ganho, conseguido ou herdado, etc.] fortuna *He inherited his uncle's fortune.* Ele herdou a fortuna do seu tio. *She made her fortune on the stock market.* Ela conseguiu sua fortuna na bolsa de valores. **2** [informal. Qualquer grande quantidade de dinheiro] fortuna *He spent a fortune on clothes.* Ele gastou uma fortuna em roupas. *This house is worth a fortune.* Esta casa vale uma fortuna.

affluent adj [um tanto formal. Que tem ou gasta muito dinheiro. Descreve p. ex. pessoa, estilo de vida] opulento, abundante, muito rico *an affluent, middle-class family* uma família de classe média opulenta *an affluent society* uma sociedade opulenta **affluence** ssfn opulência, abundância

prosperous adj [que ganha ou consegue muito dinheiro. Descreve p. ex. pessoa, firma, nação] próspero *Our policies will make the country more prosperous.* Nossa política tornará o país mais próspero. **prosperously** adv prosperamente

prosperity ssfn prosperidade *We can look forward to many years of prosperity.* Podemos esperar muitos anos de prosperidade.

prosper vi [um tanto formal] prosperar *The country has prospered under this government.* O país prosperou durante este governo.

millionaire (*masc*), **millionairess** (*fem*) sfn [pessoa que tem mais do que um milhão de libras esterlinas ou dólares] milionário/milionária

millionaire adj (antes do s) milionário *a millionaire businessman* um empresário milionário

269.1 Termos mais informais

well-off adj, compar **better-off** OU **more well-off** superl **most well-off** [relativamente rico] em boa situação financeira, abastado *Most company directors are fairly well-off.* A maioria dos diretores de empresa está bem de vida. *I'll be better-off when the tax system changes.* Ficarei melhor de dinheiro quando mudar o sistema fiscal.

well-off s pl (sempre + **the**) os abastados *tax cuts that benefit the well-off* reduções fiscais que beneficiam as classes abastadas *the better-off in our society* as classes mais abastadas de nossa sociedade

well-to-do adj [informal. Que possuem dinheiro suficiente para viver confortavelmente] bem de vida, endinheirado *a well-to-do businessman* um empresário endinheirado

well-heeled adj [sugere uma riqueza refinada] endinheirado, rico

loaded adj [gíria. Muito rico] forrado de dinheiro *He's loaded.* Ele está carregado de dinheiro.

moneybags sfn [informal, freq. humorístico] ricaço *Come on, moneybags, buy us all a drink!* Venham aqui, seus ricaços, paguem um drinque para nós!

---

expressões

bags of money [informal] sacos de dinheiro *He can afford to lend me £100; he's got bags of money.* Ele pode me emprestar 100 libras, pois está cheio de dinheiro.

be rolling in money/in it [informal. Muito rico] nadar em dinheiro

have more money than sense [ter muito dinheiro, mas ser insensato ou frívolo ao gastá-lo] ter muito dinheiro mas pouca cabeça *musical Christmas trees for people with more money than sense* árvores de natal musicais para as pessoas que têm muito dinheiro e pouca inteligência

---

270 Poor Pobre

poor adj [descreve p. ex. pessoa, país] pobre *a poor area of the city* uma parte pobre da cidade

poor s pl (sempre + **the**) os pobres *charities which help the poor* instituições que ajudam os pobres

poverty ssfn pobreza *to live in poverty* viver na pobreza *a poverty-stricken region* uma região assolada pela pobreza

needy adj [mais formal do que **poor**. Carente de coisas básicas. Descreve p. ex. pessoa, família] carente, necessitado

needy s pl (sempre + **the**) os necessitados, carentes

penniless adj [sem dinheiro] sem um centavo *The failure of his business left him penniless.* O fracasso de sua empresa deixou-o sem um centavo.

destitute adj [formal. Sem dinheiro, bens, lar, etc.] desamparado, indigente *The war left many families destitute.* A guerra deixou muitas famílias desamparadas. **destitution** ssfn indigência, miséria

bankrupt adj [descreve: esp. companhia, homem de negócios] falido, quebrado, arruinado *to go bankrupt* quebrar, falir **bankruptcy** sc/sfn quebra, falência, bancarrota

bankrupt vt fazer falir, quebrar, levar à bancarrota *High interest rates have bankrupted many small firms.* As altas taxas de juros levaram muitas pequenas empresas à falência.

beggar sfn mendigo *The streets are full of beggars.* As ruas estão repletas de mendigos.

beg vi, -gg- mendigar, pedir esmola *ver também **ask**, 351

panhandler sfn (amer) mendigo

270.1 Termos mais informais

badly-off adj, compar **worse-off** superl **worst-off** [relativamente pobre] andar mal de dinheiro *A lot of old people are quite badly-off.* Muitas pessoas estão muito mal de dinheiro. *I'll be worse-off after the tax system changes.* Ficaremos numa situação pior depois que o sistema fiscal mudar.

hard up adj [informal. Ter muito pouco dinheiro, freq. temporariamente] com dinheiro curto, estar duro *I was always hard up when I was a student.* Quando eu era estudante estava sempre com dinheiro curto.

broke adj (depois do v) [informal. Sem dinheiro] duro *flat/stony broke* (brit) **stone** (amer) **broke** totalmente liso

expressões

on/near the breadline [mal ter o suficiente para comprar aquilo que a sociedade considera como necessidade básica] viver na miséria *families living on the breadline* famílias que vivem na miséria
feel the pinch [conscientizar-se das dificuldades financeiras, ter cuidado com o dinheiro] sentir o aperto, passar dificuldades financeiras *The strikers' families are beginning to feel the pinch.* As famílias dos grevistas estão começando a passar necessidade.
Money doesn't grow on trees. [diz-se esp. a crianças quando elas pedem coisas caras] Você acha que eu tenho uma árvore de dinheiro/Você acha que o dinheiro cai do céu?
Do you think I'm made of money? [informal] Você acha que eu sou feito de dinheiro?

271 Employment Emprego

ver também **doing business, 262; work, 274**

employment *ssfn* [mais formal do que **work** ou **job**] emprego *What is the nature of your employment?* Que tipo de emprego você tem? *Are you in (regular) employment?* Você tem um emprego fixo?

employ *vt* empregar, contratar, trabalhar *We will need to employ some extra staff.* Precisaremos contratar pessoal extra. *Thousands of people are employed in the fishing industry.* A indústria pesqueira emprega milhares de pessoas. (+ **as**) *She's employed as a nanny.* Ela trabalha como babá.

unemployment *ssfn* desemprego *Unemployment reached two million last month.* O índice de desemprego atingiu dois milhões no ano passado. (usado como *adj*) *unemployment statistics* estatísticas de desemprego *unemployment benefit* auxílio-desemprego

unemployed *adj* desempregado *an unemployed taxi driver* um taxista desempregado

unemployed *s pl* desempregados, parados *the long-term unemployed* os que estão desempregados há muito tempo

271.1 Termos gerais para designar o trabalho que uma pessoa executa

job *sfn* emprego, trabalho, função (+ **as**) *He's got a job as a bus driver.* Ele encontrou um emprego como motorista de ônibus. *I've just lost my job.* Acabo de perder o meu emprego.

work *ssfn* **1** [termo genérico para trabalho remunerado] trabalho *She's looking for work.* Ela está procurando trabalho. *Who looks after the children while you're at work?* Quem cuida das crianças enquanto você trabalha? *I get home from work at six o'clock.* Chego do trabalho às seis horas. *I've been out of work for six months.* Estou sem trabalho há seis meses. **2** [o trabalho pelo qual sou pago] trabalho *My work is quite varied.* Meu trabalho é bastante variado.

work *vi* trabalhar *He works in London/as a bus driver.* Ele trabalha em Londres/como motorista de ônibus. (+ **for**) *I work for a publishing company.* Trabalho para uma editora.

occupation *sfn* [usado esp. em contextos formais. Tipo de trabalho que uma pessoa faz e a maneira como se refere a si mesma em relação a tal trabalho] ocupação, profissão *She stated her occupation as translator.* Ela disse que a sua profissão é de tradutora.

career *sfn* [ocupação a longo prazo para a qual alguém se prepara e na qual é possível progredir de maneira regular] carreira *She had a distinguished career in the civil service.* Ela fez uma carreira brilhante em administração pública. *a political/military/nursing career* carreira política/militar/de enfermeira (usado como *adj*) *careers advice* orientação profissional

u s o

Não confundir **career** com **subject**, a especialização que se escolhe na universidade. *ver também **education, 233**

profession *sfn* [ocupação respeitada, freq. não comercial, que exige um alto nível de instrução] profissão *the legal/medical/teaching profession* a advocacia/a profissão médica/docente *She's an architect by profession.* Ela é arquiteta por profissão.

professional *adj* [descreve p. ex. emprego, pessoa, classes] profissional

trade *sfn* [ocupação que implica uma habilidade, esp. de cunho prático ou manual] ofício *You ought to learn a trade.* Você deveria aprender um ofício. *a bricklayer by trade* o ofício de pedreiro

271.2 Empresas e sua estrutura

company *sfn* empresa, companhia *a manufacturing company* uma empresa manufatureira *an insurance company* uma companhia de seguros (usado como *adj*) *a company director* diretor de empresa *a company car* um carro da companhia

firm *sfn* [freq. usado para pequenas empresas] firma, empresa *a plastics/car-hire firm* uma firma de plásticos/de aluguel de carros *a firm of builders/lawyers* uma empresa construtora/escritório de advocacia

branch *sfn* [instalações de um banco, organização, etc., num determinado local] agência, sucursal, filial *The bank has over 5,000 branches.* O banco tem mais de 5.000 agências.

department *sfn* **1** [seção de uma empresa, responsável por um aspecto particular de sua atividade] departamento *the advertising/personnel department* departamento de propaganda/de pessoal **2** [parte de uma grande loja que vende um determinado tipo de produtos] seção *the menswear/electrical department* a seção de roupas masculinas/departamento de aparelhos elétricos **departmental** *adj* departamental

GRUPOS DE PALAVRAS

LOCAIS DE TRABALHO

factory *sfn* fábrica *a bicycle/biscuit factory* uma fábrica de bicicletas/biscoitos (usado como *adj*) *a factory worker* um operário de fábrica

works *sfn, pl* **works** (freq. usado em nomes compostos [refere-se a locais industriais de trabalho] fábrica *a cement works* fábrica de cimento *the steelworks* fábrica de aço, aciaria

workshop *sfn* [onde são feitos consertos, trabalhos especializados, etc. Normalmente menor do que uma fábrica ou parte de uma fábrica] oficina

warehouse *sfn* [onde são armazenados produtos] armazém, depósito *a tobacco warehouse* um armazém de tabaco

depot *sfn* [onde os produtos ficam guardados aguardando o seu transporte] depósito *Coal is transported to the depot by rail.* O carvão é transportado de trem até o depósito

mill *sfn* **1** [onde é feita a farinha] moinho **2** [onde são fabricados os tecidos, o papel, etc.] fábrica

mine *sfn* mina *a coal/tin mine* uma mina de carvão/estanho *He spent 20 years down the mine(s).* Ele passou 20 anos trabalhando na mina.

mine *vti* [obj: carvão, minerais, metais] extrair minério, minerar [obj: área, vale] explorar *Coal is no longer mined in this valley.* Não se extrai mais carvão deste vale. (freq. + **for**) *They're mining for iron ore.* Eles estão procurando minério de ferro. **miner** *sfn* minerador **mining** *ssfn* mineração

271.3 Empregados

employee *sfn* [termo genérico] empregado *The company has 5,000 employees.* A empresa tem 5.000 empregados. *a government/bank employee* um empregado do governo/de banco

worker *sfn* [esp. em um trabalho manual] operário, trabalhador *a factory/manual/car worker* um operário de fábrica, trabalhador braçal/operário da indústria automotiva

labour (*brit*), **labor** (*amer*) *ssfn* **1** [operários contratados por alguém] mão-de-obra *The company is taking on extra labour.* A empresa está contratando uma mão-de-obra extra. **2** [trabalho executado, como um elemento do custo de algo] mão-de-obra *The plumber charged us £20 for the new pipe plus £10 for labour.* O encanador cobrou-nos 20 libras esterlinas pelo novo cano mais 10 libras esterlinas pela mão-de-obra.

labourer (*brit*), **laborer** (*amer*) *sfn* [empregado manual não especializado, esp. uma pessoa que trabalha ao ar livre] peão, trabalhador, operário *a building labourer* um operário de construção

workforce *sc/sfn* (+ *v sing* ou *pl*) [número total de trabalhadores contratados por uma empresa] mão-de-obra, força de trabalho *Most of the workforce is/are on strike.* A maior parte dos operários está de greve.

staff *s* **1** *sfn* [esp. funcionários de escritório ou profissionais] pessoal, quadro de funcionários *We have an accountant on our staff.* Temos um contador em nosso quadro de funcionários. *Pupils should show respect to* **members of staff**. Os alunos devem mostrar respeito aos professores. (usado como *adj*) *staff meeting* reunião dos funcionários **2** *s pl* [membros de tal corpo de funcionários] pessoal, empregados *The staff are all on strike.* Os funcionários estão todos em greve.

staff *vt* [um tanto formal] prover de pessoal, contratar pessoal (+ **with**) *We will staff the new showroom with experienced salespeople.* Colocaremos vendedores experientes no novo showroom.

personnel *ssfn* [em contextos formais] pessoal *The company keeps full records on all its personnel.* A companhia mantém registros completos de todo o seu pessoal. (usado como *adj*) *personnel manager/department* gerente de pessoal/departamento

colleague *sfn* colega *He gets on well with his colleagues.* Ele se dá bem com seus colegas.

271.4 Cargos superiores

supervisor *sfn* supervisor

foreman *sfn, pl* **foremen** capataz

forewoman *sfn, pl* **forewomen** encarregada

boss *sfn* [um tanto informal] chefe *My boss let me go home early.* O meu chefe me deixou ir para casa mais cedo.

manager *sfn* diretor, gerente *financial/personnel manager* diretor financeiro/de pessoal *bank/hotel manager* gerente de banco/hotel *the manager of a record store/football team* gerente de uma loja de discos/encarregado de um time de futebol

manage *vti* [obj: p. ex. companhia, departamento] administrar *The company has been badly managed for years.* A empresa tem sido mal administrada há anos.

management *s* **1** *ssfn* [atividade, habilidade] administração, gestão, direção *The company is successful as a result of good management.* A empresa prosperou graças a uma boa administração. **2** *s* (+ *v sing* ou *pl*) [o(s) dirigente(s) de uma companhia, etc.] direção *(The) management has/have rejected the workers' demands.* A direção recusou as reivindicações dos trabalhadores. *a change of management* uma mudança na direção

director *sfn* **1** [um dentre um grupo de altos gerentes que formulam as políticas da companhia] diretor *financial director* diretor financeiro *the directors of a football club* os diretores de um clube de futebol *managing director* diretor gerente *board of directors* conselho de administração **2** [chefe de uma organização, projeto, etc.] diretor *the director of the research institute/programme* o diretor do instituto/programa de pesquisa

executive *sfn* [alto cargo, pessoa de negócios importante] executivo, diretor *company executive* diretor de empresa

employer *sfn* [pessoa ou firma] empregador, empresário *Obtain this form from your employer.* Peça este formulário ao seu empregador. *The factory is a major employer in this area.* A fábrica emprega muita gente nesta área.

271.5 Períodos em que as pessoas trabalham

part-time *adj* [descreve p. ex. trabalho] de meio período, meia jornada, em regime parcial de tempo

part-time *adv* tempo parcial, meio período *to work part-time* trabalhar meio período

full-time *adj* [descreve p. ex. trabalho, aluno] tempo integral, jornada completa

full-time *adv* tempo integral *to work full-time* trabalhar tempo integral

temporary *adj* temporário *ver também* **be, 29**

permanent *adj* permanente *ver também* **be, 29**

overtime *ssfn* **1** hora extra, horário extraordinário *to work overtime* trabalhar horas extras *I did five hours' overtime last week*. Trabalhei cinco horas extras na semana passada. (usado como *adj*) *overtime payments/rates* pagamento/preço de horas extras **2** [dinheiro recebido] complemento, pagamento extra *I get paid overtime for working on Saturdays*. Recebo uma complementação de salário para trabalhar aos sábados.

271.6 Relações Industriais

union OU **trade union** (*brit*), **labor union** (*amer*) *sfn* (+ *v sing* ou *pl*) sindicato *Do you belong to a union?* Você pertence a algum sindicato? *the National Union of Teachers* o Sindicato Nacional dos Professores (usado como *adj*) *union members* afiliados, membros do sindicato **trade unionist** *sfn* sindicalista

strike *sfn* greve *to be on strike* estar em greve *to go on strike* entrar em greve (+ **for**) *The miners are on strike for higher pay*. Os mineiros estão em greve para conseguir melhores salários.

strike *vi*, pretérito & part passado **struck** (freq. + **for**) fazer greve *The miners may strike for higher pay*. Os mineiros podem fazer greve para obter melhores salários. **striker** *sfn* grevista

picket *vti* fazer piquetes *They picketed the factory*. Eles fizeram piquetes na fábrica.

picket *sfn* **1** [uma pessoa] piquete **2** [grupo] piquete de grevistas

picket line *sfn* piquete *on the picket line* tomar parte em um piquete *to cross the picket line* atravessar um piquete

271.7 Obter um emprego

apply *vi* (freq. + **for**) solicitar, candidatar-se *She's applied for the post of assistant manager*. Ela candidatou-se ao cargo de assistente de diretor.

application *sfn* solicitação *There have been hundreds of applications for this job*. Houve centenas de candidatos para este emprego. (usado como *adj*) *application form* formulário de solicitação de emprego **applicant** *sfn* solicitante, candidato, requerente

interview *sfn* entrevista (freq. + **for**) *They're holding interviews for the post of assistant manager*. Eles estão fazendo entrevistas para o cargo de assistente de diretor. *ver também* **ask, 351**

interview *vti* entrevistar *She's been interviewed for the post of assistant manager*. Ela foi entrevistada para o cargo de assistente de diretor. **interviewer** *sfn* entrevistador **interviewee** *sfn* entrevistado

appoint *vt* (freq. + **to**) [dar a alguém um determinado cargo, esp. de alto nível] nomear *They're going to appoint a new assistant manager*. Eles vão nomear um novo assistente de diretor. *He's been appointed to the post of assistant manager*. Ele foi nomeado para o cargo de assistente de diretor.

appointment *s* **1** *ssfn* nomeação *The report recommends the appointment of a safety officer*. O relatório recomenda a contratação de um responsável pelas normas de segurança. **2** *sfn* cargo, nomeação *The company newsletter gives details of new appointments*. O boletim de notícias da empresa dá detalhes das novas nomeações.

engage *vt* [um tanto formal. Obj: novo empregado] contratar *The hotel has engaged a new receptionist*. O hotel contratou um novo recepcionista (freq. + **as**) *I've engaged him as my personal assistant*. Contratei-o como meu ajudante pessoal.

take on sb OU **take** sb **on** *vt prep* [menos formal do que **engage**] contratar, empregar *The company isn't taking on any new staff at the moment*. A companhia não está contratando pessoal novo no momento.

hire *vt* [no inglês britânico é usado normalmente para indicar que é algo temporal ou informal] contratar (freq. + **to** + INFINITIVO) *He hired a private detective to follow his wife*. Ele contratou um detetive particular para seguir a sua esposa. *ver também* **doing business, 262**

promote *vt* (freq. + **to**) promover *He was promoted to (the rank of) colonel*. Ele foi promovido à patente de coronel

promotion *sc/sfn* promoção *She's hoping for promotion*. Ela espera conseguir uma promoção *a job with good promotion prospects* um trabalho com boas perspectivas de promoção

271.8 Deixar o emprego

resign *vti* (freq. + **from**) renunciar, demitir *She resigned from the company because of disagreements with her colleagues*. Ela demitiu-se de seu cargo na empresa por divergências com os colegas. *He's resigned his post*. Ele demitiu-se do cargo.

resignation *sc/sfn* renúncia, demissão *She's handed in her resignation*. Ela apresentou a sua carta de demissão.

retire *vi* [parar de trabalhar em razão da idade] aposentar-se (+ **from**) *He's retired from the school where he taught for forty years*. Ele se aposentou da escola onde lecionou durante quarenta anos. *a retired civil servant* um funcionário público aposentado

retirement *sc/sfn* aposentadoria *to take early retirement* pegar a aposentadoria antecipada (usado como *adj*) *What's the retirement age in your country?* Qual é a idade para aposentadoria em seu país? *a retirement present* um presente pela aposentadoria

notice *ssfn* **1** [dado pelo empregado a uma empresa] aviso de demissão *I've handed in my notice*. Apresentei meu pedido de demissão. **2** [dado pela empresa a um empregado] aviso prévio *The company has given her a month's notice*. A empresa deu-lhe um aviso prévio de um mês.

redundant (*brit*) *adj* [ter perdido o emprego porque a empresa precisa de menos trabalhadores] redução, dispensa/corte de pessoal *redundant steelworkers* trabalhadores siderúrgicos afetados por corte de pessoal **to make sb redundant** despedir alguém para redução do quadro de pessoal

redundancy *s* **1** *ssfn* desemprego, dispensa *voluntary redundancy* demissão voluntária incentivada (usado como *adj*) *redundancy pay* indenização por dispensa **2** *sfn* dispensa, corte de pessoal *The company has announced 200 redundancies*. A empresa anunciou o corte de 200 empregados.

dismiss *vt* (freq. + **for, from**) [um tanto formal] despedir *The company dismissed her for unpunctuality*. Ela foi despedida por sua falta de pontualidade. *He was dismissed from the company*. Ele foi despedido da empresa.

GRUPOS DE PALAVRAS

dismissal sc/sfn despedida *unfair dismissal* demissão injusta

sack (esp. *brit*), **fire** (esp. *amer*) *vt* (freq. + **for, from**) [informal] despedir, demitir, mandar embora *They sacked him for continually being late.* Ele foi despedido porque chegava sempre tarde. *You're fired!* Você está despedido! **sacking** sc/sfn despedida

sack ssfn (*brit*) (sempre + **the**) despedida, dispensa *She was threatened with the sack.* Ela foi ameaçada de dispensa. *to give sb/to get the sack* demitir alguém

lay sb **off** OU **lay off** sb *vt prep* [deixar de empregar alguém totalmente ou durante um período de tempo enquanto não há trabalho] despedir temporariamente *We've had to lay off 50 people.* Tivemos que despedir 50 pessoas. *I was laid off for three weeks.* Fui dispensado durante três semanas.

272 The office O escritório

ver também **computers, 296**

office sfn **1** [local de trabalho] escritório *I've had a hard day at the office.* Tive muito trabalho no escritório. (usado como *adj*) *office equipment/workers* equipamento/funcionários de escritório *an office block* um edifício de escritórios **2** [de uma empresa, organização] departamento *the local tax office* Agência da Receita Federal *the company's **head office*** a sede da empresa **3** [de um diretor, etc.] sala, escritório *Come into my office.* Venha à minha sala.

272.1 Equipamentos de escritório

file sfn arquivo (+ **on**) *The social services department has a file on him.* O departamento de serviços sociais possui um dossiê de seu caso *We will keep your details **on file**.* Arquivaremos todos os seus dados.

file vti [obj: documentos] arquivar *The personnel records are filed alphabetically.* Os registros do pessoal são arquivados por ordem alfabética. (freq. + **under**) *File this letter under 'Enquiries'.* Arquive esta carta na divisão de 'Consultas'. **filing** ssfn arquivamento (de documentos)

photocopier OU **photocopy(ing) machine** sfn fotocopiadora

photocopy sfn (freq. + **of**) fotocópia *a photocopy of your birth certificate* uma fotocópia da sua certidão de nascimento *to take a photocopy of sth* tirar uma cópia de algo **photocopy** vt fotocopiar

fax sfn **1** TAMBÉM **fax machine** fax *a message sent by fax* uma mensagem enviada por fax (usado como *adj*) *fax number* número de fax **2** [mensagem, carta, etc.] fax *to send a fax to sb* enviar um fax para alguém

fax vt **1** [obj: pessoa, empresa] enviar um fax *You can fax me at the following number.* Você pode me enviar um fax para o seguinte número. **2** (freq. + **to**) [obj: mensagem, documento] enviar por fax *I've faxed the invoice (through) to New York.* Enviei a fatura por fax para Nova York.

in-tray sfn (caixa de) entrada de correspondência

out-tray sfn (caixa de) saída de correspondência

272.2 Pessoa de escritório

secretary sfn secretária

secretarial adj de secretaria *secretarial work* trabalho de secretaria *a secretarial college* escola de secretariado

clerk sfn [funcionário de escritório, esp. de nível inferior] escriturário *accounts/bank/filing clerk* escriturário de banco/da seção de contabilidade

clerical adj [um tanto formal. Descreve p. ex. trabalho, empregado] de escritório, administrativo

typist sfn datilógrafa *a shorthand typist* estenotipista

receptionist sfn [quem recebe as pessoas quando elas chegam a um hotel, um escritório] recepcionista *a hotel/doctor's receptionist* recepcionista de hotel/de consultório

temp sfn [secretária, datilógrafa temporária, etc.] temporária *The secretary's ill; we'll have to get a temp in.* A secretária está doente, temos de contratar uma temporária.

273 Shops Lojas

ver também **shopping, LC 12**

shop (esp. *brit*), **store** (esp. *amer*) sfn loja *antique/cake/sports shop* loja de antiguidade/doceira/loja de artigos esportivos *I've been to the shops.* Estive fazendo compras (usado como *adj*) *shop window* vitrine

shop vi, -pp- (freq. + **for**) [comprar as coisas que precisa esp. alimentos e objetos de casa] fazer compras *I usually shop on Saturdays/at the supermarket.* Geralmente faço compras aos sábados/no supermercado. *to go shopping* comprar *I went shopping for clothes.* Fui comprar roupas. **shopper** sfn comprador, consumidor

shopping ssfn **1** [atividade] compras *We usually do our shopping on Saturday.* Geralmente fazemos compras aos sábados. *Christmas shopping* compras de Natal (usado como *adj*) *shopping bag* sacola de compras **2** [produtos comprados] compra *She put her shopping down on the table.* Ela colocou sua compra em cima da mesa (usado como *adj*) *shopping basket/list* sacola/lista de compras

> USO
>
> Observe que **shopping** não se refere a um lugar, e não deve ser confundido com **shop** (loja) ou **shopping centre** (centro comercial).

GRUPOS DE PALAVRAS

store *sfn* **1** (*brit*) [grande magazine] loja *the big stores in town* os grandes magazines da cidade *furniture/electrical store* loja de móveis/eletrodomésticos **2** (*amer*) [qualquer loja] grandes magazines

department store *sfn* [vende uma grande variedade de produtos, freq. em mais de um andar] grandes magazines

shopping centre (*brit*), **shopping mall** (*amer*) *sfn* centro comercial

supermarket *sfn* supermercado

market *sfn* mercado *vegetable market* mercado ou feira de frutas e verduras (usado como *adj*) *market day* dia de feira

stall *sfn* [esp. temporário, aberto nas laterais] barraca, banca *He has a stall at the market.* Ele tem uma banca no mercado. *flower/souvenir stall* uma barraca de flores/lembranças

stallholder *sfn* dono de uma banca/barraca

kiosk (*esp. brit*) *sfn* [pequeno recinto fechado para a venda de bilhetes, etc.] quiosque

---

U S O

Quando a mesma palavra pode ser usada para se referir tanto à loja quanto ao lojista é comum acrescentar o possessivo 's como uma forma alternativa de se referir à loja. O 's é quase obrigatório depois da preposição **at**:
Is there a butcher('s) near here? Existe algum açougue aqui perto?
I bought some toothpaste at the chemist's. Comprei pasta de dente na farmácia.

---

counter balcão
(shop) assistant (*brit*), *(sales) clerk* (*amer*) vendedor
cash register caixa registradora
shopkeeper (*brit*), *storekeeper* (*amer*) comerciante, lojista

(shopping) trolley (*brit*), *shopping cart* (*amer*) carrinho de supermercado
till caixa
carrier bag (*brit*), *grocery bag* (*amer*) saco de supermercado de papel ou de plástico
checkout caixa

PEQUENO COMÉRCIO

baker *sfn* **1** [lojista] padaria **2** [lojista] padeiro

bookshop (*esp. brit*), **bookstore** (*esp. amer*) *sfn* livraria

stationer *sfn* papelaria

butcher *sfn* **1** [loja] açougue **2** [lojista] açougueiro

chemist *sfn* (*brit*) **1** TAMBÉM **pharmacy** (*amer*) [loja] farmácia **2** TAMBÉM **druggist** (*amer*) [lojista] farmacêutico *ver também **cures**, 126

drugstore *sfn* (*amer*) [vende fármacos e medicamentos, mas vende também muitas outras coisas tais como artigos de papel, produtos de limpeza, brinquedos, etc.] drogaria, farmácia

dairy *sfn* **1** [estabelecimento que vende leite, manteiga, queijo, etc.] leiteria, casa de laticínios **2** (freq. *pl*) [firma que entrega leite nas casas] empresa de laticínios *Our milk is delivered by United Dairies.* O leite é entregue pela United Dairies.

delicatessen *sfn*, abrev. **deli** [loja ou parte de uma grande loja ou supermercado que vende frios, queijo, salada, etc.] rotisseria, casa de frios

fishmonger *sfn* (*esp. brit*) **1** [loja] peixaria **2** [lojista] peixeiro

florist *sfn* **1** [loja] floricultura **2** [lojista] florista ou floricultor

garden centre (*brit*), **garden center** (*amer*) *sfn* centro de jardinagem

greengrocer *sfn* (*esp. brit*) **1** [loja que vende frutas e verduras] quitanda, frutaria **2** [lojista] verdureiro, quitandeiro

grocer *sfn* **1** [estabelecimento que vende produtos alimentícios em geral] mercearia **2** [lojista] merceeiro, vendeiro

grocery *s* **1** *sfn* (sempre *pl*) [gêneros alimentícios em geral] mantimentos, gêneros alimentícios *We need to buy some groceries.* Temos que comprar alguns mantimentos. **2** *sfn* [loja] mercearia, supermercado **3** *ssfn* [ramo ou comércio de mercearia] mercearia, supermercado *the grocery trade* o ramo supermercadista

hardware store *sfn* [loja que vende ferramentas, utensílios de cozinha, etc.] loja de ferragens

ironmonger *sfn* (*esp. brit*) **1** [ligeiramente mais antiquado do que **hardware store**] ferragista, ferrageiro **2** [lojista] vendedor de ferragens

newsagent *sfn* (*brit*) **1** [loja que vende jornais, etc., e freq. também cigarros e guloseimas] loja de revistas e jornais, jornaleiro **2** TAMBÉM **newsstand** banca de jornais e revistas

off-licence (*brit*), **liquor store** (*amer*) *sfn* [onde se podem comprar bebidas alcoólicas para consumir em casa] depósito de bebidas

post office *sfn* **1** [uma agência em particular] agência de correios *I bought some stamps at the post office.* Comprei alguns selos na agência de correios. **2** (sempre + **the**) [organização em geral] Correios e Telégrafos *He works for the Post Office.* Ele trabalha no Correio.

274 Work Trabalho

ver também doing business, 262; employment, 271; try, 276

work ssfn 1 [atividade física ou mental destinada a conseguir algo] trabalho *It must have been hard work, moving all that furniture.* Deve ter sido muito trabalhoso mudar toda a mobília de lugar. *The students were hard at work in the library.* Os alunos trabalham com afinco na biblioteca. 2 [o que a atividade produz] trabalho *The teacher looked at the children's work.* O professor viu o trabalho das crianças.

work vi trabalhar *Don't disturb me while I'm working.* Não me perturbe enquanto estou trabalhando. *He usually works in the garden at weekends.* Ele sempre trabalha no jardim nos fins de semana. (+ **on**) *I'm working on a new novel.* Estou trabalhando em um novo romance.

worker sfn trabalhador *She's a good/hard worker.* Ela trabalha bem/muito.

274.1 Trabalho duro

labour (*brit*), **labor** (*amer*) sc/sfn (freq. pl) [mais formal do que **work**. Freq. usado para se referir ao trabalho feito para os outros] trabalho *The job doesn't involve any manual labour.* O serviço não envolve qualquer trabalho manual. *Thanks to our labours, the project was a success.* Graças aos nossos esforços o projeto foi um sucesso.

labour (*brit*), **labor** (*amer*) vi trabalhar (duro) *He's still labouring away in the same old job.* Ele ainda está dando duro no mesmo emprego de sempre. *We laboured hard to make the project a success.* Nós nos esforçamos muito para que o projeto fosse um sucesso.

slave vi (freq. + **away**) [um tanto informal. Trabalhar duro, freq. para servir aos outros] labutar *His wife was slaving (away) in the kitchen.* A sua esposa estava lidando na cozinha.

toil vi (freq. + **away**) [mais formal ou literário do que **labour**. Trabalhar duro em algo que não se aprecia muito] labutar *We could see peasants toiling (away) in the fields.* Nós podíamos ver os camponeses labutando nos campos.

toil sc/sfn (freq. pl) trabalho pesado, fadiga, labuta *a life of constant toil* uma vida de luta constante

drudge sfn [pessoa que faz um trabalho entediante e servil] escravo *I'm not going to be your drudge!* Eu não vou ser seu escravo. **drudge** vi labutar, escravizar-se, trabalhar arduamente, ocupar-se de ofícios inferiores e mal pagos

drudgery ssfn trabalho penoso, lida *Many women live a life of drudgery.* Muitas mulheres levam uma vida de labuta.

strain sc/sfn [efeitos desagradáveis que o trabalho árduo ou o esforço têm sobre alguém. Ger. refere-se a uma condição mental] tensão, extenuação, esforço, pressão *I left the job because I couldn't stand the strain.* Deixei o emprego porque não podia suportar a tensão. *I've been under a great deal of strain recently.* Ultimamente tenho sofrido muita pressão.

strain vti 1 [usar o máximo possível] esforçar-se ao máximo (+ INFINITIVO) *They were straining (their eyes) to see.* Eles forçavam a vista para enxergar. *The weightlifter was straining every muscle.* O levantador de pesos estava esticando todos os músculos ao máximo. 2 [dano por esforço excessivo. Obj: p. ex. olhos, músculos de uma pessoa] forçar, tensionar *Her silly behaviour has been straining our patience.* O seu comportamento estúpido está esgotando a nossa paciência. *ver também **tension**, 256

exert oneself vt [fazer um grande esforço ou um esforço excessivo] esforçar-se em demasia *The doctor warned me not to exert myself.* O médico me advertiu para não fazer esforços demasiados.

exertion sc/sfn esforço, empenho, aplicação *the effects of physical exertion* os efeitos do esforço físico *In spite of our exertions, the work was not completed on time.* Apesar de nossos grandes esforços, o trabalho não foi concluído a tempo.

expressões

elbow grease ssfn [informal, um tanto humorístico. Esforço físico, p. ex. ao limpar algo] energia *Put a bit of elbow grease into it!* Vamos lá, ponha um pouco mais de energia!

slave away at sth [informal. Trabalhar duro] trabalhar como um burro de carga *I've been slaving away at this report for hours.* Estou me matando há horas neste relatório.

work one's fingers to the bone [bastante informal. Trabalhar muito por pouca recompensa. Freq. usado quando se reclama] morrer de trabalhar *I've worked my fingers to the bone for you, and all for nothing!* Eu me matei de trabalhar por você e tudo isso para nada.

274.2 Trabalhar eficazmente

efficient adj [fazer um uso bom e econômico de recursos, do tempo. Descreve, p. ex., trabalhador, método, fábrica] eficiente *Modern, more efficient machinery would produce the goods more cheaply.* Com máquinas mais modernas e eficientes se fabricariam produtos de uma maneira mais econômica. **efficiently** adv eficientemente **efficiency** ssfn eficiência

effective adj [descreve p. ex. método, tratamento] eficaz *Which washing powder did you find most effective?* Qual é o sabão em pó que você acha mais eficaz? **effectively** adv eficazmente **effectiveness** ssfn eficácia

uso

Compare **effective** e **efficient**. Em **effective** a ênfase é nos resultados obtidos, p. ex. *The new drug was found to be effective in the treatment of diabetes.* O novo remédio foi eficaz no tratamento de diabetes. Em **efficient** a ênfase é no processo através do qual foram obtidos os resultados, p. ex. *More efficient working methods have ensured a rise in productivity.* Métodos mais eficientes de trabalho asseguraram um aumento da produtividade.

cooperate vi (freq. + **with**) cooperar *The arrested man was willing to cooperate with the police.* O detento estava disposto a cooperar com a polícia. (+ **to** + INFINITIVO) *Countries should cooperate to solve environmental problems.* Os países deveriam cooperar para solucionar os problemas do meio ambiente.

GRUPOS DE PALAVRAS

cooperation *ssfn* cooperação *Thank you for your cooperation.* Obrigado por sua cooperação. (+ **between**) *There has been a great deal of cooperation between the police and the public.* Tem havido muita cooperação entre a polícia e o público. *These problems can be solved by industry **in cooperation with** the government.* Estes problemas podem ser resolvidos pela indústria em cooperação com o governo.

> *expressão*
>
> **pull one's weight** [fazer a sua parte do trabalho] fazer o que lhe compete, dar duro *She complained that some of her colleagues weren't pulling their weight.* Ela se queixou de que alguns de seus colegas não estavam fazendo a sua parte do trabalho.

274.3 Tipos de trabalho

job *sfn* trabalho, tarefa *Painting the ceiling will be a difficult job.* Pintar o teto vai ser uma tarefa difícil. *ver também **employment, 271**

task *sfn* [mais formal do que **job**] tarefa *The robot can carry out a variety of tasks.* O robô pode desempenhar várias tarefas. *The government's main task will be to reduce unemployment.* A principal tarefa do governo será reduzir o desemprego.

chore *sfn* **1** [parte do trabalho de casa, p. ex. lavar, tirar o pó] pequenas tarefas, trabalho doméstico, *Cleaning the bathroom is my least favourite chore.* Limpar o banheiro é o trabalho doméstico que eu menos gosto. **2** (não tem *pl*) [um tanto informal. Atividade cansativa ou desagradável, porém necessária] aborrecimento *Writing Christmas cards is such a chore.* Escrever cartões de Natal é um aborrecimento.

errand *sfn* [envolve um trajeto curto, p. ex. para comprar algo] missão, incumbência, recado *Will you **run an errand** for me?* Você faria algo para mim?

assignment *sfn* **1** [dado a alguém como parte de seu trabalho. Freq. de uma natureza especial ou desafiadora] incumbência, missão *Infiltrating the gang was the most dangerous assignment I've ever had.* Infiltrar-me no meio do bando foi a missão mais perigosa que eu jamais enfrentei. **2** (esp. *amer*) [uma parte dos deveres escolares] lição, tarefa, trabalho *The teacher hasn't given us an assignment this week.* A professora não nos deu deveres esta semana.

mission *sfn* [esp. de soldados, espiões, etc. ou espaçonave] missão *Your mission is to capture the enemy commander.* A sua missão consiste em capturar o comandante dos inimigos. *the Apollo missions* as missões Apolo

274.4 Dever e obrigação

duty *sc/sfn* dever *to do one's duty* cumprir seu dever *Your duties include answering the telephone.* Suas obrigações incluem atender ao telefone *It is my duty to inform you of your rights.* É meu dever informá-lo a respeito dos seus direitos. *Are those police officers **on/off duty**?* Aqueles policiais estão em serviço/de folga?

obliged (esp. *brit*), **obligated** (*amer*) *adj* (ger. + **to** + INFINITIVO) [obrigado a fazer algo em virtude das circunstâncias, do dever, da consciência, etc.] obrigado *I'm obliged to arrest you.* Sou obrigado a prendê-lo. *I felt obliged to give him his money back.* Senti-me obrigado a devolver-lhe o dinheiro.

obligation *sc/sfn* obrigação *We have a moral obligation to help the poor.* Temos a obrigação moral de ajudar os pobres. *I'm **under an obligation** not to reveal that information.* Comprometi-me em não revelar essa informação.

responsible *adj* **1** (depois do *v*; ger. + **for**) [encarregado] responsável *The same manager is responsible for two different departments.* O mesmo diretor é responsável por dois departamentos. **2** (depois do *v*; freq. + **for, to**) [que responde por] responsável *The team leader is responsible for the climbers' safety.* O chefe da equipe é responsável pela segurança dos alpinistas. *The government is responsible to Parliament.* O governo tem que responder perante o Parlamento. *If there's an accident, I'll **hold you** personally **responsible**.* Se houver um acidente vou responsabilizá-lo pessoalmente. **3** [sensato, confiável] responsável *The children should be looked after by a responsible person.* Uma pessoa responsável deveria cuidar das crianças.

responsibility *s* **1** *sc/sfn pl* [tarefa, obrigação] responsabilidade *It's a big responsibility, looking after 30 children.* É uma grande responsabilidade cuidar de 30 crianças. *Your responsibilities include dealing with the public.* Suas responsabilidades incluem lidar com o público. **2** *ssfn* [qualidade de ser sensato, fidedigno] responsabilidade. *ver também **cause, 291**

role *sfn* (freq. + **in**) [função ou significado especial] papel *Your role will be to supervise the operation.* O seu papel será supervisionar a operação. (+ **as**) *The magazine is not fulfilling its role as a forum for new ideas.* A revista não está cumprindo o seu papel como um fórum de novas idéias.

274.5 Pessoas que servem a outras

servant *sfn* criado, servente, empregado, serviçal *The Duke has a lot of servants.* O Duque tem muitos criados. *the servants' quarters* o alojamento dos criados

maid *sfn* empregada doméstica, criada

slave *sfn* escravo (usado como *adj*) *the slave trade* o comércio de escravos

slavery *ssfn* escravatura *the abolition of slavery* a abolição da escravatura

275 Busy Ocupado

busy *adj* **1** [que tem muito para fazer] ocupado, atarefado *a busy housewife* uma dona de casa ocupada, atarefada *The new boss certainly keeps us busy!* O novo chefe mantém-nos verdadeiramente ocupados *I've had a busy day.* Tive um dia ocupado. **2** (ger. depois do *v*) [que faz uma tarefa concreta] ocupado *I can't see you now, I'm busy.* Não posso vê-lo agora, estou muito ocupado. (+ **with**) *He was busy with a client.* Ele estava ocupado com um cliente (+ -ing) *She was busy cleaning the car.* Ela estava ocupada limpando o carro. **3** [descreve p. ex. lugar, loja, estrada] concorrida, congestionada *a busy station* uma estação concorrida **busily** *adv* diligentemente, ativamente

occupied *adj* (ger. depois do v) **1** [concentrado, trabalhando em algo] ocupado *All the staff are fully occupied.* O pessoal todo está ocupado. *It's difficult to keep the children occupied for such a long period.* É difícil manter as crianças entretidas por muito tempo. **2** [descreve p. ex. casa, quarto de hotel] ocupado *All the seats were occupied.* Todos os assentos estavam ocupados.

U S O

Quando se refere ao fato de que uma casa, assento, ou quarto de um hotel, etc. está sendo usado ou ocupado por uma outra pessoa, o termo normal empregado é **occupied** ou **taken**. A palavra **engaged** é usada para referir-se às dependências dos banheiros públicos, e, no inglês britânico, para referir-se às linhas telefônicas. No inglês americano usa-se a palavra **busy** para linhas telefônicas. *The line's engaged/busy.* A linha está ocupada.

---

occupy *vt* **1** ocupar *How are you going to occupy yourself/your mind/your time now you've retired?* Com o que você vai se ocupar ou ocupar a sua mente ou dedicar o seu tempo agora que está aposentado? **2** ocupar *The houses are occupied by immigrant families.* As casas estão ocupadas por famílias de imigrantes. *The performers' friends occupied the first two rows of seats.* Os amigos dos atores ocuparam as duas primeiras fileiras de assentos.

overworked *adj* que trabalha em demasia, sobrecarregado

overwork *ssfn* excesso de trabalho *illness caused by overwork* doença causada por excesso de trabalho **overwork** *vi* trabalhar em excesso

workaholic *sfn* [pessoa que trabalha demasiado porque está obcecada com seu trabalho e como conseqüência disso deixa de lado outras coisas como atividades e relações sociais] viciado no trabalho

---

e x p r e s s ã o

rushed off one's feet (*brit*) [tão ocupado que não tem tempo para parar e descansar] entrar de cabeça *I'm rushed off my feet all day in my new job.* Não parei um minuto hoje em meu novo trabalho.

---

276 Try Tentar

try *v* **1** *vi* (freq. + **to** + INFINITIVO) tentar *I tried to lift the suitcase/to persuade her.* Tentei levantar a mala/persuadi-la. *You should try harder.* Você deveria esforçar-se mais. *Try and get here on time.* Tente chegar aqui a tempo. **2** [obj: novo método, produto, etc.] provar *Have you tried this new washing powder?* Você já provou este novo sabão em pó? (+ **-ing**) *Try turning the key the other way.* Tente virar a chave do outro lado.

U S O

Compare as construções **try + to** e **try + -ing** nos seguintes exemplos: *Jill tried to take the tablets but they were too big to swallow.* Jill tentou tomar os comprimidos. mas eles são muito grandes para engolir. *Jill tried taking the tablets but she stil felt sick.* Jill tentou tomar os comprimidos, mas mesmo assim ela não melhorou. No primeiro exemplo Jill não tomou os comprimidos porque os comprimidos eram muito grandes. No segundo exemplo Jill tomou os comprimidos, mas eles não fizeram com que ela se sentisse melhor. Nós podemos usar **try + to** para referir a uma tentativa que não foi muito bem-sucedida ou parcialmente bem-sucedida. **Try + -ing** é usado quando alguém efetivamente leva a cabo aquilo que está tentando fazer.

---

try *sfn* intento, tentativa *'I can't open this jar.' 'Let me have a try.'* 'Não consigo abrir este pote.' 'Deixe-me tentar.' *The car probably won't start, but it's worth a try.* Provavelmente o carro não vai dar partida, mas vale a pena tentar.

attempt *vt* (freq. + **to** + INFINITIVO) [mais formal do que **try**] tentar, tratar de *The prisoner attempted to escape.* O prisioneiro tentou escapar. *She is attempting a solo crossing of the Atlantic.* Ela está tentando fazer a travessia do Atlântico sozinha. *an attempted assassination* uma tentativa de assassinato

attempt *sfn* tentativa *He passed his driving test at the first attempt.* Ele passou no teste de habilitação da primeira vez. *The guard made no attempt to arrest us.* O guarda não fez nenhuma tentativa para nos prender. *The President has offered peace talks* **in an attempt to** *end the war.* O presidente propôs conversações de paz com o intuito de pôr um fim à guerra.

bother *vti* (freq + **to** + INFINITIVO, + **-ing**) [preocupar-se, fazer um esforço. Ger. negativo] incomodar, dar-se ao trabalho de *We don't usually bother to lock/locking the door.* Normalmente não nos preocupamos em trancar a porta. (freq. + **about, with**) *Fill this form in, but don't bother about/with the others.* Preencha este formulário, porém não se preocupe com os outros. *I* **couldn't be bothered** *writing a letter.* Não me apetecia escrever uma carta.

bother *ssfn* aborrecimento, incômodo, amolecimento *I never write letters; it's too much bother.* Nunca escrevo cartas; é muito chato. *ver também **problem, 244**

practise (*brit*), **practice** (*amer*) *vti* [aprimorar alguma habilidade, etc.] praticar *an opportunity to practise my French* uma oportunidade para praticar o meu francês (+ **-ing**) *You need to practise reversing around corners.* Você precisa praticar a marcha a ré.

practice *ssfn* prática, treino, ensaio *She goes to choir practice after school.* Ela fica para os ensaios do coral depois das aulas. *I used to play tennis, but I'm* **out of practice***.* Eu costumava jogar tênis, mas agora estou destreinado.

effort s **1** sc/sfn [físico ou mental] esforço *In spite of all our efforts, the project was a failure.* Apesar de todos os nossos esforços, o projeto foi um fracasso. (+ **to** + INFINITIVO) *It took/was quite an effort to lift that suitcase.* Custou um esforço considerável levantar a mala. (+ **to** + INFINITIVO) *We made a huge effort to persuade her to stay.* Fizemos um esforço enorme para persuadi-la a ficar.
2 sfn [resultado de tentar] tentativa, esforço *This essay is a really good effort.* Esforçamo-nos muito neste trabalho.

endeavour (brit), **endeavor** (amer) vi (ger. + **to** + INFINITIVO) [formal] esforçar, tentar *We endeavour to give our customers the best possible service.* Procuramos dar aos nossos clientes o melhor serviço possível.

endeavour (brit), **endeavor** (amer) sc/sfn empenho, esforço *The project failed in spite of our best endeavours.* O projeto fracassou apesar de todos os nossos esforços.

struggle vi (freq. + **to** + INFINITIVO) **1** [implica dificuldade e perseverança] lutar *He was struggling to put up the sail.* Estava tentando de todos os meios içar a vela. (+ **against**) *We were struggling against a powerful enemy.* Estávamos lutando contra um poderoso inimigo. (+ **for**) *workers who are struggling for their rights* os trabalhadores estão lutando por seus direitos *I struggled up the hill with my heavy suitcase.* Subi a colina com dificuldades por causa da mala pesada. **2** [implica possível falha] lutar *The famine victims are struggling to survive.* As vítimas da fome estão lutando para sobreviver. *a struggling football team* um time de futebol em dificuldades

struggle sc/sfn luta, esforço *It was a struggle to survive.* Era uma luta pela sobrevivência. *the workers' struggle against capitalism* a luta dos trabalhadores contra o capitalismo *a life of struggle* uma vida de luta contínua *There is a **power struggle** within the Party.* Existe uma luta de poder dentro do Partido. *ver também **difficult, 243; fight, 249**

campaign sfn [série organizada de ações em política, negócios, etc.] campanha *an election/advertising campaign* uma campanha eleitoral, publicitária (+ **against**, + **to** + INFINITIVO) *They launched a campaign against smoking.* Eles lançaram uma campanha contra o fumo. (+ **for**) *the campaign for prisoners' rights* a campanha pelos direitos dos detentos

campaign vi fazer campanha *They are campaigning for peace.* Eles estão fazendo campanha em favor da paz.
campaigner sfn ativista

276.1 Experimentar algo novo

try out sth OU **try** sth **out** vt prep provar, experimentar *Would you like to try out the camera before you buy it?* Você gostaria de experimentar a máquina fotográfica antes de comprá-la? *The children learn by trying out different methods.* As crianças aprendem experimentando diferentes métodos.

try sth **on** OU **try on** sth vt prep [obj: roupas, sapatos] provar *I never buy shoes without trying them on first.* Nunca compro sapatos sem antes prová-los.

trial sfn [processo de testar um novo produto, etc.] prova, teste, experiência *Drugs have to undergo trials before they can be sold.* Os remédios têm que ser submetidos a provas antes de serem colocados à venda. *We offer customers a free, ten-day trial of our new computer.* Oferecemos aos nossos clientes dez dias de teste gratuito de nosso novo computador. (usado como adj) *Cars are being banned from the city centre for a trial period.* Proibiu-se o trânsito de carros no centro da cidade durante um período de experiência.

trial run sfn [teste para ver como uma máquina, etc., funciona antes de ser usada a sério, comercialmente etc.] prova *I gave our new burglar alarm a trial run.* Fiz um teste piloto em nosso alarme anti-roubo para ver se funcionava.

test vt (freq. + **out**) [examinar a condição, qualidade, etc. de uma coisa] testar, provar *They tested the weapons in the desert.* Eles testaram as armas no deserto. *I'm going to test out her recipe for cheesecake.* Vou testar a sua receita de torta de queijos.

test sfn teste, prova *Nuclear weapons tests* testes de armas nucleares (usado como adj) *a test drive* uma volta de teste

experiment sfn experimento *to do/carry out/perform an experiment* fazer/levar a cabo/realizar um experimento (+ **on**) *She thinks that experiments on live animals should be banned.* Ela acha que os testes com animais vivos deveriam ser proibidos.

experiment vi experimentar (+ **on**) *Should scientists be allowed to experiment on live animals?* Deveria ser permitido que os cientistas fizessem experiências com animais vivos? (+ **with**) *Many young people experiment with drugs.* Muitos jovens experimentam drogas.

experimental adj experimental *an experimental new drug* um novo medicamento experimental

---

u s o

Não confundir **experiment** experimento com **experience** experiência *ver também **know, 110**

---

e x p r e s s õ e s

have a bash (brit)/**stab**/**go at** sth [informal. Tentar algo, mesmo quando é possível que não tenha sucesso ou que não seja muito bom nisso] fazer uma tentativa em *The exam was far too difficult for me, but I had a stab at the first question.* O exame estava muito acima de minhas possibilidades, porém tive muita sorte com a primeira pergunta.

bend over backwards [fazer grandes esforços em benefício de outrem, mesmo que isso lhe cause muitos inconvenientes] fazer das tripas o coração *I've bent over backwards to help you.* Fiz o impossível para ajudá-lo.

move heaven and earth (esp. brit) [usar todo o poder e influência de alguém, p. ex. para ajudar alguém, a prevenir algo] mover céus e terra *She moved heaven and earth to get me out of prison.* Ela moveu céus e terra para me tirar da prisão.

277 Help Ajudar

help vti (freq. + to + INFINITIVO) ajudar *I helped him (to) unpack.* Ajudei-o a desfazer as malas. (+ **with**) *Will you help me with my homework?* Você vai me ajudar a fazer os meus deveres? *Can I help you?* Posso te ajudar? *charities which help the poor* instituições de caridade que ajudam os pobres *Kicking the door won't help.* Chutar a porta não vai ajudar muito.

help sc/sfn (não tem pl) ajuda *Let me know if you need any help.* Avise-me se precisar de ajuda. *I added up the figures with the help of a calculator.* Somei as cifras com a ajuda de uma calculadora. *Is this map (of) any help?* Este mapa serve para alguma coisa? **Help!** interj Socorro!

helper sfn ajudante, colaboradores *The children were willing helpers.* As crianças colaboraram de bom grado.

helpful adj [descreve p. ex. pessoa, sugestão, informações] amável, útil *It was very helpful of you to do the shopping for me.* Foi muito gentil de sua parte fazer as compras para mim. **helpfully** adv amavelmente, utilmente

help sb **out** ou **help out** sb vti prep [ajudar alguém num momento de necessidade] dar uma mão *My friends helped (me) out when I was short of money.* Meus amigos me ajudaram quando eu estava sem dinheiro. *She sometimes helps out in the shop.* Ela às vezes dá uma mão na loja.

assist vt [mais formal do que **help**] assistir, ajudar *The mechanic has an apprentice to assist him.* O mecânico tem um aprendiz para ajudá-lo. (+ **in**) *We were assisted in the search by a team of volunteers.* Um grupo de voluntários ajudou-nos na busca. (+ **with**) *He is assisting the police with their enquiries.* Ele está ajudando a polícia em seus interrogatórios.

assistance ssfn assistência, ajuda *Are you in need of assistance?* Você necessita de ajuda? *She was being mugged, but nobody came to her assistance.* Ela foi roubada mas ninguém veio ajudá-la. *financial assistance* ajuda financeira

assistant sfn [não formal] assistente, ajudante *the manager's personal assistant* o secretário pessoal do diretor *a conjuror's assistant* ajudante de um mágico (usado como adj) *assistant manager/editor* diretor adjunto *ver também* **shops, 273**

aid s **1** ssfn [formal. Ajuda, esp. a alguém em dificuldades] ajuda, auxílio *The lifeboat brings aid to ships in distress.* A lancha de salvamento ajuda as embarcações que se encontram em perigo. *She reads with the aid of a magnifying glass.* Ela consegue ler com a ajuda de uma lupa. *a collection* **in aid of** *the local hospital* uma coleta em prol do hospital do distrito **2** ssfn [dinheiro, comida, etc. doados a outros países] ajuda *Britain sends millions of pounds' worth of aid to the Third World.* A Grã-Bretanha manda ajuda para o Terceiro Mundo no valor de milhões de libras esterlinas. *food aid* ajuda alimentícia **3** sfn [objeto que ajuda alguém a fazer algo] recursos, auxílio, suporte *swimming/teaching aid* material para natação/ensino *hearing aid* aparelho para surdos

aid vt [um tanto formal] **1** [obj: pessoa, esp. alguém em dificuldades] ajudar *The police, aided by a private detective, managed to solve the crime.* A polícia, ajudada por um detetive particular, conseguiu resolver o crime. **2** [obj: processo] facilitar *a drug that aids digestion* um medicamento que facilita a digestão

oblige vti [formal. Usado para pedir a alguém educadamente para ajudar ou cooperar] fazer o favor, ficar grato *I need 50 cardboard boxes by tomorrow. Can you oblige?* Preciso de 50 caixas de papelão para amanhã. Você pode me fazer este favor? *I'd be obliged if you wouldn't smoke.* [pode parecer bastante despótico] Agradeceria muito se não fumasse. *(I'm) much obliged (to you).* Sou muito grato a você.

obliging adj complacente, servil, obsequioso *She's a very obliging person.* Ela é uma pessoa muito servil **obligingly** adv amavelmente

hand sfn (não tem pl) [informal. Ato de ajudar] ajudar (+ **with**) *Do you want/need a hand with the washing-up?* Você quer que eu o ajude a lavar a louça? **to give to lend sb a hand** dar a mão a alguém

277.1 Vantagem

benefit sc/sfn benefício *the benefits of a healthy diet* os benefícios de uma dieta saudável *This discovery was of great* **benefit to** *mankind.* Esta descoberta trouxe um grande benefício para a humanidade. *He explained the problem in simple terms* **for the benefit of** *his audience.* Ele explicou o problema de maneira simples para que o público entendesse.

benefit v **1** vt [ligeiramente formal] beneficiar, ajudar *The new shopping centre will benefit the whole community.* O novo centro comercial vai beneficiar toda a comunidade. **2** vi (freq. + **from**) beneficiar-se de, tirar proveito *Criminals should not be allowed to benefit from their crimes.* Não se deveria permitir que os delinqüentes tirassem proveito de seus crimes.

beneficial adj (freq. + **to**) [um tanto formal. Descreve p. ex. substância, efeito] benéfico, proveitoso, vantajoso *Vitamins are beneficial to our health.* As vitaminas são benéficas para a saúde.

advantage sc/sfn [que coloca alguém numa posição mais vantajosa em relação aos outros] vantagem *A university education gives one certain advantages in life.* Uma educação universitária dá a uma pessoa algumas vantagens na vida (+ **over**) *She has an important advantage over her rivals, namely her experience.* Ela leva vantagem sobre as suas concorrentes, principalmente sua experiência. (+ **of**) *The advantage of this machine is that it's easy to operate.* A vantagem desta máquina é que ela é fácil de operar. *You have the advantage of speaking the language.* Você leva a vantagem de falar o idioma. *This car has the advantage of being easy to park.* Este carro tem a vantagem de ser fácil de estacionar. *It would be* **to your advantage** *to get there early.* Você sairia ganhando se chegasse lá cedo. *The use of drugs* **puts** *certain runners* **at an** *unfair* **advantage**. O uso de drogas dá a alguns velocistas uma vantagem injusta.

advantageous adj [formal] vantajoso *Her experience puts her in an advantageous position over her rivals.* A sua experiência a coloca em uma posição vantajosa em relação aos seus concorrentes. (+ **to**) *These tax changes will be advantageous to larger companies.* Estas alterações fiscais serão vantajosas para as grandes empresas.

278 Eager Impaciente

ver também **want, 72**; **ready, 328**; oposto **unwilling, 285**

eager adj (freq. + **to** + INFINITIVO) [implica um grau de entusiasmo ou impaciência a respeito do que alguém deseja fazer] impaciente, ansioso *I'm eager to meet her.* Estou ansioso por conhecê-la. (+ **for**) *He was eager for his share of the money.* Ele esperava ansioso a sua parte do dinheiro. *the eager expression on the child's face* a expressão impaciente estampada na cara da criança **eagerly** adv ansiosamente **eagerness** ssfn ansiedade, impaciência

keen adj (freq. + **to** + INFINITIVO, + **on**) [que tem uma forte inclinação] entusiasmado, aficionado, apaixonado *I'm keen to get this job finished today.* Quero realmente terminar este trabalho hoje. *He's very keen on science fiction.* Ele é um aficionado de ficção científica. *I'm not keen on chicken.* Não gosto muito de frango. *He's a keen fisherman.* Ele é um pescador fanático. **keenly** adv entusiasmado **keenness** ssfn ânsia, avidez, entusiasmo

enthusiasm sc/sfn [entusiasmo para fazer ou querer fazer algo] entusiasmo *Her ideas filled me with enthusiasm.* As suas idéias me encheram de entusiasmo. (+ **for**) *Her enthusiasm for the job makes her an excellent employee.* O seu entusiasmo pelo trabalho faz dela uma excelente funcionária.

enthusiast sfn entusiasta *aeroplane/tennis enthusiasts* um entusiasta de aviões/tênis

enthusiastic adj entusiasmado (+ **about**) *He's very enthusiastic about his new job.* Ele está muito entusiasmado com o seu novo trabalho. **enthusiastically** adv entusiasticamente, com entusiasmo

avid adj [descreve p. ex. leitor, colecionador, cinéfilo] ávido, entusiasta, voraz **avidly** adv avidamente

impatient adj [implica um grau de contrariedade] impaciente *Don't be so impatient!* Não seja tão impaciente. (+ **to** + INFINITIVO) *I was impatient to get the meeting over with.* Estava impaciente para terminar a reunião. (+ **with**) *That teacher's very impatient with the children.* A professora é muito impaciente com as crianças. *an impatient reply* uma resposta impaciente **impatiently** adv impacientemente **impatience** ssfn impaciência

positive adj [quem pensa com confiança e otimismo. Descreve p. ex. atitude] positivo *Why don't you make some positive suggestions instead of just criticizing everybody?* Por que você não faz algumas sugestões construtivas em vez de criticar todo mundo? (+ **about**) *She's very positive about the future.* Ela é muito otimista em relação ao futuro. **positively** adv com otimismo

jump at sth vt prep [um tanto informal. Aceitar com entusiasmo. Obj: esp. oportunidade] não pensar duas vezes *Most people would jump at the chance of taking part in the Olympics.* A maioria das pessoas não pensaria duas vezes se tivesse a oportunidade de participar das Olimpíadas.

---

expressões

be dying to do sth/for sth [informal. Desejar muito fazer algo] Morrer de vontade de fazer algo *She's dying to meet you.* Ela está morrendo de vontade de conhecê-lo. *I was dying for a drink.* Estava morrendo de vontade de tomar um drinque.

be raring to go [informal. Esperando ansiosamente para começar] louco para começar *The runners were ready and raring to go.* Os velocistas estavam prontos e loucos para começar.

278.1 Fazer algo espontaneamente, sem ser obrigado

willing adj (freq. + **to** + INFINITIVO) disposto *I'm willing to forgive you.* Estou disposto a perdoá-lo. *She wasn't willing to lend us her car.* Ela não estava disposta a nos emprestar o seu carro. *The children are willing helpers around the house.* As crianças ajudam em casa de bom grado. **willingly** adv com boa vontade, de bom grado

willingness sc/sfn (não tem pl) disposição, boa vontade *He showed little willingness to cooperate.* Ela não se mostrou muito disposta a cooperar.

volunteer sfn voluntário *I need a volunteer to help me move this piano.* Preciso de um voluntário para me ajudar a trocar este piano de lugar.

volunteer v 1 vi (freq. + **to** + INFINITIVO, + **for**) oferecer-se, ser voluntário *She volunteered to peel the potatoes.* Ela se ofereceu para descascar as batatas. 2 vt [obj: p. ex. informação, opinião, observação] dar, fazer *She volunteered several suggestions.* Ela fez várias sugestões.

voluntary adj 1 voluntário *After-school activities are purely voluntary.* As atividades extracurriculares são totalmente voluntárias. 2 (antes do s) [relacionado com um trabalho assistencial ou não remunerado. Descreve p. ex. serviço, trabalhador, organização] voluntário, benéfico *She does voluntary work in her spare time.* Ela faz trabalho voluntário em seu tempo livre **voluntarily** adv voluntariamente

initiative s 1 ssfn [qualidade pessoal] iniciativa *He solved the problem by using his initiative.* Ele resolveu o problema usando sua iniciativa. 2 sfn (freq. + **to** + INFINITIVO) [plano específico] iniciativa, empreendimento *a government initiative to reduce unemployment* uma iniciativa governamental para reduzir o nível de desemprego *The secretary reorganized the filing system **on her own initiative**.* A secretária reorganizou o sistema de arquivo por sua própria iniciativa. *Men are often expected to **take the initiative** in romance.* Geralmente se espera que os homens tomem a iniciativa nas aventuras amorosas.

---

expressão

do sth off one's own bat (*brit*) [informal. Fazer algo por conta própria] por iniciativa própria *Did you write that letter off your own bat?* Você escreveu aquela carta por sua própria conta?

279 Encourage Incentivar

encourage vt (freq. + **to** + INFINITIVO) incentivar, encorajar, animar *I encouraged him to continue his studies.* Incentivei-o a continuar os estudos. *These tax cuts will encourage enterprise.* Estas reduções de impostos vão incentivar os empreendimentos. *We don't want to encourage complacency.* Não queremos fomentar a complacência.

encouragement sc/sfn estímulo, motivação *The weaker students need a lot of encouragement.* Os alunos mais fracos precisam de muita motivação. (+ **to**) *Her example will act as an encouragement to others.* O seu exemplo servirá como um incentivo para os outros.

encouraging adj [descreve p. ex. sinal, resultado, aperfeiçoamento] alentador, encorajador **encouragingly** adv de maneira alentadora

urge vt (ger. + **to** + INFINITIVO) [um tanto formal. Fazer um pedido muito forte] instar, pedir com insistência *She urged me to leave before it was too late.* Ela me rogou que fosse embora antes que ficasse muito tarde. *The speaker urged an immediate change of policy.* O conferencista insistiu numa mudança imediata de política.

induce vt (ger. + **to** + INFINITIVO) [um tanto formal. Fazer com que ou persuadir alguém a fazer algo que de outra forma não o teria feito] induzir *Competition induces firms to improve their products.* A concorrência induz as empresas a melhorarem os seus produtos. (+ **in**) *We're trying to induce a sense of responsibility in young people.* Estamos tentando inculcar o senso de responsabilidade nos jovens.

inducement sc/sfn induzimento, incentivo *The children need no inducement to learn.* As crianças não têm nenhuma motivação para aprender. *He was offered financial inducements to resign.* Ofereceram-lhe incentivos econômicos para que renunciasse.

motivate vt [fazer alguém querer agir, trabalhar, obter êxito, etc.] motivar, incentivar (+ **to** + INFINITIVO) *The teachers find it difficult to motivate the children (to learn).* Os professores encontram dificuldade em motivar as crianças (a aprender) *This crime was motivated by greed.* Este crime foi motivado pela avareza.

motivation ssfn motivação *The children lack motivation.* As crianças não têm motivação.

spur vt, -**rr**- (freq. + **to** + INFINITIVO, **on**) [fazer com que alguém se sinta fortemente motivado para agir] incitar, animar, impelir, instigar *His anger spurred him to write to the newspaper.* A sua raiva instigou-o a escrever para o jornal. *The captain was spurring his team-mates on (to victory).* O capitão animava os seus colegas de time (a conseguir a vitória).

inspire vt [inculcar a alguém sentimentos nobres, artísticos, etc.] inspirar, infundir, inculcar (+ **with**) *The King inspired his troops with patriotic feelings.* O rei infundiu sentimentos nobres em suas tropas. (+ **to**) *The captain inspired the team to victory.* O capitão incentivou o seu time a conseguir a vitória. *I'm not feeling very inspired today.* Não estou muito inspirado hoje. **inspiring** adj inspirador

inspiration sc/sfn (não tem pl) inspiração *The poet sits around waiting for inspiration.* O poeta fica esperando sentir inspiração. (+ **to**) *a teacher who was an inspiration to her students* um professor que era uma inspiração para os seus alunos

incentive sfn (freq. + **to** + INFINITIVO) [meta ou possível recompensa que funciona como um estímulo] incentivo *Since they're not taking exams, they don't have any incentive to study.* Como eles não têm que fazer exames, eles não têm nenhum incentivo para estudar.

impetus sc/sfn (não tem pl) [energia que mantém um processo em funcionamento] energia, impulso *These successes have given new impetus to the campaign.* Estes sucessos têm dado um novo impulso à campanha.

279.1 Formas pouco desejáveis de estímulo

incite vt (freq. + **to** + INFINITIVO) [incentivar alguém a cometer um crime, alguma má ação, etc.] incitar (+ **to**) *They incite younger children to acts of vandalism.* Eles incitam as crianças a cometer atos de vandalismo.

incitement sc/sfn incitação *His speech amounts to (an) incitement to murder.* O seu discurso equivale a uma incitação para cometer um assassinato.

provoke vt [fazer alguém reagir com raiva, violentamente, etc.] provocar [obj: p. ex. motim, reação violenta] provocar *She was trying to provoke me.* Ela estava tentando me provocar. (+ **into**) *Her comment provoked him into (making) an angry reply.* O comentário que ela fez levou-o a dar um resposta enraivecida. *There is no evidence to suggest that the riot was deliberately provoked.* Não existe nenhuma evidência que indique que o motim foi provocado.

provocation ssfn provocação *She attacked him without provocation.* Ela o atacou sem ter sido provocada.

provocative adj [descreve p. ex. ação, observação] provocador, provocativo

goad vt (freq. + **into**) [provocar alguém com insultos, instigando-o a fazer algo] instar, instigar, incitar, provocar *She goaded him into hitting her.* Ela induziu-o a bater nela. (+ **on**) *They were goading him on as he committed the crime.* Eles estavam provocando-o enquanto ele cometia o crime.

egg sb **on** OU **egg on** sb vt prep [um tanto informal. Implica encorajamento contínuo, freq. a fazer algo violento ou desagradável] incitar, cutucar, instigar *Two boys were fighting and the others were egging them on.* Dois garotos estavam brigando e os outros ficavam instigando.

nag vti, -**gg**- [um tanto informal, pejorativo] resmungar, criticar *Stop nagging and make my dinner!* Pare de resmungar e faça o meu almoço. (+ **to** + INFINITIVO) *She's always nagging me to get my hair cut.* Ela está sempre me amolando para cortar o cabelo.

pressurize (brit), **pressure** (amer) vt (freq. + **into**) [usar formas fortes de persuasão, pressão emocional, etc.]

pressionar (+ **into**) *I don't want to be pressurized into making the wrong decision.* Não quero ser pressionado a tomar a decisão errada.

279.2 Apoio

support *vt* **1** [obj: p. ex. pessoa, política, plano] apoio *The public supported the government's decision to go to war.* apoiar **2** [obj: equipe] ser seguidor de *She supports Manchester United.* Ela torce pelo Manchester United.
*ver também **carry**, 337

support *ssfn* apoio *She didn't get much support from her colleagues.* Ela não teve muito apoio de seus colegas. *a speech **in support of** the government* um discurso em apoio ao governo

supporter *sfn* **1** partidário, seguidor *Labour Party supporters* Partidários do Partido Trabalhista **2** torcedores, defensores *football/England supporters* torcedores de futebol/defensores da Inglaterra

back *vt* **1** [apoiar uma pessoa, política, etc., em vez de outra] respaldar, apoiar *Which candidate will you be backing in the election?* Qual o candidato que você vai apoiar nas eleições? **2** [apoiar financeira ou oficialmente] financiar *They're hoping the banks/government will back their proposals.* Eles estavam esperando que os bancos/governo financiassem as suas propostas. **backing** *ssfn* apoio, respaldo **backer** *sfn* partidário

back sb **up** OU **back up** sb *vt prep* [dar apoio, confirmação] apoiar, respaldar *If you ask for a pay rise, I'll back you up.* Se você pedir um aumento de salário eu vou apoiá-lo. *You need information to back up your argument/to back you up.* Você precisa de informações que apóiem o seu argumento/que lhe dêem respaldo.

endorse *vt* [ger. usado em contextos formais. Exprime suporte a. Obj: p. ex. declaração, política, candidato] endossar *I fully endorse what you have said.* respaldar, aprovar, endossar **endorsement** *sc/sfn* endosso

favour (*brit*), **favor** (*amer*) *vt* [implica opinião em vez de apoio efetivo] favorecer, ser favorável a *She favours the reintroduction of the death penalty.* Ela é a favor da reintrodução da pena de morte. *the most favoured option among the possible wedding dates* a opção mais aceitável dentre as possíveis datas para o casamento

favour (*brit*), **favor** (*amer*) *ssfn* aprovação, favor *His political ideas are **gaining/losing favour with** the public.* Suas idéias políticas estão ganhando/perdendo popularidade junto ao público. *She's **in favour of** the death penalty.* Ela é a favor da pena de morte. *to say sth **in sb's favour*** dizer algo a favor de alguém *ver também **like**, 426

stand up for sb/sth *vt prep* [implica uma atitude desafiadora na defesa de alguém/algo] defender *You should stand up for yourself, instead of letting him insult you.* Você deveria se defender em vez de deixar que o insultassem. *Women, stand up for your rights!* Mulheres, defendam os seus direitos!

expressão

to be right behind sb [apoiar alguém porque se está de acordo com ele, especialmente se está envolvido em algum tipo de confrontação] apoiar alguém *Don't worry, we're right behind you.* Não se preocupe, nós estamos com você.

280 Use Usar

use *vt* **1** usar *This suitcase has never been used.* Esta mala nunca foi usada. *Do you know how to use a Geiger counter?* Você sabe como usar um contador Geiger? *What teaching methods do you use?* Que métodos de ensino você usa? *Use your eyes/common sense!* Use a cabeça/o seu bom-senso. *The washing machine uses a lot of electricity.* A máquina de lavar gasta muita eletricidade. (+ **as**) *I use this room as a study.* Uso esta sala como um estúdio. (+ **for**, + **to** + INFINITIVO) *This tool is used for measuring/to measure very small distances.* Esta ferramenta é usada para medir distâncias muito pequenas. **2** [pejorativo. Explorar, manipular. Obj: pessoa] usar, utilizar *She felt that she was being used by unscrupulous politicians.* Ela se sentiu usada por políticos sem escrúpulos. **user** *sfn* usuário

use *s* **1** *sc/sfn* uso *This tool has a lot of different uses.* Esta ferramenta tem muitos usos diferentes. *the use of computers in education* o uso de computadores na educação *She offered me the use of her car.* Ela me ofereceu o seu carro. ***to make use of sth*** usar algo *The map was **of no/great use to** me.* O mapa me foi de grande utilidade/sem nenhuma utilidade. *a job in which she can **put** her abilities **to good use*** um emprego em que ela possa fazer uso de suas habilidades **2** *ssfn* [utilidade] adiantar, servir para algo *What's the use of worrying?* De que adianta você se preocupar? *It's no use; I can't open the door.* É inútil, não consigo abrir a porta. *It's no use crying, that won't bring her back.* Não adianta chorar, pois isso não a trará de volta.

used *adj* (ger. antes do *s*) usado *a used car* um carro usado *a litter bin for used tickets* um cesto de lixo para bilhetes usados

utilize, TAMBÉM **-ise** (*brit*) *vt* [mais formal do que **use**] utilizar, fazer uso de *Not all the teaching resources are being fully utilized.* Nem todos os recursos didáticos estão sendo plenamente utilizados. **utilization** *ssfn* utilização

utility *s* **1** *ssfn* [formal. Utilidade] utilidade *I have doubts as to the utility of such methods.* Tenho minhas dúvidas quanto à utilidade de tais métodos. **2** *sfn* [técnico. Recurso útil] características, recursos *The computer program contains several important utilities.* O programa de computador tem muitas características importantes.

purpose sfn [uso ou resultado pretendido] fim, finalidade *What is the purpose of this invention?* Para que serve este invento? *It doesn't matter if it isn't a perfect copy, as long as it serves the purpose.* Não importa que não seja uma cópia perfeita desde que nos seja útil. *ver também **intend, 107**

exploit vt 1 [aproveitar-se de, às vezes egoísta ou injustamente] explorar *We must exploit all the possibilities opened up by new technology.* Devemos explorar todas as possibilidades trazidas pela nova tecnologia. *She exploits her workforce.* Ela explora seus empregados. 2 [um tanto formal. Obj: p. ex. mina, recursos naturais] explorar *Most of the country's coal deposits have not yet been exploited.* A maioria das reservas de carvão do país ainda não foram exploradas.
exploitation ssfn exploração

treat vt 1 (sempre + adv) [agir de certo modo em relação a alguém/algo] tratar *She's been badly treated by her employer.* O seu chefe a tem tratado mal. *Computer disks should last forever if you treat them properly.* Os disquetes de computador deveriam durar para sempre se fossem tratados corretamente. 2 (ger. + **as**, **like**) [considerar algo de certa maneira] tratar, considerar *The police are treating his death as murder.* A polícia considera sua morte como assassinato. *She treats this house like a hotel!* Ela trata esta casa como se fosse um hotel. 3 [sujeito a um processo químico ou industrial] tratar *The metal has been specially treated to resist corrosion.* O metal foi tratado especialmente para resistir à corrosão. *ver também **cures, 126**

treatment ssfn 1 tratamento *Some employees complained of unfair treatment.* Alguns funcionários se queixaram de tratamento injusto. 2 tratamento *They were discussing the media's treatment of environmental issues.* Eles estavam discutindo o tratamento que a mídia dá a questões do meio ambiente.

mistreat vt [esp. fisicamente] maltratar *The animals had been starved and mistreated.* Os animais estavam morrendo de fome e haviam sido maltratados.
mistreatment ssfn maltrato

recycle vt [obj: p. ex. papel, vidro] reciclar *We recycle most of our household rubbish.* Nós reciclamos a maior parte do lixo doméstico. *recycled paper* papel reciclado
recycling ssfn reciclagem

281 Useful Útil

useful adj útil *Sleeping pills can be quite useful on a long flight.* Os remédios para dormir podem ser muito úteis em vôos longos. *Her intervention served no useful purpose.* A sua intervenção não serviu para nada.
usefully adv utilmente **usefulness** ssfn utilidade

handy adj 1 [mais informal do que **useful**] prático, útil *a handy little penknife* um canivete pequeno e prático *handy hints for travellers* dicas úteis para viajantes *I'll keep this box; it might **come in handy** one day.* Vou guardar esta caixa pois um dia ela poderá ser útil. 2 (freq. + **for**) [informal. Próximo, de fácil alcance] à mão *The hotel is quite handy for the beach.* O hotel está bastante próximo da praia. *Keep the hammer handy in case we need it again.* Deixe o martelo à mão caso possamos precisar dele novamente.

convenient adj 1 (freq. + **for**) [adequado às necessidades de alguém, à situação. Descreve p. ex. hora, local, posição] conveniente *I can't see you today; would tomorrow morning be convenient?* Não posso me encontrar com você hoje, amanhã de manhã estaria bem? *The toilets aren't very convenient for disabled people.* Os banheiros não são muito práticos para os deficientes. *Disposable nappies are much more convenient.* As fraldas descartáveis são muito mais práticas. 2 (freq. + **for**) [perto, à mão] bem situado, acessível *The hotel is very convenient for the beach.* O hotel está bem próximo da praia.

conveniently adv convenientemente *The hotel is conveniently situated near the city centre.* O hotel está muito bem situado próximo ao centro da cidade.

convenience s 1 ssfn conveniência, oportunidade *The lawyer checked with both parties as to the convenience of this arrangement.* O advogado confirmou a conveniência deste acordo com ambas as partes. *Please telephone us **at your (earliest) convenience**.* [formal] Queira contatar-nos o mais breve possível. (usado como adj) **convenience food** comida pronta 2 sfn comodidade *a house with all modern conveniences* uma casa com todas as comodidades modernas *It's a great convenience living so near the shops.* É uma grande vantagem morar perto das lojas.

valid adj 1 [descreve p. ex. bilhete, passaporte, contrato] válido *The half-price tickets are valid only after 9:30.* As entradas pela metade do preço são válidas somente depois das 9h30. 2 [descreve p. ex. razão, argumento] válido *He didn't have a valid excuse for being absent.* Ele não tinha uma justificativa válida para estar ausente.
validity ssfn validade

practical adj [bem adequado para seu uso em condições reais. Descreve p. ex. dispositivo, roupas, desenho] prático *High-heeled shoes aren't very practical.* Os sapatos de salto alto não são muito práticos. *ver também **possible, 78**

U S O

Não confundir **convenient** com **suitable** [apropriado a uma situação ou ocasião em especial] Ex.: *This dress isn't really suitable for a funeral.* Este vestido não é apropriado para um enterro. *ver também **suitable, 420**

282 Useless Inútil

useless adj 1 inútil *The torch is useless without a battery.* A lanterna é inútil sem bateria. *It's useless trying to persuade them.* É inútil tentar persuadi-los. *useless information* informação inútil, que não serve para nada 2 (freq. + **at**) [informal. Não muito bom em alguma coisa] negação *I'm useless at swimming.* Sou uma negação em natação. *I'm a useless swimmer.* Sou um péssimo nadador.

inconvenient adj 1 inconveniente *You've phoned me at an inconvenient moment.* Você me telefonou em um momento inoportuno. (+ **for**) *The toilets are inconvenient for disabled people.* As toaletes são pouco práticas para os deficientes. 2 [de difícil acesso] mal situado *The hotel is inconvenient for the city centre.* O hotel está mal situado em relação ao centro da cidade. **inconveniently** adv inconvenientemente

inconvenience sc/sfn inconveniências, atropelos, obstáculos *The road works are causing a great deal of inconvenience to motorists.* As obras da estrada estão causando muitos incômodos aos motoristas. **inconvenience** vt [formal] incomodar, importunar, molestar

invalid adj 1 [descreve p. ex. bilhete, passaporte, contrato] inválido 2 [descreve p. ex. argumento, razão] pouco válido, insuficiente

impractical adj pouco prático **impracticality** ssfn impossibilidade, inviabilidade *ver também **impossible**, 79

pointless adj [sem sentido. Descreve p. ex. observação, emprego, viagem] inútil, sem sentido *It would be pointless to punish him.* Seria inútil puni-lo. *This questionnaire is a pointless exercise.* Este questionário é um exercício inútil. **pointlessly** adv inutilmente **pointlessness** ssfn inutilidade

futile adj [implica mais desprezo do que **pointless**. Que não tem ou provavelmente não terá nenhum efeito. Descreve p. ex. tentativa, esforço] fútil *It's futile trying to teach these children anything.* É uma perda de tempo tentar ensinar algo a estas crianças. **futility** ssfn futilidade, inutilidade, em vão

expressões

in vain em vão *I tried in vain to persuade them.* Tentei persuadi-los, mas foi em vão.

a fat lot of good [informal. Indica que algo não serve para nada] não serviu para nada *I complained to the police, and a fat lot of good it did me!* Queixei-me para a polícia, mas não adiantou nada.

283 Lazy Preguiçoso

ver também **sleep**, 182; **rest and relaxation**, 183

lazy adj preguiçoso *She's the laziest child in the class.* Ela é a criança mais preguiçosa da classe. *We spent a lazy weekend at home.* Passamos um fim de semana sem fazer nada. **lazily** adv preguiçosamente **laziness** ssfn preguiça

laze vi (freq. + **around**, **about**) não fazer nada, vadiar, ficar à toa *I enjoy lazing in the sunshine.* Gosto de ficar à toa tomando sol.

idle adj 1 [menos comum, porém freq. usado de maneira mais pejorativa do que **lazy**] ócio, desocupado, inútil, indolente *Go out and look for a job, you idle good-for-nothing!* Vá procurar um emprego, seu preguiçoso. *the idle rich* os ricos ociosos 2 (antes do s) [que não demonstra nenhuma seriedade ou intenção particular. Descreve p. ex. comentário, ameaça, curiosidade] frívolo, em vão *There's no truth in what they're saying, it's just idle gossip.* Não há nenhuma verdade naquilo que eles estão dizendo, é pura fofoca maldosa. **idleness** ssfn ociosidade

idle vi ficar à toa, perder tempo *Stop idling and get on with your work.* Pare de perder tempo e continue com o seu trabalho. **idler** sfn ocioso, preguiçoso, vadio

idle away sth vt prep [obj: tempo] perder, desperdiçar *He idled away the final hours before her arrival.* Ele desperdiçou os últimos momentos que antecederam à chegada dela.

idly adv ociosamente *She was idly leafing through a magazine.* Ela estava folheando a revista distraidamente.

apathetic adj [pejorativo. Que não mostra nenhum interesse] apático *I tried to get the students to put on a play, but they're so apathetic!* Tentei fazer com que os alunos montassem uma peça de teatro, mas eles são muito apáticos. (+ **about**) *Most people are fairly apathetic about politics.* A maioria das pessoas se mostra bastante apática em relação à política. **apathetically** adv apaticamente **apathy** ssfn apatia

lethargic adj [ex. em conseqüência de uma doença] letárgico, apático, inércia *The drug makes me feel lethargic.* O remédio me faz sentir uma grande letargia. *his lethargic movements* seus movimentos letárgicos **lethargically** adv letargicamente **lethargy** ssfn letargia

283.1 Pessoa preguiçosa

lazybones sfn, pl **lazybones** [informal, freq. humorístico] vadio, preguiçoso *My son's a real lazybones.* Meu filho é um verdadeiro preguiçoso. *Come on, lazybones, time to get up!* Vamos, preguiçoso, é hora de acordar.

layabout sfn (brit) [informal pejorativo. Pode implicar envolvimento em pequenos crimes] vadios *those layabouts who hang around on street corners* aqueles vadios que perambulam pelas ruas

good-for-nothing sfn [informal pejorativo. Usado esp. para pessoas mais velhas] inútil *Her husband is a drunkard and a good-for-nothing.* Seu marido é um bêbado e um inútil.

good-for-nothing adj (antes do s) inútil, imprestável *that good-for-nothing son of mine* aquele meu filho é um imprestável

284 Inaction Inércia

ver também **rest and relaxation**, 183; **slow**, 404

inactive *adj* inativo *I don't intend to be inactive after I retire.* Não pretendo ficar inativo quando me aposentar.

inactivity *ssfn* [período em que não temos nada para fazer] inatividade *long periods of inactivity* longos períodos de inatividade

inaction *ssfn* [omissão em agir numa situação específica] inação, passividade *The President's inaction over this issue has been much criticized.* A passividade do presidente em relação a esta questão tem sido muito criticada.

idle *adj* [que não está funcionando devido a certas circunstâncias] parado *Ships are lying idle in the harbour.* Os navios estão parados no porto.

passive *adj* [permite que as coisas ocorram e as aceita] passivo *his passive acceptance of human suffering* sua aceitação passiva dos sofrimentos humanos **passively** *adv* passivamente **passivity** *ssfn* passividade

passive smoking fumante passivo

refrain *vi* (sempre + **from**) [um tanto formal. Não fazer algo que uma pessoa poderia ter feito] abster-se de, refrear, conter, reprimir *She was obviously upset, so I refrained from any further criticism.* Ela estava obviamente aborrecida, portanto me abstive de fazer qualquer outra crítica.

abstain *vi* **1** (sempre + **from**) [um tanto formal. Optar por não fazer algo] abster-se *I abstained from making any comment.* Abstive-me de fazer qualquer comentário. **2** (ger. + **from**) [não se entregar a atividades tais como sexo e bebidas] abster-se *I abstained from alcohol during Lent.* Abstive-me de beber durante a quaresma. **3** [não votar nem contra nem a favor de algo] abster-se *The Liberals are expected to abstain in the vote on the government's proposals.* Espera-se que os liberais se abstenham de votar as propostas do governo.
abstinence *ssfn* abstinência
abstention *sfn* [ao votar] abstenção

284.1 Estagnado

stagnate *vi* [sugere um lento declínio, a necessidade de um novo estímulo. Suj: p. ex. pessoa, economia] estagnar, paralisar *I feel as if I'm stagnating in this job.* Sinto-me como se estivesse estagnado neste emprego.
stagnation *ssfn* estagnação

stagnant *adj* [descreve: esp. economia] estagnada

stalemate *sc/sfn* [quando nenhuma das partes consegue obter vantagem] empate forçado, beco sem saída *The conflict has ended in (a) stalemate.* O conflito acabou num impasse.

deadlock *sc/sfn* [causado por divergências irreconciliáveis] impasse *The negotiations have reached (a) deadlock.* As negociações atingiram um impasse.

284.2 Inerte

still *adj* (não tem *compar*) **1** imóvel, quieto *to stand/sit/lie still* permanecer imóvel de pé, sentado ou deitado *Hold the camera absolutely still.* Segure a máquina firme, sem movê-la. **2** [sem vento] calma *a warm, still evening* uma noite quente e calma

steady *adj* [numa posição controlada e estável] firme, seguro *You don't look very steady on that ladder.* Você não parece muito seguro em cima dessa escada. *Hold the nail steady while I knock it in.* Segure o prego firme enquanto eu bato o martelo.

steady *vt* estabilizar *She tried to steady her trembling hand.* Ela tentou controlar sua mão trêmula.

motionless *adj* [que não faz nenhum movimento] imóvel *These lizards remain motionless for long periods.* Estas lagartixas permanecem imóveis por longos períodos de tempo. **motionlessly** *adv* sem se mover

immobile *adj* [freq. sugere incapacidade para se mover] imóvel, imobilizado *He had injured his leg and was temporarily immobile.* Ele machucou a perna e ficou temporariamente imobilizado.

immobility *ssfn* falta de mobilidade *The drawback of these weapons is their immobility.* O problema destas armas é sua falta de mobilidade.

stationary *adj* [descreve: esp. veículo] parado *My car was stationary at the time of the accident.* Meu carro estava parado no momento do acidente.

paralyse (*brit*), **paralyze** (esp. *amer*) *vt* **1** [fisicamente] paralisar *Since his accident he's been paralysed from the waist down.* Desde o acidente ele ficou paralisado da cintura para baixo *She was paralysed by fear.* Ela ficou paralisada de medo. **2** [fazer com que algo deixe de funcionar, ou se torne ineficaz. Obj: p. ex. governo, economia, rede ferroviária] paralisar *The country has been paralysed by a wave of strikes.* O país ficou paralisado por essa onda de greves.

paralysis *ssfn* **1** paralisia **2** paralisação *The government is gripped by paralysis.* As atividades do governo estão paralisadas.

expressões

twiddle one's thumbs [um tanto informal. Não fazer nada em particular, p. ex. enquanto espera] de braços cruzados *I sat twiddling my thumbs, waiting for them to arrive.* Fiquei sentado de braços cruzados esperando que eles chegassem.
to have time on one's hands [muito tempo livre, que não se sabe como empregar] Dispor de tempo livre *I'd only just retired, and wasn't used to having so much time on my hands.* Acabo de me aposentar e não estava acostumado a ter tanto tempo livre.

at a loose end [não ter nada em particular para fazer] não ter nada para fazer *The meeting's been cancelled, so I'm at a loose end.* A reunião foi cancelada e eu não tenho nada para fazer.
not lift a finger [esp. pejorativo. Não dar nenhuma ajuda] não levantar um dedo *She never lifts a finger around the house.* Ela nunca moveu uma palha para ajudar em casa. *They didn't lift a finger to help her.* Eles não moveram uma palha para ajudá-la.

285 Unwilling De má vontade

ver também **refuse, 347**; oposto **eager, 278**

unwilling *adj* (ger. + **to** + INFINITIVO) má vontade *She was unwilling to lend me her car.* Ela estava com má vontade em emprestar o carro. **unwillingly** *adv* com relutância, de má vontade, a contragosto **unwillingness** *ssfn* má vontade

reluctant *adj* (freq. + **to**) [sugere um grau menor de má vontade do que **unwilling**] relutante *I was reluctant to sign the contract, but I did so anyway.* Eu estava relutante em assinar o contrato, mas o fiz assim mesmo. *my reluctant companion* meu companheiro de viagem relutante **reluctantly** *adv* relutantemente

reluctance *ssfn* relutância *It is with great reluctance that I have decided to resign.* É com grande relutância que tomei a decisão de me demitir.

loath TAMBÉM **loth** *adj* (depois do *v*; sempre + **to** + INFINITIVO) [um tanto formal. Sugere uma aversão pessoal] avesso, relutante *I was loath to part with my old car.* Relutei em me desfazer de meu carro velho.

averse *adj* (depois do *v*; sempre + **to**) [freq. um tanto humorístico. Usado esp. na forma negativa para indicar um gosto ou disposição um tanto forte] avesso, contrário, relutante *I'm not averse to the odd glass of wine.* Não sou contra tomar um copo de vinho de vez em quando. *He's not averse to criticizing other people.* Ele não é contra criticar as pessoas.

aversion *sfn* (freq. + **to**) [forte antipatia, repugnância] aversão *He has an unnatural aversion to children.* Ele tem uma aversão incomum a crianças.

half-hearted *adj* [sem entusiasmo. Descreve p. ex. atitude, apoio, tentativa] pouco entusiasta **half-heartedly** *adv* sem entusiasmo **half-heartedness** *ssfn* falta de entusiasmo

negative *adj* [que não leva a um resultado ou uma ação eficaz. Descreve p. ex. atitude, crítica] negativo *He kept making negative comments instead of practical suggestions.* Ele continuou fazendo comentários negativos em vez de sugestões práticas. (+ **about**) *She's very negative about her career prospects.* Ela é muito pessimista em relação às suas perspectivas de carreira.

object *v* **1** *vti* (freq. + **to**) fazer objeções, opor-se *She objected to the new proposal.* Ela se opôs à nova proposta. *I'm willing to chair the meeting, if nobody objects.* Estou disposto a presidir a reunião se ninguém fizer objeções. (+ **that**) *He objected that it wasn't my turn.* Ele alegou que não era minha vez. (+ **to** + -**ing**) *Do you object to catching a later train?* Você se importa de pegar o trem mais tarde? *I really object to having to pay extra for the car park.* Eu realmente me oponho a pagar um extra pelo estacionamento. **2** *vi* [termo legal] protestar *I object!* Eu protesto!

objection *sfn* objeção *I have no objection to you remaining here.* Não me oponho à sua permanência aqui. **to raise an objection** fazer uma objeção **2** [legal] protesto *Objection, your honour!* Protesto, meritíssimo juiz!

mind *vti* (freq. + -**ing**) [ger. em frases negativas ou perguntas. Usado em certas expressões para fazer referência a uma objeção ou a algo que lhe desagrada] importar *'Would you mind waiting a moment?' 'No, I don't mind.'* 'Você se importa de esperar um momento?' 'Não, não me importo.' *I don't mind the noise.* Eu não me importo com o barulho. *I wouldn't mind a piece of cake.* Não me faria mal comer um pedaço de bolo. *Do your parents mind you staying out late?* Os seus pais se importam de você chegar tarde? *ver também **important, 74**

expressão

not be prepared to do sth [indica uma recusa definitiva] Não estar disposto a fazer algo *I'm not prepared to tolerate such behaviour!* Eu não estou disposto a tolerar esse tipo de comportamento.

286 Wait Esperar

wait *vi* (freq. + **for, until**) esperar *There were several customers waiting.* Havia vários clientes esperando. *He waited until after dinner before making his announcement.* Ele esperou acabar o jantar para dar a notícia. *Wait a minute, I'm not ready yet.* Espere um minuto, eu ainda não estou pronto. (+ **to** + INFINITIVO) *I was waiting to see the doctor.* Eu estava esperando para consultar o médico. (+ **about, around**) *I'm fed up of waiting around; I'm going home.* Estou cansado de esperar, vou embora. *'What have you bought me for Christmas?' 'Wait and see.'* 'O que você vai me dar no Natal?' ' Espere e verá.' (usado como *vt*) *to wait one's turn* esperar a vez

wait *sfn* espera *You'll have a long wait; the next bus isn't till six o'clock.* Você tem uma longa espera pela frente; o próximo ônibus só chega às seis. *The mugger was lying in wait for his victim.* O ladrão estava esperando a sua próxima vítima.

await *vt* [mais formal do que **wait for**] aguardar, esperar *The defendant awaited the jury's verdict.* O réu esperou o veredito do júri. *her eagerly awaited new record* seu novo disco ansiosamente aguardado

---

USO

Compare **wait** (aguardar) e **expect** (esperar). Se você está aguardando alguém ou algo, geralmente significa que você está num determinado lugar, aguardando até que as pessoas ou coisas cheguem ou até que você tenha tomado alguma providência especial, p. ex. *I'll wait for you outside the cinema.* Esperarei por você fora do cinema. *Don't wait up for me.* Não me espere. Se você está esperando alguém ou algo significa que alguém vai chegar ou algo vai ocorrer, porém você não tomou necessariamente nenhuma providência para p. ex. *I'll expect you at six.* Espero você às seis. *I'm expecting a phone call this afternoon.* Estou esperando um telefonema para hoje a tarde.

USO

Observe que **await** exige um objeto direto, enquanto **wait** exige a preposição **for** antes do objeto. Compare: *He awaited her decision.* Ele aguardava a decisão dela. *He waited for her decision.* Ele esperava pela sua decisão.

---

queue (*brit*), **line** (*amer*) *sfn* fila *There were about 20 people in the queue.* Havia cerca de 20 pessoas na fila. *to jump the queue* furar a fila

queue *vi* (*brit*) (freq. + **for**, + **to** + INFINITIVO, **up**) ficar na fila *I had to queue for hours to get these tickets.* Eu fiquei na fila durante horas para conseguir os ingressos. *People were queuing up outside the shop.* As pessoas faziam fila na porta da loja.

line up *vi prep* (*brit & amer*) fazer fila *We had to line up outside the cinema.* Nós tivemos que fazer fila fora do cinema.

stay *vi* (ger. + *adv*) **1** [não deixar um determinado lugar] permanecer *Stay here until I get back.* Fique aqui até eu voltar. *The guide warned us to stay on the path.* O guia nos avisou para não nos afastarmos do caminho. *Will you stay for/to dinner?* Você vai ficar para o jantar? (+ **in**) *I stayed in last night and watched TV.* Eu fiquei em casa ontem à noite e assisti à televisão. (+ **out**) *I don't allow my children to stay out late.* Eu não deixo os meus filhos chegarem tarde da noite. **2** [suj: visitante, turista] hospedar-se, alojar-se *I'm looking for a place to stay (the night).* Estou procurando um lugar para passar a noite. *We stayed at a cheap hotel.* Nós ficamos em um hotel barato. (+ **with**) *I usually stay with my brother when I'm in London.* Eu sempre fico com meu irmão quando vou a Londres. *ver também **visit, 319**

stay *sfn* estada *We hope to make your stay in London a pleasant one.* Esperamos fazer com que você tenha uma estada agradável em Londres. *a long stay in hospital* uma longa estadia no hospital

remain *vi* [mais formal do que **stay**] permanecer *All staff are requested to remain in the building.* Solicitamos que o pessoal todo permaneça no prédio.

linger *vi* [levar mais tempo do que o necessário, freq. em relação a algo que alguém aprecia] demorar, tardar *We lingered over a cup of coffee.* Demoramos para tomar café.

loiter *vi* [um tanto pejorativo] **1** [caminhar distraidamente, parando freqüentemente] demorar-se, tardar-se disperdiçar o tempo *Come straight home; don't loiter on the way.* Venha direto para casa, não se demore pelo caminho. **2** [esperar, ficar em algum lugar sem um motivo claro] demorar-se *A man was seen loitering near the playground.* O homem foi visto perambulando nas imediações do parque. **loiterer** *sfn* vadio

hesitate *vi* (freq. + **to** + INFINITIVO) [p. ex. através de uma indecisão] vacilar, titubear, hesitar *He hesitated before replying.* Ele hesitou antes de responder (+ **over**) *She hesitated too long over the decision.* Ela hesitou muito para tomar a decisão. *If you have any queries, don't hesitate to ask.* Se tiver alguma dúvida, não hesite em perguntar. *If attacked, we will not hesitate to retaliate.* Se formos atacados não hesitaremos em contra-atacar.

hesitation *ssfn* hesitação *I accepted without hesitation.* Aceitei sem vacilar. *I have no hesitation in recommending her to you.* Não hesitei em recomendá-la a você.

pause *vi* (freq. + **for**, + **to** + INFINITIVO) [parar brevemente] fazer uma pausa *The speaker paused for breath/to look at his notes.* O palestrista parou para respirar/para olhar suas anotações. *Let's pause for coffee.* Vamos parar para o café.

pause *sfn* pausa, intervalo (+ **in**) *There was an embarrassing pause in the conversation.* Houve uma pausa constrangedora na conversa.

break *vi* (freq. + **for**, + **to** + INFINITIVO) [parar brevemente] interromper *Let's break for lunch.* Vamos interromper para o almoço.

hang on *vi prep* [informal. Usado esp. no imperativo quando se pede a alguém para esperar] esperar, segurar as pontas *Hang on, I'll be with you in a minute.* Segure as pontas, falo com você dentro de um minuto. *Her line's engaged; would you like to hang on?* O telefone dela está ocupado, você gostaria de esperar?

hang about (esp. *brit*) ou **hang around** (em algum lugar) (*brit & amer*) *vti prep* [informal. Esperar, ficar em algum lugar sem fazer nada em especial] vagar, perder tempo *There were some lads hanging around in the street.* Havia alguns rapazes vagando pelas ruas. *He kept me hanging about for ages before he saw me.* Ele me deixou esperando um século antes que me visse.

hang back *vi prep* [hesitar, vacilar, p. ex. por precaução] hesitar (+ **from**) *I hung back from telling her exactly what I thought.* Esquivei-me de lhe dizer exatamente o que eu penso.

287 Do Fazer

ver também **make, 293**

do *v, pretérito* **did** *part passado* **done 1** *vt* [obj: alguma ação não especificada] fazer, executar, efetuar *What are you doing?* O que você está fazendo? *I'd never do anything to hurt her.* Nunca faria nada para magoá-la. *All he ever does is complain.* Ele só sabe reclamar. *Are you doing anything this evening?* Você vai fazer alguma coisa hoje à noite? *What do you do for a living?* Qual é a sua profissão? (+ **with**) *Now, what have I done with those scissors?* E agora? O que eu fiz com a tesoura? *What are you doing with my briefcase?* O que você está fazendo com a minha pasta? (+ **to**) *What have you done to him/to your arm?* O que você fez com ele/seu braço? (+ **about**) *What shall we do about food for the party?* O que devemos fazer sobre a comida para a festa? **2** *vt* [obj: ação, atividade específica] fazer *She's doing a crossword/the decorating.* Ela está fazendo palavras-cruzadas/a decoração. *I haven't done much work today.* Não trabalhei muito hoje. *What subjects do you do at school?* Que matérias você estuda na escola? **3** *vi* (sempre + *adv*) [desempenhar, fazer sucesso] desempenhar, atuar *He did well/badly in the exam.* Ele foi bem/mal na prova. *How are you doing in your new job?* Como você está se saindo em seu novo emprego?
*ver também USO em **make, 293**

deed *sfn* [um tanto formal ou antiquado] ação, feito, façanha *a good deed* uma boa ação *Who could have committed such an evil deed?* Quem poderia ter cometido uma ação tão perversa?

act *vi* **1** agir *He's been acting rather strangely recently.* Ele está agindo de maneira bastante estranha ultimamente. *The government has decided to act.* O governo decidiu agir. (+ **on**) *I acted on her advice.* Agi de acordo com seu conselho. **2** (ger. + **as**) [ter um determinado papel, função] atuar, representar, desempenhar *I agreed to act as her lawyer.* Concordei em ser advogado dela. *The death penalty is supposed to act as a deterrent.* Supõe-se que a pena de morte funcione como um freio. (+ **for**) *a lawyer acting for Mrs Smith* um advogado que representa a Sra. Smith

act *sfn* ato, ação, feito *Her first act as President was to free all political prisoners.* Sua primeira medida como Presidente foi libertar todos os presos políticos. *Our conscious acts may have unconscious motives.* Nossos atos conscientes podem ter motivos inconscientes. (+ **of**) *an act of treachery/bravery* um ato de deslealdade/bravura *ver também **entertainment, 376**

action *s* **1** *sfn* [ação] ação, movimento *The child observes the actions of its mother.* A criança observa as atitudes de sua mãe. *to catch and throw the ball in a single action* pegar e jogar a bola em um único movimento **2** *ssfn* [fazer coisas, em vez de falar ou pensar] ação, funcionamento *We must **take action** to solve this problem.* Devemos tomar uma atitude para resolver este problema. *a film with lots of action* um filme com muita ação *You should see this weapon **in action**.* Você deveria ver esta arma em funcionamento. **3** *ssfn* [como algo funciona ou produz um efeito] funcionamento, efeito *a model to demonstrate the action of the lungs* um modelo para demonstrar o funcionamento dos pulmões *the action of sulphuric acid on metal* o efeito do ácido sulfúrico sobre o metal *The traffic lights are **out of action**.* Os semáforos não estão funcionando.

> **U S O**
>
> Em seus sentidos como substantivos contáveis, **act** e **action** são freqüentemente intercambiáveis com pouca ou nenhuma mudança de significado. Ex.: *a brave act/action* (um ato/ação corajosa) *One must accept the consequences of one's acts/actions.* (Devem-se aceitar as conseqüências dos próprios atos/ações.) Se houver uma diferença enfática, **act** considera o ato do ponto de vista da pessoa que o realiza, enquanto **action** se refere mais ao ponto de vista de outras pessoas, ou ao contexto ou conseqüências mais amplas do ato. Somente a palavra **act** pode ser usada com **of**, p. ex. *an act of defiance* (um desafio)

active *adj* ativo, operante, dinâmico, atuante *These animals are most active at night.* Esses animais são mais ativos durante a noite. *He's active in local politics.* Ele participa ativamente da política local. *a soldier **on active service*** um soldado na ativa **actively** *adv* ativamente

activity *s* **1** *sfn* atividade *after-school/leisure activities* atividades extracurriculares/de lazer *criminal activities* atividades criminais **2** *ssfn* atividade, vigor, energia *periods of strenuous activity* períodos de intensa atividade

287.1 Comportar-se

behave *vi* **1** [agir de uma determinada maneira] comportar-se, portar-se *grown men behaving like* *schoolboys* adultos se comportando como moleques *Scientists are studying the way these particles behave at high temperatures.* Os cientistas estão estudando o comportamento dessas partículas em altas temperaturas. **2** [suj: esp. criança] comportar-se *Make sure you behave (yourself) while I'm gone!* Comporte-se enquanto eu estiver fora. *She's very well-/badly-behaved.* Ela é muito bem/mal-comportada.

behaviour (*brit*), **behavior** (*amer*) *ssfn* **1** comportamento, conduta *She studies animal behaviour.* Ela estuda o comportamento dos animais. **2** comportamento, conduta *That child's behaviour is disgraceful!* O comportamento daquela criança é terrível. **to be on one's best behaviour** comportar-se muito bem

conduct *ssfn* [mais formal do que **behaviour**] conduta, comportamento *Your son's conduct has been excellent this term.* A conduta de seu filho tem sido excelente neste trimestre. *The doctor was accused of unprofessional conduct.* O médico foi acusado de má conduta profissional.

conduct *vt* **1** [um tanto formal. Obj: p. ex. investigação, caso de amor] conduzir, guiar; dirigir, administrar, controlar *The meeting was properly/badly conducted.* A reunião foi bem/mal-conduzida. **2 conduct oneself** [mais formal do que **behave**] comportar-se *That is not how a young lady should conduct herself in public!* Esta não é a maneira como uma mocinha deveria se comportar em público!

react *vi* (freq. + **to**) reagir *He reacts violently when provoked.* Ele reage violentamente quando provocado. *The patient is reacting well to the drug.* O paciente está reagindo bem ao medicamento. (+ **against**) *These artists are reacting against dominant cultural traditions.* Esses artistas estão reagindo contra as tradições culturais dominantes.

reaction *sfn* reação, resposta *Thanks to her quick reactions, an accident was avoided.* Graças ao seu reflexo rápido, evitou-se um acidente. *There was a positive reaction to my suggestion.* Houve uma reação positiva à minha sugestão.

287.2 Fazer uma tarefa

perform *v* **1** *vti* [mais formal do que **carry out**. Obj: p. ex. ação, tarefa] executar, fazer, realizar, cumprir *the surgeon who performed the operation* o cirurgião que fez a operação *She didn't perform as well as expected in the exam.* Ela não foi tão bem na prova como esperava. **2** *vi* [suj: máquina, esp. carro] desempenhar, funcionar *The car performs well on wet roads.* O carro possui bom desempenho em pistas molhadas.

performance 1 *sc/sfn* desempenho, execução, cumprimento *expenses incurred in the performance of one's duties* os gastos incorridos no cumprimento de suas obrigações **2** *ssfn* desempenho, rendimento *a high-performance car* um carro com alto desempenho

carry out sth OU **carry** sth **out** *vt prep* [obj: p. ex. tarefa, obrigação, pedidos] fazer, cumprir, conduzir, levar adiante, pôr em prática *The police have carried out a thorough investigation.* A polícia fez uma investigação minuciosa. *My instructions are to be carried out to the letter.* Minhas instruções devem ser cumpridas ao pé da letra.

undertake *vt, pretérito* **undertook** *part passado* **undertaken** (freq. + **to** + INFINITIVO) [um tanto formal. Aceitar uma determinada tarefa ou responsabilidade] empreender, assumir, encarregar-se de, incumbir-se de; comprometer-se a *We undertake to deliver the goods by May 15th.* Comprometemo-nos a entregar os produtos antes de 15 de maio.

undertaking *sfn* [um tanto formal] **1** [tarefa] empreendimento, tarefa, incumbência *This project has been a costly undertaking.* Este projeto tem sido um empreendimento dispendioso. **2** [promessa] promessa, compromisso *He gave a solemn undertaking not to reveal the information to anybody else.* Ele prometeu solenemente não revelar as informações para mais ninguém.

deal with sth/sb *vt prep* [obj: p. ex. questão, problema, cliente] lidar com, tratar, manter relação *the clerk who is dealing with your application* o funcionário que está tratando de seu requerimento *Young offenders are dealt with by juvenile courts.* Os jovens infratores são julgados pelos juizados de menores.

solve *vt* [obj: p. ex. problema, enigma] resolver, solucionar *another case brilliantly solved by Sherlock Holmes* outro caso brilhantemente solucionado por Sherlock Holmes *You won't solve anything by resigning.* Você não resolverá nada pedindo demissão.

---

expressões

take measures OU **steps** tomar medidas ou passos *The government is taking measures/steps to improve security at airports.* O governo está tomando medidas para melhorar a segurança nos aeroportos.

take turns (*brit & amer*), **take it in turns** (*brit*) (freq. + **to** + INFINITIVO) revezar *We take (it in) turns to do the washing-up.* Revezamo-nos para lavar a louça.

take the plunge [após hesitar, sentir-se nervoso, etc.] tomar atitude, aventurar-se, lançar-se, decidir-se a dar um passo arriscado *I finally decided to take the plunge and start my own business.* Finalmente decidi arriscar e abrir meu próprio negócio.

grasp the nettle (*brit*) [um tanto formal. Reconhecer um problema difícil e decidir resolvê-lo o mais rápido possível] enfrentar as dificuldades *It's about time the government grasped the nettle of unemployment.* Já era hora de o governo enfrentar o problema do desemprego.

take the bull by the horns [começar a resolver um problema difícil de maneira direta e decidida] meter a cara, enfrentar uma dificuldade de frente

bite the bullet [sofrer algo desagradável com bravura] engolir a seco *We have to bite the bullet and accept that the project has failed.* Temos que engolir a seco e admitir que o projeto fracassou.

grit one's teeth [manter a determinação numa situação difícil] agüentar firme *You may be exhausted, but you just have to grit your teeth and carry on.* Você pode estar exausto, mas tem que agüentar firme e seguir em frente.

get off one's backside [informal. Parar de ser preguiçoso e começar a trabalhar, etc.] pôr mãos à obra, sair da vida boa *It's about time you got off your backside and found yourself a job!* Já era hora de você sair da vida boa e encontrar um trabalho!

288 Habitual Habitual

ver também **normal, 442**

habit *sc/sfn* [deliberado ou inconsciente] hábito, costume *a bad habit* um mal hábito/um vício *her peculiar eating habits* seus hábitos alimentares peculiares *I'm not in the habit of lending money to strangers.* Não tenho o costume de emprestar dinheiro a estranhos. *I've got into/out of the habit of getting up early.* Adquiri/Perdi o hábito de levantar cedo. *smokers who are trying to break/kick the habit* fumantes que estão tentando deixar o vício

habitual *adj* [ger. descreve algo mal ou não aprovado] habitual, costumeiro, comum *habitual lies* mentiras comuns, mentirinhas **habitually** *adv* geralmente, regularmente, costumeiramente, de costume, por hábito

custom *sfn* 1 [de um país, sociedade, etc.] costume *How did the custom of shaking hands originate?* Como surgiu o costume de apertar as mãos? 2 [mais formal do que **habit** e usado somente para atos deliberados e conscientes] costume *It was her custom to take a walk before dinner.* Tinha o costume de dar um passeio antes do jantar.

customary *adj* [mais formal do que **usual**] habitual, costumeiro, usual, de costume *He sat in his customary place.* Sentou em seu lugar de costume. *It is customary to give one's host a small present.* É costume dar um presentinho ao anfitrião.

used to OU **use to** (+ INFINITIVO) costumar *I used to swim every day.* Eu costumava nadar todos os dias. *He didn't use to like fish.* Antes ele não gostava de peixe. *Didn't she use to live in London?* Ela não morava em Londres antes? 2 (depois do *v*) **to be used to sth/to be used to doing sth** estar acostumado a algo/fazer algo *Are you used to your new car yet?* Você já está acostumado com seu carro novo? *I'm not used to living on my own.* Não estou acostumado a morar sozinho. **to get used to sth/to get used to doing sth** acostumar-se com algo/a fazer algo *I can't get used to this new haircut.* Não consigo me acostumar com este novo corte de cabelo. *You'll soon get used to working from home.* Você logo se acostumará a trabalhar em casa.

accustomed *adj* [um tanto formal] 1 (depois do *v*; sempre + **to**) acostumado **to be/become accustomed to sth** estar/ficar acostumado a algo *I'm not accustomed to being called by my first name.* Não estou acostumado a ser chamado pelo meu primeiro nome. *My eyes gradually became accustomed to the gloom.* Meus olhos se acostumaram pouco a pouco à penumbra. 2 [comum] de costume *She sat in her accustomed place.* Ela sentou-se em seu lugar de costume.

tend *vi* (sempre + **to** + INFINITIVO) [indica uma ocorrência regular ou característica] tender, ter tendência a *I tend to work better in the mornings.* Tenho tendência a trabalhar melhor de manhã. *She tends to exaggerate.* Ela tende a exagerar.

tendency *sfn* tendência, inclinação, propensão *She has a tendency to exaggerate.* Ela tem uma tendência a exagerar.

prone *adj* (depois do *v*; ger. + **to**, + **to** + INFINITIVO) [para algumas doenças, defeito, etc.] propenso, inclinado, predisposto *She's extremely prone to headaches.* Ela é extremamente propensa a dores de cabeça. *The car is prone to break(ing) down on long journeys.* O carro tende a quebrar em viagens longas. *He's accident-prone.* Ele é propenso a acidentes.

U S O

1 A forma negativa de *I used to* eu costumava é *I didn't use/used to* ou *I used not to* seguido de infinitivo, p. ex. *I didn't use to go to parties.* Eu não costumava ir a festas. *He used not to like classical music.* Ele não gostava de música clássica. A forma de interrogativa mais comum é *Did/didn't you use/used to...?* seguida da forma infinitiva, p. ex. *Didn't they use to be friends?* Eles não eram amigos? 2 Cuidado para não confundir **used to** com **usually** (geralmente). Compare: *I used to go skiing every year but I can't afford it now.* Antes eu costumava esquiar todos os anos, mas agora não tenho condições de fazê-lo. *I usually go skiing in March.* Geralmente vou esquiar em março. 3 Note que, enquanto o modal **used to** é seguido do infinitivo, a construção adjetiva **used to** é seguida da forma -ing (ou um simples substantivo). Compare: *I used to work in London.* Antes eu trabalhava em Londres. *I'm used to working in London.* Estou acostumado a trabalhar em Londres.

---

289 Put Colocar

ver também **position, 66**

put *vt, pretérito & part passado* **put** (sempre + *adv* ou *prep*) colocar, pôr *Put the vase on the table.* Coloque o vaso em cima da mesa. *I'm going to put a mirror on the wall.* Vou colocar um espelho na parede. *You've put too much sugar in my coffee.* Você colocou muito açúcar no meu café. *Where have I put my keys?* Onde coloquei as minhas chaves? *Your decision puts me in a difficult position.* A sua decisão me coloca numa situação difícil.

put sth **away** OU **put away** sth *vt prep* [no local onde geralmente é guardado] guardar, guardar no lugar de costume *Put your toys away when you've finished playing with them.* Guarde seus brinquedos assim que terminar de brincar.

put sth **back** OU **put back** sth *vt prep* guardar, repor, recolocar, pôr no lugar *She put the plates back in the cupboard.* Ela guardou os pratos de volta no armário.

put sth **down** OU **put down** sth *vt prep* abaixar, soltar, largar *Put that gun down!* Abaixe essa arma! *I put my briefcase down on the chair.* Coloquei minha pasta na cadeira.

place *vt* (sempre + *adv* ou *prep*) [mais formal do que **put**] colocar, pôr *He placed the ball on the penalty spot.* Ele colocou a bola na marca de pênalti. *Place a cross next to the candidate's name.* Coloque um X ao lado do nome do candidato. *ver também **areas, 14**

replace vt [mais formal do que **put back**] repor, devolver *Please replace the receiver after making your call.* Favor colocar o telefone no gancho após fazer a sua chamada.
*ver também **substitute, 57**

position vt [colocar algo precisa e deliberadamente] colocar, posicionar *The magnets have to be carefully positioned.* Os ímãs têm que ser cuidadosamente posicionados. *This map shows where the enemy troops are positioned.* Este mapa mostra onde as tropas inimigas estão posicionadas.

set vt, pretérito & part passado **set 1** (sempre + *adv* ou *prep*) [colocar intencionalmente. Mais formal do que **put**] pôr, colocar *He was waiting for his meal to be set in front of him.* Ele estava esperando que sua refeição fosse posta à sua frente. (+ **down**) *She set the injured cat down carefully on the table.* Ela colocou com cuidado o gato machucado em cima da mesa. **2** (freq. + **for**) [obj: p. ex. máquina fotográfica, mecanismo] ajustar, regular, programar *Set the alarm clock for 6:30.* Coloque o relógio para despertar às 6h30. *The bomb has been set to go off at 3:30.* A bomba foi programada para explodir às 3h30. **3** [obj: p. ex. preço, limite, recorde] marcar, fixar, determinar, estabelecer *Let's set a date for the party.* Vamos marcar uma data para a festa. *She's set a new world record.* Ela marcou um novo recorde mundial. **4** (esp. *brit*) [obj: p. ex. exercício, prova] dar uma tarefa, marcar um trabalho *The teacher didn't set us any homework this week.* O professor não nos deu nenhuma tarefa para casa esta semana.

set sb **down** ou **set down** sb *vt prep* [obj: passageiro] desembarcar, deixar passageiros *The taxi (driver) set us down in the city centre.* O motorista do táxi nos deixou no centro da cidade.

set adj [descreve p. ex. preço, tempo, quantia] fixo, determinado *I have to work a set number of hours each week.* Tenho que trabalhar um número fixo de horas por semana.

setting sfn [de máquina, câmera, etc.] ajuste, regulagem

lay vt, pretérito & part passado **laid 1** (sempre + *adv* ou *prep*) [colocar numa superfície plana] pôr, colocar *He laid the baby on the bed.* Ele colocou o bebê na cama. *Lay some newspaper on the floor before you start painting.* Coloque jornal no chão antes de começar a pintar. **2** [obj: mesa] pôr, colocar, arrumar *The maid has laid the table for dinner.* A empregada pôs a mesa para o jantar.

spread vti, pretérito & part passado **spread** (freq. + **on**) [obj/suj: p. ex. manteiga, geléia] passar, espalhar, cobrir uma superfície *She spreads a lot of butter on her bread.* Ela passa muita manteiga no pão. [obj: p. ex. toalha de mesa, mapa] estender, esticar (+ **out**) *He spread the map (out) on the table.* Ele abriu o mapa em cima da mesa.

deposit vt [um tanto formal. Geralmente sugere desfazer-se de algo] depositar, jogar fora *The rubbish is deposited at the local dump.* O lixo é depositado no aterro local. *She deposited the contents of her bag on the table.* Ela despejou o conteúdo de sua bolsa na mesa.

plonk vt (freq. + **down**) [informal. Colocar algo em qualquer lugar rapidamente e com um pouco de força] jogar *He plonked the bag/himself (down) on the bench next to me.* Ele jogou a bolsa/se jogou no banco ao meu lado.

slam vti, -**mm**- [bater algo com força e rapidez contra outra coisa] bater com força *He slammed the book down angrily on the table.* Ele fechou o livro violentamente sobre a mesa. *The driver slammed on the brakes.* O motorista pisou fundo nos freios. *The door slammed shut.* A porta bateu e trancou.

289.1 Colocar objetos grandes ou fixos no lugar

install vt [obj: p. ex. aparelho] instalar, pôr em funcionamento *We've just had a new gas cooker installed.* Nosso novo fogão a gás acabou de ser instalado. **installation** ssfn instalação

erect vt [mais formal do que **put up**. Obj: estrutura alta, p. ex. edifício] erigir, construir, erguer, levantar *The townspeople erected a statue in his honour.* Os cidadãos ergueram uma estátua em sua homenagem. **erection** ssfn construção

locate v **1** vt [geralmente usado na voz passiva. Indica posição geográfica] localizar, situar *The hotel is located in the city centre.* O hotel está situado no centro da cidade. **2** vti [obj: p. ex. fábrica, sede] implantar, locar *The company intends to locate (a factory) in this area.* A empresa pretende implantar (uma fábrica) nesta área.

situate vt [ger. usado na voz passiva. Indica locais geográficos] situar, localizar *a village situated in the mountains* um povoado situado nas montanhas

situation sfn posição, localização *The house enjoys an ideal situation overlooking the valley.* A casa está numa localização ideal com vista para o vale.

site sfn [porção de terra usada para um fim específico] local, lugar, sítio, terreno *the site of a famous battle* o local de uma batalha famosa *building/archaeological/caravan site* terreno de edifício/sítio arqueológico/área de camping para trailers

site vt [ger. em contextos técnicos ou formais] implantar, situar *The company intends to site a factory in this area.* A empresa pretende implantar uma fábrica nesta área.

290 System Sistema

ver também **intend, 107.1**

system sfn **1** [algo que consiste em partes diferentes que funcionam em conjunto] sistema *britain's legal/motorway system* sistema jurídico/rodoviário da Grã-Bretanha *the nervous/digestive system* o sistema nervoso/digestivo *A new computer system is to be installed.* Será instalado um novo sistema de computador. **2** [maneira ordenada de trabalhar, organizar algo, etc.] sistema, método *filing/accounting/queueing system* sistema de arquivamento/contabilidade/ordem de chamada (+ **for**) *I have a system for remembering people's telephone numbers.* Tenho um método para lembrar o número de telefone das pessoas.

systematic adj [descreve p. ex. método, procura] sistemático **systematically** adv sistematicamente

GRUPOS DE PALAVRAS

way *sfn* [palavra muito genérica] (freq. + **of**, + **to** + INFINITIVO) maneira, modo, forma, método, jeito *Hold the racket this way.* Segure a raquete desta maneira. *Eggs can be cooked in several different ways.* Podem-se preparar ovos de várias maneiras diferentes. *He spoke to us in a friendly way.* Ele conversou conosco de maneira amigável. *I don't like her way of doing things.* Não gosto do jeito que ela faz as coisas. *That's not the way to plant potatoes.* Não é assim que se plantam batatas. *I don't like the way he dresses.* Não gosto da maneira como ele se veste.

method *s* 1 *sfn* (freq. + **of**) [maneira de desempenhar uma tarefa, etc.] método *the method used to carry out the experiment* o método utilizado para fazer a experiência *different methods of payment* diferentes formas de pagamento *new teaching methods* novos métodos de ensino 2 *ssfn* [abordagem metódica] método *There doesn't seem to be much method in the way he works.* Parece não haver muito método na maneira como ele trabalha.

methodical *adj* [descreve p. ex. trabalhador, abordagem, investigação] metódico **methodically** *adv* metodicamente

technique *sfn* (freq. + **of, for**) [implica uma habilidade ou conhecimento especial] técnica *a tennis player with an unusual technique* um jogador de tênis com uma técnica pouco comum *modern surgical techniques* modernas técnicas cirúrgicas

procedure *sc/sfn* [conjunto de ações prescritas] procedimento, trâmite; processo, conduta *The policemen who had arrested him had not followed the correct procedure.* Os policiais que o prenderam não seguiram o procedimento correto. *Applying for a passport is quite a simple procedure.* Solicitar um passaporte é um procedimento bastante simples.

procedural *adj* de procedimento

process *sfn* [conjunto de ações ou eventos interligados] processo *the ageing/learning process* o processo de envelhecimento/aprendizagem *modern industrial processes* processos industriais modernos *We are **in the process of** installing a new computer system.* Estamos em vias de instalar um novo sistema de computadores. *These measures will improve efficiency, and, **in the process**, reduce costs.* Essas medidas aumentarão a eficiência e, conseqüentemente, reduzirão os custos.

process *vt* 1 [industrial, químico, etc. Obj: p. ex. matérias-primas, alimento] processar [obj: p. ex. filme fotográfico] revelar 2 [administrativamente. Obj: p. ex. pedido, reivindicação de seguro] processar, tramitar

formula *sfn, pl* **formulas** OU **formulae** (freq. + **for**) 1 [método automático que pode ser usado repetidamente] fórmula *the formula for calculating overtime payments* a fórmula para calcular o pagamento de horas-extras *There's no magic formula for success.* Não existe uma fórmula mágica para o sucesso. 2 [idéia, declaração, etc. planejada para um fim específico] fórmula *They've come up with a formula for settling the dispute.* Encontraram uma fórmula para resolver o conflito.

routine *sc/sfn* [série de ações habituais e regulares] rotina *The inspectors go through a routine to make sure all the equipment is working properly.* Os supervisores seguem uma rotina para se certificar de que todos os equipamentos estão funcionando bem. *He was fed up of the same old daily routine.* Ele estava cansado da mesma rotina de sempre.

routine *adj* [descreve p. ex. tarefa, inspeção] rotineiro, regular; costumeiro, habitual *The police assured me that their enquiries were purely routine.* A polícia me assegurou que suas investigações eram pura rotina. *They lead a dull, routine sort of life.* Eles levavam um tipo de vida rotineira e monótona.

291 Cause Causar

ver também **wicked, 219.1**

cause *vt* causar, originar *What caused the explosion?* O que causou a explosão? *Headaches can be caused by overwork or poor lighting.* Dores de cabeça podem ser causadas por excesso de trabalho ou má iluminação. *You've caused your parents a lot of anxiety.* Você deu muita preocupação a seus pais. *The delay caused me to miss my train.* O atraso me fez perder o trem.

bring about sth OU **bring** sth **about** *vt prep* [fazer acontecer] provocar, ocasionar *It was ordinary people who brought about the changes in Eastern Europe.* Foram as pessoas do povo que provocaram mudanças no Leste Europeu. *improvements in productivity brought about by new working practices* aumentos de produtividade ocasionados por novas práticas de trabalho

responsible *adj* (depois do v; freq. + **for**) [descreve: pessoa] responsável *the statesman who was responsible for the abolition of slavery* o estadista responsável pela abolição da escravatura *Who's responsible for this mess?* Quem é o responsável por essa bagunça?

instrumental *adj* (ger. + **in**) [um tanto formal. Que desempenha um papel importante] útil, crucial, decisivo *She was instrumental in bringing about these changes.* Ela contribuiu de maneira decisiva para provocar essas mudanças. *The scandal was instrumental in his decision to resign.* O escândalo influenciou consideravelmente sua decisão de pedir demissão.

be sb's fault ser culpa de alguém *The accident was the driver's fault.* O acidente foi culpa do motorista. (+ **that**) *'It wasn't my fault that the project failed.'* 'Whose fault was it, then?' 'Não foi por minha culpa que o projeto fracassou.' 'De quem foi a culpa, então?'

owing to *prep* [um tanto formal no inglês americano] devido a, por causa de *She was absent owing to illness.* Ela estava ausente por motivo de doença. *Owing to your negligence, a man was killed.* Devido à sua negligência, um homem foi morto.

due to *prep* devido a, por causa de *Her absence was due to illness.* Sua ausência foi devida a doença. *deaths due to lung cancer* mortes ocasionadas pelo câncer de pulmão

GRUPOS DE PALAVRAS

USO

Na realidade, na expressão **due to**, a palavra **due** é um adjetivo, portanto deve qualificar um substantivo. Ex.: *The **delay** was **due** to bad weather*. (O atraso foi devido ao mau tempo.) **Due to** pode ser substituído por **caused by**. Caso contrário, deve-se usar **owing to**. Entretanto, no linguajar cotidiano, freqüentemente usa-se **due to** em ambos os casos. Ex.: *The train was delayed owing/due to bad weather*. (O trem atrasou devido ao mau tempo.)

291.1 Razão

reason *s* (freq. + **for**) razão, motivo, causa *State the reason for your visit*. Declare o motivo de sua visita. *She just left, for no apparent reason*. Ela acabou de sair sem motivo aparente. *All baggage is thoroughly examined, for reasons of security*. Toda a bagagem é minuciosamente examinada, por motivos de segurança. *I can't think of any reason for changing our plans*. Não vejo nenhum motivo para alterar nossos planos. (+ **to** + INFINITIVO) *You have every reason to be angry*. Você tem toda a razão do mundo para estar nervoso. *The reason for the smell was a rotting cabbage*. A causa do cheiro era um repolho estragado. *ver também **think**, 104; **sane**, 130

cause *s* 1 *sfn* (freq. + **of**) causa, razão, origem *The police are trying to find out the cause of the explosion*. A polícia está tentando averiguar a causa da explosão. *the underlying causes of the French Revolution* as causas subjacentes da Revolução Francesa 2 *ssfn* (freq. + **for**) [razão, justificativa] motivo, razão *There's no cause for alarm/complaint*. Não há motivo para alarmar-se/queixar-se (+ **to** + INFINITIVO) *There's no cause to complain*. Não há motivo para se queixar.

motive *sfn* (freq. + **for**) [razão para querer fazer algo] motivo, causa, razão *She was acting out of selfish motives*. Ela estava agindo por egoísmo.

grounds *s pl* (freq. + **for**) [razão legítima ou oficial] razões, motivos, premissas, fundamentos *We have good grounds for believing that she was murdered*. Temos bons motivos para acreditar que ela foi assassinada. (+ **that**) *She refused to pay on the grounds that she had not received the goods*. Ela recusou-se a pagar, alegando que não havia recebido a mercadoria.

excuse *sfn* (+ **for**) [razão por não fazer algo, fazer algo errado, etc.] desculpa, justificativa; pretexto *There can be no excuse for this sort of behaviour*. Não há desculpa para este tipo de comportamento.

for the sake of sb/sth pelo bem de, por causa de, pelo amor de alguém/algo *Come back home, for your mother's sake*. Volte para casa, pelo bem de sua mãe. *I'm telling you this for your own sake*. Estou lhe dizendo isso para o seu próprio bem. *He sacrificed himself for the sake of his country/principles*. Ele se sacrificou por seu país/seus princípios.

292 Result Resultado

result *sfn* 1 [de alguma situação, ação] resultado, conseqüência, conclusão *This social unrest is a/the result of high unemployment*. Esta inquietação social é um/o resultado do alto nível de desemprego. *Our profits have increased **as a result of** good management*. Nossos lucros aumentaram em conseqüência de uma boa administração. *The train was delayed, and, **as a result**, I was late for the meeting*. O trem atrasou e, por isso, cheguei atrasado para a reunião. 2 [situação final, conclusão] resultado *They did not publish the results of their research*. Eles não publicaram os resultados de sua pesquisa. *the football results* os resultados do futebol *exam results* os resultados dos exames *The **end result** was a victory for the local team*. O resultado final foi vitória para o time da casa.

result *vi* 1 (sempre + **in**) resultar, ter como conseqüência *The war resulted in a victory for the Allies*. A guerra resultou na vitória dos Aliados. 2 (freq. + **from**) originar *If this dispute is not resolved, then a war could result*. Se este conflito não for resolvido, poderá sobrevir uma guerra como conseqüência. *a series of mistakes resulting from inexperience* uma série de erros resultantes de inexperiência.

effect *sfn* (freq. + **on**) [produzido por algo que age sobre alguém] efeito, resultado *the effect(s) of radioactivity on the human body* os efeitos da radioatividade no corpo humano. *The drug is beginning to **take effect**.* O medicamento está começando a fazer efeito. *Our warnings have had no effect (on him/his behaviour)*. Nossos avisos não surtiram nenhum efeito (sobre ele/seu comportamento). *The artist learns how to produce/create certain effects*. O artista aprende a produzir/criar certos efeitos.

consequence *sc/sfn* [mais formal do que **result**] conseqüência *The accident was a direct consequence of the driver's negligence*. O acidente foi uma conseqüência direta da negligência do motorista. *You broke the law, and now you must **take/face the consequences**.* Você quebrou a lei e agora tem que aceitar/encarar as conseqüências.

repercussion *sfn* (ger. *pl*) [conseqüência séria e importante] repercussão *If the boss finds out, there are bound to be repercussions*. Se o chefe descobrir, certamente o fato terá repercussões. (+ **for**) *This disaster could have serious repercussions for the whole world*. Esse desastre poderia ter sérias repercussões no mundo todo.

outcome *sfn* [resultado final] resultado *The outcome of the negotiations is still in doubt*. Ainda não se sabe bem o resultado das negociações.

the upshot of *sth* [resultado final] resultado, conclusão *What was the upshot of your discussion?* Qual foi o resultado de sua discussão?

293 Make Fazer

ver também **do, 287; put, 289; materials, 304**

make vt, pretérito & part passado **made 1** fazer, preparar, produzir, criar, elaborar, compor, fabricar, construir *He makes jewellery for a living.* Ele ganha a vida como joalheiro. *I'll make you a cup of tea.* Prepararei uma xícara de chá para você. (+ **from**, **out of**) *I made these shorts from/out of an old pair of jeans.* Fiz esses shorts de uma calça jeans velha. (+ **of**) *a ring made of silver* um anel de prata **2** [obj: p. ex. movimento, tentativa, mudança, descoberta] fazer [obj: p. ex. erro] cometer [obj: som] produzir [obj: p. ex. decisão] tomar [obj: p. ex. pedido, oferta] fazer **3** [obj: dinheiro] fazer [obj: benefícios] ganhar, auferir *I make about £20,000 a year from my business.* Ganho cerca de 20.000 libras por ano com meu negócio. **4** [obj: amigo, inimigo] fazer *Our children have made friends with the little boy next door.* Nossos filhos fizeram amizade com o menino vizinho. **5** [somar] ser, perfazer, totalizar *Five and four make(s) nine.* Cinco e quatro são nove.

maker sfn [esp. de produtos manufaturados] fabricante *The camera didn't work properly so I sent it back to the makers.* A máquina fotográfica não estava funcionando bem, então a devolvi para o fabricante.

USO

1 Como regra geral, **do** significa 'realizar uma ação' e se centra no verbo, enquanto **make** significa 'criar algo novo' e focaliza o objeto ou resultado. Ex.: *He's doing the washing-up.* (Ele está lavando a louça.) *She's doing her homework.* (Ela está fazendo os deveres de casa.) *He's making a paper aeroplane.* (Ele está fazendo um avião de papel.) *She's making a cake.* (Ela está fazendo um bolo) . Entretanto, há muitas exceções imprevisíveis a esta regra, especialmente no caso de **make**. Ex.: *Don't make any sudden movements.* (Não faça nenhum movimento repentino.) **2** Cuidado para não confundir **made from** com **made of**. **Made of** é usado para descrever os materiais usados para fazer algo, p. ex. *a dress made of silk and lace* (um vestido de seda e renda). **Made from** é usado quando algo foi feito transformando-se uma coisa em outra diferente, p. ex. *a dress made from an old curtain* (um vestido feito de uma velha cortina).

---

create vt [obj: algo absolutamente novo] criar, produzir, inventar, realizar [obj: p. ex. interesse, confusão, problemas] criar, ocasionar *God created the world in six days.* Deus criou o mundo em seis dias. *A lot of new jobs have been created in the last few years.* Foram criados muitos empregos novos nos últimos anos. *I can create a lot of trouble for you if you don't cooperate.* Posso criar muitos problemas para você se não cooperar.

creation s **1** ssfn [ato de criar] criação *The government is encouraging the creation of new jobs.* O governo está incentivando a criação de novos empregos. **2** sfn [freq. humorístico e um tanto pejorativo. Algo criado] criação *The famous fashion designer is showing off her latest creations.* A famosa desenhista de moda está mostrando suas últimas criações.

form v **1** vti [trazer, vir à existência] criar(-se), formar(-se), constituir(-se), fundar; desenvolver, conceber, adquirir; fazer parte de; organizar, transformar-se em, tomar forma, surgir; pôr em forma, dispor *The volunteers formed a human chain.* Os voluntários formaram uma corrente humana. *The club was formed in 1857.* O clube foi fundado em 1857. *Rust forms/is formed when iron comes into contact with water.* A ferrugem se forma quando o ferro entra em contato com a água. **2** [agir como, ser equivalente a algo] formar, constituir *The mountains form a natural border between the two countries.* As montanhas formam uma fronteira natural entre os dois países. *Rice forms the basis of their diet.* O arroz constitui a base de sua dieta. *ver também **shape, 39**

formation s **1** ssfn formação *He recommended the formation of a new committee.* Ele recomendou a formação de um novo comitê. *the formation of crystals* a formação de cristais **2** sc/sfn [maneira como algo está formado ou disposto] formação *an interesting cloud formation* uma interessante formação de nuvens *The planes were flying in formation.* Os aviões estavam voando enfileirados.

concoct vt [humorístico ou pejorativo, implica originalidade ou falta de fineza. Obj: p. ex. bebida] preparar, misturar [obj: p. ex. desculpa] inventar, tramar, planejar (+ **from**) *a sort of soup concocted from parsnips and mangoes* um tipo de sopa feita à base de raízes e manga *He concocted some story about being a millionaire.* Ele inventou uma história de que era milionário.

concoction sfn [freq. uma bebida] mistura, preparo *She asked me to sample one of her concoctions.* Ela me pediu para provar uma amostra de suas misturas.

293.1 Atividades práticas e industriais

produce vt produzir, fabricar *The country exports most of the goods it produces.* O país exporta a maioria dos produtos que produz. (+ **from**) *The power station produces energy from household waste.* A usina produz energia a partir do lixo doméstico. *the oil-producing countries* os países produtores de petróleo *He produces a novel every two years.* Ele escreve um romance a cada dois anos. *Our discussions did not produce a solution to the problem.* Nossas discussões não trouxeram uma solução ao problema.

producer sfn produtor *Saudi Arabia is a major producer of oil/oil producer.* A Arábia Saudita é um importante produtor de petróleo.

production ssfn produção, fabricação *The factory has been able to increase (its) production.* A fábrica conseguiu aumentar a sua produção. *The company will begin production of the new car next year.* A empresa começará a fabricar o novo carro no ano que vem. (usado como *adj*) *production manager/line* gerente/linha de produção

manufacture vt [produzir industrialmente] fabricar, manufaturar *The company manufactures light bulbs.* A empresa fabrica lâmpadas. *manufactured goods* produtos manufaturados **manufacturer** sfn fabricante

manufacture ssfn fabricação *The company specializes in the manufacture of light bulbs.* A empresa é especializada na fabricação de lâmpadas.

manufacturing *ssfn* manufatura *Manufacturing forms the basis of the country's economy.* A indústria manufatureira constitui a base da economia do país.

build *v, pretérito & part passado* **built 1** *vti* [obj: p. ex. parede, casa, ponte] construir, edificar, erigir *The cathedral was built in the 14th century.* A catedral foi construída no século XIV. *The company wants to build on this land.* A empresa deseja construir neste terreno. (**+ of**) *houses built of stone* casas de pedra **2** *vt* (freq. **+ up**) [obj: p. ex. negócio, relacionamento, confiança] construir, desenvolver (**+ on**) *The Roman Empire was built on slave labour.* O Império Romano foi construído com o trabalho escravo. *This information will help us build (up) an overall picture of the situation.* Esta informação nos ajudará a adquirir uma visão geral da situação.

build on sth *vt prep* [usado como base para maior progresso] fundamentar, basear *We're hoping to build on our success.* Esperamos poder explorar o nosso sucesso.

building *ssfn* construção *to finance the building of a new factory* financiar a construção de uma nova fábrica (usado como *adj*) *the building industry* a indústria da construção

construct *vt* [mais formal do que **build**] construir *They're going to construct a new factory on this site.* Eles vão construir uma nova fábrica neste terreno. *a carefully constructed argument* um argumento cuidadosamente estruturado

construction *s* **1** *ssfn* construção, edificação *A new hospital is under construction.* Está sendo construído um novo hospital. (usado como *adj*) *the construction industry* a indústria da construção **2** *sfn* [termo mais genérico do que **building**] prédio, edifício *a construction made entirely of glass* um edifício feito totalmente em vidro

assemble *vt* [obj: algo formado de várias partes, p. ex. um jogo de prateleiras] montar *The equipment is easy to assemble.* O equipamento é fácil de montar. *ver também **group, 207**

design *vt* [obj: p. ex. máquina, edifício, roupa] projetar, desenhar *The bridge was designed by an American engineer.* A ponte foi projetada por um engenheiro americano. (**+ to +** INFINITIVO, **+ for**) *These tools were designed for use by left-handed people.* Essas ferramentas foram projetadas para canhotos.

design *s* **1** *sc/sfn* projeto, planejamento, desenho (**+ for**) *her design for a new type of parking meter* seu projeto para um novo tipo de aparelho de medir o tempo de estacionamento *a building of (an) unusual design* um edifício com um projeto inusitado **2** *ssfn* [habilidade, campo de conhecimento] desenho *a course in art and design* um curso de arte e desenho *The French lead the world in dress design.* Os franceses lideraram o mundo em desenhos de moda.

designer *sfn* desenhista, projetista *He's a designer of children's clothes.* Ele é um desenhista de roupas infantis. *a famous aircraft/dress designer* um famoso projetista de aviões/desenhista de moda

293.2 Construir idéias e instituições

found *vt* [obj: p. ex. cidade, escola, empresa] fundar, estabelecer *The college was founded in 1536/by St Augustine.* A faculdade foi fundada em 1536/por Santo Agostinho.

foundation *s* **1** *ssfn* fundação *The school is celebrating the 500th anniversary of its foundation.* A escola está celebrando o quinto centenário de fundação. **2** *sfn* [idéia, situação, etc. que serve de base para algo] alicerce, base, fundação *His argument is built on strong foundations.* Seu argumento está alicerçado em bases sólidas. *Her studies will provide a good foundation for a career in industry.* Seus estudos lhe fornecerão uma boa base para uma carreira na indústria.

establish *vt* **1** [obj: organização] fundar, estabelecer [obj: p. ex. regras, relacionamento] estabelecer, instituir *The United Nations was established after the Second World War.* A Organização das Nações Unidas foi instituída após a Segunda Guerra Mundial. *We have established a framework for negotiations.* Estabelecemos as condições para as negociações. **2** [estabelecer-se, ser aceito, obter sucesso] consolidar, consagrar, estabelecer (**+ as**) *She has established herself as his likely successor.* Ela se consolidou como sua provável sucessora. *This novel has established his reputation as Britain's leading writer.* Este romance consolidou sua reputação como o escritor mais importante da Inglaterra.

establishment *ssfn* fundação, criação *The company has grown rapidly since its establishment in 1960.* A empresa cresceu rapidamente desde a sua fundação em 1960. *ver também **organization, 206**

set up sth OU **set** sth **up** *vt prep* **1** [obj: p. ex. comitê, investigação, fundo] criar, constituir, abrir, estabelecer, formar *This organization was set up to deal with complaints against the police.* Esta organização foi criada para cuidar das queixas contra a polícia. **2** [preparar, montar] montar *It'll take us a while to set up the equipment before we start filming.* Levaremos algum tempo para montar o equipamento antes de iniciar a filmagem. *The police have set up roadblocks on all roads out of the city.* A polícia montou bloqueios em todas as saídas da cidade.

framework *sfn* **1** [plano geral, limites] estrutura *We have established a framework for negotiations.* Fixamos as condições de negociação. *We're trying to express our opinions within the framework of the law.* Estamos tentando expressar nossas opiniões dentro da lei. **2** [sobre o qual um edifício, veículo, etc. é construído/montado] alicerce, armação, estrutura *The framework of the building is still intact.* A estrutura do edifício ainda está intacta.

structure *s* **1** *sc/sfn* [maneira como algo é construído] estrutura *The two crystals look similar, but they have different structures.* Os dois cristais se parecem, porém têm estruturas diferentes. *the structure of our society* a estrutura de nossa sociedade *the company's pay/administrative structure* a estrutura de pagamento/administrativa da empresa **2** *sfn* [palavra genérica para qualquer coisa construída] estrutura *the tallest man-made structure in the world* a mais alta estrutura feita pelo homem

structure *vt* estruturar, organizar *You need to learn how to structure your essays.* Você precisa aprender a estruturar seus ensaios. *the way our society is structured* a maneira como nossa sociedade está estruturada

structural *adj* estrutural *The house is in need of major structural repairs.* A casa necessita de grandes reformas estruturais.

structurally *adv* estruturalmente *The building is structurally sound.* O prédio tem uma estrutura sólida.

basis *sfn, pl* **bases** [fato, hipótese, etc. que funciona como um ponto de partida para algo] base, fundamento *Your allegations have no basis (in fact).* Suas alegações não têm fundamento (na realidade). (+ **for**) *There is no (factual) basis for these allegations.* Não há fundamentos (objetivos) para essas alegações. *She was appointed to the job* **on the basis of** *her previous experience.* Ela foi nomeada para o cargo com base em sua experiência prévia. *I agreed to take part* **on the basis that** *I would be paid.* Concordei em participar partindo do princípio de que eu seria remunerado.

294 Join Unir

join *v* **1** *vt* (freq. + **together**) juntar, unir, ligar *We need to join these two ropes together somehow.* Precisamos unir essas duas cordas de alguma maneira. (+ **up**) *She doesn't join her letters (up) properly when she writes.* Ela não une bem as letras quando escreve. *We all joined hands.* Nós todos demos as mãos. *the passageway that joins the two buildings* o corredor que liga os dois prédios **2** *vti* [encontrar algo/alguém] encontrar(-se), confluir [suj: pessoa] encontrar(-se), juntar-se *The path joins the main road just up ahead.* O caminho encontra a estrada principal um pouco mais adiante. *We joined the march halfway through.* Unimo-nos à passeata na metade do caminho. *Would you like to join us for lunch?* Você gostaria de almoçar conosco? *In case you've just joined us, here are the main points of the news.* Para você que acabou de juntar-se a nós, aqui vai um resumo das principais notícias.

join *sfn* [local onde duas coisas se unem] junta *He wears a wig, but you can't see the join.* Ele usa uma peruca, mas não se percebe onde ela começa e onde ela acaba.

combine *vti* (freq. + **with**) [formar um único objeto, ação, idéia, etc. a partir de dois ou mais elementos diferentes] combinar(-se) *I managed to combine the business trip with a holiday.* Consegui conciliar minha viagem de negócios com as férias. *It's a radio and television combined.* É um aparelho de rádio e televisão combinados. *Hydrogen combines with oxygen to form water.* O hidrogênio se une ao oxigênio para formar água.

combination *sc/sfn* combinação *Hydrogen and oxygen are an explosive combination.* O hidrogênio e o oxigênio formam uma combinação explosiva. *Students choose different combinations of subjects.* Os alunos escolhem diferentes combinações de matérias.

attach *vt* (freq. + **to**) **1** [unir algo a outra coisa, freq. sem exigir muito esforço] anexar, juntar, apensar, encaixar *to attach a flash to a camera* encaixar um flash à máquina fotográfica. *There was a cheque attached to the letter.* Havia um cheque apenso à carta. **2** [um tanto formal. Obj: p. ex. importância] dar importância *I attach a great deal of importance to honesty.* Dou muita importância à honestidade.

attached *adj* (depois do *v*) [emocionalmente] apegado *She's very attached to her dog.* Ela é muito apegada a seu cachorro.

attachment *sfn* **1** acessório *a power drill with various attachments* uma furadeira com vários acessórios **2** [emocional] laço, vínculo, carinho *The child forms a strong attachment to its mother.* A criança forma um vínculo forte com sua mãe.

hook *sfn* gancho *I hung my coat on the hook.* Pendurei meu casaco no gancho *a fishing hook* um anzol

hook *vt* (sempre + *adv* ou *prep*) enganchar, prender *The dog's lead was hooked over the railings.* A coleira do cachorro ficou presa na grade. *I accidentally hooked my coat on the barbed wire.* Prendi meu casaco no arame farpado sem querer. (+ **up, to**) *I hooked the trailer (up) to the back of the truck.* Prendi o reboque na traseira do caminhão.

connect *vt* (freq. + **to, with**) **1** [obj: p. ex. aparelho, fios] conectar, ligar *The M4 motorway connects London with/to the southwest.* A Rodovia M4 liga Londres ao sudoeste. (+ **up**) *to connect a hosepipe (up) to a tap* prender uma mangueira numa torneira *The telephone hasn't been connected yet.* O telefone ainda não foi ligado. *Your thigh bone is connected to your knee bone.* O fêmur está ligado à rótula. **2** [estabelecer uma relação, associação, etc.] associar, relacionar *The police have found nothing to connect her with/to the crime.* A polícia não descobriu nada que a relacionasse ao crime. *The two firms have similar names, but they're not connected.* As duas empresas têm nomes semelhantes, porém não estão associadas.

connection *sfn* **1** conexão, ligação, associação *The switch wasn't working because of a loose/faulty connection.* O interruptor não estava funcionando porque estava mal encaixado/com defeito. **2** relação, conexão *He has connections with the Church.* Ele tem ligações com a Igreja. (+ **between**) *There is no connection between the two companies.* Não há nenhuma relação entre as duas empresas. *The police would like to speak to her* **in connection with** *a number of robberies in the area.* A polícia gostaria de falar com ela a respeito de uma série de roubos ocorridos na área. **3** [no contexto de transportes ou comunicações] ligação, baldeação, conexão (+ **between**) *There are good road and rail connections between London and Scotland.* Há boas ligações rodoviárias e ferroviárias entre Londres e Escócia. *The train was delayed, and I missed my connection.* O trem atrasou e perdi minha conexão. *It was a bad connection, so I had to shout down the phone.* A ligação telefônica estava ruim, assim tive que gritar.

link *sfn* **1** (freq. + **with**) [muito semelhante ao significado de **connection**, porém pode sugerir uma ligação feita ou usada conscientemente] ligação, conexão, laço, elo, vínculo *The university has (built) strong links with local industry.* A universidade construiu fortes laços com a indústria local. *The airport is the country's only link with the outside world.* O aeroporto é a única ligação do país com o mundo exterior. (+ **between**) *This clue provided an important link between the two crimes.* Esta pista forneceu uma ligação importante entre os dois crimes. **2** [de corrente] elo

link *vt* (freq. + **with**, **to**) ligar, conectar, associar, vincular *The Channel Tunnel will link Britain with/to/and the Continent.* O túnel do Canal da Mancha ligará o Reino Unido ao continente. *an organization linked with/to the Red Cross* uma organização associada à Cruz Vermelha

link up *vi prep* (freq. + **with**) conectar(-se), acoplar(-se) *The American and Russian spacecraft are about to link up.* Os foguetes americano e russo estão prestes a se acoplar.

294.1 Unir coisas firmemente

bind *v, pretérito & part passado* **bound 1** [mais formal do que **tie (up)**. Amarrar seguramente, bem apertado] amarrar, atar, ligar *Bind the wound in order to stop the bleeding.* Estanque a ferida para conter a hemorragia. *The hostages were bound and gagged.* Os reféns foram amarrados e amordaçados. **2** (ger. + **together**) [um tanto formal. Suj: p. ex. força, emoções] unir *the energy which binds atoms together* a energia que une os átomos *We felt bound together in our grief.* Sentimo-nos unidos em nossa dor. **3** [obj: livro] encadernar *books bound in leather* livros encadernados em couro

binding *sfn* encadernação, capa de livro *a book with a leather binding* um livro com uma encadernação de couro

bond *sfn* **1** [emocional] laço, elo, vínculo *the bonds of friendship* os laços da amizade (+ **between**) *A special bond often develops between twins.* Existe freqüentemente um vínculo especial entre irmãos gêmeos. **2** (ger. no *pl*) [formal, antiquado. Correntes, cordas, etc.] amarra *The prisoner had broken free from his bonds.* O prisioneiro libertou-se de suas amarras.

stick *vti, pretérito & part passado* **stuck** [com cola, fita adesiva ou substância similar] colar, grudar *Don't forget to stick a stamp on the envelope.* Não esqueça de colar um selo no envelope. (+ **to**) *There was some chewing gum stuck to the wall.* Havia chiclete grudado na parede.

stuck *adj* (depois do *v*) [incapaz de se mover] preso, emperrado *I got stuck trying to climb through the hole in the wall.* Fiquei preso ao tentar passar pelo buraco no muro. *The door's stuck.* A porta está emperrada.

sticky *adj* pegajoso, viscoso, adesivo *a sticky substance* uma substância pegajosa *sticky labels* etiquetas adesivas *My hands are all sticky.* Minhas mãos estão pegajosas.

weld *vti* [obj: peças de metal, em que se usa calor para derretê-las] soldar *to weld two sheets of metal together* soldar duas placas de metal **welding** *ssfn* soldagem **welder** *sfn* soldador

fasten *v* **1** *vti* [obj: p. ex. casaco, botões] fechar, abotoar *Make sure your seat belt is securely fastened.* Verifique se seu cinto de segurança está firmemente preso. *a skirt that fastens at the side* uma saia que fecha na lateral **2** *vt* (freq. + **to**) [uso mais genérico] prender, amarrar, segurar, fixar *The load is securely fastened to the truck.* A carga está bem presa ao caminhão. (+ **together**) *She fastened the documents together with a paperclip.* Ela prendeu os documentos com um clip.

fastener *sfn* [zíper, fivela, etc.] fecho, colchete, zíper, fivela

294.2 Usar fio ou corda

tie *vt* (freq. + **to**) **1** (freq. + **up**) amarrar, prender [obj: p. ex. cordas, nó] *He was tying decorations on/to the Christmas tree.* Ele estava prendendo as decorações na árvore de Natal. *She tied the parcel up with string.* Ela amarrou o pacote com um fio. *The hostage was tied to the bed.* O refém estava amarrado na cama. *He tied a knot in his handkerchief.* Ele deu um nó em seu lenço. **2** [obrigar a permanecer num certo local] prender *There's nothing tying me to this town.* Não há nada que me prenda a esta cidade. *Now that I've got a baby, I'm tied to the home all day.* Agora que tenho um bebê, fico presa dentro de casa o dia todo.

tie *sfn* **1** [usado para fechar um saco de lixo, etc.] fecho **2** (ger. no *pl*) laços, vínculo, compromisso *family ties* laços de família *a young, single woman with no ties* uma mulher jovem e solteira sem compromissos *ver também **accessories**, 192

knot *sfn* nó *to tie a knot in a piece of string* dar um nó num pedaço de fio

knot *vt*, -tt- dar nó em *I knotted the two ends of the rope together.* Juntei as pontas da corda com um nó.

tangle *vti* (freq. + **up**) [enroscar de uma maneira complicada e desordenada, ger. acidentalmente] enroscar(-se), enrolar(-se), embaraçar(-se), emaranhar(-se) *Be careful not to tangle (up) the wires.* Cuidado para não embaraçar os fios. *The oars had got tangled in/with the fishing net.* Os remos ficaram enroscados na rede de pesca.

tangle *sfn* emaranhado, entrançado, embaraço *The wires were in a terrible tangle.* Os fios estavam terrivelmente embaraçados.

294.3 Materiais usados para colar, amarrar e unir coisas

glue *sc/sfn* cola *a tube of glue* um tubo de cola

glue *vt, part presente* **gluing** ou **glueing** colar *I glued the handle back on the cup.* Colei a asa da xícara. (+ **together**) *Glue the two ends together.* Colar as duas pontas.

paste *ssfn* [usado para papel e cartão. Não é forte o suficiente para porcelana, madeira, etc.] cola, massa, pasta *wallpaper paste* cola para papel de parede

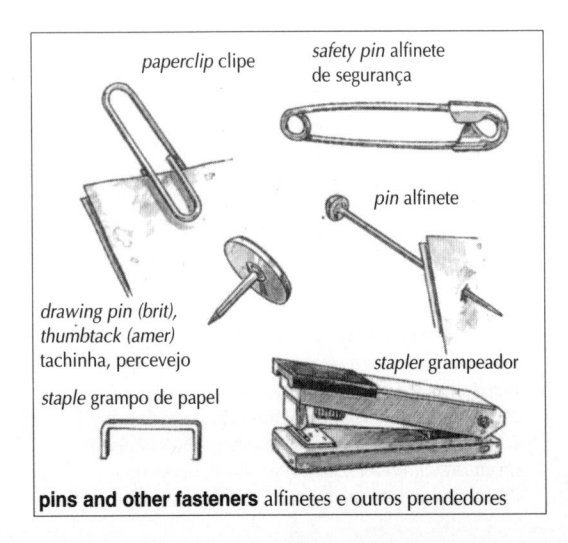

paperclip clipe

safety pin alfinete de segurança

pin alfinete

drawing pin (brit)*, thumbtack* (amer) tachinha, percevejo

staple grampo de papel

stapler grampeador

pins and other fasteners alfinetes e outros prendedores

paste vt afixar, colar, grudar (+ **to**, **on**) *There were a few posters pasted on/to the wall.* Havia alguns cartazes afixados na parede.

pin vt, -nn- (freq. + **to**, **on**) afixar, prender *I'll pin a copy of the letter to/on the notice board.* Afixarei uma cópia da carta no quadro de avisos. (+ **together**) *He pinned the two pieces of material together.* Prendeu os dois pedaços de material.

tape ssfn [material embebido em cola, esp. em tiras ou rolos compridos] fita adesiva *a roll of sticky tape* um rolo de fita adesiva *insulating/masking tape* fita para isolamento

sellotape (*brit*), **scotch tape** (*amer*) ssfn (*marca registrada*) (freqüentemente maiúscula) fita adesiva

rope sc/sfn corda *a length of rope* um pedaço de corda *She escaped by climbing down a rope.* Ela escapou descendo por uma corda.

string ssfn barbante *a ball of string* um rolo de barbante

twine ssfn [tipo de fio forte, por exemplo o tipo usado em jardinagem] barbante, fio, retrós

295 Separate Separar

separate v (freq. + **from**, **into**) 1 vti [ação] separar(-se) *The child didn't want to be separated from its parents.* A criança não queria se separar de seus pais. *Let's separate for a while and meet up again later.* Vamos nos separar por alguns momentos e nos encontraremos mais tarde. *I find it difficult to separate these two ideas in my mind.* Acho difícil separar essas duas idéias em minha mente. 2 vt [estado] separar, dividir *A stone wall separates our land from theirs.* Um muro de pedra separa nossas terras das deles.

separate adj (freq. + **from**) 1 [que não está junto] separado, isolado, individual *The piranhas are in a separate tank from the other fish.* As piranhas estão num aquário separado dos outros peixes. *Keep your cheque book and cheque card separate.* Guarde seu talão de cheques e cartão do banco separados. 2 [que não é o mesmo] diferente, distinto *My three appointments are on separate days.* Minhas três entrevistas são em dias diferentes.
separately adv separadamente **separation** sc/sfn separação

divide v 1 vti (freq. + **into**, **up**) [separar em partes] dividir(-se), separar(-se), repartir *to divide a cake in half/into three* dividir um bolo pela metade/em três partes *The teacher divided the children (up) into groups.* A professora dividiu as crianças em grupos. (+ **between**) *The winners will have to divide the prize money (up) between them.* Os vencedores terão que dividir o dinheiro do prêmio entre si. *The cells divide every 20 seconds.* As células se dividem a cada 20 segundos. 2 vt [devido a divergências. Não tão forte como **split**] divergir, causar divisão, desunir *This issue has divided the Party.* Este assunto dividiu o Partido. *Opinions are divided over this issue.* As opiniões estão divididas quanto a este assunto.

U S O

Observe o uso da preposição **into** em frases como *We divided into three groups.* (Dividimo-nos em três grupos.) *I divided the cake into eight portions.* (Reparti o bolo em oito pedaços.)

division s 1 ssfn divisão *She complained about the unfair division of the prize money.* Ela reclamou sobre a divisão injusta do dinheiro do prêmio. *a biologist studying cell division* um biólogo que estuda a divisão celular 2 sc/sfn divisão *This issue has caused deep divisions within the Party.* Esta questão causou profundas divisões no Partido. *ver também **maths, 297**

split v, -tt-, pretérito & part passado **split** 1 vti (freq. + **into**) [quebrar ou rachar usando força. Obj: p. ex. madeira, pedra, roupas] partir(-se), partir ao meio, quebrar(-se) em várias partes, rachar(-se), abrir ao meio *He split the log into three pieces.* Ele partiu o tronco em três pedaços. *His trousers split as he sat down.* Suas calças rasgaram ao sentar-se. 2 vti (freq. + **into**, **up**) [menos formal do que **divide**] dividir(-se), separar(-se), repartir *The teacher split the children (up) into two groups.* A professora dividiu as crianças em dois grupos. *This issue could split the Party.* Esta questão poderia dividir o Partido. (+ **between**) *The winners will have to split the prize money (up) between them.* Os ganhadores terão que repartir o dinheiro do prêmio. 3 vi (geralmente + **up**) [suj: esp. casal] separar-se, terminar o namoro, romper relações *Tracey and Kevin have split (up).* Tracey e Kevin se separaram. (+ **with**) *Tracey has split (up) with her boyfriend.* Tracey terminou o namoro.

split sfn 1 (+ **in**) rachadura, ruptura, rasgo *There was a large split in the wooden door.* Havia uma grande rachadura na porta de madeira. 2 separação, rompimento, divisão, divergência *to avoid a damaging split within the Party* evitar um rompimento prejudicial dentro do Partido

detach vt (freq. + **from**) [geralmente intencional, com cuidado e sem exigir muito esforço. Obj: esp. peça removível] desencaixar, desligar, desunir, desligar *to detach the flash from a camera* tirar o flash da máquina fotográfica *She detached herself from his embrace.* Ela se soltou de seu abraço.

detached adj [que não está emocionalmente envolvido] imparcial, separado, distante *It's difficult for doctors to remain emotionally detached from their work.* É difícil para os médicos manterem uma distância emocional de seu trabalho. **detachment** ssfn imparcialidade, desinteresse, distanciamento *ver também **types of building, 174**

disconnect vt [obj: esp. fornecimento de eletricidade/gás, aparelho, tubulação] desligar, desconectar, desencaixar, desmontar, destacar *Their telephone has been disconnected because they didn't pay the bill.* O telefone deles foi desligado porque não pagaram a conta. **disconnection** sc/sfn desligamento

disconnected adj [que não está construído de maneira coerente ou lógica. Descreve p. ex. pensamentos, observações] incoerente, entrecortado

apart adv 1 [que não está unido] separado, afastado, distante *They're married, but they live apart.* Eles são casados, mas vivem separados. *He stood with his legs apart.* Ele estava em pé com as pernas abertas. (+ **from**)

GRUPOS DE PALAVRAS

I stood apart from the rest of the crowd. Fiquei afastado do resto da multidão. **2** [em partes ou pedaços] desmontar, destruir *The house was blown apart by the explosion.* A casa foi destruída pela explosão. *badly made toys that come/fall apart in your hands* brinquedos malfeitos que se desmontam em suas mãos *She took the radio apart to see how it worked.* Ela desmontou o rádio para ver como funcionava. *ver também **exclude, 437**

295.1 Começar a tirar algo que está preso ou amarrado

undo *vt, pretérito* **undid** *part passado* **undone** [termo mais genérico] desfazer, desatar, desamarrar, desabotoar, desmanchar *She undid her coat/the buttons/the knot.* Ela desabotoou o casaco/desfez o nó. *Your shoelace is undone/has come undone.* Seus cadarços estão/ficaram desamarrados.
unfasten *vt* [obj: p. ex. casaco, cinto, botões] desabotoar, abrir
untie *vt* (freq. + **from**) [obj: esp. cadarços, corda, fio, nó] desfazer, desamarrar, desatar *They untied the prisoner's hands.* Eles desataram as mãos do prisioneiro. *The hostage was relieved to be untied from the chair.* O refém sentiu-se aliviado quando foi desamarrado da cadeira.
unbutton *vt* desabotoar
loose *adj* **1** [descreve: roupas] largo, frouxo [descreve p. ex. botão, parafuso] frouxo, solto *These trousers are very loose around the waist.* Essas calças estão muito folgadas na cintura. *One of my teeth is coming loose.* Um dos meus dentes está amolecendo. *The switch wasn't working because of a loose connection.* O interruptor não estava funcionando porque não estava bem conectado. **2** (depois do v) [que não está preso por fitas, presilhas, etc. Descreve: esp. cabelo] solto *She usually wears her hair loose.* Ela geralmente usa cabelo solto.
loosen *vti* [obj/suj: p. ex. nó, algo apertado] afrouxar, soltar(-se) *The nurse loosened the patient's clothing so that he could breathe more easily.* A enfermeira afrouxou as roupas do paciente para que ele pudesse respirar mais facilmente.

296 Computers Computadores

computer *sfn* computador *a personal/home computer* um computador pessoal/de uso doméstico *We can do these calculations on the computer.* Podemos fazer esses cálculos no computador. (usado como *adj*) *computer games/programs/equipment* jogos/programas/equipamentos de computador/de informática
computerize, TAMBÉM **-ise** (*brit*) *vt* [obj: p. ex. empresa, sistema de contabilidade] informatizar *a computerized booking system for airline tickets* um sistema informatizado de reservas de passagens aéreas
computerization *ssfn* informatização

monitor TAMBÉM *visual display unit, forma abreviada VDU* monitor
screen tela
disk drive drive, unidade de disco
floppy disk disquete, disco flexível
keyboard teclado
mouse, pl mouses mouse
printer impressora

system *sfn* [elementos do computador que funcionam conjuntamente] sistema *a (computer) system designed for use in libraries* um sistema (de computador) planejado para bibliotecas
terminal *sfn* terminal
word processor *sfn* **1** [tipo de computador] processador de textos **2** [programa] editor de texto **word processing** *ssfn* editoração de texto
keyboard *sfn* teclado
keyboard *vt* [obj: dados, texto] digitar *It will take a long time to keyboard all these sets of figures.* Levará muito tempo para digitar todos esses números.
hardware *ssfn* [o equipamento físico em si] hardware
software *ssfn* [programas, etc.] software
hard disk *sfn* disco rígido

> **U S O**
>
> O termo **floppy disk** (literalmente 'disco flexível') refere-se principalmente aos discos maiores com 5,25 polegadas de diâmetro, porém às vezes também é usado para os menores de 3,5 polegadas, mesmo que não sejam flexíveis. A palavra usada para esses discos pequenos é **diskette**. A palavra **disk**, por si só, é um termo genérico que pode ser utilizado para todos os tamanhos de disco. O **hard disk** encontra-se permanentemente instalado dentro do computador e, normalmente, não é visível pelo usuário.

program *sfn* programa *She has written a program to convert Fahrenheit to Celsius.* Ela criou um programa para converter graus Fahrenheit em Celsius.
program *vti*, **-mm-** [obj: p. ex. computador, robô, vídeo] programar (+ **to** + INFINITIVO, + **for**) *The computer is not programmed to carry out these tasks.* O computador não está programado para exercer estas funções. **(computador) programmer** *sfn* programador (de computador)

GRUPOS DE PALAVRAS

data *ssfn* dados *once all the data has been keyboarded* uma vez digitados todos os dados (usado como *adj*) *data files/storage/processing* arquivos/armazenamento/ processamento de dados

> **USO**
>
> Algumas pessoas insistem que **data**, devido à sua raiz latina, deveria ser um plural em vez de um substantivo sem flexão de número: *once all the data have been keyboarded* uma vez digitados todos os dados. Entretanto, a maioria das pessoas considera seu uso pedante e prefere usá-la com um verbo no singular.

menu *sfn* menu

printout (*brit*), **print-out** (*amer*) *sc/sfn* (freq. **+ of**) impressão, listagem *a printout of all the members' names and addresses* uma listagem dos nomes e endereços de todos os membros

down *adj* (depois do *v*) [que não está funcionando] avariado *The system is down.* O sistema está avariado/não está funcionando

up *adj* (depois do *v*) [funcionar novamente, após uma avaria, etc.] em funcionamento *The system will soon be (back) up again.* Logo o sistema começará a funcionar novamente.

bug *sfn* [algo errado com o hardware ou software] erro, falha, defeito

297 Maths Matemática

ver também **shapes, 38; weights and measures, 307**

mathematics *ssfn*, abrev. **maths** (*brit*), **math** (*amer*) matemática *He studied maths at university.* Ele estudou matemática na universidade. **mathematical** *adj* matemático **mathematician** *sfn* matemático

arithmetic *ssfn* aritmética *mental arithmetic* cálculo de cabeça **arithmetic(al)** *adj* aritmético

algebra *ssfn* álgebra **algebraic** *adj* algébrico, referente à álgebra

geometry *ssfn* geometria

geometric(al) *adj* 1 [relativo à geometria] geométrico 2 [que forma figuras ou ângulos regulares] geométrico *the geometric(al) designs of modern architecture* os desenhos geométricos da arquitetura moderna

setsquare (brit), triangle (amer) esquadro

protractor transferidor

compass OU *compasses s pl* compasso

ruler régua

geometry set instrumentos para geometria

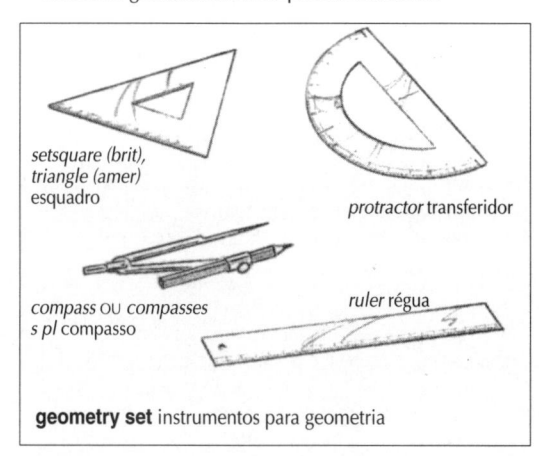

diagram *sfn* (freq. **+ of**) diagrama *to draw a diagram* fazer um diagrama

graph *sfn* gráfico

formula *sfn*, *pl* **formulae** fórmula (**+ for**) *What is the formula for solving quadratic equations?* Qual é a fórmula para resolver equações do segundo grau?

297.1 Operações matemáticas

add *vti* (freq. **+ to, up**) somar *If you add 11 to/and 89 you get 100.* Se você somar 11 a/e 89 o resultado é 100. *Don't forget to add VAT (to the price).* Não se esqueça de acrescentar o imposto sobre valor agregado (ao

+ (mais ou adição)
− (menos)
× (vezes OU multiplicado por)
÷ (dividido por)
= (igual a)

Twelve plus three equals/is fifteen. (12 + 3 = 15) Doze mais três é igual a quinze.
Twelve minus three equals/is nine. (12 − 3 = 9) Doze menos três é igual a nove.
Twelve times three equals/is thirty-six. (12 × 3 = 36) Doze vezes três é igual a trinta e seis.
Twelve divided by three equals/is four. (12 ÷ 3 = 4) Doze dividido por três é igual a quatro.
The repairs cost £50, plus VAT. O conserto custou 50 libras, mais imposto sobre o valor agregado.
a temperature of minus ten degrees Celsius (−10°C) uma temperatura dez graus Celsius negativos (−10°C)
a plus/minus/equals sign um sinal de mais/menos/igual

preço). (**+ together**) *Add the two numbers together.* Some os dois números. *Add up each column of figures.* Some cada coluna de números. *Your total order adds up to £117.* O seu pedido totaliza 117 libras. **addition** *ssfn* adição, soma *ver também* **increase, 46**

subtract *vti* (freq. **+ from**) subtrair *Add the first two numbers together then subtract the third.* Some os dois primeiros números e depois subtraia o terceiro. *If you subtract 11 from 89 you get 78.* Se subtrair 11 de 89, o resultado será 78. **subtraction** *ssfn* subtração

multiply *vt* (freq. **+ by**) multiplicar *27 multiplied by 89 equals 2403.* 27 multiplicado por 89 é igual a 2403. (**+ together**) *Multiply these two numbers together.* Multiplique estes dois números. **multiplication** *ssfn* multiplicação

divide *vti* (freq. **+ by, into**) dividir *If you divide 2403 by 89 you get 27.* Se você dividir 2403 por 89, o resultado será 27. *11 doesn't divide into 100 exactly.* O número 11 não se divide exatamente por 100. **division** *ssfn* divisão *ver também* **separate, 295**

297.2 Calcular

calculate *vti* calcular *How do you calculate the area of a circle?* Como se calcula a área de um círculo? (**+ that**)

GRUPOS DE PALAVRAS

Scientists have calculated that the two planets will collide in about 500 years' time. Os cientistas calcularam que os dois planetas se chocarão dentro de aproximadamente 500 anos.

calculation sc/sfn cálculo *If my calculations are correct, we have about £200 left to spend.* Se meus cálculos estiverem corretos, temos cerca de 200 libras sobrando para gastar.

calculator sfn calculadora *a pocket/desk calculator* uma calculadora de bolso/mesa

work out sth ou **work** sth **out** vt prep [menos formal do que **calculate**, e freq. usado para se referir a cálculos mais simples] calcular, achar (+ **that**) *I worked out that we had spent about £200.* Calculei que gastamos umas 200 libras.

sum sfn **1** [cálculo aritmético simples] soma, cálculo *I did a quick sum in my head.* Fiz rapidamente uma conta de cabeça. *a multiplication/division sum* total de uma divisão/multiplicação **2** [total de uma soma] soma, total *What is the sum of 43, 81 and 72?* Qual é a soma de 43, 81 e 72? **3** [quantia em dinheiro] quantia, quantidade *The government spends huge sums on defence.* O governo gasta muito dinheiro em defesa.

total sfn total *Add up all the figures and write the total at the bottom.* Some todos os números e escreva o total embaixo.

total vt, -ll- (*brit*), ger. -l- (*amer*) totalizar, somar, atingir *Government spending totalled £500 billion last year.* Os gastos do governo totalizaram 500 bilhões de libras no ano passado.

answer sfn [menos formal do que **result**] resposta, solução *The correct answer is 813.* A resposta correta é 813.

*ver também **answer**, 352

298 Numbers Números

number sfn **1** número *Multiply the first number by the second.* Multiplique o primeiro número pelo segundo. *The page numbers are at the bottom.* Os números das páginas estão na parte inferior. *This record is number two in the charts.* Este disco é o número dois nas paradas de sucesso. **2** (freq. + **of**) [quantidade de coisas, pessoas, etc.] número, quantidade *Count the number of chairs in the room.* Conte o número de cadeiras da sala. *I have a number of things to discuss with you.* Tenho muitas coisas para discutir com você. *People were arriving in large numbers.* As pessoas estavam chegando em grandes quantidades.

> **USO**
>
> Geralmente refere-se ao número **0** como **nought**. **Zero** é também comumente usado, especialmente em contextos científicos e matemáticos. **Nil** é usado em placares de futebol e **love** em placares de tênis. Em números de telefone e decimais, o número **0** é pronunciado como a letra **o**. Exemplos: *To multiply by 100, just add two noughts* Para multiplicar por 100, simplesmente acrescente dois zeros.

NÚMEROS

	Cardinal	Ordinal	Advérbio		Cardinal	Ordinal
1	one	first	once	50	fifty	fiftieth
2	two	second	twice	60	sixty	sixtieth
3	three	third	three times,	70	seventy	seventieth
		[antiquado] thrice		80	eighty	eightieth
4	four	fourth	four times	90	ninety	ninetieth
5	five	fifth	five times	100	a/one hundred	hundredth
6	six	sixth	etc.	101	a/one hundred and one	hundred-and-first
7	seven	seventh				
8	eight	eighth		149	a/one hundred and forty-nine	hundred and forty-ninth
9	nine	ninth				
10	ten	tenth		200	two hundred	two hundredth
11	eleven	eleventh		796	seven hundred and ninety-six	seven hundred and ninety-sixth
12	twelve	twelfth				
13	thirteen	thirteenth		1,000	a/one thousand	
14	fourteen	fourteenth		1,001	a/one thousand and one	
15	fifteen	fifteenth		1,100	one thousand one hundred	
16	sixteen	sixteenth		2,000	two thousand	
17	seventeen	seventeenth		6,914	six thousand nine hundred and fourteen	
18	eighteen	eighteenth		10,000	ten thousand	
19	nineteen	nineteenth		100,000	a/one hundred thousand	
20	twenty	twentieth		1,000,000	a/one million	
21	twenty-one	twenty-first		4,132,860	four million, one hundred and thirty-two thousand, eight hundred and sixty	
22	twenty-two	twenty-second				
23	twenty-three	twenty-third				
24	twenty-four	twenty-fourth		*1, 3, 5 and 7 are **odd numbers**.* 1, 3, 5 e 7 são números ímpares.		
30	thirty	thirtieth				
31	thirty-one	thirty-first		*2, 4, 6, and 8 are **even numbers**.* 2, 4, 6 e 8 são números pares.		
40	forty	fortieth				

number vt numerar *Don't forget to number the pages.* Não se esqueça de numerar as páginas. *The hotel rooms are numbered (from) 1 to 400.* Os quartos do hotel estão numerados de 1 a 400.

figure sfn **1** [número escrito] número, dígito *All I do in my job is add up rows of figures all day.* Tudo o que eu faço no trabalho é somar fileiras de números o dia todo. *He earns a six-figure salary.* Ele ganha um salário de seis dígitos. **2** [quantia representada em números] estimativa, quantia, valor, estatística *Can you give me an approximate figure for the number of guests you expect?* Você poderia me dar uma estimativa do número de convidados que espera? *They sold their house for a huge figure.* Venderam a casa por um valor astronômico.

count vti contar *I counted the (number of) chairs; there were 36.* Contei (o número de) cadeiras, havia 36. *The miser was counting his money.* O sovina estava contando o seu dinheiro. *The votes have not yet been counted.* Os votos ainda não foram contados. *The child is learning to count.* A criança está aprendendo a contar. *to count from one to ten/to count up to ten* contar de um a dez/contar até dez

298.1 Palavras que representam números específicos

pair sfn (freq. + **of**) **1** [duas coisas semelhantes que ficam juntas] par, casal *a pair of shoes* um par de sapatos *There's a pair of robins nesting in our garden.* Há um ninho de um casal de tordos americanos em nosso jardim. *to walk in pairs* andar em pares **2** [diz-se de certos objetos que consistem em duas partes semelhantes] *a pair of trousers/scissors/binoculars* calças/tesouras/binóculos

couple sfn **1** [um tanto informal. Dois, ou talvez um pouco mais] algum *There are a couple of cans of beer in the fridge.* Há algumas latas de cerveja na geladeira. *Can you wait a couple of minutes?* Você pode esperar alguns minutos? **2** [homem e mulher, etc.] casal *a married couple* um casal

few adj **1 a few** [quantidade positiva. Mais do que dois, porém não muitos] um pouco, alguns *I invited a few friends over for dinner.* Convidei alguns amigos para jantar. *I waited for a few minutes, then went home.* Esperei alguns minutos, depois fui para casa. **2 few** [quantidade negativa. Um tanto formal. Não muito, quase nada.] pouco *He has few friends.* Ele tem poucos amigos. *Few churches can boast such fine architecture.* Poucas igrejas têm uma arquitetura tão primorosa. *There are fewer buses in the evenings.* Há menos ônibus à noite.

USO

É muito comum ouvir **less** no lugar de **fewer**, p. ex. *There are less people here than I expected.* (Há menos pessoas do que eu esperava.) Porém esse uso ainda é considerado gramaticalmente incorreto por muitas pessoas.

---

few pron **1 a few** algum *'Did you take any photos?' 'A few.'* 'Você tirou fotos?' 'Algumas.' *I invited a few of my friends over for dinner.* Convidei alguns amigos para jantar. **2 few** pouco *The Greeks built many fine temples, but few have survived.* Os gregos construíram muitos templos magníficos, mas poucos sobreviveram.

USO

As palavras **dozen**, **hundred**, **million** e **billion** podem ser usadas, esp. no plural, para denotar, num contexto apropriado, uma quantidade indeterminada de coisas, pessoas, etc. Geralmente há um grau de exagero implícito, nesse caso seu uso é considerado informal. Veja os exemplos abaixo.

---

dozen sfn [doze] dúzia *I ordered a dozen boxes of pencils.* Pedi uma dúzia de caixas de lápis. *half a dozen/a half-dozen eggs* meia dúzia de ovos (+ **of**) *He's had dozens of different jobs.* Ele já teve um monte de empregos diferentes.

hundred sfn cem, centena *There were exactly a/one/two hundred people in the hall.* Havia exatamente cem/duzentas pessoas no salão. (+ **of**) *We had hundreds of applications for this job.* Recebemos centenas de inscrições para este trabalho.

thousand sfn mil, milhar *He earns a thousand pounds a month.* Ele recebe mil libras por mês. (+ **of**) *Thousands of people visit the museum every day.* Milhares de pessoas visitam o museu todos os dias.

million sfn milhão *Over 8 million people live in London.* Mais de 8 milhões de pessoas vivem em Londres. (+ **of**) *I've got a million things/millions of things to do before we go on holiday.* Tenho um milhão de coisas para fazer antes de sairmos de férias.

billion sfn **1** [número um seguido de nove zeros] bilhão *Government spending totalled £40 billion last year.* Os gastos do governo totalizaram 40 bilhões de libras no ano passado. *There are billions of stars in the galaxy.* Há bilhões de estrelas na galáxia. **2** (*brit*) [antiquado. Número um seguido de doze zeros] trilhão

---

FRAÇÕES

$1/2$	**a half** meio, metade
$1/3$	**a/one third** um terço
$2/3$	**two thirds** dois terços
$1/4$	**a/one quarter** (*brit & amer*), **a/one fourth** (*amer*) um quarto
$3/4$	**three quarters** (*brit & amer*), **three fourths** (*amer*) três quartos
$1/5$	**a/one fifth** um quinto
$2/5$	**two fifths** dois quintos
$1/6$	**a/one sixth** um sexto
	etc.

---

fraction sfn fração *Can the value of pi be expressed as a fraction?* O valor de pi pode ser expresso como uma fração? *ver também **small quantity, 45**

DECIMAIS

21.503 **twenty one point five oh three** OU **twenty one point five zero three** vinte e um vírgula cinco, zero, três Observe que **decimal point** (a vírgula) é pronunciada como **point** e está representada por um ponto (.).

A vírgula é usada para separar milhares ao escrever números grandes, p. ex. *The distance from the earth to the moon is about 381,000 kilometres.* A distância entre a terra e a lua é cerca de 381.000 quilômetros.

299 Correct Correto

ver também **true, 215**

correct *adj* [descreve p. ex. resposta, método, pronúncia] correto, certo, preciso *Make sure you use the correct quantity of flour.* Procure usar a quantidade certa de farinha. **correctness** *ssfn* correção, precisão, exatidão **correctly** *adv* corretamente, certo

correct *vt* corrigir, retificar *I'd like to correct my previous statement.* Gostaria de retificar minha declaração anterior. *The teacher corrects the children's work.* O professor corrige a tarefa das crianças.

correction *sc/sfn* correção *The teacher makes corrections on the students' work.* O professor faz correções na tarefa dos alunos.

right *adj* [menos formal do que **correct**] certo, exato *to get a sum right* acertar um cálculo *I don't think we're on the right road.* Acho que não estamos na estrada certa. *You said the bank would be closed and you were right.* Você disse que o banco estaria fechado e você tinha razão. (+ **to** + INFINITIVO) *She was right to call the police.* Ela fez bem em chamar a polícia. *Is that clock right?* Aquele relógio está certo?

right *adv* [da maneira correta] corretamente, certo, bem *It's important to do this job right.* É importante fazer este trabalho corretamente. *I hope everything* **goes right** *for you at the job interview.* Espero que tudo corra bem para você na entrevista de trabalho. *ver também **fair, 211; suitable, 420**

rightly *adv* corretamente, precisamente *As you rightly point out, this project will be very costly.* Como você bem diz, este projeto será muito caro.

exact *adj* [correto em um alto nível de detalhe] exato, preciso, correto, justo, certo *The exact time is 7:06 and 33 seconds.* A hora exata é 7h 06 mim 33 seg. *What were his exact words?* Quais foram suas palavras exatas? **exactness** *ssfn* exatidão, precisão

exactly *adv* **1** exatamente, precisamente, justamente *It is exactly 11 o'clock.* São exatamente 11 horas. **2** [usado como uma resposta que expressa concordância] exatamente *'So the murderer must have been known to the victim?' 'Exactly.'* 'Então a vítima já conhecia o assassino?' 'Exatamente.'

precise *adj* **1** [sugere um nível de detalhe ainda maior do que **exact**. Descreve p. ex. detalhes, cálculos] preciso, exato, certo *What were his precise words?* Quais foram suas palavras exatas? [freq. implica alto grau de habilidade] *a police operation that required very precise timing* uma operação policial que exigiu uma sincronização muito precisa **2** (antes do *s*) [refere-se a um tempo, local, etc. muito específico e não a outro] preciso, exato *This is the precise spot where he was killed.* Este foi o local exato onde ele foi morto. *I'm not doing anything at this precise moment.* Não estou fazendo nada neste exato momento.

precisely *adv* **1** precisamente, exatamente, justamente *It is precisely 11 o'clock.* São exatamente 11 horas em ponto. **2** [usado como uma resposta que expressa concordância] exatamente *'So the murderer must have been known to the victim?' 'Precisely.'* 'Então a vítima já devia conhecer o assassino?' 'Exatamente.'

precision *ssfn* precisão, exatidão *The holes have to be drilled with great precision.* Os furos devem ser feitos com grande precisão.

accurate *adj* [descreve p. ex. relógio, medida, previsão] acurado, exato, preciso *His shot wasn't very accurate.* Seu tiro não foi muito preciso. **accurately** *adv* acuradamente, precisamente, exatamente

accuracy *ssfn* acuidade, exatidão, precisão *The police doubted the accuracy of his statement.* A polícia duvidou da precisão de sua declaração.

literally *adv* **1** [diz-se de palavras em seu sentido principal] literalmente, ao pé da letra *I live literally just around the corner.* Moro literalmente virando a esquina. *Hippopotamus means literally 'river horse'.* Hipopótamo significa literalmente 'cavalo de rio'. **2** [enfatiza uma expressão metafórica] literalmente, realmente *We'll literally be there in no time.* Nós literalmente chegaremos lá em um minuto.

literal *adj* [descreve: esp. significado, tradução] literal

300 Incorrect Incorreto

incorrect *adj* [um tanto formal] incorreto *She gave an incorrect answer.* Ela deu uma resposta incorreta. **incorrectly** *adv* incorretamente

wrong *adj* errado, incorreto, errôneo, enganado *to get a sum wrong* fazer um cálculo errado *You're waiting at the wrong bus stop.* Você está esperando no ponto de ônibus errado. *You said the bank would be open, but you were wrong.* Você disse que o banco estaria aberto, mas você estava errado. (+ **to** + INFINITIVO) *I was wrong to trust her.* Estava errado ao acreditar nela.

wrong *adv* erroneamente, incorretamente, de maneira errada *You've sewn this dress together all wrong.* Você costurou este vestido de maneira errada. *Everything has been arranged; what could possibly* **go wrong**? Está tudo planejado, o que poderia dar errado? *The maths teacher showed me where I'd* **gone wrong**. O professor de matemática me mostrou onde tinha errado.

wrongly *adv* erroneamente *The witness had wrongly identified an innocent man.* A testemunha identificou erroneamente um homem inocente.

inexact *adj* [pode sugerir um elemento de inverdade] inexato *He gave an inexact account of what happened.* Ele deu um relato inexato sobre o que ocorreu.

imprecise *adj* [um tanto vago] impreciso *He was imprecise about where he had been at the time of the murder.* Ele não tinha certeza de onde estava no momento do crime.

inaccurate *adj* impreciso, incorreto, inexato *an inaccurate thermometer* um termômetro impreciso *He gave an inaccurate account of what happened.* Ele deu um relato impreciso sobre o que aconteceu.

expressão

If you think that, you've got another think (*brit*)/**think coming!** [(*amer*) um tanto informal. As coisas não aconteceram da maneira que você espera ou gostaria.] Se você acha isso, está muito enganado. *If you think I'm going to lend you my car, you've got another think coming!* Se você pensa que vou emprestar meu carro, está muito enganado!

300.1 Erro

mistake *sfn* [algo feito de maneira errada por acidente, desconhecimento, etc.] engano, equívoco, erro *a spelling mistake* um erro de ortografia **to make a mistake** equivocar-se, cometer um erro *It was a mistake to come out without an umbrella.* Foi um erro sair sem um guarda-chuva. *I walked into the wrong hotel room by mistake.* Entrei no quarto de hotel errado por engano.

mistake *vt, pretérito* **mistook** *part passado* **mistaken** (freq. + **for**) [um tanto formal] confundir, tomar uma coisa pela outra *I mistook her briefcase for mine.* Confundi a pasta dela com a minha. *I mistook her intentions.* Confundi as intenções dela.

mistaken *adj* errado, enganado, errôneo, equivocado *If you think I'm going to lend you any money, then you're very much mistaken!* Se você pensa que vou lhe emprestar dinheiro, está muito enganado! *a case of mistaken identity* um caso de troca de identidades

mistakenly *adv* erroneamente, por engano

error *sc/sfn* [mais formal do que **mistake**] erro *Her translation contained a number of errors.* A tradução dela continha vários erros. *a typing error* um erro de datilografia

slip *sfn* [leve engano, p. ex. como resultado de fazer algo muito rapidamente] lapso, deslize, erro, falha *She recited the entire poem without a slip.* Ela recitou todo o poema sem cometer nenhum deslize. **a slip of the tongue/pen** lapso (erro involuntário ao falar ou escrever)

slip up *vi prep* [um tanto informal] cometer um deslize, erro *The police slipped up and allowed the thief to escape.* A polícia cometeu um erro e deixou o ladrão fugir.

blunder *sfn* [erro grave, esp. como resultado de um descuido ou por não pensar de maneira apropriada] erro grave, besteira, mancada *I've made a terrible blunder; I've sent the documents to the wrong address.* Fiz uma besteira terrível, enviei os documentos para o endereço errado.

blunder *vi* cometer erro grave, fazer besteira, dar mancada *The government has blundered badly over this issue.* O governo fez uma grande besteira em relação a essa questão. (+ **into**) *She blundered into a decision.* Ela tomou uma decisão impensada.

fault *sfn* **1** [algo feito de maneira errada considerando certas regras ou procedimentos] falha, equívoco *There were a number of faults in the way the police conducted the interview.* Houve uma série de falhas na maneira como a polícia conduziu o interrogatório. **2** [no caráter de alguém] defeito *Her main fault is her tendency to exaggerate.* O principal defeito dela é a sua tendência a exagerar. **3** [em máquina] defeito, avaria *There's a fault in the car's engine.* Há um defeito no motor do carro *an electrical fault* uma fuga de corrente elétrica

fault *vt* [encontrar defeito em algo] criticar *You can't fault his work.* Você não pode criticar o trabalho dele.

faulty *adj* [descreve p. ex. máquina, raciocínio] com defeito, quebrado, falho, imperfeito

fallacy *sfn, pl* **fallacies** **1** [idéia falsa] falácia, engano, ilusão *It's a fallacy that the camera can never lie.* É um erro pensar que a câmera nunca mente. **2** [raciocínio falso] sofisma, falácia *Her argument is based on a fallacy.* Seu argumento é baseado num sofisma. *a mathematical fallacy* uma falácia matemática

expressão

to get hold of the wrong end of the stick (*brit*) [quando alguém acha que entendeu algo, mas entendeu completamente o contrário] *I thought she was his girlfriend, I must have got hold of the wrong end of the stick.* Pensei que ela era a namorada dele, acho que entendi tudo errado.

300.2 Aproximado

approximate *adj* aproximado *The approximate value of pi is 22/7.* O valor aproximado de pi é 22/7.

approximately *adv* aproximadamente *It's approximately 11:15.* São aproximadamente 11h15.

approximate *vi* (freq. + **to**) aproximar(-se), tornar mais próximo *The value of pi approximates to 22/7.* O valor de pi se aproxima de 22/7. **approximation** *sfn* aproximação, estimativa, avaliação

rough *adj* [menos formal do que **approximate**. Descreve p. ex. estimativa, plano, esboço] aproximado, imperfeito, não detalhado, incompleto

roughly *adv* mais ou menos, aproximadamente *Can you tell me roughly what time you'll arrive?* Você pode me dizer mais ou menos a que horas chegará?

general *adj* [não detalhado] geral, vago, indefinido, não detalhado *Can you give me a general idea of what you plan to do?* Você pode me dar uma idéia geral do que planeja fazer? *His recommendations were too general to be of much use.* Suas recomendações foram muito gerais para ser de muita ajuda.

ball park *sfn* [informal. Geralmente usado para referir-se a um número ou quantia] aproximadamente, por volta de *It's in the ball park of 2,500.* São aproximadamente 2.500. (usado como *adj*) *I can give you a ball-park figure of £500.* Posso lhe dar um valor aproximado de 500 libras.

expressão

in the region of [geralmente refere-se a um número ou quantia] em torno de, por volta de *It'll cost something in the region of £100.* Custará algo em torno de 100 libras.

301 Careful Cuidadoso

careful adj cuidadoso, cauteloso, atento *a careful driver/worker* um motorista prudente/um trabalhador cuidadoso *Be careful when you cross the road.* Tome cuidado ao atravessar a rua. (+ **with**) *Be careful with that vase; it's very valuable.* Cuidado com aquele vaso, é muito valioso. (+ **to** + INFINITIVO) *I was careful not to mention her ex-husband.* Tomei o cuidado de não mencionar o nome de seu ex-marido. **carefully** adv cuidadosamente

care ssfn cuidado, cautela, precaução *These dangerous chemicals should be handled with care.* Esses produtos químicos perigosos devem ser manipulados com cuidado. *She takes a lot of care over her work.* Ela trabalha com muito esmero. ***Take care** not to wake the baby.* Cuidado para não acordar o bebê. *ver também **look after, 254**

cautious adj [antes de agir, p. ex. para evitar perigo] cauteloso, precavido, prudente *a cautious driver/investor* um motorista/investidor cauteloso *You're too cautious; you need to act boldly if you want to succeed.* Você é muito cauteloso, precisa ser atirado se deseja alcançar o sucesso. *cautious optimism* otimismo moderado **cautiously** adv cautelosamente, precavidamente, com cuidado

caution ssfn cuidado, cautela, prudência *Police officers should show/exercise caution when approaching armed criminals.* Os policiais devem demonstrar/agir com cuidado ao se aproximar de criminosos armados.

caution vt (freq. + **against**) [mais formal do que **warn**] advertir, avisar *I cautioned her against over-optimism/being over-optimistic.* Eu a avisei sobre seu otimismo exagerado.

guarded adj [sugere pequenas dúvidas ou reservas. Descreve p. ex. otimismo, boas-vindas] cauteloso, prudente, comedido, moderado **guardedly** adv comedidamente, prudentemente, cautelosamente

beware vi (freq. + **of**) tomar cuidado *You'd better beware; there are thieves about.* É melhor você tomar cuidado, há ladrões por perto. *Beware of the dog.* Cuidado com o cachorro.

thoughtful adj [que pensa sensatamente e com calma] sensato, ponderado, pensativo, sério, gentil *I admire his thoughtful approach to problem-solving.* Admiro a sensatez com que soluciona os problemas. *ver também **think, 104; kind, 224**

patient adj [disposto a esperar por algo com calma] paciente *Be patient! The bus will be along in a minute.* Seja paciente! O ônibus chegará em um minuto. (+ **with**) *The teacher is very patient with the children.* A professora é muito paciente com as crianças. **patiently** adv pacientemente **patience** ssfn paciência

attention ssfn (freq. + **to**) [concentração numa tarefa, acontecimento, etc.] atenção *The children weren't paying attention (to the teacher).* As crianças não estavam prestando atenção (no professor). *I will give the matter my full attention.* Dedicarei toda a minha atenção ao assunto. *I admired the artist's attention to detail.* Admirei a preocupação do artista com os detalhes. **attentive** adj atento **attentively** adv atentamente

301.1 Prestar atenção a detalhes

detail sc/sfn detalhe, pormenor, minúcia *Can you give me further details of your proposals?* Você pode me fornecer maiores detalhes sobre suas propostas? *She explained in detail what had happened.* Ela explicou em detalhes o que aconteceu. *It was a perfect copy in every detail.* Era uma cópia perfeita nos mínimos detalhes.

detailed adj [descreve p. ex. descrição, análise] detalhado

check vti (freq. + **for**) checar, verificar, conferir *Always check your tyres before starting a long journey.* Sempre verifique os pneus antes de fazer uma viagem longa. *The teacher checks the children's work (for mistakes).* A professora confere as tarefas dos alunos (para verificar se há erros). (+ **that**) *Check that you haven't forgotten anything.* Verifique se não esqueceu nada.

check sfn checagem, verificação, exame *I'll give the tyres a quick check.* Darei uma rápida checada nos pneus.

thorough adj [não omitindo nenhum aspecto, detalhe, etc., de um serviço] completo, minucioso, perfeito *The investigation was very thorough.* A investigação foi muito minuciosa. **thoroughness** ssfn minúcia, perfeição.

thoroughly adv completamente, minuciosamente, cuidadosamente *The kitchen had been thoroughly cleaned.* A cozinha foi completamente limpa.

meticulous adj [refere-se a obter os mínimos detalhes de maneira correta. Descreve p. ex. trabalhador, trabalho] meticuloso **meticulously** adv meticulosamente

painstaking adj [que despende muito esforço para atingir uma boa qualidade] trabalhoso, laborioso, cuidadoso, esmerado, árduo, difícil *I admired the archaeologists' painstaking reconstruction of a medieval village.* Admirei a laboriosa reconstrução que os arqueólogos fizeram de uma vila medieval. **painstakingly** adv laboriosamente, com esmero, arduamente, dificilmente

particular adj (freq. + **about**) [que sabe precisamente o que quer e o que não quer] exigente *He's very particular about cleanliness.* Ele é muito exigente quanto a limpeza. *ver também **particular, 84**

fussy adj (freq. + **about**) [mais pejorativo do que **particular**] exigente, complicado, cheio de coisas *The children are very fussy about their food.* As crianças são muito chatas com a comida. **fussiness** ssfn frescura, preocupação exagerada

expressões

take trouble over sth [freq. causar inconveniente a alguém] ter trabalho *I've taken a lot of trouble over this meal, and now you won't eat it!* Tive tanto trabalho para preparar esta refeição, e agora você não quer comer!

watch/mind one's step [p. ex. para evitar punição ou aborrecer alguém] tomar cuidado *I've already warned you not to be cheeky, so you'd better watch/mind your step!* Já o avisei para não ser atrevido, é melhor tomar cuidado!

Look before you leap. [Provérbio. Demonstrar cautela antes de agir.] Pense antes de agir.

Don't put all your eggs in one basket. [Provérbio. Não aja de maneira que o sucesso dependa somente de que uma coisa específica aconteça como deseja.] Não coloque todos os ovos em uma só cesta.

302 Careless Descuidado

ver também **danger, 252**

careless *adj* descuidado, desleixado, indiferente *a careless, untidy piece of work* um trabalho desleixado e mal apresentado *It was careless of you to leave the door unlocked.* Foi descuido de sua parte deixar a porta aberta. (+ **with**) *He's very careless with his belongings.* Ele é muito descuidado com seus pertences.

carelessness *ssfn* descuido, negligência, desatenção

carelessly *adv* descuidadamente, negligentemente, desatentamente *He had carelessly left a cigarette burning in the ashtray.* Ele foi descuidado a ponto de deixar um cigarro aceso no cinzeiro.

neglect *vt* [obj: p. ex. criança, dever] descuidar, negligenciar, desleixar, ignorar, abandonar *The house has been badly neglected.* A casa estava muito descuidada. *His wife feels neglected.* Sua esposa se sente abandonada.

neglect *ssfn* negligência, omissão, descuido, desleixo *The house was suffering from neglect.* A casa estava descuidada. *The soldier was charged with serious neglect of duty.* O soldado foi acusado de grave negligência no seu dever.

negligent *adj* (freq. + **in**) [esp. em contextos formais. Sobre os deveres, responsabilidades, etc.] negligente, descuidado *The social workers were negligent in not making proper enquiries.* Os assistentes sociais foram negligentes em não conduzir as investigações necessárias.

negligence *ssfn* negligência, descuido *The accident was caused by the driver's negligence.* O acidente foi causado pela negligência do motorista.

slapdash *adj* [um tanto pejorativo. Sugere que algo foi feito muito depressa. Descreve: esp. trabalho] descuidado, desleixado

superficial *adj* [que não considera algo com suficiente profundidade ou detalhe. Descreve p. ex. análise, conhecimento] superficial *The report was too superficial to be of much use.* O relatório não ajudou muito, pois era muito superficial. *Many people have quite a superficial view of politics.* Muitas pessoas têm uma visão bastante superficial sobre política. **superficially** *adv* superficialmente **superficiality** *ssfn* superficialidade *ver também **seem, 37**

thoughtless *adj* [feito sem considerar as conseqüências, os sentimentos de outras pessoas, etc. Descreve p. ex. ação, comentário] impensado, estúpido, imprudente, descuidado *It was thoughtless of you to ask her about her ex-husband.* Foi impensado de sua parte perguntar a ela sobre seu ex-marido. **thoughtlessly** *adv* sem pensar **thoughtlessness** *ssfn* falta de consideração, irreflexão, imprudência

rash *adj* [feito depressa, sem pensar bem. Descreve p. ex. promessa, decisão] precipitado, imprudente *It was rash of you to accept such a difficult assignment.* Você se precipitou em aceitar uma tarefa tão difícil. **rashly** *adv* precipitadamente, imprudentemente

reckless *adj* [correndo um sério risco de perigo, ferimento, etc.] imprudente, negligente, descuidado, temerário *She was charged with reckless driving.* Foi acusada de dirigir de maneira imprudente. **recklessly** *adv* imprudentemente, negligentemente

foolhardy *adj* [muito mais enfático do que **reckless**] imprudente, atrevido, destemido, temerário *It was utterly foolhardy of you to dive off the top of that cliff.* Foi muito imprudente de sua parte mergulhar no mar do topo daquele penhasco.

303 Machinery Máquinas

ver também **computers, 296; tools, 382**

machine *sfn* máquina *I've always been fascinated by machines.* Sempre fui fascinado por máquinas. *a sewing machine* uma máquina de costura *a coffee machine* uma cafeteira elétrica (+ **for**) *a machine for punching holes in metal plates* uma furadeira para placas de metal

machinery *ssfn* **1** [máquinas] máquinas, maquinário *the outdated machinery in this factory* as máquinas obsoletas desta fábrica. **2** [peças de uma máquina em funcionamento] mecanismo, engrenagens *He got his sleeve caught in the machinery.* Sua manga ficou presa nas engrenagens.

mechanism *ssfn* [conjunto de peças em movimento que funcionam juntas] mecanismo *A watch is an intricate mechanism.* Um relógio é um mecanismo complexo. *the firing mechanism of a gun* o mecanismo de disparo de uma arma

mechanical *adj* **1** [freq. oposto a **electric**] mecânico, automático *a mechanical lawnmower* um cortador de grama mecânico **2** [referente a máquinas] mecânico *The apprentices are taught mechanical skills.* Os aprendizes aprendem técnicas mecânicas. **mechanically** *adv* mecanicamente

mechanic *sfn* mecânico *a car mechanic* um mecânico de automóveis

operate 1 *vt* [obj: máquina] operar, funcionar, manusear *The apprentice is learning to operate the lathe.* O aprendiz está aprendendo a operar o torno. *a battery-operated hairdryer* um secador (que funciona) a pilha **2** *vi* [suj: máquina] funcionar, acionar, movimentar *She explained how a printing press operates.* Ela explicou como uma prensa funciona. **operator** *sfn* operador

operation *ssfn* operação, funcionamento *Visors must be worn when the machine is **in operation**.* Devem-se usar as viseiras quando a máquina está em funcionamento.

operational *adj* operacional, em funcionamento, pronto para ser usado *The new computer is fully operational.* O novo computador está em pleno funcionamento.

engineer *sfn* **1** [profissional] engenheiro *civil/electrical engineer* engenheiro civil/elétrico **2** [trabalhador, operário de fábrica] técnico *The engineer came to repair the photocopier.* O técnico veio consertar a fotocopiadora.

engineering *ssfn* **1** engenharia *civil/electrical engineering* engenharia civil/elétrica **2** engenharia, tecnologia, técnica *heavy/light engineering* engenharia pesada/leve (usado como *adj*) *engineering workers* operários na área de engenharia

technical *adj* [relativo a conhecimentos e técnicas especializados] técnico *The car manual was too*

GRUPOS DE PALAVRAS

bicycle pump bomba de bicicleta

petrol pump (*brit*), *gas pump* (*amer*) bomba de gasolina

foot pump bomba acionada pelo pé

technical for me to understand. O manual do carro era muito técnico para que eu pudesse entender. *a technical term in chemistry* um termo técnico de química

technician *sfn* [pessoa que faz um trabalho técnico, porém não profissional] técnico *a lab/dental technician* um técnico de laboratório/protético

technology *ssfn* tecnologia *Technology is advancing at a rapid rate.* A tecnologia está avançando rapidamente. *The company has invested heavily in new technology.* A empresa investiu muito em novas tecnologias. *computer technology* tecnologia de informática
technological *adj* tecnológico

technologically *adv* tecnologicamente *a technologically advanced society* uma sociedade tecnologicamente avançada

automatic *adj* automático *an automatic drinks dispenser* uma máquina automática de refrigerante *All the doors on the train are automatic.* Todas as portas do trem são automáticas.

automatically *adv* automaticamente *The doors open automatically.* As portas se abrem automaticamente.

303.1 Tipos e peças de máquinas

motor *sfn* [usado para acionar uma máquina ou eletrodoméstico] motor *an electric motor* um motor elétrico *The washing machine needs a new motor.* A máquina de lavar precisa de um motor novo.

engine *sfn* [num carro, etc.] motor *a car engine* um motor de carro *to switch on the engine* ligar o motor (usado como *adj*) *The car's been having engine trouble.* O carro vem apresentando problemas de motor.

switch *sfn* interruptor *Where's the light switch?* Onde está o interruptor de luz? *a bewildering array of switches and dials* um emaranhado confuso de chaves e mostradores

switch sth **on** ou **switch on** sth *vti prep* [obj: luz, eletrodoméstico] ligar, acender, abrir *Just plug the machine in and switch (it) on.* Basta ligar a máquina na tomada e acioná-la.

switch sth **off** ou **switch off** sth *vti prep* desligar, apagar, fechar *Don't forget to switch off the computer when you've finished using it.* Não se esqueça de desligar o computador quando terminar de usá-lo.

lever *sfn* alavanca *Just push/pull this lever to start the machine.* Simplesmente empurre/puxe esta alavanca para acionar a máquina. *I used this knife as a lever to open the door.* Usei esta faca como uma alavanca para abrir a porta.

lever *vt* (ger. + *adv* ou *prep*) levantar com alavanca, alavancar *I levered open/off/up the lid using a crowbar.* Abri/fechei/levantei a tampa usando um pé-de-cabra.

The concrete slab was levered into position. A laje de concreto foi colocada no lugar com uma alavanca.
leverage *ssfn* levantamento com alavanca, alavancagem

cog ou **cogwheel** *sfn* roda dentada

piston *sfn* pistão

pump *sfn* bomba *the pump in the central heating system* a bomba do sistema de aquecimento central

pump *vti* bombear *The oil has to be pumped to the surface.* O petróleo deve ser bombeado para a superfície. (+ **up**) *You need to pump up your bicycle tyres.* Você precisa encher os pneus de sua bicicleta. *Just keep pumping until the water comes out.* Continue bombeando até sair a água.

filter *sfn* **1** [para retirar impurezas] filtro *oil filter* filtro de óleo **2** [numa máquina fotográfica, etc.] filtro

filter *vt* filtrar *The water is filtered in order to remove impurities.* A água é filtrada para remover impurezas. (+ **out**) *The impurities are filtered out.* As impurezas são filtradas.

funnel *sfn* funil *I poured the oil through the funnel.* Despejei o óleo no funil.

funnel *vt*, -ll- (*brit*), ger. -l- (*amer*) escoar, verter por um funil *The water is funnelled into/through this hole.* A água escoa por este buraco.

valve *sfn* **1** [num tubo, etc.] válvula **2** [num rádio antigo, etc.] válvula

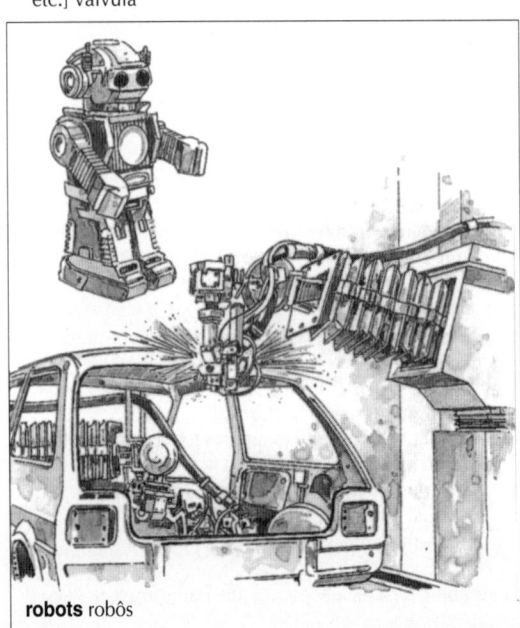

robots robôs

fuse sfn fusível *a 13-amp fuse* um fusível de 13 ampéres *to blow a fuse* queimar um fusível *The fuse for the upstairs lights has blown.* O fusível das lâmpadas do andar superior queimou. (usado como *adj*) *fuse wire* fio de fusível

fuse vti (*brit*) [provocar uma interrupção no funcionamento devido a um fusível queimado. Obj: eletrodoméstico, interruptor] queimar *If the bulb is too powerful you'll fuse the lamp.* Se o bulbo for muito potente, a lâmpada se queimará. *The lamp has fused.* A lâmpada queimou.

fuse-box sfn caixa do disjuntor, caixa de fusíveis

303.2 Fontes e tipos de energia

power ssfn energia, força *nuclear/solar/hydroelectric power* energia nuclear/solar/hidroelétrica *I plugged in the machine and switched on the power.* Conectei a máquina e liguei a força. (usado como *adj*) *power cuts* cortes de energia, *black outs,* blecautes

nuclear adj nuclear *a nuclear power station* uma usina nuclear

atomic adj [nestes contextos, mais desatualizado do que **nuclear**] atômico *the peaceful use of atomic energy* o uso pacífico da energia atômica

solar adj solar *solar panels* painéis solares

steam ssfn vapor *The earliest cars used to run on steam.* Os primeiros carros funcionavam a vapor. (usado como *adj*) *a steam engine* um motor a vapor

clockwork (*esp. brit*) ssfn mecanismo de relógio *The music box is worked by clockwork.* A caixinha de música funciona com o mecanismo de relógio. (usado como *adj*) *a clockwork train set* um trenzinho a corda

battery sfn pilha, bateria *The battery's run out.* A pilha acabou. *to recharge a battery* recarregar uma bateria *a battery-operated radio* um rádio de pilha

radiation ssfn radiação *solar radiation* radiação solar *He had been exposed to dangerous radiation.* Ele foi exposto a radiações perigosas.

radioactivity ssfn radioatividade **radioactive** adj radioativo

303.3 Combustível

fuel sc/sfn combustível *The car has run out of fuel.* O carro ficou sem combustível. *Coal is one of the cheapest fuels available.* O carvão é um dos combustíveis mais baratos disponíveis. *solid fuel* combustível sólido

gas ssfn 1 gás *There was a smell of gas in the room.* Havia um cheiro de gás na sala. (usado como *adj*) *a gas cooker/fire* fogão/lareira a gás 2 (*amer*) [forma abreviada informal de **gasoline**] gasolina

coal s 1 ssfn carvão *Put some more coal on the fire.* Coloque mais carvão no fogo. 2 sfn [pedaço de carvão] carvão *A burning coal had fallen onto the carpet.* Um pedaço de carvão em chamas caiu no carpete.

oil ssfn 1 [matéria-prima] petróleo *crude oil* petróleo bruto *Saudi Arabia is a major producer of oil.* A Arábia Saudita é um importante produtor de petróleo. 2 [para lubrificar motores de carro, etc.] óleo

petrol (*brit*), **gasoline** (*amer*) ssfn [esp. como combustível para carros, etc.] gasolina *The car runs on unleaded petrol.* O carro é movido a gasolina sem chumbo. (usado como *adj*) *petrol tank/pump/station* tanque/bomba/posto de gasolina

diesel ssfn diesel *Most lorries run on diesel.* A maioria dos caminhões são movidos a diesel. (usado como *adj*) *a diesel engine* um motor a diesel

303.4 Eletricidade

electric adj elétrico *an electric fire/toothbrush/guitar* uma lareira/escova de dentes/guitarra elétrica *an electric current/charge* uma corrente/carga elétrica

electrical adj [descreve p. ex. eletrodoméstico, circuito, energia] elétrico *I'm hopeless with anything electrical.* Sou um desastre em relação a aparelhos elétricos.

electronic adj [que funciona ou está relacionado a transistores ou componentes similares] eletrônico *an electronic listening device* um aparelho eletrônico de escuta *electronic components* componentes eletrônicos **electronically** adv eletronicamente

current sc/sfn corrente *The ammeter shows how much current is flowing.* O amperímetro indica a quantidade de fluxo de corrente. *an electric current* uma corrente elétrica

voltage sc/sfn voltagem *What is the voltage of your electric razor?* Qual é a voltagem de seu barbeador elétrico?

USO

A energia elétrica é medida em **volts** (volts), a corrente elétrica em **amps** (ampères) e a potência ou rendimento de um aparelho elétrico em **watts** (watts), p. ex. *a 9-volt battery* (uma pilha de 9 volts) *a 13-amp fuse* (um fusível de 13 ampères) *a 100-watt light bulb* (uma lâmpada de 100 watts)

304 Materials Materiais

ver também **metals, 16; textiles, 193; make, 293; tools, 382**

USO

Quando se deseja indicar o material de que algo é feito, a expressão mais comum é **made of**, p. ex. *This chair is made of wood/plastic.* Esta cadeira é (feita) de madeira/plástico. *What (kind of rock) are stalagmites made of?* De que (tipo de rocha) são compostas as estalagmites? As expressões **made out of** e **made from** enfatizam muito mais o processo de elaboração de algo, e geralmente sugerem que um objeto ou substância foi convertido em outro, p. ex. *a model of the Eiffel Tower made out of matchsticks* (uma maquete da Torre Eiffel feita de palitos de fósforo) *Paper is made from wood.* (O papel é feito da madeira.)

GRUPOS DE PALAVRAS

plastic sc/sfn plástico *toy soldiers made of plastic* soldados de brinquedo feitos de plástico *a firm that makes plastics* uma empresa que fabrica plásticos (usado como *adj*) *plastic knives and forks* facas e garfos de plástico *a plastic bag* um saco plástico

glass ssfn vidro *a piece of broken glass* um pedaço de vidro quebrado *a pane of glass* uma vidraça (usado como *adj*) *a glass jug* uma jarra de vidro

fibreglass ssfn fibra de vidro (usado como *adj*) *a boat with a fibreglass hull* um barco com casco de fibra de vidro

clay ssfn argila *Bricks are made of baked clay.* Os tijolos são feitos de argila queimada.

earthenware ssfn [argila duramente queimada] cerâmica (usado como *adj*) *earthenware pottery* cerâmica

asbestos ssfn amianto, asbesto

polystyrene ssfn polistireno (usado como *adj*) *polystyrene tiles* telhas de polistireno

304.1 Materiais de construção

brick sc/sfn tijolo *a pile of bricks* uma pilha de tijolos *houses made of red brick* casas de tijolos vermelhos (usado como *adj*) *a brick building/wall* um prédio/parede de tijolos

stone ssfn pedra *a statue made of stone* uma estátua feita de pedra (usado como *adj*) *stone houses/walls* casas/muros de pedra *ver também **geography and geology**, 13

concrete ssfn concreto *skyscrapers made of concrete and glass* arranha-céus de concreto e vidro (usado como *adj*) *a concrete block/floor/shelter* um bloco/piso/abrigo de concreto

concrete vt (ger. + **over**) concretar, cobrir com concreto *They've had their lawn concreted over.* Seu gramado foi coberto de concreto.

cement ssfn cimento

cement vt [colar, juntar] cimentar, unir, argamassar *The builders are cementing the window frames in place.* Os pedreiros estão assentando os caixilhos da janela com cimento.

cement mixer sfn betoneira

slate sc/sfn ardósia, telha de ardósia *Slate is mined in this quarry.* Extrai-se ardósia desta pedreira. *A slate has fallen off the roof.* Uma telha de ardósia caiu do teto. (usado como *adj*) *a slate roof* telhado de ardósia

plaster ssfn argamassa, estuque, massa corrida *The plaster was peeling off the walls.* A argamassa das paredes estava descascando.

plaster vti [obj: parede] rebocar, estucar, cobrir com massa corrida *I've spent all morning plastering.* Passei a manhã inteira rebocando. **plastering** ssfn reboco

304.2 Madeira

wood ssfn madeira *a piece/plank of wood* um pedaço/tábua de madeira *What kind of wood is this furniture made of?* De que tipo de madeira foram feitos estes móveis? **wooden** *adj* de madeira

timber (*brit*), **lumber** (*amer*) ssfn [madeira usada para construção e fins industriais] madeira (de construção)

log sfn [pedaço não tratado de um tronco de árvore ou galho grosso] tronco de árvore, tora, lenha *Put another log on the fire.* Coloque outro pedaço de lenha no fogo.

board s **1** sfn [esp. pedaço de madeira retangular] tábua, prancha, quadro *a bread board* uma tábua de pães *She pinned the map to a large board.* Ela prendeu o mapa num quadro grande. **2** ssfn [material parecido com madeira fina ou cartolina grossa] papelão, cartão *The two voting booths are divided by a piece of board.* As duas cabines de votação estão separadas por uma divisória de papelão.

plank sfn tábua *a platform built out of wooden planks* uma plataforma construída de tábuas de madeira

cork s **1** ssfn cortiça (usado como *adj*) *cork table mats* jogos americanos de cortiça **2** sfn [em garrafa de vinho, etc.] rolha

304.3 Materiais flexíveis

paper ssfn papel *a sheet/piece of paper* uma folha/pedaço de papel *writing paper* papel de carta *parcels wrapped in brown paper* pacotes embalados em papel pardo (usado como *adj*) *a paper cup/handkerchief/aeroplane* um copo/lenço/avião de papel

cardboard ssfn cartolina, papelão (usado como *adj*) *a cardboard box* uma caixa de papelão

card ssfn (esp. *brit*) [cartolina fina] cartolina, cartão *The shirt has a piece of stiff card inside the collar.* A camisa possui um pedaço de cartolina dura dentro do colarinho.

rubber ssfn borracha *a smell of burning rubber* um cheiro de borracha queimada (usado como *adj*) *a rubber ball/ring/spider* bola/anel/aranha de borracha

wax ssfn cera *The wax from the candle had dripped onto the carpet.* A cera da vela caiu no tapete.

polythene ssfn politeno, plástico *sandwiches wrapped in polythene* sanduíches embalados em plástico (usado como *adj*) *a polythene bag* uma sacola de plástico

305 Thing Coisa

thing sfn **1** coisa, objeto, utensílio, *What's that thing on the floor?* O que é aquela coisa no chão? *living things* seres vivos *He keeps his gardening things in this shed.* Ele guarda seus utensílios de jardinagem neste galpão. *Look at that dog; the poor thing is lost.* Olhe para aquele cachorro, o coitadinho está perdido. *There's no such thing as ghosts.* Não existem fantasmas. **2** [idéia, ação, evento, etc.] coisa *A strange thing happened to me the other day.* Uma coisa estranha aconteceu comigo outro dia. *The first thing I did when I arrived was telephone my mother.* A primeira coisa que fiz ao chegar foi telefonar para minha mãe. *She told me all the things she disliked about him.* Ela me disse tudo o que não gostava nele. *I didn't hear/feel a thing.* Não ouvi/notei nada.

object sfn [mais formal do que **thing**. Freq. não identificado] objeto *What's that strange object on the table?* O que é aquele objeto estranho em cima da mesa?

item sfn [uma dentre muitas coisas, p. ex. numa lista] item, ponto, produto, objeto *He'd left the shop without paying for some of the items in his basket.* Ele saiu da loja sem pagar alguns dos itens de sua cesta. *an item of clothing* uma peça de roupa *the next item on the agenda* o próximo assunto da ordem do dia

article sfn [esp. algo que possui alguma utilidade ou valor] artigo, peça *an article of clothing* uma peça de roupa *Several valuable articles were stolen.* Foram roubadas várias peças valiosas.

device sfn [ferramenta ou máquina] aparelho, dispositivo, invenção *This dictaphone is a handy little device.* Este ditafone é um aparelhinho útil. (+ **for**) *a device for removing stones from horses' hooves* um instrumento para remover pedras dos cascos de cavalo *explosive/listening device* aparelho explosivo/de escuta

305.1 Coisas que existem como massa

substance sfn [qualquer tipo de matéria] substância, matéria *Chemists handle some very dangerous substances.* Os químicos manipulam algumas substâncias muito perigosas.

material sfn [a partir do qual se pode fazer uma coisa] material, matéria, substância *Plastic is an extremely cheap material.* O plástico é um material extremamente barato. *building/writing materials* materiais de construção/de escritório *ver também **textiles, 193**

stuff ssfn **1** [um tanto informal, termo genérico para qualquer substância] coisa, negócio *I can't get this stuff off my hands.* Não consigo tirar esse negócio das mãos. *What's that red stuff in that bottle?* O que é aquela coisa vermelha na garrafa? **2** [informal. Uma série de coisas] coisas *You can leave your stuff in my office.* Pode deixar suas coisas em meu escritório. *I've got a lot of stuff to do today.* Tenho muitas coisas para fazer hoje.

306 Sort Tipo

sort sfn (freq. + **of**) [de significado muito semelhante a **kind**, porém tem mais de um sentido de uma categoria definida] tipo, classe, espécie *What sort(s) of food do you like best?* Que tipo(s) de comida prefere? *I never read that sort of novel/novels of that sort.* Nunca leio aquele tipo de romance/romances daquele tipo. *I'll make some sort of sauce to go with the fish.* Farei algum tipo de molho para acompanhar o peixe. *She's a sort of private detective.* Ela é uma espécie de detetive particular. *He's caused us all sorts of problems.* Ele nos causou todos os tipos de problema. *ver também **order, 65**

kind sfn (freq. + **of**) [termo mais genérico e vago] tipo, espécie *What kind of weather can we expect in Australia?* Que tipo de clima podemos esperar na Austrália? *We saw many different kinds of animal(s).* Vimos muitas espécies de animais diferentes. *A marquee is a kind of tent.* Uma tenda é um tipo de barraca. *She's not the kind of person to bear a grudge.* Ela não é o tipo de pessoa que guarda rancor.

type sfn [geralmente sugere uma categoria bastante precisa e determinada] tipo *What type of car have you got?* Que tipo de carro você tem? *He's a different type of person from me.* Ele é um tipo de pessoa diferente de mim. *I like all types of music.* Gosto de todos os tipos de música.

breed sfn **1** [uma espécie de animal, p. ex. cachorros, gado] raça **2** tipo, espécie *a new breed of businessman* um novo tipo de homem de negócios

species sfn, pl **species** [termo técnico usado para falar sobre plantas e animais] espécie *That butterfly is an endangered species.* Aquela borboleta é uma espécie ameaçada.

category sfn [esp. em contextos formais] categoria, grupo *Verbs fall into two main categories, transitive and intransitive.* Os verbos se dividem em duas principais categorias: transitivos e intransitivos.

categorize, TAMBÉM **-ise** (*brit*) vt classificar, categorizar *Some of these books are difficult to categorize.* Alguns desses livros são difíceis de classificar. (+ **as**) *I don't wish to be categorized as disabled.* Não desejo ser classificado como deficiente.

categorization, TAMBÉM **-isation** (*brit*) sc/sfn classificação

variety sfn [enfatiza a diferença entre um objeto, etc. e outro] variedade *There are many different varieties of breakfast cereal.* Existem muitas variedades de cereais matinais.

version sfn (freq. + **of**) [de um texto, música, etc.] versão *On the B-side there is an instrumental version of the same song.* No lado B há uma versão instrumental da mesma música. *different versions of the Bible* diferentes versões da Bíblia *Each witness gave a different version of what happened.* Cada testemunha deu uma versão diferente do acontecido.

manner sfn [modo como algo é feito] maneira, modo *They criticized the manner in which the police carried out the arrests.* Criticaram a maneira como a polícia realizou as prisões. *Shaking hands is a traditional manner of greeting somebody.* Apertar as mãos é uma maneira tradicional de cumprimentar alguém. *ver também **personality, 142**

style sfn [maneira como algo é desenhado ou apresentado, ger. distinto de seu conteúdo] [de roupas, cabelo] estilo [de escritor, artista, etc.] estilo *I don't like that style of building/architecture.* Não gosto daquele estilo de edifício/arquitetura. *These photos show the changing styles of women's clothes.* Essas fotos mostram a mudança nos estilos das roupas femininas.

GRUPOS DE PALAVRAS

307 Weights and measures Pesos e medidas

measure v 1 vti [ação] medir *I measured (the length/width of) the desk.* Medi (o comprimento/largura) da mesa. *Electric current is measured in amps.* A corrente elétrica é medida em ampères. *A thermometer measures temperatures.* Um termômetro mede temperaturas. **2** [ter certas dimensões] medir *The room measures 5 metres by 4 metres.* A sala mede 5 por 4 metros.

measure s 1 sc/sfn medida *The metre is a measure of length.* O metro é uma medida de comprimento. *a unit of measure* uma unidade de medida **2** sfn [quantidade medida] dose *The barman gave me a double measure of whisky.* O barman me deu uma dose dupla de uísque. **3** sfn [esp. em uso técnico. Instrumento usado para medir] instrumento para medição, medidor *a two-metre/two-litre measure* um medidor de dois metros/litros

measurement 1 sfn medida *The tailor wrote down my measurements.* O alfaiate anotou minhas medidas. **2** ssfn medição *an instrument used for the measurement of very small distances* um instrumento usado para a medição de distâncias muito pequenas

ruler sfn régua

tape measure sfn fita métrica

metric adj métrico *the metric system* o sistema métrico *The metre is the approximate metric equivalent of the yard.* O metro é o equivalente métrico aproximado da jarda.

USO

Apesar do sistema métrico ser padrão em todo o mundo para uso técnico e científico, no Reino Unido ele está sendo lentamente adotado no uso cotidiano e é raramente usado em todos os Estados Unidos. A maioria dos ingleses ainda prefere usar **the Imperial system** (o sistema imperial) que, diferentemente do sistema métrico, não segue um padrão regular baseado no número 10. O sistema americano, na maioria dos casos, é o mesmo do inglês, porém há algumas pequenas diferenças no que se refere aos equivalentes métricos.

307.1 Comprimento

Unidade	Abreviação
Sistema Imperial	
inch (polegada = 0,0254 m)	in., "
foot, pl **feet** (pé)	ft., ' = 12 **inches**
yard (jarda)	yd. = 3 **feet**
mile (milha)	m. = 1,760 **yards**
Equivalentes métricos	
millimetre (brit), **millimeter** (amer), (**mm**) milímetro	
centimetre (brit), **centimeter** (amer), (**cm**) centímetro	
metre (brit), **meter** (amer), (**m**) metro	
kilometre (brit), **kilometer** (amer), (**k**) quilômetro	
1 **inch** = 2.54 **cm**	
1 **yard** = .9144 **m**	
1 **mile** = 1.609 **k**	

The worm was three inches long. A minhoca tinha três polegadas de comprimento.
She is five foot/feet six inches tall. (5' 6") Ela tem cinco pés e seis polegadas de altura. (Um metro e sessenta e sete)
He can run 100 yards in less than 10 seconds. Ele consegue correr 100 jardas em menos de 10 segundos.
The church is about 200 yards from the post office. A igreja está cerca de 200 jardas do correio.
Their house is about a quarter of a mile away from here. A casa deles está cerca de um quarto de milha daqui.

307.2 Área

square adj quadrado *one square foot* um pé quadrado

Unidade	Abreviação	
1 **square foot**	sq. ft.	= 144 **square inches**
1 **square yard**	sq. yd.	= 9 **square feet**
1 **acre** (acre)		= 4840 **square yards**
1 **square mile**	sq. m.	= 640 **acres**
Equivalentes métricos		
1 **square inch**	sq. in.	= 645.16 mm^2
1 **square yard**		= .8361 m^2
1 **acre**		= 4047 m^2
1 **square mile**		= 259 **hectares** (**ha**) (hectares)

They own a 50-acre farm. Eles têm uma fazenda de 50 acres.
The forest covers an area of 70 square miles. A floresta cobre uma área de 70 milhas quadradas.

307.3 Capacidade de líquidos

1 **gill** (medida inglesa equivalente a 0,142 litro e americana equivalente a 0,1182) = 5 **fluid ounces** (**fl. oz.**) (onça líquida, onça fluida, medida de capacidade igual a 29,6 cm^3 nos EUA e 28,4 cm^3 na Inglaterra)
1 **pint** (pinta) = 4 **gills**
1 **quart** (quarta, medida inglesa de capacidade para sólidos equivalente a 1,136 litro e americana de capacidade para líquidos equivalente a 0,946 litro) = 2 **pints**
1 **gallon** (galão) = 4 **quarts**
Equivalentes métricos
millilitre (brit), **milliliter** (amer), (**ml**) mililitro
litre (brit), **liter** (amer), (**l**) litro
1 (UK) **fluid ounce** = 28.4 **ml**
1 **US fluid ounce** = 29.6 **ml**
1 (UK) **pint** = 568 **ml**
1 **US pint** = 550.6 **ml**
1 (UK) **gallon** = 4.546 **l**
1 **US gallon** = 3.7853 **l**

Add six fluid ounces of water to the flour. Acrescente seis onças fluidas de água à farinha.
a glass of whisky containing one sixth of a gill um copo de uísque contendo um sexto de um gill (vinte e três centímetros cúbicos)
a pint of beer uma pinta de cerveja
a gallon of petrol um galão de gasolina

GRUPOS DE PALAVRAS

307.4 Peso

USO

1 O plural de **stone** é **stones** ou **stone**. Se estiver dando um peso em uma quantidade de stones mais uma quantidade de libras, então se deveria usar **stone**. Ex.: *She weighs ten stone eleven (pounds).* Ela pesa dez **stones** e onze (libras). **2** Quando os ingleses dizem o peso, usam **stones** e **pounds**, p. ex. *He weighs twelve stone three.* Ele pesa doze **stones** e três libras. Quando os americanos falam sobre seu peso, usam somente **pounds**, p. ex. *He weighs a hundred and seventy-one pounds.* Ele pesa cento e setenta e uma libras.

weigh *vt* **1** [ter um certo peso] pesar *The parcel weighs two kilograms.* O pacote pesa dois quilos. *How much do you weigh?* Quanto você pesa? **2** [ação] pesar *The post-office clerk weighed the parcel.* O funcionário do correio pesou o pacote.

weigh sb **down** *vti prep* vergar sob o peso, sobrecarregar *The postman was weighed down by the heavy sack.* O carteiro estava envergado devido ao peso da sacola.

weight *s* **1** *sc/sfn* peso *two parcels of different weights* dois pacotes com pesos diferentes *The ship is 2,000 tonnes in weight.* O navio pesa 2.000 toneladas. *I'm trying to lose weight.* Estou tentando perder peso. **2** *sfn* [objeto usado para acrescentar peso a algo, p. ex. usado em balanças] peso *We can use these stones as weights to stop the map blowing away.* Podemos usar essas pedras como peso para que o mapa não voe. *a 250-gram lead weight* um peso de chumbo de 250 gramas

Unidade	Abreviação	
ounce (onça)	**oz.**	
pound (libra)	**lb**	= 16 **ounces**
stone (*brit*), *pl* **stones** ou **stone**		= 14 **pounds** (6,35 kg)
US hundredweight (quintal americano)		= 100 **pounds**
(UK) hundredweight	**cwt**	= 112 **pounds**
US ton (tonelada)		= 2,000 **pounds**
(UK) ton		= 20 **hundredweight(s)**

Equivalentes métricos
gram (**g** ou **gm**) grama
kilogram, *forma curta* **kilo** (**kg**) quilograma
tonne ou **metric ton** tonelada ou tonelada métrica
1 **ounce** = 28.35 g
1 **pound** = 453.6 g
1 **US ton** = 907.2 kg
1 **(UK) ton** = 1,016 kg, = 1.016 **tonnes** ou **metric tons**

six ounces of flour seis onças de farinha
The baby weighed seven pound(s) four ounces. (7 **lb** 4 **oz.**) O bebê pesava sete libras e quatro onças.
She weighs nine stone six (pounds) (*brit*)/*a hundred and thirty-two pounds* (*amer*). Ela pesa nove stones e seis libras (*brit*)/centro e trinta e duas libras (*amer*) (Cinqüenta e nove quilos e setecentos gramas).
two hundredweight of coal dois quintais americanos de carvão (cem quilos de carvão)
The ship weighs 2,000 tons. O navio pesa 2.000 toneladas.

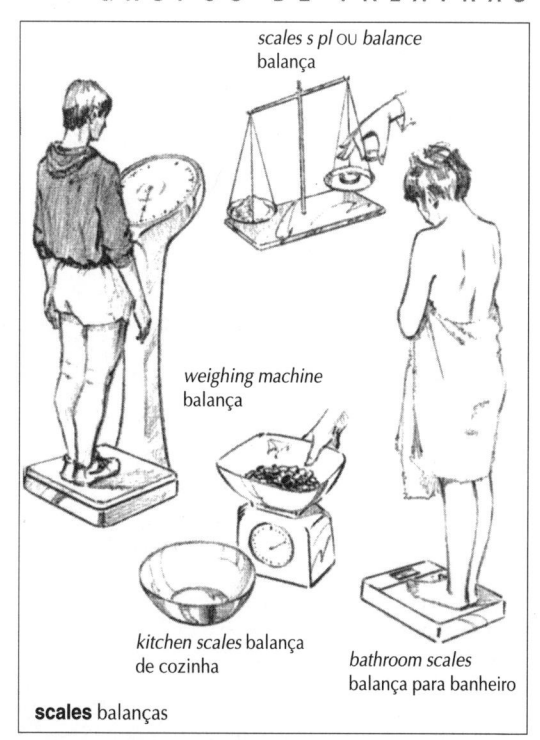

scales *s pl* ou **balance** balança

weighing machine balança

kitchen scales balança de cozinha

bathroom scales balança para banheiro

scales balanças

heavy *adj* pesado *The suitcase was too heavy for me to lift.* A pasta estava muito pesada para eu levantar. *I'm used to carrying heavy weights.* Estou acostumado a carregar coisas pesadas. *a heavy overcoat* um casado pesado

light *adj* leve *The suitcase is fairly light.* Esta mala está relativamente leve. *Most people wear light clothes in summer.* A maioria das pessoas usa roupas leves no verão. *How do you make your cakes so light?* Como você consegue fazer bolos tão leves?

307.5 Temperatura

ver também **cold, 19; hot, 20**

USO

No que se refere à previsão do tempo, o Reino Unido adotou oficialmente **the Celsius scale** (a escala Celsius), para adaptar-se ao sistema dos outros países europeus. Nesta escala, a água congela a 0 grau e entra em ebulição a 100 graus. Até alguns anos atrás, era conhecida oficialmente como **the Centigrade scale** (a escala centígrada), e esse termo é provavelmente ainda mais comum no uso cotidiano. Entretanto, **the Fahrenheit scale** (a escala Fahrenheit) ainda é muito utilizada, esp. por pessoas mais velhas. Nesta escala, a água congela a 32 graus e entra em ebulição a 212 graus. A escala Fahrenheit ainda é o padrão nos Estados Unidos.

Exemplos:
a temperature of 40 degrees Celsius/Fahrenheit (40°C/F) uma temperatura de 40 graus Celsius/Fahrenheit (40°C/F)
To convert Celsius/Centigrade to Fahrenheit, multiply by $9/5$ and add 32. Para converter graus Celsius/Centígrados em Fahrenheit, multiplique por $9/5$ e some 32.

Equivalentes: 0°C = 32°F   30°C = 86°F
10°C = 50°F   100°C = 212°F
20°C = 68°F

thermometer *sfn* termômetro

308 Car Carro

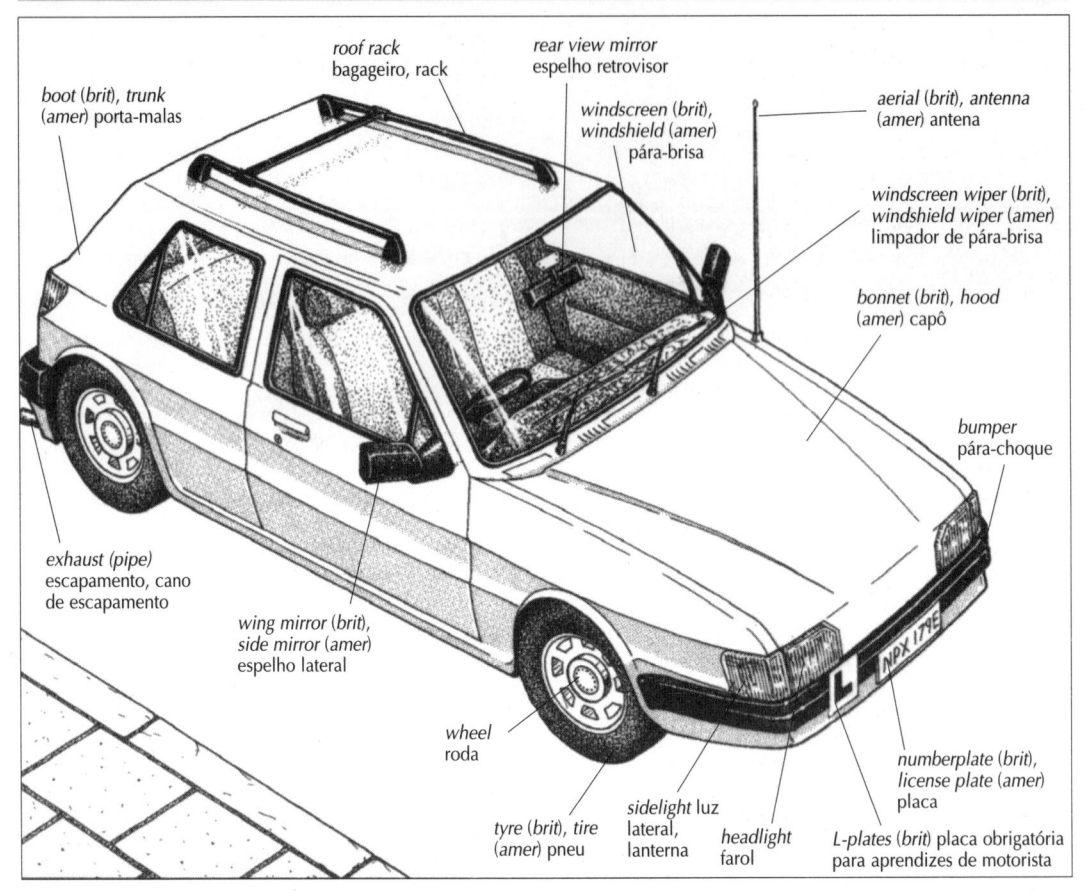

boot (brit), *trunk* (amer) porta-malas
roof rack bagageiro, rack
rear view mirror espelho retrovisor
windscreen (brit), *windshield* (amer) pára-brisa
aerial (brit), *antenna* (amer) antena
windscreen wiper (brit), *windshield wiper* (amer) limpador de pára-brisa
bonnet (brit), *hood* (amer) capô
bumper pára-choque
exhaust (pipe) escapamento, cano de escapamento
wing mirror (brit), *side mirror* (amer) espelho lateral
wheel roda
tyre (brit), *tire* (amer) pneu
sidelight luz lateral, lanterna
headlight farol
numberplate (brit), *license plate* (amer) placa
L-plates (brit) placa obrigatória para aprendizes de motorista

308.1 Dentro do carro

seat sfn banco, assento
seat belt sfn cinto de segurança
ignition sfn ignição *to turn on the ignition* ligar a ignição, dar partida, ligar o motor
choke sfn afogador
steering wheel sfn volante
clutch sfn embreagem, pedal da embreagem
brake sfn freio
handbrake sfn freio de mão
accelerator (brit & amer), **gas pedal** (amer) sfn acelerador
gear lever (brit), **gear shift** (amer) sfn alavanca do câmbio, alavanca de mudança de marcha
speedometer sfn velocímetro
mileometer (brit), **odometer** (amer) sfn odômetro
petrol gauge (brit), **gas gauge** (amer) sfn indicador do nível de combustível

309 Driving Dirigir

drive vti, pretérito **drove** part passado **driven** dirigir, conduzir, guiar *Let me drive you home.* Deixe-me levá-lo para casa. *We drove to London.* Fomos para Londres de carro. *He drives a bus.* Ele dirige um ônibus.
steer vti virar o volante, fazer curva *She steered wildly to avoid the bike.* Virou rapidamente para desviar da bicicleta.
reverse vti dar marcha a ré *Reverse into the garage.* Entre na garagem de marcha a ré.
give way (to sth) (brit), **yield** (amer) dar preferência, dar passagem *Give way to the right at roundabouts.* Dê preferência para os carros que vêm da direita nas rotatórias.
overtake vti ultrapassar
pull in vi prep encostar *Pull in at the next service station.* Encoste no próximo posto de gasolina.
park vti estacionar *There's nowhere to park.* Não há lugar para estacionar.
car park (brit), **parking lot** (amer) sfn estacionamento

309.1 Dirigir em alta ou baixa velocidade

accelerate vi acelerar *He accelerated round the corner.* Ele acelerou ao dobrar a esquina.

put one's foot down [informal] pisar fundo, pôr o pé na tábua, acelerar *You must have put your foot down to get here so quickly!* Você deve ter pisado fundo para chegar aqui tão rápido!

change gear (*brit*), **shift gears** (*amer*) engatar marchas, trocar de marcha, mudar de marcha

> **U S O**
>
> Ao falar sobre mudança de marcha, geralmente usa-se a preposição **into**, p. ex. *to change into third (gear)* (engatar a terceira). Se o número da marcha não for mencionado, devem-se usar os verbos **change up** (*brit*), **shift up** (*amer*) (engatar marcha superior) ou **change down** (*brit*), **shift down** (*amer*) (engatar marcha inferior), p. ex. *I changed down as we approached the junction.* Reduzi a marcha ao nos aproximarmos do entroncamento. *He changed up a gear.* Engatou uma marcha mais alta.

brake *vi* frear, brecar *to brake sharply* frear bruscamente
apply the brakes pisar no freio, frear
decelerate *vi* desacelerar, reduzir a velocidade

> **U S O**
>
> **Decelerate** é mais formal e menos comum do que **accelerate**. É mais comum dizer **slow down**. Também pode-se usar o termo **speed up** em vez de **accelerate**.

309.2 Ao usar as luzes indicadoras

indicate *vi* dar seta *You forgot to indicate before you turned right.* Você esqueceu de dar seta antes de virar à direita.
dip the headlights inclinar os faróis para baixo ou para cima
on full beam com farol alto

309.3 Problemas ao dirigir

break down *vi prep* quebrar, avariar, enguiçar *The car broke down miles from home.* O carro quebrou a alguns quilômetros de casa.
breakdown *sfn* avaria, enguiço *We had a breakdown.* O carro quebrou.
stall *vti* morrer *I stalled (the car) at the traffic lights.* O carro morreu no semáforo.
(to have a) flat tyre pneu furado, pneu vazio

to run out of petrol ficar sem gasolina
traffic jam engarrafamento, congestionamento
roadworks (*brit*) *s pl* obras na pista

309.4 Acidentes automobilísticos

accident *sfn* acidente *He was killed in a road/car accident.* Ele morreu num acidente na estrada/de carro.
crash *sfn* batida, colisão *a car crash* uma batida de carro *He had a crash when trying to overtake another car.* Ele bateu ao tentar ultrapassar outro carro.
crash *vti* bater, colidir *Paul crashed his new car.* Paul bateu seu carro novo. *She crashed while driving at 70 miles an hour.* Ela bateu a 110 km por hora.
pile-up *sfn* [acidente de trânsito que envolve vários veículos] engavetamento *Reports are coming in of a pile-up on the M4.* Estão chegando notícias de um engavetamento na rodovia M4.
write sth **off** ou **write off** sth *vt prep* (*esp. brit*) [bater um carro num acidente de maneira que não possa ser consertado] bater o carro com perda total, destroçar, destruir, arrebentar *That's the third car he's written off in two years.* Aquele é o terceiro carro que ele bate com perda total em dois anos.
write-off *sfn* (*esp. brit*) [um carro batido que não tem conserto] perda total *She was OK but the car was an absolute write-off.* Não aconteceu nada com ela, mas o carro ficou totalmente destruído.
hit-and-run driver *sfn* motorista que atropela alguém ou bate num veículo e foge do local do acidente
run sb **over** ou **run over** sb *vt prep* [derrubar ou ferir uma pessoa, porém sem necessariamente passar sobre ela] atropelar *She was run over by a bus.* Ela foi atropelada por um ônibus.
knock sb **down/over** ou **knock down/over** sb *vt prep* [derrubar ou ferir uma pessoa] atropelar *The old lady was knocked over as she tried to cross the road.* A senhora foi atropelada ao tentar atravessar a rua.

309.5 Pessoas que dirigem

driver *sfn* [palavra genérica e profissão] motorista (geralmente usado em substantivos compostos) *a bus driver* um motorista de ônibus *a lorry driver* um motorista de caminhão, caminhoneiro
motorist *sfn* [bastante formal, usado p. ex. em estatísticas] motorista
chauffeur *sfn* chofer

310 Petrol station Posto de gasolina

petrol station ou **filling station** (*brit*), **gas station** (*amer*) *sfn* posto de gasolina
garage *sfn* [pode fazer consertos e vender combustível] posto de serviços, oficina
petrol pump (*brit*), **gas pump** (*amer*) *sfn* bomba de gasolina

nozzle *sfn* bocal, bico (da mangueira)
fill up sth ou **fill** sth **up** *vti prep* completar, encher (o tanque) *I filled up with petrol this morning.* Enchi o tanque com gasolina hoje pela manhã.
self-service *adj* self-service, auto-serviço *a self-service petrol station* um posto de gasolina do tipo auto-serviço

311 Roads Estradas

road sfn [palavra genérica para qualquer tipo de estrada ou rua] estrada, rodovia, via, rua *all major roads North* todas as principais estradas que se dirigem a norte *to walk down the road* descer a rua

motorway (*brit*), **expressway**, **thruway** ou **freeway** (*amer*) sfn rodovia, auto-estrada, estrada para altas velocidades com várias pistas, via expressa *driving on the motorway* dirigir na rodovia (usado como *adj*) *motorway traffic* trânsito nas rodovias

highway sfn (esp. *amer*) [estrada mais larga e importante] estrada, rodovia

main road sfn [estrada importante com tráfico intenso, nem sempre larga] estrada, rodovia principal

street sfn [ger. com prédios nos dois lados] rua *She lives in the same street as me.* Ela mora na mesma rua que eu.

avenue sfn [rua larga, freq. com árvores nos dois lados] avenida

lane sfn [rua estreita freq. com muitas curvas] alameda, viela, ruela, caminho *country lanes* estradas do campo

track sfn [sem pavimentação. Pode ser estreita para caminhar ou mais larga para veículos] trilha

bypass sfn [rua que contorna uma área movimentada para aliviar o trânsito] desvio, passagem secundária, via secundária

bypass vt [dirigir ou fazer contorno, não necessariamente num desvio] desviar, dar a volta

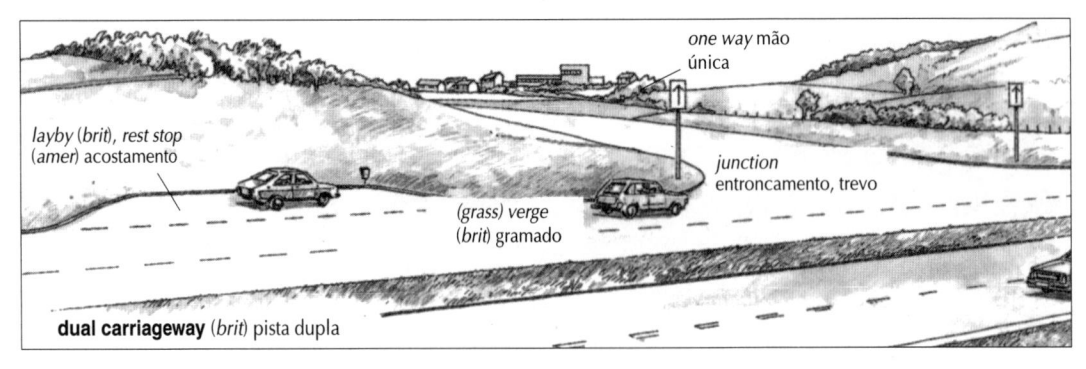

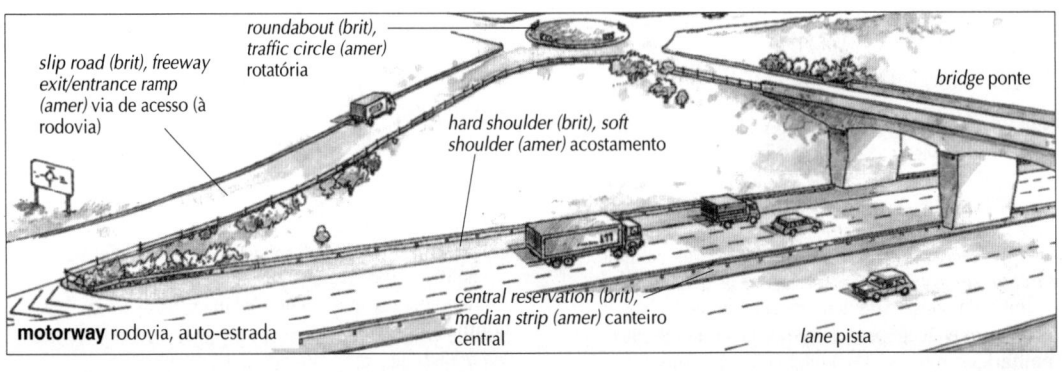

lamppost poste (de iluminação)
roadsign ou *signpost* placa de sinalização
crossroads cruzamento
traffic light semáforo
speed limit limite de velocidade
zebra crossing (brit) faixa de pedestres
street rua

one way mão única
layby (brit), *rest stop* (amer) acostamento
junction entroncamento, trevo
(grass) verge (brit) gramado
dual carriageway (brit) pista dupla

slip road (brit), *freeway exit/entrance ramp* (amer) via de acesso (à rodovia)
roundabout (brit), *traffic circle* (amer) rotatória
hard shoulder (brit), *soft shoulder* (amer) acostamento
bridge ponte
central reservation (brit), *median strip* (amer) canteiro central
lane pista
motorway rodovia, auto-estrada

ringroad (*brit*), **beltway** (*amer*) *sfn* [estrada que passa ao redor de uma cidade] anel viário, via circular, estrada periférica ou perimetral
square *sfn* praça
level crossing *sfn* passagem de nível

311.1 Caminhos

path *sfn* [pode ser de superfície pavimentada ou não] caminho, trilha *a path through the forest* uma trilha através da floresta

pavement (*brit*), **sidewalk** (*amer*) *sfn* [pavimentado ao longo de uma rua] calçada
kerb (*brit*), **curb** (*amer*) *sfn* meio-fio
footpath *sfn* [estreita, freq. não pavimentada] caminho, vereda, senda *a public footpath* uma vereda ou trilha de pedestres
alley *sfn* [rua ou caminho estreito entre prédios] beco, viela, ruela
gangway *sfn* 1 [em navio] passadiço 2 (*brit*) [entre assentos, p. ex. em cinema ou ônibus] passagem, corredor
subway *sfn* passagem subterrânea

312 Ships and boats Navios e barcos

ship *sfn* [embarcação grande, freq. de alto-mar] navio
boat *sfn* [menor do que **ship**. Pode ter a parte superior aberta] barco
vessel *sfn* [um tanto formal. Navio ou barco] embarcação
craft *sfn*, *pl* **craft** [qualquer navio ou barco, porém usado mais comumente para barcos pequenos] barco, embarcação
aboard *adv* a bordo *All aboard!* Todos a bordo!
on board *adv* a bordo *three weeks on board the 'Queen Elizabeth'* três semanas a bordo do 'Queen Elizabeth'

312.1 Tipos de embarcação

rowing boat (*brit*), **rowboat** (*amer*) *sfn* barco a remo
canoe *sfn* canoa **canoeist** *sfn* canoísta
yacht *sfn* iate **yachtsman** *sfn* iatista (*masc*) **yachtswoman** *sfn* iatista (*fem*)
raft *sfn* balsa
ferry *sfn* [transporta passageiros, veículos e produtos em pequenas distâncias. Grande ou pequena] balsa, barca
liner *sfn* [maior do que um **ferry**. Navio grande que freq. navega longas distâncias] transatlântico, navio de carreira, navio de linha regular
steamboat OU **steamer** *sfn* [usado esp. para trajetos fluviais ou costeiros] barco a vapor
barge *sfn* barcaça
dinghy *sfn* bote, dingue

312.2 Partes de uma embarcação

sail *sfn* vela
mast *sfn* mastro
deck *sfn* convés, tombadilho
cabin *sfn* camarote, cabina de passageiros
bridge *sfn* ponte de comando
wheel *sfn* roda do leme
rudder *sfn* leme, timão
oar *sfn* remo

312.3 Viagens pela água

sail *vti* navegar, velejar, viajar (em navio, barco a vela), partir em viagem de navio, zarpar *We sail at three.* Zarparemos às três. *She sailed her yacht around the world.* Ela deu a volta ao mundo em seu iate.
row *vti* remar, transportar/levar em barco a remo *We rowed across the lake.* Atravessamos o lago a remo.
voyage *sfn* [usado esp. para viagens de aventura] travessia, viagem de barco, viagem longa
cruise *sfn* [viagem prazerosa e de lazer] cruzeiro
embark *vi* embarcar *We embarked at Liverpool.* Embarcamos em Liverpool.
disembark *vi* (freq. + **from**) desembarcar

312.4 Atracação de embarcações

anchor *sfn* âncora *to drop anchor* lançar a âncora
anchor *vti* ancorar *We anchored in calm waters.* Ancoramos em águas calmas.
moor *vti* (freq. + **to**) [amarrar com uma corda] atracar, amarrar
moorings *s pl* 1 TAMBÉM **mooring** [local onde a embarcação é atracada] ancoradouro 2 [cordas] amarras
port *sfn* porto
dock *sfn* [onde os navios são carregados e descarregados] cais do porto, doca, embarcadouro **dock** *vti* atracar, entrar no cais do porto
jetty *sfn* cais, quebra-mar, molhe
harbour (*brit*), **harbor** (*amer*) *sfn* porto, ancoradouro
pier *sfn* 1 [local para atracação ou quebra-mar] quebra-mar, ponte de atracação, cais, embarcadouro, molhe 2 [em um local de férias] estrutura sobre pilares que adentra o mar sobre a qual as pessoas podem passear

312.5 Pessoas que trabalham com navios e barcos

docker *sfn* estivador, portuário
shipbuilder *sfn* construtor naval, armador
shipbuilding *ssfn* construção naval (usado como *adj*) *the shipbuilding industry* a indústria de construção naval
shipyard OU **dockyard** *sfn* estaleiro
sailor *sfn* [refere-se a profissionais ou pessoas que navegam por lazer. Também pode se referir a pessoas que simplesmente estão viajando em navio ou barco] marinheiro, marujo, navegante
seaman *sfn*, *pl* **seamen** [refere-se somente a homens, ger. profissionais ou marinheiros muito experientes] marinheiro, marujo, lobo do mar
crew *sfn* (+ *v sing* ou *pl*) tripulação
captain *sfn* capitão, comandante

312.6 Acidentes e tentativas para evitá-los

overboard *adv* ao mar *Man overboard!* Homem ao mar! *to fall overboard* cair na água
shipwreck *sfn* naufrágio **shipwreck** *vt* (ger. na voz passiva) naufragar *They were shipwrecked off the Devon coast.* Naufragaram na costa de Devon.
lighthouse *sfn* farol
buoy *sfn* bóia
lifeboat *sfn* bote salva-vidas, barco salva-vidas
lifejacket *sfn* colete salva-vidas

313 Aircraft Avião

aircraft sfn, pl **aircraft** avião, aeronave *a light aircraft* um avião pequeno

aeroplane (*brit*), **airplane** (*amer*), [mais informal] **plane** (*brit & amer*) sfn avião, aeroplano *to fly a plane* pilotar um avião

airline sfn companhia de aviação, transportes aéreos, linha aérea

airliner sfn [um tanto antiquado. Grande avião de passageiros] avião de passageiros

jet sfn avião a jato

jumbo (jet) sfn avião jumbo

glider sfn planador

helicopter sfn helicóptero

spacecraft sfn, pl **spacecraft** nave espacial

rocket sfn foguete

(hot air) balloon sfn balão (a ar quente)

cockpit sfn cabine do piloto

cabin sfn cabine

wing sfn asa

313.1 O aeroporto

hangar sfn hangar
runway sfn pista
radar sfn radar
control tower sfn torre de controle

check-in desk sfn balcão de check-in
departure lounge sfn sala de embarque

313.2 Voar

fly vti, pretérito **flew** part passado **flown** voar, ir de avião, transportar de avião, pilotar *I flew to Moscow with British Airways.* Fui para Moscou com a British Airways. *We flew into a storm.* Entramos numa tempestade durante o vôo. *They fly the jets low.* Eles voam baixo com os aviões a jato.

flight sfn vôo *I booked a flight to Rome.* Fiz reserva de um vôo para Roma. *We had a smooth flight.* Tivemos um vôo tranqüilo.

take off vi prep decolar *We took off from London an hour ago.* Decolamos de Londres há uma hora.

take-off sfn decolagem *Fasten your seat belts during take-off.* Apertem os cintos de segurança durante a decolagem.

land vti aterrissar, pousar *The plane landed in a field.* O avião aterrissou num campo. *She managed to land the plane safely.* Ela conseguiu aterrissar o avião com segurança. **landing** sfn aterrissagem, pouso

313.3 Pessoas que trabalham em aviões

crew sfn tripulação
pilot sfn piloto
(air) steward (*masc*), **(air) stewardess** (*fem*) sfn comissário de bordo (*masc*), comissária de bordo, aeromoça (*fem*)

air hostess sfn aeromoça, comissária de bordo
air traffic controller sfn controlador de tráfego aéreo **air traffic control** s (+ *v sing* ou *pl*) controle de tráfego aéreo

314 Trains Trens

train sfn trem *We travelled by train.* Viajamos de trem. *to catch a train* pegar um trem *passenger/goods train* trem de passageiros/de carga

carriage (*brit*), **car** (*amer*) sfn vagão

compartment sfn [vagão ou parte de um vagão] compartimento *a no smoking compartment* um compartimento de não-fumantes

railway (*brit*), **railroad** (*amer*) **1** [trilho] ferrovia, estrada de ferro, trilhos, linha de trem *Don't play on the track.* Não brinque na linha do trem. **2** TAMBÉM **railways** [sistema de ferrovias] ferrovia *the national railway* a rede ferroviária federal

rail s **1** ssfn [ferrovia] de trem *to travel by rail* viajar de trem (usado como *adj*) *rail travel* viagem de trem **2** sfn [parte da ferrovia] trilho *Do not cross the rails.* Não cruze a linha de trem.

314.1 A estação

(railway) station sfn estação (de trem), estação ferroviária
terminal sfn terminal
terminate sfn ponto final *This train terminates at Manchester.* O ponto final deste trem é Manchester.
waiting room sfn sala de espera
platform sfn plataforma *the train departing from platform 7* o trem que parte da plataforma 7
(railway) line OU **track** sfn linha ou trilho (de trem)
signal sfn sinal

314.2 As pessoas que trabalham com trens

porter sfn atendente de vagão-leito; carregador de malas
guard sfn condutor, guarda-trem, guarda-linha, guarda-freio, guarda-cancela
ticket collector sfn cobrador
(train) driver sfn maquinista
signalman sfn sinaleiro

315 Other transport Outros meios de transporte

vehicle sfn [um tanto formal ou técnico] veículo *heavy vehicles* veículos pesados

traffic ssfn tráfego, trânsito *Heavy traffic blocked the roads.* O trânsito intenso bloqueou as ruas.

GRUPOS DE PALAVRAS

315.1 Veículos para transporte de carga

lorry (*brit*), **truck** (*brit & amer*) *sfn* caminhão

articulated lorry (*brit*), *semi* (*amer*) caminhão articulado

handcart carreta manual

wagon diligência

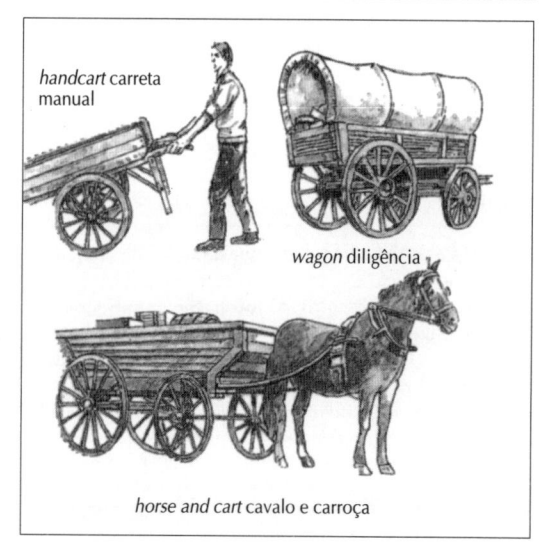

horse and cart cavalo e carroça

van *sfn* furgão, perua, caminhão fechado, camioneta
cart *sfn* [pode ter 2 ou 4 rodas, ser puxado por animais ou manualmente] carroça, carreta
wagon (*brit & amer*), **waggon** (*brit*) *sfn* 1 [esp. puxada por cavalos] diligência, carroça 2 (*brit*) [veículo ferroviário de carga] vagão, vagão de carga

315.2 Veículos para o transporte de passageiros

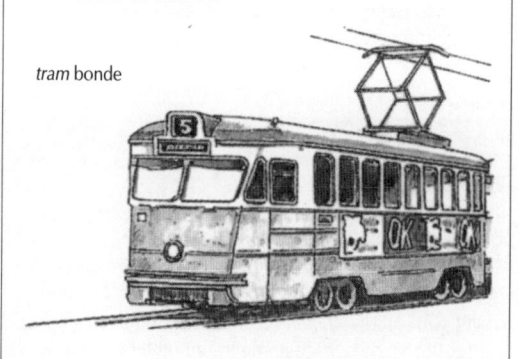

bus ônibus

bus stop ponto de ônibus

bus conductor cobrador de ônibus

taxi ou **cab** *sfn* taxi *to call a cab* chamar um táxi
hovercraft *sfn* aerobarco
caravan (*brit*), **camper** (*amer*) *sfn* trailer, reboque

315.3 Meios de transporte sobre duas rodas

> *U S O*
>
> Com todos estes veículos usa-se o verbo **ride**, p. ex.
> *I rode my bike to town.* (Fui para a cidade de bicicleta.)
> *He rides a moped.* (Ele anda de mobilete.)

bicycle ou [informal] **bike** *sfn* bicicleta
bicycle ou [informal] **bike** *vi* (freq. + **to**) andar de bicicleta
motorbike *sfn* moto, motocicleta
motorcycle *sfn* [um tanto antiquado] motocicleta
moped *sfn* moto pequena, mobilete
scooter *sfn* 1 ou **motor scooter** [um tanto antiquado, com rodas pequenas] lambreta 2 [veículo para crianças em que se coloca um pé sobre uma base e impulsiona-se com o outro pé contra o chão] patinete

coach (*brit*), *touring bus* (*amer*) ônibus de viagem, ônibus de excursão

tram bonde

minibus microônibus

316 Travel documents and procedures
Documentos e procedimentos para viajar

ticket office *sfn* guichê de passagens
ticket *sfn* passagem, bilhete
fare *sfn* tarifa, preço de passagem, passagem *Children travel half fare.* Crianças pagam meia.
reserve *vt* [obj: assento, local] reservar *I'd like to reserve a seat on the 12.40 train.* Gostaria de fazer uma reserva no trem das 12h40.
reservation *sfn* reserva *to make a reservation* fazer uma reserva
book *vti* reservar, fazer uma reserva *I'd like to book a first class ticket to Seattle please.* Gostaria de reservar uma passagem de primeira classe para Seattle, por favor. *Will I be able to get a ticket on the day or do you have to book in advance?* Conseguirei uma passagem no mesmo dia ou tenho que fazer uma reserva com antecedência? *Book me on the 12.30 flight.* Faça uma reserva no vôo das 12h30, por favor.
booking *sc/sfn* reserva *Do you have a booking available for that flight?* Há uma reserva disponível para aquele vôo?
customs officer *sfn* agente alfandegário, agente aduaneiro
customs *s pl* **1** [local] alfândega *to go through customs* passar pela alfândega **2** [impostos] taxas, direito alfandegário *to pay customs (duty) on sth* pagar taxas alfandegárias sobre algo
declare *vt* declarar *goods to declare* bens a declarar *nothing to declare* nada a declarar
duty-free *s* **1** *sfn* ou **duty free shop** (freq. + **the**) *free-shop, duty-free Have you been in the duty-free?* Você foi ao *free shop?* **2** *ssfn* [produtos] isento de impostos *Did you buy any duty-free?* Você comprou algum artigo isento de impostos?

duty-free *adj* isento de impostos, livre de impostos *duty-free cigarettes* cigarros isentos de impostos
visa *sfn* visto
boarding pass *sfn* cartão de embarque

AO COMPRAR PASSAGENS

As palavras **single** (*brit*) e **return** (*brit*) geralmente são usadas como substantivo: *A single to Cambridge, please.* (Uma passagem de ida para Cambridge, por favor.) *Two returns to Manchester.* (Duas passagens de ida e volta para Manchester.)
Às vezes usa-se **return** como adjetivo: *A return ticket to London.* (Uma passagem de ida e volta para Londres.) Geralmente não se emprega **single** como adjetivo devido à ambiguidade causada por *a single ticket* que pode significar uma passagem de ida ou uma única passagem. No inglês americano usa-se o termo **one-way ticket** em vez de **single ticket**, e **round-trip ticket** no lugar de **return ticket**.
Não é comum especificar **second class** (segunda classe) para passagens de trem visto que os bilhetes de segunda classe são a norma. Se deseja viajar de primeira classe, deverá pedir:
A first-class return to Liverpool, please. (Uma passagem de ida e volta de primeira classe para Liverpool, por favor.)
Em companhias aéreas é comum especificar a classe desejada, p. ex. **first class** (primeira classe), **business class** (classe executiva), **economy class** (classe econômica).

---

317 Travel Viajar

travel *vti*, -**ll**- (*brit*), -**l**- (*amer*) viajar *I travelled to London by train.* Viajei para Londres de trem. *Have you travelled much?* Você viajou muito? *We travelled over 300 miles a day.* Percorremos mais de 300 milhas por dia.
travel *ssfn* viagem *My job involves a lot of travel.* Em meu trabalho tenho que viajar muito. *air travel* viagem de avião (usado como *adj*) *travel writer* autor de livros de turismo

U S O

Cuidado para não confundir **travel**, que é um substantivo sem flexão de número, com **trip** e **journey** que são substantivos com flexão de número. Pode-se dizer *I've made many interesting trips/journeys.* (Fiz muitas viagens interessantes.), porém não *many interesting travels.*

traveller (*brit*), **traveler** (*amer*) *sfn* viajante
travel agent *sfn* **1** [pessoa] agente de viagens **2** [agência] agência de viagens **travel agency** *sfn* agência de viagens

tourism *ssfn* turismo **tourist** *sfn* turista (usado como *adj*) *the tourist trade* o ramo de turismo *a popular tourist resort/attraction* um local/uma atração turística popular

U S O

Não há adjetivo que corresponda ao substantivo **tourist**. Freqüentemente usa-se em seu lugar o mesmo substantivo como adjetivo, conforme demonstrado nos exemplos acima.

hitch-hike *vi* pedir carona, pegar carona, viajar de carona **hitch-hiker** *sfn* caroneiro, pessoa que viaja de carona
commute *vi* (freq. + **to**) [regularmente, esp. para o trabalho] viajar diariamente para o trabalho *I commute to the office from Berkshire.* Viajo todos os dias de Berkshire para o escritório.
commuter *sfn* viajante habitual, pessoa que viaja diariamente para chegar ao trabalho (usado como *adj*) *commuter train* trem urbano
passenger *sfn* passageiro *air/rail passengers* passageiros de avião/trem (usado como *adj*) *passenger seat* banco de passageiros

GRUPOS DE PALAVRAS

317.1 Viagens

journey *sfn* [palavra genérica, qualquer distância] viagem, jornada, trajeto *I always wear a seat belt, even on short journeys.* Sempre uso o cinto de segurança, mesmo em trajetos mais curtos. *a journey across Africa* uma viagem através da África

journey *vi* [um tanto literário] fazer uma jornada, sair em jornada, viajar *We journeyed through Asia.* Fizemos uma jornada pela Ásia.

expedition *sfn* [ger. de aventura, que exige planejamento e preparação] expedição, viagem com um propósito definido *an expedition to the North Pole* uma expedição ao Pólo Norte *a mountaineering expedition* uma expedição de montanhismo [geralmente usado com humor] *We've had an expedition to the shops.* Fizemos uma visita às lojas.

explore *vti* explorar *We explored the area on foot.* Exploramos a área a pé. **explorer** *sfn* explorador **exploration** *sfn* exploração *space exploration* exploração do espaço

excursion *sfn* [pequena viagem, ger. por prazer] excursão *They arrange excursions to a local gold mine.* Eles organizam excursões a uma mina de ouro local.

trip *sfn* [ger. viagem curta, para lazer ou trabalho. Quando usado para viagens mais longas, no inglês britânico, dá a entender que o falante a considera como algo rotineiro] viagem *a shopping trip* uma viagem de compras *business trips* viagem de negócios

tour *sfn* [viagem que envolve visita a vários lugares] excursão, viagem, passeio, 'tour' **tour** *vti* viajar, excursionar, visitar, dar uma volta/passeio, fazer turismo

package tour ou **package holiday** *sfn* [viagem com preço fixo que inclui passagem, acomodação e geralmente refeições] excursão organizada por agência de turismo, pacote de turismo, pacote de viagem

317.2 Rotas e destinos

route *sfn* [mais fixo ou intencional do que **way**] caminho, rota, trajeto *bus routes* trajeto de ônibus *Which route did you go?* Qual o caminho que você fez?

way *sfn* 1 (freq. + **the**) [rota] caminho *Can you tell me the way to the station?* Você poderia me dizer qual é o caminho até a estação? 2 [direção] direção *Which way is the Eiffel tower from here?* Como se chega à torre Eiffel partindo daqui?

direct *vt* [levemente formal] indicar, mostrar, apontar *Can you direct me to the nearest Post Office?* Você poderia me indicar onde é o correio mais próximo?

destination *sfn* destino, direção

U S O
Observe que não se usa preposição antes de **abroad**.

mileage *ssfn* milhagem, contagem de milhas, quilometragem

map *sfn* mapa

foreign *adj* estrangeiro, exterior *foreign holidays* férias no exterior *foreign currency* moeda estrangeira *foreign policy* política exterior **foreigner** *sfn* estrangeiro

abroad *adv* para o/no exterior *Did you go abroad for your holiday?* Você foi para o exterior nas férias? *I lived abroad for several years.* Morei no exterior durante muitos anos.

overseas *adj* estrangeiro, exterior *overseas customers* clientes estrangeiros **overseas** *adv* no estrangeiro, no exterior; ultramar, ultramarino *troops based overseas* tropas com base no exterior

317.3 Acomodações

hotel *sfn* hotel

motel (*brit & amer*), **motor lodge** (*amer*) *sfn* [para motoristas, ger. para ficar uma noite] hospedaria para motoristas de caminhão e pessoas que viajam de carro, motel

guest house *sfn* (esp. *brit*) [uma casa particular administrada como um pequeno hotel, onde os visitantes pagam pelas refeições e acomodação] pensão, pousada

bed and breakfast *sc/sfn* (*brit*) [acomodação numa pensão, hotel ou casa de família em que os visitantes pagam pelo pernoite e pelo café da manhã] pensão

resort *sfn* lugar ou local de veraneio/férias, estação de águas, estância *a holiday resort* uma estância de veraneio, centro turístico *a skiing resort* uma estação de esqui

317.4 Bagagem
ver também **containers, 331**

luggage (esp. *brit*), **baggage** (esp. *amer*) *ssfn* bagagem *Have you got much luggage?* Você tem muita bagagem? *hand luggage* bagagem de mão (usado como *adj*) *luggage rack* porta-bagagem *luggage label* etiqueta de bagagem

suitcase *sfn* maleta, valise, pasta

rucksack (*brit & amer*), **backpack** (esp. *amer*) *sfn* mochila

holdall *sfn* [bolsa grande ou maleta] bolsa de viagem

pack *sfn* [qualquer pacote embrulhado e carregado nas costas] pacote, fardo

pack *vti* fazer as malas *Have you packed a warm jumper?* Você colocou um blusão quente na mala? *She's still packing.* Ela ainda está fazendo as malas. *He packed his bags and left.* Ele fez as malas e partiu.

318 Directions Direções
ver **directions, LC 20**

318.1 Pontos cardeais

northern *adj* do norte, setentrional, boreal

southern *adj* do sul, meridional

eastern *adj* do leste, oriental

western *adj* do oeste, ocidental

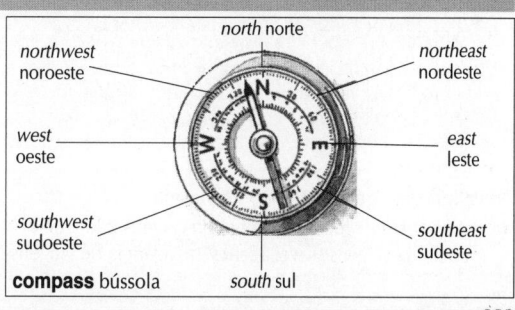

- **north** norte
- **northwest** noroeste
- **northeast** nordeste
- **west** oeste
- **east** leste
- **southwest** sudoeste
- **southeast** sudeste
- **south** sul
- **compass** bússola

GRUPOS DE PALAVRAS

uso

As palavras terminadas em **-ern** referem-se a uma parte do mundo ou de um país, p. ex. *The eastern region experienced heavy rain.* (As regiões do leste sofreram fortes chuvas.) *northern cities* (cidades do norte) *the southern climate* (clima do sul)

northerly *adj* do/para o norte

southerly *adj* do/para o sul, meridional

easterly *adj* do/para o leste

westerly *adj* do/a oeste

uso

Estes termos significam 'indo para ou voltando da direção indicada', p. ex. *westerly winds* (ventos provenientes do oeste) *travelling in a northerly direction* (viajando em direção norte)

northward *adj* para/em direção norte **northward** ou **northwards** *adv* para/em direção ao norte

southward *adj* em direção sul **southward** ou **southwards** *adv* em direção sul

eastward *adj* em direção leste **eastward** ou **eastwards** *adv* rumo leste

westward *adj* em direção oeste **westward** ou **westwards** *adv* para o oeste, em direção oeste

uso

Estes adjetivos descrevem direção, *não* são usados para ventos.

318.2 Outras direções

left *adj & adv* à esquerda, lado esquerdo *turn left* vire à esquerda *my left hand* minha mão esquerda

left *ssfn* esquerda *on the left of the street* do lado esquerdo da rua

right *adj & adv* à direita, lado direito

right *ssfn* direito *the shop on the right* a loja do lado direito *to the right of the church* à direita da igreja

inward *adj* **1** [de mente ou espírito] interior *inward peace* paz interior **2** [voltado para dentro] para dentro *an inward curve* uma curva para dentro

inward ou **inwards** *adv* para dentro **inwardly** *adv* por dentro

outward *adj* **1** [do corpo] exterior, externo *Her outward expression remained calm.* A expressão de seu rosto permaneceu serena. **2** [voltado para o exterior] para fora, de saída

outward ou **outwards** *adv* para fora; externamente **outwardly** *adv* por fora; externamente

sideways *adj & adv* de lado, lateralmente, para o lado *We shuffled sideways.* Deslizamos lateralmente. *She gave me a sideways glance.* Ela me deu uma olhada de rabo de olho.

reverse *vti* [usado esp. para veículos] dar marcha a ré *I reversed the car into the garage.* Coloquei o carro na garagem de marcha a ré.

reverse *adj* reverso, inverso, oposto, contrário *in reverse order* em ordem inversa

expressão

as the crow flies [pelo caminho mais direto possível] em linha reta *It's ten miles by car, but only six as the crow flies.* Está localizado a dez milhas de carro, porém somente seis em linha reta.

319 Visit Visita

ver também **wait, 286; friendship, 434**

visit *v* **1** *vt* [obj: pessoa] visitar *I visited* (brit & amer)/*visited with* (amer) *my parents last weekend.* Visitei meus pais no fim de semana passado. *Are you going to visit him in hospital/prison?* Você vai visitá-lo no hospital/na prisão? *visiting hours* horário de visita **2** *vt* [obj: país, cidade, área, etc.] visitar, ir *They visited Italy last year.* Eles foram para a Itália no ano passado. **3** *vt* [obj: p. ex. museu, instituição, por interesse ou lazer] visitar **4** *vti* [dar ou receber aconselhamento profissional. Obj: p. ex. médico, dentista, advogado etc.] consultar *If symptoms persist please visit your doctor.* Se os sintomas persistirem, por favor, consulte seu médico.

visit *sfn* (+ **to, from**) visita *I might pay a visit to the British Museum.* Talvez faça uma visita ao Museu Britânico. *They had a visit from their son.* Eles receberam uma visita de seu filho. *This isn't a social visit.* Esta não é uma visita social.

visitor *sfn* visitante, visita, turista *She doesn't get many visitors.* Ela não recebe muitas visitas. *Visitors are asked not to take photographs.* Pede-se aos visitantes que não tirem fotografias.

uso

Os falantes nativos da língua inglesa geralmente usam **go to** em vez de **visit**, especialmente em contextos mais informais p. ex. *Did you go to Florence when you were in Italy?* (Você foi a Florença quando esteve na Itália?) *We went to St Paul's Cathedral.* (Fomos à Catedral de São Paulo.)

stay *vi* (+ **with, at**) [implica dormir no local que se está visitando] ficar, hospedar, passar temporada ou certo tempo *She's staying with friends.* Ela está hospedada com uns amigos. *I stayed at a lovely hotel.* Fiquei num hotel muito bom. *to stay the night* passar a noite

drop in *vi prep* (freq. + **on**) [informal, sugere visita curta e casual] aparecer, visitar *I dropped in for coffee on my way to work.* Apareci para tomar um café a caminho do trabalho.

guest *sfn* **1** [convidado para ficar na casa de alguém por pouco tempo ou para dormir] convidado *We've got* guests coming for dinner. Temos convidados para o jantar. **2** [convidado para sair e não pagar] convidado *We were taken for a meal as guests of the company.* Fomos jantar como convidados da empresa. **3** [num hotel] hóspede

Guests are reminded that breakfast is at 8. Lembramos aos hóspedes que o café da manhã é servido às 8:00.

host (*masc*), **hostess** (*fem*) *sfn* anfitrião (*masc*), anfitriã (*fem*)

320 Distance Distância

ver também **loneliness, 435**

320.1 Próximo

near *adv* próximo, perto *prep* perto de, junto a *I live near the church.* Moro perto da igreja. *Do you live near (here)?* Você mora perto daqui? *She stood near me.* Ela ficou perto de mim.

near *adj* [em distância, tempo, grau, etc.] perto, próximo *I got into the nearest car.* Entrei no carro mais próximo. *in the near future* num futuro próximo *the near left wheel* a roda esquerda mais próxima *Where is the nearest bank from here?* Onde fica o banco mais próximo?

close *adj* **1** (freq. + **to**) [em distância, tempo, grau, etc.] próximo, perto *Is your house close to an airport?* Sua casa fica perto de um aeroporto? *It's close to my bedtime.* Está quase na hora de ir para a cama. **2** [descreve p. ex. amigo, colega de trabalho] próximo, íntimo *We were very close.* Éramos muito unidos.

close *adv* (freq. + **to**) rente, perto de, junto *The lion was coming closer.* O leão estava chegando perto. *We stood close to the edge of the cliff.* Ficamos próximos da beira do precipício. *Don't go too close to that dog.* Não chegue muito perto daquele cachorro.

closely *adv* de perto, proximamente *We worked closely on the project.* Trabalhamos juntos no projeto. *The sheep were packed closely into pens.* As ovelhas foram reunidas (bem próximas umas das outras) em cercados.

u s o

Near e **close** têm um significado muito semelhante. Entretanto, nunca se usa **close** sozinho como preposição, sendo sempre seguido de **to**, p. ex. *I stood near the tree.* (Fiquei próximo à árvore.) *I stood close to the tree.* (Fiquei próximo à árvore.)

next *adv* próximo, vizinho, ao lado, pegado **next** *prep* (sempre + **to**) perto de, ao lado de, junto de, ao pé de *My house is next to the station.* Minha casa fica ao lado da estação. *I sat next to her.* Sentei-me ao seu lado. *I turned down the next street.* Virei na rua adjacente.

nearby *adj* perto, próximo *a nearby village* uma vila próxima

nearby *adv* perto, próximo *I hid nearby and watched them.* Escondi-me por perto e os observei.

u s o

Não se deve usar **nearby** como preposição. Deve-se usar a preposição **near**.

local *adj* local, de bairro *local shops* lojas de bairro *local government* governo municipal

locally *adv* por perto, nas redondezas, localmente *Do you live locally?* Você mora por aqui? **local** *sfn* pessoa nativa do lugar

neighbouring (*brit*), **neighboring** (*amer*) *adj* vizinho, próximo *The airport is opposed by residents of neighbouring villages.* Os moradores da vizinhança são contra a construção do aeroporto.

neighbour (*brit*), **neighbor** (*amer*) *sfn* vizinho *my next-door-neighbour* meu vizinho do lado *What will the neighbours think?* O que os vizinhos irão pensar?

e x p r e s s õ e s

in the vicinity (of) [formal] nas imediações de, nas proximidades de *There are roadworks in the vicinity of Junction 13.* Há obras na pista nas imediações do Entroncamento 13. *The castle gets in the vicinity of 10,000 visitors a year.* O castelo recebe cerca de 10.000 visitantes por ano.

within reach (of) próximo de *London is within easy reach by train.* O acesso a Londres é fácil por trem. *When I'm on duty, I have to stay within reach of a phone.* Quando estou de plantão, tenho que ficar próximo a um telefone.

320.2 Longe

far *adv, compar* **farther** ou **further**, *superl* **farthest** ou **furthest** longe, distante, remoto *Have you travelled far?* Você viajou para longe? *Edinburgh isn't far away.* Edimburgo não é muito longe. *Do you live far from the office?* Você mora longe do trabalho? *I was far from satisfied.* Eu não estava nem um pouco satisfeito.

far *adj, compar* **farther** ou **further**, *superl* **farthest** ou **furthest** longe, distante, afastado, remoto *Is the station far?* A estação é longe? *Is it far to Paris?* Paris é longe daqui? *in the far distance* a uma grande distância, lá longe

u s o

Geralmente usa-se **far** em perguntas ou negativas. Em afirmativas normalmente usa-se a expressão **a long way** em seu lugar, p. ex. *'Is it far to Edinburgh?' 'Yes, it's a long way'/'No, it's not far.'* ('Edimburgo é longe daqui?' 'Sim, é muito longe'/'Não, não é muito longe.')

distant *adj* distante, longínquo *distant lands* terras distantes *a distant memory* uma vaga lembrança *the distant sound of voices* um som de vozes a distância *in the not-too-distant future* num futuro não muito distante

distance *sc/sfn* distância *I have to drive long distances to work.* Tenho que dirigir grandes distâncias para ir ao trabalho. *What's the distance between here and Manchester?* Qual é a distância entre este lugar e Manchester? *I could see someone in the distance.* Via alguém ao longe. *I keep my distance when she's in that mood!* Mantenho distância quando ela está mal-humorada.

distance oneself *v* (ger. + **from**) [não se envolver] distanciar-se *I tried to distance myself from their* *criticism of his work.* Tentei ficar longe das críticas que faziam de seu trabalho.

remote *sfn* [muito afastado e isolado] remoto, afastado, distante *a remote island* uma ilha distante *An agreement seems as remote as ever.* A possibilidade de um acordo parece mais remota do que nunca. *They don't have the remotest chance of success.* Eles não têm a mínima chance de sucesso.

remotely *adv* [ger. em negativas] nem um pouco, remotamente *I'm not remotely interested.* Não estou nem um pouco interessado.

out-of-the-way *adj* remoto, afastado, isolado, fora do caminho *We visited all the little out-of-the-way places.* Visitamos todos os lugarejos afastados.

long way muito longe *It's a long way to Athens.* Atenas é muito longe. *I live a long way away.* Moro muito longe daqui. *We walked a long way.* Caminhamos muito. *It's a long way from being finished.* Está longe de estar concluído.

321 Come Vir

ver também **get, 373**

come *vi*, pretérito **came** part passado **come** vir *I've come to see Dr Smith.* Tenho uma consulta com o Dr. Smith. *They came to tea.* Eles vieram para o chá. *Are you coming with us?* Você virá conosco?

arrive *vi* (freq. + **at**, **in**) chegar *We arrived at his house by car.* Chegamos em sua casa de carro. *when summer arrives* quando o verão chegar *The train arrived 10 minutes late.* O trem chegou com 10 minutos de atraso.

arrival *sc/sfn* chegada *On arrival, we were given a glass of sherry.* Na chegada, deram-nos uma taça de vinho xerez. *new arrivals to the firm* novos funcionários da empresa *Fog delayed all arrivals at Heathrow.* A neblina atrasou todas as chegadas em Heathrow.

> **U S O**
>
> As preposições usadas com chegar são **at** e **in**. Usa-se **arrive at** principalmente para prédios ou lugares pequenos, não para grandes cidades. Geralmente usa-se **arrive in** para grande locais como cidades, apesar de poder ser usado para cidades pequenas ou vilas. Nunca se usa **arrive in** para prédios. Ex.: *We arrived at school at 9.30.* (Chegamos à escola às 9h30.) *We arrived in London yesterday.* (Chegamos a Londres ontem.) *She arrives in Spain next week.* (Ela chegará à Espanha na semana que vem.)

reach *vt* **1** [obj: lugar] chegar a *We should reach Kansas before dawn.* Chegaremos a Kansas antes do amanhecer. **2** [alcançar ou obter] chegar a, atingir, alcançar *when you reach my age* quando chegar à minha idade *to reach a target* atingir um alvo, alcançar um objetivo

attend *vti* [usado em contextos bastante formais. Obj: p. ex. reunião, tribunal] comparecer, ir a *I've been invited to attend the ceremony.* Fui convidado a comparecer à cerimônia.

attendance *sc/sfn* comparecimento, presença, freqüência *Your attendance at the hearing is required.* Exige-se o seu comparecimento à audiência.

show up *vi prep* [informal] aparecer, dar as caras *Nigel showed up half an hour late.* Nigel apareceu com meia hora de atraso. *She wouldn't dare show up after what you said to her.* Ela não ousaria aparecer depois do que você disse para ela.

321.1 Aproximar-se

approach *vti* aproximar-se, chegar *We approached the dogs carefully* Nós nos aproximamos dos cães com cuidado. *the evenings are dark now winter is approaching* as tardes estão escuras agora que o inverno está chegando

approach *s* (não tem *pl*) aproximação *We heard the car's approach.* Ouvimos o carro se aproximar. *the approach of death* a aproximação da morte

advance *vi* (freq. + **on, towards**) [sugere algo propositital] avançar *Troops advanced on the city.* As tropas avançaram em direção à cidade. *He advanced towards me, holding a knife.* Ele avançou em minha direção, segurando uma faca.

advance *sfn* (freq. + **on**) [usado esp. em contextos militares] avanço, progresso

321.2 Aparecer

appear *vi* aparecer, surgir *A light appeared in the distance.* Uma luz surgiu ao longe. *The plumber didn't appear until 11 o'clock.* O encanador não apareceu até as 11 horas.

appearance *sfn* aparecimento, comparecimento *We were startled by the appearance of a policeman.* Ficamos surpresos com o aparecimento do policial.

turn up *vi* [informal. Geralmente usado para aparições inesperadas] aparecer *He always turns up late.* Ele sempre aparece tarde. (+ **to**) *Guess who turned up to my party?* Adivinha quem apareceu na minha festa?

emerge *vi* aparecer, sair, emergir, surgir *He emerged from under the bedclothes.* Ele saiu de baixo dos lençóis. *A stream emerged from underground.* Um jato saiu de baixo da terra.

322 Go Ir

ver também **leave-taking, LC 4**

go *vi*, pretérito **went** part passado **gone 1** (freq. + **away**) [sair de um lugar] ir, partir *Don't go yet.* Não vá ainda. *Where has she gone?* Aonde ela foi? *The last bus went an hour ago.* O último ônibus partiu há uma hora. *Go away!* Vá embora! **2** [expressando direção] ir, partir *a train going to London* um trem com destino a Londres

leave *vti*, pretérito & part passado **left** sair, partir *We left at 6.* Partimos às 6 horas. *I left my job in June.* Saí do meu emprego em junho. *What time did you leave the party?* A que horas você saiu da festa? *I left the office early.* Saí do escritório cedo.

GRUPOS DE PALAVRAS

> **uso**
>
> Compare os seguintes exemplos: *Mike's gone to Spain*. (Mike foi para a Espanha.) [significa que Mike ainda está na Espanha] *Mike's been to Spain*. (Mike esteve na Espanha.) [significa que Mike foi para a Espanha alguma vez no passado, porém não está mais lá].

depart *vi* [mais formal do que **leave** e **go**. Esp. usado para transporte público] sair *The train departs at four*. O trem sai às quatro. *when the last guests had departed* quando os últimos convidados saíram

departure *sfn* partida, saída *Colleagues were puzzled by his sudden departure*. Os colegas ficaram perplexos com sua saída repentina. (usado como *adj*, esp. em contextos de viagens aéreas) *departure lounge* sala de embarque

withdraw *v, pretérito* **withdrew** *part passado* **withdrawn** (freq. + **from**) **1** *vti* [recuar, esp. após derrota. Suj/obj: esp. forças armadas] recuar, retirar-se *ver também **war**, 248 **2** *vi* [formal. Recuar ou ir embora] retirar-se, ir embora, afastar-se *They withdrew from the scene in horror*. Eles se retiraram do local do acidente horrorizados. **3** *vt* [tirar. Obj: p. ex. licença, apoio, comentário] retirar, tirar; voltar atrás *When he apologized, I withdrew my complaint*. Quando ele se desculpou, retirei minha queixa.

withdrawal *sfn* retirada *the army's withdrawal from the occupied territory* a retirada do exército do território ocupado

return *v* **1** *vi* (freq. + **from**, **to**) voltar, retornar *I will never return to my country*. Nunca voltarei a meu país. *I returned home to find the house on fire*. Voltei para casa e a encontrei em chamas. *He returned to work after a long illness*. Ele voltou ao trabalho após um longo período de doença. **2** *vt* (freq. + **to**) [dar, tomar de volta, etc.] devolver, responder *I have to return my library books today*. Tenho que devolver os livros da biblioteca hoje. *I'm just returning your call*. Estou apenas retornando sua ligação. *She borrowed my shampoo and didn't return it*. Ela pegou meu xampu emprestado e não o devolveu.

return *s* **1** *sc/sfn* retorno, volta, regresso *They celebrated his return from the war*. Eles comemoraram o seu regresso da guerra. *On my return, I was greeted by a crowd of friends*. No meu retorno, fui recebido por uma multidão de amigos. (usado como *adj*) *the return voyage* a viagem de retorno **2** [dar, tomar de volta, etc.] devolução *The government demanded the immediate return of all hostages*. O governo exigiu a devolução imediata de todos os reféns.

> **expressões**
>
> **clear off/out!** [diz-se p. ex. aos intrusos] Vá embora!
> **get out (of here)!** [geralmente sugere raiva e desprezo] Saia daqui!
> **piss off!** (*brit*) [expressão forte e ofensiva] Suma daqui! Rua! Se manda!
> **On yer bike!** (esp. *brit*) [não muito forte, pode ser levemente cômico] Vá andando! Saia daqui!
> **get lost!** [expressa raiva] Desapareça!

322.1 Fugir

run away *vi prep* (freq. + **from**) fugir, escapar *We ran away when we heard his voice*. Fugimos quando ouvimos sua voz. *to run away from home* fugir de casa *It's no good running away from your problems*. Não adianta nada fugir dos problemas.

flee *vti, pretérito & part passado* **fled** (freq. + **from**) [literário] fugir, abandonar, escapar *They were forced to flee from the advancing army*. Viram-se obrigados a fugir das tropas do exército que estavam avançando. *to flee the country* abandonar o país

flight *sc/sfn* fuga, evasão *to put sb to flight* dar fuga a alguém *The intruders **took flight** when the alarm sounded*. Os intrusos fugiram quando soou o alarme.

retreat *vi* (freq. + **from**) [Suj: esp. forças armadas] refugiar-se, procurar asilo, abrigo *A series of explosions caused the crowd to retreat in confusion*. Uma série de explosões fez com que a multidão se retirasse em confusão.

retreat *sc/sfn* (freq. + **from**, **to**) retirada, recuo *When he drew a knife I **beat a hasty retreat***. Quando ele sacou a faca eu saí correndo. *We would not fire on an army **in retreat***. Não atiraríamos contra um exército em retirada.

desert *vi* **1** [abandonar] abandonar *His friends deserted him*. Seus amigos o abandonaram. **2** (freq. + **from**) [das forças armadas] desertar **desertion** *sfn* deserção *ver também **war**, 248

abandon *vt* **1** [sugere irresponsabilidade e crueldade] abandonar, desertar, deixar *I couldn't just abandon the children*. Eu não podia abandonar as crianças. *They abandoned us to our fate*. Eles nos abandonaram à nossa própria sorte. **2** [desistir] desistir, renunciar, ceder *We had to abandon our plans for a big wedding*. Tivemos que abandonar os nossos planos de fazer um grande casamento. *We have not abandoned hope that he is alive*. Não perdemos a esperança de que esteja vivo.

turn tail [um tanto informal. Sugere medo ou covardia] dar no pé *When the intruders saw us they turned tail and fled*. Quando os intrusos nos viram, deram no pé.

322.2 Desaparecer

disappear *vi* desaparecer *She disappeared behind a screen*. Ela desapareceu atrás de um biombo. *Much of the rainforest is disappearing*. Grande parte da floresta tropical está desaparecendo. *All that food disappeared in minutes*. Toda aquela comida desapareceu em minutos. *My diary has disappeared from my drawer*. Minha agenda desapareceu da minha gaveta.

disappearance *sc/sfn* desaparecimento

vanish *vi* [mais completo e permanente do que **disappear**] sumir, desvanecer(-se), desaparecer *The image vanished from the screen*. A imagem desapareceu da tela. *He simply **vanished into thin air***. Ele simplesmente desapareceu sem deixar rastro.

323 Bring Trazer
ver também **hold, 336; carry, 337; take, 375**

bring vt, pretérito & part passado **brought** 1 trazer *I've brought you some flowers.* Trouxe flores para você. *Will you be bringing a friend to the party?* Você vai trazer um amigo para a festa? *Will you bring me back a present?* Você vai me trazer um presente? 2 [causar] provocar, causar *The announcement brought loud applause from the audience.* A notícia provocou fortes aplausos por parte do público.

> **USO**
>
> Compare **bring** (trazer/levar) e **take** (levar). A diferença entre eles é semelhante à diferença entre **come** (vir) e **go** (ir). **Bring** implica vir a um lugar com algo, enquanto **take** implica ir a algum lugar com algo. Ex.: *Shall I bring a bottle of wine to your party?* (Você quer que eu leve uma garrafa de vinho para sua festa?) *I'm taking the children to the seaside.* (Vou levar as crianças para o litoral.)

deliver vti [ger. em contextos comerciais] entregar *Our new bed was delivered last week.* Nossa cama nova foi entregue na semana passada.

delivery sc/sfn, pl **deliveries** entrega, envio, descarga *We took delivery of a large parcel.* Recebemos um pacote grande.

transport vt [ger. em contextos comerciais. Implica grandes cargas e longas distâncias] transportar *The aircraft was adapted to transport racehorses abroad.* O avião foi adaptado para transportar cavalos de corrida para o exterior. **transportation** ssfn transporte

fetch vt trazer, ir buscar, pegar *Would you fetch my shoes from the bedroom?* Você poderia pegar meus sapatos no quarto? *I fetched him his meal.* Fui buscar a refeição dele. *Go and fetch her mother.* Vá buscar a mãe dela.

> **USO**
>
> O verbo **fetch** implica buscar algo em outro local e voltar com ele. *ver também USO em **bring, 323**

drop off sth/sb ou **drop** sth/sb **off** vt prep (freq. + **at**) deixar, descer de um veículo *I dropped him off outside the station.* Deixei-o em frente da estação.

324 Avoid Evitar
ver também **hate and dislike, 445**

avoid vt 1 [ficar longe de] evitar *I think he's avoiding me.* Acho que ele está me evitando. *They're dangerous people – I avoid them like the plague.* Eles são pessoas perigosas – fujo deles como o diabo foge da cruz. 2 [evitar que alguém ou a própria pessoa faça algo] evitar *I avoid physical exercise when possible.* Evito exercício físico sempre que possível. *Don't get into conversation with him if you can avoid it.* Não converse com ele, se puder evitar. *You can't avoid noticing it.* Você não pode deixar de notar. **avoidance** ssfn impedimento, abstenção, ato de evitar

evade vt 1 [esp. por meios desonestos. Obj: p. ex. obrigação] livrar-se de, evitar, evadir *He evaded conscription by feigning illness.* Ele se livrou do serviço militar fingindo estar doente. 2 [escapar de. Obj: p. ex. atacante, perseguidor] escapar, fugir, livrar-se de

evasion ssfn [por meios desonestos] sonegação, evasão, fuga *tax evasion* sonegação fiscal

evasive adj 1 [pejorativo] evasivo *evasive answers* respostas evasivas 2 [evitar perigo, etc.] evasivo *to take evasive action* tomar medidas evasivas

dodge v 1 vti [movimentar repentinamente] esquivar-se, escapar *She dodged behind the screen when she saw them approach.* Ela se escondeu atrás do biombo ao vê-los se aproximar. *We ran, dodging falling rocks.* Corremos, desviando das pedras que caíam. 2 vt [freqüentemente pejorativo. Evitar, esp. por meio de um truque] escapar *She's always trying to dodge cleaning duty.* Ela sempre tenta escapar das tarefas de limpeza. *I managed to dodge the question.* Consegui escapar da pergunta.

duck vti [abaixar a cabeça ou o corpo] abaixar-se rapidamente, desviar a cabeça ou o corpo rapidamente, esquivar-se *He ducked (his head) as the stone flew towards him.* Ele abaixou a cabeça à medida que a pedra vinha em sua direção. *Duck!* Abaixe-se!

duck out of sth vt prep [informal. Freqüentemente implica fugir de responsabilidade] fugir *You said you'd take me swimming – don't try to duck out of it now.* Você disse que me levaria para nadar – não tente fugir agora.

shirk vti [pejorativo. Sugere preguiça] esquivar-se do trabalho, faltar ao dever *People won't respect you if you shirk your responsibilities.* As pessoas não o respeitarão se faltar com suas responsabilidades.

get out of vt prep (freq. + -ing) [evitar fazer algo que é sua responsabilidade] safar-se, livrar-se *I managed to get out of going to the meeting.* Consegui me livrar de ir à reunião.

> **expressões**
>
> **give sb/sth a wide berth** [não chegar perto] evitar algo/alguém *I'd give that area a wide berth in the tourist season.* Eu evitaria ir àquela região na alta temporada.
>
> **steer clear of sb/sth** [não chegar perto, não se envolver com] ficar longe, manter-se afastado *I'd steer clear of the town centre, the traffic's awful.* Eu ficaria longe do centro da cidade, o trânsito está terrível.
>
> **have nothing to do with sb/sth** não ter nada a ver com alguém/algo *Since she came out of prison, he refuses to have anything to do with her.* Desde que ela saiu da prisão, ele se recusa a ter alguma coisa a ver com ela. *She claims she has nothing to do with her son's business affairs.* Ela afirma que não tem nada a ver com os negócios do filho.

325 Early Cedo

early adj 1 [antes do horário correto ou normal] adiantado *My bus was early today.* Meu ônibus estava adiantado hoje. (+ **for**) *I was 10 minutes early for the meeting.* Cheguei 10 minutos adiantado para a reunião.
2 [próximo do início do dia ou período] cedo, início *I usually get up early.* Normalmente me levanto cedo. *an early-morning meeting* uma reunião de manhã cedo *the early 1920's* o início dos anos 20

early adv 1 [antes do horário correto ou normal] cedo, antecipadamente, prematuramente *She arrived earlier than the others.* Ela chegou mais cedo do que os outros. *We left early to avoid the traffic.* Saímos cedo para evitar o trânsito. 2 [próximo do início do dia ou período] cedo *We went to Rome earlier in the year.* Fomos a Roma no começo do ano. *early in the morning* de manhã cedo

premature adj 1 [antes do horário correto ou normal] prematuro, antes do tempo *The baby was 2 months premature.* O bebê nasceu dois meses antes do tempo. *her premature death* sua morte prematura 2 [pejorativo. Antes do razoável ou apropriado] precipitado *The celebrations turned out to be premature.* As comemorações foram precipitadas.

too soon muito cedo *Friday is too soon – I won't be ready by then.* Sexta-feira é muito cedo – não estarei pronto nesse dia.

326 Late Tarde

ver também **delay, 330**

late adj 1 [após o horário correto ou normal] tarde, atrasado (+ **for**) *She was late for work.* Ela chegou atrasada para o trabalho. *You're too late – all the tickets have been sold.* Você chegou muito tarde – todos os ingressos já foram vendidos. *We were too late to save him.* Chegamos tarde demais para salvá-lo. *We'll have a late lunch.* Almoçaremos tarde. 2 [próximo do final do dia ou período] no final *late afternoon* no final da tarde *the late 1980's* no final dos anos 80 *the late-night movie* o filme da madrugada

late adv 1 [após o horário correto ou normal] tarde, atrasado *They arrived late for the concert.* Chegaram tarde para o concerto. 2 [próximo do final do dia ou período] tarde *It happened late at night.* Aconteceu tarde da noite. *late in the year* no final do ano

eventually adv finalmente, por fim *We eventually saved enough to buy a car.* Conseguimos economizar dinheiro suficiente para comprar um carro. *Eventually I hope to run my own business.* Finalmente espero dirigir meu próprio negócio. *We got there eventually.* Finalmente chegamos lá.

eventual adj final *The eventual outcome of the project was successful.* O resultado final do projeto foi satisfatório.

overdue adj 1 [que chega tarde] atrasado *The baby is a week overdue.* O bebê deveria ter nascido há uma semana. 2 [que deveria ter sido feito, pago, devolvido, etc.] vencido e não pago (título), atrasado *This letter is long overdue.* Esta carta deveria ter sido enviada há muito tempo. *overdue library books* livros da biblioteca atrasados *overdue payments* pagamentos atrasados

expressões

last minute de última hora *a few last-minute adjustments* alguns ajustes de última hora *He always leaves it until the very last minute to do his work.* Ele sempre deixa seu trabalho para a última hora.

eleventh hour [soa mais dramático do que **last minute**. Usado em tentativas de mudar ou melhorar uma situação] no último minuto *an eleventh-hour bid to save the company* uma proposta no último minuto para salvar a empresa *The government stepped in at the eleventh hour with a substantial grant.* O governo interveio no último minuto com uma subvenção substancial.

late in the day [geralmente diz-se com reprovação, sugerindo que a ação ocorreu tarde demais para resolver qualquer coisa] tarde demais *It's a bit late in the day to say you're sorry now.* É um pouquinho tarde para dizer que se arrepende agora.

not before time/about time too [geralmente diz-se com raiva, enfatizando que a ação, evento, etc. deveria ter acontecido antes] já não era sem tempo, já estava na hora *They're getting married, and not before time.* Já estava na hora de se casarem. *He's been promoted – about time too!* Já estava na hora de ser promovido!

327 On time No horário

on time no horário, pontualmente *She always gets to work on time.* Ela sempre chega ao trabalho no horário. *Are the trains running on time?* Os trens estão no horário? (+ **for**) *We were on time for the meeting.* Chegamos pontualmente à reunião.

in time a tempo (+ **to** + INFINITIVO) *We didn't get there in time to help them.* Não chegamos a tempo para ajudá-los. (+ **for**) *They arrived in time for the party.* Chegaram a tempo para a festa. *We'll never get this finished in time.* Nunca terminaremos isso a tempo.

GRUPOS DE PALAVRAS

> **USO**
> Cuidado para não confundir **on time** com **in time**.

punctual adj [que chega no horário combinado] pontual *I always try to be punctual.* Sempre tento ser pontual.
punctually adv pontualmente, na hora *Make sure you get there punctually.* Procure chegar lá no horário.
punctuality ssfn pontualidade
prompt adj **1** [que age rápida ou imediatamente] rápido, imediato *her prompt acceptance of the offer* sua aceitação imediata da proposta **2** [pontualmente] em ponto *six o'clock prompt* seis horas em ponto
promptly adv rapidamente, imediatamente *He acted promptly to avert disaster.* Ele agiu rapidamente para evitar um desastre. *He promptly withdrew his offer.* Retirou sua oferta imediatamente.
on the dot em ponto, em cima, no exato momento *He arrived at three o'clock on the dot.* Ele chegou às três horas em ponto.

328 Ready Pronto
ver também **eager, 278**

ready adj (freq. + **to** + INFINITIVO) **1** (freq. + **for**) [preparado] pronto, preparado *Is dinner ready?* O jantar está pronto? *Are you ready to go?* Você está pronto para ir? *I'll get the spare room ready for her.* Deixarei o quarto de hóspedes preparado para ela. *I feel ready for anything.* Estou pronto para qualquer coisa. **2** [disposto ou ávido] disposto, pronto *He's always ready to help others.* Ele sempre está disposto a ajudar as pessoas. *You're too ready to mock.* Você está sempre disposto a fazer gozação (zombar dos outros).
readiness ssfn **1** [estar preparado] prontidão, presteza *The bags were packed in readiness for the journey.* As malas estavam prontas para a viagem. **2** [disposição] boa disposição
readily adv facilmente, sem demora, prontamente, de boa vontade *They agreed readily to the plan.* Aceitaram facilmente o plano. *readily available* fácil de conseguir
prepare vti **1** [colocar de maneira adequada] preparar(-se) *Before painting, I prepared the walls by filling the cracks.* Antes de pintar, preparei as paredes cobrindo as rachaduras. *Prepare yourself for a shock.* Prepare-se para levar um choque. *Prepare for take-off.* Preparem-se para a decolagem. **2** [fazer. Obj: p. ex. refeição, discurso] preparar *The children prepared a concert for their parents.* As crianças fizeram um concerto para seus pais. **3** [fazer planos e preparativos] preparar-se, fazer preparativos *We're preparing for visitors.* Estamos nos preparando para receber visitas.

> **USO**
> Apesar de ser correto usar o verbo **prepare** para falar da preparação de alimentos ou refeição, é um tanto formal e mais provavelmente utilizado em situações formais, como num restaurante. Ex.: *Our food is prepared using only the finest ingredients.* (Nossos pratos são preparados usando somente os melhores ingredientes.) Em situações informais e corriqueiras, os verbos **get** e **make** são mais freqüentemente usados, p. ex. *He got up and made breakfast.* (Ele levantou-se e preparou o café da manhã.) *Shall I get you some lunch?* (Você quer que eu lhe prepare o almoço?)

preparation s (freq. + **for**) **1** ssfn preparação *No amount of preparation could have averted this disaster.* Por mais que tivéssemos nos preparado, nada teria evitado o desastre. *Did you do much preparation for the interview?* Você se preparou muito para a entrevista? **2** sfn (ger. pl) preparativos *Preparations for the wedding are in hand.* Estão sendo feitos os preparativos para o casamento.
set adj (freq. + **to** + INFINITIVO; geralmente precedido de **all**) pronto, preparado *I was (all) set to go when James phoned.* Estava pronto para sair quando James telefonou.

329 Soon Logo

soon adv **1** [sem demora] logo, cedo *I'll be thirty soon.* Logo farei trinta anos. *You'll soon improve.* Logo melhorará. *I soon realized my mistake.* Logo percebi meu erro. *We left soon after lunch.* Saímos logo após o almoço. *Don't worry, you'll find it **sooner or later**.* Não se preocupe, você o encontrará mais cedo ou mais tarde. ***No sooner** had I finished one drink **than** another appeared.* Mal tinha terminado um drinque, e já serviram outro. **2** [rapidamente] logo, breve *Please return this form as soon as possible.* Por favor, devolva este formulário o mais rápido possível. *Could you type this letter for me? **The sooner the better**.* Você poderia digitar esta carta para mim? Quanto antes melhor.
shortly adv [mais formal do que **soon**] em instantes, em breve *The mayor will be arriving shortly.* O prefeito chegará em instantes. *We will shortly be entering the high-security area.* Estaremos entrando na área de segurança máxima em instantes. *Dr Green will be with you shortly.* O Dr. Green estará com o senhor dentro de instantes.
presently adv **1** (brit) logo, em breve *I'll be back presently.* Voltarei em seguida. **2** (esp. amer) no momento, agora *The President is presently visiting Argentina.* O Presidente está visitando no momento a Argentina.

uso

O uso de **presently** no inglês americano com o sentido de 'agora' está cada vez mais freqüente no inglês britânico.

next adv próximo *I won't ask her next time.* Não a convidarei da próxima vez. *When's our next meeting?* Quando será nossa próxima reunião?

expressões

in a minute/moment/second [levemente informal] num minuto/momento/segundo *I'll do it in a moment.* Farei isso num momento.

any minute/moment/second/time now a qualquer minuto/momento/segundo/hora *We're expecting an announcement any minute now.* Estamos aguardando um comunicado a qualquer momento.

330 Delay Atraso

ver também **hinder, 245; late, 326**

delay v **1** vt [fazer com que algo ou alguém se atrase] atrasar *We were delayed at customs.* Nós nos atrasamos na alfândega. *Production was delayed by strikes.* A produção foi atrasada pelas greves. *The plane was delayed by an hour.* O avião estava uma hora atrasado. **2** vt adiar *We've delayed the wedding until my mother is out of hospital.* Adiamos o casamento até minha mãe sair do hospital. **3** vi [agir lentamente] demorar(-se) *If you delay, you'll miss the offer.* Se você demorar, perderá a oferta.

delay sc/sfn atraso, demora *Fog caused delays on the roads.* A neblina causou atrasos nas estradas. *What's the delay?* Qual é o tempo de atraso? *A month's delay in production could bankrupt us.* Um mês de atraso na produção poderia nos levar à falência. *There will be a delay of two hours on all flights out of Heathrow.* Haverá um atraso de duas horas em todos os vôos que saem de Heathrow.

postpone vt (freq. + **to, until**) [obj: p. ex. partida esportiva, visita] adiar *We've postponed the trip until after the New Year.* Adiamos a viagem para depois do Ano-Novo.

postponement sc/sfn adiamento

put sth **off** ou **put off** sth vt prep (freq. + **until**) adiar *I've put off the meeting until we have all the figures.* Adiamos a reunião até que tenhamos todos os números.

expressões

on ice/on the back burner/on hold [não recusado, porém não colocado em prática no momento] suspenso, parado, em aguardo *The project is on ice at the moment.* O projeto está suspenso no momento. *We've had to put our plans for the extension on the back burner until we've saved more money.* Tivemos que colocar nossos planos de ampliações no aguardo até que tenhamos economizado mais dinheiro.

331 Containers Recipientes

ver também **accessories, 192.3; travel, 317.4**

container sfn [termo genérico usado para descrever qualquer objeto desta seção] recipiente *We need to find a suitable container for your coin collection.* Precisamos encontrar um estojo adequado para a sua coleção de moedas.

receptacle sfn [mais formal do que **container**] receptáculo, recipiente

331.1 Embalagem

box sfn caixa *a box of matches* uma caixa de fósforos **box** vt [colocar em caixas] embalar

packet sfn [pode ser um saco, embrulho ou caixa de papelão] pacote, embrulho

pack (brit & amer), **packet** (esp. amer) sfn pacote, maço

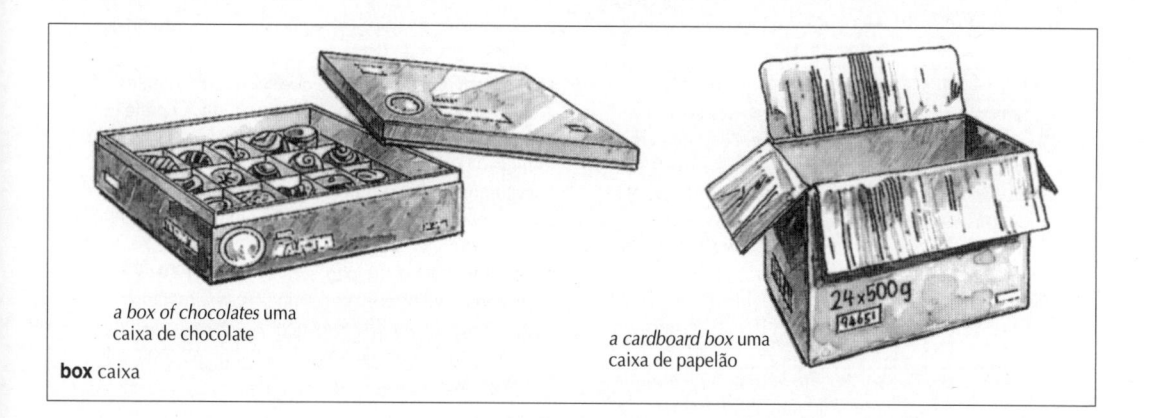

a box of chocolates uma caixa de chocolate
box caixa

a cardboard box uma caixa de papelão

GRUPOS DE PALAVRAS

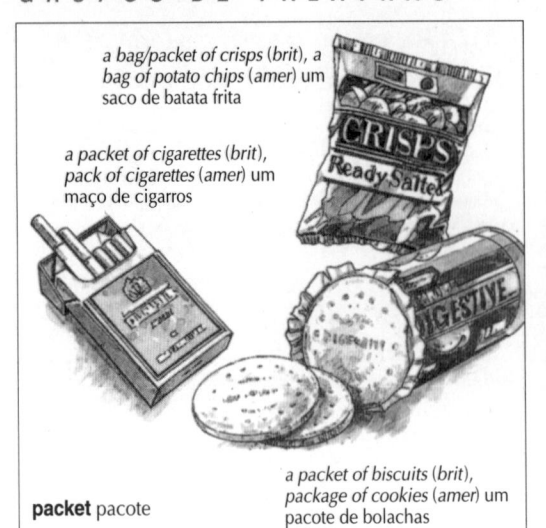

a bag/packet of crisps (brit), *a bag of potato chips* (amer) um saco de batata frita

a packet of cigarettes (brit), *pack of cigarettes* (amer) um maço de cigarros

a packet of biscuits (brit), *package of cookies* (amer) um pacote de bolachas

packet pacote

carton *sfn* 1 [para líquidos ou substâncias que podem derramar] pacote 2 [uma caixa de papelão grande que freq. se utiliza para embalar as coisas] caixa

a carton of milk uma caixa de leite

a carton of yogurt (brit & amer), *a pot of yogurt* (brit) uma caixa/pote de iogurte

carton caixa

tube *sfn* [um recipiente para substâncias macias, molhadas, geralmente feito de metal ou plástico e em um formato comprido e fino com uma tampa em uma das pontas] tubo *a tube of toothpaste* um tubo de pasta de dente *a tube of ointment* um tubo de pomada

can *sfn* 1 [recipiente metálico hermético para comida e bebida] lata 2 [recipiente metálico geralmente redondo e com tampa] lata *an oil can* uma lata de óleo

a can/tin of peas uma lata de ervilha

a can of beer uma lata de cerveja

a watering can um regador de água

can lata

tin (brit), **can** (esp. amer) *sfn* 1 [recipiente hermético para comida em conserva] lata *a tin of tomatoes* uma lata de tomates 2 [recipiente metálico com tampa] lata, vasilha, caneca *a biscuit tin* uma lata de bolacha

tin can *sfn* [o recipiente em si mesmo quando está vazio] lata

USO

Não existem regras fixas sobre quando se deve usar **tin** e **can**, geralmente é uma questão de colocação, porém é possível seguir algumas diretrizes. Os norte-americanos utilizam **can** na maioria das vezes. Entretanto no inglês britânico **tin** é usado mais freq. do que **can** quando se fala a respeito de um recipiente de comida, porém **can** é sempre usado quando se fala de um recipiente de bebida (diz-se *a can of Coca-Cola* uma lata de Coca-Cola e nunca 'a tin of Coca-Cola'). **Tin can** é normalmente usado quando o recipiente em si está vazio, p. ex. *The beach was covered in old tin cans.* A praia estava coberta de latas velhas.

331.2 Potes redondos (geralmente para substâncias macias ou líquidas)

jar *sfn* [recipiente cilíndrico de cristal ou cerâmica com uma boca larga e uma tampa] pote, jarro, jarra, vaso

a jar of jam (brit & amer), *a pot of jam* (brit) um pote de geléia

a jar of sweets um pote de balas *a jar* um pote

jar jarro, pote

pot *sfn* 1 [recipiente pequeno semelhante a um pote ou caixa] pote, vaso *a pot of jam* um pote de geléia *a pot of yogurt* um pote de iogurte 2 [usado para cozinhar] panela, caçarola **pots and pans** bateria (de cozinha) 3 ou **flowerpot** vaso de planta

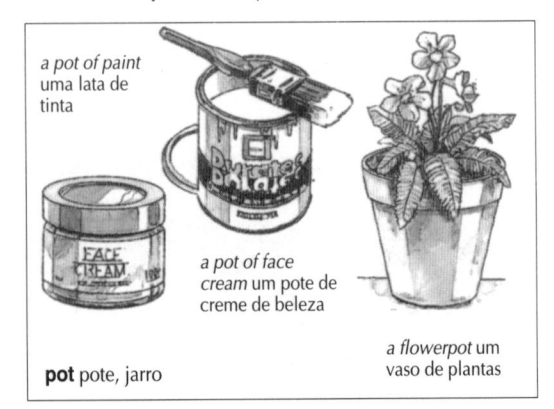

a pot of paint uma lata de tinta

a pot of face cream um pote de creme de beleza

a flowerpot um vaso de plantas

pot pote, jarro

tub *sfn* [recipiente redondo, ger. usado com tampa, maior do que um **pot** porém bastante largo e não muito fundo] tina, tonel, barrica, banheira *a tub of ice cream* uma terrina de sorvete *a tub of margarine* uma terrina de manteiga

bottle *sfn* garrafa, frasco *a bottle of wine* uma garrafa de vinho *a bottle of perfume* um vidro de perfume *a hot water bottle* [feita de borracha] bolsa de água quente

bottle *vt* **1** [colocar em garrafas] engarrafar, envasar, envasilhar **2** (*brit*), **can** (*amer*) [conservar frutas em garrafas] envasar, fazer conserva de

baby's bottle mamadeira de criança
wine bottle garrafa de vinho
perfume bottle frasco de perfume
milk bottle garrafa de leite
hot water bottle bolsa de água quente
bottle garrafa, vidro

flask *sfn* **1** OU **thermos flask** garrafa térmica **2** OU **hip flask** [garrafa pequena e plana para levar álcool] frasco

331.3 Para armazenar e transportar

crate *sfn* [uma caixa rígida, geralmente feita de madeira, que se utiliza para transportar mercadorias e às vezes aves] engradado *Crates of medical supplies were sent.* Foram enviados caixotes contendo suprimentos médicos.

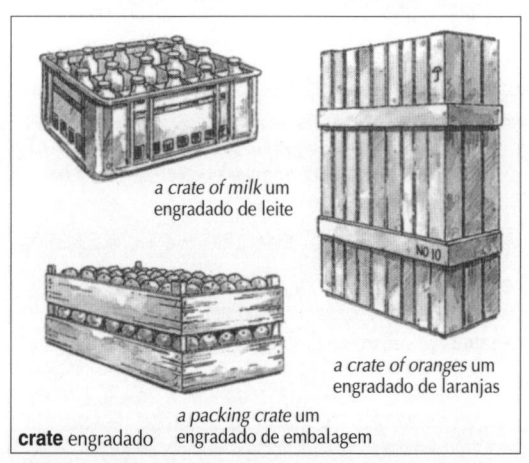

a crate of milk um engradado de leite
a crate of oranges um engradado de laranjas
a packing crate um engradado de embalagem
crate engradado

chest *sfn* [uma caixa grande, resistente, geralmente feita de madeira que freq. se utiliza para transportar ou guardar roupa ou objetos pessoais] baú, cofre

trunk *sfn* [uma caixa grande e rígida que se utiliza para transportar ou guardar roupa ou objetos pessoais] baú, mala de viagem

case *sfn* **1** [caixa ou recipiente grande para armazenar ou transportar produtos] caixa **2** [recipiente para armazenar ou proteger algo] estojo *a glasses case* estojo de óculos *a jewellery case* porta-jóias

331.4 Recipientes grandes para armazenar ou transportar líquidos

barrel *sfn* [recipiente redondo, geralmente feito de madeira] barril, tonel *a barrel of beer* um barril de cerveja *wine matured in oak barrels* vinho envelhecido em tonéis de carvalho

drum *sfn* [recipiente metálico redondo para líquidos, esp. combustível] tambor *an oil drum* um tambor de petróleo

tank *sfn* [recipiente, geralmente feito de metal ou vidro, para líquidos ou gases] tanque, depósito *a petrol tank* um tanque de gasolina *a hot water tank* um tanque de água quente

bin *sfn* **1** [recipiente redondo grande, geralmente com tampa, para armazenar coisas tais como farinha, cereais etc.] caixa, caixão, lata **2** (*brit*) [recipiente redondo, ger. com tampa, para colocar lixo] cesto, lata *a wastepaper bin* cesto de papéis *I might as well throw it in the bin.* O melhor que tenho a fazer é jogar no lixo.

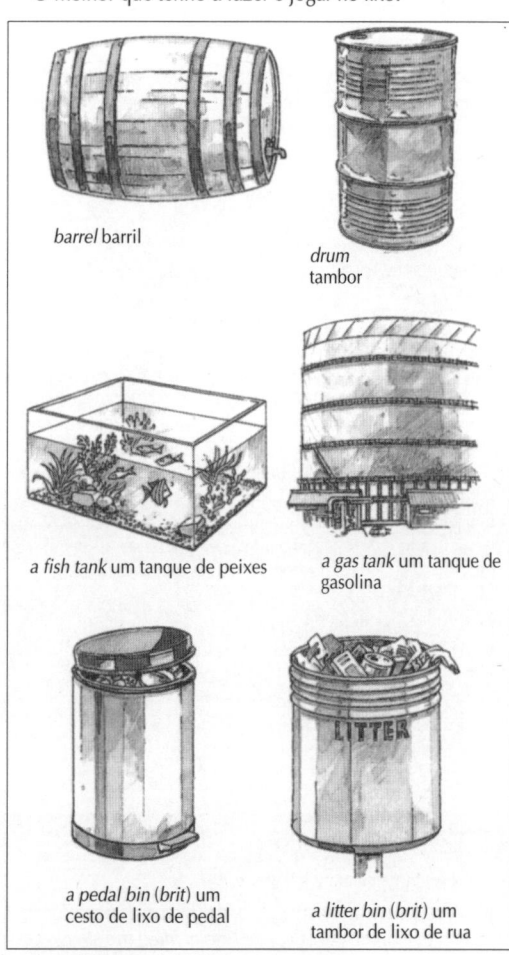

barrel barril
drum tambor
a fish tank um tanque de peixes
a gas tank um tanque de gasolina
a pedal bin (*brit*) um cesto de lixo de pedal
a litter bin (*brit*) um tambor de lixo de rua

331.5 Para transportar coisas

bag *sfn* [recipiente geralmente quadrado ou alongado, freq. com alças e fabricado com materiais macios tais como plástico, papel, pano, etc.] saco, sacola, saca *a carrier bag* (*brit*) uma sacola (de plástico) *a paper bag* uma sacola de papel *a bag of crisps* um saco de batata frita

bag *vt* [colocar coisas em sacos] empacotar, ensacar

basket *sfn* [recipiente, ger. com alça, feito de vime ou outro material semelhante] cesta, cesto *a shopping basket* uma cesta de compras *a sewing basket* uma cesta de costura

bucket *sfn* [recipiente redondo rígido, aberto em cima e com alça. Ger. para transportar líquidos] balde *a bucket of water* um balde de água

sack *sfn* [um saco grande feito de tecido grosseiro, tal como juta, usado para transportar produtos como farinha] saco

bucket balde
basket cesta
sack saco

USO

Todas as palavras vistas até agora, com exceção de **receptacle**, podem ser usadas para designar a quantidade contida em um recipiente, bem como para se referir ao próprio recipiente. (Em outras palavras, elas podem ser usadas para responder à pergunta que começa 'How much...?') Por exemplo, *We drank a bottle of wine* (Bebemos uma garrafa de vinho) significa que bebemos todo o vinho contido na garrafa. O mesmo ocorre com frases como *We ate half a packet of biscuits.* (Comemos metade de um pacote de bolachas.) *I've used a whole tank of petrol.* (Gastei um tanque cheio de gasolina.) *She smokes a packet of cigarettes a day.* (Ela fuma um maço de cigarro por dia.) O sufixo **-ful** é às vezes acrescentado ao final destas palavras quando elas são usadas para descrever quantidades inteiras, p. ex. **boxful, bottleful, jarful, sackful** etc. Estas últimas podem igualmente ser usadas em frases, p. ex. *I've used a whole tankful of petrol.* (Usei um tanque cheio de gasolina.) Todavia não se pode usar **-ful** quando nos referimos a frações de um todo (é errado dizer 'half a packetful of biscuits').

331.6 Dispositivos destinados a segurar ou agüentar objetos

ver também **carry, 337**

rack *sfn* [uma estrutura para segurar coisas, freq. feita de barras ou grades] suporte, rack *Put your case on the luggage rack.* Coloque a sua sacola no suporte de malas.

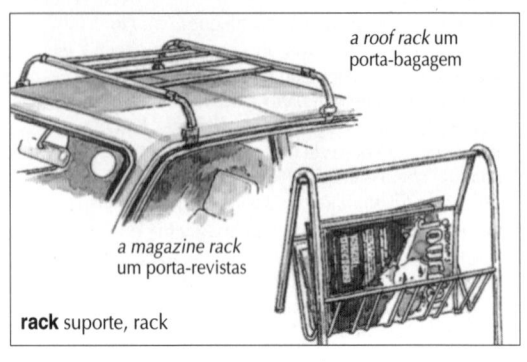

a roof rack um porta-bagagem

a magazine rack um porta-revistas

rack suporte, rack

stand *sfn* [uma estrutura vertical para separar ou apoiar coisas] suporte, pé

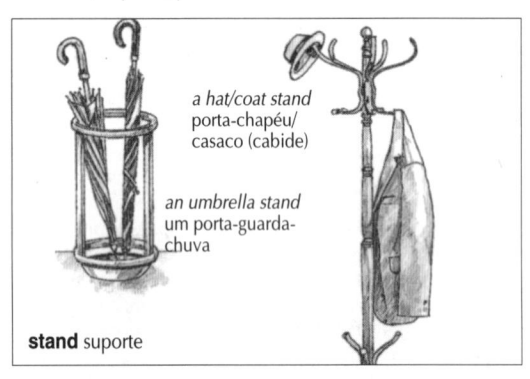

a hat/coat stand porta-chapéu/casaco (cabide)

an umbrella stand um porta-guarda-chuva

stand suporte

holder *sfn* [algo que segura ou contém uma determinada coisa] suporte *a plant pot holder* um suporte de vaso *a cigarette holder* uma cigarreira/porta-cigarros *a pen holder* um porta-lápis

331.7 Termos usados para descrever recipientes

airtight *adj* hermético *an airtight box* uma caixa hermética
watertight *adj* à prova d'água, impermeável
sealed *adj* vedado, selado, lacrado *a sealed container* um recipiente vedado

332 Full Cheio

ver também **large quantity, 43; group, 207**

fill *vti* (freq. + **with**) encher *Please fill your glasses.* Por favor, encham os seus copos *Books filled the shelves.* As estantes estavam cheias de livros. *Her eyes filled with tears.* Os seus olhos estavam cheios de lágrimas. *They were filled with hope.* Eles estavam cheios de esperança. *Shoppers filled the streets.* As ruas estavam cheias de compradores. *You've filled my cup too full.* Você encheu demais o meu copo.

fill up sth ou **fill** sth **up** *vti prep*, (freq. + **with**) encher *The party began to fill up with people.* A festa começou a encher de gente. *She managed to fill up the time reading magazines.* Ela conseguia preencher o seu tempo lendo revistas. *Don't forget to fill up with petrol.* Não se esqueça de encher o tanque de gasolina.

full up (*brit*) *adj* (depois do *s*) pleno, cheio, completo *The hotel's full up till Friday.* O hotel está completo até sexta-feira.

full *adj* **1** (freq. **+ of**, **+ with**) [que contém tudo o que pode] pleno, cheio *The room was full of people.* A sala estava cheia de gente. *He was carrying a box full of toys.* Ele levava uma caixa cheia de brinquedos. *The car park's full.* O estacionamento está lotado. *The bottle was only half full.* A garrafa estava pela metade. *We'll have a full house with the children home.* A casa ficará cheia quando as crianças chegarem. *My diary's full for next week.* A minha agenda está completa na semana que vem. *Don't talk with your mouth full!* Não fale com a boca cheia! **2** (ger. **+ of**; antes do *s*) [contendo uma grande quantidade de alguma coisa] cheio, repleto *The garden was full of flowers.* O jardim estava repleto de flores. *You're full of energy today!* Você está cheio de energia hoje. **3** [de comida] cheio, satisfeito *I'm full.* Estou satisfeito. *Don't swim on a full stomach.* Não nade com o estômago cheio.

refill *vt* [ger. refere-se a algo líquido] encher ou suprir novamente *Can I refill your glass?* Posso encher o seu copo novamente? **refill** *sfn* **1** [ger. uma bebida] reenchimento, outro *Would you like a refill?* Você gostaria de um outro? **2** [substituição para algo que já foi usado ou consumido] um refil, nova carga *a refill for a lighter/ballpoint pen* um recarga para um isqueiro/caneta esferográfica

load *sfn* **1** [algo que se transporta, esp. algo pesado transportado por um veículo] carregamento *a lorry carrying a load of bricks* um caminhão com um carregamento de tijolos *She was struggling under the weight of a load of books.* Ela estava sofrendo com o peso dos livros. *The minister bears the full load of responsibility.* O ministro arca com todo o peso da responsabilidade. **2** [quantidade que pode ser carregada por uma pessoa, veículo, etc. Usado esp. em nomes compostos] carregado *a bus-load of schoolchildren* um ônibus carregado de alunos *a lorry-load of medical supplies* um caminhão carregado de suprimentos médicos **3** [quantidade de peso que algo pode transportar ou suportar] carga *maximum load 4 people* carga máxima 4 pessoas **4** [quantidade de trabalho a ser realizada por uma pessoa ou uma máquina] carga *It was hard work but we **spread the load** between the 3 of us.* Foi um trabalho difícil, mas repartimos a carga entre nós três. *I've got a heavy **work load** at the moment.* No momento estou muito sobrecarregado de trabalho.

load *vti* (freq. **+ up**, **+ with**) carregar *We'd better load up the car.* É melhor carregarmos o carro. *They loaded their suitcases into the car.* Eles colocaram suas malas no carro. *She loaded the van with her belongings.* Ela lotou o furgão com suas coisas.

load sb/sth **down** ou **load down** sb/sth *vt prep* (**+ with**) carregar *Mark was loaded down with bags of shopping.* Mark estava carregado de sacolas de compras. *ver também **carry**, 337

pack *v* **1** *vti* [obj: esp. mala] fazer as malas, pôr as coisas na mala *Pack your bags and go!* Faça suas malas e vá embora! *I haven't got time to pack.* Não tenho tempo de fazer as malas. *Don't forget to pack your swimming costume.* Não se esqueça de colocar o maiô/calção na mala. *He packed his books into boxes.* Ele acondicionou os seus livros em caixas. **2** *vti* (freq. **+ into**) [quando existem muitas pessoas, etc. em um determinado espaço] abarrotar, amontoar *We all packed into the back of the car.* Nós todos nos amontoamos na parte traseira do carro. *More than ten thousand fans packed the stadium.* Mais de dez mil fãs abarrotaram o estádio. **3** *vt* [proteger algo frágil] envolver, acondicionar *Pack the glasses in tissue paper.* Acondicionar os copos em papel de seda.

packed *adj* lotado *The cinema was packed last night.* O cinema estava abarrotado ontem à noite. *a book packed full of new ideas* um livro cheio de novas idéias

jam-packed *adj* (**+ with**) [um tanto informal e enfático] superlotado *The shops were jam-packed the week before Christmas.* As lojas estavam abarrotadas na semana anterior ao Natal. *Our September issue is jam-packed with exciting features.* A nossa edição de setembro está repleta de artigos apaixonantes.

chock-a-block (*brit*) *adj & adv* (**+ with**) [informal] abarrotado, completamente cheio *The streets were absolutely chock-a-block with cars.* As ruas estavam completamente cheias de carros.

---

expressão

like sardines [espremidas porque um carro, lugar, etc. está desconfortavelmente lotado] como sardinha (em lata) *There were no seats left on the train, we were packed in like sardines.* Não havia nenhum assento livre no trem, estávamos espremidos como sardinha em lata.

---

stuff *v* **1** *vt* (**+ with**, **+ into**) [encher com alguma coisa, freq. de uma forma rápida e desordenada ou utilizando alguma força] meter, apertar, abarrotar *She stuffed the money into her purse.* Ela meteu o dinheiro de qualquer maneira em sua bolsa. *a suitcase stuffed full of clothes* uma mala abarrotada de roupa *She stuffed the cushions with foam.* Ela encheu as almofadas de espuma *stuffed toys* bichos de pelúcia **2** *vt* [obj: um animal morto] empalhado *a stuffed tiger* um tigre empalhado **3** *vt* (freq. **+ with**) [obj: comida] rechear *to stuff a chicken* rechear um frango *tomatoes stuffed with beef* tomates recheados de carne **4** *vti* [informal] [comer muito de algo ou comer até ficar lotado] empanzinar-se *I've been stuffing myself with chocolate all afternoon.* Empanturrei-me de chocolate a tarde toda. *I'm absolutely stuffed!* Estou absolutamente empanturrado.

cram *vt*, *-mm-* **1** (**+ into**) [forçar alguém ou algo em um pequeno espaço, período de tempo, etc.] abarrotar, encher, congestionar *You can't possibly cram all that work into just three days.* Você não vai conseguir colocar todo este trabalho somente em três dias. *He crammed an enormous piece of cake into his mouth.* Ele enfiou um pedaço enorme de bolo na boca. **2** (freq. **+ with**) [encher algo com muitas coisas] abarrotar, lotar *The fridge was crammed with food.* A geladeira estava lotada de comida. *Shoppers crammed the buses.* Os ônibus estavam abarrotados de pessoas que estavam fazendo compras.

overflow *vti* [um rio, banheira, etc., porém não se refere a algo pequeno como um copo de água] transbordar, inundar *The river overflowed its banks.* O rio transbordou. *Her eyes overflowed with tears.* Os seus olhos se inundaram de lágrimas. (**+ into**) estender *The party overflowed into the adjoining room.* A festa se estendeu até a sala ao lado. *ver também **damage**, 132

333 Empty Vazio

ver também hole, 134

empty adj vazio My glass is empty. O meu copo está vazio. There were no empty seats in the theatre. Não havia nenhuma cadeira vazia no teatro.

empty vti (freq. + **out**) esvaziar She emptied the bottle in a few gulps. Ela esvaziou a garrafa em poucos tragos. I emptied out the contents of the bag. Esvaziei as sacolas. **emptiness** sfn vazio, vácuo

hollow adj oco a hollow chocolate egg um ovo de chocolate vazio (por dentro)

hollow sfn buraco a hollow in the ground um buraco no chão

hollow sth **out** ou **hollow out** sth vt prep esvaziar, escavar, esburacar We hollowed out a shelter in the rock. Escavamos um refúgio na rocha.

blank adj 1 [descreve p. ex. página, espaço, tela] em branco, vazio 2 [descreve p. ex. expressão] vazio He gave me a blank look. Ele me dirigiu um olhar inexpressivo. **blank** sfn espaço em branco

bare adj [descreve p. ex. sala, parede] sem enfeites, vazio, desnudo, desguarnecido. *ver também **clothes, 190**

deserted adj deserto a deserted island uma ilha deserta The streets were deserted. As ruas estavam desertas.

vacant adj 1 [descreve um espaço que se pretende preencher] vacante, livre, vazio, vago, desocupado Is this seat vacant? Este lugar está vazio? Do you have any vacant rooms? Vocês têm quartos vagos? The job's vacant now. O cargo está livre agora. 2 [demonstrando falta de concentração] vazio, distraído a vacant stare um olhar distante **vacantly** adv distraidamente, vagamente, despreocupadamente **vacancy** sc/sfn, pl **vacancies** vaga, quarto ou apartamento disponível para aluguel

vacuum sfn vazio, vácuo

drain vti (freq. + **away**, **off**, **out**) drenar, escorrer, escoar, esgotar I've drained the pasta. Escorri o macarrão. Leave the dishes to drain. Deixe a louça escorrer. The blood drained from her face. Ela ficou com o rosto totalmente pálido.

unload vti descarregar They unload their trucks outside the warehouse. Eles descarregam os seus caminhões em frente ao armazém.

334 Cover Coberturas

ver também hide, 339

cover vt 1 [colocar algo em cima de] tapar, cobrir He covered my legs with a blanket. Ele cobriu minhas pernas com uma manta. I covered my face with my hands. Tapei o rosto com as mãos. 2 [abranger toda a superfície. Freq. usado para enfatizar a quantidade] cobrir Her body was covered with bruises. O seu corpo estava coberto de hematomas. Snow covered the mountains. A neve cobria as montanhas. The park covers a large area. O parque cobre uma vasta área.

coat vt cobrir, banhar, revestir The fish was coated in batter and fried. Cobriram o peixe com uma massa e o fritaram.

coat sfn [de tinta, verniz, etc.] camada, mão, capa, cobertura, demão, revestimento a coat of paint uma mão de tinta

coating sfn [pode ser mais espesso do que **coat** e se referir a várias substâncias] banho, capa, cobertura biscuits with a chocolate coating bolachas com cobertura de chocolate

wrap vt, -pp- 1 (freq. + **up** quando o objeto é um pacote) embrulhar Have you wrapped (up) his present? Você já embrulhou o presente dele? The tomatoes are wrapped in plastic. Os tomates estão embalados em plástico. 2 [colocar ao redor] envolver, cobrir, enrolar I wrapped a bandage round the wound. Enrolei uma atadura/faixa em volta da ferida.

wrapper sfn [ger. pedaço pequeno de papel ou plástico] envoltório, invólucro, embalagem sweet wrappers papel de bala

wrapping ssfn [embalagem] envoltório, invólucro, papel de embrulho

overlap vti, -pp- (freq. + **with**) 1 sobrepor-se, justapor overlapping panels painéis sobrepostos 2 coincidir My research overlaps with work she is doing. Meu trabalho de pesquisa coincide com o trabalho que ela está desenvolvendo.

overlap sc/sfn (freq. + **between**) superposição, coincidência

smother vt 1 (freq. + **in**, **with**) [cobrir com uma capa grossa] cobrir, sufocar, asfixiar The food was smothered with flies. A comida estava coberta de moscas. 2 [impedir o desenvolvimento. Obj: p. ex. progresso, oposição] afogar, suprimir, reprimir, apagar 3 [sufocar] asfixiar

334.1 Coberturas

cover sfn [esp. para proteger. Pode ser de material rígido ou flexível] coberta, tampa The tennis court has covers which are pulled over when it rains. A quadra de tênis tem umas lonas protetoras que são estendidas quando chove. cushion covers capa das almofadas

lid sfn [rígido. Tampa de um recipiente] tampa, cobertura a saucepan lid uma tampa de panela I can't get the lid off the jam. Não consigo tirar a tampa do pote de geléia.

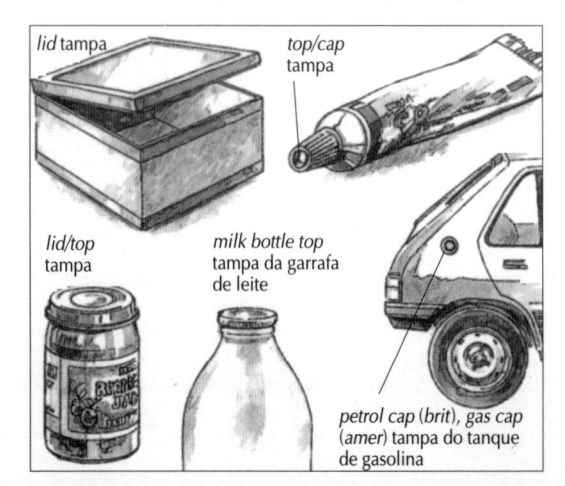

lid tampa

top/cap tampa

lid/top tampa

milk bottle top tampa da garrafa de leite

petrol cap (brit), gas cap (amer) tampa do tanque de gasolina

top sfn [redondo, ger. de atarraxar ou encaixar. Para recipientes estreitos ou largos] tampa *Who left the top off the toothpaste?* Quem deixou o tubo de pasta de dente destampado?

cap sfn [pequeno e redondo, para recipientes estreitos] tampa

layer sfn camada *a dessert made from layers of cream and fruit* uma sobremesa feita de camadas de creme e fruta *several layers of clothing* várias camadas de roupa **layer** vt colocar em camadas, assentar em camadas

335 Uncover Descobrir

uncover vt 1 [retirar a coberta] descobrir, abrir, destapar, destampar *We uncover the seedlings when the sun comes out.* Deixamos as mudas a descoberto quando sai o sol. 2 [descobrir] descobrir, revelar, tornar público *Police have uncovered an international drugs ring.* A polícia descobriu uma quadrilha internacional de drogas.

reveal vt 1 [mostrar] revelar *The mist rose to reveal stunning mountain scenery.* A neblina subiu e descortinou uma linda paisagem de montanha. 2 [informar, dar a conhecer] revelar *The press revealed the identity of her mystery companion.* A imprensa revelou a identidade de seu misterioso companheiro. *The investigation revealed corruption at the highest levels.* A investigação revelou a existência de corrupção nos mais altos níveis. **revealing** adj revelador, esclarecedor

expose vt 1 (freq. + **to**) expor *They received burns on any exposed skin.* Eles sofreram queimaduras em todas as partes expostas ao sol. *We have been exposed to extremes of temperature.* Temos estado expostos a temperaturas extremas. 2 [revelar] desmascarar *Her illegal dealings were exposed by journalists.* Suas atividades ilegais foram desmascaradas pelos jornalistas.

exposed adj [desprotegido] exposto *an exposed piece of land* um terreno pouco protegido

strip v, -pp- 1 vt [retirar a coberta ou camada] arrancar, retirar *We stripped the wallpaper off.* Retiramos o papel de parede. *Insects stripped the trees of leaves.* Os insetos despojaram as árvores de folhas. 2 vti [tirar a roupa] despir, desnudar, descobrir *Strip to the waist, please.* Tire a roupa até a cintura, por favor.

336 Hold Segurar

ver também **bring**, 323; **get**, 373; **take**, 375.1

hold vt, pretérito & part passado **held** 1 [com as mãos ou braços] segurar, agarrar *He holds his racket in his left hand.* Ele segura a raquete com a mão esquerda. *I held him in my arms.* Segurei-o em meus braços. *to hold hands with someone* andar de mãos dadas com alguém *Hold on tight to the rail.* Agarre-se firme nos trilhos. 2 (freq. + adv ou prep) [manter no lugar] prender *My hat was held on by a piece of elastic.* O meu chapéu estava preso por um pedaço de elástico. *I held the door open for them.* Mantive a porta aberta para eles.

reach vti 1 [ser capaz de tocar] chegar a, alcançar *The rope did not reach to the ground.* A corda não chegava ao chão. 2 [esticar a mão] alcançar *I reached for the phone.* Tentei agarrar o telefone.

reach ssfn alcance, distância *Medicines should be kept* ***out of reach*** *of children.* Os remédios devem ficar fora do alcance das crianças.

grip vti, -pp- 1 [segurar com força] agarrar-se *I gripped the steering wheel.* Agarrei o volante. *Those shoes grip the ground.* Esses sapatos grudam no chão. 2 (ger. passivo) dominar, controlar *gripped by terror* dominado pelo terror

grip sfn 1 poder, força, aperto *the vice-like grip of his fingers* o aperto de seus dedos 2 [controle] domínio, controle *She keeps a firm grip on the company's finances.* Ela controla as finanças da empresa com a mão firme.

grasp vt [agarrar-se a algo. Enfatiza uma ação mais do que **grip**] agarrar, prender *I grasped the rope with both hands.* Agarrei a corda com as duas mãos.

grasp at sth vt prep [tentar alcançar ou segurar] agarrar *He grasped at branches as he fell.* Ao cair tentou agarrar-se aos galhos.

He stood on a chair to reach the top shelf. Ele subiu em uma cadeira para alcançar a prateleira superior.

She came in clutching armfuls of books. Ela entrou com um monte de livros nos braços.

clutch vt [segurar firmemente, freq. sem elegância ou desesperadamente] apertar, apanhar, agarrar

clutch at sth vt prep [tentar alcançar ou segurar freq. desesperadamente] tentar agarrar *He clutched wildly at the rope.* Tentou desesperadamente agarrar-se à corda.

cling vi, pretérito & part passado **clung** (ger. + **to**) 1 [with hands and arms. Freq. implica sensação de desespero] abraçar-se, agarrar-se *They clung to one another, sobbing.* Eles se abraçaram fortemente, soluçando. 2 [grudar] agarrar, pegar, grudar *Water clung to the petals.* A água grudou nas pétalas.

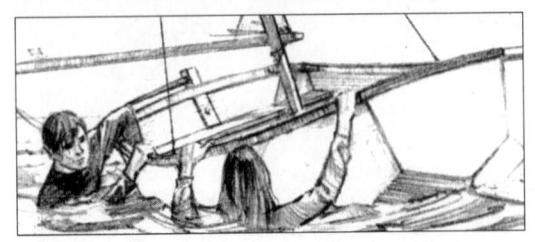

We managed to cling to the side of the boat. Conseguimos agarrar na lateral do barco.

The three children squeezed into one bed. As três crianças se espremeram numa única cama.

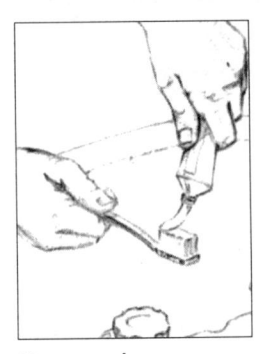

hang on *vi prep* (freq. + **to**) agarrar-se *I caught hold of his coat and hung on tight.* Agarrei o casaco dele e não o soltei.

squeeze *v* **1** *vt* [espremer] prensar, comprimir, apertar **2** *vt* [tirar à força] arrancar, puxar, colocar com força **3** *vti* [encaixar] comprimir, enfiar, meter, encaixar

336.1 Abraçar

embrace *vti* [ligeiramente formal] abraçar **embrace** *sfn* abraço *They hugged each other in a warm embrace.* Eles se enlaçaram em um abraço afetuoso.

hug *vti*, **-gg-** abraçar-se *They hugged each other in delight.* Eles se abraçaram com alegria.

hug *sfn* abraço *I gave him a big hug.* Dei-lhe um forte abraço.

cuddle *vti* [ação mais prolongada do que **hug**] abraçar, acariciar, afagar

cuddle (*esp. brit*) *sfn* abraço, afago *She went to her mother for a cuddle.* Ela se aproximou de sua mãe para que ela a abraçasse.

He squeezed some toothpaste onto the brush. Ele colocou um pouco de pasta de dente na escova.

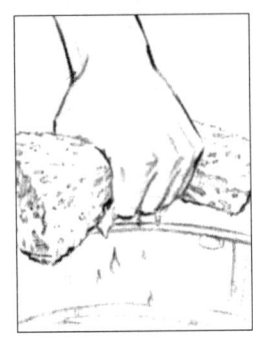

She squeezed water out of the sponge. Ela espremeu a esponja para retirar a água.

clasp *vt* [pegar e prender firmemente. Freq. descreve ação dos braços bem como das mãos] apertar, agarrar, segurar *He clasped my hand warmly.* Ele apertou-me as mãos carinhosamente.

337 Carry Carregar

ver também **containers, 331**; **rise, 413**

carry *vt* **1** [nos braços ou nas costas] levar, carregar *I carried the baby upstairs.* Levei o bebê para cima. *I carried his suitcase.* Carreguei a mala dele. *I don't carry much cash with me.* Não carrego muito dinheiro comigo. **2** [movimentar] levar, transportar *Which airline carries most passengers?* Qual a linha aérea que transporta mais passageiros? *The wood was carried along by the water.* A madeira foi arrastada pela água. *I ran **as fast as my legs would carry me**.* Corri tanto quanto minhas pernas me permitiram. **3** [espalhar] esparramar, propagar, transmitir *Germs are carried in people's clothing.* Os germes são transmitidos através da roupa das pessoas. **4** [suportar] agüentar, suportar *These shelves won't carry much weight.* Estas prateleiras não agüentam muito peso.

> **U S O**
>
> Não confunda o verbo to **carry** carregar com o verbo to **wear** vestir, usar. Observe o seguinte exemplo, *She was wearing a blue suit and carrying a briefcase.* Ela estava usando um traje azul e carregando uma pasta. *ver também **clothes, 190**

contain *vt* conter *a bag containing a few personal belongings* uma bolsa contendo alguns objetos pessoais *This book contains the results of years of research.* Este livro contém os resultados de muitos anos de pesquisa.

bear *vt*, *pretérito* **bore** *part passado* **borne 1** [formal ou literário] levar, portar *Roast swans were borne in on silver platters.* Trouxeram cisnes assados em bandejas de prata. *They arrived bearing gifts and messages.* Eles chegaram trazendo presentes e mensagens. **2** [suportar] agüentar, resistir *a load-bearing wall* uma parede resistente a carga

hold *vt*, *pretérito & part passado* **held 1** [conter] caber, ter capacidade *This jug holds 1 pint.* Esta jarra tem capacidade para uma pinta. *The table was too small to hold all the books.* A mesa era muito pequena para que coubessem

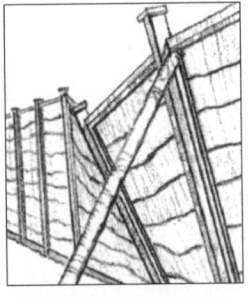

The fence was propped up by a pole. A cerca estava escorada por um estaca.

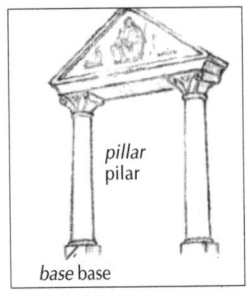

Marble pillars supported the porch. O pórtico estava sustentado por pilastras de mármore.

pillar pilar

base base

todos os livros **2** [suportar] agüentar, suportar *Will this rope hold me?* Esta corda agüenta o meu peso? *ver também **hold, 336**

hold sth **up** OU **hold up** sth *vt prep.* sustentar *The roof was held up by a pole in each corner.* Uma estaca em cada canto dava sustentação ao teto.

support *vt* sustentar, suportar, escorar *a supporting wall* um muro de sustentação *A wider base supports more weight.* Uma base mais ampla suporta mais peso.

prop *vt*, **-pp- 1** (ger. + *adv* ou *prep*) [sustentar, ger. numa posição inclinada] escorar *We propped the door open.* estaquear, escorar, sustentar **2** [colocar numa posição inclinada] escorar, apoiar *I propped the chair against the wall.* Escorei a cadeira contra a porta. **prop** *sfn* escora, estaca, esteio

prop up sth OU **prop** sth **up** *vt prep* (freq. + **with**) [ger. como uma medida provisória porque algo estava caindo] escorar

338 Pull and push Puxar e empurrar

ver também **touch, 98; movement, 411**

pull *vti* **1** [movimentar para frente] puxar, arrastar *I pulled the trolley.* Arrastei o carrinho. **2** [com as mãos] puxar *pull the rope* puxar a corda **3** (+ *adv* ou *prep*) [remove] arrancar *Pull the plaster off quickly.* Arranque o esparadrapo de uma vez. *The dentist pulled my teeth out.* O dentista extraiu os meus dentes.

pull *sfn* puxão, tração, arranco *I felt a pull of the rope.* Senti um puxão na corda.

She pulled the door shut. Ela puxou a porta para fechá-la.

He pulled her hair. Ele puxou o cabelo dela.

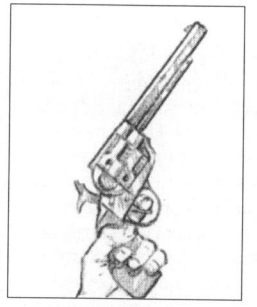

I pulled the trigger. Apertei o gatilho.

Rescuers pulled her from the sea. A equipe de salvação retirou-a do mar.

push *vti* empurrar *I pushed my chair under the table.* Ela empurrou a cadeira para debaixo da mesa. *Just push this button.* Basta apertar este botão. *I can't push the pram over these stones.* Não consigo empurrar este carrinho em cima das pedras. *We had to push the car.* Tivemos que empurrar o carro.

push *sfn* empurrão *He gave me a push.* Ele me deu um empurrão.

drag *v*, **-gg-** [sempre pelo chão ou por uma superfície. Pressupõe esforço] **1** *vt* arrastar *He dragged the body down the steps.* Ele arrastou o cadáver escada abaixo.

She pushed him into the pond. Ela o empurrou para dentro da lagoa.

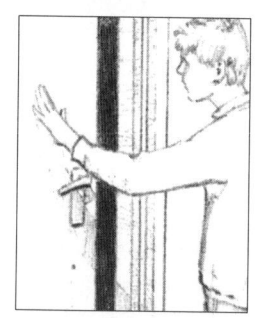

He pushed the door open. Empurrou a porta para abri-la.

2 *vi* arrastar-se *Your hem is dragging on the ground.* A sua bainha está arrastando pelo chão.

haul *vti* (freq. + **at**, **on**) [pressupõe um grande esforço] arrastar, tirar *They hauled in the net.* Eles jogaram as redes. *I hauled her off to the doctor's.* [humorístico] Arrastei-a até o médico.

heave *vti* [pode ser levantar, puxar ou empurrar com grande esforço. Freq. pressupõe uma ação mais curta e mais concentrada do que **haul**] levantar, erguer, alçar *We managed to heave the pillar upright.* Conseguimos colocar o pilar. **heave** *sfn* erguimento, hasteamento

shove *vti* **1** [empurrar bruscamente] empurrar, apertar *They just shoved us aside.* Eles simplesmente nos empurraram para o lado. *She shoved a pie in my face.* Ela jogou uma torta na minha cara. **2** [informal. Colocar descuidadosamente] meter *Just shove those papers on the table.* Ela jogou os papéis na mesa de qualquer maneira.

tug *vt*, **-gg-** (freq. + **at**) tirar, arrancar, puxar *He tugged anxiously at my sleeve.* Ele me puxou ansiosamente pela manga. *We tugged (at) the handle, but the door was jammed.* Puxamos a maçaneta mas a porta estava trancada. **tug** *sfn* puxão, arranco, arrancão

tow *vt* [obj: esp. veículo] rebocar *The tractor towed our car out of the mud.* O trator rebocou nosso carro tirando-o da lama.

tow *sc/sfn* reboque **on tow** a reboque

wrench *vt* **1** [puxar violentamente, freq. com um movimento giratório] arrancar com puxão violento, arrebatar *She wrenched the handle down.* Ela arrancou o trinco. *I wrenched the pole out of his hands.* Arranquei a vara de sua mão. **2** [torcer e machucar. Obj: p. ex. joelho, cotovelo] torcer, distender, luxar

wrench *sfn* **1** [puxão] arranco, puxão **2** [machucado] luxação, torção, distensão

339 Hide Esconder

ver também **cover, 334**

hide v, pretérito **hid** part passado **hidden** 1 vt esconder *I hid the letter in a drawer.* Escondi a carta na gaveta. *filmed with a hidden camera* filmado por uma câmera escondida *I couldn't hide my disappointment.* Não pude esconder a minha decepção. 2 vi esconder-se, ocultar-se *He's hiding from the police.* Ele está se escondendo da polícia. *We'll hide behind the fence.* Iremos nos esconder atrás da cerca.

in hiding estar escondido *She's hiding from the police.* Ela está se escondendo da polícia. *to go into hiding* passar para a clandestinidade

conceal vt (freq. + **from**) [um tanto formal] ocultar *We entered through a concealed doorway.* Entramos por uma entrada oculta. *You deliberately concealed the facts.* Você ocultou os fatos deliberadamente.

disguise vt (freq. + **as**) disfarçar *He escaped, disguised as a nun.* Ele fugiu disfarçado de freira. *a thinly-disguised threat* uma ameaça muito pouco disfarçada

disguise sc/sfn disfarce *She was wearing a clever disguise.* Ela estava muito bem disfarçada. *three men in disguise* três homens disfarçados

camouflage vt [misturar com a paisagem] camuflar *We camouflaged our tent with branches.* Camuflamos nossa barraca com galhos.

camouflage sc/sfn camuflagem *We used orange sheets as camouflage in the desert.* Usamos lonas de cor laranja como camuflagem no deserto.

screen vt tapar, ocultar, esconder *trees to screen the house from view* árvores para esconder a casa (+ **off**) *They screened off the scene of the accident.* Colocaram cordas no lugar do acidente. **screen** sfn tela (protetora), biombo, anteparo, tapume

339.1 Segredo

secret sfn 1 segredo *to keep sth secret* manter algo secreto *to tell sb a secret* contar um segredo a alguém 2 [método para se conseguir alguma coisa] segredo *the secret of a beautiful complexion* o segredo de uma cútis perfeita

secret adj secreto *a secret trap door* um alçapão secreto *my secret diary* meu diário secreto *I'm afraid that information's top secret.* Temo que esta informação seja ultra-secreta. *You've got a secret admirer.* Você tem um admirador secreto. *He kept his illness secret for months.* Ele manteve sua doença em sigilo durante meses. **secretly** adv secretamente **secrecy** sfn segredo, sigilo, reserva

confidential adj [usado em contextos mais formais do que **secret**. Descreve situações em que a informação deve ser mantida em sigilo] confidencial *confidential documents* documentos confidenciais *I attended a confidential government meeting.* Assisti a uma reunião governamental confidencial. *This information is strictly confidential.* Estas informações são estritamente confidenciais. **confidentially** adv confidencialmente

confidence ssfn confiança *I'm telling you this in the strictest confidence.* Estou contando-lhe isto com a mais estrita confiança.

hush-hush adj [informal, freq. humorístico] super-secreto *He does something for the foreign office – all very hush-hush.* Ele trabalha em algo para o Ministério das Relações Exteriores, tudo muito secreto.

private adj 1 [pessoal e secreto] privado, íntimo *I keep my home life private.* Mantenho minha vida particular privada. *They wrote lies about my private life.* Eles escreveram mentiras sobre minha vida particular. *I'm not telling you how much I earn – it's private.* Não vou lhe contar quanto ganho, isto é particular. *He's a very private person.* Ele é uma pessoa muito reservada. 2 [não relacionado com o trabalho] particular *I never make private phone calls from work.* Nunca faço telefonemas particulares do trabalho. 3 [que não é para todo mundo] privado, particular *This is a private party.* Esta é uma festa privada. *I have a private chauffeur.* Tenho um motorista particular. *private yachts* iates particulares 4 [isolado] privado *Can we go somewhere private?* Há algum lugar onde podemos ficar a sós?

privately adv privado, pessoalmente *Privately, I agree with you.* Eu, pessoalmente, concordo com você. *Can we talk privately?* Podemos conversar em particular?

privacy ssfn privacidade, intimidade

in private em particular *We met in private.* Encontramo-nos secretamente.

personal adj 1 [que se refere a assuntos particulares] pessoal *Stop asking personal questions.* Pare de fazer perguntas pessoais *My boss discourages personal phone calls.* O meu chefe não quer que façamos telefonemas pessoais. 2 [pertencente a ou se destina a uma pessoa em particular] particular, pessoal *a personal secretary* uma secretária particular *My personal opinion is that he's mad.* A minha opinião pessoal é que ele está louco. 3 [feito por uma determinada pessoa] pessoal *He made a personal appeal for the release of his son.* Ele fez uma apelo pessoal pedindo a libertação de seu filho. 4 [que critica o caráter ou a aparência de alguém] pessoal *personal remarks* críticas pessoais 5 [do corpo] pessoal *personal cleanliness* asseio pessoal

personally adv 1 pessoalmente *I sent the letter personally.* Enviei a carta pessoalmente. 2 [descreve a opinião pessoal de alguém] pessoalmente *Personally, I quite like loud music.* Pessoalmente eu gosto muito de música alta. 3 [como crítica a si mesmo] como algo pessoal *He took the criticism very personally.* Ele tomou a crítica como algo pessoal.

expressões

behind sb's back [pressupõe desonestidade] nas costas de alguém, por detrás *He went behind my back and told our boss.* Ele contou para o nosso chefe por trás das minhas costas. *She took the decision behind my back.* Ela tomou a decisão sem o meu conhecimento.

under cover of ao amparo de *The army advanced under cover of darkness.* O exército avançou protegido pela escuridão.

340 Communications Comunicações

ver também **problems of communication, LC 43**; **written communications, LC 44**

communicate v 1 vi (freq. + **with**) comunicar *You will need an ability to communicate.* Você vai precisar ter uma capacidade de comunicação. *to communicate by telex* comunicar-se por telex *The computer can communicate with one in head office.* O computador pode comunicar-se com outro existente na sede. 2 vt (freq. + **to**) [fazer-se entender] comunicar, informar *They communicated their fear to the children.* Eles conversaram com as crianças a respeito de seus temores.

contact vt contatar, pôr-se em contato com *You can contact me on this number.* Você pode me contatar neste número. (usado como *adj*) *a contact address* um endereço para contato

contact s 1 ssfn [relacionamento] contato *We need better contact with our branches.* Precisamos manter um melhor relacionamento com nossas sucursais. *I've made contact with her.* Entrei em contato com ela. *Stay in contact.* Manter contato. 2 sfn [pessoa] contato *She has good contacts in the media.* Ela possui bons contatos nos meios de comunicação.

touch ssfn contato *get in touch with sb* contatar alguém *keep in touch with sb* manter-se em contato com alguém *lose touch with sb* perder contato com alguém *I'll be in touch!* Entrarei em contato!

340.1 Coisas enviadas

letter sfn [algumas vezes inclui o envelope] carta *I wrote her an angry letter.* Escrevi-lhe uma carta malcriada.

package sfn [freq. inclui vários objetos embrulhados juntos] pacote *There's a package to sign for.* Há um pacote para ser assinado.

parcel (esp. *brit*), **package** (esp. *amer*) sfn [ger. envolto em papel] pacote

postcard sfn cartão postal *a picture postcard* um cartão postal

card sfn cartão *a birthday card* um cartão de aniversário *a Christmas card* um cartão de Natal

telegram ou **cable** (*brit* & *amer*), **wire** (*amer*) sfn [não são mais enviados dentro da Grã-Bretanha] telegrama *to send sb a telegram* enviar um telegrama a alguém

cable (*brit* & *amer*), **wire** (*amer*) vt telegrafar *to cable sb* telegrafar para alguém

telex sc/sfn [sistema e mensagem] telex **telex** vt enviar um telex

fax sc/sfn [sistema e mensagem] fax **fax** vt enviar um fax

fax machine sfn fax, aparelho de fax

340.2 Utilização dos serviços de correio

ver também **using the postal service, LC 46**

address sfn endereço *my home address* meu endereço particular/residencial

address vt [obj: p. ex. envelope] endereçar, dirigir *a letter addressed to my wife* uma carta dirigida à minha esposa *incorrectly addressed* com endereço incorreto

send vt pretérito & part passado **sent** mandar, enviar *to send sb a letter* enviar uma carta a alguém *The bills are sent out on the first.* As faturas são enviadas no dia primeiro.

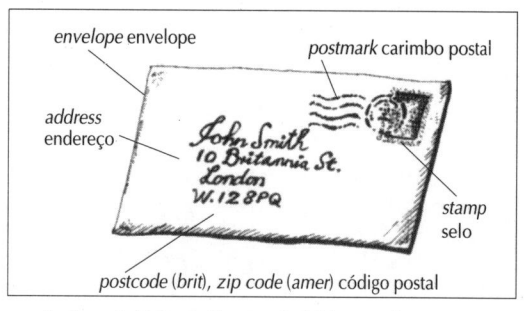

envelope envelope
postmark carimbo postal
address endereço
stamp selo
postcode (*brit*), *zip code* (*amer*) código postal

post s (esp. *brit*) 1 ssfn (freq. + **the**) [sistema de distribuição] correios *The post is perfectly reliable.* O serviço de correios é muito confiável. *Your cheque is in the post.* O seu cheque já foi enviado. *We send a receipt by return of post.* Enviamos um recibo de volta pelo correio. (usado como *adj*) *a post van* um perua dos correios 2 ssfn [objetos enviados e recebidos] correio, correspondência *The post is delivered by a woman on a motorbike.* A correspondência é entregue de moto por uma mulher. 3 sfn (não tem *pl*) [coleta individual] coleta *I just caught the last post.* Cheguei a tempo da última coleta. [entrega individual] entrega, remessa *It might come in the second post.* Pode ser que chegue na segunda remessa.

post vt (esp. *brit*) postar, enviar pelo correio *to post a letter* colocar uma carta no correio

postal adj (antes do *s*) postal *postal workers* funcionários do correio

postage ssfn [encargo] porte, franquia postal *Add £2.95 for postage and packing.* Inclua 2,95 libras esterlinas para as despesas de envio. (usado como *adj*) *postage rates* tarifas postais

mail ssfn 1 (freq. + **the**) [sistema de distribuição] correio *Half goes by mail and half by courier.* Metade vai por correio e metade vai por entrega expressa. (esp. *amer*) *She blamed the delay on the mail.* Ela culpou o correio pelo atraso. (usado como *adj*) *mail deliveries* entregas por correio 2 [o que se envia e se recebe] correspondência *Have you opened your mail yet?* Você já abriu a sua correspondência? (usado como *adj*) *the mail room* a sala de correspondências 3 [entrega individual] correio *It came in the morning mail.* Chegou no correio do período da manhã.

mail vt (esp. *amer*) enviar por correio *The report will be mailed to you immediately.* O relatório ser-lhe-á enviado por correio imediatamente.

airmail ssfn [serviço] correio aéreo *by airmail* via aérea, por avião (usado como *adj*) *airmail letters* correio aéreo

first class adj primeira classe *a first class stamp* selo de primeira classe (usado como *adv*) *to send a letter first class* enviar uma carta por correio de primeira classe

second class adj segunda classe *second class post* correio de segunda classe (usado como *adv*) *The parcel went second class.* O pacote foi enviado por correio de segunda classe.

postman (*masc*) **postwoman** (*fem*) (*brit*), **mailman** (*masc*) **mailwoman** (*fem*) (*amer*) sfn carteiro

mailbox caixa postal

letter box caixa postal

mailbox caixa postal

pillar box OU *letter box* OU *postbox* caixa de correio, caixa postal

340.3 Utilização do telefone
ver também **telephoning**, LC 47

telephone *sfn*, abrev. **phone** telefone *He's on the phone at the moment.* Ela está ao telefone no momento.

telephone [ligeiramente formal] OU **phone** *vti* (**phone** é algumas vezes seguido de **up**, porém **telephone** não) telefonar, ligar *I phoned her to invite her to the party.* Liguei para ela para convidá-la para a festa. *I'll phone back later.* Voltarei a telefonar mais tarde.

(telephone/phone) number *sfn* número (de telefone) *What's your phone number?* Qual é o número do seu telefone?

wrong number *sfn* número errado *to dial the wrong number* discar o número errado

call *vt* chamar, telefonar *Call me on my private line.* Telefone para a minha linha particular.

phone/telephone call *sfn* chamada telefônica, telefonema *Who took the call?* Quem atendeu ao telefone?

ring *vt, pretérito* **rang** *part passado* **rung** (alguma vezes + **up**) (esp. *brit*) chamar por telefone, telefonar *I rang you this morning.* Liguei para você hoje de manhã. *Ring her up and ask.* Ligue para ela e pergunte. *Ring for a doctor.* Chamem um médico (usado como *s*, mas bem informalmente) *to give someone a ring* telefonar para alguém

dial *sfn* [nos telefones antigos] disco

dial *vti*, -ll- [com ou sem o disco] discar *to dial a number* discar um número *You can dial direct.* Pode discar diretamente.

receiver (*brit & amer*) OU **handset** (*brit*) *sfn* receptor, fone

telephone/phone box (*brit*), **phone booth** (*amer*) *sfn* cabine telefônica

telephone/phone directory *sfn* lista telefônica

telegraph pole *sfn* poste de telégrafos

(telephone) exchange *sfn* central telefônica

operator *sfn* [na central telefônica] operador/a [na mesa telefônica] telefonista

switchboard *sfn* mesa telefônica

area code *sfn* prefixo, código de área

The Yellow Pages (marca comercial) [um guia que lista os números de telefone de empresas em uma determinada área] páginas amarelas

341 Speak Falar
ver também **talkative**, 359; **opening a conversation**, LC 5

speak *v, pretérito* **spoke** *part passado* **spoken 1** *vi* (freq. + *adv* ou *prep*) falar *Can you speak a bit louder, please?* Pode falar um pouco mais alto, por favor? *Did you speak to anybody?* Você falou com alguém? *They wouldn't let me speak.* Eles não me deixaram falar. *I want to speak to you* (*brit & amer*)/*with you* (esp. *amer*) *about your results.* Quero falar com você sobre os seus resultados. *I tried speaking in Spanish.* Tentei falar em espanhol. **2** *vt* [obj: língua] falar *He speaks fluent Greek.* Ele fala grego fluentemente. **3** [formal. Dizer] pronunciar, dizer *He spoke a few words of encouragement to us.* Ele nos dirigiu algumas palavras de alento. *I try to speak the truth.* Procuro dizer a verdade. **4** *vi* [em público] fazer um discurso, uma apresentação, dar uma palestra *I'm speaking at the wine society tonight.* Esta noite vou fazer um discurso na sociedade vinícola.

talk *v* **1** *vi* (freq. + *adv* ou *prep*) [enfatiza a conversação entre duas ou mais pessoas] falar, conversar *We talked on the phone.* Conversamos por telefone. *I wish they didn't talk so quickly.* Oxalá eles não falassem tão depressa. *The leaders talked about the situation.* Os líderes falaram sobre a situação. **2** *vt* [em algumas expressões] dizer *She's talking nonsense.* Ela está dizendo asneiras.

talk *s* **1** *ssfn* [conversa ou boato] conversa *silly talk about mass resignations* conversa ridícula a respeito de demissão em massa **2** *sfn* [diante do público] palestra *a talk on the British cinema* uma palestra sobre o cinema inglês

say *vt, pretérito & part passado* **said** (freq. + *that*) [ger. transmitindo as palavras de alguém direta ou indiretamente] dizer *Say thank you.* Diga obrigado. *It's*

U S O

Em muitas frases, pode-se usar tanto **speak** quanto **talk**, porém pode haver uma diferença de sentido. Ex.: *We couldn't speak.* (Não conseguimos falar.) pode sugerir que havia algum perigo ou que existia alguma dificuldade mesmo para emitir os sons, enquanto *We couldn't talk.* (Não pudemos falar.) pode sugerir que o problema poderia ser falta de tempo ou privacidade para manter uma conversa normal. **Speak** freq. pressupõe maior seriedade do que **talk**. *We spoke about the wedding.* (Falamos a respeito do casamento.) pode significar que houve uma discussão cuidadosa a respeito dos planos; *We talked about the wedding.* (Conversamos a respeito do casamento.) sugere um enfoque mais descontraído. **Speak** pode referir-se a um discurso formal: *She is speaking on censorship.* (Ela vai falar sobre censura.)

getting late, she said. Está ficando tarde, disse ela. *She said she'd come back tomorrow.* Ela disse que vai voltar amanhã. *Did she say who she was?* Ela disse quem ela era? *I hope I didn't say anything silly.* Espero não ter dito nenhuma besteira. *I said a few words to them.* Disse-lhes algumas palavras. *ver também USO em **tell, 342**

utter *vt* [enfatiza a ação de pronunciar as palavras] pronunciar, enunciar *He wanted to tell her he loved her, but couldn't utter the words.* Ele queria dizer que a amava, porém não conseguiu pronunciar as palavras.

341.1 Conversações

speech *s* **1** *ssfn* [habilidade para falar] fala *to lose one's powers of speech* perder a fala **2** *sfn* [p. ex. por um político] discurso *her speech to the party conference* o seu discurso perante a conferência do partido

dialogue (*brit*), **dialog** (*amer*) *sc/sfn* [implica troca de opiniões] diálogo *a frank dialogue between the two leaders* um diálogo franco entre os dois líderes [p. ex. no teatro ou romance] *some humorous dialogue* alguns diálogos humorísticos

interrupt *vt* interromper *Don't interrupt your father.* Não interrompa o seu pai. **interruption** *sc/sfn* interrupção

341.2 Dar a opinião pessoal

state *vt* [implica dar informação de maneira explícita] declarar, expor, afirmar *Just state the facts.* Limite-se a expor os fatos. *At the risk of **stating the obvious**, it's raining.* Embora esteja óbvio devo dizer que está chovendo.

statement *sfn* declaração, afirmação *a plain statement of fact* uma verdadeira declaração de fato *a statement to the press* uma declaração à imprensa

speak out *vi prep* (freq. + **against**) falar claro, abertamente *Nobody dared speak out against the proposal.* Ninguém se atreveu a dizer nada contra a proposta. *The chairman spoke out in favour of the plan.* O presidente falou claramente a favor do plano.

express *vt* [escolher as palavras adequadas, etc., para dizer algo] expressar, manifestar *to express an opinion on sth* expressar uma opinião sobre algo *a tone that expressed his anger* um tom que expressava a sua raiva *He expressed himself very clearly.* Ele se expressou muito claramente.

expression *s* **1** *sc/sfn* expressão *an expression of regret* uma expressão de arrependimento **2** *sfn* [palavra ou grupo de palavras] expressão *a vivid northern expression* uma expressão típica do norte *Her exact expression was 'Why bother?'.* A sua expressão exata foi 'Por que se preocupar?' **3** *sfn* [p. ex. na voz ou no rosto] expressão *a dazed expression* uma expressão de torpor

exclaim *vt* [p. ex. com surpresa] exclamar *'They're here!', she exclaimed.* 'Eles estão aqui!', exclamou. *They all exclaimed how clever I was.* Todos admiraram a minha perspicácia.

exclamation *sfn* exclamação *exclamations of delight* exclamações de encanto

341.3 Falar brevemente

comment *sc/sfn* (freq. + **on**) [expressar uma opinião] comentário *Could I have your comments on the idea?* Você poderia me dar a sua opinião sobre a idéia? *Did he make any comments on the building?* Ele fez algum comentário sobre o prédio? *The move is sure to arouse comment.* Esta decisão certamente suscitará comentários.

comment *vi* (freq. + **that**, **on**, **about**) comentar *I commented that they seemed tired.* Comentei que eles pareciam cansados. *Nobody commented on the changes.* Ninguém fez qualquer comentário sobre as mudanças.

remark *sfn* [pode ser sério, porém não essencial] comentário, observação *I'd like to make a few remarks about presentation.* Gostaria de fazer alguns comentários sobre a apresentação. *a casual remark about the weather* um vago comentário sobre o tempo

remark *v* **1** *vt* (freq. + **that**, **on**) comentar, fazer um comentário sobre *She remarked in passing that she'd been there herself.* Ela comentou de passagem que havia estado ali. *She remarked on how clean everything was.* Fez um comentário sobre como tudo estava limpo.

observe *vt* (freq. + **that**) [implica percepção] observar *He observed that everybody was in too much of a hurry.* Observou que todo mundo estava com muita pressa.

observation *sfn* observação, comentário *It was just a casual observation, I've never really thought about it.* Foi apenas um comentário acidental, nunca pensei realmente sobre isso.

mention *vt* (freq. + **that**) mencionar *What was that book you mentioned?* Qual foi o livro que você mencionou? *Did I mention she was getting married?* Eu disse que ela ia se casar? *Don't even mention that name to her.* Nem mesmo mencione este nome para ela.

mention *sc/sfn* menção *an earlier mention of the game* uma menção anterior do jogo *The report **made no mention of** the role of the police.* O relatório não fez menção alguma ao papel da polícia.

refer to sth *vt prep* **-rr-** [falar de algo específico] referir-se a, aludir a *She never referred to her husband.* Ela nunca fez referência ao seu marido. *the problems referred to in your report* os problemas a que você se referiu em seu relatório

reference *sfn* referência *the references to my own book* as referências feitas ao meu próprio livro

341.4 Falar em público

commentator *sfn* [esp. sobre esportes ou política, p. ex. na mídia] comentarista *a football commentator* um comentarista de futebol *Informed commentators are predicting a June election.* Comentaristas bem informados prevêem que haverá eleições em junho.

commentary *sfn* [p. ex. nos acontecimentos esportivos ou para documentário] reportagem, comentário *a running commentary* uma reportagem direta

spokesperson, *masc* **spokesman**, *fem* **spokeswoman** [p. ex. para um governo ou uma empresa] porta-voz *a White House spokeswoman* uma porta-voz da Casa Branca

announce *vt* **1** anunciar *The major banks have announced a cut in interest rates.* Os grandes bancos anunciaram uma redução das taxas de juros. *Both families are pleased to announce the engagement of Mark and Angela.* Ambas as famílias têm o prazer de anunciar o enlace de Mark e Ângela. **2** [dizer em voz alta] comunicar, dar a conhecer *Silence please while I announce the results.* Por favor, fiquem em silêncio enquanto anuncio os resultados. **3** [no rádio, televisão, etc.] anunciar

announcement *sc/sfn* anúncio, comunicação *a wedding announcement* o convite de casamento *The announcement of the election date was welcomed by all parties.* O anúncio da data das eleições foi celebrado por todos os partidos.

announcer *sfn* locutor

address *vt* [falar de maneira formal a muitas pessoas] dirigir-se a *He addressed the crowd from the balcony.* Ele se dirigiu à multidão da varanda.

address *sfn* [discurso formal perante muitas pessoas] discurso *the President's address to the nation* o discurso do Presidente à nação

341.5 Falar a partir de um texto existente

narrate *vt* [cuidadosamente. Obj: p. ex. história, aventuras] narrar **narration** *sc/sfn* narração **narrator** *sfn* narrador

recite *vt* [obj: algo aprendido de cor, p. ex. um poema] recitar *the prayers she recited each night* as orações que ela rezava todas as noites **recitation** *sc/sfn* recitação

read *vt, pretérito & part passado* **read** (freq. + **out**) ler *The priest read the gospel.* O sacerdote leu o evangelho. *I read the letter out (loud).* Li a carta em voz alta.

quote *vt* (freq. + **from**) citar *to quote Shakespeare* Citar Shakespeare *He quoted those lines from the fourth act.* Citou aquele fragmento do quarto ato. *The statistics you quoted me are wrong.* As estatísticas que você me citou estão incorretas.

quotation *sc/sfn* citação *learned quotations* citações aprendidas

reel off sth, **reel** sth **off** *vt prep* [rapidamente e com segurança] recitar continuamente, sem interrupção, de uma vez *He can reel off the names of the whole team.* Ele é capaz de dizer de uma vez os nomes de toda a equipe.

dictate *vt* ditar *She dictated a full confession to the sergeant.* Ela fez uma confissão completa ao sargento.

dictation *ssfn* ditado *to take dictation* anotar, tomar um ditado

341.6 Formas individuais de falar

voice *sfn* voz *I thought I heard Dad's voice.* Pensei ter escutado a voz do papai. *She has a nice speaking voice.* Ela tem um bonito tom de voz. *in a loud voice* em voz alta *Don't speak to me in that tone of voice.* Não fale comigo com esse tom de voz. *at the top of one's voice* gritando, no máximo tom de voz

oral *adj* oral

dialect *sc/sfn* dialeto *northern dialects* dialetos do norte *written in dialect* escrito em dialeto (usado como *adj*) *dialect words* palavras dialetais

accent *sfn* sotaque *He speaks with a Scots accent.* Ele fala com sotaque escocês.

pronounce *vt* pronunciar *How do you pronounce your name?* Como se pronuncia o seu nome? *The final b in lamb isn't pronounced.* O b final na palavra 'lamb' não é pronunciado.

pronunciation *sc/sfn* pronúncia *the American pronunciation of the word* a pronúncia americana *upper-class pronunciation* um sotaque da classe alta

intonation *sc/sfn* entoação *A different intonation can entirely change the sense of the lines.* Uma entoação diferente pode mudar totalmente o sentido destes versos.

341.7 Formas confusas de falar

whisper *vti* sussurrar, cochichar, falar/dizer em voz baixa *We had to whisper to each other.* Tivemos que falar sussurrando. *I heard somebody whisper the answer.* Ouvi alguém sussurrar a resposta.

whisper *sfn* sussurro *He lowered his voice to a whisper.* Baixou o tom de voz até que se transformou em um sussurro.

mutter *vti* [implica em voz baixa, p. ex. quando alguém se queixa ou está envergonhado] murmurar, resmungar *I heard her muttering about incompetent translators.* Eu a ouvi reclamar sobre tradutores incompetentes. *I muttered an apology and left.* Murmurei uma desculpa e fui embora.

mumble *vti* [implica voz baixa, freq. por falta de confiança] resmungar, murmurar *Don't mumble your lines.* Não resmungue a sua parte.

stutter *vti* [repetir os sons] gaguejar, balbuciar, tardamudear *She went red and started stuttering.* Ela enrubesceu e começou a gaguejar.

stutter *sfn* gagueira, gaguez, gaguice *a slight stutter* uma ligeira gagueira

stammer *vti* [implica dificuldade em produzir sons] gaguejar, falar gaguejando *Halfway through the story he began to stammer.* Na metade da história ele começou a gaguejar.

stammer *sfn* gagueira, gaguice, gaguez *to overcome a stammer* superar a gagueira

lisp *sfn* (não tem *pl*) balbuciação, cicio *to speak with a lisp* ciciar **lisp** *vti* ciciar, falar com a língua presa

inarticulate *adj* [incapaz de expressar-se bem, p. ex. devido a falta de instrução ou a um susto] inarticulado *a rather inarticulate attempt at a speech* uma tentativa bastante inarticulada de fazer um discurso *Embarrassment made her uncharacteristically inarticulate.* A vergonha a deixou excepcionalmente sem fala.

---

expressões

it's like talking to a brick wall [não há nenhuma reação ou racionalidade] é como falar com uma parede *He won't change his mind, it's like talking to a brick wall.* Ele se recusa a mudar de opinião, é como falar com a parede.

you can talk till you are blue in the face [diz-se quando não vale a pena discutir] não adianta insistir *You can talk till you're blue in the face, I'm not letting you go.* Não adianta você insistir, não vou deixar você ir.

342 Tell Dizer

tell vt, pretérito & part passado **told 1** [dar informação] dizer, contar *to tell sb sth* dizer algo a alguém *I told her my name.* Disse-lhe o meu nome. *Tell me about your day.* Diga-me o que você fez hoje. *I'm told you're leaving us.* Disseram-me que você vai nos deixar. *They've been told what to do.* Disseram-lhes o que tinham que fazer. **2** [dizer. Obj: p. ex. história, piada, mentira] contar **3** [ordenar] dizer *I told you not to touch it.* Eu lhe disse para não tocá-lo.

USO

Compare **tell** e **say**. **Tell** pode ter como objeto uma pessoa. Podem-se usar as seguintes construções, *tell sb, tell sth*, ou *tell sb sth*, p. ex. *Don't be shy – you can tell me.* (Não seja tímido, para mim você pode contar.) *She tells wonderful stories.* (Ela conta histórias maravilhosas.) *Could you tell me your name please?* (Poderia me dizer o seu nome, por favor?) **Say** não pode ter uma pessoa como objeto, você pode usá-lo na seguinte construção: *say sth*, p. ex. *She said her name was Mary.* (Ela disse que se chamava Mary.) *He said 'Wait for me!'* (Ele disse 'Espere-me!')

---

inform vt (freq. + **of**) [implica uma comunicação bem mais formal. Obj: esp. pessoa] informar *He hasn't informed me of his intentions.* Ele não me informou a respeito de suas intenções. *Her parents have been informed.* Os seus pais foram informados. *our duty to inform the public* o nosso dever de informar ao público *I'm reliably informed there'll be an election.* Chegou-me uma informação de fontes confiáveis de que haverá eleições.

information ssfn informação *We need more information about the product.* Necessitamos de mais informações sobre o produto. *a useful piece of information* uma informação muito útil

message sfn mensagem, recado *I got your message.* Recebi o seu recado. *a clear message to the public* uma mensagem clara para o público

messenger sfn mensageiro *a motor cycle messenger* um mensageiro motorizado

announce vt **1** [tornar público. Obj: p. ex. decisão, data] anunciar, dar a conhecer *Her appointment was announced this morning.* A nomeação dela foi anunciada hoje de manhã. **2** [dizer de uma forma segura ou agressiva] declarar *He suddenly announced that he was bored.* De repente ele declarou que estava entediado.

announcer sfn [p. ex. na televisão] locutor

announcement sc/sfn anúncio *the surprise announcement of his retirement* o anúncio surpresa de sua aposentadoria

342.1 Falar a respeito de um acontecimento ou de uma situação

report v **1** vt (freq. + **that**, -ing) informar, comunicar *The hospital has reported no change in her condition.* O hospital não informou qualquer alteração no seu estado. *A number of minor incidents have been reported.* Foi denunciada uma série de pequenos incidentes. *They reported that many refugees were dying.* Informaram que muitos refugiados estavam morrendo. *Members of the public have reported seeing the vehicle travelling towards London.* Algumas pessoas informaram ter visto o veículo dirigir-se a Londres. **2** vi (ger. + **on**) [implica um relato formal da situação] apresentar um informe *The committee is due to report next month.* A comissão tem que apresentar o seu relatório no próximo mês. *Our job is to report on recent developments in the country.* O nosso trabalho consiste em informar os últimos acontecimentos do país.

report sfn [p. ex. por espectadores] relato [p. ex. por uma comissão] informe, relatório [por um jornalista] reportagem *There are reports of unrest in the cities.* Há rumores de agitação nas cidades. *The report criticized police methods.* O informe criticava os métodos policiais. *recent press reports* recentes informes jornalísticos **reporter** sfn [ger. jornalista] repórter

relate vt [ligeiramente formal. Obj: ger. história ou relato similar] relatar, narrar *The chapter relates how he had come to live on the island.* O capítulo narra como ele havia vindo viver na ilha.

recount vt [bem mais formal. Obj: ger. algo que tenha ocorrido pessoalmente ao narrador] narrar, contar *She began to recount her misadventures.* Ela começou a narrar as suas desventuras.

342.2 Dizer algo a alguém energicamente

declare vt (freq. + **that**) declarar *She declared that she would never eat meat again.* Ela declarou que jamais comeria carne novamente. *The government has declared its opposition to the proposals.* O governo declarou sua oposição às propostas. *He has declared himself ready to go to Washington.* Ele declarou que está disposto a ir a Washington.

declaration sfn declaração *a declaration that nobody believed* uma declaração na qual ninguém acreditou *a declaration of intent* uma declaração de intenções

pronounce v **1** vti [bem mais formal. Implica uma opinião pessoal firme] declarar, manifestar-se *He pronounced that the tap needed replacing.* Ele declarou que a torneira precisava ser substituída. *'It's the wrong colour', she pronounced.* 'Esta cor não é adequada', ela sentenciou. **2** vt [afirmar oficialmente] declarar *The compromise was pronounced acceptable.* O acordo foi declarado aceitável.

pronouncement sfn declaração *a pronouncement no one dared challenge* uma declaração que ninguém ousou contestar

preach 1 vti [na igreja] pregar *He preached on the Epistle to the Romans.* Pregou sobre a Epístola aos Romanos. **2** vi [pejorativo. Dar lição de moral] dar sermão *Don't preach to me about fairness.* Não me dê sermão sobre justiça.

lecture v (freq. + **on**) **1** vi [p. ex. na universidade] dar aula *She lectures on medieval philosophy.* Ela dá aulas de filosofia medieval. **2** vt [freq. pejorativo. Implica criticar alguém] dar um sermão *I had to lecture him on punctuality.* Tive que dar-lhe uma lição de pontualidade.

GRUPOS DE PALAVRAS

lecture *sfn* [acadêmico] aula, conferência [moral] lição, sermão *a lecture on the value of hard work* uma lição sobre o valor do trabalho sério

342.3 Histórias

account *sfn* [implica uma versão particular de algo que ocorreu] versão, relato *the police account of events* a versão da polícia sobre os fatos *I want a full account of the incident*. Quero um informe detalhado sobre o incidente.

story *sfn* [real ou inventada] história *the story of my life* a história de minha vida *some story about the car breaking down* alguma história sobre o carro ter enguiçado

tale *sfn* **1** [ger. inventada e tradicional] conto, fábula *the tale of the three bears* a fábula dos três ursos *tales of ghosts and goblins* contos de fantasmas e duendes **2** [pejorativo. Mentira] conto

anecdote *sfn* [curto, ger. real e divertido] caso *He's got lots of anecdotes about political figures*. Ele sabe muitos casos sobre personalidades políticas.

343 Explain Explicar

explain *vti* (freq. + **to**) explicar *to explain sth to sb* explicar algo a alguém *I explained the system to her*. Expliquei-lhe o sistema. *That explains the misunderstanding*. Isso explica o mal-entendido. *Explain why you're so late*. Explique porque chegou tão tarde.

explanation *sfn* explicação *I'm sure there's a simple explanation*. Estou certo de que há uma explicação muito simples.

clarify *vt* [um tanto formal. Tornar mais claro] esclarecer *I'd just like to clarify the position*. Gostaria apenas de esclarecer a minha posição.

get sth **across** ou **get across** sth *vt prep* [assegurar-se de que algo é compreendido] transmitir, fazer-se entender *He has difficulty getting his ideas across*. Ele tem dificuldades para transmitir as suas idéias. *We use videos to get our message across to the public*. Utilizamos vídeos para transmitir a nossa mensagem ao público.

describe [mostrar como é algo] descrever *The book describes life in nineteenth-century Australia*. O livro descreve a vida na Austrália no século dezenove. *She described the bird in detail*. Ela descreveu o pássaro detalhadamente. *I just can't describe my feelings*. Simplesmente não consigo descrever os meus sentimentos.

description *sc/sfn* (freq. + **of**) descrição *a description of the thief* uma descrição do ladrão *a vivid description of the atmosphere on board* uma vívida descrição do ambiente a bordo

define *vt* [dar o conceito de algo] definir *How do you define blackmail? Como se define chantagem? A fruit is defined as the part bearing the seed*. Define-se o fruto como sendo a parte que tem a semente.

definition *sc/sfn* definição *the definition of a word* a definição de uma palavra *my definition of a friend* minha definição de um amigo

instructions *s pl* [para fazer algo] instruções *I followed your instructions, but the machine won't go*. Segui as instruções, porém a máquina não funciona. *I left strict instructions not to be disturbed*. Deixei instruções precisas para que não me perturbassem.

343.1 Traduzir

translate *vt* (freq. + **into**) [obj: ger. texto escrito] traduzir *the problems of translating Shakespeare* os problemas de traduzir Shakespeare *The book has been translated into several languages*. O livro foi traduzido para vários idiomas.

translator *sfn* tradutor

translation *sc/sfn* tradução *a new translation of the Bible* uma nova tradução da Bíblia *The poem loses something in translation*. O poema sempre perde algo na tradução.

interpret *v* **1** *vti* [obj: ger. linguagem falada] interpretar *I waited for her to interpret his answer*. Esperei que ela interpretasse a sua resposta. *Can you interpret for us?* Pode servir de intérprete para nós? **2** *vt* [explicar o significado de algo complexo] interpretar *The article interprets all these statistics*. O artigo interpreta todas estas estatísticas.

interpreter *sfn* intérprete *a conference interpreter* um intérprete de conferências.

interpretation *sc/sfn* **1** [entre idiomas] interpretação *We need a simultaneous interpretation*. Precisamos de uma interpretação simultânea. **2** [p. ex. de provas] interpretação *careful analysis and interpretation of the results* uma cuidadosa análise e interpretação dos resultados

344 Shout Gritar

> **U S O**
> Quando **shout**, **yell**, **scream** e **screech** são seguidos de **at**, implicam que a pessoa que grita está com raiva e está censurando alguém.

shout *vti* gritar *I shouted for help*. Gritei pedindo ajuda. *They shouted insults*. Eles vociferaram insultos. *I shouted at the children*. Gritei com as crianças. **shout** *sfn* grito

yell *vti* [um som mais forte do que **shout**] gritar, berrar *I had to yell to make myself heard*. Tive que gritar para me fazer ouvir. *He was yelling at the children*. Ele estava berrando com as crianças. **yell** *sfn* grito, berro

scream *vti* [estridente. P. ex. de dor ou raiva] gritar alto, guinchar *If you don't stop I'll scream*. Se não me soltar vou gritar alto. *They screamed in terror*. Eles gritaram de pavor. **scream** *sfn* grito alto, guincho

screech *vti* [estridente e desagradável. P. ex. de medo ou por diversão] gritar alto, guinchar *There's something at the window, she screeched.* Há algo na janela, ela gritou. *They screeched with laughter.* Eles gritavam e riam. **screech** *sfn* grito penetrante, guincho

call *vti* [não sempre muito forte. Para chamar a atenção] chamar *Is that your father calling?* É o seu pai que está chamando? *'Come down', we called.* 'Desça', gritamos. **call** *sfn* chamada

cry *vti* (algumas vezes + **out**) [um tanto literário. P. ex. de entusiasmo ou numa emergência] gritar *'Watch out', she cried.* 'Cuidado', ela gritou. *They cried out in delight.* Deram um grito de contentamento. **cry** *sfn* grito

cheer *v* [implica celebração ou encorajamento] **1** *vi* gritar com entusiasmo *They clapped and cheered like mad.* Eles aplaudiam e gritavam como loucos. **2** *vt* (freq. + **on**) aclamar, animar *Everybody was cheering us.* Todos estavam nos animando. *We were cheering our horse on.* Animávamos o nosso cavalo.

cheer *sfn* saudação, aplauso, aclamação *Three cheers for Simon!* Três vivas para Simon.

344.1 Grito forte e violento

roar *vti* [ger. implica raiva ou aprovação] vociferar, gritar *She roared insults down the phone.* Ela vociferou insultos por telefone. *Go away, he roared.* Fora!, gritou ele. *to roar with laughter* romper-se em gargalhadas *The crowd was roaring with excitement.* A multidão gritava de entusiasmo. **roar** *sfn* rugido, clamor

rant *vi* (freq. + **on**) [pejorativo. Implica uma ira excessiva, irracional e incoerente] arengar *She's still ranting on about her husband.* Ela ainda continua arengando com seu marido.

bellow *vti* [implica a maior intensidade de som possível e ger. raiva] vociferar, berrar, urrar *Don't bellow at me.* Não berre comigo. *He was bellowing orders at the players.* Ele estava vociferando ordens para os jogadores.

expressão

raise one's voice [implica uma atitude de raiva] levantar a voz *I've never known him raise his voice to his wife before.* Nunca tinha ouvido ele levantar a voz para a sua esposa antes.

345 Complain Queixar-se

ver também **complaints**, LC 37

complain *vi* queixar-se *They complained about the noise.* Eles queixaram-se do barulho. *I complained to the manager.* Queixei-me para o diretor.

complaint *sc/sfn* queixa, reclamação *I wish to make a complaint.* Desejo fazer uma queixa. *Voices raised in complaint.* Levantaram-se vozes de protesto.

grumble *vi* [implica uma atitude de mau humor] queixar-se, resmungar, murmurar *He's always grumbling about the weather.* Ele está sempre se queixando do tempo. **grumble** *sfn* grunido, queixa

criticize *vt* criticar *Police methods were strongly criticized.* Os métodos policiais foram muito criticados.

criticism *sc/sfn* crítica *press criticism of the policy* críticas das políticas feitas pela imprensa *I have a few minor criticisms of the plan.* Tenho algumas pequenas críticas sobre o plano.

critical *adj* (freq. + **of**) crítico *a highly critical report* um relatório muito crítico *They're extremely critical of the government's record.* Eles criticaram duramente os atos do governo.

moan *vi* [um tanto informal, freq. pejorativo. Implica um tom de voz triste] queixar-se, gemer *Stop moaning, other people have problems too.* Pare de se queixar, você não é o único que tem problemas. *Don't go moaning on about the traffic.* Pare de uma vez por todas de se queixar do trânsito. [não é pejorativo quando se aplica aos sons causados pela dor] *Injured people lay moaning on the ground.* Os feridos estavam deitados no chão gemendo de dor.

moan *sfn* queixa, gemido *We had a good moan about the boss.* Nós tínhamos uma queixa justa do chefe. *old people's moans and groans* as queixas e suspiros dos velhos

groan *vi* [implica uma atitude de desalento. Ger. ruído, não palavras] gemer com desalento *I groaned at the thought of a 16-hour flight.* Gemi com desânimo só de pensar numa viagem de 16 horas de vôo.

groan *sfn* gemido, queixa

whine *vi* [pejorativo. Implica queixas constantes com as quais ninguém se solidariza] queixar-se, lamentar-se, lamuriar *She's always whining about how poor she is.* Ela está sempre se queixando da sua pobreza.

wail *vi* [em voz alta e queixosa] chorar, gemer, lamuriar, lamentar *'She splashed me', he wailed.* 'Ela me espirrou água', lamentou-se ele.

wail *sfn* lamentação, lamúria, pranto, gemido *the wails of six disappointed children* o pranto de seis crianças decepcionadas

whimper *vi* [em voz baixa, como se estivesse chorando e com medo] choramingar, lamuriar, lastimar-se

whimper *sfn* choradeira, lamúria, soluço *I don't want to hear another whimper out of you.* Não quero ouvir mais nenhum choro seu.

346 Disagree Discordar

ver também **disagreeing**, LC 29; oposto **agree**, 348

disagree *vi* (freq. + **with**, **about**, **over**) discordar, divergir *I'm afraid I have to disagree with you about the colour.* Acho que vou ter que discordar de você em relação à cor. *They disagreed over artistic matters.* Eles discordavam em questões de natureza artística.

GRUPOS DE PALAVRAS

> **USO**
>
> Se uma pessoa diz **I disagree,** esta expressão denota uma forte discordância e pode parecer rude. A maioria dos falantes do inglês prefere não ser tão categórica e prefere usar expressões como *I'm afraid I have to disagree with you (about)...* Lamento, porém acho que tenho que discordar de você sobre... ou *I'm not sure I agree with you.* Não sei se concordo com você.

disagreement sc/sfn desacordo, discordância, discrepância, divergência, desavença *I had a disagreement with the landlord.* Tive um desentendimento com o senhorio. *There's some disagreement over what time this took place.* Existem divergências sobre o momento em que ocorreu este fato.

argue vi (freq. + **over**, **about**, **with**) [freq. implica raiva] discutir, brigar *He was sent off for arguing with the referee.* Ele foi expulso por discutir com o árbitro. *All couples argue.* Todos os casais discutem. *Let's not argue about money.* Não discutamos por dinheiro.

argument sc/sfn discussão *a heated argument* uma discussão acirrada *to have an argument* ter uma discussão

difference of opinion [freq. eufemisticamente] divergência de opiniões *There's a small difference of opinion over who should pay.* Há uma pequena divergência de opiniões sobre quem deveria pagar.

346.1 Considerar que alguém está errado

contradict vt [obj: p. ex. pessoa, declaração] contradizer, desmentir *He flatly contradicted everything she said.* Ele a contradisse categoricamente em tudo o que ela disse. *The evidence contradicts this claim.* As provas desmentem esta alegação.

contradiction sc/sfn contradição *That is a contradiction in terms.* Esta é uma contradição de palavras.

deny vt negar *Do you deny these charges?* Você nega estas acusações? *I deny ever having been there.* Nego ter alguma vez estado ali.

denial sc/sfn negativa, negação *a strong denial of the claim* uma forte negativa da alegação

dispute sc/sfn [implica opiniões totalmente contrárias] disputa, conflito, contestação *to settle a dispute* resolver uma controvérsia *marital disputes* disputas matrimoniais *a border dispute* um conflito fronteiriço *The facts are not in dispute.* Os fatos são indiscutíveis.

dispute vt **1** [obj: p. ex. alegação] pôr em dúvida, contestar, fazer objeção *We strongly dispute this allegation.* Contestamos totalmente esta acusação. **2** [obj: p. ex. território] disputar *the disputed area* a zona em litígio

dissent vi (freq. + **from**) [um tanto formal. Implica discordar da maioria] discordar, dissentir, divergir, estar em desacordo *I have to dissent from my colleagues' opinion.* Tenho que discordar da opinião dos meus colegas. *the only dissenting voice* a única voz discrepante

dissent ssfn dissidência, discordância, divergência *to register dissent* mostrar dissensão/dissentimento *political dissent* dissidência política

346.2 Protestar

protest vi (freq. + **against**, **about**) [implica uma forte queixa, freq. a uma autoridade] protestar *They're protesting against the planned motorway.* Estão protestando contra a rodovia projetada. *I will protest to the minister about this.* Vou me queixar ao ministro a respeito disso.

protest sfn protesto *My protests were useless.* Meus protestos foram inúteis. *a mass protest outside the parliament* um protesto em massa diante do parlamento (usado como *adj*) *a protest march* uma marcha de protesto

object vi (freq. + **to**) [implica tentar deter algo] opor-se, fazer objeções *I'll go now if nobody objects.* Irei agora, se ninguém se opõe. *I object most strongly to that question.* Protesto energicamente contra esta pergunta. *They object to my staying out at night.* Eles se opõem a que eu passe a noite fora.

> **USO**
>
> Observe a construção **object to** + -ing, p. ex. *I don't object to looking after the children for you.* (Não me oponho a cuidar das crianças para você.)

objection sfn objeção *objections from local residents* objeções dos residentes do município *They raised a number of objections to the plan.* Eles fizeram uma série de objeções ao plano. *I'll phone from here, if you've no objection.* Telefonarei daqui se você não se importar.

challenge vt [implica questionar algo] desafiar, pôr em dúvida, contestar *I would challenge that remark.* Eu questionaria esse comentário. *We shall challenge the decision in the Court of Appeal.* Vamos recorrer da decisão ao Tribunal de Recursos. *They challenged the document's validity.* Eles questionaram a validade do documento.

challenge sfn desafio, objeção *a challenge to the government's authority* um desafio à autoridade do governo

be against [bastante neutro] ser contra/contrário a *The government is against any change in the law on drugs.* O governo está contra qualquer mudança na lei sobre drogas.

be dead against [um tanto informal] Opor-se profundamente *I'm dead against any further cutbacks.* Sou totalmente contrário a cortes adicionais.

346.3 Desacordos pessoais

quarrel sfn [implica raiva ou perda de amizade] briga, discórdia, discussão *a silly quarrel over who should be in goal* uma discussão estúpida sobre quem deveria ficar no gol *a quarrel between neighbours* uma discussão entre vizinhos

quarrel vi -**ll**- (*brit*), ger. -**l**- (*amer*) discutir, brigar, discordar *Stop quarrelling and get in the car.* Pare de discutir e entre no carro. *I don't want to quarrel with you.* Não quero discutir com você. [opor-se a] *I can't quarrel with her decision.* Não posso discutir a sua decisão.

row sfn (esp. *brit*) [informal] briga, encrenca, desordem, altercação *He got drunk and started a row.* Ele se embebedou e armou uma briga. *We had a blazing row.* Tivemos uma discussão violenta. **row** vi fazer barulho, causar alvoroço, armar uma briga

squabble *vi* [implica uma discussão pouco digna e insignificante] brigar, discutir *They're always squabbling over whose turn it is to wash up.* Eles estão sempre discutindo sobre de quem é a vez de lavar os pratos. **squabble** *sfn* briga, barulho

tiff *sfn* [pequena discussão, ger. entre amigos íntimos, namorados, etc.] briga, rusga, discórdia *They've had a bit of a tiff.* Eles brigaram. *a lovers' tiff* uma rusga de namorados

bicker *vi* [implica detalhes insignificantes] discutir, brigar *We always end up bickering about where to go on holiday.* Acabamos sempre discutindo sobre onde passar as férias.

fall out *vi prep* (freq. + **with**) [deixar de ser amigos] brigar, romper *We fell out when I refused to lend him some money.* Rompemos quando me neguei a lhe emprestar um dinheiro.

friction *ssfn* [sentimento não amistoso] atrito *There's bound to be friction if it's not clear who's in charge.* Haverá atritos se não ficar claro quem está encarregado.

346.4 Propenso a discordar

quibble *vi* [discutir sobre pequenas coisas] discutir, desaprovar, reclamar *You probably think I'm quibbling, but we did say eight fifteen.* Você provavelmente acha que eu sou encrenqueiro, mas nós marcamos às oito e quinze.

split hairs [fazer distinções muito sutis] discutir minúcias, ninharias

argumentative *adj* [implica disposição de provocar] argumentativo *She gets very argumentative if you dare to criticize her.* Ela fica muito argumentativa se você ousa criticá-la.

controversial *adj* [que causa ou gosta de discussão] polêmico, controvertido *the President's controversial comments at the summit* os comentários controvertidos do Presidente durante a reunião de cúpula

controversy *sc/sfn* polêmica, controvérsia *The new law has caused a lot of controversy.* A nova lei tem suscitado uma forte polêmica.

347 Refuse Recusar

ver também oposto, **285**

refuse *vti* (freq. + **to** + INFINITIVO) recusar, negar-se *We offered our help but she refused it.* Oferecemos nossa ajuda, porém ela recusou. *I refuse to listen to this nonsense.* Nego-me a escutar estas asneiras. *We suggested Tuesday, but she refused.* Sugerimos terça-feira, porém ela me disse que não.

refusal *sfn* recusa *a refusal to cooperate* uma recusa em cooperar

shake one's head [gesto de recusa] negar com a cabeça *I mentioned a lift, but he shook his head and said he'd walk.* Ofereci-me para levá-lo de carro, porém ele recusou com a cabeça e disse que preferia ir a pé.

over my dead body [usado para expressar uma forte oposição] passar por cima do meu cadáver *You'll sell this house over my dead body.* Se você quer vender esta casa, vai ter que passar por cima do meu cadáver.

348 Agree Estar de acordo

ver também **agreeing, LC 28**; oposto **disagree, 346**

agree *vi* (freq. + **with, to, about, over, + to** + INFINITIVO) consentir, estar/colocar-se de acordo *I agree with you that some changes are necessary.* Concordo que são necessárias algumas alterações. *I would never agree to such a plan.* Nunca daria o meu consentimento ao um plano semelhante.

agreement *s* **1** *ssfn* acordo *to reach agreement* chegar a um acordo *Is everybody in agreement with that?* Todo mundo está de acordo com isto? **2** *sfn* [combinação] acordo, contrato *our agreement to buy the shares* nosso acordo em comprar as ações *That's not in the agreement.* Isto não consta do contrato.

consent *vti* (ger + **to** + INFINITIVO, **to**) [um tanto formal. Implica permissão] consentir *She has consented to visit the city.* Ela consentiu em visitar a cidade.

consent *ssfn* consentimento *I needed my wife's consent.* Necessito do consentimento da minha mulher.

assent *vi* (ger. + **to**) [formal. Quando se sugere algo] assentir *This seemed to solve the problem and everyone assented.* Como isto parecia resolver o problema, todo mundo assentiu. *They assented to the proposal.* Eles aprovaram a proposta.

assent *ssfn* assentimento, aprovação *It would require the formal assent of Parliament.* Isto exigiria a aprovação formal do Parlamento.

concur *vi*, -**rr**- (freq. + **with**) [formal. Implica compartilhar opiniões] concordar, estar de acordo, contribuir, cooperar *She said more research was needed and we all concurred.* Ela disse que faltava mais pesquisa e nós todos concordamos. *sentiments with which we would all concur* sentimentos que todos nós compartilhamos

go along with *vt prep* [informal. Implica aceitar os pontos de vista ou os planos de outrem] estar de acordo com, aceitar, endossar *I go along with what James said.* Estou de acordo com o que James disse. *Are you prepared to go along with these arrangements?* Você está disposto a aceitar aquilo que concordamos?

confirm *vt* (freq. + **that**) [implica repetir a concordância de alguém] confirmar *I want to confirm our arrangements.* Quero confirmar o que combinamos. *That date has not yet been confirmed.* A data ainda não foi confirmada.

confirmation *ssfn* confirmação *The reports are surprising and we are waiting for confirmation.* Os relatórios são surpreendentes e estamos esperando confirmação. *confirmation of these terms* confirmação destas condições

uphold *vt* [implica resistência em face da oposição] apoiar, manter, confirmar *The Court of Appeal upheld the verdict.* O Tribunal de Recursos confirmou o veredito. *I firmly uphold the view of my colleague.* Apóio firmemente o ponto de vista do meu colega.

348.1 Estar de acordo

in accord [um tanto formal. Ter a mesma atitude] de acordo *The leaders are in complete accord.* Os líderes estão totalmente de acordo sobre esta questão.

in unison [um tanto formal. Implica usar os mesmos termos] em uníssono *The council members spoke in unison when condemning the plans.* Os membros do conselho se expressaram unanimemente na hora de condenar os planos.

harmony *ssfn* [pontos de vista, objetivos comuns, etc.] harmonia *Nothing disturbed the new harmony within the party.* Nada perturbou a nova harmonia dentro do partido.

349 Persuade Persuadir

ver também **persuading, LC 26**

persuade *vt* (freq. + **that**, + **to** + INFINITIVO) [com base na razão ou em argumentos emocionais] persuadir *Nobody could persuade her.* Ninguém conseguiu persuadi-la. *I've persuaded him that I can do the job.* Consegui convencê-lo de que estou em condições de fazer o trabalho. *We can't persuade him to sell the house.* Não conseguimos persuadi-lo a vender a casa.

persuasion *ssfn* persuasão *gentle persuasion* persuasão suave *We have to use persuasion rather than force.* Temos que usar a persuasão no lugar da força.

U S O

Cuidado para não confundir **persuade** e **convince**. **Persuade** implica fazer com que alguém **faça** algo. **Convince**, de outro lado, implica fazer alguém **pensar** algo.

convince *vt* (freq. + **that, of**, + **to** + INFINITIVO) [pela razão] convencer *You've convinced me.* Você me convenceu. *We shall convince him of your innocence.* Nós o convenceremos de sua inocência. *I can't convince her to speak to you.* Não consegui convencê-la a falar com você.

influence *vt* [implica pressão psicológica] influir *I don't want to influence your decision.* Não quero influir em sua decisão. *I've been influenced by seeing the conditions they are living in.* Fiquei influenciado ao ver as condições em que eles vivem.

influence *ssfn* influência *to exert influence over* exercer influência sobre

convert *vt* (algumas vezes + **to**) [implica um mudança total de postura, freq. em contextos religiosos] converter *He's always been against alternative medicine, but I've managed to convert him.* Ele foi sempre contra a medicina alternativa, porém consegui fazê-lo mudar de idéia. *She's been converted to buddhism.* Ela se converteu ao budismo.

talk sb **round** *vt prep* [implica superar gradativamente a oposição] convencer *Mum doesn't like the idea, do you think you can talk her round?* A mamãe não gosta da idéia, você acha que pode convencê-la?

talk sb **into** sth (freq. + -ing) [implica persistência, às vezes contra a opinião mais acertada de outrem] convencer *How did I let you talk me into a canal holiday?* Como deixei que você me convencesse a passar as férias viajando pelos canais? *I can talk her into coming.* Posso convencê-la a vir.

get sb **to do** sth *vt prep* conseguir com que alguém faça algo *I can get Mike to walk the dog.* Posso convencer o Mike a passear com o cachorro. *He always tries to get somebody else to do his dirty work.* Ele sempre tenta conseguir alguém que faça o seu trabalho sujo.

350 Admit Admitir

admit *vti*, -tt- (freq. + **that, to**, -ing) [implica aceitar que algo é verdadeiro, freq. algo desagradável acerca de si mesmo] reconhecer, admitir *He has admitted responsibility for the incident.* Ele admitiu sua responsabilidade pelo incidente. *I admit I was speeding.* Reconheço que estava em excesso de velocidade. *She admitted taking drugs.* Ela reconheceu que consumia drogas. *It is rather unlikely, I must admit.* Devo admitir que é bastante improvável.

admission *ssfn* [p. ex. de culpa] admissão *a clear admission of her involvement in the plot* um claro reconhecimento de sua implicação no complô.

reveal *vt* (freq. + **that**) [implica permitir que alguém se inteire de algo, freq. um segredo] revelar *I wasn't going to reveal my age.* Eu não ia revelar a minha idade. *Journalists have revealed that her phone had been tapped.* Os jornalistas revelaram que o telefone dela havia sido grampeado.

revelation *sc/sfn* [ger. implica um fato surpreendente] revelação *astonishing revelations about political corruption* revelações surpreendentes sobre a corrupção política

confess *vti* (freq. + **that, to** -ing) [implica sentimento de culpa ou arrependimento] confessar *He has confessed his own part in the crime.* Ele confessou sua participação no crime. *I confessed that I had forgotten* *his name.* Confessei que havia esquecido o seu nome. *She confessed to taking the necklace.* Ela confessou ter roubado o colar.

confession *sc/sfn* confissão *She dictated a full confession to the sergeant.* Ela ditou a confissão completa ao sargento.

own up to sth *vt prep* confessar, admitir *Tom finally owned up to breaking the window.* Tom finalmente confessou haver quebrado a janela.

concede *vt* (freq. + **that**) [implica aceitar os argumentos dos outros] admitir *I concede that point.* Admito este ponto. *I concede that I was wrong to say that.* Reconheço que estava equivocado ao dizer isso.

350.1 Parar de esconder algo

blurt sth **out** OU **blurt out** sth *vt prep* [dizer algo espontaneamente que não se espera que seja dito] deixar escapar, falar sem pensar, despejar *I wanted to surprise you, but the children blurted the news straight out.* Queria fazer-lhe uma surpresa, porém as crianças não conseguiram se conter e deixaram escapar a notícia. [pode implicar grande emoção] *She suddenly blurted out that she was pregnant.* Ela não pôde mais se conter e de repente soltou que estava grávida.

let on *vti prep* (ger. + **about**, **that**) [em vez de manter algo em segredo] dizer, contar *I knew who he was but I didn't let on.* Eu sabia quem ele era, porém não o disse. *Don't let on to her about the baby.* Não conte para ela a respeito do bebê.

give sth **away** *vt prep* [revelar o que deveria ser um segredo] revelar, descobrir *You've gone and given everything away, haven't you?* Você contou tudo, não é verdade?

> *e x p r e s s ã o*
>
> **let the cat out of the bag** [informal. Dar uma informação secreta, ger. acidentalmente] deixar escapulir um segredo *She showed me some photos with the two of them together and that let the cat out of the bag.* Ela me mostrou umas fotos dos dois juntos e com isso eu fiquei sabendo.

351 Ask Perguntar

ver também **information**, LC 18

ask *v* **1** *vt* [informação] perguntar *If you have any problems, ask me.* Se tiver problemas, me pergunte. *I'd like to ask a question.* Gostaria de fazer uma pergunta. *I asked him the time.* Perguntei-lhe que horas eram. *She asked me how old I was.* Ela me perguntou quantos anos eu tinha. **2** *vti* (ger. + **to** + INFINITIVO, **for**) [para objetos ou serviços] pedir, perguntar, consultar *If you need advice, ask your doctor.* Se precisar de conselho, pergunte a seu médico. *She asked me to sit down.* Ela me pediu para sentar. *She asked me for a loan.* Ela me pediu um empréstimo. *I asked for some water.* Pedi um pouco de água.

question *sfn* pergunta, questão *to ask sb a question* fazer uma pergunta a alguém *to put a question to sb* fazer uma pergunta a alguém

question *vt* [implica fazer muitas perguntas, freq. em contextos oficiais] interrogar, perguntar, inquirir, examinar, questionar *A man is being questioned by the police.* Um homem está sendo interrogado pela polícia. *The survey questioned a sample of 1,200 voters.* A pesquisa fez perguntas a uma amostra de 1.200 eleitores.

query *sfn* [ger. para certificar-se de um ponto específico] dúvida, questão, interrogação, pergunta, objeção, indagação *Most of the calls are timetable queries.* A maioria das chamadas são dúvidas sobre o horário. *I have a query about the cost.* Tenho uma dúvida sobre o custo.

query *vt* **1** [sugere que uma pessoa acha que algo está incorreto] duvidar, pôr em dúvida, questionar *He queried the repair bill.* Ele pôs em dúvida a conta do conserto. *I'd query the need for a second car.* Questiono a necessidade de ter um segundo carro. **2** (*amer*) perguntar *'Is it ready?', I queried.* 'Está pronto?', perguntei.

enquire TAMBÉM **inquire** *v* [mais formal do que **ask**. Sugere descobrir algo] **1** *vt* perguntar, inquirir *'Are you a member?' she enquired.* ' Você é sócio?', ela perguntou. *I'll enquire if there's a hotel near here.* Perguntarei se há um hotel perto daqui. **2** *vi* (ger. + **about**) informar-se, pedir informação *She was enquiring about our language courses.* Ela estava pedindo informação sobre nossos cursos de línguas. **3** *vi* (sempre + **into**) [sugere investigação policial ou algo similar] perguntar *They're enquiring into the cause of the accident.* **4** *vi* (sempre + **after**) [esp. para saber como alguém ou algo está] perguntar *She was enquiring after the boy in the crash.* Ela estava perguntando sobre o garoto do acidente.

enquiry TAMBÉM **inquiry** (esp. *amer*) *s* **1** *sfn* [p. ex. sobre datas, algo à venda] pergunta, pesquisa, consulta *We haven't had a single enquiry about the house.* Não apareceu nenhuma pessoa que tivesse se interessado pela casa. *My secretary can handle most of these enquiries.* Minha secretária cuida da maioria dessas consultas. **2** *sfn* investigação *a police enquiry* uma investigação policial *an official inquiry into the causes of the riots* uma investigação oficial sobre as causas dos motins **3** *ssfn* [fazer perguntas] pergunta *By careful enquiry I established her movements on that day.* Através de perguntas cuidadosas, averigüei o que ela havia feito naquele dia.

interview *vt* [p. ex. para uma revista ou emprego] entrevistar *the journalist who interviewed her* o jornalista que a entrevistou *They took references but didn't interview me.* Pediram informações, mas não me entrevistaram.

interview *sfn* entrevista *the first interview he's given since he became president* a primeira entrevista que concedeu desde que se tornou presidente *a job interview* uma entrevista para emprego

consult *vt* (freq. + **on**, **over**) [perguntar a um especialista, consultar um livro, etc., para obter informações] consultar, procurar conselho ou informação *to consult an expert* consultar um especialista *Can I consult you on a gardening problem?* Posso consultá-lo sobre um problema de jardinagem?

GRUPOS DE PALAVRAS

351.1 Interrogatório

cross-examine *vt* 1 [no tribunal] interrogar testemunha em julgamento pela parte contrária, para comprovar uma declaração anterior *to cross-examine a witness* interrogar uma testemunha 2 [fazer perguntas detalhadas] interrogar *I refuse to be cross-examined about my motives.* Recuso-me a ser interrogado sobre minhas intenções.

cross-examination *sc/sfn* interrogatório da testemunha em julgamento pela parte contrária *under cross-examination* sob interrogatório pela parte contrária

interrogate *vt* [obj: p. ex. espião, suspeito] interrogar *They were tortured and interrogated by the secret police.* Foram torturados e interrogados pela polícia secreta.
interrogation *sc/sfn* interrogatório

grill *vt* [informal. Interrogar ou fazer perguntas difíceis] submeter a interrogatório cerrado, fazer todo tipo de perguntas *The detective grilled me about the money.* O detetive me interrogou duramente sobre o dinheiro. *I was grilled on irregular verbs.* Perguntaram-me tudo sobre verbos irregulares.
grilling *sfn* interrogatório cerrado *to give sb a grilling* interrogar duramente

pry *vi* (freq. + **into**) [pejorativo. Sugere interferência] intrometer-se, sondar *I don't want to pry, but are you pregnant?* Não quero me intrometer, mas você está grávida? *Do you have to pry into my affairs?* Você tem que se intrometer na minha vida?

351.2 Pedidos

request *vt* [mais formal do que **ask for**. Sugere educação] 1 [obj: objeto] pedir, solicitar *I requested a room with a view.* Pedi um quarto com vista. 2 (sempre + **to** + INFINITIVO) [obj: pessoa] pedir *I requested them to leave.* Pedi que se retirassem. *We were requested to wait.* Pediram para esperarmos.
request *s* 1 *sfn* pedido; requerimento, petição, solicitação *my requests to speak to the manager* meus pedidos para falar com o gerente 2 *ssfn* (somente em expressões) pedido *He came at my request.* Ele veio a meu pedido. *The forms are available on request.* Os formulários se encontram disponíveis mediante solicitação.

beg *vti*, -**gg**- (freq. + **for**) 1 (freq. + **to** + INFINITIVO) [pedir com desespero e humilhação] implorar, suplicar, rogar *Leave me alone, he begged.* Deixe-me em paz, suplicou. *I begged her to reconsider.* Implorei que reconsiderasse. *I beg you, don't do this.* Eu lhe imploro, não faça isso. 2 [pedir sem orgulho] implorar, mendigar *Do I have to beg?* Terei que implorar? *They were begging for food.* Estavam mendigando comida.

plead *vti* (freq. + **with, for**) [implica pedir de maneira insistente e desesperada] suplicar, implorar, pedir *I pleaded with her for more time.* Pedi mais tempo a ela. *She pleaded with me to stay.* Ela me implorou para ficar.
plea *sfn* apelo, rogo, súplica *a plea for mercy* um apelo por misericórdia *All my pleas were ignored.* Todos os meus apelos foram ignorados.

appeal *vti* (freq. + **to, for**) [sugere pedido para uma reação responsável] apelar, recorrer, pedir, suplicar *He appealed for calm.* Ele pediu calma. *She appealed to us for more information.* Ela nos pediu maiores informações. *I appealed to him to show a little patience.* Pedi que tivesse um pouco de paciência.
appeal *sfn* apelo, súplica *an appeal for witnesses* um apelo para testemunhar *an appeal to his better nature* um apelo à sua bondade

beseech *vt* (ger. + **to** + INFINITIVO) [um tanto formal. Sugere grande necessidade] implorar, suplicar *I beseeched her not to marry him.* Eu lhe implorei para não se casar com ele. 'You must believe me', he beseeched her. 'Você tem que acreditar em mim', implorou a ela.

invite *vt* (freq. + **to**, + **to** + INFINITIVO) convidar *We've been invited to dinner.* Fomos convidados para jantar. *I invited him to sit down.* Convidei-o a se sentar.
invitation *s* 1 *sc/sfn* [oferta] convite *an invitation to speak to the society* um convite para dar uma palestra à sociedade 2 *sfn* [cartão] convite *I tore up the invitation.* Rasguei o convite.

352 Answer Responder

answer *vti* 1 (freq. + **that**) [obj: p. ex. pessoa, pergunta, carta] responder *Does that answer your question?* Isso responde sua pergunta? *She spends a lot of time answering complaints.* Ela gasta muito tempo atendendo às reclamações. *She refused to answer.* Ela se recusou a responder. *She answered that her husband was away.* Respondeu que seu marido estava fora. 2 *vt* [obj: p. ex. campainha, anúncio] atender *Will you answer the phone?* Você poderia atender ao telefone? *I knocked loudly but no one answered.* Bati forte à porta, mas ninguém atendeu.
answer *s* 1 *sfn* resposta *We're still waiting for their answer.* Ainda estamos esperando sua resposta. *I kept ringing but there was no answer.* Continuei tocando a campainha, mas ninguém atendeu. 2 *ssfn* resposta *I wrote back in answer that ...* Respondi por escrito que ... *in answer to your question* em resposta a sua pergunta

reply *vti* (ger. + **to, that**) [levemente mais formal do que **answer**] responder *Did they ever reply to that letter?* Eles chegaram a responder àquela carta? *She replied that she was too afraid.* Ela respondeu que estava com muito medo.
reply *s* 1 *sfn* resposta *an evasive reply* uma resposta evasiva *your reply to our advertisement* sua resposta a nosso anúncio 2 *ssfn* (sempre em expressões) 'Mmm', he said in reply. 'Humm', ele respondeu. *in reply to your question* em resposta a sua pergunta

respond *vti* (ger + **to, that**) [formal. Sugere uma resposta como reação] responder, reagir *I waited for her to respond to the question.* Esperei que ela respondesse à pergunta. *He responded to their threats by buying a gun.* Ele reagiu às suas ameaças comprando uma arma.
response *s* 1 *sfn* resposta *a considered response* uma resposta ponderada 2 *ssfn* (sempre em expressões) *what he said in response* o que ele respondeu *in response to their appeal* em resposta a seu apelo

353 Suggest Sugerir

ver também **advice, LC 17; suggesting, LC 27**

suggest vt (freq. + **that**) sugerir, fazer uma sugestão *to suggest an idea to sb* sugerir uma idéia a alguém *Can you suggest an alternative?* Você pode sugerir uma alternativa? *I suggested to her that we kept the letter.* Sugeri que guardássemos a carta. *'I could borrow your bike', she suggested.* 'Eu poderia pegar sua bicicleta emprestada', sugeriu ela.

suggestion sc/sfn sugestão; idéia, plano *Have you any better suggestions?* Você tem alguma sugestão melhor? *It was just a suggestion.* Foi apenas uma sugestão.

propose vt **1** (freq. + **that**) [implica uma sugestão considerada cuidadosamente e uma grande convicção de que o que está sendo proposto é sensato] propor, fazer uma proposta, sugerir *He is proposing radical reforms.* Ele está propondo reformas radicais. *I shall propose the scheme to them.* Eu lhes proporei um plano. *Are you proposing that we cancel the contract?* Você está sugerindo que cancelemos o contrato? **2** (+ **to** + INFINITIVO) [indica forte intenção] *We propose to build a school.* Propomo-nos a construir uma escola.

proposal sfn **1** [sugestão] proposta *The proposals will be discussed at the next meeting.* As propostas serão discutidas na próxima reunião. **2** [de casamento] proposta

expressão

put it to somebody (that) colocar que alguém deveria fazer algo *He put it to me that I should resign.* Ele sugeriu que eu deveria pedir demissão.

353.1 Dar conselhos

advise vt (freq. + **to** + INFINITIVO, **that**) aconselhar, recomendar *We must advise caution.* Devemos recomendar prudência. *I advised her to see you first.* Aconselhei-a que o atendesse primeiro. *'Call an ambulance', she advised.* 'Chamem uma ambulância', ela aconselhou.

advice ssfn conselho, recomendação, opinião *to seek expert advice* pedir conselho a um especialista *a good piece of advice* um bom conselho *My advice would be to go to the police.* Sugiro que vá à polícia.

recommend vt (freq. + **that**) [implica sugerir a melhor recomendação dentre várias opções] recomendar, aconselhar, sugerir *Can you recommend a good plumber?* Você pode me recomendar um bom encanador? *I'd recommend (that) you see an eye specialist.* Recomendo que consulte um oftalmologista.

recommendation sc/sfn recomendação *The government has accepted the enquiry's recommendations.* O governo aceitou as recomendações da investigação. *I bought the car **on** your **recommendation**.* Comprei o carro com base em suas recomendações.

guidance ssfn [sugere profundo conhecimento ou experiência] orientação *a parent's help and guidance* o auxílio e orientação dos pais **under the guidance of** *your instructor* sob a orientação do seu professor

tip sfn [p. ex. como fazer algo de maneira mais fácil] dica *useful gardening tips* dicas úteis de jardinagem

354 Discuss Discutir

discuss vt [sugere conversar com bastante seriedade, porém sem alterar-se ou brigar] discutir, debater, questionar, conversar *Did you discuss the wedding?* Você conversou sobre o casamento? *They discussed who might replace her.* Eles discutiram sobre quem poderia substituí-la. *We discussed the proposed changes.* Discutimos as mudanças propostas.

discussion sc/sfn discussão, argumentação, debate *our preliminary discussions* nossas discussões preliminares *This needs further discussion.* Isso precisa ser discutido mais profundamente. *The idea is **under discussion**.* A idéia está sendo discutida.

debate vt [sugere discussão de idéias conflitantes] debater, discutir, argumentar *to debate a motion* debater sobre uma proposta *The proposals have not been properly debated.* As propostas não foram devidamente discutidas. (+ -ing) *We debated extending the deadline.* Discutimos a prorrogação do prazo.

debate s **1** sfn debate, discussão *a debate in Congress* um debate no Congresso *heated debates about who should pay* debates inflamados sobre quem deveria pagar **2** ssfn debate, controvérsia, polêmica *The tax has been the subject of much debate.* O imposto tem sido objeto de muita discussão. *Her views are **open to debate**.* Suas idéias são discutíveis.

converse vi (freq. + **with**) [formal. Conversar normalmente] conversar *I saw them conversing idly in the corridor.* Eu os vi conversando tranqüilamente no corredor.

conversation sc/sfn conversa, conversação, troca de idéias *We had a long conversation about her family.* Tivemos uma longa conversa sobre sua família. *I found him deep in conversation with my father.* Eu o vi tendo uma conversa séria com meu pai.

talk sth **over** OU **talk over** sth vt prep [discutir algo, freq. para resolver um problema] discutir, falar sobre algo *Come into my office and we'll talk things over.* Venha a meu escritório e conversaremos sobre o assunto. *We can talk over what to buy them at lunch.* Podemos discutir sobre o que comprar para eles na hora do almoço.

have a word with sb [um tanto informal. Implica falar com alguém de maneira informal] dar uma palavrinha com alguém, trocar palavras com alguém, falar com alguém *Can I have a word with you about this bill?* Posso dar uma palavrinha com você sobre esta conta?

355 Emphasize Enfatizar

emphasize vt (freq. + **that**) enfatizar, ressaltar, salientar, destacar *I want to emphasize the need for economy.* Gostaria de ressaltar a necessidade de economizar. *I cannot emphasize too much that there will be no second chances.* Não posso enfatizar muito que não haverá uma segunda oportunidade.

emphasis sc/sfn (freq. + **on**) ênfase, importância *The emphasis is on speed.* Dá-se ênfase à rapidez. *We should put/lay/place more emphasis on grammar.* Deveríamos dar mais importância à gramática.

stress vt (freq. + **that**) [freq. para atingir um melhor entendimento] ressaltar, dar importância a, chamar a atenção sobre *I stressed our willingness to compromise.* Ressaltei nossa boa vontade de chegar a um acordo. *She stressed that there could be a long wait.* Ela ressaltou que poderia haver uma longa espera. *I want to stress how little time we have left.* Gostaria de chamar atenção sobre o pouco tempo que nos resta.

stress ssfn (freq. + **on**) ênfase, reforço, importância *a justifiable stress on security* uma ênfase justificável sobre o aspecto de segurança *She lays great stress on punctuality.* Ela dá muita importância à pontualidade.

underline vt [deixar muito claro] enfatizar, assinalar, sublinhar *The accident underlines the need for higher safety standards.* O acidente enfatiza a necessidade de melhorar os padrões de segurança nas estradas. *I want to underline my opposition to these measures.* Desejo assinalar minha oposição a essas medidas.

insist vti (freq. + **on** + -ing, + **that**) [sugere afirmar ou pedir algo com determinação] insistir *I insist, they must be stopped.* Insisto que eles devem ser detidos. *Insist on seeing the ambassador.* Insiste em ver o embaixador. *She insisted (that) she was nowhere near there that night.* Ela insistiu que estava longe daquele local naquela noite.

insistence ssfn insistência *She stuck to this story with great insistence.* Ela se ateve a esta história com grande insistência.

insistent adj insistente, teimoso *an insistent tone* um tom insistente *Her pleas became more insistent.* Seus pedidos ficaram mais insistentes.

exaggerate vt [obj: p. ex. reivindicação, problema] exagerar *We mustn't exaggerate the danger.* Não devemos exagerar o perigo. *He tends to exaggerate his achievements.* Ele tende a exagerar sobre suas realizações. *She's exaggerating when she says there were eighty people there.* Ela está exagerando quando diz que havia oitenta pessoas lá.

exaggeration sc/sfn exagero *Salesmen can be rather prone to exaggeration.* Os vendedores podem ter uma certa tendência a exagerar. *It's a bit of an exaggeration to say she saved my life.* É um pouco de exagero dizer que ela salvou minha vida.

rub sth **in** ou **rub in** sth vt prep [informal. Falar sobre algo desagradável com mais insistência do que necessário para fazer alguém sentir-se pior] insistir em assunto desagradável, enfatizar (defeito, falha, falta) *I know I should have got there earlier, there's no need to rub it in.* Eu sei que deveria ter chegado lá mais cedo, não há necessidade de ficar falando.

---

expressão

to get/blow something out of proportion [exagerar sobre a importância ou seriedade de algo, especialmente que preocupa] *It was only a small disagreement, you're blowing it out of proportion.* Foi somente um pequeno desentendimento, você está exagerando.

---

356 Repeat Repetir

repeat vt (freq. + **to**) repetir *Can you repeat that?* Você pode repetir isso? *Don't repeat this to anybody.* Não repita isso para ninguém. *The team are hoping to repeat last Saturday's performance.* O time está esperando repetir o desempenho do sábado passado.

repeat sfn 1 repetição *Make sure you've got your passport – we don't want a repeat of what happened last time!* Verifique se você está com seu passaporte – não queremos uma repetição do que aconteceu da última vez! *I played the piece with all the repeats.* Toquei a peça com todas as repetições. (usado como adj) *a repeat performance* um desempenho repetido 2 [programa] repetição

repetition sc/sfn repetição *to learn sth by repetition* aprender algo por repetição *a repetition of earlier mistakes* uma repetição de erros cometidos anteriormente

encore sfn [música extra tocada a pedido do público] bis *They gave us three encores.* Deram três bis. *She sang a Schubert song as an encore.* Ela cantou uma música de Schubert durante o bis.

encore vt [obj: músico] tocar novamente [obj: música] ser tocada novamente *The aria was encored.* O público pediu que a ária fosse tocada novamente.

echo sfn, pl **echoes** 1 [p. ex. em caverna] eco *a ghostly echo* um eco fantasmagórico 2 [p. ex. de um acontecimento] repetição, imitação *The protests are an echo of the mass demonstrations of 1968.* Os protestos são uma repetição das manifestações em massa de 1968.

echo v 1 vi (às vezes + **with**) [suj: p. ex. caverna] ecoar *The room echoed with laughter.* As risadas ecoavam pelo quarto. 2 vi [suj: p. ex. barulho] ressoar *Her voice echoed round the church.* Sua voz ressoou por toda a igreja. 3 vt [obj: p. ex. opinião] repetir *In saying this I am only echoing the president's own statement.* Ao afirmar isso, estou somente repetindo a própria declaração do presidente. 4 vt [obj: p. ex. acontecimento] repetir *Her career strangely echoed her mother's experience.* Sua carreira repetiu estranhamente a experiência de sua mãe.

357 Swear Xingar

swear vi, pretérito **swore** part passado **sworn** (freq. + **at**) [dizer palavrões] xingar, praguejar *Don't swear in front of the children.* Não fale palavrões na frente das crianças. *He swore loudly at the referee.* Ele xingou o árbitro em altos brados. (usado como *adj*) *a swear word* um palavrão

curse vti [esp. expressando raiva em relação a algo/alguém] maldizer, amaldiçoar, rogar praga contra *I found her cursing into the engine.* Eu a vi xingando o motor. *I could hear him cursing computers and whoever invented them.* Escutei-o maldizendo os computadores e quem os inventou. **curse** sfn xingamento, palavrão

oath sfn [um tanto literário] palavrão *a strange oath he'd heard his father use* um palavrão estranho que ouviu seu pai usar

blaspheme vi (às vezes + **against**) blasfemar, caluniar *to blaspheme against God* blasfemar contra Deus **blasphemy** ssfn blasfêmia, calúnia

eff and blind vi (*brit*) [informal e cômico. Eufemismo baseado em **fuck** e **bloody**] falar palavrão *He was dead drunk and effing and blinding like mad.* Ele estava completamente bêbado e xingando feito louco.

358 Promise Prometer

ver também **certain, 82.1**

promise vt (freq. + **to** + INFINITIVO, + **that**) prometer, dar a palavra *I can promise nothing.* Não posso prometer nada. *But you promised me a pony!* Mas você me prometeu um pônei! *I was promised my own office.* Prometera um escritório só para mim. *I promised to be there on time.* Prometi chegar lá no horário. *I promised my daughter I'd pick her up.* Prometi à minha filha que a apanharia.

promise sfn promessa, palavra *empty promises* falsas promessas *the promise of a job* a promessa de um emprego *to keep/break a promise* manter/quebrar uma promessa

expressão

to give sb one's word [mais enfático do que *promise*] dar sua palavra a alguém *I give you my word that I'll have the money for you by Friday.* Eu lhe dou minha palavra de que terei o dinheiro na sexta-feira.

guarantee sc/sfn [ger. usado em contextos formais ou legais] garantia *a guarantee that no trees would be cut down* uma garantia de que nenhuma árvore seria derrubada *The oven is still* **under guarantee**. O forno ainda está na garantia.

guarantee vt (freq. + **to** + INFINITIVO, + **that**) garantir *We cannot guarantee your safety.* Não podemos garantir sua segurança. *They have guaranteed to provide a replacement.* Eles garantiram fornecer uma substituição. *Can you guarantee that the car will be ready?* Você garante que o carro estará pronto? *a guaranteed seat* um lugar garantido

assure vt (freq. + **that**) [quando algo não está certo. Geralmente para tranquilizar alguém] garantir, assegurar, afirmar *Let me assure you that there will be no problems.* Posso assegurá-lo de que não haverá nenhum problema. *We were assured that we would not miss our connection.* Garantiram-nos que não perderíamos nosso vôo de conexão.

assurance sfn garantia, segurança, certeza *an assurance that her complaint would be examined* uma garantia de que sua reclamação seria analisada *government assurances that there was no health risk* garantias do governo de que não havia riscos de saúde

claim vt (ger. + **to** + INFINITIVO, + **that**) [sugere uma afirmação não comprovada] afirmar, alegar, declarar como fato *He claimed to be able to cure my asthma.* Ele alegou que curaria minha asma. *She claims that inflation is coming down.* Ela afirma que a inflação está abaixando.

claim sfn reivindicação, afirmação *a fully justified claim* uma reivindicação completamente justificada *exaggerated claims of success* exageradas pretensões de sucesso

swear v, pretérito **swore** part passado **sworn** 1 vt (ger. + **that**) [implica declarar algo solene e enfaticamente] jurar *She swore she'd never seen me.* Ela jurou que nunca me viu. [informal] *He* **swore blind** *he'd locked the door.* Ele jurou por Deus que havia trancado a porta. [expressando certeza] *I could have sworn I had another pen.* Eu jurava que tinha outra caneta. 2 vi (sempre + **to**) dar certeza *I think he's from Lincoln, but I couldn't swear to it.* Acho que ele é de Lincoln, mas não posso jurar.

oath sfn [juramento solene de que se fará algo ou que algo é verdadeiro] juramento *I* **took an oath** *not to tell anyone.* Jurei que não contaria a ninguém. *Will you say that* **on oath**? [no tribunal] Você afirmaria isso sob juramento?

pledge sfn [promessa solene para fazer algo] promessa, compromisso *our pledge to reduce unemployment* nosso compromisso de reduzir o desemprego

pledge vt (freq. + **to** + INFINITIVO) prometer *to pledge one's support for a cause* prometer dar apoio a uma causa *I'll pledge another ten pounds.* Prometi pagar outras dez libras.

359 Talkative Falante

ver também **speak, 341**

chatty adj [disposto a falar] falador, conversador *The boss was in one of her chatty moods.* A chefe estava falante *a chatty letter* uma carta extensa

chatterbox sfn [informal, uma descrição carregada de humor e tolerância] falador, tagarela *He can only say a few words, but you can tell he's going to be a real little* *chatterbox*. Ele consegue falar apenas algumas palavras, mas pode-se dizer que ele será um verdadeiro tagarelinha.

windbag *sfn* [pejorativo. Pessoa que fala demais ou de maneira pomposa] falador, pessoa muito falante e pretensiosa, fanfarrão *How did all these windbags get elected?* Como todos esses faladores foram eleitos?

359.1 Que fala com facilidade

fluent *adj* [sugere expressar-se bem, freq. em outra língua] fluente, que fala com desenvoltura *a fluent style which makes the subject interesting* um estilo fluente que torna o assunto interessante *I speak German, but I'm not fluent in it.* Falo alemão, mas não sou fluente. *She speaks fluent Arabic.* Ela fala árabe fluentemente. **fluently** *adv* fluentemente **fluency** *ssfn* fluência

articulate *adj* [sugere facilidade de expressão e clareza de pensamento. Descreve: pessoa] articulado, loquaz [Descreve: artigo, livro] bem escrito *an articulate article* um artigo bem escrito *She gets her way because she's so articulate.* Ela consegue tudo porque sabe se expressar com facilidade. **articulately** *adv* articuladamente, bem, com facilidade

eloquent *adj* [que se expressa bem e persuasivamente] eloqüente *The wine made me more eloquent.* O vinho deixou-me mais eloqüente. *an eloquent defence of their policies* uma defesa eloqüente de suas políticas **eloquence** *ssfn* eloqüência

expressões

a way with words [implica estilo e persuasão] ter o dom da palavra, ser loquaz *You could listen to him for hours, he has such a way with words.* Poderia ouvi-lo durante horas, ele tem o dom da palavra.

the gift of the gab [informal. Capacidade de falar fluentemente, freq. em situações embaraçosas. Às vezes implica uma persuasão desonesta] ter lábia *She has the gift of the gab, so don't let her talk you into anything.* Ela tem muita lábia, não deixe que o convença a fazer nada.

you can't get a word in edgeways [informal. Diz-se quando a pessoa não pára de falar] você não consegue entrar na conversa *She's got it all wrong, but she won't let you get a word in edgeways.* Ela entendeu tudo errado, mas não o deixava entrar na conversa.

talk nineteen to the dozen (*brit*) [informal. Falar rapidamente e sem parar] falar pelos cotovelos *Everybody was talking nineteen to the dozen and the meeting was getting nowhere.* Todos estavam falando pelos cotovelos e a reunião não chegava a lugar nenhum.

he/she can talk the hind legs off a donkey [informal. Diz-se de pessoa que fala sem parar e geralmente sobre assuntos que o ouvinte não acha muito importantes ou interessantes] falar pelas tripas do Judas, falar pelos cotovelos

360 Gossip Fofoca

gossip *vt* [freq. pejorativo. Sugere falar sobre a vida particular das pessoas] fofocar, mexericar *I shouldn't gossip, but I think she's left him.* Não que eu esteja fofocando, mas acho que ela o deixou. *Have you been gossiping again?* Você estava fofocando novamente?

gossip *s* **1** *ssfn* fofoca *office gossip* fofoca de escritório **2** *sfn* [pejorativo. Pessoa] fofoqueiro, mexeriqueiro *He's a terrible gossip.* Ele é um grande fofoqueiro.

gossipy *adj* que faz fofoca, cheio de fofoca *a gossipy letter* uma carta cheia de fofocas

chat *vt*, -tt- [sugere uma conversa informal entre amigos] bater um papo, trocar uma idéia, conversar informalmente, prosear *We were chatting about the match.* Estávamos trocando uma idéia sobre a partida.

chat *s* **1** *sfn* bate-papo, conversa informal *We were having a chat about my operation.* Estávamos conversando sobre minha operação. **2** *ssfn* comentários *There's a lot of chat about TV.* Fala-se muito sobre a televisão.

chitchat *ssfn* [conversa social superficial sobre assuntos corriqueiros] bate-papo

chatter *vi* [sugere falar muito sobre coisas sem importância] jogar conversa fora, ter conversa fiada *We were chattering together on the phone.* Estávamos conversando fiado ao telefone. *I could hear them chattering away.* Escutei-os jogando conversa fora.

chatter *ssfn* conversa fiada *Could we have less chatter and more work please?* Vamos parar de conversa fiada e trabalhar um pouco mais, por favor?

natter *vi* (*brit*) (freq. + *adv*) [sugere longa conversa sobre assuntos corriqueiros] conversar fiado *Well, we can't go on nattering all night.* Bem, não podemos passar toda a noite conversando fiado.

natter *sfn* (*brit*) conversa fiada *I called you up to have a good natter.* Telefonei para batermos um papo.

rabbit *vt*, -tt- ou -t- (*brit*) (freq. + **on**) [pejorativo. Sugere falar demais] tagarelar, não parar de falar *She was rabbiting on about her arthritis.* Ela não parava de falar sobre sua artrite.

small talk *ssfn* [conversa pouco importante, p. ex. numa festa] conversa superficial, banalidades *I'm not much good at small talk.* Não sirvo para conversar banalidades.

rumour (*brit*), **rumor** (*amer*) *sc/sfn* boato, rumor *There's a rumour going round that you're leaving.* Está correndo um boato de que você vai embora. *Don't listen to rumour.* Não dê atenção a boatos.

361 Language Língua

language *s* **1** *sfn* idioma, língua *a foreign language* uma língua estrangeira *I'm doing languages.* Estou estudando línguas. **2** *ssfn* linguagem *literary language* linguagem literária (usado como *adj*) *language courses* cursos de idiomas, cursos de línguas

speaker *sfn* falante *English speakers* falantes do inglês *a native speaker of English* um falante nativo de inglês

GRUPOS DE PALAVRAS

bilingual *adj* bilíngüe *She's bilingual in French and German.* Ela é bilíngüe, fala francês e alemão.
multilingual *adj* multilíngüe *a multilingual class* uma classe multilíngüe

361.1 Idiomas europeus

Bulgarian búlgaro
Czech tcheco
Danish dinamarquês
Dutch holandês
English inglês
Finnish finlandês
French francês
German alemão
Greek grego
Hungarian húngaro
Italian italiano
Norwegian norueguês
Polish polonês
Portuguese português
Romanian romeno
Russian russo
Serbo-Croat OU **Serbo-Croatian** servo-croata
Spanish espanhol
Swedish sueco
Turkish turco

361.2 Outras línguas amplamente faladas

Arabic árabe
Bengali bengali
Chinese chinês
Hindi hindi
Japanese japonês
Korean coreano
Persian persa
Punjabi punjabi
Urdu urdu

U S O

Compare os seguintes exemplos: *I like Spanish* [refere-se ao idioma] e *I like the Spanish* [refere-se às pessoas que vivem na Espanha].

362 Words Palavras

362.1 Palavras usadas para fins específicos

vocabulary *sc/sfn* [implica um número global de palavras] vocabulário *to have a large vocabulary* Ter um amplo vocabulário *French vocabulary* vocabulário francês
term *sfn* [palavra ou grupo de palavras, ger. utilizadas em um campo específico] termo *a technical term* um termo técnico
terminology *sc/sfn* [implica palavras em um campo específico] terminologia *scientific terminology* terminologia científica
jargon *sc/sfn* [freq. pejorativo. Implica palavras usadas por um grupo determinado, que são incompreensíveis para os demais] jargão *sales jargon* jargão de vendas *Do you have to use this legal jargon?* Você precisa usar esse jargão jurídico?
slang *ssfn* [palavras muito informais, esp. usadas por um grupo determinado] gíria *drug slang* gíria das drogas (usado como *adj*) *slang expressions* expressões de gíria

362.2 Grupos de palavras

phrase *sfn* 1 [poucas palavras] locução, frase 2 [expressão fixa] expressão
sentence *sfn* sentença, frase
clause *sfn* [palavra técnica usada na gramática] oração
paragraph *sfn* parágrafo *the paragraph dealing with burns* o parágrafo que trata das queimaduras
slogan *sfn* slogan, lema, divisa *a catchy slogan like 'development without destruction'.* um slogan atraente como 'desenvolvimento sem destruição'.
idiom *sfn* [uma expressão bastante fixa, cujo significado é diferente das palavras individuais que a compõem, tal como as 'frases' neste livro] expressão idiomática
proverb *sfn* [expressa um conselho convencional] provérbio
cliche *sfn* [implica uma expressão usada em excesso] clichê, chavão, lugar-comum *It's a bit of a cliche to call the situation a tragedy, but that's what it is.* É quase que um clichê dizer que a situação é uma tragédia, mas é isso que ela é.

362.3 Os sons das palavras

vowel *sfn* vogal (usado como *adj*) *vowel sounds* sons vocálicos, sons de vogal
consonant *sfn* consoante
syllable *sfn* sílaba

362.4 Termos gramaticais

grammar *s* 1 *ssfn* gramática *English grammar* gramática inglesa (usado como *adj*) *grammar problems* problemas gramaticais 2 *sfn* [livro] gramática
grammatical *adj* 1 [relativo à gramática] gramatical *grammatical inflections* inflexões gramaticais 2 [usando a gramática corretamente] gramaticalmente correto *a grammatical sentence* uma sentença gramaticalmente correta
noun *sfn* substantivo
verb *sfn* verbo *a transitive verb* um verbo transitivo (usado como *adj*) *verb endings* terminações verbais
tense *sc/sfn* tempo *the past/present/future tense* tempo pretérito, presente, futuro
adjective *sfn* adjetivo
adverb *sfn* advérbio
pronoun *sfn* pronome *a personal pronoun* um pronome pessoal
preposition *sfn* preposição
conjunction *sfn* conjunção

362.5 Palavras relativas à ortografia

alphabet *sfn* alfabeto *the Greek alphabet* o alfabeto grego
alphabetical *adj* alfabético *in alphabetical order* em ordem alfabética
letter *sfn* letra *the letter 'a'* a letra 'a'
capital TAMBÉM **capital letter** *sfn* letra maiúscula *block capitals* letras maiúsculas de fôrma
upper case *adj* [esp. em termos tipográficos] caixa-alta *an upper case Y* um Y em caixa-alta

GRUPOS DE PALAVRAS

lower case *adj* [esp. em termos tipográficos] caixa-baixa, letra minúscula *a lower case p* um p em caixa-baixa
small *adj* [comumente usado como termo não técnico] pequeno, minúsculo *Do I write that with a small 'a' or a capital 'a'?* Devo escrever com um 'a' pequeno ou maiúsculo?
abbreviation *sc/sfn* abreviação, abreviatura

363 Punctuation Pontuação

punctuate *vt* pontuar *incorrectly punctuated* pontuado incorretamente
punctuation mark *sfn* sinal de pontuação
full stop (*brit*), **period** (*amer*) *sfn* [.] ponto-final [usado no final das sentenças e em abreviaturas, como em *He's in New York.*]
comma *sfn* [,] vírgula
semicolon *sfn* [;] ponto-e-vírgula
colon *sfn* [:] dois-pontos
exclamation mark (*brit*), **exclamation point** (*amer*) *sfn* [!] ponto de exclamação
question mark *sfn* [?] ponto de interrogação
dash *sfn* travessão
hyphen *sfn* hífen
hyphenate *vt* unir com hífen *a hyphenated name* um nome com hífen

> **U S O**
> Ao escrever em inglês, não se deixa espaço entre as palavras e os sinais de pontuação, exceto o travessão, que apresenta um espaço antes e depois.

inverted commas (*brit*) TAMBÉM **quotation marks** (*brit* & *amer*) *s pl* [" " or ' '] aspas
brackets (*brit*), **parentheses** (*amer*) *s pl* [( )] parênteses
apostrophe *sfn* ['] apóstrofo
asterisk *sfn* [*] asterisco

364 Meaning Significado

mean *vt* **1** [suj: pessoa] querer dizer *I didn't mean that he was lazy.* Eu não quis dizer que ele era preguiçoso *Say what you mean.* Explique o que você quer dizer *What do you mean by 'inconvenient'?* O que você quer dizer com 'inconveniente'? **2** [representar] significar *The orange light means we need more petrol.* A luz cor de laranja significa que precisamos de mais gasolina *What does 'inconvenient' mean?* O que 'inconvenient' significa?
sense *s* **1** *ssfn* [significado geral] sentido *the general sense of the document* Qual é o sentido geral do documento? *Does this letter **make sense** to you?* Esta carta faz sentido para você? **2** *sfn* [significado específico de uma palavra] acepção *I'm using the word in its scientific sense.* Estou usando a palavra em sua acepção científica.
gist *sfn* (não tem *pl*; + **the**) [implica o significado essencial, sem detalhar] idéia geral *I haven't got time to read the report so just give me the gist of it.* Não tenho tempo para ler o relatório, portanto, dê-me apenas uma idéia geral dele.
essence *s* (não tem *pl*) [implica o significado real ou de maior importância] essência, ponto fundamental *Here we come to the essence of the debate.* Eis que chegamos ao ponto essencial do debate.

364.1 Signos e símbolos

sign *sfn* **1** sinal, signo, símbolo *an equals sign* um sinal de igual *a dollar sign* um símbolo do dólar **2** [gesto] sinal *She started making signs to get us to quieten down.* Ela começou a fazer sinais para que nos aquietássemos **3** [p. ex. em estradas] sinal, aviso *a stop sign* um sinal de parar *There was a sign giving the opening hours.* Havia um aviso indicando o horário de funcionamento. **4** [indicação] sinal *There were signs of a break-in.* Havia sinais de arrombamento. *He gave no sign that he was angry.* Ele não deu mostras de estar zangado.

signal *sfn* **1** [sinal convencionado para fazer algo ou para indicar que algo pode acontecer] sinal *He gave the signal to fire.* Ele deu o sinal para abrir fogo *a railway signal* um sinal ferroviário *A long look at her watch was the signal for us to leave.* Um olhar prolongado para seu relógio era o sinal para partirmos. **2** [p. ex. ondas de rádio] sinal *Astronomers are picking up very faint signals from the star.* Os astrônomos estão captando sinais fracos vindos da estrela.
signal *vt* -ll- (*brit*), ger. -l- (*amer*) (freq. + **to** + INFINITIVO) **1** [p. ex. para fazer algo] fazer sinal, sinalizar *He signalled me to come over.* Ela deu sinal para que me aproximasse. **2** [passar uma idéia] indicar, sinalizar *The measures signalled a change of policy by the government.* As medidas sinalizaram uma mudança de política pelo governo.
symbol *sfn* **1** [sinal convencional] símbolo *mathematical symbols* símbolos matemáticos *The open book became the symbol of the movement.* O livro aberto tornou-se o símbolo do movimento. **2** *sfn* [algo que expressa uma idéia por associação] símbolo *drivers who regard the car as the symbol of their virility* motoristas que consideram o automóvel como uma símbolo de sua virilidade
symbolic *adj* simbólico *a symbolic representation of sth* uma representação simbólica de algo
symbolically *adv* simbolicamente
symbolize, TAMBÉM **-ise** (*brit*) *vt* simbolizar
code *sc/sfn* código, cifra *an easy code to break* um código fácil de decifrar *It's written in code.* Está escrito em código.
code *vt* codificar, cifrar *coded warnings to the president* avisos cifrados para o presidente

364.2 Expressando e deduzindo o significado

signify *vt* [um tanto formal] **1** [implica demonstrar do que trata algo] significar *What did this sudden departure*

signify? O que essa partida súbita significou? *A further reduction in interest rates could signify an early election.* Uma nova redução da taxa de juros poderia significar uma antecipação das eleições. **2** (às vezes + **that**) [anunciar] dar a conhecer *She has signified her intention to leave.* Ela anunciou sua intenção de partir.
represent *vt* representar *This chart represents average rainfall.* Este gráfico representa a média pluviométrica.
representation *sc/sfn* representação
indicate *vt* **1** [apontar ou designar com gesto] indicar *She indicated a parked car and told me to get in it.* Ela apontou para um carro estacionado e disse-me para entrar nele. **2** [mostrar através de sinal] indicar, sinalizar *A red light indicates that the room is occupied.* Uma luz vermelha indica que a sala está ocupada. *He indicated that he would stand for the post if invited.* Ele deu a entender que se candidataria ao posto se convidado.
indication *sc/sfn* indício, mostra, indicação *These flattened crops are an indication of the storm's severity.* Estas culturas arrasadas são uma mostra da violência da tormenta.
imply *vt* (freq. + **that**) **1** [dar a entender indiretamente o que se deseja dizer] insinuar *Are you implying I'm drunk?* Você está insinuando que estou bêbado? *No criticism was implied.* Não se insinuou nenhuma crítica. **2** [ter como conseqüência lógica] implicar, trazer como conseqüência *More responsibility should imply higher wages.* Mais responsabilidade deveria implicar maior salário.
implication *sc/sfn* [conseqüência] implicação *the implications of the proposed law* as implicações da lei proposta
infer *vt* -**rr**- (freq. + **from**, + **that**) [deduzir] inferir *What do you infer from these facts?* O que você infere dos fatos? *I inferred from this that she was unlikely to change her mind.* O que inferi disso foi que era improvável que ela mudasse de idéia. **inference** *ssfn* inferência

> **USO**
>
> **Infer** é comumente usado no mesmo sentido 1 de **imply**, porém tal uso recebe a desaprovação de alguns.

hint *sfn* **1** [conselho sutil] alusão, indireta, insinuação *a hint that there would be changes* uma insinuação de que haveria mudanças *Did he* **get the hint**? Ele entendeu a indireta? *Why don't you* **take the hint** *and invite her?* Por que você não aproveita a insinuação e a convida? *He's been* **dropping hints** *about what he'd like for Christmas.* Ele tem dado indiretas sobre o que gostaria de ganhar no Natal.
hint *vt* (freq. + **that**) insinuar, aludir *She hinted that we should go.* Ela insinuou que deveríamos ir.

365 Gesture Gesticular

ver também **greet, 196**

gesture *sfn* gesto *a gesture of annoyance* um gesto de contrariedade
gesture *vti* gesticular *She gestured towards the window.* Ela gesticulou em direção à janela. *He gestured them to be quiet.* Ela fez um gesto para que se calassem.
shrug *vti* encolher de ombros, dar de ombros *to shrug one's shoulders* encolher os ombros **shrug** *sfn* um encolher de ombros
nod *vti*, -**dd**- aprovar, assentir com a cabeça *They nodded in agreement.* Eles assentiram com a cabeça.
nod *sfn* sinal com a cabeça
shake one's head dizer não meneando, sacudindo a cabeça *She shook her head thoughtfully.* Ela sacudiu a cabeça pensativamente.
point *vi* (freq. + **at**, **to**) apontar *If he is in this room, please point to him.* Se ele estiver nesta sala, por favor, aponte-o.
wave *vi* (freq. + **to**, **at**) acenar *We waved goodbye.* Dissemos adeus acenando. **wave** *sfn* aceno
beckon *vti* (freq. + **to**) chamar com um gesto, acenar. *The waiter beckoned me over.* O garçom acenou-me.

366 Document Documento

text *s* **1** *sc/sfn* [conjunto de palavras escritas] texto *a text in ancient Greek* um texto em grego antigo **2** *ssfn* (não tem *pl*; ger. + **the**) [parte escrita principal de um documento, esp. de um livro, mais do que as ilustrações, o índice, etc.] texto *She made cuts in the original text.* Ela fez cortes no texto original.
textual *adj* textual *textual changes* modificações textuais
margin *sfn* [nos dois lados do texto] margem *the left-hand margin* a margem esquerda *a note in the margin* uma anotação na margem
heading *sfn* [p. ex. de um capítulo ou parágrafo] cabeçalho, título *It comes under the heading 'Accidents and emergencies'.* Vem sob o cabeçalho 'Acidentes e emergências'.
list *sfn* [p. ex. de nomes, números telefônicos] lista *a mailing list* uma lista de correspondência
list *vt* arrolar, fazer listagem *A number of recommendations were listed.* Um número de recomendações foram colocadas numa lista.
register *sfn* [p. ex. de membros, convidados] registro *I signed the hotel register.* Assinei o registro do hotel.
chart *sfn* [p. ex. fornecendo estatística] gráfico *a pie chart* um gráfico circular

366.1 Documentos impressos curtos

certificate *sfn* [p. ex. de casamento, proficiência] certificado *They give you a certificate for completing the course.* Eles lhe fornecem um certificado de conclusão de curso.

form *sfn* [p. ex. para candidatar-se a emprego, pedir passaporte] formulário, ficha *to fill in a form* preencher uma ficha *tax forms* formulários de imposto

leaflet *sfn* [uma única página ou várias, esp. contendo propaganda ou informações] folheto *a recipe leaflet* um folheto com receitas

booklet *sfn* [ger. para informação] livreto, brochura *an instruction booklet* um livreto de instruções

pamphlet *sfn* [ger. mais de uma página, mas bastante curto, freqüentemente sobre assuntos religiosos ou políticos] panfleto

brochure *sfn* [ger. ilustrado, podendo ser bastante longo, esp. para publicidade] livreto, brochura *holiday brochures* brochuras sobre férias

catalogue *sfn* [p. ex. de artigos à venda] catálogo *a mail order catalogue* um catálogo para encomenda pelo correio

programme *sfn* [p. ex. livreto fornecendo detalhes sobre uma peça teatral, concerto, etc., ou dando informações sobre uma série planejada de eventos] programa *Programmes for the film festival are available from the box office.* Programas sobre o festival de cinema estão à disposição na bilheteria.

366.2 Documentos acadêmicos ou de pesquisa

essay *sfn* [relativamente curto, p. ex. feito por um aluno ou estudante universitário] dissertação, composição, ensaio, trabalho escrito *my history essay* meu trabalho de história

dissertation *sfn* [bastante longo, esp. feito por aluno de pós-graduação] dissertação *my M.A. dissertation* minha dissertação de mestrado

thesis *sfn, pl* **theses** [longo, esp. para doutorado, envolvendo pesquisa original] tese *a thesis on molecular theory* uma tese sobre teoria molecular

report *sfn* [p. ex. de um comitê ou autoridade policial] relatório *a sales report* um relatório de vendas

survey *sfn* [exame de um situação mediante um grande número de casos] enquete, pesquisa *a yearly survey of population trends* uma pesquisa anual das tendências populacionais

367 Book Livro

367.1 Livros de histórias

novel *sfn* romance *a spy novel* um romance policial
fiction *ssfn* ficção **fictional** *adj* ficcional *fictional characters* personagens ficcionais
science-fiction *ssfn* ficção científica
plot *sc/sfn* enredo *a summary of the plot* um resumo do enredo
character *sc/sfn* personagem *the principal characters* os personagens principais

367.2 Livros sobre a vida das pessoas

biography *sc/sfn* biografia *an authorized biography* uma biografia autorizada **biographical** *adj* biográfico **biographer** *sfn* biógrafo
autobiography *sc/sfn* autobiografia **autobiographical** *adj* autobiográfico
diary *sfn* diário

367.3 Livros de referência e outros

dictionary *sfn* dicionário *a bilingual dictionary* um dicionário bilíngüe
encyclopedia *sfn* enciclopédia
non-fiction *ssfn* literatura de não-ficção (usado como *adj*) *non-fiction books* livros de não-ficção
album *sfn* **1** [para as fotografias de uma pessoa] álbum *the family album* o álbum de família **2** [publicado] álbum *an album of the Royal Family* um álbum da Família Real
annual *sfn* [publicado uma vez ao ano, esp. baseado em revistas infantis] anuário

367.4 Obras literárias

literature *ssfn* literatura
literary *adj* literário *literary criticism* crítica literária *literary language* linguagem literária
prose *ssfn* prosa (usado como *adj*) *her prose style* seu estilo de prosa
poetry *ssfn* poesia (usado como *adj*) *a poetry reading* uma leitura poética **poet** *sfn* poeta
poem *ssfn* poema
poetic ou **poetical** *adj* poético *a poetic description* uma descrição poética
verse *s* **1** *ssfn* [poesia] poesia, verso *blank verse* versos brancos **2** *sfn* [de um poema, canção, etc.] estrofe, versos
rhyme *sc/sfn* rima

367.5 Partes de um livro

volume *sfn* volume, tomo *the second volume of her autobiography* o segundo volume de sua autobiografia (usado como *adj*) *a two-volume history of art* uma história da arte em dois volumes
contents *s pl* [ger. na introdução de um livro em inglês] índice, conteúdo (usado como *adj*) *the contents page* a página do índice
introduction *sfn* [termo genérico] introdução
preface *sfn* [mais formal do que **introduction**. É mais provável que uma peça teatral tenha um prefácio do que uma introdução] prefácio
chapter *sfn* capítulo
index *sfn, pl* ger. **indexes** índice *I looked her name up in the index.* Procurei o nome dela no índice.
appendix *sfn, pl* **appendices** ou **appendixes** apêndice
footnote *sfn* nota de rodapé

367.6 Apresentação de um livro

page *sfn* página *the title page* a página de rosto *see the note on page 23* veja nota à página 23 *The index is on page 200.* O índice está na página 200.
leaf *sfn, pl* **leaves** [mais literário ou técnico do que **page**] folha
spine *sfn* dorso, lombada
jacket TAMBÉM **dust jacket** *sfn* sobrecapa
cover *sfn* capa
hardback *sfn* livro de capa dura *published in hardback* publicado em capa dura (usado como *adj*) *hardback prices* preços para edição em capa dura
paperback *sfn* livro de capa mole, brochura *available in paperback* disponível em brochura (usado como *adj*) *a paperback novel* um romance em edição de capa mole

367.7 Produção de um livro

author *sfn* autor *a best-selling author* um autor com grande sucesso de vendas
publish *vt* publicar *My novel's been published.* Meu romance foi publicado. *They publish mainly illustrated books.* Eles publicam principalmente livros ilustrados.
publisher *sfn* [pessoa ou firma] editor, editora *I'm having lunch with my publisher.* Vou almoçar com meu editor.
publication *s* **1** *ssfn* [processo ou evento] publicação *We're getting the book ready for publication.* Estamos aprontando o livro para publicação. **2** *sfn* [p. ex. revista] publicação *one of our more serious publications* uma de nossas publicações mais sérias
print *vt* imprimir *How many copies were printed?* Quantas cópias foram impressas? **print** *ssfn* impressão
printer *sfn* tipógrafo *The book's at the printer's.* O livro está na gráfica.
edition *sfn* edição *a revised edition* uma edição revisada [livro] *a first edition* uma primeira edição

367.8 Utilização dos livros

read *vt*, pretérito & part passado **read** ler *I've read all your books.* Li todos os seus livros.
reader *sfn* leitor *books for younger readers* livros para leitores jovens
readership *sfn* número de leitores de uma publicação *She has a wide readership.* Ela tem um grande número de leitores.
literate *adj* alfabetizado
illiterate *adj* analfabeto
library *sfn* biblioteca *a lending library* uma biblioteca circulante
librarian *sfn* bibliotecário
bookseller *sfn* livreiro, vendedor de livros *your local bookseller's* a livraria de sua região

368 Journalism Jornalismo

press *s* (não tem *pl*; ger. + **the**; + *v. sing* ou *pl*) a imprensa *the daily press* a imprensa diária *allegations in the press* alegações na imprensa *The press have given him a hard time.* A imprensa fez com que ele passasse maus momentos. *the quality press* a imprensa de alto nível *the tabloid press* a imprensa popular, sensacionalista (usado como *adj*) *press comment* comentário da imprensa
newspaper TAMBÉM **paper** *sfn* jornal *a quality newspaper* um jornal sério, de alto nível *a Sunday paper* um jornal dominical *She had her picture in the paper.* Ela teve sua foto publicada no jornal.
news *ssfn* notícias, noticiário *What's in the news?* Quais são as notícias? *He's headline news.* Ele está nas manchetes do noticiário.
magazine *sfn* revista *a computer magazine* uma revista de computação *our house magazine* a revista de nossa empresa
tabloid *s* (freq. usado como *adj*) tablóide *There were photos in all the tabloids.* Havia fotos em todos os tablóides. *tabloid journalism* jornalismo de tablóide

U S O

A palavra **tabloid** foi, na sua origem, um termo técnico para jornais de páginas menores, referindo-se mais ao formato do que ao conteúdo de tais jornais. No entanto, o termo é usado agora para descrever um estilo de reportagem que se baseia mais em fotos e histórias sensacionais do que numa cobertura séria das notícias, visto jornais desse tipo geralmente apresentarem páginas menores.

journal *sfn* [ger. para assuntos profissionais ou acadêmicos] revista, boletim *a trade journal* uma revista especializada
issue *sfn* edição, número *in this month's issue* na edição deste mês

368.1 Pessoas que trabalham em jornalismo

journalist *sfn* [qualquer pessoa que escreve para a imprensa] jornalista *a freelance journalist* um jornalista independente
reporter *sfn* [que envia as notícias] repórter *She refused to speak to reporters.* Ela se recusou a falar com os repórteres.
correspondent *sfn* [especializado] correspondente *a sports correspondent* um correspondente esportivo *a foreign correspondent* um correspondente estrangeiro
columnist *sfn* [ger. expressando opinião] colunista *a political columnist* um colunista político
editor *sfn* [responsável pelo jornal ou por um departamento] redator, diretor *letters to the editor* cartas para o redator *our home affairs editor* nosso redator de assuntos estrangeiros
critic *sfn* crítico

368.2 Termos ligados ao jornalismo

headline *sfn* manchete *a banner headline* manchete que atravessa a parte superior da página *We don't want this to hit the headlines.* Não queremos que isto vá parar nas manchetes.

GRUPOS DE PALAVRAS

article *sfn* artigo *the leading article* o artigo de fundo

page *sfn* página *the front page* a primeira página *the sports pages* as páginas de esportes (usado como *adj*) *a back page article* um artigo de última página

feature *sfn* [p. ex. como suporte para as notícias] reportagem especial *We're running a feature on Third World debt.* Estamos realizando uma reportagem especial sobre a dívida do Terceiro Mundo.

column *sfn* **1** [unidade de texto] coluna **2** [feito por colunista] coluna *a gossip column* uma coluna de fofocas

editorial *sfn* [expressando o ponto de vista do jornal] editorial

review *sfn* resenha, crítica *a rave review of the film* uma resenha entusiasmada do filme

obituary *sfn* obituário, necrológio (usado como *adj*) *an obituary notice* uma nota necrológica

369 Write Escrever

write *vti, pretérito* **wrote** *part passado* **written** escrever *I wrote her a note.* Escrevi uma nota para ela. *I'm not very good at writing letters.* Não sou muito bom em escrever cartas. *Don't forget to write.* Não se esqueça de escrever. *Write your name on the box.* Escreva seu nome no quadrado. *I want to write.* [ser um escritor] Quero ser escritor.

writer *sfn* [p. ex. de livros, cartas] autor, escritor

writing *ssfn* escrita, redação *I can't read her writing.* Não consigo entender a letra dela. *creative writing* criação literária

handwriting *sfn* caligrafia, letra *a sample of her handwriting* uma amostra da caligrafia dela (usado como *adj*) *handwriting analysis* análise grafológica

legible *adj* legível *Try to make the notice more legible.* Tente tornar o aviso mais legível. **legibly** *adv* legivelmente

illegible *adj* ilegível *The next word is illegible.* A palavra seguinte está ilegível **illegibly** *adv* ilegivelmente

spell *vti, pretérito & part passado* **spelled** ou (*brit*) **spelt** soletrar *He can't spell.* Ele não sabe soletrar. *How do you spell your name?* Como você soletra seu nome?

spelling *s* **1** *ssfn* [como soletrar] ortografia, grafia *I'm hopeless at spelling.* Sou péssimo em ortografia. (usado como *adj*) *a spelling checker* um corretor ortográfico **2** [de uma palavra] grafia *He uses American spellings.* Ele usa a grafia americana.

left-handed *adj* canhoto *left-handed scissors* tesouras para canhotos

right-handed *adj* destro

369.1 Maneiras de escrever

scrawl *vti* [implica escrita ruim e em tamanho grande] garatujar, rabiscar *Vandals had scrawled graffiti all over the wall.* Vândalos haviam rabiscado todo o muro.

scrawl *ssfn* rabiscos, garatujas *a five-year old's scrawl* os rabiscos de uma criança de cinco anos

scribble *vti* **1** [implica escrita ruim e ger. rápida] escrevinhar *I scribbled her number on an old envelope.* Escrevinhei seu nome num envelope velho. **2** [escrevinhar formas sem sentido e descontroladas] rabiscar *My little girl has scribbled all over this library book.* Minha garotinha rabiscou todo esse livro da biblioteca.

note *vt* (freqüentemente + **down**) anotar *I've got the name of the book noted here.* Tenho o nome do livro anotado aqui. *I've noted all the names down.* Tomei nota de todos os nomes.

note *sfn* nota, anotação **1** [mensagem] nota, mensagem *I got your note.* Recebi sua mensagem. **2** [fornecendo informações] anotação *I've lost my notes.* Perdi minhas anotações. *Somebody should* **take notes.** Alguém deveria anotar. *I* **made a note of** *the date.* Fiz uma anotação da data.

jot down sth ou **jot** sth **down** *vt prep,* -tt- [implica anotação rápida] anotar rapidamente *I'll jot down your phone number.* Vou anotar o número de seu telefone.

enter *vt* [p. ex. num formulário ou computador] registrar, inscrever *Enter your name on the top line.* Inscreva seu nome na linha de cima. *The amount was wrongly entered.* A quantia foi registrada incorretamente.

record *vt* [para referência futura. Obj: p. ex. nascimento, opinião] registrar *The incident is recorded in Evelyn's diary.* O incidente foi registrado no diário de Evelyn. *Her objections were recorded in the minutes.* Suas objeções foram registradas na ata.

record *sfn* (freq. + **of**) registrar *a careful record of events* um registro cuidadoso dos acontecimentos *There's no record of who was present.* Não há registro de quem estava presente.

copy *vt* (freq. + **out, down**) [quando algo já foi escrito ou dito] copiar *a phrase he'd copied from a book* uma frase que ele havia copiado de um livro *I've copied out the list of members for you.* Copiei a lista de associados para você. *I copied down the number in the advertisement.* Copiei o número do anúncio.

copy *sfn* (freq. + **of**) cópia *a copy of your birth certificate* uma cópia de sua certidão de nascimento *I made a copy of the recipe.* Fiz uma cópia da receita.

369.2 Escrever o nome

sign *vt* [obj: p. ex. cheque, carta] assinar *The petition was signed by all the members.* A petição foi assinada por todos os membros. **signature** *sfn* assinatura

autograph *sfn* [ger. de pessoa famosa] autógrafo *to collect autographs* colecionar autógrafos **autograph** *vt* autografar

369.3 Textos escritos

script *s* **1** *sfn* [p. ex. de uma peça] roteiro, script **2** *sc/sfn* [maneira de escrever] escrita, letra *a neat clerical script* uma letra bem-feita de escriturário *written in Gothic script* escrito em letras góticas

manuscript *sfn* [escrito à mão, datilografado, etc., mais do que impresso] manuscrito *The publishers have accepted the manuscript.* Os editores aceitaram o manuscrito. *The book's still in manuscript.* O livro ainda está em manuscrito.

typescript *sfn* [versão datilografada] texto datilografado *I sent the typescript off to the publishers.* Enviei o texto datilografado para os editores.

braille *ssfn* [para os cegos] braile *to read braille* ler braile (usado como *s*) *a braille typewriter* uma máquina de escrever braile

expressões

put pen to paper [escrever, esp. uma carta] pôr-se a escrever *He only ever puts pen to paper to ask for money.* Ele só se põe a escrever para pedir dinheiro.

in black and white [por escrito ou em formulário impresso] por escrito, ver o preto no branco *I won't believe it till I see it in black and white.* Não vou acreditar até ver o preto no branco. *I'd like to get the proposal in black and white before I agree to anything.* Gostaria de ver a proposta por escrito antes de concordar com qualquer coisa.

370 Writing materials Materiais para escrever

pad TAMBÉM **notepad** *sfn* bloco, bloco de anotações
notepaper *ssfn* papel de carta *a sheet of headed notepaper* uma folha de papel de carta com cabeçalho
notebook *sfn* agenda, caderno de anotações *I've got the address in my notebook.* Tenho o endereço em minha agenda.

typist datilógrafo
typewriter máquina de escrever
keys teclas

He typed a letter. Ele datilografou uma carta.

Pens Canetas

ballpoint pen caneta esferográfica
biro, pl biros (*brit*) caneta esferográfica
fountain pen caneta tinteiro
ink tinta
felt tip pen caneta hidrográfica, caneta de ponta porosa
pencil lápis
crayon creiom, lápis-cera, pastel

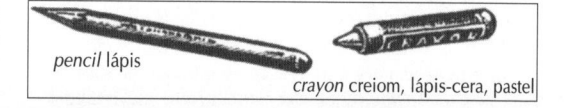

371 Erase Apagar

erase *vt* [formal em inglês britânico] apagar *His name was erased from the list.* Seu nome foi apagado da lista.
eraser *sfn* [bastante formal na Grã-Bretanha, palavra normal na América] borracha
rubber *sfn* (esp. *brit*) borracha
cross sth **out** OU **cross out** sth *vt prep* [atravessar com uma linha] riscar, cruzar *She crossed out 'annoyed' and put 'furious'.* Ela riscou 'aborrecido' e colocou 'furioso'.
delete *vt* [mais formal ou técnico do que **cross out**. Também em contextos de tipografia e computação] delir, apagar, suprimir *The reference to children was deleted in the final version.* A referência às crianças foi suprimida da versão final. **deletion** *sc/sfn* apagamento

372 Give Dar

give *vt, pretérito* **gave** *part passado* **given** (note a possibilidade de dois objetos) [termo geral] dar *I gave her a clean towel.* Ele deu uma toalha limpa para ela. *I gave the money to my wife.* Ele deu o dinheiro à minha esposa. (note a forma passiva) *We were given a form to fill in.* Foi-nos dado um formulário para preencher. *The house was given to us by my parents.* A casa nos foi dada por meus pais. *Please give as much as you can.* Por favor, dê o máximo que puder.
hand *vt* [dar com a mão] dar, passar com a mão *Hand me that screwdriver.* Passe-me a chave de fenda. *I was handed a letter.* Passaram-me uma carta.
hand over sth OU **hand** sth **over** *vt prep* [implica transferência de propriedade] dar, entregar *They handed over the keys and we moved in.* Eles nos entregaram a chave e nós nos mudamos. *See a lawyer before you hand over any money.* Consulte um advogado antes de entregar qualquer dinheiro.
pass *vt* (freq. + *adv*) [entregar a uma pequena distância] passar *Could you pass me the butter?* Você poderia me

GRUPOS DE PALAVRAS

passar a manteiga? *A message has been passed across to me.* A mensagem foi passada para mim.

yield vt (às vezes + **up**) [um tanto formal] dar, render, fornecer *Their search yielded several clues.* Sua busca forneceu várias pistas. **yield** sfn rendimento

372.1 Dar generosamente

ver também **kind, 224.1**

give away sth OU **give** sth **away** vt prep [implica não querer algo de volta] dar, desfazer-se de, distribuir *I've given some of your old clothes away.* Desfiz-me de algumas de suas roupas velhas. *They're giving away free watches with their petrol.* Eles estão dando relógios de graça com a gasolina.

present sfn [termo usual] presente, prenda *a birthday present* um presente de aniversário *She brought presents for all the children.* Ela comprou presentes para todas as crianças.

present vt (freq. + **with**) [implica cerimônia. Obj: esp. prêmio, distinção] presentear *She was presented with a silver bowl.* Ela foi presenteada com uma tigela de prata.

gift sfn [mais formal do que **present**] regalo, presente *You get a free gift if you take out an insurance policy.* Você recebe um brinde se fizer uma apólice de seguros. *The painting was a gift to the principal on her retirement.* A pintura foi um presente para o diretor por ocasião de sua aposentadoria.

tip sfn [p. ex. para o garçom] gorjeta

tip vti, -**pp**- dar gorjeta *She tipped me five dollars.* Ela me deu cinco dólares de gorjeta.

offer vt **1** [sugere doação] oferecer, ofertar *She offered me a cup of coffee.* Ela me ofereceu uma xícara de café. *I offered her my ticket, but she said no.* Eu lhe ofereci meu bilhete, mas ela não aceitou. *It's kind of you to offer, but I can manage.* Você é muito gentil em se oferecer, mas posso me arranjar sozinho. **2** [comercialmente] oferecer *They're offering three films for the price of two.* Estão oferecendo dois filmes pelo preço de um.

offer sfn oferta, doação **1** [p. ex. de dinheiro] oferta, doação *a generous offer* uma doação generosa *to take up an offer* aceitar uma oferta *an offer of help* uma oferta de ajuda **2** [p. ex. por uma loja] oferta *a limited offer* uma oferta limitada *a special offer* uma oferta especial

offering sfn [ger. em contextos religiosos] oferta, oferenda *They took the offerings up to the altar.* Levaram as oferendas para o altar.

charity s **1** sc/sfn [organização de auxílio às pessoas] instituição beneficente *a Third World charity* uma instituição beneficente do Terceiro Mundo *All profits go to charity.* Todos os lucros vão para instituições de caridade. (usado como *adj*) *a charity performance* um apresentação com fins beneficentes **2** ssfn [generosidade] caridade *an appeal to your charity* um apelo à sua caridade

charitable adj **1** [envolvendo caridade] caritativo *charitable giving* uma oferta caritativa **2** [demonstrando caridade e solidariedade] caridoso *a charitable soul* uma alma caridosa

donate vt [p. ex. para uma instituição beneficente ou para um museu] doar *britain has donated five million pounds towards the relief operation.* A Grã-Bretanha doou cinco milhões de libras para a operação de ajuda. *The statue was donated by a private collector.* A estátua foi doada por um colecionador particular.

donation sfn doação *Donations have reached the three million mark.* As doações atingiram a marca de três milhões.

donor sfn doador *a blood donor* um doador de sangue *charitable donors* doadores caridosos

372.2 Garantir que as coisas sejam fornecidas

provide vt (freq. + **for, with**) [implica lidar com uma necessidade] suprir, fornecer *The army is providing tents and blankets for the refugees.* O exército está fornecendo barracas para os refugiados. *Somebody provided me with pen and paper.* Alguém me forneceu caneta e papel. *We were provided with maps.* Fomos supridos de mapas.

provision ssfn (freq. + **of**) [um tanto formal] fornecimento, provisão *The rules allow for the provision of loans to suitable candidates.* As regras permitem o fornecimento de empréstimos a candidatos condizentes.

supply vt (freq. + **with**) [implica lidar com uma necessidade ou exigência comercial] suprir, fornecer *Full instructions are supplied.* São fornecidas instruções completas. *the firm that supplies our components* a firma que fornece nossos componentes

supply s **1** ssfn [suprimento] abastecimento, fornecimento *Who is responsible for the supply of ammunition?* Quem é responsável pelo abastecimento de munição? *Money is in short supply.* O dinheiro está escasso. **2** (freq. *pl*) [coisa fornecida ou à disposição] suprimento *relief supplies* suprimentos de auxílio *a small supply of paper* um pequeno suprimento de papel

issue vt (freq. + **with**) [implica fornecer num contexto administrativo. Obj: p. ex. documento, equipamento] expedir, fornecer *A main post office can issue you with a visitor's passport.* O escritório central dos correios pode lhe fornecer um passaporte de turista. *Everybody was issued with gas masks.* Todos receberam máscaras contra gases.

372.3 Dar para um número de pessoas ou um ao outro

share vti [implica dar parte do todo a várias pessoas] partilhar, dividir *Relief workers attempted to share the blankets among the refugees.* Os agentes da ajuda humanitária tentaram dividir os cobertores entre os refugiados. (+ **out**) (*brit*) *She shared out paintboxes and brushes and set them to work.* Ela dividiu entre eles as caixas de tinta e pincéis e os fez trabalhar. *Children must learn to share.* [implica generosidade] As crianças precisam aprender a partilhar.

distribute vt (freq. + **among**) [implica dar algo a um número de pessoas, de maneira apropriada] distribuir *We're distributing collection boxes among our volunteers.* Estamos distribuindo caixas de coleta entre nossos voluntários. *Census forms have been distributed to every household.* Formulários de recenseamento foram distribuídos em cada casa. [enviado a lojas, etc.] *That model is not distributed in britain.* Aquele modelo não é distribuído na Grã-Bretanha.

distributor sfn [comercial] distribuidor *a wholesale stationery distributor* um distribuidor de artigos no atacado

distribution ssfn distribuição *the efficient distribution of food and clothing* a distribuição eficiente de alimentos e roupas

exchange vt (freq. + **for**) trocar *They exchanged shirts at the end of the game.* Eles trocaram camisas ao final do jogo. *Will you exchange this if my wife doesn't like it?* Você fará a troca se minha esposa não gostar desse artigo?

exchange sc/sfn permutar, trocar *the usual exchange of pens after the treaty was signed* a troca usual de canetas após a assinatura do tratado *We encourage the exchange of ideas.* Encorajamos a troca de idéias. *I was given a new tape* **in exchange for** *the old one.* Recebi uma fita nova em troca da velha.

swap TAMBÉM **swop** (*brit*) vt **-pp-** (freq. + **for**) [um tanto informal] trocar *We swapped watches.* Trocamos relógios. *I'll swap you my coffee maker for your toaster.* Eu troco minha máquina de fazer café pela sua torradeira.

swap sfn troca, permuta *We did a straight swap.* Fizemos uma troca honesta.

372.4 Dar por ocasião da morte

bequeath vt (freq. + **to**) [um tanto formal. Dar em testamento] legar *She bequeathed her library to the college.* Ela legou sua biblioteca para a faculdade.

leave (ger. + **to**) [termo usual] deixar *She's left everything to her son.* Ela deixou tudo para o filho. *He left us the house in his will.* Ele nos deixou a casa em seu testamento.

373 Get Obter

ver também **steal, 220; take, 375**

get vt **-tt-**, *pretérito* **got** *part passado* (*brit*) **got**, (*amer*) **gotten** [não usual em contextos formais. Pode envolver esforço ou não] receber *I got a letter from the bank.* Recebi uma carta do banco. *Did you get my message?* Você recebeu minha mensagem? *I'll get you some tea.* Vou lhe arranjar um pouco de chá. *I'm trying to* **get hold of** *one of her old recordings.* Estou tentando obter uma de suas antigas gravações.

receive vt [mais formal do que **got**. Não envolve esforço] receber *I only received the parcel yesterday.* Recebi o pacote somente ontem. *She couldn't be there to receive the award.* Ela não pode estar lá para receber o prêmio.

obtain vt [um tanto formal. Envolve esforço] obter *How did you obtain this information?* Como você obteve esta informação? *The pills can only be obtained from a chemist.* As pílulas só podem ser obtidas de um farmacêutico.

acquire vt [um tanto formal. Pode ser levemente eufemístico, para evitar revelar como as coisas foram obtidas] adquirir *He acquired the painting at auction.* Ele adquiriu o quadro em leilão. *All these books I've acquired over the years.* Adquiri todos esses livros ao longo dos anos.

acquisition sc/sfn aquisição *The computer is her latest acquisition.* O computador é sua mais recente aquisição. *the legal acquisition of the documents* a aquisição legal de documentos

come by algo vt prep [conseguir obter] conseguir adquirir, obter *I sometimes wonder how these people come by their fortunes.* Eu às vezes me pergunto como essas pessoas conseguem obter suas fortunas. *Good translators are* **hard to come by**. Bons tradutores são difíceis de conseguir.

lay one's hands on sb/sth [informal] pegar, conseguir, arranjar *Where can I lay my hands on a German dictionary?* Onde posso arranjar um dicionário de alemão?

get hold of sth [informal. Às vezes, implica que algo é difícil de obter] conseguir pegar ou apanhar *Can you get hold of a copy of that report?* Você consegue apanhar uma cópia daquele relatório?

source sfn (freq. + **of**) fonte *He has no other source of income.* Ele não tem outra fonte de renda. *a constant source of pleasure* uma fonte constante de prazer

available adj disponível *the best model available* o melhor modelo disponível *the only available copy* a única cópia disponível *Tickets are still available.* Entradas ainda estão disponíveis.

availability ssfn disponibilidade *the limited availability of seats* a disponibilidade limitada de lugares

373.1 Receber algo

gain vti [implica receber algo bom] ganhar *Nobody gains by cheating.* Ninguém ganha trapaceando. *The theatre gains extra income and the sponsor gains publicity.* O teatro ganha uma renda extra e o patrocinador ganha publicidade.

gain sfn ganho *There was a net gain on the deal.* Houve um ganho líquido da negociação. *the tax on capital gains* os impostos sobre ganhos de capital

inherit vt (freq. + **from**) herdar *We stand to inherit the house.* Provavelmente herdaremos a casa. *She inherited her brains from her mother.* Ela herdou a inteligência da mãe.

inheritance sc/sfn herança, hereditariedade *There's not much left of his inheritance.* Não sobrou muito da herança dele. *the roles played by inheritance and conditioning* os papéis desempenhados pela hereditariedade e pelo condicionamento

windfall sfn [algo obtido repentina e inesperadamente] sorte inesperada *The tax rebate came as a nice little windfall.* A devolução do imposto de renda foi um presentinho caído do céu.

heir sfn herdeiro *his daughter and only heir* sua filha e única herdeira

hereditary adj [descreve p. ex. título, características, doença] hereditário

374 Have Ter

HAVE

have e contrações

A forma *have* é freqüentemente abreviada para *'ve*, como em *they've*; *has* pode ser abreviada para *'s* como em *she's*; *had* pode ser abreviada para *'d*, como em *I'd*. Entretanto, se você estiver acentuando o verbo na sentença, é preferível usar a forma por extenso. Desse modo, a forma abreviada é possível em *I've a better idea*. Tenho uma idéia melhor. (*better* é acentuado), mas você normalmente diria *I think you have my pen*. (Acho que você está com a minha caneta.) porque *have* é acentuado.

have e formas interrogativas

Se você desejar perguntar se alguém tem uma caneta, você pode fazê-lo de três maneiras:
Have you a pen? (possível, mas um tanto formal em inglês britânico, porém não usado em inglês americano)
Have you got a pen? (comum em inglês falado britânico ou americano)
Do you have a pen? (forma usual em inglês americano e possível em inglês britânico). Em inglês americano a resposta seria *Yes, I do./No, I don't*. Em inglês britânico a resposta seria *Yes, I have./No, I haven't*.

have e formas negativas

Se você desejar dizer que não tem uma caneta, você pode fazê-lo de três maneiras. *Not* é usualmente abreviado para *n't* em inglês falado.
I haven't a pen. (não usado em inglês americano e um tanto formal em inglês britânico)
I haven't got a pen. (comum em inglês falado britânico e americano)
I don't have a pen. (forma usual em inglês americano e possível em inglês britânico)

have em expressões

Além dos usos gerais aqui apresentados, *have* é usado principalmente em expressões, mais para dar suporte a substantivos do que tendo um sentido próprio. Alguns exemplos que podem ser encontrados em outras partes deste livro são *to have a party*, *to have a word with sb*, *to have an accident*.

have *vt* 3ª pessoa sing **has** pretérito & part passado **had** [termo geral] ter *We have a house in the country.* Temos uma casa no campo. *Do you have any hobbies?* Você tem alguma atividade de lazer favorita? *I've got a ruler if you need one.* Tenho uma régua se você precisar. *He has three daughters.* Ele tem três filhas.

own [esp. porque se pagou] possuir *He owns a racehorse.* Ele possui um cavalo de corrida. *Do you own a car?* Você possui um carro?

owner *sfn* dono, proprietário *We asked the owner's permission to camp on the land.* Pedimos permissão ao proprietário para acampar no terreno. *loans to home owners* empréstimos para donos de imóveis

ownership *ssfn* propriedade *The business is now in private ownership.* O negócio é agora propriedade privada.

proprietor *sfn* [p. ex. de um restaurante, hotel] proprietário

possess *vt* [mais formal que **own**. Enfatiza mais ter e usar do que o direito legal] possuir *All she possessed was in that tiny room.* Tudo o que ela possuía estava naquele pequenino cômodo. *She possesses a keen sense of humour.* Ela possui um agudo senso de humor.

possession *s* **1** *sfn* [coisa possuída] possessão *to insure one's possessions* fazer seguro dos bens **2** *ssfn* posse, propriedade *The law forbids possession of the drug.* A lei proíbe a posse de drogas. *She was found to be in possession of a gun.* Ela foi encontrada de posse de uma arma de fogo.

374.1 Coisas possuídas

property *s* **1** *ssfn* [algo que se possui, esp. terra] propriedade *This building is private property.* Este edifício é propriedade particular. *The computer is my own property.* O computador é de minha propriedade. **2** *sfn* [prédio, ger. casa] propriedade *We bought a run-down property in France.* Compramos uma propriedade em ruínas na França.

belongings *s pl* [refere-se mais a pequenos itens, p. ex. roupas, livros, do que a prédios, terras, etc.] pertences *I cleared a few belongings out of my desk and never went back to the office again.* Retirei uns poucos pertences de minha escrivaninha e nunca mais voltei ao escritório.

belong *vi* (ger. + **to**) [ser de propriedade de] pertencer *The clock belonged to my father.* O relógio pertenceu a meu pai.

374.2 Ter para o futuro

keep *vt*, pretérito & part passado **kept** [p. ex. em vez de jogar fora, devolver, destruir, etc.] guardar *Keep the receipt.* Guarde o recibo. *She's kept that book I lent her.* Ela guardou aquele livro que lhe dei. *She's kept all her old school reports.* Ela guardou todos os seus velhos boletins escolares.

hang on to sth ou **hang onto** sth *vt prep* manter, guardar *I'd hang onto that dress, it might come back into fashion.* Eu guardaria aquele vestido, ele poderia ficar de novo na moda.

save *vt* [para que possa ser usado depois] reservar, guardar *I've saved an article for you to read.* Guardei um artigo para você ler. *I'm saving some of the chicken for tomorrow's lunch.* Estou guardando um pouco de frango para o almoço de amanhã.

reserve *vt* [guardar para um fim específico] reservar *the wine I reserve for special occasions* o vinho que reservo para ocasiões especiais *I've reserved seats on the train.* Reservei lugares no trem.

GRUPOS DE PALAVRAS

375 Take Tomar

ver também **steal, 220; bring, 323; carry, 337; get, 373**

take *vt, pretérito* **took** *part passado* **taken** (freq. + *adv* ou *prep*) **1** [de modo a tomar para si] tomar *Take that knife off him.* Tome aquela faca dele. **2** [para um lugar diferente] levar *I took the plates back to the kitchen.* Levei os pratos de volta para a cozinha. *Take her to the hospital.* Levei-a para o hospital. *He took his coat off.* Ele tirou o casaco. *She took the plates away.* Ela levou os pratos embora. **3** [de modo a obter algo] apanhar *I took the money and gave her a receipt.* Apanhei o dinheiro e dei um recibo a ela. *ver também* USO em **bring, 323**

USO

Além dos usos gerais aqui apresentados, **take** é usado em muitas expressões mais para servir de suporte a substantivos do que com um sentido definido e próprio, p. ex. *to take place* (ver **happen, 31**).

375.1 Apanhar algo

ver também **hold, 336**

catch *vt, pretérito & part passado* **caught** [quando algo ou alguém está caindo ou é atirado] apanhar *I just caught her before her head hit the floor.* Eu a apanhei justo antes que sua cabeça batesse no chão. *Try catching the ball with one hand.* Tente apanhar a bola com uma mão.

seize *vt* **1** [com firmeza e freq. com brutalidade] agarrar *I seized the letter and tore it open.* Agarrei a carta e rasguei para abrir. **2** [p. ex. ao prender ou atacar] tomar, apreender *Loyalist forces have seized the airport.* Forças legalistas tomaram o aeroporto. *Officials have seized her passport.* As autoridades apreenderam o passaporte dela.

grab *vt,* **-bb-** (freq. + *adv* ou *prep*) [firme e rapidamente, e freq. com rudeza] arrebatar, agarrar *She keeps grabbing my toys!* Ela vive pegando meus brinquedos! *I grabbed the photos back and put them away.* Arrebatei as fotos de volta e as guardei.

grab at sth *vt prep* agarrar-se a algo *Toddlers grab at everything.* Criancinhas que estão dando os primeiros passos agarram-se a tudo. **grab** *sfn* ato de agarrar

grasp *vt* segurar, agarrar *She grasped hold of my hand.* Ela agarrou minha mão.

snatch *vt* (freq. + *adv* ou *prep*) [repentina e rapidamente, e freq. com rudeza] arrancar, arrebatar *She snatched the paper back off me.* Ela me arrancou o jornal das mãos.

375.2 Tomar algo que se deseja

accept *vt* [quando algo é oferecido] aceitar *He wouldn't accept any money.* Ele não queria aceitar nenhum dinheiro. *Please accept my thanks.* Por favor, aceite meus agradecimentos. *This compromise was accepted.* Esse acordo foi aceito.

acceptable *adj* [descreve p. ex. arranjos] aceitável *a time and place acceptable to all parties* uma hora e lugar aceitáveis para todos **acceptably** *adv* aceitavelmente

acceptance *sc/sfn* aceitação [ger. de arranjos] aceitação *the widespread acceptance of the plan* a aceitação generalizada do plano

scrounge *vt* (freq. + **from, off**) [informal e freq. pejorativo. Implica persuadir alguém a lhe dar algo que você não merece] surrupiar, filar *I scrounged the money off my father.* Surrupiei dinheiro de meu pai.

scrounger *sfn* parasita

intake *sfn* (não tem *pl*) [p. ex. de alimento pelo organismo] ingestão *to reduce one's fat and sugar intake* reduzir sua ingestão de gordura e açúcar **2** [de pessoas] admissão *a higher intake of black students* uma maior admissão de estudantes negros

375.3 Levar algo embora

remove *vt* [de modo que algo ou alguém não esteja mais lá] tirar, remover, afastar *He removed his glasses.* Ele tirou os óculos. *the cost of removing graffiti* o custo de remover a pichação *The troublesome minister was quickly removed.* O ministro importuno foi rapidamente afastado.

removal *ssfn* (ger. + **of**) remoção, afastamento *They ordered the removal of the statue.* Ordenaram a remoção da estátua. *the director's removal and replacement* o afastamento e substituição do diretor

collect *vt* [quando algo está pronto e alguém está aguardando] apanhar *to collect the children after school* apanhar as crianças na escola *I'm collecting the car on Friday.* Vou apanhar o carro na sexta-feira. **2** [juntar] coletar *We're collecting money for the refugees.* Estamos coletando dinheiro para os refugiados. *Collect the leaves together.* Apanhar as folhas.

collection *s* **1** *ssfn* [p. ex. de bens ou de passageiros] coleta *The shoes are ready for collection.* Os sapatos estão prontos para a coleta. **2** *sc/sfn* coleta *to organize the collection of blankets* organizar uma coleta de cobertores *They're having a collection for her leaving present.* Estão fazendo uma coleta para um presente de despedida para ela.

375.4 Levar alguém a algum lugar

lead *vt, pretérito & part passado* **led** (freq. + *adv* ou *prep*) [implica guiar alguém, às vezes segurando-o] conduzir *She lead me into her office.* Ela me conduziu a seu escritório. *The police led them away.* A polícia levou-os embora. *the little boy who leads the team out on to the field* o garotinho que conduz a equipe para o campo *the path leading to the house* o caminho que conduz à casa

376 Entertainment Entretenimento

entertain *v* **1** *vt* (freq. + **with**) [divertir, p. ex. com canções ou piadas] entreter, divertir *We were entertained with folksongs.* Entreteram-nos com canções folclóricas. **2** *vti* [ter como convidados] receber *We do a lot of entertaining.* Recebemos muito.

entertainer *sfn* animador, profissional especializado em entretenimento *They had a party with a children's entertainer.* Deram uma festa com um animador infantil.

perform *vti* [obj: p. ex. dança, peça teatral] apresentar um espetáculo *the first time the work has been performed in this country* a primeira vez que o trabalho é apresentado neste país *We had to perform without scenery or props.* Tivemos de fazer o espetáculo sem cenário ou equipamentos.

performance *sfn* 1 [p. ex. peça teatral] apresentação, espetáculo *a matinee performance* uma apresentação matutina 2 [por um ator ou atores] atuação *one of the best performances she's ever given* uma das melhores atuações que ela já apresentou

performer *sfn* [qualquer um que se apresente em público] ator, artista *the director and performers* o diretor e os artistas

376.1 Tipos de espetáculo

show *sfn* [ger. espetáculo teatral não sério e freq. com canto e dança] espetáculo *a meal after the show* uma refeição após o espetáculo

cabaret *sc/sfn* espetáculo com números de dança, canto ou comédia

play *sfn* peça teatral *to put on a play* montar uma peça

playwright *sfn* escritor de peça teatral

drama *s* 1 *ssfn* [gênero] drama, arte dramática *television drama* um drama para televisão 2 *sfn* [implica trabalho sério] drama *a drama of intrigue and suspicion* um drama de intriga e suspeita

dramatic *adj* 1 (antes do *s*) [descreve p. ex. escritor, texto] dramático 2 [que prende a atenção] emocionante *a dramatic whisper* um sussurro dramático

dramatist *sfn* [implica trabalho sério] dramaturgo *the Elizabethan dramatists* os dramaturgos elizabetanos

comedy *s* 1 *sfn* [peça, etc.] comédia 2 *ssfn* [gênero] comédia

comedian *sfn* comediante *music hall comedians* comediantes de teatro de variedades

comic *sfn* [ger. implica humor não sofisticado] cômico, comediante *a stand-up comic* um comediante que conta piadas diante do público

tragedy *s* 1 *sfn* [peça, etc.] tragédia 2 *ssfn* [gênero] tragédia

376.2 No teatro

USO

Estas palavras podem também ser usadas com referência a outras formas de entretenimento, tais como cinema, ópera, balé, etc.

box office [para as entradas] bilheteria (usado como *adj*) *a box-office success* um sucesso de bilheteria

book *vt* reservar *I want to book two seats in the circle.* Quero reservar dois assentos no balcão.

programme (*brit*), **program** (*amer*) *sfn* programa

interval *sfn* intervalo

audience *sfn* público, platéia *Audiences love her.* O público a adora.

clap *vi*, -pp- bater palmas, aplaudir *People clapped politely.* As pessoas bateram palmas educadamente. *The clapping died down.* Os aplausos silenciaram.

applaud *vti* [um pouco mais formal que **clap**, ger. empregado somente para grupos de pessoas] aplaudir *Everybody applauded.* Todos aplaudiram.

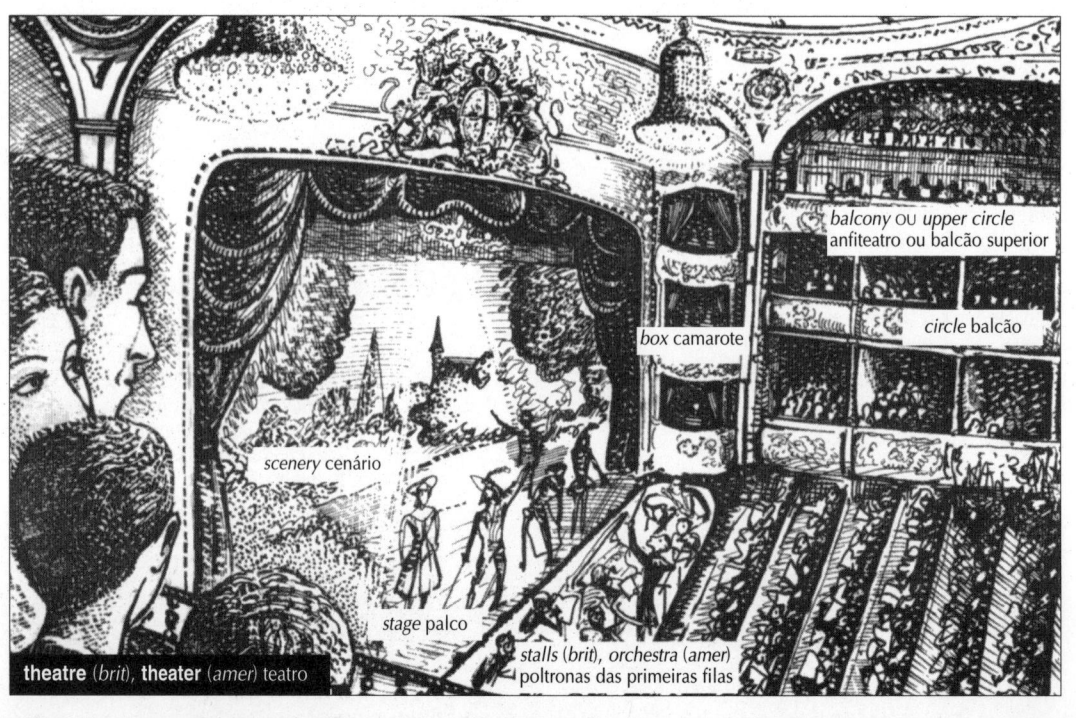

applause ssfn aplauso *spontaneous applause* um aplauso espontâneo

376.3 Interpretação

act vti atuar, representar, interpretar *He can't act.* Ele não sabe representar. *She's acting in Romeo and Juliet.* Ele está atuando em Romeu e Julieta. *I was acting the part of Ophelia.* Eu estava interpretando o papel de Ofélia.
actor (*masc* ou *fem*), **actress** (*fem*) sfn ator *a character actor* um ator especializado na composição de personagens
role sfn papel *the leading role* o papel principal
part sfn [soa menos grandioso que **role**] papel
cast sfn (+ v sing ou pl) elenco *The members of the cast are in rehearsal.* Os membros do elenco estão ensaiando.
rehearse vti ensaiar *They rehearse in an old warehouse.* Eles ensaiam num velho armazém. *to rehearse a play* ensaiar uma peça
rehearsal s 1 sfn ensaio 2 ssfn ensaio *They hadn't had enough rehearsal.* Eles não tiveram ensaio suficiente.
dress rehearsal ensaio a caráter, ensaio geral
mime vti imitar, fazer mímica
mime s 1 ssfn [arte] mímica 2 sfn [espetáculo] espetáculo de mímica 3 sfn [pessoa] mímico

376.4 Cinema

cinema s 1 sfn (esp. *brit*), **movie theater** (*amer*) cinema *to go to the cinema* ir ao cinema 2 ssfn *british cinema* o cinema britânico (usado como *adj*) *cinema artists* artistas de cinema
pictures (*brit*), **movies** (*amer*) s pl (sempre + **the**) [um tanto antiquado] cinema
screen sfn tela
film s 1 sfn (esp. *brit*) filme (usado como *adj*) *film star* astro/estrela de cinema 2 ssfn filme *the art of film* a arte cinematográfica
movie sfn (esp. *amer*) cinema *She works in the movies.* Ela trabalha no cinema. (usado como *adj*) *movie star* astro/estrela de cinema

376.5 Tipos de filme

horror film sfn filme de terror
western sfn filme de faroeste
comedy sfn comédia

376.6 Dança

dance vti dançar *Will you dance with me?* Você quer dançar comigo? *They danced a waltz.* Eles dançaram uma valsa. **dancer** sfn dançarino
dance sfn dança
disco sfn, pl **discos** danceteria
ballet sc/sfn balé *To go to the ballet.* Ir ao balé.
ballet dancer sfn [homem ou mulher] bailarino/a
  ballerina sfn bailarina
ballroom dancing ssfn dança de salão
ball sfn baile
tap (dancing) ssfn sapateado

377 Circus Circo

trapeze artist trapezista
lion tamer domador de leões
clown palhaço
juggler sfn malabarista
juggle vit fazer malabarismo
acrobat acrobata
ringmaster diretor do circo
ring picadeiro

378 Broadcasting Rádio/teledifusão

television s **1** sfn [aparelho] televisor *to watch (the) television* assistir à televisão **2** ssfn [meio de comunicação] televisão *Is there anything good on television?* Há algo de bom na televisão? *cable and satellite television* televisão a cabo e via satélite

TV [menos formal que **television**] **1** sfn [aparelho] TV **2** ssfn [meio de comunicação] TV *What's on TV?* O que está passando na TV? (usado como *adj*) *TV stars* astros/estrelas de TV

telly (*brit*) s [informal] **1** sfn [aparelho] TV *a colour telly* uma TV em cores **2** ssfn [meio de comunicação] TV (usado como *adj*) *a telly addict* um viciado em TV *What's on telly?* O que está passando na TV?

radio s **1** sfn [aparelho] rádio **2** ssfn [meio de comunicação] rádio (usado como *adj*) *radio coverage of the events* uma cobertura radiofônica dos acontecimentos

video sfn, pl **videos 1** [gravação] fita de vídeo *We hired a video.* Alugamos uma fita de vídeo. **2** TAMBÉM **video recorder** vídeo-gravador **3** ssfn [meio de comunicação] vídeo *now available on video* agora disponível em vídeo

media s (ger. + **the**) [inclui a imprensa] meios de comunicação, mídia

378.1 Tipos de programação

programme (*brit*), **program** (*amer*) sfn programa
series sfn, pl **series** série *a new six-part series* uma nova série em seis episódios
serial sfn seriado *a long-running television serial* um seriado de televisão de longa duração
episode sfn episódio *I missed the first episode.* Perdi o primeiro episódio.
broadcast sfn [ger. de um acontecimento, pronunciamento, etc., mais do que um programa especialmente realizado] transmissão *the live broadcast of the concert* uma transmissão ao vivo do concerto *Millions listened to his war broadcasts.* Milhões de pessoas ouviram suas transmissões de guerra.
broadcaster sfn [implica mais fornecer fatos e opiniões do que entretenimento] locutor
chat show (*brit*), **talk show** (*amer*) sfn programa de entrevistas informais no rádio ou TV
documentary sfn documentário *a wildlife documentary* um documentário sobre a vida selvagem
soap TAMBÉM **soap opera** sfn novela de televisão ou radionovela *forced to miss an episode of her favourite soap* forçada a perder um capítulo de sua novela favorita
quiz show (*brit*) TAMBÉM **game show** (esp. *amer*) sfn programa com competição de perguntas e respostas

USO
A palavra **media** é comumente usada como substantivo singular com verbo no singular, p. ex. *The media is interested in the story.* A mídia está interessada na história. Entretanto, algumas pessoas fazem objeção a esse uso porque **media** é plural em latim. Tais pessoas preferem, portanto, usar o verbo no plural, p. ex. *The media are sensationalizing the affair.* Os meios de comunicação estão fazendo sensacionalismo com o assunto.

379 Music Música

musical adj **1** [descreve p. ex. educação, som] musical **2** [com talento para música] musical *a musical family* uma família musical **musician** sfn musicista, músico

379.1 Tipos de música

pop TAMBÉM **pop music** ssfn música pop (popular) (usado como *adj*) *pop star* artista pop (popular)
folk music TAMBÉM **folk** ssfn música folclórica
folk song sfn canção folclórica
rock ssfn rock
classical adj clássico *the classical repertoire* um repertório clássico
jazz ssfn jazz (usado como *adj*) *jazz players* músicos de jazz
reggae ssfn reggae (música popular das Antilhas)
country and western ssfn música country (estilo de música popular dos Estados Unidos)
chamber music ssfn música de câmara

379.2 Aspectos da música

tune sfn [implica música popular] melodia
  tuneful adj melodioso
melody sc/sfn [mais formal que **tune**. Freq. implica música clássica] melodia **melodic** adj melódico
air sfn [literário ou implicando música clássica] ária
rhythm sc/sfn ritmo
  rhythmic adj rítmico
beat sfn batida, ritmo, cadência *to mark the beat* marcar o ritmo *four beats to a bar* quatro batidas por compasso
harmony sc/sfn harmonia
lyrics s pl letra de música

USO
Pode-se falar sobre **lyrics** OU **words** de uma canção, porém não sobre **text** de uma canção.

379.3 Conjuntos musicais

orchestra sfn orquestra
conductor sfn regente, maestro **conduct** vt reger
baton sfn batuta
group sfn [ger. de música popular] grupo
band sfn **1** [de música pop ou jazz] banda **2** OU **brass band** banda de instrumentos de metal, fanfarra
accompany vt acompanhar
accompaniment sfn acompanhamento *the harpsichord accompaniment* o acompanhamento de cravo **accompanist** sfn acompanhador

solo *sfn, pl* **solos** solo *a violin solo* um solo de violino (usado como *adj*) *the solo piano* o piano em solo
soloist *sfn* solista *the piano soloist* o solista de piano
duet *sfn* [para duas vozes ou instrumentos] dueto
duo *sfn, pl* **duos** [dois músicos] duo *a piano duo* um duo de piano
trio *sfn, pl* **trios** [obra ou músicos] trio
quartet *sfn* [obra ou músicos] quarteto *a string quartet* um quarteto de cordas *a piano quartet* um quarteto de piano

379.4 Instrumentos musicais

play *vti* [obj: instrumento musical] tocar *I play the piano.* Eu toco piano. *He played Brahms.* Ele tocou Brahms.
player *sfn* músico, executante *orchestral players* músicos de orquestra
instrument TAMBÉM **musical instrument** *sfn* instrumento musical
instrumental *adj* instrumental

Stringed instruments Instrumentos de corda

violin *sfn* violino **violinist** *sfn* violinista
viola *sfn* viola **viola player** *sfn* instrumentista de viola
cello *sfn* violoncelo **cellist** *sfn* violoncelista
double bass *sfn* contrabaixo **double**
bassist *sfn* contrabaixista
guitar *sfn* guitarra, violão **guitarist** *sfn* guitarrista, violonista
harp *sfn* harpa **harpist** *sfn* harpista
bow *sfn* arco
string *sfn* corda

Woodwind instruments Instrumentos de sopro feitos de madeira

oboe *sfn* oboé **oboist** *sfn* oboísta
clarinet *sfn* clarineta **clarinettist** *sfn* clarinetista
flute *sfn* flauta transversal **flautist** (*brit*), **flutist** (*amer*) *sfn* flautista
bassoon *sfn* fagote
bassoonist *sfn* fagotista
recorder *sfn* flauta doce **recorder player** *sfn* instrumentista de flauta doce
saxophone *sfn* saxofone **saxophonist** *sfn* saxofonista

Brass instruments Instrumentos de sopro feitos de metal

trumpet *sfn* trompete **trumpeter** *sfn* trompetista
trombone *sfn* trombone **trombone player** *sfn* trombonista
French horn *sfn* trompa **French horn player** *sfn* trompista
tuba *sfn* tuba **tuba player** *sfn* instrumentista de tuba

Percussion instruments Instrumentos de percussão

percussionist *sfn* percussionista
timpani *s pl, forma abreviada* **timps** tímbale, tímpano **timpanist** *sfn* timpanista, timbaleiro
drum *sfn* tambor **drummer** *sfn* executante de tambor
cymbals *s pl* pratos, címbalo **cymbalist** *sfn* pratilheiro, tocador de címbalo
xylophone *sfn* xilofone **xylophone player** *sfn* xilofonista

Keyboard instruments Instrumentos de teclado

piano *sfn* piano *a grand piano* um piano de cauda **pianist** *sfn* pianista
organ *sfn* órgão, **organist** *sfn* organista
key *sfn* tecla
keyboard *sfn* teclado
pedals *sfn* pedais

379.5 Música vocal

sing *vti, pretérito* **sang** *part passado* **sung** cantar *We sang the Messiah.* Cantamos o Messias. *to sing unaccompanied* cantar sem acompanhamento **singer** *sfn* cantor
whistle *vti,* assobiar
choir *sfn* coro, **choral** *adj* coral **chorister** *sfn* corista, coralista
soprano *sfn, pl* **sopranos** soprano (usado como *adj*) *the soprano part* a parte do soprano
tenor *sfn* tenor (usado como *adj*) *a tenor role* um papel de tenor
baritone *sfn* barítono (usado como *adj*) *the baritone soloist* o solista barítono

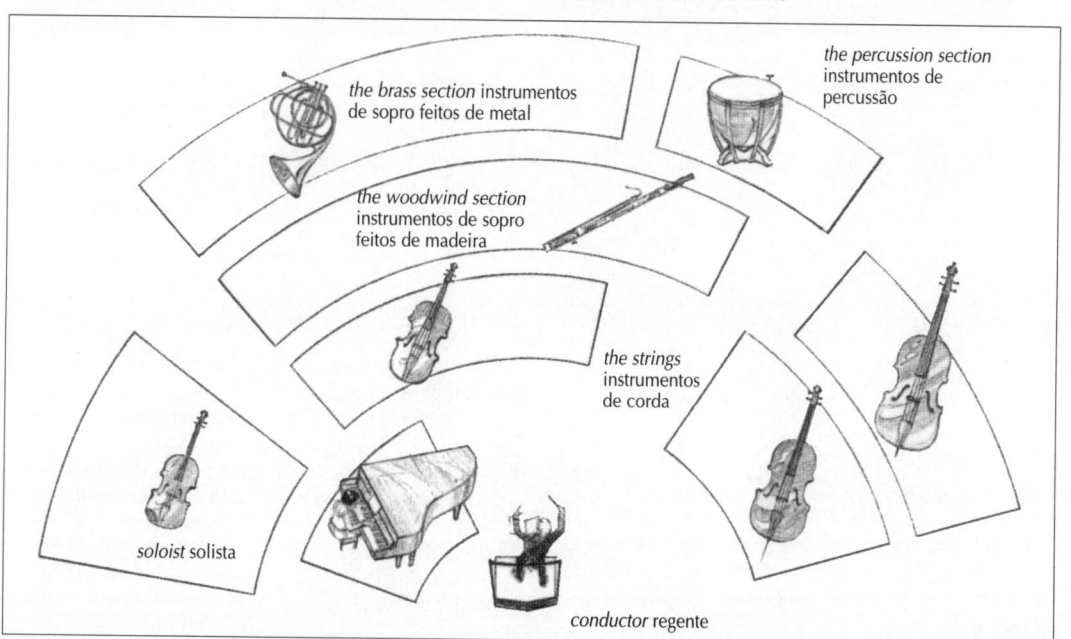

the brass section instrumentos de sopro feitos de metal

the percussion section instrumentos de percussão

the woodwind section instrumentos de sopro feitos de madeira

the strings instrumentos de corda

soloist solista

conductor regente

GRUPOS DE PALAVRAS

bass *sfn* baixo (usado como *adj*) *a bass voice* uma voz de baixo
alto *sfn, pl* **altos** alto
countertenor *sfn* tenorino
opera *sc/sfn* ópera (usado como *adj*) *an opera*
singer um cantor de ópera
operatic *adj* (ger. antes do *s*) de ópera, operístico *an operatic career* uma carreira operística

379.6 Eventos musicais

concert *sfn* concerto
musical *sfn* opereta, comédia musical
gig *sfn* [informal. Para música popular]
apresentação de música popular
recital *sfn* [de música clássica, ger. por um solista] recital

379.7 Obras musicais

compose *vt* compor
composer *sfn* compositor *an opera composer* um compositor de ópera
composition *sfn* composição *one of his late compositions* uma de suas últimas composições
symphony *sfn* sinfonia
concerto *sfn, pl* **concertos** OU **concerti** concerto *a violin concerto* um concerto de violino
overture *sfn* abertura
song *sfn* canção
piece *sfn* [palavra geral para uma composição musical] peça

379.8 Notação musical

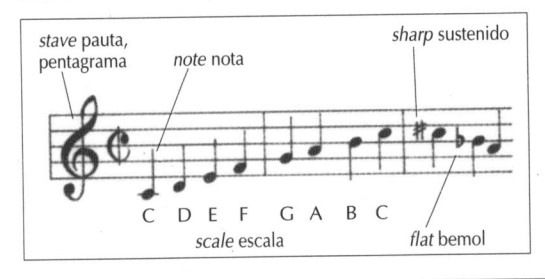

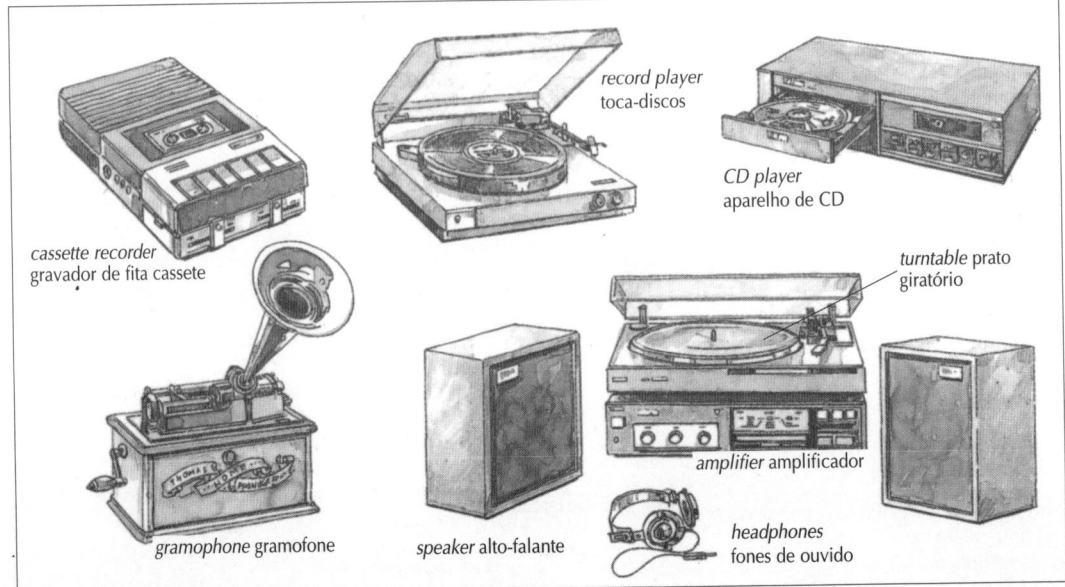

stave pauta, pentagrama
note nota
sharp sustenido
scale escala
C D E F G A B C
flat bemol

treble clef clave de Sol
key signature armação da clave
chord acorde
bar barra
bass clef clave de Fá
time signature compasso
octave oitava

379.9 Música gravada

recording *sfn* [versão gravada] gravação *the 1985 recording of the opera* a gravação de 1985 da ópera
record *sfn* disco
LP *sfn* LP, disco de longa duração
single *sfn* disco contendo apenas uma ou duas gravações de sucesso
CD TAMBÉM **compact disk** *sfn* disco compacto para aparelhos a laser, CD
album *sfn* [ger. implica música popular. Pode ser um disco ou cassete] álbum
boxed set *sfn* estojo
cassette *sfn* cassete
tape *sc/sfn* fita
stereo *s* **1** *sfn* TAMBÉM **stereo system** sistema estéreo **2** *ssfn* estéreo *recorded in stereo* gravado em estéreo (usado como *adj*) *stereo sound* som estereofônico
hifi (esp. *brit*) *s* **1** *ssfn* [reprodução de alta qualidade] alta-fidelidade *hifi equipment* equipamento de alta-fidelidade **2** *sfn* alta-fidelidade

cassette recorder gravador de fita cassete
record player toca-discos
CD player aparelho de CD
turntable prato giratório
gramophone gramofone
speaker alto-falante
amplifier amplificador
headphones fones de ouvido

GRUPOS DE PALAVRAS

380 Leisure activities Atividades de lazer

ver também **arts and crafts, 381; games, 386; sport, 388**

hobby sfn [termo muito geral que inclui todo tipo de atividades, de artísticas a intelectuais, de passatempos a esportes] hobby, atividade de lazer
pastime sfn [mais formal que **hobby**. Ger. implica uma atividade tranqüila] passatempo *an artistic pastime like pottery* um passatempo artístico como trabalho com cerâmica
stamp collecting ssfn coleção de selos
album sfn álbum

380.1 Atividades ao ar livre

fishing TAMBÉM [mais formal ou técnico] **angling** ssfn pescaria

(fishing) rod sfn vara de pesca
(fishing) line sfn linha de pesca
bait ssfn isca
catch vt, pretérito & part passado **caught** apanhar, pescar
 catch sfn pesca
net sfn rede
camping ssfn acampamento (usado como *adj*) *camping equipment* equipamento para acampar
camp vi acampar
tent sfn barraca
sleeping bag sfn saco de dormir

381 Arts and crafts Artes e ofícios

ver também **tools, 382**

381.1 Pintura e desenho

artist sfn artista **artistic** adj artístico **artistically** adv artisticamente
painter sfn pintor **paint** vti pintar
illustrator sfn [de livros, etc.] ilustrador **illustrate** vt ilustrar
draw vt, pretérito **drew** part passado **drawn** desenhar

381.2 Materiais do artista

ver também **writing materials, 370**

paint sc/sfn tinta
paintbrush sfn pincel de tinta
watercolours (*brit*), **watercolors** (*amer*) s pl aquarelas
oils OU **oil paints** s pl tinta a óleo *to paint sb in oils* fazer a pintura de alguém a óleo
palette sfn paleta
canvas s 1 ssfn [material] tela 2 sfn [obra] tela
easel sfn cavalete
pencil sfn lápis

381.3 O trabalho de um artista

painting s 1 sfn [p. ex. retrato] pintura, quadro 2 ssfn [arte] pintura
picture sfn quadro
drawing s 1 sfn [p. ex. retrato] desenho *a line drawing* um desenho linear 2 ssfn [arte] desenho
cartoon sfn desenho, caricatura, cartum
sketch sfn esboço
illustration s 1 sfn [p. ex. diagrama] ilustração 2 ssfn [arte] ilustração
foreground sfn primeiro plano
background sfn fundo, último plano
masterpiece sfn obra-prima

381.4 Fotografia

photography ssfn fotografia **photographic** adj fotográfico
 photographer sfn fotógrafo
photograph sfn, forma abreviada **photo** fotografia, foto
slide sfn eslaide, diapositivo
camera sfn máquina fotográfica
lens sfn lente
flash sc/sfn flash
film sc/sfn filme *a roll of film* um rolo de filme
develop vt [obj: filme, foto] revelar
negative sfn negativo
darkroom sfn câmara escura

381.5 Modelagem

sculpture s 1 ssfn [arte] escultura 2 sfn [obra] escultura
 sculptor sfn escultor
statue sfn estátua
model sfn [p. ex. de um navio] modelo **model** vt, -ll- (*brit*), -l- (*amer*) modelar
pottery ssfn 1 [arte] cerâmica, olaria *to do pottery* fazer cerâmica 2 [vasos] objetos de cerâmica
potter sfn ceramista, oleiro
wheel sfn torno, roda
clay ssfn argila, barro (usado como *adj*) *a clay bowl* uma tigela de barro

381.6 Trabalhos de agulha

ver também **textiles, 193**

sew vti, pretérito **sewed** part passado **sewn** OU **sewed** (esp. *amer*) (freq. + **up**) costurar, coser *I sewed up the hole in my trousers.* Costurei o furo em minhas calças *to sew on a button* pregar um botão
sewing ssfn costura
cotton (*brit*), **thread** (*amer*) ssfn fio, linha
thread ssfn [soa mais técnico que **cotton** em inglês britânico] linha, fio
thread vt colocar o fio, enfiar *to thread a needle* enfiar uma agulha
stitch sfn 1 ponto *I sewed the hem with small stitches.* Costurei a bainha com pequenos pontos. 2 [modo de usar a agulha na costura ou tricô] ponto
stitch vt (freq. + **up**) dar pontos, costurar *to stitch up a tear* costurar um rasgo
crochet ssfn crochê **crochet** vt fazer crochê
dressmaking ssfn corte e costura **dressmaker** sfn costureira, modista
pattern sfn padrão
knit vt, -tt- tricotar

GRUPOS DE PALAVRAS

knitting *ssfn* 1 [atividade] fazer tricô 2 [algo sendo tricotado] tricô
wool (*brit*), **yarn** (*amer*) *ssfn* lã

yarn *ssfn* 1 (*brit*) [soa mais técnico que **wool**] fio para tricô 2 OU **wool** (*amer*) fio para tricô
seam *sfn* costura

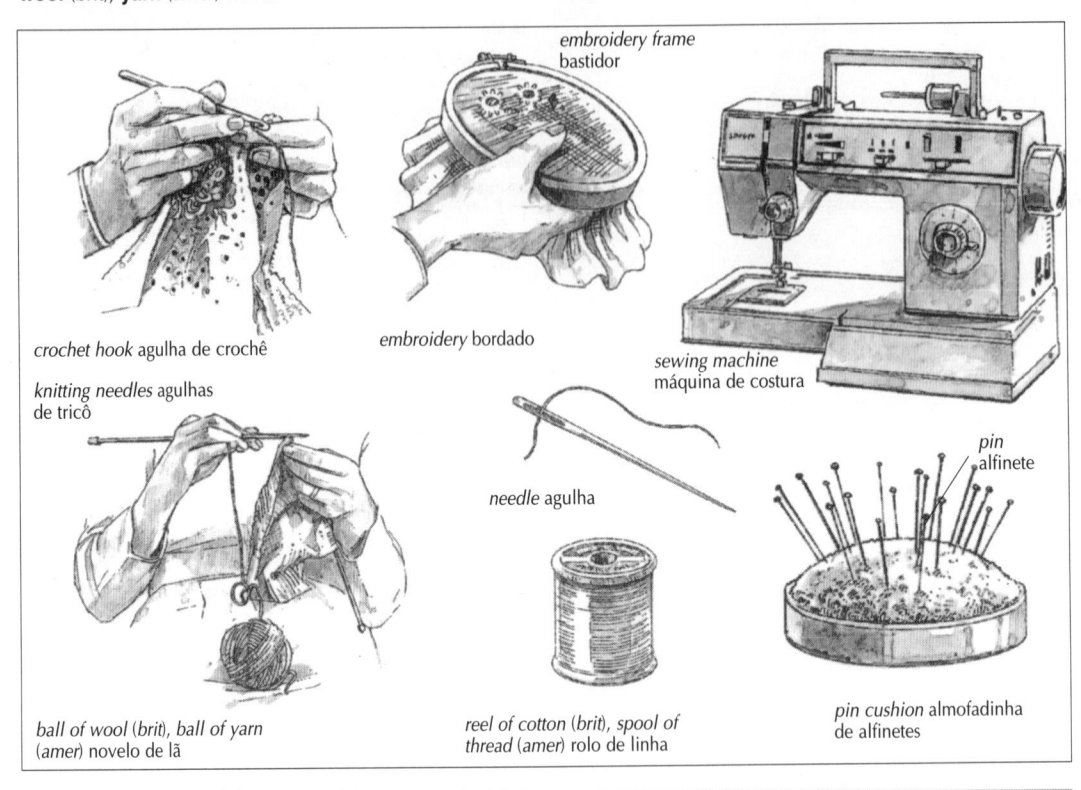

embroidery frame bastidor

crochet hook agulha de crochê

embroidery bordado

sewing machine máquina de costura

knitting needles agulhas de tricô

needle agulha

pin alfinete

pin cushion almofadinha de alfinetes

ball of wool (*brit*), *ball of yarn* (*amer*) novelo de lã

reel of cotton (*brit*), *spool of thread* (*amer*) rolo de linha

382 Tools Ferramentas

ver também **materials, 304**

382.1 Equipamento

tool *sfn* ferramenta *a bag of tools* uma caixa de ferramentas
equipment *ssfn* equipamento
apparatus *sc/sfn* [um tanto formal. Implica equipamento complexo] aparelhagem *all the apparatus they need for unblocking the drain* toda a aparelhagem de que precisaram para desentupir o cano de esgoto
gear *ssfn* [informal] acessórios, equipamento *I'll need my soldering gear.* Vou precisar de todo meu equipamento de soldar.
utensil *sfn* [um tanto formal. Implica pequena ferramenta de uso específico] utensílio *a handy utensil for stripping wire* um utensílio prático para descascar fios
kit *sfn* [jogo completo de ferramentas] jogo *a tool kit* um jogo de ferramentas *a screwdriver kit* um jogo de chaves de fenda
gadget *sfn* engenhoca

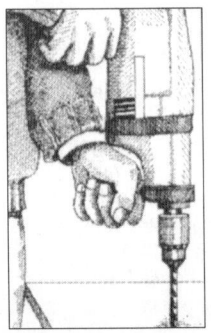

electric drill furadeira elétrica

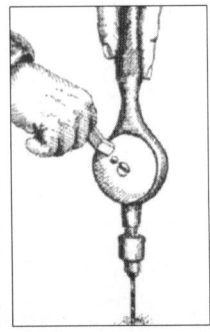

hand drill furadeira manual

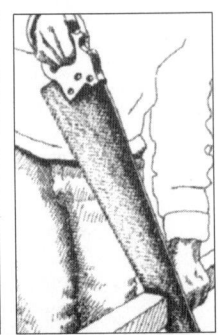

saw serrote

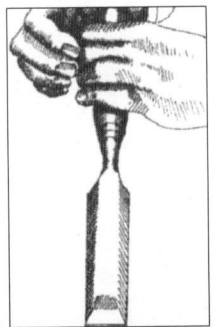

chisel cinzel, talhadeira

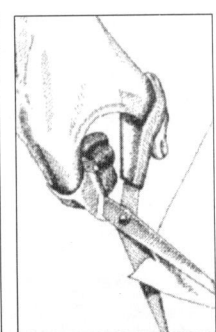

scissors tesouras

GRUPOS DE PALAVRAS

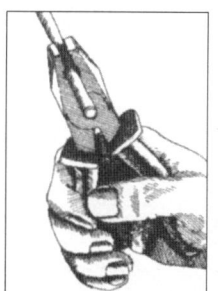

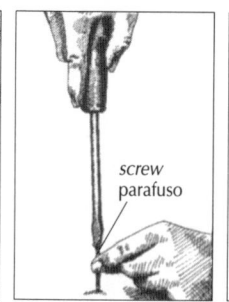

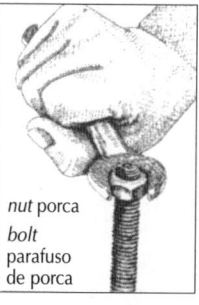

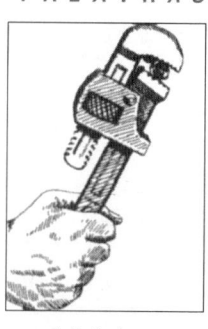

pliers alicate

hammer martelo

screw parafuso
nail prego

screwdriver chave de fenda

nut porca
bolt parafuso de porca
spanner (*brit*), *wrench* (*amer*) chave de porca

wrench (*brit*) chave inglesa

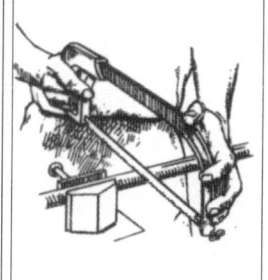

blade lâmina
handle cabo

axe (*brit*), *ax* (*amer*) machado

hacksaw serra para metal

382.2 Decoração

DIY TAMBÉM **do-it-yourself** *ssfn* (esp. *brit*) [inclui todo tipo de atividade envolvendo consertos ou melhorias no lar feitos por alguém que não é um construtor profissional, decorador, etc.] atividade do tipo 'faça-você-mesmo'
paint *vt* pintar
paint *ssfn* tinta *to give sth a coat of paint* dar uma demão de tinta em algo **painter** *sfn* pintor
paintbrush *sfn* pincel de tinta
whitewash *ssfn* caiação **whitewash** *vt* caiar
creosote *ssfn* creosoto **creosote** *vt* creosotar
wallpaper *ssfn* papel de parede *a roll of wallpaper* um rolo de papel de parede **wallpaper** OU **paper** *vt* colocar papel de parede

wallpaper paste *ssfn* cola para papel de parede
ladder *sfn* escada

382.3 Água e eletricidade

plumbing *ssfn* 1 [negócio] serviço de encanador 2 [trabalho com canos] trabalho de encanador **plumber** *sfn* encanador
pipe *sc/sfn* cano *a length of copper pipe* um pedaço de cano de cobre
plug *sfn* tomada, plugue *to wire a plug* instalar uma tomada
socket *sfn* soquete
flex (*brit*), **cord** (*amer*) *sc/sfn* fio elétrico
lead (*brit*), **cord** (*amer*) *sfn* condutor
cable *sc/sfn* [fio elétrico de maior resistência] cabo *an extension cable* um cabo para extensão
adaptor *sfn* adaptador

382.4 Materiais para amarrar e conectar

ver também **join, 294**

rope *sc/sfn* corda *a length of rope* um pedaço de corda
wire *sc/sfn* 1 [metálico] arame 2 [elétrico] fio elétrico
string *ssfn* barbante *a piece of string* um pedaço de barbante
thread *sc/sfn* linha, fio
chain *sc/sfn* corrente

383 Repairs Consertos

repair *vt* [termo geral] consertar *They're still repairing the roof.* Eles ainda estão consertando o telhado. **repairer** *sfn* pessoa que faz consertos
repair *sc/sfn* conserto *It needs minor repairs.* Necessita de pequenos reparos. *a simple repair job* um conserto simples *The car's in for repair.* O carro está na oficina para ser consertado.
mend (esp. *brit*) *vt* [ger. implica consertos mais simples] consertar, reparar *Can you mend a fuse?* Você sabe consertar um fusível?
fix *vt* [de modo que algo funcione adequadamente] consertar *I've fixed that tap.* Consertei aquela torneira.
restore *vt* [à condição anterior. Obj: p. ex. casa, relógio, mobília] restaurar **restoration** *sc/sfn* restauração
renovate *vt* [à condição anterior ou melhor. Obj: esp.

edifícios] renovar *The interior has been completely renovated.* O interior foi completamente renovado.
renovation *ssfn* renovação
do sth **up** OU **do up** sth *vt prep* [a uma condição melhor. Obj: esp. casas] reformar
patch *vt* (freq. + **up**) [um tanto informal e geralmente com referência a uma solução temporária e não a um trabalho completo] remendar *I've patched it up but you really need a new machine.* Remendei tudo, porém você, de fato, precisa de uma máquina nova.
maintain *vt* manter, conservar *a poorly maintained house* uma casa malconservada
maintenance *ssfn* manutenção, conservação *Central heating needs regular maintenance.* O aquecimento central precisa de manutenção regular.

384 Gardening Jardinagem

ver também **plants**, 11

greenhouse estufa
flowerbed canteiro
compost heap monte de adubo composto
lawnmower cortador de grama
cane vara de bambu para suporte
lawn gramado
grass grama
garden (*brit*), **yard** (*amer*) jardim

384.1 Ferramentas de jardinagem

spade *sfn* pá para cavar
fork *sfn* forcado
trowel *sfn* colher de jardineiro
pick *sfn* picareta
shears *s pl* tesoura grande para aparar sebes; podão
secateurs *s pl* tesoura para podar, podadeira
hoe *sfn* enxada
rake *sfn* ancinho
roller *sfn* rolo, rolete

384.2 Atividades de jardinagem

garden *vi* [um tanto formal] jardinar
gardener *sfn* jardineiro *I'm not much of a gardener.* Não dou muito para jardinagem.
dig *v, pretérito & part passado* **dug** *vti* [obj: p. ex. jardim, buraco] cavar
mow *vt, pretérito* **mowed** *part passado* **mowed** OU **mown** cortar, ceifar
weed *vt* remover ervas daninhas **weed** *sfn* erva daninha
sow *vt, pretérito* **sowed** *part passado* **sowed** OU **sown** semear
plant *vt* plantar
prune *vt* (freq. + **back**, **away**) [para estimular o crescimento. Obj: p. ex. rosas, árvores] podar
trim *vt*, **-mm-** [para uma aparência bem cuidada. Obj: p. ex. sebe] aparar

thin *vt*, **-nn-** (freq. + **out**) desbastar, espaçar *The seedlings can be thinned out in March.* As mudas podem ser desbastadas em março.

384.3 O solo

soil (*brit*) TAMBÉM **dirt** (*amer*) *ssfn* [termo mais usual, esp. quando se considera o potencial para o cultivo] solo *clay soil* solo argiloso *The compost enriches the soil.* O adubo enriquece o solo. (usado como *adj*) *soil erosion* erosão do solo
earth *ssfn* [mais formal que **soil**] terra *a handful of earth* um punhado de terra *The equipment can move three tonnes of earth a day.* O equipamento pode mover três toneladas de terra por dia.
mud *ssfn* lama
ground *ssfn* [enfatiza a superfície ou área do solo] chão, terreno *frozen ground* terreno congelado
land *ssfn* [implica uma área de solo e seu potencial para o cultivo] terra *a house with ten acres of land* uma casa com três acres de terra
plot *sfn* [ger. um pequeno pedaço de terra, especialmente aquele usado para construir] lote, terreno *a building plot* um lote para construção *She has a small plot for growing vegetables.* Ela tem um pequeno terreno para cultivo de verduras.

expressão

have green fingers (*brit*), **have a green thumb** (*amer*) [ser bom em jardinagem] ter jeito para jardinagem

385 Park and funfair Parquinho de diversões

roundabout (*brit*) OU **merry-go-round** (*brit & amer*), OU **carousel** (*amer*) *sfn* [em um parque de diversões] carrossel *to go on a roundabout* andar de carrossel
big wheel (*brit*), **ferris wheel** (*amer*) *sfn* roda-gigante
roller coaster *sfn* montanha-russa
ice cream van *sfn* carrinho de sorvete
candy floss (*brit*), **cotton candy** (*amer*) *ssfn* algodão-doce
fortune teller *sfn* cartomante

(park) bench banco de parque
swing balança
see-saw (*brit & amer*), *teeter-totter* (*amer*) gangorra
sandpit (*brit*), *sandbox* (*amer*) tanquinho de areia
roundabout (*brit*), *merry-go-round* (*brit & amer*) carrossel
slide escorregador
climbing frame (*brit*), *monkey bars* (*amer*) escadinha e barras

386 Games Jogos

play *vti* jogar, brincar *The children were playing outside.* As crianças estavam brincando lá fora. *Shall we play chess?* Vamos jogar xadrez?

386.1 Jogos infantis

toy *sfn* brinquedo (usado como *adj*) *a toy kitchen* uma cozinha de brinquedo
doll *sfn* boneca
doll's house *sfn* casa de boneca
marbles *ssfn* bolinhas de gude *to play marbles* jogar bolinhas de gude **marble** *sfn* bolinha de gude

386.2 Jogos de solução de problemas

jigsaw (puzzle) *sfn* quebra-cabeça
crossword TAMBÉM **crossword puzzle** *sfn* palavras cruzadas *to do the crossword* fazer as palavras cruzadas
quiz *sfn* jogo tipo teste de perguntas e respostas

386.3 Jogos de cartas

card TAMBÉM **playing card** *sfn* carta de jogo
cards *ssfn* ou *s pl* cartas *to play cards* jogar cartas *a game of cards* um jogo de carteado

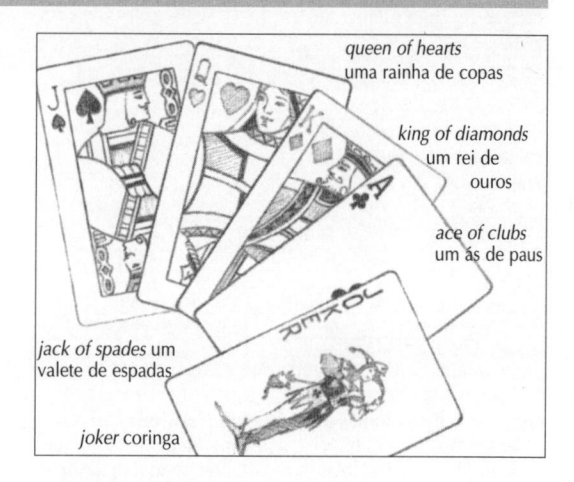

queen of hearts uma rainha de copas
king of diamonds um rei de ouros
ace of clubs um ás de paus
jack of spades um valete de espadas
joker coringa

pack (*brit*), **deck** (*amer*) *sfn* maço de cartas
suit *sfn* naipe *to follow suit* servir o naipe, jogar cartas do mesmo naipe
shuffle *vti* embaralhar as cartas
deal *vt* distribuir, dar as cartas **dealer** *sfn* pessoa que distribui as cartas
hand *sfn* mão, vez de jogar

GRUPOS DE PALAVRAS

386.4 Jogos de tabuleiro

board sfn tabuleiro
board game sfn jogo de tabuleiro
dice s **1** sfn, pl **dice** [cubo] dados *to roll the dice* lançar os dados **2** ssfn ou s pl [jogo] jogo de dados
Scrabble ssfn [marca comercial] jogo de tabuleiro em que os jogadores formam palavras cruzadas com letras tiradas de uma pilha
draughts (brit), **checkers** (amer) ssfn jogo de damas
draughtboard (brit), **checkerboard** (brit) sfn tabuleiro de damas
chess ssfn xadrez (usado como adj) *chess pieces* peças de xadrez
check ssfn xeque *to put sb in check* pôr alguém em xeque *'Check!' 'Xeque!'* **check** vt dar um xeque
check mate ssfn xeque-mate **checkmate** vt dar um xeque-mate

386.5 Jogos de azar

move sfn fazer uma jogada; movimentar as pedras do jogo *It's your move.* É sua vez de jogar.

gamble vi (às vezes + **on**) apostar, fazer jogo de azar
gambler sfn jogador
bet vti, -tt- pretérito & part passado **bet** (freq. + **on**) vt apostar *to bet money on a horse* apostar em um cavalo *I bet you a fiver he'll win.* Aposto cinco libras com você que ele vai ganhar. *to bet on a race* apostar numa corrida **betting** ssfn aposta (usado como adj) *a betting shop* uma loja de apostas
casino sfn, pl **casinos** cassino
lottery sfn loteria
bingo ssfn bingo

pawn peão
king rei
bishop bispo
castle OU *rook* torre
knight OU [informal] *horse* cavalo
queen rainha

387 Luck Sorte

expressões

Estas expressões são usadas quando se deseja ter boa sorte.
touch wood [ger. dito quando o que se acabou de dizer pode ser contrariado pela realidade] isola, bate na madeira. *I don't think it will rain, touch wood.* Acho que não vai chover, isola.
keep your fingers crossed (freq. + **for**) cruze os dedos *I'm keeping my fingers crossed that she'll get here.* Estou cruzando os dedos para que ela chegue aqui. *The operation's tomorrow, so keep your fingers crossed!* A operação é amanhã, portanto, mantenha os dedos cruzados.
break a leg! [usado no teatro quando se deseja boa sorte a uma pessoa, antes de sua entrada no palco] Tomara que você quebre a perna! (Boa sorte!)

luck ssfn **1** [boa ou má] sorte, destino *Have you had any luck?* Você teve sorte? *That's just my luck!* Esse é o meu destino! *Better luck next time!* Melhor sorte na próxima vez! *What terrible luck!* Que falta de sorte! **2** [sucesso ou algo bom] sorte *I had a stroke/piece/bit of luck.* Tive um momento de sorte.
pot luck ssfn [pode-se ter sorte ou não] o que houver *I don't know what we're having for dinner – you'll have to take pot luck.* Não sei o que teremos para o jantar – você vai ter de comer o que houver.
fortune s [mais formal que **luck**] **1** ssfn [boa ou má sorte] fortuna, sorte *We all shared in his good fortune.* Todos

nós partilhamos de sua boa sorte. **2** ssfn OU **fortunes** s pl [o que acontece a alguém] sorte, fortuna, fados. *Our fortunes began to improve.* Nossa sorte começou a melhorar. **3** [boa sorte. Um tanto literário] *Fortune was against us from the start.* Os fados estavam contra nós desde o início. ***Fortune smiled** on us.* A fortuna nos sorriu.
chance ssfn [implica um curso arbitrário de acontecimentos] acaso *It was simply chance that I was passing.* Foi puro acaso eu estar passando. *I saw her quite by chance.* Eu a vi por puro acaso (usado como adj) *a chance meeting* um encontro casual *ver também **possible, 78**
chance vt arriscar a sorte *I'll chance going round.* Vou arriscar dar a volta. *I wouldn't chance it myself.* Eu não me arriscaria a isso.

387.1 Sorte

lucky adj **1** [descreve p. ex. pessoa, coincidência] de sorte, com sorte, sortudo *You lucky thing!* Seu sortudo! *I was lucky to find her in.* Tive sorte em encontrá-la em casa. *I wasn't lucky enough to meet her.* Não tive a sorte de encontrá-la. **2** [que supostamente traz sorte] de sorte *a lucky horseshoe* uma ferradura da sorte
fortunate adj [mais formal que **lucky**] afortunado *You were fortunate to meet them.* Você foi afortunado em encontrá-los. *a fortunate occurrence* um acontecimento auspicioso *those less fortunate than ourselves* aqueles menos afortunados do que nós *I was fortunate in my choice.* Fui feliz em minha escolha.

expressão

have all the luck [ter muita sorte. Dito com inveja] nascer com uma estrela, ter toda a sorte do mundo *Some people have all the luck.* Certas pessoas nascem com uma estrela.

387.2 Má sorte

bad/terrible, etc. luck má sorte, azar etc. *We've been having terrible luck lately.* Temos tido um tremendo azar ultimamente. *Of all the rotten luck!* Que azar dos diabos!
hard luck [pode implicar que a má sorte é merecida] dura sorte *If you miss your train that's your hard luck.* Se você perder seu trem, essa é a sua dura sorte.
unlucky *adj* infeliz, azarado *She was terribly unlucky not to get that job.* Ela foi muito azarada em não conseguir aquele emprego. *an unlucky fall* uma queda infeliz
unfortunate *adj* [implica lamentar o fato] desafortunado *It is most unfortunate they were hurt.* É muito desafortunado que eles tenham se machucado. *an unfortunate accident* um acidente infeliz
misfortune *sc/sfn* [um tanto formal] infelicidade, desgraça, infortúnio *They are bearing up under misfortune.* Eles estão resistindo ao infortúnio.
accident *sfn* [inesperado, não necessariamente envolvendo ferimentos] acidente *They must have been delayed by some accident.* Devem ter se atrasado devido a algum acidente. *I found out about the book by accident.* Descobri a respeito do livro por acidente. *a road accident* um acidente na estrada
accidental *adj* acidental *an accidental oversight* um descuido acidental

expressão

be down on one's luck estar numa maré de azar *I could always count on you when I was down on my luck.* Sempre pude contar com você quando minha sorte estava em baixa.

388 Sport Esporte

388.1 Praticar esporte

play *vt* jogar *I play football.* Jogo futebol. *Do you play squash?* Você joga squash?
exercise *vti* exercitar-se *I exercise by cycling to work.* Eu me exercito indo de bicicleta para o trabalho.
exercise *ssfn* exercício *I don't get much exercise.* Não faço muito exercício.
exercises *s pl* [rotina de exercícios] exercícios, ginástica *to do one's exercises* fazer seus exercícios
score *vti* marcar ou fazer pontos em jogo *He scored the winning goal.* Ele marcou o gol da vitória. **score** *sfn* escore, placar, resultado de uma partida esportiva, contagem de pontos *What's the score?* Quanto está o placar do jogo?
foul *sfn* falta (usado como *adj*) *a foul shot* um lançamento de falta **foul** *vt* cometer falta
tackle *vt* agarrar, derrubar jogador adversário (no futebol norte-americano) **tackle** *sfn* ato de agarrar o adversário
goal *sfn* gol *to score a goal* marcar um gol

388.2 Esportistas

sportsman (*masc*), **sportswoman** (*fem*) *sfn* [termo geral] esportista
competitor *sfn* [esp. no atletismo] competidor *overseas competitors* competidores estrangeiros
contestant *sfn* [menos comum que **competitor**. Freq. empregado para concursos de perguntas e respostas] concorrente
team *sfn* equipe (usado como *adj*) *team games* jogos de equipe
referee *sfn* [p. ex. no futebol e no rúgbi] árbitro
umpire *sfn* [p. ex. no críquete e no tênis] árbitro

388.3 Competições

competition *sc/sfn* [palavra geral para qualquer esporte ou jogo] competição *ver também* **fight, 249**

contest *sfn* [usado especialmente quando os juízes decidem quem é o vencedor] concurso *a beauty contest* (*brit*) um concurso de beleza *a talent contest* um concurso de talentos
tournament *sfn* [soa mais técnico que **competition**. Usado esp. quando a competição envolve mais que uma partida] torneio *the Wimbledon tournament* o torneio de Wimbledon
match *sfn* [soa um pouco mais sério que **game**] partida *a football match* uma partida de futebol
game *sfn* jogo, partida *a game of tennis* uma partida de tênis

388.4 Lugares em que se pratica esporte

stadium *sfn, pl* **stadiums** ou **stadia** estádio
track *sfn* pista (usado como *adj*) *track events* provas em pista de atletismo
racetrack *sfn* [para corridas de automóveis ou corridas de cavalos] pista de corrida
lane *sfn* [em pista ou na piscina] raia
pitch (*brit*), **field** (*amer*) *sfn* [área ampla, p. ex. para futebol, críquete] campo *a cricket pitch* um campo de críquete
field *sfn* [menos técnico que **pitch**] campo, gramado *There are thirteen players on the field.* Há treze jogadores no campo.
ground *sfn* (ger. em palavras compostas) [refere-se tanto à área onde o jogo acontece como à parte em que os espectadores estão. Usado para esportes praticados num **field** ou **pitch**] campo, gramado *a football/cricket/baseball ground* um campo de futebol/críquete/beisebol
court *sfn* [menor que **pitch**. [Usado para esportes com raquete e rede, voleibol, etc.] quadra
golf course *sfn* campo de golfe

389 Ball sports Esportes com bola

389.1 Futebol e rúgbi

football s **1** ssfn (brit) TAMBÉM (brit & amer) [mais informal] **soccer** futebol (usado como adj) a football match uma partida de futebol **2** ssfn (amer) OU **American football** futebol americano (usado como adj) a football game um jogo de futebol **3** sfn [bola] bola de futebol **footballer** (brit), **football player** (amer) sfn futebolista, jogador de futebol
rugby ssfn rúgbi rugby union rúgbi com 15 jogadores em cada equipe rugby league rúgbi com 13 jogadores em cada equipe
goal sfn **1** [lugar] meta **2** [por um jogador] gol to score a goal marcar um gol
penalty sfn pênalti
foul sfn falta
offside adj [descreve o jogador] em posição irregular
referee sfn árbitro

goalposts traves

He scored a try. Ele marcou um try (quando o jogador coloca a bola no chão atrás da linha de gol do time adversário, marcando um ponto para sua equipe).

ball bola
goal meta, gol
goalkeeper OU [informal] goalie goleiro
goal marcar um gol

The goalkeeper makes a save. O goleiro realiza uma defesa.

scrum scrummage, formação de jogadores no rúgbi

389.2 Beisebol

pitcher sfn lançador
bat sfn taco, bastão to be up at bat estar na defesa com o taco **batter** sfn batedor
catcher sfn pegador
diamond sfn (ger. + **the**) campo de beisebol
base sfn base to reach first base alcançar a primeira base
home run sfn fazer todo o circuito do campo após o lançamento da bola e antes de ela ser devolvida, desse modo marcando ponto para sua equipe
strike sfn golpe
inning sfn turno, rodada, vez de jogar na partida the first inning a primeira vez de jogar

389.3 Críquete

cricket ssfn críquete (usado como adj) cricket statistics classificação geral no críquete **cricketer** sfn jogador de críquete
bat vi, -tt- rebater, defender com a pá, bastão to go in to bat entrar para rebater com a pá
bowl v **1** vi lançar (a bola) some tough bowling from the Australians alguns lançamentos fortes feitos pelos australianos **2** vt [obj: esp. bola, série] lançar
run sfn ponto
over sfn [de seis ou oito bolas] série
innings sfn, pl **innings** período, turno, vez de jogar

bat pá, bastão
wicket keeper guarda-meta
batsman batedor
bowler lançador
bails ripas
stumps estacas
wicket meta

fielder *sfn* jogador da equipe que defende **field** *vi* devolver a bola

389.4 Hóquei

hockey (*brit*), **field hockey** (*amer*) *ssfn* hóquei sobre gramado
hockey stick *sfn* bastão de hóquei
hockey (*amer*), **ice hockey** (*brit*) *ssfn* hóquei sobre o gelo
puck *sfn* disco

389.5 Esportes com raquete

tennis *ssfn* tênis
set *sfn* set
game *sfn* partida, jogo
serve *vi* servir, sacar
service *ssfn* serviço, saque
volley *sfn* rebatida da bola antes que toque o chão
love *ssfn* zero, nenhum ponto *thirty love* trinta a zero
deuce *ssfn* empate, iguais
table tennis *ssfn* tênis de mesa

ping-pong *ssfn* [um tanto informal, não é usado para competição padrão de tênis de mesa] pingue-pongue
bat (*brit*), **paddle** (*amer*) *sfn* [usado apenas para tênis de mesa, e não para tênis, badminton, etc.] raquete
badminton *ssfn* badminton (espécie de tênis jogado com raquete e peteca)
shuttlecock (*brit*) *sfn* peteca de cortiça, volante

389.6 Golfe

golf *ssfn* golfe (usado como *adj*) *a golf championship* um campeonato de golfe **golfer** *ssfn* golfista, jogador de golfe
(golf) club *sfn* **1** (sustentado pelo jogador) taco de golfe **2** (associação) clube de golfe
tee *sfn* tee, pauzinho onde se coloca a bola para a tacada inicial
hole *sfn* buraco *a hole in one* um buraco no um
bunker *sfn* depressão do terreno contendo areia, obstáculo
fairway *sfn* parte lisa do campo de golfe entre os buracos
green *sfn* terreno em volta de cada buraco; campo de golfe
rough *sfn* terreno acidentado; parte não tratada de um campo de golfe
caddy *sfn* carregador de tacos

389.7 Outros jogos de bola

netball *ssfn* espécie de bola-ao-cesto feminino
basketball *ssfn* basquetebol
volleyball *ssfn* voleibol
softball *ssfn* variedade de beisebol jogado com bola maior e mais macia
rounders *ssfn* esporte britânico semelhante ao beisebol

umpire árbitro
net rede
ball bola
ball girl gandula
service line linha de saque
racket ou *racquet* raquete
ball boy gandula
(tennis) court quadra de tênis

390 Athletics Atletismo

athletics *ssfn* atletismo (usado como *adj*) *an athletics meeting* um encontro de atletismo **athlete** *sfn* atleta

390.1 Provas de atletismo em pista

run *v*, **-nn-** pretérito **ran** *part* passado **run** **1** *vi* correr *She's running in the New York marathon.* Ela vai correr na maratona de Nova York. **2** *vt* correr *She ran a great 200 metres.* Ela correu uns excelentes 200 metros.
runner *sfn* corredor *a cross-country runner* um corredor que atravessa o interior
sprint *vi* correr a toda velocidade **sprinter** *sfn* corredor de velocidade
hurdle *sfn* corrida de obstáculos *the 100 metres hurdles* uma corrida de 100 metros com obstáculos **hurdler** *sfn* corredor que participa de corrida de obstáculos
jog *vi*, **-gg-** correr lenta e ritmadamente para condicionar o físico *to go jogging* praticar jogging (usado como *s*) *a jog round the park* dar uma corridinha pelo parque **jogging** *ssfn* jogging **jogger** *sfn* pessoa que faz jogging

GRUPOS DE PALAVRAS

race *sfn* corrida
lap *sfn* volta
marathon *sfn* maratona

390.2 Provas de atletismo

high jump *ssfn* salto em altura **high jumper** *ssfn* atleta de salto em altura
long jump *ssfn* salto em distância **long jumper** *sfn* atleta de salto em distância
pole vault *ssfn* salto de vara **pole vaulter** *sfn* atleta de salto de vara
javelin *sfn* dardo *to throw the javelin* lançamento de dardo [competição] *She lost points on the javelin.* Ela perdeu pontos no lançamento de dardo.
shot (*brit*), **shot put** (*amer*) *sfn* (não tem *pl*; sempre + **the**) *putting the shot* lançamento de peso (usado como *adj*) *a shot putter* um lançador de pesos
hammer (*brit*), **hammer throw** (*amer*) *sfn* (não tem *pl*; sempre + **the**) martelo *throwing the hammer* jogar o martelo

391 Water sports Esportes aquáticos

water polo *ssfn* pólo aquático
surfing TAMBÉM **surfboarding** *ssfn* surfe **surfer** OU **surfboarder** *sfn* surfista
windsurfing TAMBÉM **sailboarding** *ssfn* windsurfe **windsurfer** *sfn* windsurfista
waterskiing *ssfn* esqui aquático **waterskier** *sfn* esquiador aquático
scuba diving *ssfn* mergulho com tanque de oxigênio

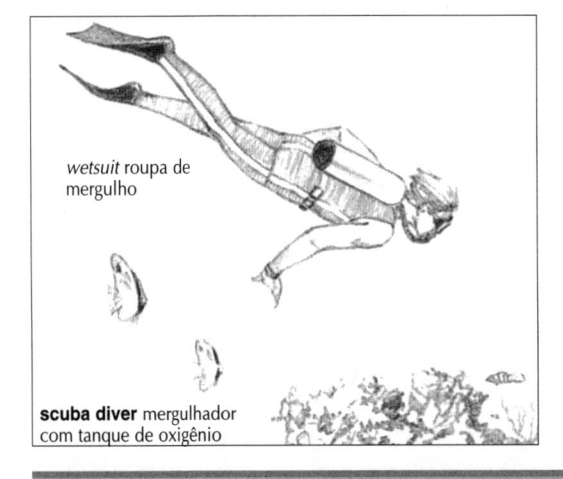

scuba diver *sfn* mergulhador com tanque de oxigênio
snorkelling *ssfn* nadar respirando com tubo **snorkel** *sfn* tubo de respiração **snorkeller** *sfn* nadador que respira com tubo
canoeing *ssfn* canoísmo **canoeist** *sfn* canoísta
rowing *ssfn* remo

391.1 Natação

swimming *ssfn* natação
swim *vti*, **-mm-** *pretérito* **swam** *part passado* **swum** nadar *I swam 50 lengths.* Atravessei a piscina nadando 50 vezes. **swimmer** *sfn* nadador
swimming pool *sfn* piscina
length *sfn* distância entre os dois lados mais afastados da piscina
breaststroke *ssfn* nado de peito *to do/swim (the) breaststroke* fazer nado de peito
crawl *ssfn* crawl (estilo de natação)
butterfly *ssfn* nado borboleta
backstroke *ssfn* nado de costas
dive *vi*, *pretérito* **dived** *part passado* **dived** OU (*amer*) **dove** mergulhar
diver *sfn* mergulhador
diving *ssfn* mergulho
diving board *sfn* trampolim
float *vi* boiar

wetsuit roupa de mergulho
scuba diver mergulhador com tanque de oxigênio

392 Gymnasium sports Ginásio de esportes

gym [termo usual] OU **gymnasium** [formal] *sfn* ginásio
gymnastics *ssfn* ginástica **gymnast** *sfn* ginasta
weightlifting *ssfn* levantamento de pesos, halterofilismo **weightlifter** *sfn* levantador de pesos, halterofilista
weight training *ssfn* treinamento com pesos
aerobics *ssfn* ginástica aeróbica
keep-fit (*brit*) *ssfn* condicionamento físico (usado como *adj*) *keep-fit classes* aulas de condicionamento físico
yoga *ssfn* ioga
exercise *sc/sfn* exercício

392.1 Esportes de combate

hit *vt*, **-tt-** *pretérito & part passado* **hit** golpear *to hit sb on the jaw* golpear alguém no queixo
wrestling *ssfn* luta romana *all-in wrestling* luta livre **wrestler** *sfn* lutador
sumo TAMBÉM **sumo wrestling** *ssfn* sumô **sumo wrestler** *sfn* lutador de sumô
martial arts *s pl* artes marciais

judo *ssfn* judô *a black belt at judo* uma faixa-preta no judô
karate *ssfn* caratê
fencing *ssfn* esgrima

boxing glove luva de boxe
boxer boxeador
ring ringue
boxing boxe

GRUPOS DE PALAVRAS

393 Outdoor sports Esportes ao ar livre

cycling *ssfn* ciclismo **cyclist** *sfn* ciclista
skateboarding *ssfn* patinação em prancha com rodas
rollerskating *ssfn* patinação em patins de rodas

skateboard prancha de skate

rollerskate patins de rodas

393.1 Caminhadas e alpinismo

climbing *ssfn* alpinismo *rock climbing* escalada em rochas **climb** *vi* escalar **climber** *sfn* alpinista
mountaineering *ssfn* montanhismo **mountaineer** *sfn* montanhista
walking *ssfn* caminhada **walking boots** *s pl* sapatos para caminhar

hiking *ssfn* excursão a pé **hiker** *sfn* excursionista, andarilho

393.2 Esportes de inverno

skiing *ssfn* esqui
ski *vi* esquiar **skier** *sfn* esquiador **ski** *sfn* esqui (usado como *adj*) *ski resort* estação de esqui
pole *sfn* bastão de esqui
downhill TAMBÉM **downhill skiing** *ssfn* esqui alpino, esqui em encostas
cross-country skiing *ssfn* esqui nórdico, esqui em campo aberto
skating *ssfn* patinação *figure skating* patinação artística **skate** *vi* patinar **skater** *sfn* patinador/a
rink TAMBÉM **ice rink** *sfn* rinque de patinação
sledge (*brit*), **sled** (*amer*) *sfn* trenó **sledge** (*brit*), **go sledding** (*amer*) *vi* andar de trenó
toboggan *sfn* tobogã **tobogganing** *ssfn* deslizar no tobogã
bobsleigh (*brit*), **bobsled** (*amer*) *sfn* espécie de trenó coberto **bobsleighing** (*brit*), **bobsledding** (*amer*) *ssfn* andar de trenó coberto

393.3 Esportes aéreos

parachuting *ssfn* pára-quedismo
parachute *sfn* pára-quedas *The parachute opened safely.* O pára-quedas se abriu sem problemas. (usado como *adj*) *a parachute jump* um salto de pára-quedas

394 Target sports Esportes com alvo

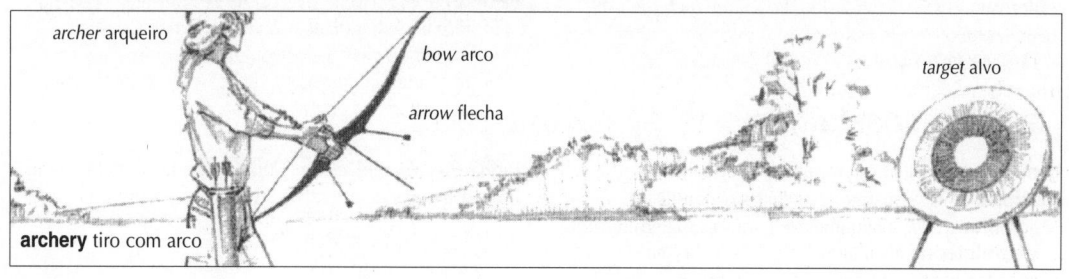

archer arqueiro
bow arco
arrow flecha
target alvo
archery tiro com arco

shooting *ssfn* tiro ao alvo
target *sfn* alvo
darts *ssfn* dardo **dart** *sfn* dardo
dartboard *sfn* alvo para dardos
bowls (esp. *brit*) *ssfn* boliche **bowl** *sfn* bola de boliche **bowl** *vt* lançar bola de boliche

bowling green *sfn* gramado para jogo de boliche
snooker *ssfn* sinuca
billiards *ssfn* bilhar

pool *ssfn* [jogo americano] bilhar americano
cue *sfn* taco

395 Equestrian sports Esportes eqüestres

ride *v, pretérito* **rode** *part passado* **ridden** *vti* (freq. + *adv* ou *prep*) cavalgar *She rode off on her pony.* Ela se foi montada em seu pônei. *I rode my father's horse.* Montei o cavalo de meu pai. **rider** *sfn* cavaleiro, ginete **riding** OU (esp. *amer*) **horseback riding** *ssfn* andar a cavalo
mount *vt* montar **mount** *sfn* [um tanto formal] montaria

on horseback a cavalo *an expedition on horseback* uma expedição a cavalo
walk *v* 1 *vi* andar a passo 2 *vt* [obj: ger. um cão ou um cavalo] levar a passear
trot *vi* trotar (usado como *s*) *at a trot* trotando

GRUPOS DE PALAVRAS

jockey jóquei
bridle brida
reins rédeas
saddle sela
jodhpurs culotes, calças para montaria
horse cavalo
stirrups estribos

canter *vi* andar a meio galope (usado como *s*) *at a canter* a meio galope
gallop *vi* galopar (usado como *s*) *at a gallop* galopando

395.1 Provas eqüestres

showjumping *ssfn* competição de habilidade eqüestre com saltos de barreiras **showjumper** *sfn* cavaleiro, ginete
jump *sfn* saltar *to clear a jump* vencer um obstáculo
dressage *ssfn* adestramento
gymkhana *sfn* gincana
(fox) hunting *ssfn* caça (à raposa)
hound *sfn* cão de caça
polo *ssfn* pólo
(horse) racing *ssfn* corrida (de cavalos)
races *s pl* (sempre + **the**) corridas *a day at the races* um dia nas corridas

396 Success Sucesso

ver também **intend, 107.2**

success *s* **1** *ssfn* sucesso **2** *sfn* sucesso *The idea was a brilliant success.* A idéia foi um brilhante sucesso. (usado como *adj*) *a success story* uma história de sucesso
successful *adj* [descreve p. ex. pessoa, negócio, tentativa] bem-sucedido, de sucesso *the secret of successful cooking* o segredo de cozinhar com sucesso
successfully *adv* com sucesso, com bom êxito *The picture has now been successfully restored.* O quadro foi agora restaurado com sucesso.
victory *sc/sfn* [depois de uma luta] vitória *The decision was a victory for the ecologists.* A decisão foi uma vitória para os ecologistas.
victorious *adj* vitorioso *a struggle from which the right wing emerged victorious* uma luta da qual a direita saiu vitoriosa **victoriously** *adv* vitoriosamente
triumph *sc/sfn* triunfo *a triumph for common sense* um triunfo do senso comum *The film was a triumph.* O filme foi um triunfo. *He held the cup aloft in triumph.* Ele segurou a taça no alto em triunfo.
triumphant *adj* triunfante *the triumphant smile on her face* o sorriso triunfante em seu rosto **triumphantly** *adv* triunfantemente
fruitful *adj* [implica bons resultados] proveitoso *fruitful discussions* discussões proveitosas

396.1 Sucesso em competição

win *v*, **-nn-** pretérito & part passado **won** *vti* [obj: p. ex. competição, prêmio] vencer, ganhar *the first american to win the title* o primeiro americano a vencer o título *Who won?* Quem venceu?
win *sfn* [esp. em esporte ou jogo de azar] vitória *an away win* uma vitória fora de casa
winner *sfn* [esp. em um concurso] ganhador, vencedor
beat *vt*, pretérito **beat** part passado **beaten** (às vezes + **at**) [p. ex. em jogo ou eleição] vencer, ganhar *to beat sb at chess* ganhar de alguém no jogo de xadrez *She was beaten into second place.* Ela foi derrotada e ficou no segundo lugar.
champion *sfn* [ger. no esporte] campeão *the world heavyweight champion* o campeão mundial dos pesos pesados (usado como *adj*) *last year's champion jockey* o jóquei campeão do ano passado
victor *sfn* [um tanto formal. Ger. em batalha ou esporte] o vencedor
outdo *vt*, pretérito **outdid** part passado **outdone** [implica um desempenho superior] sobrepujar, vencer *attempts by Glasgow and Edinburgh to outdo each other in cultural matters* tentativas de Glasgow e Edimburgo para sobrepujar uma a outra
overcome *vt*, pretérito **overcame** part passado **overcome** [obj: p. ex. dificuldade, oponente] superar, vencer *advertising aimed at overcoming consumer resistance* propaganda direcionada a vencer a resistência do consumidor

396.2 Obter sucesso em algo

succeed *vi* (freq. + **in, at**) ter êxito, ser bem-sucedido *We've succeeded in contacting her.* Conseguimos entrar em contato com ela. *the few that succeed at acting* os poucos que tiveram êxito como atores
accomplish *vt* [enfatiza que uma tarefa foi completada] realizar *We have accomplished what we set out to do.* Realizamos o que nos havíamos proposto a fazer.
accomplishment *sc/sfn* realização
achieve *vt* [enfatiza o resultado de um trabalho] lograr, conseguir, alcançar *They have achieved a high degree of precision.* Lograram um alto nível de precisão. *We have achieved our main objectives.* Atingimos nossos principais objetivos.
achievement *sc/sfn* realização, conquista, feito *The agreement was a remarkable diplomatic achievement.* O acordo foi uma notável conquista diplomática. *an award for outstanding achievement in the arts* um prêmio por um trabalho destacado no mundo das artes

GRUPOS DE PALAVRAS

attain vt [um tanto formal. Implica persistência e esforço] alcançar, atingir *Nothing can prevent us from attaining our goal.* Nada poderá nos impedir de atingir nosso objetivo. **attainment** sc/sfn realização

manage vti (freq. + to + INFINITIVO) [implica lidar com dificuldades] lograr, conseguir *I managed the first part fairly easily.* Consegui fazer a primeira parte com bastante facilidade. *She managed to rescue the painting.* Ela conseguiu resgatar o quadro.

pass vti [obj: esp. exame, teste] passar **pass** sfn aprovação *She managed to pass her driving test at the third attempt.* Na terceira tentativa, ela conseguiu passar no exame de motorista.

u s o

Você **pass** ou **fail** um exame ou teste, mas você **get** uma determinada qualificação, p. ex. *Did you pass your French test?* Você passou no exame de francês? *Did you get your French GCSE?* Você conseguiu aprovação em francês no GCSE? *I passed my driving test three years ago.* Passei no exame de motorista há três meses. *I got my driving licence three years ago.* Obtive minha carta de motorista três meses atrás.

come top (brit), **be top** (amer) [em exames] ser o primeiro colocado, tirar a maior nota

expressões

to get the better of sb/sth [p. ex. após resistência, discussão, dificuldades] levar a melhor, vencer *As usual, the bureaucrats have got the better of us.* Como de costume, os burocratas levam a melhor sobre nós. *I've finally got the better of this computer.* Finalmente consegui vencer este computador.

bring/pull sth off [implica algo impressionante feito com habilidade] conseguir algo, lograr *It was an impossible deadline but they brought it off.* Era um prazo impossível, mas conseguimos.

do the trick [ser o que faltava] resolver o problema *A letter from our lawyers usually does the trick.* Uma carta de nossos advogados geralmente resolve o problema.

bear fruit [um tanto literário. Produzir bons resultados] frutificar *We all hope the Geneva talks will bear fruit.* Todos nós esperamos que as conversações de Genebra frutifiquem.

play one's cards right [informal. Implica uma estratégia habilidosa] fazer uma boa jogada, agir com inteligência *If we play our cards right we'll get both contracts.* Se soubermos explorar bem a situação, conseguiremos ambos os contratos.

a feather in one's cap [informal. Implica sentir orgulho por um êxito] motivo de orgulho *Her own TV show was another feather in her cap.* Ter seu próprio show de TV foi mais um motivo de orgulho para ela.

397 Failure Fracasso

fail v **1** vi (freq. + to + INFINITIVO) [termo geral] fracassar *The plan failed miserably.* O plano fracassou completamente. *He failed in the attempt.* Ele fracassou na tentativa. *He failed to get enough votes.* Ele não conseguiu obter votos suficientes. **2** vt [obj: esp. exame, teste] fracassar, ser reprovado

failure s **1** ssfn fracasso *The plan was doomed to failure.* O plano estava fadado ao fracasso. *We were facing failure.* Defrontávamo-nos com o fracasso. **2** sfn [tentativa] fracasso [pessoa] fracasso *Despite previous failures, I still believe in the idea.* A despeito dos fracassos anteriores, ainda acredito na idéia.

unsuccessful adj malsucedido [descreve p. ex. tentativa, negócio, pessoa] malsucedido *an unsuccessful novelist* um romancista malsucedido *We were unsuccessful in finding her.* Não logramos encontrá-la.

lose v, pretérito & part passado **lost 1** vi [em competição] perder *They lost again to Liverpool.* Eles perderam outra vez para o Liverpool. **2** vt [obj: p. ex. jogo, batalha, discussão] perder *If I lose the case I'm ruined.* Se perdermos o caso, estou arruinado.

lose out vi prep (freq. + **on**) [implica não obter um benefício devido] sair perdendo, ser prejudicado *Middle children lose out in many families.* Os filhos do

expressões

fall flat [implica decepção. Suj: p. ex. tentativa, piada] fracassar, não despertar interesse. *My suggestion fell distinctly flat.* Minha sugestão fracassou.

fall through [suj: p. ex. preparativos, planos] dar em nada, fracassar *We were buying their house but it all fell through.* Estávamos comprando a casa deles, mas deu em nada.

come unstuck (brit) [informal. Deparar com problema(s) que leva(m) ao fracasso] malograr *She ignored the bank's advice and not surprisingly she came unstuck.* Ela ignorou os conselhos do banco e evidentemente deu-se mal.

come to grief [implica um fracasso infeliz. Suj: p. ex. pessoa, plano] sofrer um revés, ter muito desgosto *I came to grief when interest rates rose.* Sofri um revés quando as taxas de juros subiram.

come bottom (brit) [ger. em exame] ser o último colocado, tirar a pior nota

bite off more than one can chew [informal. Tentar fazer mais do que se é capaz] tentar abarcar o mundo com as mãos e com os pés *Get some estimates before you bite off more than you can chew.* Obtenha algumas estimativas antes de tentar abarcar coisas demais.

fight a losing battle [continuar batalhando em vão] lutar por uma causa perdida *They're fighting a losing battle against closure.* Eles estão lutando em vão contra o fechamento.

wild-goose chase [esforços inúteis, esp. uma busca] busca inútil, à-toa *a line of enquiry that turned out to be a wild-goose chase* uma linha de investigação que resultou infrutífera

not have a leg to stand on [informal. Completamente incapaz de defender a si próprio ou a suas idéias] não ter como se sustentar *The facts leave you without a leg to stand on.* Os fatos o deixam sem a mínima chance de argumentação.

meio saem perdendo em muitas famílias. *Make a claim soon or we'll lose out on tax advantages.* Entre com uma reclamação logo ou vamos sair prejudicados nos benefícios fiscais.

miss *vt* [obj: p. ex. meta, prazo] perder, falhar *That penalty means they'll miss a place in the final.* Esse pênalti significa que eles vão perder a vaga para a final.

give up *vi prep* [um tanto informal] desistir *They got discouraged and gave up.* Eles desanimaram e desistiram.

flop *sfn* [informal. Ex.: filme, idéia] fracasso, fiasco *The outing turned out to be a total flop.* O passeio acabou sendo um fracasso total

flop *vi, -pp-* fracassar, dar em nada *The membership drive flopped.* Os esforços para conseguir novos sócios deram em nada.

398 Reward Recompensa

reward *sfn* recompensa *They're offering a reward for information.* Estão oferecendo uma recompensa por informações.

reward *vt* recompensar *We were rewarded with a delicious meal.* Fomos recompensados com uma deliciosa refeição.

award *sfn* [implica reconhecimento oficial] prêmio, concessão, bolsa de estudos *an award for outstanding achievement in the arts* um prêmio por uma notável realização no campo das artes [pode ser monetário] *a government award to study in America* uma bolsa do governo para estudar na América *award-winning scientists* cientistas premiados

award *vt* outorgar, conceder *to award a grant to sb* conceder uma bolsa para alguém *She was awarded an Oscar for her performance.* Ela recebeu um Oscar por seu desempenho.

prize *sfn* prêmio *a cash prize* um prêmio em dinheiro *prize-winner* os premiados

medal *sfn* medalha *the bronze medal* a medalha de bronze

trophy *sfn* troféu

399 Agile Ágil

agility *ssfn* agilidade

grace *ssfn* [implica beleza de movimentos mais do que velocidade] graça *She held out her hand with simple grace.* Ela estendeu a mão com graça singela.

graceful *adj* gracioso *a graceful bow* uma reverência graciosa **gracefully** *adv* com graça

lithe *adj* [implica boa forma física, flexibilidade] ágil *lithe young swimmers* ágeis jovens nadadores **lithely** *adv* agilmente

supple *adj* [implica boa forma muscular] flexível, elástico *supple limbs* membros flexíveis **suppleness** *ssfn* flexibilidade, elasticidade

nimble *adj* [implica leveza e velocidade] ágil, ligeiro, lépido *nimble fingers* dedos ágeis **nimbleness** *ssfn* agilidade, ligeireza **nimbly** *adv* agilmente

400 Clumsy Desajeitado

clumsy *adj* [nos movimentos ou ao manusear as coisas. Descreve p. ex. pessoa, movimento] desajeitado, canhestro, inepto *a clumsy fall* uma queda desajeitada *a clumsy excuse* uma desculpa desajeitada

clumsily *adv* desajeitadamente *a clumsily wrapped parcel* um pacote embrulhado de modo desengonçado **clumsiness** *ssfn* falta de jeito, inabilidade

awkward *adj* [descreve p. ex. movimento, posição] desajeitado, incômodo *She held the pen in an awkward way.* Ela segurou a caneta de uma maneira desajeitada.

awkwardly *adv* desajeitadamente *She fell awkwardly and broke her ankle.* Ela caiu desajeitadamente e quebrou o tornozelo. **awkwardness** *ssfn* falta de jeito, inépcia

gauche *adj* [implica imaturidade e não sentir-se à vontade com os outros] acanhado, desajeitado *a gauche attempt at conversation* uma tentativa desajeitada de iniciar uma conversa

butterfingers *sfn* [informal. Pessoa que derruba as coisas. Freq. empregado como uma exclamação quando se deixa cair algo] mão-furada *I'm a real butterfingers.* Sou mesmo um mão-furada.

expressões

like a bull in a china shop [implica falta de jeito e impaciência] desajeitado, como um elefante solto numa loja de porcelanas *She's like a bull in a china shop when she decides to clean the flat.* Ela parece um elefante solto numa loja de porcelanas quando resolve limpar o apartamento.

all fingers and thumbs (*brit*), **all thumbs** (*amer*) [sem habilidade manual] inábil, desajeitado, atrapalhado *I was all fingers and thumbs when I first tried changing nappies.* Eu era muito desajeitado quando tentei trocar fraldas pela primeira vez.

have two left feet [ser desajeitado e atrapalhado para dançar] ter dois pés esquerdos

401 Strength Força

ver também **hard, 100; control, 228**

strength *ssfn* força *She uses weights to build up her strength.* Ela usa pesos para se fortalecer. *A holiday will help you regain your strength.* Umas férias irão ajudá-lo a recuperar as forças. *I was surprised by the strength of her anger.* Fiquei surpreso com a intensidade de sua raiva. *I haven't got the strength of will to give up smoking.* Não tenho força de vontade para parar de fumar.

force *ssfn* [pode implicar violência] força *We held him down by brute force.* Nós o mantivemos no chão usando força bruta. *the sheer force of the impact* a própria força do impacto

power *ssfn* [enfatiza os efeitos de algo forte] poder, força *electricity produced by the power of the waves* eletricidade produzida pela força das ondas *the power a dancer needs to lift his partner* a força que um dançarino precisa ter para levantar sua companheira de dança

energy *ssfn* energia *Have you got the energy left to mow the lawn?* Você ainda tem energia para aparar a grama?

muscle *ssfn* [um tanto informal. Enfatiza força corporal] músculos *You've got the speed but you lack the muscle.* Você tem velocidade mas faltam-lhe músculos.

might *ssfn* [literário exceto na frase seguinte. Implica força física] força *I pulled with all my might.* Empurrei com toda a minha força.

401.1 Ter força

strong *adj* forte *strong arms* braços fortes *a strong current* uma correnteza forte

strongly *adv* fortemente, energicamente *I am strongly opposed to the scheme.* Oponho-me energicamente ao plano.

muscular *adj* musculoso *a muscular physique* um físico musculoso

sturdy *adj* [robusto e de compleição forte] robusto, forte *Look at those sturdy little legs!* Veja essas perninhas robustas! *good sturdy timber* madeira boa e robusta
sturdily *adv* fortemente

robust *adj* [implica força com saúde ou solidez] robusto, sólido *She's always been a fairly robust child.* Ela sempre foi uma criança robusta. *robust shelving* prateleiras sólidas

tough *adj* 1 forte, resistente *The sacks need to be made of a tough fabric.* Os sacos precisam ser feitos de tecido resistente. *tough shoes for walking* sapatos resistentes para caminhar 2 [pejorativo. Descreve p. ex. carne] duro 3 [personalidade forte] duro *Having to struggle against adversity made her tough.* Ter de lutar contra a adversidade tornou-o duro.

athletic *adj* atlético *My sister's the athletic one, always skiing or horse-riding.* Minha irmã é a atlética, sempre esquiando ou cavalgando.

hardy *adj* [implica resistência] resistente *I don't think I'm hardy enough to face camping in October.* Acho que não sou resistente o suficiente para acampar em outubro. **hardily** *adv* com força **hardiness** *ssfn* resistência, vigor

powerful *adj* poderoso, possante, vigoroso, forte *a powerful blow* um golpe possante *a powerful build* uma compleição vigorosa **powerfully** *adv* possantemente, vigorosamente

mighty *adj* [um tanto literário] forte, pujante, poderoso *a mighty tug* um forte arranco *a mighty crash* um enorme estrondo

intense *adj* 1 [extremo] intenso *the intense cold* o frio intenso *intense loudness* ruído intenso 2 [muito sério e com fortes convicções. Freq. um tanto pejorativo] muito sério, exaltado *He's very intense.* Ele é muito exaltado.

intensely *adv* intensamente *an intensely enthusiastic supporter* um fã extremamente entusiasmado

intensity *ssfn* intensidade, veemência *Despite the intensity of the campaign, little was achieved.* Apesar da intensidade da campanha, pouco se conseguiu.

401.2 Usar a própria força

energetic *adj* vigoroso, ativo, com energia *If you're feeling energetic we could go swimming.* Se você está se sentindo com energia poderíamos nadar.
energetically *adv* ativamente

dynamic *adj* [implica realização] dinâmico *their dynamic leader* seu dinâmico líder

forceful *adj* [ger. se refere a energia mental e autoridade mais do que a força física] enérgico, vigoroso *a forceful attack on socialism* um ataque enérgico ao socialismo

forcefully *adv* energicamente, vigorosamente *He insisted forcefully on talking to me.* Ele insistiu vigorosamente em falar comigo.

lively *adj* [enfatiza movimento e energia] vivaz, animado *a lively dance* uma dança animada

full of beans [informal. Implica energia e atividade] ativo, cheio de vida *It's his bedtime but he's still full of beans.* É hora de ir para a cama, mas ele ainda está cheio de energia.

401.3 Tornar mais forte

strengthen *vt* [ger. estruturalmente, mas também pode ser psicologicamente] fortalecer *That joint needs strengthening.* Essa junta precisa ser fortalecida. *This will only strengthen me in my determination.* Isso vai apenas fortalecer minha determinação.

reinforce *vt* reforçar *a reinforced door* uma porta reforçada *reports that reinforced our suspicions* relatórios que reforçaram nossas suspeitas

fortify *vt* [um tanto formal] 1 [contra um ataque] fortificar *a fortified city* uma cidade fortificada 2 [esp. com relação à alimentação ou a encorajamento] fortalecer *We fortified ourselves against the cold with a stiff whisky.* Fortalecemo-nos contra o resfriado com um bom uísque.

comparação

as strong as a horse/an ox forte como um cavalo/touro

402 Weak Fraco

weakness s 1 *ssfn* fraqueza *You took advantage of my weakness.* Você se aproveitou de minha fraqueza. 2 *sfn* fraqueza, fragilidade *The survey revealed weaknesses in the foundations.* A inspeção revelou fragilidade nas fundações *another weakness in your argument* um outro ponto fraco de sua argumentação

weaken *vti* [obj/suj: p. ex. pessoa, construção, autoridade] enfraquecer *This weakens our negotiating position.* Isso enfraquece nossa posição na negociação. *The foundations were weakened by erosion.* As fundações foram enfraquecidas pela erosão.

feeble *adj* [freq. implica idade ou doença] débil, frágil *her feeble old hands* suas frágeis e velhas mãos *a feeble cough* uma tosse fraca [pejorativo] *their feeble response to our appeal* sua débil resposta a nosso apelo

puny *adj* [pejorativo. Pequeno e fraco] franzino, insignificante *He was too puny for the big boys to play with.* Era franzino demais para os meninos mais velhos jogarem com ele.

frail *adj* [ger. implica velhice] frágil, fraco *Mother was getting frail.* Mamãe estava ficando frágil.

vulnerable *adj* (freq. + **to**) vulnerável *We were vulnerable to attack.* Estávamos vulneráveis a um ataque. *emotionally vulnerable* emocionalmente vulnerável

powerless *adj* (ger. depois do *v*; freq. + **to** + INFINITIVO) [incapaz de conseguir algo] impotente *The police are powerless to arrest them.* A polícia está impotente para prendê-los.

helpless *adj* [incapaz de se defender] indefeso *a helpless baby* um bebê indefeso

402.1 Estruturalmente fraco

delicate *adj* 1 [implica beleza que poderia ser destruída] delicado *delicate fabrics* tecidos delicados 2 [implica saúde fraca] delicado *She was a delicate child.* Ela foi uma criança delicada.

fragile *adj* [que se quebra ou machuca com facilidade] frágil *fragile china* porcelana frágil *She's eighty and rather fragile.* Ela tem oitenta anos e está bastante frágil. **fragility** *ssfn* fragilidade

flimsy *adj* [pejorativo. Implica falta de solidez] frágil *flimsy walls* paredes frágeis

402.2 Pessoas fracas

wimp *sfn* [informal e pejorativo. Pessoa carente de força física e moral] fraco, frouxo, poltrão *You're a wimp if you don't try.* Você é um molenga se não tentar.

weakling *sfn* [pejorativo] fraco, molambo, covarde, poltrão *ashamed to be seen with a weakling like me* envergonhado de ser visto com um fraco como eu

baby *sfn* [pessoa sem coragem] poltrão, medroso *I'm such a baby when it comes to injections.* Sou um poltrão quando se trata de injeções.

403 Quick Rápido

ver também **run, 408**

quick *adj* [implica velocidade relativamente alta e economia de tempo] rápido *a quick wash* uma lavada rápida (usado como *adv*) *Come quick!* Venha rápido!

quickly *adv* rapidamente *I quickly ironed a shirt.* Passei uma camisa rapidamente. **quickness** *ssfn* rapidez

fast *adj* [implica uma velocidade notavelmente alta] veloz, rápido *The journey's much faster now.* Agora a viagem é muito mais rápida.

fast *adv* velozmente *I can't run as fast as you can.* Não posso correr tão velozmente como você.

> **USO**
> Quick e fast são muito semelhantes, mas há situações em que não são intercambiáveis. Ao se falar de ações feitas com rapidez, a palavra **quick** é normalmente empregada, p. ex. *a quick look round* (uma rápida olhada ao redor) *a quick meal* (uma refeição rápida). Ao se falar de coisas que são capazes de se mover a uma grande velocidade, **fast** é usualmente utilizada, p. ex. *fast cars* carros velozes *a fast runner* um corredor veloz

speedy *adj* [implica fazer algo o mais rapidamente possível] pronto, rápido, veloz *With best wishes for your speedy recovery.* Nossos votos de um pronto restabelecimento *speedy action to end the strike* uma ação rápida para pôr fim à greve **speedily** *adv* rapidamente, prontamente

swift *adj* [um tanto formal. Implica rapidez, facilidade e freq. decisão. Descreve p. ex. desenvolvimento, reação, movimento] rápido *a swift return to normality* uma rápida volta à normalidade *a swift advance by the infantry* um rápido avanço da infantaria **swiftly** *adv* rapidamente **swiftness** *ssfn* rapidez

rapid *adj* [implica rapidez e subitaneidade] rápido, súbito *a rapid response to the proposals* uma resposta rápida às propostas *a rapid withdrawal from the border area* uma rápida retirada da área de fronteira **rapidly** *adv* rapidamente **rapidity** *ssfn* rapidez

brisk *adj* [implica velocidade e eficiência] vigoroso, enérgico *a brisk walk* uma vigorosa caminhada *a brisk refusal to compromise* uma enérgica recusa a uma solução conciliatória **briskly** *adv* rapidamente, animadamente **briskness** *ssfn* vivacidade, atividade

high-speed *adj* [implica velocidade por meio da tecnologia] alta velocidade *a high-speed dubbing process* um processo de dublagem em alta velocidade

403.1 Tentar ser rápido

hurry *v* (freq. + **up**) 1 *vi* apressar-se *I hurried back to the house.* Apressei-me de volta para casa. *Hurry up!* Ande logo! *Don't hurry over your choice.* Não se apresse na escolha. 2 *vt* [obj: p. ex. pessoa, ação] apressar *I'll try to hurry him along a bit.* Vou tentar apressá-lo um pouco.

It's not a process you can hurry. Não é um processo que se possa apressar.

hurry *s* **1** *sfn* (não tem *pl*) pressa *I'm in a hurry.* Estou com pressa. *What's the hurry?* Para que tanta pressa? *They're in no hurry to move in.* Eles não têm pressa de se instalar. **2** *ssfn* pressa

hurried *adj* [freq. pejorativo. Descreve p. ex. ação, decisão] apressado *a hurried lunch* um almoço apressado *hurried preparations for the talks* preparações apressadas para as conversações

hurriedly *adv* apressadamente *a hurriedly arranged press conference* uma reunião com a imprensa arranjada às pressas

rush *v* (freq. + *adv*) [implica mais velocidade ou atividade que **hurry**] **1** *vi* precipitar-se, apressar-se *I rushed round to the doctor's.* Precipitei-me em busca do médico. *We rushed to get the house ready.* Apressamo-nos para deixar a casa em ordem. **2** *vt* [obj: p. ex. pessoa, ocupação] apressar *Don't rush me!* Não me apresse! *I don't want this report rushed.* Não quero este relatório feito às pressas. *I'll rush the papers over to you.* Vou passar os papéis rapidamente para você.

rush *s* (não tem *pl*) pressa, correria *It was all done in a terrible rush.* Foi tudo feito numa tremenda pressa. *I forgot something in the rush.* Esqueci-me de algo com a correria.

haste *ssfn* [freq. implica pressa excessiva] pressa, precipitação *She agreed with almost indecent haste.* Ela concordou com uma precipitação quase indecorosa. *They fled in haste.* Fugiram precipitadamente. *In my haste to get here I took the wrong train.* Na minha pressa para chegar lá peguei o trem errado.

hasty *adj* [ger. pejorativo, implicando cuidado ou reflexão insuficientes] precipitado *a rather hasty conclusion* uma conclusão precipitada **hastily** *adv* precipitadamente

flat out (ger. depois de verbos como **run**, **work**) [informal] a toda, a todo vapor *We went flat out to finish the job.* Eles terminaram o serviço a todo vapor.

accelerate *v* **1** *vi* acelerar *to accelerate round a bend* acelerar na curva **2** *vt* [um tanto formal] acelerar *growth accelerated by artificial sunshine* crescimento acelerado por luz solar artificial **acceleration** *ssfn* aceleração

403.2 Que sucede ou age com rapidez

sudden *adj* [que não se espera] repentino *a sudden improvement* uma melhora repentina *His death was sudden and painless.* Sua morte foi repentina e indolor. **suddenness** *ssfn* subitaneidade

expressões

put one's best foot forward [um tanto antiquado. Implica determinação em não perder tempo] não perder tempo, apressar-se

get a move on [informal] mexer-se, apressar-se *Get a move on in there, you lot!* Vamos nos mexendo, pessoal!

have no time to lose não ter tempo a perder

I/we haven't got all day [informal. Freq. dito com impaciência e irritação quando alguém está nos prendendo] Não tenho/temos o dia inteiro *Hurry up and drink your tea – we haven't got all day!* Apresse-se e beba seu chá – não temos o dia inteiro!

suddenly *adv* subitamente *Suddenly I realized what had happened.* Subitamente percebi o que havia acontecido.

instant *adj* (ger. antes do *s*) [sem tempo para que algo mais ocorra] instantâneo, imediato *an instant decision* uma decisão instantânea *instant relief* alívio imediato **instantly** *adv* instantaneamente

immediate *adj* [muito próximo] imediato *my immediate reaction* minha reação imediata *We felt an immediate liking for each other.* Sentimos uma simpatia imediata um pelo outro.

immediately *adv* imediatamente *I rang you immediately.* Telefonei para você imediatamente.

immediately *conj* (*brit*) tão logo, assim que *I came immediately you called.* Vim assim que você chamou.

directly *adv* [um tanto formal] diretamente *I shall write to him directly.* Escreverei diretamente para ele.

directly *conj* (*brit*) tão logo, assim que *Directly he realized his mistake, he apologized.* Tão logo ele percebeu seu erro, pediu desculpas.

expressões

straight away [prontamente] imediatamente *We sent off for the brochure straight away.* Pedimos que nos enviassem o folheto imediatamente.

in no time [um tanto informal. Muito rapidamente] num instante *It was all over in no time.* Tudo se acabou em um instante.

on the spot [um tanto informal. Naquele preciso momento] no ato, na hora *They offered me the job on the spot.* Ofereceram-me o emprego no ato.

there and then [um tanto informal. Naquele preciso momento] no ato, na hora, em seguida *They wanted me to give an answer there and then.* Queriam que eu lhes desse uma resposta na hora.

as quick as a flash [informal. Quando alguém reage rapidamente a algo] rápido como um relâmpago *She gave the answer as quick as a flash.* Ela deu a resposta com a rapidez de um relâmpago.

on the spur of the moment [um tanto informal. Implica uma ação súbita e espontânea] sem pensar, irrefletidamente *People often buy them on the spur of the moment.* As pessoas geralmente os compram impulsivamente.

like a shot [informal] na disparada, como um relâmpago *She was off like a shot.* Ela saiu como um relâmpago.

like greased lightning [informal] como um relâmpago *She was in and out of the house like greased lightning.* Ela entrou e saiu da casa como um relâmpago.

like wildfire [informal] como um rastilho de pólvora *the rumour spread through the school like wildfire.* O rumor espalhou-se pela escola como um rastilho de pólvora.

403.3 Velocidade relativa

speed *sc/sfn* velocidade *at high speed* a alta velocidade *wind speeds of up to 100 kilometres an hour* velocidade do vento chegando a 100 quilômetros por hora

GRUPOS DE PALAVRAS

rate *sfn* [ger. empregado com relação à velocidade com que algo acontece, mais do que quanto à velocidade com que se move] ritmo *the rate of production* o ritmo da produção

pace *ssfn* (ger. não tem *pl*) ritmo, passo *They set off at a brisk pace.* Puseram-se a caminho em passo ligeiro. *The pace of change was too slow for her.* O ritmo das mudanças era muito lento para ela.

404 Slow Vagaroso

ver também **inaction, 284; walk, 407**

slow *adj* lento, vagaroso *slow traffic* tráfego lento *We're making slow progress.* Estamos fazendo um progresso lento. **slowness** *ssfn* lentidão

slowly *adv* lentamente *Things here change very slowly.* As coisas aqui mudam muito lentamente. *He slowly backed away.* Ele se afastou lentamente.

slow sth **down** OU **slow down** sth *v prep* [movimento ou atividade] **1** *vi* diminuir a velocidade, ir mais devagar *I slowed down to see what was going on.* Diminuí a velocidade para ver o que estava se passando. *Slow down and think carefully.* Vá mais devagar e pense com cuidado. **2** *vt* atrasar *The snow slowed us down.* A neve nos atrasou.

slow *v* [mais formal do que **slow down**] **1** *vi* diminuir a marcha *The train slowed but did not stop.* O trem reduziu a velocidade mas não parou. **2** *vt* reduzir a velocidade *Just slow the engine slightly.* Apenas reduza um pouco a velocidade do motor.

gradual *adj* gradual *a gradual improvement in sales* uma melhora gradual nas vendas

gradually *adv* gradualmente, pouco a pouco *The anaesthetic gradually wore off.* O efeito da anestesia desapareceu gradualmente.

sluggish *adj* [um tanto pejorativo. Implica reações lentas] lerdo, apático, moroso *The pills make me terribly sluggish.* As pílulas me deixam tremendamente apático. *The engine's rather sluggish.* O motor está um pouco lerdo. **sluggishly** *adv* lentamente, morosamente

decelerate *vi* [técnico] desacelerar **deceleration** *ssfn* desaceleração

expressões

at a snail's pace [um tanto informal e pejorativo] a passo de tartaruga, mole como uma lesma *He read the article at a snail's pace.* Ele leu o artigo a passo de tartaruga.

drag one's feet [pejorativo. Implica recusa em cooperar] arrastar os pés, mostrar-se relutante, pouco interessado *The government has promised legislation but is dragging its feet.* O governo prometeu uma legislação mas tem-se mostrado pouco interessado no assunto.

405 Throw Arremessar

ver também **throw away, 70**

throw *vt*, pretérito **threw** part passado **thrown 1** (freq. + *adv* ou *prep*) [termo geral] lançar, arremessar, atirar, jogar *She threw a snowball at me.* Ela me jogou uma bola de neve. *I threw him a book.* Eu joguei um livro para ele. *She threw the newspaper down angrily.* Ela jogou o jornal no chão raivosamente. *Throw that pen over, will you?* Jogue-me essa caneta, sim?

throw *sfn* lançamento, lance, arremesso *That was a good throw.* Aquele foi um bom arremesso.

chuck *vt* (esp. *brit*) (freq. + *adv* ou *prep*) [informal. Implica um movimento despreocupado] jogar, largar *Just chuck your coat on the bed.* Largue seu agasalho aí mesmo na cama. *Chuck me a tea towel down please.* Jogue-me uma toalha de chá, por favor.

hurl *vt* [implica esforço e distância, freq. agressão] lançar, atirar *Stones were hurled at the police.* Pedras foram lançadas contra a polícia.

toss *vt* [implica pouco esforço ou falta de atenção quanto ao alvo] jogar *She just tossed some clothes into a case and walked out.* Ela simplesmente jogou algumas roupas numa maleta e saiu. *I tossed him a coin.* Joguei-lhe uma moeda. *to toss a coin* jogar uma moeda para tirar cara ou coroa

fling *vt*, pretérito & part passado **flung** [implica esforço, mas pouca atenção quanto ao alvo] jogar, lançar, arrojar *She flung the child to safety.* Ela arrojou a criança para um lugar seguro.

aim *vti* (freq. + **at**) apontar, mirar, visar *I aimed the ball at the goal.* Apontei a bola para o gol. *I was aiming at his head.* Mirei para a sua cabeça.

scatter *vt* espalhar *I had scattered some sawdust on the floor.* Eu havia espalhado serragem no chão.

406 Catch Apanhar

catch *vt*, pretérito & part passado **caught 1** [obj: p. ex. bola] pegar, apanhar *I caught the plate before it hit the ground.* Apanhei o prato antes que batesse no chão. (usado como *s*) *He missed an easy catch.* Ele perdeu uma pegada de bola fácil. **2** [obj: p. ex. camundongo, criminoso] apanhar, pegar *a good place to catch trout* um bom lugar para pegar trutas

trap *vt*, -pp- **1** [p. ex. numa caçada ou trabalho detetivesco] pegar em armadilha, apanhar, capturar *a humane way of trapping rabbits* uma maneira não cruel de apanhar coelhos em armadilha **2** (ger. na passiva) [em espaço fechado] preso *I was trapped in the bathroom for over an hour.* Fiquei preso no banheiro por mais de uma hora. **trap** *sfn* armadilha, cilada *to set a trap* preparar uma armadilha

capture *vt* [implica força. Obj: p. ex. soldado] capturar *captured prisoners* prisioneiros capturados

407 Walk Andar

walk v **1** vi andar, caminhar *I walked to the shops.* Caminhei até as lojas. *We walked six miles.* Caminhamos seis milhas. **2** vt andar, caminhar, percorrer a pé *They walked the streets all night.* Andaram pelas ruas durante toda a noite. **3** vt [levar para um passeio a pé] levar a passear *to walk the dog* levar o cachorro a passear

walk sfn **1** passeio, caminhada *Shall we go for a walk?* Vamos dar um passeio a pé? *forest walks* caminhadas pela floresta **2** [maneira de caminhar] andar *He has a funny walk.* Ele tem um andar engraçado.

walker sfn [ger. empregado com relação a pessoas que gostam de fazer longas caminhadas] caminheiro, andarilho

pedestrian sfn pedestre (usado como *adj*) *pedestrian crossing* travessia de pedestres

407.1 Movimentos relativos ao andar

step sfn **1** passo *a baby's first steps* os primeiros passos de um bebê **2** [modo de andar de cada pessoa] passo, andar *her usual jaunty step* seu andar lépido de sempre

step vi, -pp- (freq. com *adv* ou *prep*) dar um passo *I stepped over the puddle.* Passei por cima da poça. [um tanto formal] *Step this way please.* Por aqui, por favor.

pace sfn [um único passo] passo, passada *Take two paces forward.* Dê dois passos para a frente.

pace vti [caminhar lentamente com passadas regulares, ger. percorrendo uma área para cima e para baixo. Freq. implica enfado ou ansiedade] andar compassadamente *I paced up and down outside while the judges made their decision.* Fiquei andando de um lado para o outro enquanto os juízes tomavam uma decisão.

stride sfn **1** [um único movimento, ger. bastante longo e vigoroso] passada larga *In a few strides he had caught up with me.* Com umas poucas passadas ele me alcançou. **2** (não tem *pl*) [ritmo pessoal rápido e regular] passada *She headed down the corridor with a confident stride.* Ela desceu pelo corredor num passo firme. *veja também **407.1**

gait s (não tem *pl*) [um tanto formal. Movimento do corpo ao caminhar] balanço, andar *her duck-like gait* seu andar de pato

footstep sfn [som ou marca dos passos] passadas, pisadas *their heavy footsteps on the stairs* suas passadas pesadas nas escadas

tread ssfn (não tem *pl*) [som e pressão dos passos] pisadas, passadas *Even the nurse's gentle tread would wake me.* Até as passadas suaves de uma enfermeira me acordariam.

tread vi, pretérito **trod** part passado **trodden** (+ *adv* ou *prep*) pisar *He trod on my toe.* Ele pisou no meu dedo.

407.2 Andar sem pressa

wander vi (ger. + *adv* ou *prep*) [implica ausência de um destino definido] perambular, vagar *I've been wandering around these corridors for hours.* Fiquei vagando por esses corredores por horas. *You can't just wander in here, you know.* Não se pode ficar perambulando por aqui, sabe?

roam vti (ger. com *adv* ou *prep*) [um tanto literário. Implica caminhar longas distâncias, mas sem nenhum destino definido] errar, vagar, caminhar sem destino *We roamed around the old city without a guidebook.* Estivemos vagando pela cidade antiga sem um guia. *I've been roaming the country, looking for a job.* Tenho andado errante pelo país em busca de trabalho.

stroll vi (ger. + *adv* ou *prep*) [implica uma caminhada lenta, curta e aprazível] passear, dar uma volta *We strolled down to the post office.* Demos uma volta a pé até os correios.

stroll sfn passeio, volta *to go for a stroll* sair para dar uma volta

saunter vi (ger. + *adv* ou *prep*) [implica um passo lento, descuidado e freq. arrogante] passear lentamente *He said hello as he sauntered past.* Ele me cumprimentou ao passar caminhando tranqüilamente.

ramble vi [implica uma caminhada longa pelo campo] caminhar pelo campo *to go rambling* fazer uma caminhada pelo campo *We spent a week rambling round the Peak District.* Passamos uma semana caminhando pelo Peak District.

ramble sfn caminhada *to go for a ramble* fazer uma caminhada **rambler** sfn caminhante, excursionista

amble vi [implica um caminhar lento e calmo] andar sem pressa *At twelve he ambles across to the pub for lunch.* Às doze horas ele caminha tranqüilamente para o outro lado da rua para almoçar no pub.

dawdle vi [implica desperdiçar tempo] flanar, perder tempo *They tend to dawdle in front of shop windows.* Eles tendem a ficar perdendo tempo diante das vitrines.

407.3 Andar de modo vigoroso

march vi (freq. + *adv* ou *prep*) [implica o passo regular dos soldados ou à maneira dos soldados] marchar *We marched back to camp.* Marchamos de volta ao acampamento. *The protesters marched on Downing Street.* Os manifestantes marcharam até Downing Street. [freq. implica ira] *She marched in and demanded to see the manager.* Ela marchou para dentro da loja e exigiu ver o gerente.

march sfn marcha, passeata *a protest march* uma passeata de protesto

stride vt, pretérito **strode** part passado [raro] **stridden** (freq. com *adv* ou *prep*) andar a passos largos *He strode off after her.* Ele saiu marchando atrás dela. *ver também **407.1**

process vi [formal. Suj: p. ex. clérigo, coro] desfilar, andar em procissão *We processed solemnly round the cloister.* Desfilamos em procissão solene ao redor do claustro.

procession sfn procissão *to walk in procession* caminhar em procissão

hike vi (freq. + *adv* ou *prep*) [implica uma longa caminhada pelo campo] fazer excursão a pé, caminhar *to go hiking* fazer uma excursão a pé *We spent a week hiking through Yorkshire.* Passamos uma semana excursionando a pé por Yorkshire.

swagger vi (freq. + *adv* ou *prep*) [implica uma forma arrogante de andar] caminhar *He swaggered up to the bar and ordered a bottle of champagne.* Ele caminhou empavonado até o bar e pediu uma garrafa de champanha.

stamp v (ger. + adv ou prep) **1** vi [implica um modo de andar pesado, às vezes agressivo] pisar forte *She swore at me and stamped out.* Ela me xingou e saiu pisando forte. *He flung the papers to the floor and stamped on them.* Ele atirou os jornais no chão e os pisoteou. **2** vt [obj: pé] bater os pés *I stamped my foot in rage.* Eu bati os pés no chão de raiva.

tramp vi (ger. + adv ou prep) [implica caminhar com esforço] andar pesadamente *We had to tramp over there through the mud and rain.* Tivemos que abrir caminho por ali enfrentando a lama e a chuva.

407.4 Andar de modo a passar despercebido

creep vi, pretérito & part passado **crept** (ger. + adv ou prep) [muito silenciosamente] andar furtivamente *I crept upstairs and went to bed.* Subi as escadas furtivamente e fui para a cama.

crawl vi (ger. + adv ou prep) [implica andar com o corpo abaixado] rastejar, arrastar-se, engatinhar *I crawled under the bed.* Arrastei-me para debaixo da cama.

prowl vi (ger. + adv ou prep) [implica estar esperando algo ou alguém, como faria um criminoso ou um animal que está caçando] espreitar *What's the idea of prowling round outside the house?* Que idéia é essa de ficar espreitando na parte de fora da casa?

tiptoe vi [ger. para não perturbar alguém, especialmente se essa pessoa estiver dormindo] andar na ponta dos pés *She tiptoed out of the room.* Ela saiu da sala na ponta dos pés.

on tiptoe na ponta dos pés *We were walking around on tiptoe so as not to wake the children.* Andávamos na ponta dos pés para não acordar as crianças.

407.5 Subir

climb v [p. ex. em montanha ou escadas] **1** vi (ger. + adv ou prep) escalar, subir, trepar *I had to climb up the drainpipe.* Tive de escalar o condutor de água. *We could climb in through the window.* Conseguimos entrar pela janela. **2** vt subir *She climbed the ladder very slowly.* Ela subiu a escada muito lentamente.

clamber vi (ger. + adv ou prep) [implica dificuldade e uso das mãos] trepar agarrando-se com os pés e com as mãos, subir com dificuldade *He clambered into the top bunk.* Ele trepou no beliche de cima.

scramble vi (ger. + adv ou prep) [implica superfície difícil ou rapidez] trepar, ir correndo *Everybody scrambled back on to the coach.* Todos subiram rapidamente de volta ao ônibus.

407.6 Andar desconfortavelmente

stagger vi (ger. + adv ou prep) [como se a ponto de cair] cambalear *I staggered out of bed to open the door.* Eu cambaleei para fora da cama para abrir a porta.

limp vi mancar, manquejar **limp** sfn o ato de mancar *to walk with a limp* andar mancando

hobble vi (ger. + adv ou prep) [p. ex. devido à idade ou a um ferimento] mancar, andar com dificuldade *She was hobbling along on crutches.* Ela saiu andando de muletas com dificuldade.

waddle vi (ger. + adv ou prep) [o corpo se movimentando de um lado para o outro, freq. devido à obesidade. Freq. empregado em relação aos patos] andar gingando e bamboleando (como um pato)

shuffle vi (ger. + adv ou prep) [implica não levantar os pés] arrastar os pés *The queue shuffled forward slowly.* A fila arrastava-se lentamente para frente.

traipse vi (ger. + adv ou prep) [implica andar uma longa distância contra a vontade] fazer um caminho de má vontade *I had to traipse back to the shops again to pick it up.* Tive de fazer todo o caminho de volta para as lojas para recolhê-lo.

407.7 Andar pela água

paddle vi [em água rasa, esp. à beira-mar] patinhar, molhar os pés *to go paddling* andar molhando os pés *I'll just paddle at the water's edge.* Vou apenas molhar os pés na beira da água. (usado como s) *to go for a paddle* dar uma molhada nos pés

wade vi (ger. + adv ou prep) [implica água razoavelmente profunda] passar a vau, vadear *We waded in up to our waists.* Atravessamos com água pela cintura.

408 Run Correr

ver também **sport**, 388; **equestrian sports**, 395; **quick**, 403

run v pretérito **ran** part passado **run 1** vi (ger. + adv ou prep) correr *She ran to the gate.* Ela correu para o portão. *I ran down the stairs.* Desci escada abaixo. *He ran into some plate glass.* Ele se chocou de encontro a uma porta de vidro. (usado como s) *to go for a run* fazer uma corrida **2** vt [obj: esp. percurso, maratona] correr

trot vi, -tt- (ger. + adv ou prep) [como um cavalo correndo devagar] trotar, caminhar a passo rápido *She got out of the car and trotted down the path.* Ela saiu do carro e foi andando rapidamente pelo caminho.

trot sfn andar rápido, trote *to break into a trot* começar a andar a passo rápido

gallop vi (ger. + adv ou prep) [como um cavalo correndo rápido] apressar-se, andar rapidamente, correr, galopar *I don't want you galloping down the corridors.* Não quero você andando a todo galope pelos corredores.

gallop sfn andar muito rápido e apressado, galope *to set off at a gallop* sair a toda velocidade, sair a galope

race vi (ger. + adv ou prep) [implica falta de tempo] correr *Everybody raced for the doors.* Todos correram para as portas.

dash vi (ger. + adv ou prep) [implica grande pressa] correr, precipitar-se *I dashed over to the phone.* Corri para o telefone.

dash sfn corrida *a mad dash for bargains* uma corrida louca em busca de pechinchas

bolt vi [usualmente implica fugir] disparar, correr, fugir *He bolted for the door.* Ele correu como um raio em direção à porta.

sprint vi (ger. + adv ou prep) [como um atleta de velocidade em curta distância] correr a toda velocidade *She sprinted across the road.* Ela atravessou a rua a toda velocidade **sprint** sfn corrida a toda velocidade

scamper vi (ger. + adv ou prep) [implica ludicidade] correr brincando *The twins were scampering round the garden.* Os gêmeos corriam brincando pelo jardim.

GRUPOS DE PALAVRAS

409 Follow Seguir

409.1 Seguir para pegar

chase vt [implica velocidade. Pode implicar apanhar ou espantar] caçar, correr atrás, enxotar *Stop chasing that poor cat.* Pare de correr atrás desse pobre gato. *The police chased him on to the roof.* A polícia o perseguiu em cima do telhado. *He was chasing a dog out of the garden.* Ele estava enxotando um cachorro para fora do jardim. *I chased after him to give him his paper back.* Corri atrás dele para lhe devolver o jornal.

pursue vt [um tanto formal] perseguir *The aggressors will be pursued and punished.* Os agressores serão perseguidos e punidos.

pursuer sfn perseguidor *They fled in fear from their pursuers.* Fugiram amedrontados de seus perseguidores.

pursuit s (não tem pl) perseguição *We set off **in pursuit of** the thieves.* Saímos em perseguição aos ladrões.

hunt vt [obj: p. ex. raposa, criminoso] caçar *a hunted animal* um animal que está sendo caçado (+ **down**) *We will hunt down the murderer.* Caçaremos os assassinos.

409.2 Seguir sem ser visto

trail vt 1 [implica segredo] seguir a pista *We trailed him back to the hotel.* Seguimos sua pista de volta ao hotel. 2 [ficar atrás] seguir, ir atrás *He trailed the leaders till the last 100 metres.* Ele seguiu os líderes até os últimos 100 metros.

shadow vt [de perto e secretamente] seguir como uma sombra *Foreign journalists are shadowed by members of the secret police.* Jornalistas estrangeiros são seguidos de perto pela polícia secreta.

U S O

Um **follower** normalmente não é uma pessoa que vai andando atrás de alguém, mas sim uma pessoa que acredita ou apóia alguém ou algo, p. ex. *the followers of Freud* (os seguidores de Freud). Em inglês há diversas maneiras de fazer referência a pessoas que seguem outras pessoas, p. ex. *the people following us on foot* as pessoas que nos seguiam a pé *The cars behind me kept hooting.* Os carros que me seguiam não paravam de buzinar. *the woman after me in the queue* a mulher depois de mim na fila

410 Jump Saltar

jump vti (freq. + adv ou prep) saltar, pular *See how high you can jump.* Veja a que altura você consegue saltar. *I jumped over the log.* Saltei por cima do tora. *They jumped the fence.* Saltaram a cerca. *He jumped up and ran out of the room.* Ele pulou e saiu correndo da sala. **jump** sfn salto, pulo

spring vi, pretérito **sprang** part passado **sprung** (ger. + adv ou prep) [implica subitaneidade e energia] saltar, pular *I sprang out of bed and ran downstairs.* Saltei para fora da cama e corri escada abaixo. **spring** sfn salto, pulo

leap vi, pretérito & part passado **leapt** ou **leaped** (ger. + adv ou prep) [implica energia e distância, ou às vezes subitaneidade] saltar, pular *People were leaping out of the blazing building.* As pessoas estavam saltando do edifício em chamas. *She leaped out from behind a tree.* Ela saltou de detrás de uma árvore.

leap sfn salto, pulo *She took a flying leap at the burglar.* Ela se lançou de um salto em direção ao ladrão.

hop vi, -pp- [pequenos saltos, ger. numa só perna] saltitar, dar pulinhos *She came hopping in with a sprained ankle.* Ela entrou aos pulinhos com o tornozelo torcido. [implicando facilidade] *Hop in a taxi and come over.* Salte num táxi e venha para cá. **hop** sfn pequeno pulo, saltinho

skip vi, -pp- 1 [correr dando saltos] ir dando saltos, brincar *They skipped off happily down the road.* Desceram a rua alegremente aos saltos. 2 [com uma corda] pular corda

bounce vti pular, saltar, rebater, ricochetear *Stop bouncing on my bed!* Pare de pular em cima da minha cama. *The ball bounced several times.* A bola rebateu várias vezes. **bounce** sfn rebote, rebatida, ricochete

411 Movement Movimento

ver também **pull and push, 338**

move vti 1 [fazer movimento] mover, mexer, remover, deslocar *I thought I saw him move.* Penso tê-lo visto se mover. *Don't move!* Não se mova! *I've moved the medicines out of reach.* Guardei os remédios fora de alcance. *They moved their warehouse to Leicester.* Eles mudaram o armazém para Leicester. 2 [para outra casa] mudar, mudar-se *We're moving house tomorrow.* Estamos mudando de casa amanhã. *I moved here two years ago.* Mudei-me para cá há dois anos.

movement s 1 ssfn movimento *The overalls are designed for ease of movement.* Os macacões são projetados para facilitar os movimentos. 2 sfn movimento *Watch out for any sudden movements.* Fique de olho em qualquer movimento repentino.

motion s [mais formal ou técnico que **movement**] 1 ssfn [algo contínuo] movimento *motion caused by magnetic attraction* movimento causado por atração magnética *to **set** wheels **in motion*** pôr as rodas em movimento 2 sfn [esp. como um sinal] aceno, movimento *She beckoned me with a confident motion of her arm.* Ela acenou para mim com um movimento resoluto com o braço.

mobile *adj* móvel [enfatiza a habilidade de movimento] móvel *a mobile workforce* uma mão-de-obra móvel *a mobile library* uma biblioteca móvel **mobility** *ssfn* mobilidade

411.1 Pequenos movimentos corporais

shift *v* 1 *vi* [mudar de posição] mover, deslocar *She shifted forward in her seat.* Ela se movimentou mais para frente em seu assento. 2 *vt* [levemente informal] mudar de lugar *I want to shift this fridge.* Eu queria mudar esta geladeira.

stir *vi*, -rr- [um tanto literário. P. ex. depois de dormir ou estar imóvel] agitar-se, mexer-se, movimentar-se *A hedgehog stirred in the grass.* Um ouriço agitou-se na grama.

stir *sfn* agitação, movimento, rebuliço *There was a stir amongst the audience.* Houve um alvoroço na platéia.

wriggle *vi* [p. ex. com impaciência ou resistindo a alguém. Ger. envolve o corpo todo] contorcer, remexer *He wriggles so much it takes two of us to change his nappy.* Ele se remexe tanto que são necessários dois de nós para trocar a fralda.

fidget *vi* (ger. devido a impaciência ou enfado] remexer-se, não parar quieto *Those hard benches would make anybody fidget.* Esses bancos duros fariam qualquer um ficar se remexendo.

jerk *vti* [com um impulso súbito] fazer um movimento brusco *She jerked her hand away.* Ela afastou a mão com um movimento repentino.

jerk *sfn* movimento repentino *a sudden jerk of the head* um movimento brusco com a cabeça

twitch *vti* [normalmente algo feito inconscientemente ou fora de controle] contrair-se, crispar-se *Her lips twitched as she tried not to smile.* Seus lábios contraíam-se quando ela tentava não sorrir.

twitch *sfn* contração muscular, tique nervoso *He's got a nervous twitch.* Ele tem um tique nervoso.

411.2 Movimentos deslizantes

slide *v*, pretérito & part passado **slid** (ger. + *adv* ou *prep*) [em uma superfície suave] 1 *vi* deslizar, escorregar *to slide down the banister* deslizar pelo corrimão [enfatizando a facilidade do movimento] *We slid through a gap in the fence.* Deslizamos por um buraco na cerca. 2 *vt* deslizar *I slid the letter into my pocket.* Deslizei a carta para dentro de meu bolso.

glide *vi* (ger. + *adv* ou *prep*) [implica um movimento suave e silencioso] deslizar, correr suavemente *The dishwasher glides in and out on castors.* A máquina de lavar pratos desliza sobre roldanas. *The bus just glided past without stopping.* O ônibus seguiu suavemente seu caminho sem parar.

slip *vi*, -pp- 1 [perder o equilíbrio] escorregar *I slipped on the wet floor.* Escorreguei no chão molhado. 2 (ger. + *adv* ou *prep*) [mover rapidamente] passar rápido *I'd just slipped round the corner.* Eu tinha acabado de dar uma escapada até a esquina. *He slipped out for a minute.* Ele saiu por um minuto.

slippery *adj* escorregadio *slippery mountain tracks* pistas escorregadias na montanha

skid *vi*, -dd- [implica perder controle sobre uma superfície. Subj: esp. veículo] derrapar *The van skidded on some black ice.* A caminhoneta derrapou no gelo sobre a pista.

slither *vi* 1 (esp. *brit*) [implica escorregar repetidamente sobre uma superfície molhada ou polida] resvalar, escorregar *My feet kept slithering on the slimy rocks.* Meus pés resvalavam nas rochas escorregadias. 2 (*brit* & *amer*) [usado com referência a cobras] deslizar

drift *vi* (ger. + *adv* ou *prep*) [implica movimento descontrolado sobre a água ou como se algo estivesse flutuando] ficar à deriva, sem rumo, ser arrastado *The smoke drifted upwards.* A fumaça se elevava lentamente flutuando no ar. *Our boat drifted towards land.* Nosso barco foi arrastado em direção à terra firme.

411.3 Movimento para trás ou para a frente

roll *v* (ger. + *adv* ou *prep*) 1 *vi* [suj/obj: p. ex. pedra, barril] rolar *A coin rolled under the counter.* Uma moeda rolou embaixo do balcão. 2 *vt* (ger. + **up**) enrolar *She rolled up the map.* Ela enrolou o mapa.

flow *vi* (ger. + *adv* ou *prep*) [como um riacho] fluir, correr *the blood that flows through your veins* o sangue que lhe corre nas veias

flow *sfn* corrente, fluxo, vazão *They cut off the oil flow.* Cortaram a vazão do petróleo.

rock *vti* [para trás e para a frente, no mesmo lugar] balançar *I found her rocking gently in a hammock.* Encontrei-a balançando-se suavemente numa rede. *The wind was rocking the branches.* O vento balançava os ramos.

swing *v*, pretérito & part passado **swung** [movimento em forma de arco] 1 *vi* oscilar, balançar, brandir *His fist swung up at me.* Ele brandiu o punho para mim. *The window swung shut.* A janela fechou-se de um golpe. 2 *vt* girar, brandir *They were swinging chains around their heads.* Eles giravam as cadeiras sobre suas cabeças.

wag *v*, -gg- [suj/obj: esp. dedo, rabo] 1 *vt* sacudir *She kept wagging the paper under my nose.* Ela ficou sacudindo o jornal no meu nariz. 2 *vi* balançar *Her tail was wagging happily up and down.* Balançava o rabo alegremente para cima e para baixo.

hurtle *vi* (ger. + *adv* ou *prep*) [implica alta velocidade e falta de controle, como se algo tivesse sido arremessado ou lançado] arremessar, atirar violentamente, colidir, chocar-se *Rockets hurtled overhead.* Foguetes arremessados no ar. *She came hurtling towards us on her bike.* Ela veio atirada violentamente contra nós em sua bicicleta.

412 Fall Cair

ver também **decrease, 47**

412.1 Cair acidentalmente

fall *vi*, pretérito **fell** part passado **fallen** (ger. + *adv* ou *prep*, esp. **down**) cair, tombar *She stumbled and fell.* Ela tropeçou e caiu. *You could fall down and hurt yourself.* Você pode cair no chão e se machucar. *A tile's fallen off the roof.* Uma telha caiu do telhado.

fall *sfn* queda, tombo *She had a bad fall.* Ela teve uma queda ruim.

trip *vi*, -pp- (freq. + **up** ou **over**) [implica prender o pé em

GRUPOS DE PALAVRAS

algo] tropeçar, tropicar *I've just tripped over one of your toys again.* Acabei de tropeçar novamente em um de seus brinquedos.

stumble *vi* **1** (freq. + **on** ou **over**) [envolve tropeçar por cima de alguma coisa] tropeçar, dar um passo em falso *I stumbled on a shoe that someone had left lying around.* Tropecei em um sapato que alguém havia largado jogado pelo chão. **2** [andar de modo desajeitado ou sem firmeza] andar tropeçando *She stumbled about in the dark trying to find the light switch.* Ela foi tropeçando pelo escuro tentando achar o interruptor.

tumble *vi* (ger. + *adv* ou *prep*) [implica cair dando voltas] cair rolando *the car tumbled over the cliff.* O carro caiu rolando pelo penhasco.

collapse *vi* **1** [devido a uma falha estrutural] desmoronar, desabar *The roof collapsed, killing 5 people.* O telhado desabou matando 5 pessoas. **2** [suj: pessoa. Ex.: num desmaio] cair, ter um colapso *She collapsed in a heap.* Ela caiu de corpo todo ao chão. *to collapse in tears* irromper em lágrimas **3** [falhar] entrar em colapso *The business collapsed.* O negócio entrou em colapso.

collapse *sc/sfn* colapso, derrocada *the collapse of communism* o colapso do comunismo

spill *vti, pretérito & part passado* **spilled** ou (esp. brit) **spilt** [obj/suj: p. ex. vinho, farinha] derramar *Don't spill tea all over me!* Não derrame chá em cima de mim! *My drink spilt all over the floor.* Minha bebida derramou por todo o chão. **spill** *sfn* derramamento, vazamento

tip *v*, **-pp-** (ger. + *adv* ou *prep*) [implica perda de equilíbrio devido a alguma pressão] **1** *vt* [ger. deliberadamente] derrubar, tombar *We tipped the car over the edge.* Tombamos o carro no precipício. *I tipped the contents out on to the table.* Esvaziei o conteúdo sobre a mesa. **2** (ger. + **over**) [ger. acidentalmente] tombar *The jolt made the bottle tip over.* A sacudida fez tombar a garrafa.

412.2 Cair direto ao chão

plummet *vi* [implica uma trajetória longa e muita velocidade] precipitar-se, cair velozmente *A shot rang out and the bird plummeted to the ground.* Um tiro ecoou e o pássaro caiu ao chão.

drop *v*, **-pp-** (ger. + *adv* ou *prep*) [acidentalmente ou não] **1** *vt* deixar cair *You've dropped a glove.* Você deixou cair uma luva. *Just drop your cases anywhere.* Podem deixar suas malas em qualquer lugar. *They're dropping leaflets over enemy lines.* Estão jogando folhetos sobre as linhas do inimigo. **2** *vi* cair *The letter dropped from her hand.* A carta caiu de sua mão. *The handle's dropped off.* A maçaneta caiu. *I dropped to my knees.* Caí de joelhos.

sink *v*, *pretérito* **sank** *part passado* **sunk 1** *vi* [p. ex. no mar] afundar, soçobrar *the year the Cambridge boat sank* o ano em que o barco de Cambridge afundou **2** *vt* [p. ex. no mar] afundar **3** *vi* [p. ex. devido ao cansaço] cair com toda a força, afundar *to sink into an armchair* afundar numa poltrona *She sank to the ground in exhaustion.* Ela deixou-se cair ao chão exausta. *I sank to my knees.* Caí prostrado ao chão.

412.3 Baixar de forma controlada

swoop *vi* (freq. + **down**) [com um movimento rápido e gracioso, como uma ave de rapina] baixar rapidamente, mergulhar *A helicopter swooped down to photograph the crowd.* Um helicóptero mergulhou para fotografar a multidão.

dive *vi*, *pretérito* **dived** ou (amer) **dove** *part passado* **dived** (ger. + *adv* ou *prep*) afundar de cabeça, submergir, mergulhar *The whale suddenly dived.* Subitamente a baleia submergiu.

dive *sfn* mergulho, salto *an athletic dive* um salto de mergulho em atletismo

descend *vti* [um tanto formal. Implica mover com cuidado] descer, baixar *We descended through the clouds.* Baixamos através das nuvens. *They descended the cliff face.* Desceram a face do penhasco.

descent *sfn* descida *our descent into Heathrow* nossa descida em Heathrow

413 Rise Subir

ver também **increase, 46; carry, 337**

rise *vi*, *pretérito* **rose** *part passado* **risen** (freq. + **up**) [implica aparente ausência de esforço] elevar-se, subir *The balloon began to rise up into the sky.* O balão começou a subir ao céu.

raise *vt* [deliberadamente] levantar, elevar, subir *He raised the cup above his head.* Ele levantou a taça acima de sua cabeça.

lift *vt* [implica mais esforço do que uma altura considerável] levantar *I could hardly lift the box.* Eu mal conseguia levantar a caixa. *I lifted her onto my shoulders.* Coloquei-a sobre meus ombros.

ascend *vti* [um tanto formal. Implica mover para cima com graça ou cuidado] ascender, subir *the view as we ascended* o panorama ao subirmos *She ascended the steps to the main door.* Ela ascendeu os degraus em direção à porta principal.

ascent *sfn* subida *a balloon ascent* a subida de um balão

climb *vi* escalar, subir *The plane climbed steadily as it left the runway.* O avião continuou sempre subindo ao deixar a pista.

414 Turn Girar

turn v [implica um movimento circular completo ou parcial] **1** vi (ger. + adv ou prep) girar, virar *The gate turned slowly on its hinges.* O portão girou lentamente nas dobradiças. *He turned round and stared at me.* Ele virou e olhou-me fixamente. *Turn left here.* Vire a esquerda aqui. **2** vt girar, virar *Turn the valve clockwise.* Gire a válvula no sentido horário. *I turned the car round.* Dei a volta com o carro.

turn sfn volta, giro *Give the wheel a quarter turn.* Dê um quarto de volta na roda. *twists and turns in the road* as curvas da estrada

414.1 Girar em círculo

spin v, -nn- *pretérito & part passado* **spun** (freq. + **round** ou **around**) [ger. implica velocidade e movimento contínuo] **1** vi girar, rodar *I watched the clothes spinning round in the machine.* Observei as roupas rodando na máquina. **2** vt girar *The croupier spun the wheel.* O crupiê girou a roleta.

revolve vi (freq. + **round** ou **around**) [mais técnico que **spin**. Ger. implica movimento contínuo em relação a um eixo] girar, descrever uma órbita circular *Each planet revolves slowly around the sun.* Cada um dos planetas gira lentamente em torno do sol. **revolution** sc/sfn revolução

rotate v [um tanto técnico. Implica estar fixado a um eixo] **1** vi rodar, girar em volta *The chamber rotates each time a bullet is fired.* A câmara gira toda vez que uma bala é atirada. **2** vt movimentar, fazer rodar *Each cog rotates the next.* Cada dente da roda faz movimentar o seguinte. **rotation** sc/sfn rotação

414.2 Changing direction

twist v (freq. + adv ou prep) [implica partes que se movem em direções diferentes] **1** vi torcer, girar, serpentear *a stretch where the river twists and turns* um trecho em que o rio serpenteia *The cap twists off.* A tampa se desenrosca. *He twisted round to check.* Ele se virou para olhar. **2** vt enrolar, dar voltas *I twisted the cord round my wrist.* Enrolei a corda no pulso. *I twisted the handle round.* Girei a maçaneta.

twist sfn torção, giro, torcedura *with a twist of her wrist* com uma torção de seu punho

swerve vi [implica movimento súbito, freq. violento, ger. para evitar algo] desviar, guinar, mudar de direção *I swerved and hit a tree.* Dei uma guinada e bati em uma árvore.

veer vi [implica uma pronunciada mudança de direção, às vezes devido à perda de controle] desviar, guinar, mudar de direção *The road veers off to the left.* A estrada desvia para a esquerda. *You keep veering towards the kerb.* Você fica sempre desviando em direção ao meio-fio.

415 Wave Agitar

wave v [implica um movimento bastante amplo] **1** vti [como saudação, sinal. Obj: braço, bandeira] agitar, acenar *He waved an umbrella at the taxi.* Ela acenou com o guarda-chuva para o táxi. *He waved cheerfully at me.* Ela acenou alegremente para mim. **2** vi (suj: p. ex. bandeira) drapejar, ondear, ondular *The barley waved in the sun.* O campo de cevada ondulava ao sol.

flutter vi [implica movimentos pequenos e repetidos] tremular, flutuar ao vento, adejar, esvoaçar *He couldn't stop the pages fluttering in the wind.* Ele não conseguia impedir as páginas de esvoaçar.

flap v, -pp- [implica movimentos vigorosos e ruidosos] agitar, adejar, bater as asas **1** vi oscilar, balançar *The washing flapped on the line.* Roupa lavada balançando no varal. **2** vt agitar, bater as asas *She was flapping her programme like a fan.* Ela abanava o programa como se fosse um leque. *The bird flapped its wings.* O pássaro bateu as asas.

416 Magic Magia

magic ssfn magia, bruxaria, feitiçaria *black magic* magia negra *to make sth disappear by magic* fazer algo desaparecer por mágica

magic adj [termo mais geral que **magical**] mágico *magic tricks* truques de magia *a magic mirror* um espelho mágico

magical adj [enfatiza o encantamento e o mistério] mágico, encantado *a magical kingdom* um reino encantado

magician sfn [um animador ou em um conto de fadas] prestidigitador, mágico, mago

wand sfn varinha *a magic wand* uma varinha de condão

spell sfn encantamento *to cast a spell (on sb)* lançar um encantamento (sobre alguém)

trick sfn truque *a disappearing trick* um truque em que se faz desaparecer algo

416.1 Seres mágicos

fairy sfn fada (usado como adj) *a fairy princess* uma princesa encantada

gnome sfn gnomo

elf sfn, pl **elves** elfo

wizard sfn mago, feiticeiro

witch sfn bruxa, feiticeira

416.2 O sobrenatural

ghost *sfn* [a palavra mais geral e mais comumente usada] fantasma *Do you believe in ghosts?* Você acredita em fantasmas?

phantom *sfn* [um tanto literário] fantasma
haunt *vt* [obj: p. ex. castelo] assombrar
occult *adj* [descreve p. ex. poderes] oculto (usado como *s*) *the occult* as forças ocultas

417 Good Bom

ver também **beautiful**, 59; oposto **bad**, 438

good *adj, compar* **better** *superl* **best** bom *a very good idea* uma idéia muito boa *a good book* um bom livro *a good tennis player* um bom jogador de tênis *Let's hope the weather is better tomorrow.* Esperemos que o tempo esteja melhor amanhã.

well *adv, compar* **better** *superl* **best** [forma adverbial de **good**] bem *They played very well.* Eles jogaram muito bem. (em formas compostas) *well-dressed* bem vestido *better-educated* bem-educado

U S O

Quando se emprega **good** para descrever uma pessoa, pode-se referir à capacidade dessa pessoa em algo específico (p. ex. *a good pilot* um bom piloto) ou considerá-la de um ponto de vista moral. Emprega-se **Goodness** apenas no sentido moral. *Ver **good** (moralmente), 217

417.1 Bom, mas que não inspira grande entusiasmo

U S O

Todas as palavras que se seguem podem ser reforçadas ou enfatizadas positivamente empregando-se **very** ou **extremely**, porém normalmente não se empregaria **absolutely**.

okay ou **OK** *adj* [um tanto informal. Normalmente significa satisfatório, porém pode significar bom ou bastante bom, dependendo do tom de voz de quem fala] bom *The food wasn't great but it was OK.* A comida não estava sensacional, porém estava boa.

decent *adj* 1 [implica satisfação] decente *We can at last afford a decent car.* Enfim podemos nos permitir um carro decente. *a decent meal* uma refeição decente 2 [descreve: pessoa, comportamento] decente **decently** *adv* decentemente

nice *adj* [de preferência usar somente em conversação] agradável, simpático, bom *They're a nice couple.* É um casal simpático. *What a nice little house!* Que casinha agradável! *a nice cup of tea* uma boa xícara de chá *Have a nice day!* Tenha um bom dia!

nicely *adv* [implica maior entusiasmo que **nice**] bem *You sang that very nicely.* Você cantou muito bem.

pleasant *adj* [bom de uma maneira aprazível] agradável, simpático *It's a pleasant place, I suppose, but I wouldn't want to live there.* É um lugar agradável, mas eu não gostaria de morar lá. *Thank you for a very pleasant evening.* Obrigado por esta noite tão agradável. *All the neighbours seem very pleasant.* Todos os vizinhos parecem ser muito simpáticos.

favourable *adj* [implica aprovação. Descreve p. ex. opinião, juízo] favorável *The reviews were favourable.* As críticas foram favoráveis. *I'm hoping for a favourable decision.* Espero uma decisão favorável.

417.2 Bom e que inspira admiração

ver também **great**, 77

U S O

Todos esses adjetivos, exceto **fine** no sentido **1**, são comumente reforçados com **absolutely**, p. ex. *It was absolutely lovely!* Foi simplesmente adorável! Normalmente não são empregados com **very**.

lovely *adj* (esp. *brit*) implica admiração ou prazer] encantador, formoso, lindo, adorável, delicioso *What lovely hair!* Que lindos cabelos! *I hope you have a lovely time.* Espero que você aproveite bastante. *Thank you for that lovely meal.* Obrigado pela refeição. Estava deliciosa. (antes de um outro *adj*) *lovely fluffy towels* toalhas deliciosamente fofas

fine *adj* 1 (ger. antes do *s*) [um tanto formal. Enfatiza habilidade e qualidade] bom, fino, refinado, belo, magnífico *some fine medieval carvings* alguns finos entalhes medievais *a fine essay on humour* um magnífico ensaio sobre o humor *fine wines* vinhos finos 2 (ger. depois do *v*) [implica uma situação satisfatória, mas pouco entusiasmo] bom *The eggs were just fine, darling.* Os ovos estavam muito bons, querida. *If you move the chair a little to the right, that'll be fine.* Se você mover a cadeira um pouco para a direita, estará bom. (freq. usado para tranqüilizar) *Your work is fine.* Seu trabalho está bom. 3 [descreve: a condição do tempo] bom *a fine day* um dia de tempo bom 4 (depois do *v*) [saudável] bem *I'm fine now.* Estou bem agora.

splendid *adj* 1 [um pouco antiquado. Implica satisfação] esplêndido, ótimo *That'll be a splendid present for an eight-year-old.* Esse vai ser um ótimo presente para uma criança de oito anos. [expressando agradecimento ou satisfação] *Eight o'clock will be splendid.* Às oito horas está ótimo. 2 [implica grandeza] esplêndido *a splendid oriental carpet* um esplêndido tapete oriental

splendidly *adv* esplendidamente *The plan worked splendidly.* O plano funcionou às mil maravilhas.

superb *adj* [implica qualidade impressionante] magnífico, excelente, maravilhoso *a superb banquet* um banquete magnífico **superbly** *adv* magnificamente, excelentemente, maravilhosamente *She arranged everything superbly.* Ela organizou tudo magnificamente.

magnificent *adj* [implica efeito impressionante] magnífico, majestoso, maravilhoso *What a magnificent rainbow!* Que arco-íris maravilhoso! *The acoustics are magnificent.* A acústica é magnífica.

GRUPOS DE PALAVRAS

magnificence *ssfn* magnificência, grandiosidade *the magnificence of the setting* a grandiosidade do cenário

magnificently *adv* magnificamente *a magnificently tiled hallway* um saguão com pisos magníficos

masterpiece *ssfn* obra-prima *a Venetian masterpiece* uma obra-prima veneziana

417.3 Extremamente bom e inspirado, grande entusiasmo

uso

Todas as palavras abaixo são empregadas para expressar uma opinião muito pessoal sobre algo ou alguém. Há pouca diferença entre elas quanto ao sentido, e sua escolha é uma questão puramente pessoal. Todas elas podem ser reforçadas com **absolutely**, e normalmente não são empregadas com **very**. Em inglês, algumas palavras que significam 'surpreendente' podem também ser empregadas do mesmo modo, por exemplo **amazing**, **stunning** OU **incredible**, p. ex. *She has this amazing camera*. Ela tem essa incrível máquina fotográfica. *ver **surprise, 118**.

excellent *adj* [entre os melhores] excelente *an excellent recording* uma excelente gravação *an excellent violinist* um violinista excelente *The wine was excellent.* O vinho estava excelente. *The method gives excellent results.* O método fornece excelentes resultados.
excellently *adj* excelentemente

excellence *ssfn* excelência, superioridade *the excellence of her advice* a excelência de seus conselhos

outstanding *adj* [excepcionalmente bom] destacado, excepcional *an outstanding interpreter of Chopin* um excepcional intérprete de Chopin

marvellous *adj* maravilhoso *She has a marvellous memory.* Ela tem uma memória maravilhosa.

marvellously *adv* maravilhosamente *It's so marvellously simple.* É tão maravilhosamente simples.

wonderful *adj* maravilhoso *It's a wonderful place to live.* É um lugar maravilhoso para viver.

wonderfully *adv* maravilhosamente *a wonderfully relaxing holiday* umas férias maravilhosamente relaxantes

tremendous *adj* [um tanto informal] incrível, fabuloso, sensacional *She makes tremendous pasta.* Ela prepara umas massas fabulosas.

tremendously *adv* [usado para intensificar o sentido] tremendamente *They're tremendously helpful people.* São pessoas tremendamente prestativas.

super [informal] sensacional, incrível, formidável *We had super weather.* Tivemos um tempo sensacional.

terrific *adj* [informal] espetacular, incrível, fantástico *I think your sister's terrific.* Acho sua irmã espetacular.

fantastic *adj* [informal] fantástico *Their latest album's absolutely fantastic.* O último álbum deles é absolutamente fantástico.

fabulous *adj* [informal] fabuloso *Their house is really fabulous.* A casa deles é realmente fabulosa.

brilliant *adj* (*brit*) [informal] brilhante, fantástico, espetacular *The disco was just brilliant.* A discoteca estava realmente fantástica.

great *adj* [informal] sensacional, ótimo *We had a great time.* Passamos otimamente.

expressões

out of this world [informal. Implica grande entusiasmo por algo] não ser deste planeta, ser um sonho *The costumes were out of this world.* As roupas eram um sonho.

be worth one's/its weight in gold [implica entusiasmo em razão da utilidade, proveito, etc.] valer (seu peso em) ouro *My dishwasher is worth its weight in gold.* Minha máquina de lavar pratos vale seu peso em ouro.

417.4 Perfeito

perfect *adj* perfeito *the perfect opportunity* a oportunidade perfeita **perfectly** *adv* perfeitamente
perfection *ssfn* perfeição

faultless *adj* [livre de possíveis erros, falhas, etc.] irrepreensível *a faultless performance* uma atuação irrepreensível **faultlessly** *adv* irrepreensivelmente

impeccable *adj* impecável *She has impeccable manners.* Ela tem maneiras impecáveis. **impeccably** *adv* impecavelmente

ideal *adj* [o melhor que se pode imaginar] ideal *the ideal car* o carro ideal *The weather is ideal for walking.* O tempo está ideal para caminhar.

ideally idealmente *He is ideally suited for the job.* Ela foi feita para esse trabalho.

first-rate *adj* [levemente informal. Implica uma escala de qualidade] de primeira linha, de primeira classe *a first-rate return on your investment* um retorno de primeira classe sobre seu investimento

expressões

be just the job (*brit*), **do just the job** (*amer*) [informal. Adequado para determinadas circunstâncias] ser exatamente o que se desejava/ esperava/queria, etc. *Thanks, a cup of coffee would be just the job.* Obrigado, uma xícara de café era exatamente do que eu precisava.

be second to none [implica alto nível] não ficar devendo nada a ninguém, não ficar em segundo plano *Our medical staff are second to none.* Nosso pessoal médico não fica devendo nada a ninguém.

last word in sth [levemente informal. O máximo, o melhor possível] a última palavra *We bring you the last word in stereo sound.* Trazemos para vocês a última palavra em som estéreo.

417.5 Medir a qualidade de algo

ver também **value, 268**

quality *ssfn* [ger. bom, exceto se indicado de modo diferente] qualidade *You'll be amazed by the quality of the work.* Você vai ficar impressionado com a qualidade do trabalho. *a very poor quality fabric* um tecido de qualidade muito ruim (usado como *adj*) *quality materials* materiais de qualidade *a high-quality finish* um acabamento de alta qualidade

merit *s* **1** *ssfn* [um tanto formal. Implica merecer estima] mérito *The proposals have considerable merit.* As propostas têm um mérito considerável. **2** *sfn* [vantagem] mérito *What are the merits of this approach?* Quais são os méritos dessa abordagem? *We judge each case **on its merits**.* Julgamos cada caso segundo seu mérito.

virtue *s* **1** *sc/sfn* [implica moralidade] virtude *Punctuality is a rather underrated virtue.* A pontualidade é uma virtude um pouco subestimada. *the military virtues of speed and surprise* as virtudes militares da surpresa e da rapidez **2** *sfn* [vantagem] *the virtues of the present system* as virtudes do atual sistema

418 Improve Melhorar

improve *v* **1** *vt* melhorar *I've improved my time in the 800 metres this year.* Melhorei meu tempo nos 800 metros neste ano. *A little more salt would improve this sauce.* Esse molho ficaria melhor com um pouco mais de sal. *improved working conditions* melhores condições de trabalho **2** *vi* melhorar *The weather seems to be improving.* O tempo parece estar melhorando. *My cooking isn't improving.* Minha habilidade culinária não está melhorando.

improve on/upon *vt* [fazer melhor] melhorar *I'm trying to improve on my previous record.* Estou tentando melhorar minha marca anterior.

improvement *sc/sfn* (freq. + **on**, **in**) melhora, progresso *There has been a marked improvement in his work.* Houve uma notável melhora em seu trabalho. *The champagne was an improvement on the warm beer they served last time.* O champanha representou um progresso se comparado à cerveja quente que eles serviram da última vez. *Your work isn't bad, but there's **room for improvement**.* Seu trabalho não está ruim, mas pode ficar melhor.

refine OU **refine on/upon** *vt* [melhorar mudando os detalhes] aperfeiçoar *We have refined our drilling techniques.* Aperfeiçoamos nossas técnicas de perfuração. *They need to refine their working methods.* Precisam aperfeiçoar seus métodos de trabalho.

refinement *s* **1** *ssfn* aprimoramento, refinamento **2** *sfn* [pequeno detalhe acrescentado] requinte *The anti-jamming device is an added refinement on the new machines.* O dispositivo contra emperramento é mais um detalhe de aprimoramento das novas máquinas.

polish OU **polish up** *vt* [melhorar, esp. através da prática] aperfeiçoar, aprimorar, refinar *I need an hour to polish tomorrow's speech.* Preciso de uma hora para aprimorar o discurso de amanhã. *A week in Paris will polish up my French.* Uma semana em Paris vai aperfeiçoar meu francês.

better *vt* [formal] **1** [melhorar] melhorar *measures to better the economy* medidas para melhorar a economia **2** [fazer melhor] melhorar *She bettered her previous record by 3 seconds.* Ela melhorou seu recorde anterior em 3 segundos.

progress *ssfn* progresso *We've made some progress with the plans.* Fizemos algum progresso com os planos. *I'm not making much progress with my studies.* Não estou progredindo muito em meus estudos.

progress *vi* progredir *We've been negotiating all day, but we don't seem to be progressing.* Estivemos negociando o dia todo, mas parece que não progredimos muito. *The patient is progressing well.* O paciente está progredindo bem.

advance *sfn* avanço, progresso *This is a major new advance in space research.* Este é um novo avanço importante em pesquisa espacial. *Scientific advances have rendered this equipment obsolete.* Avanços científicos tornaram este equipamento obsoleto.

advance *vti* avançar, progredir *Our understanding of the disease has advanced considerably.* Nosso conhecimento a respeito da doença avançou consideravelmente. *Research has advanced treatment of the disease.* A pesquisa avançou o tratamento da doença.

expressões

make (great) strides fazer um grande progresso, dar um grande passo *We've made great strides in the treatment of disaster victims.* Fizemos um grande progresso no tratamento de vítimas de desastres.

get better melhorar *Your driving is getting better.* Sua maneira de dirigir está melhorando. *Leo was quite ill, but now he's getting better.* Leo estava bastante doente, mas agora está melhorando.

come along TAMBÉM **come on** *vi prep* fazer progresso *My typing's really coming on now.* Agora estou realmente fazendo progresso na datilografia. *Your Spanish is coming along nicely.* Você está progredindo bastante bem no espanhol.

brush up (on) rememorar, revisar *I'll have to brush up on my maths.* Terei de revisar um pouco a matemática.

419 Superior Superior

oposto **inferior**, 439

superior *adj* **1** (freq. + **to**) [em qualidade, nível, etc.] superior *my superior officer* meu oficial superior *It definitely gives superior sound quality.* Realmente proporciona uma qualidade de som superior. *The new bike is much superior to the one I had before.* A nova bicicleta é muito superior à que eu tinha antes. **2** [um tanto formal. Muito bom] superior *superior brandies* conhaque de qualidade superior **3** [pejorativo] superior, arrogante *in a superior tone* num tom arrogante

superiority *ssfn* superioridade

advanced *adj* [implica progresso] avançado *advanced space technology* tecnologia espacial avançada *The engine is the most advanced of its kind.* O motor mais avançado de sua classe. *an advanced language course* um curso de língua avançado

senior *adj* [implica idade ou hierarquia] sênior, decano, superior hierárquico *our senior accountant* nosso contador mais antigo *He is senior to me.* Ele é mais velho do que eu. **seniority** *ssfn* antiguidade de cargo ou função, categoria superior

expressões

have (ou **give sb**) **the edge on/over** [implica uma vantagem pequena porém importante] ter ou dar vantagem *A better delivery network would give you the edge over your competitors.* Uma melhor rede de distribuição lhe daria uma vantagem sobre seus competidores.
head and shoulders above [muitíssimo melhor] estar muitíssimo acima *She's head and shoulders above all the other students.* Ela está muitíssimo acima de todos os outros alunos.

have the upper hand [implica ter mais poder que alguém] dominar a situação *We had the upper hand throughout the game.* Mantivemos o domínio durante todo o jogo.
(to be) one step ahead [implica uma vantagem em razão de esforço, iniciativa, esperteza, etc.] estar um passo à frente *Our research department keeps us one step ahead of other manufacturers.* Nosso departamento de pesquisa nos mantém um passo à frente de outros fabricantes.

420 Suitable Adequado

suitable *adj* (freq. + **for**) adequado *the most suitable candidate* o candidato mais adequado *The film is not suitable for children.* O filme não é adequado para crianças. *a suitable place to eat* um local adequado para comer **suitably** *adv* adequadamente **suitability** *ssfn* adequação
suit *vt* **1** [ser apropriado para] adequar-se *The music didn't suit the occasion.* A música não se adequava à situação. **2** [ser conveniente. Suj: p. ex. preparativos] convir, estar bem *Would Friday suit you?* Sexta-feira estaria bem para você? **3** [cair bem] combinar, assentar bem, cair bem *Red suits you.* Vermelho lhe cai bem.

420.1 Adequado para um contexto específico

right *adj* [adequa-se exatamente a algo ou alguém] apropriado, certo, oportuno, correto, justo *It was just the right thing to say.* Era exatamente a coisa certa para dizer. *The time seems right.* Parece o momento oportuno. *It's only right that he should pay for his mistake.* É simplesmente justo que ele pague pelo seu erro. **rightness** *ssfn* exatidão, caráter justo
appropriate *adj* **1** apropriado, oportuno *I need an appropriate quotation.* Preciso de uma citação apropriada. *It seemed appropriate to invite them.* Parecia apropriado convidá-los. *How appropriate that it should happen at Christmas.* Quão oportuno que tenha acontecido no Natal! **2** (não tem *compar* ou *superl*; sempre + **the**) [o necessário, o escolhido, etc.] necessário, adequado *I found the appropriate document.* Encontrei o documento necessário. *At the appropriate moment, he called for silence.* No momento adequado ele pediu silêncio.
appropriately *adv* apropriadamente, adequadamente *appropriately sombre music* música apropriadamente solene
apt *adj* [descreve p. ex. expressão, cotação] adequado, apropriado *The proverb seemed very apt in the situation.* O provérbio parecia muito apropriado para a situação. **aptly** *adv* adequadamente, apropriadamente

fitting *adj* [um tanto formal. Esp. de um ponto de vista moral ou estético] apropriado, digno, adequado *a fitting conclusion to a distinguished career* um final digno para uma carreira de destaque *It seems fitting to let a younger person have the job.* Parece justo deixarmos que uma pessoa mais jovem ocupe o cargo. **fittingly** *adv* apropriadamente, convenientemente
proper *adj* [um tanto formal e pomposo. Implica padrões sociais tradicionais] ficar bem, socialmente correto *Is it proper for students of different sexes to be sharing a house?* Fica bem estudantes de ambos os sexos morarem juntos em uma mesma casa?
seemly *adj* [um tanto literário. Implica padrões morais e sociais] decoroso, decente *It would have been more seemly to wait longer before remarrying.* Teria sido mais decoroso ter esperado mais antes de casar.

420.2 Relaxante

relevant *adj* **1** (freq. + **to**) relevante *The advice is more relevant to disabled people.* O conselho é mais relevante para deficientes físicos. *Her remarks strike me as extremely relevant.* Seus comentários parecem-me extremamente relevantes. **2** (não tem *compar* ou *superl*; sempre + **the**) [o que é necessário, o que está envolvido, etc.] relevante *I think we now have all the relevant details.* Acredito que agora temos todos os detalhes relevantes. **relevance** *ssfn* relevância
apply *vi* (ger. + **to**) aplicar-se, concernir, dizer respeito *This only applies if you earn over £25,000.* Isto só se aplica se você ganha acima de 25.000 libras esterlinas. *People say the Welsh are good singers, but that certainly doesn't apply to Paul!* Dizem que os galeses são bons cantores, mas isso com certeza não se aplica ao Paul!
applicable *adj* (depois do *v*; freq. + **to**) aplicável *an exception where the usual procedure is not applicable* uma exceção em que o procedimento usual não se aplica

421 Comfortable Confortável

oposto **uncomfortable**, 440

comfortable *adj* confortável *a comfortable chair* uma cadeira confortável *Are you comfortable sitting there?* Você está confortável sentado aí? **comfortably** *adv* confortavelmente
comfort *s* **1** *ssfn* [sensação de conforto ou circunstâncias confortáveis] conforto, comodidade *in the comfort of your own home* no conforto de seu lar **2** *sfn* [coisa agradável] conforto, comodidades *little comforts like wine and good music* pequenos confortos como vinho e boa música **3** *ssfn* [pessoa, coisa ou fato que ajudam

em momento de dificuldade, tristeza, etc.] consolo *It's some comfort that he didn't suffer.* É um consolo que ele não tenha sofrido.

cosy (*brit*), **cozy** (*amer*) *adj* [implica calor ou contentamento] acolhedor, aconchegante *a cosy scene of hot chocolate in front of the fire* uma cena acolhedora de pessoas tomando chocolate quente em frente à lareira **cosily** *adv* aconchegantemente, acolhedoramente

snug *adj* [levemente informal. Implica calor e um ambiente protegido] aconchegante, acolhedor *I was snug in bed until you rang.* Eu estava no aconchego de minha cama até você me telefonar. **snugly** *adv* aconchegantemente

luxury *s* **1** *ssfn* [sentimento ou circunstâncias] luxo *to live in luxury* viver no luxo *This is the lap of luxury.* Isso é o máximo do luxo. **2** *sfn* [coisa aprazível e dispendiosa] luxo *A dishwasher isn't a luxury, you know.* Uma máquina de lavar pratos não é um luxo, você sabe.

luxurious *adj* luxuoso [descreve p. ex. hotel, cozinha] luxuoso, aprazível *I had a long, luxurious shower.* Tomei um longo e delicioso banho de chuveiro.

luxuriously *adv* luxuosamente *luxuriously upholstered* luxuosamente estofado

422 Happy Feliz

oposto **sad, 447**

happy *adj* **1** feliz, alegre *I feel happy.* Sinto-me feliz. *I'm happy to let you try.* Estou contente de deixar você experimentar. **2** [satisfeito] satisfeito, contente *I'm not happy with her work.* Não estou satisfeito com o trabalho dela.

happily *adv* alegremente *They were playing happily together.* Brincavam juntos alegremente. *a happily married man* um homem feliz no casamento

happiness *ssfn* felicidade *Money doesn't guarantee happiness.* Dinheiro não garante felicidade.

joy *s* **1** *ssfn* [mais intenso que **happiness**] alegria *Children give you a lot of joy.* Crianças trazem muita alegria. **2** *sfn* alegria *the joy of family life* as alegrias da vida em família

joyful *adj* [mais literário que **happy** quando descreve pessoas] jubiloso, alegre, festivo *joyful cries* gritos jubilosos *A joyful crowd was celebrating New Year.* Uma multidão jubilosa celebrava o Ano-Novo. **joyfully** *adv* jubilosamente, alegremente, festivamente

pleasure *s* **1** *ssfn* prazer, satisfação *the pleasure you get from your garden* a satisfação que o jardim lhe proporciona **2** *sfn* prazer *little pleasures like staying in bed late* pequenos prazeres como ficar até tarde na cama

pleasurable *adj* [levemente formal. Agradável] prazeroso *I found meeting her a very pleasurable experience.* Conhecê-la foi uma experiência muito agradável para mim.

pleasing *adj* [levemente formal. Atraente ou satisfatório] agradável, prazenteiro *a pleasing golden colour* uma agradável cor dourada **pleasingly** *adv* agradavelmente

422.1 Feliz com motivo

pleased *adj* (freq. + **about, at, with**) [satisfeito e bastante alegre] contente, satisfeito *The result made us feel rather pleased.* O resultado nos deixou bastante satisfeitos. *I'm so pleased for you!* Estou tão contente com você! *I'm pleased with the general effect.* Estou satisfeito com o efeito geral.

glad *adj* (freq. + **about, at**) [satisfeito, mas não realmente animado] satisfeito *I'm glad about the baby.* Estou satisfeito a respeito do bebê. *He'll be glad to see you again.* Ele ficará satisfeito em vê-lo novamente. [expressando boa vontade] *I'd be glad to come.* Terei muito prazer em ir. [expressando alívio] *I'll be glad when it's over.* Ficarei satisfeito quando tudo acabar.

gladness *ssfn* [levemente formal] alegria, satisfação *You could sense the gladness and relief in his voice.* Percebia-se satisfação e alívio em sua voz.

gladden *vt* [levemente formal ou literário] alegrar *a victory that gladdened the hearts of the party managers* uma vitória que alegrou os corações dos dirigentes do partido

grateful *adj* (freq. + **to, for, that**) grato, agradecido, reconhecido *I can't tell you how grateful I am.* Você nem imagina quanto lhe estou reconhecido. *We're very grateful to you for coming today.* Estamos muito agradecidos por você ter vindo hoje. *I'm just grateful I still have a job.* Estou simplesmente grato por ainda ter um emprego. **gratefully** *adv* agradecidamente

thankful (ger. + **for, that**) [p. ex. por um problema, acidente, etc., ter sido evitado] grato, agradecido, reconhecido *Let's be thankful there weren't more casualties.* Sejamos gratos por não ter havido mais vítimas. **thankfully** *adv* agradecidamente

relief *s* **1** *ssfn* (freq. + **at**) [ao evitar algo indesejável] alívio *a sigh of relief* um suspiro de alívio *our relief at the decision* nosso alívio diante da decisão **2** *s* (não tem *pl*) [p. ex. boas notícias] alívio *That's a relief, I thought you weren't coming.* Que alívio! Pensei que vocês não viessem. *It's such a relief to be home.* É um grande alívio estar em casa.

relieved *adj* (ger. no particípio passado) aliviado *We're all very relieved she's safe.* Estamos todos aliviados por ela estar a salvo.

422.2 Extremamente feliz

delighted *adj* (ger. depois do *v*) encantado, satisfeitíssimo *I'm delighted to see you all here.* Estou encantado de vê-los todos aqui. *They're delighted with the new house.* Eles estão satisfeitíssimos com a nova casa. *I'd be delighted to be your best man.* Terei o máximo prazer em ser seu padrinho de casamento.

overjoyed *adj* (depois do *v*; freq. + **about, at, + to +** INFINITIVO) [muito feliz e emocionado] eufórico, felicíssimo *Everybody's overjoyed about the award.* Todos estão felicíssimos com o prêmio.

elated *adj* [depois do *v*; freq. + **about, at**] [extremamente feliz e alvoroçado] eufórico, alvoroçado *You're supposed to feel elated on your wedding day.* É de se esperar que se esteja eufórico no dia do casamento. **elation** *ssfn* euforia, alvoroço

ecstatic *adj* [tão feliz que não se percebe mais nada ao redor] extasiado, arrebatado, pasmo *She was ecstatic when I told her she had won.* Ela ficou estática quando lhe disse que havia ganho. **ecstatically** *adv* estaticamente, arrebatadoramente **ecstasy** *sc/sfn* êxtase, enlevo, transe

rapture s [implica um sentimento de prazer irresistível]
1 ssfn êxtase, enlevo *The music was sheer rapture.*
A música era puro êxtase. **2** sfn (sempre pl) ficar
extasiado *The scenery sent him into raptures.*
A paisagem deixou-o extasiado.

rapturous adj extasiado, enlevado *rapturous enthusiasm*
um entusiasmo arrebatador **rapturously** adv
arrebatadoramente

rejoice vi (freq. + **over, in**) [um tanto formal] [implica
demonstrar felicidade] regozijar-se, alegrar-se *There was
much rejoicing over the news of a ceasefire.* Houve
muito regozijo com as notícias de um cessar-fogo.

422.3 De caráter ou comportamento alegre

merry adj [feliz de uma maneira animada, freq. de modo
brincalhão] alegre *We all had a merry time at the
reunion dinner.* Todos nos divertimos muito no jantar
de confraternização. **merrily** adv alegremente **merriness**
ssfn alegria

cheerful adj [implica demonstrar uma natureza agradável]
animado, alegre *She's ill, but managing to keep cheerful.*
Ela está doente, mas consegue manter-se animada.

cheerfully adv animadamente, alegremente *They
cheerfully agreed to help us.* Concordaram alegremente
em nos ajudar. **cheerfulness** ssfn animação, alegria

jolly adj [alegre de um modo extrovertido] jovial, alegre,
bem-disposto

optimistic adj otimista *I'm quite optimistic about my
prospects.* Estou muito otimista quanto às minhas
possibilidades. **optimistically** adv otimisticamente
optimism ssfn otimismo **optimist** sfn pessoa otimista

expressões

in high spirits [implica alegria e entusiasmo pela vida]
muito animado, alegre, de bom humor *It was the last
day of term and everybody was in high spirits.* Era o
último dia do trimestre e todos estavam muito animados.

full of the joys of spring [freq. irônico. Mais feliz que
de costume] exultante, não caber em si de contente *My
book had just been published and I was full of the joys
of spring.* Meu livro tinha acabado de ser publicado e
eu não cabia em mim de contente.

over the moon [informal. Muito feliz e entusiasmado
com algo] felicíssimo, louco de contentamento *If she
wins the championship we'll all be over the moon.* Se
ela vencer o campeonato todos ficaremos felicíssimos.
He was over the moon about his success. Ele estava
louco de contentamento pelo seu sucesso.

in seventh heaven [um tanto antiquado e informal] no
sétimo céu, felicíssimo *Your father would be in seventh
heaven if he had a garden like that.* Seu pai estaria no
sétimo céu se tivesse um jardim como esse.

on cloud nine [informal. Completamente feliz e
desligado de tudo mais] nas nuvens, extremamente feliz
*He's been on cloud nine since his granddaughter was
born.* Ele está nas nuvens desde que sua neta nasceu.

423 Laugh Rir

laughter ssfn riso *the sound of children's laughter* o som
de riso infantil *I could hear gales of laughter coming
from the bedroom.* Eu ouvia gargalhadas vindas do
quarto. *a series of one-liners that made us howl with
laughter* uma série de piadas que nos matou de rir

laugh sfn **1** risada *a quiet laugh* uma risada contida **2** [um
tanto informal] piada *It was a real laugh.* Foi uma
verdadeira piada. *We threw him in the swimming pool
for a laugh.* Nós o jogamos na piscina só de piada.

chuckle vi [alegre, mas contidamente] rir entre os dentes
I chuckled at the thought of the surprise they'd get. Ri
entre os dentes ao pensar na surpresa que teriam.
chuckle sfn risadinha

giggle vi [silenciosa e nervosamente] rir tolamente *She
saw a rude word in the dictionary and started giggling.*
Viu um palavrão no dicionário e começou a rir feito
tonta.

giggle sfn **1** risadinha tola e esprimida **2** [um tanto
informal] algo feito por farra, só para rir *We only did it
for a giggle.* Só fizemos isso por farra.

guffaw vi [ruidosa e tolamente] dar gargalhadas *He
guffawed at his own joke and slapped me on the back.*
Ele caiu na gargalhada com sua própria piada e me deu
um tapa nas costas.

guffaw sfn gargalhada *I could hear his upper-class guffaw*
Eu ouvia sua gargalhada aristocrática.

grin vi, -nn- [com um amplo sorriso] sorrir mostrando os
dentes

grin sfn sorriso aberto *Take that stupid grin off your face!*
Tire esse sorriso idiota de seu rosto!

423.1 Rir de uma maneira desagradável

snigger (brit) TAMBÉM (amer) **snicker** vi (freq. + **at**)
[pejorativo. Implica uma atitude descortês] rir
dissimuladamente *They sniggered at her clothes.* Riram
dissimuladamente das roupas dela. **snigger** sfn
risadinha dissimulada

expressões

split one's sides [informal. Implica rir
incontrolavelmente] rachar de rir *I really split my sides
when the tent fell in on us.* Eu realmente rachei de rir
quando a barraca caiu em cima de nós.

be in stitches [informal] Rir a bandeiras despregadas.
His impressions had us all in stitches. Suas imitações
nos fizeram rir a bandeiras despregadas.

to have a fit of the giggles ter um ataque de riso *I had
a fit of the giggles just as he was finishing his speech.*
Tive um ataque de riso justo quando ele estava
terminando o discurso.

die laughing [informal] morrer de rir *You'd have died
laughing if you'd seen him fall off the ladder.* Você teria
morrido de rir se o tivesse visto cair da escada.

crack up (laughing) [informal] cair na gargalhada *I just
cracked up when she told me what had happened.*
Simplesmente caí na gargalhada quando ele me contou
o que tinha acontecido.

laugh one's head off [informal. Implica achar algo
engraçado, às vezes por maldade] matar-se de rir, rir a
bandeiras despregadas

smirk vi [com um sorriso insolente, freq. mostrando satisfação] sorrir pretensioso *Stop smirking, anyone can make a mistake.* Pare com esse sorriso pretensioso, qualquer um pode cometer um erro.

smirk sfn sorriso tolo e pretensioso *a self-satisfied smirk* um sorriso pretensioso de satisfação consigo mesmo

424 Funny Engraçado

ver também **unusual, 444**

424.1 Qualidades divertidas

humour (*brit*), **humor** (*amer*) ssfn humor *her dry humour* seu humor seco *a keen sense of humour* um agudo senso de humor

humorous adj [divertido de maneira alegre. Descreve p. ex. pessoa, comentário, situação] cheio de humor, divertido *a humorous letter to the Times* uma carta cheia de humor para o Times

amusing adj [freq. implica algo apenas razoavelmente engraçado] divertido *an amusing coincidence* uma divertida coincidência *He's a very amusing companion.* Ele é um companheiro muito divertido.

amusement ssfn diversão, entretenimento *The mix-up caused a certain amount of amusement.* A confusão causou uma certa diversão. *He lost his glasses, **to the great amusement of** the children.* Ele perdeu seus óculos, para diversão da garotada.

amuse vt divertir, entreter, fazer rir *The pun failed to amuse her.* Ela não achou graça no trocadilho.

wit ssfn [implica humor inteligente] chiste, graça *a ready wit* uma tirada rápida

witty adj [descreve p. ex. pessoa, comentário] espirituoso *a witty retort* um comentário espirituoso

424.2 Fazer rir

funny adj engraçado, divertido *It's a very funny book.* É um livro muito engraçado. *Give me my clothes back – it's not funny!* Devolva-me minhas roupas – não tem graça! *It was so funny – she didn't know the mouse was on her hat!* Foi tão divertido – ela não sabia que o camundongo estava no seu chapéu!

comic adj [ridículo ou deliberadamente engraçado. Descreve p. ex. expressão, vestimenta] cômico *her comic impressions of the teachers* as imitações cômicas que ela fazia de seus professores

comical adj [freq. implica tolice] cômico *The hat gave him a comical air.* O chapéu dava-lhe um ar cômico.

comically adv comicamente *a comically exaggerated accent* um sotaque comicamente exagerado

comedy ssfn comédia, comicidade *slapstick comedy* comédia pastelão *the unintended comedy of the incident* a comicidade inadvertida do incidente

hilarious adj [extremamente engraçado, às vezes de uma maneira absurda] hilariante *I was furious but she found the idea hilarious.* Eu estava furioso, mas ela achou a idéia hilariante.

hilarity ssfn [num humor hilário] hilaridade *This rather dampened the hilarity of the occasion.* Isso esfriou um pouco a hilaridade do momento.

droll adj [um tanto antiquado. Ger. implica um humor contido] divertido [freq. dito sarcasticamente para alguém que contou uma piada] *Oh, very droll!* Oh, muito engraçado!

425 Tease Arreliar

joke sfn **1** [p. ex. exagero ou brincadeira] piada, brincadeira, troça, zombaria *I pretended to be angry for a joke.* Fingi estar zangado só por piada. **to play a joke on** sb pregar uma peça **2** [história engraçada] piada *to tell jokes* contar piadas

expressões

take the mickey (esp. *brit*) (freq. **+ out of**) [informal. Implica uma leve falta de respeito, porém pode magoar] caçoar, agir desrespeitosamente *They used to take the mickey because of my stammer.* Eles caçoavam por causa de minha gagueira.

pull sb's leg [informal. Ex.: fingindo que algo é muito sério ou verdadeiro] fazer de bobo, caçoar, brincar, fazer de palhaço *You're pulling my leg, you've never been to Japan.* Você está me fazendo de bobo! Você nunca esteve no Japão.

have sb on [informal. Ger. fingindo que algo é verdade] pregar uma peça, enganar *I think he's having me on, he's no architect.* Acho que ele está me pregando uma peça. Ele não é arquiteto coisa nenhuma.

joke vi dizer piadas, caçoar, brincar, pilheriar *I was only joking.* Eu só estava brincando. *He joked that he would soon be too fat to see his feet.* Ele caçoou dizendo que logo estaria tão gordo que não conseguiria ver os próprios pés.

practical joke sfn travessura, peça

kid v, -dd- [afirmar coisas erradas por brincadeira] **1** vi zombar, brincar, caçoar *You're kidding!* Você está brincando! **2** (*brit*) vt (às vezes **+ on**) enganar, lograr *We kidded them on that it was a real fire.* Nós os enganamos dizendo que era um incêndio de verdade.

425.1 Brincadeira agressiva

mock vt [deliberadamente malvado] escarnecer, zombar *They openly mocked my beliefs.* Escarneceram abertamente de minhas crenças. *a mocking glance* um olhar de escárnio **mockery** ssfn zombaria, mofa, escárnio

ridicule vt [de um modo superior e ferino] ridicularizar *My parents ridiculed my ambitions.* Meus pais ridicularizaram minhas ambições. **ridicule** ssfn ridículo

GRUPOS DE PALAVRAS

deride *vt* [um tanto formal] troçar, ridicularizar, escarnecer *The president is sometimes derided as ineffectual.* O presidente é, por vezes, escarnecido por ser considerado ineficaz. **derision** *ssfn* escárnio, derrisão

torment *vt* [enfatiza o sofrimento de uma pessoa atormentada. Implica insistência] atormentar *Will you stop tormenting your brother!* Pare de atormentar seu irmão!

pester *vt* [p. ex. repetindo perguntas ou pedidos] importunar, infernizar *The kids have been pestering me since breakfast.* As crianças estão me infernizando desde a hora do café da manhã.

pick on sb *vt prep* [um tanto informal] [caçoar ou criticar repetidamente] apoquentar, azucrinar *Stop picking on me!* Pare de me azucrinar! *John is always picking on his younger brother.* John está sempre apoquentando seu irmão menor.

expressão

make fun of OU **poke fun at** ridicularizar, zombar *It's easy to poke fun at politicians, but somebody has to run the country.* É fácil zombar dos políticos, porém alguém tem de governar o país.

426 Like Gostar

ver também **love, 427; enjoy, 428**

like *vt* **1** gostar *I like your new hairstyle.* Gosto de seu novo corte de cabelo. *I don't like cheese.* Não gosto de queijo. (+ -ing) *Do you like swimming?* Você gosta de nadar? *I don't like getting up early.* Não gosto de acordar cedo. **2** (depois de **would** ou, menos comumente, **should**; freq. + INFINITIVO) gostar *I'd like to go to Australia.* Eu gostaria de ir para a Austrália. *Would you like a drink?* Você gostaria de uma bebida?

uso

A construção **like** + -ing é empregada para expressar a idéia de satisfação com relação a uma atividade em particular, p. ex. *I like dancing.* Gosto de dançar. Ao falar de uma preferência ou de um hábito, a construção **like** + INFINITIVO é freq. empregada, p. ex. *I like to have a nap after lunch.* Gosto de tirar uma soneca depois do almoço.

affection *ssfn* [implica sentimento de ternura] afeição *I feel great affection for her.* Sinto uma grande afeição por ela.

be fond of sb/sth [implica gostar de algo ou sentir ternura por alguém] gostar, sentir afeição *I'm very fond of olives.* Gosto muito de azeitonas. *She's especially fond of her youngest grandson.* Ela tem uma afeição especial pelo neto mais novo.

fondness *ssfn* gosto, afeição *a fondness for Mozart* um gosto por Mozart

be partial to sth [mais formal que **fond of**] mostrar preferência, ser apreciador de algo *She's always been partial to Chinese food.* Ela sempre apreciou comida chinesa.

partiality *ssfn* predileção, preferência, gosto, apreciação *her partiality to sherry* sua predileção pelo conhaque

fan *sfn* [p. ex. de uma equipe, grupo] fã, admirador *soccer fans* fãs de futebol

fancy (*brit*) *vt* **1** [obj: p. ex. bebida, férias] interessar-se, sentir vontade *I fancy going to the theatre tonight.* Estou com vontade de ir ao cinema hoje à noite. **2** [informal. Sentir atração sexual] gostar, sentir atração *Lots of kids fancy their teachers.* Muitos garotos sentem atração por suas professoras.

approve *vti prep* (freq. + **of**) aprovar, aceitar, consentir *I don't approve of their business methods.* Não aprovo seus métodos nos negócios. *I will invite him to join us if you approve.* Vou convidá-lo a se juntar a nós se você consentir.

approval *ssfn* aprovação, consentimento *I hope the wine meets with your approval.* Espero que o vinho mereça sua aprovação.

expressão

to take a fancy to sb [informal. Freqüentemente, porém não necessariamente, significando um interesse romântico] agradar-se de alguém *I can see she's taken rather a fancy to you.* Percebo que ela se agradou bastante de você.

426.1 Ser apreciado

popular *adj* (freq. + **with**) [amplamente apreciado] popular *a very popular figure* uma figura muito popular *The programme's particularly popular with older viewers.* O programa é especialmente popular entre os telespectadores mais velhos.

popularity *ssfn* popularidade *the government's popularity in the opinion polls* a popularidade do governo nas pesquisas de opinião

favour (*brit*), **favor** (*amer*) *ssfn* apoio, aprovação, favorecimento, simpatia *His ideas are gaining favour with the board.* As idéias dele estão ganhando apoio junto à diretoria. **favour** *vt* apoiar, mostrar simpatia, favorecer, olhar com benevolência

favourite (*brit*), **favorite** (*amer*) *adj* favorito *our favourite restaurant* nosso restaurante favorito **favourite** *sfn* favorito *You've always been Mum's favourite.* Você sempre foi o favorito de mamãe.

catch on *vi prep* (freq. + **with**) [suj: p. ex. estilo, produto] tornar-se popular *The show never caught on in the States.* O show nunca se popularizou nos Estados Unidos. *The car soon caught on with motorists.* O carro logo se tornou popular entre os motoristas.

expressões

to sb's liking (depois do *v*) [do modo como alguém gosta] do agrado de alguém *Is it cooked to your liking?* O prato está do seu gosto? *The climate here is very much to our liking.* O clima aqui é muito do nosso agrado.

to sb's taste (depois do *v*) do gosto, do agrado de alguém *I expect Mozart would be more to your taste.* Suponho que Mozart seja mais do seu agrado.

a man/woman/girl, etc. after my own heart [implica alguém que nos agrada. Expressa forte apreciação] o tipo de pessoa de quem realmente se gosta *You're a man after my own heart, sir!* O senhor é o tipo de pessoa de quem eu gosto profundamente.

427 Love Amor

love ssfn amor *to be in love with sb* estar apaixonado por alguém *to fall in love with sb* apaixonar-se por alguém *unrequited love* amor não correspondido (usado como adj) *a love affair* um romance
love vt amar *to love sb to distraction* amar alguém até a loucura (+ -ing) *I love singing.* Adoro cantar.
loving adj amoroso, carinhoso, afetuoso *a loving family environment* um afetuoso ambiente familiar **lovingly** adv carinhosamente, amorosamente, afetuosamente

427.1 Amor sexual

romance s **1** ssfn [implica entusiasmo sentimental] romantismo *The romance had gone out of their relationship.* O romantismo havia desaparecido da relação entre eles. **2** sfn [relacionamento] romance *a whirlwind romance* um romance tempestuoso
romantic adj romântico *a romantic dinner* um jantar romântico
passion sc/sfn [implica emoção intensa] paixão *his passion for an older woman* sua paixão por uma mulher mais velha **2** sfn [afeição muito forte] paixão *She has a passion for cats.* Ela tem paixão por gatos.
passionate adj apaixonado *a passionate kiss* um beijo apaixonado **passionately** adv apaixonadamente
lust ssfn [termo de desaprovação para um forte desejo sexual] luxúria, lascívia

427.2 Amor profundo, com freqüência de natureza não sexual

devotion ssfn (freq. + **to**) [implica carinho] devoção *maternal devotion* devoção maternal *the dog's devotion to its master* a devoção de cão para com seu dono
devoted adj devotado *a devoted husband and father* um esposo e pai devotado **devotedly** adv devotadamente
adore vt [implica sentimentos mais fortes e menos racionalidade que **love**] adorar *She absolutely adores him.* Ela positivamente o adora. *He adores those cats.* Ela adora aqueles gatos. [usado para enfatizar] *I adore Italian food.* Adoro comida italiana.
adoration ssfn adoração *her blind adoration of her father* sua cega adoração pelo pai
adoring adj de adoração *an adoring gaze* um olhar de adoração **adoringly** adv com adoração
worship vt, -pp- [muito enfático. Implica uma atitude humilde] adorar *He worships that woman.* Ele adora aquela mulher.

427.3 Amor imaturo

infatuation sc/sfn [implica amor extremado e irracional] paixão, fascinação, enrabichamento
infatuated adj (freq. + **with**) apaixonado, enrabichado, enfeitiçado *He's totally infatuated with her.* Ele está totalmente apaixonado por ela.
crush adj [implica um amor adolescente de curta duração] enamoramento, paixonite *to have a crush on a teacher* ter uma paixonite por um professor
puppy love ssfn [esp. de uma pessoa jovem em relação a um adulto] namorico, amor de adolescente, namoro de criança

cupboard love (*brit*) ssfn [demonstração de afeto insincera para tentar obter algo] amor interesseiro
hero-worship ssfn culto ao herói

427.4 Pessoas amadas

girlfriend sfn namorada
boyfriend sfn namorado

> **U S O**
>
> Os termos **girlfriend** e **boyfriend** são comumente empregados ao se fazer referência a adolescentes ou adultos jovens. Podem ser empregados para adultos mais velhos, mas são freq. evitados, especialmente quando se trata de uma relação mais duradoura, visto tais termos darem uma impressão de trivialidade ou imaturidade. Em seu lugar costuma-se usar um termo como **partner**.

lover sfn amante *a live-in lover* companheiro, amante com quem se vive
mistress sfn [termo um tanto antiquado, freq. implicando desaprovação por parte da pessoa que o utiliza] amante, amásia, concubina
the apple of sb's eye [implica orgulho e amor] a menina dos olhos *His only grandchild is the apple of his eye.* Seu único neto é a menina de seus olhos.

427.5 Termos carinhosos

love sfn amor *Come on love, we're late.* Venha amor, estamos atrasados.
darling sfn querido *You look lovely darling.* Você está encantadora, querida. *Did you hurt yourself, darling?* Você se machucou querido? [implica apenas afeição quando não empregado como forma de tratamento] *My boss is a real darling.* Meu chefe é um amor.
dear sfn querido *Come on, dear, we're late.* Vamos querida, estamos atrasados.
sweetheart sfn meu amor, querido, amorzinho *Thank you sweetheart, I knew you'd remember.* Obrigado, meu amor, eu sabia que você iria se lembrar. *Daddy will be back soon, sweetheart.* Papai logo estará de volta, meu amor.
honey sfn (*amer*) meu amor, querido *What's wrong, honey?* O que há de errado, meu amor?

> **U S O**
>
> **1** Estes termos são comumente empregados entre pessoas que se amam de modo romântico e também entre amigos chegados ou membros da família, especialmente por adultos falando com crianças. Podem também ser empregados em certas circunstâncias como uma forma geral de tratamento carinhoso ao se dirigir a amigos ou até mesmo a completos estranhos, embora não sejam normalmente empregados entre homens. **Love** e **dear** são mais comumente empregados dessa maneira, especialmente por mulheres, ou por homens se dirigindo a mulheres, p. ex. *Don't forget your change, dear.* Não esqueça seu troco, querida.
> **2** Tais termos são sempre mais enfáticos e usualmente empregados em contextos românticos, quando precedidos de **my**, p. ex. *I love you, my darling.* Eu a amo, minha querida.

428 Enjoy Desfrutar

ver também **like, 426**

enjoy vt desfrutar, gostar, divertir-se (freq. + -ing) *Do you enjoy driving?* Você gosta de dirigir? *I've enjoyed this evening very much.* Gostei muito desta noite. *I'd like to enjoy my retirement in comfort.* Eu gostaria de desfrutar de minha aposentadoria com conforto. *to enjoy oneself* divertir-se *They're all out enjoying themselves at the pictures.* Todos estão se divertindo no cinema.

enjoyable adj [descreve p. ex. refeição, noite] agradável, divertido *a very enjoyable film* um filme muito divertido

appreciate vt [reconhecer a qualidade de algo] apreciar, prezar *She taught me to appreciate good wine.* Ela me ensinou a apreciar um bom vinho.

appreciation ssfn apreciação, apreço *a deep appreciation of English poetry* um profundo apreço pela poesia inglesa

relish vt [levemente formal. Palavra enfática que implica satisfação. Obj: freq. algo difícil, perigoso, ou que causa sofrimento aos outros] sentir prazer, deleitar-se *He relished the opportunity to criticize his superiors.* Ele deliciou-se com a oportunidade de criticar seus superiores.

relish ssfn deleite [implica um desfrute entusiasmado] deleite, prazer, satisfação *He described the incident with relish.* Ele descreveu o incidente com deleite.

savour (*brit*), **savor** (*amer*) vt [levemente formal. Implica gastar tempo para desfrutar de algo] saborear *She savoured each spoonful.* Ela saboreou cada colherada. *Savour the calm of the countryside.* Saborear a tranqüilidade do campo.

delight in vt prep [implica prazer em uma atividade costumeira] deleitar-se, deliciar-se *She delights in terrible puns.* Ela se delicia fazendo trocadilhos horríveis.

indulge v 1 vi (freq. + **in**) [implica prazer levemente culpado ou relutante] permitir-se, dar-se ao luxo *I decided to indulge in a taxi home.* Resolvi permitir-me tomar um táxi de volta para casa. 2 vt permitir-se, dar-se ao gosto *I indulged my craving for chocolate.* Satisfiz minha vontade de comer chocolate. *Go on – indulge yourself!* Vá em frente – permita-se isso!

428.1 Coisas para desfrutar

enjoyment ssfn [sentimento] prazer, satisfação *I get a lot of enjoyment from the garden.* O jardim me proporciona muita satisfação.

fun ssfn [implica entusiasmo. Sentimento ou atividade] prazer, diversão *We had lots of fun putting up the tents.* Divertimo-nos muito armando as barracas. *Cooking can be fun.* Cozinhar pode ser divertido.

treat sfn [freq. arranjado por alguém para que outrem se divirta] dar um gosto a alguém *I thought I'd give you a treat for your birthday.* Eu quis lhe dar um gosto no dia de seu aniversário. *A day off would be a real treat.* Um dia de folga seria um presente de fato.

treat vt (freq. + **to**) dar-se um prazer, um gosto *I'm going to treat myself to a new pair of shoes.* Vou me dar o gosto de comprar um par de sapatos novos.

indulgence sfn [prazer luxuoso] luxo *Expensive shoes are my great indulgence.* Sapatos caros são meu grande luxo.

kick sfn [informal. Entusiasmo por fazer algo] prazer, emoção, efeito estimulante *I get a real kick from winning a chess game.* Sinto a maior emoção ao ganhar uma partida de xadrez. *We just started the group for kicks.* Começamos o grupo só por diversão.

expressões

have a good/nice time [divertir-se. Outros adjetivos podem ser empregados para dar ênfase a esta frase, incluindo: **great, wonderful, fantastic** etc.] divertir-se *Is everybody having a good time?* Todo mundo está se divertindo?

have a whale of a time [informal, implica freq. uma diversão turbulenta] divertir-se à beça *We had a whale of a time splashing in the pool.* Divertimo-nos à beça chapinhando na piscina.

let one's hair down [ser menos sério do que de costume] soltar-se *Once a year some of the teachers let their hair down and join in the school play.* Uma vez ao ano alguns dos professores se soltam e participam da peça da escola.

have a field day [implica entusiasmo e atividade] dia de atividades fora do comum *The children had a field day trying on our old clothes.* As crianças tiveram um dia diferente experimentando nossas roupas velhas.

be in one's element [implica fazer algo em que se é bom] estar no seu elemento *The men were in their element analysing the match.* Os homens estavam em seu elemento analisando a partida.

to one's heart's content [tanto quanto se deseja] como quiser, à vontade *Go out in the garden and you can yell to your heart's content.* Saia para o jardim e você poderá gritar quanto quiser.

429 Satisfy Satisfazer

satisfy vt satisfazer, atender *Our shop can't satisfy the demand for organic vegetables.* Nossa loja não pode atender à demanda de vegetais cultivados com adubo orgânico. *I was well satisfied with the standard of their work.* Eu estava bem satisfeito com o nível de seu trabalho. [freq. empregado com raiva] *You've made him cry. I hope you're satisfied now!* Você fez com que ele chorasse. Espero que esteja satisfeito agora!

satisfaction *ssfn* 1 [estar satisfeito] satisfação *the quiet satisfaction you get from being proved right* a satisfação silenciosa que se tem ao provar que se está certo 2 [formal] satisfação *the satisfaction of young people's aspirations* a satisfação das aspirações dos jovens

satisfactory *adj* [aprazível, suficientemente bom] satisfatório *a very satisfactory result* um resultado muito satisfatório *The present arrangements are perfectly satisfactory.* Os acordos atuais são perfeitamente satisfatórios.

satisfying *adj* [mais apreciativo que **satisfactory**]. Descreve coisas que fazem as pessoas sentirem-se bem, física ou mentalmente] gratificante, satisfatório *a satisfying meal* uma refeição substanciosa *I find my job very satisfying.* Acho meu trabalho muito gratificante.

content OU **contented** *adj* (freq. + **with**) contente, satisfeito *They would probably be contented with minor concessions.* Provavelmente ficariam satisfeitos com algumas pequenas concessões.

content *vt* 1 [formal] contentar 2 [contentar-se com algo] contentar-se *I was bursting with anger, but contented myself with a few sarcastic comments.* Eu estava explodindo de raiva, mas tive de contentar-me com alguns poucos comentários sarcásticos. **contentment** *ssfn* contentamento, satisfação

fulfil (*brit*), **-ll-**, **fulfill** (*amer*) *vt* 1 [implica atender às exigências] satisfazer, atender *Only one system fulfils all these requirements.* Apenas um sistema atende a todas essas exigências. 2 [implica desenvolvimento pessoal] satisfazer *I want a job that will fulfil me.* Quero um trabalho que me satisfaça.

fulfilment (*brit*), **fulfillment** (*amer*) *ssfn* [p. ex. de condições] cumprimento, preenchimento [de pessoa] realização

430 Praise Elogiar

ver também **praising, LC 38**

praise *vt* (freq. + **for**) [obj: p. ex. pessoa, trabalho] elogiar *Her style has often been praised for its clarity.* Seu estilo tem sido elogiado com freqüência graças a sua clareza.

praise *ssfn* elogio *fulsome praise* elogios exagerados

congratulate *vt* (freq. + **on**) [p. ex. por um êxito ou acontecimento agradável. Freq. em contextos públicos] congratular, parabenizar *Let me congratulate the minister on her frankness.* Permita-me congratular o ministro por sua franqueza.

congratulations *s pl* congratulações, parabéns, felicitações *Congratulations on your promotion!* Parabéns por sua promoção! *I want to be the first to offer my congratulations.* Quero ser o primeiro a felicitá-lo.

compliment *vt* (freq. + **on**) [ger. por algo bem feito. Freq. em contextos pessoais] cumprimentar, felicitar, parabenizar *I complimented her on her choice of wine.* Cumprimentei-a pela escolha do vinho. *We would like to compliment your team on the efficiency of their action.* Gostaríamos de parabenizar sua equipe pela eficiência de sua ação.

compliment *sfn* cumprimento *to pay sb a compliment* cumprimentar alguém, elogiar

flatter *vt* [implica exagero ou falta de sinceridade] lisonjear, adular *It never hurts to flatter a customer.* Nunca é demais lisonjear um cliente. *to flatter sb's self-esteem* incensar o amor próprio de alguém

flattery *ssfn* lisonja, adulação

> *e x p r e s s ã o*
>
> **give sb a pat on the back** OU **pat sb on the back** [informal. Implica elogio e encorajamento.] dar um tapinha nas costas, animar, encorajar *a piece of initiative that deserves a pat on the back* uma iniciativa que merece ser encorajada

431 Admire Admirar

admire *vt* (freq. + **for**) [um sentimento mais caloroso que **respect**, freq. implicando desejo de imitar] admirar *I admire her for her honesty.* Admiro-a por sua honestidade. **admiration** *ssfn* admiração

respect *vt* 1 [considerar digno de estima. Uma emoção mais distanciada que **admire**. Pode-se respeitar alguém de quem não se gosta] respeitar *The patients here are respected and cared for.* Aqui todos os pacientes são respeitados e cuidados. 2 [não causar dano ou interferir] respeitar *We try to respect local traditions.* Tentamos respeitar as tradições locais.

respect *ssfn* respeito *to treat sb with respect* tratar alguém com respeito *his respect for authority* seu respeito pela autoridade

self-respect *ssfn* amor-próprio, respeito por si próprio, dignidade *Poverty had destroyed their self-respect.* A pobreza destruiu seu amor-próprio.

esteem *ssfn* [formal] estima *I hold the prime minister in the highest esteem.* Tenho o primeiro-ministro na mais alta estima.

regard *ssfn* [um tanto formal] consideração, estima, respeito *my considerable regard for the police* minha grande consideração pela polícia

431.1 Extrema admiração

wonder *ssfn* [implica assombro] admiração, assombro *We looked on in wonder as she stroked the lion.* Ficamos maravilhados ao observá-la acariciando o leão.

awe *ssfn* [implica assombro e freq. uma mescla de temor e respeito] estupefação, temor respeitoso, admiração reverente *Her skill left us in awe.* Sua habilidade nos deixou pasmos. *I stood in awe of the examiners.* Sentia-me intimidado pelos examinadores.

431.2 Que reclama admiração

glory *ssfn* [grande fama e honra] glória

honour (*brit*), **honor** (*amer*) *s* **1** *ssfn* honra *The honour of the party was at stake.* A honra do partido estava em jogo. *Tonight we have the honour of welcoming two guests from India.* Nesta noite temos a honra de dar as boas-vindas a dois convidados provenientes da Índia. **2** *sfn* honra *It's an honour to work here.* É uma honra trabalhar aqui. **honourable** *adj* honrado **honourably** *adv* honradamente

impress *vt* impressionar *I'm impressed.* Estou impressionado.

impressive *adj* impressionante *an impressive achievement* uma realização impressionante

expressões

think well/highly of sb/sth ter grande consideração, ter em alta conta *We all think highly of her as a teacher.* Nós a temos em alta conta como professora. *He's well-thought-of in the profession.* Ele é muito considerado na profissão.

look up to sb [considerar que alguém merece admiração] admirar, respeitar *Most children look up to their parents.* A maioria das crianças admira seus pais.

take one's hat off to sb [informal. Expressa admiração e surpresa diante de uma realização] tirar o chapéu para alguém, admirar *I take my hat off to her – I couldn't do that at her age.* Tiro meu chapéu para ela! Eu não conseguiria fazer o mesmo com a idade que ela tem.

432 Attract Atrair

attract *vt* **1** (freq. + **to**) atrair *You're immediately attracted to this vibrant personality.* Sua personalidade vibrante atrai de imediato. **2** [fazer vir] atrair *The course attracts hundreds of students every year.* O curso atrai centenas de estudantes todos os anos.

attraction *sc/sfn* atração *the attraction of country life* a atração da vida no campo *The higher interest rates are a considerable attraction for investors.* As taxas de juros mais altas são uma considerável atração para os investidores. *tourist attractions* atrações turísticas

attractive *adj* atraente *attractive eyes* olhos atraentes *an attractive offer* uma oferta atraente

charm *ssfn* encanto *He convinced me by sheer charm.* Ele me convenceu apenas com seu encanto.

charm *vt* encantar *All the teachers were charmed by her.* Todos os professores estavam encantados com ela. *He charmed me into buying the house.* Ele usou de seu encanto para me fazer comprar a casa.

charming *adj* encantador *Their manners were charming.* Suas maneiras são encantadoras. *a charming village* um lugarejo encantador

bewitch *vt* [implica um efeito como mágica] enfeitiçar, encantar, fascinar *They were soon bewitched by the romance of India.* Logo ficaram fascinados pelo romantismo da Índia.

bewitching *adj* feiticeiro, encantador, fascinante *a bewitching charm* um encanto feiticeiro

entice *vt* (freq. + *adv* ou *prep*) [implica promessa de recompensa] tentar, seduzir *She's been enticed away from teaching.* Ela foi seduzida a abandonar o magistério.

enticing *adj* tentador, sedutor *an enticing offer* uma oferta tentadora

tempt *vt* (freq. + **to** + INFINITIVO) [implica persuasão ou desejo, freq. em relação a algo mau] tentar, incitar *He tempted me out for a drink.* Ele me incitou a sair para tomar um trago. *I was tempted to give up.* Fiquei tentado a desistir.

tempting *adj* [não sugere nada de mal] tentador *a tempting menu* um cardápio tentador

temptation *sc/sfn* tentação *to resist temptation* resistir à tentação

seduce *vt* **1** [persuadir a fazer sexo] seduzir *She was seduced in her first term at college.* Ela foi seduzida no seu primeiro trimestre na faculdade. **2** [persuadir a fazer algo, freq. algo desaconselhável] seduzir *Don't be seduced by glamorous advertising.* Não se deixe seduzir por propagandas glamourosas.

seductive *adj* sedutor *seductive photos of holiday beaches* fotos sedutoras de férias na praia

lure *vt* [freq. implica engodo. Ger. envolve tentação para ir a algum lugar] atrair *Teenagers with no prospects are being lured to the capital.* Adolescentes sem perspectivas estão sendo atraídos para a capital. *Can you lure her out of her office?* Você consegue atraí-la para fora do escritório?

lure *ssfn* fascínio, atração, engodo *the lure of wealth* o fascínio da riqueza

allure *ssfn* [qualidade atraente] fascinação, atração *Modelling still has a definite allure.* A profissão de modelo ainda exerce uma clara atração.

alluring *adj* sedutor, atraente *the car's alluring design* o design atraente do carro

432.1 Coisas que atraem

bait *ssfn* **1** [p. ex. para peixes] isca **2** [para tentar alguém] isca, chamariz *They're running another competition as bait for new readers.* Estão organizando um outro concurso como chamariz para conseguir novos leitores.

magnet *sfn* **1** [para ferro] ímã **2** [que cria interesse] ímã, pólo de atração *The coast was becoming a magnet for tourists.* O litoral estava se tornando um pólo de atração para turistas.

magnetic *adj* **1** [descreve: substância] magnético **2** [descreve p. ex. personalidade] magnético

magnetism *ssfn* **1** [do ferro] magnetismo **2** [p. ex. da personalidade] magnetismo

433 Endure Agüentar

endure [um tanto formal. Freq. implica uma longa duração] *vt* agüentar, suportar, sofrer com paciência *They endured great hardship.* Eles suportaram grandes dificuldades. *He endured their teasing with good humour.* Ele agüentou as zombarias com bom humor (+ -ing) *I can't endure seeing them together.* Não consigo suportar vê-los juntos.

endurance *ssfn* [implica determinação] resistência, paciência, tolerância *an ordeal that tested her physical endurance* uma experiência penosa que testou sua resistência física *The noise was beyond endurance.* O barulho estava insuportável. (usado como *adj*) *endurance test* teste de resistência

bear *vt, pretérito* **bore** *part passado* **borne** (mais usual em contextos negativos) suportar, agüentar, tolerar *after a long illness, bravely borne* após uma longa enfermidade, suportada corajosamente *I can't bear his constant air of superiority.* Não tolero seu constante ar de superioridade. (+ **to** + INFINITIVO) *She can't bear to speak to him.* Ela não suporta falar com ele.

stand *vt, pretérito & part passado* **stood** (mais usual em contextos negativos) [menos formal que **bear**] agüentar, suportar *He stood the job for four years before leaving.* Ele agüentou o trabalho por quatro anos antes de deixá-lo. *I can't stand the pressure any more.* Não consigo mais suportar a pressão. (+ -ing) *I can't stand doing the housework.* Não suporto fazer o serviço doméstico.

uso
Bear é comumente seguido de infinitivo, mas o mesmo não ocorre com **endure** e **stand**.

take *vt* agüentar, suportar *I resigned because I just couldn't take any more.* Pedi demissão porque simplesmente não agüentava mais. *I couldn't take his constant complaining.* Eu não conseguia suportar suas reclamações constantes.

put up with sth/sb *vt prep* agüentar, suportar, submeter-se, conformar-se *Why should I put up with inefficiency from employees?* Por que haveria eu de me submeter à ineficiência dos empregados? *Parents of teenagers have a lot to put up with.* Pais de adolescentes têm de agüentar muita coisa.

tolerate *vt* [mais formal que **put up with**. Implica permitir a despeito de desaprovar] tolerar *a regime that tolerates dissent* um regime que tolera dissensão *Lateness was just not tolerated.* Atrasos simplesmente não eram tolerados.

tolerant *adj* [implica compreensão] tolerante *My grandparents were older but more tolerant.* Meus avós eram mais velhos, porém mais tolerantes.

tolerance *ssfn* tolerância *british tolerance of eccentric behaviour* a tolerância britânica em relação a comportamento excêntrico

suffer *v* **1** *vi* (freq. + **from**) [implica dor física ou mental] sofrer *Did he suffer?* Ele sofreu? *I hate to see children suffer.* Detesto ver crianças sofrer. *She suffers terribly from migraine.* Ela sofre terrivelmente de enxaqueca. **2** *vt* [obj: p. ex. dor, insultos] sofrer, suportar, agüentar *the misery I've suffered in this job* o que tive de agüentar nesse emprego

victim *sfn* vítima *victims of torture* vítimas da tortura *the intended victims of the fraud* as vítimas a quem se destinava a fraude *stroke victims* vítimas de derrame cerebral

434 Friendship Amizade

ver também **visit**, 319; oposto **enmity**, 250

434.1 Amizades pessoais

friend *sfn* amigo *an old school friend* um velho amigo de escola *The Mackays are friends of ours.* Os Mackays são nossos amigos. [depois de uma briga] *We're friends again.* Estamos amigos de novo. *We soon made friends with our new neighbours.* Logo fizemos amizade com nossos novos vizinhos.

pal *sfn* [informal. Empregado esp. por e com relação a jovens do sexo masculino] amigo, colega *Are you bringing any of your little pals home tonight?* Você vai trazer alguns de seus amiguinhos para casa hoje à noite? [agradecendo a alguém] *Thanks Jim, you're a pal.* Obrigado. Jim, você é um amigão.

mate *sfn* (*brit*) [informal. Mais freq. empregado a respeito de homens que mulheres] amigo, colega *I got it second-hand from a mate of mine.* Consegui de segunda mão de um colega meu.

buddy *sfn* (*amer*) [informal. Mais freq. empregado com relação a homens que mulheres] colega, chapa, cara

relationship *sfn* [próximo ou distante] relacionamento, relação *a loving relationship* um relacionamento amoroso *Our relationship is purely professional.* Nosso relacionamento é puramente profissional.

434.2 Amizades sociais

companion *sfn* **1** [implica experiência partilhada, esp. uma viagem] companheiro *Scott and his companions* Scott e seus companheiros **2** [esposa ou amante] companheiro *his lifelong companion* o companheiro de sua vida

partner *sfn* **1** [p. ex. no crime ou no jogo] parceiro *She betrayed her former partners to the police.* Ela traiu seus antigos parceiros para a polícia. *partners in government* parceiros no governo *my tennis partner* meu parceiro de tênis **2** [morando junto] companheiro, parceiro *marriage partners* cônjuges

partnership *sc/sfn* parceria, participação *We try to have an equal partnership at home.* Tentamos ter uma participação por igual em casa.

associate *sfn* [esp. nos negócios] sócio, associado *Two of my former associates are setting up their own company.* Dois de meus antigos sócios estão montando suas próprias companhias.

association *sfn* (não tem *pl*) associação *a long and happy association with her publishers* uma associação longa e feliz com seus editores

associate with sb vt prep [às vezes pejorativo. Implica encontros freqüentes] associar-se. *You've been associating with some very dubious characters, haven't you?* Você tem se associado a algumas pessoas de caráter bem duvidoso, não é?

ally sfn [num conflito] aliado *our allies in the fight against pornography* nossos aliados na luta contra a pornografia *our NATO allies* nossos aliados na OTAN

crony sfn [freq. pejorativo, implica panelinha e às vezes abuso de poder] assecla *The head and his cronies stopped me getting the job.* O chefe e seus asseclas impediram-me de conseguir o emprego.

acquaintance sc/sfn [implica conhecer alguém superficialmente] relações, conhecimento; conhecido *business acquaintances* conhecidos de relações comerciais *I made her acquaintance on the train.* Conheci-a no trem.

434.3 Comportamento amigável

friendly adj amigável, afável *a very friendly couple* um casal muito afável *a friendly chat* um bate-papo amigável **friendliness** ssfn afabilidade, amizade

befriend vt [comumente também envolve tomar conta de alguém que necessita de ajuda ou amizade] oferecer amizade, ajudar, favorecer *She befriended me on my first day at work.* Ela me ofereceu sua amizade no meu primeiro dia de trabalho.

warm adj [demonstrando amizade] caloroso, cordial *a warm greeting* um cumprimento caloroso **warmly** adv calorosamente, cordialmente **warmth** ssfn calor, cordialidade

hospitable adj [para convidados ou estranhos] hospitaleiro *It would be more hospitable to invite them in.* Seria mais hospitaleiro convidá-los a entrar.

hospitality ssfn hospitalidade *lavish Texan hospitality* a generosa hospitalidade texana

welcoming adj [à chegada de alguém] acolhedor, cordial *a welcoming smile* um sorriso acolhedor *The couriers were welcoming and efficient.* Os guias eram cordiais e eficientes.

company ssfn companhia *I was glad of her company.* Fiquei satisfeito por estar em sua companhia. *I kept her company while she was waiting.* Fiz-lhe companhia enquanto ela aguardava. *The company was most agreeable.* A companhia foi extremamente agradável.

accompany vt acompanhar [mais formal que **go with**] acompanhar *I accompanied her home after the party.* Acompanhei-a para casa depois da festa.

expressões

get on (*brit*)/**along** (*amer*) **well with sb** [implica um relacionamento fácil] dar-se bem com alguém *A good doctor needs to get on well with people.* Um bom médico precisa dar-se bem com as pessoas.

hit it off (with sb) [dar-se bem com uma pessoa desde o primeiro momento] simpatizar *Lucy and Harry hit it off right away.* Lucy e Harry simpatizaram um com o outro de imediato. *We didn't really hit it off.* Nós realmente não simpatizamos um com o outro.

get on like a house on fire [informal e enfático] dar-se às mil maravilhas *Everybody was getting on like a house on fire until we got on to politics.* Todos nos entendíamos às mil maravilhas até passarmos a falar de política.

break the ice [criar um clima cordial] quebrar o gelo *It was a terrible joke but it broke the ice.* Foi uma piada horrível mas quebrou o gelo.

the more the merrier [dito para encorajar alguém a unir-se ao grupo] quanto mais melhor *Of course there's room in the car, the more the merrier.* É claro que há lugar no carro. Quanto mais gente melhor!

435 Loneliness Solidão

ver também **distance**, 320.2

lonely (*brit & amer*) TAMBÉM **lonesome** (*amer*) adj [sentimento desagradável de sentir falta dos outros] solitário *He feels so lonely now his wife's gone.* Ele sente-se solitário agora que perdeu a esposa. *a lonely weekend* um fim de semana solitário

alone adj (depois do v) [possivelmente por opção, sem a presença de outras pessoas] sozinho *I'm all alone in the house tonight.* Estou sozinho em casa à noite. *I need to be alone for a while.* Preciso ficar um pouco sozinho.

on one's own [possivelmente por opção, sem a presença de outras pessoas] sozinho *Don't sit there on your own, come and join us.* Não se sente aí sozinho. Venha e junte-se a nós. *We're on our own now our daughter's married.* Estamos sozinhos agora que nossa filha se casou.

solitary adj (antes do s) **1** [habitualmente sozinho, talvez por opção] solitário *a solitary existence* uma existência solitária **2** [único. Palavra enfática] único *I've had one solitary phone call all week.* Recebi um único telefonema durante toda a semana.

isolated adj [enfatiza uma desagradável distância física ou mental em relação a outras pessoas] isolado *You feel so isolated not knowing the language.* Você se sente isolado por não saber a língua. *Aren't you rather isolated out in the suburbs?* Vocês não ficam um pouco isolados aí no subúrbio?

435.1 Pessoas que estão sozinhas

loner sfn [que prefere viver ou trabalhar sozinho ou que tem dificuldade em se relacionar com as pessoas] solitário

recluse sfn [um tanto pejorativo. Pessoa que evita os outros] recluso *A widower doesn't need to be a recluse, you know.* Um viúvo não precisa ser um recluso, você sabe. **reclusive** adj retraído, solitário

hermit sfn [que deixa a sociedade, esp. no passado por motivos religiosos] eremita

435.2 Que descreve apenas uma pessoa ou coisa

single *adj* **1** (antes do *s*) [implica que se poderia esperar mais] único *If I find one single mistake, there'll be trouble.* Se eu encontrar um único erro, haverá barulho. *We haven't had a single customer all day.* Não tivemos um único freguês durante todo o dia. **2** [não casado] solteiro *a single woman* uma mulher solteira *when I was single* quando eu era solteiro

individual *adj* (antes do *s*) [uno e separado] individual *each child's individual needs* as necessidades individuais de cada criança *an individual portion* uma porção individual *the individual care given to each patient* os cuidados individuais prestados a cada paciente

individual *sfn* indivíduo *We treat you as an individual, not a number.* Nós tratamos você como uma pessoa, não como um número.

independent *adj* (freq. + **of**) [não associado a outros ou dependente deles] independente *an independent investigation* uma investigação independente *We are totally independent of the insurance companies.* Somos totalmente independentes das companhias de seguros. *an independent wine merchant* um comerciante de vinhos independente [que não faz parte de uma rede] independente **independence** *ssfn* independência

singular *adj* [na gramática] singular *a singular noun* um substantivo singular *the first person singular* a primeira pessoa do singular (usado como *s*) *The noun is in the singular.* O substantivo está no singular.

lone *adj* (antes de *s*) [implica ausência inusitada de outras pessoas ou coisas] solitário *a lone cyclist* um ciclista solitário

436 Include Incluir

include *vt* **1** [ter como parte] incluir *These costs include fuel.* Estes custos incluem combustível. **2** [pôr dentro] incluir *I included a section on opera in the book.* Incluí uma seção sobre ópera no livro.

including *prep* inclusive *£22 a night including breakfast* 22 libras esterlinas por noite inclusive o desjejum *all of us including the dog* todos nós, o cachorro inclusive

inclusive *adj* (esp. *brit*) (freq. + **of**) incluindo, com a inclusão *from the sixth to the tenth inclusive* do sexto ao décimo inclusive *£46 a week inclusive of heating* 46 libras esterlinas incluindo calefação

involve *vt* [implica que algo ou alguém é necessário ou é afetado] envolver *They don't want to involve the police in this.* Eles não querem envolver a polícia nisso. *It would involve a long wait.* Envolveria uma longa espera. *a process involving computers* um processo envolvendo computadores *I don't want to get involved with their arguments.* Não quero me envolver em suas discussões.

involvement *sfn* (não tem *pl*) envolvimento *my involvement in the case* meu envolvimento no caso *We encourage the involvement of the local community.* Encorajamos o envolvimento da comunidade local.

count sb/sth **in** *vt prep* [considerar como incluído] incluir *If the others are going, count me in too.* Se os outros vão, pode me incluir também.

consist of sth *vt prep* [implica ser formado de vários materiais, elementos ou pessoas juntos] consistir *The alloy consists mainly of steel and copper.* A liga consiste principalmente em aço e cobre. *The meal consisted of soup, fish and cheese.* A refeição consistiu em sopa, peixe e queijo.

comprise *vt* **1** [ser formado de. Mais formal que **consist of**] compreender, abranger *The book comprises ten chapters and an index.* O livro compreende dez capítulos e um índice. **2** [formar] compreender, ser composto de *The building is comprised of three adjoining rooms.* O prédio é composto de três salas adjacentes.

> *u s o*
> Embora o sentido 2 seja comumente empregado, é considerado incorreto por algumas pessoas que falam o inglês.

> *e x p r e s s ã o*
> **be made up of sb/sth** ser constituído, formado de algo *The class is made up of Cubans and Puerto Ricans.* A classe é formada de cubanos e porto-riquenhos. *The course is made up of three parts.* O curso é constituído de três partes.

437 Exclude Excluir

exclude *vt* (freq. + **from**) [ger. deliberadamente] excluir *I felt deliberately excluded from their group.* Senti-me deliberadamente excluído de seu grupo. *The programme excluded all mention of government interference.* O programa excluiu qualquer menção a interferência governamental.

exclusion *sc/sfn* exclusão *the exclusion of immigrants* a exclusão dos imigrantes *the usual exclusions like war and acts of God* [em apólices de seguro] as exclusões usuais como guerra e catástrofes naturais

excluding *prep* [não levando em consideração] exceto, excluindo *£234, excluding VAT* 234 libras esterlinas excluindo o taxa de VAT *Excluding Friday, we've had good weather so far.* Exceto a sexta-feira, temos tido tempo bom até agora.

omit *vt*, **-tt-** [acidental ou intencionalmente] omitir *The soloist omitted the repeats.* O solista omitiu as repetições. *Unfortunately your name has been omitted.* Infelizmente, seu nome foi omitido.

omission *sc/sfn* omissão *We must apologize for the omission of certain facts.* Pedimos desculpas pela omissão de certos fatos.

leave sth/sb out ou **leave out** sth/sb *vt prep* (freq. + **of**, **from**) [menos formal que **exclude** ou **omit**] deixar fora, excluir *You've left a word out.* Você omitiu uma palavra. *She was left out of the team because of an injured ankle.* Ela ficou fora da equipe devido a um machucado no tornozelo.

shun *vt*, -**nn**- [evitar, freq. de modo descortês] esquivar-se, evitar *The banks tend to shun my kind of company.* Os bancos tendem a se esquivar de companhias como a minha. *I used to shun any idea of working in an office.* Eu costumava me esquivar de qualquer idéia relativa a trabalhar em um escritório.

ignore *vt* ignorar, não tomar conhecimento, não fazer caso *She's been ignoring me all evening.* Ela tem me ignorado toda a noite. *They tend to ignore inconvenient facts.* Eles tendem a ignorar fatos inconvenientes.

except *prep* exceto *everyone except my father* todos exceto meu pai

except for *prep* exceto, salvo *We were all over 18, except for Edward.* Todos tínhamos mais de 18 anos, exceto Edward.

apart from *prep* exceto, afora, salvo *Apart from Dora, nobody could speak French.* À exceção de Dora, ninguém sabia falar francês.

438 Bad Mau

ver também **ugly, 60**; **wicked, 219**; **horror and disgust, 446**; oposto **good, 417**

bad *adj, compar* **worse**, *superl* **worst 1** [desagradável] mau, ruim *I had a bad dream.* Tive um mau sonho **2** [má qualidade] ruim *My exam results were very bad.* Os resultados de meu exame foram muito ruins. **3** (ger. antes de *s*) [doente] ruim, defeituoso *I've got a bad knee.* Tenho um joelho ruim. **4** (ger. + **for**) [prejudicial] ruim, nocivo *Too much sun is bad for your skin.* Sol demais é ruim para a pele. **5** [sério] grave, sério, forte *a bad cold* um forte resfriado

badly *adv* mal, de maneira ruim *She performed badly.* Ela atuou mal. *badly injured* gravemente ferido *badly-behaved* malcomportado

unpleasant *adj* [que não se aprecia] desagradável *an unpleasant taste* um sabor desagradável *The tone of the letter was extremely unpleasant.* O tom da carta era extremamente desagradável. **unpleasantly** *adv* de modo desagradável

unsatisfactory *adj* [descreve p. ex. trabalho, condições] insatisfatório *Their performance has been thoroughly unsatisfactory.* O desempenho deles foi completamente insatisfatório. **unsatisfactorily** *adv* insatisfatoriamente

horrible *adj* [enfatiza a reação pessoal da pessoa que usa a palavra] horrível, horroroso *a horrible piece of modern architecture* uma obra horrorosa da arquitetura moderna *That was a horrible thing to say.* Foi uma coisa horrível de se dizer.

nasty [um tanto informal. Mais enfático que **unpleasant**. Quando descreve pessoas ou ações, implica maldade deliberada] detestável, ruim, maldoso, grosseiro, asqueroso *a nasty smell* um cheiro desagradável *a nasty cold* um resfriado horrível *a mean and nasty trick* um truque mesquinho e maldoso

shoddy *adj* [implica má qualidade ou comportamento desprezível] *shoddy goods* artigos de qualidade inferior *The way they treated me was incredibly shoddy.* A maneira como me trataram foi incrivelmente vil. **shoddily** *adv* de maneira ruim, de modo vil

hopeless *adj* [informal. Implica atitude de abandono em relação a incompetência] irremediável, incorrigível *My spelling's hopeless.* Minha ortografia não tem remédio. *a hopeless team* uma equipe irremediável

438.1 Muito ruim

dreadful *adj* medonho, horrível, pavoroso *The acoustics are dreadful.* A acústica é medonha. *I had a dreadful journey.* Tive uma viagem pavorosa. *a dreadful mistake* um erro horroroso

appalling *adj* aterrador, estarrecedor **1** *Her taste is simply appalling.* O gosto dela é simplesmente pavoroso. *What appalling weather we've been having.* Que tempo horroroso que temos tido! **2** [chocante] estarrecedor *an appalling crime* um crime estarrecedor

awful *adj* [pode implicar choque] horrível, péssimo, terrível *This soup is awful!* Esta sopa está horrível! *that awful dog they have* aquele cachorro horrível que eles têm [empregado como intensificador] *an awful mess* uma bagunça terrível

terrible *adj* [um tanto informal] abominável, terrível *The weather's been terrible.* O tempo tem estado terrível. *I'm a terrible singer.* Canto muito mal.

ghastly *adj* [implica horror] horripilante, horroroso *a ghastly accident* um acidente horroroso *They have such ghastly taste.* Eles têm um gosto tão horripilante.

frightful *adj* [um tanto formal. Sério e chocante] espantoso, assustador *We saw some frightful injuries.* Vimos alguns ferimentos assustadores. [pode soar afetado] *a frightful colour* uma cor apavorante

foul *adj* [extremamente desagradável] repugnante, asqueroso *a foul stench* um mau cheiro pútrido *The weather was absolutely foul.* O tempo estava absolutamente abominável.

vile *adj* **1** [informal] vil, desprezível *The food was positively vile.* A comida estava realmente horrível. **2** [um tanto formal. Depreciativo] vil *a vile threat* uma ameaça vil

obnoxious *adj* [implica maus modos e crueldade. Descreve: pessoas, comportamento, etc., e *não* clima, sabor, etc.] antipático, irritante, odioso, detestável *a particularly obnoxious remark* um comentário particularmente detestável *The immigration officials were being deliberately obnoxious.* Os oficiais da imigração estavam sendo deliberadamente antipáticos.

crap *ssfn* [gíria um tanto vulgar. Implica forte desaprovação] merda, droga, lixo, asneira, disparate *The whole idea is a load of crap.* A idéia é um verdadeiro lixo (usado como *adj*) *a crap firm to work for* uma droga de firma para se trabalhar

crappy adj asqueroso *They're crappy little cars.* São umas drogas de carrinhos.

lousy adj [informal. Freqüentemente implica uma atitude de raiva] nojento, horrível, que não presta *The food was lousy.* A comida estava horrível. *that lousy stereo I had* aquele estéreo nojento que eu tinha

grim adj, -mm- [ruim e difícil de agüentar] penoso, duro, terrível *the grim prospects for manufacturing industry* duras perspectivas para a indústria manufatureira *The exam was pretty grim.* O exame foi bem penoso.

> *e x p r e s s ã o*
>
> **a dead loss** [informal. Implica desapontamento] um desastre, uma calamidade *The match was a dead loss.* A partida foi um desastre.

438.2 Pessoas desagradáveis

ver também **wild animals, 1**

bastard sfn [gíria] **1** [homem detestado ou desprezado] desgraçado *The bastards wouldn't listen.* Os desgraçados não queriam escutar. **2** [coisa desagradável ou difícil] *This winter's been a real bastard.* Este inverno tem sido uma verdadeira desgraça.

pig sfn [gíria. Implica comportamento desagradável, p. ex. crueldade, cobiça, etc. Não é um termo muito forte, sendo freq. dito diretamente para a pessoa e não para descrever essa pessoa para os outros] grosseirão, porco, porcalhão, ganancioso *Give it back, you pig!* Devolva-me, seu porco!

worm [expressa desprezo] verme *Only a worm like you would print lies like that.* Só um verme como você publicaria esse tipo de mentiras.

bitch sfn [gíria. Mulher desagradável] cadela *That bitch swore at me.* Aquela cadela me xingou.

439 Inferior Inferior

oposto **superior, 419**

worse 1 adj (*compar* de **bad**) pior *His cough is worse than ever.* Sua tosse está pior do que nunca. *Things are likely to get worse.* Provavelmente as coisas vão piorar. **2** adv (*compar* de **badly**) pior *I'm sleeping even worse lately.* Tenho dormido pior ainda ultimamente.

worst adj (*superl* de **bad**) o pior *the worst book I've ever read* o pior livro que já li (usado como s) *I've seen some bad cases but this is the worst.* Já vi alguns casos graves, mas este é o pior.

439.1 Inferior em hierarquia

subordinate sfn [implica estrutura de hierarquia] subordinado, subalterno *You need the respect of your subordinates.* Você precisa do respeito de seus subordinados.

subordinate adj (freq. + **to**) subalterno, subordinado *a subordinate civil servant* um funcionário público subalterno

junior adj (freq. + **to**) [relativo a outro ou outros] mais novo, de menor antiguidade, subalterno *a junior executive* um executivo mais novo no cargo

junior sfn rapaz, calouro, pessoa mais nova, noviço *the office junior* o garoto do escritório

440 Uncomfortable Desconfortável

oposto **comfortable, 421**

uncomfortable adj **1** desconfortável, incômodo *an uncomfortable bed* uma cama desconfortável *I feel uncomfortable wearing a tie.* Sinto-me desconfortável usando gravata. **2** [pouco à vontade] incomodado *Churches make me uncomfortable.* As igrejas fazem-me sentir incomodado. **uncomfortably** adv desconfortavelmente, incomodamente

discomfort ssfn [um tanto formal] desconforto *The heat was causing me some discomfort.* O calor estava me causando um pouco de desconforto.

tight adj [descreve p. ex. roupas] apertado *My belt's too tight.* Meu cinto está muito apertado.

tighten v **1** vt apertar *Don't tighten that chin strap too much.* Não aperte demais aquela correia debaixo do queixo. **2** vi apertar *The collar seemed to be tightening around my neck.* O colarinho parecia estar apertado em volta de meu pescoço.

pinch vt [suj: p. ex. sapatos] apertar, pegar *The boots pinch my toes.* As botas me apertam nos dedos.

cramped adj [obj: esp. condições de vida] apertado, exíguo, limitado *Many families live under very cramped conditions.* Muitas famílias vivem em condições muito limitadas. *a cramped bedsit* um exíguo apartamento de quarto e sala

> *e x p r e s s ã o*
>
> **like a fish out of water** [p. ex. em um ambiente desconhecido] como peixe fora d'água *Without his lecture notes he'd be like a fish out of water.* Sem suas anotações da conferência, ele estaria como um peixe fora d'água.

441 Worsen Piorar

ver também **damage, 132**

deteriorate vi [um tanto formal. Suj: p. ex. situação, saúde] deteriorar, decair *The standard of your work has considerably deteriorated.* O padrão de seu trabalho decaiu consideravelmente.

deterioration ssfn deterioração *a marked deterioration in diplomatic relations between the two countries* uma acentuada deterioração nas relações diplomáticas entre os dois países

aggravate vt [obj: p. ex. problema] agravar *The humidity could aggravate your asthma.* A umidade poderia agravar sua asma. *tensions aggravated by foolish press comment* tensões agravadas por comentários tolos da imprensa **aggravation** ssfn agravamento

exacerbate vt [obj: p. ex. problema, situação] [tornar algo que já está ruim pior ainda] exacerbar *Any intervention by the West will only exacerbate the political situation.* Qualquer intervenção do Ocidente irá somente exacerbar a situação política.

expressões

go downhill [informal. Piorar consistentemente] ir por água abaixo, estar em decadência *The team went downhill after you left.* A equipe foi por água abaixo depois que você saiu.
go to pot [informal. Implica total perda de qualidade] ir para a cucuia, arruinar-se *those who feared that the hotel would go to pot* aqueles que temiam que o hotel fosse para a cucuia
go to the dogs [informal. Implica uma vergonhosa perda de qualidade] degringolar, dar com os burros n'água *Ever since I was a boy people have been claiming the country was going to the dogs.* Desde minha época de garoto as pessoas vêm dizendo que o país vai dar com os burros n'água.
go to seed [informal. Implica que algo/alguém esteve melhor antes] descuidar-se, deteriorar-se, dar em nada *Your brain doesn't have to go to seed when you have a baby, you know.* Você não precisa deixar seu cérebro se deteriorar quando você tem um bebê, você sabe.

442 Normal Normal

ver também **habitual, 288;** oposto **unusual, 444**

normal adj normal *It took us a long time to get back to normal after the fire.* Levou um longo tempo para voltarmos ao normal após o incêndio. *How long is your normal working day?* Qual é a duração de seu dia normal de trabalho? [pode implicar um juízo bastante severo por parte de quem fala em relação a como as coisas deveriam ser] *It's not normal to want to be alone all the time.* Não é normal querer estar sozinho o tempo todo. *Anger is a normal reaction to the death of a loved one.* A cólera é uma reação normal pela morte de um ser querido.

normally adv normalmente *Try to act normally.* Tente agir normalmente. *I don't drink this much normally.* Normalmente eu não bebo tanto assim. *Normally we visit my family at Christmas.* Normalmente visitamos minha família no Natal.

natural adj [conforme determinado pela natureza. Não artificial] natural *a natural reaction* uma reação natural *the natural accompaniment to cheese* o complemento natural para o queijo *The acting is very natural.* A interpretação é muito natural.

ordinary adj [sem características especiais] comum, ordinário *a perfectly ordinary day* um dia absolutamente comum [pode ser um tanto pejorativo] *Her husband's very ordinary.* O marido dela é muito comum.

everyday adj (antes do s) [implica rotina] cotidiano *your everyday problems* seus problemas cotidianos *simple everyday jobs* trabalhos simples de todo o dia

standard adj [implica aprovação ou aceitação geral] padrão, comum, usual *It's standard procedure.* É o procedimento padrão.

conventional adj [implica normas tradicionais ou sociais] convencional *a conventional way of dressing* um modo convencional de se vestir [um tanto pejorativo] *Her family is terribly conventional.* A família dela é tremendamente convencional.

conventionally adv convencionalmente *a conventionally designed engine* um motor de concepção convencional

conform vi (freq. + **to**) [implica comportamento aprovado] ajustar-se, conformar-se, amoldar-se *the social pressures to conform* as pressões sociais às quais se tem de ajustar *They're unlikely to conform to their parents' wishes.* É improvável que eles se amoldem aos desejos dos pais.

442.1 Que existe ou ocorre comumente

usual [termo geral] usual, habitual *He came at the usual time.* Ele veio no horário usual. *My usual doctor was away.* Meu médico habitual estava fora. *It's more usual for the mother to come.* É mais usual a mãe vir. *She's busy as usual.* Ela esta ocupada como sempre. (empregado como s) *'Anything in the post?' 'Just the usual, bills and circulars.'* 'Veio alguma coisa pelo correio?' 'Só as coisas de sempre, contas e circulares.'

usually adv usualmente, habitualmente *I usually wear a tie.* Habitualmente uso gravata.

typical adj (freq. + **of**) 1 [representativo] típico *a typical London street* uma rua típica de Londres *This is typical of the problems facing young families.* Isso é típico dos problemas enfrentados por famílias jovens.
2 [característico. Ger. em contextos pejorativos] típico, característico *The remark was typical of her.* Foi um comentário típico dela.

typically adv tipicamente *a typically stupid suggestion* uma sugestão tipicamente estúpida *Candidates are typically female and unmarried.* Os candidatos são tipicamente mulheres e pessoas solteiras.

uso

Não se deve confundir **typical** (típico) com **traditional** (tradicional) *ver também **social customs, 195**

widespread adj [quando ocorrem muitos casos] espalhado, generalizado, muito difundido *a widespread misunderstanding* um desentendimento generalizado *The practice is widespread in Scotland.* A prática está muito difundida na Escócia.

widely *adv* [com freqüência e em muitos lugares] amplamente, bastante *The changes have been widely publicized.* As mudanças foram amplamente divulgadas.

commonplace *adj* [acontece com tanta freqüência que é considerado comum. Freqüentemente empregado em relação a algo que se considerava raro ou inusitado] corriqueiro, comum, banal *Satellite launches are now commonplace.* Lançamentos de satélites são corriqueiros hoje em dia. *Muggings are commonplace on the estate.* Agressões e roubo são comuns no conjunto habitacional.

442.2 Entre os extremos

average *adj* [mais ou menos como os outros] médio, normal, comum, usual *average house prices* os preços médios das casas *It's more versatile than the average computer.* É mais versátil do que os computadores usuais.

average *sc/sfn* média *Her performance was above average.* Seu desempenho foi acima da média.

medium *adj* mediano, médio *a house of medium size* uma casa de tamanho médio *a medium speed of 40 miles an hour* uma velocidade média de 40 milhas por hora

intermediate *adj* 1 [que é feito ou acontece entre duas coisas] intermediário *an intermediate solution* uma solução intermediária 2 [entre o iniciante e o avançado] intermediário *intermediate students* alunos intermediários

442.3 Termos um tanto pejorativos

mediocre *adj* [o mais pejorativo deste grupo] medíocre *Your marks are pretty mediocre.* Suas notas estão bem medíocres. *a mediocre hotel* um hotel medíocre

middling *adj* [menos pejorativo que **mediocre**, porém de modo algum excepcional] sofrível, mediano, passável *His health's been fair to middling.* A saúde dele tem estado assim assim.

run-of-the-mill *adj* [um tanto pejorativo. Implica algo comum sem qualidades especiais] medíocre, ordinário, vulgar *a run-of-the-mill TV comedy* uma comédia de TV sem nada de especial *All the applicants have been pretty run-of-the-mill.* Todos os candidatos têm sido bem medíocres.

middle-of-the-road *adj* [freq. pejorativo. Implica suavidade ou falta de convicção] moderado, de meio termo *My artistic tastes are fairly middle-of-the-road.* Meus gostos artísticos são bem moderados.

443 Often Freqüentemente

often *adv* freqüentemente *How often do you go there?* Com que freqüência você vai lá? *It's often possible to buy tickets at the door.* É muitas vezes possível comprar as entradas na porta.

frequent *adj* freqüente *He's a frequent guest of the president.* Ele é um convidado freqüente do presidente. *frequent arguments* discussões freqüentes

frequently *adv* [mais formal que **often**] freqüentemente *She frequently travels abroad.* Ela viaja para o exterior freqüentemente. **frequency** *ssfn* freqüência

common *adj* comum *Accidents are common on this road.* Acidentes são comuns nesta estrada. *It's a common problem.* É um problema comum.

regular *adj* regular *to take regular exercise* fazer exercícios regulares *They have lunch on a regular basis.* Eles almoçam juntos regularmente. **regularity** *ssfn* regularidade

regularly *adv* regularmente *We meet regularly.* Encontramo-nos regularmente.

444 Unusual Inusitado

ver também **surprise, 118;** oposto **normal, 442**

unusual *adj* inusitado, incomum *Ethelred is an unusual name these days.* Ethelred é um nome incomum hoje em dia. *It's unusual for you to be so early.* Não é comum você chegar tão cedo. **unusually** *adv* inusitadamente, incomumente

444.1 Não que se esperaria ou gostaria

strange *adj* [levemente perturbador] estranho, esquisito *a strange coincidence* uma estranha coincidência *Her behaviour's been rather strange lately.* O comportamento dela tem sido um tanto estranho ultimamente. *That's strange, I thought I'd packed another sweater.* Que estranho! Pensei que tivesse colocado um outro agasalho na mala.

strangely *adv* estranhamente *to behave strangely* agir estranhamente *It was strangely quiet.* Estava estranhamente silencioso. *Strangely, we never met.* Estranhamente, nunca nos encontramos. **strangeness** *ssfn* estranheza, singularidade

odd *adj* [levemente mais enfático que **strange**] esquisito, estranho *That's odd, the phone's not answering.* Que esquisito! O telefone não está respondendo. *That sounds a rather odd arrangement.* Parece um arranjo um tanto estranho.

oddly *adv* estranhamente *He looked at me very oddly.* Ele me olhou de um modo muito estranho. *Oddly enough she was here yesterday.* Por estranho que pareça, ela esteve aqui ontem.

oddity *s* 1 *sfn, pl* **oddities** [pessoa ou coisa estranha] pessoa ou coisa esquisita, bicho raro *Why do people look on tricycles and their riders as oddities?* Por que as pessoas consideram os triciclos e quem os dirige algo esquisito? 2 *ssfn* [um tanto formal] esquisitice, excentricidade

peculiar *adj* [levemente mais pejorativo e crítico que **strange** e **odd**] peculiar *The house had a peculiar smell.* A casa tinha um odor peculiar. *My mother thinks I'm a bit peculiar, not eating meat.* Minha mãe me considera um tanto peculiar por eu não comer carne.

peculiarity *s* 1 *sfn, pl* **peculiarities** [hábito ou característica particular] peculiaridade *The bow tie is one of his little peculiarities.* A gravata borboleta é uma de suas peculiaridadezinhas. 2 *ssfn* [um tanto formal] peculiaridade, singularidade

curious adj [um tanto formal] curioso, estranho *He served up a curious mixture of meat and fruit.* Ele serviu uma curiosa mistura de carne e frutas. **curiously** adv curiosamente

funny adj [um tanto informal] estranho, peculiar, esquisito *I heard a funny noise.* Ouvi um barulho estranho. *It seemed funny not to invite his parents.* Pareceu esquisito ele não convidar os pais.

weird adj [muito estranho] esquisito, estranho, misterioso *He's a weird guy.* Ele é um sujeito esquisito. *I've had such a weird day.* Tive um dia tão esquisito.

bizarre adj [muito estranho e pouco natural] bizarro *His behaviour is absolutely bizarre.* O comportamento dele é absolutamente bizarro.

queer adj [o termo está ficando antiquado, esp. devido ao sentido pejorativo de 'homossexual'. Implica um sentimento de perplexidade ou desconforto] estranho *a queer feeling I'd been there before* um sentimento estranho de já ter estado lá

abnormal adj [freq. em contextos médicos ou técnicos; em outros contextos soa muito crítico] anormal *an abnormal heartbeat* um batimento cardíaco anormal *Her behaviour is completely abnormal.* O comportamento dela é completamente anormal. **abnormality** sc/sfn anormalidade

freak adj [muito inesperado] raro, inesperado *freak weather conditions* condições meteorológicas muito anormais

444.2 Que não existe ou acontece com freqüência

rare adj [não há muito] raro *a rare example of international cooperation* um raro exemplo de cooperação internacional *rare birds* aves raras **rareness** ssfn rareza, raridade

rarely adv raramente *I'm rarely at home these days.* Agora raramente estou em casa.

scarce adj [não há suficiente] escasso, insuficiente, parco, pouco *Money was scarce.* O dinheiro andava escasso. *our scarce resources* nossos parcos recursos

scarcely adv quase não, mal, apenas *There's scarcely any tea left.* Quase não sobrou nem um pouco de chá.

scarcity sc/sfn escassez, carência, insuficiência *this scarcity of raw materials* essa carência de matérias-primas

occasional adj [encontrado às vezes] ocasional *We get the occasional enquiry.* Ocasionalmente nos pedem informações. *occasional visits to the seaside* passeios ocasionais ao litoral **occasionally** adv ocasionalmente

uncommon adj [surpreendente quando encontrado] incomum, inusitado *an uncommon name* um nome inusitado

exception sfn exceção *I'm usually in bed by ten but yesterday was an exception.* Usualmente estou na cama às dez horas, mas ontem foi uma exceção. *The regulations require students to be over eighteen, but we made an exception for her.* Os regulamentos exigem que os alunos tenham mais de dezoito anos, mas abrimos uma exceção para ela.

seldom adv [levemente formal] raramente, raras vezes *I seldom if ever go abroad.* Raramente viajo para o exterior, para não dizer nunca. *Seldom had we seen such poverty.* Raras vezes vi tamanha pobreza.

hardly adv dificilmente, apenas, quase, mal *I hardly ever eat meat.* Dificilmente como carne.

atypical adj [formal] atípico, incomum *My own case is somewhat atypical.* Meu próprio caso é um tanto atípico.

expressões

few and far between [não muitos, ger. implica que mais seria melhor] raro, infreqüente, contado *My uncle's visits were few and far between.* As visitas de meu tio eram contadas.

once in a blue moon [muito raramente] uma vez na vida outra na morte *Once in a blue moon we go out to a restaurant.* Uma vez na vida outra na morte saímos para comer num restaurante.

444.3 Pouco comum porém normalmernte apreciado

special adj especial *They needed special permission to get married.* Precisaram de uma licença especial para se casarem. *Mum's making a special cake for your birthday.* Mamãe está fazendo um bolo especial para o seu aniversário. *You're a very special person to me.* Você é uma pessoa muito especial para mim.

unique adj [não há outro] único, singular, excepcional, incomparável *a unique privilege* um privilégio único *The picture is quite unique.* O quadro é deveras excepcional.

extraordinary adj [surpreendente, esp. pela qualidade] extraordinário *The result was extraordinary.* O resultado foi extraordinário. *her extraordinary talents* seus talentos extraordinários **extraordinarily** adv extraordinariamente *an extraordinarily brilliant contralto* um contralto extraordinariamente brilhante

remarkable adj [freq. + **for**] [surpreendente, esp. devido a algo bom] notável, extraordinário *a remarkable recovery* uma recuperação notável *The film was remarkable for its use of amateurs.* O filme foi extraordinário pelo uso de atores amadores.

remarkably adj notavelmente, extraordinariamente *The letter was remarkably short.* A carta era extraordinariamente curta.

exceptional adj 1 [implica qualidade particularmente elevada] excepcional *It has been an exceptional year for Burgundy.* Foi um ano excepcionalmente bom para o vinho Borgonha. *Her technique is really exceptional.* Sua técnica é realmente excepcional. 2 [que se constitui em exceção] excepcional, raro *It's quite exceptional for me to go to London these days.* Agora só vou a Londres muito excepcionalmente.

exceptionally adv excepcionalmente *exceptionally gifted* excepcionalmente talentoso

444.4 Contra as convenções

unconventional adj não convencional *their unconventional home life* sua vida doméstica não convencional **unconventionally** adv de modo não convencional

eccentric adj [curioso e freq. considerado divertido] excêntrico *an eccentric millionaire* um milionário excêntrico *It was considered rather eccentric to walk in Los Angeles.* Considerava-se um tanto excêntrico andar a pé em Los Angeles. **eccentric** sfn excêntrico

eccentricity sc/sfn excentricidade *He was respected as a scientist despite his eccentricity.* Ele era respeitado como cientista apesar de sua excentricidade.

alien adj [difícil de compreender e aceitar, esp. devido à diferença de cultura] estranho, alienígena, alheio *Their enthusiasm for hunting was quite alien to us.* O entusiasmo deles pela caçada nos era bastante estranho.

444.5 Pessoas incomuns

eccentric sfn [não necessariamente pejorativo, freq. visto com um pouco de simpatia] excêntrico *She's a bit of an eccentric.* Ela é um pouco excêntrica.

oddball sfn [informal. Mais pejorativo que **eccentric**] esquisitão, figurinha difícil

weirdo sfn, pl **weirdos** [informal. Muito pejorativo] bicho estranho, pessoa esquisita *He's a real weirdo.* Ele é um tipo esquisitíssimo.

445 Hate and dislike Ódio e aversão

ver também **avoid, 324**

hate vt **1** (freq. + -ing) odiar, detestar *I hated sport at school.* Eu detestava esportes na escola. *I hate flying.* Odeio voar. **2** [lamentar] (+ **to** + INFINITIVO) detestar *We hate to stop you enjoying yourselves, but it's getting late.* Detesto interromper seu divertimento, mas está ficando tarde.

hate ssfn ódio, raiva, aversão *a look of pure hate* um olhar de ódio

hatred ssfn ódio, rancor *her hatred of hypocrisy* seu ódio pela hipocrisia

> **U S O**
>
> **Hate** e **hatred** são muito próximos em significado, e são freq. empregados nos mesmos contextos. Entretanto, **hate** enfatiza a emoção da pessoa que odeia, enquanto **hatred** enfatiza uma atitude em relação a algo.

detest vt (freq. + -ing) [mais intenso que **hate**. Freq. implica irritação] detestar *He detests Wagner.* Ele detesta Wagner. *I simply detest ironing.* Eu simplesmente detesto passar a ferro.

loathe vt (freq. + -ing) [mais intenso que **hate**. Freq. implica aversão] abominar, detestar *I loathe hamburgers.* Detesto hambúrgueres. *I loathe driving on motorways.* Eu abomino dirigir em estrada.

loathing ssfn aversão, asco, nojo *She regarded her mother-in-law with deep loathing.* Ela sentia uma profunda aversão pela sogra.

loathsome adj [um tanto formal] repugnante, asqueroso, abominável *that loathsome science teacher we had* aquele abominável professor de ciências que nós tínhamos

dislike vt antipatizar, ter aversão *I dislike the taste of fish.* Sabor de peixe me causa aversão.

dislike ssfn antipatia, aversão *my dislike of heights* minha aversão por alturas

> **U S O**
>
> O verbo **dislike** tem um significado levemente mais formal e enfático que o negativo do verbo **like**. No inglês falado informal, é muito mais provável as pessoas dizerem '**I don't like** something' do que '**I dislike** something'.

disapprove vi (freq. + **of**) desaprovar *They made it clear they disapproved of my promotion.* Eles deixaram claro que desaprovavam minha promoção. *They may disapprove but they can't stop us.* Podem desaprovar, mas não podem nos impedir.

disapproval ssfn (às vezes + **of**) desaprovação *widespread disapproval of the changes* uma desaprovação geral das mudanças

scorn vt [implica desdém que rejeita] menosprezar, desdenhar *They scorn our attempts to achieve peace.* Menosprezam nossas tentativas de atingir a paz.

scorn ssfn menosprezo, desdém *her open scorn for my beliefs* seu evidente menosprezo por minhas crenças *Don't pour scorn on their ambitions.* Não despeje seu desdém sobre as ambições deles.

scornful adj desdenhoso *He rejected the compromise in a scornful letter.* Ele rejeitou o acordo com uma carta desdenhosa. **scornfully** adv desdenhosamente

despise vt [um sentimento muito forte de ódio e desdém] desprezo *She despises people who support apartheid.* Ela despreza as pessoas que apóiam o apartheid.

> *expressões*
>
> **not to one's taste** [freq. empregado em insinuações irônicas, freq. quando algo foi rejeitado] não ser do gosto de alguém, não agradar *So office work is not to your taste, young man.* Assim sendo trabalho de escritório não lhe agrada, meu jovem.
>
> **not one's cup of tea** [implica algo sem atração] não ser do agrado ou do interesse de alguém *Camping is not at all my cup of tea.* Acampar não é de jeito nenhum do meu agrado.
>
> **I wouldn't be seen dead with/in** etc. [informal. Outros pronomes pessoais são possíveis. Implica repulsa e desagrado] nem morto, nem que me matem *I thought you wouldn't have been seen dead without a tie.* Pensei que você não deixaria de usar gravata nem morto.
>
> **I wouldn't touch sb/sth with a barge pole** (brit)/**a ten-foot pole** (amer) [informal. Outros pronomes pessoais são possíveis. Implica falta de confiança ou má opinião] querer distância, não querer ter nada a ver *Of course the business will fail, I wouldn't touch it with a barge pole.* É claro que o negócio vai fracassar. Quero distância.
>
> **can't stand/bear sb/sth** [informal. Expressa uma forte aversão] não suportar algo ou alguém *I can't stand his mother.* Não suporto a mãe dele. *She can't bear horror films.* Ele não suporta filmes de terror.

446 Horror and disgust Horror e repulsa

ver também **ugly, 60; surprise, 118; bad, 438**

horror sc/sfn horror *We stared in horror as the car exploded.* Olhamos horrorizados o carro explodir. *the horrors of war* os horrores da guerra

disgust ssfn repugnância, asco, revolta, ódio *I walked out in disgust at his remarks.* Saí revoltado com suas observações.

distaste ssfn [implica considerar algo ou alguém ofensivo] aversão, repugnância *my natural distaste for sensational journalism* minha aversão natural pelo jornalismo sensacionalista

446.1 Que causa repugnância

disgusting adj repugnante, repulsivo *Their manners are disgusting.* Suas maneiras são repugnantes. *a disgusting lack of concern* uma falta de consideração repugnante

horrifying adj horripilante, medonho *a horrifying experience* uma experiência horripilante

appalling adj [implica choque] aterrador, apavorante, estarrecedor *Hygiene in the camp was appalling.* A higiene no acampamento era de estarrecer.

revolting adj [esp. para o gosto e os sentidos de alguém] asqueroso, repugnante *a revolting brown mess on the carpet* uma repugnante mancha marrom no carpete

repulsive adj [levemente mais enfático que **revolting**] repulsivo, nojento, repugnante *that repulsive wart on his nose* aquela verruga repugnante no nariz dele *I find him utterly repulsive.* Considero-o absolutamente repulsivo.

off-putting adj que causa desânimo, desalento *her off-putting habit of reading while you're talking to her* o hábito desalentador que ela tem de ler enquanto se está conversando com ela

repugnant adj (freq. + **to**) [formal. Esp. moralmente] repugnante *I found the amount of waste quite repugnant.* Achei a quantidade de desperdício bem repugnante.

repellent adj (freq. + **to**) [formal] repelente, repulsivo, repugnante *The idea would be repellent to most of us.* A idéia seria repulsiva para a maioria de nós. *a repellent sight* um panorama repugnante

446.2 Causar repugnância

disgust vt repugnar, causar asco *Your meanness disgusts me.* Sua mesquinharia causa-me asco.

horrify vt [implica choque] horrorizar *The idea of leaving horrified me.* A idéia de partir me horrorizou. *I was horrified by her indifference.* Eu estava horrorizado com sua indiferença.

appal (*brit*), -**ll**-, **appall** (*amer*) vt [implica choque, freq. emocional] estarrecer, apavorar, horrorizar *They were appalled by the cramped conditions.* Estavam estarrecidos com a exigüidade das condições.

revolt vt [implica repugnância instintiva] revolta, repugnância *War revolted her.* A guerra a repugnava.

repel vt, -**ll**- [implica o desejo instintivo de evitar algo ou alguém] repelir, repugnar *I was repelled by their callousness.* Sua insensibilidade me causou repulsa.

put sb **off**, **put off** sb vt prep [de modo que alguém não queira comprar, lidar com, etc.] desanimar *It was the dirt that put me off.* Foi a sujeira que me desanimou.

make sb **sick** [às vezes fisicamente, porém ger. moralmente] dar nojo, causar asco, deixar doente *The way he sucks up to the boss makes me sick.* O modo como ele bajula o chefe me dá nojo.

447 Sad Triste

oposto **happy, 422**

sad adj triste *I was very sad to see him go.* Fiquei muito triste de vê-lo partir. *It's sad that she never knew her father.* É triste que ela nunca tenha conhecido o pai. **sadly** adv tristemente

sadness ssfn tristeza *You can hear his sadness in the music.* Pode-se perceber sua tristeza na música.

sadden vt [um tanto formal] entristecer *We were all saddened to hear of your recent loss.* Ficamos todos entristecidos ao saber de sua perda recente.

unhappy adj [implica algo errado] infeliz, desgostoso *Their quarrels make them both very unhappy.* Suas brigas fazem ambos ficarem infelizes. *I was unhappy in the job.* Eu estava desgostoso no emprego. *I'm unhappy with the car's performance.* Estou desgostoso com o desempenho do carro.

unhappily adv infelizmente, desgraçadamente *They were unhappily married for years.* Eles viveram um casamento infeliz por muitos anos.

unhappiness ssfn infelicidade, desgraça *Do you realize the unhappiness you're causing your family?* Você percebe a infelicidade que está causando à sua família?

sorrow ssfn [um tanto formal ou literário] pesar, tristeza, aflição *We share in your sorrow.* Partilhamos de seu pesar.

sorrowful adj pesaroso, aflito *the sorrowful expression on his face* a expressão pesarosa em seu rosto **sorrowfully** adv pesarosamente, desoladamente

distress ssfn [implica tristeza e ansiedade] sofrimento, aflição, dor *The uncertainty is causing great distress.* A incerteza está causando grande aflição.

distress vt afligir, angustiar *The hostility of his family distressed her greatly.* A hostilidade da família dele afligiu-a muito.

distressing adj aflitivo, penoso *a distressing lack of understanding* uma aflitiva falta de compreensão

hopeless adj [implica desespero e ausência de uma possível solução] desesperançado, desesperado *I felt hopeless and friendless.* Senti-me desesperançado e sem amigos.

suffer vti sofrer *It's the children who suffer in a divorce.* São as crianças que sofrem com o divórcio.

suffering *ssfn* sofrimento, padecimento *She's out of her suffering now.* Ela não vai padecer mais agora.

upset *adj* [implica uma emoção menos profunda e menos permanente que **sad**. Freqüentemente implica raiva] aborrecido, desgostoso *Many people are very upset about the changes.* Muitas pessoas estão muito aborrecidas com as mudanças.

upset *vt*, *-tt-* pretérito & part passado **upset** aborrecer, desgostar *I hope I didn't upset you by mentioning the subject.* Espero não o ter desgostado ao mencionar o assunto.

depressed *adj* [freq. descreve um estado de ânimo baixo, porém em contextos médicos descreve um sério transtorno psicológico] deprimido *I'm a bit depressed about missing the final.* Estou um pouco deprimido por ter perdido a final.

depression *ssfn* [ger. apenas em contextos médicos] depressão *He suffers from bouts of depression.* Ele sofre de ataques de depressão.

fed up (freq. + **with**) [implica frustração em relação a algo] farto *The weather is making us all rather fed up.* Estamos um pouco fartos desse tempo. *ver também **boring**, 119

447.1 Tristeza extrema

despair *ssfn* desespero *Their obstinacy filled me with despair.* Sua obstinação encheu-me de desespero.

despair *vi* (às vezes + **of**) desesperar *Without your help I might have despaired.* Sem sua ajuda eu talvez tivesse me desesperado. *He despaired of ever working again.* Ele perdeu a esperança de voltar a trabalhar algum dia.

desperate *adj* [implica desespero e urgência] desesperado, desesperador *a desperate mother* uma mãe desesperada *Don't do anything desperate.* Não faça nada de desesperado. *The situation is desperate.* A situação é desesperadora. **desperation** *ssfn* desesperação, desespero

grief *ssfn* [diante da morte ou sofrimento] dor, aflição, desgosto *She never got over her grief.* Ela nunca superou o desgosto.

grief-stricken *adj* [muito enfático, implica completa perda de controle] inconsolável, tomado de dor

grieve *vi* (freq. + **for**) [ger. por causa da morte ou outra perda] sofrer, afligir-se, lamentar-se *I'm grieving for my lost youth.* Choro por minha juventude perdida.

heartbroken *adj* [muito enfático, mas também empregado em contextos menos sérios que **grief-stricken**] de coração partido, muito triste *The cat's lost and the children are heartbroken.* O gato se perdeu e as crianças estão muito tristes.

misery *s* **1** *ssfn* [ger. uma emoção bastante duradoura] desgraça, infelicidade **2** *sfn* [algo que causa tal emoção] desdita, infortúnio *the miseries of old age* os infortúnios da velhice *Debt has **made my life a misery**.* As dívidas tornaram minha vida uma desgraça.

misery *sfn* [informal, pejorativo. Pessoa habitualmente lastimosa] pessoa descontente ou resmungona

miserable *adj* [implica autopiedade] desditoso, lastimoso, infeliz, desgraçado *a miserable frown* um cenho carregado de tristeza *The children will be so miserable if they can't go to the disco.* As crianças ficarão muito tristes se não puderem ir à discoteca. **miserably** *adv* miseravelmente, desgraçadamente

wretched *adj* desgraçado, deplorável, péssimo *Migraine makes you feel so wretched.* A enxaqueca faz você se sentir péssimo. **wretchedly** *adv* desgraçadamente, pessimamente

447.2 Que não está alegre

serious *adj* [implica ausência de humor] sério *She was looking serious and slightly angry.* Ela estava olhando séria e um pouco brava. **seriously** *adv* seriamente

solemn *adj* [implica um sentimento de importância] solene *a solemn voice that meant bad news* uma voz solene que pressagiava más notícias **solemnly** *adv* solenemente

wet blanket *sfn* [informal e pejorativo. Pessoa que estraga a alegria dos outros, ger. por causa de sua personalidade infeliz] desmancha-prazeres, balde de água fria

killjoy *sfn* [pejorativo. Pessoa que intencionalmente estraga a diversão] estraga-prazeres

447.3 Chorar

cry *vi* chorar *I always cry at weddings.* Sempre choro em casamentos.

sob *vi*, *-bb-* [enfatiza o barulho ao chorar] soluçar *She was sobbing her heart out.* Ela estava se matando de soluçar. **sob** *sfn* soluço

weep *vti*, pretérito & part passado **wept** [mais literário que **cry**. Enfatiza as lágrimas derramadas, e ger. o silêncio da ação] derramar lágrimas, chorar *She wept from remorse.* Ela chorou de remorso.

tear *sfn* lágrima *The tears streamed down his cheeks.* As lágrimas corriam em sua face.

448 Disappointment Decepção

disappointed *adj* (freq. + **that**) [quando algo não aconteceu como esperado] decepção, desapontamento *a disappointed look* um olhar de decepção *I'm disappointed so few people came.* Estou desapontado que tão poucas pessoas tenham vindo.

disillusion *vt* [ao revelar a verdade] desilusão *I hate to disillusion you, but the Danube just isn't blue.* Detesto desiludi-lo, mas o Danúbio não é azul. **disillusionment** TAMBÉM **disillusion** *ssfn* desilusão

sorry *adj* (depois do *v*; freq. + **that**) [quando se desejaria que as coisas fossem diferentes] penalizado, sentir muito *I'm sorry we can't see Siena as well.* Sinto que não possamos ver Siena também.

blow *sfn* [p. ex. más notícias] golpe *That's a blow, I'd been counting on the royalties for my tax bill.* É um golpe. Eu contava com os direitos autorais para pagar os impostos.

let sb **down** OU **let down** sb *vt prep* [p. ex. por não manter uma promessa] decepcionar, desapontar, desiludir

I hope the post doesn't let us down, we need the photos tomorrow. Espero que o correio não nos decepcione. Precisamos das fotos amanhã. *We felt badly let down by the organizers.* Sentimo-nos profundamente decepcionados com os organizadores.

> *expressão*
>
> **It's no use crying over spilt milk** [provérbio. Lamentações são inúteis] Não adianta chorar sobre o leite derramado.

449 Shame Vergonha

ver também **apologies, LC 23**; oposto **proud, 148**

shame *ssfn* vergonha *To my shame, I didn't help her.* Para minha vergonha, eu não a ajudei.

shameful *adj* [que causa vergonha] vergonhoso *a shameful lie* uma mentira vergonhosa *The government's refusal to act is deeply shameful.* A recusa do governo em agir é profundamente vergonhosa. **shamefully** *adv* vergonhosamente

disgrace *ssfn* [ger. implica desonra social] desgraça *the disgrace of losing one's job* a desgraça de perder o emprego *You have brought disgrace on the whole family.* Você trouxe desgraça sobre toda a família.

disgrace *vt* desgraçar *Don't disgrace me in front of my friends.* Não me desgrace diante de meus amigos.

449.1 Lamentar

sorry *adj* (depois do *v*; freq. + **for** ou + **that**) sentido, penalizado *I said I'm sorry.* Eu disse que sinto muito. *Sorry, I didn't see you.* Desculpe, eu não o vi. *I'm sorry for disturbing you.* Sinto muito perturbá-lo.

apology *sc/sfn* desculpas *You deserve an apology.* Você merece uma desculpa. *My apologies for arriving late.* Minhas desculpas pelo atraso. *a brief letter of apology* uma breve carta de desculpas

apologize *vi* desculpar-se *Don't apologize, it's not serious.* Não peça desculpas. Não é nada sério.

apologetic *adj* [demonstrando vergonha e arrependimento] que contém desculpas, de quem se arrepende *She was very apologetic.* Ela pediu mil desculpas. *an apologetic note* uma nota pedindo desculpas **apologetically** *adv* apologeticamente

ashamed *adj* (ger. depois do *v*; freq. + **of**) [porque se fez algo mau] envergonhado *too ashamed to come back* muito envergonhado para voltar *I'm ashamed of what I did.* Estou envergonhado do que eu fiz. *You should be ashamed of yourself!* Você deveria se envergonhar!

repent *vi* (freq. + **of**) [esp. em contextos religiosos] arrepender-se *She confessed and repented.* Ela confessou e se arrependeu. *to repent of one's sins* arrepender-se de seus pecados **repentance** *ssfn* arrependimento

remorse *ssfn* [implica culpa e infelicidade] remorso *seized by remorse* tomado pelo remorso *He gave himself up in a fit of remorse.* Ele se entregou levado pelo remorso.

remorseful *adj* cheio de remorso *a remorseful letter* uma carta cheia de remorsos

regret *vt*, -tt- lamentar, arrepender-se *The holiday cost a lot, but I don't regret it.* As férias custaram muito caro, mas não me arrependo. *I instantly regretted what I had said.* Arrependi-me imediatamente do que disse.

guilt *ssfn* 1 [por ter feito algo ruim] culpa *to prove sb's guilt* provar a culpa de alguém 2 [sentimento] culpa *I can't stand the guilt.* Não posso suportar a culpa.

guilty *adj* 1 [de um crime] culpado *to be found guilty* ser considerado culpado 2 [julgar mal a si próprio] culpado *I feel so guilty about not being there.* Sinto-me culpado por não ter estado lá. *to have a guilty conscience* ter a consciência pesada **guiltily** *adv* culpadamente, com a consciência pesada

449.2 Perda de orgulho

humiliate *vt* [implica atacar a dignidade de alguém] humilhar *The idea is to improve children's behaviour, not to humiliate them.* A idéia é melhorar o comportamento das crianças e não humilhá-las.

humiliation *sc/sfn* humilhação *We faced defeat and humiliation.* Enfrentamos derrota e humilhação. *She wanted revenge for past humiliations.* Ela queria vingança pelas humilhações passadas.

humility *ssfn* [apreciativo. Que não é orgulhoso] humildade *I have enough humility to accept my limitations.* Tenho humildade suficiente para aceitar minhas limitações.

embarrass *vt* [implica não se sentir à vontade socialmente, mas não uma culpa moral como **shame**] embaraçar *It would embarrass me if they asked why I wasn't there.* Eu me sentiria embaraçado se me perguntassem por que não estive lá. *He's embarrassed about his acne.* Ele se sente embaraçado por causa da acne. *Don't ask such embarrassing questions.* Não me faça perguntas tão embaraçosas.

embarrassment *ssfn* [o que se sente quando se fez algo tolo ou bobo, e não quando se fez algo ruim] embaraço *You can imagine my embarrassment when I realized my mistake.* Você pode imaginar meu embaraço quando percebi meu erro.

blush *vi* [tanto devido a embaraço ou vergonha] corar, ruborizar-se *She blushed when I mentioned the missing money.* Ela corou quando mencionei o dinheiro que estava faltando. **blush** *sfn* rubor

expressões

go red in the face [p. ex. de timidez ou culpa] ficar com o rosto vermelho, corar, ruborizar-se
wish the ground would open up and swallow one [quando se está insuportavelmente embaraçado] desejar que o chão se abra aos seus pés e o devore *When I realized I'd been criticizing his own book I wished the ground could have opened up and swallowed me.* Quando percebi que eu tinha estado criticando o livro dele, desejei que o chão se abrisse e me engulisse.
want to die [estar insuportavelmente embaraçado ou envergonhado] querer morrer *I just wanted to die when she accused me of stealing.* Eu simplesmente queria morrer quando ela me acusou de furto.

have one's tail between one's legs [descrevendo alguém que se sente humilhado] ficar com o rabo entre as pernas *He may think he can beat me but I'll send him away with his tail between his legs.* Ele pode pensar que me derrotou, mas vou expulsá-lo com o rabo entre as pernas.
a skeleton in the cupboard (*brit*)/**in the closet** (*amer*) [um segredo vergonhoso] segredo (vergonhoso) de família
hang one's head (in shame) ficar com a cara no chão (de vergonha) *Those of us who have done nothing to prevent this tragedy can only hang our heads in shame.* Aqueles de nós que não fizeram nada para evitar esta tragédia só podem ficar com a cara no chão de vergonha.

u s o

Embarrassment (embaraço) e **shame** (vergonha) são termos semelhantes, mas não iguais. Uma pessoa sente-se **embarrassed** (embaraçada, sem graça) quando faz algo tolo, comete um erro ou se encontra em uma situação desagradável socialmente. A pessoa sente-se desse modo porque outras pessoas estão lá ou porque as outras pessoas sabem o que ela fez. Uma pessoa sente-se **ashamed** (envergonhada) quando fez algo ruim no sentido moral e desejaria não ter feito isso. A pessoa pode se sentir desse modo mesmo se ninguém mais souber a respeito.

450 Angry Zangado

angry *adj* [uma emoção bastante forte] zangado, bravo, raivoso *I'm not angry with you.* Não estou zangado com você. *They exchanged angry letters.* Trocaram cartas raivosas. **angrily** *adv* raivosamente
anger *ssfn* raiva, braveza *hurtful words said in anger* palavras ferinas ditas com raiva
anger *vt* [mais formal e menos comum que *make angry*] enraivecer, zangar *He was careful to say nothing that would anger the local authorities.* Ele tomou cuidado para não dizer nada que enraivecesse as autoridades locais.
annoy *vt* [implica reação de impaciência; menos enfático que **anger**] aborrecer, chatear *What annoys me most is her complacency.* O que mais me aborrece é sua complacência.
annoying *adj* aborrecido, irritante, maçante, incômodo *an annoying cough* uma tosse incômoda *Your stupid questions can be very annoying.* Suas perguntas estúpidas podem ser muito irritantes.
annoyed *adj* (ger. depois do *v*) aborrecido, irritado, incomodado, contrariado *She was thoroughly annoyed about the delay.* Ela estava muito aborrecida com o atraso.
annoyance *sc/sfn* aborrecimento, incômodo, contrariedade *She made no secret of her annoyance.* Ela não fez segredo de sua contrariedade.
cross *adj* (esp. *brit*) (ger. depois do *v*) [implica enfado, esp. com uma criança. Ger. uma emoção de mais curta duração e menos séria que **angry**] mal-humorado, irritadiço, bravo *I was afraid Dad would be cross.* Fiquei com medo que papai estivesse mal-humorado.
irritate *vt* [implica uma reação de impaciência e frustração, freq. em relação a algo bem trivial] irritar *Her sniffing was beginning to irritate me.* O ruído que ela fazia fungando estava começando a me irritar.
irritating *adj* irritante *an irritating laugh* uma risada irritante
irritated *adj* (ger. depois do *v*) irritado *She seemed irritated by any request for leave.* Ela pareceu irritada com qualquer pedido para sair.

irritation *sc/sfn* irritação *My apologies did nothing to calm her irritation.* Minhas desculpas não surtiram efeito para acalmar sua irritação. *Late payers are a major irritation.* Pessoas que pagam tardiamente são uma grande irritação.
aggravate *vt* [implica irritação contínua] exasperar *Just stop aggravating me, will you?* Pare de me exasperar, está ouvindo?

u s o

Aggravate é comumente empregado no sentido acima, porém algumas pessoas que falam o inglês consideram esse uso incorreto acreditando que o termo só deveria ser utilizado para significar 'tornar pior'.

450.1 Raiva intensa

fury *sc/sfn* fúria *the fury aroused by these plans* a fúria que esses planos despertaram *He wrote back in a fury.* Ele escreveu de volta furioso.
furious *adj* furioso *We were furious about the lack of progress.* Estávamos furiosos com a ausência de progresso. **furiously** *adv* furiosamente
infuriate *vt* enfurecer *Pointing out the mistake would simply infuriate her.* Apontar o erro simplesmente iria enfurecê-la.
infuriating *adj* exasperante *Her stubbornness is quite infuriating.* Sua teimosia é mesmo exasperante.
infuriated *adj* (ger. depois do *v*) enfurecido *I was so infuriated I kicked him.* Eu estava tão furioso que o chutei.
rage *sc/sfn* [implica raiva incontrolável] fúria, raiva *She was seething with rage.* Ela estava fervendo de raiva. *If he can't get what he wants, he **flies into a rage**.* Se ele não consegue o que deseja, ele fica encolerizado.
enrage *vt* [um tanto formal] enraivecer *I was enraged by his criticism.* Fiquei enraivecido com sua crítica.

temper sc/sfn [tendência a ficar com raiva] gênio *She has a terrible temper.* Ela tem um gênio terrível. *a fit of temper* um ataque de mau gênio *Don't* **lose your temper**. Não perca as estribeiras.

mad adj, -dd- (freq. + at) [informal] furioso *Are you still mad at me?* Você ainda etá furioso comigo? *He gets mad when anything goes wrong.* Ele fica furioso quando algo sai errado.

irate adj [enfatiza o mau humor] irado, enfurecido *The irate customers had been queuing for hours.* Os fregueses irados tinham estado na fila por horas.

livid adj [informal. Muito enfático] furioso *I've lost the keys and Dad'll be livid.* Perdi as chaves e papai vai ficar furioso.

outrage s 1 ssfn [implica raiva e choque] indignação *public outrage over tax increases* indignação pública por causa dos aumentos de impostos 2 sfn [coisa que causa indignação] ultraje, afronta, escândalo *This bill is an outrage!* Esta conta é um escândalo!

outrage vt ultrajar, escandalizar, indignar *The cuts outraged the unions.* Os cortes indignaram os sindicatos.

outraged adj indignado, ultrajado, ofendido *We felt outraged and powerless to protest.* Sinto-me ultrajado e impotente para protestar.

outrageous adj ultrajante, escandaloso *an outrageous insult* um insulto ultrajante **outrageously** adv ultrajantemente, afrontosamente

---

expressões

like a bear with a sore head [implica agressividade não provocada] mal-humorado, com um péssimo humor, como uma fera enjaulada *If he can't get out to play golf he's like a bear with a sore head.* Se ele não sai para jogar golfe, ele fica como uma fera enjaulada.

make sb's blood boil [implica cólera e aversão] fazer o sangue ferver *The way they treat these animals makes my blood boil.* O modo como eles tratam esses animais faz meu sangue ferver.

get on sb's nerves [informal. Implica irritação persistente] dar nos nervos *If you're together all day you're bound to get on each other's nerves.* Se vocês ficam juntos o dia todo, com certeza vão dar nos nervos um do outro.

drive sb up the wall/round the bend [informal. Implica irritação insuportável] fazer subir pelas paredes, deixar maluco *Her snoring drives me up the wall.* Seus roncos me fazem subir pelas paredes.

a pain in the neck [informal. Causar irritação e problemas] uma chateação *I expect my in-laws find me a pain in the neck too.* Imagino que a família de minha mulher também me considere um chato de galocha. *These forms are a pain in the neck.* Esses formulários são uma chateação.

be in sb's bad books (brit) [não apreciado ou aprovado por causa de algo que se fez] na lista negra de alguém *I'll be in her bad books if I miss the deadline.* Ela me colocará na lista negra se eu perder o prazo.

see red [informal. Implica raiva súbita e intensa e freq. perda de autocontrole] ficar enfurecido, ver tudo vermelho

get hot under the collar [informal. Ficar com raiva e agitado, freq. de uma maneira tola] ficar embaraçado, nervoso *It's no good getting hot under the collar with officials, you just have to wait.* Não adianta ficar nervoso com os oficiais, você apenas tem de esperar.

450.2 Falar com raiva

snarl vi (freq. + at) [de uma maneira hostil] falar com rispidez, rosnar, mostrar os dentes *He snarled at me from behind his paper.* Ele rosnou para mim de detrás de seu jornal.

snap vi, -pp- (freq. + at) [implica um comentário curto e raivoso] falar brusca e asperamente *She kept snapping at the assistant.* Ela falava brusca e asperamente com a funcionária.

fuss sc/sfn [implica agitação] alvoroço, confusão *All this fuss about a missing pen!* Todo esse alvoroço por uma caneta perdida! *Must you* **make a fuss about** *a simple accident?* Você precisa fazer tanta confusão por causa de um simples acidente?

scold vt [um tanto formal] ralhar, repreender, admoestar *Teenagers do not react well to being scolded.* Os adolescentes não reagem bem ao serem repreendidos.

tell off sb ou **tell** sb **off** vt prep [um tanto informal] repreender, passar uma descompostura *I got told off for not knowing my lines.* Levei uma repreensão por não saber meu papel.

rebuke vt [um tanto formal] censurar, repreender *He rebuked us gently for our rudeness.* Ele nos repreendeu suavemente por nossa descortesia. **rebuke** sfn repreensão

---

expressões

bite sb's head off [repreender agressiva e desarrazoadamente] falar áspera e agressivamente com alguém *I was going to explain until you started biting my head off.* Eu ia me explicar quando você começou a falar comigo de modo áspero e agressivo.

give sb a piece of one's mind [implica uma crítica muito direta] dizer uma boas

give sb a flea in their ear (brit. [informal. Repreender bruscamente] *Anyone who tried to stop him got a flea in their ear.* Qualquer um que tentasse detê-lo saía com um quente e dois fervendo.

450.3 Olhar com raiva

glare vi (freq. + at) [implica olhar com raiva] olhar de modo feroz *The policeman glared at me and asked for my licence.* O policial me olhou ferozmente e pediu minha carta de motorista. **glare** sfn olhar feroz

frown vi (freq. + at) [esp. expressar desaprovação] franzir as sobrancelhas, fechar a cara *She frowned and asked for an apology.* Ela franziu o cenho e exigiu desculpas. **frown** sfn carranca, cenho

scowl vi (freq. + at) [expressar desaprovação agressiva] lançar um olhar mal-humorado, franzir as sobrancelhas *I found her scowling at a blank screen.* Encontrei-a olhando feio para a tela vazia. **scowl** sfn carranca, cenho

---

expressões

give sb a black look [implica raiva silenciosa] olhar feio *You get black looks from the waiters when you bring a child into some restaurants.* Os garçons olham feio quando você leva uma criança a certos restaurantes.

if looks could kill [dito quando alguém reage com um olhar hostil] se um olhar matasse *She said nothing, but if looks could kill...* Ela não disse nada, mas se um olhar matasse...

Linguagem e Comunicação

Conteúdo

LC 1. Introductions *Fazendo apresentações*
    LC 1.1 Apresentando-se
    LC 1.2 Apresentando outras pessoas

LC 2. Forms of address *Formas de tratamento*

LC 3. Greetings *Saudações*
    LC 3.1 Dando as boas-vindas
    LC 3.2 Acolhida depois de uma ausência

LC 4. Leave taking *Despedidas*
    LC 4.1 Partindo/saindo de viagem

LC 5. Opening a conversation *Entabulando uma conversa*
    LC 5.1 Atraindo a atenção
    LC 5.2 Começando uma conversa
    LC 5.3 Iniciando o assunto de uma conversa

LC 6. During a conversation *Durante uma conversa*
    LC 6.1 Desenvolvendo/mudando o assunto
    LC 6.2 Retomando um ponto anterior da conversa
    LC 6.3 Interrompendo
    LC 6.4 Demonstrando hesitação

LC 7. Closing a conversation *Encerrando uma conversa*

LC 8. Asking to see someone *Pedindo para ver alguém*
    LC 8.1 Na recepção

LC 9. Expressing good wishes *Desejando boa sorte*
    LC 9.1 Para o futuro
    LC 9.2 Antes de um exame, entrevista, etc.
    LC 9.3 Para alguém enfrentando dificuldades ou sofrimento
    LC 9.4 Para alguém enfermo
    LC 9.5 Antes de comer ou beber

LC 10. Seasonal greetings *Votos de boas festas*
    LC 10.1 Natalícios e aniversários

LC 11. Expressing sympathy *Expressando solidariedade*

LC 12. Shopping *Fazendo compras*
    LC 12.1 Iniciando um diálogo
    LC 12.2 Solicitando mercadorias ou serviços
    LC 12.3 Declinando uma oferta
    LC 12.4 Quando não se dispõe de um artigo ou serviço
    LC 12.5 Decidindo o que se deseja
    LC 12.6 Pagamento
    LC 12.7 Coletando e transportando mercadorias
    LC 12.8 Encerrando um diálogo

LC 13. Thanking *Agradecimento*

LC 14. Permission *Permissão*
    LC 14.1 Pedindo permissão
    LC 14.2 Concedendo permissão
    LC 14.3 Negando permissão

LC 15. Offers Oferecimentos
  LC 15.1 Oferecendo para fazer algo
  LC 15.2 Oferencendo-se para pagar
  LC 15.3 Aceitando oferecimentos
  LC 15.4 Declinando oferecimentos
LC 16. Invitations Convites
  LC 16.1 Fazendo um convite
  LC 16.2 Aceitando um convite
  LC 16.3 Declinando convites
LC 17. Advice Conselhos
  LC 17.1 Pedindo conselho
  LC 17.2 Aconselhando
  LC 17.3 Advertências
LC 18. Information Informações
  LC 18.1 Solicitando informações
  LC 18.2 Quando não se dispõe de informações
LC 19. Instructions Instruções
  LC 19.1 Solicitando instruções
  LC 19.2 Fornecendo instruções
LC 20. Directions Orientação
  LC 20.1 Pedindo orientação
  LC 20.2 Fornecendo orientação
LC 21. Making arrangements Fazendo planejamento
  LC 21.1 Fixando horários, datas, etc.
  LC 21.2 Problemas com horários, datas, etc.
  LC 21.3 Dizendo a data
LC 22. Asking favours Pedindo um favor
  LC 22.1 Pequenos favores rotineiros
LC 23. Apologies Desculpas
  LC 23.1 Pedindo desculpas
  LC 23.2 Aceitando desculpas
LC 24. Reminding Relembrando
LC 25. Reassuring Tranqüilizando
LC 26. Persuading Persuadindo
LC 27. Suggesting Sugerindo
  LC 27.1 Dando uma sugestão
  LC 27.2 Pedindo uma sugestão
LC 28. Agreeing Concordando
LC 29. Disagreeing Discordando
LC 30. Opinions Opiniões
  LC 30.1 Pedindo a opinião de alguém
  LC 30.2 Expressando uma opinião
LC 31. Preferences Preferências
  LC 31.1 Perguntando sobre a preferência de alguém
  LC 31.2 Expressando uma preferência
LC 32. Degrees of certainty Graus de certeza
  LC 32.1 Certeza

     LC 32.2 Dúvida e incerteza
     LC 32.3 Imprecisão
     LC 32.4 Adivinhando e especulando
LC 33. **Obligation** Obrigação
LC 34. **Expressing surprise** Expressando surpresa
LC 35. **Expressing pleasure** Expressando contentamento
LC 36. **Expressing displeasure** Expressando descontentamento
LC 37. **Complaints** Reclamações
     LC 37.1 Fazendo reclamações
     LC 37.2 Recebendo uma reclamação
LC 38. **Praising** Elogios
     LC 38.1 Cumprimentos
     LC 38.2 Congratulações
LC 39. **Announcements** Anúncios
LC 40. **Reacting to news** Reagindo às notícias
LC 41. **Talking about the time** Falando sobre as horas
LC 42. **Narrating and reporting** Narrando e relatando
     LC 42.1 Relatando acontecimentos e anedotas
     LC 42.2 Piadas
LC 43. **Problems of communication** Problemas de comunicação
     LC 43.1 Mal-entendidos
     LC 43.2 Problemas com volume e velocidade
     LC 43.3 Solicitando ajuda
     LC 43.4 Corrigindo a si próprio
LC 44. **Written communications** Comunicações por escrito
     LC 44.1 Cartas pessoais: começando uma carta
     LC 44.2 Cartas pessoais: terminando uma carta
     LC 44.3 Cartas comerciais: começando uma carta
     LC 44.4 Cartas comerciais: terminando uma carta
     LC 44.5 Requerimentos
     LC 44.6 Preenchendo formulários
     LC 44.7 Cartões postais
LC 45. **Signs and notices** Placas e avisos
LC 46. **Using the postal service** Usando o serviço postal
     LC 46.1 Colocando uma carta no correio
     LC 46.2 Sobrescritando envelopes
LC 47. **Telephoning** Telefonando
LC 48. **Other communications** Outros tipos de comunicação

LINGUAGEM E COMUNICAÇÃO

LC 1 Introductions — Fazendo apresentações

LC 1.1 Apresentando-se

ver também **greet, 196**

Hello, my name is ... Olá, meu nome é...
Hello, I'm ... Olá, sou...
[informal] Hi, I'm ... Ôi! Sou...
[um tanto formal] How d'you do, I'm ... Muito prazer. Meu nome é...
[um tanto formal, p. ex. na recepção] Good morning/afternoon, I'm ... Bom dia/boa tarde... meu nome é...

LC 1.2 Apresentando outras pessoas

Do you two know each other? Vocês já foram apresentados?
Have you met before? Vocês já se conhecem?
Mary, this is Tom, Tom, this is Mary. Mary, este é o Tom. Tom esta é a Mary.
Hello (Tom), nice to meet you. Olá (Tom). Prazer em conhecê-la.
Hello (Mary), how are you? Olá (Mary). Como vai?
Let me introduce you to Mary. Deixe-me apresentar-lhe a Mary.
Come and meet Mary. Queria lhe apresentar a Mary.
[um tanto formal] Mary, may I introduce someone to you? This is Tom. Mary, posso lhe apresentar o Tom?
(Mary) How d'you do. (Mary) Muito prazer.
(Tom) How d'you do. (Tom) Muito prazer.

> **U S O**
>
> O grau de formalidade nas apresentações, saudações, despedidas, etc. pode ser modificado mediante a elipse (omissão) do sujeito e/ou do verbo. *Nice to meet you.* é mais informal do que *It's nice to meet you. Must rush!* é mais informal do que *I must rush!*

> **DAR UM APERTO DE MÃOS**
>
> Quando duas pessoas são apresentadas, podem dar um aperto de mãos. Fazê-lo ou não, depende de vários fatores tais como o contexto, a idade das pessoas e de serem homens ou mulheres. Em geral, o aperto de mãos é visto como um gesto levemente formal e é freqüentemente mais usado em situações tais como encontros de negócios, etc. do que em encontros sociais informais. Os homens são mais propensos a dar um aperto de mãos do que as mulheres, e os jovens normalmente não dão as mãos a não ser se estiverem sendo apresentados a uma pessoa mais velha em circunstâncias bastante formais. Isto significa que, por exemplo, numa situação formal em que dois homens são apresentados um ao outro, eles quase que certamente darão as mãos, mas que um homem e uma mulher, ou duas mulheres, sendo apresentados, possam simplesmente saudar-se verbalmente.

LC 2 Forms of address — Formas de tratamento

Na Grã-Bretanha, as formas de tratamento raramente são obrigatórias na linguagem falada, e as formas de tratamento especiais, tais como os títulos nobiliárquicos e acadêmicos, são pouco usadas. *Sir* e *Madam* são um tanto formais e são usadas por quem presta um serviço, ao se dirigir à pessoa que está sendo servida, p. ex. numa loja ou restaurante.
Can I help you, Sir/Madam? Posso ajudá-lo/a, senhor/senhora?
Would you like to order now, Madam/Sir? A senhora/O senhor gostaria de fazer o pedido?
A forma *Doctor* pode ser usada sem o sobrenome ao se dirigir a um médico, porém quando aplicada a alguém com o título acadêmico de doutor é necessário usar o sobrenome.
[médico] Excuse me Doctor, can I have a word with you? Com licença, doutor, eu poderia ter uma palavrinha com o senhor?
[acadêmico] Doctor Smith, can I come and see you today? Doutor Smith, será que eu poderia vê-lo hoje?
Outros títulos, tais como *Professor, Captain* etc., também são normalmente usados acompanhados do sobrenome na conversação comum.
Mr, Ms, Mrs and *Miss* são quase sempre usados com o sobrenome.
Hello Mrs Brown, nice of you to come. Como vai, Sra. Brown. Foi muita gentileza sua ter vindo.
Ao falar em público (p. ex. um discurso) é normal começar com *Ladies and Gentlemen* (Senhoras e senhores), embora em situações informais freqüentemente se inicie com frases como *Good morning/afternoon everybody* (Bom dia/ boa tarde para todos).

LC 3 Greetings — Saudações

ver também **greet, 196**

Hello, how are you? Olá, como vai?
[informal] Hello, how are things? Olá, como vão as coisas?
[mais informal] Hi, how's it going? Oi! Como vai indo?
Respostas para quando as coisas vão bem, ou apenas para ser cortês:
Fine, thank you, and you? Muito bem, obrigado, e você?
[informal] Okay, thanks, and you? Tudo bem, obrigado, e você?
[um tanto informal] Great, thanks, and you? Ótimo, obrigado, e você?

LINGUAGEM E COMUNICAÇÃO

Quando as coisas não vão nem muito bem, nem muito mal, normalmente em situações informais:
Not so bad, thanks. Vai-se indo, obrigado.
Well, mustn't grumble. Bem, não posso reclamar.
Quando as coisas não vão bem:
Not so good, really. Não muito bem, de fato.
Oh, up and down. Com altos e baixos.

BEIJAR

Amigos chegados ou membros da mesma família podem se beijar na face (mas não nas duas faces) como uma forma de saudação, especialmente se não se vêem há um certo tempo. Entretanto, as pessoas não usam esse tipo de saudação com simples conhecidos. É também bastante inusitado dois homens se beijarem de tal maneira, mesmo sendo parentes.

LC 3.1 Dando as boas-vindas

Welcome to Spain/France! Bem-vindo à Espanha/França!
Welcome home/back! Bem-vindo ao lar!
Ao se darem as boas-vindas a uma pessoa que se está recebendo em casa, não é usual dizer **welcome**. Seria mais usual dizer **Come in and make yourself at home.** (Entre e sinta-se em casa.) ou **Glad you could come.** (Estou satisfeito de você ter vindo.)

LC 3.2 Acolhida depois de uma ausência

(It's) nice to see you again. É um prazer vê-lo novamente.
(It's) good to see you again. Que bom ver você novamente.
It's been a long time! Faz muito tempo que não nos vemos!
Long time no see! Faz tempo que a gente não se vê!

LC 4 Leave taking Despedidas

ver também **go, 322**

Well, I have to go now. Bem, tenho de ir.
Anyway, (I) must rush, ... De qualquer modo, tenho de sair voando...
(It's) been nice talking to you. Foi ótimo falar com você.
[bastante informal] **I think I'd better be making a move.** Acho que está na hora de eu ir saindo.
[um tanto formal] **It's been a pleasure.** Foi um prazer.
Goodbye Até logo
[informal] **Bye** Tchau
[comumente usado por crianças ao se dirigir a crianças, mas também entre adultos] **Bye-bye** Tchauzinho
[quando você sabe que vai encontrar alguém novamente] **(I'll) see you soon/tomorrow/next week.** Até breve/ amanhã/ a semana que vem.
[quando você sabe que vai encontrar alguém novamente, embora não necessariamente no mesmo dia] **See you later.** Vejo você depois/mais tarde.
[bastante informal] **See you.** Até a próxima.

Formas informais/ coloquiais de se despedir:
Bye!/So long!/See you!/Be seeing you!
Cheerio! (*brit*)
Ta-ta! [usualmente pronunciado /t r /] (*brit*)

LC 4.1 Partindo/saindo de viagem

Have a good trip! Tenha uma boa viagem.
Safe journey! Boa viagem.
[um tanto informal, p. ex. para um amigo] **Look after yourself!** Cuide-se.
[um tanto informal, p. ex. para um amigo] **Take care!** Tome cuidado.
[usado para alguém que se encontra pela primeira vez] **(I) hope to see you again!** Espero encontrá-lo novamente.

LC 5 Opening a conversation Entabulando uma conversa

LC 5.1 Atraindo a atenção

Na rua ou em logradouro público:
Excuse me! Com licença!
Hello! Olá!
Could you help me? Você poderia me ajudar?
[se você estiver zangado, ou se você vir alguém cometendo um ato criminoso] **Hey you!** Ei! Você aí!
Excuse me é também comumente usado para atrair a atenção de garçons, balconistas de bar, balconistas de loja etc.

LC 5.2 Começando uma conversa

Excuse me, ... Com licença...
Could I have a word with you? Poderia ter uma palavrinha com você?
Can I speak to you for a moment? Posso falar com você por um momento?
There's something I wanted to talk to you about. Há algo que eu gostaria de falar com você.
Do you have a minute? Você dispõe de um minuto?
[geralmente com estranhos] **(I'm) sorry to bother you, but ...** Desculpe incomodá-lo, mas...

LC 5.3 Iniciando o assunto de uma conversa

It's about x, ... É sobre x...
I was wondering about x, ... Eu estava pensando a respeito de x...
I wanted to talk to you/ask you about x, ... Eu queria falar com você/perguntar a você sobre x...
[um tanto informal] **About x, ...** Quanto a x...

LINGUAGEM E COMUNICAÇÃO

LC 6 During a conversation Durante uma conversa

LC 6.1 Desenvolvendo/mudando o assunto

By the way, ... Falando nisso...
Talking of x, ... A propósito de x...
(While) we're on the subject of x, ... Já que estamos falando de x...
(I'm) sorry to change the subject, but ... Sinto ter de mudar de assunto, mas...
Just to change the subject for a moment, ... Mudando um pouco de assunto...
That reminds me, ... Isso me faz lembrar de que...

LC 6.2 Retomando um ponto anterior da conversa

As I was/you were saying, ... Como eu estava/você estava dizendo...
As I/you/someone said earlier, ... Como eu/você/alguém disse antes...
As I mentioned before, ... Como eu mencionei anteriormente...
To come back to x, ... Retomando x...
Going back to what x was saying, ... Voltando ao que x estava dizendo...
Getting back to x, ... Voltando a x...
[quando se concorda com alguém ou reforçando os comentários de alguém] **As I/you say...** Como eu/você dizia...

LC 6.3 Interrompendo

Estas formas são freqüentemente usadas quando, estando de fora, você interrompe um grupo de pessoas já engajadas numa conversação:
Do you mind if I interrupt? Você se importaria de eu interromper?
Can I just interrupt for a minute? Posso interromper por um minuto?
[um tanto informal] **Sorry to butt in, ...** Desculpe me intrometer...
[um tanto formal] **May I interrupt you for a moment?** Poderia interromper por um instante?
Interrompendo pessoas com quem você já está conversando:
Sorry, ... Desculpe...
[quando você percebe que não consegue falar, ou que alguém está dominando a conversa, ou quando você discorda] **Hang on a minute!** Um momento!
[se duas pessoas começam a falar ao mesmo tempo] **Sorry, after you.** Desculpe-me, você primeiro.

LC 6.4 Demonstrando hesitação

It was ... let me see ... 1985. Isso foi ... vejamos ... em 1985.
I think it was ... wait a moment ... last Tuesday. Acho que foi... espere um momento... na última terça-feira.
[um tanto informal] **His name was ... hang on a minute ... Andrew.** O nome dele era... espere um pouco... Andrew.

LC 7 Closing a conversation Encerrando uma conversa

So, ... Assim sendo...
Well, anyway, ... Bem, de qualquer modo...
Well, that's it. Bem, é isso aí.
So, there we are. Bom, aí está.
[em situações, encontros, etc. um pouco mais formais] **That was all I wanted to say.** E isso era tudo que eu tinha a dizer.

[quando você acredita que as coisas que desejava resolver/combinar estão acertadas] **Well, that's that then.** Bem, então é isso aí.
[quando você acredita que o assunto pode ser deixado para uma outra ocasião] **Let's leave it at that, shall we?** Que você acha de deixarmos o assunto por aqui?

LC 8 Asking to see someone Pedindo para ver alguém

ver também **telephoning, LC 47**

Hello, is Mike at home, please? Alô! O Mike está, por favor?
Hello, is Mary there, please? Alô! A Mary se encontra, por favor?
Hi, is Joe in, please? Oi! O John está em casa, por favor?
Hi, is Sally around? Oi! A Sally está por aí?
Have you seen Adrian anywhere? Você viu o Adrian em algum lugar?

LC 8.1 Na recepção

I wonder if I can speak to/see Mr Smith? Por gentileza, posso ver/falar com o Sr. Smith?

Is Mr Jones/the Manager available? O Sr. Jones/O gerente poderia me atender?
I've come to see Mr Black. Vim para ver o Sr. Black.
I've got an appointment with Mrs Reed. Tenho uma hora marcada com a Sra. Reed.
Mrs Carr is expecting me. A Sra. Carr está me aguardando.
Nestas sentenças, observe o uso do artigo indefinido, que enfatiza o fato de você não conhecer a pessoa com quem deseja falar:
Is there a Mr Brown here please? Por gentileza, há um Sr. Brown por aqui?
Hello, I'm looking for a Miss Scott. Alô! Estou procurando uma Srta. Scott.

LINGUAGEM E COMUNICAÇÃO

LC 9 Expressing good wishes Desejando boa sorte

LC 9.1 Para o futuro

[formal, p. ex. quando fazendo um discurso em um casamento, por ocasião da aposentadoria, etc.] **I/we'd like to offer you my/our best wishes for the future.** Eu gostaria/Gostaríamos de lhe dar meus/nossos melhores votos para o futuro.
[informal] **All the best for the future!** Tudo de bom para o futuro!

LC 9.2 Antes de um exame, entrevista, etc.

Good luck with your exam/driving test! Boa sorte no exame/no exame de motorista!
I hope it goes well tomorrow/this afternoon. Espero que tudo corra bem amanhã/hoje à tarde.
Best of luck for next Tuesday! Toda a sorte do mundo para você na terça-feira!
I'll keep my fingers crossed for you for your interview. Vou ficar cruzando os dedos para que tudo dê certo em sua entrevista.

LC 9.3 Para alguém enfrentando dificuldades ou sofrimento (p. ex. alguém prestes a ser hospitalizado)

I hope everything turns out well for you. Espero que tudo dê certo para você.

I hope it all goes smoothly for you. Espero que tudo corra bem com você.

LC 9.4 Para alguém enfermo

I hope you get well soon. Espero que você logo se restabeleça.
I hope you're feeling better soon. Espero que você esteja se sentindo bem dentro em breve.
[informal] **Get well soon!** Fique bom logo!

LC 9.5 Antes de comer ou beber

Em inglês, não há nenhuma forma que realmente seja o equivalente a **'Bom apetite'**. A frase **'Enjoy your meal'** é a forma mais aproximada, porém é mais usada por garçons com relação a seus fregueses do que entre amigos. Em inglês americano, os garçons simplesmente dizem **'Enjoy!'**
[antes de beber, principalmente bebidas alcoólicas]
Cheers! Saúde!

LC 10 Seasonal greetings Votos de boas festas

Merry Christmas *(brit)*/**Happy Christmas** *(brit & amer)* Feliz Natal!
Por escrito, em cartões postais, etc., **Christmas** é abreviado, de modo informal, na forma **Xmas**.

USO

É possível dizer **Happy Easter.** (Feliz Páscoa) em inglês americano, mas essa forma não é comumente usada em inglês britânico. Um pouco antes do feriado de Páscoa, **Have a good Easter**, é geralmete aceitável (de maneira semelhante, dizemos **Have a good Summer/holiday/vacation/etc.** Desejo-lhe um bom verão/boas férias/um bom feriado/etc.).
Você pode responder às saudações acima mencionadas da seguinte maneira: **Thanks, you too!** ou **Thanks, the same to you!** (Obrigado, para você também! Obrigado, igualmente para você!)

[um pouco antes do Natal/Ano-Novo] **I hope you have a nice Christmas!** Desejo-lhe um Feliz Natal!
[levemente informal] **Have a good Christmas!** Tenha um Feliz Natal!
[levemente informal] **All the best for the New Year!** Tudo de bom para o Ano-Novo!
Happy New Year! Feliz Ano-Novo!

LC 10.1 Natalícios e aniversários

Happy birthday. Feliz aniversário.
Many Happy returns. Muitos anos de vida/Que esta data se repita muitas vezes.
Happy (wedding) anniversary. Feliz aniversário (de casamento).

LC 11 Expressing sympathy Expressando solidariedade

ver também **sympathy, 222**

Quando alguém sofreu um fracasso ou recebeu más notícias:
A: I didn't get that job, after all. Não consegui aquele emprego, no final das contas.
B: Oh, I'm sorry, I hope it wasn't too much of a disappointment for you. Sinto muito. Espero que você não tenha ficado muito desapontado.
Sorry to hear about your driving test/exam result/etc.

Sinto muito pelo resultado de seu exame/de seu exame de motorista/etc.
A: I didn't pass the exam. Não passei no exame.
B: Oh, what a shame! Que pena!
Quando ocorre um falecimento ou quando alguém sofreu uma tragédia:
I was terribly sorry to hear about your father. Sinto muitíssimo pelo seu pai.

I was so sorry to hear the sad news. Senti muito ao ser informado da triste notícia.
[mais informal] Sorry to hear about your grandfather. Sinto muito por seu avô.

Quando alguém está se sentindo mal:
A: *I've got a terrible headache.* Estou com uma dor de cabeça horrível.
B: *Oh, you poor thing!* Ah! Coitadinho de você!

LC 12 Shopping Fazendo compras

ver também **shops**, 273; **complaints**, LC 37; **using the postal service**, LC 46; **telephoning**, LC 47

LC 12.1 Iniciando um diálogo

Recepcionistas, balconistas de loja e outras pessoas na área de serviços usualmente iniciam um diálogo com *Can I help you?* (O senhor/a está sendo atendido/a?), acrescentando *Sir/Madam* como sinal de cortesia ou formalidade, embora em algumas lojas da Grã-Bretanha caiba ao cliente pedir para ser atendido.
[freguês/cliente] Can you help me? Você pode me atender?
[mais formal] I wonder if you could help me? Seria possível você me atender?

LC 12.2 Solicitando mercadorias ou serviços

Do you sell (film/note-paper/etc.)? Vocês vendem (filme/papel para anotações/etc.)?
Do you have any (calendars/shoelaces/etc.)? Vocês têm (calendários/cordão para sapatos/etc.)?
I'm looking for (a clothes brush/a map of Spain). Estou procurando (uma escova de roupas/ um mapa da Espanha).
Do you repair (cameras/shoes/etc.)? Vocês consertam (máquinas fotográficas/sapatos/etc.)?
Do you have one in blue/green? Você teria este artigo na cor azul/verde?
Do they come in a larger/smaller size? Vocês têm este artigo em tamanho maior/menor?
Do you have anything cheaper? Você não tem algo mais barato?

LC 12.3 Declinando uma oferta de ajuda

I'm just looking, thank you. Só estou dando uma olhada, obrigado.
I'm being served, thanks. Estou sendo atendido, obrigado.
No, I don't need any help, thank you. Não estou precisando de ajuda, obrigado.

LC 12.4 Quando não se dispõe de um artigo ou serviço

I'm sorry, we're out of (computer paper/vinegar) at the moment. Sinto muito, estamos sem (papel para computador/vinagre) no momento.
I'm sorry, we don't stock them. Sinto muito, não mantemos estoque desse artigo.
Sorry, I can't help you there, I'm afraid. Desculpe, sinto não poder ajudá-lo.
Sorry, we don't have them; you could try (name of another shop). Desculpe, mas não temos essa mercadoria; você poderia tentar no/a (nome de outra loja).

LC 12.5 Decidindo o que se deseja

I'll take this one please. Vou levar este, por favor.
This is what I'm looking for. Isso é o que eu estava procurando.

I think I'll leave it, thanks. Acho que não vou levar, obrigado.

LC 12.6 Pagamento

ver também **buying and selling**, 263

How much is (this)? Quanto custa?
[para mercadorias maiores e em situações mais formais – p. ex. na compra de obras de arte/antiguidades] What's the price of this chair/print? Qual é o preço desta cadeira/gravura?
[esp. em relação a serviços] How much do I owe you? Quanto lhe devo?
How would you like to pay? Como você gostaria de fazer o pagamento?
Can I pay by cheque/credit card? Posso pagar com cheque/cartão de crédito?
Do you accept Visa/Mastercard? Vocês aceitam Visa/Mastercard?
I'll pay cash. Vou pagar à vista/em dinheiro.
Put it on my account/room account, please. Por favor, coloque na minha conta/na conta do meu quarto.
Can I arrange to have the tax refunded? Eu poderia conseguir um reembolso do imposto?
Who do I make the cheque out to? Para quem devo fazer o cheque?
Can I leave a deposit? Posso deixar um depósito?
Do you have anything smaller (than a £50 note)? Você não teria uma nota menor (do que uma nota de 50 libras esterlinas)?
Sorry, I've no change. Sinto muito, não tenho troco.

LC 12.7 Coletando e transportando mercadorias

I've come to collect (my tape-recorder/dress/etc). Vim para apanhar (meu gravador/vestido/etc.).
When will it be ready? Quando vai ficar pronto?
Will you wrap it for me please? Você poderia embrulhar para mim, por favor?
Could you gift-wrap it please? Você poderia embrulhar para presente, por favor? [muitas lojas na Grã-Bretanha não oferecem serviço de embrulho para presente]
Do you deliver? Vocês fazem a entrega?
Can I pick it up later? Posso apanhar mais tarde?
Could you deliver it to this address? Você poderia entregar neste endereço?
Do you have a mail-order service? Você tem um serviço de vendas pelo correio?

LC 12.8 Encerrando um diálogo

Thanks for your help. Obrigado pela ajuda.
[mais formal, ou quando alguém foi excepcionalmente prestativo] Thank you, you've been most helpful. Muitíssimo obrigado, você me ajudou bastante.

LC 13 Thanking Agradecimento

Thank you é aceitável na maioria das situações, e em situações menos formais podemos usar **Thanks**. A frase **Thank you very much** é um pouco mais enfática.
Outras variantes mais enfáticas e informais:
Thanks a lot. Muito obrigado.
Thanks ever so much. Muitíssimo obrigado.
Thanks a million. Mil vezes obrigado.
Ta! (brit) [bastante informal e não muito enfático. Usualmente utilizado para ações rotineiras, tais como passar a manteiga ou segurar a caneta.]
Para situações mais formais:
I'd like to thank you for everything. Eu gostaria de lhe agradecer por tudo.
I'm very/extremely grateful to you for helping me. Estou muitíssimo grato/ extremamente agradecido por sua ajuda.

I can't thank you enough for everything you've done. Nem sei como lhe agradecer por tudo que você fez.

Em inglês britânico, responder a alguém que lhe agradece nem sempre se faz necessário, especialmente para pequenas gentilezas rotineiras (tal como manter a porta aberta para alguém passar), situação em que um sorriso ou um aceno com a cabeça pode ser suficiente. Para ações mais significativas (p. ex. se você ajudou alguém numa dificuldade), você pode responder **That's okay** ou, mais formalmente, **Not at all** ou (por exemplo quando alguém agradece sua hospitalidade) **It was a pleasure**. Em inglês americano, as respostas são mais freqüentes, especialmente **You're welcome**, que é também usada em inglês britânico.

LC 14 Permission Permissão

ver também **allow, 230**

LC 14.1 Pedindo permissão

Geralmente, podemos pedir permissão dizendo **Can I/could I/may I ...?** (Posso...? Será que eu posso/poderia...?) em grau crescente de formalidade:
Can I park here? Posso estacionar aqui?
Could I take a photograph of you? Será que posso tirar sua foto?
May I use your office this afternoon? Será que poderia usar seu escritório esta tarde?
Em situações públicas:
Is smoking allowed here? É permitido fumar aqui?
Am I allowed to take two bags on to the plane? Posso levar duas malas dentro do avião?
[para pedidos de caráter mais delicado] **Do you mind if I (smoke/bring a friend/etc.)?** Você se importa de eu (fumar/trazer um amigo/etc.)?
[mais formal/tentando; note o verbo no pretérito] **Would you mind if I (didn't come tomorrow/brought a friend next time/etc.)?** Você se importaria se eu (não viesse amanhã/viesse com um amigo da próxima vez/etc.)?
[menos formal] **Is it okay/all right if I (don't come tomorrow/leave early/etc.)?** Tudo bem se eu (não vier amanhã/sair mais cedo/etc.)?

LC 14.2 Concedendo permissão

Quando respondendo a **Do you mind?** (Você se importa?), concede-se permissão dizendo **No**.
A: **Do you mind if I sit here?** Você se importa de eu sentar aqui?
B: **No, go ahead!** Não, vai em frente.
[informal] A: **Is it okay if I use this?** Posso usar isto aqui?
B: **Yes, by all means.** Sim, claro que sim.
[bastante informal] A: **Is it all right if I leave early?** Tudo bem se eu sair mais cedo?
B: **Yes, no problem.** Claro, não tem problema.
[bastante informal] A: **Is it okay if Joe comes along?** Tudo bem se o João vier?
B: **Yes, that's fine by me.** Sim, para mim tudo bem.
[informal] A: **Is it okay if I drink my coffee here?** Posso beber meu café aqui?
B: **Yes, fine! Feel free!** Claro que sim! Fique à vontade!
[bastante informal] A: **Can I borrow your pen a minute?** Posso emprestar sua caneta um minuto?
B: **Sure. Be my guest.** Claro. Às ordens.

LC 14.3 Negando permissão

ver também **forbid, 231**

A: **Can I park here?** Posso estacionar aqui?
B: **No, I'm afraid it's not allowed.** Sinto muito, mas é proibido.
[cortês] A: **Do you mind if I smoke?** Você se importa se eu fumar?
B: **I'd rather you didn't.** Eu preferiria que não.
[direto e muito firme] A: **Do you mind if I smoke?** Você se importa se eu fumar?
B: **Yes, I do mind, actually.** Bem, de fato, eu me importo sim.

LC 15 Offers Oferecimentos

LC 15.1 Oferecendo para fazer algo

[oferta geral] **Can I help out in any way?/Can I do anything to help?** Posso ajudá-lo de algum modo?/ Posso fazer algo para ajudar você?
[mais formal] **May I carry that bag for you?** Permite que eu o ajude com a mala?
[menos formal] **Let me do that for you.** Deixe-me fazer isso para você.

If you like, I'll bring the coffee. Se você desejar, posso trazer-lhe o café.
You can leave it to me to lock up. Não se preocupe que eu fecho.
[em contextos tais como reuniões, em que as pessoas se oferecem para fazer coisas] ***I volunteer to take the tickets at the door.*** Eu me ofereço para apanhar as entradas na porta.

LC 15.2 Oferecendo-se para pagar

[um tanto formal] ***Please allow me to pay for the meal.*** Por favor, permita-me pagar a conta.
[menos formal] ***Let me pay for/get the coffee.*** Deixe que eu pago/pego o café.
This is on me. Isto é/corre por minha conta.

LC 15.3 Aceitando oferecimentos

Thank you, it's good of you to offer. Obrigado, você é muito gentil em se oferecer.
[menos formal] ***Thanks, that's kind of you.*** Obrigado, é muita bondade sua.
[aceitação cortês ou hesitante] ***Oh, you really don't have to.*** Ah! você não precisa se incomodar.

[quando a pessoa se dá ao trabalho de ajudar alguém, p. ex. ao oferecer uma carona] ***Thanks, I hope it's not putting you out in any way.*** Obrigado, espero não estar incomodando demais.
[quando alguém ofereceu algo e o tempo se passou desde o oferecimento, sem que tenha havido aceitação] ***I wonder if I could take you up on your offer of a lift next Saturday.*** Será que eu poderia aceitar aquele seu oferecimento e pegar uma carona no próximo sábado?

LC 15.4 Declinando oferecimentos

Thanks for the offer, but it's okay. Obrigado pelo oferecimento, mas não é necessário.
[em resposta a uma oferta de ajuda com um emprego, etc.] ***It's okay, I can manage, thanks.*** Obrigado, mas tudo bem, eu me arranjo.
[declinando a oferta de uma carona etc.] ***Thanks anyway, but someone is coming to pick me up/I have my bicycle, etc.*** Muito obrigado de qualquer forma, mas tem uma pessoa que vem me apanhar/ estou com minha bicicleta.
[bem mais formal, no caso de uma oferta de certa magnitude, p. ex. empréstimo de uma grande quantia em dinheiro] ***Thank you, but I couldn't possibly accept.*** Muito obrigado, mas eu não poderia aceitar de modo algum.

LC 16 Invitations Convites

LC 16.1 Fazendo um convite

Would you like to come to dinner/come round one evening? Você gostaria de vir jantar/ jantar em minha casa qualquer hora?
[convidando alguém para um evento que já foi combinado] ***Would you like to join us for our end-of-term lunch?*** Você gostaria de se juntar a nós no almoço de fim de ano?
[formal] ***I/We'd like to invite you to join our committee/give a lecture.*** Gostaria/gostaríamos de convidá-lo para fazer parte de nosso comitê/ dar uma conferência.
[bastante informal] ***Why don't you come round and have a drink some time?*** Por que você não vem nos visitar e tomar um drinque conosco?

LC 16.2 Aceitando um convite

Thank you, I'd love to. Obrigado, eu adoraria.

[formal] ***Thank you, I'd be delighted to.*** Muito obrigado, aceito com prazer.
[menos formal] ***Thanks, that sounds nice.*** Obrigado, que boa idéia.

LC 16.3 Declinando convites

I'd love to, but I'm afraid I'm booked up that night/busy all day Thursday. Eu adoraria, mas infelizmente vou estar ocupado naquela noite/o dia inteiro na quinta-feira.
[mais formal] ***Thank you for the invitation, but I'm afraid I have to say no.*** Muito obrigado pelo convite, mas infelizmente não poderei aceitar.
[em situações em que é apropriado negociar uma alternativa] ***Sorry, I'm booked up on Monday. Some other time, perhaps?*** Desculpe, mas vou estar ocupado na segunda-feira. Que tal um outro dia?

LC 17 Advice Conselhos

ver também **suggest**, 353

LC 17.1 Pedindo conselho

I need some advice about renting a flat, can you help me? Preciso de conselho para alugar um apartamento. Você pode me ajudar?
Can you advise me as to what I should do about ...? Você pode me aconselhar sobre o que devo fazer a respeito de...?

I want to take a language course in France. Can you give me any advice? Eu quero fazer um curso de língua na França. Você pode me aconselhar?
[informal] ***Do you have any tips about car hire in Spain?*** Você tem alguma dica sobre aluguel de carro na Espanha?

LINGUAGEM E COMUNICAÇÃO

LC 17.2 Aconselhando

The best thing to do is to ring the police/book in advance. O melhor a fazer é telefonar para a polícia/ fazer uma reserva antecipada.

[menos formal] If I were you, I'd sell it. Se eu fosse você, eu venderia.

[informal] If I was in your shoes, I'd resign right away. Se eu estivesse em seu lugar, eu pediria demissão imediatamente.

[formal] My advice would be to accept the offer. Meu conselho seria aceitar a oferta.

You could try ... (+ -ing) Você poderia tentar...

It might be an idea to ... (+ INFINITIVO) Seria uma boa idéia...

Why not (sell it/move nearer town)? Por que não (vender/ mudar para uma cidade mais próxima)?

[muito enfático; em algumas situações, quase ameaçador] If you take my advice, you should stop seeing her. Se você quiser seguir o meu conselho, você deveria parar de vê-la.

LC 17.3 Advertências

You'd better not park there, they use wheel clamps. É melhor você não estacionar aqui, pois eles usam trava de rodas.

He's efficient, but be warned, he has a short temper. Ele é eficiente; porém fique avisado de que ele tem pavio curto.

I'm warning you, she's not going to like it. Estou lhe avisando: ela não vai gostar disso.

[mais indireto] If I were you I wouldn't cause any trouble. Se eu fosse você, eu não causaria problemas.

[mais formal] I should warn you that there are pickpockets about. Devo adverti-lo de que há batedores de carteira nas redondezas.

[ameaçadoramente] I'm warning you – if you do that again there'll be trouble! Eu estou avisando: se você fizer isso outra vez, vai ter problemas!

[geralmente dito num tom zangado e ameaçador] If you've got any sense you'll stay away from that girl! Se você tiver um pouco de juízo, vai ficar afastado daquela garota!

[bastante formal] Take care when you leave the building; the steps are slippery. Tome cuidado ao sair do edifício; os degraus são escorregadios.

Advertências para alguém em perigo iminente:

Mind your head/the door/that car! (brit) Cuidado com a cabeça/a porta/aquele automóvel!

Be careful! Cuidado!

Watch out!/Look out! Cuidado! Atenção!

LC 18 Information Informações

LC 18.1 Solicitando informações

ver também **ask**, 351

Can you help me? Você poderia me ajudar?

Where can I find (a phone/toilet/typewriter/etc.)? Onde eu poderia encontrar (um telefone/toalete/uma máquina de escrever/etc.)?

Where's the nearest (station/baker's/etc.)? Onde é a (estação/ padaria/etc.) mais próxima?

What shall I do with (this key/these papers/etc.)? Que devo fazer com (esta chave/estes papéis/etc.)?

What's the matter with (this machine/your friend/etc.)? O que está havendo com (esta máquina/seu amigo/etc.)?

What's the reason for (this extra charge/the delay/etc.)? Qual é o motivo (desta cobrança extra/do atraso/etc.)?

Who is in charge of (refunds/room-bookings/etc.)? Quem é o responsável pelos/as (reembolsos/reservas/etc.)?

Can you explain (this machine/this list/etc.) for me, please? Você poderia me explicar (esta lista/o funcionamento desta máquina/etc.)?

How can I get to (the basement/the street/etc.)? Como chego (ao subsolo/à rua/etc.)?

How do I go about (changing my booking/getting my shoe repaired/etc.)? Que devo fazer para (mudar minha reserva/mandar consertar meu sapato/etc.)?

Can you tell me where the bus goes from? Você poderia me informar de onde o ônibus parte?

Can you give me some information about bus times/hotels? Você poderia me dar informações sobre os horários dos ônibus/ hotéis?

Do you have any information on language courses/Turkey? Você teria informações sobre cursos de línguas/a Turquia?

Where can I get information about travel insurance? Onde eu poderia obter informações a respeito de seguro de viagem?

LC 18.2 Quando não se dispõe de informações

I'm sorry, I can't help you. Sinto muito, mas não posso ajudá-lo.

I'm sorry, you've come to the wrong place. Ask at the ticket office. Desculpe, mas você veio ao lugar errado. Pergunte na bilheteria.

Sorry, we've nothing on Brazil at the moment. Sinto muito, mas não temos nada sobre o Brasil no momento.

[coloquial] Sorry, I haven't a clue/haven't the foggiest. Desculpe, mas não faço idéia/não tenho a mínima idéia.

USO

Na maioria das situações, podemos agradecer a alguém que dá informações dizendo **Thanks for the information**. (Obrigado pela informação) OU **Thanks for your help**. (Obrigado pela ajuda). Em situações de menor importância (p. ex. alguém lhe diz onde é o toalete), podemos simplesmente dizer **Thanks**.

LINGUAGEM E COMUNICAÇÃO

LC 19 Instructions Instruções

LC 19.1 Solicitando instruções

Could you tell me/show me how to work this machine? Você poderia me dizer/mostrar como esta máquina funciona?
Are there any instructions for the photocopier? Há instruções sobre esta máquina de fazer fotocópias?
What do I do if I want to change the film? Que devo fazer para trocar o filme?
How do I go about setting up this projector? Como devo fazer para montar este projetor?
What do I do next? Que devo fazer a seguir?
How does x work? Como x funciona?
How do you work this (machine/copier)? Como se maneja esta (máquina/copiadora)?

LC 19.2 Fornecendo instruções

This is what you do, just press this button, and ... Aqui está o que você deve fazer: apenas aperte este botão e...
All you have to do is ... Tudo que você tem de fazer é...
You must always remember to close this flap first. Você deve sempre se lembrar de fechar esta aba primeiramente.
You just flick that switch and that's it. Você apenas aperta o interruptor e pronto.
Would you please follow the instructions on the handout. Queira seguir as instruções do folheto.

LC 20 Directions Orientação

ver também **directions, 318**

LC 20.1 Pedindo orientação

Could you tell me the way to ...? Você poderia me dizer o caminho para...?
Excuse me, I'm lost, I wonder if you could help me? Com licença. Estou perdido. Será que você poderia me ajudar?
How do I get to the station from here? Como chego à estação saindo daqui?
Excuse me, I'm looking for Mill Street. Com licença. Estou procurando a Mill Street.
[mais formal] Could you direct me to Boston Road? Você poderia me indicar o caminho para Boston Road?

LC 20.2 Fornecendo orientação

How are you travelling? Como você vai viajar?

Turn left, then right, then go straight on/straight ahead. Vire à esquerda e depois à direita. Então vá em frente/ direto em frente.
Take the first left and the second right. Pegue a primeira à esquerda e a segunda à direita.
You'll see it in front of you/on your left/etc. Estará visível bem à sua frente/ à sua esquerda/etc.
You can take a short-cut across the park. Você pode tomar um atalho atravessando o parque.
If you see a church, you've gone too far. Se você vir uma igreja, você passou do ponto.
Look out for the sweet shop on your right. Fique atento à doçaria à sua direita.
You can't miss it. Não tem como errar.
When you come/get to the lights, branch off to the right. Quando você chegar ao semáforo, desvie para a direita.

LC 21 Making arrangements Planejamento

LC 21.1 Fixando horários, datas, etc.

Could we arrange to meet sometime? Poderíamos combinar de nos encontrar alguma hora?
[uma versão mais informal que o exemplo anterior] Can we get together sometime soon? Que tal nos encontrarmos um dia destes?
Are you free on Thursday/Monday? Você está livre na quinta-feira/segunda-feira?
What about Friday? Are you free then? Que tal na sexta-feira? Você vai estar livre?
Could you make a meeting on the 25th? Você poderia marcar uma reunião no dia 25?
Could we meet soon to discuss the future/the conference? Poderíamos nos encontrar em breve para discutir sobre o futuro/a conferência?
Are you available on the 15th? Você está disponível no dia 15?
Let's say 5pm on Tuesday, shall we? Digamos 5 horas da tarde, na terça-feira, certo?

Monday suits me fine. Segunda-feira está bem para mim.
2 o'clock would be best for me. Às 2 horas seria melhor para mim.
I'll pencil in the 23rd, and we can confirm it later. Vou marcar com o lápis o dia 23, e podemos confirmar depois.
Let's say the 18th, provisionally, and I'll come back to you. Digamos dia 18, provisoriamente, e eu lhe dou um retorno.

LC 21.2 Problemas com horários, datas, etc.

I'm afraid the 3rd is out for me. Creio que dia 3 não seja possível para mim.
I'm afraid I'm busy tomorrow. Sinto muito, mas estou ocupada amanhã.
[coloquial] I'm afraid I'm chock-a-block this week. (brit) Sinto muito, mas estou atopetada de serviço esta semana.
Could we make it Thursday instead? Não poderíamos marcar para a quinta-feira em vez disso?

I'm afraid I'm double-booked on Friday. Could we re-arrange things? Sinto estar extremamente ocupada na sexta-feira. Não poderíamos reorganizar as coisas?
A: 5.30 is a bit of a problem. 5h30 é um pouco problemático.
B: Would 6 o'clock be any better? Às 6 horas estaria melhor?
Could we postpone Friday's meeting? Será que poderíamos adiar a reunião da sexta-feira?
Sorry, but we're going to have to cancel tomorrow's meeting. Sinto muito, mas teremos de cancelar a reunião de amanhã.
Could we bring the time forward to 3.30 instead of 4? Poderíamos antecipar para 3h30 em vez de 4 ?

LC 21.3 Dizendo a data

USO

Em inglês britânico, existe uma diferença entre a maneira de se escrever a data e o modo de dizê-la, p. ex. escrevemos **Monday 21st June** ou **Monday, June 21st,** mas dizemos *'Monday the twenty-first of June'*. Aqui estão mais alguns exemplos: **October 27th** é dito *'the twenty-seventh of October'* ou *'October the twenty-seventh'* e **August 1st** é dito *'August the first'* ou *'the first of August'*. Em inglês americano, o mês *sempre* vem antes do dia tanto na linguagem falada como na escrita, e a data pode ser dita do modo como se escreve, p. ex. **September 4th** é dito *'September fourth'* e **April 30th** é dito *'April thirtieth'*.

LC 22 Asking favours — Pedindo um favor

I wonder if you could do me a favour. Você poderia me fazer um favor?
[um tanto formal] I need to ask a favour of you. Tenho de lhe pedir um favor.
[menos formal] Could you do me a favour? Você pode me fazer um favor?
Uma resposta cortês e amigável quando alguém pede um favor inclui *Yes, of course, what is it?* (Sim, é claro. De que se trata?) e *Yes, no problem.* (Sim, sem problema.)

LC 22.1 Pequenos favores rotineiros

Have you got a light please? Você tem fogo, por favor?
Could you keep an eye on my seat for me please? Você pode tomar conta de meu lugar, por favor?

Do you have a pen I could borrow for a moment? Você tem uma caneta para me emprestar por um instante?
Could you change this £10 note by any chance? Você, por acaso, teria troco para esta nota de 10 libras?
Do you have any small change for the parking meter/the phone? Você tem troco para o parquímetro/telefone?
I wonder if you'd mind if I jumped the queue? I'm in a terrible hurry! Será que você se importaria de eu furar a fila? Estou morrendo de pressa!
Is this seat free/taken? Do you mind if I sit here? Este lugar está livre/ocupado? Você se importa se eu sentar aqui?
[em um restaurante ou café, onde o único assento vazio é em uma mesa já ocupada] Do you mind if I join you? Você se importa se eu me juntar a você?

LC 23 Apologies — Desculpas

ver também **mercy, 221; shame, 449**

LC 23.1 Pedindo desculpas

I'm sorry I'm late. Desculpe o atraso.
[mais formal e enfático] I'm terribly sorry I've kept you waiting. Mil perdões por deixá-lo esperando.
[menos formal] Sorry I wasn't here when you arrived. Desculpe eu não estar aqui quando você chegou.
[um tanto formal, freq. usado na linguagem escrita] I apologize for not contacting you earlier. Peço-lhe desculpas por não tê-lo contatado antes.
[bastante formal, freq. usado na linguagem escrita] My sincere apologies for the inconvenience we caused

you. Minhas sinceras desculpas pelo transtorno que lhe causamos.
[um tanto formal, freq. usado na linguagem escrita] Please accept my/our apologies for not replying earlier. Queira aceitar minhas/nossas desculpas por não ter/termos respondido antes.

LC 23.2 Aceitando desculpas

A forma mais comum é *That's all right.* As frases *That's okay.* e *Forget it!* são menos formais. *That's quite all right.* é um pouco mais formal. Podemos também usar *It doesn't matter. Don't worry about it.* ou *Never mind.*

LC 24 Reminding — Relembrando

Don't forget to post that letter, will you? Não esqueça de colocar aquela carta no correio, certo?
[mais formal] Please remember to bring your passport. Lembre-se de trazer seu passaporte, por favor.

[discreto, mas pode ser entendido como uma leve censura] You haven't forgotten it's Sally's birthday tomorrow, have you? Você não se esqueceu de que amanhã é o aniversário da Sally, não é?

[um tanto formal] **May I remind you that there will not be a meeting next week?** Permita-me relembrá-lo de que não haverá reunião na próxima semana.
[um tanto formal e discreto, quando se suspeita que alguém se esqueceu de algo] **Can I jog your memory about the talk you promised to give us?** Posso relembrá-lo da palestra que você nos prometeu? Se uma resposta se fizer necessária, podemos dizer **Thanks for reminding me.** Se você desejar pedir desculpas por ter se esquecido de algo, você pode dizer **I'm sorry, it just slipped my mind.** (Sinto muito, isso simplesmente me escapou da memória.)

LC 25 Reassuring Tranqüilizando

Don't worry, we'll be there by six. Não se preocupe, estaremos aí até as seis horas.
There's nothing to worry about. Não há nada com que se preocupar.
You'll be alright. Você estará bem.
It'll be fine. Tudo vai dar certo.
[um tanto formal] **I assure you there'll be no problem with it.** Eu lhe asseguro que não haverá problemas em relação a isso,
[um tanto formal, típico da linguagem escrita] **I would like to reassure you that we will keep costs to the minimum.** Eu gostaria de lhe assegurar que manteremos os custos num nível mínimo.

LC 26 Persuading Persuadindo

ver também **persuade, 349**

Why don't you come with us next week? Por que você não vem conosco na próxima semana?
Why not come hang-gliding with us? You'd love it, I'm sure. Que você acha de voar de asa-delta conosco? Tenho certeza de que você adoraria.
Do come and stay at Christmas, we'd love to have you. Venha passar o Natal conosco. Adoraríamos recebê-lo.
I really think you ought to take a few days off, you know. Falando sério, eu realmente acho que você deveria tirar uns dias de folga.
[mais formal] **Can I persuade you to join us tonight?** Será que consigo persuadir você a passar a noite conosco?
[informal] **Go on! Have a dessert; I'm having one.** Vamos lá! Aceite uma sobremesa; eu estou tomando uma.
[informal/coloquial] **Can I twist your arm and ask you to sponsor me for a charity walk on Saturday?** Posso forçar a mão e pedir que você me patrocine numa marcha para fins beneficentes no sábado?

LC 27 Suggesting Sugerindo

ver também **suggest, 353**

LC 27.1 Dando uma sugestão

Let's take a taxi, shall we? Vamos tomar um táxi?
Why don't we leave it till next week? Por que não deixamos para a semana que vem?
What about changing the date? Que tal mudarmos a data?
I have a suggestion: let's hold a public meeting. Tenho uma sugestão: vamos fazer uma reunião aberta ao público.
[mais formal] **Can/may I suggest we meet again tomorrow?** Posso/poderia sugerir que nos encontremos amanhã?

USO

Note a estrutura depois de **suggest**: o infinitivo não é usado, p. ex. **I suggest (that) you cancel it.** Sugiro que você o cancele.

LC 27.2 Pedindo uma sugestão

We have to do something; what do you suggest? Tenho de fazer algo; o que você sugere?
We must raise £3,000; are there any suggestions? Temos de levantar 3.000 libras esterlinas. Alguma sugestão?
Can you think of a way of stopping this tap from leaking? Você consegue pensar em uma maneira de fazer esta torneira parar de vazar?
[informal] **Any suggestions as to how we can fix this door?** Alguma sugestão de como consertarmos esta porta?
[coloquial] **We need £2,000 immediately; any bright ideas?** Precisamos de 2.000 libras esterlinas imediatamente. Alguma idéia brilhante?

LC 28 Agreeing Concordando

ver também **agree, 348**

A: **This is crazy.** Isso é uma loucura.
B: **I agree.** Concordo.
I agree with everything you say. Concordo com tudo que você diz.

LINGUAGEM E COMUNICAÇÃO

[mais formal] **I am in complete agreement with you.**
Concordo inteiramente com você.
[informal] A: **We'll have to do something about it soon.**
Teremos de fazer algo a respeito logo.
B: **Right.** Certo.
Maneiras enfáticas de concordar:
I couldn't agree more! Estou totalmente de acordo!
[informal e enfático] **You can say that again!** Sem dúvida!
Interjeições enfáticas usadas para expressar concordância incluem **Absolutely!** (Com certeza!/Estou totalmente de acordo!) **Quite.** (Realmente.) and **Exactly!**

(Exatamente/Precisamente!)
A: **I think she'll be perfect for the job.** Acho que ela é perfeita para o trabalho.
B: **Absolutely!** Com certeza!
A: **If he was still in London at 6 o'clock then he can't have committed the murder.** Se ele ainda estava em Londres às 6 horas, então ele não pode ter cometido o crime.
B: **Exactly!** Precisamente!
A: **It seems like a ridiculous idea.** Parece uma idéia ridícula.
B: **Quite.** Realmente.

LC 29 Disagreeing Discordando

ver também **disagree, 346**

I disagree (Discordo) é uma maneira bastante enfática de expressar discordância em inglês. Ao invés disso, para não parecer rude, as pessoas freq. concordam em parte antes de discordar; por exemplo: **I see what you mean, but ...** (Entendo o que você quer dizer, mas...) ou **That's right, but ...** (Isso é verdade, porém...)
Outras maneiras de discordar de alguém incluem:

I have to disagree with you about that. Tenho de discordar de você quanto a isso.
You say she's clever, but I don't see that at all. Você diz que ela é inteligente, mas eu não vejo do mesmo modo.
[mais formal] **I'm afraid I can't agree with you.** Sinto não poder concordar com você.

LC 30 Opinions Opiniões

ver também **believe, 105; opinion, 106**

LC 30.1 Pedindo a opinião de alguém

How do you see the situation? Como você vê a situação?
What are your views on capital punishment? Qual é seu ponto de vista sobre a pena de morte?
What do you think of x? O que você acha de x?
[mais formal] **What's your view of x?** Qual é seu ponto de vista a respeito de x?
[mais formal] **What's your opinion of x?** Qual é sua opinião a respeito de x?
[coloquial] **Do you reckon he'll come/she'll win/etc.?** Você acredita que ele venha/que ela escreva/etc.?

LC 30.2 Expressando uma opinião

I think ... Penso que...
[mais formal] **My view is that this is wrong.** Minha opinião é que isso está errado.
[mais formal] **In my view/opinion, we've waited long enough.** A meu ver/ Na minha opinião já esperamos tempo demais.

[informal] **To my mind, his taste in clothes is appalling.** Para mim, a forma como ele se veste é de um mau gosto incrível.
[coloquial] **I reckon they'll be getting married soon.** (*esp. brit*) Calculo que devam se casar em breve.
[bastante formal, empregado em discussões, debates, etc.] **If I may express an opinion, I think that ...** Se me for permitido expressar minha opinião, penso que...

> **USO**
> Observe como **point of view** (ponto de vista) é usado em inglês para indicar como algo afeta a pessoa que está falando, mais do que para simplesmente expressar sua opinião. Se alguém diz **From my point of view, these new farming regulations are a disaster** (Do meu ponto de vista, essas novas normas agrícolas são um desastre), isto significa que tal pessoa, provavelmente, está, de algum modo, relacionada com agricultura, ou é diretamente afetada pela regulamentação.

LC 31 Preferences Preferências

ver também **choose, 73**

LC 31.1 Perguntando sobre a preferência de alguém

Which would you prefer, a twin or double room? Você prefere um quarto com duas camas de solteiro ou com cama de casal?
[mais informal] **What would you rather have, tea or coffee?** O que você prefere beber, café ou chá?

[bastante formal] **Do you have any preference with regard to which flight we take?** Você tem alguma preferência com relação ao nosso vôo?
[bastante informal] **We can go on Friday or Saturday, it's up to you.** Podemos ir na sexta-feira ou no sábado; você resolve.
[coloquial] **You can have red, green or blue; take your pick.** Você pode ter em vermelho, verde ou azul. Escolha o que quiser.

LC 31.2 Expressando uma preferência

I think I'd rather go on Monday, if you don't mind. Creio que eu preferiria ir na segunda-feira, se você não se importa.
I'd prefer a window-seat, if possible. Eu preferiria um lugar na janela, se possível.
[bastante formal, especialmente quando não lhe perguntaram qual é sua preferência] **If I may express a preference, I would rather not have to meet on a Friday.** Se eu puder expressar minha preferência, eu gostaria de não ter uma reunião na sexta-feira.
[informal, especialmente em relação a alimentos] **I think I'll go for the chicken.** Acho que vou optar pelo frango.

LC 32 Degrees of certainty Graus de certeza

ver também **certain, 82; uncertain, 83**

LC 32.1 Certeza

I'm sure we've met before. Tenho certeza de que nos encontramos antes.
He's definitely the tallest person I've ever met. Ele é, sem dúvida, a pessoa mais alta que já encontrei.
She's without doubt/undoubtedly the best captain we've ever had. Ela é sem dúvida/indubitavelmente a melhor capitã que já tivemos.
[bastante formal] **There is no doubt that something must be done soon.** Não há dúvida de que algo precisa ser feito em breve.
[expressando um sentimento muito forte de certeza] **I'm absolutely certain I left it on the table.** Tenho certeza absoluta de que deixei sobre a mesa.

LC 32.2 Dúvida e incerteza

I'm not sure I can do this for you. Não estou certo de poder fazer isso por você.
We're a bit uncertain about the future at the moment. No momento, estamos um pouco incertos quanto ao futuro.
I doubt she'll come before Tuesday. Duvido que ela venha antes da terça-feira.
Everyone thinks George is wonderful, but I have my doubts. Todos acreditam que o George é maravilhoso, mas eu tenho lá as minhas dúvidas.
It's doubtful whether he will succeed. Não há certeza de que ele vá ser bem-sucedido.
I think he said his number was 205, but I can't be sure. Penso que ele disse que seu número era 205, mas não tenho certeza.
[expressando um sentimento de incerteza mais forte do que no exemplo anterior] **I'm not at all sure that this is his number.** Não estou nada certo de que este seja o número dele.

Observe que **no doubt** e [mais formal] **doubtless** são empregados quando você está razoavelmente certo de algo, mas gostaria de uma confirmação de que está certo:
You've no doubt/doubtless all heard of William Shakespeare. Vocês todos, com certeza, ouviram falar de William Shakespeare.

LC 32.3 Imprecisão

She's sort of average-looking. Ela é mais ou menos de aparência média.
They need boxes and things like that. Eles precisam de caixas e de coisas do tipo.
I don't understand videos and that sort of thing. Eu não entendo de vídeos e de outras coisas semelhantes.
He said he was going to Paris or something. Ele disse que estava indo a Paris ou algo parecido.

USO

Quando você não quer ser preciso a respeito de uma cor, o sufixo **-y** pode ser empregado em inglês britânico, embora isso não seja comum em inglês americano. Não é usual utilizar esse sufixo para 'white' ou 'black': **It was a browny/yellowy/greeny sort of colour.** (Era uma cor meio amarronzada/amarelada/esverdeada.)

Com muitos adjetivos, e em relação a cores, horários e idades, o sufixo **-ish** pode ser empregado quando você não deseja ser preciso:
She has reddish/blackish hair. Ela tem cabelo meio avermelhado/preto.
I'd say she's thirtyish. Eu diria que ela tem uns trinta anos mais ou menos.
Come about half-past sevenish. Venha aí pelas sete e meia mais ou menos.
It was a dullish day. Foi um dia meio acinzentado.
Note que **-y** e **-ish** são ambos um tanto informais.

LC 32.4 Adivinhando e especulando

I'd say she was about fifty. Eu diria que ela tinha cerca de cinqüenta anos.
[informal] **I would reckon there are about 3,000 words here.** (brit) Eu calculo que haja cerca de 3.000 palavras aqui.
[bastante formal] **I would speculate that we would need round £5,000.** Eu calcularia que precisaríamos de aproximadamente 5.000 mil libras esterlinas.
[formal e quando você baseia sua especulação em cálculos, experiência, etc.] **We estimate that the project will take 3 years.** Estimamos que o projeto vá durar 3 anos.
[bastante informal] **I don't know, but I would hazard a guess that there were about 10,000 people there.** Não sei ao certo, mas arriscaria um palpite de que havia cerca de 10.000 pessoas lá.
[informal] **Guess who I met today? I bet you can't!** Adivinhe quem eu encontrei hoje? Aposto que você não consegue!
[coloquial] **I'll give you three guesses who I'm having dinner with tonight.** Vou lhe dar três chances de acertar com quem vou jantar hoje à noite.
[informal] **She'll be here again tomorrow, I'll bet.** Ela vai estar aqui novamente amanhã, aposto.

LC 33 Obligation Obrigação

Uma obrigação externa, p. ex. imposta por um governo ou autoridade, pode ser expressa com **have to**: *I have to renew my passport next month*. Tenho de renovar meu passaporte no próximo mês.

Must expresssa uma obrigação na forma de uma ordem ou diretriz, tanto advinda de você mesmo, porque você realmente acredita que deve fazer algo, como advinda de uma força externa (p. ex. uma lei ou uma norma): *I must wash my hair, it's filthy!* (Preciso lavar meu cabelo; está imundo!) *All students must register between 9am and 11am on the first day of term.* (Todos os alunos devem se matricular entre as 9 e as 13 horas no primeiro dia do semestre.) Mas não se esqueça de que **must** não tem uma forma para o passado e que nesse caso empregamos **had to**: *The students had to register yesterday, so we were very busy.* Os alunos precisaram se matricular ontem, assim sendo estivemos muito ocupados.

Should é menos enfático do que **must**: *I should really get my hair cut this weekend.* Eu realmente preciso mandar cortar meu cabelo no fim de semana.
You should post that soon, or it won't get there in time. Você precisa colocar essa carta logo no correio ou não chegará lá a tempo.

Ought to freq. implica obrigação moral, algo que é certo fazer: *You really ought to say thanks to your aunt for that present she sent you.* Você realmente deveria agradecer à sua tia pelo presente que ela lhe enviou.

Obliged to é bastante forte e um tanto formal, enfatizando que a pessoa que está falando não tem escolha em relação ao assunto: *I am obliged to ask you if you have a criminal record.* Vejo-me obrigado a lhe perguntar se você tem ficha criminal.

Forced to sugere influências externas muito fortes: *In the face of so much evidence, I was forced to admit I had been wrong.* Em face das evidências, fui forçado a admitir que estivera errado. *We were forced to leave the building at gunpoint.* Fomos obrigados a sair do edifício sob a mira de um revólver.

Obligation é bastante formal: *I have an obligation to warn you that you do this at your own risk.* Tenho a obrigação de adverti-lo de que você fará isso por sua própria conta e risco. *I'm sorry; I'm not under any obligation to reveal that information to you.* Sinto muito. Não tenho obrigação de lhe revelar essa informação.

LC 34 Expressing surprise Expressando surpresa

ver também **surprise, 118**

I'm surprised that you didn't recognise her. Estou surpreso que você não a tenha reconhecido.
[expressando um sentimento de surpresa mais forte do que no exemplo anterior] *I'm amazed that you've got here so quickly.* Estou assombrado de você ter chegado aqui tão depressa.
Well! What a surprise! Ora! Que surpresa!
Well! This is a surprise! Ora! Isto, sim, é que é uma surpresa!
Good heavens! Céus!
Good Lord! Deus do céu!

Sally! I don't believe it! What are you doing here? Sally! Eu não posso acreditar! O que você está fazendo aqui?
[coloquial] *Well I never! I didn't expect to meet you today!* Minha nossa! Nunca em minha vida eu esperaria encontrar você aqui hoje!
[coloquial] *You could have knocked me down with a feather when I realized who it was!* Quase caí de costas quando percebi quem era!
[diz-se para alguém a quem se está dando um presente de surpresa ou para quem se organizou uma surpresa] *Surprise, surprise!* Surpresa, surpresa!

LC 35 Expressing pleasure Expressando contentamento

ver também **happy, 422**

How nice to have this beach all to ourselves! Que beleza termos essa praia só para nós!
This is wonderful/marvellous/great! É maravilhoso/admirável/sensacional!
What a pleasure to be home again! Que alegria estar em casa novamente!
What fun! I haven't rowed a boat for years! Que divertido! Há anos que eu não remo um barco!
I'm pleased to hear you solved your problem. Fico contente de saber que você resolveu seu problema.

I'm delighted to hear you're getting married at last. Fico muito feliz em saber que você vai finalmente se casar.
I'm very happy that we've been able to meet again. Estou muito feliz em termos podido nos encontrar novamente.
[bastante formal, por exemplo com um anfitrião] *It's a real pleasure to be here.* É um grande prazer estar aqui.
[bastante formal, em discursos, etc.] *It gives me great pleasure to welcome you all tonight.* Tenho grande prazer em lhes dar as boas-vindas esta noite.

LC 36 Expressing displeasure Expressando descontentamento

ver também **angry, 450**

How awful! Que horrível!
What a terrible/dreadful place/person! Que pessoa/lugar terrível/medonha/o!
I'm not very happy with the way things have turned out. Não estou muito satisfeito com o rumo que as coisas tomaram.
I'm unhappy with the situation at work these days. Estou desgostoso com a situação no trabalho nestes dias.
I wasn't at all pleased to hear that the prices are going up. Não fiquei nada satisfeito ao saber que os preços estão subindo.
[expressando forte descontentamento e desgosto] **I'm appalled at what has happened.** Estou horrorizado com o que aconteceu.
[coloquial. Dito em relação a um acontecimento ou situação desagradável.] **What a pain!** Que droga!
[formal e um tanto severo] **I'm extremely displeased with your behaviour.** Estou extremamente insatisfeito com sua conduta.

LC 37 Complaints Reclamações

ver também **complain, 345**

LC 37.1 Fazendo reclamações

Can I see the manager/the person in charge, please? Posso ver o gerente/a pessoa responsável, por favor?
Can you do something about this noise/the slow service, please? Você pode fazer algo a respeito desse barulho/da lentidão do serviço, por favor?
I'm sorry but these goods are unsatisfactory. Sinto muito, mas estes artigos não estão satisfatórios.
[bastante formal] **I'd like to make a complaint about my room/the delay/etc.** Desejo fazer uma reclamação a respeito de meu quarto/do atraso/etc.
[um tanto formal, típico da linguagem escrita] **I wish to complain in the strongest possible terms about the poor service I received.** Desejo fazer uma veemente reclamação a respeito do péssimo serviço que me foi oferecido.
[se as reclamações não surtem efeito] **It's just not good enough.** Isso não basta.

LC 37.2 Recebendo uma reclamação

I'm sorry, I'll see what I can do. Sinto muito. Verei o que posso fazer.
Leave it with me and I'll make sure something is done. Deixe por minha conta e vou me assegurar de que algo seja feito.
I'll pass your complaint on to the manager/the person in charge. Vou passar sua reclamação para o gerente/para a pessoa responsável.

LC 38 Praising Elogios

ver também **praise, 430**

Well done! Muito bem!
[uma versão mais formal do exemplo anterior] **You've done extremely well.** Você se saiu muitíssimo bem!
I admire your skill/your patience. Admiro sua habilidade/paciência.
[tanto para uma pessoa de um status inferior ou, de maneira humorística, para alguém de igual status] **I couldn't have done better myself!** Eu mesmo não teria feito melhor!
[levemente informal] **You deserve a pat on the back.** Você merece um tapinha nas costas.

LC 38.1 Cumprimentos

What a lovely house/dress/garden! (esp. *brit*) Que casa/vestido/jardim encantador!
You look very nice in that jacket. Você fica muito bem com esse paletó.
I envy you your garden; it's wonderful. Tenho inveja de seu jardim; ele é maravilhoso.
I don't know how you manage to be so efficient. Não sei como você consegue ser tão eficiente.
[mais formal] **I must compliment you on your latest book.** Tenho de lhe dar os parabéns por seu último livro.

LC 38.2 Congratulações

A: **I've just been promoted in my job.** Acabei de ser promovido no trabalho.
B: **Oh, congratulations!** Ah! Congratulações!
Congratulations on your new job! Parabéns pelo seu novo emprego!
[formal, p. ex. ao fazer um discurso] **I/we'd like to congratulate you on 25 years of service to the company.** Gostaria/gostaríamos de felicitá-lo pelos seus 25 anos de serviço na companhia.

LC 39 Announcements Anúncios

As seguintes expressões geralmente precedem comunicados feitos ao público:

Can I have your attention please? Sua atenção, por favor.
I'd like to make an announcement. Eu gostaria de fazer um comunicado.
I'd like to announce the winner of the first prize, ... Eu gostaria de anunciar o vencedor do primeiro prêmio, ...

Ladies and Gentlemen, ... Senhoras e senhores, ...
[um pouco mais formal] **I have an announcement to make.** Tenho um comunicado a fazer.

[depois de ter feito um comunicado] **Thank you for your attention.** Obrigado por sua atenção.

LC 40 Reacting to news Reagindo às notícias

ver também **expressing surprise, LC 34**

How wonderful! Que ótimo!
How awful! Que horror!
[informal] **Great!** Sensacional!
[informal] **Oh no!** Oh, não!
[quando a notícia não é boa e era de se esperar] **I might have guessed!** Eu deveria ter adivinhado!

[quando a notícia é surpreendente] **Well, I never thought I would hear that!** Ora, eu nunca poderia imaginar que ouviria tal coisa!
[quando a informação é, de fato, novidade para você] **Well, that's news to me!** Ora, isso é novidade para mim!
[coloquial, expressando surpresa] **Well I never!** Que surpresa!

LC 41 Talking about the time Falando sobre as horas

ver também **time, 26**

What time is it? Que horas são?
Have you got the time please? Você tem as horas, por favor?
[quando você não está seguro de que tem a hora certa] **What time do you make it?** Que horas você tem?
It's five o'clock exactly. São exatamente cinco horas.
It's dead on five o'clock. (*brit*) São cinco horas em ponto.
It's just gone half past three. (*brit*) Acaba de bater três e meia.

It's coming up to six o'clock. São quase seis horas.
My watch must be slow/fast. Meu relógio deve estar atrasado/adiantado.
[uma versão mais informal que o exemplo anterior] **I'm a bit slow/fast.** Meu relógio está um pouco atrasado/adiantado.
My watch has stopped. Meu relógio parou.

LC 42 Narrating and reporting Narrando e relatando

LC 42.1 Relatando acontecimentos e anedotas

Have you heard about ...? Você ouviu falar...?
Did I tell you about ...? Eu lhe contei sobre...?
I must tell you about ... Tenho que lhe contar sobre...
[mais informal] **You'll never guess what's happened!** Você nunca adivinharia o que aconteceu!
[bastante informal] **Guess what? We're getting a new boss!** Adivinha! Vamos ter um novo chefe!
[algo que aconteceu há muito tempo] **I'll always remember the time... / I'll never forget when...** Sempre me lembrarei daquele tempo... / Nunca me esquecerei de quando...

LC 42.2 Piadas

Have you heard the one about ...? Você ouviu aquela do... ?
I heard a good joke the other day, ... Me contaram uma boa piada outro dia...
I heard a good one the other day, ... Me contaram uma boa outro dia...
Do you want to hear a joke? It's quite clean/It's a bit rude. Você quer ouvir uma piada? É uma piada limpa/ É um pouco suja.
[quando você não acha graça em uma piada] **I'm sorry, I don't get it.** Desculpe, mas não vejo graça.

LC 43 Problems of communication Problemas de comunicação

ver também **understand, 114**

LC 43.1 Mal-entendidos

I'm sorry, I don't understand. Desculpe, não entendi.
I think I've misunderstood you. Creio que não o entendi.
I think we're talking at cross-purposes. (esp. *brit*) Acho que há um mal-entendido entre nós.
I don't think we're understanding each other properly. Creio que não estamos nos entendendo bem.
I don't seem to be able to get through to him. Parece que não consigo me comunicar com ele.
[mais formal ou impessoal] **I think there's been a misunderstanding.** Acho que houve um mal-entendido.

[coloquial] **I think I/you've got the wrong end of the stick.** Acho que você entendeu errado.

LC 43.2 Problemas com volume e velocidade

Could you speak more slowly please? Poderia falar mais lentamente, por favor?
Could you slow down a bit please? I find it difficult to follow you. Você poderia falar um pouco mais devagar? Tenho dificuldade de acompanhá-lo.
I didn't catch what you said. Could you repeat it please? Não entendi o que você disse. Poderia repetir, por favor?

LINGUAGEM E COMUNICAÇÃO

USO

Em inglês britânico, uma resposta cortês para quando você não ouviu o que foi dito é *Sorry?*, em lugar de *what? What?* é aceitável em situações informais ou entre amigos. *Pardon?* é também comumente empregada, embora algumas pessoas considerem tal expressão excessivamente refinada.

LC 43.3 Solicitando ajuda

Can you help me? I'm having trouble understanding this notice. Você pode me ajudar? Não consigo entender este aviso.
What does 'liable' mean? O que significa 'liable'?
[quando você deseja saber precisamente o sentido exato que alguém quer dar a uma palavra] **What do you mean by 'elderly'?** O que você quer dizer com 'elderly'?
How do you spell 'yoghurt'? Como se soletra 'yoghurt'?
How do you pronounce this word here? Como se pronuncia esta palavra aqui?
How do you stress this word? Como se acentua esta palavra?
Can you explain this phrase for me? Você poderia explicar esta frase para mim?
Is there another word for 'amiable'? Existe outra palavra para 'amiable'?
Could you check my English in this letter please? Você poderia verificar o meu inglês nessa carta, por favor?

[informal] **Oh dear, help me! It's on the tip of my tongue!** Oh, ajude-me! Está na ponta da minha língua!

LC 43.4 Corrigindo a si próprio

'Quickly' is an adjective ... sorry, I mean an adverb. 'Quickly' é um adjetivo... desculpe, quero dizer, um advérbio.
Sorry, I meant to say 'tempting', not 'tentative'. Desculpe, eu quis dizer 'tempting' e não 'tentative'.
Bill ... sorry, Jim rather, is the one you should talk to. Bill... desculpe, melhor dizendo Jim, é a pessoa com quem você deveria falar.
[informal] **Tuesday ... no, hang on a minute, I'm getting mixed up ... Wednesday is the day they collect them.** Terça-feira... não, espere um minuto, estou me confundindo... quarta-feira é o dia em que os recolhem.
[informal] **Oxbridge ... Camford ... sorry, I'll get it right in a minute ... Cambridge is well worth a visit.** Oxbridge... Camford... desculpe, vou acertar num minuto... Cambridge vale a pena ser visitada.
[ao corrigir um erro em um texto] **Where it says '5 pm' it should say '5.30 pm'.** Onde diz '5 pm' leia-se '5:30 pm'.
[mais formal, freq. na linguagem escrita] **'Southampton' should have read 'Southport' in the third paragraph.** No terceiro parágrafo, onde se lê 'Southampton' leia-se 'Southport'.
[ao corrigir textos] **Where it says 'cheque card', cross out 'cheque' and put 'credit'.** Onde está escrito 'cheque card', risque 'cheque' e escreva 'credit'.

LC 44 Written communications Comunicações por escrito

ver também **communications, 340**

LC 44.1 Cartas pessoais: começando uma carta

Dear Michael, Caro Michael,
Thanks for your (last) letter. Obrigado por sua (última) carta.
I'm sorry I've been slow in replying. Sinto muito ter demorado tanto para responder.
[informal] **Just a few lines to let you know that ...** Apenas algumas linhas para lhe contar que...
[mais informal] **Just a quick line to say hello.** Só umas palavrinhas para lhe dizer alô.

LC 44.2 Cartas pessoais: terminando uma carta

Give my regards to Mary. Envie lembranças minhas para Mary.
I hope to hear from you soon. Espero ter notícias suas em breve.
[informal] **Well, that's all for now.** Bem, isto é tudo por hora.
[informal] **Write soon.** Escreva logo.
[para uso geral. Soa amigável, porém bastante formal] **Best wishes, June.** Saudações, June.
[informal, para um amigo] **All the best, Nick.** Tudo de bom, Nick.
[para alguém que se encontrará em breve] **Look forward to seeing you soon, David.** Espero vê-lo em breve, David.

[freq. empregado para pessoas de quem você gosta muito, mas também de maneira amistosa para alguém por quem se tem uma certa amizade, p. ex. em um cartão de aniversário para um colega] **Love, Terry.** Carinhosamente, Terry.
[entre esposos, amantes, namorados e namoradas] **All my love, Ron.** Com todo o meu amor, Ron.
p.s. *[abreviação de* post-scriptum*]* p.s.

LC 44.3 Cartas comerciais: começando uma carta

[dirigindo-se a uma firma ou outra instituição] **Dear Sir/Madam,** Prezado Senhor/Senhora,
[dirigindo-se ao diretor de um jornal ou revista] **Dear Editor,** Prezado Redator,

USO

Muitas pessoas acreditam que o uso de *Dear Sirs,* ao dirigir-se a uma firma, e *Sir*, no caso de um diretor de jornal, são formas parciais em relação ao gênero e deveriam, portanto, ser evitadas, embora sejam freq. empregadas.

Dear Ms Bool/Mr Carter, Prezada Sra. Bool/Prezado Sr. Carter,
I am writing in connexion with ... Estou escrevendo com relação a...

Thank you for your letter of (date). Acusamos o recebimento de sua carta datada de (data).
In reply to your recent letter, ... Em resposta à sua recente missiva...
Following your letter of (date), I am now writing to ... Com referência à sua carta datada de (data), escrevo-lhe com a finalidade de...
[em um carta em que seja necessário apresentar-se primeiramente] First allow me to introduce myself. I am ... Primeiramente, permita-me apresentar-me. Sou...

LC 44.4 Cartas comerciais: terminando uma carta

I look forward to your reply. Aguardando sua resposta.
Thank you for your attention to this matter. Agradecendo sua atenção a este assunto.
I enclose a stamped, addressed envelope. Anexo segue envelope selado e endereçado.
I attach the receipt. Anexo segue o recibo.
Yours sincerely, Anthony O'Donnell (Mr) Atenciosamente, Anthony O'Donnell
[mais formal ou impessoal] Yours faithfully, G. Sweeney (Dr) Cordialmente, Dr. G. Sweeney

USO

A expressão *Yours sincerely* é empregada quando o nome do destinatário foi utilizado no início da carta, e *Yours faithfully* quando não se conhece o nome e uma introdução geral tal como *Dear Sir/Madam* foi usada.

LC 44.5 Requerimentos

In reply to your advertisement in (name of source), I should like to apply for ... Em resposta ao seu anúncio (nome da fonte), gostaria de me inscrever...
Please send me further details and application forms for ... Por gentileza, queira enviar-me maiores detalhes e um ficha de inscrição para...
I hope you will give my application full consideration. Esperando que minha solicitação mereça toda consideração.
I enclose a curriculum vitae. Anexo, segue meu curriculum vitae.
[formal] Please find enclosed our latest brochure. Vossa Senhoria encontrará anexo nosso último boletim informativo.

LC 44.6 Preenchendo formulários

Cabeçalhos e frases comumente usados em formulários:

Please use block capitals. Escrever em letra de forma.
Please use a ballpoint pen. Usar caneta esferográfica.
Please attach a recent photograph. Anexar uma foto recente.
Please tick the appropriate box. Marque no campo correspondente.
Put a cross in the box. Preencha os espaços com um x.
n/a [abreviação de 'not applicable'] não se aplica
First name(s)/forename(s)/Christian name(s) Nome de batismo
Surname (esp. *brit*), *last name* (esp. *amer*) Sobrenome
Maiden name Nome de solteira
Address Endereço
Tel. (daytime/evening) (home/work) Telefone (durante o dia/à noite) (comercial/residencial)
Occupation/profession Ocupação/profissão
Nationality/Ethnicity Nacionalidade/Etnia
Age/Date of birth/D.O.B. (*amer*) Idade/Data de nascimento
Place of birth/Birthplace Naturalidade/Local de nascimento
Marital status (single/married/divorced/widowed) Estado civil (solteiro/casado/divorciado/viúvo)
Educational background Escolaridade
Qualifications and experience Qualificações e experiência
Proposed duration/length of stay Duração proposta para permanência
Arrival/departure date Datas de chegada e partida
Signature/date Assinatura/data

LC 44.7 Cartões postais

USO

Cartões postais são usualmente escritos em um estilo abreviado, com freq. omissão do sujeito e do verbo. Aqui estão algumas frases e expressões típicas de mensagens em cartões postais.

Greetings from Edinburgh. Lembranças de Edimburgo.
Having a lovely time. Estamos aproveitando muito.
Weather excellent/lousy. O tempo está excelente/horrível.
This is where we're staying. Estamos hospedados aqui.
Wish you were here. Gostaria que você estivesse aqui.
Regards to everybody. Lembranças para todos.

LC 45 Signs and notices Placas e avisos

Frases e expressões comumente usadas em placas e avisos:

No parking. Proibido estacionar.
No entry except for access. (*brit*) Entrada permitida apenas para moradores.
Diversion (*brit*), *Detour* (*amer*) Desvio
Max. headroom 16'3" (5m). Altura máxima 5m.
No smoking. Proibido fumar.
Caution. Cuidado.
Danger. Perigo.

Trespassers will be prosecuted. Entrada proibida. Sujeito às penalidades legais.
The management does not accept liability for loss or damage. A gerência não aceita a responsabilidade por perdas e danos.
Cars may be parked here at their owners' risk. Permitido estacionamento por conta e risco do proprietário do veículo.
Admission £2.50. OAP's/Senior Citizens £1.50. Ingresso 2 libras e 50 pence. Aposentados e Terceira Idade 1 libra e 50 pence.

Closing down sale. Liquidação para fechamento da loja.
Please ring for attention. Toque a campanhia para ser atendido.
Bed and Breakfast OU *B & B* Alojamento e café da manhã.

Camping prohibited. Proibido acampar.
[no Reino Unido, um Pub que não pertence a uma fábrica de cervejas] Free House Pub/taberna

LC 46 Using the postal service Usando o serviço postal

ver também **communications, 340.2**

LC 46.1 Colocando uma carta no correio

How much is a letter/postcard to Spain? Quanto custa para enviar uma carta/cartão postal para a Espanha?
Can this go airmail/express please? Posso enviar por via aérea/expressa?
What's the cheapest way to send this parcel please? Qual é o modo mais econômico de enviar este pacote?
How soon will it get there? Quanto tempo levará para chegar?
Where's the nearest postbox/letter-box? Onde se encontra a caixa de correio mais próxima?
Do you have an airmail sticker? Você tem um adesivo para via aérea?
Na Grã-Bretanha, no caso de correspondência doméstica, existe a opção de enviar por 'first class' ou 'second class'. Esta última é mais barata, mas a correspondência leva um dia ou dois a mais para chegar.

LC 46.2 Sobrescritando envelopes

For the attention of OU *F.A.O.* À atenção de
[empregado quando o destinatário não está em seu endereço residencial] c/o A/C
Urgent. Urgente.
Sender. Remetente.
Air mail. Via aérea.
Surface mail. Via marítima/terrestre.
Printed matter. Impressos.
Handle with care. Manuseie com cuidado.
Do not bend. Não dobrar.
First/second class. Primeira/segunda classe.
[quando você não tem certeza se a pessoa ainda está no endereço sobrescrito no envelope] Or please forward. Ou remeta-se ao destinatário.
Not known at this address. Não conhecido neste endereço.
Return to sender. Devolver ao remetente.

LC 47 Telephoning Telefonando

ver também **communications, 340.3**

Hello, can I speak to Clare? Alô, posso falar com a Clare?
Is John there please? O John está, por favor?
Hello, who's calling please? Alô, quem deseja falar, por favor?
Can you put me through to Mr Pemberton please? Você poderia me passar para o Sr. Pemberton, por favor?
A: Can I speak to Lindsay? Posso falar com a Lindsay?
B: Speaking. É ela mesma.
Hold the line please. Aguarde na linha, por favor.
Could you speak up a little, the line's terrible. Você poderia falar mais alto? A ligação está horrível.
We seem to have got a crossed line. Shall I ring you back? Parece que temos uma linha cruzada. Eu ligo de volta?
She's not here at the moment. Can you ring back later? Ela não está no momento. Você poderia ligar mais tarde?

Can I leave/take a message? Posso deixar um recado?/Você poderia anotar um recado?
My number is 263459, extension 2857, and the code is 0226. Meu número é 263459, ramal 2857, e o código é 0226.
Do you have a carphone or a mobile phone? Você tem um telefone no carro, ou um telefone celular?
Jill, there's a call for you! Jill, chamada para você!
Martin, you're wanted on the telephone. Martin, telefone para você.
[informal] Norma! Phone! Norma! Telefone!
[informal] Hang on a minute. Espere um minuto.
[restabelecendo o contato telefônico após interrupção por falha técnica] I'm sorry, we seem to have been cut off. Desculpe, parece que caiu a linha.
Could you re-connect me please? Você poderia refazer a ligação, por favor?

LC 48 Other communications Outros tipos de comunicação

Can you fax me please? Our fax number is 2536475. Você pode me enviar um fax? Nosso número de fax é 2536475.
Is there somewhere I can send a fax from? Há algum lugar de onde eu possa enviar um fax?
I'd like to send a telegram. Gostaria de enviar um telegrama.

I'll leave a note in your pigeon-hole. Vou deixar uma nota em seu escaninho.
Do you use electronic mail? Vocês usam correio eletrônico?
[menos formal] Are you on E-mail? What's your number? Você está cadastrado no correio eletrônico? Qual é sua chave?

Índice de Palavras em Inglês

ÍNDICE DE PALAVRAS EM INGLÊS

Cada palavra do índice é seguida do número da categoria ou da subcategoria em que aparece.
☆ indica que a palavra se encontra em uma ilustração,
□ que se encontra em um quadro.

abandon /əˈbæn·dən/ 322.1
abbey /ˈæb·i/ 232.5
abbreviate /əˈbriː·vi·eɪt/ 47
abbreviation /əˌbriː·viˈeɪ·ʃən/ 362.5
ability /əˈbɪl·ə·ti/ 237
ablaze /əˈbleɪz/ 135
able /ˈeɪ·bl̩/ 237
abnormal /æbˈnɔːr·məl/ 444.1
aboard /əˈbɔːd/ 312
abolish /əˈbɒl·ɪʃ/ 34.1
abortion /əˈbɔː·ʃən/ 136.2
above-board /əˌbʌvˈbɔːd/ 213
abroad /əˈbrɔːd/ 317.2
abscess /ˈæb·ses/ 124.5
absence /ˈæb·sənts/ 30
absent /ˈæb·sənt/ 30
absent-minded /ˌæb·sənt'maɪn·dɪd/ 117
abstain /əbˈsteɪn/ 284
abstract /ˈæb·strækt/ 85
absurd /əbˈzɜːd/ 241.2
abundance /əˈbʌn·dənts/ 43
abundant /əˈbʌn·dənt/ 43
academic /ˌæk·əˈdem·ɪk/ 233
accelerate /əkˈsel·ə·reɪt/
    driving 309.1
    quick 403.1
accelerator /əkˈsel·ə·reɪ·tər/ 308.1
accent /ˈæk·sənt/ 341.6
accept /əkˈsept/ 375.2
acceptable /əkˈsep·tə·bl̩/ 375.2
acceptance /əkˈsep·tənts/ 375.2
accessory /əkˈses·ər·i/ 192
accident /ˈæk·sɪ·dənt/
    driving 309.4
    luck 387.2
accidental /ˌæk·sɪˈden·təl/ 387.2
accommodation /əˌkɒm·əˈdeɪ·ʃən/ 175.2
accompaniment /əˈkʌm·pən·ɪ·mənt/ 379.3
accompany /əˈkʌm·pə·ni/
    music 379.3
    friendship 434.3
accomplish /əˈkʌm·plɪʃ/ 396.2
accomplished /əˈkʌm·plɪʃt/ 239
accord /əˈkɔːd/ 348.1
account /əˈkaʊnt/
    bank 260.1
    tell 342.3
accountant /əˈkaʊn·tənt/ 264.4
accounts /əˈkaʊnts/ 264.4
accuracy /ˈæk·jə·rə·si/ 299
accurate /ˈæk·jə·rət/ 299
accusation /ˌæk·juˈzeɪ·ʃən/ 209.4
accuse /əˈkjuːz/ 209.4
accustomed /əˈkʌs·təmd/
    know 110.2
    habitual 288
ace /eɪs/ 386.3 ☆
ache /eɪk/ 125.1
achieve /əˈtʃiːv/ 396.2
achievement /əˈtʃiːv·mənt/ 396.2
acid /ˈæs·ɪd/
    flavours 157.5
    drugs 172.2
acorn /ˈeɪ·kɔːn/ 12 ☆
acquaint /əˈkweɪnt/ 110.2
acquaintance /əˈkweɪn·tənts/ 434.1
acquire /əˈkwaɪər/ 373

acquisition /ˌæk·wɪˈzɪʃ·ən/ 373
acre /ˈeɪ·kər/ 307.2
acrobat /ˈæk·rə·bæt/ 377 ☆
act /ækt/
    do 287
    entertainment 376.3
action /ˈæk·ʃən/ 287
active /ˈæk·tɪv/ 287
activity /ækˈtɪv·ə·ti/ 287
actor /ˈæk·tər/ 376.3
actual /ˈæk·tʃu·əl/ 35
actually /ˈæk·tʃu·əl·i/ 35
acute angle /əˌkjuːt ˈæŋ·gl̩/ 38.1 ☆
adapt /əˈdæpt/ 58.1
adaptor /əˈdæp·tər/ 382.3
add /æd/
    increase 46.1
    maths 297.1
addict /ˈæd·ɪkt/
    necessary 67
    drugs 172.1
addicted /əˈdɪk·tɪd/ 67
addiction /əˈdɪk·ʃən/ 67
addition /əˈdɪʃ·ən/ 46.1
additional /əˈdɪʃ·ən·əl/ 46.1
address /əˈdres/
    communications 340.2
    speak 341.4
adept /ˈæd·ept, əˈdept/ 237
adequate /ˈæd·ɪ·kwət/ 51
adjective /ˈædʒ·ek·tɪv/ 362.4
adjust /əˈdʒʌst/ 58.1
administer /ədˈmɪn·ɪ·stər/ 228.2
administration /ədˌmɪn·ɪˈstreɪ·ʃən/ 228.2
admiral /ˈæd·mər·əl/ 248.3 □
admire /ədˈmaɪər/ 431
admission /ədˈmɪʃ·ən/ 350
admit /ədˈmɪt/ 350
adolescent /ˌæd·əʊˈles·ənt/ 139.3
adopt /əˈdɒpt/ 136.3
adoration /ˌæd·əˈreɪ·ʃən/ 427.2
adore /əˈdɔːr/ 427.2
adoring /əˈdɔː·rɪŋ/ 427.2
adorn /əˈdɔːn/ 59.1
adult /ˈæd·ʌlt, əˈdʌlt/ 139.4
advance /ədˈvɑːnts/
    come 321.1
    improve 418
advanced /ədˈvɑːntst/ 419
advantage /ədˈvɑːn·tɪdʒ/ 277.1
advantageous /ˌæd·vənˈteɪ·dʒəs/ 277.1
adventure /ədˈven·tʃər/ 257
adventurous /ədˈven·tʃər·əs/ 258.1
adverb /ˈæd·vɜːb/ 362.4
advertise /ˈæd·və·taɪz/ 262.8
advertisement /ədˈvɜː·tɪs·mənt/ 262.8
advertising /ˈæd·və·taɪ·zɪŋ/ 262.8
advice /ədˈvaɪs/ 353.1
advise /ədˈvaɪz/ 353.1
aerial /ˈeə·ri·əl/
    parts of buildings 176 ☆
    car 308 ☆
aerobics /eəˈrəʊ·bɪks/ 392
aeroplane /ˈeə·rə·pleɪn/ 313
affair /əˈfeər/ 31.1
affect /əˈfekt/ 58
affection /əˈfek·ʃən/ 426
affluent /ˈæf·lu·ənt/ 269
afford /əˈfɔːd/ 263.2
affordable /əˈfɔː·də·bl̩/ 266
afraid /əˈfreɪd/ 255.1
afters /ˈɑːf·təz/ 162.2
aftershave /ˈɑːf·tə·ʃeɪv/ 184.4
age /eɪdʒ/
    time 26.2
    old 200

aged /ˈeɪ·dʒɪd/ 200.1
agenda /əˈdʒen·də/ 262.10
ages /ˈeɪ·dʒɪz/ 26.2
aggravate /ˈæg·rə·veɪt/
    worsen 441
    angry 450
aggression /əˈgreʃ·ən/ 2
aggressive /əˈgres·ɪv/ 2
agile /ˈædʒ·aɪl/ 399
agility /əˈdʒɪl·ə·ti/ 399
agitated /ˈædʒ·ɪ·teɪ·tɪd/ 256.1
agnostic /ægˈnɒs·tɪk/ 232.10
agree /əˈgriː/ 348
agreement /əˈgriː·mənt/ 348
agricultural /ˌæg·rɪˈkʌl·tʃər·əl/ 173
agriculture /ˈæg·rɪ·kʌl·tʃər/ 173
aid /eɪd/ 277
Aids /eɪdz/ 124.12
aim /eɪm/
    intend 107.2
    throw 405
air /eər/
    gases 17
    music 379.2
aircraft /ˈeə·krɑːft/ 313
aircraftman /ˈeə·krɑːft·mən/ 248.3 □
air force /ˈeər ˌfɔːs/ 248.2
air hostess /ˈeər ˌhəʊ·stɪs/ 313.3
airline /ˈeə·laɪn/ 313
airliner /ˈeə·laɪnər/ 313
airmail /ˈeə·meɪl/ 340.2
air marshal /ˈeər ˌmɑː·ʃəl/ 248.3 □
airtight /ˈeə·taɪt/ 331.7
air traffic controller /ˌeər træf·ɪk kənˈtrəʊ·lər/ 313.3
aisle /aɪl/ 232.5 ☆
ajar /əˈdʒɑːr/ 179
alarm /əˈlɑːm/ 255
alarm clock /əˈlɑːm ˌklɒk/ 26.1 ☆
alarming /əˈlɑː·mɪŋ/ 255
album /ˈæl·bəm/
    book 367.3
    music 379.9
    leisure activities 380
alcohol /ˈæl·kə·hɒl/ 166.1
alcohol-free /ˌæl·kə·hɒlˈfriː/ 166.1
alcoholic /ˌæl·kəˈhɒl·ɪk/ adj 166.1
    n 166.7
ale /eɪl/ 166.5
alert /əˈlɜːt/ 252.2
algebra /ˈæl·dʒɪ·brə/ 297
alias /ˈeɪ·li·əs/ 137.3
alien /ˈeɪ·li·ən/ 444.4
alike /əˈlaɪk/ 54
alive /əˈlaɪv/ 29
Allah /ˈæl·ə/ 232.3
allergic /əˈlɜː·dʒɪk/ 124.1
allergy /ˈæl·ə·dʒi/ 124.1
alley /ˈæl·i/ 311.1
alligator /ˈæl·ɪ·geɪ·tər/ 1.1 ☆
allow /əˈlaʊ/ 230
allowance /əˈlaʊ·ənts/ 265.3
allure /əˈljʊər/ 432
alluring /əˈljʊə·rɪŋ/ 432
ally /ˈæl·aɪ/ 434.2
almond /ˈɑː·mənd/ 154
alone /əˈləʊn/ 435
aloud /əˈlaʊd/ 88
alphabet /ˈæl·fə·bet/ 362.5
alphabetical /ˌæl·fəˈbet·ɪ·kəl/ 362.5
Alsatian /ælˈseɪ·ʃən/ 7.1 ☆
altar /ˈɔːl·tər/ 232.5 ☆
alter /ˈɔːl·tər/ 58
alternative /ɔːlˈtɜː·nə·tɪv/ 55
alternatively /ɔːlˈtɜː·nə·tɪv·li/ 55
alto /ˈæl·təʊ/ 379.5

ÍNDICE DE PALAVRAS EM INGLÊS

aluminium /ˌæl·jəˈmɪn·jəm/ **16**
a.m. /ˌeɪ ˈem/ **26.1**
amateur /ˈæm·ə·tər/ **242**
amaze /əˈmeɪz/ **118**
amazement /əˈmeɪz·mənt/ **118**
amazing /əˈmeɪ·zɪŋ/ **118**
ambition /æmˈbɪʃ·ən/ **107.2**
amble /ˈæm·bl̩/ **407.2**
ambulance /ˈæm·bjə·lənts/ **122**
amethyst /ˈæm·ə·θɪst/ **15**
ammunition /ˌæm·jəˈnɪʃ·ən/ **248.4**
amount /əˈmaʊnt/ **41**
amphetamine /æmˈfet·ə·miːn, -mɪn/ **172.2**
ample /ˈæm·pl̩/ **51**
amplifier /ˈæm·plɪ·faɪ·ər/ **379.9** ☆
amplify /ˈæm·plɪ·faɪ/ **88.2**
amputate /ˈæm·pjʊ·teɪt/ **133.1**
amuse /əˈmjuːz/ **424.1**
amusement /əˈmjuːz·mənt/ **424.1**
amusing /əˈmjuː·zɪŋ/ **424.1**
anaemia /əˈniː·mi·ə/ **124.11**
anaesthetic /ˌæn·əsˈθet·ɪk/ **122.1**
anaesthetist /əˈniːs·θə·tɪst/ **122.1**
anaesthetize /əˈniːs·θə·taɪz/ **122.1**
analyse /ˈæn·əl·aɪz/ **113.1**
analysis /əˈnæl·ə·sɪs/ **113.1**
anarchism /ˈæn·ə·kɪ·zəm/ **227.5**
anarchy /ˈæn·ə·ki/ **227.5**
ancestor /ˈæn·ses·tər/ **138.7**
anchor /ˈæŋ·kər/ **312.4**
ancient /ˈeɪn·tʃənt/ **200.2**
anecdote /ˈæn·ɪk·dəʊt/ **342.3**
angel /ˈeɪn·dʒəl/
  good **217.2**
  religion **232.3**
anger /ˈæŋ·gər/ **450**
Anglicanism /ˈæŋ·glɪ·kən·ɪ·zəm/ **232.2**
angling /ˈæŋ·glɪŋ/ **380.1**
angry /ˈæŋ·gri/ **450**
aniseed /ˈæn·ɪ·siːd/ **157.3**
ankle /ˈæŋ·kl̩/ **86**
anniversary /ˌæn·ɪˈvɜː·sər·i/ **195.1**
announce /əˈnaʊnts/
  speak **341.4**
  tell **342**
announcement /əˈnaʊnts·mənt/
  speak **341.4**
  tell **342**
annoy /əˈnɔɪ/ **450**
annoyance /əˈnɔɪ·ənts/ **450**
annoyed /əˈnɔɪd/ **450**
annoying /əˈnɔɪ·ɪŋ/ **450**
annual /ˈæn·ju·əl/
  calendar and seasons **25.4**
  book **367.3**
anonymous /əˈnɒn·ɪ·məs/ **137.3**
anorak /ˈæn·ə·ræk/ **190.10**
anorexic /ˌæn·əˈrek·sɪk/ **49**
answer /ˈɑːnt·sər/
  maths **297.2**
  answer **352**
ant /ænt/ **5**
antelope /ˈæn·tɪ·ləʊp/ **1** ☆
anthill /ˈænt·hɪl/ **5**
antibiotic /ˌæn·ti·baɪˈɒt·ɪk/ **126.5**
anticipate /ænˈtɪs·ɪ·peɪt/ **109.1**
anticipation /ænˌtɪs·ɪˈpeɪ·ʃən/ **109.1**
anticlockwise /ˌæn·tiˈklɒk·waɪz/ **318.2** ☆
antiquated /ˈæn·tɪ·kweɪ·tɪd/ **203**
antique /ænˈtiːk/ **200.2**
antiseptic /ˌæn·tɪˈsep·tɪk/ **126.5**
antlers /ˈænt·ləz/ **1** ☆
anxiety /æŋˈzaɪ·ə·ti/ **255.4**
anxious /ˈæŋk·ʃəs/ **255.4**
apart /əˈpɑːt/ **295**

apart from /əˈpɑːt frəm/ **437**
apathetic /ˌæp·əˈθet·ɪk/ **283**
ape /eɪp/
  wild animals **1** ☆
  copy **56.1**
aperitif /əˌper·əˈtiːf/ **166.1**
apologetic /əˌpɒl·əˈdʒet·ɪk/ **449.1**
apologize /əˈpɒl·ə·dʒaɪz/ **449.1**
apology /əˈpɒl·ə·dʒi/ **449.1**
apostrophe /əˈpɒs·trə·fi/ **363**
appal /əˈpɔːl/ **446.2**
appalling /əˈpɔː·lɪŋ/
  bad **438.1**
  horror and disgust **446.1**
apparatus /ˌæp·əˈreɪ·təs/ **382.1**
apparent /əˈpær·ənt/ **93**
apparently /əˈpær·ənt·li/ **93**
appeal /əˈpiːl/ **351.2**
appear /əˈpɪər/
  seem **37**
  come **321.2**
appearance /əˈpɪə·rənts/
  seem **37**
  come **321.2**
appendicitis /əˌpen·dɪˈsaɪ·tɪs/ **124.7**
appendix /əˈpen·dɪks/
  human body **101.2**
  book **367.5**
appetite /ˈæp·ɪ·taɪt/
  want **72.2**
  eat **164**
applaud /əˈplɔːd/ **376.2**
applause /əˈplɔːz/ **376.2**
apple /ˈæp·l̩/ **152.1**
applicable /əˈplɪk·ə·bl̩/ **420.2**
application /ˌæp·lɪˈkeɪ·ʃən/ **271.7**
apply /əˈplaɪ/
  employment **271.7**
  suitable **420.2**
appoint /əˈpɔɪnt/ **271.7**
appointment /əˈpɔɪnt·mənt/
  doctor **121**
  employment **271.7**
appreciate /əˈpriː·ʃi·eɪt/ **428**
appreciation /əˌpriː·ʃiˈeɪ·ʃən/ **428**
apprehensive /ˌæp·rɪˈhent·sɪv/ **255.4**
approach /əˈprəʊtʃ/ **321.1**
appropriate /əˈprəʊ·pri·ət/ **420.1**
appropriately /əˈprəʊ·pri·ət·li/ **420.1**
approval /əˈpruː·vəl/ **426**
approve /əˈpruːv/ **426**
approximate adj /əˈprɒk·sɪ·mət/ **300.2**
approximate v /əˈprɒk·sɪ·meɪt/ **300.2**
apricot /ˈeɪ·prɪ·kɒt/ **152.1**
April /ˈeɪ·prəl/ **25.2**
apt /æpt/ **420.1**
aptitude /ˈæp·tɪ·tjuːd/ **239.2**
Aquarius /əˈkweə·ri·əs/ **28** ☐
Arabic /ˈær·ə·bɪk/ **361.2**
arable /ˈær·ə·bl̩/ **173.4**
arch /ɑːtʃ/ **38.2** ☆
archaeology /ˌɑː·kiˈɒl·ə·dʒi/ **233.2**
archaic /ɑːˈkeɪ·ɪk/ **203**
archbishop /ˌɑːtʃˈbɪʃ·əp/ **232.4**
archer /ˈɑː·tʃər/ **394** ☆
archery /ˈɑː·tʃər·i/ **394** ☆
architect /ˈɑː·kɪ·tekt/ **174.6**
arduous /ˈɑː·dju·əs/ **243.1**
area /ˈeə·ri·ə/
  areas **14**
  size **41**
area code /ˈeə·ri·ə ˌkəʊd/ **340.3**
argue /ˈɑːg·juː/ **346**
argument /ˈɑːg·jə·mənt/ **346**
argumentative /ˌɑːg·jəˈmen·tə·tɪv/ **346.4**
arid /ˈær·ɪd/ **22**

Aries /ˈeə·riːz/ **28** ☐
arise /əˈraɪz/ **97.1**
aristocracy /ˌær·ɪˈstɒk·rə·si/ **205.1**
arithmetic /əˈrɪθ·mə·tɪk/ **297**
arm /ɑːm/
  human body **86** ☆
  war **248.4**
armchair /ˈɑːm·tʃeər/ **180** ☆
armed /ɑːmd/ **248.4**
armour /ˈɑː·mər/ **248.4**
armoured /ˈɑː·məd/ **248.4**
armpit /ˈɑːm·pɪt/ **86**
arms /ɑːmz/ **248.4**
army /ˈɑː·mi/ **248.2, 248.3** ☐
aroma /əˈrəʊ·mə/ **90**
arouse /əˈraʊz/ **257.3**
arrange /əˈreɪndʒ/
  order **65**
  control **228.2**
arrangement /əˈreɪndʒ·mənt/
  order **65**
  control **228.2**
arrest /əˈrest/ **209.2**
arrival /əˈraɪ·vəl/ **321**
arrive /əˈraɪv/ **321**
arrogance /ˈær·ə·gənts/ **148.2**
arrogant /ˈær·ə·gənt/ **148.2**
arrow /ˈær·əʊ/ **394** ☆
arson /ˈɑː·sən/ **135.1**
art /ɑːt/ **381**
artery /ˈɑː·tər·i/ **101.2**
arthritis /ɑːˈθraɪ·tɪs/ **124.9**
article /ˈɑː·tɪ·kl̩/
  thing **305**
  journalism **368.2**
articulate /ɑːˈtɪk·jə·lət/ **359.1**
artificial insemination /ˌɑː·tɪ·fɪ·ʃəl ɪnˌsem·ɪˈneɪ·ʃən/ **136.2**
artificial respiration /ˌɑː·tɪ·fɪ·ʃəl ˌres·pəˈreɪ·ʃən/ **126.6**
artillery /ɑːˈtɪl·ər·i/ **248.4**
artist /ˈɑː·tɪst/ **381.1**
arts /ɑːts/ **233.2**
asbestos /æsˈbes·tɒs/ **304**
ascend /əˈsend/ **413**
ascent /əˈsent/ **413**
ash /æʃ/
  trees **12.1**
  burn **135**
  smoking **171**
ashamed /əˈʃeɪmd/ **449.1**
ashes /ˈæʃ·ɪz/ **135**
ashore /əˈʃɔːr/ **13.5**
ashtray /ˈæʃ·treɪ/ **171**
ask /ɑːsk/ **351**
asleep /əˈsliːp/ **182**
asparagus /əˈspær·ə·gəs/ **155.1**
aspirin /ˈæs·pər·ɪn/ **126.5**
ass /æs/
  wild animals **1.1** ☐
  farm animals **6**
assassinate /əˈsæs·ɪ·neɪt/ **198.1**
assemble /əˈsem·bl̩/
  group **207.2**
  make **293.1**
assembly /əˈsem·bli/ **207.1**
assent /əˈsent/ **348**
assess /əˈses/ **106.2**
assessment /əˈses·mənt/ **106.2**
assignment /əˈsaɪn·mənt/ **274.3**
assist /əˈsɪst/ **277**
assistance /əˈsɪs·tənts/ **277**
assistant /əˈsɪs·tənt/ **277**
associate n /əˈsəʊ·ʃi·ət/ **434.2**
associate v /əˈsəʊ·ʃi·eɪt/ **434.2**
association /əˌsəʊ·siˈeɪ·ʃən/
  organization **206**

392

ÍNDICE DE PALAVRAS EM INGLÊS

friendship 434.2
assume /ə'sjuːm/ 105.2
assumption /ə'sʌmpʃən/ 105.2
assurance /ə'ʃʊərənts/ 358
assure /ə'ʃʊər/ 358
asterisk /'æs·tər·ɪsk/ 363
asthma /'æs·mə/ 124.8
astonish /ə'stɒn·ɪʃ/ 118
astound /ə'staʊnd/ 118
astrologer /ə'strɒl·ə·dʒər/ 28
astrology /ə'strɒl·ə·dʒi/ 28
astronaut /'æs·trə·nɔːt/ 27
astronomer /ə'strɒn·ə·mər/ 27
astronomy /ə'strɒn·ə·mi/ 27
asylum /ə'saɪ·ləm/ 129.3
atheist /'eɪ·θi·ɪst/ 232.10
athletic /æθ'let·ɪk/ 401.1
athletics /æθ'let·ɪks/ 390
atmosphere /'æt·məs·fɪər/ 142.1
atom /'æt·əm/ 52.1
atomic /ə'tɒm·ɪk/ 303.2
attach /ə'tætʃ/ 294
attachment /ə'tætʃ·mənt/ 294
attack /ə'tæk/ 248.1
attain /ə'teɪn/ 396.2
attempt /ə'tempt/ 276
attend /ə'tend/ 321
attendance /ə'ten·dənts/ 321
attention /ə'ten·tʃən/ 301
attentive /ə'ten·tɪv/ 254
attic /'æt·ɪk/ 177.4
attitude /'æt·ɪ·tjuːd/ 106
attorney /ə'tɜː·ni/ 209.3
attract /ə'trækt/ 432
attraction /ə'træk·ʃən/ 432
attractive /ə'træk·tɪv/
  beautiful 59
  attract 432
atypical /ˌeɪ'tɪp·ɪ·kəl/ 444.2
aubergine /'əʊ·bə·ʒiːn/ 155.3
auburn /'ɔː·bən/ 86.3
auction /'ɔːk·ʃən/ 263
audacious /ɔː'deɪ·ʃəs/ 258.1
audacity /ɔː'dæs·ə·ti/ 258.1
audible /'ɔː·də·bļ/ 88
audience /'ɔː·di·ənts/ 376.2
auditor /'ɔː·dɪ·tər/ 264.4
August /'ɔː·ɡəst/ 25.2
aunt /ɑːnt/ 138.6
auntie /'ɑːn·ti/ 138.6
authentic /ɔː'θen·tɪk/ 35
author /'ɔː·θər/ 367.7
authority /ɔː'θɒr·ə·ti/ 228.6
authorize /'ɔː·θər·aɪz/ 230
autobiography /ˌɔː·təʊ·baɪ'ɒɡ·rə·fi/ 367.2
autograph /'ɔː·tə·ɡrɑːf/ 369.2
automatic /ˌɔː·tə'mæt·ɪk/ 303
automatically /ˌɔː·tə'mæt·ɪ·kəl·i/ 303
autumn /'ɔː·təm/ 25.2
availability /əˌveɪ·lə'bɪl·ə·ti/ 373
available /ə'veɪ·lə·bļ/ 373
avenue /'æv·ə·njuː/ 311
average /'æv·ər·ɪdʒ/ 442.2
averse /ə'vɜːs/ 285
aversion /ə'vɜː·ʃən/ 285
aviary /'eɪ·vi·ər·i/ 9
avid /'æv·ɪd/ 278
avocado /ˌæv·ə'kɑː·dəʊ/ 152.4
avoid /ə'vɔɪd/ 324
await /ə'weɪt/ 285
awake /ə·weɪk/ 182.4
award /ə'wɔːd/
  education 233.5
  reward 398
aware /ə'weər/ 110
awareness /ə'weə·nəs/ 110

awe /ɔː/ 431.1
awful /'ɔː·fəl/ 438.1
awkward /'ɔː·kwəd/ 400
awkwardly /'ɔː·kwəd·li/ 400
axe /æks/ 382.1 ☆

baboon /bə'buːn/ 1 ☆
baby /'beɪ·bi/
  babies 136
  people 139.2
  weak 402.2
bachelor /'bætʃ·əl·ər/ 195.3
back /bæk/
  position 66 ☆
  human body 86
  encourage 279.2
backache /'bæk·eɪk/ 124.9
backbone /'bæk·bəʊn/ 101.1 ☆
back garden /ˌbæk 'ɡɑː·dən/ 176 ☆
background /'bæk·ɡraʊnd/ 381.3
backstroke /'bæk·strəʊk/ 391.1
back up 279.2
backward /'bæk·wəd/ 240
bacon /'beɪ·kən/ 159.1
bacteria /bæk'tɪə·ri·ə/ 124.2
bacterial /bæk'tɪə·ri·əl/ 124.2
bad /bæd/ 438
badge /bædʒ/ 192.4
badger /'bædʒ·ər/ 4 ☆
badly /'bæd·li/ 438
badly-off /ˌbæd·li 'ɒf/ 270.1
badminton /'bæd·mɪn·tən/ 389.5
baffle /'bæf·ļ/ 115.1
bag /bæɡ/ 331.1 ☆, 331.5
baggy /'bæɡ·i/ 38.5
bags /bæɡz/ 43.2
bail /beɪl/ 209.4
bails /beɪlz/ 389.3 ☆
bait /beɪt/
  leisure activities 380.1
  attract 432.1
bake /beɪk/ 168.1
baker /'beɪ·kər/ 273 □
baking powder /'beɪ·kɪŋ ˌpaʊ·dər/ 156.2
balcony /'bæl·kə·ni/
  parts of buildings 176.2 ☆
  entertainment 376.2 ☆
bald /bɔːld/ 86.3
bale /beɪl/ 173.5
ball /bɔːl/ 389.1 ☆, 389.5 ☆
ball boy /'bɔːl ˌbɔɪ/ 389.5 ☆
ballet /'bæl·eɪ/ 376.6
ball girl /'bɔːl ˌɡɜːl/ 389.5 ☆
balloon /bə'luːn/
  increase 46.3
  aircraft 313
ballot /'bæl·ət/ 227.3
ball park /'bɔːl ˌpɑːk/ 300.2
ballpoint /'bɔːl·pɔɪnt/ 370 ☆
ballroom dancing /ˌbɔːl·rʊm 'dɑːn/sɪŋ/ 376.6
balls /bɔːlz/ 86
ban /bæn/ 231
banana /bə'nɑː·nə/ 152.1
band /bænd/
  group 207.1
  music 379.3
bandage /'bæn·dɪdʒ/ 126.6
bang /bæŋ/
  noisy 88.3
  hit 131.3
banister /'bæn·ɪ·stər/ 177.2 ☆
bank /bæŋk/
  geography and geology 13.5
  bank 260
banker /'bæŋ·kər/ 260

bank holiday /ˌbæŋk 'hɒl·ɪ·deɪ/ 25.3
bank note /'bæŋk ˌnəʊt/ 265.2
bank on 218.1
bankrupt /'bæŋ·krʌpt/ 270
bank statement /'bæŋk ˌsteɪt·mənt/ 260.2
baptism /'bæp·tɪ·zəm/ 195.2
Baptist /'bæp·tɪst/ 232.2
bar /bɑːr/
  eating and drinking places 163
  forbid 231
  music 379.3 ☆
barbaric /bɑː'bær·ɪk/ 225
barbecue /'bɑː·bɪ·kjuː/ 162.3
barber /'bɑː·bər/ 184.2
bare /beər/
  clothes 190.2
  empty 333
bargain /'bɑː·ɡɪn/ 266
barge /bɑːdʒ/ 312.1
baritone /'bær·ɪ·təʊn/ 379.5
bark /bɑːk/ 8.1, 8.2 □
barley /'bɑː·li/ 173.5
barmaid /'bɑː·meɪd/ 163.1
barman /'bɑː·mən/ 163.1
bar mitzvah /ˌbɑː 'mɪts·və/ 195.2
barmy /'bɑː·mi/ 129.4
barn /bɑːn/ 173.5
barrel /'bær·əl/ 331.4
barrister /'bær·ɪ·stər/ 209.3, 209.4 ☆
bartender /'bɑːˌten·dər/ 163.1
base /beɪs/
  carry 337 ☆
  ball sports 389.2
baseball /'beɪs·bɔːl/ 389.2
basement /'beɪs·mənt/ 177.4
basic /'beɪ·sɪk/ 75
basically /'beɪ·sɪ·kəl·i/ 75
basics /'beɪ·sɪks/ 75
basin /'beɪ·sən/ 185 ☆
basis /'beɪ·sɪs/ 293.2
basket /'bɑː·skɪt/ 331.5
basketball /'bɑː·skɪt·bɔːl/ 389.7
bass /beɪs/ 379.5
bass clef /ˌbeɪs 'klef/ 379.8 ☆
bassoon /bə'suːn/ 379.4
bastard /'bɑː·stəd/ 438.2
bat /bæt/
  small animals 4 ☆
  ball sports 389.2, 389.3, 389.5
bath /bɑːθ/ 185 ☆
bathe /beɪð/
  personal hygiene 184.1
  cleaning 187.2
bathroom /'bɑː·θ·rʊm/ 185
bathroom cabinet /ˌbɑː·θ·rʊm 'kæb·ɪ·nət/ 185 ☆
baton /'bæt·ən/ 379.3
batsman /'bæts·mən/ 389.3 ☆
battery /'bæt·ər·i/ 303.2
battle /'bæt·ļ/ 248
bayonet /ˌbeɪ·ə'net/ 248.4 ☆
be /biː/ 29
beach /biːtʃ/ 13.5
beak /biːk/ 9 ☆
beam /biːm/ 24
bean /biːn/ 155.1
beansprout /'biːn·spraʊt/ 155.4
bear /beər/
  wild animals 1 ☆
  carry 337
  endure 433
beard /bɪəd/ 86 ☆
beast /biːst/ 1 □
beat /biːt/
  hit 131.2
  cooking methods 168.3

ÍNDICE DE PALAVRAS EM INGLÊS

music **379.2**
success **396.1**
beating /ˈbiː·tɪŋ/ **131.2**
beautiful /ˈbjuː·tɪ·fəl/ **59**
beauty /ˈbjuː·ti/ **59**
beaver /ˈbiː·vər/ **4** ☆
beckon /ˈbek·ən/ **365**
bed /bed/ **181** ☆
bed and breakfast /ˌbed ən ˈbrek·fəst/ **317.3**
bedclothes /ˈbed·kləʊðz/ **181.1**
bedroom /ˈbed·rum/ **181**
bedsit /ˈbed·sɪt/ **174.2**
bedspread /ˈbed·spred/ **181.1**
bee /biː/ **5**
beech /biːtʃ/ **12.1**
beef /biːf/ **159.1**
beefburger /ˈbiːf,bɜː·gər/ **161.3**
beehive /ˈbiː·haɪv/ **5**
beer /bɪər/ **166.5**
beetle /ˈbiː·tl̩/ **5**
befriend /bɪˈfrend/ **434.3**
beg /beg/ **351.2**
beggar /ˈbeg·ər/ **270**
begin /bɪˈgɪn/ **32**
beginner /bɪˈgɪn·ər/ **32.1**
beginning /bɪˈgɪn·ɪŋ/ **32**
behave /bɪˈheɪv/ **287.1**
behaviour /bɪˈheɪ·vjər/ **287.1**
behead /bɪˈhed/ **133.1**
behind /bɪˈhaɪnd/ **66** ☆
behold /bɪˈhəʊld/ **91**
beige /beɪʒ/ **194.3**
belch /beltʃ/ **125.4**
belief /bɪˈliːf/ **105**
believe /bɪˈliːv/ **105**
bell /bel/ **88.3**
bellow /ˈbel·əʊ/ **344.1**
belly button /ˈbel·i ˌbʌt·ən/ **86**
belong /bɪˈlɒŋ/ **374.1**
belongings /bɪˈlɒŋ·ɪŋz/ **374.1**
belt /belt/ **192.4**
bench /bentʃ/ **385** ☆
bend /bend/
  shape **39**
  body positions **97.4**
beneficial /ˌben·ɪˈfɪʃ·əl/ **277.1**
benefit /ˈben·ɪ·fɪt/ **277.1**
Bengali /beŋˈgɔː·li/ **361.2**
benign /bɪˈnaɪn/ **124.12**
bequeath /bɪˈkwiːð/ **372.4**
berry /ˈber·i/ **11**
beseech /bɪˈsiːtʃ/ **351.2**
best man /ˌbest ˈmæn/ **195.3** ☆
bet /bet/ **386.5**
betray /bɪˈtreɪ/ **214.3**
betrayal /bɪˈtreɪ·əl/ **214.3**
better /ˈbet·ər/
  cures **126.1**
  improve **418**
beware /bɪˈweər/ **301**
bewilder /bɪˈwɪl·dər/ **115.1**
bewilderment /bɪˈwɪl·də·mənt/ **115.1**
bewitch /bɪˈwɪtʃ/ **432**
bewitching /bɪˈwɪtʃ·ɪŋ/ **432**
bias /ˈbaɪəs/ **212**
bible /ˈbaɪ·bl̩/ **232.7**
bicker /ˈbɪk·ər/ **346.3**
bicycle /ˈbaɪ·sɪ·kl̩/ **315.3**
bidet /ˈbiː·deɪ/ **185** ☆
bifocals /ˌbaɪˈfəʊ·kəlz/ **91.8**
big /bɪg/ **42**
bigheaded /ˌbɪgˈhed·ɪd/ **149**
big wheel /ˌbɪg ˈwiːl/ **385**
bikini /bɪˈkiː·ni/ **190.7**
bilingual /baɪˈlɪŋ·gwəl/ **361**
bill /bɪl/

birds **9**
buying and selling **263.3**
billiards /ˈbɪl·i·ədz/ **394**
billion /ˈbɪl·jən/ **298.1**
bin /bɪn/ **331.4**
bind /baɪnd/ **294.1**
binding /ˈbaɪn·dɪŋ/ **294.1**
bingo /ˈbɪŋ·gəʊ/ **386.5**
binoculars /bɪˈnɒk·jə·ləz/ **91.8**
biography /baɪˈɒg·rə·fi/ **367.2**
biology /baɪˈɒl·ə·dʒi/ **233.3**
bird /bɜːd/ **9**
bird of prey /ˌbɜːd əv ˈpreɪ/ **9**
birdsong /ˈbɜːd·sɒŋ/ **9.4**
biro /ˈbaɪə·rəʊ/ **370** ☆
birth /bɜːθ/ **136.1**
birth control /ˈbɜːθ kənˌtrəʊl/ **199.5**
birthday /ˈbɜːθ·deɪ/ **195.1**
biscuit /ˈbɪs·kɪt/ **156.3**
bisexual /baɪˈsek·ʃu·əl/ **199.6**
bishop /ˈbɪʃ·əp/
  religion **232.4**
  games **386.4** ☆
bison /ˈbaɪ·sən/ **1** ☆
bit /bɪt/ **52**
bitch /bɪtʃ/
  pets **7.1**
  cruel **225.1**
  bad **438.2**
bitchy /ˈbɪtʃ·i/ **225.1**
bite /baɪt/ **164.2**
bitter /ˈbɪt·ər/
  flavours **157.5**
  drinks **166.5**
bizarre /bɪˈzɑːr/ **444.1**
black /blæk/
  dark **23**
  human body **86.3**
  colours **194.3**
blackberry /ˈblæk·bər·i/ **152.3**
blackbird /ˈblæk·bɜːd/ **9** ☆
blackcurrant /blækˈkʌr·ənt/ **152.3**
blacken /ˈblæk·ən/ **189.1**
blackhead /ˈblæk·hed/ **86.2**
blackmail /ˈblæk·meɪl/ **220.2**
bladder /ˈblæd·ər/ **101.2** ☆
blade /bleɪd/
  cut **133.4**
  tools **382.1** ☆
blame /bleɪm/ **219.1**
bland /blænd/
  boring **119**
  flavours **157.7**
blank /blæŋk/ **333**
blanket /ˈblæŋ·kɪt/ **181.1**
blaspheme /ˌblæsˈfiːm/ **357**
blaze /bleɪz/ **135**
bleach /bliːtʃ/ **187.2**
bleat /bliːt/ **8.1**
bleed /bliːd/ **125.2**
bleeding /ˈbliː·dɪŋ/ **125.2**
bless /bles/ **232.6**
blessing /ˈbles·ɪŋ/ **232.6**
blind /blaɪnd/ **124.4**
blink /blɪŋk/ **91.5**
blister /ˈblɪs·tər/ **124.5**
blizzard /ˈblɪz·əd/ **18.4**
block /blɒk/ **245.1**
blockage /ˈblɒk·ɪdʒ/ **245.1**
bloke /bləʊk/ **139.5**
blond /blɒnd/ **86.3**
blood /blʌd/ **101.2**
blood pressure /ˈblʌd ˌpreʃ·ər/ **124.11**
bloodthirsty /ˈblʌd,θɜː·sti/ **225**
blood transfusion /ˈblʌd trænsˌfjuːʒən/ **126.3**
blouse /blaʊz/ **190.4**

blow /bləʊ/
  breathe **103.1**
  hit **131.1**
  disappointment **448**
blue /bluː/ **194.2**
blueberry /ˈbluː·bər·i/ **152.3**
blue tit /ˈbluː ˌtɪt/ **9** ☆
blunder /ˈblʌn·dər/ **300.1**
blunt /blʌnt/
  cut **133.5**
  honest **213.2**
bluntly /ˈblʌnt·li/ **213.2**
blurt out **350.1**
blush /blʌʃ/ **449.2**
board /bɔːd/
  education **233.1** ☆
  materials **304.2**
boarding pass /ˈbɔː·dɪŋ pɑːs/ **316**
boarding school /ˈbɔː·dɪŋ skuːl/ **233** ☐
boast /bəʊst/ **149**
boat /bəʊt/ **312**
bobsleigh /ˈbɒb·sleɪ/ **393.2**
body /ˈbɒd·i/ **86**
bog /bɒg/ **13.2**
boil /bɔɪl/
  illnesses **124.5**
  cooking methods **168.1**
boiling /ˈbɔɪ·lɪŋ/ **20**
bold /bəʊld/ **258.1**
bolt /bəʊlt/
  eat **164.3**
  tools **382.1** ☆
  run **408**
bomb /bɒm/ **248.4**
bomber /ˈbɒm·ər/ **248.4** ☆
bond /bɒnd/ **294.1**
bone /bəʊn/ **101.2**
bone dry /ˌbəʊn ˈdraɪ/ **22**
bonfire /ˈbɒn·faɪər/ **135**
bonk /bɒŋk/ **199.2**
bonnet /ˈbɒn·ɪt/ **308** ☆
bony /ˈbəʊ·ni/ **101.2**
book /bʊk/
  travel procedures **316**
  book **367**
  entertainment **376.2**
bookcase /ˈbʊk·keɪs/ **180** ☆
booking /ˈbʊk·ɪŋ/ **316**
bookkeeper /ˈbʊkˌkiː·pər/ **264.4**
booklet /ˈbʊk·lət/ **366.1**
bookseller /ˈbʊkˌsel·ər/ **367.8**
bookshelf /ˈbʊk·ʃelf/ **180** ☆
bookshop /ˈbʊk·ʃɒp/ **273** ☐
boot /buːt/
  shoes **191** ☆
  car **308** ☆
booze /buːz/ **166.1**
border /ˈbɔː·dər/ **53.1**
bore /bɔːr/ **119**
boring /ˈbɔː·rɪŋ/ **119**
born /bɔːn/ **136.1**
borrow /ˈbɒr·əʊ/ **261**
boss /bɒs/
  control **228.3**
  employment **271.4**
bossy /ˈbɒs·i/ **228.3**
botany /ˈbɒt·ən·i/ **233.3**
botch /bɒtʃ/ **242.1**
bother /ˈbɒð·ər/
  problem **244.1**
  try **276**
bottle /ˈbɒt·l̩/
  babies **136.4**
  containers **331.2**
bottom /ˈbɒt·əm/ **66** ☆
boulder /ˈbəʊl·dər/ **13.3**
bounce /baʊnts/ **410**

ÍNDICE DE PALAVRAS EM INGLÊS

boundary /ˈbaʊn·dər·i/ **53.1**
bow v /baʊ/
  body positions **97.4**
bow n /baʊ/
  accessories **192.4**
  music **379.4**
  target sports **394** ☆
bowel /ˈbaʊəl/ **101.2**
bowl /baʊl/ **389.3**
bowler /ˈbaʊ·lər/ **389.3** ☆
bowling green /ˈbaʊ·lɪŋ ˌgriːn/ **394**
bowls /baʊlz/ **394**
box /bɒks/
  containers **331.1**
  entertainment **376.2** ☆
boxed set /ˌbɒkst ˈset/ **379.9**
boxer /ˈbɒk·sər/ **392.1** ☆
boxing /ˈbɒk·sɪŋ/ **392.1** ☆
Boxing Day /ˈbɒk·sɪŋ ˌdeɪ/ **25.3**
boxing glove /ˈbɒk·sɪŋ ˌglʌv/ **392.1** ☆
box office /ˈbɒks ˌɒf·ɪs/ **376.2**
boy /bɔɪ/ **139.2**
boyfriend /ˈbɔɪ·frend/ **427.4**
bra /brɑː/ **190.9**
brace /breɪs/ **123**
bracelet /ˈbreɪs·lət/ **192.4** ☆
brackets /ˈbræk·ɪts/ **363**
braille /breɪl/ **369.3**
brain /breɪn/ **101.2** ☆
brains /breɪnz/ **236.2**
brainwave /ˈbreɪn·weɪv/ **108**
brake /breɪk/
  car **308.1**
  driving **309.1**
bran /bræn/ **156.5**
branch /brɑːntʃ/
  trees **12** ☆
  employment **271.2**
brand /brænd/ **262.7**
brand-new /ˌbrændˈnjuː/ **201**
brandy /ˈbræn·di/ **166.4**
brass /brɑːs/
  metals **16**
  music **379.4** ☆
bravado /brəˈvɑː·dəʊ/ **258**
brave /breɪv/ **258**
bravery /ˈbreɪ·vər·i/ **258**
brawl /brɔːl/ **249**
bray /breɪ/ **8.1**
brazil nut /brəˈzɪl ˌnʌt/ **154**
bread /bred/ **156.1**
bread bin /ˈbred ˌbɪn/ **169** ☆
break /breɪk/
  illnesses **124.13**
  damage **132.2**
  rest and relaxation **183.1**
  wait **286**
break down v **309.3**
breakdown n /ˈbreɪk·daʊn/ **309.3**
breakfast /ˈbrek·fəst/ **162**
breast /brest/
  birds **9** ☆
  human body **86**
breaststroke /ˈbrest·strəʊk/ **391.1**
breath /breθ/ **103**
breathe /briːð/ **103**
breathing /ˈbriː·ðɪŋ/ **103**
breed /briːd/
  sex **199.2**
  sort **306**
breeze /briːz/ **18.3**
bribe /braɪb/ **263.1**
brick /brɪk/
  parts of buildings **176** ☆
  materials **304.1**
bricklayer /ˈbrɪkˌleɪ·ər/ **174.6**
bride /braɪd/ **195.3** ☆

bridegroom /ˈbraɪd·gruːm/ **195.3** ☆
bridesmaid /ˈbraɪdz·meɪd/ **195.3** ☆
bridge /brɪdʒ/
  dentist **123**
  roads **311** ☆
  ships **312.2**
bridle /ˈbraɪ·dl/ **395** ☆
brief /briːf/ **29.2**
briefcase /ˈbriːf·keɪs/ **192.3**
briefs /briːfs/ **190.9**
bright /braɪt/
  light **24**
  colours **194.1**
  clever **236.2**
brighten /ˈbraɪ·tən/ **24.1**
brilliant /ˈbrɪl·i·ənt/
  clever **236.1**
  good **417.3**
bring /brɪŋ/ **323**
bring about **291**
brisk /brɪsk/ **403**
brittle /ˈbrɪt·l/ **100.2**
broad /brɔːd/ **40** ☆
broad bean /ˌbrɔːd ˈbiːn/ **155.1**
broadcast /ˈbrɔːd·kɑːst/ **378.1**
broaden /ˈbrɔː·dən/ **46.2**
broccoli /ˈbrɒk·əl·i/ **155.1**
brochure /ˈbrəʊ·ʃə/ **366.1**
broke /brəʊk/ **270.1**
bronchitis /brɒŋˈkaɪ·tɪs/ **124.8**
bronze /brɒnz/ **16**
brooch /brəʊtʃ/ **192.4** ☆
brood /bruːd/ **104.2**
brook /brʊk/ **13.7**
broom /bruːm/ **187.3**
brothel /ˈbrɒθ·əl/ **199.4**
brother /ˈbrʌð·ər/ **138.2**
brother-in-law /ˈbrʌð·ər·ɪn·lɔː/ **138.4**
brown /braʊn/
  human body **86.3**
  colours **194.3**
bruise /bruːz/ **124.13**
brunette /bruːˈnet/ **86.3**
brush /brʌʃ/ **187.3**
brussels sprout /ˌbrʌs·l̩ ˈspraʊt/ **155.1**
brutal /ˈbruː·təl/ **225**
bubble bath /ˈbʌb·l̩ ˌbɑːθ/ **184.1**
bucket /ˈbʌk·ɪt/ **331.5**
bucket down **18.2**
buckle /ˈbʌk·l̩/ **191** ☆
bud /bʌd/ **11** ☆
Buddha /ˈbʊd·ə/ **232.3**
Buddhism /ˈbʊd·ɪ·zəm/ **232.1**
buddy /ˈbʌd·i/ **434.1**
budgerigar /ˈbʌdʒ·ər·ɪ·gɑː/ **7.3**
budget /ˈbʌdʒ·ɪt/
  doing business **262.9**
  finance **264.1**
buffalo /ˈbʌf·ə·ləʊ/ **1** ☆
buffet /ˈbʊf·eɪ/ **162.3**
bug /bʌg/
  insects **5** ☐
  illnesses **124.2**
  computers **296**
buggy /ˈbʌg·i/ **136.4** ☆
build /bɪld/
  human body **86**
  make **293.1**
builder /ˈbɪl·dər/ **174.6**
building /ˈbɪl·dɪŋ/
  types of building **174**
  make **293.1**
building society /ˈbɪl·dɪŋ səˌsaɪə·ti/ **260**
-built /bɪlt/ **86**
bulb /bʌlb/
  plants **11**
  light **24.4** ☆

Bulgarian /bʌlˈgeə·ri·ən/ **361.1**
bulky /ˈbʌl·ki/ **42**
bull /bʊl/ **6**
bulldog /ˈbʊl·dɒg/ **7.1** ☆
bullet /ˈbʊl·ɪt/ **248.4**
bully /ˈbʊl·i/
  wicked **219.3**
  fear **255.2**
bump /bʌmp/
  shapes **38.5**
  hit **131.3**
bumper /ˈbʌm·pər/ **308** ☆
bump off **198.1**
bumpy /ˈbʌm·pi/ **61**
bun /bʌn/ **156.3**
bunch /bʌntʃ/ **207**
bundle /ˈbʌn·dl/ **207**
bungalow /ˈbʌŋ·gəl·əʊ/ **174.1** ☆
bungle /ˈbʌŋ·gl/ **242.1**
bunion /ˈbʌn·jən/ **124.5**
bunker /ˈbʌŋ·kər/ **389.6**
Bunsen burner /ˌbʌnt·sən ˈbɜː·nər/ **233.4** ☆
buoy /bɔɪ/ **312.6**
burden /ˈbɜː·dən/ **244.1**
burglar /ˈbɜː·glər/ **220.1**
burgle /ˈbɜː·gl/ **220**
burial /ˈber·i·əl/ **195.4**
burn /bɜːn/ **135**
burp /bɜːp/ **125.4**
burst /bɜːst/ **132.2**
bury /ˈber·i/ **195.4**
bus /bʌs/ ☆ **315.2**
bus conductor /ˈbʌs kənˌdʌk·tər/ **315.2** ☆
bush /bʊʃ/ **11**
business /ˈbɪz·nəs/
  borrowing and lending **261.3**
  doing business **262**
businessman /ˈbɪz·nɪs·mæn/ **262**
businesswoman /ˈbɪz·nɪsˌwʊm·ən/ **262**
bus stop /ˈbʌs ˌstɒp/ **315.2** ☆
busy /ˈbɪz·i/ **275**
busybody /ˈbɪz·iˌbɒd·i/ **246**
butcher /ˈbʊtʃ·ər/
  kill **198.3**
  shops **273** ☐
butter /ˈbʌt·ər/ **158.1**
buttercup /ˈbʌt·əˌkʌp/ **11**
butter dish /ˈbʌt·ə ˌdɪʃ/ **17** ☆
butterfingers /ˈbʌt·əˌfɪŋ·gəz/ **400**
butterfly /ˈbʌt·ə·flaɪ/
  insects **5**
  water sports **391.1**
butter knife /ˈbʌt·ə ˌnaɪf/ **170** ☆
buttery /ˈbʌt·ər·i/ **158.1**
buttocks /ˈbʌt·əks/ **86**
button /ˈbʌt·ən/ **190.11**
buttonhole /ˈbʌt·ən·həʊl/ **190.11**
buy /baɪ/ **263**
buyer /ˈbaɪ·ər/ **263**
by-election /ˈbaɪ·ɪˌlek·ʃən/ **227.3**
bypass /ˈbaɪ·pɑːs/ **311**

cabaret /ˈkæb·ə·reɪ/ **376.1**
cabbage /ˈkæb·ɪdʒ/ **155.1**
cabin /ˈkæb·ɪn/
  ships and boats **312.2**
  aircraft **313**
Cabinet /ˈkæb·ɪ·nət/ **227** ☐
cable /ˈkeɪ·bl/
  communications **340.1**
  tools **382.3**
cactus /ˈkæk·təs/ **11**
caddy /ˈkæd·i/ **389.6**
cafe /ˈkæf·eɪ/ **163**

cage /keɪdʒ/ **209.6**
cake /keɪk/ **156.3**
calculate /ˈkæl·kjə·leɪt/ **297.2**
calculation /ˌkæl·kjəˈleɪ·ʃən/ **297.2**
calculator /ˈkæl·kjə·leɪ·tər/ **297.2**
calf /kɑːf/
  farm animals **6**
calf /kɑːf/
  human body **86**
call /kɔːl/
  name **137.1**
  communications **340.3**
  shout **344**
call off **34.1**
callous /ˈkæl·əs/ **223**
calm /kɑːm/
  smooth **62**
  calmness *adj* **259**, *vt* **259.1**
camel /ˈkæm·əl/ **1** ☆
camera /ˈkæm·rə/ **381.4**
camouflage /ˈkæm·ə·flɑːʒ/ **339**
camp /kæmp/ **380.1**
campaign /kæmˈpeɪn/ **276**
camping /ˈkæmp·ɪŋ/ **380.1**
can /kæn/ **331.1**
canal /kəˈnæl/ **13.7**
cancel /ˈkænt·səl/ **34.1**
cancellation /ˌkænt·səlˈeɪ·ʃən/ **34.1**
Cancer /ˈkænt·sər/ **28** ☐
cancer /ˈkænt·sər/ **124.12**
candid /ˈkæn·dɪd/ **213.2**
candidate /ˈkæn·dɪ·deɪt/ **227.3**
candle /ˈkæn·dl̩/ **24.4** ☆
candy /ˈkæn·di/ **161.1**
candy floss /ˈkæn·di ˌflɒs/ **385**
cane /keɪn/ **384** ☆
canine /ˈkeɪ·naɪn/ **7.1**
cannabis /ˈkæn·ə·bɪs/ **172.3**
cannon /ˈkæn·ən/ **248.4** ☆
canoe /kəˈnuː/ **312.1**
canoeing /kəˈnuː·ɪŋ/ **391**
canteen /kænˈtiːn/ **163**
canter /ˈkæn·tər/ **395**
canvas /ˈkæn·vəs/
  textiles **193.1**
  arts and crafts **381.2**
canyon /ˈkæn·jən/ **13.1**
cap /kæp/
  accessories **192.1** ☆
  cover **334.1**
capability /ˌkeɪ·pəˈbɪl·ə·ti/ **237**
capable /ˈkeɪ·pə·bl̩/ **237**
capacity /kəˈpæs·ə·ti/ **41**
capital /ˈkæp·ɪ·təl/
  geography and geology **13.5** ☆
  words **362.5**
capital punishment /ˌkæp·ɪ·təl ˈpʌn·ɪʃ·mənt/ **198.2**
Capricorn /ˈkæp·rɪ·kɔːn/ **28** ☐
capsule /ˈkæp·sjuːl/ **126.5**
captain /ˈkæp·tɪn/
  war **248.3** ☐
  ships and boats **312.5**
capture /ˈkæp·tʃər/ **406**
car /kɑːr/ **308**
caravan /ˈkær·ə·væn/ **315.2**
carbon dioxide /ˌkɑː·bən daɪˈɒk·saɪd/ **17**
card /kɑːd/
  materials **304.3**
  communications **340.1**
  games **386.3**
cardboard /ˈkɑːd·bɔːd/ **304.3**
cardigan /ˈkɑː·dɪ·gən/ **190.4**
cardinal /ˈkɑː·dɪ·nəl/ **298** ☐
care /keər/
  important **74.1**
  careful **301**

career /kəˈrɪər/ **271.1**
care for **254**
carefree /ˈkeə·friː/ **183**
careful /ˈkeə·fəl/ **301**
careless /ˈkeə·ləs/ **302**
carelessly /ˈkeə·lə·sli/ **302**
caress /kəˈres/ **98.1**
cargo /ˈkɑː·gəʊ/ **262.6**
carnation /kɑːˈneɪ·ʃən/ **11**
carnivore /ˈkɑː·nɪ·vɔːr/ **1** ☐
car park /ˈkɑːr pɑːk/ **309**
carpenter /ˈkɑː·pən·tər/ **174.6**
carpet /ˈkɑː·pɪt/ **180** ☆
carriage /ˈkær·ɪdʒ/ **314**
carrier bag /ˈkær·i·ər ˌbæg/ **273** ☆
carrot /ˈkær·ət/ **155.2**
carry /ˈkær·i/ **337**
carrycot /ˈkær·i·kɒt/ **136.4**
carry on **33**
carry out **287.2**
cart /kɑːt/ **315.1**
carton /ˈkɑː·tən/ **331.1**
cartoon /kɑːˈtuːn/ **381.3**
carve /kɑːv/ **133.3**
carving fork /ˈkɑː·vɪŋ ˌfɔːk/ **170** ☆
carving knife /ˈkɑː·vɪŋ ˌnaɪf/ **170** ☆
case /keɪs/ **331.3**
cash /kæʃ/
  bank **260.1**
  money **265**
cashew /ˈkæʃ·uː/ **154**
cashier /kæʃˈɪər/ **260.1**
cashpoint /ˈkæʃ·pɔɪnt/ **260.1**
cash register /ˈkæʃ ˌredʒ·ɪs·tər/ ☆ **273**
casino /kəˈsiː·nəʊ/ **386.5**
cassette /kəˈset/ **379.9**
cassette recorder /kəˈset rɪˌkɔː·dər/ **379.9** ☆
cast /kɑːst/ **376.3**
castle /ˈkɑː·sl̩/
  types of building **174.4**
  games **386.4** ☆
casual /ˈkæʒ·ju·əl/ **147**
cat /kæt/ **7.2**
catalogue /ˈkæt·əl·ɒg/ **366.1**
catch /kætʃ/
  hear **87**
  illnesses **124.13**
  problem **244.2**
  take **375.1**
  leisure activities **380.1**
  catch **406**
catcher /ˈkætʃ·ər/ **389.2**
catch on
  understand **114.1**
  like **426.1**
categorize /ˈkæt·ə·gər·aɪz/ **306**
category /ˈkæt·ə·gər·i/ **306**
caterpillar /ˈkæt·ə·pɪl·ər/ **5** ☆
cathedral /kəˈθiː·drəl/ **232.5**
cattle /ˈkæt·l̩/
  farm animals **6**
  farming **173.7**
cauliflower /ˈkɒl·ɪˌflaʊər/ **155.3**
cause /kɔːz/ *v* **291** *n* **291.1**
caution /ˈkɔː·ʃən/ **301**
cautious /ˈkɔː·ʃəs/ **301**
CD /ˌsiːˈdiː/ **379.9**
cease /siːs/ **34**
cedar /ˈsiː·dər/ **12.1**
ceiling /ˈsiː·lɪŋ/ **177.5**
celebrate /ˈsel·ə·breɪt/ **195.1**
celebration /ˌsel·əˈbreɪ·ʃən/ **195.1**
celebrity /səˈleb·rə·ti/ **111**
celery /ˈsel·ər·i/ **155.4**
celibate /ˈsel·ə·bət/ **199.6**
cell /sel/

human body **101.2**
legal system **209.6**
cellar /ˈsel·ər/ **177.4**
cello /ˈtʃel·əʊ/ **379.4**
Celsius /ˈsel·si·əs/ **307.5**
cement /sɪˈment/ **304.1**
cement mixer /sɪˈment ˌmɪks·ər/ **304.1**
cemetery /ˈsem·ə·tri/ **195.4**
censor /ˈsent·sər/ **231.1**
censorship /ˈsent·sə·ʃɪp/ **231.1**
cent /sent/ **265.1** ☐, **265.2** ☐
Centigrade /ˈsen·tɪ·greɪd/ **307.5**
centime /ˈsɑ̃ːn·tiːm/ **265.1** ☐
centimetre /ˈsen·tɪˌmiː·tər/ **307.1**
central heating /ˌsen·trəl ˈhiː·tɪŋ/ **20.1**
central reservation /ˌsen·trəl rez·əˈveɪ·ʃən/ **311** ☆
centre /ˈsen·tər/
  position **66** ☆
  politics and government **227.4**
century /ˈsen·tʃər·i/ **25.4**
cereal /ˈsɪə·ri·əl/
  baked and dried foods **156.5**
  farming **173.5**
ceremonial /ˌser·ɪˈməʊ·ni·əl/ **146**
ceremony /ˈser·ɪ·mə·ni/ **146**
certain /ˈsɜː·tən/
  certain **82**
  particular **84**
certainly /ˈsɜː·tən·li/ **82**
certainty /ˈsɜː·tən·ti/ **82**
certificate /səˈtɪf·ɪ·kət/ **366.1**
chain /tʃeɪn/ **382.4**
chair /tʃeər/
  living room **180** ☆
  organization **206.1**
chairperson /ˈtʃeəˌpɜː·sən/
  organisation **206.1**
  doing business **262.10**
chalk /tʃɔːk/ **233.1** ☆
challenge /ˈtʃæl·əndʒ/ **346.2**
chamber music /ˈtʃeɪm·bər ˌmjuː·zɪk/ **379.1**
champion /ˈtʃæm·pi·ən/ **396.1**
chance /tʃɑːnts/
  possible **78.1**
  luck **387**
chancellor /ˈtʃɑːnt·səl·ər/ **227** ☐
chancy /ˈtʃɑːnt·si/ **252**
change /tʃeɪndʒ/
  change **58**
  money **265**
changeable /ˈtʃeɪn·dʒə·bl̩/ **58**
channel /ˈtʃæn·əl/ **13.7**
chaos /ˈkeɪ·ɒs/ **64**
chap /tʃæp/ **139.5**
chapter /ˈtʃæp·tər/ **367.5**
character /ˈkær·ək·tər/
  personality **142**
  book **367.1**
charge /tʃɑːdʒ/
  legal system **209.2**
  buying and selling **263.2**
charitable /ˈtʃær·ɪ·tə·bl̩/
  kind **224.1**
  give **372.1**
charity /ˈtʃær·ɪ·ti/
  kind **224.1**
  give **372.1**
charm /tʃɑːm/ **432**
charming /ˈtʃɑː·mɪŋ/ **432**
chart /tʃɑːt/ **366**
chase /tʃeɪs/ **409**
chat /tʃæt/ **360**
chat show /ˈtʃæt ˌʃəʊ/ **378.1**
chatter /ˈtʃæt·ər/ **360**
chatterbox /ˈtʃæt·ə·bɒks/ **359**

ÍNDICE DE PALAVRAS EM INGLÊS

chatty /'tʃæt·i/ **359**
chauffeur /'ʃəʊ·fər/ **309.5**
cheap /tʃiːp/ **266**
cheaply /'tʃiː·pli/ **266**
cheat /tʃiːt/ **214.1**
check /tʃek/
  shapes **38.3**
  careful **301.1**
  games **386.4**
check-in desk /'tʃek·ɪn ˌdesk/ **313.1**
check mate /ˌtʃek 'meɪt/ **386.4**
checkout /'tʃek·aʊt/ **273** ☆
cheek /tʃiːk/
  human body **86** ☆
  cheeky **145**
cheeky /'tʃiː·ki/ **145**
cheep /tʃiːp/ **9.4**
cheer /tʃɪər/ **344**
cheerful /'tʃɪə·fʊl/ **422.3**
cheese /tʃiːz/ **158.1**
cheeseburger /'tʃiːz,bɜː·gər/ **161.3**
cheetah /'tʃiː·tə/ **1**
chef /ʃef/ **163.1**
chemist /'kem·ɪst/
  cures **126.4**
  shops **273** □
chemistry /'kem·ɪ·stri/ **233.3**
cheque /tʃek/ **260.2**
chequebook /'tʃek,bʊk/ **260.2**
cheque card /'tʃek ˌkɑːd/ **260.2**
cherry /'tʃer·i/ **152.3**
chess /tʃes/ **386.4**
chest /tʃest/
  human body **86**
  containers **331.3**
chestnut /'tʃes·nʌt/
  trees **12.1**
  nuts **154**
chest of drawers /ˌtʃest əv 'drɔːz/ **181** ☆
chew /tʃuː/ **164.2**
chewing gum /'tʃuː·ɪŋ ˌgʌm/ **161.1**
chick /tʃɪk/ **6.1**
chicken /'tʃɪk·ɪn/
  farm animals **6.1**
  meat **159.3**
chicken pox /'tʃɪk·ɪn ˌpɒks/ **124.10**
chief /tʃiːf/ **75**
child /tʃaɪld/ **139.2**
childish /'tʃaɪl·dɪʃ/ **241.4**
chill /tʃɪl/ **19**
chilli /'tʃɪl·i/ **155.3** ☆
chilly /'tʃɪl·i/ **19**
chimney /'tʃɪm·ni/ **176** ☆
chimpanzee /ˌtʃɪm·pæn'ziː/ **1** ☆
chin /tʃɪn/ **86** ☆
Chinese /tʃaɪ'niːz/ **361.2**
chip /tʃɪp/
  damage **132.3**
  snacks and cooked food **161.3**
chirp /tʃɜːp/ **9.4**
chisel /'tʃɪz·əl/ **382.1** ☆
chitchat /'tʃɪt·tʃæt/ **360**
chivalrous /'ʃɪv·əl·rəs/ **143.1**
chives /tʃaɪvz/ **157.2**
chock-a-block /ˌtʃɒk·ə'blɒk/ **332**
chocolate /'tʃɒk·əl·ət/ **161.1**
choice /tʃɔɪs/ **73**
choir /kwaɪər/ **379.5**
choke /tʃəʊk/
  eat **164.2**
  car **308.1**
choose /tʃuːz/ **73**
chop /tʃɒp/
  meat **159.2**
  cooking methods **168.2**
chopping board /'tʃɒp·ɪŋ ˌbɔːd/ **169** ☆

choppy /'tʃɒp·i/ **61**
chord /kɔːd/ **379.8** ☆
chore /tʃɔːr/ **274.3**
Christ /kraɪst/ **232.3**
christen /'krɪs·ən/ **137.1**
christening /'krɪs·ən·ɪŋ/ **195.2**
Christianity /ˌkrɪs·ti'æn·ə·ti/ **232.1**
christian name /'krɪs·tʃən ˌneɪm/ **137.2**
Christmas /'krɪsʳ·məs/ **25.3**
Christmas Eve /ˌkrɪsʳ·məs 'iːv/ **25.3**
chrysalis /'krɪs·əl·ɪs/ **5** ☆
chubby /'tʃʌb·i/ **48.1**
chuck /tʃʌk/ **405**
chuckle /'tʃʌk·l̩/ **423**
church /tʃɜːtʃ/ **232.5**
churchyard /'tʃɜːtʃ·jɑːd/ **232.5** ☆
cider /'saɪ·dər/ **166.6**
cigar /sɪ'gɑːr/ **171**
cigarette /ˌsɪg·ər'et/ **171**
cinema /'sɪn·ə·mə/ **376.4**
circle /'sɜː·kl̩/
  shapes ☆ **38.1**
  entertainment **376.2** ☆
circular /'sɜː·kjə·lər/ **38.1** ☆
circumference /sə'kʌmp·fər·ənts/ **38.1** ☆
circumstances /'sɜː·kəm·stænt·sɪz/ **31.2**
circus /'sɜː·kəs/ **377**
cistern /'sɪs·tən/ **185** ☆
citizen /'sɪt·ɪ·zən/ **204**
city /'sɪt·i/ **14.3**
city hall /ˌsɪt·i 'hɔːl/ **227.1**
civil /'sɪv·əl/ **143.2**
civilization /ˌsɪv·əl·aɪ'zeɪ·ʃən/ **204**
civilized /'sɪv·əl·aɪzd/ **204**
civil service /ˌsɪv·əl 'sɜː·vɪs/ **227.2**
claim /kleɪm/ **358**
clamber /'klæm·bər/ **407.5**
clap /klæp/ **376.2**
claret /'klær·ət/ **166.6**
clarify /'klær·ɪ·faɪ/ **343**
clarinet /ˌklær·ɪ'net/ **379.4**
clash /klæʃ/ **249**
clasp /klɑːsp/ **336**
class /klɑːs/ **235**
classical /'klæs·ɪ·kəl/ **379.1**
classics /'klæs·ɪks/ **233.2**
classify /'klæs·ɪ·faɪ/ **65**
classroom /'klɑːs·rʊm/ **233.1** ☆
clause /klɔːz/ **362.2**
clavicle /'klæv·ɪ·kl̩/ **101.1** ☆
claw /klɔː/
  wild animals **1** ☆
  birds **9** ☆
  fish and sea animals **10.2** ☆
clay /kleɪ/
  materials **304**
  arts and crafts **381.5**
clean /kliːn/
  cleaning **187**
  clean **188**
cleaner /'kliː·nər/ **187**
clear /klɪər/
  weather **18.1**
  obvious **93**
  colours **194.1**
clearly /'klɪə·li/ **93**
clear up **63**
clergy /'klɜː·dʒi/ **232.4**
clerical /'kler·ɪ·kəl/ **272.2**
clerk /klɑːk/ **272.2**
clever /'klev·ər/ **236**
cliche /'kliː·ʃeɪ/ **362.2**
cliff /klɪf/ **13.5**
climate /'klaɪ·mət/ **18**
climb /klaɪm/

  walk **407.5**
  rise **413**
climbing /'klaɪ·mɪŋ/ **393.1**
climbing frame /'klaɪ·mɪŋ ˌfreɪm/ **385** ☆
cling /klɪŋ/ **336**
clinic /'klɪn·ɪk/ **122**
cloak /kləʊk/ **190.10**
cloakroom /'kləʊk·rʊm/ **177.4**
clock /klɒk/ **26.1** ☆
clockwise /'klɒk·waɪz/ **318.2** ☆
clockwork /'klɒk·wɜːk/ **303.2**
clog /klɒɡ/ **191** ☆
close *adj* /kləʊs/
  hot **20**
  distance **320.1**
close *v* /kləʊz/ **178**
closely /'kləʊ·sli/ **320.1**
cloth /klɒθ/ **193**
clothe /kləʊð/ **190.1**
clothes /kləʊðz/ **190**
clothes peg /'kləʊðz ˌpeg/ **186**
cloud /klaʊd/ **18.2**
clown /klaʊn/ **377** ☆
club /klʌb/
  organization **206**
  ball sports **389.6**
cluck /klʌk/ **9.4**
clumsily /'klʌm·zəl·i/ **400**
clumsy /'klʌm·zi/ **400**
cluster /'klʌst·ər/ **207**
clutch /klʌtʃ/
  car **308.1**
  hold **336**
coach /kəʊtʃ/
  teach **234.1**
  other transport **315.2** ☆
coal /kəʊl/ **303.3**
coarse /kɔːs/
  rough **61**
  cut **133.6**
coarsely /'kɔː·sli/
  rough **61**
  cut **133.6**
coast /kəʊst/ **13.5** ☆
coastline /'kəʊst·laɪn/ **13.5** ☆
coat /kəʊt/
  clothes **190.10**
  cover **334**
coating /'kəʊ·tɪŋ/ **334**
coatpeg /'kəʊt·peg/ **177.4**
cock /kɒk/ **6.1**
cockpit /'kɒk·pɪt/ **313**
cockroach /'kɒk·rəʊtʃ/ **5**
cocktail /'kɒk·teɪl/ **166.1**
cock up *v* **242.1**
cock-up *n* /'kɒk·ʌp/ **242.1**
cocky /'kɒk·i/ **149**
cocoa /'kəʊ·kəʊ/ **166.3**
coconut /'kəʊ·kə·nʌt/ **154**
cod /kɒd/ **10.1**
code /kəʊd/ **364.1**
coffee /'kɒf·i/ **166.3**
coffee table /'kɒf·i ˌteɪ·bl̩/ **180** ☆
coffin /'kɒf·ɪn/ **195.4**
cog /kɒɡ/ **303.1**
coil /kɔɪl/ **38.2** ☆
coin /kɔɪn/ **265.2**
colander /'kɒl·ən·dər/ **168.4** ☆
cold /kəʊld/
  cold **19**
  illnesses **124.6**
  enmity **250**
collapse /kə'læps/ **412.1**
collar /'kɒl·ər/ **190.12** ☆
collar bone /'kɒl·ə ˌbəʊn/ **101.1** ☆
colleague /'kɒl·iːɡ/ **271.3**
collect /kə'lekt/

ÍNDICE DE PALAVRAS EM INGLÊS

group **207.2**
take **375.3**
collection /kəˈlekʃən/
  group **207**
  take **375.3**
collector /kəˈlektər/ **207**
college /ˈkɒlɪdʒ/ **233** ☐
collide /kəˈlaɪd/ **131.3**
collision /kəˈlɪʒən/ **131.3**
colon /ˈkəʊlən/ **363**
colonel /ˈkɜːnəl/ **248.3** ☐
colour /ˈkʌlər/ **194**
column /ˈkɒləm/ **368.2**
columnist /ˈkɒləmɪst/ **368.1**
coma /ˈkəʊmə/ **125.3**
comb /kəʊm/
  search **94**
  personal hygiene **184.2**
combat /ˈkɒmbæt/ **248**
combination /ˌkɒmbɪˈneɪʃən/ **294**
combine /kəmˈbaɪn/ **294**
combine harvester /ˌkɒmbaɪn ˈhɑːvɪstər/ **173.2** ☆
come /kʌm/
  sex **199.3**
  come **321**
come about **31**
come across **95**
come by **373**
comedian /kəˈmiːdiən/ **376.1**
comedy /ˈkɒmədi/
  entertainment **376.1, 376.5**
  funny **424.2**
comet /ˈkɒmɪt/ **27**
comfort /ˈkʌmfət/
  calmness **259.1**
  comfortable **421**
comfortable /ˈkʌmpftəbl̩/ **421**
comic /ˈkɒmɪk/
  entertainment **376.1**
  funny **424.2**
comical /ˈkɒmɪkəl/ **424.2**
comically /ˈkɒmɪkli/ **424.2**
comma /ˈkɒmə/ **363**
command /kəˈmɑːnd/ **228.3**
commander /kəˈmɑːndər/ **248.3** ☐
commence /kəˈmens/ **32**
comment /ˈkɒment/ **341.3**
commentary /ˈkɒməntəri/ **341.4**
commentator /ˈkɒmənteɪtər/ **341.4**
commerce /ˈkɒmɜːs/ **262.1**
commercial /kəˈmɜːʃəl/ adj **262.1**
  n **262.8**
commiserate /kəˈmɪzəreɪt/ **222**
commiserations /kəˌmɪzəˈreɪʃənz/ **222**
committee /kəˈmɪti/ **206.1**
commodore /ˈkɒmədɔːr/ **248.3** ☐
common /ˈkɒmən/ **443**
commonplace /ˈkɒmənpleɪs/ **442.1**
common sense /ˌkɒmən ˈsens/ **238**
communal /ˈkɒmjʊnəl/ **204**
communicate /kəˈmjuːnɪkeɪt/ **340**
communication /kəˌmjuːnɪˈkeɪʃən/ **340**
communism /ˈkɒmjʊnɪzəm/ **227.4**
community /kəˈmjuːnəti/ **204**
commute /kəˈmjuːt/ **317**
commuter /kəˈmjuːtər/ **317**
compact /ˈkɒmpækt/ **44**
compact disk /ˌkɒmpækt ˈdɪsk/ **379.9**
companion /kəmˈpænjən/ **434.2**
company /ˈkʌmpəni/
  employment **271.2**
  friendship **434.3**
comparable /ˈkɒmpərəbl̩/ **54.2**
compare /kəmˈpeər/ **54.2**
comparison /kəmˈpærɪsən/ **54.2**
compartment /kəmˈpɑːtmənt/ **314**

compass /ˈkʌmpəs/
  maths **297** ☆
  directions **318.1** ☆
compassion /kəmˈpæʃən/ **221**
compassionate /kəmˈpæʃənət/ **221**
compete /kəmˈpiːt/ **249.1**
competent /ˈkɒmpətənt/ **237**
competition /ˌkɒmpəˈtɪʃən/
  fight **249.1**
  sport **388.3**
competitive /kəmˈpetɪtɪv/ **249.1**
competitor /kəmˈpetɪtər/
  fight **249.1**
  sport **388.2**
complain /kəmˈpleɪn/ **345**
complaint /kəmˈpleɪnt/ **345**
complete /kəmˈpliːt/
  end **34**
  whole **50**
completely /kəmˈpliːtli/ **50**
complex /ˈkɒmpleks/ **243.2**
complexion /kəmˈplekʃən/ **86.2**
complicate /ˈkɒmplɪkeɪt/ **243.2**
complicated /ˈkɒmplɪkeɪtɪd/ **243.2**
compliment /ˈkɒmplɪmənt/ **430**
complimentary /ˌkɒmplɪˈmentəri/ **266**
compose /kəmˈpəʊz/ **379.7**
composer /kəmˈpəʊzər/ **379.7**
composition /ˌkɒmpəˈzɪʃən/ **379.7**
compost heap /ˈkɒmpɒst ˌhiːp/ **384** ☆
compound /ˈkɒmpaʊnd/ **233.4**
comprehend /ˌkɒmprɪˈhend/ **114**
comprehension /ˌkɒmprɪˈhenʃən/ **114**
comprehensive /ˌkɒmprɪˈhensɪv/ **50**
comprehensive school /ˌkɒmprɪˈhensɪv skuːl/ **233** ☐
compress /kɒmˈpres/ **47**
comprise /kəmˈpraɪz/ **436**
computer /kəmˈpjuːtər/ **296**
computerize /kəmˈpjuːtəraɪz/ **296**
con /kɒn/ **214.2**
conceal /kənˈsiːl/ **339**
concede /kənˈsiːd/ **350**
conceited /kənˈsiːtɪd/ **148.1**
conceive /kənˈsiːv/ **136.1**
concentrate /ˈkɒntsənˌtreɪt/ **104.1**
concentration /ˌkɒntsənˈtreɪʃən/ **104.1**
concept /ˈkɒnsept/ **108**
conception /kənˈsepʃən/ **136.1**
concern /kənˈsɜːn/ **255.4**
concert /ˈkɒnsət/ **379.6**
concerto /kənˈtʃɜːtəʊ/ **379.7**
conclude /kənˈkluːd/
  end **34**
  believe **105.1**
conclusion /kənˈkluːʒən/
  end **34**
  believe **105.1**
concoct /kənˈkɒkt/ **293**
concoction /kənˈkɒkʃən/ **293**
concrete /ˈkɒŋkriːt/
  real **35**
  materials **304.1**
concur /kənˈkɜːr/ **348**
condensation /ˌkɒndenˈseɪʃən/ **21**
condition /kənˈdɪʃən/
  happen **31.2**
  uncertain **83**
conditioner /kənˈdɪʃənər/ **184.2**
condolence /kənˈdəʊlənts/ **222**
condom /ˈkɒndɒm/ **199.5**
condominium /ˌkɒndəˈmɪniəm/ **174.3**
conduct n /ˈkɒndʌkt/ **287.1**
conduct v /kənˈdʌkt/ **287.1**
conductor /kənˈdʌktər/ **379.3**
cone /kəʊn/ **38.2** ☆
conference /ˈkɒnfərənts/ **262.10**

confess /kənˈfes/ **350**
confession /kənˈfeʃən/
  religion **232.6**
  admit **350**
confidence /ˈkɒnfɪdənts/
  courage **258.1**
  hide **339.1**
confident /ˈkɒnfɪdənt/ **258.1**
confidential /ˌkɒnfɪˈdenʃəl/ **339.1**
confirm /kənˈfɜːm/ **348**
confirmation /ˌkɒnfəˈmeɪʃən/ **348**
conflict n /ˈkɒnflɪkt/ **248**
conflict v /kənˈflɪkt/ **248**
conform /kənˈfɔːm/ **442**
confuse /kənˈfjuːz/ **115.1**
congratulate /kənˈgrætʃʊleɪt/ **430**
congratulations /kənˌgrætʃʊˈleɪʃənz/ **430**
congregate /ˈkɒŋgrɪgeɪt/ **207.2**
congregation /ˌkɒŋgrɪˈgeɪʃən/ **232.6**
congress /ˈkɒŋgres/ **227** ☐
congressman /ˈkɒŋgresmən/ **227** ☐
congresswoman /ˈkɒŋgresˌwʊmən/ **227** ☐
conical /ˈkɒnɪkəl/ **38.2** ☆
conjunction /kənˈdʒʌŋkʃən/ **362.4**
connect /kəˈnekt/ **294**
connection /kəˈnekʃən/ **294**
conquer /ˈkɒŋkər/ **248.1**
conscience /ˈkɒntʃənts/ **217**
conscious /ˈkɒntʃəs/ **110**
consciously /ˈkɒntʃəsli/ **110**
consent /kənˈsent/ **348**
consequence /ˈkɒntsɪkwənts/ **292**
conservation /ˌkɒntsəˈveɪʃən/ **254.2**
conservative /kənˈsɜːvətɪv/ **227.4**
conserve /kənˈsɜːv/ **254.2**
consider /kənˈsɪdər/
  think **104**
  opinion **106.2**
considerable /kənˈsɪdərəbl̩/ **42**
considerably /kənˈsɪdərəbli/ **42**
considerate /kənˈsɪdərət/ **224**
consideration /kənˌsɪdəˈreɪʃən/
  think **104**
  kind **224**
consistent /kənˈsɪstənt/ **54**
consist of **436**
consonant /ˈkɒntsənənt/ **362.3**
conspicuous /kənˈspɪkjuəs/ **93**
conspicuously /kənˈspɪkjuəsli/ **93**
constant /ˈkɒntstənt/ **33.1**
constipation /ˌkɒntstɪˈpeɪʃən/ **124.7**
constituent /kənˈstɪtʃuənt/ **227.3**
construct /kənˈstrʌkt/ **293.1**
construction /kənˈstrʌkʃən/ **293.1**
consult /kənˈsʌlt/ **351**
consultant /kənˈsʌltənt/ **122**
consume /kənˈsjuːm/ **164**
consummate /ˈkɒntsjʊmeɪt/ **199.2**
consumption /kənˈsʌmpʃən/ **164**
contact /ˈkɒntækt/ **340**
contact lenses /ˈkɒntækt ˌlenzɪz/ **91.8**
contagious /kənˈteɪdʒəs/ **124.2**
contain /kənˈteɪn/ **337**
container /kənˈteɪnər/ **331**
contemplate /ˈkɒntəmpleɪt/ **104.1**
contemplation /ˌkɒntəmˈpleɪʃən/ **104.1**
contemporary /kənˈtempərəri/ **202**
contempt /kənˈtempt/ **148.2**
contemptuous /kənˈtemptʃuəs/ **148.2**
content /kənˈtent/ **429**
contents /ˈkɒntents/ **367.5**
contest /ˈkɒntest/ **388.3**
contestant /kənˈtestənt/ **388.2**
continent /ˈkɒntɪnənt/ **13.5** ☆

398

continual /kənˈtɪn·ju·əl/ **33.1**
continuation /kənˌtɪn·juˈeɪ·ʃən/ **33**
continue /kənˈtɪn·juː/ **33**
continuous /kənˈtɪn·ju·əs/ **33.1**
contraception /ˌkɒn·trəˈsep·ʃən/ **199.5**
contraceptive /ˌkɒn·trəˈsep·tɪv/ **199.5**
contract v /kənˈtrækt/
  decrease **47**
  illnesses **124.13**
  doing business **262.2**
contract n /ˈkɒn·trækt/
  doing business **262.2**
contradict /ˌkɒn·trəˈdɪkt/ **346.1**
contradiction /ˌkɒn·trəˈdɪk·ʃən/ **346.1**
contrast n /ˈkɒn·trɑːst/ **55.1**
contrast v /kənˈtrɑːst/ **55.1**
control /kənˈtrəʊl/ **228**
control tower /kənˈtrəʊl ˌtaʊər/ **313.1**
controversial /ˌkɒn·trəˈvɜː·ʃəl/ **346.4**
controversy /ˈkɒnˈtrɒv·ə·si/ **346.4**
convalesce /ˌkɒn·vəˈles/ **126.1**
convalescence /ˌkɒn·vəˈles·ənts/ **126.1**
convenience /kənˈviː·ni·ənts/
  easy **247.1**
  useful **281**
convenient /kənˈviː·ni·ənt/
  easy **247.1**
  useful **281**
convent /ˈkɒn·vənt/ **232.5**
conventional /kənˈven·tʃən·əl/ **442**
conventionally /kənˈven·tʃən·əl·i/ **442**
conversation /ˌkɒn·vəˈseɪ·ʃən/ **354**
converse /kənˈvɜːs/ **354**
convert /kənˈvɜːt/ **349**
convict n /ˈkɒn·vɪkt/ **209.4**
convict v /kənˈvɪkt/ **209.4**
convince /kənˈvɪnts/ **349**
convinced /kənˈvɪntst/ **105**
cook /kʊk/ **163.1**
cooker /ˈkʊk·ər/ **169** ☆
cookery book /ˈkʊk·ər·i ˌbʊk/ **168**
cool /kuːl/
  cold **19**
  enmity **250**
  calmness **259**
cooperate /kəʊˈɒp·ər·eɪt/ **274.2**
cooperation /kəʊˌɒp·ərˈeɪ·ʃən/ **274.2**
coordinate /kəʊˈɔː·dɪ·neɪt/ **228.2**
coordination /kəʊˌɔː·dɪˈneɪ·ʃən/ **228.2**
cop /kɒp/ **209.2**
copper /ˈkɒp·ər/ **16**
copulate /ˈkɒp·jə·leɪt/ **199.2**
copy /ˈkɒp·i/
  copy **56**
  write **369.1**
coral /ˈkɒr·əl/ **10.2** ☆
corduroy /ˈkɔː·də·rɔɪ/ **193.1**
core /kɔːr/ **152.6**
cork /kɔːk/
  drinks **166.6**
  materials **304.2**
corkscrew /ˈkɔːk·skruː/ **166.6**
corn /kɔːn/
  illnesses **124.5**
  farming **173.5**
corner /ˈkɔː·nər/ ☆ **38.1**
cornflakes /ˈkɔːn·fleɪks/ **156.5**
coronation /ˌkɒr·əˈneɪ·ʃən/ **205** ☆
corporal /ˈkɔː·pər·əl/ **248.3** ☐
corpulent /ˈkɔː·pjə·lənt/ **48**
correct /kəˈrekt/ **299**
correction /kəˈrek·ʃən/ **299**
correspond /ˌkɒr·əˈspɒnd/ **54.2**
correspondent /ˌkɒr·əˈspɒn·dənt/ **368.1**
corridor /ˈkɒr·ɪ·dɔːr/ **177.3**
corrugated /ˈkɒr·ə·geɪ·tɪd/ **61**
corrupt /kəˈrʌpt/ **214**

corruption /kəˈrʌp·ʃən/ **214**
cosmetics /kɒzˈmet·ɪks/ **192.5**
cost /kɒst/ **263.2**
costly /ˈkɒst·li/ **267**
costume /ˈkɒs·tjuːm/ **190.6**
cosy /ˈkəʊ·zi/ **421**
cot /kɒt/ **136.4**
cottage /ˈkɒt·ɪdʒ/ **174.1**
cotton /ˈkɒt·ən/
  textiles **193.1**
  arts and crafts **381.6**
cotton on **114.1**
cotton wool /ˌkɒt·ən ˈwʊl/ **126.6**
cough /kɒf/ **124.6**
cough up **263.1**
council /ˈkaʊnt·səl/ **227.1**
counsel /ˈkaʊnt·səl/ **209.3**
count /kaʊnt/
  royalty **205** ☐
  numbers **298**
counter /ˈkaʊn·tər/ **273** ☆
countertenor /ˈkaʊn·təˌten·ər/ **379.5**
countess /ˈkaʊn·tes/ **205** ☐
count in **436**
count on **218.1**
country /ˈkʌn·tri/
  geography and geology **13.5** ☆
  areas **14.1, 14.2** ☐
country and western /ˌkʌn·tri ən ˈwes·tən/ **379.1**
countryside /ˈkʌn·tri·saɪd/ **14.2** ☐
county /ˈkaʊn·ti/ **14.1**
coup /kuː/ **227.6**
couple /ˈkʌp·l̩/ **298.1**
courage /ˈkʌr·ɪdʒ/ **258**
courgette /kɔːˈʒet/ **155.3**
course /kɔːs/ **235**
court /kɔːt/
  legal system **209.4**
  sport **388.4**
  ball sports **389.5** ☆
courteous /ˈkɜː·ti·əs/ **143.1**
cousin /ˈkʌz·ən/ **138.6**
cover /ˈkʌv·ər/
  cover v **334** n **334.1**
  book **367.6**
covet /ˈkʌv·ət/ **251**
cow /kaʊ/
  wild animals **1.1** ☐
  farm animals **6**
coward /ˈkaʊəd/ **255.1**
cower /ˈkaʊər/ **255.3**
cowshed /ˈkaʊ·ʃed/ **173.3**
crab /kræb/ **10.2**
crack /kræk/
  damage **132.2**
  hole **134**
  drugs **172.2**
craft /krɑːft/
  ships and boats **312**
  arts and crafts **381**
cram /kræm/ **332**
cramp /kræmp/ **124.9**
cramped /kræmpt/ **440**
cranberry /ˈkræn·bər·i/ **152.3**
crap /kræp/
  bodily wastes **102**
  bad **438.1**
crappy /ˈkræp·i/ **438.1**
crash /kræʃ/
  noisy **88.3**
  driving **309.4**
crash helmet /ˈkræʃ ˌhel·mɪt/ **192.1** ☆
crate /kreɪt/ **331.3**
crave /kreɪv/ **72.1**
craving /ˈkreɪ·vɪŋ/ **72.2**
crawl /krɔːl/

water sports **391.1**
walk **407.4**
crayon /ˈkreɪ·ɒn/ **370** ☆
crazy /ˈkreɪ·zi/ **129.4**
cream /kriːm/ **158.1**
create /kriˈeɪt/ **293**
creation /kriˈeɪ·ʃən/ **293**
creature /ˈkriː·tʃər/ **1** ☐
credible /ˈkred·ə·bl̩/ **105.4**
credit /ˈkred·ɪt/
  bank **260.1**
  borrowing and lending **261.3**
credit card /ˈkred·ɪt ˌkɑːd/ **260.2**
creditor /ˈkred·ɪ·tər/ **261.1**
creed /kriːd/ **232.6**
creep /kriːp/ **407.4**
creepy-crawly /ˌkriː·piˈkrɔː·li/ **5** ☐
cremate /krɪˈmeɪt/ **195.4**
creosote /ˈkriː·ə·səʊt/ **382.2**
cress /kres/ **155.4**
crevice /ˈkrev·ɪs/ **134**
crew /kruː/
  ships and boats **312.5**
  aircraft **313.3**
cricket /ˈkrɪk·ɪt/
  insects **5**
  ball sports **389.3**
crime /kraɪm/ **209.1**
criminal /ˈkrɪm·ɪ·nəl/ **219.3**
crisis /ˈkraɪ·sɪs/ **252.1**
crisp /krɪsp/
  hard **100.2**
  snacks and cooked food **161.2**
critic /ˈkrɪt·ɪk/ **368.1**
critical /ˈkrɪt·ɪ·kəl/
  danger **252.1**
  complain **345**
criticism /ˈkrɪt·ɪ·sɪ·zəm/ **345**
criticize /ˈkrɪt·ɪ·saɪz/ **345**
croak /krəʊk/ **8.2**
crochet /ˈkrəʊ·ʃeɪ/ **381.6**
crochet hook /ˈkrəʊ·ʃeɪ ˌhʊk/ **381.6** ☆
crockery /ˈkrɒk·ər·i/ **170**
crocodile /ˈkrɒk·ə·daɪl/ **1.1** ☆
crony /ˈkrəʊ·ni/ **434.2**
crooked /ˈkrʊk·ɪd/
  shapes **38.4** ☆
  dishonest **214**
crop /krɒp/ **173.4**
cross /krɒs/ **450**
cross-country /ˌkrɒsˈkʌn·tri/ **393.2**
cross-examination /ˌkrɒs·ɪɡˌzæm·ɪˈneɪ·ʃən/ **351.1**
cross-examine /ˌkrɒs·ɪɡˈzæm·ɪn/ **351.1**
cross out **371**
crossroads /ˈkrɒs·rəʊdz/ **311** ☆
crossword /ˈkrɒs·wɜːd/ **386.2**
crouch /kraʊtʃ/ **97.3**
crow n /krəʊ/ **9**,
crow v /krəʊ/ **9.4**
crowd /kraʊd/ **207.1**
crowded /ˈkraʊ·dɪd/ **207.1**
crown /kraʊn/
  dentist **123**
  royalty **205** ☆
crucial /ˈkruː·ʃəl/ **67**
cruel /ˈkruː·əl/ **225**
cruise /kruːz/ **312.3**
crumb /krʌm/ **156.1**
crush /krʌʃ/
  damage **132.4**
  love **427.3**
crust /krʌst/ **156.1**
crustacean /krʌsˈteɪ·ʃən/ **10.2**
crutches /ˈkrʌtʃ·ɪz/ **126.6**
cruzado /kruːˈzɑː·dəʊ/ **265.1** ☐
cry /kraɪ/

ÍNDICE DE PALAVRAS EM INGLÊS

shout **344**
sad **447.3**
cube /kjuːb/ **38.2** ☆
cubic /ˈkjuː.bɪk/ **38.2** ☆
cuckoo /ˈkʊk.uː/ **9**
cucumber /ˈkjuː.kʌm.bər/ **155.4**
cuddle /ˈkʌd.l̩/ **336.1**
cue /kjuː/ **394**
cuff /kʌf/
  hit **131.1**
  clothes **190.12** ☆
cufflink /ˈkʌf.lɪŋk/ **192.4**
culottes /kuːˈlɒts/ **190.3**
cultivate /ˈkʌl.tɪ.veɪt/ **173.4**
culture /ˈkʌl.tʃər/ **195**
cunning /ˈkʌn.ɪŋ/ **236**
cup /kʌp/ **170** ☆
cupboard /ˈkʌb.əd/ **169** ☆
cupboard love /ˈkʌb.əd ˌlʌv/ **427.3**
curb /kɜːb/ **228.5**
cure /kjʊər/ **126**
curiosity /ˌkjʊə.riˈɒs.ə.ti/ **113.3**
curious /ˈkjʊə.ri.əs/
  find out **113.3**
  unusual **444.1**
curly /ˈkɜː.li/ **86.3**
currant /ˈkʌr.ənt/ **152.5**
currency /ˈkʌr.ənt.si/ **265.1**
current /ˈkʌr.ənt/
  geography and geology **13.7**
  modern **202**
  machinery **303.4**
curry /ˈkʌr.i/ **161.3**
curse /kɜːs/ **357**
curtail /kɜːˈteɪl/ **228.5**
curtains /ˈkɜː.tənz/ **180** ☆
curtsy /ˈkɜːt.si/ **97.4**
curve /kɜːv/ **38.4** ☆
cushion /ˈkʊʃ.ən/ **180** ☆
custard /ˈkʌs.təd/ **160.2**
custody /ˈkʌs.tə.di/
  babies **136.3**
  legal system **209.2**
custom /ˈkʌs.təm/
  social customs **195**
  habitual **288**
customary /ˈkʌs.tə.mər.i/ **288**
customer /ˈkʌs.tə.mər/ **263**
customs /ˈkʌs.təmz/ **316**
customs officer /ˈkʌs.təmz ˌɒf.ɪ.sər/ **316**
cut /kʌt/
  decrease **47**
  cut **133**
  meat **159.2**
cut down **47**
cutlery /ˈkʌt.lər.i/ **170**
cutlet /ˈkʌt.lət/ **159.2**
cut short **47**
cycling /ˈsaɪ.kl̩.ɪŋ/ **393**
cyclone /ˈsaɪ.kləʊn/ **18.3**
cylinder /ˈsɪl.ɪn.dər/ **38.2** ☆
cylindrical /səˈlɪn.drɪ.kəl/ **38.2** ☆
cymbals /ˈsɪm.bəlz/ **379.4**
Czech /tʃek/ **361.1**

dachshund /ˈdæk.sənd/ **7.1** ☆
dad /dæd/ **138.1**
daddy /ˈdæd.i/ **138.1**
daddy longlegs /ˌdæd.i ˈlɒŋ.legz/ **5**
daffodil /ˈdæf.ə.dɪl/ **11**
daft /dɑːft/ **241**
dagger /ˈdæg.ər/ **248.4** ☆
daily /ˈdeɪ.li/ **25.1**
dairy /ˈdeə.ri/
  farming **173.2**

shops **273** ☐
daisy /ˈdeɪ.zi/ **11**
dam /dæm/ **245.1**
damage /ˈdæm.ɪdʒ/ **132**
Dame /deɪm/ **205.1**
damp /dæmp/ **21**
dampen /ˈdæm.pən/ **21.1**
dance /dɑːnts/ **376.6**
dandelion /ˈdæn.dɪ.laɪən/ **11**
danger /ˈdeɪn.dʒər/ **252**
dangerous /ˈdeɪn.dʒər.əs/ **252**
dangerously /ˈdeɪn.dʒər.ə.sli/ **252**
Danish /ˈdeɪ.nɪʃ/ **361.1**
dare /deər/ **258.1**
daring /ˈdeə.rɪŋ/ **258.1**
dark /dɑːk/
  dark **23**
  human body **86.3**
  colours **194.1**
darken /ˈdɑː.kən/ **23**
darkroom /ˈdɑːk.ruːm/ **381.4**
darling /ˈdɑː.lɪŋ/ **427.5**
dart /dɑːt/ **394**
dartboard /ˈdɑːt.bɔːd/ **394**
darts /dɑːts/ **394**
dash /dæʃ/
  punctuation **363**
  run **408**
data /ˈdeɪ.tə/ **296**
date /deɪt/
  calendar and seasons **25.1**
  fruit **152.5**
dated /ˈdeɪ.tɪd/ **203**
daughter /ˈdɔː.tər/ **138.2**
daughter-in-law /ˈdɔː.tər.ɪn.lɔː/ **138.4**
dawdle /ˈdɔː.dl̩/ **407.2**
dawn on **114**
day /deɪ/ **25.1**
daydream /ˈdeɪ.driːm/ **104.2**
dead /ded/ **197.1**
deadlock /ˈded.lɒk/ **284.1**
deadly /ˈded.li/ **198.4**
deaf /def/ **124.4**
deafening /ˈdef.ən.ɪŋ/ **88**
deal /diːl/
  doing business **262.2**
  games **386.3**
dealer /ˈdiː.lər/
  drugs **172.1**
  doing business **262.2**
deal with
  doing business **262.2**
  do **287.2**
dear /dɪər/
  expensive **267**
  love **427.5**
death /deθ/ **197.1**
debatable /dɪˈbeɪ.tə.bl̩/ **83.2**
debate /dɪˈbeɪt/ **354**
debit /ˈdeb.ɪt/ **260.1**
debris /ˈdeɪ.briː/ **71**
debt /det/ **261.1**
decade /ˈdek.eɪd/ **25.4**
decay /dɪˈkeɪ/
  dentist **123**
  damage **132.5**
deceased /dɪˈsiːst/ **197.1**
deceit /dɪˈsiːt/ **214.2**
deceive /dɪˈsiːv/ **214.2**
decelerate /ˌdiːˈsel.ər.eɪt/
  driving **309.1**
  slow **404**
December /dɪˈsem.bər/ **25.2**
decent /ˈdiː.sənt/ **417.1**
deception /dɪˈsep.ʃən/ **214.2**
deceptive /dɪˈsep.tɪv/ **214.2**
deceptively /dɪˈsep.tɪv.li/ **214.2**

decide /dɪˈsaɪd/ **107**
decide on **73**
decimal /ˈdes.ɪ.məl/ **298.1** ☐
decision /dɪˈsɪʒ.ən/ **107**
deck /dek/ **312.2**
declaration /ˌdek.ləˈreɪ.ʃən/ **342.2**
declare /dɪˈkleər/
  travel documents and procedures **316**
  tell **342.2**
decorate /ˈdek.ə.reɪt/ **59.1**
decoration /ˌdek.əˈreɪ.ʃən/ **59.1**
decrease v /dɪˈkriːs/ **47**
decrease n /ˈdiː.kriːs/ **47**
deed /diːd/ **287**
deep /diːp/
  dimensions **40** ☆
  colours **194.1**
deepen /ˈdiː.pən/ **46.2**
deer /dɪər/ **1** ☆
defeat /dɪˈfiːt/ **248.1**
defecate /ˈdef.ə.keɪt/ **102**
defence /dɪˈfents/
  legal system **209.4**
  war **248.1**
defend /dɪˈfend/ **248.1**
defensive /dɪˈfent.sɪv/ **248.1**
define /dɪˈfaɪn/ **343**
definite /ˈdef.ɪ.nət/ **82**
definitely /ˈdef.ɪ.nət.li/ **82**
definition /ˌdef.ɪˈnɪʃ.ən/ **343**
defraud /dɪˈfrɔːd/ **214.1**
degree /dɪˈgriː/
  shapes **38.1** ☆
  education **233.5**
dehydrate /ˌdiː.haɪˈdreɪt/ **22**
delay /dɪˈleɪ/ **330**
delete /dɪˈliːt/ **371**
deliberate /dɪˈlɪb.ər.ət/ **107.3**
delicate /ˈdel.ɪ.kət/ **402.1**
delicatessen /ˌdel.ɪ.kəˈtes.ən/ **273** ☐
delicious /dɪˈlɪʃ.əs/ **157.6**
delighted /dɪˈlaɪ.tɪd/ **422.2**
delight in **428**
delirious /dɪˈlɪə.ri.əs/ **129.2**
deliver /dɪˈlɪv.ər/ **323**
delivery /dɪˈlɪv.ər.i/ **323**
demand /dɪˈmɑːnd/ **72.3**
demanding /dɪˈmɑːn.dɪŋ/ **243.1**
democracy /dɪˈmɒk.rə.si/ **227.5**
democratic /ˌdem.əˈkræt.ɪk/ **227.5**
demonstrate /ˈdem.ən.streɪt/ **92**
demonstration /ˌdem.ənˈstreɪ.ʃən/
  show **92.3**
  politics and government **227.6**
demonstrative /dɪˈmɒnt.strə.tɪv/ **151.3**
denial /dɪˈnaɪ.əl/ **346.1**
dense /dents/ **40** ☆
dent /dent/ **132.3**
dental /ˈden.təl/ **123**
dental floss /ˈden.təl ˌflɒs/ **184.3**
dentist /ˈden.tɪst/ **123**
dentures /ˈden.tʃəz/ **123**
deny /dɪˈnaɪ/ **346.1**
deodorant /diˈəʊ.dər.ənt/ **184.1**
depart /dɪˈpɑːt/ **322**
department /dɪˈpɑːt.mənt/ **271.2**
department store /dɪˈpɑːt.mənt ˌstɔːr/ **273**
departure /dɪˈpɑː.tʃər/ **322**
departure lounge /dɪˈpɑː.tʃə ˌlaʊndʒ/ **313.1**
dependable /dɪˈpen.də.bl̩/ **218**
dependant /dɪˈpen.dənt/ **218**
dependence /dɪˈpen.dənts/ **218**
dependent /dɪˈpen.dənt/ **218**
depend on **218.1**
deposit /dɪˈpɒz.ɪt/

ÍNDICE DE PALAVRAS EM INGLÊS

live **175.2**
bank **260.1**
borrowing and lending **261.3**
put **289**
depot /ˈdep·əʊ/ **271.2** ☐
depressed /dɪˈprest/ **447**
depression /dɪˈpreʃ·ən/ **447**
depth /depθ/ **40** ☆
deputize /ˈdep·jə·taɪz/ **57**
deputy /ˈdep·jə·ti/ **57**
deride /dɪˈraɪd/ **425.1**
descend /dɪˈsend/ **412.3**
descendant /dɪˈsen·dənt/ **138.7**
descent /dɪˈsent/ **412.3**
describe /dɪˈskraɪb/ **343**
description /dɪˈskrɪp·ʃən/ **343**
desert *n* /ˈdez·ət/
  geography and geology **13.2**
desert *v* /dɪˈzɜːt/
  go **322.1**
deserted /dɪˈzɜː·tɪd/ **333**
deserve /dɪˈzɜːv/ **268.3**
deserving /dɪˈzɜː·vɪŋ/ **268.3**
design /dɪˈzaɪn/
  shapes **38.3**
  make **293.1**
designer /dɪˈzaɪ·nər/
  clothes **190.13**
  make **293.1**
desirable /dɪˈzaɪə·rə·bl̩/ **72**
desire /dɪˈzaɪər/ **72**
desk /desk/ **233.1** ☆
despair /dɪˈspeər/ **447.1**
desperate /ˈdes·pər·ət/ **447.1**
despise /dɪˈspaɪz/
  proud **148.2**
  hate and dislike **445**
dessert /dɪˈzɜːt/ **162.2**
dessert fork /dɪˈzɜːt ˌfɔːk/ **170** ☆
dessert spoon /dɪˈzɜːt ˌspuːn/ **170** ☆
destination /ˌdes·tɪˈneɪ·ʃən/ **317.2**
destitute /ˈdes·tɪ·tjuːt/ **270**
destroy /dɪˈstrɔɪ/ **132.1**
destruction /dɪˈstrʌk·ʃən/ **132.1**
detach /dɪˈtætʃ/ **295**
detached /dɪˈtætʃt/
  types of building **174.1** ☆
  separate **295**
detail /ˈdiː·teɪl/ **301.1**
detailed /ˈdiː·teɪld/ **301.1**
detect /dɪˈtekt/ **113**
detective /dɪˈtek·tɪv/ **209.2**
detergent /dɪˈtɜː·dʒənt/ **187.2**
deteriorate /dɪˈtɪə·ri·ə·reɪt/ **441**
deterioration /dɪˌtɪə·ri·əˈreɪ·ʃən/ **441**
determined /dɪˈtɜː·mɪnd/ **107.3**
detest /dɪˈtest/ **445**
deuce /djuːs/ **389.5**
Deutschmark /ˈdɔɪtʃ·mɑːk/ **265.1** ☐
develop /dɪˈvel·əp/
  change **58**
  arts and crafts **381.4**
device /dɪˈvaɪs/ **305**
devil /ˈdev·əl/
  wicked **219.3**
  religion **232.3**
devoted /dɪˈvəʊ·tɪd/ **427.2**
devotion /dɪˈvəʊ·ʃən/ **427.2**
devour /dɪˈvaʊər/ **164.3**
devout /dɪˈvaʊt/ **232.8**
dexterity /dekˈster·ə·ti/ **239.1**
diabetes /ˌdaɪəˈbiː·tiːz/ **124.12**
diagnose /ˌdaɪəgˈnəʊz/ **126.2**
diagnosis /ˌdaɪəgˈnəʊ·sɪs/ **126.2**
diagonal /daɪˈæg·ən·əl/ **38.4** ☆
diagram /ˈdaɪə·græm/ **297**
dial /daɪəl/ **340.3**

dialect /ˈdaɪə·lekt/ **341.6**
dialogue /ˈdaɪ·ə·lɒg/ **341.1**
diameter /daɪˈæm·ɪ·tər/ **38.1** ☆
diamond /ˈdaɪə·mənd/
  jewels **15**
  ball sports **389.2**
diaphragm /ˈdaɪə·fræm/ **101.2** ☆
diarrhoea /ˌdaɪəˈrɪə/ **124.7**
diary /ˈdaɪə·ri/ **367.2**
dice /daɪs/ **386.4**
dictate /dɪkˈteɪt/ **341.5**
dictation /dɪkˈteɪ·ʃən/ **341.5**
dictatorship /dɪkˈteɪ·tə·ʃɪp/ **227.5**
dictionary /ˈdɪk·ʃən·ər·i/ **367.3**
die /daɪ/
  illnesses **124.13**
  die **197**
  games **386.4**
diesel /ˈdiː·zəl/ **303.3**
diet /ˈdaɪ·ət/ **49.1**
differ /ˈdɪf·ər/ **55**
difference /ˈdɪf·ər·ənts/ **55**
different /ˈdɪf·ər·ənt/ **55**
differentiate /ˌdɪf·əˈren·tʃi·eɪt/ **55.1**
difficult /ˈdɪf·ɪ·kəlt/ **243**
difficulty /ˈdɪf·ɪ·kəl·ti/ **244**
dig /dɪg/ **384.2**
digest /daɪˈdʒest/ **164.2**
dignified /ˈdɪg·nɪ·faɪd/ **146**
dignity /ˈdɪg·nə·ti/ **146**
digs /dɪgz/ **175.2**
dilemma /daɪˈlem·ə/ **244**
dilute /daɪˈluːt/ **21**
dim /dɪm/ **23**
dime /daɪm/ **265.2** ☐
dimensions /ˌdaɪˈmen·tʃənz/ **40**
diminish /dɪˈmɪn·ɪʃ/ **47**
dim-witted /ˌdɪmˈwɪt·ɪd/ **240**
din /dɪn/ **88.1**
dine /daɪn/ **164**
dinghy /ˈdɪŋ·gi/ **312.1**
dining room /ˈdaɪ·nɪŋ ˌrʊm/ **170**
dinner /ˈdɪn·ər/ **162**
dinner jacket /ˈdɪn·ə ˌdʒæk·ɪt/ **190.4**
dinner plate /ˈdɪn·ə ˌpleɪt/ **170** ☆
dip /dɪp/ **21.1**
diploma /dɪˈpləʊ·mə/ **233.5**
diplomacy /dɪˈpləʊ·mə·si/ **143.2**
diplomatic /ˌdɪp·ləˈmæt·ɪk/ **143.2**
direct /dɪˈrekt, daɪ-/
  honest **213.2**
  travel **317.2**
direction /dɪˈrek·ʃən/ **318**
directly /dɪˈrekt·li/ **403.2**
director /dɪˈrek·tər/ **271.4**
dirt /dɜːt/ **189**
dirty /ˈdɜː·ti/ **189**
disabled /dɪˈseɪ·bl̩d/ **124.3**
disadvantage /ˌdɪs·ədˈvɑːn·tɪdʒ/ **244.2**
disadvantaged /ˌdɪs·ədˈvɑːn·tɪdʒd/ **244.2**
disagree /ˌdɪs·əˈgriː/ **346**
disagreement /ˌdɪs·əˈgriː·mənt/ **346**
disappear /ˌdɪs·əˈpɪər/ **322.2**
disappointed /ˌdɪs·əˈpɔɪn·tɪd/ **448**
disappointment /ˌdɪs·əˈpɔɪnt·mənt/ **448**
disapproval /ˌdɪs·əˈpruː·vəl/ **445**
disapprove /ˌdɪs·əˈpruːv/ **445**
discard /dɪˈskɑːd/ **70**
discern /dɪˈsɜːn/ **91.4**
discipline /ˈdɪs·ə·plɪn/ **229**
disco /ˈdɪs·kəʊ/ **376.6**
discomfort /dɪˈskʌmp·fət/
  symptoms **125.1**
  uncomfortable **440**
disconnect /ˌdɪs·kəˈnekt/ **295**
disconnected /ˌdɪs·kəˈnek·tɪd/ **295**

discount /ˈdɪs·kaʊnt/ **262.9**
discourteous /dɪˈskɜː·ti·əs/ **144.3**
discover /dɪˈskʌv·ər/
  find **95**
  find out **113**
discovery /dɪˈskʌv·ər·i/
  find **95**
  find out **113**
discrimination /dɪˌskrɪm·ɪˈneɪ·ʃən/ **212**
discuss /dɪˈskʌs/ **354**
discussion /dɪˈskʌʃ·ən/ **354**
disease /dɪˈziːz/ **124.1**
disembark /ˌdɪs·emˈbɑːk/ **312.3**
disgrace /dɪsˈgreɪs/ **449**
disguise /dɪsˈgaɪz/ **339**
disgust /dɪsˈgʌst/ *n* **446** *v* **446.2**
disgusting /dɪsˈgʌs·tɪŋ/ **446.1**
dishcloth /ˈdɪʃ·klɒθ/ **187.5**
dishonest /dɪˈsɒn·ɪst/ **214**
dishrack /ˈdɪʃ·ræk/ **169** ☆
dishwasher /ˈdɪʃˌwɒʃ·ər/ **187.5**
disillusion /ˌdɪs·ɪˈluː·ʒən/ **448**
disintegrate /dɪˈsɪn·tɪ·greɪt/ **132.5**
disinterested /dɪˈsɪn·trə·stɪd/ **211**
disk drive /ˈdɪsk ˌdraɪv/ **296** ☆
dislike /dɪˈslaɪk/ **445**
disloyal /ˌdɪsˈlɔɪ·əl/ **214.3**
dismiss /dɪˈsmɪs/ **271.8**
dismissal /dɪˈsmɪs·əl/ **271.8**
disobedient /ˌdɪs·əʊˈbiː·di·ənt/ **219.2**
disobey /ˌdɪs·əʊˈbeɪ/ **219.2**
disorder /dɪˈsɔː·dər/ **64**
display *v* /dɪˈspleɪ/ **92**,
display *n* /dɪˈspleɪ/ **92.3**
dispose of **70**
dispute *v* /dɪˈspjuːt/ **346.1**
dispute *n* /ˈdɪs·pjuːt/ **346.1**
dissent /dɪˈsent/ **346.1**
dissertation /ˌdɪs·əˈteɪ·ʃən/ **366.2**
dissimilar /ˌdɪsˈsɪm·ɪ·lər/ **55**
distance /ˈdɪs·tənts/ **320.2**
distant /ˈdɪs·tənt/ **320.2**
distaste /dɪˈsteɪst/ **446**
distinction /dɪˈstɪŋk·ʃən/ **55.1**
distinguish /dɪˈstɪŋ·gwɪʃ/ **55.1**
distress /dɪˈstres/ **447**
distressing /dɪˈstres·ɪŋ/ **447**
distribute /dɪˈstrɪb·juːt/ **372.3**
distribution /ˌdɪs·trɪˈbjuː·ʃən/ **372.3**
distributor /dɪˈstrɪb·jə·tər/ **372.3**
district /ˈdɪs·trɪkt/ **14.1**
disturb /dɪˈstɜːb/ **246**
disturbance /dɪˈstɜː·bənts/ **246**
ditch /dɪtʃ/ **173.1**
dive /daɪv/
  water sports **391.1**
  fall **412.3**
divide /dɪˈvaɪd/
  separate **295**
  maths **297.1**
divided by **297.1** ☐
divine /dɪˈvaɪn/ **232.8**
diving board /ˈdaɪ·vɪŋ ˌbɔːd/ **391.1**
division /dɪˈvɪʒ·ən/ **295**
divorce /dɪˈvɔːs/ **195.3**
DIY /ˌdiː·aɪˈwaɪ/ **382.2**
dizzy /ˈdɪz·i/ **125.3**
do /duː/ **287**
dock /dɒk/
  legal system **209.4** ☆
  ships and boats **312.4**
docker /ˈdɒk·ər/ **312.5**
doctor /ˈdɒk·tər/ **121**
document /ˈdɒk·jə·mənt/ **366**
documentary /ˌdɒk·jəˈmen·tər·i/ **378.1**
dodge /dɒdʒ/ **324**
dog /dɒg/ **7.1**

401

ÍNDICE DE PALAVRAS EM INGLÊS

dog-tired /ˌdɒgˈtaɪəd/ **182.3**
do in **198.1**
doll /dɒl/
  babies **136.4**
  doll **386.1**
doll's house /ˈdɒlz ˌhaʊs/ **386.1**
dollar /ˈdɒl·ər/ **265.1** ☐, **265.2** ☐
dolphin /ˈdɒl·fɪn/ **10.3**
dominate /ˈdɒm·ɪ·neɪt/ **228.4**
don /dɒn/ **190.1**
donate /dəʊˈneɪt/ **372.1**
donation /dəʊˈneɪ·ʃən/ **372.1**
donkey /ˈdɒŋ·ki/ **6**
donor /ˈdəʊ·nər/ **372.1**
door /dɔːr/ **177.3**
doorbell /ˈdɔː·bel/ **176** ☆
doorhandle /ˈdɔːˌhæn·dl̩/ **177.3**
doorknob /ˈdɔː·nɒb/ **176** ☆
dose /dəʊs/ **126.4**
dosh /dɒʃ/ **265**
dot /dɒt/ **38.3**
double /ˈdʌb·l̩/ **46.1**
double-barrelled /ˌdʌb·l̩ˈbær·l̩d/ **137.2**
double bass /ˌdʌb·l̩ ˈbeɪs/ **379.4**
double-cross /ˌdʌb·l̩ˈkrɒs/ **214.3**
doubt /daʊt/ **83.1**
doubtful /ˈdaʊt·fəl/ **83.2**
dough /dəʊ/
  baked and dried food **156.1**
  money **265**
do up **383**
dove /dʌv/ **9** ☆
down /daʊn/ **296**
downhill /ˈdaʊn·hɪl/ **393.2**
downpour /ˈdaʊn·pɔːr/ **18.2**
downstairs /ˌdaʊnˈsteəz/ **177.2**
doze /dəʊz/ **182.1**
dozen /ˈdʌz·ən/ **298.1**
dozy /ˈdəʊ·zi/ **182.1**
drachma /ˈdræk·mə/ **265.1** ☐
drag /dræg/ **338**
drain /dreɪn/
  cooking methods **168.4**
  parts of buildings **176** ☆
  empty **333**
draining board /ˈdreɪn·ɪŋ ˌbɔːd/ **169** ☆
drainpipe /ˈdreɪn·paɪp/ **176** ☆
drama /ˈdrɑː·mə/ **376.1**
dramatic /drəˈmæt·ɪk/
  excitement **257.2**
  entertainment **376.1**
dramatist /ˈdræm·ə·tɪst/ **376.1**
draught /drɑːft/ **18.3**
draughtboard /ˈdrɑːft·bɔːd/ **386.4**
draughts /drɑːfts/ **386.4**
draw /drɔː/ **381.1**
drawback /ˈdrɔː·bæk/ **244.2**
drawer /ˈdrɔː·ər/ **181** ☆
drawing /ˈdrɔː·ɪŋ/ **381.3**
drawing pin /ˈdrɔː·ɪŋ ˌpɪn/ **294.3** ☆
dread /dred/ **255**
dreadful /ˈdred·fʊl/ **438.1**
dream /driːm/ **182**
dreary /ˈdrɪə·ri/ **119**
dress /dres/ v **190.1** n **190.5**
dressage /ˈdres·ɑːdʒ/ **395.1**
dressing /ˈdres·ɪŋ/ **126.6**
dressing gown /ˈdres·ɪŋ ˌgaʊn/ **190.8**
dressing table /ˈdres·ɪŋ ˌteɪ·bl̩/ **181** ☆
dressmaker /ˈdresˌmeɪ·kər/ **190.13**
dressmaking /ˈdresˌmeɪ·kɪŋ/ **381.6**
dress rehearsal /ˈdres rɪˌhɜː·səl/ **376.3**
drift /drɪft/ **411.2**
drill /drɪl/
  dentist **123**
  tools **382.1** ☆
drink n /drɪŋk/ **166**

drink v /drɪŋk/ **167**
dripping /ˈdrɪp·ɪŋ/ **21**
drive /draɪv/
  parts of buildings **176** ☆
  driving **309.5**
driver /ˈdraɪ·vər/
  driving **309.5**
  trains **314.2**
drizzle /ˈdrɪz·l̩/ **18.2**
droll /drəʊl/ **424.2**
drop /drɒp/ **412.2**
drop in **319**
drop off
  sleep **182.1**
  bring **323**
drown /draʊn/ **198.1**
drowsy /ˈdraʊ·zi/ **182.1**
drudge /drʌdʒ/ **274.1**
drudgery /ˈdrʌdʒ·ər·i/ **274.1**
drug /drʌg/ **126.5**
drugs /drʌgz/ **172**
drugstore /ˈdrʌg·stɔːr/ **273** ☐
drum /drʌm/
  containers **331.4**
  music **379.4**
drunk /drʌŋk/ **166.7**
dry /draɪ/
  dry **22**
  boring **119**
dual carriageway /ˌdjuː·əl ˈkær·ɪdʒ·weɪ/ **311** ☆
dubious /ˈdjuː·bi·əs/ **83.2**
duchess /ˈdʌtʃ·ɪs/ **205** ☐
duck /dʌk/
  farm animals **6.1**
  avoid **324**
duck out of **324**
due /djuː/ **261.1**
duel /ˈdjuː·əl/ **249**
duet /djuˈet/ **379.3**
due to **291**
duke /djuːk/ **205** ☐
dull /dʌl/
  dark **23**
  boring **119**
  stupid **240**
dumb /dʌm/
  quiet **89**
  illnesses **124.4**
  stupid **240**
dummy /ˈdʌm·i/
  babies **136.4**
  stupid **240.1**
dungarees /ˌdʌŋ·gəˈriːz/ **190.3**
dungeon /ˈdʌn·dʒən/ **209.6**
duo /ˈdjuː·əʊ/ **379.3**
duplex /ˈdjuː·pleks/ **174.2**
dust /dʌst/
  cleaning **187.4**
  dirty **189**
dustbin /ˈdʌst·bɪn/ **71** ☆
dustcart /ˈdʌst·kɑːt/ **71** ☆
dustman /ˈdʌst·mən/ **71** ☆
dustpan /ˈdʌst·pæn/ **187.3**
dusty /ˈdʌs·ti/ **189**
Dutch /dʌtʃ/ **361.1**
Dutch courage /ˌdʌtʃ ˈkʌr·ɪdʒ/ **166.7**
dutiful /ˈdjuː·tɪ·fʊl/ **217.1**
duty /ˈdjuː·ti/ **274.4**
duty-free /ˌdjuː·tiˈfriː/ **316**
duvet /ˈduː·veɪ/ **181.1**
dwarf /dwɔːf/ **44**
dwell /dwel/ **175**
dweller /ˈdwel·ər/ **175**
dwelling /ˈdwel·ɪŋ/ **175**
dwindle /ˈdwɪn·dl̩/ **47**
dynamic /daɪˈnæm·ɪk/ **401.2**

eager /ˈiː·gər/ **278**
eagle /ˈiː·gl̩/ **9.3** ☆
ear /ɪər/ **86** ☆
earache /ˈɪər·eɪk/ **124.8**
earl /ɜːl/ **205** ☐
ear lobe /ˈɪə ˌləʊb/ **86** ☆
early /ˈɜː·li/ **325**
earn /ɜːn/ **265.3**
earnest /ˈɜː·nəst/ **238.1**
earnings /ˈɜː·nɪŋz/ **265.3**
earring /ˈɪə·rɪŋ/ **192.4** ☆
ear-splitting /ˈɪəˌsplɪt·ɪŋ/ **88**
Earth /ɜːθ/ **27** ☆
earth /ɜːθ/ **384.3**
earthenware /ˈɜː·ðənˌweər/ **304**
earthquake /ˈɜːθ·kweɪk/ **18.5**
ease n /iːz/ **247**,
ease v /iːz/ **247.1**
easel /ˈiː·zəl/ **381.2**
easily /ˈiː·zɪ·li/ **247**
east /iːst/ **318.1** ☆
Easter /ˈiː·stər/ **25.3**
easterly /ˈiː·stəl·i/ **318.1**
eastern /ˈiː·stən/ **318.1**
eastward /ˈiːst·wəd/ **318.1**
easy /ˈiː·zi/ **247**
easy-going /ˌiː·ziˈgəʊ·ɪŋ/ **259**
eat /iːt/ **164**
eavesdrop /ˈiːvz·drɒp/ **87**
eccentric /ekˈsen·trɪk/ adj **444.4** n **444.5**
eccentricity /ˌek·senˈtrɪs·ə·ti/ **444.4**
echo /ˈek·əʊ/ **356**
economic /ˌek·əˈnɒm·ɪk/ **264.1**
economical /ˌek·əˈnɒm·ɪ·kəl/ **266**
economics /ˌiː·kəˈnɒm·ɪks/
  education **233.3**
  finance **264.1**
economy /ɪˈkɒn·ə·mi/ **264.1**
ecstatic /ekˈstæt·ɪk/ **422.2**
ECU /ˈekuː/ **265.1** ☐
edge /edʒ/ **53**
edgy /ˈedʒ·i/ **256.1**
edible /ˈed·ɪ·bl̩/ **164.1**
edition /əˈdɪʃ·ən/ **367.7**
editor /ˈed·ɪ·tər/ **368.1**
editorial /ˌed·ɪˈtɔː·ri·əl/ **368.2**
educate /ˈedʒ·ʊ·keɪt/ **234**
educated /ˈedʒ·ʊ·keɪ·tɪd/ **234**
education /ˌedʒ·ʊˈkeɪ·ʃən/ **233**
educational /ˌedʒ·ʊˈkeɪ·ʃən·əl/ **233**
eel /iːl/ **10.1**
effect /ɪˈfekt/ **292**
effective /ɪˈfek·tɪv/ **274.2**
efficient /ɪˈfɪʃ·ənt/ **274.2**
effort /ˈef·ət/ **276**
effortless /ˈef·ət·ləs/ **247**
egg /eg/
  insects **5** ☆
  human body **101.3**
  dairy products **158.1**
egg on **279.1**
eiderdown /ˈaɪ·də·daʊn/ **181.1**
ejaculate /ɪˈdʒæk·jə·leɪt/ **199.3**
elated /ɪˈleɪ·tɪd/ **422.2**
elbow /ˈel·bəʊ/ **86**
elder /ˈel·dər/ **200.1**
elderly /ˈel·dəl·i/ **200.1**
elect /ɪˈlekt/ **73**
election /ɪˈlek·ʃən/ **227.3**
electric /ɪˈlek·trɪk/ **303.4**
electrical /ɪˈlek·trɪ·kəl/ **303.4**
electric blanket /ɪˌlek·trɪk ˈblæŋ·kɪt/ **181.1**
electric chair /ɪˌlek·trɪk ˈtʃeər/ **198.2**

ÍNDICE DE PALAVRAS EM INGLÊS

electrician /ˌelˈɪkˈtrɪʃ.ən/ **174.6**
electronic /ˌelˈekˈtrɒn.ɪk/ **303.4**
elegant /ˈel.ɪ.gənt/ **59**
element /ˈel.ə.mənt/
   part **52.1**
   education **233.4**
elementary /ˌel.əˈmen.tər.i/ **247**
elementary school /ˌel.əˈmen.tər.i ˌskuːl/ **233** □
elephant /ˈel.ə.fənt/ **1** ☆
elf /elf/ **416.1**
elm /elm/ **12.1**
eloquent /ˈel.ə.kwənt/ **359.1**
elsewhere /ˌelsˈweər/ **30**
emaciated /ɪˈmeɪ.si.eɪt.ɪd/ **49**
embargo /emˈbɑː.gəʊ/ **231.1**
embark /emˈbɑːk/ **312.3**
embarrass /emˈbær.əs/ **449.2**
embarrassment /emˈbær.əs.mənt/ **449.2**
embellish /emˈbel.ɪʃ/ **59.1**
embezzle /emˈbez.l̩/ **220**
embrace /emˈbreɪs/ **336.1**
embroidery /emˈbrɔɪ.dər.i/ **381.6** ☆
embryo /ˈem.bri.əʊ/ **136.1**
emerald /ˈem.ər.əld/ **15**
emerge /ɪˈmɜːdʒ/ **321.2**
emergency /ɪˈmɜː.dʒənt.si/ **252.1**
emotion /ɪˈməʊ.ʃən/ **151.1**
emotional /ɪˈməʊ.ʃən.əl/ **151.1**
emotive /ɪˈməʊ.tɪv/ **151.1**
emperor /ˈem.pər.ər/ **205** □
emphasis /ˈem.fə.sɪs/ **355**
emphasize /ˈemp.fə.saɪz/ **355**
empire /ˈem.paɪər/ **14.1**
employ /emˈplɔɪ/ **271**
employee /ˌem.plɔɪˈiː/ **271.3**
employer /emˈplɔɪ.ər/ **271.4**
employment /emˈplɔɪ.mənt/ **271**
empress /ˈem.prəs/ **205** □
empty /ˈemp.ti/ **333**
emu /ˈiː.mjuː/ **9** ☆
enable /ɪˈneɪ.bl̩/ **78.1**
enclose /enˈkləʊz/ **53**
enclosure /enˈkləʊ.ʒər/ **53**
encore /ˈɒŋ.kɔːr/ **356**
encourage /enˈkʌr.ɪdʒ/ **279**
encouragement /enˈkʌr.ɪdʒ.mənt/ **279**
encyclopedia /enˌsaɪ.kləˈpiː.di.ə/ **367.3**
end /end/ **34**
endanger /enˈdeɪn.dʒər/ **252**
endeavour /enˈdev.ər/ **276**
endorse /enˈdɔːs/ **279.2**
endurance /enˈdjʊə.rənts/ **433**
endure /enˈdjʊər/ **433**
enemy /ˈen.ə.mi/ **250**
energetic /ˌen.əˈdʒet.ɪk/ **401.2**
energy /ˈen.ə.dʒi/ **401**
engage /enˈgeɪdʒ/ **271.7**
engagement /enˈgeɪdʒ.mənt/ **195.3**
engine /ˈen.dʒɪn/ **303.1**
engineer /ˌen.dʒɪˈnɪər/ **303**
engineering /ˌen.dʒɪˈnɪə.rɪŋ/ **303**
English /ˈɪŋ.glɪʃ/
   education **233.2**
   language **361.1**
enjoy /ɪnˈdʒɔɪ/ **428**
enjoyable /ɪnˈdʒɔɪ.ə.bl̩/ **428**
enjoyment /ɪnˈdʒɔɪ.mənt/ **428.1**
enlarge /ɪnˈlɑːdʒ/ **46** ☆
enlargement /ɪnˈlɑːdʒ.mənt/ **46** ☆
enmity /ˈen.mə.ti/ **250**
enough /ɪˈnʌf/ **51**
enquire /ɪnˈkwaɪər/ **351**
enquiry /ɪnˈkwaɪə.ri/ **351**
enrage /ɪnˈreɪdʒ/ **450.1**
ensure /ɪnˈʃɔːr/ **82.1**

enter /ˈen.tər/ **369.1**
enterprise /ˈen.tə.praɪz/ **262.1**
entertain /ˌen.təˈteɪn/ **376**
entertainer /ˌen.təˈteɪ.nər/ **376**
entertainment /ˌen.təˈteɪn.mənt/ **376**
enthusiasm /ɪnˈθjuː.zi.æz.əm/ **278**
enthusiast /ɪnˈθjuː.ziæst/ **278**
enthusiastic /ɪnˌθjuː.ziˈæs.tɪk/ **278**
entice /ɪnˈtaɪs/ **432**
enticing /ɪnˈtaɪ.sɪŋ/ **432**
entire /ɪnˈtaɪər/ **50**
entirety /ɪnˈtaɪə.rə.ti/ **50**
entitle /ɪnˈtaɪ.tl̩/
   name **137.1**
   allow **230**
entrance /ˈen.trənts/ **176.1**
entry /ˈen.tri/ **176.1**
envelope /ˈen.və.ləʊp/ **340.2** ☆
envious /ˈen.vi.əs/ **251**
environment /ɪnˈvaɪə.rən.mənt/ **14.2**
environmental /ɪnˌvaɪə.rənˈmen.təl/ **14.2**
environmentally /ɪnˌvaɪə.rənˈmen.təl.i/ **14.2**
envy /ˈen.vi/ **251**
ephemeral /ɪˈfem.ər.əl/ **29.2**
epidemic /ˌep.ɪˈdem.ɪk/ **124.1**
epilepsy /ˈep.ə.lep.si/ **124.12**
episode /ˈep.ɪ.səʊd/ **378.1**
equal /ˈiː.kwəl/ **54.1**
equals /ˈiː.kwəlz/ **297.1** □
equator /ɪˈkweɪ.tər/ **13.5** ☆
equipment /ɪˈkwɪp.mənt/ **382.1**
equivalent /ɪˈkwɪv.əl.ənt/ **54.1**
era /ˈɪə.rə/ **26.2**
erase /ɪˈreɪz/ **371**
eraser /ɪˈreɪ.zər/ **371**
erect /ɪˈrekt/ **289.1**
erode /ɪˈrəʊd/ **132.5**
erosion /ɪˈrəʊ.ʒən/ **132.5**
erotic /ɪˈrɒt.ɪk/ **199.1**
errand /ˈer.ənd/ **274.3**
error /ˈer.ər/ **300.1**
escalator /ˈes.kə.leɪ.tər/ **177.2**
escape /esˈkeɪp/ **210**
escudo /esˈkuː.dəʊ/ **265.1** □
essay /ˈes.eɪ/ **366.2**
essence /ˈes.ənts/ **364**
essential /ɪˈsen.tʃəl/ **67**
establish /esˈtæb.lɪʃ/ **293.2**
establishment /esˈtæb.lɪʃ.mənt/ **293.2**
esteem /esˈtiːm/ **431**
estimate n /ˈes.tə.mət/ **109**
estimate v /ˈes.tɪ.meɪt/ **109**
estimation /ˌes.tɪˈmeɪ.ʃən/ **106**
euthanasia /ˌjuː.θəˈneɪ.zi.ə/ **198**
evade /ɪˈveɪd/ **324**
evasion /ɪˈveɪ.ʒən/ **324**
evasive /ɪˈveɪ.sɪv/ **324**
even /ˈiː.vən/
   alike **54.1**
   smooth **62.1**
   numbers **298** □
even out
   alike **54.1**
   smooth **62.1**
event /ɪˈvent/ **31.1**
eventual /ɪˈven.tʃu.əl/ **326**
eventually /ɪˈven.tʃu.əl.i/ **326**
even up **54.1**
everlasting /ˌev.əˈlɑː.stɪŋ/ **29.1**
everyday /ˈev.ri.deɪ/ **442**
evidence /ˈev.ɪ.dənts/ **209.4**
evident /ˈev.ɪ.dənt/ **93**
evidently /ˈev.ɪ.dənt.li/ **93**
evil /ˈiː.vəl/ **219**
exacerbate /ɪgˈzæs.ə.beɪt/ **441**
exact /ɪgˈzækt/ **299**

exactly /ɪgˈzækt.li/ **299**
exaggerate /ɪgˈzædʒ.ər.eɪt/ **355**
exaggeration /ɪgˌzædʒ.ərˈeɪ.ʃən/ **355**
exam /ɪgˈzæm/ **233.5**
examination /ɪgˌzæm.ɪˈneɪ.ʃən/
   see and look **91.3**
   education **233.5**
examine /ɪgˈzæm.ɪn/
   see and look **91.3**
   education **233.5**
example /ɪgˈzɑːm.pl̩/ **92.4**
excellence /ˈek.səl.ənts/ **417.3**
excellent /ˈek.səl.ənt/ **417.3**
except /ɪkˈsept/ **437**
exception /ɪkˈsep.ʃən/ **444.2**
exceptional /ɪkˈsep.ʃən.əl/ **444.3**
exceptionally /ɪkˈsep.ʃən.əl.i/ **444.3**
excess /ɪkˈses/ **68.1**
excessive /ɪkˈses.ɪv/ **68.1**
exchange /ɪksˈtʃeɪndʒ/
   communications **340.3**
   give **372.3**
excite /ɪkˈsaɪt/ **257.3**
excited /ɪkˈsaɪ.tɪd/ **257.1**
excitement /ɪkˈsaɪt.mənt/ **257**
exciting /ɪkˈsaɪ.tɪŋ/ **257.2**
exclaim /ɪksˈkleɪm/ **341.2**
exclamation /ˌeks.kləˈmeɪ.ʃən/ **341.2**
exclamation mark /ˌeks.kləˈmeɪ.ʃən ˌmɑːk/ **363**
exclude /ɪksˈkluːd/ **437**
excluding /ɪksˈkluː.dɪŋ/ **437**
exclusion /ɪksˈkluː.ʒən/ **437**
excursion /ɪkˈskɜː.ʃən/ **317.1**
excuse v /ɪkˈskjuːz/ **221.1**
excuse n /ɪkˈskjuːs/ **291.1**
execute /ˈɪk.sɪ.kjuːt/ **198.2**
execution /ˌek.sɪˈkjuː.ʃən/ **198.2**
executive /ɪgˈzek.jə.tɪv/ **271.4**
exercise /ˈek.sə.saɪz/
   sport **388.1**
   gymnasium sports **392**
exercise book /ˈek.sə.saɪz ˌbʊk/ **233.1** ☆
exert /ɪgˈzɜːt/ **274.1**
exertion /ɪgˈzɜː.ʃən/ **274.1**
exhale /ɪksˈheɪl/ **103**
exhaust /ɪgˈzɔːst/ **182.3**
exhausted /ɪgˈzɔːstɪd/ **182.3**
exhaustion /ɪgˈzɔːs.tʃən/ **182.3**
exhaust pipe /ɪgˈzɔːst ˌpaɪp/ **308** ☆
exhibit /ɪgˈzɪb.ɪt/ v **92** n **92.4**
exhibition /ˌek.sɪˈbɪʃ.ən/ **92.3**
exhilaration /ɪgˌzɪl.ərˈeɪ.ʃən/ **257**
exile /ˈeg.zaɪl/ **209.5**
exist /ɪgˈzɪst/ **29**
existence /ɪgˈzɪs.tənts/ **29**
exit /ˈeg.zɪt/ **176.1**
exorbitant /ɪgˈzɔː.bɪ.tənt/ **267.1**
expand /ɪkˈspænd/ **46**
expansion /ɪkˈspæn.tʃən/ **46**
expect /ɪkˈspekt/ **109**
expectation /ˌek.spekˈteɪ.ʃən/ **109**
expedition /ˌek.spəˈdɪʃ.ən/ **317.1**
expel /ɪkˈspel/ **209.5**
expenditure /ɪkˈspen.dɪ.tʃər/ **263.1**
expense /ɪkˈspents/ **267**
expenses /ɪkˈspent.sɪz/ **265.3**
expensive /ɪkˈspen.sɪv/ **267**
experience /ɪkˈspɪə.ri.ənts/ **110.2**
experienced /ɪkˈspɪə.ri.ənt.st/ **110.2**
experiment /ɪkˈsper.ɪ.mənt/ **276.1**
experimental /ɪkˌsper.ɪˈmen.təl/ **276.1**
expert /ˈek.spɜːt/ **239**
expire /ɪkˈspaɪər/ **197**
explain /ɪkˈspleɪn/ **343**
explanation /ˌek.spləˈneɪ.ʃən/ **343**

explode /ɪkˈspləʊd/ 132.2
exploit /ɪkˈsplɔɪt/ 280
explore /ɪkˈsplɔːr/ 317.1
explosion /ɪkˈspləʊ.ʒən/ 132.2
export n /ˈek.spɔːt/ 262.3
export v /ɪkˈspɔːt/ 262.3
expose /ɪkˈspəʊz/ 335
exposed /ɪkˈspəʊzd/ 335
express /ɪkˈspres/ 341.2
expression /ɪkˈspreʃ.ən/ 341.2
expulsion /ɪkˈspʌl.ʃən/ 209.5
exquisite /ɪkˈskwɪz.ɪt/ 59
extend /ɪkˈstend/ 46
extension /ɪkˈsten.tʃən/ 46
extensive /ɪkˈstent.sɪv/ 42
extent /ɪkˈstent/ 41
exterior /ɪkˈstɪə.ri.ər/ 66
exterminate /ɪkˈstɜː.mɪ.neɪt/ 198
external /ɪkˈstɜː.nəl/ 66
extinct /ɪkˈstɪŋkt/ 197.1
extra /ˈek.strə/ 68.1
extraordinary /ɪkˈstrɔː.dən.ər.i/
   surprise 118.2
   unusual 444.3
extravagant /ɪkˈstræv.ə.gənt/ 69
eye /aɪ/
   human body 86 ☆
   see and look 91.2
eyeball /ˈaɪ.bɔːl/ 86 ☆
eyebrow /ˈaɪ.braʊ/ 86 ☆
eyelash /ˈaɪ.læʃ/ 86 ☆
eyelid /ˈaɪ.lɪd/ 86 ☆
eyeshadow /ˈaɪˌʃæd.əʊ/ 192.5
eyesight /ˈaɪ.saɪt/ 91.6
eyesore /ˈaɪ.sɔːr/ 60

fabric /ˈfæb.rɪk/ 193
fabric conditioner /ˈfæb.rɪk kənˌdɪʃ.ə.nər/ 186
fabulous /ˈfæb.jə.ləs/ 417.3
face /feɪs/ 86 ☆
face up to 258
facilitate /fəˈsɪl.ɪ.teɪt/ 247.1
fact /fækt/ 215
factory /ˈfæk.tər.i/ 271.2 □
factual /ˈfæk.tʃuəl/ 215
fade /feɪd/ 23
faeces /ˈfiː.siːz/ 102
fag /fæg/ 171
Fahrenheit /ˈfær.ən.haɪt/ 307.5
fail /feɪl/ 397
failure /ˈfeɪ.ljər/ 397
faint /feɪnt/
   quiet 89
   symptoms 125.3
fair /feər/
   human body 86.3
   fair 211
fairness /ˈfeə.nəs/ 211
fairway /ˈfeə.weɪ/ 389.6
fairy /ˈfeə.ri/ 416
faith /feɪθ/ 232
faithful /ˈfeɪθ.fəl/ 213.3
fake /feɪk/ 36
fall /fɔːl/ 412.1
fallacy /ˈfæl.ə.si/ 300.1
fall back on 218.1
fall out 346.3
false /fɔːls/ 216
false teeth /ˌfɔːls ˈtiːθ/ 123
falsify /ˈfɔːl.sɪ.faɪ/ 216
fame /feɪm/ 111
familiar /fəˈmɪl.i.ər/ 110.2
family /ˈfæm.əl.i/ 138
family planning /ˌfæm.əl.i ˈplæn.ɪŋ/ 199.5

famine /ˈfæm.ɪn/ 165
famished /ˈfæm.ɪʃt/ 165
famous /ˈfeɪ.məs/ 111
fan /fæn/
   accessories 192.4
   like 426
fancy /ˈfænt.si/ 426
fantastic /fænˈtæs.tɪk/ 417.3
far /fɑːr/ 320.2
fare /feər/ 316
farm /fɑːm/ 173
farmer /ˈfɑː.mər/ 173
farmhouse /ˈfɑːm.haʊs/ 173
farming /ˈfɑː.mɪŋ/ 173
farmyard /ˈfɑːm.jɑːd/ 173
fart /fɑːt/ 125.4
fascinate /ˈfæs.ɪ.neɪt/ 120
fascinating /ˈfæs.ɪ.neɪ.tɪŋ/ 120
fascination /ˌfæs.ɪˈneɪ.ʃən/ 120
fascism /ˈfæʃ.ɪ.zəm/ 227.4
fashion /ˈfæʃ.ən/ 202.1
fashionable /ˈfæʃ.ən.ə.bl/ 202.1
fast /fɑːst/ 403
fasten /ˈfɑː.sən/ 294.1
fastener /ˈfɑːs.ən.ər/ 294.1
fast food /ˌfɑːst ˈfuːd/ 161.3
fat /fæt/
   fat 48
   meat 159.2
fatal /ˈfeɪ.təl/ 198.4
father /ˈfɑː.ðər/ 138.1
father-in-law /ˈfɑː.ðər.ɪn.lɔː/ 138.4
fatigue /fəˈtiːg/ 182.3
fatten /ˈfæt.ən/ 48
fattening /ˈfæt.ən.ɪŋ/ 48
fatty /ˈfæt.i/ 159.2
fault /fɔːlt/
   cause 291
   incorrect 300.1
faultless /ˈfɔːlt.ləs/ 417.4
favour /ˈfeɪ.vər/
   encourage 279.2
   like 426.1
favourable /ˈfeɪ.vər.ə.bl/ 417.1
favourite /ˈfeɪ.vər.ɪt/ 426.1
fax /fæks/
   office 272.1
   communications 340.1
fear /fɪər/ 255
fearful /ˈfɪə.fəl/ 255.1
fearless /ˈfɪə.ləs/ 258
feasibility /ˌfiː.zəˈbɪl.ə.ti/ 78
feasible /ˈfiː.zə.bl/ 78
feast /fiːst/ 162.3
feather /ˈfeð.ər/ 9 ☆
feature /ˈfiː.tʃər/ 368.2
features /ˈfiː.tʃəz/ 86
February /ˈfeb.ru.ər.i/ 25.2
fed up /ˌfed ˈʌp/ 447
fee /fiː/ 263.2
feeble /ˈfiː.bl/ 402
feed /fiːd/ 164
feel /fiːl/
   touch 98
   emotion 151.1
feeling /ˈfiː.lɪŋ/ 151.1
feel like 72
feline /ˈfiː.laɪn/ 7.2
fellow /ˈfel.əʊ/ 139.5
felt /felt/ 193.1
felt tip pen /ˌfelt tɪp ˈpen/ 370 ☆
female /ˈfiː.meɪl/ 141
feminine /ˈfem.ɪ.nɪn/ 141
fence /fents/ 176 ☆
fencing /ˈfent.sɪŋ/ 392.1
fern /fɜːn/ 11
ferocious /fəˈrəʊ.ʃəs/ 2

ferret /ˈfer.ɪt/ 4 ☆, 4 □
ferry /ˈfer.i/ 312.1
fertile /ˈfɜː.taɪl/ 173.6
fertilizer /ˈfɜː.tɪ.laɪ.zər/ 173.6
festival /ˈfes.tɪ.vəl/ 25.3
fetch /fetʃ/ 323
fever /ˈfiː.vər/ 124.1
feverish /ˈfiː.vər.ɪʃ/ 124.1
few /fjuː/ 298.1
fibreglass /ˈfaɪ.bə.glɑːs/ 304
fiction /ˈfɪk.ʃən/ 367.1
fictitious /fɪkˈtɪʃ.əs/ 216
fiddle /ˈfɪd.l/ 214.1
fidelity /fɪˈdel.ə.ti/ 213.3
fidget /ˈfɪdʒ.ɪt/ 411.1
field /fiːld/
   farming 173.1
   sport 388.4
fielder /ˈfiːl.dər/ 389.3
fierce /fɪəs/ 2
fig /fɪg/ 152.4
fight /faɪt/ 249
fighting /ˈfaɪ.tɪŋ/ 249
figure /ˈfɪg.ər/
   human body 86
   numbers 298
file /faɪl/ 272.1
filing cabinet /ˈfaɪ.lɪŋ ˌkæb.ɪ.nət/ 272.1
fill /fɪl/ 332
filling /ˈfɪl.ɪŋ/ 123
fill up 310
film /fɪlm/
   entertainment 376.4
   arts and crafts 381.4
filter /ˈfɪl.tər/ 303.1
filth /fɪlθ/ 189
filthy /ˈfɪl.θi/ 189
fin /fɪn/ 10.1 ☆
final /ˈfaɪ.nəl/ 34.2
finally /ˈfaɪ.nəl.i/ 34.2
finance /ˈfaɪ.nænts/ 264
financial /faɪˈnæn.tʃəl/ 264
finch /fɪntʃ/ 9
find /faɪnd/ 95
finding /ˈfaɪn.dɪŋ/ 113
find out 113
fine /faɪn/
   weather 18.1
   thin 49.2
   cut 133.6
   legal system 209.5
   good 417.2
finely /ˈfaɪn.li/ 133.6
finger /ˈfɪŋ.gər/
   human body 86 ☆
   touch 98
fingernail /ˈfɪŋ.gə.neɪl/ 86 ☆
finish /ˈfɪn.ɪʃ/ 34
Finnish /ˈfɪn.ɪʃ/ 361.1
fir /fɜːr/ 12.1
fire /faɪər/
   hot 20.1
   burn 135
   war 248.4
firearm /ˈfaɪər.ɑːm/ 248.4
fire brigade /ˈfaɪə brɪˌgeɪd/ 135.2
fire engine /ˈfaɪərˌen.dʒɪn/ 135.2
fire extinguisher /ˈfaɪər ɪkˌstɪŋ.gwɪ.ʃər/ 135.2
firefighter /ˈfaɪəˌfaɪ.tər/ 135.2
fireplace /ˈfaɪə.pleɪs/ 180 ☆
firing squad /ˈfaɪə.rɪŋ ˌskwɒd/ 198.2
firm /fɜːm/
   hard 100
   strict 229
   employment 271.2
firmly /ˈfɜːm.li/ 100

ÍNDICE DE PALAVRAS EM INGLÊS

first aid /ˌfɜːst 'eɪd/ **126.6**
first class /ˌfɜːst 'klɑːs/ **340.2**
first course /ˈfɜːst ˌkɔːs/ **162.2**
first name /ˈfɜːst ˌneɪm/ **137.2**
first-rate /ˌfɜːst'reɪt/ **417.4**
fish /fɪʃ/
   fish and sea animals **10**
   meat **159.3**
fish and chips /ˌfɪʃ ən 'tʃɪps/ **161.3**
fish fork /'fɪʃ fɔːk/ **170** ☆
fishing /'fɪʃ·ɪŋ/ **380.1**
fish knife /'fɪʃ ˌnaɪf/ **170** ☆
fishmonger /'fɪʃˌmʌŋ·gər/ **273** □
fist /fɪst/ **86** ☆
fit /fɪt/
   illnesses **124.12**
   healthy **127**
fitting /'fɪt·ɪŋ/ **420.1**
fix /fɪks/ **383**
fizzy /'fɪz·i/ **166.1**
flair /fleər/ **239.2**
flake /fleɪk/ **132.3**
flame /fleɪm/ **135**
flamingo /fləˈmɪŋ·gəʊ/ **9.2**
flannel /ˈflæn·əl/ **184.1**
flap /flæp/ **415**
flash /flæʃ/
   light **24.3**
   arts and crafts **381.4**
flask /flɑːsk/ **331.2**
flat /flæt/
   smooth **62.1**
   drinks **166.1**
   types of building **174.2**
   music **379.8** ☆
flat out /ˌflæt 'aʊt/ **403.1**
flatten /ˈflæt·ən/ **39**
flatter /ˈflæt·ər/ **430**
flaunt /flɔːnt/ **92.1**
flavour /ˈfleɪ·vər/ **157.1**
flavouring /ˈfleɪ·vər·ɪŋ/ **157.1**
flea /fliː/ **5**
flee /fliː/ **322.1**
fleet /fliːt/ **248.2**
flesh /fleʃ/ **159.2**
flex /fleks/ **382.3**
flexible /ˈflek·sɪ·bl̩/ **99.1**
flight /flaɪt/
   aircraft **313.2**
   go **322.1**
flight lieutenant /ˌflaɪt lefˈten·ənt/ **248.3** □
flimsy /ˈflɪm·zi/ **402.1**
fling /flɪŋ/ **405**
flippant /ˈflɪp·ənt/ **144.3**
float /fləʊt/ **391.1**
flock /flɒk/ **173.7**
flood /flʌd/ **18.2**
floor /flɔːr/
   parts of buildings **176.2**
   inside buildings **177.5**
floorcloth /ˈflɔː·klɒθ/ **187.3**
flop /flɒp/ **397**
floppy disk /ˌflɒp·i 'dɪsk/ **296** ☆
florist /ˈflɒr·ɪst/ **273** □
flour /flaʊər/ **156.2**
flow /fləʊ/ **411.3**
flower /flaʊər/ **11** ☆
flowerbed /ˈflaʊə·bed/ **384** ☆
flu /fluː/ **124.6**
fluent /ˈfluː·ənt/ **359.1**
fluid ounce /ˌfluː·ɪd 'aʊnts/ **307.3**
flush /flʌʃ/ **184.1**
flute /fluːt/ **379.4**
flutter /ˈflʌt·ər/ **415**
fly /flaɪ/
   insects **5**

birds **9.1**
   clothes **190.12**
   aircraft **313.2**
foetus /ˈfiː·təs/ **136.1**
fog /fɒg/ **18.2**
fold /fəʊld/ **39**
fold in **168.3**
folk /fəʊk/ **139.1**
folk music /ˈfəʊk ˌmjuː·zɪk/ **379.1**
folks /fəʊks/ **138.1**
folk song /ˈfəʊk ˌsɒŋ/ **379.1**
follow /ˈfɒl·əʊ/ **409**
fond /fɒnd/ **426**
fondle /ˈfɒn·dl̩/ **98.1**
font /fɒnt/ **232.5** ☆
food /fuːd/ **162.1**
food poisoning /ˈfuːd ˌpɔɪ·zən·ɪŋ/ **124.7**
food processor /ˈfuːd ˌprəʊ·ses·ər/ **169** ☆
fool /fuːl/
   dishonest **214.2**
   foolish **241.1**
foolhardy /ˈfuːlˌhɑː·di/ **302**
foolish /ˈfuː·lɪʃ/ **241**
foot /fʊt/
   human body **86**
   weights and measures **307.1**
football /ˈfʊt·bɔːl/ **389.1**
footnote /ˈfʊt·nəʊt/ **367.5**
footpath /ˈfʊt·pɑːθ/ **311.1**
footstep /ˈfʊt·step/ **407.1**
forbid /fəˈbɪd/ **231**
force /fɔːs/ **401**
forceful /ˈfɔːs·fəl/ **401.2**
forcefully /ˈfɔːs·fəl·i/ **401.2**
forecast /ˈfɔː·kɑːst/ **109.1**
foreground /ˈfɔː·graʊnd/ **381.3**
forehead /ˈfɔː·hed/ **86** ☆
foreign /ˈfɒr·ɪn/ **317.2**
foreigner /ˈfɒr·ɪ·nər/ **317.2**
foreign secretary /ˌfɒr·ɪn ˈsek·rə·tər·i/ **227** □
foreman /ˈfɔː·mən/ **271.4**
forename /ˈfɔː·neɪm/ **137.2**
foreplay /ˈfɔː·pleɪ/ **199.3**
forge /fɔːdʒ/ **56**
forget /fəˈget/ **117**
forgetful /fəˈget·fəl/ **117**
forgive /fəˈgɪv/ **221.1**
fork /fɔːk/
   dining room **170** ☆
   gardening **384.1**
form /fɔːm/
   shapes **38**
   shape **39**
   education **233** □
   make **293**
   document **366.1**
formal /ˈfɔː·məl/ **146**
formality /fɔːˈmæl·ə·ti/ **146**
formation /fɔːˈmeɪ·ʃən/ **293**
formula /ˈfɔː·mjə·lə/
   system **290**
   maths **297**
fornicate /ˈfɔː·nɪ·keɪt/ **199.2**
fortify /ˈfɔː·tɪ·faɪ/ **401.3**
fortnight /ˈfɔːt·naɪt/ **25.1**
fortunate /ˈfɔː·tʃən·ət/ **387.1**
fortune /ˈfɔː·tʃuːn/
   rich **269**
   luck **387**
fortune teller /ˈfɔː·tʃuːn ˌtel·ər/ **385**
forty winks /ˌfɔː·ti 'wɪŋks/
fossil /ˈfɒs·əl/ **13.3**
foster /ˈfɒs·tər/ **136.3**
foul /faʊl/
   sport **388.1**

ball sports **389.1**
bad **438.1**
found /faʊnd/ **293.2**
foundation /faʊnˈdeɪ·ʃən/ **293.2**
fountain pen /ˈfaʊn·tɪn ˌpen/ **370** ☆
fowl /faʊl/ **9**
fox /fɒks/
   wild animals **1** ☆, **1.1** □
   small animals **4** □
foyer /ˈfɔɪ·eɪ/ **177.1**
fraction /ˈfræk·ʃən/
   small quantity **45.2**
   numbers **298.1** □
fracture /ˈfræk·tʃər/ **124.13**
fragile /ˈfrædʒ·aɪl/ **402.1**
fragment /ˈfræg·mənt/ **45.2**
fragmentary /ˈfræg·mən·tər·i/ **45.2**
fragrance /ˈfreɪ·grənts/ **90**
frail /freɪl/ **402**
frame /freɪm/ **53**
framework /ˈfreɪm·wɜːk/ **293.2**
franc /fræŋk/ **265.1** □
frank /fræŋk/ **213.2**
frankly /ˈfræŋk·li/ **213.2**
fraud /frɔːd/ **214.1**
freak /friːk/ **444.1**
free /friː/
   free **210**
   cheap **266**
freedom /ˈfriː·dəm/ **210**
freeze /friːz/
   cold **19**
   fear **255.3**
freezer /ˈfriː·zər/ **169** ☆
freezing /ˈfriː·z·ɪŋ/ **19**
French /frentʃ/ **361.1**
French bean /ˌfrentʃ 'biːn/ **155.1**
French horn /ˌfrentʃ 'hɔːn/ **379.4**
frequent /ˈfriː·kwənt/ **443**
frequently /ˈfriː·kwənt·li/ **443**
fresh /freʃ/ **201**
freshly /ˈfreʃ·li/ **201**
friction /ˈfrɪk·ʃən/
   touch **98.2**
   disagree **346.3**
Friday /ˈfraɪ·deɪ/ **25.1**
friend /frend/ **434.1**
friendly /ˈfrend·li/ **434.3**
friendship /ˈfrend·ʃɪp/ **434**
fright /fraɪt/ **255**
frighten /ˈfraɪ·tən/ **255.2**
frightened /ˈfraɪ·tənd/ **255.1**
frightful /ˈfraɪt·fəl/ **438.1**
fringe /frɪndʒ/ **190.12**
fritter away /ˌfrɪt·ər əˈweɪ/ **69**
frog /frɒg/ **4**
front /frʌnt/ **66** ☆
front door /ˌfrʌnt 'dɔːr/ **176** ☆
front garden /ˌfrʌnt 'gɑː·dən/ **176** ☆
frontier /ˈfrʌn·tɪər/ **53.1**
frost /frɒst/ **18.4**
frown /fraʊn/ **450.3**
frozen /ˈfrəʊ·zən/ **19**
fruit /fruːt/ **152**
fruitful /ˈfruːt·fəl/ **396**
fry /fraɪ/ **168.1**
frying pan /ˈfraɪ·ɪŋ pæn/ **169** ☆
fuck /fʌk/ **199.2**
fuel /ˈfjuː·əl/ **303.3**
fulfil /fʊlˈfɪl/ **429**
fulfilment /fʊlˈfɪl·mənt/ **429**
full /fʊl/ **332**
full stop /ˌfʊl 'stɒp/ **363**
full-time /ˌfʊl'taɪm/ **271.5**
fumble /ˈfʌm·bl̩/ **242.1**
fun /fʌn/ **428.1**
fund /fʌnd/ **265**

ÍNDICE DE PALAVRAS EM INGLÊS

fundamental /ˌfʌn·dəˈmen·t̬əl/ **75**
fundamentally /ˌfʌn·dəˈmen·t̬əl·i/ **75**
funds /fʌndz/ **265**
funeral /ˈfjuː·nər·əl/ **195.4**
funfair /ˈfʌn·feər/ **385**
funnel /ˈfʌn·əl/ **303.1**
funny /ˈfʌn·i/
  funny **424.2**
  unusual **444.1**
furious /ˈfjʊə·ri·əs/ **450.1**
furnish /ˈfɜː·nɪʃ/ **177.5**
furniture /ˈfɜː·nɪ·tʃər/ **177.5**
further education /ˌfɜ·ðər ˌedʒ·ʊˈkeɪ·ʃən/ **233** ☐
fury /ˈfjʊə·ri/ **450.1**
fuse /fjuːz/ **303.1**
fuse-box /ˈfjuːz·bɒks/ **303.1**
fuss /fʌs/ **450.2**
fussy /ˈfʌs·i/ **301.1**
futile /ˈfjuː·taɪl/ **282**
future /ˈfjuː·tʃər/ n **26.2** adj **26.3**

gadget /ˈgædʒ·ɪt/ **382.1**
gain /geɪn/ **373.1**
gait /geɪt/ **407.1**
gale /geɪl/ **18.3**
gallery /ˈgæl·ər·i/ **92.3**
gallon /ˈgæl·ən/ **307.3**
gallop /ˈgæl·əp/
  equestrian sports **395**
  run **408**
galore /gəˈlɔːr/ **43.2**
gamble /ˈgæm·bl̩/ **386.5**
game /geɪm/
  wild animals **1** ☐
  meat **159.3**
  games **386**
  sport **388.3**
  ball sports **389.5**
gammon /ˈgæm·ən/ **159.1**
gang /gæŋ/ **207.1**
gangway /ˈgæŋ·weɪ/ **311.1**
gap /gæp/ **134**
gaping /ˈgeɪ·pɪŋ/ **179**
garage /ˈgær·ɑːʒ/
  parts of buildings **176** ☆
  petrol station **310**
garden /ˈgɑː·dən/ n **384.2** ☆ v **384.2**
garden centre /ˌgɑː·dən ˈsen·tər/ **273** ☐
gardener /ˈgɑː·dən·ər/ **384.2**
gardening /ˈgɑː·dən·ɪŋ/ **384**
garlic /ˈgɑː·lɪk/ **155.3** ☆
garment /ˈgɑː·mənt/ **190**
gas /gæs/
  gases **17**
  machinery **303.3**
gas chamber /ˈgæs ˌtʃeɪm·bər/ **198.2**
gash /gæʃ/ **133.2**
gasp /gɑːsp/ **103.1**
gate /geɪt/ **176** ☆
gatepost /ˈgeɪt·pəʊst/ **176** ☆
gateway /ˈgeɪt·weɪ/ **176.1**
gather /ˈgæð·ər/
  believe **105.1**
  group **207.2**
gauche /gəʊʃ/ **400**
gaudy /ˈgɔː·di/ **194.1**
gaunt /gɔːnt/ **49**
gawp /gɔːp/ **91.2**
gay /geɪ/ **199.6**
gaze /geɪz/ **91.2**
gear /gɪər/ **382.1**
gear lever /ˈgɪə ˌliː·vər/ **308.1**
gem /dʒem/ **15**
Gemini /ˈdʒem·ɪ·naɪ/ **28** ☐
gender /ˈdʒen·dər/ **199**

general /ˈdʒen·ər·əl/
  general **85**
  war **248.3** ☐
  incorrect **300.2**
general anaesthetic /ˌdʒen·ər·əl ˌæn·əsˈθet·ɪk/ **122.1**
generalize /ˈdʒen·ər·əl·aɪz/ **85**
generally /ˈdʒen·ər·əl·i/ **85**
generation /ˌdʒen·əˈreɪ·ʃən/ **138.7**
generous /ˈdʒen·ər·əs/ **224.1**
genitals /ˈdʒen·ɪ·t̬əlz/ **86**
genius /ˈdʒiː·ni·əs/ **236.1**
gentle /ˈdʒen·tl̩/ **3**
gentleman /ˈdʒen·tl̩·mən/ **139.4**
gentlemanly /ˈdʒen·tl̩·mən·li/ **139.4**
gently /ˈdʒent·li/ **3**
gents /dʒents/ **185.1**
genuine /ˈdʒen·ju·ɪn/
  real **35**
  honest **213.1**
geographer /dʒiˈɒg·rə·fər/ **13**
geography /dʒiˈɒg·rə·fi/
  geography and geology **13**
  education **233.2**
geologist /dʒiˈɒl·ə·dʒɪst/ **13**
geology /dʒiˈɒl·ə·dʒi/ **13**
geometric /ˌdʒi·əʊˈmet·rɪk/ **297**
geometry /dʒiˈɒm·ə·tri/ **297**
gerbil /ˈdʒɜː·bəl/ **7.3**
germ /dʒɜːm/ **124.2**
German /ˈdʒɜː·mən/ **361.1**
German measles /ˌdʒɜː·mən ˈmiː·zlz/ **124.10**
gesture /ˈdʒes·tʃər/ **365**
get /get/ **373**
get across **343**
get out of **324**
get rid of **70**
get up **97.1**
ghastly /ˈgɑːst·li/ **438.1**
gherkin /ˈgɜː·kɪn/ **161.2**
ghost /gəʊst/ **416.2**
giant /dʒaɪənt/ **42.1**
gift /gɪft/
  skilful **239.2**
  give **372.1**
gifted /ˈgɪf·tɪd/ **239.2**
gig /gɪg/ **379.6**
giggle /ˈgɪg·l̩/ **423**
gill /gɪl/
  fish and sea animals **10.1** ☆
gill /dʒɪl/
  weights and measures **307.3**
gin /dʒɪn/ **166.4**
ginger /ˈdʒɪn·dʒər/
  human body **86.3**
  flavours **157.3**
  colours **194.3**
giraffe /dʒɪˈrɑːf/ **1** ☆
girl /gɜːl/ **139.2**
girlfriend /ˈgɜːl·frend/ **427.4**
girlish /ˈgɜː·lɪʃ/ **141**
gist /dʒɪst/ **364**
give /gɪv/ **372**
give away
  admit **350.1**
  give **372.1**
give up
  end **34**
  failure **397**
give way **309**
glacier /ˈgleɪ·si·ər/ **13.7**
glad /glæd/ **422.1**
gladden /ˈglæd·ən/ **422.1**
gladness /ˈglæd·nəs/ **422.1**
glance /glɑːnts/ **91.1**
glare /gleər/

  light **24.2**
  angry **450.3**
glass /glɑːs/
  dining room **170** ☆
  materials **304**
glasses /ˈglɑː·sɪz/ **91.8**
gleam /gliːm/ **24.2**
glide /glaɪd/ **411.1**
glider /ˈglaɪ·dər/ **313**
glimmer /ˈglɪm·ər/ **24.3**
glimpse /glɪmps/ **91.1**
glisten /ˈglɪs·ən/ **24.2**
glitter /ˈglɪt·ər/ **24.3**
globe artichoke /ˌgləʊb ˈɑː·tɪ·tʃəʊk/ **155.3**
gloom /gluːm/ **23**
gloomy /ˈgluː·mi/ **23**
glorious /ˈglɔː·ri·əs/ **77**
glory /ˈglɔː·ri/
  great **77**
  admire **431.2**
glove /glʌv/ **192.5**
glow /gləʊ/ **24.2**
glue /gluː/ **294.3**
glutton /ˈglʌt·ən/ **164.4**
gnaw /nɔː/ **164.2**
gnome /nəʊm/ **416.1**
go /gəʊ/ **322**
goad /gəʊd/ **279.1**
goal /gəʊl/
  intend **107.2**
  sport **388.1**
  ball sports **389.1**
goalkeeper /ˈgəʊlˌkiː·pər/ **389.1** ☆
goalposts /ˈgəʊl·pəʊsts/ **389.1** ☆
goat /gəʊt/ **6**
gobble /ˈgɒb·l̩/
  birds **9.4**
  eat **164.3**
God /gɒd/ **232.3**
godchild /ˈgɒd·tʃaɪld/ **195.2**
godfather /ˈgɒdˌfɑː·ðər/ **195.2**
godmother /ˈgɒdˌmʌð·ər/ **195.2**
goggles /ˈgɒg·l̩z/ **91.8**
gold /gəʊld/ **16**
golden /ˈgəʊl·dən/ **16**
goldfish /ˈgəʊld·fɪʃ/ **7.3**
golf /gɒlf/ **389.6**
golf club /ˈgɒlf ˌklʌb/ **389.6**
golf course /ˈgɒlf ˌkɔːs/ **388.4**
good /gʊd/
  good (morally) **217**
  good (quality) **417**
good-for-nothing /ˌgʊd·fəˌnʌθ·ɪŋ/ **283.1**
good-looking /ˌgʊdˈlʊk·ɪŋ/ **59**
goods /gʊdz/ **262.5**
go off **153**
go on **33**
goose /guːs/ **6.1**
gooseberry /ˈgʊz·bər·i/ **152.3**
gorge /gɔːdʒ/ **13.1**
gorgeous /ˈgɔː·dʒəs/ **59**
gorilla /gəˈrɪl·ə/ **1** ☆
Gospel /ˈgɒs·pəl/ **232.7**
gossip /ˈgɒs·ɪp/ **360**
gossipy /ˈgɒs·ɪ·pi/ **360**
govern /ˈgʌv·ən/ **228.4**
government /ˈgʌv·ən·mənt/ **227**
governor /ˈgʌv·ən·ər/ **227** ☐
gown /gaʊn/ **190.5**
grab /græb/ **375.1**
grace /greɪs/ **399**
graceful /ˈgreɪs·fʊl/
  beautiful **59**
  agile **399**
gracious /ˈgreɪ·ʃəs/ **143.1**
grade /greɪd/

important **74.2**
education **233** ☐
grade school /ˈɡreɪd ˌskuːl/ **233** ☐
gradual /ˈɡrædʒ·u·əl/ **404**
gradually /ˈɡrædʒ·u·əl·i/ **404**
graduate v /ˈɡrædʒ·u·eɪt/ **233.5**
graduate n /ˈɡrædʒ·u·ət/ **235.1**
grain /ɡreɪn/
  small quantity **45.2**
  farming **173.5**
gram /ɡræm/ **307.4**
grammar /ˈɡræm·ər/ **362.4**
grammar school /ˈɡræm·ə ˌskuːl/ **233** ☐
grammatical /ɡrəˈmæt·ɪ·kəl/ **362.4**
gramophone /ˈɡræm·ə·fəʊn/ **379.9** ☆
grand /ɡrænd/ **77**
grandad /ˈɡræn·dæd/ **138.3**
grandchild /ˈɡrænd·tʃaɪld/ **138.3**
granddaughter /ˈɡrænd,dɔː·tər/ **138.3**
grandeur /ˈɡræn·djʊər/ **77**
grandfather /ˈɡrænd,fɑː·ðər/ **138.3**
grandmother /ˈɡrænd,mʌð·ər/ **138.3**
grandparent /ˈɡrænd,peə·rənt/ **138.3**
grandson /ˈɡrænd·sʌn/ **138.3**
granny /ˈɡræn·i/ **138.3**
grant /ɡrɑːnt/
  allow **230**
  money **265.3**
grape /ɡreɪp/ **152.1**
grapefruit /ˈɡreɪp·fruːt/ **152.2**
graph /ɡrɑːf/ **297**
grasp /ɡrɑːsp/
  understand **114**
  hold **336**
  take **375.1**
grasshopper /ˈɡrɑːs,hɒp·ər/ **5**
grate /ɡreɪt/
  cooking methods **168.2**
  living room **180** ☆
grateful /ˈɡreɪt·fʊl/ **422.1**
grater /ˈɡreɪ·tər/ **168.2** ☆
grave /ɡreɪv/
  important **74**
  social customs **195.4**
gravestone /ˈɡreɪv·stəʊn/ **195.4**
gravy /ˈɡreɪ·vi/ **161.5**
graze /ɡreɪz/ **132.3**
greasy /ˈɡriː·si/ **189**
great /ɡreɪt/
  great **77**
  good **417.3**
great- /ɡreɪt-/ **138.3**
greed /ɡriːd/ **72.2**
greedy /ˈɡriː·di/ **72.2**
Greek /ɡriːk/ **361.1**
Greek Orthodox /ˌɡriːk ˈɔː·θ·ə·dɒks/ **232.2**
green /ɡriːn/
  colours **194.3**
  new **201.3**
  ball sports **389.6**
greengrocer /ˈɡriːn,ɡrəʊ·sər/ **273** ☐
greenhouse /ˈɡriːn·haʊs/ **384** ☆
greet /ɡriːt/ **196**
greeting /ˈɡriː·tɪŋ/ **196**
grey /ɡreɪ/
  human body **86.3**
  colours **194.3**
greyhound /ˈɡreɪ·haʊnd/ **7.1** ☆
grief /ɡriːf/ **447.1**
grief-stricken /ˈɡriːf,strɪk·ən/ **447.1**
grieve /ɡriːv/ **447.1**
grill /ɡrɪl/
  cooking methods **168.1**
  kitchen **169** ☆
  ask **351.1**
grilling /ˈɡrɪl·ɪŋ/ **351.1**

grim /ɡrɪm/ **438.1**
grime /ɡraɪm/ **189**
grimy /ˈɡraɪ·mi/ **189**
grin /ɡrɪn/ **423**
grind /ɡraɪnd/
  damage **132.4**
  cut **133.3**
grip /ɡrɪp/ **336**
gripping /ˈɡrɪp·ɪŋ/
  interesting **120**
  excitement **257.2**
groan /ɡrəʊn/ **345**
grocer /ˈɡrəʊ·sər/ **273** ☐
grocery /ˈɡrəʊ·sər·i/ **273** ☐
groschen /ˈɡrɒʃ·ən/ **265.1** ☐
gross /ɡrəʊs/ **262.9**
grotesque /ɡrəʊˈtesk/ **60**
ground /ɡraʊnd/
  gardening **384.3**
  sport **388.4**
ground floor /ˌɡraʊnd ˈflɔː/ **176.2** ☆
grounds /ɡraʊndz/ **291.1**
group /ɡruːp/
  group **207**
  music **379.3**
group captain /ˌɡruːp ˈkæp·tɪn/ **248.3** ☐
grow /ɡrəʊ/
  increase **46**
  farming **173.4**
grower /ˈɡrəʊ·ər/ **173.4**
growl /ɡraʊl/ **8.1, 8.2** ☐
grown-up /ˈɡrəʊn·ʌp/ **139.4**
growth /ɡrəʊθ/ **46**
grub /ɡrʌb/ **162.1**
grubby /ˈɡrʌb·i/ **189**
grudge /ɡrʌdʒ/ **251**
grudging /ˈɡrʌdʒ·ɪŋ/ **251**
grumble /ˈɡrʌm·bl/ **345**
guarantee /ˌɡær·ənˈtiː/
  certain **82.1**
  promise **358**
guard /ɡɑːd/
  look after **254**
  trains **314.2**
guarded /ˈɡɑː·dɪd/ **301**
guess /ɡes/
  believe **105.2**
  guess **109**
guesswork /ˈɡes·wɜːk/ **109**
guest /ɡest/ **319**
guest house /ˈɡest ˌhaʊs/ **317.3**
guffaw /ɡəˈfɔː/ **423**
guidance /ˈɡaɪ·dənts/ **353.1**
guide /ɡaɪd/ **92.2**
guilder /ˈɡɪl·dər/ **265.1** ☐
guilt /ɡɪlt/
  wicked **219.1**
  shame **449.1**
guilty /ˈɡɪl·ti/
  wicked **219.1**
  shame **449.1**
guinea pig /ˈɡɪn·i ˌpɪɡ/ **7.3**
guitar /ɡɪˈtɑːr/ **379.4**
gulf /ɡʌlf/ **13.5** ☆
gullible /ˈɡʌl·ə·bl/ **105.3**
gulp /ɡʌlp/ **167**
gums /ɡʌmz/ **86.1**
gun /ɡʌn/ **248.4**
gust /ɡʌst/ **18.3**
guts /ɡʌts/
  human body **101.2**
  courage **258**
gutter /ˈɡʌt·ər/ **176** ☆
guy /ɡaɪ/ **139.5**
Guy Fawkes Night /ˈɡaɪ fɔːks ˌnaɪt/ **25.3**
guzzle /ˈɡʌz·l/ **164.3**
gym /dʒɪm/ **392**

gymkhana /dʒɪmˈkɑː·nə/ **395.1**
gymnastics /dʒɪmˈnæs·tɪks/ **392**
gym shoes /ˈdʒɪm ˌʃuːz/ **191** ☆

habit /ˈhæb·ɪt/ **288**
habitual /həˈbɪtʃ·u·əl/ **288**
hack /hæk/ **133.2**
hacksaw /ˈhæk·sɔː/ **382.1** ☆
haemophilia /ˌhiː·məˈfɪl·i·ə/ **124.11**
haggard /ˈhæɡ·əd/ **49**
hail /heɪl/ **18.4**
hair /heər/ **86**
hairbrush /ˈheə·brʌʃ/ **184.2**
haircut /ˈheə·kʌt/ **184.2**
hairdresser /ˈheə,dres·ər/ **184.2**
hairdryer /ˈheə,draɪ·ər/ **184.2**
hairspray /ˈheə·spreɪ/ **184.2**
hairy /ˈheə·ri/ **86.2**
half-brother /ˈhɑːf,brʌð·ər/ **138.5**
half-hearted /ˌhɑːfˈhɑːt·ɪd/ **285**
half-sister /ˈhɑːf,sɪs·tər/ **138.5**
hall /hɔːl/ **177.1**
Halloween /ˌhæl·əʊˈiːn/ **25.3**
halt /hɒlt/ **34**
halve /hɑːv/ **47**
ham /hæm/ **159.1**
hamburger /ˈhæm,bɜː·ɡər/ **161.3**
hammer /ˈhæm·ər/
  tools **382.1** ☆
  athletics **390.2**
hamper /ˈhæm·pər/ **245**
hamster /ˈhæmp·stər/ **7.3**
hand /hænd/
  human body **86**
  help **277**
  give **372**
  games **386.3**
handbag /ˈhænd·bæɡ/ **192.3**
handbrake /ˈhænd·breɪk/ **308.1**
handful /ˈhænd·fʊl/ **45.2**
hand grenade /ˈhænd ɡrəˌneɪd/ **248.4** ☆
handicap /ˈhæn·dɪ·kæp/
  illnesses **124.3**
  problem **244.2**
handicapped /ˈhæn·dɪ·kæpt/
  illnesses **124.3**
  problem **244.2**
handkerchief /ˈhæŋ·kə·tʃiːf/ **192.6**
handle /ˈhæn·dl/
  touch **98**
  control **228.2**
  tools **382.1** ☆
hand over **372**
handshake /ˈhænd·ʃeɪk/ **196**
handsome /ˈhænd·səm/ **59**
handwriting /ˈhænd,raɪ·tɪŋ/ **369**
handy /ˈhæn·di/ **281**
hang /hæŋ/ **198.2**
hang about **286**
hangar /ˈhæŋ·ɡər/ **313.1**
hang back **286**
hanggliding /ˈhæŋ,ɡlaɪ·dɪŋ/ **393.3**
hanging /ˈhæŋ·ɪŋ/ **198.2**
hang on
  wait **286**
  hold **336**
hang onto **374.2**
hangover /ˈhæŋ,əʊ·vər/ **166.7**
hankie /ˈhæŋ·ki/ **192.6**
happen /ˈhæp·ən/ **31**
happily /ˈhæp·ɪ·li/ **422**
happiness /ˈhæp·ɪ·nəs/ **422**
happy /ˈhæp·i/ **422**
harbour /ˈhɑː·bər/ **312.4**
hard /hɑːd/
  hard **100**

ÍNDICE DE PALAVRAS EM INGLÊS

difficult **243**
hardback /'hɑːd·bæk/ **367.6**
hard disk /ˌhɑːd 'dɪsk/ **296**
harden /'hɑː·dən/ **100**
hard-hearted /ˌhɑːd'hɑː·tɪd/ **223**
hardly /'hɑːd·li/ **444.2**
hard shoulder /ˌhɑːd 'ʃəʊl·dər/ **311** ☆
hard up /ˌhɑːd 'ʌp/ **270.1**
hardware /'hɑːd·weər/ **296**
hardware store /'hɑːd·weə ˌstɔːr/ **273** ☐
hardy /'hɑː·di/ **401.1**
hare /heər/ **4** ☐
harm /hɑːm/ **132**
harmful /'hɑːm·fəl/ **132**
harmless /'hɑːm·ləs/ **3**
harmony /'hɑː·mə·ni/
  agree **348.1**
  music **379.2**
harp /hɑːp/ **379.4**
harsh /hɑːʃ/ **229**
harvest /'hɑː·vɪst/ **173.4**
hashish /hæs'iːʃ/ **172.3**
haste /heɪst/ **403.1**
hasty /'heɪ·sti/ **403.1**
hat /hæt/ **192.1** ☆
hatch /hætʃ/ **9.1**
hate /heɪt/ **445**
hatred /'heɪ·trɪd/ **445**
haughty /'hɔː·ti/ **148.2**
haul /hɔːl/ **338**
haunt /hɔːnt/ **416.2**
have /hæv/ **374**
hawk /hɔːk/ **9.3** ☆
hay /heɪ/ **173.5**
haystack /'heɪ·stæk/ **173.5**
hazard /'hæz·əd/ **252**
hazelnut /'heɪ·zəl·nʌt/ **154**
head /hed/
  human body **86**
  control **228.4**
  teach **234.1**
headache /'hed·eɪk/
  illnesses **124.8**
  problem **244**
heading /'hed·ɪŋ/ **366**
headlight /'hed·laɪt/
  light **24.4** ☆
  car **308** ☆
headline /'hed·laɪn/ **368.2**
headphones /'hed·fəʊnz/ **379.3** ☆
headquarters /ˌhed'kwɔː·təz/ **206.1**
headscarf /'hed·skɑːf/ **192.2**
headteacher /ˌhed'tiː·tʃər/ **234.1**
heal /hiːl/ **126.1**
health /helθ/ **127**
health centre /'helθ ˌsen·tər/ **121**
health visitor /'helθ ˌvɪz·ɪ·tər/ **121**
healthy /'hel·θi/ **127**
heap /hiːp/ **43.1**
hear /hɪər/ **87**
hearing /'hɪə·rɪŋ/ **87**
hearse /hɜːs/ **195.4**
heart /hɑːt/ **101.2** ☆
heart attack /'hɑːt əˌtæk/ **124.11**
heartbroken /'hɑːtˌbrəʊ·kən/ **447.1**
heartless /'hɑːt·ləs/ **223**
heat /hiːt/ **20**
heater /'hiː·tər/ **20.1**
heather /'heð·ər/ **11**
heating /'hiː·tɪŋ/ **20.1**
heave /hiːv/ **338**
heaven /'hev·ən/ **232.9**
heavenly /'hev·ən·li/ **232.9**
heavy /'hev·i/ **307.4**
hedge /hedʒ/ **173.1**
hedgehog /'hedʒ·hɒg/ **4**
heel /hiːl/

human body **86**
shoes **191** ☆
height /haɪt/ **40** ☆
heighten /'haɪ·tən/ **46.2**
heir /eər/ **373.1**
helicopter /'hel·ɪˌkɒp·tər/ **313**
helium /'hiː·li·əm/ **17**
hell /hel/ **232.9**
helmet /'hel·mət/ **192.1** ☆
help /help/ **277**
helper /'hel·pər/ **277**
helpful /'help·fəl/ **277**
helping /'hel·pɪŋ/ **162.1**
helpless /'help·ləs/ **402**
help out **277**
hem /hem/ **190.12**
hen /hen/ **6.1**
herb /hɜːb/ **157.2**
herbivore /'hɜː·bɪ·vɔːr/ **1** ☐
herd /hɜːd/
  farming **173.7**
  group **207.1**
hereditary /hɪ'red·ɪ·tər·i/ **373.1**
hermit /'hɜː·mɪt/ **435.1**
hero /'hɪə·rəʊ/ **258**
heroic /hɪ'rəʊ·ɪk/ **258**
heroin /'her·əʊ·ɪn/ **172.2**
heron /'her·ən/ **9.2**
hero-worship /'hɪə·rəʊˌwɜː·ʃɪp/ **427.3**
herring /'her·ɪŋ/ **10.1**
hesitate /'hez·ɪ·teɪt/ **286**
hesitation /ˌhez·ɪ'teɪ·ʃən/ **286**
heterosexual /ˌhet·ər·əʊ'sek·ʃu·əl/ **199.6**
het up /ˌhet'ʌp/ **256.1**
hiccup /'hɪk·ʌp/ **125.4**
hide /haɪd/ **339**
hideous /'hɪd·i·əs/ **60**
hifi /'haɪ·faɪ/ **379.9**
high /haɪ/ **40** ☆
higher education /ˌhaɪ·ər ˌedʒ·u'keɪ·ʃən/ **233** ☐
high jump /'haɪ dʒʌmp/ **390.2**
highly-strung /ˌhaɪ·li'strʌŋ/ **151.3**
Highness /'haɪ·nəs/ **205**
high school /'haɪ ˌskuːl/ **233** ☐
high-speed /ˌhaɪ'spiːd/ **403**
highway /'haɪ·weɪ/ **311**
hijack /'haɪ·dʒæk/ **220.2**
hike /haɪk/ **407.3**
hiking /'haɪ·kɪŋ/ **393.1**
hilarious /hɪ'leə·ri·əs/ **424.2**
hilarity /hɪ'lær·ə·ti/ **424.2**
hill /hɪl/ **13.1**
hinder /'hɪn·dər/ **245**
Hindi /'hɪn·di/ **361.2**
hindrance /'hɪn·drənʦ/ **245**
Hinduism /'hɪn·duː·ɪ·zəm/ **232.1**
hint /hɪnt/ **364.2**
hip /hɪp/ **86**
hippopotamus /ˌhɪp·ə'pɒt·ə·məs/ **1**
hire /haɪər/
  doing business **262.4**
  employment **271.7**
hire purchase /haɪər 'pɜːtʃ·əs/ **261.3**
hiss /hɪs/ **8.2**
history /'hɪs·tər·i/ **233.2**
hit /hɪt/
  hit **131**
  gymnasium sports **392.1**
hit-and-run /ˌhɪt·ən'rʌn/ **309.4**
hitch-hike /'hɪtʃ·haɪk/ **317**
hit upon **95.1**
HIV /ˌeɪtʃ·aɪ'viː/ **124.12**
hoarse /hɔːs/ **125.4**
hob /hɒb/ **169** ☆
hobble /'hɒb·l̩/ **407.6**

hobby /'hɒb·i/ **380**
hockey /'hɒk·i/ **389.4**
hockey stick /'hɒk·i ˌstɪk/ **389.4**
hoe /həʊ/ **384.1**
hold /həʊld/
  hold **336**
  carry **337**
holdall /'həʊld·ɔːl/ **317.4**
holder /'həʊl·dər/ **331.6**
hold up
  hinder **245**
  carry **337**
hole /həʊl/
  hole **134**
  ball sports **389.6**
holiday /'hɒl·ə·deɪ/ **183.2**
holidaymaker /'hɒl·ə·diˌmeɪ·kər/ **183.2**
hollow /'hɒl·əʊ/ **333**
holly /'hɒl·i/ **11**
holy /'həʊ·li/ **232.8**
Holy Spirit /ˌhəʊ·li 'spɪr·ɪt/ **232.3**
home /həʊm/ **174.1**
homeopath /'həʊ·mi·əʊ·pæθ/ **121**
home run /ˌhəʊm 'rʌn/ **389.2**
homework /'həʊm·wɜːk/ **235**
homosexual /ˌhɒm·əʊ'sek·ʃu·əl/ **199.6**
honest /'ɒn·ɪst/ **213**
honestly /'ɒn·ɪst·li/ **213**
honey /'hʌn·i/
  sweet foods **160.1**
  love **427.5**
honeymoon /'hʌn·i·muːn/ **195.3**
honour /'ɒn·ər/ **431.2**
hood /hʊd/ **192.1** ☆
hoof /huːf/ **1** ☆
hook /hʊk/
  join **294**
  leisure activities **380.1**
hooter /'huː·tər/ **88.3**
hoover /'huː·vər/ **187.3**
hop /hɒp/ **410**
hope /həʊp/ **72**
hopeful /'həʊp·fəl/ **72**
hopeless /'həʊp·ləs/
  bad **438**
  sad **447**
horizontal /ˌhɒr·ɪ'zɒn·təl/ **66** ☆
horn /hɔːn/
  wild animals **1** ☆
  noisy **88.3**
horoscope /'hɒr·ə·skəʊp/ **28**
horrible /'hɒr·ə·bl̩/ **438**
horrify /'hɒr·ɪ·faɪ/ **446.2**
horrifying /'hɒr·ɪ·faɪ·ɪŋ/ **446.1**
horror /'hɒr·ər/ **446**
horror film /'hɒr·ə ˌfɪlm/ **376.5**
hors d'oeuvre /ˌɔː'dɜːv/ **162.2**
horse /hɔːs/
  farm animals **6**
  equestrian sports **395** ☆
horseback /'hɔːs·bæk/ **395**
hospitable /hɒs'pɪt·ə·bl̩/ **434.3**
hospital /'hɒs·pɪ·təl/ **122**
hospitality /ˌhɒs·pɪ'tæl·ə·ti/ **434.3**
host /həʊst/ **319**
hostage /'hɒs·tɪdʒ/ **220.2**
hostile /'hɒs·taɪl/ **250**
hot /hɒt/ **20**
hot chocolate /ˌhɒt 'tʃɒk·lət/ **166.3**
hot dog /'hɒt·dɒg/ **161.3**
hotel /həʊ'tel/ **317.3**
hotplate /'hɒt·pleɪt/ **169** ☆
hot water bottle /ˌhɒt 'wɔː·tə ˌbɒt·l̩/ **181.1**
hound /haʊnd/ **395.1**
hour /aʊər/ **26.1**
house /haʊs/ **174.1**

housekeeper /ˈhaʊsˌkiː·pər/ **187.1**
housekeeping /ˈhaʊsˌkiː·pɪŋ/ **187.1**
House of Commons /ˌhaʊs əv ˈkɒm·ənz/ **227** ☐
House of Lords /ˌhaʊs əv ˈlɔːdz/ **227** ☐
House of Representatives /ˌhaʊs əv ˌrep·rɪˈzen·tə·tɪvz/ **227** ☐
housewife /ˈhaʊs·waɪf/ **187.1**
housework /ˈhaʊs·wɜːk/ **187.1**
housing /ˈhaʊ·zɪŋ/ **175.2**
hover /ˈhɒv·ər/ **9.1**
hovercraft /ˈhɒv·ə·krɑːft/ **312.1**
howl /haʊl/ **8.1**
hug /hʌɡ/ **336.1**
hum /hʌm/ **379.5**
human /ˈhjuː·mən/ **139**
humane /hjuːˈmeɪn/ **224**
humanities /hjuːˈmæn·ə·tiz/ **233.2**
humanity /hjuːˈmæn·ə·ti/ **139.1**
humankind /ˌhjuː·mənˈkaɪnd/ **139.1**
humble /ˈhʌm·bl̩/ **150**
humid /ˈhjuː·mɪd/ **20**
humiliate /hjuːˈmɪl·i·eɪt/ **449.2**
humiliation /hjuːˌmɪl·iˈeɪ·ʃən/ **449.2**
humility /hjuːˈmɪl·ə·ti/ **449.2**
humorous /ˈhjuː·mər·əs/ **424.1**
humour /ˈhjuː·mər/ **424.1**
hump /hʌmp/ **1** ☆
hundred /ˈhʌn·drəd/ **298.1**
hundredweight /ˈhʌn·drəd·weɪt/ **307.4**
Hungarian /hʌŋˈɡeə·ri·ən/ **361.1**
hungry /ˈhʌŋ·ɡri/ **165**
hunt /hʌnt/
  search **94**
  follow **409.1**
hunting /ˈhʌn·tɪŋ/
  search **94**
  equestrian sports **395.1**
hurdle /ˈhɜː·dl̩/
  hinder **245.1**
  athletics **390.1**
hurl /hɜːl/ **405**
hurricane /ˈhʌr·ɪ·kən/ **18.3**
hurried /ˈhʌr·id/ **403.1**
hurriedly /ˈhʌr·id·li/ **403.1**
hurry /ˈhʌr·i/ **403.1**
hurt /hɜːt/ **125.1**
hurtle /ˈhɜː·tl̩/ **411.3**
husband /ˈhʌz·bənd/ **138.4**
hush /hʌʃ/ **89.1**
hush-hush /ˌhʌʃˈhʌʃ/ **339.1**
hut /hʌt/ **174.5**
hydrogen /ˈhaɪ·drə·dʒən/ **17**
hygienic /haɪˈdʒiː·nɪk/ **188**
hymn /hɪm/ **232.6**
hyphen /ˈhaɪ·fən/ **363**
hysteria /hɪˈstɪə·ri·ə/
  mad **129.2**
  excitement **257**
hysterical /hɪˈster·ɪ·kəl/ **129.2**

ice /aɪs/ **18.4**
iceberg /ˈaɪs·bɜːɡ/ **13.6**
ice cream /ˌaɪs ˈkriːm/ **160.2**
ice cream van /ˌaɪs ˈkriːm ˌvæn/ **385**
ice hockey /ˈaɪs ˌhɒk·i/ **389.4**
icing /ˈaɪ·sɪŋ/ **156.3**
icy /ˈaɪ·si/ **19**
idea /aɪˈdɪə/ **108**
ideal /aɪˈdɪəl/ **417.4**
ideally /aɪˈdɪə·li/ **417.4**
identical /aɪˈden·tɪ·kəl/ **54**
identify /aɪˈden·tɪ·faɪ/ **110.1**
identity /aɪˈden·tə·ti/ **29**
idiom /ˈɪd·i·əm/ **362.2**
idiot /ˈɪd·i·ət/ **241.1**

idiotic /ˌɪd·iˈɒt·ɪk/ **241**
idle /ˈaɪ·dl̩/
  lazy **283**
  inaction **284**
idly /ˈaɪd·li/ **283**
igloo /ˈɪɡ·luː/ **174.1**
ignition /ɪɡˈnɪʃ·ən/ **308.1**
ignorant /ˈɪɡ·nər·ənt/
  unknown **112.1**
  stupid **240**
ignore /ɪɡˈnɔːr/ **437**
ill /ɪl/ **128**
illegal /ɪˈliː·ɡəl/ **208**
illegible /ɪˈledʒ·ə·bl̩/ **369**
illiterate /ɪˈlɪt·ər·ət/ **367.8**
illness /ˈɪl·nəs/ **124**
illogical /ɪˈlɒdʒ·ɪ·kəl/ **241.3**
illuminate /ɪˈluː·mɪ·neɪt/ **24.1**
illustration /ˌɪl·əˈstreɪ·ʃən/ **381.3**
illustrator /ˈɪl·ə·streɪ·tər/ **381.1**
image /ˈɪm·ɪdʒ/ **91.7**
imaginary /ɪˈmædʒ·ɪ·nər·i/ **36**
imagination /ɪˌmædʒ·ɪˈneɪ·ʃən/ **108.1**
imagine /ɪˈmædʒ·ɪn/
  unreal **36**
  idea **108.1**
imbecile /ˈɪm·bə·siːl/ **240.1**
imitate /ˈɪm·ɪ·teɪt/ **56.1**
imitation /ˌɪm·əˈteɪ·ʃən/ **56**, **56.1**
immaculate /ɪˈmæk·jə·lət/ **188**
immature /ˌɪm·əˈtjʊər/
  new **201.2**
  foolish **241.4**
immediate /ɪˈmiː·di·ət/ **403.2**
immediately /ɪˈmiː·di·ət·li/ **403.2**
immerse /ɪˈmɜːs/ **21.1**
immobile /ɪˈməʊ·baɪl/ **284.2**
immobility /ˌɪm·əʊˈbɪl·ə·ti/ **284.2**
immoral /ɪˈmɒr·əl/ **219**
immortal /ɪˈmɔː·təl/ **29.1**
immunize /ˈɪm·jə·naɪz/ **126.3**
impact /ˈɪm·pækt/ **131.3**
impartial /ɪmˈpɑː·ʃəl/ **211**
impatient /ɪmˈpeɪ·ʃənt/ **278**
impeccable /ɪmˈpek·ə·bl̩/ **417.4**
impede /ɪmˈpiːd/ **245**
imperial /ɪmˈpɪə·ri·əl/ **14.1**
impersonate /ɪmˈpɜː·sən·eɪt/ **56.1**
impersonation /ɪmˌpɜː·sənˈeɪ·ʃən/ **56.1**
impertinence /ɪmˈpɜː·tɪ·nənts/ **145**
impertinent /ɪmˈpɜː·tɪ·nənt/ **145**
impetus /ˈɪm·pə·təs/ **279**
implication /ˌɪm·plɪˈkeɪ·ʃən/ **364.2**
imply /ɪmˈplaɪ/ **364.2**
impolite /ˌɪm·pəˈlaɪt/ **144.1**
import n /ˈɪm·pɔːt/ **262.3**
import v /ɪmˈpɔːt/ **262.3**
importance /ɪmˈpɔː·tənts/ **74**
important /ɪmˈpɔː·tənt/ **74**
impossible /ɪmˈpɒs·ə·bl̩/ **79**
impossibly /ɪmˈpɒs·ə·bli/ **79**
impractical /ɪmˈpræk·tɪ·kəl/
  impossible **79**
  useless **282**
imprecise /ˌɪm·prɪˈsaɪs/ **300**
impress /ɪmˈpres/ **431.2**
impression /ɪmˈpreʃ·ən/ **37**
impressive /ɪmˈpres·ɪv/ **431.2**
imprison /ɪmˈprɪz·ən/ **209.6**
improbable /ɪmˈprɒb·ə·bl̩/ **81**
impromptu /ɪmˈprɒmp·tjuː/ **147**
improper /ɪmˈprɒp·ər/ **144.3**
improve /ɪmˈpruːv/ **418**
improvement /ɪmˈpruːv·mənt/ **418**
impudent /ˈɪm·pjə·dənt/ **145**
impulse /ˈɪm·pʌls/ **72.2**
inaccurate /ɪnˈæk·jə·rət/ **300**

inaction /ɪnˈæk·ʃən/ **284**
inactive /ɪnˈæk·tɪv/ **284**
inarticulate /ˌɪn·ɑːˈtɪk·jə·lət/ **341.7**
inaudible /ɪˈnɔː·də·bl̩/ **89**
incapable /ɪnˈkeɪ·pə·bl̩/ **79**
incentive /ɪnˈsen·tɪv/ **279**
incest /ˈɪn·sest/ **199.4**
inch /ɪntʃ/ **307.1**
in charge /ɪn ˈtʃɑːdʒ/ **228**
incident /ˈɪn·sɪ·dənt/ **31.1**
incite /ɪnˈsaɪt/ **279.1**
incitement /ɪnˈsaɪt·mənt/ **279.1**
include /ɪnˈkluːd/ **436**
including /ɪnˈkluː·dɪŋ/ **436**
inclusive /ɪnˈkluː·sɪv/ **436**
income /ˈɪŋ·kʌm/ **265.3**
income tax /ˈɪŋ·kəm ˌtæks/ **264.2**
incompetence /ɪnˈkɒm·pɪ·tənts/ **242**
incompetent /ɪnˈkɒm·pɪ·tənt/ **242**
incomprehension /ɪnˌkɒm·prɪˈhen·tʃən/ **115**
inconsistent /ˌɪn·kənˈsɪs·tənt/ **55**
inconvenience /ˌɪn·kənˈviː·ni·ənts/
  problem **244.1**
  useless **282**
inconvenient /ˌɪn·kənˈviː·ni·ənt/ **282**
incorrect /ˌɪn·kərˈekt/ **300**
increase n /ˈɪn·kriːs/ **46**
increase v /ɪnˈkriːs/ **46**
incredible /ɪnˈkred·ɪ·bl̩/ **118.2**
incredibly /ɪnˈkred·ɪ·bli/ **118.2**
Independence Day /ˌɪn·dɪˈpen·dənts ˌdeɪ/ **25.3**
independent /ˌɪn·dɪˈpen·dənt/ **435.2**
index /ˈɪn·deks/ **367.5**
indicate /ˈɪn·dɪ·keɪt/
  show **92.2**
  driving **309.2**
  meaning **364.2**
indication /ˌɪn·dɪˈkeɪ·ʃən/ **364.2**
indigestion /ˌɪn·dɪˈdʒes·tʃən/ **124.7**
individual /ˌɪn·dɪˈvɪdʒ·u·əl/
  people **139**
  loneliness **435.2**
indoor /ˈɪn·dɔːr/ **176.1**
indoors /ˌɪnˈdɔːz/ **176.1**
induce /ɪnˈdjuːs/ **279**
inducement /ɪnˈdjuːs·mənt/ **279**
indulge /ɪnˈdʌldʒ/ **428**
indulgence /ɪnˈdʌl·dʒənts/ **428.1**
industrial /ɪnˈdʌs·tri·əl/ **262.1**
industry /ˈɪn·də·stri/ **262.1**
inept /ɪˈnept/ **242**
inexact /ˌɪn·ɪɡˈzækt/ **300**
inexpensive /ˌɪn·ɪkˈspent·sɪv/ **266**
inexperienced /ˌɪn·ɪkˈspɪə·ri·ənt/st/ **201.3**
infamous /ˈɪn·fə·məs/ **111**
infant /ˈɪn·fənt/ **139.2**
infantile /ˈɪn·fən·taɪl/ **241.4**
infant school /ˈɪn·fənt ˌskuːl/ **233** ☐
infatuated /ɪnˈfæt·ju·eɪ·tɪd/ **427.3**
infatuation /ɪnˌfæt·juˈeɪ·ʃən/ **427.3**
infect /ɪnˈfekt/ **124.2**
infection /ɪnˈfek·ʃən/ **124.1**
infectious /ɪnˈfek·ʃəs/ **124.2**
infer /ɪnˈfɜːr/
  believe **105.1**
  meaning **364.2**
inferior /ɪnˈfɪə·ri·ər/ **439**
infertile /ɪnˈfɜː·taɪl/ **173.6**
infidelity /ˌɪn·fɪˈdel·ə·ti/ **214.3**
inflation /ɪnˈfleɪ·ʃən/ **264.1**
inflationary /ɪnˈfleɪ·ʃən·ər·i/ **264.1**
influence /ˈɪn·flu·ənts/
  control **228.6**
  persuade **349**

influential /ˌɪn·fluˈen·tʃəl/ **228.6**
inform /ɪnˈfɔːm/ **342**
informal /ɪnˈfɔː·məl/ **147**
informality /ˌɪn·fɔːˈmæl·ə·ti/ **147**
informally /ɪnˈfɔː·məli/ **147**
information /ˌɪn·fəˈmeɪ·ʃən/ **342**
infringement /ɪnˈfrɪndʒ·mənt/ **209.1**
in front of **66** ☆
infuriate /ɪnˈfjʊə·ri·eɪt/ **450.1**
infuriated /ɪnˈfjʊə·ri·eɪ·tɪd/ **450.1**
infuriating /ɪnˈfjʊə·ri·eɪ·tɪŋ/ **450.1**
ingenious /ɪnˈdʒiː·ni·əs/ **236.1**
inhabit /ɪnˈhæb·ɪt/ **175**
inhabitant /ɪnˈhæb·ɪ·tənt/ **175**
inhale /ɪnˈheɪl/ **103**
inherit /ɪnˈher·ɪt/ **373.1**
inheritance /ɪnˈher·ɪ·tənts/ **373.1**
inhibit /ɪnˈhɪb·ɪt/ **245**
inhibition /ˌɪn·hɪˈbɪʃ·ən/ **245**
initial /ɪˈnɪʃ·əl/ **32**
initially /ɪˈnɪʃ·əl·i/ **32**
initiative /ɪˈnɪʃ·ə·tɪv/ **278.1**
inject /ɪnˈdʒekt/ **126.3**
injection /ɪnˈdʒek·ʃən/ **126.3**
injure /ˈɪn·dʒər/ **124.13**
injury /ˈɪn·dʒər·i/ **124.13**
ink /ɪŋk/ **370** ☆
in-laws /ˈɪn·lɔːz/ **138.4**
inn /ɪn/ **163**
inner /ˈɪn·ər/ **66** ☆
inning /ˈɪn·ɪŋ/ **389.2**
innings /ˈɪn·ɪŋz/ **389.3**
innocence /ˈɪn·ə·sənts/ **217**
innocent /ˈɪn·ə·sənt/ **217**
innovative /ˈɪn·ə·və·tɪv/ **201.1**
inoculate /ɪˈnɒk·jə·leɪt/ **126.3**
inquisitive /ɪnˈkwɪz·ə·tɪv/ **113.3**
insane /ɪnˈseɪn/ **129.1**
insanely /ɪnˈseɪn·li/ **129.1**
insect /ˈɪn·sekt/ **5** □
insecure /ˌɪn·sɪˈkjʊər/ **255.4**
insensitive /ɪnˈsen·sə·tɪv/ **151.2**
inside /ɪnˈsaɪd/ **66** ☆
insignificance /ˌɪn·sɪgˈnɪf·ɪ·kənts/ **76**
insignificant /ˌɪn·sɪgˈnɪf·ɪ·kənt/ **76**
insincere /ˌɪn·sɪnˈsɪər/ **214**
insist /ɪnˈsɪst/ **355**
insistence /ɪnˈsɪs·tənts/ **355**
insistent /ɪnˈsɪs·tənt/ **355**
insolent /ˈɪn·səl·ənt/ **145**
insomnia /ɪnˈsɒm·ni·ə/ **182.4**
inspect /ɪnˈspekt/ **91.3**
inspiration /ˌɪn·spərˈeɪ·ʃən/
  idea **108**
  encourage **279**
inspire /ɪnˈspaɪər/
  idea **108.1**
  encourage **279**
install /ɪnˈstɔːl/ **289.1**
instalment /ɪnˈstɔːl·mənt/ **261.3**
instance /ˈɪn·stənts/ **31.1**
instant /ˈɪn·stənt/ **403.2**
instinct /ˈɪn·stɪŋkt/ **151.2**
instinctive /ɪnˈstɪŋk·tɪv/ **151.2**
institute /ˈɪn·stɪ·tjuːt/ **206**
institution /ˌɪn·stɪˈtjuː·ʃən/ **206**
instruct /ɪnˈstrʌkt/
  control **228.3**
  teach **234**
instruction /ɪnˈstrʌk·ʃən/
  control **228.3**
  teach **234**
instructions /ɪnˈstrʌk·ʃənz/ **343**
instructor /ɪnˈstrʌk·tər/ **234.1**
instrument /ˈɪn·strə·mənt/ **379.4**
instrumental /ˌɪn·strəˈmen·təl/ **291**
insult n /ˈɪn·sʌlt/ **144.2**

insult v /ɪnˈsʌlt/ **144.2**
insurance /ɪnˈʃʊə·rənts/
  safety **253.1**
  finance **264.2**
insure /ɪnˈʃʊər/
  safety **253.1**
  finance **264.2**
intact /ɪnˈtækt/ **50**
intake /ˈɪn·teɪk/ **375.2**
integrity /ɪnˈteg·rə·ti/ **213**
intellectual /ˌɪn·təlˈek·tju·əl/ **236**
intelligence /ɪnˈtel·ɪ·dʒənts/ **236**
intelligent /ɪnˈtel·ɪ·dʒənt/ **236**
intend /ɪnˈtend/ **107**
intense /ɪnˈtents/ **401.1**
intensely /ɪnˈtent·sli/ **401.1**
intensity /ɪnˈtent·sə·ti/ **401.1**
intent /ɪnˈtent/ n **107.2** adj **107.3**
intention /ɪnˈten·tʃən/ **107.1**
intentional /ɪnˈten·tʃən·əl/ **107.3**
interest /ˈɪn·trest/
  interesting **120**
  bank **260.1**
interested /ˈɪn·tres·tɪd/ **120**
interesting /ˈɪn·tres·tɪŋ/ **120**
interfere /ˌɪn·təˈfɪər/ **246**
interference /ˌɪn·təˈfɪə·rənts/ **246**
interior /ɪnˈtɪə·ri·ər/ **66**
intermediary /ˌɪn·təˈmiː·di·ər·i/ **246.1**
intermediate /ˌɪn·təˈmiː·di·ət/ **442.2**
internal /ɪnˈtɜː·nəl/ **66**
interpret /ɪnˈtɜː·prət/ **343.1**
interpretation /ɪnˌtɜː·prəˈteɪ·ʃən/ **343.1**
interpreter /ɪnˈtɜː·prə·tər/ **343.1**
interrogate /ɪnˈter·ə·geɪt/ **351.1**
interrupt /ˌɪn·təˈrʌpt/ **341.1**
interval /ˈɪn·tə·vəl/ **376.2**
intervene /ˌɪn·təˈviːn/ **246.1**
interview /ˈɪn·tə·vjuː/
  employment **271.7**
  ask **351**
intestine /ɪnˈtes·tɪn/ **101.2**
in time **327**
intonation /ˌɪn·təʊˈneɪ·ʃən/ **341.6**
in-tray /ˈɪn·treɪ/ **272.1**
intrepid /ɪnˈtrep·ɪd/ **258.1**
intricate /ˈɪn·trɪ·kət/ **243.2**
introduce /ˌɪn·trəˈdʒuːs/
  begin **32**
  greet **196**
introduction /ˌɪn·trəˈdʌk·ʃən/
  begin **32**
  greet **196**
  book **367.5**
intuition /ˌɪn·tjuˈɪʃ·ən/ **110**
intuitive /ɪnˈtjuː·ɪ·tɪv/ **110**
invade /ɪnˈveɪd/ **248.1**
invalid n /ˈɪn·və·lɪd/ **124.3**
invalid adj /ɪnˈvæl·ɪd/ **282**
invaluable /ɪnˈvæl·jə·bl/ **268.1**
invent /ɪnˈvent/ **95.1**
invention /ɪnˈven·tʃən/ **95.1**
inverted commas /ɪnˌvɜː·tɪd ˈkɒm·əz/ **363**
invest /ɪnˈvest/ **264.3**
investigate /ɪnˈves·tɪ·geɪt/ **113.1**
investigation /ɪnˌves·tɪˈgeɪ·ʃən/ **113.1**
investigator /ɪnˈves·tɪ·geɪ·tər/ **113.1**
investment /ɪnˈvest·mənt/ **264.3**
invisible /ɪnˈvɪz·ə·bl/ **91.6**
invitation /ˌɪn·vɪˈteɪ·ʃən/ **351.2**
invite /ɪnˈvaɪt/ **351.2**
invoice /ˈɪn·vɔɪs/ **263.3**
involve /ɪnˈvɒlv/ **436**
involvement /ɪnˈvɒlv·mənt/ **436**
inward /ˈɪn·wəd/ **318.2**
IOU /ˌaɪ·əʊˈjuː/ **261.1**

irate /aɪˈreɪt/ **450.1**
iron /aɪən/
  metals **16**
  laundry **186**
ironing board /ˈaɪə·nɪŋ ˌbɔːd/ **186**
ironmonger /ˈaɪənˌmʌŋ·gər/ **273** □
irregular /ɪˈreg·jə·lər/ **61**
irritate /ˈɪr·ɪ·teɪt/ **450**
irritated /ˈɪr·ɪ·teɪ·tɪd/ **450**
irritating /ˈɪr·ɪ·teɪ·tɪŋ/ **450**
irritation /ˌɪr·ɪˈteɪ·ʃən/ **450**
Islam /ˈɪz·lɑːm/ **232.1**
island /ˈaɪ·lənd/ **13.5** ☆
isolated /ˈaɪ·sə·leɪ·tɪd/ **435**
issue /ˈɪʃ·uː/
  journalism **368**
  give **372.2**
Italian /ɪˈtæl·i·ən/ **361.1**
itch /ɪtʃ/ **125.1**
item /ˈaɪ·təm/ **305**
ivy /ˈaɪ·vi/ **11**

jab /dʒæb/ **126.3**
jack /dʒæk/ **386.3** ☆
jacket /ˈdʒæk·ɪt/
  clothes **190.4**
  book **367.6**
jagged /ˈdʒæg·ɪd/ **61**
jail /dʒeɪl/ **209.6**
jam /dʒæm/ **160.1**
jam-packed /ˌdʒæmˈpækt/ **332**
January /ˈdʒæn·ju·ər·i/ **25.2**
Japanese /ˌdʒæp·ənˈiːz/ **361.2**
jar /dʒɑːr/ **331.2**
jargon /ˈdʒɑː·gən/ **362.1**
javelin /ˈdʒæv·lɪn/ **390.2**
jaw /dʒɔː/ **86** ☆
jazz /dʒæz/ **379.1**
jealous /ˈdʒel·əs/ **251**
jealously /ˈdʒel·ə·sli/ **251**
jeans /dʒiːnz/ **190.3**
Jehovah /dʒɪˈhəʊ·və/ **232.3**
jelly /ˈdʒel·i/ **160.2**
jeopardize /ˈdʒep·ə·daɪz/ **252**
jeopardy /ˈdʒep·ə·di/ **252**
jerk /dʒɜːk/
  foolish **241.1**
  movement **411.1**
Jesus /ˈdʒiː·zəs/ **232.3**
jet /dʒet/ **313**
jetty /ˈdʒet·i/ **312.4**
jewel /dʒuːəl/ **15**
jewellery /ˈdʒuː·əl·ri/ **192.4** ☆
jigsaw /ˈdʒɪg·sɔː/ **386.2**
job /dʒɒb/
  employment **271.1**
  work **274.3**
jockey /ˈdʒɒk·i/ **395** ☆
jodhpurs /ˈdʒɒd·pəz/ **395** ☆
jog /dʒɒg/ **390.1**
john /dʒɒn/ **185.1**
join /dʒɔɪn/ **294**
joint /dʒɔɪnt/
  human body **101.2**
  meat **159.2**
  drugs **172.3**
joke /dʒəʊk/ **425**
joker /ˈdʒəʊ·kər/ **386.3** ☆
jolly /ˈdʒɒl·i/ **422.3**
jot down **369.1**
journal /ˈdʒɜː·nəl/ **368**
journalist /ˈdʒɜː·nəl·ɪst/ **368.1**
journey /ˈdʒɜː·ni/ **317.1**
joy /dʒɔɪ/ **422**
joyful /ˈdʒɔɪ·fəl/ **422**
Judaism /ˈdʒuː·deɪ·ɪ·zəm/ **232.1**

ÍNDICE DE PALAVRAS EM INGLÊS

judge /dʒʌdʒ/
  opinion **106.2**
  legal system **209.4** ☆
judgment /'dʒʌdʒ·mənt/ **106.2**
judo /'dʒuː·dəʊ/ **392.1**
juggle /'dʒʌg·l̩/ **377** ☆
juggler /'dʒʌg·l̩·ər/ **377** ☆
juice /dʒuːs/ **166.2**
July /dʒʊ'laɪ/ **25.2**
jumble /'dʒʌm·bl̩/ **64**
jumbo jet /ˌdʒʌm·bəʊ 'dʒet/ **313**
jump /dʒʌmp/
  equestrian sports **395.1**
  jump **410**
jump at **278**
jumper /'dʒʌm·pər/ **190.4**
jumpsuit /'dʒʌmp·suːt/ **190.5**
junction /'dʒʌŋk·ʃən/ **311** ☆
June /dʒuːn/ **25.2**
jungle /'dʒʌŋ·gl̩/ **13.2**
junior /'dʒuː·ni·ər/ **439.1**
junior school /'dʒuː·ni·ə ˌskuːl/ **233** ☐
junk /dʒʌŋk/ **71**
junk food /'dʒʌŋk fuːd/ **161.3**
junkie /'dʒʌŋ·ki/ **172.1**
Jupiter /'dʒuː·pɪ·tər/ **27** ☆
juror /'dʒʊə·rər/ **209.4** ☆
jury /'dʒʊə·ri/ **209.4** ☆
jury box /'dʒʊə·ri ˌbɒks/ **209.4** ☆
just /dʒʌst/ **211**
justice /'dʒʌs·tɪs/ **211**
juvenile /'dʒuː·vən·aɪl/ **139.3**

kangaroo /ˌkæŋ·gər'uː/ **1** ☆
karate /kə'rɑː·ti/ **392.1**
keen /kiːn/ **278**
keep /kiːp/
  look after **254**
  have **374.2**
keep fit /ˌkiːp 'fɪt/ **127**
keep-fit /ˌkiːp 'fɪt/ **392**
keepsake /'kiːp·seɪk/ **116.1**
kerb /kɜːb/ **311.1**
kernel /'kɜː·nəl/ **154** ☆
ketchup /'ketʃ·ʌp/ **161.5**
kettle /'ket·l̩/ **169** ☆
key /kiː/
  main **75**
  close **178**
  music **379.4**
keyboard /'kiː·bɔːd/
  computers **296** ☆
  music **379.4**
keyhole /'kiː·həʊl/ **178**
keys /kiːz/ **370** ☆
key signature /'kiː ˌsɪg·nə·tʃər/ **379.8** ☆
kick /kɪk/
  hit **131.1**
  excitement **257**
  enjoy **428.1**
kick off **32**
kid /kɪd/
  people **139.2**
  tease **425**
kidnap /'kɪd·næp/ **220.2**
kidney /'kɪd·ni/
  human body **101.2** ☆
  meat **159.4**
kill /kɪl/ **198**
killjoy /'kɪl·dʒɔɪ/ **447.2**
kilogram /'kɪl·əʊ·græm/ **307.4**
kilometre /kɪ'lɒm·ɪ·tər/ **307.1**
kind /kaɪnd/
  kind **224**
  sort **306**
kindergarten /'kɪn·də,gɑː·tən/ **233** ☐

kindly /'kaɪnd·li/ **224**
kindness /'kaɪnd·nəs/ **224**
king /kɪŋ/
  royalty **205** ☐
  games **386.3** ☆, **386.4** ☆
kingdom /'kɪŋ·dəm/ **14.1**
kingfisher /'kɪŋˌfɪʃ·ər/ **9.2**
kiosk /'kiː·ɒsk/ **273**
kip /kɪp/ **182.2**
kiss /kɪs/ **196**
kiss of life **126.6**
kit /kɪt/ **382.1**
kitchen /'kɪtʃ·ən/ **169**
kitten /'kɪt·ən/ **7.2**
kitty /'kɪt·i/ **265**
kiwi fruit /'kiː·wiː ˌfruːt/ **152.4**
knack /næk/ **239.1**
knee /niː/ **86**
kneecap /'niː·kæp/ **101.1** ☆
kneel /niːl/ **97.3**
knickers /'nɪk·əz/ **190.9**
knife /naɪf/
  cut **133.4**
  dining room **170** ☆
knight /naɪt/
  royalty **205.1**
  games **386.4** ☆
knit /nɪt/ **381.6**
knitting /'nɪt·ɪŋ/ **381.6**
knitting needle /'nɪt·ɪŋ ˌniː·dl̩/ **381.6** ☆
knock /nɒk/ **131.3**
knock down **309.4**
knot /nɒt/ **294.2**
know /nəʊ/ **110**
knowledge /'nɒl·ɪdʒ/ **110**
knowledgeable /'nɒl·ɪ·dʒə·bl̩/ **110**
knuckle /'nʌk·l̩/ **86** ☆
koala /kəʊ'ɑː·lə/ **1** ☆
kopeck /'kəʊ·pek/ **265.1** ☐
Koran /kɒr'ɑːn/ **232.7**
Korean /kə'riː·ən/ **361.2**
krona /'krəʊ·nə/ **265.1** ☐
krone /'krəʊ·nə/ **265.1** ☐

label /'leɪ·bəl/ **137.1**
laboratory /lə'bɒr·ə·tər·i/ **233.4**
labour /'leɪ·bər/
  babies **136.1**
  employment **271.3**
  work **274.1**
labourer /'leɪ·bər·ər/ **271.3**
lace /leɪs/ **193.1**
lad /læd/ **139.2**
ladder /'læd·ər/ **382.2**
ladies /'leɪ·dɪz/ **185.1**
ladies' room /'leɪ·dɪz ˌruːm/ **185.1**
lady /'leɪ·di/
  people **139.4**
  royalty **205.1**
ladybird /'leɪ·di·bɜːd/ **5**
ladylike /'leɪ·di·laɪk/ **141**
lager /'lɑː·gər/ **166.5**
laid-back /ˌleɪd'bæk/ **259**
lake /leɪk/ **13.4**
lamb /læm/
  wild animals **1.1** ☐
  meat **159.1**
lame /leɪm/ **124.3**
lamp /læmp/
  light **24.4** ☆
  living room **180** ☆
lamppost /'læmp·pəʊst/ **311** ☆
lampshade /'læmp·ʃeɪd/ **180** ☆
land /lænd/
  aircraft **313.2**
  gardening **384.3**

landing /'læn·dɪŋ/ **177.2** ☆
landlady /'lændˌleɪ·di/ **175.2**
landlord /'lænd·lɔːd/ **175.2**
landscape /'lænd·skeɪp/ **14.2** ☐
lane /leɪn/
  roads **311** ☆
  sport **388.4**
language /'læŋ·gwɪdʒ/
  education **233.2**
  language **361**
language laboratory /'læŋ·gwɪdʒ lə,bɒr·ə·tər·i/ **233.2**
lanky /'læŋ·ki/ **49**
lap /læp/
  drink **167**
  athletics **390.1**
lapel /lə'pel/ **190.12** ☆
large /lɑːdʒ/ **42**
lark /lɑːk/ **9**
larva /'lɑː·və/ **5** ☆
laser /'leɪ·zər/ **24**
lass /læs/ **139.2**
last /lɑːst/ **34.2**
lastly /'lɑːst·li/ **34.2**
late /leɪt/
  die **197.1**
  late **326**
lately /'leɪt·li/ **26.3**
laugh /lɑːf/ **423**
laughable /'lɑː·fə·bl̩/ **241.2**
laughter /'lɑːf·tər/ **423**
launder /'lɔːn·dər/ **186**
launderette /ˌlɔːn·dər'et/ **186**
laundry /'lɔːn·dri/ **186**
lavatory /'læv·ə·tər·i/ **185.1**
law /lɔː/ **208**
lawful /'lɔː·fəl/ **208**
lawn /lɔːn/ **384** ☆
lawnmower /'lɔːnˌməʊ·ər/ **384** ☆
lawyer /'lɔɪ·ər/ **209.3**
lay /leɪ/
  birds **9.1**
  sex **199.2**
  put **289**
layabout /'leɪ·əˌbaʊt/ **283.1**
layby /'leɪ·baɪ/ **311** ☆
layer /leɪər/ **334.1**
lay off **271.8**
laze /leɪz/ **283**
lazy /'leɪ·zi/ **283**
lazybones /'leɪ·ziˌbəʊnz/ **283.1**
lead *n* /led/
  metals **16**
lead *v* /liːd/
  control **228.4**
  take **375.4**
lead *n* /liːd/
  tools **382.3**
leader /'liː·dər/
  control **228.4**
  music **379.3**
leadership /'liː·də·ʃɪp/ **228.4**
lead-free /ˌled'friː/ **310**
leaf /liːf/
  plants **11** ☆
  trees **12** ☆
  book **367.6**
leaflet /'liː·flət/ **366.1**
leak /liːk/ **132.2**
lean /liːn/
  thin **49.2**
  body positions **97.4**
  meat **159.2**
leap /liːp/ **410**
learn /lɜːn/ **235**
learned /'lɜː·nɪd/ **236**
learner /'lɜː·nər/ **32.1**

ÍNDICE DE PALAVRAS EM INGLÊS

lease /liːs/
  live **175.2**
  doing business **262.4**
leather /'leð·ər/ **193.1**
leave /liːv/
  rest and relaxation **183.2**
  go **322**
  give **372.4**
leave out **437**
lecture /'lek·tʃər/
  teach **234**
  tell **342.2**
lecturer /'lek·tʃər·ər/ **234.1**
leek /liːk/ **155.3** ☆
left /left/ **318.2**
left-handed /ˌleft'hæn·dɪd/ **369**
left wing /ˌleft 'wɪŋ/ **227.4**
leg /leg/ **86**
legal /'liː·gəl/ **208**
legible /'ledʒ·ə·bl̩/ **369**
legislate /'ledʒ·ɪ·sleɪt/ **208**
legislation /ˌledʒ·ɪ'sleɪ·ʃən/ **208**
legislative /'ledʒ·ɪ·slə·tɪv/ **208**
leisure /'leʒ·ər/ **183.1**
leisurely /'leʒ·əl·i/ **183.1**
lemon /'lem·ən/ **152.2**
lemonade /ˌlem·ə'neɪd/ **166.2**
lend /lend/ **261**
length /leŋkθ/
  dimensions **40** ☆
  water sports **391.1**
lengthen /'leŋk·θən/ **46.2**
lenient /'liː·ni·ənt/ **221**
lens /lenz/ **381.4**
Leo /'liː·əʊ/ **28** □
leopard /'lep·əd/ **1**
leotard /'liː·əʊ·tɑːd/ **190.7**
lesbian /'lez·bi·ən/ **199.6**
lessen /'les·ən/ **47**
lesson /'les·ən/ **235**
let /let/
  allow **230**
  doing business **262.4**
let down **448**
lethal /'liː·θəl/ **198.4**
lethargic /lə'θɑː·dʒɪk/ **283**
let off **221.1**
let on **350.1**
letter /'let·ər/
  communications **340.1**
  words **362.5**
letterbox /'let·ə·bɒks/
  parts of buildings **176** ☆
  communications **340.2** ☆
lettuce /'let·ɪs/ **155.4**
leukaemia /luː'kiː·mi·ə/ **124.12**
level /'lev·əl/
  alike **54.1**
  smooth **62.1**
  important **74.2**
level crossing /ˌlev·əl 'krɒs·ɪŋ/ **311**
level off **62.1**
level out **62.1**
lever /'liː·vər/ **303.1**
liar /'laɪ·ər/ **216**
liberal /'lɪb·ər·əl/ **227.4**
liberate /'lɪb·ər·eɪt/ **210**
liberated /'lɪb·ər·eɪ·tɪd/ **210**
liberty /'lɪb·ə·ti/ **210**
Libra /'liː·brə/ **28** □
librarian /laɪ'breə·ri·ən/ **367.8**
library /'laɪ·brər·i/ **367.8**
licence /'laɪ·sənts/ **230**
lick /lɪk/ **164.2**
lid /lɪd/ **334.1**
lie /laɪ/
  body positions **97.2**

untrue **216**
lie in **182**
lieutenant /lef'ten·ənt/ **248.3** □
life /laɪf/ **29**
lifeboat /'laɪf·bəʊt/ **312.6**
lifejacket /'laɪfˌdʒæk·ɪt/ **312.6**
lift /lɪft/
  inside buildings **177.2**
  rise **413**
light /laɪt/
  light **24, 24.1, 24.4**
  human body **86.3**
  burn **135.1**
  living room **180** ☆
  colours **194.1**
  weights and measures **307.4**
lighten /'laɪ·tən/ **24.1**
lighter /'laɪ·tər/
  burn **135.1**
  smoking **171**
lighthouse /'laɪt·haʊs/ **312.6**
lightning /'laɪt·nɪŋ/ **18.5**
like /laɪk/
  alike **54**
  like **426**
likely /'laɪ·kli/ **80**
likeness /'laɪk·nəs/ **54**
lily /'lɪl·i/ **11**
limb /lɪm/ **86**
lime /laɪm/ **152.2**
limit /'lɪm·ɪt/
  edge **53**
  control **228.5**
limitation /ˌlɪm·ɪ'teɪ·ʃən/ **228.5**
limited /'lɪm·ɪ·tɪd/
  edge **53**
  control **228.5**
limp /lɪmp/
  soft **99**
  walk **407.6**
line /laɪn/
  trains **314.1**
  leisure activities **380.1**
linen /'lɪn·ɪn/ **193.1**
liner /'laɪ·nər/ **312.1**
line up **286**
linger /'lɪŋ·gər/ **286**
linguistics /lɪŋ'gwɪs·tɪks/ **233.2**
link /lɪŋk/ **294**
lion /laɪən/ **1** ☆
lion tamer /'laɪən ˌteɪ·mə/ **377** ☆
lip /lɪp/ **86** ☆
lipstick /'lɪp·stɪk/ **192.5**
liqueur /lɪ'kjʊər/ **166.1**
liquid /'lɪk·wɪd/ **21**
lira /'lɪə·rə/ **265.1** □
lisp /lɪsp/ **341.7**
list /lɪst/ **366**
listen /'lɪs·ən/ **87**
listener /'lɪs·ən·ər/ **87**
literal /'lɪt·ər·əl/ **299**
literally /'lɪt·ər·əl·i/ **299**
literary /'lɪt·ər·ər·i/ **367.4**
literate /'lɪt·ər·ət/ **367.8**
literature /'lɪt·ər·ə·tʃər/ **367.4**
lithe /laɪð/
  soft **99.1**
  agile **399**
litre /'liː·tər/ **307.3**
litter /'lɪt·ər/ **71**
little /'lɪt·l̩/
  small **44**
  small quantity **45.2**
live v /lɪv/
  be **29**
  live **175**
live adj /laɪv/

be **29**
lively /'laɪv·li/ **401.2**
liver /'lɪv·ər/
  human body **101.2** ☆
  meat **159.4**
livid /'lɪv·ɪd/ **450.1**
living room /'lɪv·ɪŋ ˌrʊm/ **180**
lizard /'lɪz·əd/ **1.1** ☆
load /ləʊd/ **332**
loaded /'ləʊ·dɪd/ **269.1**
loaf /ləʊf/ **156.1**
loan /ləʊn/ **261, 261.2**
loath /ləʊθ/ **285**
loathe /ləʊð/ **445**
loathing /'ləʊ·ðɪŋ/ **445**
loathsome /'ləʊð·səm/ **445**
lobby /'lɒb·i/ **177.1**
lobster /'lɒb·stər/ **10.2** ☆
local /'ləʊ·kəl/ **320.1**
locally /'ləʊ·kəl·i/ **320.1**
locate /ləʊ'keɪt/ **289.1**
location /ləʊ'keɪ·ʃən/ **14.2**
lock /lɒk/ **178**
lodge /lɒdʒ/ **175.2**
lodger /'lɒdʒ·ər/ **175.2**
lodgings /'lɒdʒ·ɪŋz/ **175.2**
loft /lɒft/ **177.4**
log /lɒg/ **304.2**
logic /'lɒdʒ·ɪk/ **238**
logical /'lɒdʒ·ɪ·kəl/ **238**
loiter /'lɔɪ·tər/ **286**
lone /ləʊn/ **435.2**
loneliness /'ləʊn·lɪ·nəs/ **435**
lonely /'ləʊn·li/ **435**
loner /'ləʊ·nər/ **435.1**
long /lɒŋ/
  dimensions **40** ☆
  big **42**
long for **72.1**
long jump /'lɒŋ ˌdʒʌmp/ **390.2**
longsighted /ˌlɒŋ'saɪ·tɪd/ **124.4**
long-winded /ˌlɒŋ'wɪn·dɪd/ **119**
loo /luː/ **185.1**
look /lʊk/ **37**
look after **254**
look for **94**
loose /luːs/ **295.1**
loosen /'luː·sən/ **295.1**
loot /luːt/ **220**
Lord /lɔːd/ **232.3**
lord /lɔːd/ **205.1**
lorry /'lɒr·i/ **315.1**
lose /luːz/
  lose **96**
  failure **397**
lose out **397**
loss /lɒs/
  lose **96**
  doing business **262.9**
lot /lɒt/ **43.2**
lottery /'lɒt·ər·i/ **386.5**
loud /laʊd/ **88**
loudly /'laʊd·li/ **88**
loudspeaker /ˌlaʊd'spiː·kər/ **88.2**
lousy /'laʊ·zi/ **438.1**
love /lʌv/
  ball sports **389.5**
  love **427, 427.5**
lovely /'lʌv·li/
  beautiful **59**
  good **417.2**
lover /'lʌv·ər/ **427.4**
loving /'lʌv·ɪŋ/ **427**
low /ləʊ/ **44.1**
low-alcohol /ˌləʊ'æl·kə·hɒl/ **166.1**
lower case /ˌləʊ·ə 'keɪs/ **362.5**
loyal /lɔɪəl/ **213.3**

412

ÍNDICE DE PALAVRAS EM INGLÊS

loyalty /'lɔɪəl·ti/ 213.3
LP /ˌel'piː/ 379.9
L-plates /'el·pleɪts/ 308 ☆
LSD /ˌel·es'diː/ 172.2
luck /lʌk/ 387
lucky /'lʌk·i/ 387.1
ludicrous /'luː·dɪ·krəs/ 241.2
luggage /'lʌɡ·ɪdʒ/ 317.4
lukewarm /ˌluːk'wɔːm/ 20
lull /lʌl/ 183.1
luminous /'luː·mɪ·nəs/ 24.2
lump /lʌmp/ 38.5
lumpy /'lʌm·pi/ 38.5
lunatic /'luː·nə·tɪk/ 129.1
lunch /lʌnʃ/ 162
lung /lʌŋ/ 101.2 ☆
lure /lʊəʳ/ 432
lust /lʌst/ 427.1
Lutheranism /'luː·θər·ən·ɪ·zᵊm/ 232.2
luxurious /lʌɡ'ʒʊə·ri·əs/ 421
luxury /'lʌk·ʃᵊr·i/ 421
lychee /'laɪ·tʃiː/ 152.4
lyrics /'lɪr·ɪks/ 379.2

mac /mæk/ 190.10
machine /mə'ʃiːn/ 303
machine gun /mə'ʃiːn ˌɡʌn/ 248.4 ☆
machinery /mə'ʃiː·nᵊr·i/ 303
macho /'mætʃ·əʊ/ 140
mackerel /'mæk·rᵊl/ 10.1 ☆
mad /mæd/
  mad 129.1
  angry 450.1
madman /'mæd·mən/ 129.1
madness /'mæd·nəs/ 129.1
madwoman /'mæd,wʊm·ən/ 129.1
magazine /ˌmæɡ·ə'ziːn/ 368
maggot /'mæɡ·ət/ 5 ☆
magic /'mædʒ·ɪk/ 416
magical /'mædʒ·ɪ·kᵊl/ 416
magician /mə'dʒɪʃ·ən/ 416
magnet /'mæɡ·nət/ 432.1
magnetic /mæɡ'net·ɪk/ 432.1
magnetism /'mæɡ·nə·tɪ·zᵊm/ 432.1
magnificence /mæɡ'nɪf·ɪ·sᵊnts/ 417.2
magnificent /mæɡ'nɪf·ɪ·sᵊnt/
  great 77
  good 417.2
magnificently /mæɡ'nɪf·ɪ·sᵊnt·li/ 417.2
magnify /'mæɡ·nɪ·faɪ/ 46 ☆
magnifying glass /'mæɡ·nɪ·faɪ·ɪŋ ˌɡlɑːs/ 46 ☆
maid /meɪd/ 274.5
mail /meɪl/ 340.2
mailbox /'meɪl·bɒks/ 340.2 ☆
main /meɪn/ 75
mainland /'meɪn·lənd/ 13.5 ☆
mainly /'meɪn·li/ 75
main road /ˌmeɪn 'rəʊd/ 311
maintain /meɪn'teɪn/ 383
maintenance /'meɪn·tᵊn·ənts/ 383
maize /meɪz/ 173.5
majesty /'mædʒ·ə·sti/ 205
major /'meɪ·dʒəʳ/
  main 75
  war 248.3 □
majority /mə'dʒɒr·ə·ti/ 43
make /meɪk/
  doing business 262.7
  make 293
make out 91.4
maker /'meɪ·kəʳ/ 293
make up 95.1
make-up /'meɪk·ʌp/ 192.5
male /meɪl/ 140
male chauvinist pig /ˌmeɪl ˌʃəʊ·vɪ·nɪst 'pɪɡ/ 212
malice /'mæl·ɪs/ 225.1
malicious /mə'lɪʃ·əs/ 225.1
malignant /mə'lɪɡ·nənt/ 124.12
mam /mæm/ 138.1
mama /'mɑː·mɑː/ 138.1
mammal /'mæm·ᵊl/ 1 □
man /mæn/ 139.1, 139.4
manage /'mæn·ɪdʒ/
  employment 271.4
  success 396.2
management /'mæn·ɪdʒ·mənt/ 271.4
manager /'mæn·ɪ·dʒəʳ/ 271.4
mane /meɪn/ 1 ☆
mango /'mæŋ·ɡəʊ/ 152.4
mania /'meɪ·ni·ə/ 129.2
maniac /'meɪ·ni·æk/ 129.2
manic /'mæn·ɪk/ 129.2
mankind /mæn'kaɪnd/ 139.1
manner /'mæn·əʳ/
  personality 142.1
  sort 306
manners /'mæn·əz/ 143
mansion /'mæn·tʃᵊn/ 174.4
manslaughter /'mæn,slɔː·təʳ/ 198.1
mantelpiece /'mæn·tᵊl·piːs/ 180 ☆
manufacture /ˌmæn·jə'fæk·tʃəʳ/ 293.1
manufacturing /ˌmæn·jə'fæk·tʃᵊr·ɪŋ/ 293.1
manure /mə'njʊəʳ/ 173.6
manuscript /'mæn·jə·skrɪpt/ 369.3
map /mæp/ 317.2
maple /'meɪ·pl̩/ 12.1
marathon /'mær·ə·θᵊn/ 390.1
marbles /'mɑː·bl̩z/ 386.1
March /mɑːtʃ/ 25.2
march /mɑːtʃ/ 407.3
margarine /ˌmɑː·dʒə'riːn/ 158.2
margin /'mɑː·dʒɪn/ 366
marijuana /ˌmær·ə'wɑː·nə/ 172.3
mark /mɑːk/ 189.1
market /'mɑː·kɪt/
  doing business 262.8
  shops 273
marketing /'mɑː·kɪ·tɪŋ/ 262.8
markka /'mɑː·kə/ 265.1 □
marmalade /'mɑː·mᵊl·eɪd/ 160.1
marriage /'mær·ɪdʒ/ 195.3
marrow /'mær·əʊ/ 155.3
marry /'mær·i/ 195.3
Mars /mɑːz/ 27 ☆
marsh /mɑːʃ/ 13.2
martial /'mɑː·ʃᵊl/ 248.5
martial arts /ˌmɑː·ʃᵊl 'ɑːts/ 392.1
marvellous /'mɑː·vᵊl·əs/ 417.3
marvellously /'mɑː·vᵊl·əs·li/ 417.3
mascara /mæs'kɑː·rə/ 192.5
masculine /'mæs·kjə·lɪn/ 140
mash /mæʃ/ 168.2
mass /mæs/ 43.2
massacre /'mæs·ə·kəʳ/ 198
masses /'mæs·ɪz/ 43.2
massive /'mæs·ɪv/ 42.1
mast /mɑːst/ 312.2
master /'mɑː·stəʳ/
  control 228.4
  teach 234.1
masterpiece /'mɑː·stə·piːs/
  arts and crafts 381.3
  good 417.2
masturbate /'mæs·tə·beɪt/ 199.2
mat /mæt/ 185 ☆
match /mætʃ/
  burn 135.1
  sport 388.3
mate /meɪt/
  sex 199.2

material /mə'tɪə·ri·əl/
  textiles 193
  materials 304
  thing 305.1
materialize /mə'tɪə·ri·ə·laɪz/ 31
mathematics /ˌmæθ·ᵊm'æt·ɪks/
  education 233.3
  maths 297
maths /mæθs/ 297
matter /'mæt·əʳ/ 74.1
mature /mə'tjʊəʳ/
  old 200.1
  sensible 238
mauve /məʊv/ 194.3
maximum /'mæk·sɪ·məm/ 43
May /meɪ/ 25.2
May Day /'meɪ·deɪ/ 25.3
mayonnaise /ˌmeɪ·ə'neɪz/ 161.5
mayor /meəʳ/ 227.1
mayoress /ˌmeə'res/ 227.1
meadow /'med·əʊ/ 173.1
meagre /'miː·ɡəʳ/ 45.1
meal /miːl/ 162
mean /miːn/
  intend 107
  selfish 226
  meaning 364
means /miːnz/ 78.1
measles /'miː·zl̩z/ 124.10
measly /'miːz·li/ 45.1
measure /'meʒ·əʳ/ 307
measurement /'meʒ·ə·mənt/ 307
measuring cylinder /'meʒ·ᵊr·ɪŋ ˌsɪl·ɪn·dəʳ/ 233.4 ☆
meat /miːt/ 159
mechanic /mɪ'kæn·ɪk/ 303
mechanical /mɪ'kæn·ɪ·kᵊl/ 303
mechanism /'mek·ə·nɪ·zᵊm/ 303
medal /'med·ᵊl/ 398
meddle /'med·l̩/ 246
media /'miː·di·ə/ 378
medical /'med·ɪ·kᵊl/ 126
medication /ˌmed·ɪ'keɪ·ʃᵊn/ 126.5
medicinal /mə'dɪs·ɪ·nᵊl/ 126
medicine /'med·sən/ 126.5
mediocre /ˌmiː·di'əʊ·kəʳ/ 442.3
meditate /'med·ɪ·teɪt/ 104.2
meditation /ˌmed·ɪ'teɪ·ʃᵊn/ 104.2
medium /'miː·di·əm/ 442.2
meek /miːk/ 150
meet /miːt/ 207.2
meeting /'miː·tɪŋ/ 262.9, 262.10
melody /'mel·ə·di/ 379.2
melon /'mel·ən/ 152.1
melt /melt/ 18.4
member /'mem·bəʳ/ 206.1
membership /'mem·bə·ʃɪp/ 206.1
memento /mə'men·təʊ/ 116.1
memorable /'mem·ᵊr·ə·bl̩/ 116
memory /'mem·ᵊr·i/ 116
men's room /'menz ˌrʊm/ 185.1
mend /mend/ 383
mental /'men·tᵊl/ 101.4
mention /'men·tʃᵊn/ 341.3
menu /'men·juː/
  eating and drinking places 163
  computers 296
merchant /'mɜː·tʃᵊnt/ 262.3
mercifully /'mɜː·sɪ·fʊl·i/ 221
merciless /'mɜː·sɪ·ləs/ 223
mercilessly /'mɜː·sɪ·lə·sli/ 223
Mercury /'mɜː·kjə·ri/ 27 ☆
mercury /'mɜː·kjə·ri/ 16
mercy /'mɜː·si/ 221
mere /mɪəʳ/ 45.1
merely /'mɪə·li/ 45.1

413

ÍNDICE DE PALAVRAS EM INGLÊS

merit /'mer·ɪt/ **417.5**
merry /'mer·i/
  drinks **166.7**
  happy **422.3**
mess /mes/ **64**
message /'mes·ɪdʒ/ **342**
messenger /'mes·ɪn·dʒəʳ/ **342**
messy /'mes·i/ **64**
metal /'met·əl/ **16**
meteor /'miː·ti·əʳ/ **27**
meteorology /ˌmiː·ti·ə'rɒl·ə·dʒi/ **18**
method /'meθ·əd/ **290**
methodical /mə'θɒd·ɪ·kəl/ **290**
Methodism /'meθ·ə·dɪ·zəm/ **232.2**
meticulous /mə'tɪk·jə·ləs/ **301.1**
metre /'miː·təʳ/ **307.1**
metric /'met·rɪk/ **307**
mew /mju:/ **8.1**
microlight /'maɪ·krəʊ·laɪt/ **393.3**
microphone /'maɪ·krə·fəʊn/ **88.2**
microscope /'maɪ·krə·skəʊp/ **233.4** ☆
microwave /'maɪ·krəʊ·weɪv/ **169** ☆
midday /ˌmɪd'deɪ/ **26**
middle /'mɪd·l̩/ **66** ☆
middle-aged /ˌmɪd·l̩'eɪdʒd/ **200.1**
middle class /ˌmɪd·l̩ 'klɑːs/ **204.1**
middle name /'mɪd·l̩ ˌneɪm/ **137.2**
middle-of-the-road /ˌmɪd·l̩·əv·ðə'rəʊd/ **442.3**
middle school /'mɪd·l̩ ˌskuːl/ **233** □
middling /'mɪd·lɪŋ/ **442.3**
midnight /'mɪd·naɪt/ **26**
Midsummer's Eve /ˌmɪd·sʌm·əz 'iːv/ **25.3**
midwife /'mɪd·waɪf/ **122**
might /maɪt/ **401**
mighty /'maɪ·ti/ **401.1**
migraine /'miː·greɪn/ **124.8**
mike /maɪk/ **88.2**
mild /maɪld/
  gentle **3**
  hot **20**
mildly /'maɪld·li/ **3**
mile /maɪl/ **307.1**
mileage /'maɪl·ɪdʒ/ **317.2**
mileometer /maɪ'lɒm·ɪ·təʳ/ **308.1**
military /'mɪl·ɪ·tᵊr·i/ **248.5**
militia /mɪ'lɪʃ·ə/ **248.2**
milk /mɪlk/
  dairy products **158.1**
  farming **173.7**
milkjug /'mɪlk·dʒʌg/ **170** ☆
milkman /'mɪlk·mən/ **273** □
mill /mɪl/ **271.2** □
millilitre /'mɪl·i·liː·təʳ/ **307.3**
millimetre /'mɪl·i·miː·təʳ/ **307.1**
million /'mɪl·jən/ **298.1**
millionaire /ˌmɪl·jə'neəʳ/ **269**
mime /maɪm/ **376.3**
mimic /'mɪm·ɪk/ **56.1**
mince /mɪnts/
  cut **133.3**
  meat **159.4**
mind /maɪnd/
  important **74.1**
  unwilling **285**
mine /maɪn/
  metals **16**
  employment **271.2** □
mineral /'mɪn·ᵊr·əl/ **13.3**
miniature /'mɪn·ə·tʃəʳ/ **44**
minibus /'mɪn·i·bʌs/ **315.2** ☆
minimum /'mɪn·ɪ·məm/ **45**
minister /'mɪn·ɪ·stəʳ/
  politics and government **227** □
  religion **232.4**
minor /'maɪ·nəʳ/ **76**

minority /maɪ'nɒr·ə·ti/ **45**
mint /mɪnt/ **157.2**
minus /'maɪ·nəs/ **297.1** □
minute nd /mɪn·ɪt/ **26.1**
minute adj /maɪ'njuːt/ **44**
miracle /'mɪr·ə·kl̩/ **118.2**
miraculous /mɪ'ræk·jə·ləs/ **118.2**
mirror /'mɪr·əʳ/
  bedroom **181** ☆
  bathroom **185** ☆
mischief /'mɪs·tʃɪf/ **219.2**
misdemeanour /ˌmɪs·də'miː·nəʳ/ **209.1**
miserable /'mɪz·ᵊr·ə·bl̩/ **447.1**
misery /'mɪz·ᵊr·i/ **447.1**
misfortune /mɪs'fɔː·tʃuːn/ **387.2**
mislay /mɪs'leɪ/ **96**
mislead /mɪs'liːd/ **214.2**
misleading /mɪs'liː·dɪŋ/ **214.2**
misplace /mɪs'pleɪs/ **96**
miss /mɪs/
  want **72**
  failure **397**
mission /'mɪʃ·ən/ **274.3**
mist /mɪst/ **18.2**
mistake /mɪ'steɪk/ **300.1**
mistaken /mɪ'steɪ·kən/ **300.1**
mistreat /mɪs'triːt/ **280**
mistress /'mɪs·trəs/
  control **228.4**
  love **427.4**
misunderstand /ˌmɪs·ʌn·də'stænd/ **115**
misunderstanding /ˌmɪs·ʌn·də'stæn·dɪŋ/ **115**
mix /mɪks/ **168.3**
mixer tap /'mɪks·ə ˌtæp/ **185** ☆
mixture /'mɪks·tʃəʳ/ **168.3**
moan /məʊn/ **345**
mob /mɒb/ **207.1**
mobile /'məʊ·baɪl/ **411**
mock /mɒk/ **425.1**
model /'mɒd·əl/ **381.5**
moderate /'mɒd·ᵊr·ət/ **238**
modern /'mɒd·ən/ **202**
modernize /'mɒd·ən·aɪz/ **202**
modest /'mɒd·ɪst/ **150**
modify /'mɒd·ɪ·faɪ/ **58.1**
Mohammed /məʊ'hæm·ɪd/ **232.3**
moist /mɔɪst/ **21**
moisten /'mɔɪ·sən/ **21.1**
moisture /'mɔɪs·tʃəʳ/ **21**
mole /məʊl/
  wild animals **1.1** □
  small animals **4** ☆
mollusc /'mɒl·əsk/ **10.2**
moment /'məʊ·mənt/ **26.1**
monarch /'mɒn·ək/ **205**
monastery /'mɒn·ə·stᵊr·i/ **232.5**
Monday /'mʌn·deɪ/ **25.1**
money /'mʌn·i/ **265**
moneybags /'mʌn·i·bægz/ **269.1**
monitor /'mɒn·ɪ·təʳ/
  control **228.1**
  computers **296** ☆
monk /mʌŋk/ **232.4**
monkey /'mʌŋ·ki/ **1** ☆
monotonous /mə'nɒt·ən·əs/ **119**
monsoon /ˌmɒn'suːn/ **18.2**
monster /'mɒnt·stəʳ/ **1** □
monument /'mɒn·jə·mənt/ **174.4**
moo /muː/ **8.1**
mood /muːd/ **142.1**
moody /'muː·di/ **142.1**
moon /muːn/ **27**
moor /mɔːʳ/
  geography and geology **13.2**
  ships and boats **312.4**
moorings /'mɔː·rɪŋz/ **312.4**

moped /'məʊ·ped/ **315.3**
mop up **187.3**
moral /'mɒr·əl/ **217**
Mormonism /'mɔː·mə·nɪ·zᵊm/ **232.2**
moron /'mɔː·rɒn/ **240.1**
mortal /'mɔː·təl/
  be **29.2**
  kill **198.4**
mortally /'mɔː·təl·i/ **198.4**
mortgage /'mɔː·gɪdʒ/ **261.2**
moses basket /'məʊ·zɪz ˌbɑː·skɪt/ **136.4**
Moslem /'mʊz·lɪm/ **232.1**
mosque /mɒsk/ **232.5**
motel /məʊ'tel/ **317.3**
moth /mɒθ/ **5**
mother /'mʌð·əʳ/ **138.1**
mother-in-law /'mʌð·əʳ·ɪn·lɔː/ **138.4**
motion /'məʊ·ʃən/ **411**
motionless /'məʊ·ʃən·ləs/ **284.2**
motivate /'məʊ·tɪ·veɪt/ **279**
motivation /ˌməʊ·tɪ'veɪ·ʃən/ **279**
motive /'məʊ·tɪv/ **291.1**
motor /'məʊ·təʳ/ **303.1**
motorbike /'məʊ·tə·baɪk/ **315.3**
motorcycle /'məʊ·tə·saɪ·kl̩/ **315.3**
motorist /'məʊ·tᵊr·ɪst/ **309.5**
motorway /'məʊ·tə·weɪ/ **311**
mould /məʊld/ **39**
mount /maʊnt/ **395**
mountain /'maʊn·tɪn/ **13.1**
mountaineering /ˌmaʊn·tɪ'nɪə·rɪŋ/ **393.1**
mourn /mɔːn/ **195.4**
mourning /'mɔː·nɪŋ/ **195.4**
mouse /maʊs/
  wild animals **1.1** □
  small animals **4**
  computers **296** ☆
moustache /mə'stɑːʃ/ **86** ☆
mouth /maʊθ/
  geography and geology **13.7**
  human body **86** ☆
mouthful /'maʊθ·fʊl/ **164.5**
mouthwash /'maʊθ·wɒʃ/ **184.3**
mouth-watering /'maʊθˌwɔː·tᵊr·ɪŋ/ **157.6**
move /muːv/
  games **386.4**
  movement **411**
move in **175.1**
movement /'muːv·mənt/ **411**
move out **175.1**
movie /'muː·vi/ **376.4**
mow /məʊ/ **384.2**
MP /ˌem'piː/ **227** □
muck /mʌk/
  farming **173.6**
  dirty **189**
mucky /'mʌk·i/ **189**
mud /mʌd/ **384.3**
muddle /'mʌd·l̩/ **64**
muddy /'mʌd·i/ **189**
muesli /'mjuːz·li/ **156.5**
muffle /'mʌf·l̩/ **89.1**
mug /mʌg/
  dining room **170** ☆
  steal **220**
mugger /'mʌg·əʳ/ **220.1**
muggy /'mʌg·i/ **20**
mule /mjuːl/ **6**
multilingual /ˌmʌl·ti'lɪŋ·gwəl/ **361**
multiply /'mʌl·tɪ·plaɪ/
  increase **46.1**
  maths **297.1**
multistorey /ˌmʌl·ti'stɔː·ri/ **176.2**
mum /mʌm/ **138.1**
mumble /'mʌm·bl̩/ **341.7**

mummy /ˈmʌm·i/ **138.1**
mumps /mʌmps/ **124.10**
munch /mʌntʃ/ **164.3**
murder /ˈmɜː·dər/ **198.1**
murderer /ˈmɜː·dər·ər/ **198.1**
muscle /ˈmʌs·l̩/
  human body **101.2**
  strength **401**
muscular /ˈmʌs·kjə·lər/ **401.1**
museum /mjuːˈziː·əm/ **92.3**
mushroom /ˈmʌʃ·rʊm/
  increase **46.3**
  vegetables **155.3**
music /ˈmjuː·zɪk/ **233.2**
musical /ˈmjuː·zɪ·kəl/ *adj* **379**
  n **379.6**
mussel /ˈmʌs·əl/ **10.2**
mustard /ˈmʌs·təd/ **157.2**
mute /mjuːt/ **89**
mutilate /ˈmjuː·tɪ·leɪt/ **132**
mutter /ˈmʌt·ər/ **341.7**
mysterious /mɪˈstɪə·ri·əs/ **112.2**
mystery /ˈmɪs·tər·i/ **112.2.**

nag /næg/ **279.1**
nail /neɪl/ **382.1** ☆
nail-biting /ˈneɪlˌbaɪ·tɪŋ/ **257.2**
nailbrush /ˈneɪl·brʌʃ/ **184.5**
nail clippers /ˈneɪl klɪp·əz/ **184.5**
nailfile /ˈneɪl·faɪl/ **184.5**
nail varnish /ˈneɪl ˌvɑː·nɪʃ/ **184.5**
naive /naɪˈiːv/ **201.3**
naked /ˈneɪ·kɪd/ **190.2**
name /neɪm/ **137.1**
nap /næp/ **182.2**
napkin /ˈnæp·kɪn/ **170** ☆
nappy /ˈnæp·i/ **136.4**
narrate /nəˈreɪt/ **341.5**
narrator /nəˈreɪ·tər/ **341.5**
narrow /ˈnær·əʊ/ **49**
nasty /ˈnɑː·sti/ **438**
nation /ˈneɪ·ʃən/ **14.1**
nationality /ˌnæʃ·ənˈæl·ə·ti/ **14.1**
natter /ˈnæt·ər/ **360**
natural /ˈnætʃ·ər·əl/ **442**
nature /ˈneɪ·tʃər/ **142**
naughty /ˈnɔː·ti/ **219.2**
nausea /ˈnɔː·zi·ə/ **124.7**
nauseous /ˈnɔː·zi·əs/ **124.7**
naval /ˈneɪ·vəl/ **248.2**
nave /neɪv/ **232.5** ☆
navel /ˈneɪ·vəl/ **86**
navy /ˈneɪ·vi/ **248.2**, **248.3** □
near /nɪər/ **320.1**
nearby /ˌnɪəˈbaɪ/ **320.1**
neat /niːt/ **63**
necessarily /ˌnes·əˈser·əl·i/ **67**
necessary /ˈnes·ə·sər·i/ **67**
necessity /nəˈses·ə·ti/ **67**
neck /nek/ **86**
necklace /ˈnek·ləs/ **192.4** ☆
nectarine /ˈnek·tər·iːn/ **152.1**
need /niːd/ **67**
needle /ˈniː·dl̩/
  cures **126.3**
  arts and crafts **381.6** ☆
needless /ˈniːd·ləs/ **68**
needy /ˈniː·di/ **270**
negative /ˈneg·ə·tɪv/
  unwilling **285**
  arts and crafts **381.4**
neglect /nɪˈglekt/ **302**
negligence /ˈneg·lɪ·dʒənts/ **302**
negligent /ˈneg·lɪ·dʒənt/ **302**
neigh /neɪ/ **8.1**
neighbour /ˈneɪ·bər/ **320.1**

neighbourhood /ˈneɪ·bə·hʊd/ **14.2**
neighbouring /ˈneɪ·bər·ɪŋ/ **320.1**
nephew /ˈnef·juː/ **138.6**
Neptune /ˈnep·tjuːn/ **27** ☆
nerve /nɜːv/
  human body **101.2**
  cheeky **145**
nerves /nɜːvz/ **255.4**
nervous /ˈnɜː·vəs/ **255.4**
nest /nest/ **9**
net /net/
  doing business **262.9**
  leisure activities **380.1**
  ball sports **389.5** ☆
netball /ˈnet·bɔːl/ **389.7**
nettle /ˈnet·l̩/ **11**
network /ˈnet·wɜːk/ **207**
neurosis /njʊəˈrəʊ·sɪs/ **129.2**
neurotic /njʊəˈrɒt·ɪk/ **129.2**
new /njuː/ **201**
newfangled /ˌnjuːˈfæŋ·ɡl̩d/ **202**
news /njuːz/ **368**
newsagent /ˈnjuːzˌeɪ·dʒənt/ **273** □
newspaper /ˈnjuːsˌpeɪ·pər/ **368**
New Testament /ˌnjuː ˈtes·tə·mənt/ **232.7**
New Year /ˌnjuː ˈjɪər/ **25.3**
New Year's Day /ˌnjuː ˌjɪəz ˈdeɪ/ **25.3**
New Year's Eve /ˌnjuː ˌjɪəz ˈiːv/ **25.3**
next /nekst/
  distance **320.1**
  soon **329**
nibble /ˈnɪb·l̩/ **164.5**
nice /naɪs/ **417.1**
nicely /ˈnaɪ·sli/ **417.1**
nick /nɪk/ **220**
nickel /ˈnɪk·l̩/ **265.2** □
nickname /ˈnɪk·neɪm/ **137.3**
niece /niːs/ **138.6**
nightdress /ˈnaɪt·dres/ **190.8**
nightie /ˈnaɪ·ti/ **190.8**
nightingale /ˈnaɪ·tɪŋ·ɡeɪl/ **9**
nightmare /ˈnaɪt·meər/ **182.4**
nimble /ˈnɪm·bl̩/ **399**
nipple /ˈnɪp·l̩/ **86**
nippy /ˈnɪp·i/ **19**
nitrogen /ˈnaɪ·trə·dʒən/ **17**
nobility /nəʊˈbɪl·ə·ti/ **205.1**
noble /ˈnəʊ·bl̩/
  royalty **205.1**
  good **217**
nobleman /ˈnəʊ·bl̩·mən/ **205.1**
nod /nɒd/ **365**
nod off **182.1**
noise /nɔɪz/ **88.1**
noisy /ˈnɔɪ·zi/ **88**
nominate /ˈnɒm·ɪ·neɪt/ **227.3**
non-alcoholic /ˌnɒn·æl·kəˈhɒl·ɪk/ **166.1**
non-existent /ˌnɒn·ɪɡˈzɪs·tənt/ **36**
non-fiction /ˌnɒnˈfɪk·ʃən/ **367.3**
nonsense /ˈnɒn·sənts/ **241.3**
non-stop /ˌnɒnˈstɒp/ **33.1**
normal /ˈnɔː·məl/ **442**
normally /ˈnɔː·məl·i/ **442**
north /nɔːθ/ **318.1** ☆
northeast /ˌnɔːθˈiːst/ **318.1** ☆
northerly /ˈnɔː·ðəl·i/ **318.1**
northern /ˈnɔː·ðən/ **318.1**
northward /ˈnɔːθ·wəd/ **318.1**
northwest /ˌnɔːθˈwest/ **318.1** ☆
Norwegian /nɔːˈwiː·dʒən/ **361.2**
nose /nəʊz/ **86** ☆
nostalgia /nɒsˈtæl·dʒə/ **116.2**
nostalgic /nɒsˈtæl·dʒɪk/ **116.2**
nostril /ˈnɒs·trəl/ **86** ☆
nosy /ˈnəʊ·zi/ **113.3**
note /nəʊt/

write **369.1**
  music **379.8** ☆
notebook /ˈnəʊt·bʊk/ **370**
notepaper /ˈnəʊtˌpeɪ·pər/ **370**
notice /ˈnəʊ·tɪs/
  see and look **91.4**
  employment **271.8**
noticeable /ˈnəʊ·tɪ·sə·bl̩/ **93**
noticeably /ˈnəʊ·tɪ·sə·bli/ **93**
notion /ˈnəʊ·ʃən/ **108**
notorious /nəʊˈtɔː·ri·əs/ **111**
noun /naʊn/ **362.4**
nourishing /ˈnʌr·ɪ·ʃɪŋ/ **164.1**
novel /ˈnɒv·əl/
  new **201.1**
  book **367.1**
novelty /ˈnɒv·əl·ti/ **201.1**
November /nəʊˈvem·bər/ **25.2**
novice /ˈnɒv·ɪs/ **32.1**
nowadays /ˈnaʊ·ə·deɪz/ **26.3**
nozzle /ˈnɒz·l̩/ **310**
nuclear /ˈnjuː·kli·ər/ **303.2**
nucleus /ˈnjuː·kli·əs/ **101.2**
nude /njuːd/ **190.2**
nuisance /ˈnjuː·sənts/ **244.1**
number /ˈnʌm·bər/ **298**
numberplate /ˈnʌm·bə·pleɪt/ **308** ☆
nun /nʌn/ **232.4**
nurse /nɜːs/ **122**
nursery school /ˈnɜː·sər·i ˌskuːl/ **233** □
nursing /ˈnɜː·sɪŋ/ **122**
nursing home /ˈnɜː·sɪŋ ˌhəʊm/ **122**
nut /nʌt/
  nuts **154**
  tools **382.1** ☆
nutcase /ˈnʌt·keɪs/ **129.4**
nutcrackers /ˈnʌtˌkræk·əz/ **154** ☆
nuts /nʌts/ **129.4**
nutshell /ˈnʌt·ʃel/ **154**
nutty /ˈnʌt·i/ **129.4**
nylon /ˈnaɪ·lɒn/ **193.1**

o'clock /əˈklɒk/ **26**
oak /əʊk/ **12.1**
oar /ɔːr/ **312.2**
oasis /əʊˈeɪ·sɪs/ **13.2**
oat /əʊt/ **173.5**
oath /əʊθ/
  swear **357**
  promise **358**
obedience /əˈbiː·di·ənts/ **217.1**
obedient /əˈbiː·di·ənt/ **217.1**
obese /əʊˈbiːs/ **48**
obey /əˈbeɪ/ **217.1**
obituary /əˈbɪtʃ·ʊə·ri/ **368.2**
object *v* /əbˈdʒekt/
  unwilling **285**
  disagree **346.2**
object *n* /ˈɒb·dʒɪkt/
  thing **305**
objection /əbˈdʒek·ʃən/
  unwilling **285**
  disagree **346.2**
objective /əbˈdʒek·tɪv/ **107.2**
obligation /ˌɒb·lɪˈɡeɪ·ʃən/ **274.4**
oblige /əˈblaɪdʒ/ **277**
obliged /əˈblaɪdʒd/ **274.4**
obliging /əˈblaɪ·dʒɪŋ/ **277**
oblivion /əˈblɪv·i·ən/ **112**
oblivious /əˈblɪv·i·əs/ **112.2**
oblong /ˈɒb·lɒŋ/ **38.1** ☆
obnoxious /əbˈnɒk·ʃəs/ **438.1**
oboe /ˈəʊ·bəʊ/ **379.4**
obscure /əbˈskjʊər/ **112**
obsequious /əbˈsiː·kwi·əs/ **143.1**
observation /ˌɒb·zəˈveɪ·ʃən/

ÍNDICE DE PALAVRAS EM INGLÊS

see and look **91.3**
speak **341.3**
observe /əb'zɜːv/
see and look **91.3**
speak **341.3**
obsolete /ˌɒb·səˈliːt/ **203**
obstacle /ˈɒb·stə·kl̩/ **245.1**
obstinate /ˈɒb·stən·ət/ **107.3**
obstruct /əb'strʌkt/ **245.1**
obtain /əb'teɪn/ **373**
obtuse angle /əbˌtjuːs 'æŋ·gl̩/ **38.1** ☆
obvious /ˈɒb·vi·əs/ **93**
obviously /ˈɒb·vi·ə·sli/ **93**
occasion /əˈkeɪ·ʒən/ **31.1**
occasional /əˈkeɪ·ʒən·əl/ **444.2**
occult **416.2**
occupation /ˌɒk·jəˈpeɪ·ʃən/ **271.1**
occupied /ˈɒk·jə·paɪd/ **275**
occupy /ˈɒk·jə·paɪ/ **275**
occur /əˈkɜːr/ **31**
occur to **108.1**
ocean /ˈəʊ·ʃən/ **13.4**
octave /ˈɒk·tɪv/ **379.8** ☆
October /ɒkˈtəʊ·bər/ **25.2**
octopus /ˈɒk·tə·pəs/ **10.2**
odd /ɒd/
    numbers **298** □
    unusual **444.1**
oddball /ˈɒd·bɔːl/ **444.5**
oddity /ˈɒd·ɪ·ti/ **444.1**
oddly /ˈɒd·li/ **444.1**
odour /ˈəʊ·dər/ **90**
off-colour /ˌɒfˈkʌl·ər/ **128**
offence /əˈfents/
    rude **144.2**
    legal system **209.1**
offend /əˈfend/ **144.2**
offender /əˈfen·dər/ **209.1**
offensive /əˈfent·sɪv/ **144.1**
offer /ˈɒf·ər/ **372.1**
offering /ˈɒf·ər·ɪŋ/ **372.1**
offhand /ˌɒfˈhænd/ **144.3**
office /ˈɒf·ɪs/ **272**
office block /ˈɒf·ɪs ˌblɒk/ **174.3**
officer /ˈɒf·ɪ·sər/
    politics and government **227.2**
    war **248.2**
official /əˈfɪʃ·əl/ **227.2**
off-licence /ˈɒf·laɪ·sənts/ **273** □
off-putting /ˈɒfˈpʊt·ɪŋ/ **446.1**
offside /ˌɒfˈsaɪd/ **389.1**
offspring /ˈɒf·sprɪŋ/ **138.7**
often /ˈɒf·ən/ **443**
ogle /ˈəʊ·gl̩/ **91.2**
oil /ɔɪl/
    dairy products **158.2**
    machinery **303.3**
oils /ɔɪlz/ **381.2**
ointment /ˈɔɪnt·mənt/ **126.5**
okay /ˌəʊˈkeɪ/ **417.1**
old /əʊld/ **200**
old-fashioned /ˌəʊldˈfæʃ·ənd/ **203**
Old Testament /ˌəʊld 'test·ə·mənt/ **232.7**
olive /ˈɒl·ɪv/ **161.2**
omelette /ˈɒm·lət/ **161.4**
omission /əʊˈmɪʃ·ən/ **437**
omit /əʊˈmɪt/ **437**
omnivore /ˈɒm·nɪ·vɔːr/ **1** □
on /ɒn/ **265.3**
on board /ˌɒn 'bɔːd/ **312**
on edge /ˌɒn 'edʒ/ **256.1**
one way /ˌwʌn 'weɪ/ **311** ☆
onion /ˈʌn·jən/ **155.3** ☆
on time /ˌɒn 'taɪm/ **327**
opal /ˈəʊ·pəl/ **15**
open /ˈəʊ·pən/

open **179**
honest **213.2**
opening /ˈəʊ·pən·ɪŋ/ **134**
opera /ˈɒp·ər·ə/ **379.5**
operate /ˈɒp·ər·eɪt/
    hospital **122.1**
    machinery **303**
operatic /ˌɒp·ərˈæt·ɪk/ **379.5**
operation /ˌɒp·ərˈeɪ·ʃən/
    hospital **122.1**
    machinery **303**
operational /ˌɒp·ərˈeɪ·ʃən·əl/ **303**
operator /ˈɒp·ər·eɪ·tər/ **340.3**
opinion /əˈpɪn·jən/ **106**
opium /ˈəʊ·pi·əm/ **172.2**
opponent /əˈpəʊ·nənt/ **249.1**
opportunity /ˌɒp·əˈtjuː·nə·ti/ **78.1**
oppose /əˈpəʊz/ **249.1**
opposite /ˈɒp·ə·zɪt/
    different **55**
    position **66** ☆
opposition /ˌɒp·əˈzɪʃ·ən/ **249.1**
opt for /ˈɒpt fɔːr/ **73**
optician /ɒpˈtɪʃ·ən/ **124.4**
optimistic /ˌɒp·tɪˈmɪs·tɪk/ **422.3**
option /ˈɒp·ʃən/ **73**
oral /ˈɔː·rəl/ **341.6**
orange /ˈɒr·ɪndʒ/
    fruit **152.2**
    colours **194.3**
orchard /ˈɔː·tʃəd/ **173.1**
orchestra /ˈɔː·kɪ·strə/ **379.3**
order /ˈɔː·dər/
    tidy **63**
    order **65**
    want **72.3**
    control **228.3**
orderly /ˈɔː·dəl·i/ **63**
ordinal /ˈɔː·dɪ·nəl/ **298** □
ordinary /ˈɔː·dən·ər·i/ **442**
ore /ɔːr/
    metals **16**
ore /ɜː·rə/
    money **265** □
organ /ˈɔː·gən/
    human body **101.2**
    music **379.4**
organization /ˌɔː·gən·aɪˈzeɪ·ʃən/ **206**
organize /ˈɔː·gən·aɪz/ **228.2**
orgasm /ˈɔː·gæz·əm/ **199.3**
origin /ˈɒr·ɪ·dʒɪn/ **32**
original /əˈrɪdʒ·ən·əl/
    begin **32**
    new **201.1**
originally /əˈrɪdʒ·ən·əl·i/ **32**
originate /əˈrɪdʒ·ən·eɪt/ **32**
ornament /ˈɔː·nə·mənt/ **59.1**
ornamental /ˌɔː·nəˈmen·təl/ **59.1**
orphan /ˈɔː·fən/ **136.3**
ostrich /ˈɒs·trɪtʃ/ **9** ☆
otter /ˈɒt·ər/ **4** ☆
ounce /aʊnts/ **307.4**
outbuilding /ˈaʊtˌbɪl·dɪŋ/ **173.3**
outcome /ˈaʊt·kʌm/ **292**
outdated /ˌaʊtˈdeɪ·tɪd/ **203**
outdo /ˌaʊtˈduː/ **396.1**
outdoor /ˈaʊtˈdɔːr/ **176.1**
outdoors /ˌaʊtˈdɔːz/ **176.1**
outer /ˈaʊ·tər/ **66** ☆
outfit /ˈaʊt·fɪt/ **190.6**
outlaw /ˈaʊt·lɔː/ **231**
outlay /ˈaʊt·leɪ/ **263.1**
outlet /ˈaʊt·lət/ **134**
outline /ˈaʊt·laɪn/ **53**
outlook /ˈaʊt·lʊk/ **106.1**
out-of-date /ˌaʊt·əvˈdeɪt/ **203**
out-of-the-way /ˌaʊt·əv·ðəˈweɪ/ **320.2**

outpatient /ˈaʊtˌpeɪ·ʃənt/ **122**
output /ˈaʊt·pʊt/ **262.5**
outrage /ˈaʊt·reɪdʒ/ **450.1**
outraged /ˈaʊt·reɪdʒd/ **450.1**
outrageous /ˌaʊtˈreɪ·dʒəs/ **450.1**
outside /ˌaʊtˈsaɪd/ **66** ☆
outskirts /ˈaʊt·skɜːts/ **14.3**
outstanding /ˌaʊtˈstæn·dɪŋ/ **417.3**
out-tray /ˈaʊt ˌtreɪ/ **272.1**
outward /ˈaʊt·wəd/ **318.2**
ovary /ˈəʊ·vər·i/ **101.3** ☆
oven /ˈʌv·ən/ **169** ☆
over /ˈəʊ·vər/ **389.3**
overall /ˈəʊ·vər·ɔːl/ **85.1**
overalls /ˈəʊ·vər·ɔːlz/ **190.3** ☆
overboard /ˈəʊ·və·bɔːd/ **312.6**
overcast /ˈəʊ·və·kɑːst/ **18.2**
overcharge /ˌəʊ·vəˈtʃɑːdʒ/ **267.1**
overcoat /ˈəʊ·və·kəʊt/ **190.10**
overcome /ˌəʊ·vəˈkʌm/ **396.1**
overdraft /ˈəʊ·və·drɑːft/ **261.2**
overdrawn /ˌəʊ·vəˈdrɔːn/ **261.2**
overdue /ˌəʊ·vəˈdjuː/ **326**
overflow /ˌəʊ·vəˈfləʊ/ **332**
overhear /ˌəʊ·vəˈhɪər/ **87**
overjoyed /ˌəʊ·vəˈdʒɔɪd/ **422.2**
overlap /ˌəʊ·vəˈlæp/ **334**
overseas /ˌəʊ·vəˈsiːz/ **317.2**
oversee /ˌəʊ·vəˈsiː/ **228.1**
oversleep /ˌəʊ·vəˈsliːp/ **182**
overtake /ˌəʊ·vəˈteɪk/ **309**
overtime /ˌəʊ·vəˈtaɪm/ **271.5**
overture /ˈəʊ·və·tʃər/ **379.7**
overweight /ˈəʊ·və·weɪt/ **48**
overwork /ˌəʊ·vəˈwɜːk/ **275**
overworked /ˌəʊ·vəˈwɜːkt/ **275**
owe /əʊ/ **261.1**
owing /ˈəʊ·ɪŋ/ **261.1**
owing to **291**
owl /aʊl/ **9.3** ☆
own /əʊn/ **374**
owner /ˈəʊ·nər/ **374**
ownership /ˈəʊ·nə·ʃɪp/ **374**
own up **350**
ox /ɒks/ **6**
oxygen /ˈɒk·sɪ·dʒən/ **17**
oyster /ˈɔɪ·stər/ **10.2**
ozone /ˈəʊ·zəʊn/ **17**

pace /peɪs/
    quick **403.4**
    walk **407.1**
pack /pæk/
    travel **317.4**
    containers **331.1**
    full **332**
    games **386.3**
package /ˈpæk·ɪdʒ/ **340.1**
package tour /ˈpæk·ɪdʒ ˌtʊər/ **317.1**
packed /pækt/ **332**
packet /ˈpæk·ɪt/ **331.1**
pad /pæd/ **370**
paddle /ˈpæd·l̩/ **407.7**
page /peɪdʒ/
    book **367.6**
    journalism **368.2**
pain /peɪn/
    symptoms **125.1**
    problem **244.1**
painful /ˈpeɪn·fəl/ **125.1**
painkiller /ˈpeɪnˌkɪl·ər/ **126.5**
painstaking /ˈpeɪnzˌteɪ·kɪŋ/ **301.1**
paint /peɪnt/
    arts and crafts **381.2**
    tools **382.2**
paintbrush /ˈpeɪnt·brʌʃ/ **381.2**

painter /'peɪn·tər/ **381.1**
painting /'peɪn·tɪŋ/ **381.3**
pair /peər/ **298.1**
pal /pæl/ **434.1**
palace /'pæl·ɪs/ **174.4**
pale /peɪl/
  symptoms **125.2**
  colours **194.1**
palette /'pæl·ət/ **381.2**
pallor /'pæl·ər/ **125.2**
palm /pɑːm/
  trees **12.1**
  human body **86** ☆
pamphlet /'pæm·flɪt/ **366.1**
pancake /'pæŋ·keɪk/ **161.4**
pancreas /'pæŋ·kri·əs/ **101.2** ☆
panda /'pæn·də/ **1** ☆
panhandler /'pæn,hænd·lər/ **270**
panic /'pæn·ɪk/ **255**
pansy /'pæn·zi/ **11**
pant /pænt/ **103.1**
panther /'pænr·θər/ **1** ☆
pants /pænts/ **190.3, 190.9**
panty liner /'pæn·ti ,laɪ·nər/ **184.6**
papa /pə'pɑː/ **138.1**
paper /'peɪ·pər/ **304.3**
paperback /'peɪ·pə·bæk/ **367.6**
paperclip /'peɪ·pə·klɪp/ **294.3** ☆
paracetamol /,pær·ə'siː·tə·mɒl/ **126.5**
parachute /'pær·ə·ʃuːt/ **393.3**
parachuting /'pær·ə·ʃuː·tɪŋ/ **393.3**
paradise /'pær·ə·daɪs/ **232.9**
paragraph /'pær·ə·grɑːf/ **362.2**
parallel /'pær·ə·lel/ **38.4** ☆
paralyse /'pær·əl·aɪz/
  illnesses **124.3**
  inaction **284.2**
paralysis /pə'ræl·ɪ·sɪs/ **284.2**
paramedic /,pær·ə'med·ɪk/ **122**
paranoia /,pær·ə'nɔɪ·ə/ **129.2**
paranoid /'pær·ən·ɔɪd/ **129.2**
parcel /'pɑː·səl/ **340.1**
parch /pɑːtʃ/ **22**
parched /pɑːtʃt/ **167.1**
pardon /'pɑː·dən/ **221.1**
parent /'peə·rənt/ **138.1**
park /pɑːk/
  driving **309**
  park and funfair **385**
parliament /'pɑː·lə·mənt/ **227** ☐
parole /pə'rəʊl/ **209.6**
parrot /'pær·ət/ **7.3**
parsley /'pɑː·sli/ **157.2**
parsnip /'pɑː·snɪp/ **155.2**
part /pɑːt/
  part **52**
  entertainment **376.3**
partial /'pɑː·ʃəl/
  part **52**
  like **426**
partiality /,pɑː·ʃi'æl·ə·ti/ **426**
partially /'pɑː·ʃəl·i/ **52**
partially sighted /,pɑː·ʃəl·i 'saɪ·tɪd/ **124.4**
particle /'pɑː·tɪ·kl̩/ **52.1**
particular /pə'tɪk·jə·lər/
  particular **84**
  careful **301.1**
particularly /pə'tɪk·jə·lə·li/ **84**
partly /'pɑːt·li/ **52**
partner /'pɑːt·nər/ **434.2**
partnership /'pɑːt·nə·ʃɪp/ **434.2**
partridge /'pɑː·trɪdʒ/ **9**
part-time /,pɑːt'taɪm/ **271.5**
party /'pɑː·ti/
  social customs **195.1**
  politics and government **227.4**

pass /pɑːs/
  give **372**
  success **396.2**
passage /'pæs·ɪdʒ/ **177.3**
pass away **197**
passenger /'pæs·ɪn·dʒər/ **317**
passion /'pæʃ·ən/ **427.1**
passionate /'pæʃ·ən·ət/ **427.1**
passion fruit /'pæʃ·ən ,fruːt/ **152.4**
passive /'pæs·ɪv/ **284**
pass out **125.3**
Passover /'pɑːs,əʊ·vər/ **25.3**
passport /'pɑːs·pɔːt/ **316**
pass wind **125.4**
past /pɑːst/ n **26.2** adj **26.3**
pasta /'pæs·tə/ **156.4**
paste /peɪst/ **294.3**
pastel /'pæs·təl/ **194.1**
pastime /'pɑːs·taɪm/ **380**
pastry /'peɪ·stri/ **156.3**
pasture /'pɑːs·tʃər/ **173.1**
pat /pæt/
  touch **98.1**
  hit **131.4**
patch /pætʃ/ **383**
pâté /'pæt·eɪ/ **159.4**
path /pɑːθ/ **311.1**
patient /'peɪ·ʃənt/
  hospital **122**
  careful **301**
pattern /'pæt·ən/
  shapes **38.3**
  arts and crafts **381.6**
pause /pɔːz/
  rest and relaxation **183.1**
  wait **286**
pavement /'peɪv·mənt/ **311.1**
paw /pɔː/ **1** ☆
pawn /pɔːn/ **386.4** ☆
pay /peɪ/
  buying and selling **263.1**
  money **265.3**
payment /'peɪ·mənt/ **263.1**
pay off **261.2**
P.E. /,piː'iː/ **233.2**
pea /piː/ **155.1**
peace /piːs/
  quiet **89**
  calmness **259**
peaceful /'piːs·fəl/ **259**
peach /piːtʃ/ **152.1**
peacock /'piː·kɒk/ **9** ☆
peak /piːk/ **13.1**
peanut /'piː·nʌt/ **154**
pear /peər/ **152.1**
pearl /pɜːl/ **15**
pebble /'peb·l̩/ **13.3**
peck /pek/ **9.1**
peck at **164.5**
peckish /'pek·ɪʃ/ **165**
peculiar /pɪ'kjuː·li·ər/ **444.1**
peculiarity /pɪ,kjuː·li'ær·ə·ti/ **444.1**
pedal /'ped·əl/ **379.4**
pedal bin /'ped·əl ,bɪn/ **169** ☆
pedestrian /pə'des·tri·ən/ **407**
pee /piː/ **102**
peel /piːl/
  damage **132.3**
  fruit **152.6**
  cooking methods **168.2**
peeler /'piː·lər/ **168.2** ☆
peep /piːp/ **91.1**
peer /pɪər/
  see and look **91.2**
  royalty **205.1**
peerage /'pɪə·rɪdʒ/ **205.1**
peg /peg/ **186**

pelican /'pel·ɪ·kən/ **9.2**
pelvis /'pel·vɪs/ **101.1** ☆
pen /pen/ **370** ☆
penalty /'pen·əl·ti/ **389.1**
pence /pents/ **265.1** ☐, **265.2** ☐
pencil /'pent·səl/
  writing materials **370** ☆
  arts and crafts **381.2**
penguin /'peŋ·gwɪn/ **9.2**
penicillin /,pen·ɪ'sɪl·ɪn/ **126.5**
penis /'piː·nɪs/ **86**
pen name /'pen ,neɪm/ **137.3**
pennia /'pen·i·ə/ **265.1** ☐
penniless /'pen·i·ləs/ **270**
penny /'pen·i/ **265.2** ☐
pension /'pen·tʃən/ **265.3**
pensioner /'pen·tʃən·ər/ **265.3**
pensive /'pent·sɪv/ **104.2**
pepper /'pep·ər/
  vegetables **155.3** ☆
  flavours **157.2**
peppermint /'pep·ə·mɪnt/ **157.3**
perceive /pə'siːv/ **91.4**
percentage /pə'sen·tɪdʒ/ **52**
perceptive /pə'sep·tɪv/ **236**
perch /pɜːtʃ/ **9.1**
percussion /pə'kʌʃ·ən/ **379.4** ☆
percussionist /pə'kʌʃ·ən·ɪst/ **379.4**
perfect /'pɜː·fɪkt/ **417.4**
perform /pə'fɔːm/
  do **287.2**
  entertainment **376**
performance /pə'fɔː·mənts/
  do **287.2**
  entertainment **376**
performer /pə'fɔː·mər/ **376**
perfume /'pɜː·fjuːm/
  smell **90**
  accessories **192.5**
peril /'per·əl/ **252**
perilous /'per·əl·əs/ **252**
period /'pɪə·ri·əd/ **26.2**
perish /'per·ɪʃ/ **197**
permanent /'pɜː·mə·nənt/
  be **29.1**
  employment **271.5**
permissible /pə'mɪs·ə·bl̩/ **230**
permission /pə'mɪʃ·ən/ **230**
permit /pə'mɪt/ **230**
Persian /'pɜː·ʒən/ **361.2**
persist /pə'sɪst/ **33**
persistence /pə'sɪs·tənts/ **33.1**
persistent /pə'sɪs·tənt/ **33.1**
person /'pɜː·sən/ **139**
personal /'pɜː·sən·əl/ **339.1**
personality /,pɜː·sən'æl·ə·ti/ **142**
personally /'pɜː·sən·əl·i/ **339.1**
personnel /,pɜː·sən'el/ **271.3**
perspiration /,pɜː·spər'eɪ·ʃən/ **86.2**
perspire /pə'spaɪər/ **86.2**
persuade /pə'sweɪd/ **349**
persuasion /pə'sweɪ·ʒən/ **349**
peseta /pə'seɪ·tə/ **265.1** ☐
peso /'peɪ·səʊ/ **265.1** ☐
pester /'pes·tər/ **425.1**
pet /pet/ **7**
petal /'pet·əl/ **11** ☆
petrified /'pet·rɪ·faɪd/ **255.1**
petrify /'pet·rɪ·faɪ/ **255.2**
petrol /'pet·rəl/ **303.3**
petrol bomb /'pet·rəl ,bɒm/ **248.4** ☐
petrol gauge /'pet·rəl ,geɪdʒ/ **308.1**
petrol pump /'pet·rəl ,pʌmp/ **310**
petrol station /'pet·rəl ,steɪ·ʃən/ **310**
petticoat /'pet·ɪ·kəʊt/ **190.9**
petty /'pet·i/ **76**
petty officer /,pet·i 'ɒfɪ·s·ər/ **248.3** ☐

ÍNDICE DE PALAVRAS EM INGLÊS

pew /pjuː/ **232.5** ☆
pfennig /ˈpfen·ɪɡ/ **265.1** ☐
phantom /ˈfæn·təm/ **416.2**
pharmacist /ˈfɑː·mə·sɪst/ **126.4**
pharmacy /ˈfɑː·mə·si/ **126.4**
phase /feɪz/ **26.2**
philosophy /fɪˈlɒs·ə·fi/ **106.1**
phobia /ˈfəʊ·bi·ə/ **129.2**
photocopier /ˈfəʊ·təʊˌkɒp·i·ər/ **272.1**
photocopy /ˈfəʊ·təʊˌkɒp·i/ **272.1**
photograph /ˈfəʊ·tə·ɡrɑːf/ **381.4**
photography /fəˈtɒɡ·rə·fi/ **381.4**
phrase /freɪz/ **362.2**
physical /ˈfɪz·ɪ·kəl/ **101.4**
physically /ˈfɪz·ɪ·kli/ **101.4**
physics /ˈfɪz·ɪks/ **233.3**
piano /piˈæn·əʊ/ **379.4**
piastre /piˈæs·tər/ **265.1** ☐
pick /pɪk/
  choose **73**
  gardening **384.1**
picket /ˈpɪk·ɪt/ **271.6**
picket line /ˈpɪk·ɪt ˌlaɪn/ **271.6**
pickles /ˈpɪk·lz/ **161.2**
pick on **425.1**
pickpocket /ˈpɪkˌpɒk·ɪt/ **220.1**
picnic /ˈpɪk·nɪk/ **162.3**
picture /ˈpɪk·tʃər/
  see and look v **91** n **91.7**
  living room **180** ☆
  arts and crafts **381.3**
pictures /ˈpɪk·tʃəz/ **376.4**
picturesque /ˌpɪk·tʃərˈesk/ **59**
pie /paɪ/ **156.3**
piece /piːs/
  part **52**
  money **265.2**
  music **379.7**
pier /pɪər/ **312.4**
pierce /pɪəs/ **133**
pig /pɪɡ/
  wild animals **1.1** ☐
  farm animals **6**
  eat **164.4**
  bad **438.2**
pigeon /ˈpɪdʒ·ɪn/ **9** ☆
pigsty /ˈpɪɡ·staɪ/ **173.3**
pile /paɪl/ **43.1**
pile-up /ˈpaɪl·ʌp/ **309.4**
pill /pɪl/
  cures **126.5**
  sex **199.5**
pillar /ˈpɪl·ər/
  good **217.2**
  carry **337** ☆
pillar box /ˈpɪl·ə ˌbɒks/ **340.2** ☆
pillow /ˈpɪl·əʊ/ **181** ☆
pillowcase /ˈpɪl·əʊ·keɪs/ **181.1**
pilot /ˈpaɪ·lət/ **313.3**
pimple /ˈpɪm·pl̩/ **86.2**
pin /pɪn/
  join **294.3** ☆
  arts and crafts **381.6** ☆
pinch /pɪntʃ/
  steal **220**
  uncomfortable **440**
pin cushion /ˈpɪn ˌkʊʃ·ən/ **381.6** ☆
pine /paɪn/ **12.1**
pineapple /ˈpaɪnˌæp·l̩/ **152.4**
pine cone /ˈpaɪn ˌkəʊn/ **12** ☆
ping-pong /ˈpɪŋˌpɒŋ/ **389.5**
pink /pɪŋk/ **194.3**
pint /paɪnt/ **307.3**
pioneer /ˌpaɪəˈnɪər/ **201.1**
pioneering /ˌpaɪəˈnɪə·rɪŋ/ **201.1**
pious /ˈpaɪ·əs/ **232.8**
pip /pɪp/ **152.6**

pipe /paɪp/
  smoking **171**
  tools **382.3**
pipette /pɪˈpet/ **233.4** ☆
Pisces /ˈpaɪ·siːz/ **28** ☐
piss down **18.2**
pissed /pɪst/ **166.7**
pistachio /pɪˈstɑː·ʃi·əʊ/ **154**
pistol /ˈpɪs·təl/ **248.4** ☆
piston /ˈpɪs·tən/ **303.1**
pitch /pɪtʃ/ **388.4**
pitch-black /ˌpɪtʃˈblæk/ **23**
pitcher /ˈpɪtʃ·ər/ **389.2**
pitfall /ˈpɪt·fɔːl/ **252**
pith /pɪθ/ **152.6**
pitiless /ˈpɪt·ɪ·ləs/ **223**
pity /ˈpɪt·i/ **222**
pizza /ˈpiːt·sə/ **161.3**
place /pleɪs/
  areas **14**
  put **289**
place mat /ˈpleɪs mæt/ **170** ☆
placenta /pləˈsen·tə/ **136.1**
plagiarize /ˈpleɪ·dʒə·raɪz/ **56**
plague /pleɪɡ/ **124.1**
plaice /pleɪs/ **10.1**
plain /pleɪn/
  geography and geology **13.2**
  ugly **60**
  obvious **93**
plainly /ˈpleɪn·li/ **93**
plaintiff /ˈpleɪn·tɪf/ **209.4**
plan /plæn/
  intend v **107** n **107.1**,
  control **228.2**
plane /pleɪn/ **62.1**
planet /ˈplæn·ɪt/ **27**
plank /plæŋk/ **304.2**
planning /ˈplæn·ɪŋ/ **228.2**
plant /plɑːnt/
  plants **11**
  gardening **384.2**
plaster /ˈplɑː·stər/
  cures **126.6**
  materials **304.1**
plastic /ˈplæs·tɪk/ **304**
plastic bullet /ˌplæs·tɪk ˈbʊl·ɪt/ **248.4**
plate /pleɪt/ **170** ☆
platform /ˈplæt·fɔːm/ **314.1**
platinum /ˈplæt·ɪ·nəm/ **16**
plausible /ˈplɔː·zə·bl̩/ **105.4**
play /pleɪ/
  entertainment **376.1**
  music **379.4**
  games **386**
  sport **388.1**
player /ˈpleɪ·ər/ **379.4**
playground /ˈpleɪ·ɡraʊnd/ **233.1** ☆
playwright /ˈpleɪ·raɪt/ **376.1**
plea /pliː/ **351.2**
plead /pliːd/
  legal system **209.4**
  ask **351.2**
pleasant /ˈplez·ənt/ **417.1**
pleased /pliːzd/ **422.1**
pleasing /ˈpliː·zɪŋ/ **422**
pleasurable /ˈpleʒ·ər·ə·bl̩/ **422**
pleasure /ˈpleʒ·ər/ **422**
pledge /pledʒ/ **358**
plentiful /ˈplen·tɪ·fəl/ **43**
plenty /ˈplen·ti/ **51**
pliable /ˈplaɪ·ə·bl̩/ **99.1**
pliant /ˈplaɪ·ənt/ **99.1**
pliers /ˈplaɪəz/ **382.1** ☆
plonk /plɒŋk/ **289**
plot /plɒt/
  book **367.1**

gardening **384.3**
plough /plaʊ/ **173.2** ☆
plug /plʌɡ/
  the bathroom **185** ☆
  tools **382.3**
plum /plʌm/ **152.1**
plumber /ˈplʌm·ər/ **174.6**
plumbing /ˈplʌm·ɪŋ/ **382.3**
plummet /ˈplʌm·ɪt/ **412.2**
plump /plʌmp/ **48.1**
plunge /plʌndʒ/ **21.1**
plus /plʌs/ **297.1** ☐
Pluto /ˈpluː·təʊ/ **27** ☆
p.m. /ˌpiːˈem/ **26.1**
poach /pəʊtʃ/ **168.1**
pocket /ˈpɒk·ɪt/ **190.12** ☆
pocket money /ˈpɒk·ɪt ˌmʌn·i/ **265.3**
pocket watch /ˈpɒk·ɪt ˌwɒtʃ/ **26.1** ☆
poem /ˈpəʊ·ɪm/ **367.4**
poetic /pəʊˈet·ɪk/ **367.4**
poetry /ˈpəʊ·ɪ·tri/ **367.4**
point /pɔɪnt/
  shapes **38.1** ☆
  show **92.2**
  gesture **365**
pointed /ˈpɔɪn·tɪd/ **38.1** ☆
pointless /ˈpɔɪnt·ləs/
  unnecessary **68**
  useless **282**
point out **92.2**
poison /ˈpɔɪ·zən/ **198.1**
poisonous /ˈpɔɪz·ən·əs/ **198.1**
polar bear /ˈpəʊ·lə ˌbeər/ **1** ☆
pole /pəʊl/ **393.2**
pole vault /ˈpəʊl ˌvɔːlt/ **390.2**
police /pəˈliːs/ **209.2**
policeman /pəˈliːs·mən/ **209.2**
police officer /pəˈliːs ˌɒf·ɪ·sər/ **209.2**
Polish /ˈpəʊ·lɪʃ/ **361.1**
polish /ˈpɒl·ɪʃ/
  cleaning **187.4**
  improve **418**
polite /pəˈlaɪt/ **143**
political /pəˈlɪt·ɪ·kəl/ **227**
politics /ˈpɒl·ə·tɪks/ **227**
poll /pəʊl/ **227.3**
pollen /ˈpɒl·ən/ **11**
polling booth /ˈpəʊ·lɪŋ buːð/ **227.3**
polling station /ˈpəʊ·lɪŋ steɪʃən/ **227.3**
pollute /pəˈluːt/ **189.1**
pollution /pəˈluː·ʃən/ **189.1**
polo /ˈpəʊ·ləʊ/ **395.1**
polyester /ˌpɒl·iˈes·tər/ **193.1**
polystyrene /ˌpɒl·ɪˈstaɪə·riːn/ **304**
polytechnic /ˌpɒl·ɪˈtek·nɪk/ **233** ☐
polythene /ˈpɒl·ɪ·θiːn/ **304.3**
pomp /pɒmp/ **146**
pompous /ˈpɒm·pəs/ **148.2**
pond /pɒnd/ **13.4**
ponder /ˈpɒn·dər/ **104.1**
pong /pɒŋ/ **90**
pony /ˈpəʊ·ni/ **6**
poo /puː/ **102**
poodle /ˈpuː·dl̩/ **7.1** ☆
pool /puːl/
  geography and geology **13.4**
  target sports **394**
poor /pɔːr/ **270**
poorly /ˈpɔː·li/ **128**
pop /pɒp/
  families and relations **138.1**
  music **379.1**
popcorn /ˈpɒp·kɔːn/ **161.1**
pope /pəʊp/ **232.4**
popular /ˈpɒp·jə·lər/ **426.1**
popularity /ˌpɒp·jəˈlær·ə·ti/ **426.1**
population /ˌpɒp·jəˈleɪ·ʃən/ **204**

ÍNDICE DE PALAVRAS EM INGLÊS

porch /pɔːtʃ/
  parts of buildings **176** ☆
  religion **232.5** ☆
pore /pɔːr/ **86.2**
pork /pɔːk/ **159.1**
pornographic /ˌpɔːnəˈgræf·ɪk/ **199.1**
porridge /ˈpɒr·ɪdʒ/ **156.5**
port /pɔːt/
  drinks **166.6**
  ships and boats **312.4**
porter /ˈpɔː·tər/ **314.2**
portion /ˈpɔː·ʃən/
  part **52**
  meals **162.1**
Portuguese /ˌpɔː·tʃʊˈgiːz/ **361.1**
posh /pɒʃ/ **146**
position /pəˈzɪʃ·ən/
  position **66**
  put **289**
positive /ˈpɒz·ə·tɪv/ **278**
possess /pəˈzes/ **374**
possession /pəˈzeʃ·ən/ **374**
possibility /ˌpɒs·əˈbɪl·ə·ti/ **78.1**
possible /ˈpɒs·ə·bl̩/ **78**
possibly /ˈpɒs·ə·bli/ **78**
post /pəʊst/ **340.2**
postage /ˈpəʊ·stɪdʒ/ **340.2**
postal /ˈpəʊ·stəl/ **340.2**
postcard /ˈpəʊst·kɑːd/ **340.1**
postcode /ˈpəʊst·kəʊd/ **340.2** ☆
postgraduate /ˌpəʊstˈgrædʒ·u·ət/ **235.1**
postman /ˈpəʊst·mən/ **340.2**
postmark /ˈpəʊst·mɑːk/ **340.2** ☆
post office /ˈpəʊst ˌɒf·ɪs/ **273** ☐
postpone /ˌpəʊstˈpəʊn/ **330**
pot /pɒt/
  drugs **172.3**
  containers **331.1** ☆. **331.2**
potato /pəˈteɪ·təʊ/ **155.2**
pot-bellied /ˌpɒtˈbel·id/ **48**
potential /pəʊˈten·tʃəl/ **78**
pot luck /ˌpɒt ˈlʌk/ **387**
pot plant /ˈpɒt ˌplɑːnt/ **180** ☆
potter /ˈpɒt·ər/ **381.5**
pottery /ˈpɒt·ər·i/ **381.5**
pouch /paʊtʃ/ **1** ☆
poultry /ˈpəʊl·tri/ **159.3**
pound /paʊnd/
  money **265.1** ☐, **265.2** ☐
  weights and measures **307.4**
pour /pɔːr/
  weather **18.2**
  wet **21**
poverty /ˈpɒv·ə·ti/ **270**
power /paʊər/
  control **228.6**
  machinery **303.2**
  strength **401**
powerful /ˈpaʊə·fəl/
  control **228.6**
  strength **401.1**
powerless /ˈpaʊə·ləs/ **402**
practical /ˈpræk·tɪ·kəl/
  possible **78**
  useful **281**
practice /ˈpræk·tɪs/ **276**
practise /ˈpræk·tɪs/ **276**
praise /preɪz/ **430**
pram /præm/ **136.4** ☆
prawn /prɔːn/ **10.2**
pray /preɪ/ **232.6**
prayer /preər/ **232.6**
preach /priːtʃ/
  religion **232.6**
  tell **342.2**
precaution /prɪˈkɔː·ʃən/ **253.1**
precious /ˈpreʃ·əs/ **268.1**

precise /prɪˈsaɪs/ **299**
precisely /prɪˈsaɪ·sli/ **299**
precision /prɪˈsɪʒ·ən/ **299**
predict /prɪˈdɪkt/ **109.1**
prediction /prɪˈdɪk·ʃən/ **109.1**
preface /ˈpref·ɪs/ **367.5**
prefer /prɪˈfɜːr/ **73.1**
preferable /ˈpref·ər·ə·bl̩/ **73.1**
preference /ˈpref·ər·ənts/ **73.1**
pregnancy /ˈpreg·nənt·si/ **136.1**
pregnant /ˈpreg·nənt/ **136.1**
prejudice /ˈpredʒ·ə·dɪs/ **212**
premature /ˈprem·ə·tʃər/ **325**
preparation /ˌprep·ərˈeɪ·ʃən/ **328**
prepare /prɪˈpeər/ **328**
preposition /ˌprep·əˈzɪʃ·ən/ **362.4**
preposterous /prɪˈpɒs·tər·əs/ **241.2**
prescription /prɪˈskrɪp·ʃən/ **126.4**
presence /ˈprez·ənts/ **30**
present *n* /ˈprez·ənt/
  time **26.2**
  give **372.1**
present *adj* /ˈprez·ənt/
  time **26.3**
  presence and absence **30**
present *v* /prɪˈzent/
  show **92**
  give **372.1**
presentation /ˌprez·ənˈteɪ·ʃən/ **92**
presently /ˈprez·ənt·li/ **329**
preservation /ˌprez·əˈveɪ·ʃən/ **254.2**
preserve /prɪˈzɜːv/ **254.2**
presidency /ˈprez·ɪ·dənt·si/ **227** ☐
president /ˈprez·ɪ·dənt/ **227** ☐
press /pres/
  touch **98.2**
  journalism **368**
press stud /ˈpres ˌstʌd/ **190.11**
pressure /ˈpreʃ·ər/ **98.2**
pressure cooker /ˈpreʃ·ə ˌkʊk·ər/ **169** ☆
pressurize /ˈpreʃ·ər·aɪz/ **279.1**
presumably /prɪˈzjuː·mə·bli/ **80**
presume /prɪˈzjuːm/
  probable **80**
  believe **105.2**
presumption /prɪˈzʌmp·ʃən/ **105.2**
pretence /prɪˈtents/ **36**
pretend /prɪˈtend/ **36**
pretty /ˈprɪt·i/ **59**
prevent /prɪˈvent/ **245.1**
prevention /prɪˈven·tʃən/ **245.1**
preventive /prɪˈven·tɪv/ **245.1**
previous /ˈpriː·vi·əs/ **26.3**
previously /ˈpriː·vi·ə·sli/ **26.3**
price /praɪs/ **263.2**
priceless /ˈpraɪ·sləs/ **268.1**
pricey /ˈpraɪ·si/ **267**
prick /prɪk/ **133**
prickly /ˈprɪk·li/ **133.5**
pride /praɪd/ **148.1**
priest /priːst/ **232.4**
priesthood /ˈpriːst·hʊd/ **232.4**
primary school /ˈpraɪ·mər·i ˌskuːl/ **233** ☐
prime minister /ˌpraɪm ˈmɪn·ɪs·tər/ **227** ☐
prince /prɪnts/ **205** ☐
princess /prɪnˈses/ **205** ☐
principal /ˈprɪnt·sə·pəl/
  main **75**
  teach **234.1**
principle /ˈprɪnt·sə·pl̩/ **106.1**
print /prɪnt/ **367.7**
printer /ˈprɪn·tər/
  computers **296** ☆
  book **367.7**
printout /ˈprɪnt·aʊt/ **296**

prison /ˈprɪz·ən/ **209.6**
prisoner /ˈprɪz·ən·ər/ **209.6**
private /ˈpraɪ·vət/
  war **248.3** ☐
  hide **339.1**
privately /ˈpraɪ·vət·li/ **339.1**
prize /praɪz/ **398**
probability /ˌprɒb·əˈbɪl·ə·ti/ **80**
probable /ˈprɒb·ə·bl̩/ **80**
probation /prəˈbeɪ·ʃən/ **209.5**
problem /ˈprɒb·ləm/ **244**
problematic /ˌprɒb·ləˈmæt·ɪk/ **244**
procedure /prəˈsiː·dʒər/ **290**
proceed /prəˈsiːd/ **33**
process *n* /ˈprəʊ·ses/
  system **290**
process *v* /prəˈses/
  walk **407.3**
procession /prəˈseʃ·ən/ **407.3**
produce /prəˈdjuːs/ **293.1**
producer /prəˈdjuː·sər/ **293.1**
product /ˈprɒd·ʌkt/ **262.5**
production /prəˈdʌk·ʃən/ **293.1**
profession /prəˈfeʃ·ən/ **271.1**
professional /prəˈfeʃ·ən·əl/
  skilful **239**
  employment **271.1**
professor /prəˈfes·ər/ **234.1**
proficient /prəˈfɪʃ·ənt/ **237**
profit /ˈprɒf·ɪt/ **262.9**
program /ˈprəʊ·græm/ **296**
programme /ˈprəʊ·græm/
  document **366.1**
  entertainment **376.2**
  broadcasts **378.1**
progress *n* /ˈprəʊ·gres/
  continue **33**
  improve **418**
progress *v* /prəʊˈgres/
  continue **33**
  improve **418**
prohibit /prəʊˈhɪb·ɪt/ **231**
project /ˈprɒdʒ·ekt/ **107.1**
promise /ˈprɒm·ɪs/ **358**
promote /prəˈməʊt/ **271.7**
promotion /prəˈməʊ·ʃən/ **271.7**
prompt /prɒmpt/ **327**
promptly /ˈprɒmpt·li/ **327**
prone /prəʊn/ **288**
pronoun /ˈprəʊ·naʊn/ **362.4**
pronounce /prəˈnaʊnts/
  speak **341.6**
  tell **342.2**
pronouncement /prəʊˈnaʊnt·smənt/ **342.2**
pronunciation /prəˌnʌnt·siˈeɪ·ʃən/ **341.6**
proof /pruːf/ **92**
prop /prɒp/ **337**
proper /ˈprɒp·ər/
  real **35**
  suitable **420.1**
property /ˈprɒp·ə·ti/ **374.1**
prophet /ˈprɒf·ɪt/ **232.3**
proportion /prəˈpɔː·ʃən/ **52**
proportions /prəˈpɔː·ʃənz/ **41**
proposal /prəˈpəʊ·zəl/ **353**
propose /prəˈpəʊz/ **353**
proprietor /prəˈpraɪə·tər/ **374**
prop up **337** ☆
prose /prəʊz/ **367.4**
prosecute /ˈprɒs·ɪ·kjuːt/ **209.4**
prosecution /ˌprɒs·ɪˈkjuː·ʃən/ **209.4**
prosper /ˈprɒs·pər/ **269**
prosperity /prɒsˈper·ə·ti/ **269**
prosperous /ˈprɒs·pər·əs/ **269**
prostitute /ˈprɒs·tɪ·tjuːt/ **199.4**
protect /prəˈtekt/ **254.1**

419

ÍNDICE DE PALAVRAS EM INGLÊS

protection /prəˈtek·ʃən/ **254**
protective /prəˈtek·tɪv/ **254**
protector /prəˈtek·tər/ **254**
protest *n* /ˈprəʊ·test/ **346.2**
protest *v* /prəʊˈtest/ **346.2**
Protestantism /ˈprɒt·ɪ·stən·tɪ·zəm/ **232.2**
protractor /prəˈtræk·tər/ **297** ☆
proud /praʊd/ **148.1**
prove /pruːv/ **92**
proverb /ˈprɒv·ɜːb/ **362.2**
provide /prəˈvaɪd/ **372.2**
province /ˈprɒv·ɪnts/ **14.1**
provincial /prəˈvɪn·tʃəl/ **14.1**
provision /prəˈvɪʒ·ən/ **372.2**
provocation /ˌprɒv·əˈkeɪ·ʃən/ **279.1**
provoke /prəˈvəʊk/ **279.1**
prowess /ˈpraʊ·ɪs/ **239.1**
prowl /praʊl/ **407.4**
prudent /ˈpruː·dənt/ **238**
prune /pruːn/
 fruit **152.5**
 gardening **384.2**
pry /praɪ/
 search **94.1**
 ask **351.1**
psalm /sɑːm/ **232.6**
pseudonym /ˈpsjuː·dən·ɪm/ **137.3**
psychiatric /ˌsaɪ·kiˈæt·rɪk/ **129.3**
psychiatry /saɪˈkaɪə·tri/ **129.3**
psychoanalysis /ˌpsaɪ·kəʊ·əˈnæl·ə·sɪs/ **129.3**
psychological /ˌpsaɪ·kəˈlɒdʒ·ɪ·kəl/ **129.3**
psychology /psaɪˈkɒl·ə·dʒi/ **129.3**
psychotherapist /ˌpsaɪ·kəʊˈθer·ə·pɪst/ **129.3**
pub /pʌb/ **163**
pubic hair /ˌpjuː·bɪk ˈheər/ **86**
public /ˈpʌb·lɪk/ **139.1**
publication /ˌpʌb·lɪˈkeɪ·ʃən/ **367.7**
publicity /pʌbˈlɪs·ə·ti/ **262.8**
public school /ˌpʌb·lɪk ˈskuːl/ **233** ☐
publish /ˈpʌb·lɪʃ/ **367.7**
publisher /ˈpʌb·lɪ·ʃər/ **367.7**
puck /pʌk/ **389.4**
pudding /ˈpʊd·ɪŋ/ **162.2**
puddle /ˈpʌd·l̩/ **13.4**
puff /pʌf/ **103.1**
puffin /ˈpʌf·ɪn/ **9.2**
pull /pʊl/ **338**
pull in **309**
pulpit /ˈpʊl·pɪt/ **232.5** ☆
pulse /pʌls/ **126.2**
pump /pʌmp/ **303.1**
pumpkin /ˈpʌmp·kɪn/ **155.3**
punch /pʌntʃ/ **131.1**
punctual /ˈpʌŋk·tʃu·əl/ **327**
punctually /ˈpʌŋk·tʃu·əl·i/ **327**
punctuate /ˈpʌŋk·tʃu·eɪt/ **363**
punctuation /ˌpʌŋk·tʃuˈeɪ·ʃən/ **363**
puncture /ˈpʌŋk·tʃər/ **309.3**
punish /ˈpʌn·ɪʃ/ **209.5**
punishment /ˈpʌn·ɪʃ·mənt/ **209.5**
Punjabi /pʌnˈdʒɑː·bi/ **361.2**
punt /pʌnt/ **265.1** ☐
puny /ˈpjuː·ni/ **402**
pupa /ˈpjuː·pə/ **5** ☆
pupil /ˈpjuː·pəl/
 human body **86** ☆
 learn **325.1**
puppy /ˈpʌp·i/ **7.1**
puppy love /ˈpʌp·i ˌlʌv/ **427.3**
purchase /ˈpɜː·tʃəs/ **263**
pure /pjʊər/
 clean **188**
 good **217**
purgatory /ˈpɜː·gə·tər·i/ **232.9**

purple /ˈpɜː·pl̩/ **194.3**
purpose /ˈpɜː·pəs/
 intend **107.2**
 use **280**
purr /pɜːr/ **8.1, 8.2** ☐
purse /pɜːs/ **192.3**
pursue /pəˈsjuː/ **409.1**
pursuit /pəˈsjuːt/ **409.1**
push /pʊʃ/ **338**
pushchair /ˈpʊʃ·tʃeər/ **136.4** ☆
pusher /ˈpʊʃ·ər/ **172.1**
puss /pʊs/ **7.2**
pussy /ˈpʊs·i/ **7.2**
put /pʊt/ **289**
put away **289**
put back **289**
put down
 kill **198.3**
 put **289**
put off
 delay **330**
 horror and disgust **446.2**
put on **190.1**
put out **135.2**
put up with **433**
puzzle /ˈpʌz·l̩/ **115.1**
pyjamas /pəˈdʒɑː·məz/ **190.8**
pyramid /ˈpɪr·ə·mɪd/ **38.2** ☆
pyramidal /pɪˈræm·ɪ·dəl/ **38.2** ☆

quack /kwæk/ **9.4**
quaint /kweɪnt/ **203**
quake /kweɪk/ **255.3**
Quakerism /ˈkweɪ·kər·ɪ·zəm/ **232.2**
qualification /ˌkwɒl·ɪ·fɪˈkeɪ·ʃən/ **233.5**
qualify /ˈkwɒl·ɪ·faɪ/ **233.5**
quality /ˈkwɒl·ə·ti/ **417.5**
qualms /kwɑːmz/ **83.1**
quandary /ˈkwɒn·dər·i/ **244**
quantity /ˈkwɒn·tə·ti/ **41**
quarrel /ˈkwɒr·əl/ **346.3**
quart /kwɔːt/ **307.3**
quarter /ˈkwɔː·tər/
 decrease **47**
 money **265.2** ☐
quartet /ˌkwɔːˈtet/ **379.3**
queen /kwiːn/
 royalty **205** ☐
 games **386.3** ☆, **386.4** ☆
queer /kwɪər/ **444.1**
query /ˈkwɪə·ri/ **351**
question /ˈkwes·tʃən/ **351**
questionable /ˈkwes·tʃən·ə·bl̩/ **83.2**
question mark /ˈkwes·tʃən ˌmɑːk/ **363**
queue /kjuː/ **286**
quibble /ˈkwɪb·l̩/ **346.4**
quick /kwɪk/
 clever **236.2**
 quick **403**
quickly /ˈkwɪk·li/ **403**
quick-witted /ˌkwɪkˈwɪt·ɪd/ **236**
quiet /ˈkwaɪət/ **89**
quilt /kwɪlt/ **181.1**
quit /kwɪt/ **34**
quiver /ˈkwɪ·vər/ **255.3**
quiz /kwɪz/ **386.2**
quiz show /ˈkwɪz ˌʃəʊ/ **378.1**
quotation /kwəʊˈteɪ·ʃən/ **341.5**
quote /kwəʊt/ **341.5**

rabbi /ˈræb·aɪ/ **232.4**
rabbit /ˈræb·ɪt/
 small animals **4** ☐
 gossip **360**
race /reɪs/

areas **14.1**
athletics **390.1**
 run **408**
races /ˈreɪ·sɪz/ **395.1**
racetrack /ˈreɪs·træk/ **388.4**
racing /ˈreɪ·sɪŋ/ **395.1**
racism /ˈreɪ·sɪ·zəm/ **212**
rack /ræk/ **331.6**
racket /ˈræk·ɪt/ **389.5** ☆
radar /ˈreɪ·dɑːr/ **313.1**
radiation /ˌreɪ·diˈeɪ·ʃən/ **303.2**
radiator /ˈreɪ·di·eɪ·tər/ **20.1**
radio /ˈreɪ·di·əʊ/ **378**
radioactivity /ˌreɪ·di·əʊ·ækˈtɪv·ə·ti/ **303.2**
radish /ˈræd·ɪʃ/ **155.4**
radius /ˈreɪ·di·əs/ **38.1** ☆
raft /rɑːft/ **312.1**
rag /ræg/ **193**
rage /reɪdʒ/ **450.1**
rail /reɪl/
 trains **314**
 inside buildings **177.2** ☆
railing /ˈreɪ·lɪŋ/ **177.2** ☆
railway /ˈreɪl·weɪ/ **314**
railway line /ˈreɪl·weɪ ˌlaɪn/ **314.1**
railway station /ˈreɪl·weɪ ˌsteɪ·ʃən/ **314.1**
rain /reɪn/ **18.2**
rainbow /ˈreɪn·bəʊ/ **18.2**
raincoat /ˈreɪn·kəʊt/ **190.10**
rainfall /ˈreɪn·fɔːl/ **18.2**
rainforest /ˈreɪn·fɒr·ɪst/ **13.2**
rainy /ˈreɪ·ni/ **18.2**
raise /reɪz/ **413**
raisin /ˈreɪ·zən/ **152.5**
rake /reɪk/ **384.1**
Ramadan /ˈræm·ə·dæn/ **25.3**
ramble /ˈræm·bl̩/ **407.2**
rand /rænd/ **265.1** ☐
random /ˈræn·dəm/ **64**
rank /ræŋk/
 important **74.2**
 war **248.3**
ransom /ˈrænt·səm/ **220.2**
rant /rænt/ **344.1**
rape /reɪp/ **199.4**
rapid /ˈræp·ɪd/ **403**
rapture /ˈræp·tʃər/ **422.2**
rapturous /ˈræp·tʃər·əs/ **422.2**
rare /reər/ **444.2**
rarely /ˈreə·li/ **444.2**
rash /ræʃ/
 illnesses **124.5**
 careless **302**
rasher /ˈræʃ·ər/ **159.2**
raspberry /ˈrɑːz·bər·i/ **152.3**
rat /ræt/
 wild animals **1.1** ☐
 small animals **4**
rate /reɪt/ **403.4**
rational /ˈræʃ·ən·əl/ **130**
rattle /ˈræt·l̩/
 noisy **88.3**
 babies **136.4**
ravenous /ˈræv·ən·əs/ **165**
ray /reɪ/ **24**
razor /ˈreɪ·zər/ **184.4**
reach /riːtʃ/
 come **321**
 hold **336**
react /riˈækt/ **287.1**
reaction /riˈæk·ʃən/ **287.1**
read /riːd/
 speak **341.5**
 book **367.8**
reader /ˈriː·dər/ **367.8**

ÍNDICE DE PALAVRAS EM INGLÊS

readership /ˈriː·də·ʃɪp/ **367.8**
readily /ˈred·ɪ·li/ **328**
readiness /ˈred·ɪ·nəs/ **328**
ready /ˈred·i/ **328**
real /rɪəl/ **35**
reality /riˈæl·ə·ti/ **35**
realization /ˌrɪə·laɪˈzeɪ·ʃən/ **110.1**
realize /ˈrɪə·laɪz/
  know **110.1**
  understand **114**
rear /rɪər/
  position **66** ☆
  body positions **97.1**
rear view mirror /ˌrɪə vjuː ˈmɪr·ər/ **308** ☆
reason /ˈriː·zən/
  think **104.1**
  sane **130**
  cause **291.1**
reasonable /ˈriː·zən·ə·bļ/ **130**
rebellion /rɪˈbel·i·ən/ **227.6**
rebuff /rɪˈbʌf/ **144.2**
rebuke /rɪˈbjuːk/ **450.2**
recall /rɪˈkɔːl/ **116**
receipt /rɪˈsiːt/ **263.3**
receive /rɪˈsiːv/ **373**
receiver /rɪˈsiː·vər/ **340.3**
recent /ˈriː·sənt/ **26.3**
recently /ˈriː·sənt·li/ **26.3**
receptacle /rɪˈsep·tə·kļ/ **331**
receptionist /rɪˈsep·ʃən·ɪst/ **272.2**
recipe /ˈres·ɪ·piː/ **168**
recital /rɪˈsaɪ·təl/ **379.6**
recite /rɪˈsaɪt/ **341.5**
reckless /ˈrek·ləs/ **302**
reckon /ˈrek·ən/ **105.2**
recluse /rɪˈkluːs/ **435.1**
recognition /ˌrek·əgˈnɪʃ·ən/ **110.1**
recognize /ˈrek·əg·naɪz/ **110.1**
recollect /ˌrek·əˈlekt/ **116**
recollection /ˌrek·əˈlek·ʃən/ **116**
recommend /ˌrek·əˈmend/ **353.1**
recommendation /ˌrek·ə·menˈdeɪ·ʃən/ **353.1**
record n /ˈrek·ɔːd/
  write **369.1**
  music **379.9**
record v /rɪˈkɔːd/
  write **369.1**
recorder /rɪˈkɔː·dər/ **379.4**
recording /rɪˈkɔː·dɪŋ/ **379.9**
record player /ˈrek·ɔːd ˌpleɪ·ər/ **379.9** ☆
recount /riːˈkaʊnt/ **342.1**
recover /rɪˈkʌv·ər/ **126.1**
recovery /rɪˈkʌv·ər·i/ **126.1**
recreation /ˌrek·riˈeɪ·ʃən/ **183.1**
recreational /ˌrek·riˈeɪ·ʃən·əl/ **183.1**
rectangle /ˈrek·tæŋ·gļ/ **38.1** ☆
rectangular /rekˈtæŋ·gjə·lər/ **38.1** ☆
rectum /ˈrek·təm/ **101.2** ☆
recuperate /rɪˈkjuː·pər·eɪt/ **126.1**
recycle /ˌriːˈsaɪ·kļ/ **280**
red /red/
  human body **86.3**
  colours **194.2**
  politics and government **227.4**
redcurrant /ˈred.kʌr·ənt/ **152.2**
red light area /ˌred ˈlaɪt eə·ri·ə/ **199.4**
reduce /rɪˈdjuːs/ **47**
reduction /rɪˈdʌk·ʃən/ **47**
redundancy /rɪˈdʌn·dən·si/ **271.8**
redundant /rɪˈdʌn·dənt/
  unnecessary **68.1**
  employment **271.8**
redwood /ˈred·wʊd/ **12.1**
reed /riːd/ **11**
reel /riːl/ **381.6** ☆

reel off **341.5**
referee /ˌref·əˈriː/
  sport **388.2**
  ball sports **389.1**
reference /ˈref·ər·ənts/ **341.3**
referendum /ˌref·əˈren·dəm/ **227.3**
refer to **341.3**
refill n /ˈriː·fɪl/ **332**
refill v /riːˈfɪl/ **332**
refine /rɪˈfaɪn/ **418**
refinement /rɪˈfaɪn·mənt/ **418**
reflect /rɪˈflekt/
  copy **56**
  think **104.1**
reflection /rɪˈflek·ʃən/
  copy **56**
  think **104.1**
reflective /rɪˈflek·tɪv/ **56**
reform /rɪˈfɔːm/ **58.1**
refrain /rɪˈfreɪn/ **284**
refreshments /rɪˈfreʃ·mənts/ **162.3**
refrigerator /rɪˈfrɪdʒ·ər·eɪ·tər/ **169** ☆
refusal /rɪˈfjuː·zəl/ **347**
refuse /ˈref·juːz/
  rubbish **71**
refuse v /rɪˈfjuːz/
  refuse **347**
regard /rɪˈgɑːd/
  see and look **91**
  opinion **106.2**
  admire **431**
reggae /ˈreg·eɪ/ **379.1**
regiment /ˈredʒ·ɪ·mənt/ **248.2**
region /ˈriː·dʒən/ **14**
register /ˈredʒ·ɪ·stər/ **366**
regret /rɪˈgret/ **449.1**
regular /ˈreg·jə·lər/ **443**
regularly /ˈreg·jə·lə·li/ **443**
regulate /ˈreg·jə·leɪt/ **228.5**
regulation /ˌreg·jəˈleɪ·ʃən/ **208**
rehearsal /rɪˈhɜː·səl/ **376.3**
rehearse /rɪˈhɜːs/ **376.3**
reign /reɪn/ **205**
reinforce /ˌriː·ɪnˈfɔːs/ **401.3**
reins /reɪnz/ **395** ☆
reject n /rɪˈdʒekt/ **70**
reject v /rɪˈdzekt/ **70**
rejoice /rɪˈdʒɔɪs/ **422.2**
relate /rɪˈleɪt/ **342.1**
related /rɪˈleɪ·tɪd/ **138.7**
relation /rɪˈleɪ·ʃən/ **138.7**
relationship /rɪˈleɪ·ʃən·ʃɪp/ **434.1**
relative /ˈrel·ə·tɪv/ **138.7**
relax /rɪˈlæks/ **183**
relaxed /rɪˈlækst/ **183**
release /rɪˈliːs/ **210**
relent /rɪˈlent/ **221.1**
relentless /rɪˈlent·ləs/ **223**
relevant /ˈrel·ə·vənt/ **420.2**
reliable /rɪˈlaɪə·bļ/ **218**
reliance /rɪˈlaɪ·ənts/ **218**
relief /rɪˈliːf/ **422.1**
relieved /rɪˈliːvd/ **422.1**
religion /rɪˈlɪdʒ·ən/ **232**
religious /rɪˈlɪdʒ·əs/ **232**
relish /ˈrel·ɪʃ/ **428**
reluctance /rɪˈlʌk·tənts/ **285**
reluctant /rɪˈlʌk·tənt/ **285**
rely on **218.1**
remain /rɪˈmeɪn/
  continue **33**
  wait **286**
remainder /rɪˈmeɪn·dər/ **33**
remark /rɪˈmɑːk/ **341.3**
remarkable /rɪˈmɑː·kə·bļ/ **444.3**
remarkably /rɪˈmɑː·kə·bli/ **444.3**
remedy /ˈrem·ə·di/ **126**

remember /rɪˈmem·bər/ **116**
remind /rɪˈmaɪnd/
  alike **54.2**
  remember **116.1**
reminder /rɪˈmaɪn·dər/ **116.1**
reminisce /ˌrem·ɪˈnɪs/ **116.2**
reminiscence /ˌrem·ɪˈnɪs·ənts/ **116.2**
remorse /rɪˈmɔːs/ **449.1**
remorseful /rɪˈmɔːs·fəl/ **449.1**
remote /rɪˈməʊt/ **320.2**
remotely /rɪˈməʊt·li/ **320.2**
removal /rɪˈmuː·vəl/ **375.3**
remove /rɪˈmuːv/ **375.3**
renovate /ˈren·ə·veɪt/ **383**
rent /rent/ **262.4**
rental /ˈren·təl/ **262.4**
repair /rɪˈpeər/ **383**
repay /rɪˈpeɪ/ **261.2**
repayment /rɪˈpeɪ·mənt/ **261.2**
repeat /rɪˈpiːt/ **356**
repel /rɪˈpel/ **446.2**
repellent /rɪˈpel·ənt/ **446.1**
repent /rɪˈpent/ **449.1**
repercussion /ˌriː·pəˈkʌʃ·ən/ **292**
repetition /ˌrep·ɪˈtɪʃ·ən/ **356**
replace /rɪˈpleɪs/
  substitute **57**
  put **289**
replacement /rɪˈpleɪs·mənt/ **57**
replica /ˈrep·lɪ·kə/ **56**
reply /rɪˈplaɪ/ **352**
report /rɪˈpɔːt/
  tell **342.1**
  document **366.2**
reporter /rɪˈpɔː·tər/ **368.1**
represent /ˌrep·rɪˈzent/
  substitute **57**
  meaning **364.2**
representation /ˌrep·rɪ·zenˈteɪ·ʃən/ **57**
representative /ˌrep·rɪˈzen·tə·tɪv/ **57**
reproduce /ˌriː·prəˈdjuːs/ **56**
reproduction /ˌriː·prəˈdʌk·ʃən/ **56**
reptile /ˈrep·taɪl/ **1.1**
republic /rɪˈpʌb·lɪk/ **14.1**
repugnant /rɪˈpʌg·nənt/ **446.1**
repulsive /rɪˈpʌl·sɪv/ **446.1**
reputation /ˌrep·jəˈteɪ·ʃən/ **111**
request /rɪˈkwest/ **351.2**
require /rɪˈkwaɪər/ **67**
requirement /rɪˈkwaɪə·mənt/ **67**
rescue /ˈres·kjuː/ **253.2**
research /rɪˈsɜːtʃ/ **113.1**
resemblance /rɪˈzem·blənts/ **54.2**
resemble /rɪˈzem·bļ/ **54.2**
resent /rɪˈzent/ **251**
resentment /rɪˈzent·mənt/ **251**
reservation /ˌrez·əˈveɪ·ʃən/
  uncertain **83.1**
  travel documents and procedures **316**
reserve /rɪˈzɜːv/
  travel documents and procedures **316**
  have **374.2**
reservoir /ˈrez·əv·wɑːr/ **13.4**
reside /rɪˈzaɪd/ **175**
residence /ˈrez·ɪ·dənts/ **175**
resident /ˈrez·ɪ·dənt/ **175**
resign /rɪˈzaɪn/ **271.8**
resignation /ˌrez·ɪgˈneɪ·ʃən/ **271.8**
resist /rɪˈzɪst/ **249.1**
resistance /rɪˈzɪs·tənts/ **249.1**
resort /rɪˈzɔːt/ **317.3**
resources /rɪˈzɔː·sɪz/ **262.5**
respect /rɪˈspekt/ **431**
respectful /rɪˈspekt·fəl/ **143.2**
respite /ˈres·paɪt/ **183.1**
respond /rɪˈspɒnd/ **352**
response /rɪˈspɒnts/ **352**

ÍNDICE DE PALAVRAS EM INGLÊS

responsibility /rɪˌspɒnɪ·səˈbɪl·ə·ti/ **274.4**
responsible /rɪˈspɒnɪ·sə·bl̩/
  work **274.4**
  cause **291**
rest /rest/ **183**
restaurant /ˈres·tərˌɜːŋ/ **163**
restore /rɪˈstɔːr/ **383**
restrain /rɪˈstreɪn/ **228.5**
restraint /rɪˈstreɪnt/ **228.5**
restrict /rɪˈstrɪkt/ **228.5**
restricted /rɪˈstrɪk·tɪd/ **228.5**
restriction /rɪˈstrɪk·ʃən/ **228.5**
restroom /ˈrest·ruːm/ **185.1**
result /rɪˈzʌlt/ **292**
retire /rɪˈtaɪər/ **271.8**
retirement /rɪˈtaɪə·mənt/ **271.8**
retreat /rɪˈtriːt/
  war **248.1**
  go **322.1**
return /rɪˈtɜːn/
  travel documents and procedures **316** ☐
  go **322**
reveal /rɪˈviːl/
  uncover **335**
  admit **350**
revelation /ˌrev·əlˈeɪ·ʃən/ **350**
revenge /rɪˈvendʒ/ **250**
reverse /rɪˈvɜːs/
  driving **309**
  directions **318.2**
review /rɪˈvjuː/
  learn **235**
  journalism **368.2**
revise /rɪˈvaɪz/
  change **58.1**
  learn **235**
revision /rɪˈvɪʒ·ən/ **58.1**
revolt /rɪˈvəʊlt/
  politics and government **227.6**
  horror and disgust **446.2**
revolting /rɪˈvəʊl·tɪŋ/ **446.1**
revolution /ˌrev·əˈluː·ʃən/ **227.6**
revolutionary /ˌrev·əˈluː·ʃən·ər·i/ **227.6**
revolve /rɪˈvɒlv/ **414.1**
revolver /rɪˈvɒl·vər/ ☆ **248.4**
reward /rɪˈwɔːd/ **398**
rheumatism /ˈruː·mə·tɪ·zəm/ **124.9**
rhinoceros /raɪˈnɒs·ər·əs/ **1** ☆
rhododendron /ˌrəʊ·dəˈden·drən/ **11**
rhubarb /ˈruː·bɑːb/ **152.1**
rhyme /raɪm/ **367.4**
rhythm /ˈrɪð·əm/ **379.2**
R.I. /ˌɑːr ˈaɪ/ **233.2**
rib /rɪb/ **101.1** ☆
ribbon /ˈrɪb·ən/ **192.4**
rib cage /ˈrɪb keɪdʒ/ **101.1** ☆
rice /raɪs/ **156.4**
rich /rɪtʃ/ **269**
riches /ˈrɪtʃ·ɪz/ **269**
ride /raɪd/ **395**
ridicule /ˈrɪd·ɪ·kjuːl/ **425.1**
ridiculous /rɪˈdɪk·jə·ləs/ **241.2**
rifle /ˈraɪ·fl̩/ **248.4** ☆
right /raɪt/
  fair **211**
  correct **299**
  directions **318.2**
  suitable **420.1**
right angle /ˈraɪt ˌæŋ·gl̩/ **38.1** ☆
right-handed /ˌraɪtˈhæn·dɪd/ **369**
rightly /ˈraɪt·li/ **299**
right wing /ˌraɪt ˈwɪŋ/ **227.4**
rigid /ˈrɪdʒ·ɪd/ **100.1**
rim /rɪm/ **53**
rind /raɪnd/ **152.6**
ring /rɪŋ/

noisy **88.3**
accessories **192.4** ☆
communications **340.3**
circus **377** ☆
gymnasium sports **392.1** ☆
ringmaster /ˈrɪŋˌmɑː·stər/ **377** ☆
ringroad /ˈrɪŋ·rəʊd/ **311**
rink /rɪŋk/ **393.2**
rinse /rɪnts/ **187.2**
rip /rɪp/ **132.2**
ripe /raɪp/ **153**
rip-off /ˈrɪp·ɒf/ **267.1**
ripple /ˈrɪp·l̩/ **61**
rise /raɪz/ **413**
risk /rɪsk/ **252**
risky /ˈrɪs·ki/ **252**
river /ˈrɪv·ər/ **13.7**
riverbed /ˈrɪv·ə·bed/ **13.7**
road /rəʊd/ **311**
roadsign /ˈrəʊd·saɪn/ **311** ☆
roadworks /ˈrəʊdˌwɜːks/ **309.3**
roam /rəʊm/ **407.2**
roar /rɔːr/
  animal noises **8.2** ☐
  shout **344.1**
roast /rəʊst/ **168.1**
rob /rɒb/ **220**
robber /ˈrɒb·ər/ **220.1**
robbery /ˈrɒb·ər·i/ **220.1**
robin /ˈrɒb·ɪn/ **9** ☆
robot /ˈrəʊ·bɒt/ **303.1** ☆
robust /rəʊˈbʌst/ **401.1**
rock /rɒk/
  geography and geology **13.3**
  music **379.1**
  movement **411.3**
rocket /ˈrɒk·ɪt/ **313**
rock-hard /rɒkˈhɑːd/ **100**
rocking chair /ˈrɒk·ɪŋ ˌtʃeər/ **180** ☆
rod /rɒd/ **380.1**
role /rəʊl/
  work **274.4**
  entertainment **376.3**
roll /rəʊl/
  baked and dried foods **156.1**
  movement **411.3**
roller /ˈrəʊ·lər/ **384.1**
roller coaster /ˈrəʊ·ləˌkəʊ·stər/ **385**
rollerskate /ˈrəʊ·ləˌskeɪt/ **393** ☆
Roman Catholic /ˌrəʊ·mən ˈkæθ·əl·ɪk/ **232.2**
romance /rəʊˈmænts/ **427.1**
Romanian /rʊˈmeɪ·ni·ən/ **361.1**
romantic /rəʊˈmæn·tɪk/ **427.1**
roof /ruːf/ **176** ☆
roof rack /ˈruːf ˌræk/ **308** ☆
room /ruːm/ **41**
root /ruːt/ **11** ☆
rope /rəʊp/
  join **294.3**
  tools **382.4**
rose /rəʊz/ **11** ☆
rot /rɒt/ **132.5**
rotate /rəʊˈteɪt/ **414.1**
rotten /ˈrɒt·ən/ **153**
rouble /ˈruː·bl̩/ **265.1** ☐
rough /rʌf/
  rough **61**
  incorrect **300.2**
  ball sports **389.6**
roughly /ˈrʌf·li/ **300.2**
round /raʊnd/ **38.1** ☆
roundabout /ˈraʊn·dəˌbaʊt/
  roads **311** ☆
  park and funfair **385** ☆
rounders /ˈraʊn·dəz/ **389.7**
route /ruːt/ **317.2**

routine /ruːˈtiːn/ **290**
row /rəʊ/
  noisy **88.1**
  disagree **346.3**
row /rəʊ/
  shapes **38.4** ☆
  ships and boats **312.3**
rowing /ˈrəʊ·ɪŋ/ **391**
rowing boat /ˈrəʊ·ɪŋ ˌbəʊt/ **312.1**
royal /ˈrɔɪəl/ **205**
Royal Air Force /ˌrɔɪəl ˈeə ˌfɔːs/ **248.3** ☐
royalty /ˈrɔɪəl·ti/ **205**
rub /rʌb/ **98.2**
rubber /ˈrʌb·ər/
  materials **304.3**
  erase **371**
rubbish /ˈrʌb·ɪʃ/
  rubbish **71**
  foolish **241.3**
rubble /ˈrʌb·l̩/ **71**
rub in **355**
ruby /ˈruː·bi/ **15**
rucksack /ˈrʌk·sæk/ **317.4**
rudder /ˈrʌd·ər/ **312.2**
rude /ruːd/ **144.1**
rug /rʌg/ **180** ☆
rugby /ˈrʌg·bi/ **389.1**
ruin /ˈruː·ɪn/ **132.1**
ruins /ˈruː·ɪnz/ **132.1**
rule /ruːl/
  laws and rules **208**
rule /ruːl/
  control **228.4**
ruler /ˈruː·lər/
  maths **297** ☆
  weights and measures **307**
rum /rʌm/ **166.4**
rumour /ˈruː·mər/ **360**
run /rʌn/
  control **228.2**
  ball sports **389.3**
  athletics **390.1**
  run **408**
run away **322.1**
run-down /ˈrʌn·daʊn/ **128**
runner /ˈrʌn·ər/ **390.1**
runner bean /ˈrʌn·ə ˌbiːn/ **155.1**
runny /ˈrʌn·i/ **21**
run-of-the-mill /ˌrʌn·əv·ðəˈmɪl/ **442.3**
run over **309.4**
runway /ˈrʌn·weɪ/ **313.1**
rupee /ruˈpiː/ **265.1** ☐
rush /rʌʃ/
  plants **11**
  quick **403.1**
Russian /ˈrʌʃ·ən/ **361.1**
Russian Orthodox /ˌrʌʃ·ən ɔːˈθə·ə·dɒks/ **232.2**
rust /rʌst/ **16**
ruthless /ˈruːθ·ləs/ **223**
rye /raɪ/ **173.5**

sabotage /ˈsæb·ə·tɑːdʒ/ **132.6**
sack /sæk/
  employment **271.8**
  containers **331.5**
sacred /ˈseɪ·krɪd/ **232.8**
sacrifice /ˈsæk·rɪ·faɪs/ **232.6**
sad /sæd/ **447**
sadden /ˈsæd·ən/ **447**
saddle /ˈsæd·l̩/ **395** ☆
sadistic /səˈdɪs·tɪk/ **225**
sadness /ˈsæd·nəs/ **447**
safe /seɪf/ **253**
safeguard /ˈseɪf·gɑːd/ **254**
safety /ˈseɪf·ti/ **253**

ÍNDICE DE PALAVRAS EM INGLÊS

safety belt /ˈseɪfˌti ˌbelt/ 253 ☆
safety net /ˈseɪfˌti ˌnet/ 253 ☆
safety pin /ˈseɪfˌti ˌpɪn/
  babies 136.4
  join 294.3 ☆
Sagittarius /ˌsædʒ·ɪˈteə·ri·əs/ 28 □
sail /seɪl/ n 312.2 v 312.3
sailor /ˈseɪ·lər/ 312.5
saint /seɪnt/
  good 217.2
  religion 232.3
salad /ˈsæl·əd/ 155.4
salary /ˈsæl·ər·i/ 265.3
sale /seɪl/ 263
sales /seɪlz/ 263
sales force /ˈseɪlzˌfɔːs/ 263
salesperson /ˈseɪlzˌpɜː·sən/ 263
sales tax /ˈseɪlzˌtæks/ 264.2
saliva /səˈlaɪ·və/ 86.1
salmon /ˈsæm·ən/ 10.1
salt /sɔːlt/ 157.2
same /seɪm/ 54
sample /ˈsɑːm·pl/ 92.4
sanction /ˈsæŋk·ʃən/ 230
sand /sænd/ 13.6
sandal /ˈsæn·dəl/ 191 ☆
sandbank /ˈsændˌbæŋk/ 13.6
sand dune /ˈsænd djuːn/ 13.6
sandpit /ˈsændˌpɪt/ 385 ☆
sandwich /ˈsæn·wɪdʒ/ 161.2
sane /seɪn/ 130
sanitary towel /ˈsæn·ə·tər·i ˌtaʊəl/ 184.6
sanity /ˈsæn·ə·ti/ 130
sapphire /ˈsæf·aɪər/ 15
sardine /sɑːˈdiːn/ 10.1
sari /ˈsɑː·ri/ 190.5
Satan /ˈseɪ·tən/ 232.3
satellite dish /ˈsæt·əl·aɪt ˌdɪʃ/ 176 ☆
satin /ˈsæt·ɪn/ 193.1
satisfaction /ˌsæt·ɪsˈfæk·ʃən/ 429
satisfactory /ˌsæt·ɪsˈfæk·tər·i/ 429
satisfy /ˈsæt·ɪs·faɪ/ 429
satisfying /ˈsæt·ɪs·faɪ·ɪŋ/ 429
satsuma /ˌsætˈsuː·mə/ 152.2
saturate /ˈsætʃ·ər·eɪt/ 21.1
Saturday /ˈsæt·ə·deɪ/ 25.1
Saturn /ˈsæt·ən/ 27 ☆
sauce /sɔːs/ 161.5
saucepan /ˈsɔːs·pən/ 169 ☆
saucer /ˈsɔː·sər/ 170 ☆
saunter /ˈsɔːn·tər/ 407.2
sausage /ˈsɒs·ɪdʒ/ 159.4
sausage roll /ˌsɒs·ɪdʒ ˈrəʊl/ 161.2
savage /ˈsæv·ɪdʒ/ 2
savagely /ˈsæv·ɪdʒ·li/ 2
save /seɪv/
  safety 253.2
  bank 260.1
  have 374.2
savour /ˈseɪ·vər/ 428
savoury /ˈseɪ·vər·i/ 157.5
saw /sɔː/
  cut 133.4
  tools 382.1 ☆
saxophone /ˈsæk·sə·fəʊn/ 379.4
say /seɪ/ 341
scale /skeɪl/
  fish and sea animals 10.1 ☆
  size 41
  music 379.8 ☆
scales /skeɪlz/
  kitchen 169 ☆
  bathroom 183 ☆
  weights and measures 307.4 ☆
scamper /ˈskæm·pər/ 408
scan /skæn/ 91.1

scant /skænt/ 45.1
scantily /ˈskæn·tɪ·li/ 45.1
scanty /ˈskæn·ti/ 45.1
scapula /ˈskæp·jə·lə/ 101.1 ☆
scar /skɑːr/ 132
scarce /skeəs/ 444.2
scarcely /ˈskeə·sli/ 444.2
scarcity /ˈskeə·sə·ti/ 444.2
scare /skeər/ 255.2
scared /skeəd/ 255.1
scarf /skɑːf/ 192.2
scatter /ˈskæt·ər/ 405
scene /siːn/ 91.7
scenery /ˈsiː·nər·i/
  see and look 91.7
scenery /ˈsiː·nər·i/
  entertainment 376.2 ☆
scenic /ˈsiː·nɪk/ 91.7
scent /sent/ 90
scheme /skiːm/ 107.1
schilling /ˈʃɪl·ɪŋ/ 265.1 □
schizophrenia /ˌskɪt·səʊˈfriː·ni·ə/ 129.2
scholar /ˈskɒl·ər/ 235.1
scholarship /ˈskɒl·ə·ʃɪp/ 233.5
schoolboy /ˈskuːl·bɔɪ/ 235.1
schoolchild /ˈskuːl·tʃaɪld/ 235.1
schoolgirl /ˈskuːl·ɡɜːl/ 235.1
science /saɪənts/ 233.3
science-fiction /ˌsaɪəntsˈfɪk·ʃən/ 367.1
scissors /ˈsɪz·əz/
  cut 133.4
  tools 382.1 ☆
scoff /skɒf/ 164.3
scold /skəʊld/ 450.2
scooter /ˈskuː·tər/ 315.3
score /skɔːr/ 388.1
scorn /skɔːn/ 445
scornful /ˈskɔːn·fəl/ 445
Scorpio /ˈskɔː·pi·əʊ/ 28 □
scorpion /ˈskɔː·pi·ən/ 4
scowl /skaʊl/ 450.2
Scrabble /ˈskræb·l̩/ 386.4
scramble /ˈskræm·bl̩/ 407.5
scrap /skræp/ 45.2
scrape /skreɪp/ 132.3
scrawl /skrɔːl/ 369.1
scream /skriːm/ 344
screech /skriːtʃ/ 344
screen /skriːn/
  computers 296 ☆
  hide 339
  entertainment 376.4
screw /skruː/
  sex 199.2
  tools 382.1 ☆
screwdriver /ˈskruːˌdraɪ·vər/ 382.1 ☆
scribble /ˈskrɪb·l̩/ 369.1
script /skrɪpt/ 369.3
scripture /ˈskrɪp·tʃər/ 232.7
scrounge /skraʊndʒ/ 375.2
scrub /skrʌb/ 187.2
scrum /skrʌm/ 389.1 ☆
scrutinize /ˈskruː·tɪ·naɪz/ 91.3
scuba /ˈskuː·bə/ 391
sculpture /ˈskʌlp·tʃər/ 381.5
sea /siː/ 13.4
seagull /ˈsiː·ɡʌl/ 9.2
seal /siːl/ 10.3
sealed /siːld/ 331.7
sealed off 178
sea lion /ˈsiː ˌlaɪən/ 10.3
seam /siːm/ 381.6
seaman /ˈsiː·mən/
  war 248.3 □
  ships and boats 312.5
search /sɜːtʃ/ 94

seashore /ˈsiːˌʃɔːr/ 13.5
seaside /ˈsiːˌsaɪd/ 13.5
season /ˈsiː·zən/ 157.1
seat /siːt/ 308.1
seat belt /ˈsiːt ˌbelt/ 308.1
seaweed /ˈsiːˌwiːd/
  fish and sea animals 10.1 ☆
  geography and geology 13.6
secateurs /ˌsek·əˈtɜːz/ 384.1
secondary modern /ˌsek·ən·dər·i ˈmɒd·ən/ 233 □
secondary school /ˈsek·ən·dər·i ˌskuːl/ 233 □
second class /ˌsek·ənd ˈklɑːs/ 340.2
second-hand /ˌsek·əndˈhænd/ 200.2
secret /ˈsiː·krət/ 339.1
secretarial /ˌsek·rəˈteə·ri·əl/ 272.2
secretary /ˈsek·rə·tər·i/
  organisation 206.1
  office 272.2
secretary of state /ˌsek·rə·tər·i əv ˈsteɪt/ 227 □
section /ˈsek·ʃən/ 52
secure /sɪˈkjʊər/ 253
security /sɪˈkjʊə·rə·ti/ 253
seduce /sɪˈdjuːs/ 432
seductive /sɪˈdʌk·tɪv/ 432
seed /siːd/
  plants 11
  fruit 152.6
seek /siːk/ 94
seem /siːm/ 37
seemly /ˈsiːm·li/ 420.1
see-saw /ˈsiː·sɔː/ 385 ☆
see through 114
seize /siːz/ 375.1
seldom /ˈsel·dəm/ 444.2
select /sɪˈlekt/ 73
selection /sɪˈlek·ʃən/ 73
self-control /ˌself·kənˈtrəʊl/ 151.3
self-controlled /ˌself·kənˈtrəʊld/ 151.3
selfish /ˈsel·fɪʃ/ 226
self-respect /ˌself·rɪˈspekt/ 431
self-service /ˌselfˈsɜː·vɪs/ 310
sell /sel/ 263
seller /ˈsel·ər/ 263
sellotape /ˈsel·əʊ·teɪp/ 294.3
semicolon /ˌsem·iˈkəʊ·lən/ 363
semi-detached /ˌsem·i dɪˈtætʃt/ 174.1 ☆
senate /ˈsen·ɪt/ 227 □
senator /ˈsen·ə·tər/ 227 □
send /send/ 340.2
senile /ˈsiː·naɪl/ 129.2
senior /ˈsiː·ni·ər/
  old 200.1
  superior 419
sensational /senˈseɪ·ʃən·əl/ 257.2
sense /sents/
  sensible 238
  meaning 364
senseless /ˈsent·sləs/ 241.3
sensible /ˈsent·sə·bl̩/ 238
sensitive /ˈsent·sɪ·tɪv/ 151.2
sentence /ˈsen·tənts/
  legal system 209.4
  words 362.2
separate adj /ˈsep·ər·ət/
  separate 295
  social customs 195.3
separate 295
September /sepˈtem·bər/ 25.2
Serbo-Croat /ˌsɜː·bəʊˈkrəʊ·æt/ 361.1
sergeant /ˈsɑː·dʒənt/ 248.3 □
serial /ˈsɪə·ri·əl/ 378.1
series /ˈsɪə·riːz/ 378.1
serious /ˈsɪə·ri·əs/

ÍNDICE DE PALAVRAS EM INGLÊS

important **74**
  sensible **238.1**
  sad **447.2**
seriously /ˈsɪə·ri·ə·sli/
  important **74**
  sensible **238.1**
sermon /ˈsɜː·mən/ **232.6**
serrated /sɪˈreɪ·tɪd/ **61**
servant /ˈsɜː·vənt/ **274.5**
serve /sɜːv/ **389.5**
service /ˈsɜː·vɪs/
  religion **232.6**
  ball sports **389.5**
service line /ˈsɜː·vɪs ˌlaɪn/ **389.5** ☆
serving dish /ˈsɜː·vɪŋ ˌdɪʃ/ **170** ☆
set /set/
  put **289**
  ready **328**
  ball sports **389.5**
set down **289**
set off **32**
setsquare /ˈset·skweər/ **297** ☆
settee /setˈiː/ **180** ☆
setting /ˈset·ɪŋ/
  areas **14.2**
  put **289**
settle /ˈset·l̩/ **175.1**
settle for **73**
settlement /ˈset·l̩·mənt/ **175.1**
settler /ˈset·lər/ **175.1**
set up **293.2**
severe /sɪˈvɪər/ **229**
sew /səʊ/ **381.6**
sewing machine /ˈsəʊ·ɪŋ məˌʃiːn/ **381.6** ☆
sex /seks/ **199**
sexism /ˈsek·sɪ·zəm/ **212**
sexual /ˈsek·ʃʊəl/ **199**
sexual intercourse /ˌsek·ʃʊəl ˈɪn·tə·kɔːs/ **199.2**
sexuality /ˌsek·ʃuˈæl·ə·ti/ **199**
sexy /ˈsek·si/ **199.1**
shade /ʃeɪd/ **23**
shadow /ˈʃæd·əʊ/
  dark **23**
  follow **409.2**
shadowy /ˈʃæd·əʊ·i/ **23**
shady /ˈʃeɪ·di/ **214**
shake /ʃeɪk/ **255.3**
shake hands **196**
shallow /ˈʃæl·əʊ/ **40** ☆
shame /ʃeɪm/ **449**
shameful /ˈʃeɪm·fəl/ **449**
shampoo /ʃæmˈpuː/ **184.2**
shandy /ˈʃæn·di/ **166.5**
shape n /ʃeɪp/ **38**
shape v /ʃeɪp/ **39**
shapeless /ˈʃeɪp·ləs/ **38.5**
share /ʃeər/
  finance **264.3**
  give **372.3**
shark /ʃɑːk/ **10.1**
sharp /ʃɑːp/
  cut **133.5**
  flavours **157.5**
  on time **327**
  music **379.8** ☆
shattered /ˈʃæt·əd/ **182.3**
shaver /ˈʃeɪ·vər/ **184.4**
shawl /ʃɔːl/ **192.2**
shear /ʃɪər/ **173.7**
shears /ʃɪəz/ **384.1**
shed /ʃed/ **174.5**
sheep /ʃiːp/
  wild animals **1.1** □
  farm animals **6**
sheet /ʃiːt/ **181.1**

shekel /ˈʃek·l̩/ **265.1** □
shelf /ʃelf/ **180** ☆
shell /ʃel/
  fish and sea animals **10.2** ☆
  war **248.4**
shellfish /ˈʃel·fɪʃ/ **10.2**
shelter /ˈʃel·tər/ **254**
shepherd /ˈʃep·əd/ **173.7**
sherry /ˈʃer·i/ **166.6**
shield /ʃiːld/ **254**
shift /ʃɪft/ **411.1**
shimmer /ˈʃɪm·ər/ **24.3**
shin /ʃɪn/ **86**
shine /ʃaɪn/ **24.2**
ship /ʃɪp/ **312**
shipbuilder /ˈʃɪpˌbɪl·dər/ **312.5**
shipbuilding /ˈʃɪpˌbɪl·dɪŋ/ **312.5**
shipwreck /ˈʃɪp·rek/ **312.6**
shipyard /ˈʃɪp·jɑːd/ **312.5**
shirk /ʃɜːk/ **324**
shirt /ʃɜːt/ **190.4**
shit /ʃɪt/ **102**
shiver /ˈʃɪv·ər/ **19**
shock /ʃɒk/ **118.1**
shoddy /ˈʃɒd·i/ **438**
shoe /ʃuː/ **191**
shoebrush /ˈʃuː·brʌʃ/ **191** ☆
shoelace /ˈʃuː·leɪs/ **191** ☆
shoe polish /ˈʃuːˌpɒl·ɪʃ/ **191** ☆
shoot /ʃuːt/
  kill **198.1**
  war **248.4**
shooting /ˈʃuː·tɪŋ/ **394**
shop /ʃɒp/ **273**
shop assistant /ˈʃɒp əˌsɪs·tənt/ **273** ☆
shopkeeper /ˈʃɒpˌkiː·pər/ **273** ☆
shoplifter /ˈʃɒpˌlɪf·tər/ **220.1**
shopping /ˈʃɒp·ɪŋ/ **273**
shopping centre /ˈʃɒp·ɪŋ sent·ə/ **273**
shopping trolley /ˈʃɒp·ɪŋ trɒl·i/ **273** ☆
shore /ʃɔːr/ **13.5**
short /ʃɔːt/ **44.1**
shorten /ˈʃɔː·tən/ **47**
shortly /ˈʃɔːt·li/ **329**
shorts /ʃɔːts/ **190.3**
shortsighted /ˌʃɔːtˈsaɪ·tɪd/ **124.4**
shot /ʃɒt/
  cures **126.3**
  athletics **390.2**
shoulder /ˈʃəʊl·dər/ **86**
shoulder blade /ˈʃəʊl·də ˌbleɪd/ **101.1** ☆
shout /ʃaʊt/ **344**
shove /ʃʌv/ **338**
show /ʃəʊ/
  show v **92** n **92.3**
  entertainment **376.1**
shower /ʃaʊər/
  weather **18.2**
  bathroom **185** ☆
shower curtain /ˈʃaʊə ˌkɜː·tən/ **185** ☆
shower gel /ˈʃaʊə ˌdʒel/ **184.1**
showjumping /ˈʃəʊ·dʒʌm·pɪŋ/ **395.1**
show off
  show **92.1**
  boast **149**
show up **321**
shred /ʃred/
  cut **133.3**
  cooking methods **168.2**
shrew /ʃruː/ **1.1** □
shrewd /ʃruːd/ **236**
shrill /ʃrɪl/ **88**
shrimp /ʃrɪmp/ **10.2**
shrink /ʃrɪŋk/ **47**
shrub /ʃrʌb/ **11**
shrug /ʃrʌg/ **365**

shuffle /ˈʃʌf·l̩/
  games **386.3**
  walk **407.6**
shun /ʃʌn/ **437**
shut /ʃʌt/ **178**
shuttlecock /ˈʃʌt·l̩·kɒk/ **389.5**
shy /ʃaɪ/ **255.5**
sibling /ˈsɪb·lɪŋ/ **138.2**
sick /sɪk/
  illnesses **124.7**
  unhealthy **128**
side /saɪd/ **66** ☆
sideboard /ˈsaɪd·bɔːd/ **180** ☆
sidelight /ˈsaɪd·laɪt/ **308** ☆
side plate /ˈsaɪd ˌpleɪt/ **170** ☆
sideways /ˈsaɪd·weɪz/ **318.2**
sieve /sɪv/ **168.4**
sift /sɪft/ **168.4**
sigh /saɪ/ **103**
sight /saɪt/ **91.6**
sightseeing /ˈsaɪtˌsiː·ɪŋ/ **91.3**
sign /saɪn/
  meaning **364.1**
sign /saɪn/
  write **369.2**
signal /ˈsɪg·nəl/
  trains **314.1**
  meaning **364.1**
signalman /ˈsɪg·nəl·mən/ **314.2**
significance /sɪgˈnɪf·ɪ·kənts/ **74**
significant /sɪgˈnɪf·ɪ·kənt/ **74**
signify /ˈsɪg·nɪ·faɪ/ **364.2**
silence /ˈsaɪ·lənts/ **89**
silent /ˈsaɪ·lənt/ **89**
silk /sɪlk/ **193.1**
silly /ˈsɪl·i/ **241**
silo /ˈsaɪ·ləʊ/ **173.3**
silver /ˈsɪl·vər/ **16**
silver birch /ˌsɪl·və ˈbɜːtʃ/ **12.1**
similar /ˈsɪm·ɪ·lər/ **54**
similarly /ˈsɪm·ɪ·lə·li/ **54**
simmer /ˈsɪm·ər/ **168.1**
simple /ˈsɪm·pl̩/ **247**
simplify /ˈsɪm·plɪ·faɪ/ **247.1**
simply /ˈsɪm·pli/ **247**
sin /sɪn/ **219**
sincere /sɪnˈsɪər/ **213.1**
sincerely /sɪnˈsɪə·li/ **213.1**
sing /sɪŋ/
  birds **9.4**
  music **379.5**
single /ˈsɪŋ·gl̩/
  travel documents and procedures **316** □
  music **379.9**
  loneliness **435.2**
singular /ˈsɪŋ·gjə·lər/ **435.2**
sink /sɪŋk/
  kitchen **169** ☆
  fall **412.2**
sip /sɪp/ **167**
siren /ˈsaɪə·rən/ **88.3**
sister /ˈsɪs·tər/
  hospital **122**
  families and relations **138.2**
sister-in-law /ˈsɪs·tər·ɪn·lɔː/ **138.4**
sit /sɪt/ **97.2**
site /saɪt/ **289.1**
situate /ˈsɪt·ju·eɪt/ **289.1**
situation /ˌsɪt·juˈeɪ·ʃən/
  happen **31.2**
  put **289.1**
size /saɪz/ **41**
skateboard /ˈskeɪt·bɔːd/ **393** ☆
skating /ˈskeɪ·tɪŋ/ **393.2**
skeleton /ˈskel·ɪ·tən/ **101.1** ☆
sketch /sketʃ/ **381.3**

ski /skiː/ 393.2
skid /skɪd/ 411.2
skiing /ˈskiː·ɪŋ/ 393.2
skilful /ˈskɪl·fəl/ 239
skill /skɪl/ 239.1
skilled /skɪld/ 239
skimpy /ˈskɪm·pi/ 45.1
skin /skɪn/
  human body 86.2
  fruit 152.6
skinny /ˈskɪn·i/ 49
skip /skɪp/ 410
skirt /skɜːt/ 190.5
skull /skʌl/ 101.1 ☆
sky /skaɪ/ 17
skyscraper /ˈskaɪˌskreɪ·pər/ 174.3
slacks /slæks/ 190.3
slam /slæm/ 289
slang /slæŋ/ 362.1
slap /slæp/ 131.1
slapdash /ˈslæp·dæʃ/ 302
slash /slæʃ/ 133.2
slate /sleɪt/ 304.1
slaughter /ˈslɔː·tər/ 198.3
slave /sleɪv/ v 274.1 n 274.5
slavery /ˈsleɪ·vər·i/ 274.5
slay /sleɪ/ 198
sledge /sledʒ/ 393.2
sleek /sliːk/ 62
sleep /sliːp/ 182
sleeping bag /ˈsliː·p·ɪŋ ˌbæg/ 380.1
sleepwalk /ˈsliːp·wɔːk/ 182.4
sleepy /ˈsliː·pi/ 182.3
sleet /sliːt/ 18.4
sleeve /sliːv/ 190.12 ☆
slender /ˈslen·dər/ 49.2
slice /slaɪs/
  part 52.1
  cut 133.3
slide /slaɪd/
  arts and crafts 381.4
  park and funfair 385 ☆
  movement 411.2
slight /slaɪt/ 44
slightly /ˈslaɪt·li/ 44
slim /slɪm/ v 49.1 adj 49.2
sling /slɪŋ/ 126.6
slip /slɪp/
  clothes 190.9
  incorrect 300.1
  movement 411.2
slipper /ˈslɪp·ər/ 191 ☆
slippery /ˈslɪp·ər·i/ 411.2
slip road /ˈslɪp rəʊd/ 311 ☆
slip up 300.1
slit /slɪt/ 133
slither /ˈslɪð·ər/ 411.2
slogan /ˈsləʊ·gən/ 362.2
slope /sləʊp/
  geography and geology 13.1
  shapes 38.4 ☆
slouch /slaʊtʃ/ 97.4
slow /sləʊ/
  stupid 240
  slow 404
slow down 404
slowly /ˈsləʊ·li/ 404
slug /slʌg/ 4
sluggish /ˈslʌg·ɪʃ/ 404
slum /slʌm/ 174.1
sly /slaɪ/ 214
smack /smæk/ 131.1
small /smɔːl/
  small 44
  words 362.5
small talk /ˈsmɔːl ˌtɔːk/ 360
smart /smɑːt/

tidy 63
clever 236.2
smarten up 63
smash /smæʃ/ 132.2
smear /smɪər/ 189.1
smell /smel/ 90
smelly /ˈsmel·i/ 90
smirk /smɜːk/ 423.1
smoke /sməʊk/ 135
smoking /ˈsməʊ·kɪŋ/ 171
smooth /smuːð/ 62
smoothly /ˈsmuːð·li/ 62
smother /ˈsmʌð·ər/ 334
smudge /smʌdʒ/ 189.1
smuggle /ˈsmʌg·l̩/ 220.2
snack /snæk/
  snacks and cooked food 161
  meals 162.1
snack bar /ˈsnæk bɑː/ 163
snag /snæg/ 244
snail /sneɪl/ 4
snake /sneɪk/ 1.1 ☆
snap /snæp/
  damage 132.2
  angry 450.2
snarl /snɑːl/ 450.2
snatch /snætʃ/ 375.1
sneer /snɪər/ 148.2
sneeze /sniːz/ 124.6
sniff /snɪf/ 103
snigger /ˈsnɪg·ər/ 423.1
snip /snɪp/ 133
snob /snɒb/ 148.2
snooker /ˈsnuː·kər/ 394
snoop /snuːp/ 94.1
snooper /ˈsnuː·pər/ 94.1
snooty /ˈsnuː·ti/ 148.2
snore /snɔːr/ 182
snorkelling /ˈsnɔː·kəl·ɪŋ/ 391
snow /snəʊ/ 18.4
snowball /ˈsnəʊ·bɔːl/ 46.3
snug /snʌg/ 421
soak /səʊk/
  wet 21.1
  cleaning 187.2
soaking /ˈsəʊ·kɪŋ/ 21
soap /səʊp/
  personal hygiene 184.1
  broadcasts 378.1
soar /sɔːr/ 9.1
sob /sɒb/ 447.3
sober /ˈsəʊ·bər/
  drinks 166.8
  sensible 238.1
social /ˈsəʊ·ʃəl/ 204
socialism /ˈsəʊ·ʃəl·ɪ·zəm/ 227.4
society /səˈsaɪə·ti/
  society 204
  organization 206
sociology /ˌsəʊ·ʃiˈɒl·ə·dʒi/ 233.2
socket /ˈsɒk·ɪt/ 382.3
socks /sɒks/ 190.9
soft /sɒft/
  quiet 89
  soft 99
  mercy 221
softball /ˈsɒft·bɔːl/ 389.7
soft drink /ˌsɒft ˈdrɪŋk/ 166.1
soften /ˈsɒf·ən/ 99
softener /ˈsɒf·ən·ər/ 99
softly /ˈsɒft·li/ 89
software /ˈsɒft·weər/ 296
soggy /ˈsɒg·i/ 21
soil /sɔɪl/ 384.3
solar /ˈsəʊ·lər/ 303.2
solar system /ˈsəʊ·lə ˌsɪs·təm/ 27 ☆
soldier /ˈsəʊl·dʒər/ 248.2

sole /səʊl/
  fish and sea animals 10.1
  human body 86
  shoes 191 ☆
solemn /ˈsɒl·əm/
  sensible 238.1
  sad 447.2
solicitor /səˈlɪs·ɪ·tər/ 209.3
solid /ˈsɒl·ɪd/ 100
solidify /səˈlɪd·ɪ·faɪ/ 100
solitary /ˈsɒl·ɪ·tər·i/ 435
solo /ˈsəʊ·ləʊ/ 379.3
soloist /ˈsəʊ·ləʊ·ɪst/ 379.3, 379.4 ☆
solution /səˈluː·ʃən/ 113.2
solve /sɒlv/
  find out 113.2
  do 287.2
son /sʌn/ 138.2
song /sɒŋ/ 379.7
son-in-law /ˈsʌn·ɪn·lɔː/ 138.4
soon /suːn/ 329
soothe /suːð/ 259.1
soothing /ˈsuː·ðɪŋ/ 259.1
soprano /səˈprɑː·nəʊ/ 379.5
sore /sɔːr/
  illnesses 124.5
  symptoms 125.1
sore throat /ˌsɔː ˈθrəʊt/ 124.8
sorrow /ˈsɒr·əʊ/ 447
sorrowful /ˈsɒr·əʊ·fəl/ 447
sorry /ˈsɒr·i/
  sympathy 222
  disappointment 448
  shame 449.1
sort /sɔːt/
  order 65
  sort 306
soul /səʊl/ 232.9
sound /saʊnd/ 88.1
soup /suːp/ 161.4
soup spoon /ˈsuːp ˌspuːn/ 170 ☆
sour /saʊər/ 157.5
source /sɔːs/ 373
south /saʊθ/ 318.1 ☆
southeast /ˌsaʊθˈiːst/ 318.1 ☆
southerly /ˈsʌð·əl·i/ 318.1
southern /ˈsʌð·ən/ 318.1
South Pole /ˌsaʊθ ˈpəʊl/ 13.5 ☆
southward /ˈsaʊθ·wəd/ 318.1
southwest /ˌsaʊθˈwest/ 318.1 ☆
souvenir /ˌsuː·vənˈɪər/ 116.1
sow /səʊ/ 384.2
space /speɪs/ 41
spacecraft /ˈspeɪs·krɑːft/ 313
spacious /ˈspeɪ·ʃəs/ 42
spade /speɪd/ 384.1
spaghetti /spəˈget·i/ 156.4
spaniel /ˈspæn·jəl/ 7.1 ☆
Spanish /ˈspæn·ɪʃ/ 361.1
spanner /ˈspæn·ər/ 382.1 ☆
spare /speər/
  unnecessary 68.1
  mercy 221
sparkling /ˈspɑː·klɪŋ/ 166.1
sparrow /ˈspær·əʊ/ 9
sparse /spɑːs/ 45.1
sparsely /ˈspɑː·sli/ 45.1
speak /spiːk/ 341
speaker /ˈspiː·kər/
  language 361
  music 379.9 ☆
speak out 341.2
spear /spɪər/ 248.4 ☆
special /ˈspeʃ·əl/ 444.3
specialist /ˈspeʃ·əl·ɪst/
  hospital 122
  skilful 239

ÍNDICE DE PALAVRAS EM INGLÊS

specialize /ˈspeʃ.əl.aɪz/ 239
species /ˈspiː.ʃiːz/ 306
specific /spəˈsɪf.ɪk/ 84
specification /ˌspes.ɪ.fɪˈkeɪ.ʃən/ 84
specify /ˈspes.ɪ.faɪ/ 84
speck /spek/ 189.1
spectacles /ˈspek.tə.klz/ 91.8
speculate /ˈspek.jə.leɪt/ 109
speculation /ˌspek.jəˈleɪ.ʃən/ 109
speech /spiːtʃ/ 341.1
speechless /ˈspiːtʃ.ləs/ 118
speed /spiːd/ 403.4
speed limit /ˈspiːd ˌlɪm.ɪt/ 311 ☆
speedometer /spiːˈdɒm.ɪ.tər/ 308.1
speedy /ˈspiː.di/ 403
spell /spel/
　write 369
　magic 416
spelling /ˈspel.ɪŋ/ 369
spend /spend/ 263.1
spending /ˈspen.dɪŋ/ 263.1
sperm /spɜːm/ 101.3
sphere /sfɪər/ 38.2 ☆
spherical /ˈsfer.ɪ.kl/ 38.2 ☆
spice /spaɪs/ 157.2
spider /ˈspaɪ.dər/ 4
spill /spɪl/ 412.1
spin /spɪn/ 414.1
spinach /ˈspɪn.ɪtʃ/ 155.1
spine /spaɪn/
　human body 101.1 ☆
　book 367.6
spinster /ˈspɪnt.stər/ 195.3
spire /spaɪər/ 232.5 ☆
spirit /ˈspɪr.ɪt/ 232.9
spirited /ˈspɪr.ɪ.tɪd/ 232.9
spiritual /ˈspɪr.ɪ.tʃu.əl/ 232.9
spit /spɪt/ 86.1
spite /spaɪt/ 225.1
spiteful /ˈspaɪt.fəl/ 225.1
splash /splæʃ/ 21.1
splash out 263.1
splendid /ˈsplen.dɪd/
　great 77
　good 417.2
splendidly /ˈsplen.dɪd.li/ 417.2
split /splɪt/
　damage 132.2
　separate 295
split hairs 346.4
spoil /spɔɪl/ 132
spokesperson /ˈspəʊks.pɜː.sən/ 341.4
sponge /spʌndʒ/ 184.1
spongy /ˈspʌndʒ.i/ 99
spoon /spuːn/ 170 □
sport /spɔːt/ 388
sportsman /ˈspɔːts.mən/ 388.2
spot /spɒt/
　shapes 38.3
　human body 86.2
　see and look 91.4
　dirty 189.1
spotless /ˈspɒt.ləs/ 188
sprain /spreɪn/ 124.13
spread /spred/
　increase 46
　put 289
spring /sprɪŋ/
　geography and geology 13.7
　calendar and seasons 25.2
　jump 410
spring-clean /ˌsprɪŋˈkliːn/ 187.1
spring onion /ˌsprɪŋ ˈʌn.jən/ 155.4
sprint /sprɪnt/
　athletics 390.1
　run 408
spur /spɜːr/ 279

spy /spaɪ/ 94.1
squabble /ˈskwɒb.l̩/ 346.3
squadron leader /ˌskwɒd.rən ˈliː.dər/ 248.3 □
squander /ˈskwɒn.dər/ 69
square /skweər/
　shapes 38.1 ☆
　weights and measures 307.2
　roads 311
squash /skwɒʃ/
　damage 132.4
　drinks 166.2
　ball sports 389.5
squat /skwɒt/
　body positions 97.3
　live 175
squeak /skwiːk/ 8.2, 8.2 □
squeal /skwiːl/ 8.2
squeeze /skwiːz/ 336
squid /skwɪd/ 10.2
squirrel /ˈskwɪr.əl/ 4
stab /stæb/ 133.1
stable /ˈsteɪ.bl̩/ 173.3
stack /stæk/ 43.1
stadium /ˈsteɪ.di.əm/ 388.4
staff /stɑːf/ 271.3
stag /stæg/ 1 ☆
stage /steɪdʒ/ 376.2 ☆
stagger /ˈstæg.ər/ 407.6
stagnant /ˈstæg.nənt/ 284.1
stagnate /stægˈneɪt/ 284.1
stain /steɪn/ 189.1
stairs /steəz/ 177.2 ☆
stale /steɪl/ 153
stalemate /ˈsteɪl.meɪt/ 284.1
stalk /stɔːk/
　plants 11
　fruit 152.6
stall /stɔːl/
　shops 273
　driving 309.3
stalls /stɔːlz/ 376.2 ☆
stammer /ˈstæm.ər/ 341.7
stamp /stæmp/
　communications 340.2 ☆
　walk 407.3
stamp collecting /ˈstæmp kəˌlek.tɪŋ/ 380
stand /stænd/
　body positions 97.1
　politics and government 227.3
　containers 331.6
　endure 433
standard /ˈstæn.dəd/ 442
standardize /ˈstæn.də.daɪz/ 54.1
stand in 57
stand-in /ˈstænd.ɪn/ 57
stand up for 279.2
staple /ˈsteɪ.pl̩/ 294.3 ☆
stapler /ˈsteɪ.plər/ 294.3 ☆
star /stɑːr/
　astronomy 27
　fame 111
starch /stɑːtʃ/ 186
stare /steər/ 91.2
starling /ˈstɑː.lɪŋ/ 9
stars /stɑːz/ 28
star sign /ˈstɑː ˌsaɪn/ 28
start /stɑːt/ 32
starter /ˈstɑː.tər/ 162.2
startle /ˈstɑː.tl̩/ 118.1
startling /ˈstɑː.tl̩.ɪŋ/ 118.1
starve /stɑːv/ 165
starving /ˈstɑː.vɪŋ/ 165
state /steɪt/
　areas 14.1
　happen 31.2

speak 341.2
stately /ˈsteɪt.li/ 146
statement /ˈsteɪt.mənt/ 341.2
station /ˈsteɪ.ʃən/ 314.1
stationary /ˈsteɪ.ʃən.ər.i/ 284.2
stationer /ˈsteɪ.ʃən.ər/ 273 □
statue /ˈstætʃ.uː/ 381.5
stave /steɪv/ 379.8 ☆
stay /steɪ/
　continue 33
　wait 286
　visit 319
steady /ˈsted.i/ 284.2
steak /steɪk/ 159.2
steal /stiːl/ 220
steam /stiːm/
　cooking methods 168.1
　machinery 303.2
steamboat /ˈstiːm.bəʊt/ 312.1
steel /stiːl/ 16
steep /stiːp/
　shapes 38.4 ☆
　expensive 267
steeple /ˈstiː.pl̩/ 232.5 ☆
steer /stɪər/ 309
steering wheel /ˈstɪə.rɪŋ ˌwiːl/ 308.1
stem /stem/ 11 ☆
stench /stentʃ/ 90
step /step/ 407.1
stepbrother /ˈstep.brʌ.ðər/ 138.5
stepfather /ˈstep.fɑː.ðər/ 138.5
stepmother /ˈstep.mʌð.ər/ 138.5
stepsister /ˈstep.sɪs.tər/ 138.5
stereo /ˈster.i.əʊ/ 379.9
sterilize /ˈster.əl.aɪz/ 187.2
sterling /ˈstɜː.lɪŋ/ 265.1
stern /stɜːn/ 229
steward /ˈstjuː.əd/ 313.3
stick /stɪk/ 294.1
sticky /ˈstɪk.i/ 294.1
stiff /stɪf/ 100.1
stiffen /ˈstɪf.ən/ 100.1
stifle /ˈstaɪ.fl̩/ 89.1
stiletto heel /stɪˌlet.əʊ ˈhiːl/ 191 ☆
still /stɪl/
　drinks 166.1
　inaction 284.2
stimulate /ˈstɪm.jə.leɪt/ 257.3
stimulus /ˈstɪm.jə.ləs/ 257.3
sting /stɪŋ/ 125.1
stingy /ˈstɪn.dʒi/ 226
stink /stɪŋk/ 90
stir /stɜːr/
　cooking methods 168.3
　movement 411.1
stirrups /ˈstɪr.əps/ 395 ☆
stitch /stɪtʃ/ 381.6
stock /stɒk/
　doing business 262.6
　finance 264.3
stock exchange /ˈstɒk ɪksˌtʃeɪndʒ/ 264.3
stockings /ˈstɒk.ɪŋz/ 190.9
stock market /ˈstɒk ˌmɑː.kɪt/ 264.3
stomach /ˈstʌm.ək/
　human body – external 86
　human body – internal 101.2 ☆
stomachache /ˈstʌm.ək.eɪk/ 124.7
stone /stəʊn/
　geography and geology 13.3
　fruit 152.6
　materials 304.1
stone /stəʊn/
　weights and measures 307.4
stoop /stuːp/ 97.4
stop /stɒp/ 34
storage /ˈstɔː.rɪdʒ/ 262.6

store /stɔːʳ/
    doing business **262.6**
    shops **273**
storey /ˈstɔːri/ **176.2**
storm /stɔːm/ **18.5**
story /ˈstɔːri/ **342.3**
stout /staʊt/ **48.1**
straight /streɪt/
    shapes **38.4** ☆
    human body **86.3**
straighten /ˈstreɪtən/ **39**
straightforward /ˌstreɪtˈfɔːwəd/ **247**
strain /streɪn/
    cooking methods **168.4**
    work **274.1**
strange /streɪndʒ/ **444.1**
strangely /ˈstreɪndʒli/ **444.1**
stranger /ˈstreɪndʒəʳ/ **112.2**
strangle /ˈstræŋgl̩/ **198.1**
strap /stræp/ **190.11**
straw /strɔː/ **173.5**
strawberry /ˈstrɔːbəri/ **152.3**
stream /striːm/ **13.7**
street /striːt/ **311**
strength /streŋkθ/ **401**
strengthen /ˈstreŋkθən/ **401.3**
strenuous /ˈstrenjuəs/ **243.1**
stress /stres/
    tension **256**
    emphasize **355**
stretch /stretʃ/ **46**
stretcher /ˈstretʃəʳ/ **126.6**
strict /strɪkt/ **229**
strictly /ˈstrɪktli/ **229**
stride /straɪd/ n **407.1** v **407.3**
strike /straɪk/
    hit **131.1**
    employment **271.6**
    ball sports **389.2**
    join **294.3**
string /strɪŋ/
    music **379.4**
    tools **382.4**
strings /strɪŋz/ **379.4** ☆
strip /strɪp/
    part **52.1**
    clothes **190.2**
    uncover **335**
stripe /straɪp/ **38.3**
stroke /strəʊk/
    touch **98.1**
    illnesses **124.11**
    hit **131.4**
stroll /strəʊl/ **407.2**
strong /strɒŋ/ **401.1**
strongly /ˈstrɒŋli/ **401.1**
structural /ˈstrʌktʃərəl/ **293.2**
structure /ˈstrʌktʃəʳ/ **293.2**
struggle /ˈstrʌgl̩/
    fight **249**
    try **276**
stub /stʌb/ **171**
stubborn /ˈstʌbən/ **107.3**
stuck /stʌk/ **294.1**
stuck up **148.2**
student /ˈstjuːdənt/ **235.1**
studio /ˈstjuːdiəʊ/ **174.2**
study /ˈstʌdi/
    inside buildings **177.4**
    learn **235**
stuff /stʌf/
    thing **305.1**
    full **332**
stuffy /ˈstʌfi/ **20**
stumble /ˈstʌmbl̩/ **412.1**
stumps /stʌmps/ **389.3** ☆
stun /stʌn/ **118.1**

stunning /ˈstʌnɪŋ/ **118.1**
stupid /ˈstjuːpɪd/ **240**
sturdy /ˈstɜːdi/ **401.1**
stutter /ˈstʌtəʳ/ **341.7**
style /staɪl/ **306**
sub-committee /ˈsʌbkəˌmɪtiː/ **206.1**
subject /ˈsʌbdʒekt/ **235**
subordinate /səˈbɔːdənət/ **439.1**
substance /ˈsʌbstəns/ **305.1**
substantial /səbˈstænʃəl/ **42**
substantially /səbˈstænʃəli/ **42**
substitute /ˈsʌbstɪtjuːt/ **57**
subtract /səbˈtrækt/ **297.1**
suburb /ˈsʌbɜːb/ **14.3**
subway /ˈsʌbweɪ/ **311.1**
succeed /səkˈsiːd/ **396.2**
success /səkˈses/ **396**
successful /səkˈsesfəl/ **396**
successfully /səkˈsesfəli/ **396**
suck /sʌk/ **164.2**
sudden /ˈsʌdən/ **403.2**
suddenly /ˈsʌdənli/ **403.2**
suede /sweɪd/ **193.1**
suet /ˈsuːɪt/ **158.2**
suffer /ˈsʌfəʳ/
    illnesses **124.13**
    endure **433**
    sad **447**
suffering /ˈsʌfərɪŋ/ **447**
sufficient /səˈfɪʃənt/ **51**
suffocate /ˈsʌfəkeɪt/ **198.1**
sugar /ˈʃʊgəʳ/ **156.2**
sugar bowl /ˈʃʊgə ˌbəʊl/ **170** ☆
sugary /ˈʃʊgəri/ **157.4**
suggest /səˈdʒest/ **353**
suggestion /səˈdʒestʃən/ **353**
suicide /ˈsuːɪsaɪd/ **198**
suit /suːt/
    clothes **190.6**
    games **386.3**
    suitable **420**
suitable /ˈsuːtəbl̩/ **420**
suitcase /ˈsuːtkeɪs/ **317.4**
sultana /səlˈtɑːnə/ **152.5**
sum /sʌm/ **297.2**
summer /ˈsʌməʳ/ **25.2**
summit /ˈsʌmɪt/ **13.1**
sumo /ˈsuːməʊ/ **392.1**
sun /sʌn/
    weather **18.1**
    astronomy **27**
Sunday /ˈsʌndeɪ/ **25.1**
sunglasses /ˈsʌnˌglɑːsɪz/ **91.8**
sunny /ˈsʌni/ **18.1**
sunshine /ˈsʌnʃaɪn/ **18.1**
super /ˈsuːpəʳ/ **417.3**
superb /suːˈpɜːb/ **417.2**
superficial /ˌsuːpəˈfɪʃəl/
    seem **37**
    careless **302**
superfluous /suːˈpɜːfluəs/ **68.1**
superior /suːˈpɪəriəʳ/ **419**
supermarket /ˈsuːpəˌmɑːkɪt/ **273**
superstition /ˌsuːpəˈstɪʃən/ **105.3**
superstitious /ˌsuːpəˈstɪʃəs/
    believe **105.3**
    untrue **216**
supervise /ˈsuːpəvaɪz/ **228.1**
supervisor /ˈsuːpəvaɪzəʳ/ **271.4**
supper /ˈsʌpəʳ/ **162**
supple /ˈsʌpl̩/
    soft **99.1**
    agile **399**
supply /səˈplaɪ/ **372.2**
support /səˈpɔːt/
    encourage **279.2**
    carry **337**

supporter /səˈpɔːtəʳ/ **279.2**
suppose /səˈpəʊz/ **105.2**
supposition /ˌsʌpəˈzɪʃən/ **105.2**
sure /ʃɔːʳ/ **82**
surely /ˈʃɔːli/ **82**
surface /ˈsɜːfɪs/ **38.2** ☆
surfing /ˈsɜːfɪŋ/ **391**
surgeon /ˈsɜːdʒən/ **122.1**
surgery /ˈsɜːdʒəri/
    doctor **121**
    hospital **122.1**
surname /ˈsɜːneɪm/ **137.2**
surplus /ˈsɜːpləs/ **68.1**
surprise /səˈpraɪz/ **118**
surrender /səˈrendəʳ/ **248.1**
surrogate mother /ˌsʌrəgət ˈmʌðəʳ/ **136.2**
surround /səˈraʊnd/ **53**
surroundings /səˈraʊndɪŋz/ **14.2**
survey v /səˈveɪ/
    see and look **91.2**
survey n /ˈsɜːveɪ/
    document **366.2**
surveyor /səˈveɪəʳ/ **174.6**
survival /səˈvaɪvəl/ **253.2**
survive /səˈvaɪv/ **253.2**
survivor /səˈvaɪvəʳ/ **253.2**
suspect v /səˈspekt/
    guess **109**
suspect n /ˈsʌspekt/
    legal system **209.2**
suspense /səˈspens/ **257**
suspicion /səˈspɪʃən/ **109**
suspicious /səˈspɪʃəs/ **109**
swagger /ˈswægəʳ/ **407.3**
swallow /ˈswɒləʊ/
    birds **9** ☆
    believe **105.3**
    eat **164.2**
swamp /swɒmp/ **13.2**
swan /swɒn/ **9.2**
swap /swɒp/ **372.3**
swear /sweəʳ/
    swear **357**
    promise **358**
sweat /swet/ **86.2**
sweatshirt /ˈswetʃɜːt/ **190.4**
swede /swiːd/ **155.2**
Swedish /ˈswiːdɪʃ/ **361.1**
sweep /swiːp/ **187.3**
sweet /swiːt/
    flavours **157.4**
    snacks and cooked food **161.1**
sweetcorn /ˈswiːtkɔːn/ **155.3** ☆
sweeten /ˈswiːtən/ **157.4**
sweetheart /ˈswiːthɑːt/ **427.5**
swell /swel/
    increase **46**
    symptoms **125.2**
swerve /swɜːv/ **414.2**
swift /swɪft/ **403**
swig /swɪg/ **167**
swim /swɪm/ **391.1**
swimming /ˈswɪmɪŋ/ **391.1**
swimming costume /ˈswɪmɪŋ ˌkɒstjuːm/ **190.7**
swimming pool /ˈswɪmɪŋ ˌpuːl/ **391.1**
swindle /ˈswɪndl̩/ **214.1**
swing /swɪŋ/
    park and funfair **385** ☆
    movement **411.3**
switch /swɪtʃ/ **303.1**
switchboard /ˈswɪtʃbɔːd/ **340.3**
swoop /swuːp/
    birds **9.1**
    fall **412.3**
sword /sɔːd/ **248.4** ☆

syllable /'sɪl·ə·bḷ/ **362.3**
symbol /'sɪm·bəl/ **364.1**
symbolic /sɪm'bɒl·ɪk/ **364.1**
sympathetic /ˌsɪm·pə'θet·ɪk/ **222**
sympathize /'sɪm·pə·θaɪz/ **222**
sympathy /'sɪm·pə·θi/ **222**
symphony /'sɪmp·fə·ni/ **379.7**
symptom /'sɪmp·təm/ **125**
synagogue /'sɪn·ə·gɒg/ **232.5**
syringe /sɪ'rɪndʒ/ **126.3**
syrup /'sɪr·əp/ **160.1**
system /'sɪs·təm/
  system **290**
  computers **296**
systematic /ˌsɪs·tə'mæt·ɪk/ **290**

tabby /'tæb·i/ **7.2**
table /'teɪ·bḷ/ **180** ☆
tablecloth /'teɪ·bḷ·klɒθ/ **170** ☆
tablespoon /'teɪ·bḷ·spuːn/ **170** ☐
tablet /'tæb·lət/ **126.5**
table tennis /'teɪ·bḷ ˌten·ɪs/ **389.5**
tabloid /'tæb·lɔɪd/ **368**
taboo /tə'buː/ **231.1**
tackle /'tæk·ḷ/ **388.1**
tact /tækt/ **143.2**
tactful /'tækt·fəl/ **143.2**
tactfully /'tækt·fəl·i/ **143.2**
tactless /'tækt·ləs/ **144.3**
tail /teɪl/
  wild animals **1** ☆
  birds **9** ☆
tailor /'teɪ·lər/ **190.13**
take /teɪk/
  take **375**
  endure **433**
takeaway /'teɪk·ə,weɪ/ **161.3**
take care of **254**
take in
  understand **114.1**
  dishonest **214.2**
take off
  copy **56.1**
  clothes **190.2**
  aircraft **313.2**
takeoff /'teɪk·ɒf/ **313.2**
take on **271.7**
take out **261.2**
take place **31**
takings /'teɪ·kɪŋz/ **262.9**
talc /tælk/ **184.1**
tale /teɪl/ **342.3**
talent /'tæl·ənt/ **239.2**
talk /tɔːk/ **341**
talkative /'tɔː·kə·tɪv/ **359**
talk into **349**
talk over **354**
talk round **349**
tall /tɔːl/ **42**
talon /'tæl·ən/ **9.3** ☆
tame /teɪm/ **3**
tampon /'tæm·pɒn/ **184.6**
tan /tæn/ **194.3**
tangerine /ˌtæn·dʒə'riːn/ **152.2**
tangible /'tæn·dʒə·bḷ/ **35**
tangle /'tæŋ·gḷ/ **294.2**
tank /tæŋk/
  war **248.4**
  containers **331.2**
tap /tæp/
  hit **131.4**
  bathroom **185** ☆
tap dancing /'tæp ˌdɑːn*t*s·ɪŋ/ **376.3**
tape /teɪp/
  join **294.3**
  music **379.9**

tape measure /'teɪp ˌmeʒ·ər/ **307**
target /'tɑː·gɪt/
  intend **107.2**
  target sports **394** ☆
tart /tɑːt/
  baked and dried foods **156.3**
  flavours **157.5**
task /tɑːsk/ **274.3**
taste /teɪst/
  flavours **157.1**
  eat **164.2**
tasteless /'teɪst·ləs/ **157.7**
tasty /'teɪ·sti/ **157.6**
Taurus /'tɔː·rəs/ **28** ☐
taut /tɔːt/ **256.2**
tax /tæks/ **264.2**
taxation /tæk'seɪ·ʃən/ **264.2**
taxi /'tæk·si/ **315.2**
taxpayer /'tæks,peɪ·ər/ **264.2**
tea /tiː/
  meals **162**
  drinks **166.3**
tea bag /'tiː ˌbæg/ **166.3**
teach /tiːtʃ/ **234**
teacher /'tiː·tʃər/ **234.1**
teaching /'tiː·tʃɪŋ/ **234**
team /tiːm/ **388.2**
teapot /'tiː·pɒt/ **170** ☆
tear /teər/ **132.2**
tear /tɪər/ **447.3**
tear gas /'tɪə ˌgæs/ **248.4**
tease /tiːz/ **425**
teaspoon /'tiː·spuːn/ **170** ☆
tea strainer /'tiː ˌstreɪ·nər/ **168.4** ☆
tea towel /'tiː ˌtaʊəl/ **187.5**
technical /'tek·nɪ·kəl/ **303**
technician /tek'nɪʃ·ən/ **303**
technique /tek'niːk/ **290**
technology /tek'nɒl·ə·dʒi/ **303**
tedious /'tiː·di·əs/ **119**
tee /tiː/ **389.6**
teenage /'tiːn·eɪdʒ/ **139.3**
teenager /'tiːn,eɪ·dʒər/ **139.3**
teens /tiːnz/ **139.3**
teetotal /ˌtiː'təʊ·təl/ **166.8**
telegram /'tel·ɪ·græm/ **340.1**
telegraph pole /'tel·ɪ·grɑːf ˌpəʊl/ **340.3**
telephone /'tel·ɪ·fəʊn/ **340.3**
telephone box /'tel·ɪ·fəʊn ˌbɒks/ **340.3**
telephone directory /'tel·ɪ·fəʊn də,rek·tər·i/ **340.3**
telescope /'tel·ɪ·skəʊp/ **27**
television /'tel·ɪ,vɪʒ·ən/ **378**
telex /'tel·eks/ **340.1**
tell /tel/ **342**
tell off **450.2**
telly /'tel·i/ **378**
temp /temp/ **272.2**
temper /'tem·pər/
  personality **142**
  angry **450.1**
temperament /'tem·pər·ə·mənt/ **142**
temperamental /ˌtem·pər·ə'men·təl/ **142**
temperature /'tem·prə·tʃər/ **126.2**
temple /'tem·pḷ/ **232.5**
temporary /'tem·pər·ər·i/
  be **29.2**
  employment **271.5**
tempt /tempt/
  want **72.2**
  attract **432**
temptation /temp'teɪ·ʃən/
  want **72.2**
  attract **432**
tempting /'temp·tɪŋ/ **432**
tenant /'ten·ənt/ **175.2**
tend /tend/ **288**

tendency /'ten·dənt·si/ **288**
tender /'ten·dər/
  gentle **3**
  soft **99**
  symptoms **125.1**
tenderly /'ten·dəl·i/ **3**
tennis /'ten·ɪs/ **389.5**
tenor /'ten·ər/ **379.5**
tense /tents/
  tension **256**
  words **362.4**
tension /'ten·tʃən/ **256**
tent /tent/ **380.1**
tepid /'tep·ɪd/ **19**
term /tɜːm/
  education **233** ☐
  words **362.1**
terminal /'tɜː·mɪ·nəl/
  computers **296**
  trains **314.1**
terminate /'tɜː·mɪ·neɪt/
  end **34.1**
  trains **314.1**
terminology /ˌtɜː·mɪ'nɒl·ə·dʒi/ **362.1**
terraced /'ter·ə·faɪd/ **174.1** ☆
terrible /'ter·ə·bḷ/ **438.1**
terrier /'ter·i·ər/ **7.1** ☆
terrific /tə'rɪf·ɪk/ **417.3**
terrified /'ter·ə·faɪd/ **255.1**
terrify /'ter·ə·faɪ/ **255.2**
territory /'ter·ə·tər·i/ **14**
terror /'ter·ər/ **255**
terrorist /'ter·ər·ɪst/ **255**
test /test/
  education **233.5**
  try **276.1**
testicles /'tes·tɪ·kḷz/ **86**
test tube /'test ˌtjuːb/ **233.4** ☆
test-tube baby /ˌtest·tjuːb 'beɪ·bi/ **136.2**
text /tekst/ **366**
textbook /'tekst·bʊk/ **233.1** ☆
textile /'tek·staɪl/ **193**
textual /'teks·tju·əl/ **366**
thankful /'θæŋk·fəl/ **422.1**
Thanksgiving /'θæŋks,gɪv·ɪŋ/ **25.3**
thaw /θɔː/ **18.4**
theatre /'θɪə·tər/ **376.2** ☐
theory /'θɪə·ri/ **108**
therapy /'θer·ə·pi/ **126**
thermometer /θə'mɒm·ɪ·tər/
  cures **126.2**
  weights and measures **307.5**
thesis /'θiː·sɪs/ **366.2**
thick /θɪk/
  dimensions **40** ☆
  stupid **240**
thick-skinned /ˌθɪk'skɪnd/ **151.3**
thief /θiːf/ **220.1**
thieving /'θiː·vɪŋ/ **220.1**
thigh /θaɪ/ **86**
thin /θɪn/
  thin **49**
  gardening **384.2**
thing /θɪŋ/ **305**
think /θɪŋk/ **104**
thinker /'θɪŋ·kər/ **104**
think of **106.2**
thirst /θɜːst/ **167.1**
thirsty /'θɜː·sti/ **167.1**
thistle /'θɪs·ḷ/ **11**
thorn /θɔːn/ **11** ☆
thorough /'θʌr·ə/ **301.1**
thoroughly /'θʌr·əl·i/ **301.1**
thought /θɔːt/ **104**
thoughtful /'θɔːt·fəl/
  think **104.2**
  kind **224**

careful 301
thoughtless /'θɔːt·ləs/ 302
thousand /'θaʊ·zᵊnd/ 298.1
thrash /θræʃ/ 131.2
thrashing /'θræʃ·ɪŋ/ 131.2
thread /θred/
  textiles 193
  arts and crafts 381.6
  tools 382.4
threat /θret/ 255.2
threaten /'θret·ᵊn/ 255.2
thrill /θrɪl/ 257
thrilled /θrɪld/ 257.1
thriller /'θrɪl·ər/ 376.5
thrilling /'θrɪl·ɪŋ/ 257.2
throb /θrɒb/ 125.1
throne /θroʊn/ 205 ☆
throng /θrɒŋ/ 207.1
throw /θroʊ/ 405
throw away 70
throw up 124.7
thrush /θrʌʃ/ 9 ☆
thug /θʌɡ/ 219.3
thumb /θʌm/ 86 ☆
thump /θʌmp/ 131.1
thunder /'θʌn·dər/ 18.5
thunderstorm /'θʌn·də·stɔːm/ 18.5
Thursday /'θɜːz·deɪ/ 25.1
thwart /θwɔːt/ 245.1
thyme /taɪm/ 157.2
ticket /'tɪk·ɪt/ 316
ticket collector /'tɪk·ɪt kə,lek·tər/ 314.2
ticket office /'tɪk·ɪt ,ɒf·ɪs/ 316
tide /taɪd/ 13.6
tidy /'taɪ·di/ 63
tie /taɪ/
  accessories 192.4
  join 294.2
tiff /tɪf/ 346.3
tiger /'taɪ·ɡər/ 1
tight /taɪt/
  tension 256.2
  uncomfortable 440
tighten /'taɪ·tᵊn/ 440
tightfisted /taɪt'fɪs·tɪd/ 226
tights /taɪts/ 190.9
tile /taɪl/ 176 ☆
till /tɪl/ 273 ☆
timber /'tɪm·bər/ 304.2
time /taɪm/ 26
times /taɪmz/ 297.1 ☐
time signature /'taɪm ,sɪɡ·nə·tʃər/ 379.8 ☆
timid /'tɪm·ɪd/ 255.5
timpani /'tɪm·pᵊn·i/ 379.4
tin /tɪn/ 331.1
tin opener /'tɪn ,oʊ·pᵊn·ər/ 169 ☆
tiny /'taɪ·ni/ 44
tip /tɪp/
  suggest 353.1
  give 372.1
  fall 412.1
tipsy /'tɪp·si/ 166.7
tiptoe /'tɪp·toʊ/ 407.4
tire /taɪər/ 182.3
tired /taɪəd/ 182.3
tissue /'tɪʃ·uː/ 192.6
title /'taɪ·tl̩/ 137.1
toad /toʊd/ 4
toast /toʊst/ 156.1
tobacco /tə'bæk·oʊ/ 171
toboggan /tə'bɒɡ·ən/ 393.2
toddler /'tɒd·lər/ 139.2
toe /toʊ/ 86
toenail /'toʊ·neɪl/ 86
toffee /'tɒf·i/ 161.1
toil /tɔɪl/ 274.1

toilet /'tɔɪ·lɪt/ 185 ☆
toilet roll /'tɔɪ·lɪt ,roʊl/ 185.1
tolerance /'tɒl·ᵊr·ᵊnts/ 433
tolerant /'tɒl·ᵊr·ᵊnt/ 433
tolerate /'tɒl·ᵊr·eɪt/ 433
tomato /tə'mɑː·toʊ/ 155.4
tomcat /'tɒm·kæt/ 7.2
tomorrow /tə'mɒr·oʊ/ 25.1
ton /tʌn/ 307.4
tone /toʊn/ 88.1
tongue /tʌŋ/ 86.1
tonne /tʌn/ 307.4
tons /tʌnz/ 43.2
tonsil /'tɒn·sᵊl/ 101.2
tonsillitis /,tɒn·sᵊl'aɪ·tɪs/ 124.10
tool /tuːl/ 382.1
tooth /tuːθ/ 86.1
toothache /'tuːθ·eɪk/ 124.8
toothbrush /'tuːθ·brʌʃ/ 184.3
toothpaste /'tuːθ·peɪst/ 184.3
top /tɒp/
  position 66 ☆
  cover 334.1
topical /'tɒp·ɪ·kᵊl/ 202
torch /tɔːtʃ/ 24.4 ☆
torment /tɔː'ment/ 425.1
tornado /tɔː'neɪ·doʊ/ 18.3
tortoise /'tɔː·təs/ 7.3
torture /'tɔː·tʃər/ 209.5
toss /tɒs/ 405
total /'toʊ·tᵊl/
  whole 50
  maths 297.2
touch /tʌtʃ/
  touch 98
  communications 340
tough /tʌf/
  hard 100
  difficult 243
  strength 401.1
tour /tɔːr/ 317.1
tourism /'tʊə·rɪ·zᵊm/ 317
tournament /'tɔː·nə·mənt/ 388.3
tow /toʊ/ 338
towel /taʊəl/ 184.1
towel rail /'taʊəl ,reɪl/ 185 ☆
tower /taʊər/ 232.5 ☆
tower block /'taʊə ,blɒk/ 174.3
town /taʊn/ 14.3
town hall /,taʊn 'hɔːl/ 227.1
toy /tɔɪ/ 386.1
trace /treɪs/ 45.2
trachea /trə'kiː·ə/ 101.2 ☆
track /træk/
  roads 311
  trains 314.1
  sport 388.4
track down 95
tracksuit /'træk·suːt/ 190.7
tractor /'træk·tər/ 173.3 ☆
trade /treɪd/
  doing business 262.3
  employment 271.1
trademark /'treɪd·mɑːk/ 262.7
tradesman /'treɪdz·mən/ 262.3
trading /'treɪ·dɪŋ/ 262.3
tradition /trə'dɪʃ·ᵊn/ 195
traditional /trə'dɪʃ·ᵊn·ᵊl/ 195
traffic /'træf·ɪk/ 315
traffic jam /'træf·ɪk ,dʒæm/ 309.3
traffic light /'træf·ɪk ,laɪt/ 311 ☆
tragedy /'trædʒ·ə·di/ 376.1
trail /treɪl/ 409.2
trailer /'treɪ·lər/ 173.3 ☆
train /treɪn/
  teach 234
  trains 314

trainer /'treɪ·nər/
  shoes 191 ☆
  teach 234.1
traitor /'treɪ·tər/ 214.3
tram /træm/ 315.2 ☆
tramp /træmp/ 407.3
tranquil /'træŋ·kwɪl/ 259
tranquillizer /'træŋ·kwɪ·laɪ·zər/ 126.5
transform /trænts'fɔːm/ 58
transient /'træn·zi·ənt/ 29.2
transition /træn'zɪʃ·ᵊn/ 58
translate /trænz'leɪt/ 343.1
translation /trænz'leɪ·ʃᵊn/ 343.1
transparent /trænt'spær·ᵊnt/ 194.1
transport /'trænt·spɔːt/ 323
transportation /,trænt·spɔː'teɪ·ʃᵊn/ 323
trap /træp/ 406
trapeze artist /trə'piːz ,ɑː·tɪst/ 377 ☆
travel /'træv·ᵊl/ 317
travel agent /'træv·ᵊl ,eɪ·dʒənt/ 317
traveller /'træv·ᵊl·ər/ 317
tray /treɪ/ 170 ☆
treacherous /'tretʃ·ᵊr·əs/ 214.3
treachery /'tretʃ·ᵊr·i/ 214.3
treacle /'triː·kl̩/ 160.1
tread /tred/ 407.1
treason /'triː·zᵊn/ 214.3
treasure /'treʒ·ər/
  good 217.2
  journalism 268.1
treasurer /'treʒ·ᵊr·ər/ 206.1
treat /triːt/
  cures 126
  use 280
  enjoy 428.1
treatment /'triːt·mənt/
  cures 126
  use 280
treble /'treb·l̩/ 46.1
treble clef /,treb·l̩ 'klef/ 379.8 ☆
tree /triː/ 12
tremble /'trem·bl̩/ 255.3
tremendous /trɪ'men·dəs/ 417.3
tremendously /trɪ'men·də·sli/ 417.3
trend /trend/ 202.1
trendy /'tren·di/ 202.1
trial /traɪl/
  legal system 209.4
  try 276.1
triangle /'traɪˌæŋ·ɡl̩/ 38.1 ☆
triangular /traɪ'æŋ·ɡjə·lər/ 38.1 ☆
tribe /traɪb/ 14.1
tribunal /traɪ'bjuː·nᵊl/ 209.4
trick /trɪk/
  dishonest 214.2·
  magic 416
tricky /'trɪk·i/ 243
trifle /'traɪ·fl̩/
  unimportant 76
  sweet foods 160.2
trifling /'traɪ·fl̩·ɪŋ/ 76
trim /trɪm/ 384.2
trio /'triː·oʊ/ 379.3
trip /trɪp/
  travel 317.1
  fall 412.1
triple /'trɪp·l̩/ 46.1
triplets /'trɪp·ləts/ 136
tripod /'traɪ·pɒd/ 233.4 ☆
triumph /'traɪ·ʌmpf/ 396
triumphant /traɪ'ʌmp·fənt/ 396
trivial /'trɪv·i·əl/ 76
trombone /trɒm'boʊn/ 379.4
troop /truːp/ 248.2
trophy /'troʊ·fi/ 398
tropical /'trɒp·ɪ·kᵊl/ 18.1
trot /trɒt/

ÍNDICE DE PALAVRAS EM INGLÊS

equestrian sports 395
run 408
trouble /'trʌb·l̩/ 244.1
troublesome /'trʌb·l̩·səm/ 244.1
trousers /'traʊ·zəz/ 190.3
trout /traʊt/ 10.1
trowel /traʊəl/ 384.1
truant /'truː·ənt/ 30
truck /trʌk/ 315.1
true /truː/
  honest 213.3
  true 215
trumpet /'trʌm·pɪt/
  animal noises 8.2, 8.2 ☐
  music 379.4
trunk /trʌŋk/
  wild animals 1 ☆
  trees 12 ☆
  containers 331.3
trunks /trʌŋks/ 190.7
trust /trʌst/ 213
trustworthy /'trʌst,wɜː·ði/ 213
truth /truːθ/ 215
truthful /'truː·θ·fəl/ 215
try /traɪ/
  legal system 209.4
  try 276
  ball sports 389.1 ☆
try on 276.1
try out 276.1
T-shirt /'tiː·ʃɜːt/ 190.4
tub /tʌb/ 331.2
tuba /'tjuː·bə/ 379.4
tubby /'tʌb·i/ 48.1
tube /tjuːb/ 331.1
Tuesday /'tjuːz·deɪ/ 25.1
tug /tʌg/ 338
tulip /'tjuː·lɪp/ 11
tumble /'tʌm·bl̩/ 412.1
tumble drier /,tʌm·bl̩ 'draɪ·ər/ 186
tummy /'tʌm·i/ 86
tumour /'tjuː·mər/ 124.12
tune /tjuːn/ 379.2
turban /'tɜː·bən/ 192.1 ☆
turkey /'tɜː·ki/
  farm animals 6.1
  meat 159.3
Turkish /'tɜː·kɪʃ/ 361.1
turn /tɜːn/ 414
turncoat /'tɜːn·kəʊt/ 214.3
turnip /'tɜː·nɪp/ 155.2
turn on 257.3
turnover /'tɜːn,əʊ·vər/ 262.9
turntable /'tɜːn,teɪ·bl̩/ 379.9 ☆
turn tail 322.1
turn up 321.2
turn-up /'tɜːn·ʌp/ 190.12 ☆
tusk /tʌsk/ 1 ☆
tutor /'tjuː·tər/ 234.1
TV /,tiː'viː/ 378
tweed /twiːd/ 193.1
tweet /twiːt/ 9.4
tweezers /'twiː·zəz/ 184.2
twig /twɪg/ 12 ☆
twine /twaɪn/ 294.3
twinkle /'twɪŋ·kl̩/ 24.3
twins /twɪnz/ 136
twist /twɪst/ 414.2
twit /twɪt/ 241.1
twitch /twɪtʃ/ 411.1
two-time /,tuː'taɪm/ 214.3
type /taɪp/ 305
typescript /'taɪp·skrɪpt/ 369.3
typewriter /'taɪp,raɪ·tər/ 370 ☆
typhoon /taɪ'fuːn/ 18.3
typical /'tɪp·ɪ·kəl/ 442.1
typically /'tɪp·ɪ·kəl·i/ 442.1

typist /'taɪ·pɪst/
  office 272.2
  writing materials 370 ☆
tyre /taɪər/ 308 ☆

ugly /'ʌg·li/ 60
ulcer /'ʌl·sər/ 124.5
umbilical cord /ʌm'bɪl·ɪ·kəl ,kɔːd/ 136.1
umbrella /ʌm'brel·ə/ 192.2
umpire /'ʌm·paɪər/
  sport 388.2
  ball sports 389.5 ☆
unable /ʌn'eɪ·bl̩/ 79
unarmed /ʌn'ɑːmd/ 248.4
unattainable /,ʌn·ə'teɪ·nə·bl̩/ 79
unaware /,ʌn·ə'weər/ 112.1
unbeliever /,ʌn·bɪ'liː·vər/ 232.10
unbutton /ʌn'bʌt·ən/ 295.1
uncertain /ʌn'sɜː·tən/ 83
uncertainty /ʌn'sɜː·tən·ti/ 83
uncle /'ʌŋ·kl̩/ 138.6
uncomfortable /ʌn'kʌmp·fə·tə·bl̩/ 440
uncommon /ʌn'kɒm·ən/ 444.2
unconscious /ʌn'kɒn·tʃəs/ 125.3
unconventional /,ʌn·kən'ven·tʃən·əl/ 444.4
uncover /ʌn'kʌv·ər/
  find 95
  uncover 335
undemonstrative /,ʌn·dɪ'mɒnt·strə·tɪv/ 151.3
undergraduate /,ʌn·də'græd·ʒ·u·ət/ 235.1
underline /'ʌn·də·laɪn/ 355
underneath /,ʌn·də'niːθ/ 66 ☆
underpants /'ʌn·də·pænts/ 190.9
understand /,ʌn·də'stænd/ 114
understanding /,ʌn·də'stæn·dɪŋ/
  understand 114
  kind 224
undertake /,ʌn·də'teɪk/ 287.2
undertaker /'ʌn·də,teɪ·kər/ 195.4
undertaking /,ʌn·də'teɪ·kɪŋ/ 287.2
underwear /'ʌn·də·weər/ 190.9
underweight /,ʌn·də'weɪt/ 49
undo /,ʌn'duː/
  open 179
  separate 295.1
undress /ʌn'dres/ 190.2
uneasy /ʌn'iː·zi/ 256.1
unemployed /,ʌn·ɪm'plɔɪd/ 271
unemployment /,ʌn·ɪm'plɔɪ·mənt/ 271
uneven /ʌn'iː·vən/ 61
unexpected /,ʌn·ɪk'spek·tɪd/ 118.2
unexpectedly /,ʌn·ɪk'spek·tɪd·li/ 118.2
unfair /ʌn'feər/ 212
unfaithful /ʌn'feɪθ·fəl/ 214.3
unfasten /ʌn'fɑː·sən/ 295.1
unfeasible /ʌn'fiː·zə·bl̩/ 79
unfortunate /ʌn'fɔː·tʃən·ət/ 387.2
unfriendly /ʌn'frend·li/ 250
ungenerous /ʌn'dʒen·ər·əs/ 226
unhappily /ʌn'hæp·ɪ·li/ 447
unhappiness /ʌn'hæp·ɪ·nəs/ 447
unhappy /ʌn'hæp·i/ 447
unharmed /ʌn'hɑːmd/ 253
unhealthy /ʌn'hel·θi/ 128
uniform /'juː·nɪ·fɔːm/
  alike 54
  clothes 190.6
uniformity /,juː·nɪ'fɔː·mə·ti/ 54
unimportant /,ʌn·ɪm'pɔː·tənt/ 76
uninhabited /,ʌn·ɪn'hæb·ɪ·tɪd/ 175
uninteresting /ʌn'ɪn·trə·stɪŋ/ 119
union /'juː·ni·ən/
  group 207.2

union /'juː·ni·ən/
  employment 271.6
unique /juː'niːk/ 444.3
unisex /'juː·nɪ·seks/ 140
unison /'juː·nɪ·sən/ 348.1
unite /juː'naɪt/ 207.2
unity /'juː·nə·ti/ 207.2
universe /'juː·nɪ·vɜːs/ 27
university /,juː·nɪ'vɜːs·ət·i/ 233 ☐
unjust /ʌn'dʒʌst/ 212
unkind /ʌn'kaɪnd/ 225
unlawful /ʌn'lɔː·fəl/ 208
unleaded /ʌn'led·ɪd/ 310
unlikely /ʌn'laɪ·kli/ 81
unload /ʌn'ləʊd/ 333
unlock /ʌn'lɒk/ 179
unlucky /ʌn'lʌk·i/ 387.2
unnecessary /ʌn'nes·ə·sər·i/ 68
unpaid /ʌn'peɪd/ 263.1
unpleasant /ʌn'plez·ənt/ 438
unreal /ʌn'rɪəl/ 36
unripe /ʌn'raɪp/ 153
unsafe /ʌn'seɪf/ 252
unsatisfactory /ʌn,sæt·ɪs'fæk·tər·i/ 438
unscrupulous /ʌn'skruː·pjə·ləs/ 214
unselfish /ʌn'sel·fɪʃ/ 224.1
unskilled /ʌn'skɪld/ 242
unspecific /,ʌn·spə'sɪf·ɪk/ 85
unsuccessful /,ʌn·sək'ses·fəl/ 397
unsure /ʌn'ʃɔːr/ 83
unthinkable /ʌn'θɪŋ·kə·bl̩/ 79
untidy /ʌn'taɪ·di/ 64
untie /ʌn'taɪ/ 295.1
untrue /ʌn'truː/ 216
untruth /ʌn'truːθ/ 216
unusual /ʌ'njuː·ʒu·əl/ 444
unwilling /ʌn'wɪl·ɪŋ/ 285
unwind /ʌn'waɪnd/ 183
up /ʌp/ 296
update /ʌp'deɪt/ 202
uphold /ʌp'həʊld/ 348
upper case /,ʌp·ə 'keɪs/ 362.5
upper class /,ʌp·ə 'klɑːs/ 204.1
upright /'ʌp·raɪt/ 66 ☆
uprising /'ʌp,raɪ·zɪŋ/ 227.6
upset /ʌp'set/ 447
upstairs /ʌp'steəz/ 177.2
up-to-date /,ʌp·tə'deɪt/ 202
Uranus /'jʊə·rə·nəs/ 27 ☆
Urdu /'ʊə·duː/ 361.2
urge /ɜːdʒ/
  want 72.2
  encourage 279
urine /'jʊə·rɪn/ 102
use n /juːs/ 280
use v /juːz/ 280
used /juːzd/ 280
used to 288
useful /'juːs·fəl/ 281
useless /'juː·sləs/ 282
user /'juː·zər/ 172.1
usual /'juː·ʒu·əl/ 442.1
utensil /juː'tent·səl/ 382.1
uterus /'juː·tər·əs/ 101.3 ☆
utility /juː'tɪl·ə·ti/ 280
utility room /juː'tɪl·ə·ti ,rʊm/ 177.4
utilize /'juː·tə·laɪz/ 280
utter /'ʌt·ər/ 341

vacant /'veɪ·kənt/ 333
vacation /və'keɪ·ʃən/ 183.2
vaccinate /'væk·sɪ·neɪt/ 126.3
vaccination /,væk·sɪ'neɪ·ʃən/ 126.3
vacuum /'væk·juːm/
  cleaning 187.3
  empty 333

vacuum cleaner /'væk·juːm ˌkliː·nər/ **187.3**
vagina /vəˈdʒaɪ·nə/ **101.3** ☆
vain /veɪn/ **148.1**
valiant /ˈvæl·i·ənt/ **258**
valid /ˈvæl·ɪd/ **281**
valley /ˈvæl·i/ **13.1**
valuable /ˈvæl·ju·ə·bl̩/ **268.1**
valuables /ˈvæl·ju·ə·bl̩z/ **268.1**
value /ˈvæl·juː/ **268**
value-added tax /ˌvæl·juːˌæd·ɪdˈtæks/ **264.2**
valueless /ˈvæl·juː·ləs/ **268.2**
valve /vælv/ **303.1**
van /væn/ **315.1**
vandal /ˈvæn·dəl/ **132.6**
vandalize /ˈvæn·dəl·aɪz/ **132.6**
vanilla /vəˈnɪl·ə/ **157.3**
vanish /ˈvæn·ɪʃ/ **322.2**
variable /ˈveə·ri·ə·bl̩/ **58**
variety /vəˈraɪə·ti/ **306**
vary /ˈveə·ri/ **58**
vase /vɑːz/ **180** ☆
vast /vɑːst/ **42.1**
VD /ˌviːˈdiː/ **124.12**
veal /viːl/ **159.1**
veer /vɪər/ **414.2**
vegetable /ˈvedʒ·tə·bl̩/ **155**
vegetable dish /ˈvedʒ·tə·bl̩ ˌdɪʃ/ **170** ☆
vegetation /ˌvedʒ·ɪˈteɪ·ʃən/ **13.2**
vehicle /ˈvɪə·kl̩/ **315**
veil /veɪl/ **192.1** ☆
vein /veɪn/ **101.2**
velvet /ˈvel·vɪt/ **193.1**
venison /ˈven·ɪ·sən/ **159.3**
Venus /ˈviː·nəs/ **27** ☆
verb /vɜːb/ **362.4**
verdict /ˈvɜː·dɪkt/ **209.4**
verge /vɜːdʒ/ **311** ☆
verse /vɜːs/ **367.4**
version /ˈvɜː·ʃən/ **306**
vertical /ˈvɜː·tɪ·kəl/ **66** ☆
vessel /ˈves·əl/ **312**
vest /vest/ **190.9**
vet /vet/ **121**
veteran /ˈvet·ər·ən/ **200.1**
veto /ˈviː·təʊ/ **231.1**
viable /ˈvaɪə·bl̩/ **78**
vicar /ˈvɪk·ər/ **232.4**
vice /vaɪs/ **219**
vice president /ˌvaɪs ˈpres·ɪ·dənt/ **227** ☐
vicious /ˈvɪʃ·əs/ **225**
victim /ˈvɪk·tɪm/ **433**
victor /ˈvɪk·tər/ **396.1**
victorious /vɪkˈtɔː·ri·əs/ **396**
victory /ˈvɪk·tər·i/
 war **248.1**
 success **396**
video /ˈvɪd·i·əʊ/ **378**
view /vjuː/
 see and look **91.7**
 opinion **106**
viewpoint /ˈvjuː·pɔɪnt/ **106**
vile /vaɪl/ **438.1**
villa /ˈvɪl·ə/ **174.1**
village /ˈvɪl·ɪdʒ/ **14.3**
villain /ˈvɪl·ən/ **219.3**
vine /vaɪn/ **11**
vinegar /ˈvɪn·ɪ·ɡər/ **161.5**
vineyard /ˈvɪn·jɑːd/ **173.1**
vintage /ˈvɪn·tɪdʒ/ **200.2**
viola /vaɪˈəʊ·lə/ **379.4**
violent /ˈvaɪə·lənt/ **2**
violet /ˈvaɪə·lət/ **11**
violin /ˌvaɪəˈlɪn/ **379.4**

virgin /ˈvɜː·dʒɪn/ **199.6**
virginity /vəˈdʒɪn·ə·ti/ **199.6**
Virgin Mary /ˌvɜː·dʒɪn ˈmeə·ri/ **232.3**
Virgo /ˈvɜː·ɡəʊ/ **28** ☐
virtue /ˈvɜː·tjuː/ **417.5**
virtuoso /ˌvɜː·tjuˈəʊ·səʊ/ **239**
virus /ˈvaɪə·rəs/
 illnesses **124.2**
 computers **296**
visa /ˈviː·zə/ **316**
viscount /ˈvaɪ·kaʊnt/ **205** ☐
viscountess /ˌvaɪ·kaʊnˈtes/ **205** ☐
visibility /ˌvɪz·əˈbɪl·ə·ti/ **91.6**
visible /ˈvɪz·ə·bl̩/ **91.6**
visibly /ˈvɪz·ə·bli/ **91.6**
vision /ˈvɪʒ·ən/ **91.6**
visit /ˈvɪz·ɪt/ **319**
visitor /ˈvɪz·ɪ·tər/ **319**
visualize /ˈvɪʒ·u·əl·aɪz/ **91**
vital /ˈvaɪ·təl/ **67**
vocabulary /vəʊˈkæb·jə·lər·i/ **362.1**
vodka /ˈvɒd·kə/ **166.4**
voice /vɔɪs/ **341.6**
volcano /vɒlˈkeɪ·nəʊ/ **13.1**
volley /ˈvɒl·i/ **389.5**
volleyball /ˈvɒl·i·bɔːl/ **389.7**
voltage /ˈvəʊl·tɪdʒ/ **303.4**
volume /ˈvɒl·juːm/
 size **41**
 book **367.5**
voluntary /ˈvɒl·ən·tər·i/ **278.1**
volunteer /ˌvɒl·ənˈtɪər/ **278.1**
vomit /ˈvɒm·ɪt/ **124.7**
vote /vəʊt/ **227.3**
vowel /vaʊəl/ **362.3**
voyage /ˈvɔɪ·ɪdʒ/ **312.3**
vulgar /ˈvʌl·ɡər/ **144.1**
vulnerable /ˈvʌl·nər·ə·bl̩/ **402**
vulture /ˈvʌl·tʃər/ **9**
vulva /ˈvʌl·və/ **86**

waddle /ˈwɒd·l̩/ **407.6**
wade /weɪd/ **407.7**
wag /wæɡ/ **411.3**
wage /weɪdʒ/ **265.3**
wagon /ˈwæɡ·ən/ **315.1**
wail /weɪl/ **345**
waist /weɪst/ **86**
waistcoat /ˈweɪst·kəʊt/ **190.4**
wait /weɪt/ **286**
waiter /ˈweɪ·tər/ **163.1**
waiting room /ˈweɪ·tɪŋ ruːm/ **314.1**
wait on **254**
waitress /ˈweɪ·trɪs/ **163.1**
wake /weɪk/
 sleep **182.5**
 social customs **195.4**
wake up **182.5**
walk /wɔːk/
 equestrian sports **395**
 walk **407**
walker /ˈwɔː·kər/ **407**
walking /ˈwɔː·kɪŋ/ **393.1**
walking boot /ˈwɔː·kɪŋ ˌbuːt/ **191** ☆
wall /wɔːl/ **176** ☆
wallet /ˈwɒl·ɪt/ **192.3**
wallpaper /ˈwɔːlˌpeɪ·pər/
 living room **180** ☆
 tools **382.2**
wally /ˈwɒl·i/ **241.1**
walnut /ˈwɔːl·nʌt/ **154**
walrus /ˈwɔːl·rəs/ **10.3**
wan /wɒn/ **125.2**
wand /wɒnd/ **416**
wander /ˈwɒn·dər/ **407.2**
want /wɒnt/ **72**

war /wɔːr/ **248**
ward /wɔːd/ **122**
warder /ˈwɔː·dər/ **209.6**
wardrobe /ˈwɔː·drəʊb/ **181** ☆
warehouse /ˈweə·haʊs/
 doing business **262.6**
 employment **271.2** ☐
warfare /ˈwɔː·feər/ **248**
warlike /ˈwɔː·laɪk/ **248.5**
warm /wɔːm/
 hot **20**
 friendship **434.3**
warn /wɔːn/ **252.2**
warning /ˈwɔː·nɪŋ/ **252.2**
warrior /ˈwɒr·i·ər/ **248.2**
wart /wɔːt/ **124.5**
wash /wɒʃ/ **187.2**
washing line /ˈwɒʃ·ɪŋ ˌlaɪn/ **186**
washing machine /ˈwɒʃ·ɪŋ məˌʃiːn/ **186**
washing powder /ˈwɒʃ·ɪŋ ˌpaʊ·dər/ **186**
washing up /ˌwɒʃ·ɪŋ ˈʌp/ **187.5**
washing up bowl /ˌwɒʃ·ɪŋ ˈʌp ˌbəʊl/ **169** ☆
washing-up liquid /ˌwɒʃ·ɪŋ ˈʌp ˌlɪk·wɪd/ **187.5**
wash up **187.5**
wasp /wɒsp/ **5**
waste /weɪst/
 waste **69**
 rubbish **71**
wasteful /ˈweɪst·fəl/ **69**
watch /wɒtʃ/
 time **26.1** ☆
 see and look **91**
watchdog /ˈwɒtʃ·dɒɡ/ **228.1**
water /ˈwɔː·tər/ **166.2**
watercolours /ˈwɔː·təˌkʌl·əz/ **381.2**
watercress /ˈwɔː·tə·kres/ **155.4**
waterfall /ˈwɔː·tə·fɔːl/ **13.7**
watermelon /ˈwɔː·təˌmel·ən/ **152.1**
water polo /ˈwɔː·tə ˌpəʊ·ləʊ/ **391**
waterskiing /ˈwɔː·təˌskiː·ɪŋ/ **391**
watertight /ˈwɔː·tə·taɪt/ **331.7**
watery /ˈwɔː·tər·i/ **21**
wave /weɪv/
 geography and geology **13.6**
wave /weɪv/
 greet **196**
 gesture **365**
 wave **415**
wavy /ˈweɪ·vi/
 shapes **38.4** ☆
 human body **86.3**
wax /wæks/ **304.3**
way /weɪ/
 system **290**
 travel **317.2**
way out **176.1**
weaken /ˈwiː·kən/ **402**
weakling /ˈwiː·klɪŋ/ **402.2**
weakness /ˈwiːk·nəs/ **402**
wealth /welθ/ **269**
weapon /ˈwep·ən/ **248.4**
wear /weər/ **190.1**
wear out **182.3**
weasel /ˈwiː·zəl/ **4** ☆
weather /ˈweð·ər/ **18**
weave /wiːv/ **193**
web /web/ **4**
webbed feet /webd ˈfiːt/ **9.2**
wedding /ˈwed·ɪŋ/ **195.3** ☆
wedding dress /ˈwed·ɪŋ ˌdres/ **195.3** ☆
wedding reception /ˈwed·ɪŋ rɪˌsep·ʃən/ **195.3**
wedding ring /ˈwed·ɪŋ ˌrɪŋ/ **195.3** ☆
wedge /wedʒ/ **38.2**

ÍNDICE DE PALAVRAS EM INGLÊS

Wednesday /ˈwenz·deɪ/ **25.1**
wee /wiː/ **102**
weed /wiːd/
  plants **11**
  gardening **384.2**
week /wiːk/ **25.1**
weekday /ˈwiːk·deɪ/ **25.1**
weekend /ˌwiːˈkend/ **25.1**
weep /wiːp/ **447.3**
weeping willow /ˌwiː·pɪŋ ˈwɪl·əʊ/ **12.1**
weigh /weɪ/ **307.4**
weight /weɪt/ **307.4**
weightlifting /ˈweɪtˌlɪf·tɪŋ/ **392**
weight training /ˈweɪt ˌtreɪ·nɪŋ/ **392**
weird /wɪəd/ **444.1**
weirdo /ˈwɪə·dəʊ/ **444.5**
welcome /ˈwel·kəm/ **196**
welcoming /ˈwel·kə·mɪŋ/ **434.3**
weld /weld/ **294.1**
well /wel/
  healthy **127**
  good **417**
well-behaved /ˌwel·bɪˈheɪvd/ **217.1**
wellington boot /ˌwel·ɪŋ·tən ˈbuːt/ **191** ☆
well-known /ˌwelˈnəʊn/ **111**
well-off /ˌwelˈɒf/ **269.1**
well-to-do /ˌwel·təˈduː/ **269.1**
west /west/ **318.1** ☆
westerly /ˈwes·tə·li/ **318.1**
western /ˈwes·tən/
  directions **318.1**
  entertainment **376.5**
westward /ˈwest·wəd/ **318.1**
wet /wet/
  weather **18.2**
  wet *adj* **21** *v* **21.1**
wet blanket /ˌwet ˈblæŋ·kɪt/ **447.2**
wetsuit /ˈwet·suːt/ **391** ☆
whale /weɪl/ **10.3**
wheat /wiːt/ **173.5**
wheel /wiːl/
  car **308** ☆
  ships and boats **312.2**
  arts and crafts **381.5**
wheelchair /ˈwiːl·tʃeər/ **126.6**
wheeze /wiːz/ **103.1**
whimper /ˈwɪm·pər/ **345**
whine /waɪn/ **345**
whinny /ˈwɪn·i/ **8.1**
whip /wɪp/ **131.2**
whirlwind /ˈwɜːl·wɪnd/ **18.3**
whisk /wɪsk/ **168.3**
whiskers /ˈwɪs·kəz/ **1** ☆
whiskey /ˈwɪs·ki/ **166.4**
whisky /ˈwɪs·ki/ **166.4**
whisper /ˈwɪs·pər/ **341.7**
whistle /ˈwɪs·l̩/
  noisy **88.3**
  music **379.5**
white /waɪt/ **194.3**
whitewash /ˈwaɪt·wɒʃ/ **382.2**
Whitsun /ˈwɪt·sən/ **25.3**
whole /həʊl/ **50**
wholesome /ˈhəʊl·səm/ **127**
wholly /ˈhəʊl·li/ **50**
whooping cough /ˈhuː·pɪŋ ˌkɒf/ **124.10**
wicked /ˈwɪk·ɪd/ **219**
wicket /ˈwɪk·ɪt/ **389.3** ☆
wicket keeper /ˈwɪk·ɪt ˌkiː·pər/ **389.3** ☆
wide /waɪd/ **40** ☆
widely /ˈwaɪd·li/ **442.1**
widen /ˈwaɪ·dən/ **46.2**
widespread /ˈwaɪd·spred/ **442.1**
widow /ˈwɪd·əʊ/ **138.4**
widower /ˈwɪd·əʊ·ər/ **138.4**
width /ˈwɪtθ/ **40** ☆

wife /waɪf/ **138.4**
wig /wɪg/ **192.1** ☆
wildlife /ˈwaɪld·laɪf/ **1** ☐
willing /ˈwɪl·ɪŋ/ **278.1**
willingness /ˈwɪl·ɪŋ·nəs/ **278.1**
wimp /wɪmp/ **402.2**
win /wɪn/ **396.1**
wind /wɪnd/ **18.3**
windbag /ˈwɪnd·bæg/ **359**
windfall /ˈwɪnd·fɔːl/ **373.1**
window /ˈwɪn·dəʊ/ **176** ☆
windowpane /ˈwɪn·dəʊ·peɪn/ **176** ☆
windowsill /ˈwɪn·dəʊ·sɪl/ **176** ☆
windpipe /ˈwɪnd·paɪp/ **101.2** ☆
windscreen /ˈwɪnd·skriːn/ **308** ☆
windscreen wiper /ˈwɪnd·skriːn ˌwaɪ·pər/ **308** ☆
windsurfing /ˈwɪndˌsɜː·fɪŋ/ **391**
wine /waɪn/ **166.6**
wine bar /ˈwaɪn bɑːr/ **163**
wing /wɪŋ/
  birds **9** ☆
  aircraft **313**
wing commander /ˌwɪŋ kəˈmɑːn·dər/ **248.3** ☐
wing mirror /ˈwɪŋ ˌmɪr·ər/ **308** ☆
wink /wɪŋk/ **91.5**
winter /ˈwɪn·tər/ **25.2**
wipe /waɪp/ **187.4**
wire /waɪər/ **382.4**
wisdom teeth /ˈwɪz·dəm ˌtiːθ/ **123**
wise /waɪz/ **236**
wish /wɪʃ/ **72**
wit /wɪt/ **424.1**
witch /wɪtʃ/ **416.1**
withdraw /wɪðˈdrɔː/
  bank **60.1**
  go **322**
withdrawal /wɪðˈdrɔː·əl/ **322**
with-it /ˈwɪð·ɪt/ **202.1**
witness /ˈwɪt·nəs/ **209.4** ☆
witness box /ˈwɪt·nəs ˌbɒks/ **209.4** ☆
witty /ˈwɪt·i/ **424.1**
wizard /ˈwɪz·əd/ **416.1**
wolf /wʊlf/ **1**, **1.1** ☐
wolf down **164.3**
woman /ˈwʊm·ən/ **139.4**
womb /wuːm/
  human body **101.3** ☆
  babies **136.1**
wonder /ˈwʌn·dər/
  guess **109**
  admire **431.1**
wonderful /ˈwʌn·də·fəl/ **417.3**
wonderfully /ˈwʌn·də·fəl·i/ **417.3**
wood /wʊd/
  geography and geology **13.2**
  materials **304.2**
woodpecker /ˈwʊdˌpek·ər/ **9** ☆
woodwind /ˈwʊd·wɪnd/ **379.4** ☆
wool /wʊl/
  textiles **193.1**
  arts and crafts **381.6**
woollen /ˈwʊl·ən/ **193.1**
word /wɜːd/ **362**
word processor /ˈwɜːd ˌprəʊ·ses·ər/ **296**
work /wɜːk/
  employment **271.1**
  work **274**
workaholic /ˌwɜː·kəˈhɒl·ɪk/ **275**
worked up **257.1**
worker /ˈwɜː·kər/
  employment **271.3**
  work **274**
workforce /ˈwɜːk·fɔːs/ **271.3**
working class /ˌwɜː·kɪŋ ˈklɑːs/ **204.1**
work out

find out **113.2**
maths **297.2**
works /wɜːks/ **271.2** ☐
workshop /ˈwɜːk·ʃɒp/ **271.2** ☐
work surface /ˈwɜːk ˌsɜː·fɪs/ **169** ☆
worm /wɜːm/
  small animals **4**
  bad **438.2**
worn out **182.3**
worried /ˈwʌr·ɪd/ **255.4**
worry /ˈwʌr·i/ **255.4**
worse /wɜːs/ **439**
worsen /ˈwɜː·sən/ **441**
worship /ˈwɜː·ʃɪp/
  religion **232.6**
  love **427.2**
worst /wɜːst/ **439**
worth /wɜːθ/ **268**
worthless /ˈwɜːθ·ləs/ **268.2**
worthwhile /ˌwɜːθˈwaɪl/ **268.3**
worthy /ˈwɜː·ði/ **268.3**
wound /wuːnd/ **124.13**
wrap /ræp/ **334**
wrapper /ˈræp·ər/ **334**
wreath /riːθ/ **195.4**
wreck /rek/ **132.1**
wreckage /ˈrek·ɪdʒ/ **132.1**
wren /ren/ **9**
wrench /rentʃ/
  pull and push **338**
wrench /rentʃ/
  tools **382.1** ☆
wrestle /ˈres·l̩/ **249**
wrestling /ˈres·l̩·ɪŋ/ **392.1**
wretched /ˈretʃ·ɪd/ **447.1**
wriggle /ˈrɪg·l̩/ **411.1**
wrist /rɪst/ **86**
write /raɪt/ **369**
write off **309.4**
writer /ˈraɪ·tər/ **369**
writing /ˈraɪ·tɪŋ/ **369**
wrong /rɒŋ/ **300**
wrongly /ˈrɒŋ·li/ **300**

xylophone /ˈzaɪ·lə·fəʊn/ **379.4**

yacht /jɒt/ **312.1**
yard /jɑːd/ **307.1**
yarn /jɑːn/
  textiles **193**
  arts and crafts **381.6**
yawn /jɔːn/ **182**
year /jɪər/ **25.4**
yearn for **72.1**
yeast /jiːst/ **156.2**
yell /jel/ **344**
yellow /ˈjel·əʊ/ **194.2**
Yellow Pages /ˌjel·əʊ ˈpeɪ·dʒɪz/ **340.3**
yen /jen/ **265.1** ☐
yesterday /ˈjes·tə·deɪ/ **25.1**
yield /jiːld/
  farming **173.4**
  give **372**
yoga /ˈjəʊ·gə/ **392**
yoghurt /ˈjɒg·ət/ **158.1**
young /jʌŋ/ **201.2**
youngster /ˈjʌŋk·stər/ **139.2**
youth /juːθ/ **139.3**
youthful /ˈjuː·θ·fəl/ **201.2**

zebra /ˈzeb·rə/ **1**
zebra crossing /ˌzeb·rə ˈkrɒs·ɪŋ/ **311** ☆
zest /zest/ **152.6**

zip /zɪp/ **190.11**
zloty /ˈzlɒt·i/ **265.1** □
zodiac /ˈzəʊ·di·æk/ **28** □
zoology /zuˈɒl·ə·dʒi/ **233.3**

Índice de Palavras em Português

ÍNDICE DE PALAVRAS EM PORTUGUÊS

Cada palavra do índice é seguida do número da categoria ou da subcategoria em que aparece.
☆ indica que a palavra se encontra em uma ilustração,
☐ que se encontra em um quadro.

a toda **403.1**
abacate **152.4**
abacaxi **152.4**
abadia **232.5**
abafado **20**
abafar **89.1**
abaixar **289**
abaixar-se **324**
abajur
　luz **24.4** ☆
　sala de estar **180** ☆
abandonar
　fim **34**
　descuidado **302**
　ir **322.1**
abarrotar
　grupo **207.1**
　cheio **332**
abastado **269.1**
abastecer **262.6**
abastecimento **372.2**
abater **198.3**
abatido
　magro **49**
　sintomas **125.2**
　doentio **128**
abcesso **124.5**
abelha **5**
aberto
　aberto **179**
　honesto **213.2**
abertura
　buraco **134**
　música **379.7**
abeto **12.1**
abnegado **224.1**
abóbora **155.3**
abóbora-menina **155.3**
abobrinha **155.3**
abolir **34.1**
abominar **445**
abominável
　mau **438.1**
　ódio e aversão **445**
aborrecer
　problema **244.1**
　triste **447**
　zangado **450**
aborrecido
　triste **447**
　zangado **450**
aborrecimento
　problema **244.1**
　trabalho **274.3**
　tentar **276**
　zangado **450**
aborto **136.2**
abotoadura **192.4**
abotoar
　roupa **190.11**
　unir **294.1**
abraçar **336.1**
abraçar-se **336**
abraço **336.1**
abrandar **221.1**

abrangente **50**
abranger **436**
abreviação **362.5**
abreviar **47**
abreviatura **362.5**
abricó **152.1**
abridor **169** ☆
abrigar **254.1**
abrigo **254.1**
abrigo **322.1**
abril **25.2**
abrir
　aberto **179**
　fazer **293.2**
　separar **295.1**
　máquinas **303.1**
　descobrir **335**
abruptamente **213.2**
absoluto **198.4**
absorvente
　higiene pessoal **184.6**
　agitação **257.2**
abstêmio **166.7**
abstenção **284**
abster-se **284**
abstrato **85**
absurdo **241.2**
abundância
　grande quantidade **43, 43.2**
abundante
　grande quantidade **43**
　bondoso **224.1**
　rico **269**
abusado **145**
abuso **199.4**
abutre **9**
acabado **182.3**
acabar
　fim **34**
　comer **164.3**
　matar **198.1**
acadêmico **233**
acaju **86.3**
acalmar **259.1**
acalorado
　feroz **2**
　tensão **256.1**
acampamento **380.1**
acampar **380.1**
acanhado **400**
ação
　finanças **264.3**
　fazer **287**
Ação de Graças **25.3**
acariciar
　tocar **98.1**
　segurar **336.1**
acasalamento **199.2**
acasalar **199.2**
acaso
　desordenado **64**
　sorte **387**
aceitação **375.2**
aceitar **348**
aceitar
　estar de acordo **348**
　tomar **375.2**
　gostar **426**
aceitável **375.2**
acelerador **308.1**
acelerar
　dirigir **309.1**
　rápido **403.1**

acenar
　saudar **196**
　gesticular **365**
　agitar **415**
acender
　queimar **135.1**
　máquina **303.1**
aceno
　saudar **196**
　movimento **411**
acepção **364**
ácer **12.1**
acerto **262.2**
acessível
　fácil **247.1**
　barato **266**
　útil **281**
acesso
　doenças **124.12**
　partes de edifícios **176.1**
acessório **294**
acessórios **382.1**
achado **95**
achar
　encontrar **95**
　pensar **104**
　acreditar **105.2**
　opinião **106.2**
　adivinhar **109**
　matemática **297.2**
achatar **132.4**
acidentado **61**
acidental **387.2**
acidente
　dirigir **309.4**
　sorte **387.2**
ácido
　sabores **157.5**
　drogas **172.2**
acima **66** ☆
acionar **303**
aclamação **344**
aclamar **344**
aço **16**
acolchoado **181.1**
acolhedor
　confortável **421**
　amizade **434**
acolher **196**
acomodação **175.2**
acompanhamento **379.3**
acompanhar
　música **379.3**
　amizade **434.3**
aconchegante **421**
acondicionar **332**
aconselhar **353.1**
acontecer **31**
acontecimento **31.1**
acoplar-se **294**
acordado **182.5**
acordar **182.5**
acorde **379.8**
acordo
　controlar **228.2**
　fazer negócios **262.2**
　estar de acordo **348**
acordos **262.3**
acostamento **311** ☆
acostumado
　saber **110.2**
　habitual **288**
acostumar-se **110.2**
açougue **273** ☐
açougueiro **273** ☐

acovardar-se **255.3**
acre
　sabores **157.5**
　pesos e medidas **307.2** ☐
acreditar
　pensar **104**
　acreditar **105**
　honesto **213**
acrescentar **46.1**
acrobata **377** ☆
açúcar **156.2**
açucareiro **170** ☆
acuidade **299**
acumular **207.2**
acurado **299**
acusação **209.2**
acusado **209.4** ☆
acusar **209.2**
adaptador **382.3**
adaptar-se
　mudança **58.1**
　viver **175.1**
adejar
　aves **9.1**
　agitar **415**
adequadamente **420.1**
adequado
　real **35**
　adequado **420**
adequar-se **420**
adesivo **294.1**
adestramento **395.1**
adiantado **325**
adiar
　aumentar **46**
　atraso **330**
adição **46.1**
adicional
　aumentar **46.1**
　desnecessário **68.1**
adivinhação **109**
adivinhar **109**
adjacências **14.2**
adjetivo **362.4**
administração
　política e governo **227.2**
　controlar **228.2**
　emprego **271.4**
administrar
　emprego **271.4**
　controlar **228.2**
　fazer **287.1**
administrativo **272.2**
admiração **431.1**
admirador **426**
admirar **431**
admissão
　admitir **350**
　tomar **375.2**
admitir
　saber **110.1**
　admitir **350**
admoestar **450.2**
adoçar **157.4**
adocicado **157.4**
adolescência **139.3**
adolescente **139.3**
adoração **427.2**
adorar
　religião **232.6**
　amor **427.2**
adorável
　belo **59**
　bom (moralmente) **217.2**
　bom **417.2**

adormecer **182.1**
adormecido **182**
adornar **59.1**
adotar **136.3**
adquirir
　fazer **293**
　obter **373**
adubo **384** ☆
adulação **430**
adular **430**
adulterar
　desonesto **214.1**
　falso **216**
adulto **139.4**
advérbio **362.4**
adversário
　luta **249.1**
　inimizade **250**
advertência **252.2**
advertir **301**
advogado **209.3**
aerobarco **315.2**
aeróbica **392**
aeromoça **313.3**
aeronáutica **248.2**
aeronave **313**
aeroplano **313**
afagar **336.1**
afago **336.1**
afastado
　separar **295**
　distância **320.2**
afastamento **375.3**
afastar **375.3**
afastar-se **322**
afável **434.3**
afazeres domésticos **187.1**
afeição **426**
afetar
　mudança **58**
　interferir **246**
afetuoso **427**
afiado **133.5**
aficionado **278**
afilhado **195.2**
afirmação
　falar **341.2**
　prometer **358**
afirmar
　falar **341.2**
　prometer **358**
afixar **294.3**
aflição
　triste **447**, **447.1**
afligir **447**
afligir-se **255.4**
aflitivo **447**
aflito **447**
afogador **308.1**
afogar
　matar **198.1**
　coberturas **334**
afora **437**
afortunado **387.1**
afronta **450.1**
afrouxar **295.1**
afundar
　úmido **21.1**
　dano **132.3**
　cair **412.2, 412.3**
agachar-se **97.3**
agarrar
　segurar **336**
　tomar **375.1**
　esporte **388.1**
agarrar-se **336**

437

ÍNDICE DE PALAVRAS EM PORTUGUÊS

agasalho 190.7
agência 271.2
agenda 370
agente alfandegário 316
agente funerário 195.4
ágil
  suave 99.1
  ágil 399
agilidade 399
agir 287
agitação
  agitação 257
  movimento 411.1
agitado
  áspero 61
  tensão 256.1
agitar
  áspero 61
  agitar 415
agitar-se 411.1
aglomeração 207
aglomerar-se 207.1
agnóstico 232.10
agora 329
agosto 25.2
agradável
  belo 59
  bom 417.1
  feliz 422
  desfrutar 428
agradecido 422.1
agravar 441
agredir 248.1
agressão
  feroz 2
  guerra 248.1
agressividade 2
agressivo 2
agressor 220.1
agrião 155.4
agrícola 173
agricultura 173
agrimensor 174.6
agrupamento 207
agrupar 207
água 166.1
água-furtada 177.4
aguaceiro 18.2
aguado 21
aguardar 286
agudo
  formas 38.1 ☆
  ruidoso 88
agüentar
  carregar 337
  agüentar 433
águia 9.3 ☆
agulha
  curas 126.3
  artes e ofícios 381.6 ☆
Aids 124.12
aipo 155.4
ajoelhar-se 97.3
ajuda 277
ajudante 277
ajudar
  ajudar 277, 277.1
  amizade 434.3
ajustar 289
ajustar(-se)
  mudança 58.1
  normal 442
ajuste 289
Alá 232.3
alameda 311
alardear 92.1

alargar 46.2
alarido 88.1
alarmante 255
alarme 255
alavanca 303.1
alavanca do câmbio 308.1
alavancar 303.1
albergue 163
álbum
  livro 367.3
  música 379.9
  atividade de lazer 380
alça 190.11
alcachofra 155.3
alcaide 227.1
alcançar
  golpear 131
  segurar 336
  sucesso 396.2
alcance
  tamanho 41
  compreender 114
  segurar 336
alçar 338
álcool 166
alcoólatra 166.6
alcoólico
  bebidas 166, 166.6
Alcorão 232.7
alcunha 137.3
alegar 358
alegrar 422.1
alegrar-se 422.2
alegre
  bebidas 166.6
  feliz 422, 422.3
alegremente
  feliz 422, 422.3
alegria 422
alemão 361.1
alentador 279
alergia 124.1
alérgico 124.1
alerta 252.2
alertar 252.2
alfabético 362.5
alfabetizado 367.8
alfabeto 362.5
alface 155.4
alfaiate 190.13
alfândega 316
alfinete
  bebês 136.4
  unir 294.3 ☆
  artes e ofícios 381.6 ☆
alga 13.6
alga marinha 10.1 ☆
algazarra 88.1
álgebra 297
algodão
  curas 126.4
  têxteis 193.1
algodão-doce 385
algum 298.1
alheio
  desconhecido 112.1
  inusitado 444.4
alho 155.3
alho-poró 155.3
aliado 434.2
aliança 195.3 ☆
alicate 382.1

alicerce
  bom (moralmente) 217.2
  fazer 293.2
alienígena 444.4
aligátor 1.1
alimentar 164
alimentícios 273 ☐
alimento 162.1
alisar
  liso 62
  golpear 131.4
aliviado 422.1
aliviar 247.1
alívio 422.1
alma 232.9
almirante 248.3 ☐
almoço 162
almofada 180 ☆
almofadinha 381.6 ☆
alocar 262.9
alojamento 175.2
alojar-se 175.2
alongamento 46
alpinismo 393.1
alta 46
alta-fidelidade 379.9
altar 232.5 ☆
alterado 214
alterar
  falso 216
  interferir 246
alternativo 55
alteza 205
altivo 148.2
alto
  dimensões 40 ☆
  grande 42
  ruidoso 88
  música 379.5
alto-falante
  ruidoso 88.2
  música 379.9 ☆
altura 40 ☆
aludir 364.2
alugar
  viver 175.2
  fazer negócios 262.4
aluguel 262.4
alumínio 16
aluno 235.1
alusão 364.2
alvejante 187.2
alvo 394 ☆
alvoroçado 422.2
alvoroço 450.2
amabilidade 3
amaciante
  suave 99
  lavanderia 186
amaciar 99
amador 242
amadurecer 200.1
amaldiçoar 357
amanhã 25.1
amante 427.4
amanteigados 158.1
amar 427
amarelo 194.2
amargo 157.5
amarra 294.1
amarrar
  unir 294.1
  navios e barcos 312.4
amarras 312.4
amásia 427.4

amassar
  dano 132.3
  métodos de cozinhar 168.2
amável
  suave 3
  educado 143.1
  bondoso 224
  ajudar 277
amavelmente 3
ambição 107.2
ambiental 14.2
ambientalmente 14.2
ambiente
  áreas 14.2
  personalidade 142.1
ambulância 122
ameaça 255.2
ameaçar
  perverso 219.3
  medo 255.2
ameixa 152.1
ameixa seca 152.5
amêndoa 154
amendoim 154
ameno 20
amestrador 234.1
amestrar 234
ametista 15
amianto 304
amídala 101.2
amidalite 124.10
amigável 434.3
amigo 434.1
amistoso 250
amizade 434.3
amolação 244.1
amolar 244.1
amoldar-se 442
amolecer 99
amolecimento 276
amontoar 332
amor
  bom (moralmente) 217.2
  amor 427, 427.3
amor-perfeito 11
amor-próprio 431
amora 152.3
amoroso 427
amortecer 89.1
amorzinho 427.5
amostra 92.4
amplamente 442.1
ampliação 46 ☆
ampliar
  aumentar 46 ☆, 46.2
amplificador 379.9 ☆
amplificar 88.2
amplo
  grande 42
  todo 50
amputar 133.1
anágua 190.9
analfabeto 367.8
analgésico
  curas 126.5
  calma 259.1
analisar 113.1
análise 113.1
anão 44
anarquia 227.5
anarquismo 227.5
ancestral 138.7
ancinho 384.1
âncora 312.4

ancoradouro 312.4
ancorar 312.4
andar
  partes de edifícios 176.2
  guerra 248.2
  esportes eqüestres 395
  andar 407, 407.1
  animais 408
  cair 412.1
andar pesadamente 407.3
andarilho 407
andorinha 9 ☆
anel 192.4 ☆
anel viário 311
anemia 124.11
anestesia 122.1
anestesiar 122.1
anestésico 122.1
anestesista 122.1
anexar
  borda 53
  unir 294
anexo
  aumentar 46
  borda 53
  agricultura 173.3
anfetamina 172.2
anfiteatro 376.2 ☆
anfitrião 319
anglicanismo 232.2
ângulo 38.1 ☆
angustiante 255.4
angustiar 447
animadamente 422.3
animado
  religião 232.9
  agitação 257.1
  força 401.2
  feliz 422.3
animador 376
animar
  luz 24.1
  agitação 257.3
  incentivar 279
  gritar 344
anis 157.3
anistia 221.1
anistiar 221.1
aniversário 195.1
anjo
  bom (moralmente) 217.2
  religião 232.3
  anjo 25.4
Ano-Novo 25.3
anônimo 137.3
anoraque 190.10
anoréxico 49
anormal 444.1
anotação 369.1
anotar 369.1
anseio 72.2
ânsia 72.2
ansiar 72.1
ansioso
  medo 255.4
  agitação 257.2
  impaciente 278
antecipação 109.1
antecipadamente 325
antecipar 109.1
antena
  partes de edifícios 176 ☆
  carro 308 ☆

ÍNDICE DE PALAVRAS EM PORTUGUÊS

antepasto 162.2
anterior 26.3
antibiótico 126.5
anticoncepcional 199.5
antiestético 60
antigo
  velho 200, 200.2
  antiquado 203
Antigo Testamento 232.7
antiguidade 200.2
antílope 1
antipatia 445
antipático
  inimizade 250
  mau 438.1
antipatizar 445
antiquado 203
antisséptico 126.5
anual 25.4
anuário 367.3
anulação 34.1
anular 34.1
anunciar
  fazer negócios 262.8
  falar 341.4
  dizer 342
anúncio
  fazer negócios 262.8
  falar 341.4
  dizer 342
apagado 23
apagar
  queimar 135.2
  máquinas 303.1
  coberturas 334
  apagar 371
apaixonado
  impaciente 278
  amor 427.1
apaixonante 120
apalpar 242.1
apanhar
  segurar 336
  obter 373
  tomar 375
  atividades de lazer 380.1
  apanhar 406
aparador 180 ☆
aparar
  cortar 133
  jardinagem 384.2
aparecer
  visita 319
  vir 321
aparecimento 321.2
aparelhagem 382.1
aparelho
  coisa 305
  música 379.9 ☆
aparelho ortodôntico 123
aparência 37
aparentado 138.7
aparente 93
aparentemente 93
apartamento
  tipos de edificações 174.2
  interior de edifícios 177.4
apático
  preguiçoso 283
  vagaroso 404
apavorado 255.1
apavorante 446.1

apavorar
  medo 255.2
  horror e repulsa 446.2
apegado 294
apelar 351.2
apelidar 137.3
apelido 137.3
apelo 351.2
apenas 444.2
apêndice
  corpo humano (parte interna) 101.2
  livro 367.5
apendicite 124.7
apensar 294
aperfeiçoar 418
aperitivo 166
apertado
  tensão 256.2
  desconfortável 440
apertar
  tocar 98.2
  saudar 196
  cheio 332
  segurar 336
  puxar e empurrar 338
  desconfortável 440
aperto 336
apetite
  querer 72.2
  comer 164
apiedar-se 221.1
apinhar 207.1
apito 88.3
aplainar
  dar forma 39
  liso 62.1
aplaudir
  saudar 196
  entretenimento 376.2
aplauso 344
aplicação 274.1
aplicar-se 420.2
aplicável 420.2
apoderar-se 220
apodrecer 132.5
apoiar
  incentivar 279.2
  carregar 337
  estar de acordo 348
apoiar-se 97.4
apoio
  incentivar 279.2
  gostar 426.1
apontar
  mostrar 92.2
  viajar 317.2
  gesticular 365
  arremessar 405
apoquentar 425.1
aposentadoria 271.8
aposentar-se 271.8
apostar 386.5
apóstrofo 363
aprazível 91.7
apreciação
  gostar 426
  desfrutar 428
apreciador 426
apreciar 428
apreço 428
apreender 375.1
apreensão 255.4
apreensivo 255.4
aprender 235

aprendiz 32.1
apresentação
  mostrar 92, 92.3
  saudar 196
  falar 341
  entretenimento 376
apresentar
  mostrar 92
  saudar 196
  entretenimento 376
apresentar-se 227.3
apressadamente 403.1
apressado 403.1
apressar 403.1
apressar-se
  rápido 403.1
  animais 408
aprimoramento 418
aprimorar 418
aprisionar 209.6
aprofundar 46.2
apropriadamente 420.1
apropriado 420.1
apropriar-se 220
aprovação
  compaixão 222
  incentivar 279
  estar de acordo 348
  gostar 426
aprovar
  compaixão 222
  permitir 230
  gesticular 365
  gostar 426
aproximação 321.1
aproximadamente 300.2
aproximado 300.2
aproximar-se
  incorreto 300.2
  vir 321.1
aptidão
  capaz 237
  hábil 239.2
apunhalar 133.1
apuros 219.2
aquarelas 381.2
aquário 28 ☆
aquecedor 20.1
aquecido 20
aquecimento 20.1
aquisição 373
ar 17
árabe 361.2
arado 173.2 ☆
arame 382.4
aranha 4
arar 173.2
arau-de-crista 9.2
arável 173.4
árbitro
  esporte 388.2
  esportes com bola 389.1, 389.5 ☆
arbusto 11
arcaico 203
arcebispo 232.4
arco
  formas 38.2 ☆
  música 379.4
  esportes com alvo 394 ☆
arco-íris 18.2
ardência 125.1
ardendo 135
ardente 238.1

arder
  sintomas 125.1
  queimar 135
ardil 107.1
ardósia 304.1
árduo
  difícil 243
  cuidadoso 301.1
área
  áreas 14
  tamanho 41
areia 13.6
arengar 344.1
arenque 10.1
arfar 103.1
argamassa 304.1
argamassar 304.1
argila 381.5
argumentação 354
argumentar 354
argumentativo 346.4
arguto 236
ária 379.2
árido 22
Áries 28 ☆
aristocracia 205.1
aritmética 297
arma 248.4
armação
  borda 53
  fazer 293.2
  música 379.8 ☆
armadilha
  problema 244.2
  perigo 252
armado 248.4
armador 312.5
armadura 248.4 ☆
armamento 248.4
armar 248.4
armar bote 97.3
armário
  cozinha 169 ☆
  banheiro 185 ☆
armazém
  fazer negócios 262.6
  emprego 271.2 ☆
armazenamento 262.6
armazenar 262.6
aro 53 ☆
aroma 90
arqueiro 394 ☆
arquejo 103.1
arqueologia 233.2
arquiteto 174.6
arquitetura 174.6
arquivar 272.1
arquivo 272.1
arrabaldes 14.3
arrancar
  dano 132.2
  roupa 190.2
  descobrir 335
  segurar 336
  puxar e empurrar 338
arranco 338
arranha-céu 174.3
arranhão 132.3
arranhar 132.3
arranjar
  ordem 65
  controlar 228.2
  obter 373
arranjo
  ordem 65
  mostrar 92.3
  controlar 228.2

arrasar 132.1
arrastado 411.2
arrastar 338
arrastar os pés 407.6
arrastar-se 407.4
arrebanhar 207.1
arrebatado 422.2
arrebatar
  puxar e empurrar 338
  tomar 375.1
arrebentado 182.3
arrebentar 309.4
arredores
  áreas 14.2, 14.3
arremessar
  cópia 56.1
  arremessar 405
  movimento 411.3
arremesso 405
arrendamento 262.4
arrendar 262.4
arrepender-se 449.1
arriscado 252
arriscar
  perigo 252
  sorte 387
arrogante
  orgulhoso 148.2
  superior 419
arrojado 258.1
arrojar 405
arrolar 366
arrombar 220
arrotar 125.4
arroz 156.4
arruinado 270
arruinar 132.1
arrumado 63
arrumar
  ordenado 63
  colocar 289
arte 376.1
artelho 86
artéria 101.2
artes marciais 392.1
articulação 101.2
articulado 359.1
artífice 262.3
artifício 214.1
artigo
  coisa 305
  jornalismo 368.2
artilharia 248.4
artista
  entretenimento 376
  artes e ofícios 381.1
artrite 124.9
ás de paus 386.3 ☆
asa
  aves 9 ☆
  avião 313
asbesto 304
ascender 413
asco
  ódio e aversão 445
  horror e repulsa 446, 446.2
asfixiar
  matar 198.1
  coberturas 334
asilo
  tipos de edificações 174.1
  cuidar de 254.1
  ir 322.1
asma 124.8

439

ÍNDICE DE PALAVRAS EM PORTUGUÊS

asneira
  tolo 241.3
  mau 438.1
asno
  animais selvagens 1.1 □
  animais de fazenda 6
aspargo 155.1
aspas 363
aspecto 37
asperamente
  áspero 61
  honesto 213.2
áspero
  áspero 61
  honesto 213.2
  restrito 229
aspirador 187.3
aspirar 187.3
aspirina 126.5
asqueroso
  mau 438
  ódio e aversão 445
  horror e repulsa 446.1
assado 159.2
assalariado 265.3
assaltantes 220.1
assar 168.1
assassinar 198.1
assassinato 198.1
assassino 219.3
assecla 434.2
assediar 207.1
assegurar
  certeza 82.1
  prometer 358
assegurar-se 82.1
assembléia 207.1
assentamento 175.1
assentar 420
assentimento 348
assentir
  estar de acordo 348
  gesticular 365
assento 308.1
assinalar
  mostrar 92.2
  enfatizar 355
assinar 369.2
assistência 277
assistente 277
assistir 277
assobiar 379.5
assobio 88.3
associação
  organização 206, 206.1
  unir 294
  amizade 434.2
associado 434.2
associar 294
associar-se 434.2
assombrar
  surpresa 118
  magia 416.2
assombro
  surpresa 118
  admirar 431.1
assombroso 118.1
assumir 287.2
assunto 31.1
assustado 255.1
assustador
  medo 255.2
  mau 438.1

assustar
  surpresa 118.1
  medo 255.2
asterisco 363
astrólogo 28
astronauta 27
astrônomo 27
astúcia 236
astuto
  desonesto 214
  inteligente 236
atacar 248.1
atacar selvagemente 2
atadura 126.6
ataque
  doenças 124.11, 124.12
  guerra 248.1
ataque cardíaco 124.11
atar 294.1
atarefado 275
atarracado 48.1
ataúde 195.4
ateísta 232.10
atenção
  cuidar de 254
  cuidadoso 301
  enfatizar 355
atenciosamente 143
atencioso
  educado 143
  bondoso 224
  cuidar de 254
atendente 314.2
atender 429
atento
  perigo 252.2
  cuidar de 254
  cuidadoso 301
aterrador
  mau 438.1
  horror e repulsa 446.1
aterrissar 313.2
atingir
  golpear 131, 131.1
  matemática 297.2
  sucesso 396.2
atípico 444.2
atirado 258.1
atirar
  matar 198.1
  guerra 248.4
  arremessar 405
  movimento 411.3
atitude
  opinião 106, 106.1
atividade 287
ativo
  fazer 287
  força 401.2
atlético 401.1
atletismo 390
ato 287
atômico 303.2
átomo 52.1
atônito 118
ator
  entretenimento 376, 376.3
atormentar 425.1
atração
  gostar 426
  atrair 432
atracar 312.4
atraente
  belo 59
  atrair 432

atrair 432
atrapalhar
  problema 244.1
  impedir 245
atrapalhar-se 242.1
atrás 66 ☆
atrasado
  estúpido 240
  tarde 326
atrasar
  impedir 245
  atraso 330
  vagaroso 404
atraso 330
atrever-se 258.1
atrevido
  insolente 145
  coragem 258.1
  descuidado 302
atrevimento 145
atrito 346.3
atropelar 309.4
atropelar-se 248.2
atropelos 282
atroz 2
atuação 376
atual
  hora 26.3
  moderno 202
atualidade 202
atualizado 202
atualizar 202
atuante 287
atuar
  fazer 287
  entretenimento 376.3
aturdir 118.1
audácia
  insolente 145
  coragem 258.1
audacioso
  perverso 219.2
  coragem 258.1
audaz 258.1
audição 87
audiência 139.1
auditor 264.4
audível 88
auferir
  dinheiro 265
  fazer 293
aula
  ensinar 234
  aprender 235
  dizer 342.2
aumentar 46 ☆, 46.2
aumento 46 ☆
ausência 30
ausente 30
austero 229
autêntico
  real 35
  honesto 213.1
auto-estrada 311
auto-serviço 310
autobiografia 367.2
autocontrole 151.3
autógrafo 369.2
automaticamente 303
automático 303
autor
  sistema jurídico 209.4
  livro 367.7
  escrever 369
autoridade
  política e governo 227.2
  controlar 228.6

autorizar
  livre 210
  permitir 230
auxílio 277
avaliação 106.2
avaliar
  pensar 104, 104.1
  opinião 106
  valor 268
avançado 419
avançar
  vir 321.1
  melhorar 418
avanço
  avanço 321.1
  melhorar 418
avarento
  querer 72.2
  egoísta 226
avareza 72.2
avaria
  incorreto 300.1
  dirigir 309.3
avariado 296
avariar 309.3
avaro 226
ave 9
ave de rapina 9
aveia 173.4
avelã 154
avenida 311
avental 190.5
aventura 257
aversão
  de má vontade 285
  ódio e aversão 445
  horror e repulsa 446
aves 159.3
avesso 285
avestruz 9 ☆
avião
  drogas 172.1
  avião 313
aviário 9
avidez 72.2
ávido
  querer 72.2
  impaciente 278
avisar
  perigo 252.2
  cuidadoso 301
aviso
  perigo 252.2
  finanças 264.1
aviso de demissão 271.8
avivar 24.1
avó 138.3
avô 138.3
axila 86
azar 387.2
azarado 387.2
azedinho 157.5
azedo 157.5
azeitona 161.2
azevinho 11
azucrinar 425.1
azul 194.2

babaca 241.1
babuíno 1
bacalhau 10.1
bacon
  carne 159.1, 159.2
bactéria 124.2
bacteriano 124.2

badminton 389.5
baga 11
bagageiro 308 ☆
bagagem 317.4
bagana 172.3
bagunça 64
bagunçado 64
bailarino 376.6
baile 376.6
baioneta 248.4 ☆
bairro
  áreas 14.2
  distâncias 320.1
baixa 47
baixar
  diminuir 47
  cair 412.3
baixo
  pequeno 44.1
  posição 66 ☆
  interior de edifícios 177.2
  música 379.5
bala 248.4
bala tofe 161.1
balança
  balança 169 ☆
  banheiro 185 ☆
  pesos e medidas 307.4 ☆
  parquinho de diversões 385 ☆
balançar
  movimento 411.3
  agitar 415
balanço 407.1
balão 313
balar
  vozes de animais 8.1, 8.2 □
balaústre 177.2 ☆
balbuciação 341.7
balbuciar 341.7
balcão
  partes de edifícios 176.2 ☆
  lojas 273 ☆
  avião 313.1
  entretenimento 376.2 ☆
balde 331.5
baldeação 294
balé 376.6
baleia 10.3
balir
  vozes de animais 8.1, 8.2 □
balsa 312.1
bambu 384 ☆
banal 442.1
banalidades 360
banana 152.1
banca 273 □
bancarrota 270
banco
  geografia e geologia 13.6
  religião 232.5 ☆
  banco 260
  carro 308.1
  parquinho de diversões 385 ☆
banda 379.3
bandagem 126.6
bandeja 170 ☆
bandido 220.1

440

ÍNDICE DE PALAVRAS EM PORTUGUÊS

bando
  grupo **207.1**
  guerra **248.2**
bangalô **174.1** ☆
banha **48**
banhar
  úmido **21.1**
  limpar **187.2**
  coberturas **334**
banhar-se **184.1**
banheira
  banheiro **185** ☆
  recipientes **331.2**
banheiro
  excreções do corpo humano **102**
  banheiro **185**
banho
  higiene pessoal **184.1**
  roupa **190.7**
banho-maria **168.1**
banimento **209.5**
banir **209.5**
banqueiro **260**
banquete **162.3**
bar **163**
bar-mitzvah **195.2**
barão **205**
barata **5**
barato **266**
barba **86** ☆
barbante
  unir **294.3**
  ferramentas **382.4**
bárbaro **225**
barbatana **10.1** ☆
barbeador **184.4**
barbeiro **184.2**
barca **312.1**
barcaça **312.1**
barco
  navios e barcos **312, 312.1**
barco a vapor **312.1**
barítono **379.5**
barmaid **163.1**
barman **163.1**
barra
  borda **53**
  roupa **190.12** ☆
  música **379.8** ☆
barraca
  lojas **273**
  atividades de lazer **380.1**
barracão **174.5**
barras **385** ☆
barreira **245.1**
barrica **331.2**
barriga **86**
barriga de aluguel **136.2**
barrigudo **48**
barril **331.4**
barrir **8.2**
barro **381.5**
bartender **163.1**
barulheira **88.1**
barulho **88.1**
base
  fazer **293.2**
  carregar **337** ☆
  esportes com bola **389.2**
baseado **172.3**
basear **293.1**

basicamente **75**
básico
  principal **75**
  fácil **247**
basquetebol **389.7**
bassê **7.1** ☆
bastante
  bastante **51**
  normal **442.1**
bastão
  esportes com bola **389.2**
  esportes ao ar livre **393.2**
bastidor **381.6** ☆
batalha **248**
batalhar **248**
batata **155.2**
batata-palha **161.2**
batatas fritas **161.2**
bate-papo **360**
batedor
  método de cozinhar **168.3** ☆
  esportes com bola **389.2** ☆
batedora **168.3** ☆
bater
  golpear **131, 131.1, 131.2, 131.3**
  métodos de cozinhar **168.2, 168.3**
  luta **249**
  colocar **289**
  dirigir **309.4**
  agitar **415**
bater os pés **407.3**
bateria **303.2**
batida
  luta **249**
  dirigir **309.4**
  música **379.2**
batidinha **131.4**
batismo **195.2**
batista **232.2**
batizado **195.2**
batizar **137.1**
batom **192.5**
batuta **379.3**
baú **331.3**
baunilha **157.3**
beato **232.8**
bêbado **166.6**
bebê
  bebês **136**
  pessoas **139.2**
bebê de proveta **136.2**
beber
  bebidas **166.6**
  beber **167**
beberrão **166.6**
bebida **166**
bebidas **273** □
beco **311.1**
bege **194.3**
beijar **196**
beijo **196**
beira **53**
beira-mar **13.5**
beirada **53** ☆
beisebol **389.7**
beldade **59**
beleza **59**
bélico **248.5**
beliscar **164.5**
belo
  belo **59**

bom **417.2**
bem
  saudável **127**
  bom (moralmente) **217**
  correto **299**
  bom **417**
  adequado **420.1**
bem-comportado **217.1**
bem-disposto **422.3**
bem-educado **217.1**
bem-sucedido **396**
bem-vindo **196**
bemol **379.8** ☆
benção
  clemência **221**
  religião **232.6**
beneficiar **277.1**
beneficiar-se **277.1**
benefício **277.1**
benéfico
  ajudar **277.1**
  impaciente **278.1**
bengali **361.2**
benigno **124.12**
bens **262.5**
benzer **232.6**
berço **136.4**
berinjela **155.3**
berrar
  vozes dos animais **8.2** □
  gritar **344, 344.1**
besouro **5**
besta
  animais selvagens **1** □
  orgulhoso **148.2**
  tolo **241**
besteira
  tolo **241.3**
  incorreto **300.1**
besuntar **189.1**
beterraba **155.4**
betoneira **304.1**
bétula **12.1**
bexiga **101.2** ☆
bezerro **6**
Bíblia **232.7**
biblioteca **367.8**
bibliotecário **367.8**
bicar **9.1**
bichano **7.2**
bichinho **5** □
bicho **5** □
bicicleta **315.3**
bico
  aves **9** ☆
  posto de gasolina **310**
bico de Bunsen **233.3** ☆
bidê **185** ☆
bife **159.2**
bifocais **91.8**
bigode **86** ☆
bigodes **1** ☆
bilhão **298.1**
bilhar **394**
bilhete **316**
bilheteria **376.2**
bilíngüe **361**
bingo **386.5**
binóculo **91.8**
biografia **367.2**
biologia **233.3**
biquíni **190.7**

biruta **129.4**
bis **356**
bisavó **138.3**
bisbilhotar
  ouvir **87**
  procurar **94.1**
biscoito **156.3**
bispo
  religião **232.4**
  jogos **386.4** ☆
bissexual **199.6**
bituca **171**
bizarro **444.1**
blasfemar **357**
blindado **248.4** ☆
bloco **370**
bloqueado **178**
bloquear **245.1**
blusa **190.4**
boas-vindas **196**
boato **360**
bobagem **241.3**
bobinho **241.1**
bobo **241**
boca **86** ☆
bocado
  parte **52.1**
  comer **164.5**
bocal **310**
bocejar **182**
boi **6**
bóia **312.6**
boiar **391.1**
bola
  esportes com bola **389.1** ☆, **389.5** ☆
bola-ao-cesto **389.7**
bolas **86**
boletim **368**
bolha **124.5**
boliche **394**
bolinha **38.3**
bolinhas de gude **386.1**
bolo
  alimentos assados secos **156.3**
  dinheiro **265**
bolota **12** ☆
bolsa
  animais selvagens **1** ☆
  dormitório **181.1**
  acessórios **192.3**
  viajar **317.4**
  recipientes **331.2** ☆
bolsa de estudos
  educação **233.5**
  dinheiro **265.3**
bolsa de títulos **264.3**
bolso **190.12** ☆
bom
  tempo **18.1**
  bom (moralmente) **217**
  bom **417**
bom-senso **238**
bomba
  guerra **248.4** ☆
  máquinas **303.1** ☆
bomba de gasolina **310**
bomba nuclear **248.4** ☆
bombardear **248.4**
bombardeiro **248.4** ☆
bombear
  curas **126.3**
  máquinas **303.1**

bombeiro **135.2**
bombom **161.1**
bondade
  bom (moralmente) **217**
bondoso **224**
bonde **315.2** ☆
bondoso **224**
boné **192.1** ☆
boneca
  bebês **136.4**
  jogos **386.1**
bonito **59**
boquiaberto
  ver e olhar **91.2**
  surpresa **118.1**
borboleta **5**
borbulhante **166**
borda **53**
bordado **381.6** ☆
bordel **199.4**
bordo
  árvore **12.1**
  navios e barcos **312**
boreal **318.1**
borracha
  materiais **304.3**
  apagar **371**
borrar **189.1**
bosque **13.2**
bosta **102**
bota **191** ☆
botânica **233.3**
botão
  plantas **11** ☆
  roupa **190.11**
botar **9.1**
bote **312.1**
bote salva-vidas **312.6**
botequim **163**
boxe **392.1**
boxeador **392.1**
bracelete **192.4** ☆
braço **86**
braguilha **190.11**
braile **369.3**
bramar **8.2** □
bramir **8.2** □
branco
  cores **194.3**
  vazio **333**
branda **221**
brandir **411.3**
brando
  entediante **119**
  calma **259.1**
brânquias **10.1** ☆
braveza **450**
bravo
  coragem **258**
  zangado **450**
bravura **258**
brecar **309.1**
brecha **134**
brejo **13.2**
breve
  ser **29.2**
  pequeno **44.1**
  logo **329**
brida **395** ☆
briga
  luta **249**
  discordar **346**
brigada **207.1**
brigar
  luta **249**
  discordar **346.3**

441

ÍNDICE DE PALAVRAS EM PORTUGUÊS

brilhante
  luz **24**
  inteligente **236.1**
  bom **417.3**
brilhar
  luz **24.2, 24.3**
brilho **187.4**
brincadeira
  perverso **219.2**
  irregular **425**
brincar
  jogos **386**
  saltar **410**
  irregular **425**
brincos **192.4** ☆
brindes **266**
brinquedo **386.1**
brisa **18.3**
broca **123**
broche **192.4** ☆
brochura
  documento **366.1**
  livro **367.6**
brócolis **155.1**
bronquite **124.8**
bronze **16**
brotoeja **124.5**
brotos de feijão **155.4**
brusco **213.2**
brutal **225**
bruto **262.9**
bruxa **416.1**
bruxaria **416**
Buda **232.3**
budismo **232.1**
búfalo **1**
bufê
  refeições **162.3**
  sala de estar **180** ☆
bulbo **11**
buldogue **7.1** ☆
bule **170** ☆
búlgaro **361.1**
buraco
  buraco **134**
  vazio **333**
  esportes com bola **389.6**
buraco da fechadura **178**
burlar **214.1**
burro
  animais selvagens **1.1** □
  animais de fazenda **6**
  estúpido **240**
busca **94**
buscar
  grupo **207.2**
  trazer **323**
bússola **318.1** ☆
buzina **88.3**

cabana
  tipos de edificações **174.1, 174.5**
cabeça
  corpo humano –
  parte externa **86**
  controlar **228.4**
  inteligente **236.2**
cabeçalho **366**
cabeleireiro **184.2**
cabelo **86**
caber **337**
cabide **331.6** ☆

cabina **312.2**
cabina eleitoral **227.3**
cabine
  avião **313**
  comunicações **340.3**
cabo
  frutas **152.6**
  guerra **248.3** □
  ferramentas **382.1** ☆, **382.3**
cabra **6**
cabulador **30**
caça
  animais selvagens **1** □
  esportes eqüestres **395.1**
caçar **409.1**
cacarejar **9.4**
caçarola
  cozinha **169** ☆
  recipientes **331.2**
cacau **166.2**
cachimbo **171**
cacho **207** ☆
cachoeira **13.7**
cachorrinho **7.1**
cachorro-quente **161.3**
caçoar **425**
cacto **11**
cadeia **209.6**
cadeira
  sala de estar **180** ☆
  matar **198.2**
cadeira de rodas **126.6**
cadela
  animais domésticos **7.1**
  cruel **225.1**
  mau **438.2**
cadência **379.2**
caderno **370**
caducado **203**
café
  estabelecimentos onde comer e beber **163**
  bebidas **166.2**
café da manhã **162**
cafeteria **163**
cágado **7.3**
cagar **102**
caiação **382.2**
cãibra **124.9**
cair
  diminuir **47**
  navios e barcos **312.6**
  cair **412.1**
cais **312.4**
caixa
  banco **260.1**
  dinheiro **265**
  lojas **273** ☆
  máquinas **303.1**
  recipientes **331.1, 331.3**
  comunicações **340.2** ☆
caixa automático **260.1**
caixa de correio **176** ☆
caixa toráxica **101.1** ☆
caixa-alta **362.5**
caixa-baixa **362.5**
caixão
  costumes sociais **195.4**
  recipientes **331.4**

caju **154**
calabouço **209.6**
calar **89.1**
calçada **311.1**
calçado **191** ☆
calcanhar **86**
calção **190.3**
calças **190.3**
calcinhas **190.9**
calculadora **297.2**
calcular
  comprar e vender **263.2**
  matemática **297.2**
cálculo **297.2**
calda **160.1**
calefação **20.1**
calejado **223**
calha **176** ☆
cálice **170** ☆
caligrafia **369**
calma
  quieto **89**
  calma **259**
  inércia **284.2**
calmante **259.1**
calmaria **183.1**
calmo
  liso **62**
  quieto **89**
  calma **259**
calor **20**
caloroso **434.3**
calote **267.1**
caloteiro **214.1**
calouro **439.1**
caluniar **357**
calvo **86.3**
cama **181** ☆
camada
  coberturas **334, 334.1**
câmara
  matar **198.2**
  artes e ofícios **381.4**
Câmara dos Comuns **227** □
Câmara dos Deputados **227** □
Câmara dos Lordes **227** □
camarão **10.2**
camarote
  navios e barcos **312.2**
  entretenimento **376.2** ☆
cambalear **407.6**
camelo **1** ☆
caminhada
  esportes ao ar livre **393.1**
  andar **407, 407.2**
caminhão **315.1**
caminhão de bombeiros **135.2**
caminhar
  andar **407, 407.2**
  animais **408**
caminheiro **407**
caminho
  estradas **311**
  viajar **317.2**
camioneta **315.1**
camisa **190.4**
camiseta
  roupa **190.4, 190.9**

camisinha **199.5**
camisola **190.8**
campainha
  plantas **11**
  ruidoso **88.3**
  partes de edifícios **176** ☆
campanário **232.5** ☆
campanha **276**
campeão **396.1**
campo
  agricultura **173.1**
  esporte **388.4**
  esportes com bola **389.2**
campo **389.6**
camuflagem **339**
camuflar **339**
camundongo **4**
camurça **193.1**
cana **11**
canal **13.7**
canalha **1.1** □
canção
  música **379.1, 379.7**
cancelamento **34.1**
cancelar **34.1**
câncer **124.12**
Câncer **28** ☆
candidatar-se **271.7**
candidato **227.3**
caneca
  sala de jantar **170** ☆
  recipientes **331.1**
canela **86**
caneta **370** ☆
canguru **1** ☆
cânhamo **172.3**
canhão **248.4** ☆
canhestro **400**
canhoto **369**
caniço **11**
canino **7.1**
cânion **13.1**
cano **382.3**
canoa **312.1**
canoísmo **391**
cansado
  doentio **128**
  dormir **182.3**
cansar **182.3**
cansativa **119**
cansativo **119**
cantar
  aves **9.4**
  música **379.5**
canteiro
  estradas **311** ☆
  jardinagem **384** ☆
cantina **163**
canto **9.4**
cão
  animais domésticos **7.1**
  esportes eqüestres **395.1**
cão d'água **7.1** ☆
caos **64**
capa
  roupa **190.10**
  coberturas **334**
  livro **367.6**
capacete **192.1** ☆
capacidade
  tamanho **41**
  capaz **237**
  carregar **337**

capacitar **234**
capacitar **78.1**
capataz
  controlar **228.1**
  emprego **271.4**
capaz **237**
capelo **192.1** ☆
capitão
  guerra **248.3** □
  navios e barcos **312.5**
capitão-tenente **248.3** □
capítulo **367.5**
capô **308** ☆
Capricórnio **28** ☆
cápsula **126.5**
captar **114**
capturar
  sistema jurídico **209.2**
  apanhar **406**
cara
  pessoas **139.5**
  amizade **434.1**
caracol **4**
características **280**
caramelo **161.1**
caramelo tofe **161.1**
caranguejo **10.2**
caratê **392.1**
caráter **142**
carcaça **132.1**
carcereiro **209.6**
cardápio **163**
cardigã **190.4**
cardiógrafo **228.1** ☆
cardo **11**
careca **86.3**
careiro **267**
carência
  necessário **67**
  inusitado **444.2**
carente **270**
carga **332**
caricatura **381.3**
carícias preliminares **199.3**
caridade
  bondoso **224.1**
  dar **372.1**
caridoso
  bondoso **224.1**
  dar **372.1**
cárie **123**
caril **161.3**
carimbo **340.2** ☆
carinho
  tocar **98.1**
  unir **294**
carinhosamente **3**
carinhoso
  suave **3**
  amor **427**
caritativo **372.1**
carne **159.2**
carne de caça **159.3**
carne de porco **159.1**
carne de vaca/boi **159.1**
carne de veado **159.3**
carne moída **159.4**
carneirinho **1.1** □
carneiro **159.1**
carnívoro **1** □
caro **267**
caroço **152.6**

ÍNDICE DE PALAVRAS EM PORTUGUÊS

carpete 180 ☆
carpinteiro 174.6
carregado 332
carregador
  trens 314.2
  esportes com bola 389.6
carregamento
  fazer negócios 262.6
  cheio 332
carregar
  cheio 332
  carregar 337
carreira 271.1
carreta 315.1 ☆
carrinho
  bebês 136.4 ☆
  lojas 273 ☆
carro fúnebre 195.4
carroça 315.1 ☆
carrossel 385 ☆
carta
  comunicações 340.1
  jogos 386.3
cartão
  banco 260.2
  materiais 304.2, 304.3
  documentos e procedimentos para viajar 316
cartão de crédito 260.2
cartão-postal 340.1
carteira
  acessórios 192.3
  educação 233.1
carteiro 340.2
cartolina 304.3
cartomante 385
cartum 381.3
carvalho 12.1
carvão 303.3
casa
  tipos de edificações 174.1 ☆
  roupa 190.11
  jogos 386.1
casa de repouso 122
casaco 190.10
casal 298.1
casamento 195.3 ☆
casar-se 195.3
casca
  frutas 152.6
  alimentos assados secos 156.1
cascata 13.7
casco 1 ☆
caso
  acontecer 31.1
  dizer 342.3
cassete 379.9
cassino 386.5
castanha
  árvores 12.1
  nozes 154
castanha-do-pará 154
castanheiro 12.1
castanho 86.3
castelo 174.4
castigar 229
castor 4 ☆
casuar 9 ☆
catálogo 366.1
catapora 124.10
catarata 13.7
catchup 161.5

catedral 232.5
catedrático 234.1
categoria 306
categorizar 306
catinga 90
catolicismo 232.2
cauda
  animais selvagens 1 ☆
  aves 9 ☆
caule 11 ☆
causa
  causar 291, 291.1
causar
  causar 291
  trazer 323
cautela 301
cauteloso 301
cavaleiro 205.1
cavalete 381.2
cavalgar 395
cavalheirescamente 139.4
cavalheiresco 143.1
cavalheiro
  pessoas 139.4
  banheiro 185
cavalinha 10.1 ☆
cavalo
  animais de fazenda 6
  outros meios de transporte 315.1 ☆
  jogos 386.4 ☆
  esportes eqüestres 395 ☆
cavar 384.2
caxumba 124.10
CD 379.9
cear 164
cebola 155.3
cebolinha
  hortaliças 155.4
  sabores 157.2
ceder
  clemência 221.1
  guerra 248.1
  ir 322.1
cedo
  cedo 325
  logo 329
cedro 12.1
cédula 265.2
cefaléia 124.8
cego
  doenças 124.4
  cortar 133.5
cegonha 9.2
ceia 162
ceifar 384.2
cela 209.6
celebrar 195.1
celebridade 111
celeiro 173.3
celestial 232.9
celibatário 199.6
célula 101.2
cem 298.1
cemitério 195.4
cena 91.7
cenário
  áreas 14.2
  ver e olhar 91.7
  entretenimento 376.2 ☆
cenoura 155.2
censura 231.1
censurar

proibir 231.1
zangado 450.2
centeio 173.5
centena 298.1
centímetro 307.1 □
central 66 ☆
central telefônica 340.3
centro
  posição 66 ☆
  frutas 152.6
centro comercial 273
centro médico 121
cera 304.3
cerâmica
  materiais 304
  artes e ofícios 381.5
ceramista 381.5
cerca 176 ☆
cerca viva 173.1
cercanias 14.3
cercar
  borda 53
  grupo 207
cereal
  alimentos assados secos 156.5
  agricultura 173.4
cérebro
  corpo humano – parte interna 101.2 ☆
  inteligente 236.2
cereja 152.3
cerimônia
  formal 146
  costumes sociais 195.3
  religião 232.6
cerração 18.2
certamente 82
certeza
  certeza 82
  coragem 258.1
  prometer 358
certificado 366.1
certificar 82.1
certo
  certeza 82
  específico 84
  justo 211
  coragem 258.1
  correto 299
  adequado 420.1
cerveja 166.4
cervo 1
cessar 34
cesta 331.5
cesto
  recipientes 331.4, 331.5
cetim 193.1
céu
  gases 17
  religião 232.9
cevada 173.4
cevar 48
chá
  refeições 162
  bebidas 166.2
chalé 174.1
chaleira 169 ☆
chama 135
chamar
  nome 137.1
  comunicações 340.3
  gritar 344
  gesticular 365

chamariz 432.1
chamas 135
chamativo
  óbvio 93
  cores 194.1
chaminé 176 ☆
chance 78.1
chantagear 220.2
chantagem 220.2
chão
  interior de edifícios 177.5
  jardinagem 384.3
chapa 434.1
chapelaria 177.4
chapéu 192.1 ☆
chapim-azul 9 ☆
charco 13.2
charmoso 59
charneca 13.2
charuto 171
chata
  entediante 119
  problema 244.1
chatear 450
chatice 244.1
chato
  entediante 119
  estúpido 240
  problema 244.1
chauvinista 212
chavão 362.2
chave
  principal 75
  fechado 178
  ferramentas 382.1
checagem 301.1
checar 301.1
chefe
  controlar 228.4
  emprego 271.4
chegada 321
chegar
  vir 321
  segurar 336
cheio
  gordo 48.1
  grupo 207.1
  cheio 332
cheirar 90
cheiro 90
cheque 260.2
chiar 103.1
chiclete 161.1
chifres 1 ☆
chilrear 9.4
chimpanzé 1
chinelo 191 ☆
chinês 361.2
chique 146
chiqueiro 173.3
chiste 424.1
chocalhar 88.3
chocalho
  ruidoso 88.3
  bebês 136.4
chocar
  aves 9.1
  surpresa 118.1
  luta 249
chocar-se
  golpear 131.3
  movimento 411.3
choco 166
chocolate
  petiscos e alimentos cozidos 161.1
  bebidas 166.2

chofer 309.5
choque
  surpresa 118.1
  luta 249
choradeira 345
choramingar 345
chorão 12.1
chorar
  costumes sociais 195.4
  queixar-se 345
  triste 447.3
chover 18.2
chuleta 159.2
chumbo 16
chupar 164.2
chupeta 136.4
churrasco 162.3
chute 131.1
chuva 18.2
chuvarada 18.2
chuveiro 185 ☆
chuvisco 18.2
chuvoso
  tempo 18.2
  úmido 21
cicatriz 132
cicio 341.7
ciclismo 393
ciclone 18.3
cidadão 204
cidade 14.3
cidra 166.5
ciência 233.3
cifrar 364.1
cigarro 171
cilada
  problema 244.2
  perigo 252
cilíndrico 38.2 ☆
cilindro
  formas 38.2 ☆
  educação 233.3 ☆
cílio 86.1 ☆
cima
  posição 66 ☆
  interior de edifícios 177.2
  no horário 327
címbalo 379.4
cimentar 304.1
cimento 304.1
cinema 376.4
cintilar
  luz 24.2, 24.3
cinto 192.4
cinto de segurança
  segurança 253 ☆
  carro 308.1
cintura 86
cinza
  queimar 135
  fumar 171
  cores 194.3
cinzeiro 171
cinzel 382.1 ☆
circuito 389.2
circular 38.1 ☆
círculo 38.1 ☆
circunferência 38.1 ☆
circunscrição 227.3
circunstâncias 31.2
cirurgia 122.1
cirurgião 122.1
cisne 9.2
citação 341.5
citar 341.5

ÍNDICE DE PALAVRAS EM PORTUGUÊS

ciumento 251
civilização 204
civilizada 204
civilizado 143.2
claramente 93
clarear 24.1
clarete 166.5
clarineta 379.4
claro
  luz 24
  específico 84
  corpo humano –
  parte externa 86.3
  óbvio 93
  cores 194.1
  honesto 213
  fácil 247
classe
  aprender 235
  tipo 306
classe operária 204.1
classe alta 204.1
classe média 204.1
clássicas 233.2
clássico 379.1
classificação 306
classificar
  ordem 65
  importante 74.2
  tipo 306
claustro 232.5
clave 379.8 ☆
clavícula 101.1 ☆
clemência 221
clemente 221
clérigo 232.4
clero 232.4
clichê 362.2
cliente 263
clima
  tempo 18
  personalidade 142.1
clínica
  médico 121
  hospital 122
clipe 294.3 ☆
clube
  organização 206
  esportes com bola 389.6
coador 168.4 ☆
coala 1
coberta 334.1
cobertor 181.1
cobertura 334
cobiça 251
cobra 1.1
cobrador 314.2
cobrar
  comprar e vender 263.2
  caro 267.1
cobre 16
cobrir
  aves 9.1
  cuidar de 254.1
  colocar 289
  coberturas 334
coceira 125.1
cocheira 173.3
cochilar
  vozes dos animais 8.2 ☐
  dormir 182.1
  falar 341.7
cochilo 182.2
cocô 102

coco 154
cocoricar 9.4
codificar 364.1
código 340.2 ☆
coerente 54
cofiar 131.4
cofre 331.3
cogumelo 155.3
coibir 228.5
coincidência
  luta 249
  coberturas 334
coincidir
  luta 249
  coberturas 334
coisa 305
cola
  unir 294.3
  ferramentas 382.2
colaboradores 277
colante 190.7
colapso 412.1
colar
  acessórios 192.4 ☆
  unir 294.1, 294.3
colarinho 190.12 ☆
colcha 181.1
colchete 294.1
coleção
  grupo 207
  atividades de lazer 380
colecionador 207
colecionar 207.2
colega
  pessoas 139.5
  emprego 271.3
  amizade 434.1
colegial 235.1
colégio eleitoral 227.3
coleta
  comunicações 340.2
  tomar 375.3
coletânea 207
coletar 375.3
colete 190.4
colete salva-vidas 312.6
colheita 173.4
colheitadeira 173.2 ☆
colher
  sala de jantar 170 ☆
  agricultura 173.4
  jardinagem 384.1
colidir
  golpear 131.3
  dirigir 309.4
  movimento 411.3
colina 13.1
colisão
  golpear 131.3
  luta 249
  dirigir 309.4
colméia 5
colocar
  roupa 190.1
  colocar 289
colônia 175.1
colonizar 175.1
colono 175.1
coloquial 147
coluna
  corpo humano –
  parte interna 101.1 ☆
  jornalismo 368.2
colunista 368.1
com 265.3

com certeza 82
coma 125.3
comandante 312.5
comando
  controlar 228, 228.3
combate
  guerra 248
  luta 249
combatente 249
combater 249
combinação
  roupa 190.5, 190.9
  unir 294
combinar
  controlar 228.2
  unir 294
  adequado 420
combustível 303.3
começar 32
começo 32
comédia
  entretenimento 376.1, 376.5
  música 379.6
  engraçado 424.2
comediante 376.1
comedido 301
comemoração 195.1
comemorar 195.1
comentar 341.3
comentário
  falar 341.3
  fofoca 360
comentarista 341.4
comer
  comer 164
  partes de edifícios 176.1
  sexo 199.2
comercial
  fazer negócios 262.1, 262.8
comercialização 262.8
comercializar 262.8
comerciante
  fazer negócios 262.2
  lojas 273 ☆
comerciar 262.3
comércio 262.1
comestível 164.1
cometa 27
cometer 293
comichão 125.1
comicidade 424.2
cômico
  tolo 241.2
  entretenimento 376.1
  engraçado 424.2
comida
  refeições 162.1
  sexo 199.2
comida para viagem 161.3
comilão 164.4
comissão
  organização 206.1
  sistema jurídico 209.4
  comprar e vender 263.2
comissário 313.3
comitê 206.1
como 54
cômoda 181 ☆
comodidade
  fácil 247.1
  útil 281
  confortável 421

comodoro 248.3 ☐
compacta 40 ☆
compacto 44
compadecer-se 222
compadecido 221
compaixão
  clemência 221
  compaixão 222
companheiro
  amor 427.4
  amizade 434.2
companhia
  emprego 271.2
  amizade 434.3
comparação 54.2
comparar 54.2
comparável 54.2
comparecer 321
comparecimento 321
compartilhar 222
compartimento 314
compasso
  matemática 297 ☆
  música 379.8 ☆
competente 237
competição
  esporte 388.3
  esportes eqüestres 395.1
competidor 388.2
competir 249.1
competitivo 249.1
complacente
  clemência 221
  ajudar 277
complemento 271.5
completamente
  todo 50
  cuidadoso 301.1
completar 310
completo
  todo 50
  cuidadoso 301.1
  cheio 332
complexo 243.2
complicação 243.2
complicado
  difícil 243
  cuidadoso 301.1
complicar 243.2
compor
  fazer 293
  música 379.7
comportamento 287.1
comportar-se 287.1
composição
  documento 366.2
  música 379.7
compositor 379.7
composto
  nome 137.2
  educação 233.4
  incluir 436
compra
  emprestar e tomar emprestado 261.3
  comprar e vender 263
comprador 263
comprar 263
compras 273
compreender 114
compreender 436
compreensão
  saber 110.1
  compreender 114

compreensivo
  clemência 221
  compaixão 222
  bondoso 224
comprido
  dimensões 40 ☆
  grande 42
comprimento 40 ☆
comprimido 126.5
comprimir
  diminuir 47
  tocar 98.2
  segurar 336
comprometer 252
comprometer-se
  fazer negócios 262.2
  fazer 287.2
compromisso
  costumes sociais 195.3
  fazer 287.2
  unir 294.2
  prometer 358
comprovar
  mostrar 92
  educação 233.5
computador 296
comum
  semelhante 54.2
  saber 110.2
  grosseiro 144.1
  sociedade 204
  habitual 288
  normal 442
  freqüentemente 443
comunicação 341.4
comunicar
  comunicações 340
  falar 341.4
  dizer 342.1
comunidade 204
comunismo 227.4
comunitário 204
conceber
  bebês 136.1
  fazer 293
conceder
  permitir 230
  recompensa 398
conceito 108
concentração 104.1
concentrar-se 104.1
concepção 136.1
concernir 420.2
concerto
  música 379.6, 379.7
concessão 398
concha 10.2 ☆
concluir
  fim 34
  acreditar 105.1
conclusão
  fim 34
  acreditar 105.1
  resultado 292
concordar
  escolher 73
  compaixão 222
  estar de acordo 348
concorrência 249.1
concorrente
  luta 249.1
  esporte 388.2
concorrer 249.1
concorrida 275
concretar 304.1
concretizar-se 31

ÍNDICE DE PALAVRAS EM PORTUGUÊS

concreto
  real **35**
  certeza **82**
  materiais **304.1**
concubina **427.4**
concurso **388.3**
condado **14.1**
conde **205**
condenação **209.4**
condenar **209.4**
condensação **21**
condição **83**
condicionada **83**
condicionador **184.2**
condicional
  incerto **83**
  sistema jurídico **209.5**
condicionamento **392**
condições **263.2**
condoer-se **222**
condolência **222**
condomínio **174.3**
conduta
  fazer **287.1**
  sistema **290**
condutor
  trens **314.2**
  ferramentas **382.3**
conduzir
  controlar **228.4**
  fazer **287.1**
  dirigir **309**
  tomar **375.4**
cone **38.2** ☆
conectar **294**
conexão **294**
conferência
  ensinar **234**
  fazer negócios **262.10**
  dizer **342.2**
conferir **301.1**
confessar **350**
confiança
  honesto **213**
  coragem **258.1**
  esconder **339.1**
confiante
  segurança **253**
  coragem **258.1**
confiar **218.1**
confiável **218**
confidencial **339.1**
confirmação **348**
confirmar **348**
confissão
  religião **232.6**
  admitir **350**
conflito
  guerra **248**
  luta **249**
  tensão **256**
  discordar **346.1**
conformar-se
  escolher **73**
  agüentar **433**
  normal **442**
confortar **259.1**
confortável **421**
conforto
  fácil **247.1**
  confortável **421**
confundir
  compreender mal **115.1**

não especializado **242.1**
  incorreto **300.1**
confusão
  desordenado **64**
  ruidoso **88.1**
  não especializado **242.1**
  zangado **450.2**
confuso **243.2**
congelado **19**
congelador **169** ☆
congelar **19**
congestionada **275**
congestionamento **309.3**
congestionar **332**
congratulações **430**
congratular **430**
congregação **232.6**
congregar **207.2**
congressista **227** □
congresso
  política e governo **227** □
  fazer negócios **262.10**
conhaque **166.3**
conhecedor
  capaz **237**
  hábil **239**
conhecer
  saber **110**
  falar **341.4**
  dizer **342**
  significado **364.2**
conhecido
  fama **111**
  amizade **434.2**
conhecimento
  saber **110**
  amizade **434.2**
cônico **38.2** ☆
conjectura **109**
conjecturar **80**
conjunção **362.4**
conjunto
  todo **50**
  grupo **207**
conquista **396.2**
conquistar **248.1**
consagrar **293.2**
consciência
  saber **110**
  bom (moralmente) **217**
consciente **110**
conscientemente **110**
conscientização **110**
conseguir
  obter **373**
  sucesso **396.2**
conselheira **227.1**
conselheiro **227.1**
conselho
  sistema jurídico **209.4**
  política e governo **227** □, **227.1**
  sugerir **353.1**
consentimento
  estar de acordo **348**
  gostar **426**
consentir
  estar de acordo **348**
  gostar **426**

conseqüência
  resultado **292**
  significado **364.2**
consertar **383**
conserto **383**
conserva **331.2**
conservação
  cuidar de **254.2**
  consertos **383**
conservador **227.4**
conservar
  cuidar de **254.2**
  consertos **383**
consideração
  pensar **104**
  admirar **431**
considerar
  pensar **104**
  opinião **106.2**
  usar **280**
considerável **42**
consideravelmente **42**
consistir **436**
consoante **362.3**
consolar **259.1**
consolidar **293.2**
constante
  continuar **33.1**
  semelhante **54**
constelação **207** ☆
constipação **124.7**
constituição **86**
constituir **293**
construção **293.1**
construção naval **312.5**
construir
  colocar **289.1**
  fazer **293**, **293.1**
construtor **174.6**
construtor naval **312.5**
consulta **121**
consultar
  política e governo **227.3**
  visita **319**
  perguntar **351**
consultório **121**
consumado **239**
consumar **199.2**
consumir **164**
consumo **164**
conta **260.1**
contador **264.4**
contagem **317.2**
contagioso **124.2**
contar
  confiável **218.1**
  números **298**
  dizer **342**, **342.1**
  admitir **350.1**
contas **264.4**
contatar **340**
contato **340**
contemplação **104.1**
contemplar
  ver e olhar **91**, **91.2**
  pensar **104.1**
contemporâneo **202**
contentar **429**
contente
  feliz **422.1**
  satisfazer **429**
conter
  controlar **228.5**
  inércia **284**
  carregar **337**

conter-se **228.5**
contestação **346.1**
contestar **346.1**
conteúdo **367.5**
contido **228.5**
continuação **33**
continuar
  continuar **33**
  impedir **245**
contínuo **33.1**
conto **342.3**
contorcer **411.1**
contorno **53**
contra entrega **263.1**
contra/contrário **346.2**
contrabaixo **379.4**
contrabandear **220.2**
contrabandista **220.2**
contração **411.1**
contradição **346.1**
contradizer **346.1**
contrair **47**
contrair-se **411.1**
contrariado **450**
contrariar **245.1**
contrariedade **450**
contrário **285**
  continuar **33.1**
  semelhante **54**
contrário **318.2**
contrário **55**
contrastar **55.1**
contraste **55.1**
contratar
  fazer negócios **262.2**
  emprego **271**, **271.3**, **271.7**
contrato **262.2**
contravenção **209.1**
contribuinte **264.2**
contribuir **348**
controlado **151.3**
controlador **313.3**
controlar
  controlar **228**
  fazer **287.1**
  segurar **336**
controle
  controlar **228**
  segurar **336**
controle da natalidade **199.5**
controvérsia
  discordar **346.4**
  discutir **354**
controvertido **346.4**
contusão **124.13**
convalescença **126.1**
convalescer **126.1**
convenção **262.10**
convencer **349**
convencido
  acreditar **105**
  orgulhoso **148.1**, **148.2**
  gabar-se **149**
convencional
  normal **442**
  inusitado **444.4**
convencionalmente **442**
conveniência **281**
conveniente
  fácil **247.1**
  útil **281**
convenientemente **281**
convento **232.5**
conversa
  falar **341**

conter-se **228.5**
  fofoca **360**
conversação **354**
conversador **359**
conversar
  falar **341**
  discutir **354**
  fofoca **360**
converter
  dinheiro **265**
  persuadir **349**
convés **312.2**
convescote **162.3**
convidado **319**
convidar **351.2**
convir **420**
convite **351.2**
cooperação **274.2**
cooperar
  trabalho **274.2**
  estar de acordo **348**
cooperativa
  habitacional **260**
coordenação **228.2**
coordenar **228.2**
cópia
  semelhante **54**
  cópia **56**
  escrever **369.1**
copiar
  cópia **56**
  escrever **369.1**
copioso **43**
copo **170** ☆
copular **199.2**
coqueluche **124.10**
coquetel **166**
coquetel Molotov **248.4** ☆
cor-de-rosa **194.3**
coração
  corpo humano – parte interna **101.2** ☆
  religião **232.9**
coração partido **447.1**
coragem **258**
corajoso **258**
corar **449.2**
corcova **1** ☆
corda
  unir **294.3**
  música **379.4**
  ferramentas **382.4**
cordão **191** ☆
cordão umbilical **136.1**
cordeiro
  animais selvagens **1.1** □
  carne **159.1**
cordial **434.3**
coreano **361.2**
coringa **386.3** ☆
coro **379.5**
coroa
  dentista **123**
  costumes sociais **195.4**
  realeza **205**
coroação **205** ☆
coroamento **205** ☆
coronel **248.3** □
corpo de bombeiros **135.2**
corpulento **48**
correção **299**
corredor
  interior de edifícios **177.3**

445

ÍNDICE DE PALAVRAS EM PORTUGUÊS

estradas 311.1
atletismo 390.1
correio 340.2
correio aéreo 340.2
correios
  lojas 273 ☐
  comunicações 340.2
corrente
  geografia e geologia 13.7
  moderno 202
  máquinas 303.4
  ferramentas 382.4
  movimento 411.3
corrente de ar 18.3
correr
  animais pequenos 4 ☐
  atletismo 390.1
  animais 408
  seguir 409.1
  movimento 411.2
correria 403.1
correspondência 340.2
correspondente 368.1
corresponder 54.2
correta 66 ☆
corretamente 299
correto
  justo 211
  honesto 213
  correto 299
  adequado 420.1
corrida
  atletismo 390.1
  esportes eqüestres 395.1
  animais 408
corrigir 299
corrimão 177.2 ☆
corriqueiro 442.1
corromper 214
corrugado 61
corruíra 9
corrupção 214
corrupto 214
cortador
  higiene pessoal 184.5
  jardinagem 384 ☆
cortar
  diminuir 47
  cortar 133, 133.3
  métodos de cozinhar 168.2
  jardinagem 384.2
cortar em fatias 52.1
corte
  cortar 133, 133.2
  carne 159.2
  controlar 228.5
corte de cabelo 184.2
corte e costura 381.6
cortês
  educado 143.1, 143.2
  cortesia 266
cortesmente 139.4
cortiça 304.2
cortina 185 ☆
cortinas 180 ☆
coruja 9.3 ☆
corvo 9
coser 381.6
cosméticos 192.5
costa 13.5
costas 86

costas curvadas 97.4
costela 101.1 ☆
costeleta 159.2
costumar 288
costume
  necessário 67
  costumes sociais 195
  leis e regulamentos 208
  habitual 288
costumeiro
  habitual 288
  sistema 290
costura
  têxteis 193.1
  artes e ofícios 381.6
costurar 381.6
costureira 190.13
cotidiano 442
cotovelo 86
cotovia 9
couro 193.1
couve-de-bruxelas 155.1
couve-flor 155.3
couve-nabo 155.2
covarde
  medo 255.1
  fraco 402.2
coxa 86
cozinhar 168.1
cozinheiro 163.1
crack 172.2
crânio 101.1 ☆
cravo
  plantas 11
  corpo humano – parte externa 86.2
crawl 391.1
creditar 260.1
crédito 261.3
credo 232.6
credor 261
crédulo 105.3
creio 255.1
creiom 370 ☆
cremar 195.4
creme
  laticínios 158.1
  alimentos doces 160.2
creme de barbear 184.4
creme dental 184.3
cremeira 170 ☆
crença 105
creosoto 382.2
crer
  acreditar 105, 105.2
crescer
  aumentar 46, 46.3
crescimento 46
crespo 86.3
criação
  agricultura 173
  fazer 293, 293.2
criado 274.5
criança 139.2
criar
  bebês 136.3
  agricultura 173
  fazer 293
criar(-se) 293
criatura 1 ☐
crime 209.1
criminoso 219.3

críquete 389.3
crisálida 5 ☆
crise 252.1
crispar-se 411.1
cristianismo 232.1
Cristo 232.3
crítica
  queixar-se 345
  jornalismo 368.2
criticar
  incentivar 279.1
  incorreto 300.1
  queixar-se 345
crítico
  queixar-se 345
  jornalismo 368.1
crocante 100.2
crochê 381.6
crocodilo 1.1
crucial
  necessário 67
  perigo 252.1
  causar 291
cruel
  impiedoso 223
  cruel 225
crustáceo 10.2
cruzamento 311 ☆
cruzar
  dar forma 39
  sexo 199.2
  grupo 207.2
  apagar 371
cruzeiro 312.3
cuba 169 ☆
cúbico 38.2 ☆
cubo 38.2 ☆
cuco 9
cueca 190.9
cuidado 301
cuidadosamente
  ressentimento 251
  cuidadoso 301.1
cuidadoso
  bondoso 224
  cuidadoso 301, 301.1
cuidar
  bebês 136.3
  limpar 187.1
  controlar 228.2
  cuidar de 254
culotes 395 ☆
culpa
  perverso 219.1
  causar 291
  vergonha 449.1
culpado
  perverso 219.1
  vergonha 449.1
culpar 219.1
cultivar
  agricultura 173, 173.4
cultivo 173.4
culto
  religião 232.6
  ensinar 234
  inteligente 236
  amor 427.3
cultura
  agricultura 173.4
  costumes sociais 195
cultural 204
cume 13.1

cumprimentar
  saudar 196
  elogiar 430
cumprimento
  saudar 196
  fazer 287.2
  satisfazer 429
  elogiar 430
cumprir 287.2
cunha 38.2 ☆
cunhada 138.4
cunhado 138.4
cura 126
curado 200.1
curar
  curas 126, 126.1
  velho 200.1
curiosidade 113.3
curioso
  descobrir 113.3
  inusitado 444.1
curral 173
curso 235
curtição 257
curto 44.1
curva
  formas 38.4 ☆
  dirigir 309
curvar 39
curvar-se 97.4
cuspe 86.1
custar
  comprar e vender 263.2
  valor 268
custear 265
custo 263.2
custódia
  bebês 136.3
  sistema jurídico 209.2
custoso 267
cútis 86.2
cutucar 279.1

da forma física 127
dados
  computadores 296
  jogos 386.4
dama
  pessoas 139.4
  costumes sociais 195.3
  realeza 205.1
damas
  banheiro 185
  jogos 386.4
damasco 152.1
dança 376.6
dançar 376.6
danceteria 376.6
danificar 132
dano 132
dar
  sexo 199.2
  impaciente 278.1
  dar 372
dar descarga 185
dar no pé 322.1
dar palmada 131.1
dar passagem 309
dar preferência 309
dar seta 309.2
dardo
  atletismo 390.2
  esportes com alvo 394

data 25.1
datado 203
datar 25.1
datilógrafa 272.2
datilógrafo 370 ☆
de gala 146
de gatinhas 97.3
de praxe 146
de quatro 97.3
debate 354
debater 354
debater-se 249
débil
  quieto 89
  fraco 402
debitar 260.1
débito
  banco 260.1
  emprestar e tomar emprestado 261.1
debrum 53.1
década 25.4
decair 441
decano 419
decapitar 133.1
decente
  bom 417.1
  adequado 420.1
decepar 133.2
decepção
  desonesto 214.2
  decepção 448
decepcionar 448
decidido 107.3
decidir 107
decidir-se 73
decisão 107
decisivo
  perigo 252.1
  causar 291
declaração
  falar 341.2
  dizer 342.2
declarar
  documentos e procedimentos para viajar 316
  falar 341.2
  dizer 342, 342.2
  prometer 358
declive 13.1
decolagem 313.2
decolar 313.2
decompor 132.5
decomposição 132.5
decoração 59.1
decorar 59.1
decorativo 38.3
decoroso 420.1
dedo 86 ☆
deduzir 105.1
defecar 102
defeito
  computadores 296
  incorreto 300.1
defeituoso 438
defender
  guerra 248.1
  cuidar de 254.1
  incentivar 279.2
  esportes com bola 389.3
defensivo 248.1
defesa
  animais selvagens 1 ☆
  sistema jurídico 209.4

446

guerra 248.1
deficiência
  doenças 124.3
  problema 244.2
deficiente 124.3
definir 343
definitivamente 82
degelar(-se) 18.4
deglutir 164.3
degolar 133.1
deitar 97.2
deixar
  permitir 230
  ir 322.1
  trazer 323
  dar 372.4
deixar de molho 187.2
dejetos 71
deleitar-se 428
deleite 428
delfim 10.3
delgado
  pequeno 44
  magro 49
  cortar 133.6
deliberado 107.3
delicada 44
delicadamente
  cortar 133.6
  educado 143.2
delicado
  suave 99
  educado 143.2
  emoção 151.2
  difícil 243
  fraco 402.1
deliciar-se 428
delicioso
  belo 59
  sabores 157.6
  bom 417.2
delinear 53
delinqüente 209.1
delir 371
delirante 129.2
delito 209.1
demanda 72.3
demão 334
demente
  louco 129.1, 129.2
demissão 271.8
demitir 271.8
democracia 227.5
democrático 227.5
demônio
  perverso 219.3
  religião 232.3
demonstração
  mostrar 92, 92.3
  política e governo 227.6
demonstrar 92
demora
  pronto 328
  atraso 330
demorar 286
demorar(-se) 330
dentado 61
dentadura 123
dental 123
dente
  corpo humano –
  parte externa 86.1
  dentista 123
dente-de-leão 11
dentista 123

dentro
  posição 66 ☆
  moderno 202.1
  direções 318.2
deparar 95
departamento
  emprego 271.2
  o escritório 272
dependência
  agricultura 173.3
  confiável 218
dependente 218
depender 218.1
deplorável 447.1
depositar
  banco 260.1
  colocar 289
depósito
  viver 175.2
  interior de edifícios 177.4
  emprestar e tomar emprestado 261.3
  fazer negócios 262.6
  emprego 271.2 ☆
  lojas 273 ☐
  recipientes 331.4
depravação 214
depravar 214
depredar 132.6
depressão 447
deprimido 447
deputado 227 ☐
deriva 411.2
derramar 412.1
derrapar 411.2
derreter(-se) 18.4
derrocada 412.1
derrotar 248.1
derrubar
  golpear 131.3
  esporte 388.1
  cair 412.1
desabitado 175
desabotoar 295.1
desacelerar
  dirigir 309.1
  vagaroso 404
desacordo
  discordar 346, 346.1
desafiar 346.2
desafio
  coragem 258, 258.1
  discordar 346.2
desafortunado 387.2
desagradável
  restrito 229
  problema 244.1
  mau 438
desajeitadamente
  não especializado 242.1
desajeitado 400
desajeitado 400
desalento 446.1
desamarrar 295.1
desamparado 270
desanimar 446.2
desânimo 446.1
desaparecer 322.2
desapontamento 448
desapontar 448
desaprovação 445
desaprovar
  discordar 346.4
  ódio e aversão 445
desarmado 248.4

desassossegado 256.1
desatar 295.1
desatentamente 302
desavença
  luta 249
  discordar 346
desavergonhado 145
desbastar 384.2
desbotar 23
descabido 145
descamação 132.3
descamar-se 132.3
descansado 183.1
descansar 183
descanso 183.1
descarado 145
descarga
  banheiro 185 ☆
  trazer 323
descarregar 333
descartar 70
descascador 168.2 ☆
descascar
  dano 132.3
  métodos de cozinhar 168.2
descendência 138.7
descendente 138.7
descer
  trazer 323
  cair 412.3
descida 412.3
descoberta
  encontrar 95
  descobrir 113
descoberto
  roupa 190.2
  emprestar e tomar emprestado 261.2
descobrir
  encontrar 95
  descobrir 113, 113.2
  descobrir 335
  admitir 350.1
descompostura 450.2
desconcertar
  animais pequenos 4 ☐
  compreender mal 115.1
desconectar 295
desconfiança 109
desconfortável 440
desconforto
  sintomas 125.1
  desconfortável 440
desconhecido 112.2
descontar 260.1
descontente 447.1
desconto 262.9
descontraído
  informal 147
descanso e relaxamento 183
descontrair 183
descortês
  grosseiro 144.1, 144.3
descosturado 132.2
descrente 232.10
descrever 343
descrição 343
descuidadamente 302
descuidado
  desordenado 64
  grosseiro 144.3
  informal 147

descuidado 302
descuidar 302
descuido 302
desculpa 291.1
desculpar 221.1
desculpar-se 449.1
desculpas 449.1
desculpe 221.1
desdém
  orgulhoso 148.2
  ódio e aversão 445
desdenhar
  orgulhoso 148.2
  ódio e aversão 445
desdenhoso
  orgulhoso 148.2
  ódio e aversão 445
desdita 447.1
desditoso 447.1
desejar
  querer 72
  procurar 94
  pretender 107
  admitir 350.1
desejável 72
desejo
  querer 72, 72.2
desembaraçado 259
desembarcar
  colocar 289
  navios e barcos 312.2
desembocadura 13.7
desembolso 263.1
desempenhar 287
desempenho 287.2
desempregado 271
desemprego
  emprego 271, 271.8
desencadear 32
desencaixar 295
desencanado 259
desengonçado 49
desenhar
  fazer 293.1
  artes e ofícios 381.1
desenhista 293.1
desenho
  formas 38.3
  fazer 293.1
  artes e ofícios 381.3
desenvoltura
  fácil 247
  falante 359.1
desenvolver
  fazer 293, 293.1
desenvolver(-se) 58
desertar 322.1
deserto
  geografia e geologia 13.2
  vazio 333
desertor 214.3
desesperado
  triste 447, 447.1
desesperador 447.1
desesperançado 447
desesperar 447.1
desespero 447.1
desfazer
  aberto 179
  separar 295.1
desfazer-se 70
desfazer-se de 372.1
desfigurado 49
desfiladeiro 13.1
desfilar 407.3

desforra 250
desfrutar 428
desgostar 447
desgosto 447.1
desgostoso 447
desgraça
  sorte 387.2
  triste 447, 447.1
  vergonha 449
desgraçadamente 447
desgraçado
  mau 438.2
  triste 447.1
desgraçar 449
desguarnecido 333
desidratar 22
designer 190.13
desigual 61
desigualmente 61
desiludir 448
desilusão
  desonesto 214.2
  decepção 448
desimportante 76
desinfetante 126.5
desinfetante bucal 184.3
desintegrar 132.5
desinteressado
  justo 211
  bondoso 224.1
desinteressante 119
desistir
  ir 322.1
  fracasso 397
desleal
  injusto 212
  desonesto 214, 214.3
deslealdade 214.3
desleixado 302
desleixar 302
desleixo 302
desligar
  descanso e relaxamento 183
  separar 295
  máquinas 303.1
deslizar 411.2
deslize 300.1
deslocar
  movimento 411, 411.1
deslumbrar 24.2
desmaiado 194.1
desmaiar 125.3
desmaio 125.3
desmancha-prazeres 447.2
desmanchar 179
desmascarar 335
desmentir 346.1
desmontar 295
desmoronar 412.1
desnecessário 68
desnudar
  roupa 190.2
  descobrir 335
desnudar-se 190.2
desnudo 333
desobedecer 219.2
desobediente 219.2
desobrigação 210
desocupado
  preguiçoso 283
  vazio 333
desocupar 175.1

ÍNDICE DE PALAVRAS EM PORTUGUÊS

desodorante 184.1
desonesto
  desonesto 214
  furtar 220.1
desordem
  desordenado 64
  interferir 246
  discordar 346.3
desordenada 43.1
desordenado 64
desorientar 115.1
despedida 271.8
despedir 271.8
despejos 71
despender 263.1
despenteado 64
desperdiçar
  desperdício 69
  jogar fora 70
  preguiçoso 283
  desperdício 69
despertador 26.1 ☆
despertar
  dormir 182.5
  agitação 257.3
desperto 182.5
despesa 263.2
despido 190.2
despir 335
desprendido 211
despreocupado
  informal 147
  descanso e
  relaxamento 183
  calma 259
desprezar 148.2
desprezível 438.1
desprezo
  orgulhoso 148.2
  ódio e aversão 445
despropositado 241.2
dessemelhante 55
destacado 417.3
destacar 355
destampar 335
destapar 335
destemido
  coragem 258
  descuidado 302
destino
  viajar 317.2
  sorte 387
destrancar 179
destreza 239.1
destro
  inteligente 236
  hábil 239
  escrever 369
destroçar 309.4
destroço 132.1
destruição 132.1
destruir
  dano 132.1
  separar 295
  dirigir 309.4
desumano 223
desunir 295
desuso 203
desvanecer(-se) 322.2
desvantagem 244.2
desvendar 95
desviar
  furtar 220
  estradas 311
  evitar 324
  girar 414.2
desvio 311

detalhado
  difícil 243.2
  incorreto 300.2
  cuidadoso 301.1
detalhe 301.1
detectar 113
detenção 34
deter
  fim 34
  sistema jurídico
  209.2
  impedir 245
detergente
  limpar 187.2, 187.5
deterioração
  dano 132.5
  piorar 441
deteriorar 441
determinação 258
determinado
  específico 84
  pretender 107.3
  colocar 289
determinar 289
detestar 445
detestável
  mau 438, 438.1
detetive 209.2
Deus 232.3
deus 232.3
devagar 404
devanear 104.2
devedor 261
dever
  problema 244.1
  emprestar e tomar
  emprestado 261.1
  trabalho 274.4
devido
  emprestar e tomar
  emprestado 261.1
  causar 291
devoção
  honesto 213.3
  amor 427.2
devolução 322
devolver
  colocar 289
  ir 322
devorar
  animais pequenos
  4 □
  comer 164.3
devotado 427.2
devoto 232.8
dezembro 25.2
dia 25.1
dia útil 25.1
diabete 124.12
diabo
  perverso 219.3
  religião 232.3
diafragma 101.2 ☆
diagnosticar 126.2
diagnóstico 126.2
diagonal 38.2 ☆
diagrama 297
dialeto 341.6
diálogo 341.1
diamante 15
diâmetro 38.1 ☆
diante 66 ☆
diapositivo 381.4
diário
  calendário e estações
  25.1
  livro 367.2
diarréia 124.7

dica 353.1
dicionário 367.3
diesel 303.3
dieta 49.1
diferença 55
diferenciar 55.1
diferente
  diferente 55
  separar 295
diferir 55
difícil
  difícil 243
  cuidadoso 301.1
  inusitado 444.5
dificilmente 444.2
dificuldade
  problema 244
  impedir 245.1
dificultar
  difícil 243.2
  impedir 245
difundido 442.1
digerir 164.2
digitar 296
dígito 298
dignidade
  formal 146
  admirar 431
digno
  real 35
  formal 146
  valor 268.3
  adequado 420.1
dilema 244
diligência 315.1 ☆
diluído 21
dimensões 41
diminuição 47
diminuir
  pequeno 44
  diminuir 47
  vagaroso 404
dinamarquês 361.1
dinâmico
  fazer 287
  força 401.2
dingue 312.1
dinheiro 265, 265.3
dióxido de carbono 17
diploma 233.5
diplomacia 143.2
diplomático 143.2
direção
  emprego 271.4
  viajar 317.2
direita
  política e governo
  227.4
  direções 318.2
direito
  permitir 230
  educação 233.5
  direções 318.2
diretamente 403.2
direto
  honesto 213.2
  fácil 247
diretor
  ensinar 234.1
  emprego 271.4
  jornalismo 368.1
diretor de circo 377 ☆
dirigente 228.4
dirigir
  organização 206.1
  controlar 228.2,
  228.4

fazer 287.1
dirigir 309
  comunicações 340.2
dirigir-se 341.4
discar 340.3
discernir 91.4
disciplina 229
disciplinar 229
discípulo 235.1
disco
  comunicações 340.3
  música 379.9
  esportes com bola
  389.4
disco rígido 296
discordância
  discordar 346, 346.1
discordar 346, 346.1,
  346.3
discórdia 346.3
discrepância 346
discretamente 143.2
discreto 143.2
discriminação 212
discurso
  falar 341, 341.4
discussão
  discordar 346, 346.3
  discutir 354
discutir
  luta 249
  discordar 346
  discutir 354
discutível 83.2
disfarçado 214
disfarçar 339
disfarce 339
disforme 38.5
disparar
  guerra 248.4
  animais 408
disparate 438.1
dispendioso 267
dispensa 271.8
dispensar
  desnecessário 68.1
  clemência 221.1
disperso 45.1
disponibilidade 373
disponível 373
dispor
  ordem 65
  fazer 293
disposição
  ordem 65
  mostrar 92.3
  personalidade 142.1
  controlar 228.2
  impaciente 278.1
  pronto 328
dispositivo 305
disposto
  impaciente 278.1
  pronto 328
disputa
  luta 249
  discordar 346.1
disputar
  luta 249.1
  discordar 346.1
disquete 296 ☆
dissentir 346.1
dissertação 366.2
dissidência 346.1
dissimulado 214
dissonante 229

distância
  distância 320.2
  segurar 336
  esportes aquáticos
  391.1
distanciar-se 320.2
distante
  separar 295
  distância 320.2
distender 338
distensão
  aumentar 46
  puxar e empurrar
  338
distinção 55.1
distinguir 55.1
distintivo 192.4 ☆
distinto
  diferente 55
  separar 295
distraído
  esquecer 117
  vazio 333
distribuição 372.3
distribuidor 372.3
distribuir
  dar 372.1, 372.3
  jogos 386.3
distrito
  áreas 14.1
  política e governo
  227.3
distúrbio 246
ditado 341.5
ditadura 227.5
ditar 341.5
divergência
  separar 295
  discordar 346
divergir
  guerra 248
  separar 295
  discordar 346, 346.3
diversão
  agitação 257
  engraçado 424.1
  desfrutar 428.1
divertido
  engraçado 424.1,
  424.2
  desfrutar 428
divertir
  entretenimento 376
  engraçado 424.1
divertir-se 428
dívida 261.1
dividir
  diminuir 47
  separar 295
  matemática 297.1
  dar 372.3
divino 232.8
divisa 362.2
divisão 295
divorciar-se 195.3
divórcio 195.3
divulgar
  livre 210
  desonesto 214.3
dizer
  vozes dos animais
  8.2 □
  falar 341
  dizer 342
  admitir 350.1
  adequado 420.2
dó
  clemência 221

ÍNDICE DE PALAVRAS EM PORTUGUÊS

compaixão 222
do mesmo modo 54
doação 372.1
doador 372.1
doar 372.1
dobrar
  formas 38.4 ☆
  dar forma 39
  aumentar 46.1
doca 312.4
doce
  quieto 89
  sabores 157.4
  alimentos doces 160.2
docemente 89
dócil 150
docinho 161.1
documentário 378.1
documento 92.4
doçura 157.4
doença 124.1
doença mental 129.1
doença venérea 124.12
doente
  doentio 128
  horror e repulsa 446.2
doentio 128
doer 125.1
doida 129.1
doído 125.1
doido
  louco 129.1, 129.4
dois-pontos 363
dolo
  desonesto 214.2
  cruel 225.1
dolorido 125.1
doloroso 125.1
dom 239.2
domado 3
domador
  ensinar 234.1
  circo 377 ☆
domar 3
domesticado 3
domesticar 3
doméstico 274.3
dominar
  controlar 228.4
  segurar 336
domingo 25.1
domínio
  compreender 114
  segurar 336
dona 228.4
dona de casa 187.1
doninha 4 ☆
dono
  controlar 228.4
  lojas 273
  ter 374
dor
  sintomas 125.1
  triste 447, 447.1
dor de cabeça
  doenças 124.8
  problema 244
dor de dente 124.8
dor de estômago 124.7
dor de garganta 124.8
dor de ouvido 124.8
dor nas costas 124.9
dormir 182, 182.1

dormitar 182.1
dorso 367.6
dosagem 126.4
dose
  curas 126.4
  pesos e medidas 307
dotado 239.2
doutrina 234
drama 376.1
dramático
  agitação 257.2
  entretenimento 376.1
dramaturgo 376.1
drenar 333
drive 296 ☆
droga
  curas 126.5
  drogas 172.2
  tolo 241.3
  mau 438.1
drogar-se 172.1
drogaria 273 □
duas semanas 25.1
dúbio 83.2
dublê 57
duelo 249
dueto 379.3
duna 13.6
duo 379.3
dúplex 174.2
duplicar 46.1
duplo 46.1
duque 205
duramente 243
dureza 100
duro
  duro 100, 100.1
  emoção 151.3
  impiedoso 223
  cruel 225
  restrito 229
  difícil 243
  pobre 270.1
  força 401.1
  mau 438.1
duto 176 ☆
duty-free 316
dúvida
  incerto 83, 83.1
  problema 244
  discordar 346.1
  perguntar 351
duvidar
  incerto 83.1
  perguntar 351
dúvidas 83.1
duvidosa 214
duvidoso 83.2
dúzia 298.1

ébrio 166.6
echarpe 192.2
eco 356
ecoar 356
ecologicamente 14.2
economia
  educação 233.3
  cuidar de 254.2
  finanças 264.1
econômico
  finanças 264.1
  barato 266
economizar
  pequenas quantidades 45.1

cuidar de 254.2
banco 260.1
edição
  livro 367.7
  jornalismo 368
edificação 293.1
edificar 293.1
edifício 293.1
editor 367.7
editora 367.7
editorial 368.2
edredom 181.1
educação 233
educação física 233.2
educadamente 143
educado
  educado 143
  hábil 239
educar 234
educativo 233
edulcorar 157.4
efeito
  fazer 287
  resultado 292
efêmero 29.2
efetuar 287
eficaz 274.2
eficiente 274.2
efusivo 151.3
egoísmo 226
egoísta 226
ejacular 199.3
elaborar 293
elástico
  suave 99.1
  ágil 399
elefante 1 ☆
elegante
  belo 59
  ordenado 63
  feminino 141
  moderno 202.1
eleger 73
eleição 227.3
eleitorado 227.3
elementar 247
elemento
  parte 52.1
  educação 233.4
elenco 376.3
eletricista 174.6
elétrico 303.4
eletrônico 303.4
elevador 177.2
elevar 46.2
elevar-se 413
elfo 416.1
eliminar
  jogar fora 70
  respirar 103
elo 294
elogiar 430
elogio 430
eloqüente 359.1
em forma 127
emaciado 49
emagrecer 49.1
emaranhado 294.2
emaranhar(-se) 294.2
embaixo 66 ☆
embalagem 334
embaraçar 449.2
embaraçar(-se) 294.2
embaraço
  unir 294.2
  vergonha 449.2

embaralhar
  desordenado 64
  jogos 386.3
embarcação 312
embarcadouro 312.4
embarcar 312.3
embargo 231.1
embasbacado 91.2
embeber 21.1
embelezar 59.1
embreagem 308.1
embriagado 166.6
embrião 136.1
embrulhar 334
embrulho 331.1
embuste 214.1
embusteiro 214.1
embutido 159.4
emergência 252.1
emergir 321.2
eminente 77
emitir 8.2 □
emoção
  emoção 151.1
  agitação 257
  desfrutar 428.1
emocionado 257.1
emocional 151.1
emocionante
  interessante 120
  emoção 151.1
  entretenimento 376.1
emotivo 151.1
empacotar 331.5
empafiado 148.2
empalhado 332
empanzinar-se 332
empapado 21
empapar 21.1
empate 389.5
empecilho
  problema 244, 244.2
empenhado 107.3
empenho
  trabalho 274.1
  tentar 276
emperrado 294.1
empinado 38.4 ☆
empinar 97.1
empoeirado 189
empoleirar-se 9.1
empolgante 257.2
empreender 287.2
empreendimento
  impaciente 278.1
  fazer 287.2
empregada 187.1
empregado
  emprego 271.3
  trabalho 274.5
empregador 271.4
empregar
  emprego 271, 271.7
emprego 271
empresa
  fazer negócios 262, 262.1
  emprego 271.2
empresário
  fazer negócios 262.1
  emprego 271.4
emprestado 261
emprestar 261
empréstimo
  emprestar e tomar emprestado 261, 261.2
empurrão 338

empurrar 338
enamoramento 427.3
encadernação 294.1
encadernar 294.1
encaixar
  unir 294
  segurar 336
encanador
  tipos de edificações 174.6
  ferramentas 382.3
encantado
  magia 416
  feliz 422.2
encantador
  belo 59
  bom 417.2
  atrair 432
encantamento 416
encantar 432
encanto 432
encapelado 61 ☆
encaracolado 86.3
encarcerar 209.6
encardido 189
encardimento 189
encargo 263.2
encaroçado 38.5
encarregada 271.4
encarregado 228
encarregar-se 228.2
encarregar-se de 287.2
encerar 187.4
encharcado
  úmido 21
  suave 99
encharcar 21.1
enchente 18.2
encher
  posto de gasolina 310
  cheio 332
enciclopédia 367.3
encoberto 18.2
encolher
  diminuir 47
  gesticular 365
encolher-se 255.3
encomenda 72.3
encomendar 72.3
encomprido 46.2
encontrar
  encontrar 95, 95.1
  grupo 207.2
encorajador 279
encorajar 279
encosta 13.1
encostar 309
encrenca
  problema 244.1
  discordar 346.3
encurtar 47
endereçar 340.2
endereço 340.2
endinheirado 269.1
endireitar 39
endossar
  incentivar 279
  estar de acordo 348
endurecer
  duro 100, 100.1
energia
  religião 232.9
  incentivar 279
  fazer 287
  máquinas 303.2
  força 401

ÍNDICE DE PALAVRAS EM PORTUGUÊS

energicamente
  difícil **243**
  força **401.1, 401.2**
enérgico
  religião **232.9**
  força **401.2**
  rápido **403**
enfadonho
  entediante **119**
  estúpido **240**
enfaixar **126.6**
ênfase **355**
enfatizar **355**
enfatuado **148.2**
enfeitar **59.1**
enfeites **333**
enfeitiçado **427.3**
enfeitiçar **432**
enfermagem **122**
enfermaria **122**
enfermeira
  médico **121**
  hospital **122**
enfermo **128**
enfiar
  segurar **336**
  artes e ofícios **381.5**
enforcar **198.2**
enfraquecer **402**
enfurecer **450.1**
enfurecido **450.1**
enganação **214.1**
enganado **300**
enganar
  desonesto **214.1**
  caro **267.1**
  irregular **425**
enganchar **294**
engano
  desonesto **214.2**
  não especializado **242.2**
  incorreto **300.1**
enganosamente **214.2**
enganoso **214.2**
engarrafamento **309.2**
engarrafar **331.2**
engasgar **164.2**
engatar **309.1**
engatinhar **407.4**
engavetamento **309.4**
engenharia **303**
engenheiro **303**
engenhoca **382.1**
engenhoso **236**
engessada **126.6**
engodo
  desonesto **214.1**
  caro **267.1**
  atrair **432**
engolir
  acreditar **105.2**
  comer **164.2, 164.3**
engordar **48**
engordurado **189**
engraçado
  tolo **241.2**
  engraçado **424.2**
engradado **331.3**
engrenagens **203**
enguia **10.1**
enguiçar **309.3**
enguiço **309.3**
enigma **115.1**
enjoado **124.7**
enjoar **124.7**
enlameado **189**

enlevado **422.2**
enlevo **422.2**
enorme **42.1**
enquete **366.2**
enrabichado **427.3**
enrabichamento **427.3**
enraivecer
  zangado **450, 450.1**
enrascada **219.2**
enredo **367.1**
enregelado **19**
enroladinho de salsicha **161.2**
enrolar
  desonesto **214.2**
  coberturas **334**
  movimento **411.3**
  girar **414.2**
enrolar(-se) **294.2**
enroscar(-se) **294.2**
enrugado **61**
ensacar **331.5**
ensaiar **376.3**
ensaio
  tentar **276**
  documento **366.2**
  entretenimento **376.3**
ensinamento **234**
ensinar **234**
ensolarado **18.1**
ensopado **21**
ensurdecedor **88**
entalhar **133.3**
entediante **119**
entediar **119**
entender
  ouvir **87**
  compreender **114, 114.1**
  explicar **343**
entendido **236**
entendimento **114**
enterrar **195.4**
enterro **195.4**
entoação **341.6**
entornar
  comer **164.3**
  beber **167**
entrada
  refeições **162.2**
  partes de edifícios **176 ☆, 176.1**
entrada de correspondência **272.1**
entrançado **294.2**
entrar **176.1**
entrave **228.5**
entreaberta **179**
entrecortado **295**
entrega **323**
entregar
  trazer **323**
  dar **372**
entregar-se **248.1**
entretenimento
  entretenimento **376**
  engraçado **424.1**
entreter
  entretenimento **376**
  engraçado **424.1**
entrever **91.4**
entrevista
  emprego **271.7**
  perguntar **351**
entrevistar
  emprego **271.7**
  perguntar **351**

entrevistas **378.1**
entristecer **447**
entroncamento **311** ☆
entulho **71**
entupir **245.1**
entusiasmado
  agitação **257.1**
  impaciente **278**
entusiasmar **257.3**
entusiasmo **278**
entusiasta
  impaciente **278**
  de má vontade **285**
enunciar **341**
envasar **331.2**
envasilhar **331.2**
envelhecer
  velho **200, 200.1**
envelhecido **200.1**
envelope **340.2** ☆
envenenar **198.1**
envergar **190.1**
envergonhado **449.1**
enviar
  o escritório **272.1**
  comunicações **340.2**
envio **323**
enviuvar **138.4**
envoltório **334**
envolver
  cheio **332**
  coberturas **334**
  incluir **436**
envolvimento **436**
enxada **384.1**
enxaguar **187.2**
enxaqueca **124.8**
enxotar
  jogar fora **70**
  seguir **409.1**
enxugar **187.4**
epidemia **124.1**
epilepsia **124.12**
episódio **378.1**
época **26.2**
equador **13.5** ☆
eqüidade **211**
equilibrar **54.1**
equipamento **382.1**
equipe
  grupo **207.1**
  esporte **388.2**
eqüitativo
  semelhante **54.1**
  justo **211**
equivalente **54.1**
equivocado **300.1**
equivocar-se **115**
equívoco
  compreender mal **115**
  incorreto **300.1**
era **26.2**
eremita **435.1**
erguer
  colocar **289.1**
  puxar e empurrar **338**
erguer-se **97.1**
erigir
  colocar **289.1**
  fazer **293.1**
erodir **132.5**
erosão **132.5**
erótico **199.1**
errada **300**

errar
  não especializado **242.1**
  andar **407.2**
erro
  não especializado **242.1**
  computadores **296**
  incorreto **300.1**
erroneamente **300**
errôneo **300**
eructar **125.4**
erudito
  saber **110**
  educação **233**
  aprender **235.1**
erupção cutânea **124.5**
erva
  sabores **157.2**
  drogas **172.3**
  erva daninha **11**
ervilha **155.1**
esbanjador **69**
esbanjar
  desperdício **69**
  comprar e vender **263.1**
esbarrar **131.3**
esbelto **49.1**
esboço **381.3**
esbofetear **131.1**
esburacada **61** ☆
esburacar **333**
escada
  interior de edifícios **177.2** ☆
  ferramentas **382.2**
escadinha **385** ☆
escala
  tamanho **41**
  música **379.8** ☆
escalar
  andar **407.5**
  subir **413**
escaldar **168.1**
escalfar **168.1**
escama **10.1** ☆
escancarado **179**
escandalizar **450.1**
escândalo **450.1**
escandaloso **450.1**
escanzelado **49**
escapamento
  buraco **134**
  carro **308** ☆
escapar
  dono **132.2**
  livre **210**
  ir **322.1**
  evitar **324**
  admitir **350.1**
escape **132.2**
escápula **101.1** ☆
escarnecer **425.1**
escassamente **45.1**
escassez **444.2**
escasso
  pequenas quantidades **45.1**
  inusitado **444.2**
escavar **333**
esclarecer **343**
escoar
  máquinas **303.1**
  vazio **333**
escolha **73**
escolher **73**

escombros **71**
esconder
  animais pequenos **4** □
  cuidar de **254.1**
  esconder **339**
escondido **339**
escorar **337**
Escorpião **28** ☆
escorpião **4**
escorredor
  métodos de cozinhar **168.4** ☆
  cozinha **169** ☆
escorregadio **411.2**
escorregador **385** ☆
escorregar **411.2**
escorrer
  métodos de cozinhar **168.4**
  sujo **189.1**
  vazio **333**
escova
  higiene pessoal **184.2**
  limpar **187.3**
  sapatos **191** ☆
escovão **187.3**
escovar
  limpar **187.2, 187.3**
escravatura **274.5**
escravo **274.1**
escrever **369**
escrevinhar **369.1**
escrita **369**
escritor
  escrever **369**
  entretenimento **376.1**
escritório
  organização **206.1**
  o escritório **272**
escriturário **272.2**
Escrituras **232.7**
escrúpulos **214**
escudo **254.1** ☆
esculpir **133.3**
escultura **381.5**
escurecer
  escuro **23**
  sujo **189.1**
escuro
  escuro **23**
  corpo humano – parte externa **86.3**
  cores **194.1**
escuros **91.8**
escusar **221.1**
escusos **214**
escutar **87**
esfera **38.2** ☆
esférico **38.2** ☆
esfomeado **165**
esforçar **276**
esforçar-se
  luta **249**
  trabalho **274.1**
esforço
  fácil **247**
  trabalho **274.1**
  tentar **276**
esfregar
  tocar **98.2**
  limpar **187.2**
esfriar **19**
esgotado **182.3**
esgotar
  dormir **182.3**
  vazio **333**

ÍNDICE DE PALAVRAS EM PORTUGUÊS

esgrima **392.1**
esguio **49.1**
eslaide **381.4**
esmalte **184.5**
esmerado **301.1**
esmeralda **15**
esmiuçar **91.3**
esmo **64**
esmola **270**
esnobe **148.2**
espaçar **384.2**
espaço **41**
espaçoso **42**
espada **248.4** ☆
espaguete **156.4**
espalhado **442.1**
espalhar
  aumentar **46**
  sujo **189.1**
  colocar **289**
  arremessar **405**
espanhol **361.1**
espantalho **60**
espanto **91,6**
espantoso **438.1**
esparadrapo **126.6**
esparramar **337**
especial
  específico **84**
  inusitado **444.3**
especialista
  hospital **122**
  hábil **239**
especializado **239**
especializar-se **239**
especialmente **84**
especiaria **157.2**
espécie **306**
espécie humana **139.1**
especificação **184**
especificamente **84**
especificar **84**
específico
  certeza **82**
  específico **84**
especulação **109**
especular **109**
espelho
  dormitório **181** ☆
  banheiro **185** ☆
  carro **308** ☆
espera **286**
esperança
  querer **72**
  adivinhar **109**
esperançoso **72**
esperar
  querer **72**
  adivinhar **109**
  esperar **286**
esperma **101.3**
esperto **236.2**
espessa **40** ☆
espetacular **417.3**
espetáculo **376**
espetar **133**
espiar **94.1**
espichar **46**
espinafre **155.1**
espinha
  corpo humano –
  parte externa **86.2**
  corpo humano –
  parte interna **101.1** ☆
espinho **11** ☆
espinhoso **133.5**
espionar **94.1**

espiral **38.2** ☆
espírito **232.9**
Espírito Santo **232.3**
espiritual **232.9**
espirituoso **424.1**
espirrar **21.1**
espirro **124.6**
esplendidamente **417.2**
esplêndido
  grande **77**
  bom **417.2**
esponja **184.1**
esponjoso **99**
esportista **388.2**
esposa **138.4**
esposa do prefeito **227.1**
espreitar
  ver e olhar **91.1**
  andar **407**
espremer **132.4**
espuma **184.1**
espumante **166**
esquadra **248.2**
esquadrilha **248.3** ☐
esquadrinhar
  ver e olhar **91.2, 91.3**
  procurar **94**
esquadro **297** ☆
esquecer **117**
esquecido **117**
esquecimento **112**
esquelético **49**
esqueleto **101.1** ☆
esquema **107.1**
esquerda **227.4**
esquerdo **318.2**
esqui
  esportes aquáticos **391**
  esportes ao ar livre **393.2**
esquiar **393.2**
esquilo **4**
esquisitão **444.5**
esquisitice **444.1**
esquisito **444.1**
esquivar-se
  evitar **324**
  excluir **437**
esquizofrenia **129.2**
essência **364**
essencial **67**
estabelecer
  colocar **289**
  fazer **293.2**
estabelecer-se **175.1**
estabilizar
  liso **62.1**
  inércia **284.2**
estábulo
  agricultura **173, 173.3**
estação ferroviária **314.1**
estacas **389.2** ☆
estacionamento **309**
estacionar **309**
estada **286**
estádio **388.4**
estado
  áreas **14.1**
  acontecer **31.2**
estagnada **284.1**
estagnar **284.1**

estaleiro **312.5**
estalido **88.3**
estância **317.3**
estante **180** ☆
estapear **131.1**
estar de pé **97.1**
estarrecedor **438.1, 446.1**
estarrecer
  surpresa **118**
  horror e repulsa **446.2**
estatística **298**
estátua **381.5**
estável **253**
estender
  aumentar **46**
  saudar **196**
estender-se **46**
estendido **62.1**
esterco **173.6**
estéreo **379.9**
esterilizar **187.2**
esterlinas **265.1**
esticado **256.2**
esticar
  dar forma **39**
  aumentar **46**
estilhaçar **132.2**
estilo **306**
estima **431**
estimar
  pensar **104.1**
  adivinhar **109**
  valor **268, 268.1**
estimativa
  opinião **106**
  adivinhar **109**
  números **298**
estimulante **428.1**
estimular **257.3**
estímulo
  agitação **257.3**
  incentivar **279**
estirado **62.1**
estirar **46**
estivador **312.5**
estocar
  cortar **133.1**
  fazer negócios **262.6**
estojo
  recipientes **331.3**
  música **379.9**
estômago
  corpo humano –
  parte externa **86**
  corpo humano –
  parte interna **101.2** ☆
estonteante **118.1**
estoque **262.6**
estorninho **9**
estorvar **245**
estorvo
  problema **244.1**
  impedir **245**
estourar **132.2**
estrada **311**
estraga-prazeres **447.2**
estragado **153**
estragar
  dano **132, 132.1**
  não especializado **242.1**
estragar-se **153**
estrangeiro **317.2**
estrangular **198.1**

estranhamento **444.1**
estranho
  desconhecido **112**
  inusitado **444.1**
estreito
  geografia e geologia **13.7**
  dimensões **40** ☆
  magro **49**
estrela
  astronomia **27**
  fama **111**
estremecer **255.3**
estrépito **88.3**
estresse **256**
estribos **395** ☆
estridente **88**
estritamente **229**
estrito **229**
estrofe **367.4**
estrondo **88.3**
estrutura
  borda **53**
  fazer **293.2**
estrutural **293.2**
estruturalmente **293.2**
estruturar **293.2**
estucar **304.1**
estudante **235.1**
estudar
  ver e olhar **91.3**
  aprender **235**
estúdio
  tipos de edificações **174.2**
  interior de edifícios **177.4**
estudioso
  educação **233**
  aprender **235.1**
estudo **235**
estufa
  quente **20.1**
  jardinagem **384** ☆
estupefação **431.1**
estupefato **118**
estupendo **232.9**
estupidez **241.1**
estúpido
  estúpido **240**
  tolo **241**
  descuidado **302**
estupro **199.4**
estuque **304.1**
esvaziar **333**
esvoaçar **415**
eterno **29.1**
etiqueta **263.2**
euforia **257**
eufórico **422.2**
eutanásia **198**
evadir
  livre **210**
  evitar **324**
Evangelho **232.7**
evasão
  livre **210**
  ir **322.1**
  evitar **324**
evasivo **324**
evento **31.1**
evidência **209.4**
evidenciar **92**
evidente **93**
evidentemente **93**
evitar
  clemência **221**

impedir **245.1**
evitar **324**
excluir **437**
exacerbar **441**
exagerado **267.1**
exagerar **355**
exagero **355**
exalar **103**
exaltado
  agitação **257.1**
  força **401.1**
exame
  escolher **73**
  ver e olhar **91.3**
  educação **233.5**
  cuidadoso **301.1**
examinar
  ver e olhar **91, 91.1, 91.2, 91.3**
  educação **233.5**
  aprender **235**
  perguntar **351**
exasperante **450.1**
exasperar **450**
exatamente **229**
exatidão **299**
exato
  específico **84**
  matar **198.4**
  honesto **213**
  correto **299**
exaurir **182.3**
exaustão **182.3**
exaustivo **50**
exausto **182.3**
exceção **444.2**
excedente **68.1**
excelência **417.3**
excelente
  bom **417.2, 417.3**
excentricidade
  inusitado **444.1, 444.4**
excêntrico **444.4**
excepcional
  bom **417.3**
  inusitado **444.3**
excepcionalmente
  desnecessário **68.1**
  inusitado **444.3**
excessivo
  desnecessário **68.1**
  caro **267.1**
excesso **68.1**
exceto **437**
excitado **256.1**
excitar **257.3**
exclamação
  falar **341.2**
  pontuação **363**
exclamar **341.2**
excluir
  sistema jurídico **209.5**
  excluir **437**
exclusão **437**
excursão
  viajar **317.1**
  esportes ao ar livre **393.1**
  andar **407.3**
execução
  matar **198.2**
  fazer **287.2**
executar
  matar **198.2**
  fazer **287, 287.2**

451

ÍNDICE DE PALAVRAS EM PORTUGUÊS

executivo 271.4
exemplar 56
exemplo 92.4
exeqüibilidade 78
exeqüível 78
exercício
　esporte 388.1
　ginásio de esportes 392
exercitar-se 388.1
exército 248.2
exibição
　mostrar 92
　gabar-se 149
exibir
　mostrar 92, 92.1
exibir-se 149
exigência
　necessário 67
　querer 72.3
exigente
　difícil 243.1
　cuidadoso 301.1
exigir
　necessário 67
　querer 72.3
　controlar 228.3
exíguo
　pequenas quantidades 45.1
　desconfortável 440
exílio 209.5
existência 29
existir 29
êxito
　política e governo 227.6
　sucesso 396
exorbitante 267.1
expandir 46
expansão 46
expansivo 151.3
expectativa
　adivinhar 109, 109.1
expedição 317.1
expedir 372.2
expelir 209.5
experiência
　saber 110.2
　tentar 276.1
experiente 110.2
experimentado 110.2
experimental 276.1
experimentar
　saber 110.2
　comer 164.2
　tentar 276.1
experimento 276.1
expirar
　respirar 103
　morrer 197
explicação 343
explicar 343
explodir 132.2
explorar
　usar 280
　viajar 317.1
explosão 132.2
expor
　mostrar 92
　descobrir 335
　falar 341.2
exportação 262.3
exportar 262.3
exposição 92.3
exposto 335

expressão
　falar 341.2
　palavras 362.2
expressar 341.2
expulsão 209.5
expulsar 209.5
êxtase 422.2
extasiado 422.2
extensão
　tamanho 41
　aumentar 46
extenso 42
extenuação 274.1
extenuado 182.3
exterior
　posição 66 ☆
　viajar 317.2
　direções 318.2
exterminar 198
externamente 318.2
externo
　posição 66 ☆
　direções 318.2
extinto 197.1
extintor 135.2
extra 68.1
extrair 271.2 ☆
extraordinariamente 444.3
extraordinário
　surpresa 118.2
　inusitado 444.3
extrato bancário 260.2
extravagância 263.1
extravagante 69
extraviar 96

fã 426
fábrica 271.2 ☆
fabricação 293.1
fabricante 293
fabricar
　fazer 293, 293.1
fábula 342.3
fabuloso 417.3
faca
　cortar 133.4
　sala de jantar 170 ☆
façanha 287
face 86 ☆
fachada 66 ☆
fácil 247
facilidade 247
facilitar
　fácil 247.1
　ajudar 277
facilmente
　fácil 247
factível 78
factual 215
fada 416.1
fadiga
　dormir 182.3
　trabalho 274.1
fagote 379.4
faia 12.1
faixa 52.1
faixa de pedestre 311 ☆
fala 341.1
falácia 300.1
falador 359
falante
　língua 361

falar
　falar 341, 341.2
　discutir 354
　xingar 357
　fofoca 360
falar/dizer 341.7
falastrão 119
falecer 197
falecido 197.1
falha
　computadores 296
　incorreto 300.1
falhar 397
falho 300.1
falido 270
falir 270
falsificar
　irreal 36
　cópia 56
　falso 216
falso
　irreal 36
　desonesto 214
　falso 216
falta
　presença e ausência 30
　querer 72
　perverso 219.1
　esporte 388.1
　esportes com bola 389.1
falta de compreensão 115
faltar 324
família 138.4
familiar 110.2
familiares 138.1
familiarizado 110.2
familiarizar 110.2
faminto 165
famoso 111
fanfarra 379.3
fanfarrão 359
fantasia 190.6
fantasma 416.2
fantástico
　religião 232.9
　bom 417.3
fardo
　agricultura 173.5
　grupo 207
　viajar 317.4
farejar 103
farelo 156.5
farinha 156.2
farmacêutico
　curas 126.4
　lojas 273 □
farmácia
　curas 126.4
　lojas 273 □
faroeste 376.5
farol
　luz 24.4 ☆
　carro 308 ☆
　dirigir 309.2
　navios e barcos 312.6
farrapo 193
farto
　grande quantidade 43
　triste 447
fartura 43
fascinação
　interessante 120

fascinante
　interessante 120
　agitação 257.2
　atrair 432
fascinar
　interessante 120
　atrair 432
fascínio 432
fascismo 227.4
fase 26.2
fatal 198.4
fatia
　parte 52, 52.1
　cortar 133.3
fatiar 133.3
fatigado 128
fato 215
fatura 263.3
faturamento 262.9
faturar 263.3
fauna 1 □
fava 155.1
favela 174.1
favor
　ajudar 277
　incentivar 279.2
favorável
　incentivar 279.2
　bom 417.1
favorecer
　incentivar 279.2
　amizade 434.3
favorecido 244.2
favorecimento 426.1
favorito 426.1
fax
　o escritório 272.1
　comunicações 340.1
faxina 187.1
faxineira 187
fazenda
　agricultura 173
　têxteis 193
fazendeiro 173
fazer
　impaciente 278.1
　fazer 287, 287.2, 293
fazer as malas 317.4
fazer purê 168.2
fé 232
febre
　doenças 124.1
　curas 126.2
febril 124.1
fechado 178
fechadura 178
fechar
　fechado 178
　roupa 190.11
　unir 294.1
　máquinas 303.1
　zangado 450.3
fecho
　roupa 190.11
　unir 294.1
fedentina 90
feder 90
fedor 90
fedorento 90
feições 86 ☆
feijão 155.1
feijão-verde 155.1
feio 60
feitiçaria 416

feiticeiro
　magia 416.1
　atrair 432
feito
　sorte 287
　sucesso 396.2
feixe
　luz 24
　grupo 207 ☆
felicidade 422
felicidades 72
felicíssimo 422.2
felicitações 430
felicitar 430
felino 7.2
feliz 422
feltro 193.1
fêmea 141
feminino 141
fenda 134
feno 173.5
fera 1.1 □
feriado bancário 25.3
férias 183.2
ferida
　doenças 124.5, 124.13
ferimento 124.13
ferir
　doenças 124.13
　sintomas 125.1
　cortar 133.2
fermento 156.2
feroz 2
ferrageiro 273 □
ferragens 273 □
ferragista 273 □
ferramenta 382.1
ferro
　metais 16
　lavanderia 186
ferroada 133
ferroar 133
ferrovia 314
ferrugem 16
fértil 173.6
fertilidade 173.6
fertilizante 173.6
ferver 168.1
festa
　costumes sociais 195.1, 195.3
festivo 422
feto 136.1
fevereiro 25.2
fezes 102
fiança
　sistema jurídico 209.4
　emprestar e tomar emprestado 261.3
fiar-se 218.1
fiasco 397
fibra 304
ficar
　continuar 33
　visita 319
ficar na cama 182
ficção 367.1
ficha 366.1
fictício 216
fidedignas 218
fidedigno 213
fiel 213
fígado
　corpo humano – parte interna 101.2 ☆
　carne 159.4

452

ÍNDICE DE PALAVRAS EM PORTUGUÊS

figo seco 152.5
figura 86
fila
  formas 38.4 ☆
  esperar 286
filão 156.1
filar 375.2
fileira 38.4 ☆
filha
  família e parentes
  138.2, 138.5
filho
  família e parentes
  138.2, 138.5
filial 271.2
filme
  entretenimento 376.4
  artes e ofícios 381.4
filosofia 106.1
filtrar 303.1
filtro 303.1
fim
  fim 34, 34.2
  tarde 326
fim de semana 25.1
final
  fim 34, 34.2
  tarde 326
finalidade 280
finalizar 34
finalmente
  fim 34
  tarde 326
finamente 133.6
finanças 264
financeiro 264
financiamentos 261
financiar
  finanças 264
  dinheiro 265
  incentivar 279.2
fingir 36
finlandês 361.1
fino
  magro 49, 49.1
  cortar 133.6
  bom 417
fio
  têxteis 193
  unir 294.3
  artes e ofícios 381.6
  ferramentas 382.3,
  382.4
fio dental 184.3
firma 271.2
firmar 253
firme
  duro 100
  restrito 229
  inércia 284.2
firmemente 100
fiscalização 91.3
fiscalizador 228.1
física 233.3
fisicamente 101.4
físico 101.4
fissura 134
fita
  acessórios 192.4
  unir 294.3
  rádio/teledifusão 378
  música 379.9
fita métrica 307
fitar 91.2
fivela
  sapatos 191 ☆
  unir 294.1

fixar
  colocar 289
  unir 294.1
fixo 289
flamingo 9.2
flanar 407.2
flash 381.4
flauta 379.4
flavorizar 157.1
flecha 394 ☆
flexível
  suave 99.1
  ágil 399
floco 132.3
floco de neve 18.4
flocos de milho 156.5
flor 11 ☆
flora 1 □
floricultor 273 □
floricultura 273 □
florista 273 □
fluente 359.1
fluir 411.3
flutuar 415
fluxo 411.3
fobia 129.2
foca 10.3
foda 199.2
foder 199.2
fofocar 360
fofoqueiro 360
fogão 169 ☆
fogo
  queimar 135, 135.1
fogueira
  quente 20.1
  queimar 135
foguete 313
folgado 38.5
folha
  plantas 11 ☆
  árvores 12 ☆
  livro 367.6
folheto 366.1
fome 165
fomentar 257.3
fone 340.3
fones 379.9 ☆
fonte
  geografia e geologia
  13.7
  obter 373
fora
  posição 66 ☆
  direções 318.2
  distância 320.2
  excluir 437
forca 198.2
força
  máquinas 303.2
  segurar 336
  força 401
forcado 384.1
forçar 274.1
forma
  formas 38
  dar forma 39
  corpo humano –
  parte externa 86
  formal 146
  sistema 290
  fazer 293
formação
  fazer 293
  esportes com bola
  389.1 ☆

formal
  formal 146
  sensato 238.1
formalidade 146
formar
  dar forma 39
  ensinar 234
  fazer 293, 293.2
formar(-se)
  educação 233.5
  fazer 293
formato 38
formidável 417.3
formiga 5
formigueiro 5
formoso 417.2
formosura 59
fórmula
  sistema 290
  matemática 297
formulário 366.1
fornecer
  dar 372, 372.2
fornecimento 372.2
fornicar 199.2
forno 169 ☆
forro 184.6
fortalecer 401.3
forte
  gordo 48.1
  ruidoso 88
  cores 194.1
  força 401.1
  mau 438
fortemente
  difícil 243
  força 401.1
  fortificar 401.3
fortuna
  rico 269
  sorte 387
fósforo 135.1
fóssil 13.1
fosso 173.1
foto 381.4
fotocópia 272.1
fotocopiadora 272.1
fotografia
  ver e olhar 91.7
  artes e ofícios 381.4
foyer 177.1
fração
  pequenas
  quantidades 45.2
  números 298.1
fracassar 397
fracasso 397
fraco 402
frade 232.4
frágil
  duro 100.2
  fraco 402
fragilidade 402
fragmentário 45.2
fragmento
  pequenas
  quantidades 45.2
  parte 52
fragrância 90
fralda 136.4
framboesa 152.3
francamente
  óbvio 93
  honesto 213, 213.2
francês 361.1
franco
  honesto 213
  fácil 247

frango
  animais de fazenda
  6.1
  carne 159.3
franzino 402
franzir 450.3
fraqueza 402
frasco 331.2
frase 362.2
fratura 124.13
fraudar 214.1
fraude 214.1
fraudulentos 214
frear 309.1
free-shop 316
freezer 169 ☆
freio
  controlar 228.5
  carro 308.1
freira 232.4
freixo 12.1
frente
  posição 66 ☆
  controlar 228.4
freqüência 321
freqüente 443
freqüentemente 443
fresco
  frio 19
  duro 100.2
  novo 201
fricção 98.2
frigideira 169 ☆
frio
  frio 19
  inimizade 250
frios 273 □
frisante 166
fritar 168.1
frívolo 283
fronha 181.1
fronte 86 ☆
fronteira 53.1
frota 248.2
frouxo
  suave 99
  separar 295.1
  fraco 402.2
frustrar 245.1
frutaria 273 □
fuçar 4 □
fuga
  livre 210
  ir 322.1
  evitar 324
fugaz 29.2
fugir
  livre 210
  ir 322.1
  evitar 324
  animais 408
fulgir 24.3
fulgurar 24.2
fumaça 135
função 271.1
funcionamento
  fazer 287
  colocar 289.1
  computadores 296
  máquinas 303
funcionar 303
funcionário 227.2
funcionários 271.3
fundação 293.2
fundamental 75
fundamentalmente 75
fundamentar 293.1

fundamento 293.2
fundamentos
  principal 75
  causar 291.1
fundar
  fazer 293, 293.2
fundo
  aberto 179
  dinheiro 265
  artes e ofícios 381.3
fundos
  posição 66 ☆
  finanças 264
  dinheiro 265
funeral 195.4
fungar 103
funil 303.1
furacão 18.3
furadeira 382.1 ☆
furão 4 ☆
furgão 315.1
fúria 450.1
furioso
  feroz 2
  zangado 450.1
furo 134
furtar 220
furúnculo 124.5
fusível 303.1
futebol 389.1
fútil 282
futuro
  hora 26.2, 26.3
fuzil 248.4 ☆
fuzilar 198.1

gabar-se 149
gabinete 227 □
gado
  animais de fazenda 6
  agricultura 173.7
gafanhoto 5
gagueira 341.7
gaguejar 341.7
gaguez 341.7
gaguice 341.7
gaiola 209.6
gaivota 9.2
galão 307.3 □
galeria 92.3
galgo 7.1 ☆
galho 12 ☆
galinha 6.1
galo 6.1
galocha 191 ☆
galopar
  esportes eqüestres
  395
  animais 408
galope
  esportes eqüestres
  395
  animais 408
galpão 174.5
gananciosa 438.2
gancho
  interior de edifícios
  177.4
  unir 294
gandula 389.5 ☆
gangorra 385 ☆
gangue 207.1
ganhador 396.1
ganhar
  dinheiro 265.3
  fazer 293

453

ÍNDICE DE PALAVRAS EM PORTUGUÊS

obter 373.1
sucesso 396.1
ganho 373.1
ganhos 265.3
ganso 6.1
garagem 176 ☆
garantia
  certeza 82.1
  emprestar e tomar emprestado 261.3
  prometer 358
garantir
  certeza 82.1
  segurança 253
  prometer 358
garatujar 369.1
garatujas 369.1
garça 9.2
garçom 163.1
garçonete 163.1
garfo 170 ☆
gargalhada 423
garganta 13.1
garoa 18.2
garota 139.2
garoto 139.2
garra
  animais selvagens 1 ☆
  aves 9 ☆, 9.3 ☆
garrafa 331.2
garras 10.2 ☆
garriça 9
gás
  guerra 248.4
  máquinas 303.3
  gasolina 303.3
gastar 263.1
gasto 267
gastos
  comprar e vender 263.1
  dinheiro 265.3
gatinho 7.2
gato 7.2
gato malhado 7.2
gaveta 181 ☆
gavião 9.3 ☆
gay 199.6
gazeteiro 30
geada 18.4
geladeira 169 ☆
gelado 19
gelar
  frio 19
  medo 255.3
gelatina 160.2
geléia 160.1
geleira 13.7
gelo 18.4
gema 15
gêmeos 136
Gêmeos 28 ☆
gemer 345
gemido 345
general 248.3 □
generalizado 442.1
generalizar 85
gênero 199
generoso
  bondoso 224.1
  egoísta 226
gengibre 157.3
gengivas 86.1
genial 236.1
gênio
  personalidade 142

inteligente 236.1
zangado 450.1
genitais 86
genro 138.4
gente
  pessoas 139.1
  grupo 207.1
gentil
  suave 3
  bom (moralmente) 217
  bondoso 224
  cuidadoso 301
gentileza 224
gentilmente 224
geografia 233.2
geógrafo 13
geólogo 13
geometria 297 ☆
geométrico 297
geração 138.7
geral
  geral 85, 85.1
  incorreto 300.2
geralmente 85
gerbo 7.3
gerente 271.4
gerir 228.2
gesso 126.6
gestão
  controlar 228.2
  emprego 271.4
gesticular 365
gesto 365
gigante 42.1
gilete 184.4
gim 166.3
ginásio 392
ginástica
  esporte 388.1
  ginásio de esportes 392
gincana 395.1
girafa 1
girar
  movimento 411.3
  girar 414
gíria 362.1
giro 414
giz 233.1 ☆
glacê 156.3
glacial 19
glaciar 13.7
global 85.1
globo ocular 86.1 ☆
glória
  grande 77
  admirar 431.2
glorioso 77
glutão 164.4
gnomo 416.1
gol
  esporte 388.1
  esportes com bola 389.1
gola 190.4 ☆
gole 167
goleiro 389.1 ☆
golfe 389.6
golfinho 10.3
golfo 13.5 ☆
golpe
  política e governo 227.6
  esportes com bola 389.2
  decepção 448

golpear
  golpear 131, 131.1, 131.3
  ginásio de esportes 392.1
goma 186
gordinho 48.1
gordo 48
gorducho 48.1
gordura
  gordo 48
  carne 159.2
gorduroso 159.2
gorila 1
gorjear 9.4
gorjeio 9.4
gorjeta 372.1
gostar
  cuidar de 254
  gostar 426
  desfrutar 428
gosto
  sabores 157.1
  gostar 426
  desfrutar 428.1
gostoso 157.6
gojetar 21
governador 227 □
governanta 187.1
governar 228.4
governo 227
gozar 199.3
graça
  clemência 221
  barato 266
  ágil 399
  engraçado 424.1
gracioso
  belo 59
  suave 99.1
  ágil 399
gradil 177.2 ☆
graduação 235.1
graduado 235.1
gradual 404
gradualmente 404
graduar-se 233.5
grafia 369
gráfico
  matemática 297
  documento 366
grama
  pesos e medidas 307.4 □
  jardinagem 384 ☆
gramado
  estradas 311 ☆
  jardinagem 384 ☆
  esporte 388.4
  esportes com alvo 394
gramática 362.4
gramatical 362.4
gramaticalmente 362.4
gramofone 379.9 ☆
grampeador 294.3 ☆
grampo 294.3 ☆
grana
  comprar e vender 263.1
  dinheiro 265
granada 248.4 ☆
grande 42, 42.1, 77
grandeza 77
grandiosidade
  grande 77
  bom 417

grandioso 77
granizo 18.4
granola 156.5
grão
  pequenas quantidades 45.2
  agricultura 173.4
grão de trigo 173.4
grapefruit 152.2
grasnar
  vozes dos animais 8.2
  aves 9.4
gratificante 429
grátis 266
grato
  ajudar 277
  feliz 422.1
gratuito 266
grau 74.2
gravação 379.9
gravador 379.9 ☆
gravar 264.2
gravata 192.4
grave
  importante 74
  restrito 229
  mau 438
gravemente 74
grávida 136.1
gravidez 136.1
graxa
  gordo 48
  sapatos 191 ☆
grego 361.1
grelha
  cozinha 169 ☆
  sala de estar 180 ☆
grelhar 168.1
greta 134
greve 271.6
grevistas 271.6
grilo 5
gripe 124.6
grisalho 86.3
gritar 344
grito 103.1
groselha 152.3
groselha negra 152.3
grosnar 8.2 □
grosseiramente
  áspero 61
  cortar 133.6
grosseirão 438.2
grosseiro
  áspero 61
  grosseiro 144.1
  cruel 225
  mau 438
grosso
  áspero 61
  cortar 133.6
grotesco 60
grudar
  unir 294.1, 294.3
  segurar 336
grugrulejar 9.4
grugulejar 9.4
grupo
  grupo 207
  guerra 248.2
  tipo 306
  música 379.3
guarda
  sistema jurídico 209.2, 209.6
  cuidar de 254.1

guarda-cancela 314.2
guarda-chuva 192.2
guarda-freio 314.2
guarda-linha 314.2
guarda-livros 264.4
guarda-meta 389.2 ☆
guarda-pão 169 ☆
guarda-roupa 181 ☆
guarda-trem 314.2
guardanapo 170 ☆
guardar
  animais pequenos 4 □
  cuidar de 254.1
  colocar 289
  ter 374.2
guardião 228.1
guelras 10.1 ☆
guepardo 1
guerra 248
guerreiro 248.2 ☆
guia 92.2
guiar
  mostrar 92.2
  controlar 228.4
  fazer 287.1
  dirigir 309
guichê 316
guinchar
  vozes dos animais 8.2
  gritar 344
guitarra 379.4
gula 72.2
guloso 72.2
gusano 5 ☆
Guy Fawkes 25.3

hábil
  inteligente 236
  capaz 237
  hábil 239
habilidade 239.1
habilidoso 239
habilitar 78.1
habitação 175.2
habitante 175
habitar 175
hábito
  leis e regulamentos 208
  habitual 288
habitual
  habitual 288
  sistema 290
  normal 442.1
habitualmente 442.1
hall 177.1
Halloween 25.3
halterofilismo 392
hambúrguer 161.3
hamster 7.3
hangar 313.1
hardware 296
harmonia
  calma 259
  estar de acordo 348.1
  música 379.2
harpa 379.4
havana 194.3
haxixe 172.3
hectares 307.2 □
hediondo 60
helicóptero 313
hélio 17

454

ÍNDICE DE PALAVRAS EM PORTUGUÊS

hemofilia 124.11
hera 11
herança 373.1
herbívoro 1 ☐
herdar 373.1
herdeiro 373.1
hereditariedade 373.1
hereditário 373.1
hermético 331.7
heróico 258
heroína
  drogas 172.2
  coragem 258
heróis 258
hesitação 286
hesitar 286
heterossexual 199.6
hidrogênio 17
hífen 363
higiene 123
higiênico 188
hilariante 424.2
hilaridade 424.2
hindi 361.2
hinduísmo 232.1
hino 232.6
hipermetrope 124.4
hipopótamo 1
hipoteca 261.2
hipotecar 261.2
histeria
  louco 129.2
  agitação 257
histérico 129.2
história
  educação 233.2
  dizer 342.3
HIV 124.12
hobby 380
hoje 26.3
holandês 361.1
homem
  pessoas 139.1, 139.4
  masculino 140
homem/mulher de negócios 262
homens 185
homeopata 121
homicídio 198.1
homossexual 199.6
honestamente 213
honestidade 213
honesto
  honesto 213
  fácil 247
honorário 263.2
honra 431.2
hóquei 389.4
hora
  hora 26.1
  no horário 327
hora extra 271.5
horário 327
horizontal 66 ☆
horóscopo 28
horrendo 60
horripilante
  mau 438.1
  horror e repulsa 446.1
horrível 438
horror 446
horrorizar 446.2
horroroso 438
hortelã 157.2
hospedar 319

hospedar-se 175.2
hospedaria 317.3
hóspede
  viver 175.2
  visita 319
hospitaleiro 434.3
hospitalidade 434.3
hostil 250
hostilidades 248
hotel 317.3
humanidade 139.1
humanidades 233.2
humano
  pessoas 139
  bondoso 224
humildade 449.2
humilde 150
humilhação 449.2
humilhar 449.2
humor
  personalidade 142.1
  engraçado 424.1
húngaro 361.1

iate 312.1
iceberg 13.6
idade 200
ideal 417.4
idealmente 417.4
idéia
  opinião 106
  sugerir 353
  fofoca 360
  significado 364
idéia brilhante 108
idéia luminosa 108
idéias
  pensar 104
  discutir 354
idênticos 54 ☆
identidade 29
identificar
  ver e olhar 91.4
  saber 110.1
idioma 361
idiomas 233.2
idiota 240
idiotice 241.1
idoso 200.1
iglu 174.1
ignição 308.1
ignorante
  desconhecido 112.1
  estúpido 240
ignorar
  descuidado 302
  excluir 437
igreja 232.5 ☆
iguais 389.5
igual
  semelhante 54, 54.1
igualar 54.1
igualmente 54
ilegal 208
ilegível 369
ileso 253
ilha 13.5 ☆
ilógico 241.3
iludir 214.1
iluminação 180 ☆
iluminado 24
iluminar 24.1
ilusão 300.1
ilusoriamente 214.2
ilusório 214.2
ilustração 381.3

ilustrador 381.1
ímã 432.1
imaculado 188
imagem
  semelhante 54
  ver e olhar 91.7
imaginação 108.1
imaginar
  irreal 36
  ver e olhar 91
  acreditar 105.2
  idéia 108.1
imaginário
  irreal 36
  falso 216
imagino 105.2
imaturo
  novo 201.2
  tolo 241.4
imbecil
  estúpido 240, 240.1
  tolo 241
imediatamente
  no horário 327
  rápido 403.2
imediato 403.2
imergir 21.1
imitação
  cópia 56, 56.1
  repetir 356
imitador 56.1
imitar
  cópia 56, 56.1
  entretenimento 376.3
imobilizado 284.2
imoral 219
imortal 29.1
imóvel 284.2
impaciente 278
impacto 131.3
imparcial
  justo 211
  separar 295
impasse 284.1
impecável
  limpo 188
  bom 417.4
impedimento
  impedir 245, 245.1
impedir
  fim 34
  impedir 245, 245.1
impelir 279
impensado 302
impensável 79
imperador 205
imperfeito
  incorreto 300.1, 300.2
imperial 14.1
império 14.1
impermeável 331.7
impertinência 145
impertinente
  insolente 145
  coragem 258.1
ímpeto 72.2
impiedosamente 223
impiedoso 223
implacável 223
implantar 289.1
implicação 364.2
implicar 364.2
implorar
  querer 72.1
  perguntar 351.2

imponente
  grande 42.1
  formal 146
impor 228.3
importação 262.3
importado 262.3
importância
  importante 74
  unir 294
  enfatizar 355
importante
  importante 74
  principal 75
  grande 77
importar
  importante 74.1
  fazer negócios 262.3
  de má vontade 285
importar-se 74.1
importunar 425.1
impossível 79
imposto 264.2
imposto de renda 264.2
impostor 214.1
impotente 402
impreciso 300
imprensa 368
imprescindível 67
impressão
  parecer 37
  computadores 296
impressionante 431.2
impressionar 431.2
impressora 296 ☆
imprestável
  valor 268.2
  preguiçoso 283.1
imprimir 367.7
improdutivo 173.6
impróprio 242
improvável 81
improvisadamente 147
improvisado 147
improviso 147
imprudente 302
impulso
  querer 72.2
incentivar 279
imundo 189
imunizar 126.3
inábil 242
inação 284
inadequado 144.3
inalar 103
inarticulado 341.7
inatingível 79
inatividade 284
inativo 284
inaudível 89
incalculável 268.1
incandescer-se 24.2
incansável 223
incapacidade
  não especializado 242
  problema 244.2
incapaz
  impossível 79
  não especializado 242
incêndio
  queimar 135, 135.1
incentivar
  agitação 257.3
  incentivar 279

incerteza
  incerto 83
  problema 244
incerto 83, 83.2
incesto 199.4
inchaço 125.2
inchar
  aumentar 46
  sintomas 125.2
inchar-se 46.3
incidente 31.1
incisão 133
incitação 279.1
incitar
  incentivar 279
  atrair 432
inclinação
  formas 38.4 ☆
  habitual 288
inclinado 288
inclinar 38.4 ☆
inclinar-se 97.4
incluir
  borda 53
  incluir 436
inclusão 436
inclusive 436
incoerente
  diferente 55
  separar 295
incômoda 244.1
incomodado
  desconfortável 440
  zangado 450
incomodar
  problema 244.1
  interferir 246
  tentar 276
incômodo
  problema 244.1
  tentar 276
  desajeitado 400
  desconfortável 440
  zangado 450
incomparável 444.3
incompetência 242
incompetente 242
incompleto 300.2
incomum
  inusitado 444, 444.2
inconsciente
  desconhecido 112.1
  sintomas 125.3
inconsolável 447.1
inconstante 55
inconveniências 282
inconveniente
  problema 244.1
  inútil 282
incorretamente 300
incorreto 300
incorrigível 438
incredulidade 118
incrédulo 232.10
incrível
  surpresa 118, 118.2
  bom 417
incrivelmente 118.2
inculcar 279
incumbência
  trabalho 274.3
  fazer 287.2
incumbir-se de 287.2
indagação 351
indecoroso 144.3
indefeso 402
indefinido 300.2

455

ÍNDICE DE PALAVRAS EM PORTUGUÊS

indelicado 151.2
Independência 25.3
independente 435.2
indicar
  mostrar 92.2
  política e governo 227.3
  viajar 317.2
  significado 364.1
índice 367.5
indício 364.2
indiferente
  inimizade 250
  descuidado 302
indigente 270
indigestão 124.7
indignação 450.1
indignado 450.1
indignar 450.1
indireta 364.2
individual
  pessoas 139
  solidão 435.2
indivíduo
  pessoas 139
  solidão 435.2
indulgente 221
indústria 262.1
industrial 262.1
induzimento 279
induzir 279
ineficiente 242
inépcia 242
inepto
  não especializado 242
  desajeitado 400
inércia 283
inescrupuloso 214
inespecífico 85
inesperadamente 118.2
inesperado
  surpresa 118.2
  inusitado 444.1
inestimável 268.1
inexato 300
inexeqüível 79
inexistente 36
inexperiente 201.3
infantil
  feminino 141
  tolo 241.4
infecção 124.1
infeccioso 124.2
infectar 124.2
infelicidade
  sorte 387.2
  triste 447, 447.1
infeliz
  perverso 219
  sorte 387.2
  triste 447
infelizmente 447
inferir
  acreditar 105.1
  significado 364.2
infernizar 425.1
inferno 232.9
infértil 173.6
infidelidade 214.3
infiel 214.3
infindável 33.1
inflação 264.1
inflacionário 264.1
inflar-se 46.3
inflexível 223

influência
  controlar 228.6
  persuadir 349
influente 228.6
influir 349
informação 342
informal 147
informalmente 147
informar 342
informar-se 351
informatizar 296
informe 342.1
informar 340
infortúnio
  sorte 387.2
  triste 447.1
infração 209.1
infundir 279
ingenuidade 217
ingênuo 201.3
ingestão 375.2
inglês 361.1
íngreme 38.4 ☆
inibição 245
inibir 245
inicial 32
inicialmente 32
iniciar 32
iniciativa
  fazer negócios 262.1
  impaciente 278.1
início
  começar 32
  cedo 325
inimigo 250
ininterrupto 33.1
injeção 126.3
injetar 126.3
injuriar 144.2
injusto 212
inocência 217
inocente 217
inocular 126.3
inofensivo 3
inoportuno 244.1
inovador 201.1
inquieto
  medo 255.4
  tensão 256.1
inquietude
  medo 255, 255.4
insuficiente
inquilino 175.2
inquirir 351
inquisitivo 113.3
insanamente 129.1
insano 129.1
insatisfatório 438
inscrever 369.1
inseguro
  incerto 83
  medo 255.4
inseminação artificial 136.2
insensato
  tolo 241, 241.3
insensível
  grosseiro 144.3
  emoção 151.2, 151.3
  impiedoso 223
  cruel 225
inseto 5 □
insígnia 192.4 ☆
insignificância 76
insignificante
  sem importância 76
  fraco 402
insincero 214

insinuação 364.2
insinuar 364.2
insistência
  incentivar 279
  enfatizar 355
insistente 355
insistir 355
insolente 145
insônia 182.4
insosso 157.7
inspecionar 91.3
inspiração
  idéia 108
  incentivar 279
inspirar
  respirar 103
  idéia 108.1
  incentivar 279
instalar 289.1
instalar-se 175.1
instantâneo 403.2
instante 26.1
instantes 329
instar 279
instigar 279
instintivamente 151.2
instintivo 151.2
instinto
  emoção 151.2
  hábil 239.2
instituição
  organização 206
  dar 372.1
instituir 293.2
instituto 206
instrução 228.3
instruções 343
instruído
  ensinar 234
  inteligente 236
instruir
  controlar 228.3
  ensinar 234
instrumental 379.4
instrumento
  pesos e medidas 307
  música 379.4
instrumentos 379.3
instrutor 234.1
insuficiência 444.2
insuficiente
  pequenas quantidades 45.1
  inútil 282
  inusitado 444.2
insuficientemente 45.1
insultar 144.2
insulto 144.2
insurreição 227.6
intacto 50
íntegra 213
integral 127
integridade 213
inteirar 110.2
inteirar-se
  compreender 114.1
  aprender 235
inteiro 50
intelectual 236
inteligência 236
inteligente 236
intenção
  pretender 107, 107.1, 107.2
intencional
  pretender 107.3
  cruel 225.1

intensamente 401.1
intensidade 401.1
intensificar 46.2
intenso
  cores 194.1
  força 401.1
intento 276
interditado 178
interessada 226
interessado 120
interessar 120
interessar-se 426
interesse 120
interesseiro 226
interferência 246
interferir 246
interior
  posição 66 ☆
  direções 318.2
intermediário
  interferir 246.1
  normal 442.2
interminável 29.1
interno 66 ☆
interpretação 343.1
interpretar
  explicar 343.1
  entretenimento 376.3
interpretar mal 115
intérprete 343.1
interrogação
  perguntar 351
  pontuação 363
interrogar
  perguntar 351, 351.1
interrogatório 351.1
interromper
  fim 34
  diminuir 47
  esperar 286
  falar 341.1
interrupção 34
interruptor 303.1
intervalo
  descanso e relaxamento 183.1
  esperar 286
  entretenimento 376.2
intervenção 246
intervir 246.1
intestino
  corpo humano – parte interna 101.2 ☆
  doenças 124.7
intimidar
  perverso 219.3
  medo 255.2
íntimo
  distância 320.1
  esconder 339.1
intitular 137.1
intoxicação alimentar 124.7
intrépido 258.1
intricado 243.2
intrigar 115.1
introdução
  começar 32
  livro 367.5
introduzir 32
intrometer-se
  procurar 94.1
  interferir 246
  perguntar 351.1
intrometido
  descobrir 113.3
  interferir 246

intromissão 246
intuição 110
intuitivamente 110
inundação 18.2
inundar
  tempo 18.2
  cheio 332
inusitada 201.1
inusitado 444, 444.2
inútil
  desnecessário 68
  valor 268.2
  inútil 282
  preguiçoso 283
invadir
  viver 175
  guerra 248.1
inválido
  doenças 124.3
  inútil 282
inveja 251
invejar 251
invejoso 251
invenção
  encontrar 95.1
  falso 216
  coisa 305
inventar
  encontrar 95.1
  fazer 293
inventário 175.2
inverdade 216
inverno 25.2 ☆
inverso 318.2
invertido 66 ☆
investigação
  ver e olhar 91.3
  descobrir 113.1
  perguntar 351
investigador 113.1
investigar
  ver e olhar 91.3
  descobrir 113.1
investimento 264.3
investir
  aves 9.1
  finanças 264.3
inviável 79
invisível 91.6
invólucro 334
ioga 392
iogurte 158.1
ir
  visita 319
  vir 321
  ir 322
ir adiante 33
irado 450.1
irmã 138.2
irmão 138.2
irregular
  grande quantidade 43.1
  áspero 61
irregularmente 61
irremediável 438
irrepreensível 417.4
irreverente 144.3
irritação 450
irritadiço
  emoção 151.3
  zangado 450
irritado
  tensão 256.1
  zangado 450
irritante
  mau 438.1
  zangado 450

ÍNDICE DE PALAVRAS EM PORTUGUÊS

irritar 450
isca
  atividades de lazer 380.1
  atrair 432.1
isenção 210
isentar 221
isento 316
islamismo 232.1
isolado
  distância 320.2
  solidão 435
isqueiro
  queimar 135.1
  fumar 171
italiano 361.1
item 305

jacaré 1.1
jactar-se 149
janeiro 25.2
janela 176 ☆
jângal 13.2
jantar 162
japonês 361.2
jaqueta 190.4
jararaca 1.1 ☐
jarda 307.1 ☐
jardim
  partes de edifícios 176 ☆
  jardinagem 384 ☆
jardinagem 273 ☐
jardinar 384.2
jardineiro 384.2
jargão 362.1
jarra 331.2
jato 313
jaula 209.6
jazz 379.1
jeans 190.3
jeito
  personalidade 142.1
  hábil 239.1
  sistema 290
Jeová 232.3
Jesus 232.3
joanete 124.5
joaninha 5
joelho 86
jogador 389.3
jogar
  jogar fora 70
  colocar 289
  jogos 386
  esporte 388.1
  arremessar 405
jogo
  sala de jantar 170 ☆
  ferramentas 382.1
  jogos 386.2
  esporte 388.3
  esportes com bola 389.5
jóia 15
jóias 192.4 ☆
jóquei 395 ☆
jornada 317.1
jornais 273 ☐
jornal 368
jornaleiro 273 ☐
jornalista 368.1
jovem
  pessoas 139.2, 139.3
  novo 201.2

jovial 422.3
juba 1 ☆
jubiloso 422
judaísmo 232.1
judiciário 208
judô 392.1
juiz 209.4 ☆
juízo 209.4
julgamento
  opinião 106.2
  sistema jurídico 209.4 ☆
julgar
  opinião 106.2
  sistema jurídico 209.4
julho 25.2
jumbo 313
junco 11
junho 25.2
junta
  corpo humano – parte interna 101.2
  unir 294
juntar
  grupo 207.2
  unir 294
junto 320.1
Júpiter 27 ☆
jurados 209.4 ☆
juramento 358
jurar 358
júri 209.4 ☆
jurídico 208
juros 260.1
justamente 299
justapor 334
justiça
  sistema jurídico 209.4
  justo 211
justificar 221.1
justificativa 291.1
justo
  justo 211
  correto 299
  adequado 420.1
juvenil 201.2

kiwi 152.4

lã
  têxteis 193
  artes e ofícios 381.6
lábio 86 ☆
laboratório 233.2
laborioso
  difícil 243.1
  cuidadoso 301.1
  labuta 274.1
  labutar 274.1
laço
  acessórios 192.4
  unir 294
lacrado 331.7
lado
  direções 318.2
  distância 320.1
ladrão 220.1
ladrar 8.1
lady 205.1
lagarta
  animais pequenos 4
  insetos 5 ☆
lagarto 1.1

lago 13.4
lagoa 13.4
lagosta 10.2 ☆
lama
  sujo 189
  jardinagem 384.3
lamber
  comer 164.2
  beber 167
lambreta 315.3
lambuzar 189.1
lamentação 345
lamentar
  costumes sociais 195.4
  compaixão 222
  queixar-se 345
  vergonha 449.1
lamentar-se 447.1
lâmina
  cortar 133.4
  ferramentas 382.1 ☆
lâmpada
  luz 24.4
  sala de estar 180 ☆
lampejar 24.3
lamúria 345
lamuriar 345
lança 248.4 ☆
lançador 389.2 ☆
lançamento
  livre 210
  arremessar 405
lançar
  esportes com bola 389.3
  arremessar 405
lance 405
lanche
  refeições 162, 162.1
lanches 162.3
lanchonete 163
lanterna
  luz 24.4 ☆
  carro 308 ☆
lapela 190.12 ☆
lápide 195.4
lápis
  materiais para escrever 370 ☆
  artes e ofícios 381.2
lápis-cera 370 ☆
lapso 300.1
lar 174.1
laranja
  frutas 152.2
  cores 194.3
lareira 180 ☆
larga 40 ☆
largar
  colocar 289
  arremessar 405
largo
  formas 38.5
  dimensões 40 ☆
  separar 295.1
largura 40 ☆
larva 5 ☆
lascar 132.3
lascar-se 132.3
lascívia 427.1
laser 24
lastimar-se 345
lastimoso 447.1
lata
  recipientes 331.1, 331.4

latão 16
latejar 125.1
lateral 66 ☆
lateralmente 318.2
laticínios 273 ☐
latir 8.1
lavanderia 186
lavar
  lavanderia 186
  limpar 187.2, 187.5
lavatório 185 ☆
lazer
  descanso e relaxamento 183.1
  atividades de lazer 380
leal
  justo 211
  honesto 213
lealdade
  honesto 213, 213.3
leão 1 ☆
Leão 28 ☆
leão-marinho 10.3
lecionar 234
legal
  leis e regulamentos 208
  agitação 257.3
legar 372.4
legislação 208
legislar 208
legislativo 208
legítimo 208
legível 369
lei 208
leilão 263
leiloar 263
leite 158.1
leiteira 170 ☆
leiteria
  agricultura 173.3
  lojas 273 ☐
leito 13.7
leitor 367.8
lelé 129.4
lema 362.2
lembrança
  lembrar-se 116, 116.1
lembrar 116.1
lembrete 116.1
leme 312.2
lencinho 192.6
lenço 192.2
lençol 181.1
lenha 304.2
leniente 221
lentamente 404
lente
  aumentar 46 ☆
  artes e ofícios 381.4
lentes 91.8
lento
  descanso e relaxamento 183.1
  estúpido 240
  vagaroso 404
leopardo 1
lépido 399
leque 192.4
ler
  falar 341.5
  livro 367.8
lerdo
  estúpido 240
  vagaroso 404

lesão 124.13
lésbica 199.6
lesma 4
leste 318.1 ☆
letal 198.4
letárgico 283
letra
  palavras 362.5
  escrever 369, 369.3
  música 379.2
Letras 233.2
leucemia 124.12
levantar
  colocar 289.1
  máquinas 303.1
  puxar e empurrar 338
  subir 413
levantar-se 97.1
levante 227.6
levar
  navios e barcos 312.3
  carregar 337
  tomar 375
leve
  pequeno 44
  clemência 221
  pesos e medidas 307.4
liberado 210
liberal 227.4
liberar
  livre 210
  clemência 221.1
liberdade
  sistema jurídico 209.5
  livre 210
  permitir 230
libertar 210
libra 307.4 ☐
Libra 28 ☆
lição
  aprender 235
  trabalho 274.3
  dizer 342.2
licença
  descanso e relaxamento 183.2
  livre 210
  permitir 230
licenciado 235.1
licenciatura 233.5
lichia 152.4
licor 166
lida 274.1
lidar
  controlar 228.2
  fazer 287.2
líder 228.4
liderança 228.4
liderar 228.4
ligação 294
ligar
  unir 294, 294.1
  máquinas 303.1
  comunicações 340.1
ligeiramente 44
ligeiro
  pequeno 44
  ágil 399
lima 152.2
limão 152.2
limão-doce 152.4
limitação 228.5

ÍNDICE DE PALAVRAS EM PORTUGUÊS

limitado
  borda 53
  controlar 228.5
  desconfortável 440
limitar
  borda 53
  controlar 228.5
limite
  borda 53, 53.1
  controlar 228.5
limite de velocidade 311 ☆
limonada 166.1
limpador
  limpar 187
  carro 308 ☆
limpar
  ordenado 63
  curas 126.3
  limpar 187
limpeza
  limpar 187, 187.1
límpido 18.1
limpíssimo 188
limpo
  tempo 18.1
  ordenado 63
  limpo 188
lindo 417.2
lingerie 190.9
língua
  corpo humano –
    parte externa 86.1
  língua 361
linguado 10.1
linguagem 361
línguas 233.2
lingüiça 159.4
lingüística 233.2
linha
  têxteis 193
  trens 314
  atividades de lazer 380.1
  artes e ofícios 381.6
  ferramentas 382.4
  esportes com bola 389.5 ☆
linha aérea 313
linho 193.1
liquidação 263
liquidar
  matar 198.1
  emprestar e tomar emprestado 261.2
  comprar e vender 263.1
líquido
  úmido 21
  fazer negócios 262.9
lírio 11
liso
  liso 62
  corpo humano –
    parte externa 86.3
lisonja 430
lisonjear 430
lista
  comunicação 340.3
  documento 366
listagem
  computadores 296
  documento 366
listra 38.3
literal 299
literalmente 299
literário 367.4
literatura 367.4

litoral 13.5 ☆
litro 307.3 □
lividez 125.2
livramento 209.6
livrar 70
livrar-se 324
livraria 273 □
livre
  livre 210
  vazio 333
livre de impostos 316
livreiro 367.8
livreto 366.1
livro
  métodos de cozinhar 168
  livro 367.6
livro de exercícios 233.1 ☆
livro didático 233.1 ☆
lixa 184.5
lixo
  lixo 71
  mau 438.1
lobby 177.1
lobo 1
lobo 1.1 □
lóbulo 86 ☆
locação 262.4
local
  colocar 289.1
  distância 320.1
local invadido 175
localização
  áreas 14.2
  colocar 289.1
localizar
  animais pequenos 4 □
  colocar 289.1
localmente 320.1
loção 184.4
locar 289.1
locução 362.2
locutor
  falar 341.4
  dizer 342
  rádio/teledifusão 378.1
lodaçal 13.2
lógica 238
lógico 238
logo 329
lograr
  desonesto 214.2
  sucesso 396.2
  irregular 425
loja 273
lojista
  fazer negócios 262.3
  lojas 273 ☆
lombada 367.6
lona 193.1
longe 320.2
longínquo 320.2
longo 42
lontra 4 ☆
loquaz 359.1
lorde 205.1
lotado
  grupo 207.1
  cheio 332
lotar
  grupo 207.1
  cheio 332
lote 384.3
loteria 386.5

louca 129.1
louça
  sala de jantar 170 ☆
  limpar 187.5
louco 129.1, 129.2, 129.4
loucura 129.1
louro 86.3
lousa 233.1 ☆
LP 379.9
LSD 172.2
lua 27
lua-de-mel 195.3
lucro 262.9
ludibriar 214.2
lufada 18.3
lugar
  áreas 14
  presença e ausência 30
  colocar 289.1
lugar-comum 362.2
lugarejo 14.3
lúgubre 119
lula 10.2
luminária 180 ☆
luminoso 24.2
lupa 46 ☆
lustroso 62
luta
  guerra 248
  luta 249
  tentar 276
  ginásio de esportes 392.1
lutador 249
lutar
  guerra 248
  lutar 249
  tentar 276
luteranismo 232.2
luto 195.4
luva
  acessórios 192.2
  ginásio de esportes 392.1
luxação 338
luxar 338
luxo
  confortável 421
  desfrutar 428.1
luxuosamente 421
luxuoso
  formal 146
  confortável 421
luxúria 427.1
luz
  luz 24, 24.4
  sala de estar 180 ☆
  carro 308 ☆
luzidio 62

maca 126.6
maçã 152.1
macacão 190.3
macaco 1 ☆
macambúzio 142.1
maçaneta
  partes de edifícios 176 ☆
  interior de edifícios 177.3
maçante
  entediante 119
  zangado 450
macaquear 56.1

macarrão 156.4
machado 382.1
machão 140
machismo 212
machista
  masculino 140
  injusto 212
macho 140
machucado 124.5
machucar
  doenças 124.13
  sintomas 125.1
macilento 49
macio 99
maço
  grupo 207
  recipientes 331.1
  jogos 386.3
maconha 172.3
madeira
  materiais 304.2
  música 379.4 ☆
madrasta 138.5
madrinha 195.2
maduro
  estar maduro 153
  velho 200.1
  sensato 238
mãe 138.1
mãe de aluguel 136.2
maestro 379.3
magazines 273
magia 416
mágico 416
magistério 234
magnético 432.1
magnetismo 432.1
magnificamente 417.2
magnificência 417.2
magnificente 77
magnífico
  belo 59
  grande 77
  bom 417.2
mago 416
magoar 225.1
magricela 49
magro
  magro 49, 49.1
  carne 159.2
maio 25.2
maionese 161.5
maior 75
maioria 43
mais importante 75
maiúscula 362.5
majestade 205
majestoso 417.2
major 248.3 □
mal
  doentio 128
  dano 132
  perverso 219
  mau 438
  inusitado 444.2
mal-acabado 242
mal-educado 144.1
mal-entendido 115
mal-humorado
  personalidade 142.1
  zangado 450, 450.3
mala 331.3
malabarismo 377 ☆
malabarista 377 ☆
malcheiroso 90
malcomportado 219.2
malcriado 219.2

maldizer 357
maldoso
  perverso 219.2
  cruel 225.1
  mau 438
maleável 99.1
maleta
  acessórios 192.3
  viajar 317.4
malevolência 225.1
malfeito 242.1
malha
  roupa 190.4
  grupo 207
malícia 225.1
malicioso
  perverso 219, 219.2
  cruel 225
maligno 124.12
malsucedido 397
maltratar 280
maluco 129.4
malva 194.3
malvadez 225.1
malvado
  perverso 219
  cruel 225.1
  egoísta 226
mamadeira
  bebês 136.4
  recipientes 331.2 ☆
mamado 166.6
mamãe 138.1
mamífero 1 □
mamilo 86
manada 173.7
manancial 13.7
mancada 300.1
mancar 407.6
mancha
  formas 38.3
  sujo 189.1
manchar 189.1
manchete 368.2
manchinha 189.1
manco 124.3
mandão 228.3
mandar
  controlar 228.3
  comunicações 340.2
mandato 228.3
maneira
  personalidade 142.1
  sistema 290
  tipo 306
maneiras 143
manga
  frutas 152.4
  roupa 190.12 ☆
manha 244.2
manhã 26.1
mania 129.2
maníaco 129.2
manicômio 129.3
manifestar 341.2
manifestar-se 342.2
manifesto 93
manquejar 407.6
mansão 174.4
manso 150
manteigueira 170 ☆
manteiga 158.1
manter
  cuidar de 254, 254.1
  estar de acordo 348
  ter 374.2
  consertos 383

ÍNDICE DE PALAVRAS EM PORTUGUÊS

mantimentos 273 ☐
manufatura 293.1
manufaturar 293.1
manuscrito 369.3
manusear
  tocar 98
  máquinas 303
manutenção
  cuidar de 254
  consertos 383
mão
  corpo humano –
    parte externa 86
  coberturas 334
  dar 372
  jogos 386.3
mão única 311 ☆
mão-de-obra 271.3
mão-furada 400
Maomé 232.3
mapa 317.2
maquiagem 192.5
máquina
  lavanderia 186
  limpar 187.5
  máquinas 303
  artes e ofícios 381.4, 381.6 ☆
máquinas de escrever 370 ☆
maquinário 303
maquinista 314.2
mar 13.4
maracujá 152.4
maratona 390.1
maravilhosamente 417.3
maravilhoso
  belo 59
  surpresa 118.1
  bom 417.2, 417.3
marca
  sujo 189.1
fazer negócios 262.7
marcar
  dano 132
  sujo 189.1
  colocar 289
  esporte 388.1
  esportes com bola 389.1 ☆
marcha 407.3
marcha a ré
  dirigir 309
  direções 318.2
marchar 407.3
marcial 248.5
março 25.2
maré 13.6
marechal 248.3 ☐
margarida 11
margarina 158.2
margem
  geografia e geologia 13.5
  borda 53.1
  documento 366
maria-vai-com-as-outras 1.1 ☐
marido 138.4
marijuana 172.3
marinha 248.2
marinheiro
  guerra 248.3 ☐
  navios e barcos 312.5
mariposa 5

marisco 10.2
marketing 262.8
marrom 194.3
marrom-amarelado 194.3
Marte 27 ☆
martelo
  ferramentas 382.1
  atletismo 390.2
martim-pescador 9.2
marujo 312.5
masculino 140
másculo 140
massa
  alimentos assados secos 156.1, 156.3
  unir 294.3
massa corrida 304.1
massacrar 198
mastigar
  comer 164.2, 164.3
mastro 312.2
masturbar-se 199.2
matador 219.3
matagal 11
matar
  matar 198
  guerra 248.4
matar de fome 165
matemático
  educação 233.3
  matemático 297
matéria
  aprender 235
  coisa 305.1
  material 305.1
materializar-se 31
matraca 88.3
maturado 153
mau
  perverso 219
  cruel 225
  mau 438
  mau humor 142
maxilar 86 ☆
máximo 43
mecânico 303
mecanismo
  máquinas 303, 303.2
medalha 398
média 442.2
mediano 442.2
medicação
  curas 126.5
  pesos e medidas 307
medicinal 126
médico 126
medida 307
medidor 307
médio 442.2
medíocre
  não especializado 242
  normal 442.3
medir 307
meditação 104.2
meditar 104.2
medo
  medo 255
  coragem 258
medonha 91.6
medonho
  medo 255.1
  mau 438.1
  horror e repulsa 446.1

medroso 402.2
meia-calça 190.9
meia-idade 200.1
meia-noite 26 ☆
meias 190.9
meio
  posição 66 ☆
  possível 78.1
  frutas 152.6
  normal 442.3
meio ambiente 14.2
meio período 271.5
meio-dia 26 ☆
meio-fio 311.1
meio-irmã 138.5
meio-irmão 138.5
mel 160.1
melado
  sabores 157.4
  alimentos doces 160.1
melancia 152.1
melão 152.1
melhor
  escolher 73
  curas 126.1
melhor 418
melhorar 418
melodia 379.2
melro 9 ☆
membro
  corpo humano – parte externa 86
  organização 206.1
memorável 116
memória 116
menção 341.3
mencionar 341.3
mendigar
  pobre 270
  perguntar 351.2
mendigo 270
menina
  pessoas 139.3
  amor 427.4
menino 139.2
menor
  pessoas 139.3
  inferior 439.1
menosprezar 445
menosprezo 445
mensageiro 342
mensagem 342
menta 157.3
mental 101.4
mentecapto 240.1
mentir
  desonesto 214.2
  falso 216
mentira 216
mentiroso 216
menu
  estabelecimentos onde comer e beber 163
  computadores 296
meramente 45.1
mercado 273
mercado de ações 264.3
mercado de valores 264.3
mercadorias 262.5
mercearia 273 ☐
merceeiro 273 ☐
mercúrio 16

Mercúrio 27 ☆
merda
  excreções do corpo humano 102
  mau 438.1
merecedor 268.3
merecer 268.3
mergulhador 391 ☆
mergulhar
  úmido 21.1
  esportes aquáticos 391.1
mergulho
  esportes aquáticos 391
  cair 412.3
meridional 318.1
mérito 417.5
mero 45.1
mesa 180 ☆
mesa telefônica 340.3
mesada 265.3
mesmo
  real 35
  semelhante 54
mesquinho
  sem importância 76
  egoísta 226
mesquita 232.5
mestre 234.1
mestre-cuca 163.1
mesura 97.4
meta
  pretender 107.2
  esportes com bola 389.1 ☆
metal
  metais 16
  música 379.4 ☆
meteoro 27
meteorologia 18
meter
  cheio 332
  segurar 336
  puxar e empurrar 338
meter-se 246
meticuloso 301.1
metódico 290
metodismo 232.2
método 290
metralhadora 248.4 ☆
metro 307.1 ☐
metrópole 14.3
mexer
  métodos de cozinhar 168.3
  movimento 411
mexer-se 411.1
mexericar 360
mexeriqueiro 360
mexilhão 10.2
miar 8.1
micróbio 124.2
microfone 88.2
microondas 169 ☆
microônibus 315.2 ☆
microscópio 233.3 ☆
mídia 378
migalha 156.1
mignon 44
miguel 185
mijar-se 102
mil 298.1
milagre 118.2
milagroso 118.2
milha 307.1 ☐
milhagem 317.2

milhão 298.1
milhar 298.1
milho
  hortaliças 155.3
  agricultura 173.4
milícia 248.2
mililitro 307.3 ☐
milímetro 307.1 ☐
milionário 269
militar 248.5
mímica 376.3
mímico 376.3
mina
  metais 16
  emprego 271.2 ☆
mineral 13.1
minerar 271.2 ☆
minério 16
mingau 156.5
miniatura 44
mínimo 45
ministro 227 ☐
minoria 45
minúcia 301.1
minuciosamente 301.1
minucioso 301.1
minúsculo
  pequeno 44
  palavras 262.5
minuto 26.1
míope 124.4
mirar 405
miserável
  pequenas quantidades 45.1
  egoísta 226
miséria 72
misericordiosamente 221
misericordioso 221
missão 274.3
mistério
  desconhecido 112.2
  compreender mal 115.1
misterioso
  desconhecido 112.2
  inusitado 444.1
mistura
  métodos de cozinhar 168.3
  fazer 293
misturada 64
misturador 185 ☆
misturar
  desordenado 64
  métodos de cozinhar 168.3
  fazer 293
miúdo
  pequeno 44
  sem importância 76
mixórdia 64
mobilete 315.3
mobiliar 177.5
mobilidade 284.2
moça 139.2
mochila 317.4
moda 202.1
modelo
  mostrar 92.4
  artes e ofícios 381.5
moderado
  controlar 228
  sensato 238
  cuidadoso 301
  normal 442.3
modernizar 202

ÍNDICE DE PALAVRAS EM PORTUGUÊS

moderno 202
modernoso 202
modesto 150
modificar 58.1
modista 190.13
modo
  sistema 290
  tipo 306
modos 143
moeda 265.1
moedeiro 192.3
moer
  dano 132.4
  cortar 133.3
moinho 271.2 ☆
moisés 136.4
molambo 402.2
moldar 39
moldura 53 ☆
moletom 190.4
molhado 21
molhar
  úmido 21.1
  andar 407.7
molhe 312.4
molho
  petisco e alimentos cozidos 161.5
  grupo 207 ☆
molusco 10.2
momento
  hora 26.1
  no horário 327
  logo 329
monarca 205
monção 18.2
monge 232.4
monitor
  controlar 228.1
  ensinar 234.1
  computadores 296 ☆
monitorar 228.1
monótono 119
monstro 1 □
monstruosidade 60
montanha 13.1
montanha-russa 285
montanhismo 393.1
montão 207
montar
  grupo 207.1, 207.2
  fazer 293.1, 293.2
montaria 395
monte
  grande quantidade 43.1, 43.2
monumento 174.4
moradia
  viver 175, 175.2
morador 175
moral 217
moranga 155.3
morango 152.3
morar
  ser 29
  viver 175
morcego 4
mordaz 225.1
morder 164.2
mordida 164.2
mordiscar 164.5
moreno 86.3
mormacento 20
mormonismo 232.2
morno
  frio 19
  quente 20

moroso 404
morrer
  morrer 197
  dirigir 309.3
  morrer de fome 165
  morro 13.1
  morsa 10.3
mortal
  ser 29.2
  matar 198.4
mortalmente 198.4
morte 197.1
morto 197.1
morto de fome 165
mosca 5
mostarda 157.2
mosteiro 232.5
mostra
  mostrar 92.3
  significado 364.2
mostrar
  mostrar 92
  viajar 317.2
mostruário 92.3
motel 317.3
motim 227.6
motivação 279
motivar 279
motivo 291.1
moto 315.3
motocicleta 315.3
motor 303.1
motorista 309.5
mouse 296 ☆
móveis 177.5
móvel 411
mover
  movimento 411, 411.1
  mover-se 248.2
movimentar
  máquinas 303
  jogos 386.4
  girar 414.1
movimentar-se 411.1
movimento
  fazer 287
  movimento 411, 411.1
mudar
  mudança 58
  movimento 411, 411.1
  girar 414.2
mudar-se
  viver 175.1
  movimento 411
mudo
  quieto 89
  doenças 124.4
mugir 8.1
muito
  grande quantidade 43.2
  difícil 243
mula 6
muletas 126.6 ☆
mulher
  pessoas 139.4
  feminino 141
multa 209.5
multar 209.5
multidão 207.1
multilíngüe 361
multiplicar
  aumentar 46.1
  matemática 297.1

munição 248.4
murcho 99
murmurar
  falar 341.7
  queixar-se 345
músculo 101.2
músculos 401
musculoso 401.1
museu 92.3
música 233.2
música country 379.1
música de câmara 379.1
música folclórica 379.1
música pop 379.1
musical 379
mutilar 132
mutuante 261
mutuário 261

na ponta dos pés 407.4
nabo 155.2
nabo sueco 155.2
nação 14.1
nacionalidade 14.1
nadadeira 10.1 ☆
nadar 391
nádegas 86
nado borboleta 391.1
nado de costas 391.1
nado de peito 391.1
náilon 193.1
naipe 386.3
namorada 427.4
namorado 427.4
namorico 427.3
namoro 427.3
não especializado 242
não pago 263.1
não profissional 242
não qualificado 242
não-ficção 367.3
narciso 11
narina 86 ☆
nariz 86 ☆
narrar
  falar 341.5
  dizer 342.1
nascer 136.1
nascimento 136.1
nata 73
natação 391.1
Natal 25.3
natural
  saudável 127
  normal 442
natureza 142
naufrágio 312.6
náusea 124.7
nauseabundo 124.7
nauseado 124.7
naval 248.2
navalha 184.4
nave 232.5 ☆
nave espacial 313
navegante 312.5
navegar 312.3
navio 312
neblina 18.2
necessariamente 67
necessário
  necessário 67
  adequado 420.1
necessidade 67

necessitado
  problema 244.2
  pobre 270
necrológio 368.2
nectarina 152.1
negação
  inútil 282
  discordar 346.1
negar
  discordar 346.1
  recusar 347
negar-se 347
negativa
  grosseiro 144.2
  discordar 346.1
negativo
  de má vontade 285
  artes e ofícios 381.4
negligência 302
negligenciar 302
negligente 302
negligentemente 302
negociante 262.2
negociar
  fazer negócios 262.2, 262.3
negócio 305.1
negócios 262
negro 23
neném 139.2
nervo 101.2
nervosismo 255.4
nervoso
  emoção 151.3
  medo 255.4
  tensão 256.1
neta 138.3
neto 138.3
Netuno 27 ☆
neurose 129.2
neurótico 129.2
nevar 18.4
nevasca 18.4
névoa 18.2
nevoeiro 18.2
ninharia
  sem importância 76
  barato 266
ninho 9
nitrogênio 17
níveis 176.2
nível
  liso 62.1
  importante 74.2
nivelado 62.1
nivelar
  dar forma 39
  semelhante 54.1
  liso 62.1
nó
  corpo humano – parte externa 86 ☆
  unir 294.2
nobre
  realeza 205.1
  bom (moralmente) 217
nobreza 205.1
noção 108
nocivo
  dano 132
  mau 438
nódoa 189.1
noiva 195.3 ☆
noivado 195.3
noivo 195.3
nojento
  mau 438.1

horror e repulsa 446.1
nojo
  ódio e aversão 445
  horror e repulsa 446.2
nome 137.1, 137.2
nome de batismo 137.2
nomeação 271.7
nomear 271.7
nora 138.4
nordeste 318.1 ☆
normal 442
normalmente 442
noroeste 318.1 ☆
norte 318.1
norueguês 361.1
nostalgia 116.2
nostálgico 116.2
nota
  importante 74.2
  comprar e vender 263.3
  dinheiro 265.2
  livro 367.5
  escrever 369.1
  música 379.8
notar 91.4
notável 444.3
notavelmente 444.3
noticiário 368
notícias 368
notório 111
novato
  começar 32.1
  novo 201.3
novela 378.1
novelo
  têxteis 193.1
  artes e ofícios 381.6 ☆
novembro 25.2
noviço 439.1
novidade 201.1
novo
  novo 201
  moderno 202
  inferior 439.1
Novo Testamento 232.7
noz 154
nu 190.2
nuclear 303.2
núcleo 101.2
numerar 298
número
  números 298
  comunicações 340.3
  jornalismo 368
nutritivo
  saudável 127
  comer 164.1
nuvem 18.2

oásis 13.2
obedecer 217.1
obediência 217.1
obediente 217.1
obeso 48
obituário 368.2
objeção
  de má vontade 285
  discordar 346.1, 346.2
  perguntar 351

ÍNDICE DE PALAVRAS EM PORTUGUÊS

objeções 346.2
objetivo 107.2
objeto 305
objetos 268.1
oblongo 38.1 ☆
oboé 379.4
obra-prima
  artes e ofícios 381.3
  bom 417
obras na pista 309.3
obrigação
  problema 244.1
  trabalho 274.4
obrigado 274.4
obscuro 112
obsequioso
  educado 143.1
  ajudar 277
observação
  ver e olhar 91.3
  falar 341.3
observar
  ver e olhar 91, 91.3
  falar 341.3
obsoleto 203
obstáculo
  problema 244, 244.2
  impedir 245
  esportes com bola 389.2
obstáculos 282
obstinado 107.3
obstruir
  impedir 245, 245.1
obter
  procurar 94
  obter 373
obturação 123
obtuso 38.1 ☆
obus 248.4
obviamente 93
óbvio 93
ocasião 31.1
ocasional 444.2
ocasionar 291
oceano
  geografia e geologia 13.4, 13.5 ☆
ocidental 318.1
ócio 283
ociosamente 283
oco 333
ocorrência 31
ocorrer
  acontecer 31
  idéia 108.1
oculista 124.4
óculos 91.8
ocultar 339
oculto 416.2
ocupação 271.1
ocupado
  livre 210
  ocupado 275
ocupar
  viver 175
  ocupado 275
ocupar-se 228.2
odiar 445
ódio
  cruel 225.1
  ódio e aversão 445
  horror e repulsa 446
odioso
  cruel 225.1
  mau 438.1
odômetro 308.1

odor 90
oeste 318.1 ☆
ofegar 103.1
ofender
  grosseiro 144.2
  cruel 225.1
ofender-se 251
ofendido 450.1
ofensa 144.2
ofensivo 144.1
oferecer 372.1
oferecer-se 278.1
oferenda 372.1
oferta 372.1
ofertar 372.1
oficial
  política e governo 227.2
  guerra 248.2
oficina
  emprego 271.2 □
  posto de gasolina 310
ofício 271.1
oitava 379.8 ☆
olaria 381.5
oleiro 381.5
óleo
  laticínios 158.2
  máquinas 303.3
  artes e ofícios 381.2
olfato 90
olhada 91.1
olhadela 91.1
olhar
  ver e olhar 91, 91.1, 91.2
  zangado 450.3
olho 86 ☆
olmo 12.1
ombro 86
ombros 365
omelete 161.4
omissão
  descuidado 302
  excluir 437
omitir 437
omoplata 101.1 ☆
onça 307.3 □
onda
  geografia e geologia 13.6
  áspero 61
ondulada 38.4 ☆
ondulado 61
ondulado 86.3
ondular 61
ônibus 315.2 ☆
ônibus de viagem 315.2 ☆
onívoro 1 □
ontem 25.1
opala 15
opção 73
ópera 379.5
operação
  hospital 122.1
  máquinas 303
operacional 303
operadora 340.3
operante 287
operar
  hospital 122.1
  máquinas 303
operário 271.3
opereta 379.6

opinião
  opinião 106
  sugerir 353.1
ópio 172.2
oponente 249.1
opor 245.1
opor-se
  luta 249
  de má vontade 285
  discordar 346.2
oportunidade
  possível 78.1
  útil 281
oportuno
  fácil 247.1
  adequado 420.1
oposição 249
oposto
  diferente 55
  direções 318.2
opressivo 20
optar por 73
óptico 124.4
opulento 269
oração
  religião 232.6
  palavras 362.2
oral 34l.6
orar 232.6
orçamento
  fazer negócios 262.9
  finanças 264.1
orçar 262.9
ordem
  ordenado 63
  ordem 65
  controlar 228.2, 228.3
ordem do dia 262.10
ordenado
  ordenado 63
  dinheiro 265.3
ordenar 228.2
ordenhar 173.7
ordinário
  normal 442, 442.3
orelha 86 ☆
órfão 136.3
organização 206
organizar
  ordenado 63
  controlar 228.2
  fazer 293, 293.2
órgão
  corpo humano – parte interna 101.2
  música 379.4
orgasmo 199.3
orgulho 148.1
orgulhoso 148.1
orientação 353.1
oriental 318.1
origem
  começar 32
  causar 291.1
original
  começar 32
  novo 201.1
originalmente 32
originar 291
orla
  geografia e geologia 13.5
roupa 190.12
ornamento 59.1
orquestra 379.3
ortodoxo 232.2
ortografia 369

oscilar
  movimento 411.3
  agitar 415
osso 101.2
ossudo 101.2
ostensivamente 93
ostentação 146
ostentar 92.1
ostra 10.2
ostracismo 112
otimista 422.3
ótimo 417.2
ouro 16
ousadia 258.1
ousar 258.1
outono 25.2 ☆
outorgar
  permitir 230
  recompensa 398
outubro 25.2
ouvinte 87
ouvir
  ouvir 87
  doença 124.4
ovário 101.3 ☆
ovas 10.2 ☆
ovelha 6
ovo
  insetos 5 ☆
  laticínios 158.1
óvulo 101.3
oxigênio 17
ozônio 17

pá
  limpar 187.3
  jardinagem 384.1
  esporte com bola 389.2 ☆
paciência 433
paciente
  hospital 122
  cuidadoso 301
pacífico
  suave 3
  calma 259
pacote
  viajar 317.4
  recipientes 331.1
  comunicações 340.1
pacote de viagem 317.1
padaria 273 □
padecimento 447
padeiro 273 □
padrão
  formas 38.3
  artes e ofícios 381.6
  normal 442
padrasto 138.5
padrinho 195.2
padronizar 54.2
pagamento
  viver 175.2
  emprestar e tomar emprestado 261.2
  comprar e vender 263.1
pagar
  emprestar e tomar emprestado 261.2
  comprar e vender 263.1
  dinheiro 265.3
página
  livro 367.6
  jornalismo 368.2

páginas amarelas 340.3
pai 138.1
pairar 9.1
pais 138.1
país 14.1
paisagem 91.7
paixão 427.1
paixonite 427.3
palácio 174.4
palavra 358
palavrão 357
palavras 386.2
palco 376.2 ☆
palerma 240.1
palestra 341
palestras 234
paleta 381.2
paletó 190.4
palha 173.5
palhaço 377 ☆
palidez 125.2
pálido
  escuro 23
  sintomas 125.2
palma 86 ☆
palmadinhas 98.1
palmas 376.2
palmeira 12.1
pálpebra 86.1 ☆
palpite 109
pancadinha 131.4
pâncreas 101.2 ☆
panda 1
panela
  cozinha 169 ☆
  recipientes 331.2
panfleto 366.1
pânico 255
pano
  limpar 187.3, 187.5
  têxteis 193
panorama 14.2
panqueca 161.4
pântano 13.2
pantera 1
panturrilha 86
pão 156.1
pão doce 156.3
pão-duro 226
pãozinho 156.1
papa
  alimentos assados e secos 156.5
  religião 232.4
papagaio 7.3
papagaio-do-mar 9.2
papai 138.1
papel
  trabalho 274.4
  materiais 304.3
  materiais para escrever 370
  entretenimento 376.3
papel de parede
  sala de estar 180 ☆
  ferramentas 382.2
papel higiênico 185
papel-moeda 265.2
papelão
  materiais 304.2, 304.3
papelaria 273 □
papo 360
papo-roxo 9 ☆
par 298.1
pára-brisa 308 ☆
pára-choque 308 ☆

461

ÍNDICE DE PALAVRAS EM PORTUGUÊS

pára-quedas 393.3
pára-quedismo 393.3
parabenizar 430
parabéns 430
paracetamol 126.5
parada
  fim 34
  descanso e
  relaxamento 183.1
parado
  inércia 284, 284.2
parados 271
parafuso 382.1 ☆
parágrafo 362.2
paraíso 232.9
paralela 38.4 ☆
paralisação 284.2
paralisado 255.1
paralisar
  doenças 124.3
  medo 255.2
  inércia 284.1, 284.2
paralisia 284.2
paramédico 122
paranóia 129.2
paranóico 129.2
parar
  fim 34
  descanso e
  relaxamento 183.1
  movimento 411.1
parasita 375.2
parceiro 434.2
parcela 52
parceria 434.2
parcial 52
parcialmente 52
parco
  pequenas
  quantidades 45.1
  inusitado 444.2
pardal 9
parece 93
parecença 54
parecer
  parecer 37
  opinião 106
parecer-se 54.2
parecidos 54 ☆
parede 176 ☆
parente
  família e parentes
  138.2, 138.7
parênteses 363
pariato 205.1
pároco 232.4
parodiar 56.1
parreiral 173.1
parte
  pequenas
  quantidades 45.2
  parte 52
parteira 122
participação 434.2
partícula 52.1
particular 339.1
partida
  desonesto 214.2
  ir 322
  esporte 388.3
  esportes com bola
  389.5
partidário 279.2
partido 227.4
partilhar 372.3
partir
  começar 32

dano 132.2
navios e barcos
312.3
ir 322
partir-se
  dano 132.2
  separar 295
parto 136.1
Páscoa 25.3
pasmo 422.2
passa 152.5
passa branca 152.5
passada 407.1
passadiço 311.1
passado
  nora 26.2, 26.3
passador 172.1
passageiro
  ser 29.2
  viajar 317
passagem
  interior de edifícios
  177.3
  documentos e
  procedimentos
  para viajar 316
  passagem de nível
  311
  passagem secundária
  311
  passagem subterrânea
  311.1
passar
  lavanderia 186
  colocar 289
  dar 372
  sucesso 396.2
  andar 407.7
  movimento 411.2
  passar fome 165
  passar pela cabeça
  108.1
passatempo 380
passável 442.3
passear 407
passeata 407.3
passeio
  viajar 317.1
  andar 407
passividade 284
passivo 284
passo
  rápido 403.3
  andar 407.1
  cair 412.1
pasta
  acessórios 192.3
  unir 294.3
  viajar 317.4
pastel
  cores 194.1
  materiais para
  escrever 370 ☆
pastilha 126.5
pastinaga 155.2
pasto 173.1
pastor
  agricultura 173.7
  religião 232.4
  pastor alemão 7.1 ☆
pata 1 ☆
patamar 177.2
patas palmadas 9.2
patê 159.4
patente 248.3
patinação 393
patinete 315.3

patinhar 407.7
patins 393 ☆
pátio
  religião 232.5 ☆
  educação 233.1 ☆
pato 6.1
paul 13.2
pausa
  descanso e
  relaxamento 183.1
  esperar 286
pauta
  fazer negócios
  262.10
  música 379.8
pavão 9 ☆
pavor 255
pavoroso 438.1
paz
  quieto 89
  calma 259
pé
  posição 66 ☆
  corpo humano –
  parte externa 86
  pesos e medidas
  307.1 ☐
  recipientes 331.6
peão
  emprego 271.3
  jogos 386.4 ☆
peça
  pequenas
  quantidades 45.2
  parte 52
  desonesto 214.2
  coisa 305
  entretenimento 376.1
  música 379.7
  irregular 425
pecado 219
pecar 219
pechincha 266
peculiar 444.1
peculiaridade 444.1
pedaço
  formas 38.5
  pequenas quantidades
  45.2
  parte 52
pedais 379.4
pedante 148.2
pedestre 407
pedido
  querer 72.3
  perguntar 351.2
pedir
  querer 72.3
  sistema jurídico
  209.4
  emprestar e tomar
  emprestado 261.2
  perguntar 351, 351.2
  pedir carona 317
pedra
  geografia e geologia
  13.1
  materiais 304.1
pedreiro 174.6
pegadinha 252
pegado 320.1
pegador 389.2
pegajoso 294.1
pegar
  encontrar 95
  furtar 220
  trazer 323

segurar 336
obter 373
apanhar 406
desconfortável 440
pegar firme 4 ☐
peidar 125.4
peito
  aves 9 ☆
  corpo humano –
  parte externa 86
peixaria 273 ☐
peixe
  carne 159.3
  petiscos e alimentos
  cozidos 161.2
peixeiro 273 ☐
Peixes 28 ☆
peixinho dourado 7.3
pelar 132.3
pele
  corpo humano –
  parte externa 86.2
  frutas 152.6
pelicano 9.2
pêlos pubianos 86
pelotão 198.2
peludo 86.2
pelve 101.1 ☆
pena
  aves 9 ☆
  matar 198.2
  sistema jurídico
  209.5
  compaixão 222
penalidade 209.5
penalizado
  decepção 448
  vergonha 449.1
penalizar 209.5
pênalti 389.1
pendente 263.1
pendurar 186
peneira 168.4 ☆
peneirar 168.4
penhasco 13.5
penhoar 190.8
penicilina 126.5
pênis 86
penoso
  difícil 243.1
  trabalho 274.1
  mau 438.1
  triste 447
pensador 104
pensamento 104
pensão 265.3
pensão 317.3
pensar
  pensar 104, 104.1
  acreditar 105.2
  pensar em 107
pensativo
  pensar 104.2
  cuidadoso 301
pentagrama 379.8
pente 184.2
penteadeira 181 ☆
Pentecostes 25.3
penumbra 23
pepino 155.4
pepino azedo 161.2
pequena 44
pequeníssimo 44
pequeno
  pequeno 44
  sem importância 76
  palavras 362.5

pêra 152.1
perambular 407.2
perceber
  ver e olhar 91.4
  saber 110.1
  compreender 114,
  114.1
perceptível 93
perceptivelmente 93
percevejo 294.3 ☆
percorrer 407
percussão 379.4
percussionista 379.4
perda
  desperdício 69
  perder 96
  fazer negócios 262.9
  dirigir 309.4
perdão 221.1
perder
  desperdício 69
  perder 96
  morrer 197
  preguiçoso 283
  fracasso 397
perdiz 9
perdoar 221.1
perdulário 69
perdurar 245
perecer 197
perfazer 293
perfeito
  cuidadoso 301.1
  bom 417.4
perfil 53
perfumado 90
perfume
  cheirar 90
  acessórios 192.5
perfurar 133
pergunta 351
perguntar 351
perguntar-se 109
perigo 252
perigosamente 252
perigoso 252
período
  hora 26.2
  esportes com bola
  389.3
periquito 7.3
perito
  capaz 237
  hábil 239
permanecer
  continuar 33
  esperar 286
permanente
  ser 29.1
  emprego 271.5
permissão
  livre 210
permitir 230
permitir-se
  comprar e vender
  263.2
  desfrutar 428
permuta 372.3
permutar 372.3
perna 86
pernilongo 5
pérola 15
perplexidade 115.1
persa 89.2
perscrutar 91.2
perseguição 409.1
perseguidor 409.1

perseguir 409.1
persistência 33.1
persistente 33.1
persistir 33
personagem 367.1
personalidade 142
perspectiva 106
perspicaz 236
persuadir 349
persuasão 349
pertencer 374.1
pertences 374.1
perto 320.1
perturbação 246
perturbar
  compreender mal 115.1
  problema 244.1
  interferir 246
peru
  animais de fazenda 6.1
  carne 159.3
perua 315.1
peruca 192.1 ☆
perverso 219
perverter 214
pesadelo 182.4
pesado
  quente 20
  grande 42
  gordo 48.1
  pesos e medidas 307.4
pesar
  pesos e medidas 307.4
  triste 447
pesaroso 447
pescar 380.1
pescaria 380.1
pescoço 86
peso 307.4
pesquisa
  procurar 94
  descobrir 113.1
  perguntar 351
  documento 366.2
pesquisar 113.1
pêssego 152.1
péssimo
  mau 438.1
  triste 447.1
pessoa
  pessoas 139
  furtar 220
pessoal
  emprego 271.3
  esconder 339.1
pessoalmente 339.1
pessoas 139, 139.1
pestana 182.2
peste 124.1
pétala 11 ☆
peteca 389.5
petição 351.2
petisco 162.1
petrificado 255.1
petrificar 255.2
petróleo 303.3
petulante 149
pia 169 ☆
pia batismal 232.5 ☆
piada
  rir 423
  irregular 425
piano 379.4

piar 9.4
pica-pau 9 ☆
picada
  sintomas 125.1
  cortar 133
picadeiro 377 ☆
picado 61
picador 133.3
picar
  dano 132.4
  cortar 133, 133.3
  métodos de cozinhar 168.2
picareta 384.1
picles 161.2
pico 13.1
piedade
  clemência 221
  compaixão 222
piedoso 232.8
pijama 190.8
pilar
  bom (moralmente) 217.2
  carregar 337 ☆
pilha
  grande quantidade 43.1
  máquinas 303.2
pilhar 220
pilheriar 425
pilotar 313.2
piloto 313.3
pílula
  curas 126.5
  sexo 199.5
pimenta 157.2
pimenta-vermelha 155.3
pimentão 155.3
pináculo 232.5 ☆
pinça 184.2
pinçar 73
pinças 10.2 ☆
pincel
  higiene pessoal 184.4
  artes e ofícios 381.2
  ferramentas 382.2
pingadeira 176 ☆
pingar 21
pingo
  tempo 18.2
  sujo 189.1
pingue-pongue 389.5
pingüim 9.2
pinha 12 ☆
pinheiro 12.1
pinho 12.1
pinta
  formas 38.3
  sujo 189.1
  pesos e medidas 307.3 □
pintar 382.2
pintinho 6.1
pintor 381.1
pintura
  acessórios 192.5
  artes e ofícios 381.3
pioneiro 201.1
pior 439
pipeta 233.3 ☆
pipilar 9.4
pipoca 161.1
piquenique 162.3
piquetes 271.6

pirado 129.4
piramidal 38.2 ☆
pirâmide 38.2 ☆
pires 170 ☆
pisadas 407.1
pisar
  andar 407.1, 407.3
piscar 91.5
piscina
  partes de edifícios 176.1
  esportes aquáticos 391.1
piso
  partes de edifícios 176.2
  interior de edifícios 177.5
pista
  estradas 311 ☆
  avião 313.1
  esporte 388.4
pista dupla 311 ☆
pistache 154
pistão 303.1
pistola 248.4 ☆
pitoresco
  belo 59
  ver e olhar 91.7
  antiquado 203
pitu 10.2
pizza 161.3
placa
  cozinha 169 ☆
  carro 308 ☆
  estradas 311 ☆
placa obrigatória 308 ☆
placenta 136.1
plagiar 56
planador 313
planejamento
  sexo 199.5
  controlar 228.2
  fazer 293.1
planejar
  pretender 107
  controlar 228.2
planeta 27
planície 13.2
plano
  liso 62.1
  pretender 107.1
  controlar 228.2
  sugerir 353
  artes e ofícios 381.3
planta 180 ☆
plantação 173.1
plantar 384.2
plástico
  materiais 304, 304.3
plataforma 314.1
platéia
  pessoas 139.1
  entretenimento 376.2
platina 16
plausível
  provável 80
  acreditar 105.4
pleno 332
plugue 382.3
pluma 9 ☆
Plutão 27 ☆
pneu
  carro 308 ☆
  dirigir 309.3
pó
  limpar 187.4
  sujo 189

pobre
  problema 244.2
  pobre 270
pobreza
  querer 72
  pobre 270
poça 13.4
pocilga 173.3
podadeira 384.1
podão 384.1
podar 384.2
poder
  controlar 228.6
  segurar 336
  força 401
poderoso
  controlar 228.6
  força 401.1
podre 153
poeira 189
poema 367.4
poesia 367.4
poético 367.4
polegada 307.1 □
polegar 86
polêmica
  discordar 346.4
  discutir 354
polêmico 346.4
pólen 11
polícia 209.2
policial 209.2
polido 143.2
poliéster 193.1
polistireno 304
politeno 304.3
política 227
político 227
pólo
  esportes aquáticos 391
  esportes eqüestres 395.1
  atrair 432.1
pólo 13.5 ☆
polonês 361.1
poltrão 402.2
poltrona 180 ☆
poltronas 376.2 ☆
poluição 189.1
poluir 189.1
polvo 10.2
pomada 126.5
pomar 173.1
pomba 9 ☆
pombo 9 ☆
pompa 146
pomposo 148.2
ponderado
  calma 259
  cuidadoso 301
ponderar 104.1
pônei 6
ponta 38.1 ☆
pontada 133
ponte
  dentista 123
  estradas 311 ☆
  navios e barcos 312.2
pontiagudo 38.1 ☆
ponto
  formas 38.3
  sujo 189.1
  coisa 305
  no horário 327

  artes e ofícios 381.6
  esportes com bola 389.3
ponto de ônibus 315.2 ☆
ponto de vista 106
ponto final 314.1
ponto-e-vírgula 363
ponto-final 363
pontual 327
pontualmente 327
pontuar 363
poodle 7.1
população 204
popular 426.1
popularidade 426.1
pôr
  roupas 190.1
  colocar 289
porão 177.4
porca 382.1 ☆
porcalhão 438.2
porção 162.1
porcaria
  desordenado 64
  tolo 241
porcentagem 52
porco
  animais selvagens 1.1 □
  animais de fazenda 6
  mau 438.2
porco-espinho 4
pormenor 301.1
pornográfico 199.1
poro 86.2
porquinho-da-índia 7.3
porta
  partes de edifícios 176 ☆
  interior de edifícios 177.3
porta-bagagem 331.6 ☆
porta-chapéu 331.6 ☆
porta-guarda-chuva 331.6 ☆
porta-malas 308 ☆
porta-revistas 331.6 ☆
porta-voz 341.4
portal 176.1
portão 176 ☆
portar 337
portar-se 287.1
porte 340.2
pórtico 232.5 ☆
porto 312.4
portuário 312.5
português 361.1
pós-graduado 235.1
posição
  áreas 14.2
  colocar 289.1
  esportes com bola 389.1
posicionar 289
positivo 278
possante 401.1
posse 374
possessão 374
possibilidade 78.1
possibilitar 78.1
possível 78
possivelmente 78
possuir 374
postal 340.2
postar 340.2

ÍNDICE DE PALAVRAS EM PORTUGUÊS

poste
  partes de edifícios 176 ☆
  estradas 311 ☆
  comunicação 340.3
posto
  importante 74.2
  guerra 248.3
posto de gasolina 310
postular 209.4
postura
  opinião 106, 106.1
pote 331.1
potência 228.6
potencial 78
pouco
  pequenas quantidades 45.2
  parte 52
  números 298.1
  inusitado 444.2
poupar
  desnecessário 68.1
  clemência 221
  banco 260.1
pousada
  estabelecimento onde comer e beber 163
  viajar 317.3
pousar
  aves 9.1
  avião 313.2
povo 139.1
povoado 14.3
povoar 175.1
praça 311
prado 173.1
praguejar 357
praia 13.5
prancha 304.2
prancha de skate 393 ☆
pranto 345
prata 16
prateleira 180 ☆
prática 276
praticar 276
prático
  possível 78
  útil 281
prato
  refeições 162.1, 162.2
  sala de jantar 170 ☆
prato giratório 379.9 ☆
pratos 379.4
pratos rápidos 161.3
prazenteiro 422
prazer
  feliz 422
  desfrutar 428
prazeroso 422
prazo 261.3
precaução 253.1
precaução 301
precavido 301
preceptor 234.1
precioso 268.1
precipitação 403.1
precipitado
  grosseiro 144.3
  descuidado 302
  cedo 325
  rápido 403.1
precipitar-se
  rápido 403.1

animais 408
cair 412.2
precisamente 229
precisão 299
precisar 67
preciso
  restrito 229
  correto 299
preço
  comprar e vender 263.2
  barato 266
preconceito 212
predição 109.1
predisposto 288
predileção 426
prédio
  tipos de edificações 174.3
  fazer 293.1
predisposto 288
predizer 109.1
preenchimento 429
prefácio 367.5
prefeita 227.1
prefeito 227.1
prefeitura 227.1
preferência
  escolher 73, 73.1
  gostar 426
preferir
  escolher 73, 73.1
preferível 73.1
prefixo 340.3
pregador 186
pregar
  religião 232.6
  dizer 342.2
prego 382.1 ☆
preguear 39
preguiçoso 283
prejudicado 397
prejudicar
  problema 244.2
  impedir 245
prejudicial 132
prejuízo
  problema 244.2
  fazer negócios 262.9
prematuramente 325
prematuro 325
premeditado 225.1
prêmio 398
premissas 291.1
prenda 372.1
prendedores 294.3 ☆
prender
  sistema jurídico 209.2
  segurança 253
  unir 294, 294.1, 294.3
segurar 336
prenome 137.2
prensar 336
preocupação
  problema 244
  medo 255.4
preocupado
  bondoso 224
  medo 255.4
  tensão 256.1
preocupar 244.1
preocupar-se
  importante 74.1
  medo 255.4
preparação 328
preparado 328

preparar
  fazer 293
  pronto 328
preparativos
  controlar 228.2
  pronto 328
preparo 293
preposição 362.4
presa 1 ☆
presença
  presença e ausência 30
  vir 321
presente
  hora 26.2, 26.3
  presença e ausência 30
  dar 372.1
presentear 372.1
preservação 254.2
preservar
  segurança 253
  cuidar de 254.2
preservativo 199.5
presidência 227 ☐
presidente/a
  organização 206.1
  política e governo 227 ☐
  fazer negócios 262.10
presidiário 209.6
preso
  unir 294.1
  apanhar 406
pressa 403.1
pressão
  tocar 98.2
  doenças 124.11
  trabalho 274.1
pressionar
  tocar 98.2
  incentivar 279.1
pressuposição 105.2
pressuposto 106.1
prestações 261.3
presteza 328
prestidigitador 416
presumir
  provável 80
  acreditar 105.2
presumivelmente 80
presunçoso 148.1
presunto 159.1
pretencioso 148.2
pretender 107
pretenciosa 359
pretencioso 148.1
pretenso 36
pretexto 291.1
preto
  corpo humano – parte externa 86.3
  sujo 189.1
  cores 194.3
prevenção
  injusto 212
  impedir 245.1
prevenir 252.2
prever 109.1
prévio 26.3
previsão 109.1
prezar 428
primário 247
primavera 25.2
primeira classe
  comunicações 340.2

bom 417.4
primeiro
  começar 32
  escolher 73
primeiro de Maio 25.3
primeiro-ministro 227 ☐
primeiros socorros 126.6
primo 138.6
primoroso 59
principal 75
principalmente 75
príncipe 205
principiante 32.1
princípio
  começar 32
  opinião 106.1
prisão
  sistema jurídico 209.2, 209.6
prisioneiro 209.6
privado 339.1
probabilidade 80
problema 244
problemas 219.2
problemático 244
proceder 33
procedimento 290
processador 169 ☆
processar
  sistema jurídico 209.4
  sistemas 290
processo
  sistema jurídico 209.4
  sistema 290
procissão 407.3
procriar
  cópia 56
  sexo 199.2
procura 94
procurador 209.3
procurar 94
produção
  agricultura 173.4
  fazer negócios 262.5
  fazer 293.1
produto 305
produtor
  agricultura 173.4
  fazer 293.1
produtos 262.5
produzir
  agricultura 173.4
  fazer 293, 293.1
proeza 239.1
professor 234.1
profeta 232.3
proficiente 237
profissão 271.1
profissional
  hábil 239
  emprego 271.1
profundidade 40 ☆
profundo 40 ☆
prognosticar 109.1
prognóstico 109.1
programa
  computadores 296
  documento 366.1
  entretenimento 376.2
  rádio/teledifusão 378.1
programar
  colocar 289
  computadores 296

progredir
  continuar 33
  melhorar 418
progresso
  continuar 33
  vir 321.1
  melhorar 418
proibição 231
proibir 231
projetar 293.1
projétil 248.4
projetista 293.1
projeto
  pretender 107.1
  fazer 293.1
prole 138.7
proliferar 46.3
prolixo 119
prolongar 46.2
promessa
  fazer 287.2
  prometer 358
promissor 72
promoção 271.7
promover 271.7
pronome 362.4
prontamente 328
prontidão 328
pronto
  pronto 328
  rápido 403
pronúncia 341.6
pronunciar
  falar 341, 341.6
propagação 46
propagar 337
propensão
  hábil 239.2
  habitual 288
propenso 288
propor 353
proporção
  tamanho 41
  parte 52
proporcional 52
proporções 41
propósito 107.2
proposta 353
propriedade 374
proprietário
  viver 175.2
  ter 374
prorrogar 46
prosa 367.4
prosear 360
prosperar 269
prosperidade 269
próspero 269
prostituta 199.4
proteção
  ver e olhar 91.8
  cuidar de 254.1
proteger
  segurança 253
  cuidar de 254.1
prótese 123
protestantismo 232.2
protestar
  de má vontade 285
  discordar 346.2
protesto 346.2
protetor
  higiene pessoal 184.2
  cuidar de 254.1
protuberância 38.5

ÍNDICE DE PALAVRAS · EM PORTUGUÊS

prova
  mostrar 92, 92.4
  sistema jurídico
  209.4
  educação 233.5
  tentar 276.1
provar
  mostrar 92
  educação 233.5
  tentar 276, 276.1
provável 80
proveitoso
  ajudar 277.1
  sucesso 396
prover 262.6
provérbio 362.2
providenciar 254
província 14.1
provisão
  fazer negócios
  262.6
  dar 372.2
provisório 29.2
provocação
  coragem 258.1
  incentivar 279.1
provocador 279.1
provocante
  sexo 199.1
  agitação 257.3
provocar
  incentivar 279.1
  causar 291
  trazer 323
provocativo 279.1
proximamente 320.1
próximo
  incorreto 300.2
  distância 320.1
  logo 329
prudência 301
prudente
  inteligente 236
  sensato 238
  segurança 253
  cuidadoso 301
pseudônimo 137.3
pseudônimo literário
137.3
psicanálise 129.3
psicologia 129.3
psicológico 129.3
psicoterapeuta 129.3
psiquiatria 129.3
psiquiátrico 129.3
pub 163
publicação
  livre 210
  livro 367.7
publicar 367.7
publicidade 262.8
público
  pessoas 139.1
  entretenimento 376.2
pugilista 249
pujante 401.1
pular 410
pulga 5
pulinhos 410
pulmão 101.2 ☆
pulo 410
pulôver 190.4
púlpito 232.5 ☆
pulseira 192.4 ☆
pulso 126.2
punhado 45.2
punhal 248.4 ☆

punho
  corpo humano –
  parte externa 86 ☆
  roupas 190.12 ☆
  punição 209.5
punir
  sistema jurídico
  209.5
  clemência 221.1
Punjabi 361.2
pupa 5 ☆
pupila 86.1 ☆
purê 168.2 ☆
pureza 188
purgatório 232.9
puro
  limpo 188
  bom (moralmente)
  217
púrpura 194.3
puxão 338
puxar
  banheiro 185
  segurar 336
  puxar e empurrar
  338

quacrismo 232.2
quadra
  esporte 388.4
  esporte com bolsa
  389.5 ☆
quadrado
  formas 38.1 ☆
  pesos e medidas
  317.2 ☐
quadril 86
quadrilha 207.1
quadro
  ver e olhar 91.7
  sala de estar 180 ☆
  materiais 304.2
  artes e ofícios 381.3
qualidade
  importante 74.2
  bom 417.5
qualificação 233.5
qualificado 239
quantia
  tamanho 41
  números 298
quantidade
  tamanho 41
  números 298
quarta 307.3 ☐
quarta-feira 25.1
quarteto 379.3
quarto
  tipos de edificações
  174.2
  viver 175.2
quase
  possível 78
  inusitado 444.2
que goteja 21
quebra-cabeça
  compreender mal
  115.1
  jogos 386.2
quebra-mar 312.4
quebra-nozes 154
quebra-vento 254.1 ☆
quebradiço 100.2
quebrado
  dormir 182.3
  pobre 270

incorreto 300.1
quebrar
  doenças 124.13
  dano 132.2
  pobre 270
  dirigir 309.3
quebrar(-se) 295
queda
  diminuir 47
  hábil 239.2
  cair 412.1
queijo 158.1
queima 263
queimação 125.1
queimador 169 ☆
queimadura 135
queimar
  sintomas 125.1
  queimar 135
  máquinas 303.1
queixa 345
queixar-se 345
queixo 86 ☆
quente 20
querer
  querer 72
  pretender 107
querido 427.5
questão 351
questionar 354
questionável 83.2
quieto
  quieto 89
  calma 259
  inércia 284.2
quietude 259
quilograma 307.4 ☐
quilometragem 317.2
quilômetro 307.1 ☐
química 233.3
quinta-feira 25.1
quintal
  partes de edifícios
  176 ☆
  pesos e medidas
  307.4 ☐
quiosque 273
quitanda 273 ☐
quitandeiro 273 ☐
quitinete 174.2

rã 4
rabanete 155.4
rabino 232.4
rabiscar 369.1
rabiscos 369.1
rabugento 142.1
raça
  áreas 14.1
  tipo 306
rachadura
  dano 132.2
  separar 295
rachar 132.2
raciocinar
  pensar 104.1
  mentalmente são
  130
raciocínio 104.1
racionar 130
racismo 212
rack
  carro 308 ☆
  recipientes 331.6
radar 313.1
radiação 303.2

radiador 20.1
rádio 378
radioatividade 303.2
radionovela 378.1
raia 388.4
rainha de copas
  386.3 ☆
raio
  luz 24
  formas 38.1 ☆
raiva
  ódio e aversão 445
  zangado 450, 450.1
raivoso 450
raiz 11 ☆
rajada 18.3
ralado 132.3
ralador 168.2 ☆
ralar
  dano 132.3
  métodos de cozinhar
  168.2
ralhar 450.2
ralo 176 ☆
Ramadã 25.3
ramalhete 207 ☆
raminho 12 ☆
ramo
  grupo 207
  fazer negócios 262
rancor
  cruel 225.1
  ressentimento 251
  ódio e aversão 445
ranúnculo 11
rapariga 139.2
rapaz
  pessoas 139.2
  inferior 439
rapidamente
  no horário 327
  rápido 403
rápido
  inteligente 236.2
  no horário 327
  rápido 403
raposa
  animais selvagens 1,
  1.1 ☐
raramente 444.2
raro 444.1
rasgar 132.2
rasgo
  dano 132.2
  separar 295
raso
  dimensões 40 ☆
  liso 62.1
raspar 132.3
rastejante 5 ☐
rastejar 407.4
rastro 45.2
rato 4
ravina 13.1
razão 291.1
razoável
  mentalmente são
  130
  sensato 238
reação 287.1
reagir
  fazer 287.1
  responder 352
real
  real 35
  realeza 205
  honesto 213.1

verdadeiro 215
realçar 46.2
realeza 205
realidade 35
realização
  sucesso 396.2
  satisfazer 429
realizar
  fazer 287.2, 293
  sucesso 396.2
realizar-se 31
realizável 78
realmente 299
rebanho
  agricultura 173.7
  grupo 207.1
rebater
  esportes com bola
  389.3
  saltar 410
rebatida 389.5
rebelião 227.6
rebocar
  materiais 304.1
  puxar e empurrar
  338
reboque
  agricultura 173.2 ☆
  outros meios de
  transporte 315
  puxar e empurrar
  338
rebuliço 411.1
recado
  trabalho 274.3
  dizer 342
recear 255
receber
  saudar 196
  obter 373
  entretenimento 376
receita
  cores 126.4
  métodos de cozinhar
  168
  fazer negócios 262.9
  dinheiro 265.3
recente 26.3
recentemente 26.3
recepção 195.3
recepcionista 272.2
receptáculo 331
receptor 340.3
rechaçar 144.2
rechear 332
rechonchuda 48.1
recibo 263.3
reciclar 280
recinto 53
recipiente 331
recital 379.6
recitar 341.5
reclamação 345
reclamar 346.4
recluso 435.1
recobrar-se 126.1
recolher 63
recolocar 289
recomendação 353.1
recomendar 353.1
recompensa 398
recompensar 398
reconhecer
  saber 110.1
  admitir 350
reconhecido 422.1
reconhecimento 110.1

465

ÍNDICE DE PALAVRAS EM PORTUGUÊS

recordação
  lembrar-se 116, 116.1
recordar
  semelhante 54.2
  lembrar-se 116, 116.2
recortadas 61 ☆
recortado 61
recortar 133
recreação 183.1
recreativo 183.1
recuar 322
recuo 322.1
recuperação 126.1
recuperar 126.1
recursos
  fazer negócios 262.5
  comprar e vender 263.2
  dinheiro 265
  ajudar 277
  usar 280
recusa 347
recusar
  luta 249.1
  recusar 347
redação 369
redator 368.1
rede
  grupo 207
  atividades de lazer 380.1
  esportes com bola 389.5 ☆
rede de segurança 253 ☆
rédeas 395 ☆
redondezas
  áreas 14.2
  distância 320.1
redondo 38.1 ☆
redor 66 ☆
redução 271.8
redundante 68.1
reduzido 53
reduzir
  diminuir 47
  controlar 228.5
  dirigir 309.1
  vagaroso 404
reembolso 261.2
refém 220.2
referência 341.3
referendo 227.3
referir-se 341.3
refil 332
refinada 141
refinado 417.2
refinamento 418
refinar 418
refletir
  cópia 56
  pensar 104.1
refletor 56
reflexão 104.1
reflexo 56
reforçar 401.3
reforço 355
reforma 58.1
reformar
  mudança 58.1
  consertos 383
refrear 284
refrescar(-se) 19
refrigerador 169 ☆
refrigerante 166

refugado 71
refugiar 254.1
refugiar-se 322.1
refúgio 254.1
refugo 71
regalo 372.1
regato 13.7
regente 379.3
reger 228.4
reggae 379.1
região 14
regime 49.1
regimento 248.2
registrar 369.1
registro 366
regozijar-se 422.2
regra 208
regresso 322
régua
  matemática 297 ☆
  pesos e medidas 307
regulagem 289
regulamentos 208
regular
  honesto 213
  controlar 228.5
  colocar 289
  sistema 290
  freqüentemente 443
regularizar 54.2
regularmente 443
rei 205
rei de ouros 386.3 ☆
reinado 205
reinar 205
reino
  áreas 14.1
  realeza 205.1
reitor 234.1
reivindicação 358
rejeição 144.2
rejeitar 70
relação
  viver 175.2
  unir 294
  amizade 434.1
relação sexual 199.2
relacionamento 434.1
relacionar 294
relações 434.2
relâmpago 18.5
relance 91.1
relatar 342.1
relato 342.3
relatório
  dizer 342.1
  documento 366.2
relaxado 97.4
relaxar 183
relevante 420.2
religião
  religião 232
  educação 233.2
religioso
  religião 232, 232.8
relinchar 8.1
relógio 26.1 ☆
relutância 285
relutante
  ressentimento 251
  de má vontade 285
reluzir 24.2, 24.3
remar 312.3
remédio
  curas 126, 126.5
remendar 383

remexer
  animais pequenos 4 □
  não especializado 242.1
  movimento 411.1
reminiscências 116.2
remo
  navios e barcos 312.2
  esportes aquáticos 391
remoção 375.3
remorso 449.1
remotamente 320.2
remoto 320.2
remover
  tomar 375.3
  jardinagem 384.2
  movimento 411
renda
  têxteis 193.1
  dinheiro 265.3
render
  fazer negócios 262.9
  dar 372
render-se
  fim 34
  guerra 248.1
rendido 182.3
renegado 214.3
renovar 383
rentável 264.1
rente 320.1
renúncia 271.8
renunciar
  emprego 271.8
  ir 322.1
reparar
  ver e olhar 91.4
  consertos 383
repartir 295
repassar 235
repelente 446.1
repelir 446.2
repentino
  informal 147
  rápido 403.2
repercussão 292
repetição 356
repetir 356
repleto 332
réplica 56
repolho 155.1
repor
  substituir 57
  colocar 289
reportagem
  falar 341.4
  jornalismo 368.2
repórter 368.1
reposição 57
repreender 450.2
represa 13.4
represar 245.1
representar
  substituir 57
  comprar e vender 263
representar
  substituir 57
  fazer 287
  significado 364.2
  entretenimento 376.3
representativo 57
reprimir
  inércia 284
  coberturas 334

reprodução 56
reproduzir 56
reproduzir-se 199.2
reprovado 397
república 14.1
repugnância 446
repugnante
  mau 438.1
  ódio e aversão 445
  horror e repulsa 446.1
repugnar 446.2
repulsivo 446.1
reputação 111
requerimento 351.2
requintado 59
requinte 418
requisito 67
resenha 368.2
reserva
  desnecessário 68.1
  documentos e procedimentos para viajar 316
reservado 151.3
reservar
  documentos e procedimentos para viajar 316
  ter 374.2
  entretenimento 376.2
reservas 83.1
resfolegar 103.1
resfriado 124.6
resgatar 253.2
resgate
  furtar 220.2
  segurança 253.2
residência 175
residente 175
residir 175
residual 71
resíduos 71
resistência
  luta 249.1
  agüentar 433
resistente
  duro 100
  força 401.1
resistir 249.1
resistir 337
resmungar
  incentivar 279.1
  falar 341.7
  queixar-se 345
resmungona 447.1
resolução 113.2
resolver
  descobrir 113.2
  fazer 287.2
respaldar 279.2
respeitar 431
respeito 431
respeitoso
  educado 143.2
  bom (moralmente) 217.1
respiração
  respirar 103
  curas 126.6 ☆
respirar 103
responder
  ir 322
  responder 352
responsabilidade
  perverso 219.1
  trabalho 274.4

responsabilizar 219.1
responsável
  controlar 228
  trabalho 274.4
  causar 291
resposta
  fazer 287.1
  matemática 297
  responder 352
ressaca 166.6
ressaltar
  mostrar 92.2
  enfatizar 355
ressecar 22
ressentimento 251
ressentir-se 251
ressequido 22
ressoar 356
restabelecer-se 126.1
restabelecimento 126.1
restante 33
restar 33
restaurante 163
restaurar 383
resto 33
restos 132.1
restrição 228.5
restrições
  incerto 83.1
  controlar 228
restringir
  borda 53
  controlar 228.5
resultado
  descobrir 113
  resultado 292
resultar 292
resvalar 411.2
reta 38.4 ☆
retalhador 133.3
retalhar 133.2
retangular 38.1 ☆
retângulo 38.1 ☆
retardado 240
retardar 245
reter 245
retesado 256.2
retificar 299
retinir 88.3
retirada
  guerra 248.1
  ir 322
retirar
  banco 260.1
  descobrir 335
retirar-se
  guerra 248.1
  ir 322
reto
  formas 38.1 ☆
  corpo humano – parte interna 101.2 ☆
retornar 322
retorno 322
retrato 54
retrós 294.3
retrovisor 308 ☆
reumatismo 124.9
reunião 262.10
reunir 207.2
réus 209.4 ☆
revelação 350
revelar
  desonesto 214.3
  sistema 290
  descobrir 335

admitir 350
artes e ofícios 381.4
reverência 97.4
reverso 318.2
revestimento 334
revestir 334
revirar 94
revisão 58.1
revisar
  mudança 58.1
  aprender 235
revista 368
revistar 94
revistas 273 ☐
revolta
  política e governo 227.6
  horror e repulsa 446
revoltar-se 227.6
revolto 64
revolução 227.6
revolucionário 227.6
revólver 248.4 ☆
reza 232.6
rezar 232.6
riacho 13.7
ribeirão 13.7
ricaço 269.1
rico
  grande quantidade 43
  rico 269, 269.1
ricochetear 410
ridicularizar 425.1
ridículo 241.2
rigidez 100
rígido
  corpo humano –
  parte interna 100.1
  restrito 229
rigoroso 299
rim
  corpo humano –
  parte interna 101.2
  carne 159.4
rima 367.4
rímel 192.5
rinchar 8.1
ringue 392.1
rinoceronte 1
rinque 393.2
rio 13.7
ripas 389.2 ☆
riquezas 269
rir 424.1
risada
  tolo 241.2
  rir 423
risadinha 423
riscar 371
risco 252
risível 241.2
riso 423
rispidez 450.2
ríspido 213.2
rítmico 379.2
ritmo
  música 379.2
  rápido 403
robôs 303.1 ☆
robusto
  gordo 48.1
  força 401.1
roçar 98
rocha 13.1
rock 379.1

roda
  máquinas 303.1
  carro 308 ☆
  navios e barcos 312.2
  artes e ofícios 381.5
roda-gigante 385
rodada 389.2
rodar 414.1
rodear 53
rododendro 11
rodovia 311
roer 164.2
rogar
  perguntar 351.2
  xingar 357
rogo 351.2
rolando 412.1
rolar 411.3
rolete 384.1
rolha
  bebidas 166.5
  materiais 304.2
roliço 48.1
rolo
  artes e ofícios 381.6 ☆
  jardinagem 384.1
romance
  livro 367.1
  amor 427.1
romântico 427.1
romantismo 427.1
romeno 361.1
romper
  dano 132.2
  discordar 346.3
rompimento 295
roncar 182
ronronar
  vozes dos animais 8.1, 8.2 ☐
rosa 11 ☆
rosca 38.2 ☆
rosnar
  vozes dos animais 8.1, 8.2 ☐
  zangado 450.2
rota 317.2
rotatória 311 ☆
roteiro 369.3
rotina 290
rotineiro 290
rotisseria 273 ☐
rótula 101.1 ☆
rotular 137.1
roubar
  furtar 220
  caro 267.1
roubo
  furtar 220.1
  caro 267.1
rouco 125.4
roupa
  lavanderia 186
  roupa 190.2, 190.6
  esportes aquáticos 391 ☆
roupa de cama 181 ☆
rouquejar 8.2 ☐
rouxinol 9
roxo 194.3
rua 311
rubéola 124.10
rubi 15
ruborizar-se 449.2
rude 225
rudimentos 75

ruela 311
rúgbi 389.1
rugir 8.2
ruibarbo 152.1
ruído 88.1
ruim 438
ruínas
  lixo 71
  dano 132.1
ruivo
  corpo humano –
  parte externa 86.3
  cores 194.3
rum 166.3
rumo 411.2
rumor 360
ruptura 295
rusga 346.3
russo 361.1

sábado 25.1
sabão 186
sabatinar 233.5
saber 110
sábio
  saber 110
  inteligente 236
sabonete 184.1
sabor 157.1
saborear
  comer 164.2
  desfrutar 428
saboroso 157.6
sabotagem 132.6
sabotar 132.6
saca 331.5
saca-rolhas 166.5
sacada 176.2 ☆
sacar
  banco 260.1
  esportes com bola 389.5
sacerdócio 232.4
sacerdote 232.4
saco
  corpo humano –
  parte externa 86
  lojas 273 ☆
  recipientes 331.1
saco de dormir 380.1
sacola 331.5
sacrificar
  matar 198.3
  religião 232.6
sacrifício 232.6
sacro 232.8
sacudir 411.3
sádico 225
sadio 127
safar-se 324
safira 15
safra 200.2
sagaz 236
Sagitário 28 ☆
sagrado 232.8
saguão 177.1
saia 190.5
saia-calça 190.3
saída
  buraco 134
  partes de edifícios 176.1
  direções 318.2
  ir 322
saída de correspondência 272.1

sair
  começar 32
  viver 175.1
  viajar 317.1
  vir 321.2
  ir 322
sal 157.2
sala 233.1 ☆
sala de embarque 313.1
sala de espera 314.1
salada 155.4
saladeira 170 ☆
salário 265.3
saldar
  emprestar e tomar emprestado 261.2
  comprar e vender 263.1
saldo 261.2
salgado 157.5
salgar 157.2
salgueiro 12.1
salientar
  mostrar 92.2
  enfatizar 355
saliva 86.1
salmão 10.1
salmo 232.6
salpicar 21.1
salpico 38.3
salsa 157.2
salsicha
  animais domésticos 7.1 ☆
  carne 159.4
saltar
  esportes eqüestres 395.1
  saltar 410
saltitar 410
salto
  sapatos 191 ☆
  saltar 410
  cair 412.3
salto de vara 390.2
salto em altura 390.2
salto em distância 390.2
salvar 253.2
salvo 437
samambaia 11
sanção 230
sancionar 230
sandália 191 ☆
sanduíche 161.2
sangramento 125.2
sangrar 125.2
sangue 101.2
sanguinário 225
sanidade 130
sanitário 185
sansacionalismo 257.2
santo
  bom (moralmente) 217.2
  religião 232.2, 232.8
são 127
São João 25.3
sapateado 376.6
sapatilhas 191 ☆
sapo 4
saque 389.5 ☆
saquear 220
sarampo 124.10
sarar 126.1
sardinha 10.1

sargento 248.3 ☐
sari 190.5
Satanás 232.3
satisfação
  feliz 422
  desfrutar 428.1
  satisfazer 429
satisfatório 429
satisfazer 429
satisfeitíssimo 422.2
satisfeito
  cheio 332
  feliz 422.1
  satisfazer 429
satsuma 152.2
saturar 21.1
Saturno 27 ☆
saudação
  saudar 196
  gritar 344
saudades 72
saudar 196
saudável 127
saúde 127
saxofone 379.4
script 369.3
sebe 173.1
sebo 158.2
secador 184.2
secadora 186
seção
  parte 52
  emprego 271.2
secar 22
seco
  seco 22
  entediante 119
  estar maduro 153
secretária 272.2
secretário
  organização 206.1
  política e governo 227 ☐
secreto 339.1
século
  calendário e estações 25.4
  hora 26.2
seda 193.1
sedativo 259.1
sede
  beber 167.1
  organização 206.1
sedento 167.1
sedutor 432
seduzir 432
segredo 339.1
seguidor 279.2
seguir 409.2
segunda 200.2
segunda classe 340.2
segunda-feira 25.1
segundo nome 137.2
segurança
  segurança 253
  cuidar de 254.1
  coragem 258.1
  prometer 358
segurar
  segurança 253.1
  finanças 264.2
  unir 294.1
  segurar 336
  tomar 375.1
seguro
  certeza 82
  emoção 151.3

ÍNDICE DE PALAVRAS EM PORTUGUÊS

segurança 253
coragem 258.1
finanças 264.2
inércia 284.2
seio 86
seixo 13.1
sela 395 ☆
selado 331.7
seleção 73
selecionar 73
selo 340.2 ☆
selos 380
selva 13.2
selvagem
  feroz 2
  cruel 225
sem fala 118.1
sem pensar 144.3
sem um centavo 270
semáforo 311 ☆
semana 25.1
semear 384.2
semelhança
  semelhante 54, 54.2
semelhantemente 54
semente
  plantas 11
  frutas 152.6
senado 227 ☐
senador 227 ☐
senda 311.1
senhor
  pessoas 139.4
  controlar 228.4
Senhor 232.3
senhora
  pessoas 139.4
  banheiro 185
  controlar 228.4
senil 129.2
sênior
  velho 200.1
  superior 419
sensação
  tocar 98
  emoção 151.1
sensacional
  agitação 257.2
  bom 417.3
sensacionalista 257.2
sensato
  sensato 328
  cuidadoso 301
sensível
  importante 74
  sintomas 125.1
  emoção 151.2
  bondoso 224
senso 238
sentar-se 97.2
sentença 362.2
sentenciar 209.4
sentido
  tolo 241.3
  inútil 282
  significado 364
  vergonha 449.1
sentimental 151.1
sentimento 151.1
sentir
  tocar 98
  emoção 151.1
  gostar 426
  decepção 448
sentir-se 151.1
separação 295
separado 295

separar 65
separar(-se)
  costumes sociais 195.3
  separar 295
sepultamento 195.4
sepultar 195.4
sepultura 195.4
seqüestrar 220.2
sequóia 12.1
ser 293
ser necessário 67
serenidade 3
sereno
  suave 3
  calma 259
seriado 378.1
seriamente
  importante 74
  sensato 238.1
sérias 218
série
  rádio/teledifusão 378.1
  esportes com bola 389.3
seringa 126.3
sério
  importante 74
  restrito 229
  sensato 238.1
  cuidadoso 301
  mau 438
  triste 447.2
sermão
  religião 232.6
  ensinar 234
  dizer 342.2
serpentear 414.2
serra
  cortar 133.4
  ferramentas 382.1
serrado 61
serrar 133.4
serrote 382.1 ☆
servente 274.5
serviçal 274.5
serviço 389.5
servil
  educado 143.1
  ajudar 277
servir
  cuidar de 254
  esportes com bola 389.5
servo-croata 361.1
sesta 182.2
set 389.5
setembro 25.2
setentrional 318.1
setor 262
severo 229
sexo 199
sexta-feira 25.1
sexual 199
sexualidade 199
sexualmente 199
sexy 199.1
shandy 166.4
short 190.3
sibilar 8.2
significância 74
significar
  significado 364, 364.2
significativo 74

signo
  astrologia 28
  significado 364.1
sílaba 362.3
silenciar 89.1
silêncio 89
silencioso 89
silo 173.3
silvar 8.2
simbolicamente 364.1
simbólico 364.1
simbolizar 364.1
símbolo 364.1
símio 1
simpatia
  compaixão 222
  gostar 426.1
simpático
  compaixão 222
  bom 417
simples
  pequenas quantidades 45.1
  óbvio 93
  fácil 247
simplesmente
  pequenas quantidades 45.1
  óbvio 93
  fácil 247
simplificar 247.1
simplório 105.3
simular 36
simultaneidade 249
sinagoga 232.5
sinal
  trens 314.1
  pontuação 363
  significado 364.1
  gesticular 365
sinaleiro 314.2
sinalizar 364.1
sincera 213
sinceramente 213.1
sincero
  real 35
  religião 232.8
sindicato
  grupo 207.2
  emprego 271.6
sinfonia 379.7
singular
  solidão 435.2
  inusitado 444.3
singularidade 444.1
sino 88.3
sinto 255.1
sinuca 394
sirene 88.3
siso 123
sistema
  sistema 290
  computadores 296
sistemático 290
sítio 289.1
situação 31.2
situado
  útil 281
  inútil 282
situar 289.1
slogan 362.2
smoking 190.4
soar 88.3
soberbo 77
sobra 68.1
sobrados 174.1 ☆
sobrancelha 86.1 ☆

sobrecapa 367.6
sobrecarregado 275
sobrecarregar
  problema 244.1
  pesos e medidas 307.4
sobremesa 162.2
sobrenome 137.2
sobrepor-se 334
sobrepujar 396.1
sobressalente 68.1
sobressaltar 118.1
sobretudo 190.10
sobrevivência 253.2
sobrevivente 253.2
sobreviver 253.2
sobrinha 138.6
sobrinho 138.6
sóbrio
  bebidas 166.7
  sensato 238.1
socar 131.1
social 204
socialismo 227.4
sociedade
  sociedade 204
  organização 206
sócio
  organização 206.1
  amizade 434.2
sociologia 233.2
soco 131.1
soçobrar 412.2
soda 166.1
sofá 180 ☆
sofrer
  agüentar 433
  triste 447
sofrimento 447
sofrível 442.3
software 296
sogra 138.4
sogro 138.4
sol 18.1
Sol 27 ☆
sola
  corpo humano – parte externa 86
  sapatos 191 ☆
solar
  tipos de edificações 174.4
  máquinas 303.2
soldado 248.2 ☆
soldado de aviação 248.3 ☐
soldado raso 248.3 ☐
soldar 294.1
solene
  formal 146
  sensato 238.1
  triste 447.2
soletrar 369
solicitação
  emprego 271.7
  perguntar 351.2
solicitador 209.3
solicitar
  emprego 271.7
  perguntar 351.2
solícito 224
solidariedade 222
solidarizar-se 222
solidificar 100
sólido
  grande 42.1
  duro 100
  força 401.1

solista
  música 379.3, 379.4 ☆
solitário 435
solo
  música 379.3
  jardinagem 384.3
soltar
  livre 210
  colocar 289
soltar gases 125.4
soltar(-se)
  dano 132.3
  separar 295.1
solteiro
  costumes sociais 195.3
  solidão 435.2
solteirona 195.3
solto 295.1
solução
  diferente 55
  descobrir 113.2
  matemática 297.2
soluçar
  sintomas 125.4
  triste 447.3
solucionar 287.2
soluço
  sintomas 125.4
  queixar-se 345
som
  ruidoso 88.1, 88.3
soma
  tamanho 41
  aumentar 46.1
  matemática 297.2
somar
  aumentar 46.1
  matemática 297.1, 297.2
sombra
  escuro 23
  acessórios 192.5
sombrio 23
sonâmbulo 182.4
sondar 351.1
soneca 182.1
sonegação 324
sonhar 182
sonhar acordado 104.2
sonho 182
sono 182
sonolência 182.2
sonolento 182.1
sonoramente 88
sonoro 88
sopa 161.4
sopapo 131.1
soprano 379.5
soprar 103.1
sopro 379.4
soquete
  roupa 190.9
  ferramentas 382.3
sórdido 225.1
sorrir 423
sorriso 423
sorte
  querer 72
  religião 232.6
  obter 373.1
  sorte 387
sortir 262.6
sortudo 387.1
sorver
  respirar 103.1

ÍNDICE DE PALAVRAS EM PORTUGUÊS

beber 167
sorvete 160.2
soslaio 91.1
sossegado 259
sossegar 259.1
sótão 177.4
sotaque 341.6
soutien 190.9
sova 131.2
sozinho 435
spray 184.2
squash 389.5
suave
  suave 3, 99
  liso 62
  quieto 89
  entediante 119
  sabores 157.7
  clemência 221
  calma 259.1
suavemente
  suave 3
  liso 62
  quieto 89
suavidade 3
subalterno 439.1
subcomitê 206.1
subida 413
subir
  andar 407.5
  subir 413
subitamente 403.2
súbito 403
sublevação 227.6
sublevar-se 227.6
sublinhar 355
submergir
  úmido 21.1
  cair 412.3
submeter-se 433
suboficial 248.3 ☐
subordinado 439.1
subornar 214
subornar 263.1
suborno 263.1
subsistir 29
subsolo 177.4
substância 305.1
substancial 42
substancialmente 42
substantivo 362.4
substituição 57
substituir 57
substituto 57
subtrair 297.1
subúrbios 14.3
subvenção 265.3
sucata 71
suceder 31
sucesso 396
suco 166.1
sucursal 271.2
sudeste 318.1 ☆
sudoeste 318.1 ☆
sueco 361.1
suéter 190.4
suficiente 51
suficientemente 51
sufocante 20
sufocar
  quieto 89.1
  matar 198.1
  coberturas 334
sugar 164.2
sugerir 353
sugestão 353
suicídio 198

sujar 71
sujeira
  desordenado 64
  lixo 71
sujeito
  pessoas 139.5
  confiável 218
sujo
  desordenado 64
  sujo 189
  furtar 220.1
sul 318.1
sumário 45.1
sumir
  perder 96
  ir 322.2
sumô 392.1
sunga 190.7
suntuoso 267
suor 86.2
super-secreto 339.1
superado 203
superar 396.1
superficial
  parecer 37
  não especializado 242
  descuidado 302
superfície
  formas 38.2 ☆
  cozinha 169 ☆
supérfluo 68.1
superior 419
superioridade 417.3
superlotado 332
supermercado 273 ☐
superposição 334
superstição 105.3
supersticiosa 216
supersticioso 105.3
supervisionar 228.1
supervisor
  controlar 228.1
  emprego 271.4
suplente 57
súplica 351.2
suplicar 351.2
suponho 105.2
supor
  provável 80
  acreditar 105.2
  adivinhar 109
suportar
  problema 244.1
  carregar 337
  agüentar 433
suporte
  ajudar 277
  recipientes 331.6
suposição
  acreditar 105.2
  adivinhar 109
supostamente 80
suprimento 372.2
suprimir
  coberturas 334
  apagar 371
suprir
  cheio 332
  dar 372.2
surdo 124.4
surfe 391
surgir
  fazer 293
  vir 321.2
surpreendente
  surpresa 118, 118.1

surpreender
  compreender mal 115.1
  surpresa 118
surpresa
  compreender mal 115.1
  surpresa 118
surra 131.2
surrar 131.2
surrupiar
  desonesto 214.1
  tomar 375.2
suscetível 151.2
suspeita 109
suspeitar
  adivinhar 109
  sistema jurídico 209.2
suspeito
  adivinhar 109
  sistema jurídico 209.2
suspeitoso 109
suspender
  fim 34, 34.1
  impedir 245
suspense 257
suspirar
  querer 72.1
  respirar 103
sussurrar
  vozes dos animais 8.2 ☐
  falar 341.7
sussurro 341.7
sustenido 379.8 ☆
sustentáculo 217.2
sustentar
  cuidar de 254
  carregar 337
sustento 254
susto 255
sutiã 190.9

tabaco 171
tablóide 368
tabu 231.1
tábua
  cozinha 169 ☆
  lavanderia 186
  materiais 304.2
tabuleiro 386.4
tachar 137.1
tachinha 294.3 ☆
taco
  esportes com bola 389.2, 389.6
  esportes com alvo 394
tagarela 359
tagarelar 360
talão 260.2
talco 184.1
talento 239.2
talentoso 239
talhada 52.1
talhadeira 382.1
talhar
  dar forma 39
  cortar 133.2
talheres 170 ☆
talho 133.2
talo
  plantas 11 ☆
  frutas 152.6

tamanco 191 ☆
tâmara seca 152.5
tambor
  recipientes 331.4
  música 379.4
tampa
  banheiro 185 ☆
  coberturas 334.1
tampão 184.6
tampo 169 ☆
tangerina 152.2
tangível 35
tanque
  guerra 248.4 ☆
  recipientes 331.4
tanquinho 385 ☆
tão logo 403.2
tapa 131.1
tapão 131.1
tapar
  coberturas 334
  esconder 339
tapear 214.2
tapete
  sala de estar 180 ☆
  banheiro 185 ☆
tardamudear 341.7
tardar 286
tarde
  hora 26.1
  tarde 326
tarefa
  trabalho 274.3
  fazer 287.2
tarifa
  comprar e vender 263.2
  documentos e procedimentos para viajar 316
tatear 242.1
tato
  tocar 98
  educado 143
taxa 263.2
taxas
  finanças 264.2
  documentos e procedimentos para viajar 316
táxi 315.2
tcheco 361.1
teatro 376.2 ☆
tecelão 193
tecer 193
tecido 193
tecla 379.4
teclado
  computadores 296 ☆
  música 379
teclas 370 ☆
técnica
  sistema 290
  máquinas 303
técnico
  ensinar 234.1
  máquinas 303
tecnologia 303
tecnologicamente 303
tedioso 119
tee 389.6
teia de aranha 4
teimoso
  pretender 107.3
  enfatizar 355
tela
  computadores 296 ☆

entretenimento 376.4
artes e ofícios 381.2
telefonar 340.3
telefone 340.3
telefonista 340.3
telegrafar 340.1
telegrama 340.1
telescópio 27
televisão 378
televisor 378
telex 340.1
telha
  partes de edifícios 176 ☆
  materiais 304.1
telhado 176 ☆
temer 255
temerário 302
temível 255.1
temor
  medo 255
  admirar 431.1
temperado 20
temperamental 142
temperamento 142
temperar 157.1
temperatura 126.2
tempero 157.2
tempestade 18.5
templo 232.5
tempo
  tempo 18
  no horário 327
  palavras 362.4
tempo integral 271.5
temporária 272.2
temporário
  ser 29.2
  emprego 271.5
tendência
  moderno 202.1
  habitual 288
tender 288
tenebroso 23
tenente 248.3 ☐
tenente-aviador 248.3 ☐
tênis
  sapatos 191 ☆
  esportes com bola 389.5
tenor 379.5
tenorino 379.5
tenro 99
tensão
  tensão 256
  trabalho 274.1
tensionar 274.1
tenso 256
tentação
  querer 72.2
  atrair 432
tentador 432
tentar
  querer 72.2
  luta 249
  tentar 276
  trair 432
tentativa 276
tentilhão 9
tênue
  escuro 23
  quieto 89
teoria 108
tépido 19
ter 374
terapia 126

ÍNDICE DE PALAVRAS EM PORTUGUÊS

terça-feira 25.1
teredo 5 ☆
terminal
  computadores 296
  trens 314.1
terminantemente 229
terminar
  fim 34, 34.1
terminologia 362.1
termo 362.1
termômetro
  curas 126.2
  pesos e medidas 307.5
ternamente 3
terno
  suave 3
  roupa 190.6
terra 384.3
Terra 27 ☆
terraço 176 ☆
terremoto 18.5
terreno
  colocar 289.1
  jardinagem 384.3
  esportes com bola 389.6
térreo 176.2 ☆
terrier 7.1 ☆
território 14
terrível 438.1
terror
  medo 255
  entretenimento 376.5
terrorista 255
tese 366.2
teso 256.2
tesoura
  cortar 133.4
  ferramentas 382.1 ☆
  jardinagem 384.1
tesoureiro 206.1
tesouro
  bom (moralmente) 217.2
  valor 268.1
testa 86 ☆
testar
  educação 233.5
  tentar 276.1
teste
  educação 233.5
  tentar 276.1
testemunha 209.4 ☆
testículos 86
teto 177.5
texto
  documento 366
  escrever 369.3
textual 366
texugo 4 ☆
tia 138.6
tigre
  animais selvagens 1, 1.1 ▢
tijolo
  partes de edifícios 176 ☆
  materiais 304.1
timão 312.2
timbaleiro 379.4
timbre 88.1
tímido
  animais selvagens 1.18
  medo 255.5
timpanista 379.4
tina 331.2
tinta
  materiais para escrever 370 ☆
  artes e ofícios 381.2
  ferramentas 382.2
tio 138.6
tipicamente 442.1
típico 442.1
tipo
  pessoas 139.5
  tipo 306
tipógrafo 367.7
tipóia 126.6 ☆
tique 411.1
tira
  parte 52.1
  sistema jurídico 209.2
tiranizar
  perverso 219.3
  medo 255.2
tirano 219.3
tirar
  limpar 187.4
  roupa 190.2
  ir 322
  puxar e empurrar 338
  tomar 375.3
tiritar 19
tiro 394 ☆
titia 138.6
titubear 286
título
  nome 137.1
  educação 233.5
  finanças 264.3
  documento 366
toalete
  excreções do corpo humano 102
  banheiro 185
toalha
  sala de jantar 170 ☆
  higiene pessoal 184.1
toalheiro 185 ☆
tobogã 393.2
toca-discos 379.9 ☆
tocado 166.6
tocante 151.1
tocar
  ruidoso 88.3
  tocar 98
  repetir 356
  música 379.4
todo
  todo 50
  geral 85.1
tolerância 433
tolerante 433
tolerar 433
tolo 241, 241.3
tom 88.1
tomada 382.3
tomar
  beber 167
  fazer 293
  tomar 375, 375.1
tomate 155.4
tombadilho 312.2
tombar 412.1
tombo 412.1
tomilho 157.2
tomo 367.5
tonel
  recipientes 331.2, 331.4
tonelada
  grande quantidade 43.2
  pesos e medidas 307.4 ▢
tonto
  sintomas 125.3
  bebidas 166.6
  tolo 241.1
topar
  encontrar 95, 95.1
topo 13.1
topógrafo 174.6
toque 98
tora 304.2
toranja 152.2
torção
  doenças 124.13
  puxar e empurrar 338
  girar 414.2
torcedura 414.2
torcer
  puxar e empurrar 338
  girar 414.2
torcida 38.4 ☆
tordo 9 ☆
tormento 18.5
tornado 18.3
torneio 388.3
torneira 185 ☆
torno 381.5
tornozelo 86
torrada 156.1
torrar 69
torre
  religião 232.5 ☆
  jogos 386.4 ☆
torre de controle 313.1
torta 156.3
tortura 209.5
tosquiar 173.7
tosse
  doenças 124.6, 124.10
total
  todo 50
  matemática 297.2
totalidade 50
totalizar
  fazer 293
  matemática 297.2
totalmente 50
touca 192.1 ☆
toucador 181 ☆
touceira 11
toucinho 159.1
toupeira
  animais selvagens 1.1 ▢
  animais pequenos 4 ☆
tour 317.1
Touro 28 ☆
touro 6
toxicômano 172.1
trabalhador
  emprego 271.3
  trabalho 274
trabalhar
  emprego 271, 271.1
  trabalho 274
trabalho
  emprego 271.1
  trabalho 274
  documento 366.2
trabalhoso
  difícil 243.1
  cuidadoso 301.1
tração 338
traçar 164.3
tradição 195
tradicional 195
tradução 343.1
tradutor 343.1
traduzir 343.1
tráfego 315
traficante 172.1
tragada 103.1
tragar
  respirar 103.1
  beber 167
tragédia 376.1
trago 167
traição 214.3
traiçoeiro 214.3
traidor 214.3
trailer 315.2
trair 214.1
traje 190.6
trajeto 317.1
tralhas 71
tramar 107.1
tramitar 290
trâmite 290
tramóia
  desonesto 214.2
  problema 244.2
trampolim 391.1
trançando 166.6
trancar 178
tranqüilamente 62
tranqüilidade 259
tranqüilizante 126.5
tranqüilo
  liso 62
  segurança 253
  calma 259
transa 199.2
transacionar 260
transado 202.1
transar 199.2
transatlântico 312.1
transbordar
  tempo 18.2
  cheio 332
transferidor 297 ☆
transformar 58
transformar-se 293
transfusão 126.3
transição 58
trânsito 315
transmissão 378.1
transmitir
  carregar 337
  explicar 343
transparente 194.1
transpiração 86.2
transpirar 86.2
transportar
  navios e barcos 312.3
  avião 313.2
  trazer 323
  carregar 337
transtorno 244.1
trapaça 214.1
trapacear 214.1
trapaceiro 214.1
trapezista 377 ☆
trapo 193
traquéia 101.2 ☆
traquejo 239.1
traseira 66 ☆
trastes 71
tratamento
  curas 126
  usar 280
tratar
  curas 126
  controlar 228.2
  tentar 276
  usar 280
  fazer 287.2
trato 262.2
trator 173.2 ☆
traves 389.2 ☆
travessa 170 ☆
travessão 363
travesseiro 181 ☆
travessia 312.3
travessura
  perverso 219.2
  irregular 425
trazer 323
trecho 46
trégua 183.1
treinador 234.1
treino 276
trem 314
tremeluzir 24.3
tremendamente 417.3
tremer
  frio 19
  medo 255.3
tremular 415
trenó 393.2
trepadeira 11
trepar
  sexo 199.2
  andar 407.5
trevo 311 ☆
triangular 38.1 ☆
triângulo 38.1 ☆
tribo 14.1
tribunal 209.4
tributação 264.2
tributar 264.2
tricô 381.6
tricotar 381.6
trigêmeos 136
trigo 173.4
trilha 311
trilho 314
trinca 132.2
trincar 132.2
trinchar 133.3
trinco 178
trino 9.4
trio 379.3
tripé 233.3 ☆
triplicado 46.1
tríplice 46.1
triplo 46.1
tripulação
  navios e barcos 312.5
  avião 313.3
triste
  entediante 119
  triste 447
tristeza 447
triturar 132.4
triunfante 396
triunfo 396
trivial 76
troca
  substituir 57
  dar 372.3

ÍNDICE DE PALAVRAS EM PORTUGUÊS

trocar
  mudança **58**
  fazer negócios **262.3**
  dinheiro **265**
  dar **372.3**
troça **425**
troçar **425.1**
troco **265**
troféu **398**
tromba **1** ☆
trombone **379.4**
trompa **379.4**
trompete **379.4**
tronco
  árvores **12** ☆
  materiais **304.2**
trono **205** ☆
tropa
  grupo **207.1**
  guerra **248.2**
tropeçar **412.1**
tropical **18.1**
tropicar **412.1**
trotar
  esportes eqüestres **395**
  animais **408**
trote **408**
trouxa **207**
trovão **18.5**
truque
  desonesto **214.2**
  hábil **239.1**
  problema **244.2**
  magia **416**
truta **10.1**
tuba **379.4**
tubarão **10.1**
tubo **331.1**
tubo de ensaio **233.3** ☆
tufão **18.3**
tulipa **11**
tumor **124.12**
tumulto
  ruidoso **88.1**
  interferir **246**
turba **207.1**
turbante **192.1** ☆
turbilhão **18.3**
turco **361.1**
turismo **317**
turista
  descanso e relaxamento **183.2**
  visita **319**
turma **207.1**
turno
  esportes com bola **389.2**, **389.3**
tutor **234.1**
tutu **265**
TV **378**
tweed **193.1**

ufanar-se **4** ☐
uísque **166.3**
uivar **8.1**
úlcera **124.5**
ulceração **124.5**
ultimamente **26.3**
último **34.2**
ultrajado **450.1**
ultrajante **450.1**
ultrajar **450.1**
ultraje **450.1**

ultrapassar **309**
umbigo **86**
umedecer **21.1**
umidade **21**
úmido
  tempo **18.2**
  quente **20**
  úmido **21**
unha **86** ☆
único
  solidão **435**
  inusitado **444.3**
unidade
  parte **52**
  grupo **207.2**
  computadores **296** ☆
uniforme
  semelhante **54**
  liso **62.1**
  roupa **190.6**
uniformidade **54**
unir
  grupo **207.2**
  unir **294**, **294.1**
  materiais **304.1**
unisex **140**
uníssono **348.1**
universitário **233**
universo **27**
untar
  aumentar **46**
  laticínios **158.1**
Urano **27** ☆
Urdu **361.2**
urinar **102**
urrar
  vozes dos animais **8.2** ☐
  gritar **344.1**
urso **1**
urso polar **1**
urtiga **11**
urubu **9**
urzal **13.2**
urze **11**
usado **280**
usar
  roupa **190.1**
  usar **280**
uso **280**
usual
  habitual **288**
  normal **442**
usualmente **442.1**
usuário **172.1**
utensílio
  coisa **305**
  ferramentas **382.1**
útero
  corpo humano – parte interna **101.3** ☆
  bebês **136**
útil
  valor **268.3**
  ajudar **277**
  útil **281**
  causar **291**
utilidade **280**
utilizar **280**
uva **152.1**
uva passa **152.5**

vaca
  animais selvagens **1.1** ☐
  animais de fazenda **6**

vaca-marinha **10.3**
vacante **333**
vacilar **286**
vacinação **126.3**
vacinar **126.3**
vacínio **152.3**
vácuo **333**
vadear **407.7**
vadiar **283**
vadio **283.1**
vagão
  trens **314**
  outros meios de transporte **315.1**
vagar
  esperar **286**
  andar **407.2**
vagaroso
  estúpido **240**
  vagaroso **404**
vagem **155.1**
vagina **101.3** ☆
vago
  geral **85**
  incorreto **300.2**
  vazio **333**
vaidoso
  orgulhoso **148.1**
  gabar-se **149**
vale
  geografia e geologia **13.1**
  emprestar e tomar emprestado **261.1**
valentão **219.3**
valente **258**
valer **268**
valete de espadas **386.3** ☆
valia **268**
válido
  útil **281**
  inútil **282**
valioso **268.1**
valise **317.4**
valor
  valor **268**
  números **298**
  valores **264.3**
valorizar **268**
válvula **303.1**
vandalizar **132.6**
vândalo **132.6**
vangloriar-se
  animais pequenos **4** ☐
  gabar-se **149**
vantagem
  egoísta **226**
  ajudar **277.1**
vantajoso **277.1**
vapor **303.2**
vara **380.1**
varão **140**
varejista **262.3**
variar **58**
variável **58**
varicela **124.10**
variedade
  escolher **73**
  tipo **306**
varinha **416**
varrer **187.3**
vasilha **331.1**
vaso **331.2**
vaso sanitário **185** ☆
vassoura **187.3**

vasto
  grande **42**, **42.1**
vazamento **132.2**
vazão **411.3**
vazar **132.2**
vazio **333**
veado **1** ☆
vedado **331.7**
veemência **401.1**
vegetação **13.2**
veia **101.2**
veículo **315**
vela
  luz **24.4** ☆
  navios e barcos **312.2**
velejar **312.3**
velhacaria **214.1**
velho
  estar maduro **153**
  velho **200**
velocidade
  rápido **403**, **403.3**
velocímetro **308.1**
velório **195.4**
veloz **403**
velozmente **403**
veludo **193.1**
venal **214**
vencedor **396.1**
vencer **396.1**
vencido
  antiquado **203**
  tarde **326**
venda **262.8**
vendaval **18.3**
vendedor
  fazer negócios **262.3**
  comprar e vender **263**
  lojas **273**
  livro **367.8**
vender
  fazer negócios **262.6**
  comprar e vender **263**
veneno **198.1**
venenoso **198.1**
ventania **18.3**
vento **18.3**
Vênus **27** ☆
veranear **183.2**
veranista **183.2**
verão **25.2** ☆
verbo **362.4**
verdade
  real **35**
  verdadeiro **215**
verdadeiro
  real **35**
  honesto **213.1**
  verdadeiro **215**
verde
  estar maduro **153**
  cores **194.3**
  novo **201.3**
verdureiro **273** ☐
vereda **311.1**
veredito **209.4**
vergar **307.4**
vergonha
  impedir **245**
  vergonha **449**
vergonhoso **449**
verídico **215**
verificação **301.1**
verificar **301.1**

verme **438.2**
vermelho
  corpo humano – parte externa **86.3**
  cores **194.2**, **194.3**
  política e governo **227**
verossímil **105.4**
verruga **124.5**
versão
  tipo **306**
  dizer **342.3**
verso **367.4**
verter
  úmido **21**
  máquinas **303.1**
vertical **66** ☆
vespa **5**
vestíbulo **177.1**
vestido
  roupa **190.5**
  costumes sociais **195.3** ☆
vestimenta **190.6**
vestir **190.1**
vetar **231.1**
veterano **200.1**
veterinário **121**
véu **192.1** ☆
vez **389.2**
via **311**
via de acesso **311** ☆
via expressa **311**
via secundária **311**
viabilidade **78**
viagem
  navios e barcos **312.3**
  viajar **317**, **317.1**
viajante **317**
viajante habitual **317**
viajar
  navios e barcos **312.3**
  viajar **317**
viável **78**
víbora **1.1** ☐
vice-presidente **227** ☐
viciado
  necessário **67**
  drogas **172.1**
viciado no trabalho **275**
vício
  necessário **67**
  perverso **219**
vicioso **225**
viçosa **48.1**
vida
  ser **29**
  força **401.2**
vídeo **378**
vidraça **176** ☆
vidro
  materiais **304**
  recipientes **331.2** ☆
viela **311**
vigarista **214.2**
vigiar
  controlar **228.1**
  cuidar de **254.1**
vigilante **228.1**
vigor **287**
vigorosamente **401.2**
vigoroso
  força **401.1**, **401.2**
  rápido **403**

ÍNDICE DE PALAVRAS EM PORTUGUÊS

vil
  cruel 225.1
  mau 438.1
vila 14.3
vinagre 161.5
vincular 294
vínculo
  unir 294, 294.2
vingança 250
vinha 11
vinhedo 173.1
vinho 166.5
viola 379.4
violão 379.4
violento
  feroz 2
  restrito 229
violeta 11
violino 379.4
violoncelo 379.4
vir 321
vira-casaca 214.3
virar
  beber 167
  girar 414
virgem 199.6
Virgem 28 ☆
Virgem Maria 232.3
virgindade 199.6
vírgula 363
virtude 417.5
virtuoso 239
vírus 124.2

visão
  ver e olhar 91.6, 91.7
  opinião 106, 106.1
  doenças 124.4
visar 405
visconde 205
viscoso 294.1
visibilidade 91.6
visita 319
visita turística 91.3
visitante 319
visitar 319
visível
  ver e olhar 91.6
  óbvio 93
visivelmente
  ver e olhar 91.6
  óbvio 93
vislumbrar 91.4
vista
  ver e olhar 91.6, 91.7
visto
  óbvio 93
  documentos e procedimentos para viajar 316
visualizar 91
vital 67
vitela 159.1
vítima 433
vitória 396

vitorioso 396
viúva/o 138.4
vivaz 401.2
viver
  ser 29
  saber 110.2
  viver 175
vivo
  ser 29
  cores 194.1
  inteligente 236.2
vizinhança 14.2
vizinho 320.1
voar
  aves 9.1
  avião 313.2
vocabulário 362.1
vociferar
  vozes dos animais 8.2 ☐
  gritar 344.1
vodca 166.3
vogal 362.3
volante
  carro 308.1
  esportes com bola 389.5
voleibol 389.7
volta
  ir 322
  atletismo 390.1
  andar 407.2
  girar 414

voltagem 303.4
voltar 322
volume
  tamanho 41
  livro 367.5
volumoso 42
voluntário 278.1
vomitar 124.7
vômito 124.7
vontade
  querer 72
  impaciente 278.1
  de má vontade 285
  pronto 328
  gostar 426
vôo 313.2
voraz 278
votação 227.3
votar 227.3
voto 227.3
vovó 138.3
vovô 138.3
voz 341.6
vulcão 13.1
vulgar
  grosseiro 144.1
  normal 442.3
vulgo 137.3
vulnerável 402
vulva 86

windsurfe 391

xadrez
  formas 38.3
  jogos 386.4
xale 192.2
xampu 184.2
xarope 160.1
xeque 386.4
xeque-mate 386.4
xereta 94.1
xeretar 94.1
xerez 166.5
xícara 170 ☆
xilofone 379.4
xingar 357
xixi 102

zangado 450
zangar 450
zarpar 312.3
zebra 1
zero 389.5
zíper
  roupas 190.11
  unir 294.1
zodíaco 28
zoeira 88.1
zombar 425
zombaria 425
zona
  áreas 14
  sexo 199.4
zoologia 233.3
zurrar 8.1

2ª edição: janeiro de 2014 | **Fonte:** Optima e Helvetica
Papel: Offset 75 g/m2 | **Impressão e acabamento:** Yangraf